大望

대망 32 나는 듯이 3

시바 료타로/박재희 옮김

대망 32 나는 듯이 3
차례

나가사키와 대만 ······ 11

파도 ······ 40

북경으로 ······ 78

총리아문 ······ 88

북경의 나날 ······ 114

50만 냥 ······ 149

귀국 ······ 161

장사 ······ 174

인간정의 ······ 207

국토의 주인 ······ 230

울면서 읽다 ······ 241

제2의 혁신 ······ 269

반기 ······ 297

봉건부활의 사자 …… 317

밀정 …… 352

환영 …… 400

여야 논쟁 …… 423

신푸렌(新風連) …… 433

가고시마 …… 462

봉기 …… 472

충격 …… 503

와룽 …… 541

내무경의 구두소리 …… 576

암살단 …… 605

반란 활력소 …… 633

이인관(異人館) …… 653

나가사키와 대만

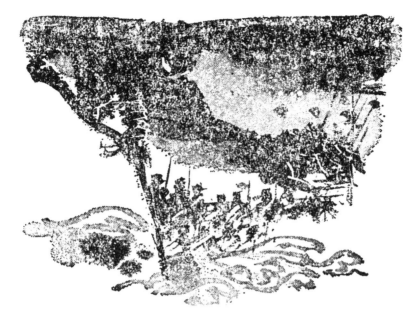

나가사키에는 가고시마를 거쳐온 사이고 쓰구미치뿐만 아니라 이번 일에 대한 사무장관이자 참의 겸 대장경인 오쿠마 시게노부도 체류하고 있었다.

오쿠마에게는 도쿄의 정부에서 보낸, 미국 공사 빈햄의 항의 사건에 대한 정보가 이미 들어와 있었다.

거기에 태정대신 산조 사네토미가 보낸 사신이 왔다.

사신은 태정관의 서기관인 가나이 유키야스였다.

가나이는 사쓰마나 조슈 출신이 아니다. 막부 말기 가즈사에서 동지 460여 명을 모아 존왕양이의 의병을 일으키려다가 탄로나 막부 관리에게 잡혀서 이와바나(岩鼻)의 지방 관아에 투옥되었다. 그는 거기서 참수될 운명에 놓여 있었다. 그런 다급한 상황에서 그가 살아날 수 있었던 것은 시국의 급변 때문이었다. 이타가키 다이스케가 지휘하는 관군이 간토에 들어옴으로써 옥사에서 풀려 나왔던 것이다.

그는 그후 관군의 간부가 되어 도후쿠(東北) 평정에 종군했다.

"가나이는 유망한 사람이다."

나중에 이와쿠라와 오쿠보, 그리고 이토 히로부미에게 그렇게 인정받은 것은, 덜렁덜렁하고 허풍이 많은 초야 출신치고는 한학에 조예가 깊었고 성격이 온화했기 때문이다.

그는 이와쿠라와 오쿠보의 외유에 따라가 주로 구미의 행정제도를 돌아보는 동안 외국에 대한 인식이 일변하여, 왕년에 의병을 일으키려던 존왕양이의 지사가 아니라 능동적 정신이 풍부한 내정의 실무가가 되었다.

산조가 이 가나이에게 편지를 들려 사자로 보낸 까닭은 가나이가 평소 대만 정벌에 회의적이었을 뿐 아니라 일찍이 가즈사에서 의병을 모아 의병장이 되려고 했던 기개를 높이 샀기 때문일 것이다. 경우에 따라서는 혈기왕성한 대만 원정 군사들에게 살해당할 가능성도 없지는 않았다.

가나이는 유난히 얼굴이 큰 사람이었다. 그리고 그 얼굴 전체에 눈과 코가 퍼져 있었기 때문에 그와 마주 앉으면 매우 박력을 느끼게 했다. 더욱이 그는 비할 데 없는 웅변가이기도 했다.

그가 오쿠마가 있는 여관으로 찾아가서 부탁했다.

"억울하겠지만 이번 문제는 중지해 주시오."

그리고 산조의 편지를 보여준 뒤, 주일 외교관의 움직임과 국가의 장래 등에 대해서 설득을 하자 오쿠마는 간단히 꺾이고 말았다. 원래 오쿠마는 오쿠보와 사이고 쓰구미치에게 이끌려 사무장관이 되었을 뿐, 대만 정벌에 대해 주도적인 신념이 있었던 것은 아니었다.

태정대신 산조 사네토미의 편지에는, 그가 정치가로서 얼마나 무능하고 줏대가 없는 인물인가를 여실히 드러나 있다.

그는 원래 대만 정벌과 같은 난폭한 일을 좋아하는 성격은 아니었으나 오쿠보의 요구로 그것을 결심했다. 그리고 그것을 위해 칙령을 얻어내고 오쿠마 시게노부와 사이고 쓰구미치를 담당자로 임명했다.

그리고 이제는 주일 외교단의 간섭으로 황급히 중지 명령을 내린 것이다.

산조가 오쿠마에게 보낸 편지에는 이런 내용이 적혀 있었다.

'현재 미국 공사는, 미국 국적의 기선을 사용하지 말라, 미국인을 대만 정벌의 고문으로 이용하지 말라, 고 요구하고 있습니다. 만약 이런 조건이 이루어지지 않으면 대만 정벌은 성공할 수 없어요. 더기 주일 외교단의 공론으로 대만이 청국의 영토라는 사실이 분명해졌으니, 이렇게 된 이상 대만을 정벌하려면 청국 정부에 사절을 보내 그들의 양해를 구하지 않으면 안됩니다. 아무튼 순서가 모두 뒤바뀌고 말았으니 귀하는 빨리 도쿄로 돌아와주기 바라오. 또 사이고 도독에게는 함선과 수행원, 군대 등을 모두 정리하여 다음 지시를 기다리도록 통고해 주기 바랍니다.'

산조는 각서도 동봉해서 보냈다. 그 요지는 편지의 내용과 같았으나 특히 미국 공사의 말을 늘어놓고 있었다.

'대만에 청국 정부의 정령(政令)이 미치느냐 미치지 않느냐 하는 논의는 어찌되었든 간에 그 판도인 것은 각국에서 인정하고 있다. 그런 상황이기 때문에 미국 공사는 고민한 끝에, 지금처럼 미국의 배와 관리, 군인을 빌려주어 일본으로 하여금 대만 정벌을 하게 한다면, 미국으로서는 청국과의 관계가 이루어지지 않는다고 데라지마 외무경에게 호소했다. 그런 호소를 듣고는 데라지 외무경도 할 말이 없어서 우리측의 주장을 내세우지 못했다.

또 영국 공사로부터는 만일 대만 문제로 말미암아 영국이 손실을 입게 되면 영국은 가만히 있을 수 없다는 조약이 청국과 영국 간에 체결되어 있다는 통고가 들어와 있다. 그 밖의 외국 공사들로부터도 여러 가지 물의가 있어 나의 입장이 매우 난처하다.'

산조의 이 편지에 대해서는 세부적인 내용을 사신인 가나이 유키야스가 구두로 보충했다.

산조는 궁지에 몰려 있었다.

그는 정치가로서 새로운 사태의 발전에 당혹하고 있다기보다, 주일 외교단과 당당히 맞설 수 있는 능력이 자신이나 이와쿠라에게는 없지만 오쿠마에게는 있으니 빨리 귀경하라고 호소하고 있는 것이다.

'오쿠보 내무경도 빨리 귀경하도록 통지해 두었다.'

각서의 끝에 이렇게 써놓은 것은, 이 대만 정벌 계획의 장본인인 오쿠보가 사가에 출장중이라는 사실을 은근히 원망하고 있는 듯한 인상을 준다. 아무튼 근대국가를 발족시킨 일본이 대외 정책에 대해 일면 무모하고 일면에서는 난폭한 성격을 이만큼 노골적으로 드러낸 사태는 없었다.

오쿠마는 즉시 옷을 갈아입고 사이고 쓰구미치의 여관을 찾아가기로 했다.

오쿠마는 나가사키의 바다를 내려다 볼 수 있는 언덕 위의 여관에 들어 있었으나, 육군 중장인 사이고 쓰구미치는 육해군의 장악을 위해 해안의 민가에 숙소를 정하고 있었다.

참의인 오쿠마 시게노부는 서생을 셋 데리고 있었다. 듣기 좋게 말하면 문하생이지만 사실은 이 시대의 고관들이 모두 그랬던 것처럼 자객을 막기 위한 호위자였다. 이런 식의 문하생 겸 호위자에 대해서 기도 다카요시나 소에지마 다네오미 등은 성격상 거느리는 것을 싫어했던 것 같다. 그러나 사이고 다카모리나 오쿠마 시게노부처럼 보스 기질이 강하고 후진의 교육에도 관심이 많은 사람들은 오히려 그런 것을 좋아한 것 같다.

현관을 나와 언덕길을 내려가면서 오쿠마는 뒤를 돌아보며 서생들에게 말했다.

"아니, 가나이는 왜 따라오지 않는가?"

산조 태정대신의 사신인 가나이 유키야스(金井之恭)가 동행하지 않으면 오쿠마로서는 재미가 없다. 오쿠마는 사이고 쓰구미치에게 대만 정벌 계획이 중지된 데 대해 충분히 설득을 해야 될 입장인데, 정세의 변화를 알리러 온 사신인 가나이 유키야스가 동행하지 않으면 오쿠마의 설득력이 반감되고 마는 것이다.

"가나이를 불러 오게."

오쿠마는 언덕길 중간에 멈춰 섰다.

그 동안 오쿠마는 생각했다. 하기야 가나이의 입장에서 볼 때 그는 산조가 오쿠마에게 보낸 사신이지 사이고 쓰구미치에게 보낸 사신은 아니었다. 그러나 가나이가 자기의 임무를 다하기 위해서는 사이고 쓰구미치에게도 가는 것이 도리일 것이다.

'나를 업신여기고 있는 것이 틀림없구나.'

오쿠마는 원래 신경이 굵은 사람이었으나, 이런 문제에 대한 감정에 있어서만은 권력욕이 강한 사람인 만큼(정치가이기 때문) 부녀자의 그것과 다를 바가 없었다.

가나이는 번벌(藩閥) 밖의 초야의 출신이다. 오쿠마가 볼 때 가나이는 의지할 만한 문벌이 없었기 때문에 방계이기는 하나 사쓰마 관료벌(官僚閥)에 속해 있었다.

그 점에서는 오쿠마도 별 차이가 없었다. 그는 히젠 사가 번 출신이었기 때문에 새 정부가 수립되자마자 중용되었으나 그후 사가 벌로서의 실질적인 힘을 잃었다. 일찍이 사가 사람인 에토 신페이가 번벌의 해체를 고려한 일도 있었지만, 오쿠마는 사가 벌에서 이탈하여 오쿠보에게 속했다. 그래서 원래 미약했던 사가 벌이 정치색을 거의 잃어버렸던 것이다.

이런 입장에서 볼 때 오쿠마가 가나이와 별 차이가 없다는 것은 그런 의미에서였다.

이번에 대만 정벌을 중지하게 한 것은 산조와 이와쿠라의 결정이었다. 오쿠보가 도쿄에 없었기 때문에 그의 의견이 반영되지 않은 것이다.

오쿠마의 조그마한 불만은 바로 거기에 있었다. 오쿠보의 의견이 들어 있지 않은 정부의 결정을 오쿠보와 같은 사쓰마 벌인 사이고 쓰구미치에게 강요하는 역할이 오쿠마로서는 유쾌할 리가 없었다. 가나이 역시 마찬가지일 것이므로 그가 동행하지 않은 이유를 오쿠마는 알 수 있을 것 같았다.

이윽고 가나이가 언덕 위에 나타났다. 오쿠마는 불쾌한 표정으로 걸음을 옮겼다.

항구 안 오우라(大浦) 암벽 쪽에 '닛신'과 '모슌'이 정박하고 있었다.

그 두 군함에 비해 아쿠라(飽蒲) 쪽에 있는 미국 기선 뉴욕 호는 선체가 엄청나게 컸다. 그밖에 민간에서 빌려온 기선 메이코마루(明光丸), 유코마루(有功丸), 미쿠니마루(三邦丸) 등도 항내에 대기하고 있었다. 오쿠마는 그것을 바라보면서 대만 번지 사무도독 사이고 쓰구미치의 숙소에 들어갔다.

쓰구미치는 하카마를 입고 객실로 나왔다. 오쿠마는 사람을 물러가도록 부탁했다.

느닷없이 본론으로 들어가 대체적인 이야기를 꺼내자 쓰구미치의 안색이 싹 변했다. 어쩌면 쓰구미치는 일부러 안색이 변한 것처럼 하여, 자기는 죽으면 죽었지 복종할 수 없다는 것을 오쿠마에게 깨닫게 하려고 한 것인지도 모른다.

"그래서 오쿠마 씨는 어떻게 할 작정이오?"

쓰구미치가 말했다.

오쿠마는 열심히 얘기했다.

"이렇게 된 이상 별 도리가 없지요. 다음 지시를 기다려 봅시다. 그럴 수밖에 없지 않겠소이까?"

그러나 쓰구미치는 좁은 이마가 이상하게 튀어나올 것처럼 미간을 더욱 험악하게 찌푸릴 뿐이었다.

'이 사람도 역시 사쓰마 사람이군.'

성급하고, 일단 결심하면 직선적인 행동을 취하면서 망설이지도 굽히지도 않는 사쓰마 인의 공통적인 성격을, 오쿠마는 태정관에서 일하면서 신물이 나도록 알고 있었다.

그런 사쓰마 사람들 중에서 그래도 쓰구미치는 지방질이 두꺼운 사람이라고 오쿠마는 생각하고 있었다. 적어도 쓰구미치는 만용을 부릴 사람은 아니라고 생각했다. 쓰구미치는 실제로 말이 많은 사람은 아니었으나 사리에 밝고 적어도 사리에 밝은 사람을 존경하는 성격의 소유자였다. 그러한 사리에 밝은 사람이 수립한 계획이 좋다고 판단되면 어떤 장해가 있더라도 그것을 행정화하는 것이 쓰구미치의 방침이었다.

쓰구미치와 비슷한 사람으로 도사의 고토 쇼지로가 있으나 따지고 보면 비교가 안될 정도로 쓰구미치가 더 훌륭하다는 평가가 있었다. 고토는 후진을 잘 이끌어주지 않았으나 쓰구미치는 그 반대였다. 고토의 이론은 얼핏 거창하게는 보이지만 허풍일 경우가 많았다. 그에 비해 쓰구미치는 쓸데없는 허풍이나 이론만 떠벌리는 일이 없었다. 그래서 사람에 따라서는 형인 다카모리보다 도량이 더 넓다는 견해도 있었다. 다만 다카모리와 같은 교양을 그는 가지고 있지 못했다.

오쿠마는 이때 쓰구미치가 지닌 너그러움과 융통성 있는 성격에 기대를 걸었다.

그러나 쓰구미치는 마치 사람이 변한 것처럼 단언했다.

"그렇게 할 수는 없소, 무슨 일이 있어도 나는 떠나겠소."

쓰구미치는 보기 드물게 말을 많이 했다.

"태정관에 대해서는 조령모개(朝令暮改)라는 악평이 나 있소. 나도 이번 일에 대해서 그렇게 될까 염려가 되어 내각의 여러분에게 다짐을 받았소. 그것은 당신도 잘 알고 있지 않소?"

봄의 바다가 잔잔하게 물결치는 것같은 사쓰마 사투리로 그는 말문을 열었다.

"나는 지금 대명을 받들어 군사를 이끌고 출진하는 도중에 있소. 여기서 명령이 바뀌어 원정이 취소되면 사기가 떨어질 뿐만 아니라 자칫 잘못하면 폭동이 일어날 염려가 있소. 그들은 제각기 흩어져서 여러 지방의 진대

(鎭臺 : 사단)와 파견대에 있는 병사들과 결탁하여 큰 난리를 꾸밀 원인이 될지도 모르오."

그리고 또 말했다.

"나는 이미 엄연히 옥새가 찍힌 칙서를 받들고 있는 몸이오."

칙서는 이런 내용이었다.

'대만 번지 처리에 대하여 그대 쓰구미치에게 사무도독을 명하노라. 무릇 육해군무에서 상벌에 이르기까지 전권을 위임하노니 위임받은 사항을 잘 받들어 성심성의 성공을 기하도록 하라.'

쓰구미치는 칙서를 잠시도 몸에서 떼지 않고 지니고 있었다. 칙명이나 칙서에 대해서는 막부 말기에 자주 공경 가문에서 그것을 위조하기도 했고, 또 위조는 아니더라도 이전에 나온 칙명과 전혀 다른 칙명이 나오는 일이 많았다. 그리고 막부 말기 조슈의 과격파들이 칙명, 칙명하면서 소란의 구실로 삼은 것도 쓰디쓴 경험으로 잘 알고 있었다.

쓰구미치와 같은 현실 인식이 철저한 사람이 칙서라고 하는, 그 자체가 관념적인 것에 지나지 않는 권위에 진심으로 매달렸을 리는 없지만 이렇게 된 이상 그것을 방패삼아 자기 입장을 정당화시킬 수밖에 없었던 것이다.

오쿠마는 몹시 난처했다.

그는 산조 태정대신의 중지 명령에 대해 그 나름대로 해석하여 말했다.

"이 명령은 완전히 중지하라는 것은 아니오. 외국 공사가 간섭을 해왔기 때문에 우선 그것을 조정하기 위해 중지하라는 것이오."

쓰구미치는 그런 정도의 궤변에 넘어갈 사람이 아니었다. 그는 무슨 일이 있어도 대만 정벌 군대를 출발시키지 않으면 형인 다카모리를 기만한 것이 될 것이고, 나아가서는 300만 사족을 속이는 결과가 되어 어떤 비참한 사태가 일어날지 모른다고 생각하고 있었다. 태정대신이 무슨 소리를 하더라도 그는 출발할 작정이었다.

"당신은 나를 붙들지 못할 것이오. 그래도 억지로 붙들려고 한다면 나는 이 칙서를 목에 걸고 생번(生蕃)의 소굴에 돌격하여 죽을 뿐이오."

오쿠마는 자기 힘으로는 도저히 막을 수가 없다는 것을 깨달았다.

이 사태의 수습은 오쿠보밖에 할 수 없을 것이다. 오쿠보가 돌아온 다음에 그에게 맡길 수밖에 없다고 생각했다.

하여간 4월 25일, 태정대신 산조 사네토미로부터 대만 정벌을 중지하라는 명령이 내려졌다.

그런데 여기에 희한한 일이 생겼다.

군사면의 총수인 대만 번지 사무도독 사이고 쓰구미치가 명령이 내린 그 이튿날 단독으로 군대의 일부를 출발시키고 만 것이다.

쓰구미치는 명령을 무시하고 기정사실로 만들 수밖에 없다고 결심했다. 그는 명령이 내린 25일, 즉 전달자인 오쿠마 시게노부가 쓰구미치의 숙소에서 떠난 뒤, 전군에 출발 준비를 명령했다.

쓰구미치는 원정에 대한 칙서를 가지고 있었다. 형식논리상 태정대신보다 천황이 위이기 때문에 대신의 명령을 따를 필요는 없었다. 그의 독단에는 다소 핑계가 있었던 것이다.

일본은 유신에 의해 군주국으로 새 출발을 했다. 그러나 천황의 독재는 역사적 관습으로써 인정되지 않았다. 중세에는 간파쿠(關白 : 섭정관)나 상황(上皇), 법황(法皇)이 정치를 대행했다. 다음에는 가마쿠라 막부, 무로마치 막부, 도요토미 정권, 도쿠가와 막부가 그것을 대행해 왔다. 유신은 도쿠가와 막부를 무너뜨리고 천황의 친정으로 되돌린다는 것이 명분이었으나 실제로는 중세와 다를 것이 없었다.

어디까지나 정치는 태정대신 이하가 담당하는 것이다. 태정대신과 우대신이 참의들과 의논한 결론이 형식적으로 천황의 재가를 거쳐 실행되며 때로는 칙서도 나오는 것이다. 그 칙서는 태정대신의 책임 아래 기초된 다음 천황이 어명을 쓰고 옥새를 찍는다. 그 반대의 경우는 있을 수 없다.

반대의 경우라는 것은, 천황이 직접 정책을 구상하여 태정대신을 불러 상의하거나, 친정(親政)이라고 해서 개인적인 의사나 결단으로 실행에 옮기거나 직접 칙명을 내리는 일은 있을 수 없다는 말이다. 천황은 어디까지나 수동적이어서 형식상으로는 어찌되었건 실질적으로는 그 권능을 가지지 못하고 있었다.

이 천황이라는 자리의 성격은 유신 뒤 합의가 있어서 그렇게 된 것도 아니고 또 법에 의해 그렇게 운영된 것도 아니었다. 자연히 생긴, 말하자면 과거 관습의 연장이라고 할 수 있었다.

왜냐하면 쓰구미치가 가지고 있는 칙서는 형식적으로는 일본국 주권자의 명령이지만 암묵리에 공통적인 양해가 된다는 점에서, 태정대신이 그것을 취소하는 명령을 내린 경우, 태정대신의 지시에 따르는 것이 양식(良識)에 가깝다. 언젠가 쓰구미치의 형인 다카모리가 한 동안 산조 사네토미를 압박하여 견한대사(遣韓大使)로 임명한다는 칙서를 받은 일이 있었다. 그러나 나중에 그것은 각의에서 무시되어버렸다. 칙서라는 것은 원래 그런 것이다.

천황제에 있어서의 이런 현상은 메이지 22년(1889) 선포된 헌법에서도 다를 바가 없었고 오히려 그것이 성문화되기까지 했다.

다만 메이지 헌법에는 기묘한 조항 하나가 삽입되었다. 천황이 육해군을 통수한다는 조항인데, 거기에 따라 성립된 통수권이 쇼와시대를 암담하게 만들었던 것이다. 사이고 쓰구미치의 경우에도 비록 통수권이라는 말은 없었으나 통수권의 발동이라는 점에서 쇼와 상황과 매우 흡사했다.

그날, 사이고 쓰구미치는 전군에 출발 준비를 명령했다.

부두는 떠들썩하니 소란스러웠다.

배에 석탄과 물, 식량을 싣지 않으면 안되었기 때문이다.

우선 '유코마루(有功丸)'를 먼저 출발시키기로 하고 그 배를 오우라(大浦) 부두에 댔다.

석탄은 오우라에 있는 영국 상회에서 사야 한다. 그 석탄을 배에 실어 나르는 작업은 오쿠라 조(大倉組)에서 맡고 있었다.

갑작스럽게 내린 명령이라 인부를 모으는 데 애를 먹은 것 같다. 인부라는 이름으로 많은 사족들이 포함되어 있었다. 거의 사쓰마 사족이었다.

그들은 경관이나 병사로서 참가한 것이 아니다. 사이고 다카모리가 동생인 쓰구미치의 청으로, 사직 귀향중인 사카모토 스미히로를 비롯한 경시청 출신들을 이전의 신분대로 종군하게 했기 때문에 그들이 지금 나가사키 시내의 숙소에 분산 수용되어 대기하고 있었다. 그들은 관원이기 때문에 당연히 하역을 하지 않았다.

그러나 '장사(壯士)'라고 밖에는 다르게 부를 수 없는 패거리가 있었다.

지난 번 쓰구미치가 형인 사이고에게 부탁을 하자 사이고는 승낙을 하고 다른 사람들에게도 그 애기를 했다.

혈기있는 청년들이 몰려들어 쓰구미치의 뒤를 좇아 나가사키로 갔으나, 대만 번지 사무도독인 사이고 쓰구미치도 병사로서 훈련이 안된 그들을 어떻게 처우하고 편성해야 할지 몰랐다.

그래서 일단은 거절했다.

그런데 군대 수송에는 인부가 필요했다. 인부를 데려가야 하는 것이다. 그들은 그런 명목으로라도 꼭 데려가 달라고 사정했다.

그들로서는 기개가 있었다.

"저쪽에 가기만 하면 전투원이 된다. 막상 포연 속에 뛰어들면 병사나 경관 따위에게 절대로 뒤지지 않을 것이다."

그들은 명목이야 비록 인부라고는 하지만 붉고 검은 칼을 차고 있었고 그들 중에는 대대로 내려오는 창을 들고 온 자도 있었다. 그들은 사쓰마 무사의 용맹은 세계 제일이라고 믿고 있었으며, 그렇게 믿고 의심하지 않는 점에 우습지만 사쓰마 젊은이의 뛰어난 기질이 있다고 할 수 있었다.

그러나 그들은 실제로 인부로서 혹사당하리라고는 생각하지 않았다. 오쿠라 조의 현장 감독은 가차없이 그들을 부려먹었다.

"그 단무지 통을 실어라."

평민인 감독으로부터 호통을 당하고는 분연히 항의하는 자도 있었다. 통만해도 1천 5백 통이나 되는 방대한 분량이었다.

"무사에게 그런 일을 시킬 수 있는가?"

장사단(壯士團)에서 똑똑하다는 자가 나서서 현장 감독인 아리마야 기요베에게 항의를 하자, 기요베는 다짜고짜 그 자의 먹살을 잡고 땅바닥에 내동댕이쳐버렸다.

"주상의 분부시다. 거역할 셈인가?"

기요베가 장사들을 노려보고, 장사들도 칼을 빼드는 험악한 장면도 있었으나 쓰구미치가 보낸 사람이 달려와 간신히 수습했다.

사이고 쓰구미치는 이렇게 된 이상 누가 뭐라 하든 대만으로 갈 작정이었다. 영국 공사 퍼크스가 공갈 비슷하게 트집을 잡고 있다는 소리도 그는 대수롭게 생각하지 않았다.

"퍼크스의 눈치를 살피면서 국가의 방침을 이랬다 저랬다 하는 바보가 어디 있느냐?"

이런 배짱이 쓰구미치에게는 있었다. 쓰구미치는 대만 정벌을 무단적으로만 생각하고 있는 것이 아니라 원래 정치적으로 대수롭지 않게 생각하고 있었다.

'퍼크스가 떠들고 있는 것은 일본이 대만 그 자체에 야심을 품고 있다고 생각하기 때문'이라고 생각한다.

그러나 사실은 그것이 아니었다. 다만 청국의 명령이 미치지 않는 '생번'에게 다소의 위력만 보여주면 되는 것이었다. 그렇게 함으로써 형인 다카모리를 정점으로 하는 만천하의 불평 사족들의 마음을 조금이라도 달래보자는, 극히 대내적인 행동에 지나지 않았다.

쓰구미치는 이렇게 생각했다.

'데라지마 외무경은 그런 사실을 솔직하게 퍼크스에게 말했어야 했다. 데리지마가 쓸데없이 당황했기 때문에 퍼크스는 더욱 일본에게 영토적인 야심이 있다고 의심하게 된 것이다.'

사이고 쓰구미치가, 도쿄에서 중지 명령이 내려온 날부터 오히려 출발 준비를 하고 있다는 사실을 알고, 사무국 장관인 오쿠마 시게노부는 소스라치게 놀라 다음 날 다시 쓰구미치의 숙소를 찾아갔다.

"당황할 것 없소."

쓰구미치는 태연하게 말했다.

"나중에 외교적인 문제가 생기더라도 이 정도 일은 충분히 수습할 수 있어요. 나는 그렇게 단정하고 일을 추진하고 있소."

쓰구미치는 영국 공사에게 반감을 가지고 있었다. 영국 공사가 공갈을 놓으면 마치 호랑이라도 만난 듯이 놀라는 태정관의 고관들까지 경멸하고 있었다.

"그러나 미국 공사의 입장이 딱하지 않소?"

오쿠마는 말했다. 그는 또 덧붙여 말했다.

"미국 공사는 궁지에 몰려 있소. 데라지마 외무경에게 우는 소리를 하면서 자기 입장을 통사정하고 있다고 하오. 그것뿐이라면 몰라도 미국 공사는 병력 수송에 사용할 뉴욕 호에 대하여 일본 정부와의 계약을 취소하라고 명령했어요. 뉴욕 호가 없으면 대만에 병력을 수송할 수가 없지 않소?"

"그렇다면, 오쿠마 씨. 뉴욕 호를 우리가 사버리면 될 것 아니오?"

오쿠마도 역시 쓰구미치의 이 기발한 착상에 숨을 삼켰다. 뉴욕 호는 지금 나가사키 항내에 정박하고 있다. 기선을 통째로 사들여 선적을 일본으로 해버린다면 미국 공사에 조금도 폐가 될 것이 없었다.

원래 오쿠마의 두뇌는 이런 종류의 임기응변에 매우 적합했다. 그는 쓰구미치의 방안을 즉석에서 받아들여 그 취지를 도쿄에 전보로 띄웠다. 그때 오쿠마는 참의 외에 대장경을 겸하고 있었기 때문에 돈 문제는 자신이 결재할 수 있었다.

아무튼 쓰구미치는 중앙의 명령을 무시했다. 중지 명령이 내린 다음 날, 먼저 유코마루를 아모이로 출발시켰던 것이다.

"아모이에서 다음 배를 기다려라."

유코마루에도 일부 병력이 타고 있었다. 후쿠시마 규세이(福島九成) 이하 200여 명이었다. 병기와 탄약도 싣고 있었다. 태정대신 산조 사네토미가 아무리 울고불고해도 대만 정벌은 이미 사실상 시작되고 있었다.

오쿠보 도시미치의 이 동안의 심경은 그의 일기에 잘 나타나 있다.

그는 사가에서 귀경한 다음 그의 계획인 대만 정벌이 주일 외교단의 항의로 암초에 부딪혔다는 사실을 알았으나 별로 놀라지도 않았다.

'뜻밖의 일이다.'

감상을 겨우 그의 일기에 적어 놓았을 뿐이다. 오쿠보에게는 외교관으로서의 감각이나 수완으로 볼 때 어쩌면 메이지 시대를 통틀어 단연 뛰어난 무엇이 있었던 것처럼 보이지만, 워낙 그 생애가 짧았기 때문에 후년의 청국과의 협상에서 겨우 그 일부를 들여다볼 수밖에 없다.

그러나 오쿠보는 자신에게 외교적인 실무 능력이 있다고는 생각하지 않았다. 그는 외교적인 의논 상대로써 심복인 오쿠마 시게노부를 신뢰하고 있었다. 오쿠마가 대만 정벌은 염려할 것이 없다고 했기 때문에, 매우 대내적인 동시에 대외적으로도 너무 위험도가 높은 이 정책을 결정했던 것이다. 오쿠마를 믿고 있었기 때문에 이번 외교단의 모든 항의는 과연 의외일 수 밖에 없었던 것이다.

물론 오쿠보가 산조나 이와쿠라하고 다른 것은 그 정도의 일로 당황하여 정책을 변경하지 않았던 점이다. 오쿠보는 외교단의 항의가 어느 정도인지 헤아린 다음 단정했다.

"아무리 강행한다고 해도 충분히 수습할 수 있다."

그는 부탁했다.

"산조와 이와쿠라를 설득할테니 꼭 나를 현지인 나가사키로 보내 주시오."

그리고 나가사키에 가는 데 있어서는 전결권을 달라고 부탁했다. 결국 그의 요구대로 되었다. 사가에서 귀경한 오쿠보는 겨우 닷새 동안 도쿄에 머문 뒤 다시 배를 타고 규슈로 떠났다. 오쿠보는 이때 만 43세였다. 그야말로 기력이나 체력이 한창일 때였다.

나가사키에 있는 사이고 쓰구미치는 오쿠보가 갑자기 나가사키로 온다는 소식을 듣자, 그것은 당연히 오쿠보의 마음이 바뀌어 대만 정벌을 중지시키기 위해서라고 생각했을 것이다. 그래서 더욱 기정사실로 만들기 위해 항내에 대기하고 있던 대부분의 함선을 대만으로 출발시키고 말았다.

"대만 정벌을 중지시키면 병사들이 폭발하여 그것이 전국으로 파급될 것이고 마침내 유신 정부가 와해되고 말 것이다."

쓰구미치로서는, 절박한 정치적 관측이 어떠한 정부의 명령도 무시하게 했던 것이다. 오쿠보가 와도 그렇게 말할 작정이었다. 쓰구미치와 오쿠보는 그 시대의 어느 누구보다도 정치적 생각과 감각이 비슷했다. 쓰구미치는 오쿠보라면 이런 독단적인 행동을 틀림없이 용납해 줄 것이라고 생각하고 있었다.

오쿠보가 나가사키에 도착한 것은 5월 4일이었다. 그 길로 그는 오쿠마의 여관으로 찾아가 사이고 쓰구미치를 부른 뒤 셋이서 협의를 했다.

협의 결과 오쿠보는 쓰구미치의 독단적 행동을 추인(追認)했다. 다만 전 아모이 총영사인 리 젠들만은 미국 공사의 항의를 참작하여 대만에 보내지 않고 자기가 도쿄로 데려가겠다고 하므로 오쿠마와 쓰구미치도 동의했다.

오쿠보와 같은 내치주의자(內治主義者)가 이렇게까지 완강하게 대만 정벌을 고집한 것은, 사쓰마에 돌아가 있는 사이고의 마음을 달래주려는 일념에 사로잡혀 있었기 때문이다.

여담이지만, 여기서 사이고 다카모리라는 한 인간의 내면보다 오히려 그의 존재가 주변에 미친 전율과 흥분, 반발과 같은 면을 그려보자.

이미 앞에서도 말한 바 있지만, 다시 되풀이하자면 유신 전의 사이고는 혁명의 주도세력인 사쓰마 번의 막후 지휘자였다. 그것이 유신 후 번이라는 테두리를 벗어나 일본을 뒤덮을 정도의 거대한 인물로 등장하게 되었다.

세상에서 그를 너무 거대하게 보는 것과 그 인간의 실체가 반드시 일치하는 것은 절대로 아니다.

사이고라는 인물은 이상하리만큼 신비한 인격을 가지고 있었다. 그가 당시 국내에 충만되어 있던 반정부 인사들로부터 마치 구세주처럼 그의 실상이 과장되고, 그것이 눈깜짝할 사이에 거대하게 부풀어올라 마침내 정부 자체의 실상보다 커지고 말았다는 것은 다분히 시대가 빚어낸 마술이라고 해도 좋을 것이다.

오쿠보는 그 마술을 두려워했다. 사이고의 인물을 팽창시키고 있는 시대의 가스를 조금이라도 빼려고 사이고의 동생인 쓰구미치를 부추겨 대만 정벌을 획책했던 것이다.

틀림없이 선진국의 외교단이 볼 때는 난폭하고 졸렬한 외교 행동이었고, 퍼크스의 말처럼 일본 정부는 국제간의 관례를 무시하고 다른 나라에는 물론 자기 국민들에게조차 내용을 공개하지 않은 채 밤 도둑처럼 남의 나라 영토를 탈취하려고 하는 것처럼 보였을 것이다. 그러나 그것은 퍼크스의 오해에 지나지 않았다. 오쿠보는 대만을 정벌함으로써 제국주의적 팽창을 하려고 한 것이 아니었다.

오쿠보가 비제국주의자였다고는 말할 수 없다. 그러나 현실적인 정치가로서도 그의 사상에는 해외에 영토를 구하려는 요소가 조금도 없었다. 그의 인식으로는, 세계적 시야에서 본 일본의 현실은 국가로서 성립되기 어려울 정도로 재정이 빈약하고 민도는 낮으며 모든 제도가 뒤떨어져서 근대산업이라는 측면에서는 절망적일 정도로 미개한 나라였다. 원정을 하여 대만의 극히 일부분을 갉아 먹는다 하더라도, 영국처럼 그것을 유지하면서 부국(富國)을 만들기 위한 발판으로 삼을 수 있는 능력이 일본의 실정에서는 결코 없다는 것도 알고 있었고, 오히려 경제적인 부담이 될 뿐이라는 것도 알고 있었다.

결국 일본에는 다른 나라에 물건을 팔 수 있는 산업이 없기 때문에 그렇게 탈취한 땅을 시장으로 만들 수도 무역항으로 만들거나 할수도 없었다. 게다가 군대를 상주시키게 되면 필요 없는 경비도 들게 마련이다. 그리고 탈취한 땅을 개발하기 위해서는 철도라도 부설하지 않으면 안되는데, 일본 국내의 철도마저 외국 기술자에게 의지하고 있는 현실을 생각한다면 그것이 얼마나 실없는 망상에 지나지 않는지 알 수 있을 것이다.

그러한 오쿠보가 대만 정벌을 추진하고 있는 것은 요컨대 사이고라는 존재에 대한 역설적인 행동으로 보아도 무방할 것이다.

여담을 계속해 보자.

그 무렵 사이고는 인간으로서의 단순한 존재를 초월하고 있었다. 전국에 300만으로 일컬어지는 사족의 불만이 사이고라는 고유명사로 상징되었고, 사이고 자신도 그러한 관념적 존재가 되어버린 자신을 의식할 수 있게 되었다.

그러나 메이지 6, 7년쯤의 사족의 불만에는 사상성이 없었다.

사족의 특권을 빼앗겼다는 사실 때문에 원래의 봉건제로 환원시키려는 의식이 '사가의 난'에서, 시마 요시다케(島義勇)를 수령으로 하여 옛 막부를 부활시키려는 '우국당'에 나타나 있었다. 그런 의식은 이미 사가뿐만 아니라 전국적으로 널리 전파되어 있었다.

그 밖에는 해외에 이런 불평 에너지를 쏟아버리자는 정한론자들인데, 그 정한론은 한낱 외교책에 지나지 않을 뿐 도저히 사상이라고 할 수는 없다.

그러나 사상의 대용물이기는 했다.

사상의 공백기였기 때문에 반정부 에너지를 한곳에 모아 방향을 정해주는 사상의 대용으로써 정한론이 존재했던 것이다. 사이고의 존재도 역시 인격이면서도 사상 그 자체인 듯한 착각을 일으키게 했던 것이다.

이런 현상에 대해서는 이 시대의 가장 맹렬한 불평 사족이었던 구마모토 현의 사족 미야자키 하치로(宮崎八郎)의 언동이 그때의 사정을 잘 말해주고 있다.

그는 도쿄에서 '사가의 난'이 일어났다는 소식을 듣자 거기에 가담하기 위해 서둘러 도쿄를 떠났다.

그 당시의 심경을 읊은 그의 시에 대해서는 이미 앞에서 말한 바 있다.

　샘솟는 계절을 억지로 막지 말지어다
　겹겹이 싸인 담에서
　어찌 오래 숨쉴 수 있으랴
　계곡에는 이미 봄바람이 만연하다
　벌써부터 꽃을 피운 이른 매실 꽃 가지 하나

'벌써부터 꽃을 피운 이른 매실 꽃 가지 하나'

이것은 말할 것도 없이 '사가의 난'을 가리키는 말이지만, 미야자키 하치로로서는 정부를 전복하려는 움직임 모두가 봄바람이고 매화꽃이었다. 그는 아무튼 에토 신페이의 반란군에 가담하기 위해 서쪽으로 급행했다.

구마모토로 돌아가 불평 사족이라고 말하면서 구마모토 부대를 조직하기 위해 활동을 시작할 무렵에 사가의 반란군은 어이없이 정부군에게 토벌되고 말았다.

"그러나 아직 사쓰마에 사이고가 있다."

하치로는 이런 말로 풀이 죽은 동지들을 격려했다. 사이고는 불평 사족들에게 있어서 그런 존재였다.

'사가의 난'이 수습되자 거의 동시에 정부에서 대만을 정벌한다는 소식이 하치로의 귀에 들어왔다. 정부는 정규군으로서 구마모토 부대에 출동을 명령하고, 종군 지원자들은 주로 가고시마 현이나 구마모토 현에서 모집하고 있었기 때문에 소식이 빨랐던 것이다.

그 말을 듣자 하치로는 매우 기뻐하면서 동지 50명과 함께 거기에 참가했다. 이런 행동은 하치로의 반정부적 입장과 모순될 뿐 아니라 뒷날 그의 자유민권 사상에서 보더라도 쓸데 없는 행동인 것 같다. 그러나 그의 행동에서 보는 것처럼 불평 사족이 그 에너지를 발산할 수 있는 목표만 찾으면 그것으로 만족하는, 이상할 정도로 자유분방한 시대였다.

원정군의 함선은 단 한 척의 수송선을 제외하고 모두 출발하고 말았다.

남아 있는 그 배에 사이고 쓰구미치와 지휘본부가 탑승하게 되어 있었다.

다카사고마루(高砂丸)라는 1700톤짜리였다.

군의 청부를 맡은 오쿠라 조가 나가사키의 영국인으로부터 사들인 배인데 양쪽 외륜(外輪)이 지독하게 낡은 고물배였다. 칠도 다 벗겨지고 선구(船具)도 부족한 것이 많았다. 기관은 2개가 있었으나 너무 낡아 빠져서 제대로 속력도 내지 못했다.

이런 작은 배에 정원의 4배나 되는 사람들이 올라탔다. 뿐만 아니라 대포, 탄약, 식량, 야전 병원의 시설자재 등도 실렸다.

수용된 인원은 600명인데 군인들도 있었고 '징집대'라고 불리는 미야자키 하치로 등의 장사단도 있었다. 군인은 지휘본부 소속의 보병 1개 중대와 포병 1개 소대였다. 그 밖에 경리, 의사, 인부 등이 타고 있었다. 선실은 수용량을 늘리기 위해 1등실까지 침대를 떼어내고 마루 바닥에 자게 했으며 2등실 3등실에는 사람들이 겹겹이 수용되어 있었다. 계절은 5월 중순이었으나 배안은 사람들의 훈김으로 찌는 것 같고 퀴퀴한 냄새가 들어차 지옥과도 같았다.

이 수송 일체를 담당한 것이 오쿠라 조 상회의 오쿠라 기하치로(大倉喜八郎)였다. 기하치로 자신도 다카사고마루에 타고 있었다.

기하치로는 에치고 시바타(新發田)의 부농의 아들로 태어나 안세이 원년(1854)에 에도로 나와 건어물 가게의 점원으로 들어갔다가 3년 뒤에 건어물 가게를 차렸다.

건어물 가게가 나중에 총포상으로 변하는 것은 막부 말기의 풍운을 보고 틀림없이 일본에 내란이 일어나리라는 것을 예상했기 때문일 것이다. 그뒤 기하치로는 전쟁이 터질 때마다 거부를 쌓아갔다.

계기는 있었던 것 같다. 막부 말기에 요코하마에 구경가서 외국선에서 신식총이 하역되는 것을 보고 착안했다고 한다.

게이오 원년(1865), 그는 간다 이즈미바시(和泉橋)에 오쿠라옥(大倉屋)이라는 총포상을 열고, 요코하마의 외국 상관과 결탁하여 총포를 사들였다. 에도와 요코하마 사이를 많은 돈을 가지고 왕래했는데, 강도를 만날 경우에 대비하여 6연발 권총을 두 자루나 품속에 넣고 다녔다.

그가 큰 이익을 얻게 된 것은 창의대(彰義隊) 소동 때부터였고, 그뒤 보신 전쟁의 진전과 함께 장사는 더욱 순조롭게 되어 나갔으나, 내란이 끝나자 총포의 시대는 끝났다고 보고 무역상으로 전환했던 것이다. 그 동안 해외 시찰을 했는데 런던에서 오쿠보와 기도를 만나기도 했다.

귀국 후에도 군수품 취급은 계속하면서 보신 전쟁 이래의 인연으로 육군성의 어용상인이 되었다.

이번에 대만 정벌을 계획하면서 정부에서는 수송에서 인부의 모집이며 감독까지 모두 상인에게 청부를 주려고 했으나 아무도 나서는 자가 없었다. 기하치로가 자진해서 이 일을 맡아 500명의 인부를 이끌고 나가사키에서 작업을 했던 것이다.

이 오쿠라 기하치로가 자진해서 데리고 간 5백 명의 인부 중에서 병사자가 128명이나 생겼다.

'이 풍토병은 흔히 대만병(臺灣病)이라고 하는데 몸이 누렇게 되어 죽는다. 종군의사라고 해봐야 이름뿐이지 키니네를 먹이는 것이 고작이었다.

그나마 충분하게 준비하지 못했기에 배안에서 일찌감치 약이 떨어져버렸다.'

기하치로는 회고록에서 이렇게 말하고 있다.

'대만 정벌이라는 어마어마한 이름을 내걸어 놓았으나 군인이나 인부의 위생에 대한 배려가 거의 없었던 것을 보면, 육군 중장 사이고 쓰구미치의 군사 지식이나 현지 지식이 얼마나 빈곤했던가를 알 수 있다.'

대만병에 걸리지 않았던 것은 불과 몇 사람뿐이었다. 쓰구미치는 정한론의 열기를 식혀보려고 한 정치적 배려 외에는 아무 것도 생각하지 않았다. 이 정도의 현지 조사마저 하지 않았다는 사실이 그것을 입증하고 있다.

오쿠라 기하치로는 그 회고록에서 다시 말했다.

'그 당시의 일을 생각하면 지금도 소름이 끼친다. 이 대만병은 참으로 무서운 것으로 그 당시 갔던 사람은 거의가 다 걸렸다. 걸리지 않았던 것은 사이고 씨, 아카마쓰 노리요시 씨 등인데 장교들은 비교적 적었다.'

군인의 병사자보다 인부쪽의 병사자들이 훨씬 더 많았다. 기하치로의 해석으로는 인부의 영양상태가 군인보다 나빴기 때문이라고 한다. 더우기 죽은 인부에 대해서는 관에서 아무 수당도 주지 않았다.

보신 전쟁 당시의 기선에 의한 군대 수송도 위생 환경이 매우 나빴으나 다카사고마루는 그보다 더했다. 겹겹이 수용된 병사나 장사들은 군대 수송이란 으레 그런 것이라고 생각했는지 괴로워만 했을 뿐 그것이 불만의 원인이 되어 폭발한 일은 없었다.

그러나 육체적 고통이 군대의 통솔을 해이하게 만들었다. 훈련을 받은 정규병이야 어쨌든, 장정들의 통제는 거의 불가능했던 모양이다.

다카사고마루가 나가사키를 출항한 것은 5월 18일이었다.

오쿠라 조에서 구입하여 실은 식량 중에서 쇠고기가 썩어버린 것을 알게 된 것은 그 이튿날이었다. 그것을 모두 바다에 던져버렸다.

음료수도 수조에 새는 곳이 있었던지 사흘째에는 벌써 모자라기 시작했다. 처음에는 하루 한 사람 앞에 3.5되씩 돌아갔으나 그것이 반으로 줄어들더니 항해를 계속할수록 더욱 감소되었다.

배는 남하하고 있었다.

거기에 따라 더위가 기승을 부렸다. 그렇지 않아도 콩나물시루 같은 선내가 찌는 것만 같은데, 선체가 불볕에 달아오르고 게다가 물도 마실 수 없는 환경은 인간의 생존조건의 극한을 오르내리는 것이었다.

쓰구미치는 이런 어처구니 없는 해외 파병의 사태를 통해 정한론이 얼마나 덧없는 것인가를 실험한 셈이었다. 정한론이 형인 사이고 육군 대장에 의해 주장되기는 했으나, 정밀한 군사 지식에 의해 뒷받침된 것이 아니기 때문에 그런 점에서는 한낱 지사의 주장에 불과했다는 것을 깨달았을 것이다.

일본 육군은 군대에 가장 필요한 병참부대도 없었고 병참 관념도 없었다. 병참은 오쿠라 기하치로라는 어용상인에게 일임하고 있었던 것이다.

기하치로는 인부들로부터 '큰 주인'으로 불리고 있었다. 기하치로가 하청으로 고용한 두 사람의 알선업자가 주인이다. 큰 주인과 두 주인이 병참 사령관인 셈이었다.

선대의 식사도 오쿠라 조에서 조달했다.

세 끼 배식은 소나 말에게 먹이를 주는 것과 비슷했다.

부식은 단무지와 매실장아찌뿐이었다.

밥은 몇 개의 큰 소쿠리에 담아 큰 방, 작은 방의 중앙에 갖다 놓는다. 밥 위에 감자가 대여섯 개 얹혀 있었다. 그 밥 소쿠리 주위에 모여들어 땀투성이가 된 몸들을 서로 비비대면서 자기 도시락에 밥을 퍼 담는 것이다. 질서니 뭐니 있을 턱이 없었다.

물이 가장 큰 문제였다.

아침에 각자에게 허용된 양만큼 수조에서 얻어 오는데 그 외에는 물을 얻을 수가 없었다.

그러니 오후가 되면 모두 목이 말라 죽을 지경이었다. 그래서 물 도둑이 부쩍 늘었다.

한때는 전원이 물 도둑이 된 일도 있었다.

그래서 '물 당번'이라는 것이 수조 옆에 배치되었다. 처음에는 하사관이 그것을 맡았다. 사족 출신인 장사들은 어깨를 으시대며 하사관을 위협했고, 징병으로 뽑혀 온 농부 출신의 병사들은 수조 옆에서 고을 행정관에게 아뢰듯이 굽실거리며 애원했다.

결국 물 당번은 하사관으로는 감당할 수가 없게 되어 장교가 배치되었다. 병사들은 그래도 훈련을 받기 때문에 별로 오지 않았으나 장사들은 떼를 지어 찾아왔다. 장교와 맞붙어 격투를 하는 자가 있는가 하면 그 틈을 이용하여 재빨리 물을 퍼가는 자도 있었다. 장사들에게 군대의 질서 감각 따위는 없었다.

그 때문에 물 당번의 계급이 차차 올라가다가 끝내는 최고 지휘관인 육군 중장 사이고 쓰구미치가 직접 정장 차림으로 수조 옆에 버티고 서서 물 당번을 서게 되었다.

출항 전에 수조를 점검하지 않았던 불찰도 불찰이지만 육군 중장이 물 당번을 하지 않으면 안 되었던 것이 그 무렵의 군대의 실정이었다.

쓰구미치의 형은 '300만 사족'이라는 이런 종류의 장사들의 존재를 일본의 유일한 군사적 강점으로 생각하고 정한론이라는, 실질적으로는 러시아와의 전쟁을 각오한 정책을 주창하였던 것이다.

대만 정벌이라고는 하지만 오쿠라 기하치로가 말한 것처럼 멧돼지 사냥과 같은 것이었다.

생번은 총기라고 해봐야 화승총밖에는 없었다. 그들은 일본군이 추격하면 산중으로 달아나는데 어쩌다 나무 사이에 숨어 저격하는 것이 고작이었다. 전쟁이라 할만한 것도 아니어서 20일 정도 지나자 일본측은 목단사에 있는 생번의 빈 부락을 점령하고 추격전을 끝냈다. 말라리아에 걸린 피해를 포함하면 일본측의 손해가 더 컸던 셈이다.

정의의 전쟁이니 해봐야 일본군 병사와 선원, 인부들에게는 별로 그런 의식이 없었다.

류큐 인이 생번에 의해 피살되었기 때문에 출병했다는 것이 원정의 명분이었다.

"정부가 그토록 국민을 소중하게 생각하고 있단 말이오?"

그러나 이런 말로 기도가 비난한 것과 같은 증거는 충분히 있었다.

예를 들면 귀국할 때 기선이 대만의 항구를 출항한 뒤, 집합에 늦게 온 인부 한 사람이 해변에 남아 있다는 사실을 알게 되었다. 그 사람은 해변에서 발을 동동 구르면서 울부짖고 있었다. 배 위에 있는 인부들도 그것을 알았으나 배가 움직이고 있는 이상 어쩔 도리가 없었다. 남아 있게 되면 생번에 피살될 것은 뻔한 일이었다.

인부들의 큰 주인인 오쿠라 기하치로가 선교에 가서 배를 돌려달라고 부탁했다.

선장은 영국인이었는데 한 마디로 거절해버렸다. 일단 배가 떠난 이상 돌아갈 수 없다는 것이었다. 요컨대 거기에 남겨두고 생번이 죽이도록 내버려 두라는 것이다. 대만 정벌이라는 이 '장거'가 류큐 인이 생번에게 피살되었기 때문에 보복한다는 인도주의와, 국민을 사랑한다는 데 근본 목적이 있었다면 배를 되돌리는 정도의 일은 했어야 옳았던 것이다.

기하치로의 회고담에 따르면, 그러는 동안에 해변에서 절규하는 인부의 모습이 콩알만큼 작아졌다고 한다.

기하치로는 인부들의 신뢰라는 오직 그 한 가지만을 장사 밑천으로 삼아 청부업을 하는 사람이었다. 만일 여기서 그가 해변에 있는 인부를 내버려둔다면 다른 인부들이 가만히 있지 않으리라는 것을 알고 있었고, 또 설령 여기서는 별 문제가 일어나지 않는다 하더라도 앞으로의 사업에 지장이 있다는 것도 잘 알고 있었다.

그는 필사적이었던 모양이다.

"만일 당신이 인도에 어긋나는 행동을 한다면 나에게도 각오가 있소. 당신을 죽이고 나도 여기서 자결하겠소."

그는 통역을 통해 말했다.

영국인 선장은 기하치로의 얼굴빛이 변한 것을 보고는 겁이 났던지 끝내 몸을 벌벌 떨면서 작은 소리로 키잡이에게 지시하여 배를 돌리게 했다.

"알았소."

해변에 남아 있던 인부는 울면서 배에 올라 왔다고 한다. 이런 경우, 아무리 선장이 영국인이라 하더라도 일본 정부에 고용되어 종군하고 있는 이상 그의 행동이 일본 정부와 무관하다고 할 수는 없다. 대만 정벌의 본질이 이런 사소한 사건에도 잘 표현되고 있다.

그러나 이 대만 정벌 사건은 일본역사상 진귀한 사건이라고 할 수 있다.

3천여 명이나 되는 병력을 원정군으로 파견하면서도 외국 공관에 통첩을 하지 않았다는 것은 또 그렇다 치더라도, 국민에게도 알리지 않고 밤도둑처럼 배를 끌고 슬그머니 떠나는 일은 근대국가에서 있을 수 없는 일이다.

그리고 내각에서 결의했다고는 하지만 그것은 형식뿐이었다. 오쿠보 내무경이 태정대신 산조 사네토미와 우대신 이와쿠라 도모미를 설득함으로써 성립된 것이었다.

"하다못해 국민에게는 알려라."

참의인 기도 다카요시가 통렬히 주장한 다음 사직하고 만 것도 당연한 일이었다. 기도는 산조에게 제출한 글 속에서는 비록 명백하게 말하지 않았으나 그가 큰소리로 외치고 싶었던 것은 이런 말이었을 것이다.

"사쓰마계가 권력을 사물화하고 있다."

"나는 처음부터 그 계획에 가담하지 않았다."

이런 뜻의 글을 남긴 것은 육군경 야마가타 아리토모였다. 경이란 그 이후 시대의 대신에 해당하는 명칭이다. 그 사건 중에서 가장 기묘한 것은 육군대신마저 아무 상의도 받지 못했다는 사실이다. 그래서 국민에게 알리지 않았던 것은 당연한 일이었을지 모른다.

오쿠보가 한 짓은 사기 수법과 비슷하다. 분명히 오쿠보는 군대를 동원하는 데 필요한 최저한도의 권력구조의 동의는 얻었다. 산조와 이와쿠라의 동의를 얻은 다음 거기에 의해 칙명을 받아 냈다. 그 칙명을 육군 차관 사이고 쓰구미치에게 주었다. 차관은 야마가타 육군경의 아래이다. 그러나 칙명은 육군경이 가지지 않고 차관이 가졌다. 그것을 쥐고 군대의 일부를 동원하고 나아가서는 장사까지 모집하여, 그것을 외국에서 서둘러 사들인 기선에 싣고 떠났던 것이다.

관제(官制) 왜구라고 할 수 있다.

이런 종류의 요술적인 군대 사용 방법은 나중에 체질화되어 일본 국가에 나타나게 되었다.

메이지 시대인 1887년 이후에는 입헌국가로서의 운영이 비교적 충실했으나 쇼와 시대에 들어와 그런 유전적인 증세가 노골적으로 나타났다. 육군 참모본부는 통수권이라는 기묘한 것을 항상 칙명으로 보유하면서 군대 사용은 내각과 상의하지 않아도 된다는 망령된 판단 아래 만주사변을 일으키고 중일전쟁을 일으켰다. 한편에서는 노먼햄 사건을 일으키는 등 일이 벌어진 뒤 그때마다 내각에 사후 승인을 시키더니 끝내 태평양 전쟁을 일으켜 국가를 패망시키고 말았다. 오쿠보와 사이고 쓰구미치, 그리고 오쿠마 시게노부 등 3명이 합작한 이 관제 왜구가 그후 도발의 선례가 되었을 것이다.

그런데 오쿠보의 우스운 점은 그가 대체로 호전가도 아니고 염전가(厭戰家)도 아니라는 사실이었다. 국내에 팽배한 호전적인 기운을 돌리기 위해 이를테면 사혈(瀉血)을 해본 데 지나지 않은 것이다.

그러나 오쿠보의 이러한 마술적 정치 의학은 결과적으로 아무 효과도 없었다.

　대만 정벌의 애초 계획은 대만에 군대를 주둔시켜 현지에서 사이고 쓰구미치가 청국 대표와 협의하고 일본에 유리한 조건을 획득한다는 것이었다.

　이를테면 청국에 대만의 일부를 내놓게 하여 거기에 조그마한 식민지를 만든다는 것도 계획에 포함되어 있었다.

　그러나 공상에 지나지 않았다.

　외교는 장기와 비슷하다. 한쪽만이 능동적이 되어서는 곤란하고 한 개의 졸을 움직여도 피차에 큰 영향을 받는 법인데, 오쿠보와 사이고 쓰구미치, 오쿠마 시게노부 등이 벌인 대만 정벌은 장기를 두는 것과 같은 배려는커녕 장기의 약속 사항마저 무시하고 느닷없이 졸을 차처럼 사용하여 장군을 부르는 것과 마찬가지였다.

　주일 외교단뿐 아니라 북경의 외교단도 들고 일어났다. 특히 청국에 많은 권익을 가지고 있는 영국이 가만히 있지 않았다. 북경의 영국 공사는 청국 정부를 충동질하여 그들의 소극적인 자세를 따지고 들면서 일본 정부에 대해 강경한 공식 항의를 제기하게 만들었다.

　'대만 독판방무(臺灣督辦防務).'

　청국은 갑자기 이런 관직을 만들어 선정대신(船政將官)인 심보정(沈葆楨)을 그 자리에 앉히더니 대만 현지에 파견하여 사이고 쓰구미치와 담판을 시켰다.

　그날이 6월 22일인데 물론 아직 철수하지 않았을 때였다. 쓰구미치는 야전군의 위력을 배경으로 사료(社寮)라는 시골의 한 부락에서 회견을 가졌다.

　청국에서는 그들이 고용한 프랑스 인 2명을 데리고 왔다. 쓰구미치도 미국의 해군 소령 카셀을 고문으로 데리고 갔다.

　일종의 진풍경이라고 할 수 있으나, 극동의 두 나라가 교섭을 하는 데 서양인 고문이 필요했다는 것은 이 시대의 빼놓을 수 없는 사건이었다.

　영토 문제나 군대 사용 문제에 대해서는 국제법이나 국제관습을 일차적인 기준으로 삼는다는 사상은 유럽에서 비롯되었다. 유럽의 열강들이 아시아를 잠식할 경우에는 유럽에서만 통용되고 있는 국제법이나 국제관습을 가지고 자기 나라의 식민지 획득 행동이나 권익 보호 행동을 정당화시켜 왔는데, 잠식당하는 측인 아시아에서도 역시 그러한 법과 관습을 인정하고 있었기 때문에 일본과 청국 등 아시아 국가끼리의 분쟁에서도 그것을 기준으로 삼지 않을 수가 없었던 것이다.

하기야 쌍방이 데리고 온 사람들이 국제법의 권위자는 아니었다. 쓰구미치가 고문격으로 삼고 있는 것은 미국 해군의 소령이었고, 청국에서 데리고 온 두 프랑스 인은 복주(福州)의 조선소에 고용되어 있는 조선 기사였다. 요컨대 청국이나 일본국 양쪽 모두, 서양인의 얼굴을 하고 있는 자는 모두 국제 분쟁을 해결할 수 있는 상식을 가지고 있다고 생각하고 고문으로 삼았던 것이다.

청국 대표는 심보정이었으나 쓰구미치가 대신이 아니라는 사실을 알자 차관급인 방위라는 자가 대표가 되었다.

사이고 쓰구미치의 주변에는 그의 정치와 군관계를 보좌하기 위한 보필자가 다소는 있었다. 그들의 힘을 빌리지 않으면 쓰구미치도 어떻게 할 도리가 없었을 것이다.

그 중에 똑똑한 관원으로서 요코하마 사다히데(橫山貞秀) 같은 사람도 있었다.

그는 옛 막부 시대에는 나가사키 통역으로 있었는데 중국어가 전문이었다. 어학뿐만 아니라 관세업무에도 밝았기 때문에 메이지 정부는 옛 막부의 붕괴와 함께 그를 나가사키에 그대로 둔 채 관원으로 임명하여 나가사키 현 다이소쿠(大屬 : 사무관), 나가사키 현 소참사(少參事)를 거쳐 대장성 조세국에 근무하게 하여 나가사키에 거주하면서 관세업무를 보게 했다.

이번에 대만 정벌 문제가 일어나자 대장성의 오쿠마 시게노부에게 발탁되어 오쿠마의 현지 파견관이라고도 할 수 있는 '만지 사무지국장'이라는 직책을 맡았다.

이 요코하마 사다히데가 그 중후한 풍모와 정확한 북경 표준어로 청국 대표와 협상도 했고 사이고 쓰구미치가 출석할 때는 그의 통역을 맡기도 했다.

원래 오쿠마 시게노부는 이 대만 정벌에 있어서 오쿠보의 사냥개에 지나지 않았다. 그는 사이고의 정한론에 반대했다. 그러나 오쿠보의 정대론을 실무화시켰다.

단, 그는 '해외출사지 의(海外出師之義)'라는 제목을 단 건백서를 태정관에 제출했다.

‘군대는 흉기이며 전쟁은 위험한 일이어서 내가 바라는 바는 아니지만 청국의 교만을 꺾지 않으면 제국이 제국으로서의 체통을 다할 수 없다.’

그러나 그 내용이 관념적이어서 별로 취할 바가 못되었다.

오쿠마의 대외정책이라는 것은 워낙 사상성이 결핍되어 있어 그런 의미에서는 조잡한 것이었다. 그러나 이익을 노리는 점에서는 빈틈이 없었다. 오쿠마는 유신 초기에 많지 않은 재정가의 한 사람으로서 약간 허세를 부리기는 했으나 유신에서 메이지 초기에 이르는 고관들에게 아낌을 받았다. 그는 다분히 눈앞의 공명과 이익을 노리는 타산적인 일면이 있었다.

그가 발상한 대만 정벌의 뒷처리는 참으로 간단했다.

"원정비를 청국에서 받아내라."

그것뿐이라고 할 수 있었다. 그는 가난한 국가 재정을 맡고 있는 몸으로서 국고에 돈이 없다는 것을 항상 걱정하는 입장에 있었기 때문에 대만 정벌도 그러한 경제면만을 중시했다. 손해를 보지 않도록, 가능하면 실비보다도 더 벌어들였으면 하는 정도였다.

그것을 현지에 파견하는 자기 지국장인 요코하마 사다히데에게 충분히 일러두었을 것이다.

그래서 쓰구미치가 청국 대표에게 줄곧 주장한 것은 이념보다 돈이었다.

‘이번 원정으로 대충 220만 달러가 들었다. 그러나 앞으로 협상이 길어져 군대를 계속 주둔시키게 되면 군인들의 봉급을 비롯한 여러 가지 비용이 더 많아질 것이다.’

요코하마 사다히데 등의 통역에 의한 사이고 쓰구미치의 주장 속에는 이런 귀절이 있었다. 그것이 쓰구미치가 가장 말하고 싶었던 점이다. 요컨대 돈만 내면 군대를 철수시키겠다는 것이었다.

사이고 쓰구미치는 대만의 한 곳에 많은 군대를 주둔시켜서 그 위엄을 가지고 외교를 유리하게 이끌어 가려고 했다.

그러나 병사들의 대부분이 말라리아 열병에 걸려 동원할 수 없는 형편에 놓여 있었다.

쓰구미치가 이 대만 정벌에 데리고 간 병력은 3,658명이었다.

전사는 12명뿐이었다. 전투다운 전투가 없었던 증거일 것이다. 그러나 대만 정벌 반 년에 병사자가 561명이나 된 것을 보더라도 군대 내부의 실정을 알 수 있다.

사이고 쓰구미치의 수행원 중에는 미국인 에드워드 H 하우스라는 건장한 사람이 있었다. 그는 아모이 총영사를 지낸 리 젠들의 개인비서 비슷한 사람이었는데, 그 당시 남북 전쟁이 끝나자 할일이 없어 떠돌아다니는 미국 장사의 하나라고 해도 좋을 것이다.

원래 대만 정벌에는 리 젠들이 쓰구미치의 참모장 격으로 따라갈 예정이었으나 빈햄 미국 공사의 항의로 그의 대만행은 취소되어 버렸다. 그 대신 하우스가 종군하게 되었던 것이다.

하우스는 종군하기 위해서 '뉴욕 헤럴드'의 통신원이라는 신분을 얻었다.

하우스는 당연한 일이기는 하지만 일본 정부와 대만 정벌에 대해 원정이 끝난 다음에도 두둔해 주었다. 그가 그 당시 대만에 원정한 일본군의 질을 분석한 대목은 거의 전문가에 가까웠다.

일본 군대에는 규율이 없다고 지적했다.

그는 서양식 군대 사상이 일본에 들어오기 전의 '무사' 군대는 민첩하고 청결했다고 말했다. 그러나 서양식이 얼치기로 들어왔기 때문에 과거의 장점을 잃어버렸을 것이라고 지적했다.

하우스는 보신 전쟁 때 일본의 여러 번군(藩軍)들이 용감했다는 사실을 회고했다. 그 당시의 군대와 이 대만 정벌군의 공통점은 이것이었다.

"군인으로서 가장 필요한 요소, 즉 개인적 용기를 어쩌면 지나칠 정도로 가지고 있었다."

그러나 대만의 싸움터에서 군대 행동으로 발휘된 요소는 이랬다.

"이따금 저돌적이고 또 자포자기적인 면이 있었다."

이를테면 무사 출신의 병사(가고시마나 구마모토에서
온 징집대의 장사)들은 본부에서 멀리 떨어지면 위험하다는 것을 알면서도 태연하게 어슬렁거리며 나갔다. 그 때문에 이따금 생번의 습격을 받았다. 그런데도 그들은 여전히 신경도 안 쓰고 통제되지도 않았다.

이 징집대의 장사들은 무사라고 해서 참호를 파는 일 따위의 막일을 거부했다. 그 때문에 1백 명 되는 병사들의 참호를 파기 위해 그 인원만큼의 중국 노동자를 고용하지 않으면 안되었다.

"그들은 용맹성을 열렬히 희구하는 사람들이었다. 기회만 있으면 제일선에 나서고 싶어 하고 또 그런 기회가 없으면 일부러 기회를 만들었다."

용감하지만 군대다운 규율이 없었다는 점에서 당시 사쓰마 인이 중심이 된 징집대의 본질을 이렇게 분석한 것이다. 더우기 틈만 나면 그들은 술을 마셨다. 이런 버릇에도 하우스는 놀랐는지, 사이고 쓰구미치가 이러한 사쓰마 인의 버릇에 대해 관대했다는 것도 기록해 놓았다. 요컨대 쓰구미치는 그런 병사들을 데리고 청국 대표와 마주앉았던 것이다.

현지에 온 청국 대표 반위는 비대한 사람이었으나 언뜻 보면 온화한 풍모에 항상 미소를 짓고 있었다. 그러나 부하에게 말을 할 때 갑자기 그 가느다란 눈이 냉랭하게 빛나는 것을 보면 단순한 무사주의(無事主義)의 고관은 아닌 것 같았다.

사이고 쓰구미치에 대해서 결코 경멸하는 기색은 보이지 않았으나 어딘지 작은 나라의 애송이에게 무엇을 가르쳐 주는 것 같은 느낌이 들었다.

"이번 귀국의 행동에는 놀랐소. 대만에 군대를 파견하면서 우리 나라에는 통고도 하지 않았소. 뿐만 아니라 안팎으로도 숨기고 있지 않소. 참으로 곤란한 일이오."

반위는 남의 일처럼 이렇게 말했다.

쓰구미치는 형보다 도량이 넓을지도 모른다는 말을 들을 정도의 사나이지만, 상대가 그런 투로 나오자, 자칫하면 마치 동네에서 덜렁대는 젊은이가 이웃 동네의 부자집 어른에게 꾸중을 듣는 입장에 몰리지 않을 수 없었다. 가령 이웃 동네에 빈터가 있다고 치자. 그 빈터가 부자집의 소유 같다는 것을 알면서도 허락없이 잔치상을 차리는 것 같은 느낌이었던 것이다.

반위는 사실 이 쓰구미치를 상대로 현지에서 문제를 해결할 생각은 없었다. 어디까지나 나중의 외교 절충을 위해 현지를 시찰하고 일본군의 도독인 사이고 쓰구미치의 생각을 파악하기 위해서 왔던 것이다.

"특별히 숨기면서 군대를 파견한 것은 아니오."

쓰구미치는 이렇게 대꾸했으나 사실이 그렇지 않았기 때문에 말에 힘이 없었다. 반위는 가볍게 손을 저으면서 말했다.

"세상에서는 다 알고 있는 일이오. 나는 여기 오기 전에 상해에 들렀소. 아시다시피 상해에는 외국 신문이 많아요. 그 신문들이 마구 써대고 있더군요."

그는 또 말했다.

"어느 신문은 귀국이 이번 원정에 지출한 비용에 대해서도 언급하고 있었소."

쓰구미치가 주로 주장하고 싶었던 것이 바로 그 점이었음은 이미 말한 바와 같다. 아까 말한 잔치상의 예를 들자면, 빈터에 허락없이 벌여놓은 잔치상의 철거비를 내라는 것과 같은 것이다. 쓰구미치는 비용이 220만 달러 들었다고 말했다.

그러나 반위는 의견을 말하지 않았다.

"그 문제는 여기서 의논할 수가 없소. 북경에 돌아가 흠차대신(欽差大臣)과 의논한 뒤 다시 북경 주재 야나기 하라 공사와 의논하겠소."

이를테면 정식 외교 계통을 통해 해결하겠다는 것이어서, 가능하면 현지에서 해결하려고 한 쓰구미치의 의도는 빗나가고 말았다.

"그때까지는 군대를 움직이지 않도록 해주시오."

반위는 이렇게 말했고 쓰구미치는 승낙했다.

나중에 잡담을 나누는 자리에서 반위가 느닷없이 물었다.

"귀국이 이런 계획을 세운 것은 서양인들이 부추겼기 때문이 아닌가요?"

쓰구미치는 대답하기가 난처하여 슬쩍 피했다.

"나는 그런 말을 들은 일이 없소. 그런 일이야 없겠지요."

"상해의 신문에 그렇게 나와 있더군요."

반위가 웃으면서 말했다.

이런 문답은 거의 반위에 의해 주도되었다.

"귀국은 서양의 부추김을 받은 것이 아닌가?"

하고 질문을 당하는 등, 일본의 국가적 존엄성에서 볼 때 창피스러운 입장에 쓰구미치는 놓여 있었던 것이다.

그러나 쓰구미치로서는 일본 대표로 나선 이상 또 한 가지 알아둬야 할 일이 있었다.

상해의 신문들이 일본의 행동을 폭로하거나 공격하고 있다고 반위가 말한 그 외국 신문이라는 것은 모두 영국계였다. 다분히 영국 외교관에 의해 조작되어 영국의 이익만을 대표하고 있었다.

거기에 대해 주일 미국 공사 빈햄은 전임자인 데 롱과 마찬가지로 영국의 방자한 행동을 미워하고 있었다. 특히 영국이 청국과 일본에 대한 무역에 의해 폭리를 취하고 있는 사실을 자주 지적하면서, 거기에 대해 자기 나라의 이익도 되지 않는 일을 가지고 분개하고 있었다.

"일본이 불쌍하다."

빈햄은 법률가인데 일본의 안세이 연간에는 하원의원이었다. 남북 전쟁 당시에는 북군의 법무관으로 근무한 일도 있었다.

그는 영국이 일본에 대한 무역을 거의 독점하고 있었기 때문에 미국 공사로서 불만을 느끼고 있었다. 그리고 영국의 폭리가 과거 옛 막부의 최고 집정관 이이 나오스케가 체결한 '안세이 통상조약'이라는, 일본으로서는 매우 불평등한 조약 때문이라고 지적했다.

일본이 아무리 무역을 해도 일본 정부에 관세가 거의 들어오지 않는 이런 불평등한 처사는 아시아의 정부를 더욱 빈곤으로 몰아넣는 것이며, 언젠가는 그들을 다 털어먹고 말 것이기 때문에 그들이 부유해질 수가 없다, 그들이 부유하지 못하면 영국 이외의 각국은 이익을 얻을 수가 없다는 것이 빈햄의 이론이며 전임자인 데 롱의 이론이었다.

참고로 빈햄은 나중에 이런 취지에 따라 논문을 썼는데, 메이지 10년 (1877) 세이난 전쟁의 원인까지 이런 취지로 일관했다.

'그 전쟁은 농민 폭동이다. 폭동은 정부의 중과세에 대한 반발에서 발생했다. 정부가 농민에게 중과세를 부과하지 않을 수 없었던 것은 불평등 조약에 의한 무역 적자를 농민에게 떠넘기지 않을 수 없었기 때문이다. 일본 정부는 그 불평등 조약을 개정하고 싶어하지만 영국은 그것을 받아들이지 않고 있다. 영국으로서는 일본에서뿐만 아니라 청국에서도 나타나는, 영국에 이익이 되는 이런 현상을 고치고 싶지 않은 것이다.'

빈햄은 이 대만 정벌에 대해 미국의 관리와 기선을 사용하지 못하게 했으나 그래도 그 원정에 은근히 호의를 가지고 있었던 것은 틀림없는 것 같다.

그러나 반 대표는 쓰구미치에게 넌지시, 미국인에게 부추김을 당하지 않았느냐고 말하고 다시 어른이 어린아이를 타이르듯이 말했다.

"서양인은 걸핏하면 청국과 일본을 이간시키려 합니다. 일본은 그런 술책에 넘어가서는 안됩니다."

청국 대표로서는 일본까지 청국 영토를 넘보고 덤벼드는 것을 매우 당혹스럽게 생각한 것이 당연한 일이다.

파도

상해나 요코하마에 있는 외국 신문의 대일(對日) 공격은 가혹하기 이를 데 없었다.

영국계 신문가의 경우 그 논지는 오직 하나였다.

'일본 정부가 대만에 군대를 보낸 것은 법을 무시한 행위이다. 분수를 모르는 짓이다.'

법을 무시했다는 점에서 재미있는 예를 든 신문이 있다.

영국령 뉴질랜드를 예로 들고 있다. 태평양에 있는 이 커다란 섬나라는 1760년 탐험가 제임스 쿡이 발견하여 1840년 영국이 원주민 추장과 조약을 맺고 영국의 직할 식민지로 삼았다. 그후 영국의 식민 사업이 진척되었다.

이 섬의 주민은 폴리네시아계의 마오리 족으로 그들은 영국의 그리스도교를 포교하는 데에 반발하여 여러 번 반란을 일으켰다.

영국은 이에 군대를 보내어 토벌이라기보다는 전쟁 비슷한 규모의 전투를 했다. 그 가운데 큰 것은 제2차 마오리 전쟁으로, 이것이 10년 동안이나 계속되었다. 전쟁은 1870년에 끝났다. 일본이 이를 흉내내어 식민지를 갖겠다는 야망을 다소나마 불태웠던 것은 이 대만 정벌 사건이 일어난 지 겨우 4년 전이었다.

자연히 아시아에 와 있는 모험적인 유럽인은 뉴질랜드 섬이란 지명을 대만에 겹쳐서 생각했다.

'뉴질랜드 섬의 경우를 생각해 보라. 이 섬은 영국의 속령이다. 이 섬에 원주민 마오리 족이 있다. 그들이 만약 미국의 표류선에서 짐을 빼앗고 그 선원들을 죽였다고 하자. 미국은 곧 군대를 동원해 이 섬에 상륙하여 원주민을 무력으로 응징할 것인가? 대만도 이와 마찬가지다. 청국의 속령인 이 섬에는 원주민이 있다. 그 원주민이 일본의 표류선 선원을 죽였다 하여 일본군이 청국 정부의 양해도 얻지 않고 군대를 보낸다는 것은 법을 무시한 행위이다.'

이러한 논지였다.

이에 대해 일본이 강대한 나라라면 사정이 다르다고 기묘하게 의견을 펴 나간 신문도 있다.

다시 말해서 이 무렵 지구의 다른 한 모퉁이에서 청국의 국경선을 지난 세 기부터 계속 갉아 먹어가는 나라가 있어, 청국과의 직접적인 전투와 외교상의 분쟁을 거듭하고 있었다. 러시아였다. 그러나 러시아는 청국보다 강대해서 결국 청국은 억울하지만 어쩔 수 없이 단념하는 자세를 취하지 않을 수 없었다.

이것은 하는 수 없는 일이라고 영국계 신문은 말했다. 이 시대 열강국의 약육강식 논리로 보아 청국은 웬만한 일에는 눈을 감지 않을 수 없다고 했다.

'일본은 러시아도 아닌데 대만을 강제로 빼앗으려고 한다.'

강국이라면 괜찮지만 약소국이므로 안된다는 이치였으며 후세에 와서 보면 기묘한 논리인데 이런 이치가 당당히 통하는 시대이기도 했다. 일본이 하찮은 약소국의 처지로 열강이 하는 짓을 흉내내는 것은 건방지다는 것이리라. 이러한 논평을 대낮에 공공연히 주장하고 있다는 것을 보더라도 이 시대가 얼마나 제국주의적인 시대였는가를 상상할 수 있다.

오쿠보 도시미치의 일생은 한 마디로 역경의 연속이라 할 수 있다.

오쿠보만큼 어려운 역경을 참고 견디어낸 성격도 흔치 않다. 그가 맹우(盟友)인 사이고 다카모리와 더불어 위험한 고난을 함께 하던 무렵, 사이고는 중대한 고난을 당하게 되면 별안간, 그것도 큰 해일이 일시에 물러나는 듯한 기세로 자살이나 은퇴로 도피하려는 버릇, 다시 말해 철학화된 성질이 있었지만, 오쿠보에게는 그것이 없었다. 오쿠보가 사이고에게 불만을 갖고 있었던 것은 그런 점이며, 그는 사이고에게 맞대놓고 처절한 표정으로 말한 적도 있다.

"자넨 언제나 그래. 곤란하게 되면 나만 남겨두고 어디론가 가버리거든."

사이고는 사쓰마로 돌아온 뒤 도사(土佐)의 하야시 유조(林有造)가 찾아왔을 때 말한 일이 있다.

"오쿠보는 사쓰마 인이지만 겁장이야."

사이고는 오쿠보를 깊이 알고 있었으므로 오쿠보를 겁장이라곤 생각하지 않았지만, 이 시기의 사이고는 오쿠보를 자기와는 전혀 다른 세계관을 가진 사람으로 멀리 배척하였고 이해하려는 입장도 취하지 않고 있었다. 오히려 증오하는 입장을 취했다. 이론적인 입장에서는 이해했으나 정치적인 입장에서는 미워했다.

오쿠보의 세계관이나 새 국가 건립안이 단순한 이론이라면 사이고도 미워하지는 않았겠지만, 그것이 권력 형태를 취하여, 야(野)에 숨어 있는 사이고 앞에 우뚝 버티고 서 있는 이상 이것을 이해하려는 입장은 이미 사이고에게는 없었다. 증오할 수밖에 없었고 그 증오는 다른 현 사람에게 '오쿠보는 겁장이 사쓰마 인'이라고까지 말하게 되었던 것이다.

이 무렵의 사쓰마 인에게는 비겁하다느니 겁장이라느니 하는 평가가 제일 큰 모욕이었다는 것을 이 말의 배경으로 함께 생각해야 한다.

그러나 가까운 사람이 보는 바에 의하면 오쿠보는 겁장이와는 가장 거리가 먼 사람이었다. 물론 사이고가 말하는 겁장이도 오쿠보가 전쟁을 하고 싶어하지 않는 데 대한 평가를 그와 같은 표현으로 나타낸 것이지 오쿠보의 개인적인 성격을 운운한 것은 아니다.

오히려 오쿠보의 신변에 있는 사람들은 오쿠보가 겁장이와는 거리가 먼 일종의 도깨비와도 같은 굳센 저력을 지닌 사나이임을 가끔 목격하고 있었다.

사가(佐賀)에서 싸울 때 오쿠보는 싸움터에 도착하자 전선(前線)의 노즈 시즈오(野津鎭雄) 소장에게 전황을 물으려고 사자를 보냈다. 노즈는 지휘중이어서 현장을 떠날 수 없어 오쿠보에게 말했다.

"그쪽에서 이리로 와 주십시오."

오쿠보는 보신 전쟁 때에도 싸움을 피하지 않았다. 그는 이 사가에서 처음으로 총알이 날아오는 속으로 들어갔는데, 몸을 가리거나 숨지도 않고 태연히 전선으로 걸어 나갔다. 이때 오쿠보를 따르고 있었던 사람들 중에는 보신 전쟁을 겪은 사람이 많았는데, 여러 번 겪을 때마다 불안하게 생각하면서 걸었으나 오쿠보의 모습을 보고는 그를 도깨비가 아닌가 하고 한결같이 생각했다고 한다.

오쿠보가 이 시대의 색다른 인물이었음을 좀더 살펴보겠다.

앞에서도 말했듯이 사가의 싸움에서 육군 소장 노즈 시즈오는 오쿠보의 손발이 되어 활약했다.

노즈 시즈오는 러일 전쟁의 제4군 사령관이었던 노즈 미치쓰라(野津道貫)의 형으로 형제가 함께 보신 전쟁에 참전했으며, 맨 처음의 도바 후시미의 싸움에서는 형제가 함께 포를 조작하여 최초로 막부군에 포탄을 쏘아 싸움을 시작하는 계기를 만들었다. 뒤에 형제가 다 육군으로 들어갔는데 시즈오는 메이지 13년(1880)에 병들어 죽었고 미치쓰라만 남았다.

노즈 시즈오는 사쓰마 인이면서도 육군부 안에서 사이고의 영향에 대해 둔감했다. 이 때문에 사이고가 사직하고 귀향한 뒤, 육군 소장 기리노 도시아키(桐野利秋) 이하 근위장교들이 대거 사직했으나 노즈는 행동을 함께 하지 않았다.

한 가지 이유로 그 무렵 노즈는 부대 근무를 하고 있지 않았던 것과도 관계가 있을지 모른다. 부하를 갖지 않았고, 이 때문에 부대가 동요하는 것을 누르거나, 반대로 함께 부화뇌동하는 환경 속에 있지 않았다. 그는 육군성 안에서 새로 육군의 기간(基幹)이 될 징병제를 정리하고 있었다. 징병제에 반감을 갖는 근위사관들 편에서 보면 노즈는 오히려 적의 편이었는지도 모른다.

노즈가 천부적으로 타고난 군인이라는 것은 이무렵 육군부 사람들은 잘 알고 있었다. 그는 사쓰마가 영국을 상대로 싸울 때부터 싸움을 경험한 사람으로 그 용감함과 교묘한 전술은 구번(舊藩) 시대에도 평판이 나 있었다.

사이고가 사직한 뒤 육군부 안에 남은 사쓰마계 세력은 일시에 기운을 잃었다. 그 세력의 맨 정점에 노즈가 있었다.

앞서 대만에 군사를 보낸다고 할 때 노즈는 물론 이에 찬성했다. 이 출병에대해 조슈계 군인은 육군경인 야마가타 아리토모(山縣有朋) 이하 전부라고 해도 좋을 정도로 반대했으나, 사쓰마 계는 노즈에게서 볼 수 있는 바와 같이 그것과는 달랐다. 본디 막부 말기의 혁명 의식에 있어서 조슈 번은 일본 국내의 개혁이라는 기분이 주도적이었고 사쓰마 번은 일본의 국위를 크게 해외로 떨친다는 기분이 강했다. 이런 기분이 짙은 사람들이 사이고와 함께 육군을 떠났는데, 남은 노즈 시즈오에게도 이 사쓰마 풍토적이라고까지 할 수 있는 기분이 강했음은 틀림없다.

그 대만 정벌이 나가사키에서 발이 묶이고 말았다.

미국 공사의 제의로 미국 관리나 군인, 기선(汽船) 등의 사용을 금했기 때문이며 오쿠보가 이것을 조성하기 위해 나가사키에 갔다는 것은 이미 말했다.

오쿠보는 나가사키에 있는 나가미 겐사부로(長見源三郎)라는 사람의 집에 머물렀는데 그곳으로 노즈가 찾아왔다. 노즈는 오쿠보를 부추길 생각이었다. 그 때문에 미리 술을 마셨다. 술 기운이라도 빌리지 않으면 오쿠보와 같은 사람과 대등하게 말하기가 어려웠던 것이리라. 노즈의 수행원으로 오사코 나오도시(大迫尙敏) 대위가 따라갔다.

노즈는 오쿠보의 방에 들어서자마자 말했다.

"이번에도 태평하게 인순고식책(因循姑息策)으로 끝나시는 겁니까?"

오쿠보는 노즈에게로 눈길을 보내며 한 마디했다.

"시치다에몬(七左衛門 : 野津의 通稱) 무슨 말이지?"

노즈는 이 한 마디에 그만 움츠러들고 말았다고 이 정경을 목격한 오사코가 훗날 말했다.

오쿠보 도시미치로서는 생각지 못했던 일이었으리라.

그가 주도적으로 했던 대만 정벌이 열강의 외교단으로부터 심한 지탄과 공격을 당하고, 그당시의 청국 정부로부터 굉장히 강경한 태도로 항의를 받는다는 것은 너무나 뜻밖의 일이었다.

참고한 자료가 너무 빈약했다. 오쿠보도, 그리고 그의 외교 고문이라고도 할 수 있는 참의이자 대장경(大藏卿)인 오쿠마 시게노부도, 나아가서는 외무성도, 국제적인 외교 체험을 거의 갖고 있지 않았다.

이것이 화근이 되었다.

원래부터 유신 뒤 일본 정부는 대외 자세가 소극적이었다. 아니, 그것보다도 유신이 성립됨으로 해서 이전의 양이지사(攘夷志士)가 세운 이 정권은 국가로서 국제사회에 참가함과 동시에 자신의 나라가 어지간히 작은 나라라는 것을 인식하지 않을 수 없게 되었으며, 때로는 대국의 눈치를 살피게 되었고, 막부 말기의 영기(英氣)를 잃은 듯한 허약한 태도를 취했다. 사이고 등은 오쿠보를 그런 사람들의 총대표인 것처럼 보았다.

그런데 별안간 이 정권이, 대만 정벌에 의해 거칠고 난폭하다고 할만큼 적극적인 태도를 취한 것이다.

무슨 일에고 신중하게 대처하는 오쿠보로서는 이것이 가능하다고 보고 결단을 내린 셈이었다.

빈약한 경험이 그렇게 만들었다고 해도 좋을 것이다.

전의 외무경 소에지마 다네오미(副島種臣)가 북경에서 청국의 대관들과 이야기하여 확인한 바에 따르면 대만은 청국의 주권이 미치지 않는 땅이라는 것이었다. 이 말은 임자없는 땅이라고 확대해서 해석할 수도 있다. 오쿠보는 이 점을 단서의 하나로 삼았다. 다만 중요한 문제는 이것이 청국 대관의 이야기이지 명문화된 것은 아니었으므로, 나중에 청국이 강경한 태도를 취하여 '이 섬은 우리 영토다'라고 주장할 경우 항변할 방법이 없었다.

이 점에 대해서 일본 정부에 대만 정벌을 부추겼던 장본인인 미국의 전 아모이 총영사 리 젠들은 우습게 알고 있었다. 이렇게 너무나도 우습게 아는 태도에 오쿠보는 선뜻 나선 것이었는데, 그 리 젠들이 미국 공사에 의해 활동이 막혀버린 이상 어쩔 수 없는 일이다.

청국의 강경한 태도는 영국이 뒤에서 밀어주는 데 힘입은 것이었다.

청국의 총리아문이 일본 외무성으로 보내온 항의서도 실은 영국인 사자가 갖고 왔다. 사자는 총리아문의 고용 외국인 케인이라는 사람이었다.

그 항의문의 요점은 대체로 대만 생번(生藩)의 풍속이 다르다 하여 대만을 청국령이 아니라고 하는 말은 성립되지 않는다, 왜냐하면 중국 안에는 이 생번과 같은 자들이 많기 때문이다, 그 풍속에 대하여 청국이 중국식을 강요하지 않는 것은 예기(禮記)에서 이르는 바 '그 풍속을 바꾸지 아니하며'에서 나온 것이다 라고 했다.

오쿠보로서는 군대를 거두고 싶었다.

그러나 여기서 군대를 거두면 항의나 압력에 의한 완전한 굴복이 되어 대내적으로나 대외적으로 참담함 꼴이 된다. 군대를 거두는 데는 체면이 설 만한 이유가 필요했다.

그 이유가 발견되지 않는 한 대만에 있는 3000명이 넘는 군대는 물러나지도 나아가지도 못한다. 오쿠보의 곤경은 어지간히 심각했을 것이다.

이 시기 청나라 주재 공사는 야나기하라 사키미쓰(柳原前光)라는 공경 출신이었다.

아직 나이가 스물 대여섯밖에 되지 않았다.

별로 수완이 있는 것도 아니고, 나이로 보아 경험을 쌓은 것도 아니었다.

다만 공경이기 때문에 보신 전쟁 때 도카이도(東海道) 선봉군의 총독이 되었고 나아가서는 칙사가 되어 모든 번에 심부름을 다녔다. 언제나 보좌하는 사람이 있었다.

유신 뒤 높은 관직에 대한 인사(人事)는 사쓰마·조슈 양번 대표에 의해서 행해졌는데 그들은 막부 말기에 옹립하여 이용한 공경단(公卿團)에 대한 처우를 배려해야만 했다.

공경 중에는 재간있는 사람이 거의 없었다. 태정대신 산조 사네토미는 장식품에 지나지 않았고 우대신 이와쿠라 도모미가 예외적으로 수완이 있었다. 이와쿠라는 공경의 이해(利害) 대표자로서 '공경의 자제들 중에도 좋은 재목이 있다'며 사쓰마·조슈 대표자들에게 열심히 인사에 대한 배당을 요구하고 있었다.

야나기하라 사키미쓰는 그러한 이와쿠라의 후원으로 유신 후 외무권대승(外務權大丞)이 되었다.

성안에서는 청나라를 전문적으로 다루는 일을 했다. 청나라와의 수호조약에 대한 예비 교섭은 메이지 3년(1870) 7월부터 시작되었는데, 그는 그때부터 도쿄와 북경을 오갔고 다음해에는 전권 변리대신 다테 무네나리(伊達宗城)를 돕는 부사(副使)로 청국에 건너갔으며, 메이지 6년(1873)에 소에지마 전권대사를 보낼 때도 수행했다. 그러다가 이 메이지 7년 2월에 초대 청나라 주재 공사로 임명되었던 것이다.

청국인은 노련한 것을 존중히 여긴다. 스물 대여섯짜리 이 공사의 존재를 진정한 교섭 상대로는 생각하지 않았을 것이다. 이 시기 일본으로서는 청국에 주재하는 공사는 거물급이어야만 했을 것이며, 그런 인재가 부족한 시대는 아니었다. 그런데 특히 야나기하라 사키미쓰가 선택된 것은 이와쿠라가 뒤를 밀었다는 점과 굳이 그 이유를 생각한다면 청국의 황제 보좌역이 친왕(親王)이라는 것을 참작하여 친왕과 흡사한 궁정인인 공경을 선택한 것이라고나 할까.

또는 사키미쓰의 누이동생이 이 시기에는 '사와라비(早蕨 : 어린 고사리라는 뜻)라는 이름으로 천황을 모셨던 일과도 관계가 있을지 모른다. 그녀는 메이지 8년(1875)에 내친왕을 낳았고, 메이지 12년에 훗날 다이쇼 천황(大正天皇)의 생모가 되는 사람이다. 후년에는 황족에 비길 만한 대우를 받았다. 요컨대 이와쿠라가 이런 점을 배려하여 야나기하라 사키미쓰를 추천했는지도 모른다.

유신으로 일본은 근대국가 비슷한 것을 탄생시키기는 했으나 그 변혁 또는 혁명을 중세적인 궁정과 결부시킴으로써 성립시켰다. 이와쿠라는 수완이 뛰어난 정치가이기는 했지만, 오랜 궁정인의 사상에서 끝내 벗어날 수 없었던 점을 보더라도 야나기하라 사키미쓰에 대한 인사는 어쩌면 이 메이지 정권 초기의 체질 속에서 나왔다고도 하겠다.

어떻든 이 곤란한 시기에 북경 현지에서 청국의 고관들과 각국 공사들을 상대로 절충해야 할 일본 공사가 고작 그 정도의 인물이었다. 그러나 오쿠보로서는 이 야나기하라를 믿고 손을 쓰는 수밖에 없었다.

청나라 주재 공사 야나기하라 사키미쓰는 북경에 가지 않고 우선 상해로 갔다.

상해에는 반위가 와 있었다. 반위에 대해서는 앞에서도 말했다. 그는 북경의 총리아문에서 이 대만 문제 처리를 위해 파견한 실질상의 청국 대표였다.

반위가 뒤에 올린 상주문에는 이렇게 쓰여 있다.

'신 위는 대호(大滬 : 상해)를 지날 때 이미 일본국 공사 야나기하라 사키미쓰와 여러 번 의논하였습니다.'

야나기하라와 반위가 상해에서 만난 것은 시간적으로 보아 반위가 대만으로 건너가 사이고 쓰구미치와 만나기 전이었다.

"일본은 서양인의 부추김을 받은 것이오."

반위는 야나기하라와의 회견에서도 뒤에 사이고 쓰구미치에게 한 말과 같은 말을 했다.

반위의 상주문에는 이와 같이 되어 있다.

'야나기하라는 처음에 극력 책임을 전가하려 했으나 갑자기 서양인의 부추김을 받았다고 스스로 말했습니다.'

야나기하라가 과연 그와같이 스스로 말했는지 어땠는지, 또는 반위와 같은 흥정에 능숙된 사람을 응대하기에는 야나기하라가 너무 젊어서 자기도 모르는 사이에 실토했는지도 모른다. 반위의 상주문은 이 무렵의 청국인의 통례로서 자신의 공을 교묘하게 과장하는 데가 있었다 치더라도, 이 정도의 일은 어쩌면 사실일지도 모른다.

그런데 반위의 상주문으로 볼 때 야나기하라는 대만에서 철병하겠다고 약속했다는 것이다.

"철병을 승낙했습니다. 그 증거가 될 문서도 있습니다."

이 점은 어떤지 알 수 없다.

그러나 공사 야나기하라 사키미쓰가 반위에게 가볍게 다루어졌던 것만은 확실하다. 반위는 야나기하라와 교섭중 야나기하라에게는 아무런 통지도 하지 않고 대만으로 가버리곤 했다. 야나기하라를 상해에 혼자 있게 내버려둔 것이었다.

반위는 대만에서 사이고 쓰구미치를 만났다. 반위로서는 상해에서 야나기하라를 만난 일이 유리했으므로 쓰구미치에게 분명히 말했을 것이다.

"당신 나라 공사인 야나기하라 사키미쓰 씨와 상해에서 만났는데 그때 이번 일은 서양인들의 부추김에 놀아났다고 솔직하게 말했소."

이 무렵의 통신 방법으로서는 그 즉시 상해에 있는 야나기하라에게 물어볼 방법도 없었으므로 쓰구미치는 틀림없이 이 한 마디에 기세가 꺾였을 것이다.

이 사이의 일에 대해서 야나기하라 사키미쓰의 문서가 있다. 부산(釜山)에 주재한 이사관 모리야마 시게루(森山茂)에게 보낸 편지다.

뜻을 풀어보면 이렇다.

'반위와 상해에서 만났는데 그는 대만으로 가서 사이고 도독과 만났소. 사이고 씨는 일에 관계하고 있는 형편상 상환금을 청구했소. 그런데 반위가 생각해 보리다 하는 식으로 승인한 것처럼 했소. 사이고 씨는 이 달콤한 말을 믿고 그 동안 휴전하겠다고 약속했소.'

그는 쓰구미치의 엄격하지 못함을 꾸짖고 있다. 쓰구미치에 대해 이야기하는 것을 보면 야나기하라도 자신의 졸렬한 솜씨에 떳떳하지 못함이 있었기 때문이 아닌가 한다.

요컨대 야나기하라나 사이고 쓰구미치나 모두 청나라가 가지고 놀았다 해도 좋을 것이다.

이 시대의 청나라 외교는 북경의 총리아문이 담당하고 있었다기보다 대개 언제나 천진(天津)에 있는 이홍장(李鴻章)이 쥐고 있는 변칙적인 형태가 취해졌다.

이홍장에 대해 평가하는 것은 어려운 일이다. 거대한 정치가였던 것은 확실한 모양이지만 애국적인 정치가라고 할 수 있을 것인지. 청나라 말기에 중국이 열강에 파먹혀가는 현실을 오히려 받아들인 것 같은 데가 있다.

정치 자세는 어디까지나 오래된 청조 체제를 지키고 유지해 가는 데 있었다. 게다가 그 자신 엄청난 정치 자금이 필요했기 때문인지, 그의 정치적 행동에는 언제나 화식(貨殖 : 재화를 늘이는 일)이 따라 붙었으며, 매판자본가(買辦資本家 : 외국자본에 붙어 私利를 취하고 자기 나라의 利害를 잊은 자본가) 따위와 밀착해서 막대한 재산을 이루었다.

이홍장은 애초에 혈통 좋은 관료로서 등장했다. 진사 시험에 합격하여 북경의 한림원에 들어간 것까지는 평범한 경로였으나, 태평천국의 난이 확대되고 있었기 때문에 귀향할 것을 명령받고는 민병 육성을 맡기도 하여 태평한 시절의 진사 출신 관료와는 다른 환경에 들어갔다. 그의 스승격이 되는 사람이 증국번(曾國藩)이었던 것도 이홍장이 성장하는 데 큰 영향을 주었을 것이다.

증국번도 혈통이 바른 관료였다. 처음에 한림원 등을 거쳐 예부우시랑(禮部右侍郎) 등의 자리에 있었는데 때마침 고향인 호남성 상향현(湘鄉縣)에 돌아가 있을 때 '태평천국의 난'이 일어났다. 관군(八旗綠營)은 연전연패했다.

그는 고향에서 민병을 모아 글 읽은 사람을 군대 간부로 하여 뒤에 '상군(湘軍)'이라고 불린 부대를 편성하였고 그로써 태평천국의 난에 임했다. 이윽고 청나라 조정에서는 그에게 명하여 강소(江蘇), 안휘(安徽), 강서(江西), 절강(浙江)의 4성에 대한 정치, 군사의 독재권을 쥐게 했다. 이 증국번 군은 네 사람의 우두머리로 구성되어 있었다. 동생인 증국전(曾國荃)과 제자 좌종당(左宗棠), 그리고 이홍장이다. 이홍장은 스스로 길러낸 민병부대인 회군(淮軍)을 이끌고 있었다.

난이 진압되어 가는 과정에서 청나라 조정은 증국번의 공적을 세상에 다시 없는 큰 것이라 하여 중앙의 인사권까지 주려고 했으나 그는 굳이 사양했다. 중국의 역대조 왕의 신하로서 강대한 권력을 잡은 자는 대부분 비명 횡사를 했음을 알고 있었기 때문이다. 증국번은 그 세력의 바탕이 되는 상군(湘軍)은 해산하고 만년에 강남 지방에 세력을 길러가면서 1872년에 죽었다.

이홍장은 스승인 증국번이 만들어낸 난세의 정치와 군사의 새 형태를 그대로 답습하여 증국번이 두려워했던 '공이 너무 과하여 주군을 능가하는 자는 죽는다'는 처세 철학을 무시하고 세력을 만들었다. 이홍장의 세력 바탕은 반(半)은 사적군대라고 할수 있는 그의 회군이었는데 이 사적인 세력에 많은 공적인 권력을 결부시켜서 북경을 능가할 만한 개인적 세력을 만들어냈다.

그의 중앙에서의 관직은 북양대신(北洋大臣)·남양대신 겸 직예총독(直隷總督)이었으며 그런 의미로는 관료였다. 그러나 내적으로는 회군의 주인으로서 회군의 근대 육군화에 노력하고 나가서는 그의 사군적(私軍的) 색채가 짙은 북양함대를 육성하기 위해 애썼다.

이야기는 일본 공사 야나기하라 사키미쓰로 돌아간다.

야나기하라는 상해에서 반위에게 깜쪽같이 속은 뒤 역시 이홍장을 만나서 대만 정벌 문제를 단번에 해결할 필요가 있다고 생각하여 천진으로 향했다.

주청공사 야나기하라 사키미쓰는 메이지 4년(1871) 이래 이홍장과는 서로 아는 사이었다.

메이지 초년부터, 주재국 대신으로부터 그만큼 경시되고 멸시된 외교관도 드물 것이다. 물론 이것은 야나기하라의 책임이 아니라 야나기하라를 선택한 그 무렵의 일본 정부의 책임이었다. 야나기하라와 같은 20대 중간쯤 나이에 더욱이 국내에서도 정치 경험을 쌓지 못한 애송이로 하여금 청국과의 교섭을 하게 한 안이한 생각은 이상하다고 할 만한 것이었다.

야나기하라는 메이지 4년에 청국에 파견된 전권대사 다테 무네나리의 수행원으로서 바다를 건넌 것이 청나라 외교의 첫경험이었다. 이때 야나기하라는 소무변사(少務辨使 : 서기관)였다. 다테 무네나리는 옛 우와지마 번(宇

話島藩)의 영주였던 만큼 모든 일을 가신에게 맡기는 버릇이 남아 있어서 모든 것을 야나기하라에게 시켰다.

이때의 임무는 수호조약과 통상조약을 맺는 일이었는데 이홍장과 절충한 끝에 조약이 성립되었다. 그런데 도쿄에 돌아와보니 외무성이 떠들썩해졌다. 수호조약 제2조가 청일 공수동맹(攻守同盟)을 연상케 하는 조약문으로 취급 되고 있었던 것이다.

'양국이 친분을 맺은 이상 만약 제3국으로부터 공평치 못한 처사나 경멸을 받았을 경우 서로 돕고 또는 중개하며 알맞게 다루어 우의를 돈독히 한다.'

이러한 의미의 것으로 이 항은 청국과 미국의 조약을 본따서 삽입시켰다. 물론 공수동맹이 아니라 다만 외교상 격의없이 서로 도와가자는 정도의 것이지만, 영국 공사 퍼크스가 이 조약안을 보고 분개하여 외무성에 항의했던 것이다.

퍼크스는 이것을 공수동맹이라고 했다. 일본 외무성은 조약에 대해 어두웠기 때문에 퍼크스의 말을 듣고 기겁하여 야나기하라를 다음 해인 메이지 5년(1872)에 다시 파견하여 이홍장과 담판하게 했던 것이다.

이홍장은 버럭 호통을 쳤다.

"이 조약은 귀국의 다테 대사와 내가 협의하여 정한 것이오. 다테 대사는 귀국을 대표하고, 나는 흠차(欽差)를 받들어 대청황제(大淸皇帝)로부터 위임되어 의정한 것이오. 그것을 지금 또 그대와 같은 애송이가 와서 고치고 싶다고 하오. 그렇다면 귀국이 스스로를 더럽히는 일이오. 그렇지 않으면 이홍장이나 우리 대청제국을 업신여기는 일이오."

그는 끝내 상대하지 않았고, 나아가서는 야나기하라의 신분을 언급했다.

"그대는 4등관이 아니오? 나와 대등하게 말할 수 있는 자격이 아닐 것이오. 앞으로 볼 일이 있으면 내 막료들과 교섭하시오."

이홍장의 말은 지당한 것이었으리라.

야나기하라는 성공하지 못한 채 도쿄로 돌아갔다.

메이지 6년(1873) 소에지마 다네오미가 전권대사로 파견되었을 때 야나기하라는 그 예비교섭을 하고 소에지마가 청나라에 머무는 동안 그의 수행원으로서 바삐 뛰어다녔다.

이홍장은 그때까지 일본 정부가 보내오는 사람을 경멸해왔으나 소에지마만은 그 실력을 인정했던 모양이었다. 이홍장은 소에지마의 도량과 기백을 높이 샀으며 더욱이 그 한학적 교양에 경탄했다.

야나기하라는 1년마다 직위가 올라갔다. 다테의 수행원일 때는 소무변사(少務辨使)였고 소에지마의 수행원일 때는 외무대승(外務大丞)이었으며, 메이지 7년의 대만 정벌 때는 공사가 되었다. 이홍장은 이 점으로도 이 무렵 일본의 관제(官制)에 대해 의심스러움을 느꼈던 모양이다.

이홍장이 수도인 북경에 언제나 있지 않고 천진에 상주하며 정사를 보고 있었다는 것은 얼핏 보기에 변칙이라고도 할 수 있다.

막부와 비슷한 상태였다.

본디 막부란 중국어다. 그 뜻은 여러 가지인데 이를테면 거대한 지방 장관이 사설(私設) 막료를 두어 작은 조정과 같은 것을 만들고 있는 경우도 막부라고 한다.

이홍장은 서양식의 조선업과 해군, 공업 등을 일으킨다는 이른바 양무운동(洋務運動)의 중심인물이었기 때문에, 이를 위한 인재를 몇 사람인가 개인적으로 거느리고 있었다. 이 점으로도 막부였다. 물론 그의 양무운동은 중국의 근대화에는 거의 도움이 되지 않았으며 매판자본가를 통해서 개인의 이익만을 채운 것에 지나지 않았다.

그 개인이 만든 회군(淮軍)을 거느리고 관의 명령에 의한 것이라고는 하더라도 단독 영향 아래 북양함대를 건설하려고 한다는 점에서도 다분히 막부와 같았다.

물론 이홍장은 천진에 법적 이유없이 주재하고 있었던 것은 아니다. 그는 청나라의 모든 요직을 겸했는데 그 가운데 직예총독(直隸總督)직이 있었다. 직예성의 중심도시가 천진이며 총독은 여기에 주재하기로 되어 있었다.

천진은 이미 개항장이 되어 있었는데 큰 건물이 적었고 집들이 한결같이 낮았다. 이홍장이 집무실을 가지고 있는 직예성 청사는 구식이어서 외국 사신을 응접하기에 어울리지 않았다. 그보다도 대등하게 이야기할 수 있도록 설계된 방이 없었다고 하는 편이 정확할지도 모른다.

이른바 직예성 총독이라면 성안에서 황제를 대리하는 사람이므로 그 청사에 대등한 손님이 찾아올 수 있게끔 건물이 설계되어 있어야 할 것인데 그렇지 않았다.

이 때문에 이홍장은 외국 사신을 만날 때면 시중에 있는 산서공관(山西公

館)을 쓰는 것이 관례였다. 산서공관은 산서의 부상(副商)들이 서로 돈을 내어 지은 공관으로, 서양식 원형 테이블도 있어 주인과 손님의 높고 낮음을 차별하지 않아도 된다는 점으로도 매우 편리했다.

전 해인 메이지 6년 4월 30일에 이홍장과 일본의 전권대사 소에지마 다네오미가 조약을 교환하기 위해 만났던 건물이기도 하다.

소에지마는 이 건물에 들어갔을 때 이홍장에게 질문했다.

"이것은 무슨 아문(관청)이오?"

이홍장은 아문이 아니라고 말하고 천진에는 큰 건물이 없다는 것, 그리고 서로 평등한 자리를 가질 수 있는 곳은 이 건물밖에 없다는 것 등을 이야기했다.

상해에서의 교섭에 실패한 일본 공사 야나기하라 사키미쓰가 이홍장을 만나려고 천진으로 들어간 것은 7월의 더운 때였다.

천진은 개항지가 된 뒤로 인가가 급작스레 늘었고 특히 각지로부터 온 유랑민 같은 사람들이 늘었으며 그 때문에 거리가 더러웠다. 전부터 하수구가 없었고 게다가 작은 집에서는 변소 시설이 적어 길가에 분뇨가 흐르는 형편으로, 한문에서 배운 당나라 땅 도성의 전아함과는 거리가 먼 것이었다.

야나기하라가 이홍장을 만나고 싶다는 내용을 연락하자 곧 응낙하는 회답이 있었다. 다만 직예총독의 아문으로 오라는 것이었다.

야나기하라는 직예총독부의 아문까지 걸어서 갔다.

이것도 그의 배려가 모자랐던 것일지도 모른다. 청국 대관들이 외출하는 방법은 그 거만함을 최대한으로 양식화한 것이라고 해도 무방하다. 걸어서 다니는 일이 없으며 외출할 때에는 꼭 가마를 타고 행렬을 짓는다. 그때 악대로 하여금 타악기를 요란하게 울리게 하면서 간다. 야나기하라처럼 걸어서 거리를 가는 것은 소상인 점원으로 보인다 해도 어쩔 수 없는 일이었다.

물론 야나기하라는 최근 여러 해 동안 청국 사람과 접촉하여 그 점은 잘 알고 있었다. 그러나 지금은 매우 급한 일이라고 생각했다. 더구나 상대인 이홍장이 외국인과의 접촉에는 아주 익숙한 사람이어서 그런 일로 경멸할 리가 없다고 여기고, 간단한 몸차림으로 걸어서 직예총독의 아문으로 들어갔던 것이다.

이홍장은 확실히 야나기하라의 가벼운 몸차림을 보고 야나기하라를 경멸하지는 않았다.

일본 정부 그 자체를 경멸했다. 그것도 노골적으로, 고의로 그랬다.

야나기하라를 수행원이 대기하는 방인듯한 초라한 방에서 기다리게 하더니, 이윽고 다른 방으로 안내했다. 그곳에는 자단(紫檀)으로 된 작은 탁자와 의자 두 개가 놓여 있었다. 복도에도 밖의 빛을 등지고 의자가 놓여 있었다. 양쪽 수행원을 앉게 하기 위한 것이리라.

이윽고 이홍장이 나왔다.

야나기하라는 통역을 통해 대만 정벌에 대한 교섭을 시작하려 했으나 이홍장은 상대하지 않고 매우 한가한 화제를 들고 나왔다.

"지난 번의 전권대사 소에지마 외무경은 어찌 되었소?"

야나기하라는 솔직하게 사정을 이야기했다. 소에지마 대사는 앞서 청국에서 대임을 마치고 귀국한 뒤 곧 자리에서 물러났다는 뜻을 말하자, 이홍장은 더욱 불쾌한 표정을 지으며 고개를 끄덕였다. 이윽고 다시 물었다.

"소에지마 경께서 오셨던 것은 작년이오. 3년 6월에 오셨던 흠차 전권대사는 다테 무네나리 씨였소. 다테 씨는 어찌 되었소?"

야나기하라는 사실대로 대답할 수밖에 없었다.

"귀국하신 뒤 자리에서 물러났습니다."

"귀국은 언제나 그렇소?"

이홍장이 말했다. 일본측 통역이 의미를 해석하지 못하고 있자 이홍장은 더욱 자세하게 많은 말을 덧붙였다.

"귀국의 인사행정은 모두 그토록 덧없는 것인가 말이오?"

야나기하라는 과연 부끄러워서 대답을 얼른 하지 못하고 어물거렸다. 이홍장이 다시 말했다.

"귀관도 그렇소. 귀관은 동치(同治 : 청나라의 연호) 9년(1870)에 처음 왔소. 그 때는 아직 낮은 관리이었소. 다음해인 10년, 그리고 11년, 다시 또 12년에 왔는데 그때마다 관직이 올랐다고 하니 참으로 기묘하다고 할 수밖에 없소."

은근히 일본 정부란 몹시 엉터리 정부라는 것을 이홍장은 암시하는 것이었다.

야나기하라 공사는 이때 일본 정부의 새로운 훈령을 가지고 있었다.

훈령은 7월 15일자로 내린 것인데 가지고 온 사람은 옛 막부의 외국 담당청 출신인 다나베 다이치(田邊太一)로 그는 외무성 4등관이었다.

훈령은 요컨대 여전히 돈에 대한 것이었다.

"돈을 내놓아라. 그렇다면 대만에서 철병하겠다."

이것이 청국에 대한 교섭의 요점임은 이미 정해진 방침이다. 대외정책으로써 난폭이고 뭐고 할 것도 없는 방침으로 그런 점에서는 정한론(征韓論)보다 더 심했다. 더우기 그것을 수행하기 위해 공사에게 내린 훈령이 더욱 어이없었다.

이것을 가지고 온 옛 막신인 다나베 다이치는 어떤 느낌이었을까. 그는 중후한 성격으로 사리를 판단할 줄 아는 사나이였던 만큼 메이지 초기 정부가 지닌 사상의 천박함을 보고, 이런 거라면 옛 막부가 오히려 정권으로서 훨씬 바탕이 두꺼운 사상이 아니었던가 하고 생각했을지도 모른다.

훈령은 이런 것이었다.

'담판의 요령은 보상금을 얻어내고 점령한 땅을 돌려주는 것이다.'

돈을 받아내고 군사를 거둔다. 이것이 방침이라는 뜻이다. 여기서 문장이 이어진다.

'……그러나 처음부터 보상금을 탐내는 기색을 보여서는 안된다. 그 까닭은 언제나 협상의 칼자루를 우리가 잡아야 하기 때문이다.'

불량배들이 하는 짓과 같다고 하겠다. 돈을 탐내는 빛을 얼굴에 나타내지 말라는 것이다. 내색하면 당연히 청국이 업신여긴다는 것을 아무리 뻔뻔한 도쿄 정부라도 알고 있었다. 될 수 있는 대로 높은 차원에서 협상의 주도권을 잡아두라는 말이다.

그러나 그런 단수 높은 재주가 20대 중반인 애송이 야나기하라 공사로서 가능할 리가 없다.

"다테도 그만두고 소에지마도 그만두었소. 당신은 올 때마다 관직이 오르고 있소. 당신 나라 정부의 인사 행정은 어떻게 된 셈이오?"

이홍장과 얼굴을 마주 대하자마자 이런 말을 들은 야나기하라는 어디까지나 애송이 취급을 하는 이홍장에게 어찌해 볼 도리가 없었다.

이홍장은 또 말했다.

"귀국은, 한편으로는 우리 나라 영역 안에 출병하고 또 한편으로는 사람을 시켜 우의를 맺으려고 하오. 다시 말해서 입으로는 통호화평(通好和平)을 외치면서 실제로는 그렇지 않소. 생각하건대 일본이라는 나라가 둘이 아니라면, 그렇듯 한편으로는 출병하고 한편으로는 우의를 맺으려 하는 것은 불가능한 일이 아니겠소?"(中日外交 60年史)

이홍장은 더욱 열을 내서 말했다.

"일본은, 조약을 맺지 않았던 시대의 200여년 동안은 한 명의 군사도 우리 영역을 침범하지 않았는데, 지금 수호조약을 맺고 공사를 교환하자마자 곧 군대로써 우리 나라에 침범해 온 것은 어찌된 까닭이오? 이런 형편으로는 도저히 귀국을 믿을 수 없을 뿐더러 만약 조약을 맺는 나라마다 귀국과 같은 짓을 한다면 세계는 온통 큰 난리가 일어날 것이오."

야나기하라 공사는 보상금 이야기를 꺼낼 엄두도 낼 수 없었다. 그는 도망치다시피 하여 직예총독부의 아문에서 물러나왔다.

도쿄에 있는 오쿠보 도시미치는 대만의 사이고 쓰구미치 중장이나 천진 북경의 야나기하라 공사 등으로부터의 보고를 종합해 보고 남모르게 결의를 굳혔다.

'내가 직접 담판을 지으리라.'

오쿠보의 특징 중 하나는 자신의 책임에 대해서는 언제나 꿋꿋이 물러서지 않는 일이었으며, 결코 회피하지 않는 일이었다. 오쿠보가 맹우였던 사이고에게 시종 불만을 품고 있었던 것도 이런 점에 대해서였다. 사이고는 일에 나섰다가도 도중에 싫증이 나면 언제라도 미련없이 물러나버리는 데가 있었으므로 그 점에 대해서 오쿠보의 해석으로는 사이고가 제멋대로이며 불리함을 무릅쓰고라도 책임을 다하는 점이 부족하다는 얘기가 된다.

오쿠보는 이 대만 정벌이라는 이상야릇한 외교정책을 실시함에 있어서 곤란한 일이 밀어닥칠 것도 각오하고 있었다.

그는 지난 5월 4일 나가사키에서 오쿠마 시게노부, 그리고 사이고 쓰구미치와 대만을 정벌하는 일을 의논했을 때, 그 기본방침을 셋이서 정했다. 그것을 약정서로써 문서화하여 자기 외에 오쿠마와 사이고 쓰구미치에게 서명 날인하게 하고, 그것으로 이 정책의 책임소재를 분명하게 하는 형식을 취했다. 이 문서는 이른바 약정서인데 오쿠보는 그날 일기에 이런 독특한 용어를 쓰고 있다.

'심결(心決).'

일기에 쓰기를 '대단히 어려운 일이므로 심결하였음'이라고 했다. 다시 말해서 셋이서 심결했다. 그것을 문서로 했다는 뜻이다. 오쿠보라는 사람의 성격이 잘 나타나 있다. 이런 '대단히 어려운 일'을 하는 이상 자신도 도중에 달아나지 않겠지만 당신들 두 사람도 놓치지 않겠다는 협박의 뜻이기도 했으리라.

야나기하라 공사의 보고로는 이홍장이 강경론을 주장하며 아무래도 전쟁도 마다하지 않을 기세더라고 했다. 청나라에 대한 외교가 이렇게 난항에 부딪친 것은 일본 정부와 야나기하라의 졸렬한 교섭 기술에 아마도 그 원인이 있었겠으나, 야나기하라가 누차 보내온 보고에는 물론 그런 내용이 씌어 있지 않았다. 청나라 정부의 일방적인 강경한 태도만을 보고해왔다. 오쿠보도 그것을 믿었다.

물론 청나라 정부의 태도는 강경했다. 청나라 정부의 강경 방침 뒤에는 북경의 영국 공사 웨이드의 의견과 힘이 작용했다. 그것을 오쿠보도 알고 있었다. 웨이드와 주일 영국공사 퍼크스의 의견은 같았으므로 퍼크스는 마치 청국 대표인양 데라지마(寺島) 외무경에게 계속 고자세를 취하고 있었다.

오쿠보로서는 영국에 대한 조심성을 생각하지 않을 수 없었다. 영국으로부터 많은 금액의 차관을 받고 있는 관계도 있었기 때문에 이 무렵의 일본 외교는 영국의 뜻을 거스르고 일을 한다는 것은 매우 곤란했다.

그러나 오쿠보의 배짱은 그 영국의 뜻을 짓밟고 일을 처리해버리지 않으면 이 사태는 해결이 불가능하다는 데에 있었다. 이미 대만에 군대를 보내고만 이상, 외교상 일본의 체면이 서지 않으면 철병도 불가능한 일이었다.

오쿠보는 이 사이에 모든 처리 방침을 아무도 모르게 정해버리고 있었다.

우선 스스로 전권대사가 되어 청국에 건너가 이홍장과 교섭하는 일이다. 이홍장과 싸울 수 있는 사람은 지금 내각에 있는 사람 중에서 자기 밖에 없다는 것을 오쿠보는 알고 있었다. 더우기 대만 정벌에 대한 정책을 발동한 뒤로, 이에 따르는 '대단히 어려운 일'을 모두 자기가 처리하려고 그 일기에도 썼듯이 마음을 굳혀버렸다. 오쿠보 자신이 청나라에 건너가는 수밖에 없다.

청나라로 건너가서 이 교섭을 호전시키려면 테이블 위의 기술만으로는 불충분하다는 것을 오쿠보는 알고 있었다.

외교에 있어서는 힘을 동반한 일대 결의가 필요하다는 것을 오쿠보는 잘 알고 있었다. 그로서는 청나라와의 전쟁 준비를 하고 교섭이 결렬될 경우 즉각 소식을 전보로 알려 틈을 주지 않고 일본 항구에서 군대를 출발시키는 한편, 대만을 점령하고 또 한편으로는 북경성을 공격해서 함락시킨다.

이런 각오와 준비를 배경으로 하여 발언하지 않으면, 탁상에서 하는 의논은 모두 공론으로 끝난다는 것을 옛 막부 시대의 막부와 외교를 해낸 이 사람은 잘 알고 있었다.

오쿠보는 그렇게 하려는 것이었다.

물론 정말 그렇게 할 생각이었다. 정한론에서 그만큼 완고하게 끝까지 반대했던 이 현실적 내치주의자로서는 의외라고 할 수밖에 없었다.

이 무렵의 일본 육군은 아직 초창기이면서도 초기여서 장교들은 군사학의 소양이 모자랐고 병졸은 훈련이 되어 있지 않았으며, 게다가 총포가 갖추어지지 못했고 더더욱 군대를 수송할 수송선도 제대로 없었다. 도저히 대청제국을 상대로 전쟁할 수 있는 형편이 못되었다.

오쿠보는 혁명 후 겨우 7년밖에 되지 않은 이러한 자기 나라 서양식 군대의 현상을 잘 알고 있었다. 그래도 여전히 전쟁을 결의하고 외교에 임하려고 한 것은 정략가로서의 그의 지나친 도박이었을 것이다.

그 내기는 성공한다고 보고 있었다.

그는 미국인 리 젠들이나 외무성의 프랑스 인 고문을 통해서 청나라의 사정을 자세히 알고 있었다. 청국도 또한 대외전을 할 수 있을 만한 사정이 못된다는 것을 말이다. 청국이 갖고 있는 육군이라면 이홍장이 쥐고 있는 회군이었는데 그 회군은 국내의 치안을 다스리는 것만으로도 벅차서 만약 외국 군대가 침입해 오면 국내 치안이 어떻게 될지 모른다.

'영국 군대가 청나라를 도와서 일본군의 적이 되는 것이 아닐까?'

이런 걱정이 있었지만, 오쿠보는 이것을 도박이라고 생각했다. 그는 영국을 견제하기 위해 미국과 프랑스, 독일 세 나라에 작용하려고 생각하였다.

이 세 나라는 영국이 청나라에 있어서의 권익을 거의 독차지하고 있는 듯한 현상에 대하여 강한 불만을 갖고 있었다. 영국이 만일 청나라에 가담하려고 하는 경우, 세 나라가 연합하여 그것을 막아주도록 일본에서 들고 나오는 것은 매우 성공률이 높은 방책임을 오쿠보는 잘 알고 있었다.

그와같은 이유로 전쟁을 도박으로 내걸고 외교의 노름판으로 뛰어든다 하더라도, 9할 9푼은 전쟁을 하지 않고 외교의 열매만 얻을 수 있다는 자신감을 아무래도 오쿠보는 갖고 있었던 모양이다.

전쟁.

이것이 정한론에 반대한 오쿠보가 매우 증오하는 바였을 터임에도 불구하고 그는 갑자기 전쟁의 결의와 준비를 표면에 내걸고 묘당(廟堂)의 의견을 일치시키려 했다.

이에 대하여 육군경 야마가타 아리토모를 정점으로 하는 육군성은 정면으로 반대하고 있었다.

이 메이지 초기 정권에 있어서는 정책을 결정하는 기관(참의 이상의 회의)에 육군의 대표는 참가하고 있지 않았다.

야마가타 육군경은 참의가 아니었다.

그는 그다운 출세욕도 있어서 육군경을 겸해 참의의 자리에 앉고 싶어서 운동도 하고 있었으나, 조슈의 우두머리인 기도 다카요시에게 지론이 있어 계속 완고하게 반대해 왔기 때문에 그것이 실현되지 않았다.

"군의 대표자는 정치하는 자리에 넣어서는 안된다."

기도의 주장은 이런 정치 우위의 지론을 갖고 군은 어디까지나 정치가 명령하는 대로 진퇴해야 한다고 했다.

이 사상은 그가 지도한 막부 말기 조슈 번의 정치 형태로 그 무렵의 조슈 번에서는 참의가 되는 정무역(政務役) 회의가 최고 기관이었으며 기병대나 모든 부대는 그것에 대해 훨씬 하위에 서서 정치가 명령하는 대로 수족이 되어 움직였다.

기도는 언제나 무권(武權)을 갖는 사람이 정치 참여하면 전체가 반드시 무권의 뜻에 질질 끌려간다고 기회 있을 때마다 주장해 왔다.

그러나 야마가타에게는 그런 사상은 없었다.

사이고나 이타가키, 에토, 소에지마 등이 사직한 뒤, 내각에 큰 이동이 있었다. 그때까지는 원칙적으로 각 성의 장관인 경(卿)은 참의를 겸하지 않았으며 참의는 각 성에서 초연한 위치를 지키면서 국가의 대정책을 결정하는 것으로 되어 있었는데, 이번 대이동으로 그 원칙이 허물어졌다.

경(장관)을 맡아보던 자가 참의를 겸했다. 인재난이라는 것도 있었을 것이다. 가쓰 가이슈는 그때까지 해군 차관이었는데 해군경으로 승격하여 참의를 겸했다. 나이가 적은 이토 히로부미는 그때까지 공부차관 직에 있었는데 공부경(工部卿)으로 승격하여 참의를 겸했다. 오쿠마 시게노부는 참의와 대장경, 오키 다카토(大木喬任)는 참의와 사법경, 데라지마 무네노리(寺島宗則)는 참의와 외무경이었다.

야마가타만은 육군경이었고 참의는 아니었다. 야마가타로서는 동년배 이하로 생각했던 이토 히로부미조차도 참의가 되어 있는데 자기가 그렇게 되지 못한 것이 불만이었다.

대만 정벌도 야마가타는 반대했다. 이것은 오쿠보의 주도로 참의 이상의 회의에서 결정되었으나 육군성은 이에 대한 의논을 받지 못했다.

이번에 오쿠보가 청나라와의 외교에 나섬에 있어 청나라가 어떻게 나오느냐에 따라서 전쟁도 불사하며, 육군으로 하여금 그 준비를 하게 한다는 정책을 은밀하게 결정하였으나 정작 육군성은 이에 대한 논의를 받지 못했다.

이 시기 전후한 육군 중장 야마가타 아리토모의 관리 경력을 알아본다.

메이지 6년(1873) 6월 육군경.

같은해 10월 사이고 다카모리 하야.

메이지 7년(1874) 2월, 육군경 사임.

같은해 4월 대만 정벌 결정.

같은해 6월 다시 육군경.

　　　　　오쿠보, 청나라 외교에 나섬.

이 경력 가운데서 메이지 7년(1874) 2월에 야마가타가 육군경을 사임한 것은 따로 깊은 이유가 있어서가 아니었다. 그가 사이고 다카모리의 하야 후에 비어 있었던 근위도독의 자리에 앉았기 때문이었다.

이 메이지 7년 2월, 그가 사임한 뒤 육군경 자리는 빈 채였다. 야마가타 외에 육군경이라는 군사행정을 담당할 인재가 없었던 것이다.

이 육군경의 자리가 비어 있는 동안 야마가타라는 일꾼은 육군 행정 위에서 놀고 있었던 것은 아니다.

육군성에 제6국이라는 것이 있었다. 제6국은 작전을 담당한다. 야마가타는 앞으로 이 제6국을 승격시켜 참모본부라는, 육군성과 같은 기관을 만들려고 준비하고 있었다. 이 때문에 그는 근위도독 자리에 있는 한편 육군경보다 2단계 아래인 제6국장을 겸임하고 있었다.

그리고 6월에 다시 육군경이 되었다.

그러는 중 대청 전쟁이라는 소리가 참의 이상의 회의, 즉 육군경보다는 높은 구름 위에서 떨어져 왔던 것이다.

야마가타는 반대했다.

그의 반대론에는 세 명의 육군 소장 미우라 고로(三浦梧樓), 도리오 고야타(鳥尾小彌太), 야마다 아키요시(山田顯義) 같은 조슈계의 유력한 장관급이 모두 동의했다. 요컨대 전 육군의 절반을 차지한 조슈계 장성들은 전쟁을 반대했다.

야마가타는 7월 8일 자로 반대 취지서를 써서 육군 장관급에게 주었다.

'혹 사람들은 말할 것이다. 그대는 육군경이다, 육군의 모든 사무는 그대의 권한 안에 있다. 재빠르게 그 가부를 결정하여, 만일 진초(進勦 : 나아가 칠)함이 옳다면 속히 군대를 보내 천황의 위엄을 더욱 그 땅에 밝혀야 할 것이며 만일 퇴군함이 마땅하다면 속히 천황께 글을 올려 그 군사를 불러들여야 할 것이다.'

이런 서두로 시작되는 문장인데 메이지 초기 정치가의 문장으로서는 명문에 속한다.

요컨대 야마가타의 뜻으로 보면 육군경은 최고회의에 참가하지 않았으므로 처음부터 의논 상대가 되지 않는 것이다. 그런데도 '이 나라의 직제상 곧 천황을 보좌하는 권한(천황이 육군을 직접 통수하고 있다는 직제)'이 있는데 이것과는 크게 모순되고 있다고 불만을 털어놓는 것이다.

"일본 육군은 외국과의 싸움에 도저히 견딜 수 없다. 최고회의(참의 이상)에 어떤 깊은 뜻이 있는지 나는 거기에 참여하지 않았기 때문에 모른다. 나는 육군의 현실을 끝까지 현실로써 계속 말하는 입장밖에 없다."

물론 이 야마가타의 반대 운동은 일면으로는 '나를 참의로 하라'는 것을 노린 것이기도 했다.

오쿠보는 육군경 야마가타 아리토모가 장교들을 모아놓고 대청 전쟁에 찬성하지 않는 운동을 벌이고 있다는 것은 거의 묵살하고 있었다. 야마가타와 육군을 그 정도로밖에 보지 않았다는 증거이기도 하다.

'어차피 내게도 전쟁을 할 생각은 없다.'

게다가 또 이런 뱃속으로 야마가타의 소란에 쓴쓰름하게 웃고 있었을 것이다.

오쿠보에게는 야마가타가 어지간히 작은 존재로 보였던 것일까? 그는 야마가타에 대해서 부드럽게 무마하는 조치조차 마련하지 않았다.

여담이지만 야마가타라는 사나이를 오쿠보가 그 정도로 보고 있었다는 것은 너무 후한 처사였는지 모른다.

야마가타 아리토모라는 집요한 성격을 가진 사나이는 이때의 경험을 평생 동안 잊어버리지 않았다.

그는 오쿠보와 같은 사심 없는 성격을 갖지 못하고 조슈의 선배인 기도처럼 민중을 바탕으로 한 정치 철학도 갖지 않았지만, 오쿠보나 기도가 죽은 뒤 군부와 관료의 세계에 자기의 세력을 착착 심어가서 마침내 메이지 국가 자체를 만들어내는 이상한 권력자로서 비대해지기에 이른다.

그가 이때 겪은 '육군 무시'의 경험을 잊지 않았다는 것은, 머지않아 메이지 헌법 가운데 천황의 통수권이라는 비입헌적(非立憲的)인 요소를 집어넣게 하여, 그 통수권을 지키는 기관으로서 참모본부의 성격을 명확히 한 것으로도 알 수 있다.

작전에 필요하다면 때로 내각도 의회도 무시해도 좋다는 이 마술적 대권(大權)은 야마가타가 살아 있는 동안에는 해롭지 않았지만, 그가 죽은 뒤 다이쇼(大正)에서 쇼와(昭和)에 걸쳐 참모본부가 정치적 모략의 관청이 됨과 동시에 군인이 국가를 마음대로 주무르게 되는 근거가 되었다.

야마가타가 그 재료가 필요하다고 뼈저리게 느낀 것은 바로 이때였을 것이다.

이때 육군경으로서 무시되었던 그에게 만약 기탄 없이 말을 하라고 한다면 이렇게 하지 않았을까?

"오쿠보 패들이 높은 지위에 있는 사람인 체 뽐내며 함부로 정략을 세웠다. 그 정략에는 군사까지 들어 있다. 군사에 대해서는 아무 것도 모르는 그들이 군사에 대해 논했으니 어떻게 되겠는가?"

그러나 오쿠보의 정치 자세는 어디까지나 정략이 첫째였다. 전략은 그 심부름꾼에 지나지 않는다. 정략의 규제 아래 전략을 놓는다는 이 평범하고도 당연한 정치이론을 오쿠보는 배워서 알게 된 것이 아니라, 기도와 마찬가지로 막부 말기에서부터 보신 전쟁에 걸친 체험을 통해 스스로 몸에 익힌 것이었다.

야마가타는 이미 언급했듯이 전쟁에 찬성할 수 없다는 의견서를 7월 8일 자로 썼다. 그는 이날 아침 장관급 회의를 소집하여 그 자리에서 나누어 주었기 때문에, 그의 사적인 의견이라기보다 육군 자체의 공론과도 같은 인상을 다른 사람들에게 주었다.

그러나 오쿠보는 묵살했다.

앞에서 말한 7월 8일에 그는 조정회의(廟議 : 참의 이상의 회의)에서 이것을 결정했던 것이다.

"부득이하면 싸운다."

오쿠보의 이날 일기를 뜻으로 풀어보면 이와 같이 되어 있다.

'오후 1시, 야마가타 육군경이 조정에 나오다. 대만 관련 처분에 대한 장교들의 회의 경과를 얘기하다. 회의는 부득이하면 싸운다는 것으로 서로 결정하다. 오후 4시 집으로 돌아오다.'

야마가타 육군경은 이토록 무시되었다.

여기서 오쿠보는 오쿠마 시게노부를 쓰려고 생각했다.

그가 노린 것은 조정의 의견을 대청 전쟁에 대한 각오를 하는 방향으로 모으는 일이었다. 이미 육군은 반대하고 있고 참의 이상의 사람들도 전쟁에는 전혀 마음이 내키지 않았다. 그보다도 오히려 참의 이상의 누구나가 노골적으로 입에 담지는 않았지만 이렇게 말하고 싶었으리라.

"청나라를 상대로 전쟁이라니 무슨 소린가. 꿈이라도 꾸는 것인가?"

그 얼굴들을 보면 상상할 수 있다.

참의이자 해군경인 가쓰 가이슈는 막부 말 이래의 친청론자로 청나라와 손을 잡는 것 이외에 아시아의 평화는 없다고 하는 의견을 평생토록 바꾸지 않았으며, 첫째 해군경으로서 어떠한 외국 정벌에도 반대했다. 정한론 때 만일 외국을 정벌한다면 나는 해군직을 물러나겠다고 말했던 인물이다. 이 무렵 해군은 해외 전쟁을 위한 군함도 갖고 있지 않았다.

참의이며 외무경인 데라지마 무네노리(寺島宗則)는, 청국은 영국을 추종하므로 청국을 상대하는 것은 영국을 상대하는 것임을 가장 잘 알고 있었다.

참의인 이토 히로부미는 철저한 내치주의자로 그의 생애를 통해 몇 번인가 대전이 있었으나 그 자신은 한번도 적극적으로 외국 정벌을 생각한 일이 없었다.

그 밖에 참의이며 사법경인 오키 다카토(大木喬任)가 있는데, 오키는 묘한 사람으로 외교 문제에는 언제나 한 마디도 말하지 않았으며 자신의 장점이 아닌 것으로 알고 있었다. 하물며 외교의 이상(異常) 형태라고 할 전쟁을 지지할 사람이 아니었다.

본디 비전(非戰) 내치론의 가장 유력한 논객은 참의이며 대장경인 오쿠마 시게노부였다. 그는 정한론 때도 재정이 곤란하다는 현실적인 실정을 들어 반대하였다.

"도저히 일본에는 그런 돈이 없다."

그 무렵 조정회의에서 극력 그 이유를 설명한 바, 동향인 참의 에토 신페이(江藤新平)로부터 이런 공격을 당한 일이 있을 정도였다.

"없는 돈을 짜내는 것이 대장성의 책임을 맡은 그대의 일이 아닌가?"

그런 오쿠마가 오쿠보의 정략에 포섭되어 대만 정벌을 추진하는 한 사람이 되었다는 것은 보기 드문 기이한 광경이라고 해도 좋을 것이다.

더욱이 오쿠보는 이 오쿠마를 한 번 더 쓰려고 했다. 오쿠마로 하여금 대청 전쟁을 지지하는 의견서를 조정에 제출하게 하려는 것이었다. 이것은 오쿠보의 대담하고도 기발한 재주라 해도 좋을 정도였다.

지금 정부는 막심한 재정난으로 거의 파산 직전에 있음을 오쿠마가 늘 말해왔는데, 그 오쿠마에게 전쟁을 지지한다고 주장하게 하면 다른 참의들은 입을 다물어버리지 않을 수 없을 것이라고 오쿠보는 예상했던 것이다.

오쿠마는 승낙했다.

이런 점이 오쿠마의 정치가로서의 이상야릇함이었고 그가 한평생 사람들에게 일종의 의심스러운 인상을 주었던 성격적 일면이기도 할 것이다.

오쿠마 시게노부는 달필이 아니었다. 그는 자신의 악필을 부끄러워하여 스스로 붓을 든 편지나 의견서 따위는 전혀 없다고 할 수 있을 정도였다. 그 대부분이 대필이었다.

문장도 잘 쓰지 못했다. 대부분 그가 말로 하면 다른 사람이 쓰게 한 것이다. 그러한 오쿠마에게 오쿠보가 이렇게 부탁한 것은 좀 가혹한 것 같기도 하다.

"당신 이름으로 조정이 전쟁 시작을 각오하게 하는 의견서를 내줄 수 없겠소?"

그러나 오쿠보에게 충실한 오쿠마는 거절할 수 없었다.

'해외 출사의 의의(海外出師之義).'

그는 제목을 단 의견서를 써서 올렸다. 그 내용을 요약하면 이러했다.

'청국의 관리 반위가 사이고 쓰구미치와 회견하고 또 야나기하라 사키미쓰와도 회견했다. 그러는 동안 반위의 발언은 모순되며 속이는 말도 들어 있다는 걸 알았다. 교만하기 이를 데 없으며 더우기 우리를 경멸하고 있다.'

이런 식으로 오쿠마는 썼다. 그러나 반위가 과연 일본을 경멸하고 있는가. 야나기하라나 사이고 쓰구미치와 회견한 것을 보더라도 반드시 경멸하고 있다고는 할 수 없다. 합리주의자인 오쿠마가 이런 선동적인 문장을 쓴 것은 기묘하다 할 수밖에 없다.

'청국의 의도는 개전에 있다. 그러나 청국의 실정은 군비가 갖추어져 있지 않다. 급히 시작하면 일본에 질 것이라고 보아 아마도 외교상의 속임수로 우리 군사의 기세를 늦추게 하려는 게 틀림없다.'

그러나 이것은 오쿠마의 단순한 억측이다.

"이것으로 미루어보아 지금 야나기하라 공사의 설전필투(舌戰筆鬪)만으로 북경의 담판이 잘 되어갈 것인지?"

오쿠마는 이렇게 말하는 것이다. 야나기하라가 과연 '설전필투'라고 할 만큼 효과적인, 그리고 과감한 외교 교섭을 하고 있다고 말할 수 있겠는가. 단순히 무능한 공사가 천진과 북경을 어찌할 바를 몰라 쩔쩔매면서 왔다갔다 한다고 볼 수도 있다.

'병(兵)은 흉기이며 싸움은 위태로운 일이다.'

오쿠마는 썼다.

'본디 우리가 바라는 바가 아니다. 그러나 이치와 기세가 여기에 이른 이상 무력으로 그들을 제압하는 것 외에는 어떤 것으로도 그들의 교만함을 깨트려버리고, 또한 제국이 제국인 까닭을 확립할 수는 없는 일이다.'

더욱이 오쿠마는, 지금의 국론을 싸움으로 모은다면 그들이 놀라서 결국은 싸움을 하지 않아도 된다, 반대로 국론이 싸움을 피한다면 그들의 교만함은 더욱 높아져서 결국은 싸움이 되어버리고 만다, 고 주장했다. 이런 점은 오쿠마적인 논리가 눈앞에 생생하게 보이는 듯 확실하다.

'아무튼 싸울 결의를 빨리 해야 한다. 출병 준비는 화급을 요한다. 그렇지 않으면 시기가 지나가버리고 일은 틀어져서 몹시 후회하게 될 것이다.'

이 문장이 작년에 사이고 다카모리가 주장한 정한론에 반대한 인물의 글이라고는 도저히 생각되지 않는다. 오쿠마는 요컨대 오쿠보의 고등 정치 소도구로 이런 문장을 쓰게 되었던 것이리라.

이 의견서는 오쿠마 시게노부의 변절을 보여주는 것인데 동시에 만만찮음을 나타내는 것이라고 할 수 있을지도 모른다.

일찍이 사이고 다카모리는 오쿠마를 가리켜 '사기꾼'이라고 했다. 메이지 5년(1872) 5월 3일자 사이고의 편지――같은 번 출신인 미야꼬노시로 현(縣) 참사 가쓰라 히사다케에게 보낸 것――에서 이렇게 썼다.

'오쿠마 같은 사기꾼은 조심하는 것이 좋습니다.'

다시 말해 가쓰라 히사타케가 대장성에 진정할 일이 있어 오쿠마를 만나야 했는데 그에 대해 사이고가 주의를 준 말이다.

'오쿠마 같은 사람은, 우에노(上野)와 동행하여 증거인으로 세워 담판하시오.'

사이고는 이와 같이 썼다. 오쿠마와 담판할 때에는 훗날을 위해 증인을 동행하라는 것이다.

'변절했을 때에는 이미 어떻게도 할 수 없습니다.'

오쿠마가 훗날 말을 바꾸어버릴 때는 이미 어쩔 수 없다고 사이고는 말한다.

"그러므로 구로다 료스케(黑田了介 : 淸隆) 등은 오쿠마와 담판할 경우 때때로 증서를 받아둘 정도입니다."

오쿠마는 확실히 그런 면이 있었다. 그에게는 평생토록 그런 비평이 따라붙었다. 천성적으로 성의가 없다느니 오쿠마의 말을 믿을 수 없다느니 허위가 많다느니 하는 종류였다. 적어도 오쿠마는 상대에 따라서 다른 말을 하는 일이 종종 있었다.

'오쿠마는 또 개가죽이라도 쓴 모양이다.'

일기에 극도로 심한 말로 욕하고 있는 사람은 조슈 파벌의 총수 기도 다카요시다.

기도는 본디 대만 정벌안에 반대하여 마침내는 참의를 사직하기까지 이르렀는데 그가 무엇보다 불쾌하게 생각한 것은 오쿠마의 변절이었다.

기도의 일기에는 이런 말로 쓰기 시작했다.

'야마다 아키요시(조슈인 육군 소장)의 편지가 왔다. 도쿄의 사정이 매우 험악하다고 한다. 마침내 중국과 교전하기로 결정했다고 한다.'

다음을 직역하면 이러하다.

'원래 나는 대만에 대한 이야기가 일어난 당초부터 그것을 적극적으로 반대했다. 오늘의 급선무는 교육이다. 교육에 의해 일반 국민의 품위를 높여가는 수밖에 없다. 따라서 나는 문부성의 예산을 수십만 엔 늘여 일반 교육에 힘쓰려고 생각하여 종종 조정에서 의논했으나 돈이 없다하여 실행하지 못했다. 그런데 대만 일이 일어났다.'

이때 기도는 오쿠마에게 대체 대만 정벌에 대한 돈을 얼마나 준비했느냐고 물었다.

"50만 엔입니다."

오쿠마는 답변했다.

기도는 더욱 질려서, 정벌에는 생각지도 않던 돈이 나가는 법이다, 50만 엔으로 족할 리가 없다고 말하자 오쿠마는 대답했다.

"50만 엔을 넘을 때는 사이고 쓰구미치가 죽음으로 이를 마련하겠다고 했습니다."

가도는 일기에서 오쿠마를 통렬히 욕했다.

'사이고 쓰구미치가 죽음으로 50만 엔을 넘지 않는다고 했다는데 그런 말을 한 사람도 야만인이고 그것을 받아들인 오쿠마도 야만인이다. 도저히 당당한 정부의 언행이라고는 생각할 수 없다. 민중에게는 사이고 쓰구미치의 목숨 따위는 필요치 않다. 이를테면 나도 그런 사나이의 목숨 같은 것은 필요치 않다.'

어떻든 간에 오쿠보는 오쿠마를 써서 청나라에 대해 강경한 분위기를 만들면서 스스로 전권 대사가 되어 청나라로 들어갈 것을 산조 사네토미와 이와쿠라 도모미에게 말했다.

오쿠보는 집요했다.

그러나 산조나 이와쿠라는 강경하게 반대했다. 이 험악한 국내 정세 아래 오쿠보가 일본을 떠나 자리를 비운다면 무슨 일이 일어날지 모르는 일이라는 것이 산조나 이와쿠라가 반대하는 이유였다.

다른 참의들도 반대했다.

그러나 오쿠보는 듣지 않았다. 그는 7월 13일 산조 사네토미의 저택으로 찾아가서 청나라로 건너가겠다고 끈질기게 이야기했고, 이튿날인 14일 아침 7시에도 다시 찾아가서 주장했다. 여러 날을 두고 주장했다.

'산조 공이 간절히 그만둘 것을 타일렀다.'

그 일기에 써놓은 것은 산조가 제발 그런 생각을 그만두어 달라고 오쿠보에게 부탁하고 있는 정경을 상상하게 한다. 산조는 이토 히로부미 등 다른 참의에게도 의논했다. 이토 등은 오쿠보가 청나라로 가는 것은 사태를 더욱 더 악화시킬 뿐이라고 보고 있었다. 일본의 대표적 정치가가 전권을 띠고 청국으로 가면 이미 어떻게도 할 수 없는 사태, 즉 전쟁이 일어나지 않겠느냐는 것을 두려워했다.

그러나 오쿠보는 마음을 돌리지 않았다.

"사이고와 오쿠보는 모두 다 사쓰마 사람이오. 역시 비슷한 데가 있는 모양이오."

산조는 이와쿠라를 붙잡고 우는 소리로 불평했다. 일찍이 사이고가 자기를 견한대사로서 한국에 가게 해달라고 고집을 부리던 때와 똑같은 상황이 되었다. 그때도 사이고가 여차할 때에는 싸울 것을 각오하고, 나아가서는 한국의 수도에서 살해되기를 오히려 바라는 듯한 심경이었는데 지금의 오쿠보도 마찬가지였다. 그는 한편으로 대청 전쟁을 각오하고 청나라로 가려는 것이다. 이것을 산조나 이와쿠라가 극력 막으려고 한 점도 앞서의 사이고의 경우와 같았다.

다만 다른 것은 오쿠보의 대만 정벌안 자체가 사이고의 정한론처럼 거대한 대외 정략에서 출발한 것이 아니라는 것이다. 오쿠보로서는 사이고를 정점으로 하는 국내의 불평 분자들의 울적한 마음을 대만 정벌안 정도로 풀려는, 이른바 내정상의 대중 요법(對症療法)으로 생각했을 뿐이었다. 그런데 그것이 뜻밖에도 청국의 강경한 태도에 부딪혀 어떻게 할 방도가 없는 사태가 되고 만 것이다.

지금 사이고 쓰구미치가 거느린 대만 정벌군 3천여 명이 대만에 머무르고 있다.

청국의 항의가 나왔기 때문에 철퇴하려 해도 할 수 없어 허공에 떠버린 것이다. 항의를 받고 허둥지둥 군사를 물린다는 것은 국가적인 체면에 관계되는 일이다.

적어도 청국에 출병한 이유를 인정하게 한 뒤 그 표시로 출병에 든 비용을 내도록 만드는 수밖에 없지만, 지금 청국의 강한 태도로는 응할 것 같지도 않았다.

오쿠보로서는 자신이 뿌린 씨앗인만큼 자신이 거두어 들여야 했다. 그의 도청(渡淸) 소동은 사이고의 이른바 정치철학에서 나온 도한 소동과는 그 점에서 달랐다. 오쿠보의 경우는 철학이 아니라 돈을 내게 하려는 것만이 목적인 것이다.

오쿠보는 도청대사가 되려는 운동을 산조와 이와쿠라에게 하고 있었지만 가장 중요한 육군에 대해서는 초연했다. 육군성의 조슈계 군인이 육군경 야마가타 아리토모를 비롯해 크게 반대했지만, 오쿠보는 거의 묵살에 가까운 태도를 취하고 있었다.

문관 우위가 이토록 확립되어 있던 시기는 없었으며 오쿠보는 군인 따위가 아무리 반대하더라도 최종적으로는 조정회의가 명령하는 대로 군대는 움직이는 것으로 확신하고 있었다.

오쿠보의 견청대사(遣淸大使)가 실현된다 하더라도 청국의 태도로 보아 담판이 순조롭게 끝날 공산은 적다. 그런 경우 명령이 떨어지면 대(對)청나라 정벌군이 마치 활시위를 떠나는 것처럼 중국 대륙을 향한다는 것이 오쿠보의 구상이었는데, 그러나 오쿠보의 평소의 언행으로 보아 정말로 전쟁을 할 마음은 전혀 없었을 것이다. 오쿠보는 외교상의 교섭에서 '전쟁'을 구실로 쓸 생각이었던 것이다.

'싸울 각오를 하면 싸우지 않고도 끝난다.'

오쿠마 시게노부의 의견서에 있는 이 구절이 오쿠보의 솔직한 속셈이었을 것이 틀림없다.

그러나 오쿠보는 대청전의 대략적인 계획만은 가슴속 깊이 간직하고 있었다.

이 대청전 계획에 야마가타 아리토모는 관여하고 있지 않았다. 이른바 사적으로 두 군인에게 만들게 했다. 군인이란 바로 해군 소장 아카마쓰 노리요시(赤松則良)와 육군 소령 후쿠시마 규세이(福島九成)였다.

아카마쓰는 옛 막신(幕臣) 출신으로 보통 오지로(大二郎)라고 부르며, 안세이(安政) 연간에 선출되어 막부의 나가사키 해군 전습소에 들어가 분큐(文久) 2년(1862) 에노모토 다케아키(榎本武揚) 등과 함께 네덜란드에 유학했다. 귀국한 것은 게이오(慶應) 4년(1868) 5월 10일로 이미 막부는 쓰러지고 없었다.

그는 시즈오카(靜岡)로 옮겨간 도쿠가와 씨에게로 가서 얼마 뒤 누마즈(沼津) 병학교를 일으켰다. 메이지 3년(1870) 가쓰 가이슈가 적극 권했기 때문에 하는 수 없이 새 정부에 나가 병부성에 봉직하여 해군을 담당했다.

그는 배를 다루거나 배를 만드는 데 밝았다. 그러나 이제까지 전쟁을 한 경험은 없었으며, 그 뒤에도 없었고 따라서 작전에 대한 재능이 있는지 없는지는 끝내 알 수 없었다. 아마도 전혀 경험이 없는 초심자였을 것이다.

그 아카마쓰로 하여금 대청 전쟁과 같은 대규모 전쟁을 계획하게 한 것은 ──설사 문서만의 계획일지라도──오쿠보도 어지간하다고 하지 않을 수 없다. 그러나 외교로 처리하려는 오쿠보로서 작전 계획 따위는 자기 한 사람이 알고 있는 것 정도로 족했을 것이다.

아카마쓰 등의 작전 계획을 담판하기 전에 남지나(南支那)의 아모이(履門) 항에 병사를 주둔시킨다. 병력은 4개 대대와 철갑선 1척, 담판이 결렬되었다는 말을 들으면 즉각 건너편 대만을 습격하는 한편 철갑선으로 복주(福州)의 해상 교통을 차단한다. 이 남쪽 작전으로 북경을 현혹시킨다. 그들은 군대를 남쪽으로 급히 보낼 것이다. 그 틈에 하카다 만(博多灣)으로부터 1만의 병력과 군함 몇 척을 북지나로 보내 즉각 북경을 함락하여 청나라 황제를 곤경에 몰아넣는다는 전략으로, 총계 2만도 못되는 병력이 대청제국을 굴복케 한다는 꿈같은 계획이었다. 단순한 탁상 계획이라 할 수 있었다.

이 시기의 오쿠보의 일기를 읽으면 그의 집에 사람들이 많이 찾아와 그 응접실이 마치 작은 의회를 보는 것 같았다.

군인으로는 사쓰마 출신인 해군 소장 가와무라 스미요시(川村純義 : 이해 8월 중장)가 거의 날마다 와 있었다.

그는 열렬한 개전론자였다.

"뭘, 별 것도 아니오."

대청 전쟁을 위태롭게 생각하는 사람들에게 기염을 토하고 있었다.

"내 싸움은 이렇소."

결국 일본에는 군함이라고 할 만한 군함이 없다. 때문에 군함을 빼앗는 것이라고 했다. 개전과 동시에 작은 배를 타고 청국의 각 항구에 매어놓은 군함으로 접근해서 기어올라가 빼앗는다는 것이었다.

"그것을 모조리 내 것으로 만드는 것입니다. 그런 뒤 그걸 움직여서 태고 (太沽) 포대, 천진 포대를 격파하고 멀리 달려가 북경을 찌르는 것이지요."

마치 원(元)나라가 침략했을 때(1274~1281)의 옛날이야기 같아서 그 기염은 좋았지만 군사 지식은 어린아이와도 같은 것이었다.

이 시기에 가와무라는 사실상 해군의 실권자였다. 그는 지사(志士) 출신의 사나이로서 해군을 알기 때문에 해군성에 들어온 것이 아니라, 사쓰마 파벌 인사를 하다 보니 형편상 해군의 군복을 입고 있는 것에 불과했다.

이런 이야기가 있다.

유신 후 도쿄에는 나무가 적어져서 옛 막부 시대의 에도 때보다 볼품이 없었다. 그 이유는 새 정부의 고관들이 대부분 서생(書生) 출신으로 정부 자체에 도시 미관을 조성한다는 사상이 전혀 없었기 때문이었다.

따라서 도쿄 안에 있는 도쿠가와 집안의 옛 직할지에 있는 나무를 자꾸만 민간에게 팔아치웠다. 민간업자는 그것을 베어 땔감으로 만들어 공중 목욕탕에 팔았다. 전에 도쿠가와 장군의 보리사(菩提寺)였던 시바야마(芝山)의 수목도 그런 운명이 되려 하던 차에, 가와무라는 해군성 사람임에도 그것을 아까워하여 다른 성(省)에 있는 사쓰마계 요인들에게 이야기를 해 보았으나 잘 되지 않았다. 마침내 이런 말을 했다.

"해군을 일으키기 위해서는 나무를 베지 말아야 합니다."

가와무라는 그 나무로 군함을 만들어야 한다고 주장하고 다녀, 마침내 시바야마를 민부성(民部省) 관할에서 해군국 용지로 바꾸게 하고 말았다. 이것은 가와무라의 정치력이라고 하겠는데, 그렇더라도 시바야마의 삼나무며 느티나무로 군함을 만들다니 전문가가 들으면 배를 잡고 웃을 만한 일을 가와무라는 정말로 믿었다. 또 가와무라에게 그런 말을 들은 사람들도 정말로 그런가 하고 생각했다고 한다.

이 가와무라가 군함다운 군함을 한 척도 갖지 못한 일본 해군의 실권자였던 것은 그렇다 하더라도 이 사람이 대청 전쟁의 작전론을 폈던 것이다.

오쿠보가 이런 어이없는 이야기를 어느 정도나 믿었는지는 알 수 없다. 다만 그는 외교상 조정의 의견을 주전론으로 통일해 놓을 필요가 있었다. 그 때문에 가와무라와 같은 사람이 어이없는 큰 소리를 치는 것을 그냥 내버려

두었는지도 모르며, 이런 점은 짐작으로 헤아리는 수밖에 없다.

'7월 13일 월요일. 오늘 아침 중국으로 가는 것을 부탁하다.'

오쿠보의 일기에 의하면 청나라로 심부름 보내주기를 바란다는 글이 시작되어 같은 달 14일, 26일, 28일, 29일로 계속되고 있다.

산조와 이와쿠라가 그런 생각을 그만두게 하려고 했으나, 오쿠보는 여전히 그 까다롭게 생긴 얼굴로 찾아와서는 꼭 그렇게 해달라고 계속해서 주장했던 것이다.

7월 30일 목요일에야 이것이 허락되었다. 이날 태정관에서 참의 이상의 회의가 있었는데 오쿠보는 자신에 관한 일이 의제로 나왔기 때문에 출석하지 않았던 모양이다. 자기가 나가면 일동이 의논하기 어렵다는 것이 이유였으리라.

전에 사이고 다카모리가 견한대사로 임명해 달라고 계속 말했을 때 그것을 의제로 하는 회의에 나가지 않은 일이 있었다. 그때의 이유도 그러했다. 이 두 사람은 성격이 전혀 다르면서도 진퇴에 있어서는 가끔 몹시 흡사한 데가 있었다.

오쿠보는 그날 아침 자신이 맡은 내무성에 나와 있었다. 오전 11시에 사무실에서 떠나 태정관으로 갔다.

'회의에서 내정된 모양인지 전달이 있었다.'

내정이라는 것은 각의에서 결정되었다는 뜻으로 칙허(勅許)가 나온 다음 정식으로 결정되었다는 뜻이다.

결국 이 건은 이틀 뒤 칙허가 나왔다.

그러나 조정회의에서 내정된 문제가 공개됨으로써 그 이튿날인 31일 아침 6시가 지나자 오쿠보의 도청(渡淸)에 반대하는 이토 히로부미와 구로다 기요타카가 찾아왔다. 이 시절엔 아침이 일렀다.

조슈 인 이토와 사쓰마 인 구로다는 모두 현실주의자로 일찍부터 사이고적인 정치 성향의 반대 쪽에서 오쿠보의 좋은 손발이 되어 일해 왔다. 두 사람 다 사이고의 도한 문제 때는 정력적인 반대 공작을 해서 사이고를 조정에서 떨어뜨려 버린 사람들이다. 지금 또 오쿠보가 청나라에 건너가려고 한다. 이토 등은 거의 절망을 느꼈던 모양이다.

그러나 오쿠보는 이를 달랬다.

'변명하고 그들은 승낙했다.'

오쿠보는 간결하게 일기에 그렇게 썼다.

그러나 오쿠보의 부하라고 할 수 있는 오쿠마 시게노부까지 도청에 반대한다는 말을 듣자 오전 8시, 오쿠보는 마차를 몰아 오쿠마의 집으로 가서 그를 설득했다.

'가능성이 충분이 있다고 설득하여 마침내 굴복하다.'

오쿠보는 사람들에게 자신의 의도를 양해시키는 일에 바빴다.

더욱이 이날 그는 사쓰마의 선배들인 이치지 마사하루(伊地知正治)와 마쓰카타 마사요시(松方正義), 구로다 기요타카(黑田淸隆) 등의 저택을 각각 찾아가서 자신의 도청에 대한 가능성을 이야기하고, 맨 끝으로 산조 사네토미의 집을 찾았다.

사람들은 오쿠보가 말하는 것처럼 반드시 '승복'한 것은 아니었다. 위태로워하면서도 오쿠보의 강인한 태도에 끌려갔다고 해도 무방하다.

오쿠보에게 마지막 반대의 장벽은 육군경 야마가타 아리토모였다.

야마가타에게는 뒤를 밀어주는 사람이 있었다. 앞에서 대만 정벌을 반대하여 참의를 그만둔 기도 다카요시였다.

기도가 조산슈(長三洲)에게 보낸 편지에 그의 우울한 마음을 토로하였다. 조산슈는 이 시대의 대표적인 문장가 중 한 사람으로 그 무렵 문부성 차관으로 있었다. 그는 본디 분고(豊後) 사람인데, 만엔(萬延) 원년(1860) 지사로서 조슈 번에 들어가 그대로 번사(藩士)가 되어 번교(藩校) 명륜관(明倫館) 강사를 맡아 보았으며, 그 후에는 종군하여 기병대에 들어가 바칸(馬關: 시모노세키) 포대에서 4개국 함대와 싸우기도 하고 보신 전쟁에 참가하기도 했다. 기도는 이 조산슈의 인품을 좋아해서 거의 스승처럼 존경했다.

기도는 조산슈에게 말했다.

"본디 나도 원정에 관한 일은 서면상으로 보아서 통쾌한 일로 생각하며 나 한 사람의 의견으로는 매우 찬성하는 쪽입니다."

기도는 겁많은 사람으로 보이고 싶지는 않았던 모양이다. 일찍이 막부 관원의 칼에 쫓기면서 몸바쳐 지사 활동을 해온 가쓰라 고고로(桂小五郎)라는 이름으로 지냈던 당시를 기도는 언제나 자부하고 있었다.

오쿠보는 그 무렵 사쓰마 번의 번리(藩吏)로서 번정(藩政) 내부에서 공작

하고 있었다. 가쓰라 고코로처럼 하늘을 달리고 땅으로 숨는 활동을 한 것이
아니었으므로 이런 점에서 기도는 오쿠보에게 입밖에 내놓고 말하지는 않았
지만, 그대는 전에 무엇을 했단 말인가 라는 울분이 있었을 것이었다.

그러나 원정이니 하는 것은 개인의 기분이라고 기도는 말했다.

"무려 3천만이 넘는 빈약한 국민들을 상상한다면……."

기도는 일찍이 지사활동을 하던 초기에는 근왕주의자였으며 밖의 압력을
뿌리치는 것만 생각한 쇄국주의자였으나, 번 밖으로 망명한 참담한 지하잠
입 시대의 체험을 통해 국민을 생각하는 혁명가가 되었다. 막부 말기의 지사
출신으로 유신 후 운좋게 지위 높은 관직에 앉은 자 중에는 대부분 강열한
국가주의자가 많았지만, 기도는 한때 공화제를 생각했을 정도로 민권주의자
였다.

"결국 나라라고 부르는 것도 국민이 있고 나서의 일이며 국민이 없이는 나
라라는 명분도 붙일 수 없다."

그는 그 무렵에 매우 격렬하다고 할 만한 국민 중심의 논리를 말했다.

그 다음을 알기 쉽게 풀이하면 이렇다.

'그러므로 정부는 일반 국민의 이해득실을 생각하는 것이 첫째이다. 내가
정부 주장에 반대하는 이유는 여기에 있다.'

그런데 이 기도의 정벌반대를 뒷받침으로 하는 육군경 야마가타 아리토모
에게는 이런 생각이 없었다. 그는 다만 육군으로서 외국을 정벌할 만한 실력
이 없다고 하는 현실적 입장에서 오쿠보에게 반대하고 있었다.

게다가 야마가타는 은연중 자신을 참의로 해주지 않자 이와같은 반발로써
조정회의가 군사에 어둡다는 개인적인 불평도 보이고 있었다.

오쿠보는 야마가타의 그 개인적인 불만을 알고 있었기 때문에 이때 야마
가타를 포섭하기 위해 그를 참의로 만들도록 미리 손을 쓰고 있었다.

기도 다카요시는 지나칠 만큼 강인하게, 오쿠보가 견청대사로서 청나라로
건너가겠다는 운동을 사사로운 생각으로 보고 있었다. 사사로운 생각으로
국가의 운명을 끌고 가려는 자라는 것이, 이 시기에 기도가 갖는 오쿠보에
대한 관점이었다.

이 시기의 기도는 이미 내각에 있지 않았다. 그런 만큼 기도는 타고난 평
론가적 성격이 표면화된데다가 매우 감정적이 되어 있었다. 그러나 대만 정

벌이나 청나라로 건너가겠다는 생각을 오쿠보의 사사로운 생각이라고 본 것은 전혀 틀린 것만도 아니다. 기도는 사이고의 정한론도 사사로운 생각이라고 했다. 사이고가 시마즈 히사미쓰로부터 계속 받고 있는 증오에 절망적인 심경이 된 나머지 한국에 가서 화려하게 목숨을 버리고 싶다고 한 것은 기도가 보기에 사사로운 사정에서 온 사사로운 감정이라는 평이 성립될 수 있을 것이다.

오쿠보의 대만 정벌은 국내, 특히 사쓰마의 정한론적인 기분을 반정부적인 폭발에서부터 다른 곳으로 따돌리기 위해 취한 교묘한 눈속임 정책이며 이른바 정한론의 변형으로 볼 수도 있다. 그런 뜻에서 말한다면 오쿠보의 이 강인한 외교 정책도 사쓰마 사람으로서의 사사로운 사정에서 나온 것이라고 할 수 있을지도 모른다.

어떻든 간에 오쿠보는 메이지 7년(1874) 8월 1일자로 '전권 변리대신으로 청국에 파견한다'는 칙명을 받았다.

이에 대한 육군경 야마가타 아리토모의 저항은 오쿠보가 예상했던 것보다 집요했다.

오쿠보는 '야마가타라는 사람은 참의로 해주면 얌전해질 것'이라 생각하여 그렇게 했던 바, 야마가타는 8월 2일자로 참의가 되었어도 자기 주장을 바꾸지 않았다.

"도저히 육군으로는 전쟁을 할 수 없다."

야마가타는 구체적으로 자세하고 분명하게 그리고 끈길기게 계속 자기 주장을 하는 것이었다.

오쿠보는 애를 먹었다.

8월 2일 오후 2시가 지나서 오쿠보는 야마가타의 집에 찾아가 자신의 포부를 말하고 야마가타의 이해를 얻으려고 했다. 야마가타는 바로 그날 막 참의가 되었으나 생각이 누그러질 낌새가 없었다.

그 다음다음날 오후, 야마가타는 더 논의하려고 오쿠보의 집을 찾아갔다. 이때 야마가타는 이토 히로부미와 함께 갔다.

이를 논의하는 자리에서 야마가타는 말했다.

"지금 국내는 여전히 옛 번대로 굳게 뭉쳐서 저마다 불평을 품고 있소. 막상 전쟁을 하게 된다 해도 그들이 움직일 것인지 알 수 없소."

야마가타는 그 무렵 정부가 짊어지고 있는 어려운 문제 가운데 가장 핵심적인 문제를 오쿠보에게 제시했다.

야마가타는 은연중 이렇게 말하고 싶었던 것으로 여겨진다.

'첫째 당신의 출신인 가고시마 번이 움직이지 않는 형편 아니오?'

"지금도 옛 번을 중히 여기고 정부는 가볍게 보고 있소. 이 시기에 과연 정부의 명령으로 모든 옛 번의 무사들이 움직여 줄 것인지 의심스럽소."

야마가타가 말했다. 메이지 7년(1874) 여름의 국내 정세는 이 야마가타가 한 말대로였을 것이다.

육군경 야마가타 아리토모는 기질적으로 오쿠보와 비슷한 데가 있었다.

말은 많지 않았지만 자신의 주장에 대해 깊이 파고 들어 생각하는 경향이 지나쳤기 때문에 일단 자기 이론을 펼쳐놓고 나서는 끈질기게 물고 늘어졌다.

'야마가타가 이런 사람이었나?'

오쿠보는 마음속으로 틀림없이 놀랐을 것이다. 야마가타 옆자리에 똑같은 조슈 출신인 이토 히로부미가 있었다. 오쿠보는 이토와는 외국여행도 함께 했으며 귀국한 뒤 그를 심복처럼 이끌고 있었기 때문에 성격도 잘 알고 있었으나 군인 야마가타와는 인연이 적었다.

여담이 되겠는데, 오쿠보는 우수한 관료 조직을 구성하면 국정은 그것으로 충분하다는 사상을 가지고 있었으며, 이 때문에 모든 것이 기밀주의여서 국정의 중요한 사항을 내각회의 밖으로 알리지 않았다. 결국은 기도가 말하는 것과 같은 국민 중심의 관념이 오쿠보에게는 희박해서 정책을 결정하는 자리에 국민의 뜻을 반영하는 것은 필요하지 않다고 생각하고 있었다.

이 오쿠보의 이른바 '유사전제(有司專制 : ^{관료}_{전제})'의 사상은 뒤에 야마가타가 계승했다. 오쿠보는 평소 사심을 털끝만큼도 갖고 있지 않았는데 야마가타도 그러한 심경을 평생토록 갖지 못했다. 가령 오쿠보가 죽은 뒤 제자를 가졌다고 한다면 이 야마가타가 바로 그 제자에 해당할 것이다.

그러한 야마가타가 이때 철저하게 오쿠보의 외교 정책에 반대했던 것이다.

야마가타는 오쿠보에게 거듭 말했다.

"나는 대만 정벌에 대해서 처음부터 반대했소. 그렇게 할 수 있는 육군이 못됩니다. 대만 정벌은 지금 암초에 올라 앉았소. 이 올라앉은 배를 어떻게 할 것인가 하는 계책은 처음부터 이 일을 반대해 온 나로서는 없소. 그러나 각하께선 암초에 걸리고도 여전히 강제로 밀고 나가 저편으로 가겠다고 하시오. 그것은 그만두셔야 하오."

이 야마가타의 말을 오쿠보는 냉엄하기 이를 데 없는 표정으로 듣고 있었다. 오쿠보는 이야기 상대로는 말을 붙이기 어려운 상대였다. 그러나 야마가타는 같은 성질의 사람인 만큼 쩔쩔맬 신경도 없는지 겁도 없이 계속 말했다.

야마가타는 더구나 온 나라 안의 불평 사족들이 과연 병사가 되어 청국으로 갈 것인가, 병사로서 종군하라는 정부의 명령을 과연 그들은 들을 것인가에 대해서 말했다.

"야마구치 현(山口縣 : 조슈) 사람은 대개 내 명령에 응할 것이오. 그러나 다른 현은 그렇지 못할 겁니다."

오쿠보는 이때 처음으로 표정을 누그러뜨리고 조금 웃었다.

"황제폐하라는 것이 있지 않은가?"

그리고 이런 뜻의 말을 했다. 천황이라고 하지 않고 외국식으로 황제라고 했다. 훗날의 야마가타도 그렇지만, 오쿠보도 국내를 통솔하는 데 걸핏하면 이 황제라는 것을 들고 나왔다.

"사족들을 통솔하는 것은 어렵지 않소. 나라가 위난에 이르면 황제폐하의 결단을 바랄 뿐이오."

오쿠보가 생각하고 있었던 천황제도의 원형은 이 정도의 뜻을 가지고 있었을 것이다. 이 오쿠보적인 천황제도의 원형을 훗날 제도화해간 사람이 야마가타라는 것을 생각하면 이 대화는 극적이라 할 수 있다. 이때 야마가타는 오쿠보의 이 한 마디에 입을 다물었다.

북경으로

이때의 오쿠보는 여느 때의 그와는 달리 참으로 말이 많았다.

산조나 이와쿠라에게 설명하고 주요 각료들을 한 사람 한 사람 집으로 찾아가서 설명했으며 육해군의 요인에게도 설명했다. 자기가 청국으로 가야 한다는 것을 설명한 것이다.

그러나 능변가가 아니기 때문에 그는 해야 할 말의 요점만을 말했을 뿐 나머지는 듣는 편이 추측해야 했다.

"야나기하라씨나 리 젠들의 보고를 종합해 보면 청국은 전쟁 준비를 시작하고 있습니다."

이와 같이 말하고 나서는 깊이 가라앉은 듯이 입을 다물어 버리는 식이었는데, 상대편에서는 오쿠보의 목소리가 엮어놓은 이 짧은 문장을 깊이 생각하지 않을 수 없었다.

이 때문에 이토 히로부미 같은 사람은 오쿠보가 정말로 싸울 마음이 있는지, 있다면 큰일이라고 생각했으나 도무지 알 수가 없었다. 이토처럼 대인 감각이 예민한 사람조차 이런 형편이었다. 다른 사람은 틀림없이 오쿠보의 속마음을 거의 짐작할 수 없었을 것이다.

청나라에 있는 야나기하라로부터 이따금 보고가 오곤 했다. 8월 11일자 보고를 보면 야나기하라라는 젊은 대신은 참으로 용감했다.

"북경의 총리아문 각료들은 나약해서 일을 결정할 기백도 없습니다. 반드시 천진에 있는 이홍장에게 은밀히 물어보고 있습니다."

이 중국 외교의 내부 조직에 대해서는 오쿠보도 리 젠들이나 그 밖의 사람들에게 들어서 잘 알고 있었다.

야나기하라는 말했다.

"이홍장은 강하고 사나운 성질이라서……."

이홍장은 확실히 문관에서 올라온 사람치고는 만만치 않은 사람으로, 이미 말했듯이 태평천국의 난 때 자신의 고향에서 회군이라는 의용군을 만들어 야전(野戰)과 성을 공격하는 데 공을 세웠다. 그 뒤 천부적인 외교 능력으로 열강을 마음대로 주물러 때로는 거기서 이익을 끌어내고 나아가서는 끊임없이 개인의 욕심을 채웠으며, 더우기 대청제국의 거대한 관료 조직까지 쥐고 있는 사람이다.

태평 세대의 유능한 관리라기보다 중국 역사에 많이 등장하는 난세의 간사한 영웅을 연상케 하는 사람인데, 이홍장의 정치가적 성격을 '강하고 사나운 성질'이라고만 파악하는 것은 야나기하라의 젊음 때문이라고 할 수밖에 없다.

'강하고 사나운 성질'이라 '반드시 전쟁으로 이끌고 나갈 것으로 생각된다.'

이것은 사실에 가깝다. 이홍장은 싸움을 두려워하는 사람이 아니었다. 그러나 야나기하라가 말하듯이 싸움을 그렇게 가볍게 할 사람도 아니라는 것은, 그가 자신의 군대인 회군을 다치게 하는 일에는 극히 인색했던 일로 알수있다. 그렇다고 다른 정부군을 쓰면 반드시 진다는 것도 알고 있었으므로 그가 생각하는 것은 단순하지 않았다. 야나기하라는 계속 이홍장에게 위협을 받고 있었기 때문에 그만 그런 식으로 보았을 것이다.

"다만 북경의 모든 늙은 대신들은 전쟁을 두려워하고 있으므로 이홍장의 전쟁론에 따를지 어떨지 알 수 없습니다. 이홍장의 속셈은 부득이할 때 번지(蕃地)인 대만을 일본에 물려줄 것을 10분의 1쯤은 생각하고 있을지도 모르지만 보상금에 대해서는 단연코 성사되지 않으리라고 생각합니다."

오쿠보로서는 지극히 곤란한 교섭이라고 아니할 수 없었다.

확실히 외교상 지극히 곤란한 일이라고 하겠다.

'열에 하나는 대만을 쪼개서 물려줄지도 모른다.'

이렇게 말한 야나기하라의 관측은 무엇을 근거로 하고 있는지 알 수 없으나, 이 일 만은 있을 수 없는 일 같았다.

청국은 확실히 열강에게 땅을 쪼개 주어왔다. 영국에는 홍콩을 쪼개 주었고 프랑스에는 베트남을 지배할 것을 인정했으며, 러시아에는 애훈(愛琿) 조약으로 흑룡강과 아르군 강 유역의 땅을 쪼개 주기도 했다. 그런 일들은 전쟁을 걸어오거나 무력으로 위협을 하거나 그 어느 쪽엔가에 의해 청국이 굴복한 것이다.

나아가서 지금 청국의 실력자인 이홍장은 뜻밖에도 영토에 대해 엄격한 정신을 갖고 있지 않은 것같이 보였다. 야나기하라는 그러한 조잡하고 대략적인 데서 '열에 하나'라는 추측을 한 것이리라.

그러나 청국의 영토를 강탈한 그러한 나라들은 청국으로서는 꼼짝도 할 수 없는 열강들이었으며, 강자에게는 굴복하지 않을 수 없다는 이유가 있었다. 그러한 열강의 흉내를 극동의 같은 아시아인 나라인 일본이라는 작은 나라가 흉내낸다고 하면 이야기는 달라진다. 청국으로서는 우습기 짝이 없는 일이며, 왜국이 발광이라도 했는가 하는 정도여서 제대로 상대하려고도 않을 것이다.

물론 명나라 조정 말기에 왜구가 자주 연안을 침범하였고 그것이 원인이 되어 명나라 조정이 쓰러졌다는 선례(先例)를 청나라 고관들은 누구나 다 알고 있다. 작은 나라라고 깔보다간 번거로운 일이 된다는 정도의 감각은 있었다. 그러나 일본과 비교하면 청나라는 대국이며 나아가서는 청나라에서 기득권을 갖는 열강국, 특히 영국이 일본의 난폭하고 오만함을 막는 위병(衛兵)이 되어 줄 것이라고 사태를 보고 있었다.

"영국으로 하여금 일본을 처리하게 한다."

이홍장 등은 그 정도로 보았고, 그와 같은 구상을 가졌으며 나아가서는 충분히 이 문제를 처리할 수 있다고 내다보았을 것이다.

"도저히 보상금은 바랄 수 없습니다."

무슨 일이고 낙관하기 쉬운 야나기하라조차 절망적인 관측을 보내왔듯이, 청국측에서는 가소로워서 상대도 되지 않는다고 생각했을 것이다.

그러나 대만 정벌에 대한 안을 세우고 수행한 오쿠보로서는 방관할 수 없는 일이었다. 안을 세울 때 함께 한 사이고 쓰구미치가 3천여 명 군사를 이끌고 대만에서 물러나고 싶어도 물러나지 못하고 허공에 매달린 형국이 되어 있었다. 이른바 국가적인 추태라 해도 과언이 아니다. 청나라의 항의에 황공해서 물러날 수 없는 노릇이며, 하찮은 명분일지라도 철수할 이유가 필요했다. 출병 비용을 부담한다는 의미로 청국으로부터 배상금을 받아내는 것이 재정상으로 어떻든, 그것은 굶주린 자가 먹을 것을 탐내는 정도로 탐나는 것이었지만, 그런 출병 명분이나마 있다면 국제적인 체면은 설 것이다.

그렇지만 그것은 절망적이라고 야나기하라는 말했다.

오쿠보는 궁지에 몰렸다.

'곤란한 문제를 빚어냈을 때에는 오쿠보를 비롯해서 그 책임을 맡을 것.'

이렇게 오쿠보가 자진해서 문서에 공약한 이상, 오쿠보는 몸을 내던져서라도 앞장서서 청나라로 건너가야만 했다.

어쨌든 메이지 7년 8월 1일자로 오쿠보 도시미치는 청나라로 건너가기 위한 전권 변리대신으로 임명되었다.

"뭐야, 창피를 당하려고 가다니!"

만일 사이고가 이 현장에 있었다면 한 마디로 이렇게 내뱉었을 것이다. 사이고라면 지사가 아닌 정치가의 입장이라 치더라도 나중에 비장한 강개시(慷慨詩)에서 읊은 것처럼 다분히 미적인 행동을 좋아하는 면이 있었으므로, 가령 이와 같이 오쿠보처럼 청나라로 건너가야 하는 사태에 섰을 때 아낌없이 물러나고 말았을 것이 틀림없다. 오쿠보와 사이고라는 두 사쓰마 인의 차이를 이런 데서 엿볼 수 있다.

오쿠보는 비록 오욕의 악평을 받게 될 지라도 자신이 해야 할 일이라면 장중하게 그것을 해치우는 데가 있었다. 오쿠보의 자질이 지닌 신비한 요소, 이를테면 몸속까지 냉기가 스며드는 듯한 용기를 이런 데서 엿볼 수 있다.

오쿠보는 조정의 의혹과 악평 속에서 묵묵히 준비를 진행시켰다. 야마가타 육군경의 반대에도 불구하고 선전포고에 대한 조항도 만들었다.

선전포고 순서 조항이라는 것을 반전론자인 산조나 이와쿠라, 더 나아가 철저한 반전론자인 참의 이토 히로부미 등이 읽으면 숨소리마저 죽이고 새파랗게 질릴 듯한 조항이었다. 물론 그들도 읽게 했다. 억지로 읽게 되어 불쾌하고 답답하기만 할 뿐 오쿠보에게 항변할 수도 없었다. 오쿠보는 그들에게 항변하지 못하도록 저변 공작을 했으며, 그들의 집을 일일이 찾아다녀서 그들의 양해를 얻은 것으로 되어 있었다. 어떻든 이토록 마음을 정한 오쿠보를 막을 수 있는 정치 세력은 내각에 존재하지 않았다. 이전에는 사이고가 있었다. 사이고가 마음을 정했을 때 묘당은 전율할 뿐 어떻게도 손을 쓸 수 없었던 시기가 있었지만, 그런 사이고를 오쿠보가 야로 쫓아버린 뒤로, 오쿠보를 견제할 수 있는 정치적 존재는 아무도 없었다.

'전쟁을 결정했을 때 그 취지를 명백히 조서로 포고할 것.'

이런 조목으로 시작되는 선전포고 순서 조항은 모두 10개조였다.

각국 공사에게 명백히 선전포고의 취지를 통보할 것, 군사용 우편통신을 특별히 설치할 것, 모든 관청은 긴급한 때를 제외하고 비용을 억제할 것 등이었다.

'사이고 대장과 기도 공, 이타가키 공을 속히 소명(召命)할 것.'

이러한 조목도 한 줄 있었다. 거국적 내각을 만들 생각이며 사직한 기도나 이타가키를 도쿄로 부를 뿐만 아니라 정부를 차버린 격으로 하야한 사이고 다카모리도 칙명으로 부른다는 것이다. 그들은 아마 오지 않겠지만 오쿠보는 어쨌든 칙명의 효과를 믿었고 그것을 이용하는 데 능숙했다.

이 조목에서 천황은 대원수가 된다. 군대를 직접 이끌고 오사카에 대본영(大本營)을 마련한다. 친왕(親王)을 대총독으로 하고 나가사키를 전진 기지로 삼는다.

이러한 선전포고는, 오쿠보가 청국에서의 담판이 순조롭지 못하다고 보면 그 뜻을 전신으로 알리고, 그 한 통의 전보로 발동되는 것이다.

이만한 배경을 갖추지 않으면 담판이 뚜렷한 내용없이 헛되이 끝난다는 것을 오쿠보는 알고 있었다.

이 동안 오쿠보는 천황이라는 존재를 교묘하고 치밀하게 이용했다.

이러한 정치 감각은 다분히 오쿠보가 발명했을 것이다.

이런 점에서 볼 때 사이고에게는 그런 것이 없었다. 사이고는 작년에 참의와 근위도독을 일방적으로 내던지고 도쿄를 떠날 때도 천황에게 인사를 올리지 않았다.

근위도독이라면 천황의 친위군 대장이며, 일반적인 예의 감각으로 보면 사표를 낼 때 배알까지는 하지 않더라도 입궐하여 측근을 만나 그 뜻을 멀리서 전하도록 해야 함에도 불구하고, 별안간 야인으로 되돌아간 듯이 훌쩍 떠나버렸다. 그의 휘하인 근위장교도 똑같았으며 그들은 대거 도쿄를 떠났을 뿐 이른바 천황은 그 자리에 혼자 남는 형세가 되었다.

그러나 오쿠보는 천황을 적극적으로 이용하려고 했다. 이 무렵의 사이고 파인 사쓰마 인의 일반적인 감각으로는 이렇게 오쿠보가 권력을 위해 천황을 이용하는 태도를 비겁하다고 보았다. 그것은 말없는 가운데 오쿠보를 싫어하는 한 원인이 되었을 것이다.

'유사 전제(有司專制)'

이 말은 오쿠보 체제에 대해 이 무렵 대부분 사람들이 욕하는 말이었는데, 거기에는 천황이 필요했다. 유사(有司)의 전제를 가능하게 하려면 유사가 천황을 절대 존재로서 받들어야 한다. 천황을 받듦으로써 유사는 자신의 권력을 정당화하고 키워 그 전제체제를 확립할 수 있는 것이다.

오쿠보 쪽에서 말한다면 무리가 아닌 점도 있었다. 300이나 되는 옛 번(藩)의 사족들이 여전히 도쿄 정권에 불평을 품고 일만 있으면 사가(佐賀)처럼 반란을 일으킬지도 모르는 일이다. 또 태정관 내부에서까지 육군성처럼 조정회의에 대해 비판을 품은 세력을 포섭하고 있는 현 상태로는 천황과 조칙을 절대화하는 수밖에 없었으며, 이것이 일본 통일의 정치적 마술이라고 보고 있었다.

그는 청나라로 건너감에 즈음하여 산조 태정대신에게 각서를 제출하면서, 진언하기를 칙어를 내려주십사 하였다.

그는 그러한 칙어의 내용까지 일일이 지시하고 있었다.

'부디 모든 성의 장관들을 궁성으로 부르시오. 그리고 아래와 같은 칙어를 내리시기 바라오. 대만을 정벌하는 일을 잘 평정하여 만족한다, 그러나 청국과의 담판 결과를 아직 알 수 없는 즉, 실로 나라 안팎이 위기와 국난을 당한 때라고 할 것이며, 그대들은 한층 더 분발하여 힘쓸 것을 바라는 바이오, 라는 식으로 해 주시오.'

그리고 야마가타 육군경이 조정회의에 불복임을 배려해서인지 이렇게 썼다.

'특히 육해군 양경에게는 간곡히 칙어를 내려주기 바라오. 그리고 다음과 같은 질문을 내리시도록 하시오. 전쟁을 하게 되면 어떻게 착수하겠는가, 작전은 어떤가, 병력이며 무기의 준비는 어찌 하고 있는가……'

또 이렇게도 쓰고 있다.

'대신과 참의는 천황께서 볼 일이 있으시든 없으시든 매일 궁성에 등성하도록.'

참의이면서 심복인 이토 히로부미조차 오쿠보의 도청(渡淸)이나 전쟁 준비에 반대했으므로, 언제 자신의 방침에 대해 등을 돌리게 될지 모른다는 점도 다소 불안했던 모양이다. 그들 불복 참의들의 머리를 쓰다듬는 일은 오쿠보 자신으로선 적당하지 않았다. 천황에게 그렇게 해줄 것을 오쿠보는 기대했다. 메이지 국가의 본바탕을 오쿠보가 만들어 가는 과정이 이 무렵의 소식에 뚜렷이 나타나 있다.

오쿠보는 청나라에 건너가기 위한 준비에 만전을 기했다.

이미 영국은 외교전에서 적으로 돌아서 있었는데 이쪽으로 끌어넣을 희망은 없었다.

이 무렵 일본 주재 영국 공사 퍼크스는 북경 공사관에 있는 친구 로버트슨이라는 인물에게 이 사건에 대해 여러 번 편지를 써 보냈다. 로버트슨의 아들이 퍼크스의 지도를 받아 주일 공사관에서 일하고 있다는 것을 생각해도 퍼크스가 이 인물과 얼마나 친교가 깊었는가를 짐작할 수 있다. 그러나 이것은 사적인 편지가 아니라 반쯤 공적인 보고로 생각하고 쓴 것이리라.

'주정꾼의 광증.'

퍼크스는 대만 정벌 사건을 이와 같이 부르고 있었다. 일본 정부의 이 주정꾼의 광증에 들어가는 비용은 막대한 것이리라. 그러나 일본이 그네들의 기대처럼 청국으로부터 보상금을 얻을 수는 없을 거라고 단언하고 있었다.

퍼크스는 일본의 의도가 대만을 약탈하는 데 있다고 보고 있었다. 일본은 대만을 설탕의 제일 큰 재배지로 만들어 제2의 쿠바로 만들려 하고 있으며, 나아가서는 중국 연안과 중국해를 지배하려 한다고 퍼크스는 말했다.

"그러나 그들——일본의 요인들——은 매우 실망할 것이다."

기대가 어긋날 것이라는 얘기였다. 그러나 오쿠보가 대만을 정벌하려는 뜻에 관한 한, 퍼크스가 오쿠보를 의심하고 억측하려는 의도는 없었던듯하다.

다만 퍼크스는 오쿠보의 대만 정벌에 대해서 충분히 통찰한 점도 있었다.

'그것은 무사들을 만족시키기 위해서다'라고 했다.

그 무사들의 총수가 사이고라는 것까지는 말하지 않았다. 본디 퍼크스는 귀재라고 할 정도로 유능한 부하 어네스트 사토가 사이고에게 열띤 주목을 결속해온 데 대해 거의 관심을 두지 않은 것 같았다. 첫째는 사이고가 주일 외교단과의 사이에 거리를 두었고, 특히 퍼크스에 대해 먼 거리를 유지해 왔던 데에도 원인이 있을 것이다.

사이고가 아시아 인에 대해 오만한 퍼크스를 좋아했을 리가 없다. 더욱이 사이고는 자제심이 강해서 퍼크스를 말로나 글로 비방하지 않았으며 그 이름조차도 건드리지 않았던 것이다. 만약 사이고만한 존재가 잡담하는 중에라도 퍼크스를 비방하거나 했다면, 그러지 않아도 걸핏하면 터져 나오려는 세상의 양이(攘夷) 기분이 나갈 곳을 찾아 될 것이 틀림없었으며 그것을 사이고는 뼈아플 정도로 잘 알고 있었다.

어쨌든 오쿠보는 출발에 앞서 데라지마 외무경에게 거듭거듭 주의하며 말했다.

"프랑스 공사와 독일 공사에게 충분히 양해를 얻어두도록 하시오."

이 경우 영국이 적측에 붙어 있다. 미국은 지금 영국에 따라붙어 있다. 믿는 것은 프랑스와 독일이었다. 프랑스와 독일은 북경에서 영국이 외교를 한 손에 쥐고 흔드는 데 반감을 품고 있었고 게다가 청국 정부 자체에도 끊임없이 강한 불만을 갖고 있었다. 이 두 나라를 자기편으로 끌어들이지 못하는 한 이길 승산은 없었다.

오쿠보가 청국으로 건너가는 것을 퍼크스는 어쩌면 겁먹고 있지나 않을까 하고 생각할 만큼 강한 관심을 가지고 있었다. 퍼크스는 오쿠보에 대해
  '유신 혁명에 있어 어떠한 정치가보다 그 수단에 있어서나 도덕적 용기에 있어서나 매우 뛰어난 기도와 오쿠보……'
이런 식으로 북경의 친구에게 써보냈다.

오쿠보가 떠나면서 가장 크게 배려한 것은 자신의 권한에 대한 것이었다.

전권 변리대사의 권한 속에 전쟁을 단행하는 일까지 그 혼자의 의사에 맡겨져 있었다.

'위임 권한 조항.'

이것은 산조 태정대신이 오쿠보에게 준 권한이었다. 조항은 다섯 가지다.

'부득이할 경우 화평 및 전쟁을 결정할 권한이 있음.'

그 가운데 이런 조항이 있다. 본국의 훈령을 기다리지 않고 혼자의 의사대로 전쟁을 결정할 수 있는 대신은 적어도 19세기 이후 어느 나라에도 그 예가 없었다.

게다가 오쿠보는 모든 지휘권을 가지고 있었다. 청나라에 가 있는 외무 관리에대한 지휘 및 인사권, 나아가서는 청국에 가 있는 무관에 대한 지휘권과 인사권 등 다른 참의나 대신의 관할에 관계된 관리도 이른바 오쿠보에게 임시로 소속되는 형태를 취했다.

모두 오쿠보가 원한 일이다. 그는 사가의 난을 진압함에 있어 행정과 군사에 대한 총지휘권을 가졌을 뿐만 아니라 에토 이하에 대한 사법권까지 쥐었다. 이만한 권한이 주어지지 않는 한 책임있는 행동을 할 수 없다는 것이 오쿠보의 생각이었다.

나아가서는 청국 정부가 오쿠보를 어떤 자인가 하고 의심할지도 모른다. 그때 상대에게 보여주기 위해 이런 뜻의 국서도 지니고 갔다.

'이 오쿠보라는 사람은 천황을 대행하는 사람이다. 천황께서 몸소 북경 땅을 밟고 몸소 일을 처리하는 것과 하등 다름이 없다.'

그 국서는 긴 문장인데 일부를 옮겨본다면 다음과 같다.

'짐은 참의 겸 내무경 오쿠보 도시미치의 재능과 충직함이 깊어 능히 그 맡은 바 소임을 감당할 것을 믿으므로 전권 변리대사로 임명하여 대청국으로 보내서, 대청황제가 임명하는 자와 권한이 같은 일국 대신이 짐이 희망하는 바를 이루도록 조약을 약정하거나 또는 조약서를 체결하며, 또한 짐의 이름으로 결의한 그 서면에 조인하여 앞의 사건을 충분히 결말지을 권한을 주었은즉, 대체로 이와같은 일은 짐이 몸소 그 땅에 가서 직접 이를 처결함과 다름이 없음을 밝힌다.'

오쿠보는 무시무시할 만큼 크나큰 권한을 가진 셈이다.

이것을 위험스럽게 여긴 것은 참의 이토 히로부미였다. 이토는 대체로 전쟁이라는 것을 싫어하는 사람으로 그 생애에 여러 차례의 대전을 경험하면서도 언제나 전쟁을 회피하기 위해 최대의 노력을 기울였다. 이때도 오쿠보의 청국행에서 화약 연기 냄새를 맡고 오쿠보를 몇 번이나 접촉하여 그 본심을 알아보려고 했다. 그러나 오쿠보는 심복인 이토에게도 끝내 본심을 말하지 않았고, 이토의 질문에 대해 말했다.

"나는 전권이오. 전권을 맡고 임하는 이상 아무와도 의논하지 않겠소."

사실 오쿠보는 곧잘 남의 이야기를 듣는 사람이었다. 이런 강한 말이 오쿠보의 입에서 나온 것은 이상한 것 같지만, 말을 하면 나라의 긴장이 풀리게 될 뿐만 아니라 북경에 누설되어 상대가 일본의 속셈을 다 알아버리게 될 것을 두려워했음이 틀림없었다.

"되도록 빨리 돌아오고 싶소."

이토가 오쿠보를 요코하마까지 전송했을 때 오쿠보는 이와 같이 말했기 때문에 오쿠보의 속 마음에 전쟁하려는 뜻이 없다는 것을 알아차리고 크게 마음을 놓았다고 한다.

총리아문

　드디어 전권 변리대신 오쿠보 도시미치가 청국으로 떠나는 날이 왔다.

　메이지 7년(1874) 8월 6일이다. 1년 전 사이고가 자신을 견한대사(遣韓大使)로 보내달라는 안건이 받아들여지지 않아 몹시 고민했던 것을 오쿠보는 이때 회상했을 것인가.

　신바시(新橋) 역에 도착한 것은 오전 10시가 지나서였다.

　일본국의 요인들을 모두 이 작은 역에 모았는가 싶을 정도로 많은 사람들이 오쿠보를 전송하러 와 있었다.

　보신 전쟁의 풍운을 겪은 사람도 많았다.

　참의며 해군경 가쓰 가이슈도 작은 몸을 프록코트로 감싸고 혼자 조용히 서 있었다. 가쓰는 사이고의 본질을 고매한 지사라고 규정하고 그 인물을 가장 깊이 이해한 사람이었으나 정한론에는 찬성하지 않았으며, 그 무렵이나 지금도 그런 종류의 의견에는 초연해왔다. 가쓰와 같이 국가나 정치라는 것을 속속들이 다 꿰뚫어본 사람에게는, 세상에서 제창하고 있는 정한론만큼 어리석은 것은 없었으리라.

　그러나 사이고를 깊이 아는 그는 사이고 스스로가 정한론으로 악업의 불을 만들어 거기에 몸을 던져 태워버린 일에 대해 다른 해석을 가지고 있었을 것이다.

사이고에게 있어서 정한론이란 냉엄한 정책론이 아니라 사이고의 거대한 감정 표현이라고 생각했을 것이다. 가쓰에게 있어서 정한론이란 사이고에게만 통하는 특수한 것이며 다른 사람에게는 통용되지 않는 감상이었을까?

오쿠보의 일기에는 사람들 가운데서 신바시 역까지 전송했던 사람의 이름을 써놓았다.

'가쓰 참의, 이치지 참의.'

이치지 마사하루는 사쓰마 인의 선배라고도 할 만한 존재로 오쿠보를 '도시미치'라고 존칭 없이 부를 수 있는 사람 중의 한 사람이었다. 그는 막부 말기의 사쓰마 번에서는 군사학자로서, 사이고 등과 같은 번의 지사로부터 각별한 존경을 받고 있었다. 특히 사이고는 이치지의 작전 능력을 높이 평가하여 항시 마음을 정하고 있었다.

'막상 도막(倒幕)군을 일으킬 때 주요 기밀을 의논하는 자리에서는 이치지 선생의 지시에 따르리라.'

그러나 실제로 보신 전쟁이 시작되고 보니 이치지의 작전 능력이란 사이고가 높이 평가했던 만큼은 도움이 되지 못했다.

물론 보신 전쟁의 중간 무렵부터 조슈 출신인 오무라 마스지로가 나타나 실력으로 작전의 주도권을 잡아버려서 이치지가 나설 자리가 적어진 까닭도 있었다.

오무라는 정략과 전략이라는 두 개의 관념적 연관성에 대하여 전략 가운데 전술의 존재라는 세 개의 관념을 이미 명쾌히 이해한 근대적 전술가로, 보신 전쟁에서 그는 정략적 요청 아래 자신의 전략을 정하고 그것을 냉정하게 밀고 나갔다. 이치지의 사고법은 정략과 전략이 뒤얽혀 다분히 정치적 발상으로 전략을 생각하기도 하고 그 반대이기도 했다.

그러나 유신 후 사쓰마계 사람들은 이런 이치지를 소중히 여겼다. 오쿠보가 일본을 떠날 때 몇몇 사람의 새 참의를 만들어 내각을 보강했는데 그 가운데 이 이치지도 들어 있었다.

그러나 이치지에게는 새 국가를 만들 능력 같은 것은 전혀 없었다.

오쿠보를 태운 기차는 오전 10시 45분, 신바시 역을 떠났다.

요코하마에 도착한 것이 정오이다. 쉬기 위해서 여관 다카시마야(高島屋)로 들어갔다.

　요코하마까지 온 사람들 속에 참의로는 오쿠마 시게노부와 이토 히로부미, 구로다 기요타카, 그리고 외무경을 겸한 데라지마 무네노리가 있었다.

　사이고와 행동을 함께 하지 않은 사쓰마계의 유력한 군인이 두 명 있었다. 대령 노즈 미치쓰라(野津道貫)와 같은 대령인 다카시마 도모노스케(高島鞆之助)였다.

　대경시(大警視) 가와지 도시나가(川路利良)도 있었다. 가와지는 키가 커서 누구보다 눈에 쉽게 띄었다. 다만 목이 깃에서 길게 뻗어나와 보일 정도로 길어서 그것이 가와지의 모습을 불안정하게 하고 있었다. 오쿠마 시게노부는 어찌된 셈인지 이 가와지를 못마땅하게 여기고 있었다. 가와지도 오쿠마가 끊임없이 말을 바꾼다 하여 좋아하지 않았다.

　이 두 사람의 사이가 냉랭한 것을 오쿠보는 잘 알기 때문에 언제고 이를 중재해야겠다고 생각하고 있었다. 오쿠보에게는 외교와 재정에 능한 오쿠마와 국내정치에 뛰어난 견식을 갖춘 가와지가 장래에 자기 자동차의 양 바퀴가 될 수 있다고 생각한 것 같다.

　다카시마야에서 한 시간쯤 쉬고 나서 오쿠보는 데라지마 외무경을 안내인으로 하여 영국 공사관 요코하마 분관과 프랑스 공사관을 인사차 방문했다. 참고로 미국 공사관과 독일 공사관은 도쿄에 있기 때문에 오쿠보는 신바시로 가기 전에 양 공사관을 두루 찾아갔다.

　영국 공사 퍼크스가 말했다.

　"이번 각하께서 청국으로 가시는 일이 일본과 청국의 번영을 위해 도움이 되기를 빌겠습니다."

　그의 말에는 노골적인 빈정거림이 담겨 있었다. 말이 많지 않은 오쿠보는 빙그레 웃음으로써 그 말에 응수했을 뿐이다.

　오쿠보로서는 이번의 문제를 해결함에 있어 영국의 힘을 빌릴 생각은 없었으며, 없었다기보다는 그 존재를 무시하기로 마음먹고 있었다. 오쿠보와 퍼크스가 만난 이 순간은 어떤 의미로는 극적이라 할 수 있을지도 모른다. 사쓰마와 영국간의 싸움이 끝난 뒤, 사쓰마 번과 영국은 거의 동맹 관계라도 가진 것처럼 밀접해져서 보신 전쟁이 성공하기까지 영국은 이 번을 무척 밀어주었다.

퍼크스는 이 일을 필요 이상으로 공치사하는 마음을 갖고 있었지만 오쿠보에게는 그것이 통하지 않았다.

'영국에 어떤 사정이 있어 그렇게 한 것이겠지.'

이와 같이 생각했음에 틀림없었으며 이번처럼 이해 관계가 일치되지 않는 경우, 그는 태연히 독자적인 입장을 취했다. 퍼크스에게는 이러한 오쿠보의 태도가 유쾌할 리가 없었으며, 자신에게 양해도 구하지 않고 젖먹이 같던 메이지 정부가 젖을 뗐다는 인상을 가졌을 것이다.

오쿠보는 오히려 프랑스 공사에게 정중하게 대했다.

"귀국의 호의를 얻지 못하면 이 문제를 해결하기가 어려울 것으로 여겨집니다."

그는 영국이 적측으로 붙은 이상 다른 나라들을 일본에 끌어당겨 놓아야 한다고 생각하고 있었다.

오후 3시, 오쿠보는 미국 기선 코스타리카 호에 올라탔다. 이 배로 나가사키까지 간다. 나가사키에서 일본 군함을 갈아 탈 생각이었다.

바다 위에서 나흘이 걸려 나가사키에는 8월 10일 밤에 닿았다.

일단 상륙하여 여관에 들었다. 며칠 동안 그 우에노야(上野屋)라는 여관에 머물렀다.

이 사이에 오쿠보는 몇몇 수행원을 상해 항로의 파발 편으로 먼저 떠나보냈다.

그 가운데 다카사키 마사카제(高崎正風)가 있었다.

그의 아버지 고로에몬(五郞右衛門)은 옛 막부의 가에이(嘉永) 2년(1849)에 번의 명령으로 할복했다. 그 무렵의 번주 시마즈 나리오키(島津齊興)는 애첩 오유라에 대한 사랑 때문에 그녀가 낳은 아들인 히사미쓰(久光)를 후계자로 삼으려는 마음이 은근했는데 그것을 오유라파로 일컬어진 사람들이 지지했다. 이 때문에 정실 자식인 맏아들 나리아키라(齊彬)가 적자(嫡子)로서의 신분을 잃게 된다는 소문이 퍼져 이에 반발한 사람들이 비밀리에 도당을 모았다.

다카사키, 고로에몬 등이 그러했으며, 그들은 동시에 반막부적인 기풍도 강했다. 탄압이 내려지고 고로에몬 등이 사형되었다. 이것을 '다카사키 붕괴(高崎崩壞)'라고 한다. 다카사키 마사카제는 그 무렵 어린 소년이었으나 연좌되어 오시마(大島)로 유배되었다. 오쿠보의 아버지도 이때 유배되어 그 집안이 몹시 빈궁해졌다. 오쿠보가 남모르게 혁명적인 뜻을 갖게 된 것은 이 사건이 계기가 되었다고 볼 수 있으며, 만약 이 사건이 없었다면 그는 평범한 변사로서 세상을 끝마쳤을지도 모른다.

그런 일도 있었으므로 오쿠보는 다카사키 마사카제라는 후진(後進)을 사랑했다. 마사카제가 막부 말기에 활약하게 된 것은 오쿠보가 근신(近臣)이라는 중직에 앉은 뒤부터이며, 오쿠보가 거들어준 것이라 해도 무방하다.

다카사키 마사카제는 교토에서 크게 활약했다.

그런데 게이오 3년(1867) 11월 무렵부터 다카사키 마사카제의 정론(政論)이 사이고와 오쿠보를 달라지게 만들었다. 그 무렵 사이고와 오쿠보는 이미 무력으로 혁명을 일으키는 방식을 취하지 않았고 움직이지도 않았는데 도사 번의 사카모토 료마(坂本龍馬)가 느닷없이 평화적인 방법으로 대정봉환(大政奉還案 : 막부가 정권을 조정에 반환함)하자는 큰 불꽃을 쏘아올림으로써 도쿠가 집안도 구하고 일시에 통일 국가를 만들려는 움직임을 시작했다.

이 방식으로 하면 도바 후시미의 싸움은 피할 수 있었겠지만 그 통일 국가는 다분히 옛 세력을 포함하는 결함을 가지게 되지 않을 수 없었다. 사카모토는 이것을 자기 번 집정(執政)인 고토 쇼지로(後藤象二郎)에게 설명하여 고토로 하여금 주선하게 했다. 다카사키는 이 고토의 주장에 물들었던 것이다. 사이고는 다카사키에게 몹시 화가 나서 이 내막을 고향 친구에게 편지로 써 보냈다.

'다카사키는 분명 인순고식설(因循姑息說 : 낡은 관습·폐단을 버리지 못하고 눈앞의 안일만 취함)을 내세우고 닌나지노미야(仁和寺宮)를 현혹케 하여, 이른바 고토의 주장을 믿고 몰래 책동하고 있소.'

이런 까닭이 있어 다카사키는 막부 말기 끝무렵에 히사미쓰파로 여겨져 사이고의 미움을 사게 되었고, 향리의 지방관원으로 전락하고 말았다. 그뒤 오쿠보가 그를 끌어내다가 메이지 4년부터 2년 동안 외국여행을 하게 하였는데, 이 무렵에는 대장성에서 세법 과장으로 일하고 있었다. 사쓰마 사람으로서 색깔을 구분한다면 분명히 오쿠보파에 속할 것이다.

오쿠보가 군함 류조 호(龍驤號)를 타고 나가사키 항을 떠난 것은 8월 16일 아침이다.

항구 안에 정박해 있던 군함 아즈마 호(東號)에서 예포 19발이 발사되었다. 그 밖에 외국 군함이 여러 척 닻을 내리고 있었지만 모두 침묵을 지키고 있었다. 앞서 요코하마 항을 떠날 때는 독일 군함이 예포를 쏜 일로 미루어 보아, 이 나가사키 항에서의 경우 특별히 묵살한 것이 아니라 일요일이었기 때문이리라. 그러나 지극히 어렵다고 여겨지는 외교 교섭을 앞두고 있는 오쿠보로서는 별로 기분 좋은 것은 아니었던지 일부러 일기에 이렇게 쓰고 있다.

'각국 군함은 일요일이므로 축포가 없었음.'

이 특별한 글은 그의 이 시기의 심경이 방영된 것인지도 모른다.

수행원은 20여 명에 이를 정도로 많았다.

이 가운데 다카사키는 먼저 떠났다.

이 수행원들은 오쿠보 자신을 비롯해 가장 뛰어나고 한학에 대해 소양이 있는 사람들로서 각 성에서 뽑혔는데, 그 중 외무성 관리가 한 사람도 없었다는 것은 메이지 정권 초기의 외무성 실력이 다른 성에 비해 얼마나 빈약했는가를 잘 나타내고 있다. 대장성에는 관세 문제에 어학력도 있고 외국 사정에 밝은 사람이 많았으며, 사법성은 법전 편찬을 계속적으로 하고 있었기 때문에 프랑스 어에 매우 능한 사람이 많았다.

일찍이 에토 신페이가 모아다가 길러낸 사람들이었다.

이들 수행원들보다도 오쿠보에게 훨씬 의지가 된 사람은 사법성의 고문인 프랑스 인 보아소나드였다.

그는 이 해에 49세가 된다. 머리가 허옇고 수염도 허연 조그만 몸집의 사람으로 목소리도 작았다. 특히 인품이 뛰어나게 독실하고 법률에도 해박한 지식을 가지고 있었다.

파리 교외에서 태어나 파리 대학에서 법률을 공부했고 뒤에 법학 박사가 되어 그르노블 대학에서 가르쳤는데, 메이지 6년(1873) 에토 사법경에게 초빙되어 일본의 법전을 편찬하는 일을 하게 되었다.

그러는 한편 사법성법학교(司法省法學校 : 뒤의 東京大學 法學部)에서 교편을 잡다가 뒷날 일불(日佛)법률학교(뒤에 法政大學) 창설에 힘을 다했다.

처음에 오쿠보는 이 보아소나드를 단순히 국제공법의 지도역으로 삼을 생각이었으나 항해하는 중에 더 친밀해져, 이 프랑스 인이 법률을 통한 외교 교섭에 밝다는 것을 알고 수행원 중 누구보다 그를 믿게 되었다.

특히 오쿠보가 호의를 갖게 된 것은 보아소나드가 꾸밈이 없고 진실한 느낌이 들었기 때문이었다. 그는 아침에는 진한 커피를 마시고 낮에는 적은 양의 식사를 했다.

그 밖의 시간은 거의 선실에 틀어박혀서 책을 읽고 있었다.

다른 사람과 이야기를 나누는 일은 없지만 누구든 그 방으로 찾아가면 기쁜 듯이 책을 치우고 질문에 응할 자세를 취했다. 다른 사람의 도움이 되어 주고 싶다는 것이 거의 천성처럼 되어 있는 사람으로 법률가로서는 이토록 알맞은 인품도 없을 것 같았다.

그는 49세부터 70세까지 일본에서 살면서 법률(특히민법) 편찬과 법률 교육에 몸바쳤다.

메이지 시절의 관료로서 가장 교양있고 노력파였던 이노우에 고와시(井上毅)가, 보아소나드의 열성적으로 일하는 태도며 공부를 좋아하는 것을 보고 놀라서 감탄했을 정도였다.

"아마도 관직에 있는 사람들이 저토록 깊은 의무감과 공부에 힘쓴다면 입법 사업이며 모든 일이 어찌 좋아지지 않을 수 있겠는가."

보아소나드도 이 갓 태어난 아시아 국가를 자신의 전문 분야를 통해 근대화하는 것은 하늘이 준 사명이라고 느꼈던 모양으로, 훗날에 이렇게 종종 말하곤 했다.

'일본은 나의 제2의 고향이다.' 그는 70세에 일에서 물러나 모국으로 돌아가 앙티브에서 여생을 보냈다. 일본 정부는 그가 85세로 세상을 떠날 때까지 훈장 1등 서보장(瑞寶章)을 수여하고, 연금 2천 엔을 계속 보내어 그 공로에 보답했다.

오쿠보는 보아소나드와 이 청국행을 함께 할 때까지 그리 친밀하지 않았다. 그는 대만 사건에 대한 국제공법적 지식을 이 항해 중에 배웠다.

"일본은 불리합니다."

이런 말을 보아소나드는 자신의 입장이 난처해질까봐 말하지 않았다. 어떻게든지 이길 수 있도록 지혜를 짜게 도와주었다.

물론 외교는 국제공법만 가지고 움직이는 것이 아니지만 한편으로는 힘이 되기도 한다. 힘의 외교에 대해서는 오쿠보도 미국의 남북 전쟁에서 살아남은 장군인 리 젠들에게서 배웠다. 리 젠들도 이 오쿠보의 청국행에 수행하려고 다른 길을 거쳐 청국으로 향하고 있었다. 그러나 리 젠들이 나설 무대는 대만으로 출병한 것으로 끝났다고 봐야 할 것이다. 그 다음엔 탁상 외교를 추진하기 위해서 보아소나드와 같은 사람이 필요했다.

바다 위는 평온했다.

나가사키를 떠난 지 3일 뒤인 8월 19일 아침 황포강(黃浦江) 어귀 부근에서 군함 '모슌(孟春)'의 마중을 받으며 이윽고 상해에 도착했다. 오쿠보가 호텔에 들어가자 곧 리 젠들이 찾아왔다.

리 젠들은 미국인이라고는 해도 프랑스계이기 때문에 영어보다 프랑스 어를 쓰고 있었다.

이 때문에 프랑스 어를 할 줄 아는 철도청장 다다 스케마사(太田資政)가 통역을 했다.

이튿날 오쿠보는 종일 회의로 보내고 그 다음날부터는 상해를 구경했다.

오쿠보는 중국을 처음 경험하는 것이었다. 상해가 웅성웅성하며 매우 번창한 것을 보고 놀랐는데, 무역의 대부분이 외국인의 손에 쥐어져 있다는 실태를 알고 나니 약간의 감회가 느껴졌다. 마차로 시가지를 구경하면서 시가지 포장도로가 훌륭한 것을 보고 놀랐고 더우기 '토지가 평탄하여 한번도 산을 보지 못했다'며 경치의 웅대함에도 놀라워했다.

오쿠보는 군함 류조 호(龍驤號)에 올라타고 천진(天津)을 향해 대륙의 연안을 끼고 북쪽으로 올라갔다. 모슌 호가 곧 이어 뒤따랐다.

산동반도를 돌아 지부(芝罘)에서 하룻밤 묵고 이 개항장에서 프랑스 공사와 이야기를 나누었다. 영국 공사도 오쿠보의 호텔까지 서기관을 보내 인사를 하게 했다.

그뒤는 발해만을 지나 8월 30일 오후 3시 태고(太沽)에 이르렀다.

백하(白河 : 밝이허)가 천진을 거쳐 발해만으로 흘러들어간 강 어귀 오른편 기슭에 이 항구가 있다. 그 언저리의 해면은 백하가 날라다주는 황토로 흙탕물처럼 누렇게 흐려 있었으며, 류죠 호는 그 물을 헤치면서 기슭에 접근했다.

연안 부근 어촌에는 황토흙으로 지은 집이 이어져 있었다. 먼저 떠난 사람들 가운데 한 사람인 다카사키 마사카제는 이 연안의 집을 보고 제비둥지에 비유해서 쓰고 있다.

'모두 흙으로 집을 지었으며 제비둥지와 조금도 다를 바가 없었다.'

오쿠보는 다카사키보다 열흘 뒤에 이곳을 지났다. 그도 이 어촌 풍경에 흥미가 쏠렸는지 이렇게 썼다.

'모두 흙으로 만들어져서 그야말로 구덩이에서 사는 것과 같았다.'

두 사람 모두 나무로 집을 짓는 나라에서 와서 어지간히 신기했을 것이다.

그 연안에는 포대가 있었다. 태고 포대라고 한다. 이 포대는 청국을 방위하는 데 있어 매우 중요한 시설이었다. 이 태고의 강 어귀에 큰 대포를 설치하여 가깝게는 천진을 지키고 멀리는 북경을 지키고 있었다.

그 태고 포대는 이번 청국과 일본 사이에 외교적으로 긴장감이 발생하자 갑자기 보강하게 되었다. 군함 위에서 보니 인부가 부지런히 움직이고 있고 공사는 제법 진척되어 있는 모양이었다.

이 보강공사는 이홍장의 건의에 의한 것이라고 한다. 대일 강경 외교를 권하고 있는 이홍장의 결의를 포대를 바라보기만 해도 알 수 있을 것 같았다.

다카사키의 일기는 시인이기 때문인지 풍경 묘사를 많이 했으며, 이와는 달리 오쿠보는 이 포대를 면밀하게 관찰하고 있었다. 그는 포대를 보고 이와 같이 썼다.

'모든 포대는 흙으로 쌓아 만든 것이었다.'

또 그 공사는 굉장한 것이라고 쓰고 특히 새 성채(城砦)가 한 군데 만들어져 가고 있다고도 썼다.

9월 1일, 오쿠보는 천진에 상륙했다.

일본 영사관이 없었으므로 그는 숙소로 미국 영사관을 빌렸다.

거기서 며칠을 머무르는 사이 그는 각국의 외교관들과 자주 만났다. 모두 상대편에서 찾아왔다. 속셈을 알아보려고 온 것이리라. 모두 영사급으로 영국과 덴마크, 러시아 등이었다.

이 천진에 머무는 동안 북경의 야나기하라 공사에게서 연락이 왔다. 청국 측의 회답이 없어 마치 묵살되고 있는 듯한 인상마저 들었다. 일본이 내건 요구 따위는 도저히 받아들여질 것 같지 않았다.

그러나 이홍장에 대해 오쿠보는 한 마디의 인사도 하지 않았다.

이미 앞에서 말했듯이 이홍장은 외무대신은 아니라 해도 청국의 최고 실력자이며 사실상의 대외교섭권을 그가 쥐고 있었다.

외국 공사들은 북경보다 천진을 중요시여겼다. 중요한 용무가 있을 때는 반드시 천진에 와서 이홍장과 접촉하는 것이 관례였다.

일본의 야나기하라 공사도 이 대만 문제를 그런식으로 처리하려다가 이홍장으로부터 애송이 취급을 당해 일축되었다는 것도 이미 말했다.

이홍장이 야나기하라에게 직접 대놓고 한 말을 일반적인 말로 바꾼다면 이렇다.

"야나기하라 씨, 처음 당신이 우리 나라에 왔을 때는 미관말직에 지나지 않았소. 그 뒤 올 때마다 관등이 올라서 이젠 공사라고 하는구려. 귀국 정부의 관제(官制)는 그토록 아무렇게나 적당히 하는 것이오? 아니면 당신 같은 애송이를 보내 우리 나라를 우롱하자는 뜻이오?"

말로는 하지 않았으나 좀 더 당당한 국가 대표를 보내라는 뜻이 다분히 포함되어 있었다.

이홍장은 오쿠보의 이름을 잘 알고 있다. 일찍이 외무경 소에지마 다네오미가 왔을 때, 이홍장은 소에지마의 인물에 감탄하여 일본에는 경과 같은 사람이 몇 명이나 있느냐고 물었다.

"나 따위는 극히 하찮은 존재이며 우리 조정에는 훌륭한 인물이 많소. 이를테면 오쿠보 도시미치와 같은 사람이오."

소에지마는 이렇게 말하고 오쿠보의 이름을 들었다. 소에지마는 정치 사상에 있어서 사이고의 동지였지만 사이고의 이름을 대표로 들지 않고 오쿠보의 이름을 든 것은 역량으로 보아 사이고보다 오쿠보를 크게 인정한다는 뜻이 된다.

그러한 오쿠보가 일본의 전권 변리대신으로서 천진에 와서 머물고 있는 것이다. 이홍장으로서는 당연히 자신을 만나러 온다고 여기고 있었다.

그런데 오쿠보는 이홍장에 대해 입을 굳게 다물고 있을 뿐이었다.

이 오쿠보의 배짱은 수행원조차 이해할 수가 없었다.

더구나 각국의 외교관과 만났을 때 그들 가운데서 조언을 하는 사람도 있었다.

"중국은 특수한 나라요. 조직보다 사람에 따라 좌우되오. 이홍장은 공식적으로 외교직을 맡은 사람이 아니더라도 그를 통하지 않으면 일이 진행되지 않소."

"아, 그렇던가요?"

그러나 오쿠보는 이렇게 말할 뿐 상대하지 않았다.

오쿠보는 처음부터 이홍장을 묵살하려 했다.

이홍장이 일본 대표인 야나기하라 공사를 전에 애송이 취급한 것을 오쿠보는 원망스럽게 여겨 지금까지 잊지 않고 있었다. 그 때문이기도 했지만, 또 다른 생각으로써 이홍장은 단순히 사적 기관에 지나지 않으며 북경의 총리아문이야말로 청국의 정식 국가기관이다, 자신은 일본의 전권 변리대신으로서 사적인 기관은 상대하지 않겠다는 배짱이 있었다. 어떻든 간에 이홍장을 상대하지 않는다는 것은 각국의 대청 외교 상식을 깨는 것이라 해도 좋았다.

오쿠보가 천진에 머물면서도 이홍장을 무시하고 인사차 방문도 하지 않았다는 것은 졸렬한 술책이었는지도 모른다. 이홍장은 이 한 가지 일로 체면이 몹시 깎였다. 그가 북경의 총리아문에 대하여 이런 의견을 계속 견지했으리라는 것은 충분히 상상할 수 있다.

"왜국은 교만하고 무례하다. 한 치도 양보해선 안된다."

적어도 아시아 최대의 정치가에 대해 경의를 표하는 방문쯤은 했어야 옳았는지도 모른다. 그렇게 하지 않았던 점은 오쿠보의 성격이 굳다는 것을 잘 나타내고 있다. 오쿠보는 사이고에 비하면 도무지 이해할 수 없는 배짱을 가지고 있었지만, 그런 오쿠보가 뱃속에 무언가를 감추면서 표정만은 만면에 웃음을 띤 채 상대를 대한다는 것은 그런 면에서의 고집스러움이 없다고 볼 수 있다. 이런 점이 메이지 초기 무사 정치가의 결함이라면 결함일지도 모른다.

'경의를 표하는 방문 따위를 할 수 있겠는가.'

오쿠보는 뱃속에서 내뱉듯이 생각했을 것이다. 이미 이홍장은 일본국 공사 야나기하라 사키미쓰를 모욕했다. 야나기하라의 상관인 오쿠보가 그 이홍장을 방문하면 이홍장의 모욕을 그대로 받아들이는 것이 된다.

더구나 교섭의 전술로서도 이홍장을 만날 필요가 없다고 생각했다. 이홍장은 야나기하라에 대해 무력적 해결도 마다하지 않겠다는 강경한 태도를 취했다. 그것이 몸짓에 지나지 않는가, 어떤가 오쿠보는 깊이 생각하지 않았다. 오쿠보는 청국 정치가의 복잡한 표현 방법에 익숙하지 못했고 지식도 갖고 있지 않았다. 그는 이홍장의 그런 태도를 그대로 받아들여 이홍장을 주전론자라고 본 모양이었다.

이홍장이 주전론자라면 만날 필요가 없다. 만나면 더욱 그의 주전적인 태도에 불을 붙일 뿐이다. 더구나 그가 그 주장을 철회할 리가 없다고 오쿠보는 생각한 모양이었다. 차라리 이홍장을 버리고 이홍장보다는 다소 부드러울 것으로 여겨지는 북경의 총리아문을 향해 외곬으로 돌진해야 한다는 진지공략적인 단순한 생각으로 이 방법을 취했는지도 모른다. 아무튼 오쿠보는 이홍장을 묵살했다.

이 교섭은 마치 전쟁과 같았다.

천진에 있는 오쿠보가 본진이라고 한다면 그 전위부대는 북경에 있었다. 전위부대의 장수는 야나기하라 사키미쓰이고 야나기하라를 보좌하는 인재가 많았다. 옛 막부의 관리인 다나베 다이치(田邊太一), 사쓰마 출신인 다카사키 마사카제와 가바야마 스케노리(樺山資紀), 조슈 출신인 후쿠하라 가즈카쓰(福原和勝), 도사 출신인 이와무라 다카토시(岩村高俊) 등으로 모두 막부 말기부터 유신의 풍운을 헤쳐온 사람들이다. 야나기하라 사키미쓰는 자신과 이들 막료에 대해 친구에게 보낸 편지 속에서 이렇게 쓰고 있다.

'이곳 북경에는 다나베 외에 육해군 무관이 15명, 저마다 백전의 사쓰마·조슈·도사의 용사들이다.'

그러나 총리아문의 태도는 끝까지 강경하여 야나기하라 외교관이 아무리 서둘러 열심히 교섭을 거듭해도 부드러워질 조짐이 보이지 않았다.

오쿠보는 천진의 미국 영사관에 계속 머물면서, 북경에서 야나기하라가 담판하는 상황을 검토하고 있었다.

차례로 뒤를 이어 북경으로부터 보고서가 내려왔다.

이 사이 오쿠보의 일기를 보면, 9월 1일에는 다나베 다이치, 9월 2일에는 통역인 나무라 다이조(名村泰藏), 9월 3일에는 통역인 다다 스케마사, 9월 4일에는 또다시 다나베 다이치라는 식이었다.

"아무래도 순조롭지 못합니다."

다나베가 떫은 표정으로 결론을 말하자, 오쿠보는 고개를 끄덕이며 말했다.

"그렇지만 다나베 씨, 조금만 더 해봅시다."

다나베 다이치의 호는 렌슈(蓮舟)다. 《막부 말기 외교담》을 저술한 사람이다.

이 옛 막부 관료 출신의 남자는 북경에서 담판하고 있는 야나기하라 사키미쓰 이하 누구와 비교해도 인물이며 역량이며 경험이며 어느 것이나 다 뛰어났다. 하지만 옛 막부 관료 출신이라는 것만으로 공경 출신인 야나기하라의 아랫사람으로서 만족하지 않을 수 없었다.

그는 소년 시절 쇼헤이코(昌平壇)의 수재로 칭찬 받아 그대로 막부의 유생 관리로 설 수도 있었지만 도중에 서양학문을 공부하여 막부의 외국 담당관이 되었다. 이 외국 담당관 시대에 후쿠자와 유키치(福澤諭吉)와 깊이 사귀어 평생의 친구가 되었다.

그는 막부에서 유럽으로 내보낸 큰 사절만 수행했다. 겐지(元治)의 이케다 지쿠고노카미(池田筑守) 때와 이어서 무코야마 하야토노쇼(向山隼人正) 때가 그것인데, 유신 후에도 외무성에 근무했으며 메이지 4년의 이와쿠라 도모미, 오쿠보 도시미치 등의 외국 여행 때도 수석 사무관으로 수행했다. 이 무렵 일본의 외교 기술에서 이 다나베 다이치보다 더 나은 사람은 없었을 것이다. 그러나 그는 옛 막부 출신 관리라는 입장도 있었고 인품이 겸허하기도 해서 언제나 눈에 띄게 나타나는 행동을 하지 않았으며 그 때문에 언제나 공을 번벌(藩閥) 출신 자제에게 양보했다.

북경의 야나기하라 사키미쓰의 막료들은 야나기하라의 말대로 '각자 수많은 싸움을 한 사쓰마·조슈·도사의 용사'였기 때문에 야나기하라도 믿음직스럽게 여기고 있었지만, 외교의 앞뒤 무대에서 활동할 수 있는 사람은 한 사람도 없었다.

'모두 용맹한 사람이지만 그 계책은 하찮은 것이었다.'

야나기하라 자신도 이를 인정하여 이와 같이 쓰고 있다.

그 가운데 한문에 능하고 불어를 잘하며 외교 교섭에 익숙하고 국제 정세에 밝은 다나베 다이치의 존재가 귀중하게 여겨지는 것은 당연했다. 그러나 다나베는 용사는 아니었다. 외교에 용사가 필요한지 어떤지는 별도로 치고라도, 이를테면 청국과의 교섭에서 전쟁을 결의하는 따위의 거칠음은 다나베의 특성이 아니었다.

오쿠보는 이 다나베를 존경하고 있었다.

"다나베 선생."

때때로 이렇게 정중하게 불렀다.

다나베가 9월 4일, 북경에서 천진에 있는 오쿠보에게로 다시 온 날, 곧이어 야나기하라로부터 편지가 왔다. 그에 의하면 북경의 담판은 절망적이라고 하면서 공경답지 않게 격하고 흥분된 의견을 오쿠보에게 알려왔다.

담판을 결렬로 이끌자는 것이었다. 결렬되면 당연히 전쟁이다. 이에 대해 야나기하라는 외교단의 총철수에 언급하고 더욱이 오쿠보가 북경에 일부러 올 필요가 없다고까지 쓰고 있다. 야나기하라의 이 흥분은 다분히 그 막료인 '용사'들의 영향에 의한 것이리라.

공사 야나기하라 사키미쓰가 북경에서 보낸 보고서는 혈기왕성하게 일을 급히 해치우려 한다는 점에서 일국의 외교 책임자의 글이라고는 생각지 못할 정도의 것이었다.

"그들은 도무지 사리에 어둡고 완고합니다."

그는 청국의 태도를 말했다. 그에 관련해서 쇼와(昭和) 20년(1945)에 이르기까지 일본은 대중국과의 교섭에서 종종 중국의 태도를 '사리에 어둡고 완고하다'는 한 가지 말로 욕해왔다. 야나기하라의 편지에서 이런 표현이 나온 것은 처음이었다.

야나기하라에 의하면 청국은 '사리에 어둡고 완고한' 태도를 취하면서 돌아서서는 전쟁 준비를 착착 갖추고, 일본으로 하여금 평화를 깨뜨리게 한다, 더욱이 '파화(破和 : 평화를 깨뜨림)'의 누명을 씌우려는 방향을 취하고 있다, 고 말했다.

그러므로 꾸물거리다가는 그 술책에 빠져서 기회를 잃을 뿐이며, 지금이라면 그 준비가 되어있지 못한 상태이니 우리의 무력 위세를 올릴 수 있다고 야나기하라는 말했다.

'각하는 선전포고권을 갖고 계십니다. 부디 밝게 판단하시어 그것을 발동하십시오.'

이런 의미의 말이 씌어져 있었다.

아울러 이 시기의 기도 다카요시의 일기를 보면, 그해 8월 21일자에 야나기하라 같은 경거망동을 두려워하는 문장이 씌어져 있다.

'중국과 싸움을 시작할 경우, 대거 천진을 경유하여 북경을 공격할 방침이 정해졌다고 한다. 나는 깊이 우려하는 바이다. 그 까닭은 많은 군사로써 천진과 북경을 공격하는 일이 가령 가능할지라도 그곳에 발붙이기는 도저히 어려운 일이다. 그럴 때는 크게 국력을 허비하고 인명을 없애며 더욱이

결정적 마무리도 짓지 못할 것이다.'

기도의 우울함은 극도에 이른 듯했다. 참고로 기도의 이 말은 그뒤 반세기 이상 동안의 중·일 관계에 대해서 결과적으로는 중대한 경종이 되었다.

그러나 천진에 있는 오쿠보는 움직이지 않았다. 이 야나기하라의 교만하고 격한 편지에 날뛰는 일 없이 수행원들에게 회람시키는 것만으로 끝냈다.

야나기하라의 편지를 보면, 오쿠보에게 북경에 오지 말라고 했다. 오쿠보는 갈 생각이었다.

다만 그럴 경우 외교 교섭의 상례에 어긋나는 형태가 된다. 보통 오쿠보와 같은, 일본국의 실질적 수상이라고도 할 만한 자가 외교의 중요한 자리에 있을 때는, 사전에 야나기하라 이하의 현지 외교단이 예비 교섭을 해서 근본 취지를 정하고 오쿠보가 나섰을 때는 조인만 하는 형태가 되는 것이다. 그런데 야나기하라의 이런 태도로는 그 점이 불가능해졌다. 오쿠보가 직접 담판장에 임하여 할복할 각오로 하나부터 교섭해야 할 형편이 되었다.

오쿠보는 당연한 듯이 그렇게 할 생각이었다.

오쿠보는 일기에 이렇게 쓰고 있다.

'9월 10일 아침 6시, 이곳을 떠나 가마를 타다. 여기서 북경까지 60리.'

도중에 통주(通州) 시가를 지났다. 시가의 길은 좁았으며 매우 불결했다고 오쿠보는 역시 같은 일기에 썼다.

저녁 5시에 북경에 들어가 제르만 호텔에 투숙했다. 결국 오쿠보는 이홍장을 끝까지 무시했다.

북경의 하늘이 가장 아름다운 계절이었다.

세계에서 가장 아름다운 도시의 하나로 손꼽히는 이 거리가 오쿠보에게는 물론 처음인 땅이지만, 그가 이 거리에 대해 어떤 감개를 가졌는지 본디 쓸데없는 말을 하지 않는 사람인 만큼 잘 알 수 없다.

다만 공기가 건조하기 때문에 목을 상하고 말아 그것이 감기 증상으로 이어졌다.

'오늘은 감기로 편히 요양함.'

제르만 호텔에 든 이튿날인 11일 일기에 쓰고 있다. 거리의 인상에 대해서는 한 마디도 언급하지 않고 자신의 감기만으로 이 하루를 처리하고 있는 것은 그야말로 재미없는 오쿠보답다. 물론 찾아온 손님에 대해서는 언급하고 있다.

주청 공사인 야나기하라 사키미쓰가 찾아와서 앞으로 오쿠보가 해야할 교섭에 대해 사무적인 이야기를 했다. 밤이 되어 먼저 대만 현지에 와 있던 후쿠시마 규세이(福島九成) 소령이 찾아와서 현지의 상황을 이야기했다.

오쿠보의 북경에서의 막료단은 다채로웠다. 다나베 다이치와 같은 서양통도 있었는가 하면, 이노우에 고와시 같이 젊고 한학에 조예가 깊으며 서양 사정에 환할 뿐만 아니라, 법률에도 밝아 관료로서는 예나 지금이나 흔치 않다고 할 정도로 유능한 사람도 있었다. 또한 오쿠보를 위해서 이 여행 중 국제법의 개인 교수 노릇을 해온 프랑스 인 보아소나드 박사가 있었고 더더욱 상해를 돌아서 여기까지 온 미국인 리 젠들이 있었다.

보아소나드와 리 젠들은 오쿠보를 위해 수레의 양 바퀴 노릇을 했다.

'장군'

퇴역 준장이지만 이 별명이 붙어 있는 리 젠들은 일종의 유랑 하는 모험가답게 힘의 외교를 오쿠보에게 말하는 한편, 온건한 서재인(書齋人)인 보아소나드는 탁상 흥정을 오쿠보에게 가르쳤다.

사실 오쿠보는 사태가 이 단계에 이르자 리 젠들의 의견은 거의 필요치 않았다. 당초 대만 출병이라는 무력에 의한 국제적 행동에서는 그야말로 리 젠들의 의견이 절대적으로 오쿠보에게 필요했다. 그러나 사태가 군사 행동으로부터, 회의 하는 탁상외교로 옮겨감에 따라 남북 전쟁에서 살아남은 퇴역 장군이 나설 자리는 적어졌으며 대신 보아소나드가 필요해졌다. 오쿠보는 청국에 들어온 뒤로 보아소나드를 하루도 떼어놓지 않았다.

참고로 리 젠들이 북경에 오는 데는 소동이 한 바탕 있었다.

미국은 미국 시민인 리 젠들의 기묘한 활약을 달가워하지 않았다. 그가 일본 정부에 제국주의적 외교를 가르치고 그 계획자 겸 추진자가 되어 끝내 일본 정부의 관리로서 청국을 휘젓거나 하면 미국은 청국으로부터 공연한 오해를 받게 된다.

그 때문에 그는 전달 8월 6일 아모이에서, 미국 영사의 명령으로 체포되어 구류되었다. 그러나 용케 풀려나 오쿠보의 뒤를 쫓아왔는데 오쿠보는 그 인물이 때에 따라선 유능했으나 귀찮은 막료라 할 수 있었다.

미국인 리 젠들이 아모이의 미국 영사에 의해 체포된 일에 대해 좀더 살펴보기로 한다.

체포 명령은 북경에 있는 미국 공사가 내린 모양이었다. 그 명령을 받고 체포를 지휘한 것은 아모이의 미국 영사이며, 체포한 것은 미국 해군 병사였다. 리 젠들은 체포되어 아모이 영사관에 유치되었다.

체포되기까지 아모이에서 리 젠들의 활동은 주로 정보를 수집하는 일이었다. 대만 사건에 대한 청국 정부의 반응과 대책, 특히 중점은 대일 전쟁의 준비 상황에 대해서였다.

청국은 전쟁을 할 마음이 있는가, 있다면 어떤 준비를 하는가, 또는 이미 했는가, 그 실태는 어떤가 하는 것들이었다.

이런 점에서의 리 젠들은 남북 전쟁에서 살아남은 군인인 만큼 전문가라 할 수 있다. 그는 대일 긴장이 발생함과 동시에 순식간에 청국 정부가 장갑함을 외국에 발주했다는 사실을 포착했다.

그리고는 청국의 군비(軍備)에 대한 실정을 조사하고, 또 대만 사건에 관한 청국 고관의 왕복 문서도 입수하여 사본을 떴다. 그러한 정보를 리 젠들은 모두 도쿄에 있는 참의 오쿠마 시게노부에게 보내고 있었던 것이다. 오쿠마는 그것을 정리하여 오쿠보에게 전하고, 오쿠보는 그것을 읽고 나서 도쿄를 떠나 청국으로 향했다.

리 젠들의 정보 수집은 엄격하게 말하면 스파이 행위라고 할 수 있었다. 일찍이 아모이 영사였던 리 젠들은 그 일을 전에 부하였던 영사 관원에게 시켰다. 아마도 영사가 이에 당혹해서 북경에 있는 공사에게 의논했을 것이다. 그래서 체포라는 사태에 이르게 되었다. 리 젠들은 자신에게는 체포될 하등의 이유가 없다고 격렬하게 항변하는 한편, 일본 정부의 도움을 청하기 위해 홍콩에 주재하고 있는 일본 외무성 관리 안도 다로(安藤太郎)에게 암호 전보를 쳤다.

그 암호 전보는 이런 내용이었다.

'나는 중국에 대적(對敵)하여 일본을 도와 싸운다는 고소를 받고, 미국 공사의 요구로 해병에 잡혀 친구들이 12만 5000달러의 보석금을 내주어서 풀려나게 되었소. 물론 위와 같은 내용을 오쿠마에게 자세히 보고했소. 다나베와 정(鄭)을 즉시 아모이로 보내 주시오.'

이 전보는 그의 이때 사정을 잘 말해주고 있다. 다만 12만 5000달러의 보석금이라면 훌륭한 군함을 한 척 살 수 있을 정도의 값으로, 전문을 다루는 도중 숫자가 잘못되었을지도 모른다. 만일 이 숫자가 정말이라면 리 젠들은 어지간한 거짓말장이거나, 아니면 나중에 일본 정부에게 받을 계획으로 숫자를 늘린 것이라고 추측할 수 있다.

그러나 리 젠들은 그 뜻이나 행동은 다분히 사기꾼 같지만 그의 성격은 이와 반대로 신의가 두텁고 어떤 일을 함에 있어 매우 꼼꼼하여 빈틈이 없었다고 하니까, 단순한 전문 조작의 실수였을 것이다.

전문 중 다나베라고 한 것은 외무국장 다나베 다이치였고, 정(鄭)이라는 것은 옛 막부 이래 나가사키의 통역관 집안에 태어나 메이지 뒤에 태정관의 문서관 직에 있던 정영령(鄭永寧)을 가리킨다.

리 젠들의 체포에 대해 계속한다.

어쨌든 그는 보석금을 내고 자유로운 몸이 되었으나, 미국의 청나라 주재 공관이 자기에 대해 부당하게 처치한 데 대해 항의하기를 그만두지 않았다.

그를 체포하도록 지휘한 사람은 얄궂게도 그의 후임인 아모이 영사였지만 이 영사는 다만 '나는 오직 북경에 있는 공사의 명령에 따랐을 뿐이다'라고 대답할 뿐 다른 말은 하지 않았다.

영사는 퇴직한 이 선배와의 응대에 애를 먹은 모양이었다. 참고로 리 젠들은 미국인이면서도 영어가 서툴러서 평생토록 프랑스 어를 썼다. 그는 아마도 영사에게 덤벼들며 프랑스 어로 떠들어댔을 것이다.

"나는 미국 시민이다. 그렇지만 일본 정부의 관리다. 그것도 경(卿)이라고 불리는 고관이다. 그 일본 정부의 고관인 내가 일본 정부의 실무를 수행하고 있다는 이유로 미국 정부로부터 체포될 까닭은 없다."

그는 이런 이론으로 끝까지 밀고 나갔다. 리 젠들이 자기는 일본 정부의 고관이라고 한 말은 물론 거짓말은 아니다. 그는 일본의 태정관으로부터 이번의 대만 사건을 계기로 '대만 번지 사무국 준2등 출사(臺灣蕃地事務局准二等出仕)'라는 관직을 얻고 있었다. 그뒤 일본 정부의 직제로 본다면 한 성(省)의 국장급이었다.

얼핏 살펴볼 때 리 젠들이라는, 이 기묘한 정열가를 움직이고 있는 정열의 정체는 무엇이었을까?

이 프랑스 태생의 사나이는 미국의 변혁 기운을 동경해서 남북 전쟁 때 북군에 참가하여 미국 국적을 가졌다. 그는 심한 근시로 언제나 렌즈가 작은 은 테안경을 쓰고 있었다니까 사관학교 출신은 아닐 것이다. 군인으로서의 기초 교육 없이 준장까지 되었다는 것은 역시 혼란 속에 뛰어들면 크나큰 능력을 발휘하는 사나이였음에 틀림없다.

전쟁이 끝나자 아시아로 와서 외교관이 되었으며 이어서 일본에 제국주의 정책의 가능성을 불어넣고 스스로 그 선구자가 되려고 현장 속에 뛰어든 사람이었다.

뒷날에 미국이 대만 사건에 대해 중립을 선언했을 때 일본 정부는 미국 시민인 그를 고용하고 있는 일로 입장이 거북해져 해고하지 않을 수 없게 되었다.

그는 그뒤 도쿄에서 얼마 동안 살다가 훗날 한국 정부의 외무 고문이 되어 이번에는 대일 정책을 위해 일하게 된다. 1899년 한국 서울에서 죽었을 때는 그 장례를 국장으로 치렀을 정도로 융숭해서 한국에서나 일본에서도 의장병이 나왔다고 한다.

그 생애는 언제나 처녀지를 찾아서 자신의 능력을 시험했다는 인상을 주었으며, 이를테면 대항해 시대의 모험가를 방불케 한다.

'나는 미국 정부의 속박을 벗어나 일본을 위해 자유로이 행동할 수만 있다면 미국 정부의 보호를 잃어도 좋습니다.'

그는 체포된 뒤 일본 외무경에게 보낸 편지 속에서 이런 뜻의 말을 했다.

이 편지 속에서, 청국은 겉으로는 화의를 좋아하는 것처럼 하고 있으나, 뒤로 회의를 질질 미루며 비상 사태에 대비하는 준비를 하고 있다. 따라서 일본 정부는 단호한 결의를 해야 한다고도 말했다.

총리아문에서 오쿠보가 청국의 여러 대신과 만날 날짜가 정해졌다.

9월 14일 오후 1시, 이것이 제1회 회담이 될 터였다.

그때까지 오쿠보는 감기 열이 내리지 않았으므로 호텔에서 한 걸음도 나가지 않았다. 실내에서 보좌관들을 만나서 의견을 듣고, 또 지시도 했다. 특히 보아소나드와 질의응답하는 것에 무엇보다 많은 시간을 보냈다. 오쿠보나 보아소나드나 다 꼼꼼하고 면밀한 성격이기 때문에 중요한 질문은 글로 했고 그 대답도 문장 형식을 취했다. 보아소나드의 프랑스 어 문장은 나무라(名村) 통역관이 번역했다.

'총리아문'

이 기묘한 이름의 관청은 정식으로 말한다면 총리각국사무아문(總理各國事務衙門)이라고 한다. 수석은 친왕(親王)이 이에 임한다.

본디 중국은 황제의 전제국가로 그 황제는 우주에서 오직 하나, 최고의 존재로 되어 있다. 그러므로 전통적인 중국인의 의식 세계에서는 대등한 나라가 하나도 존재하지 않는다. 외국은 모두 중국에 예속되어야 하며 중국 황제의 덕이 미치게 됨을 기뻐해야 할 존재다.

번(藩)에 속하는 것이어야만 했다. 영국도 프랑스도 모두 번이며, 그러한 나라들의 황제와 왕, 대통령의 사자로서 오는 공사는 말할 것도 없이 중국 황제의 덕을 흠모하여 찾아오는 것일 터이므로 대등한 예는 쓰지 않는다.

그들을 영접하는 관청도 예부(禮部)나 이번원(理藩院)과 같은 번국(藩國)의 사신을 다루는 관청이 그것을 맡아 하고 있었다. 중국 주변의 소수 민족 추장의 사자나, 옛부터 중국을 종주국으로 삼아온 조선, 안남(安南) 등에서 온 사자에 대한 응접 사무를 예부나 이번원이 맡아왔다.

처음에는 영국이나 프랑스의 사신도 그와 같은 처우를 받아 어디까지나 '중국에 조공차 온다'는 관계 외에는 인정받지 못했다. 열강국의 사신은 이를 개선하도록 강력히 요구했지만, 이 한 가지를 고치는 일만으로도 중국적 세계인식이 붕괴됨을 뜻하는 일이므로 청나라 조정은 완고하게 인정하지 않았다.

그러던 것이 애로호 전쟁(제2차 아편전쟁)의 결과로 영국과 프랑스, 러시아, 미국 공사가 북경에 상주하게 되어 그들에 대해 대등한 응접을 해야 하게 되었으므로 친왕을 수석으로 하는 총리아문이 설치된 것이다. 이때 총리아문 설치는 청국 내 양이청의 상대적 영향을 받았다.

"오랑캐에 대하여 대등한 관청을 설치하는 것은 중화(中華)의 굴욕이다."

그래서 이런 주장이 일부에서 들끓어 이윽고 의화단이 세력을 얻고 나서 폐지하게 된다. 오쿠보가 북경을 찾은 것이 1874년이고 총리아문이 설립된 것은 1861년이었으나, 그때까지도 수석인 공친왕(恭親王)은 창설 때부터 변함없이 그 자리를 맡고 있었다.

또한 '아문'이라는, 그야말로 관청의 건물을 연상케 하는 이름을 붙였으나, 상설 관청이 아니라 임시위원회라고 할 성격을 지닌 것이었다. 아무튼 형식상 청국의 내외 문제를 처리하는 기관이었다.

9월 14일 제1회 교섭이 있는 날이었다.

오쿠보의 수행원은 몇 명 되지 않았다. 야나기하라 공사와 통역인 다다 스케마사, 정영령 이렇게 셋이었다.

오후 1시, 총리아문에 들어가자 공친왕 이하 모든 대신, 그 밖에 20명 정도가 기다리고 있었다.

큰 홀에 큼직한 테이블이 놓였고 놀랍게도 산해진미(山海珍味)가 마련되어 있었다.

'뭔가 잘못된 게 아닐까?' 오쿠보는 마음속으로 당황했다. 야나기하라 공사도 이상하다는 생각이 들었다. 전쟁을 내걸고 외교상의 담판을 하는 판에 청국은 술잔치를 준비하고 오쿠보를 기다린 것이다. 야나기하라가 아는 바로는 이러한 전례는 없었다.

오쿠보는 자리에 앉았다.

청국 수석인 공친왕은 30대쯤 나이로 살갗이 희고 얼굴이 갸름하며 그야말로 귀공자라는 인상을 주는 인물이었다.

"프린스 공."

다른 나라 공사들로부터 이렇게 불리고 있는 이 황족이 청국 외교에 등장한 것은 이른바 아편 전쟁이 한창이던 1860년, 영국과 프랑스 연합군이 북경까지 접근했을 때가 처음이었다고 할 수 있다.

그는 당시 24세였다. 심한 배외주의자(排外主義者)였는데, 그가 청국의 대표로서 맨 처음 해야 했던 일은 연합군과 화의를 맺는 굴욕적인 일이었다. 이것이 바로 북경조약이었다. 그때 이 어린 소년의 피가 아직도 남아 있는 화사한 모습의 친왕은 노여움을 억제해서인지 말을 할 때면 목소리가 떨려 왔다.

얼핏 보기에 여성 같은 상냥한 남자이지만, 그런 사람치곤 권력욕이 강하여 궁정의 권모술수 정치의 한쪽 주역이 되어 쿠데타에 의해 적대하는 두 친왕을 자살하게 한 일도 있다. 물론 이 쿠데타로 갑작스럽게 권력을 얻은 것은 그보다도 오히려 서태후(西太后)로, 오쿠보가 청나라로 건너간 이 무렵 공친왕은 서태후가 멀리하여 지난날 같은 권세를 갖지 못하게 되었다.

총리아문은 그를 수석으로 하여 대신 10여 명쯤이 그 임무에 임하고 있었다. 대신단 밑에는 사무관에 해당되는 장경(章京)이라는 직명을 가진 관리가 30~50명 있었다. 이 오쿠보를 초대한 연회 자리에 나온 대신은 8명이다.

당연하다하겠지만, 이들 청국의 고관들은 신흥 일본에서 온 오쿠보 도시미치라는 사람에 대해 안면이 없었다.

어느 정도의 인물이고 어떤 성벽(性癖)을 갖고 있는 남자냐 하는 것을 술을 나누는 동안의 담소 속에서 알려고 했다. 담판은 훗날의 일이며, 아무튼 사람을 알아야 한다.

이 술잔치는 그런 생각으로 열렸다.

그런데 상대인 오쿠보는 그 근본을 알면 사쓰마의 풍류를 모르는 사람으로, 북경의 예절 따위는 알지도 못했고 알려고도 하지 않았으며, 요컨대 중국의 예절로 본다면 전혀 신사가 아니었다.

오쿠보는 술잔을 집어들기보다 느닷없이 질문으로 들어갔다. 그 내용과 어세가 따져 묻는 것이라 해도 좋았다.

"귀국에 질문할 일이 두 가지 있소. 우선 첫째는……."

그는 특유의 무뚝뚝한 표정으로 말하기 시작했을 때, 청국측은 당황하여 어쩔줄 모르는 기색이었다. 그들은 서류 조차 준비하지 않고 있었다.

오쿠보가 맨 먼저 회담의 핵심을 찌르는 질문을 한 것은 그가 깊이 생각한 끝에 한 일이었다. 그는 북경에 온 뒤로 대만 문제에 있어 야나기하라 공사와 총리아문과의 사이에서 주고 받은 왕복 문서를 충분히 읽고 음미했다.

총리아문의 대답은 거의 수식된 문장을 늘어놓은 것일 뿐 내용이 거의 없었다. 오쿠보는 그것을 두려워했다. 자신이 온 뒤에도 여전히 이런 일을 되풀이한다면 쓸데없이 시간을 낭비하고 청국의 술수 속에 빠질 뿐이라고 생각했다.

이 때문에 느닷없이 질문에 들어간 것이다.

그 전에 다소의 연설이 있었다. 오쿠보는 자신이 파견되어온 취지를 말하고 또한 자신은 전권 변리대신이며 북경에 상주하는 공사 야나기하라 사키미쓰의 존재와 모순되지 않는다, 공사는 전과 다름없이 그 본분을 계속하며 그 권한에 다를 바가 없다고 말했다.

"그렇다면 당신의 말은 모두 귀국 조정의 말이라고 생각해도 좋겠소?"

공친왕 곁에 있는 군기대신 보균이 물었다. 오쿠보는 그렇다고 고개를 끄덕이고, 내 말은 모두 우리 조정의 말이라고 했다.

오쿠보가 생각한 2개 조항의 질문은, 국제법으로 보아 어떤가 하는 점에 대해서 이미 보아소나드와 자세한 상담을 거친 것이다. 오쿠보는 그것을 말

로 했지만 상대측에게 건네주기 위해 미리 문서화해 두었다. 그 한문은 태정
관 중에서 젊기는 하지만 가장 학문이 능한 이노우에 고와시에게 기초하도
록 했다.

오쿠보는 이 전문을 작성할 때 일본과 청국의 의견이 서로 다른 점을 간결
하게 지적했다.

"양국 사이에 여러 가지 논의가 행해지고 있으나 이것을 정리해 보면 귀국
정부는 생번(生蕃 : 오쿠보는 대만에서의 생번의 거주지를 단순히 생번이라고 했다)을 귀국의 속지(屬地)라고 말하고,
우리 일본 정부는 이를 주인 없는 야만족이라 하고 있소. 그것뿐이오."

공친왕을 향해 말했다.

통역은 외무성 1등 서기관 나가사키 현 사족 정영녕이었다. 필기한 사람
은 철도청장 다다 스케마사였다.

청국측은 연회를 가질 생각이었으므로 사무관을 방에 들이지 않았다. 별
실에 있는 그들을 부르러 가야만 했고 서류를 가져오게 했으므로 잠시 소란
해졌다.

'당황하여 허둥대는 몰골이 실로 가소로웠다.'

오쿠보가 일기에 쓴 것으로 보아 그가 이 주연에서 느닷없이 교섭으로 들
어갔던 것은 반드시 무지에 의한 무례한 짓이 아니라 의도적인 것이었던 모
양이다.

이윽고 청국은 서류와 사무관을 준비하고 교섭에 응할 태도를 취했다. 사
무관은 총변(總辦)이라는 관직의 주가미(周家楣) 이하 4명이었다.

대표인 공친왕 곁에 나란히 앉아 있는 대신은 보균과 동순(董恂), 심계분
(沈桂芬), 숭륜(崇綸), 숭후(崇厚), 성림(成林) 등이었다.

오쿠보가 질문으로 준비한 것은 두 가지 조항이 있었지만, 말로 질문할 때
는 이를 세밀히 쪼개어 그 하나하나에 대해 질의했다.

"귀정부는 생번을 속지(屬地)라고 하고 있소. 속지라고 한다면 귀정부는
생번에 대하여 일찍이 어떤 처분을 행하였소?"

오쿠보의 질문은 시종 칼날 양쪽에 날이 선 칼과 흡사했다. 그에게는 대만
의 생번 땅이 청국의 영지라 해도 상관없는 것이다. 청국의 영지라면 그곳에
서 발생된 류큐인(琉球人)을 살해한 책임은 청국 정부가 져야만 한다. 그와
는 반대로 만약 청국 영지가 아니라 주인없는 땅이라면 일본 정부가 군대를

파견하여 이에 보복하고 생번을 잘 인도하여 앞으로 외국인에 대해 이러한 불상사가 없도록 하겠다는 것은 국제적으로 보아 의거라고 해야 할 것이라는 말을 하고 싶었다. 또 그 어느 쪽인가를 청국 정부에게 인정케 하고 싶었다. 그런 의미로 그의 질문은 양날검과 같았다. 이 때문에 오쿠보는 우선 이런 것에서부터 시작했다.

"생번의 땅은 청국 영지일 수 없소."

다소 궤변이면서도 그것을 입증하려 했다. 결국 일찍이 청국 정부에서 생번을 처분한 일이 있는가를 물었다.

이에 대해 공친왕은 대답했다.

"그와 같이 묻는다 해도 하나하나 세세히 알 수는 없소. 이것을 간단하게 말하면, 대만 땅에 생번의 지역이 있다는 것은, 다른 예로 말한다면 광동성(廣東省) 경주(瓊州 : 해남도)가 있는 것과 같소. 경주에는 지금 개항장이 있는데 그러나 주위에는 생번과 같은 자가 많이 살고 있소. 이와 같다고 이해하시오."

해남도는 광동성 뇌주반도(雷州半島) 남쪽에 떠 있는 큰 섬으로 한나라 무제 때 중국의 판도에 들어갔다. 그러나 본디 동남아시아계 민족이 살던 땅으로, 그들은 한족(漢族)의 지배를 싫어하여 가끔 반란을 일으켰기 때문에 다스리기는 힘든 섬(難治島)이라고 했다. 공친왕은 대만도 그와 같다고 한다.

그러나 이것은 공친왕이 억지로 말을 끌어다 맞춘 것이라고 할 수 있다. 대만은 중국의 속지이긴 해도 해남도와 달라서 역사적으로 중국의 판도라는 색채가 극히 엷었으며, 청나라 조정의 대만 통치도 실적이라고 할 만한 것이 없었다.

오쿠보는 이 점을 찔렀다.

"이미 속지라고 한다면 관아를 마련하고 병사들을 보내어 다소의 처분이 있어야만 할 것이오. 대체 어떤 처분이 있었는지 그것을 상세하게 알고 싶소."

청국은 당혹하지 않을 수 없었다.

공친왕은 여러 대신과 낮은 소리로 이야기를 주고 받더니 이윽고 말했다.

"중국은 땅이 넓어 윗자리에서는 모두 다 세세히 알 수는 없소. 따라서 그대의 물음에 대답하기 어렵소."

이 말을 듣자 오쿠보는 얼굴빛이 변했다. 물론 외교적 연출이리라. 그는 목소리를 높여 말했다.

"그렇다면 오늘 회담은 소용없는 것이 아닌가. 적어도 본 대신은 사사로운 존재가 아니오. 국가의 사명을 받들어 공적으로 이 회담에 임했소. 그와 같은 막연한 대답으로는 아무 쓸모가 없소."

빙 둘러 앉은 모든 대신들 중에는 불쾌한 표정을 보인 사람도 있었다. 동해의 작은 섬나라 사신으로부터 대청제국의 대표가 이와 같이 맞대놓고 통렬히 비난을 받는다는 것은 뜻밖의 일이었음에 틀림없다.

대만은 오쿠보의 말대로 청나라의 통치력이 미치기 어려우며, 청나라가 이곳을 대만성(臺灣省)으로 한 것은 이 시기로부터 13년 뒤이다.

오쿠보는 이 점을 지적했다. 대만의 생번 지역에는 청나라의 관청이 없지 않느냐는 것이었다.

관청을 두거나 두지 않거나 그것은 청나라 조정의 내정상 문제에 지나지 않지만, 오쿠보는 여기에 대만 번지(番地)의 국제법상 문제가 있다고 했다. 다분히 궤변이라는 느낌이 없지도 않았다.

오쿠보는 말했다. 그가 보아소나드에게 물어서 짜낸 내용이다.

"만국공법(국제공법)에 이르기를 황무지를 갖고 있다 해도 그 나라가 실지로 이를 영토로 삼고 또한 그 땅에 관청을 설치하고 또 그 땅에서 이익을 얻는 것이 아니라면, 그 소유권과 주권이 있다고는 인정할 수가 없소 ──. 이것이 공법이오. 이 공법에 비추어 대만의 생번땅은 어떠한가요? 실정을 보건대 귀국의 속지라 도저히 말하기 어렵소."

이 한 마디는 청국을 혼란에 빠뜨렸다.

필관(사무관)이 열심히 대신의 자리로 찾아와서는 귀엣말을 하거나 서류를 보거나 했다. 이윽고 여러 대신의 의견이 모아져서 대표인 보균이 일어나 공친왕에게 낮은 소리로 소근거렸다. 이윽고 공친왕은 한숨 돌린 표정이 되었다. 번지의 추장으로부터 청나라는 세금을 받고 있다는 것이었다.

공친왕은 대답했다.

"이 땅에서 해마다 조세를 바치고 있소. 그러므로 대청국의 속지요."

그러자 오쿠보는 재빨리 물었다.

"어디에 내고 있나요?"

한 대신이 대답했다.

"부현(府縣)에 바치고 있소."

오쿠보의 성격은 그 정도로 뽑았던 칼을 다시 거두어 넣지는 않는다. 더욱 계속해서 물었다.

"이를테면 목단사(丹社) 같은 것은 무슨 현에 바치고 있나요?"

공친왕은 대신 보균을 돌아보며 한참 수군거리더니 이윽고 대답했다.

"봉산현(鳳山縣)에 바치고 있소."

오쿠보의 태도와 표정은 북해의 빙산을 보는 것 같다는 말을 듣는데, 이때도 냉엄하기 이를 데 없는 태도로 자신이 조사한 바 그런 사실은 없다고 말했다. 현지에 있던 육군 소령 후쿠시마 규세이(福島九成) 참모가 번지의 추장과 필담한 바 조세를 바친 일이 없다고 했음을 오쿠보는 말했다. 오쿠보가 제출한 서류는 그 필담 메모로 이렇게 되어 있었다.

'조정에 정식으로 조세를 바친 일이 없다.'

공친왕은 조세란 촌장이 일괄해서 바치고 있으므로 일반 서민은 이것에 대해 모른다고 하자, 오쿠보는 재빨리 이 필담의 상대는 추장이었다고 말했다.

제1회 회담은 두 시간쯤으로 끝났다. 술잔은 끝내 한 번도 손대지 않았고 요리도 헛되이 식어버렸다.

오쿠보는 회담을 마치면서 2개 조항의 질문서에 대한 대답은 다음에 듣고 싶다고 했다.

'3시 지나서 관청을 나왔다.'

오쿠보의 일기에 적혀 있다.

북경의 나날

　외교란 전쟁과 다소 비슷한 면을 지닌 것이다. 청국 정부는 이른바 대군을 거느리면서 널리 정세를 관망하고 있었다. 이에 대해 오쿠보는 불과 몇 기 (騎)를 이끌고 스스로 청나라의 본영(本營)을 직접 습격했으나, 청국 정부는 이런 경솔하고 조급한 칼을 정면으로 받지 않고 군대를 천천히 움직여 적당히 비키면서 오쿠보가 지치고 조바심하기를 기다리려고 했다. 물론 오쿠보가 가지고 온 질문서에 정면으로 응답할 생각은 없었으며, 더욱이 오쿠보가 품고 있는 요구를 들어줄 생각도 없었다.

　그런 만큼 청국 정부는 오쿠보에 대해 외교상의 예의를 다했다.

　오쿠보가 총리아문을 찾아간 이튿날 15일, 호텔로 술과 안주를 보내왔다. 그 다음날 16일 오후 1시 총리아문의 대신 네 사람이 호텔로 오쿠보를 찾아왔다. 이 방문은 오쿠보의 방문에 대한 답례인 동시에 질문서를 가져다주기 위한 것이기도 했다. 오쿠보는 답서를 받아들고 대답했다.

　"잘 읽어두겠소."

　오쿠보는 네명의 대신을 호텔 식당으로 초대하여 주연을 베풀었다. 그 자리에서 문답에 대한 대화는 없었으며 네 대신은 곧 물러갔다.

18일도 그랬다. 오후 1시, 또 다시 그 네 대신이 찾아왔다.

답례라고 했다. 답례는 끝났을 터인데, 이번에는 공친왕도 함께 왔다. 오늘은 대신의 답례가 아니라 친왕의 답례이며, 대신들은 친왕을 모시고 왔노라고 했다. 답례인 이상 화제는 용건을 건드리지 않았다.

청국은 이런 의례적인 접촉을 거듭하면서 오쿠보라는 사나이의 뱃속과 성격을 추측하려는 것 같기도 했다.

이 추측에 대해 청국은 영국 공사와도 갖가지로 의논하고 있는 모양이었다. 영국의 입장은 언제나 뚜렷했다. 청국에서 영국이 소유하고 있는 거대한 이익을 지키는 일만을 중심으로 그들의 동아시아 외교가 성립되고 있었다. 그 이외의 일에 대해서 영국은 생각하지 않았지만 그 범위 안에서는 모든 일이 영국의 복잡한 이해타산의 재료가 되었다.

그런 의미에서 영국은 언제나 청국의 보호자 입장에 있었다. 때로는 은혜를 팔고 때로는 강한 매질을 가하지만, 청국을 해치려는 적에 대해서는 가장 강력한 동맹자가 되었다.

그러한 배경 아래 영국의 북경주재 공사 웨이드가 오쿠보를 찾아온 것은 9월 16일이다.

오쿠보는 그 날 일기에 이렇게 썼다.

'오늘 북경 주재 영국 공사 오다.'

첫 번째 담판이 있었던 다음다음날인 9월 16일, 영국 공사 웨이드가 오쿠보를 그의 숙소인 제르만 호텔로 찾아온 것은 겉으로 보면 인사차 왔다는 것뿐이었다.

두 사람은 호텔 응접실에서 만났다. 통역은 오쿠보 수행원이 했는데 그 대화를 기록했다. 단순한 인사를 하러 온 것인데 두 사람의 대화를 기록한 것은, 오쿠보측에서도 영국 공사의 존재가 다른 나라 공사의 경우와 달라서 중요하다고 보았기 때문이다. 영국은 청국과 일본 사이를 조정하려고 하는 것인지 아니면 철저하게 청국측에 붙으려는 것인지. 아마도 후자일 것이라고 오쿠보는 보고 있었다.

우선 날씨에 대한 인사를 주고 받았다.

그런 뒤 웨이드가 역시 문제를 건드렸다.

"오늘은 인사드리기 위해 왔습니다만, 만약 방해가 안된다면 한 가지만 질문해도 좋겠습니까?"

오쿠보는 그 말을 들을 자세를 취했다.

"좋소."

"대만에 대한 일입니다. 우리 퍼크스 씨(주일공사)로부터 연락이 왔는데, 그에 따르면 일본의 외무경이 다음과 같이 말했다고 씌어 있었소. 청국측이 만일 일본의 대만 출병을 도리에 맞지 않다고 한다면 일본은 철병하겠다는 것입니다. 이것이 사실입니까?"

"그 외무경의 말은 사실과 다르오."

"어디가 사실과 다릅니까?"

웨이드는 부드럽게 물었다.

오쿠보도 보기 드물게 미소를 보였으나 웨이드의 질문에는 대답하지 않았다. 어디가 사실과 다른가, 라고 물으면 하나부터 다 이야기하지 않을 수 없으며 그와 같이 많은 말을 한다면 결국은 이쪽의 속셈을 상대에게 눈치채게 하는 결과가 된다.

오쿠보는 영국 공사가 곧 청국 정부라고 보고 있었다.

이 때문에 질문한 취지를 슬쩍 비켜서 이렇게 대답했을 뿐이다.

"나는 일본을 떠나기 전에 그와 같은 말을 듣지 못했소."

웨이드는 자기가 깊이 파고들어 이와 같은 일을 묻는 이유를 설명해야만 했다.

"실은 모레, 런던으로 가는 배편이 있습니다. 그 편에 이번 일에 대한 상황을 본국에 통보하려는 생각입니다. 아시다시피 청국에는 영국인이 많이 살고 있습니다. 형세에 따라서는 함대를 불러다가 그들을 보호해야 하므로 그 때문에 묻는 것입니다."

"그야 그렇겠지요."

오쿠보는 편승하지 않았다. 사실 웨이드는 북경 교외에 가족들을 살게 하고 있었다. 그는 자기 자신의 일정을 말했다.

"내일 가족이 있는 곳으로 갔다가 저녁 때 북경으로 돌아옵니다. 모레는 서신을 북경으로 보내야 합니다. 그래서 이와 같이 질문을 서두르고 있습니다."

"가족들은 어디에 사십니까?"

그러나 오쿠보는 문제를 완전히 따돌리고 말았다. 웨이드는 북경 서쪽 14

마일 떨어진 산기슭에 절이 있는데 그 절에서 살고 있다고 대답했다.

"아드님은 몇 살인가요?"

오쿠보가 더욱더 화제에서 벗어나자 웨이드는 헛되이 물러갔다.

북경에서 오쿠보가 구상한 작전의 골자는, 영국 공사에 대해 인사치례로만 대접하고 마치 해자(垓字)를 파놓고 서로 모르는 사람 대하듯 서로 서먹서먹하게 지낸다는 것이었다.

한편 영국 이외의 각국 공사에 대해서는 될 수 있는 대로 친분을 두텁게 하여 그들의 응원을 얻으려는 데 있었다.

영국 공사 웨이드에게는 이처럼 거북한 상대는 없었을 것이다.

'오쿠보가 온다면 조금 마음이 놓인다.'

웨이드는 처음에 이렇게 생각했을 것이다.

웨이드는 일본에 대해 깊은 지식을 가지고 있었던 것은 아니지만 오쿠보가 사쓰마 사람이라는 것으로 마음을 놓고 있었다. 사쓰마 번은 막부 말기에 사쓰마 대 영국간의 싸움을 했으나, 전쟁 뒤 영국을 잘 이해하여 서로 손을 잡았다. 보신 전쟁에서의 사쓰마 군의 총포나 함선의 대부분은 나가사키의 영국 상인 글래버의 손을 통해서 구입된 것이며, 도바 후시미 전쟁부터 아이즈(會津) 전쟁에 이르기까지 사이고(西郷)는 영국 공사관에 부탁하여 영국인 의사 윌리 얼리스를 군의(軍醫)로 빌려썼을 정도였다.

이런 일로 영국이 은혜를 입힘으로써 주일 공사 퍼크스 등은 유신정부에 대해 분에 넘치는 우월감을 가지고, 때로는 이 정부를 자신이 만들어낸 것처럼 생각하는 마음을 지니고 있었다.

그러나 오쿠보의 말을 빌리면 실제적인 사정은 퍼크스가 생각하는 것과는 달랐다. 이른바 영국을 비롯한 여러 외국을 교묘하게 조작하여 다분히 민주주의적 색채가 짙은 정권을 수립하게 했다는 것일 뿐 영국이 하라는대로 움직일 정권은 아니었다.

다만 오쿠보로서 영국을 함부로 대할 수 없었던 것은 재정 문제였다. 새 정부는 혁명정권 수립에 따르는 방대한 지출——토족상환금 등——을 했으므로 그것이 오쿠보의 말에 의하면 '갚을 전망도 서지 않는 외채'가 되어 있었다. 오쿠보는 정한론 소란 때 그것을 반대하는 논문을 준비했다. 그것에 의하면 이런 상황을 파악하고 있었다.

'현재 우리나라의 외채는 이미 5백만 엔이 넘으며, 그 상환 방법은 아직도 뚜렷한 정산이 서있지 않다.'

그 외채의 대부분을 영국인에게 지고 있었고 금전면에서 내리 누르고 있는 영국을 함부로 대할 수는 없었다.

그 당시 오쿠보의 논문으로 보면 영국에 대한 건은 다음과 같다.

'아시아 지역에서 영국의 힘은 특히 강력하여 모든 지역에 걸쳐 땅을 차지하고 국민을 이주시켜 군대를 머물게 하고 있다. 또한 함선을 띄워 예기치 않은 갑작스런 사태에 호시탐탐 대비하며, 호시탐탐(虎視眈眈), 아침에 보고하면 저녁에 올수 있는 세력을 갖추고 있다.

우리나라의 외채는 대부분 영국에 지고 있는 실정이다. 만일 지금 우리나라에서 생각지 못한 재난이 생겨 그 부채를 갚을 수 없다면 영국은 반드시 그것을 구실 삼아 마침내 우리 내정에 관한 화근을 불러 일으킬 것이고 아마도 그 폐해는 말할 수 없는 지경에 이를 것이다.'

오쿠보는 그런 사정에 특히 민감하면서도 영국 공사를 차갑게 다루고 다른 각국 공사와 친밀한 관계를 맺으려 하고 있었다. 여러나라에 후하게 함으로써 영국에 질투와 의심을 생기게 하는 편이 일이 유리하게 전개될 거라고 오쿠보는 생각했던 모양이다.

오쿠보는 미국 공사와 프랑스 공사에게 더욱 깊이 접근하고 있었다.

그는 제1차 담판이 있었던 다음날인 15일에 자진해서 미국 공사를 찾아가 서류를 빌려줄 것을 신청했다.

서류란 지난 해 아모이 영사——그 무렵 영사는 리 젠들——의 질문에 응답해서 청국의 복건(福建) 총독이 낸 공문서를 가리킨다. 복건 총독이 쓴 이 문서는 대만은 청나라의 영토가 아니라는 인상을 주는 것으로, 오쿠보가 내걸고 있는 대만 무주설(無主說)의 증거서류가 될 만한 것이었다.

오쿠보는 그것을 빌려달라는 것이었다. 오쿠보가 목적을 위해 때로는 무례할 정도로 강경했던 것이 이런 점에서 잘 나타나 있다.

청국에 있는 미국 공사는 기본적으로 영국에 따라가는 방법을 취해왔다.

그러나 청국에 대한 영국의 독선과 독점주의에 대해서는 다른 국가의 공사들과 함께 좋게 생각하고 있지는 않았다. 그런 면에서는 때로 일본에 동정적이었지만, 그러나 동정이 지나쳐서 청국이나 영국에 대한 협조를 깨게 될까 두려워하고 있었다. 미국 공사는 일본 관리가 되어 있는 미국인 리 젠들의 행동으로인해 그런 점이 다칠 것을 두려워하여 아모이에서 리 젠들을 체포케 했으니 이 일은 그런 증거라고 하겠다.

"찾아놓겠습니다."

이것이 이날 오쿠보가 들은 대답이었다.

그런데 며칠이 지나 미국 공사로부터 그 서류가 전해져왔다. 미국으로서는 자기 나라의 외교 문서를 일본에 제공함으로써 청국의 입장을 불리하게 만들지도 몰랐다. 그런 일을 감히 한 것은 미국 외교의 하나의 태도라 할 수 있다.

프랑스 공사는 드 기프로이었다. 그는 이때 북경에 있지 않고 천진에 있었으나 오쿠보의 국제공법 선생인 보아소나드가 다행이 프랑스 인이어서 양자 사이에 친분이 아주 두터웠다.

오쿠보는 제1회 담판이 있었던 이튿날 9월 15일, 러시아 공사를 찾아가 인사를 했다. 17일, 러시아 공사 뷰초프는 답례를 위해 오쿠보를 호텔로 찾아와 인사한 뒤 불평했다.

"중국 정부와의 협의는 매우 복잡합니다. 나는 예전부터 이것을 경험하여 종종 시달려 왔습니다."

이런 일은 다른 공사도 경험했다. 서양식 교섭 방법으로 보아 청국 정부의 교섭 태도는 같은 말을 되풀이하는 방법을 좋아하여 시일을 질질 끌도록 하고, 더구나 교섭을 걸어온 측에서는 얻는 바가 거의 없어서 북경에 주재하는 외교관에게 공통된 불평과 분개를 느끼게 했다. 이 일은 옛 막부 시절의 일본이 그랬고, 메이지 시대가 되어서도 여전히 이 여파가 남아서 각국의 주일 공사는 반드시 일본이 쾌적한 임지라는 생각은 하지 않았다.

요컨대 서양측은 청국으로부터——일본 경우는 옛 막부로부터——이익을 구하려 하고, 청국측은 언제나 주체적인 외교를 하려는 뜻이 없어서 자기 나라의 이익을 빼앗긴다는 실감이나 심증이 있었으며 국내 여론 문제도 다루기 어려웠다. 그 여론은 언제나 양이적(攘夷的)이었으므로, 정부로서는 외국과의 교섭을 쾌적하게 끌고 갈 수 없는 사정 때문이었다.

청국의 총리아문과 오쿠보의 교섭은 결국 예상 이상으로 길게 끌게 되었다.

그 이유는 한결같이 청국의 태도가 강경했기 때문이다.

"생번 땅은 주인 없는 땅이다."

오쿠보는 이와 같이 주장했으며, 그것을 청나라로 하여금 인정하게 하려고 했다. 인정하지 않으면 일본이 멋대로 군대를 보낸 이유가 성립되지 않으므로 일본은 완전히 법을 무시한 것이 되고 만다.

그런데 대만이나 그 속에 있는 생번 땅이 모두 청국의 것이라는 것이 국제법상으로는 여전히 막연한 상황이면서도 그들의 것임에는 틀림없다고 보는 견해가 강했다. 어느 누구보다 청국 정부가 그렇게 여기고 있었다.

그러던 참에 일본으로부터 오쿠보가 와서 완강히 반론을 펴기 시작했다.

"그건 귀국의 영지가 아니오. 주인 없는 땅이오."

청국으로서는 웃고 구경만 할 수도 없고, 더구나 정식 외교교섭인 이상 대답을 하지 않을 수 없었다.

청국측은 생번 땅이 청국 영토라는 점을 큰소리로 되풀이하는 수밖에 없었고, 오쿠보는 그때마다 반론을 가했다. 교섭이 길어지는 것이 당연하다.

"일본이 대만에 군대를 보낸 것은 단순한 해적 행위임이 의심할 여지가 없다."

청국을 편드는 주일 영국 공사 퍼크스의 말은 당연히 북경의 영국 공사 웨이드의 의견이기도 했으므로, 웨이드의 지원으로 청국 정부는 자기들 주장의 정당성에 더욱더 확신을 가졌을 것이다.

퍼크스는 9월 15일자로 북경에 있는 친구 브로크 로버트슨에게 보낸 편지에 다음과 같이 썼다.

'일본은 충돌이냐 해결이냐에 대해 서두르고 있소. 나는 결과적으로 충돌할 것으로 생각하오.'

충돌이란 전쟁이다. 그러나 결과적으로는 퍼크스의 예언은 맞지 않았다. 이 시기에 퍼크스는 또 한 가지 예언을 했다. 그는 하코다테(函館)를 시찰하고, 홋카이도(北海道) 대안(對岸)에서 연해주까지 뻗어 온 러시아와 그리고 조선에 대해 생각했다. 조선은 언젠가 러시아의 수중에 떨어질 것이다 라는, 예언이라기보다 오히려 두려움을 말했다.

이 시기에 열강의 제국주의는 동아시아에서 거의 전국난세(戰國亂世)와 같은 양상을 보이기 시작하고 있었다. 퍼크스의 예언과 두려움은 그런 분위기 속에서 한 것이다.

더욱이 이 시기에 청국은 대만에 1만 900명의 군대를 상륙시키고 있었다.

그에 비해 대만에 보낸 일본인은 3천 명도 채 못된다. 양군이 이른바 대치한 가운데, 총리아문과 오쿠보의 북경에서의 교섭이 진행되고 있었던 것이다.

"싸우면 청국이 이길 것이다."

퍼크스는 이렇게 예언하기도 했다. 청국 또한 그렇게 여기고 있었으며 어쩌면 오쿠보도 자기 감정으로는 그렇게 여기고 싶지 않았겠지만 그의 계산력 풍부한 이성은 청국의 승리를 예상했을지도 모른다.

그래도 여전히 오쿠보는 북경에 머물러 있으면서 이치에 맞지 않다고 할 수 있는 그의 논리를 계속 완강히 주장한 것은 대부분 자신의 성격 탓이라고 해도 무방하다.

오쿠보와 청국이 주고 받은 제4차에 걸친 담판이 회를 거듭할수록 청국은 감정적으로 굳어지고 오쿠보는 더욱더 얼음처럼 냉정해졌다.

회의는 언제나 오쿠보가 주도했다. 오쿠보가 말하는 바는 이런 것이었다.

"생번은 청국의 속지가 아니다."

오쿠보도 청국도 단순히 생번이라고만 지칭했다. 여기서는 생번 사람을 가리킴이 아니라 그 땅을 가리킨다.

'중국의 다스림을 받지 않는 번인(蕃人)의 거주지.'

이 정도의 뜻이다. 다만 대만 섬 전체를 가리키고 있는 것 같기도 하고 대만에서의 생번의 거주지만 가리키는 것 같기도 하다. 이런 점에서 오쿠보는 아마 일부러 그랬겠지만, 정의를 명확하게 하지 않았으며 청국측도 그 정의를 명확하게 하려 하지 않고 대충 이야기를 진행시켰다. 이 무렵 청국 관료들의 생각이 대략적이었다는 것은 이런 점에도 나타나 있다고 볼 수 있다.

"속지가 아니다."

이러한 오쿠보의 주장은 모두 국제공법이나 유력한 해석을 방패삼았는데, 그런 점에서 그는 얼핏 보아 유럽 어느 대학의 국제법 학자가 학술 발표를 하고 있는 듯한 분위기였다.

이런 점은 우스꽝스러운 풍경이라고 생각할 수 있고 뒤집어보면 외교관으로서의 담력과 꾀라고 생각할 수도 있다.

본디 오쿠보에게 국제법이니 하는 것에 대한 소양이 있을 리가 없었다. 그는 사쓰마 번사 출신으로서 흔한 초등교육만을 받았을 뿐, 그 교양은 대충 한문의 개략을 알고 있는 정도에 지나지 않았다. 그의 한문 교양에 대해서

기도 다카요시처럼 청춘을 분주한 속에서 보낸 인물조차 작은 소리로 중얼거린 일이 있다.

"오쿠보는 무학이니까."

그러나 오쿠보는 천성적으로 탁월한 이해력을 타고났는데, 이런 점에서는 아마도 새 정부의 어느 누구도 그에게 미치지 못했을 것이다. 오쿠보는 이 북경행에 있어서 보아소나드라는 살아있는 국제법 책을 가지고 갔다. 머무는 동안 날마다 보아소나드로부터 이번 문제에 관한 국제공법의 강의를 들었다.

"생번은 속지가 아니다."

이러한 오쿠보의 법 해석은 프랑스의 법률학자 하텔의 설을 따른 것이다. 하텔의 학설에서는 이렇게 말하고 있다.

'한 나라가 새로 주인 없는 황무지를 차지할 경우, 그 땅에 행정상의 관청을 건설하여 그곳으로부터 실익을 얻은 것이 아니라면 공법상 그 주권은 인정할 수 없다.'

보아소나드가 가르쳤다.

그러나 이것은 하텔의 설이며 널리 인정된 설은 아니다.

"그것은 일설에 불과하지 않는가?"

청국으로서는 이 말을 일축할 수도 있었지만 청국은 국제법에 어두웠으므로 오쿠보의 설에 대해 제3차 담판에서 자포자기하듯한 답변으로서 가장 졸렬한 말을 하고 말았다.

"만국공법이라는 것은 서양에서 생긴 것으로 우리 청나라는 아는 바 없다."

청국측이 이렇게 말한 것은 오쿠보가 자꾸만 국제공법을 들고 나왔기 때문에 극한상황에 몰리어 궁한 나머지 한 말이다.

그뒤 청국은 계속해서 말했다.

"그러므로 여기서는 논할 것이 못된다."

또 오쿠보의 '국제공법'이라는 수법을 봉해버리고 이와 같이 말했다.

"부디 정리(正理)로써 충분히 이야기를 나누고 싶다."

여기서 말하는 정리란 옛부터 행해져 온 상식적인 도리라는 것이리라.

오쿠보의 공격에 대해 상식론으로 대응한다면 청국에 유리했다. 본디 일본이 강도처럼 자행한 대만의 생번 정벌 자체가 비상식일 뿐 아니라 오쿠보가 자청해 와서는 아직도 그 본심을 털어놓지 않고 청국에 보상금을 요구하고 있다. 여기까지 오면 비상식(非常識)도 그런 비상식이 없는데, 그런 만큼 오쿠보로서는 국제공법의 어떤 학설을 들어 그것을 근거로 하지 않을 수 없었던 것이다.

"원 당치도 않은 소리!"

청국측으로선 이런 말로써 테이블을 뒤집어 엎어도 무방했을 것이리라. 오쿠보는 생번이 주인 없는 땅이라고 주장했다. 그 근거로는 청나라의 통치가 미치지 않았기 때문이며 그 통치가 미치지 않는 곳은 주인이 없는 것과 같다고 프랑스의 법률학자 하텔이 말하지 않았는가, 라는 데 대해 청국측은 필요 이상의 간섭이라는 듯한 투로 말하는 공친왕의 표정이 몹시 굳어졌다.

"당신은 생번 땅에 우리 청나라의 정령(政令)이 미치지 않았다고 말하는데, 그것은 우리나라의 내정을 문책하는 것과 비슷하다. 부디 생번에 관한 일은 우리나라에 맡겨두기 바란다."

이에 대해 오쿠보가 무언가 말하려고 하자 공친왕은 그것을 가로막고 말했다.

"분명히 말하거니와 전부터 거듭 주장하시는 것, 즉 통치가 그 땅에 미치지 못하면 그 땅은 속령이 아니라는 주장은 아무리 되풀이하여도 앞으로 나로서는 대답할 수 없소."

오쿠보는 걸핏하면 내세우던 장기를 쓰지 못하게 된 격이 되었으나 그래도 그는 마치 시골길에서 아는 사람 인사를 받은 정도 표정으로 대답했다.

"나로서도 굳이 변론을 좋아해서 그런 말을 하는 것이 아니오. 이번에 사신으로 온 것은 변론하기 위해 온 것이 아니라, 본디부터 양국의 친선을 바랐기 때문이오. 그러나 번지 사람들이 흉포하기 이를 데 없어 다른 나라 사람들을 해치기를 예사로 알고 있소. 우리 일본은 생번 땅이 귀국의 속지가 아님을 알고 이번 일(대만정벌)에 착수했던 바 뜻밖에도 귀국은 그 땅을 분명한 자기 속령이라고 하였소. 그렇다면 그 증거가 어디에 있는가 하고 거듭 묻는 것도 당연한 일 아니겠소?"

본디 오쿠보는 말이 적은 사람이라는 말을 들어왔는데 이 담판 석상에서 그는 터무니없는 변론가가 되었다고 해도 좋을 정도였다.

양쪽에서 주장하는 뜻이 담판에서 평행선을 더듬고 있었다.

제3차 담판에서는 때때로 양자 사이에 격렬한 말이 오가기도 했다.

오쿠보는 생번 땅이 청국의 통치가 미치지 않았으므로 국제공법상 주인 없는 땅이라고 계속 주장했다. 이에 대해 청국은 이런 뜻의 말을 했다.

"그런 어리석은 말은 있을 수 없소. 이를테면 귀국의 나가사키에 귀국의 다스림이 미치고 있는가 어떤가를 우리 청국이 묻는 것과도 같소이다. 당신의 물음에는 대답할 수 없소."

'당신의 물음에는 결코 대답할 수 없다.'

기록자 가나이 유키야스는 이 말을 쓰고 있다.

오쿠보는 이에 대하여 역습했다.

"책임있는 답변이 없을 시(時), 나는 생번을 단연코 주인 없는 야만족으로 취급하겠소. 어떻습니까?"

책임있는 답변을 얻을 수 없다면 일본은 생번 땅을 주인 없는 땅으로 보겠으니 어떠냐는 것이었다.

이미 말은 흥분으로 거칠어져 있었다.

청국 또한 거칠어졌다.

"그렇다면 우리도 역시 어떻게 할 수 없소."

그 답변은 멋대로 하라는 것이었다.

더구나 청국은 지난해 1873에 일본의 소에지마 다네오미 대사와 청국의 이홍장 사이에서 체결된 화친조약 제1조와 제3조를 읽었다.

양국의 평화를 위한 당당한 조약이었다.

제1조는

'앞으로 대일본국과 대청국은 더욱더 화의를 돈독히 하여 천지와 더불어 끝이 없을 것이다. 또 양국에 속한 국토도 각각 예로써 서로 지키며 조금도 침범하는 일 없이 영구히 안전을 기한다.'

결과적으로는 이 소에지마와 이홍장의 조약은 그 이후의 중일 관계를 통렬하게 빈정거린 문장이 되어버렸다.

제3조는

'양국의 정치와 법률이 각각 다르므로 그 정치는 자기 나라의 자주권에 맡겨야 한다. 피차에 음모로 간섭하거나, 금지한 일을 하겠다고 주장할 수 없다. 양국의 법률은 서로 돕고 각각 그 국민에게 타일러주어야하며, 토착민을 유혹하거나 조금이라도 법을 어기는 일을 용서치 않는다.'

양국은 양국의 정치와 법률을 존중하고 서로 다른 체제를 존중한다, 그 국민을 잘 타일러 법률을 지키게 하여 조금이라도 법을 어기는 일이 있어선 안된다는 뜻이다.

"나도 그 조약의 정신을 존중하고 있소."

오쿠보는 이렇게 거듭 말하며 그러나 생번 땅은 청나라의 통치 밖에 있으며 주인이 없다는 자신의 해석에 대해 대답을 듣고 싶다고 되풀이했고, 청국은 청국령임이 뻔한 일 아닌가, 그런 해석이론에 대해 대답할 수 없다고 되풀이할 뿐이었다.

오쿠보는 말했다.

"나는 해석론을 되풀이하는 것이 아니라 질문하고 있을 뿐이오. 귀국에서 대답하지 않으니까 되풀이하지 않을 수 없는 것이오."

그리고 오쿠보는 덧붙였다.

"만일 귀국에서 생번 땅에는 통치가 미치지 않고 있다고 말한다면 그것으로 끝나는 거요. 그것조차 대답하지 않기 때문에 나는 되풀이하고 있는 것이오."

제3차에서 제4차담판까지는 보름 정도 시일이 있었다.

외교 교섭의 상식으로보면 회담은 제3차로 서로 끝나야 할 판이었다. 양쪽 주장에 접점이 없으니 이 이상 계속한다 해도 결론이 나올 것 같지 않았다. 게다가 청국은 이런 논쟁은 계속하고 싶지 않다고 했다.

그러나 오쿠보의 끈질긴 성격은 워낙 보통 사람보다 강해서, 청국은 아무리 뿌리치려 해도 이빨을 깊이 박고 놓아주지 않는 작은 동물에게 물린 듯한 느낌이 없지 않았다.

오쿠보는 제3차 담판을 끝내면서 또다시 2개 조항의 질문서를 상대측에게 맡겼다. 상대측으로서는 그것을 검토하지 않을 수 없었기 때문에 다음 번 담판을 약속하기에 이르렀다.

물론 질문서에 대한 청국측의 대체적인 회답서는 제3차 담판이 있은 뒤 사흘이 지나서 호텔에 있는 오쿠보에게 전달되었다.

그 회답서는 여전히 오쿠보의 질문을 살짝 피한 듯한 것이었다. 오쿠보의 질문이 여전히 이론적 국제공법에 따른 것인 이상, 청국측은 몇 번이나 오쿠보에게 말했듯이 이에 대해 진지하게 답할 마음이 없었다.

오쿠보는 이 회답서에 대해 긴 반박문을 썼다. 문장은 한문으로 이노우에

고와시가 초안을 잡았다.

이 반박문을 만드는 데 오쿠보는 여러 날 걸려 9월 27일에 총리아문으로 보냈다.

오쿠보의 집요한 점은 이 반박문에 '공법휘초(公法彙抄)'라고 표제를 단 참고서류를 곁들인 일이었다.

이 사건에 관한 국제공법의 조문을 뽑아서 쓴 것으로 더욱이 프랑스와 독일, 그리고 영국 국제법학자의 학설을 모조리 뽑아 적었다. 요컨대 조문과 학설의 요약집이라 해도 좋을 것이다.

"청국도 이것으로 알게 되겠지."

오쿠보는 이 반박문과 '공법휘초'가 만들어졌을 때 그렇게 중얼거렸다.

그러나 이에 대한 청국측의 회답문도 색달랐다. 겨우 한 줄 회답이 왔을 뿐이다.

'이 대신은 지난 번에 발표한 말로써 처리하는 바임.'

지난 번에 우리가 말한 바를 이해해주기 바란다는 것뿐이었다.

청국은 오쿠보를 떨쳐버리려고 했다. 물론 전쟁도 마다하지 않겠다는 각오도 굳히고 있었으리라.

이에 대해 북경 주재 영국 공사 웨이드 쪽이 낭패하기 시작했다.

영국의 이해관계는 극동에서 쓸데 없는 전쟁이 일어나는 것을 바라지 않았다. 이것은 명백한 일로 이런 기초 사상 아래서 웨이드는 움직였고, 또한 일본에 있는 주일 공사 퍼크스도 일본 외무성에 대해 몇 번이나 말했다.

"평화적인 해결이 가장 바람직하다."

웨이드는 사실상 청국측의 의논상대였다. 그는 사태가 악화되어 가는 것을 보고 그 입장에서 떠나 중재자가 되려고 생각하기 시작했다.

북경에 주재하는 영국 공사 토머스 프란시스 웨이드라는 사람 이름은 중국어를 배운 사람에게는 어쩌면 친숙한 이름이라 할 수 있을지도 모른다.

'웨이드식.'

이런 식으로 그는 중국어 발음을 로마 자로 표기하는 방법을 고안한 사람이다.

웨이드는 1818년 런던에서 태어났다. 이무렵 그는 56세였다. 어렸을 때 아프리카의 케이프타운 등지에서 지냈고 훗날 케임브리지 대학에 들어갔으며 졸업 후 병역에 걸려 육군에 들어간 것이 중국 전문가로서 그의 일생을 결정했다.

그는 중위로 아편 전쟁에 종군하면서 본격적으로 중국어와 그 문학을 배워 현지에서 제대하자 통역관이 되었다. 이 무렵 구미의 지식인이 중국이라는 미지의 세계에 대해 품은 지적 호기심을 웨이드만큼 풍부하게 갖춘 사람도 드물었다. 물론 미지의 세계에 대해 자기가 맨 먼저 그리고 가장 깊게 알고 싶다는 지적인 공명심도 있었으리라.

이러한 순진한 공명가는 그 무렵 영국의 일부 청년들을 부추겼고, 웨이드보다 훨씬 뒤에 런던 대학의 학생이었던 어네스트 사토도 다음은 일본 차례라고 여기고 외무성 통역 수련생으로 일본에 건너가 막부 말기의 대일 외교에서 활약하는 한편, 영국에서의 일본 연구의 시조가 되는 것이다.

웨이드는 그뒤 상해 부영사, 상해 초대 외국인 세무관, 그리고 홍콩의 영국 무역청 한문 비서관 등을 역임한 뒤, 북경의 영국 공관원이 되어 이 시기로부터 3년 전인 1871년 북경 주재 영국 공사가 되었다.

훗날 그가 40년간 중국 생활을 끝내고 귀국했을 때는 70세에 가까웠다. 그는 1888년 케임브리지 대학원 초대 중국어 교수가 되었고 그 방대한 중국 관계 서적을 대학에 기증하여 영국내에서 중국학 연구의 기초를 만들었다.

토머스 웨이드는 중국어로 청나라 조정의 대관들과 서로 의사소통을 하고 있었으므로 이 시기 외교 사건의 청국측 생각이며 여러 대신들의 미묘한 심정까지 다 알고 있었다.

"청국은 영국의 조정 역할을 원하고 있다. 영국도 또한 이해관계로 동아시아에 쓸데 없는 전쟁이 일어나는 것을 피해야 한다."

이러면서 그는 조정에 나설 기회를 기다리고 있었다. 그러나 제르만 호텔에서 오쿠보와의 첫 번째 만남때 오쿠보가 슬쩍 피해버리고 말았기 때문에 다음 기회를 기다렸다. 그 기회도 웨이드 자신이 만들었다.

오쿠보는 웨이드를 호텔 응접실로 불러 다과를 함께 했다.

웨이드로서는 이 오쿠보가 대하기 힘든 상대였으리라. 지난 번에는 중요한 이야기에 들어가려다가 가족에 대한 화제가 나와 웨이드가 그 대답을 하는 동안 바라던 화제로 더 이상 들어가지 못했다.

웨이드가 보는 바로는 이 오쿠보만큼 대하기 힘든 상대는 없었다. 말이 없었고 잡담이 별로 없으며 가끔 입가에 떠올리는 희미한 사쓰마식 미소가 몹시 친밀감을 갖게 했지만, 그렇다고 본심이 어디에 있는지는 도무지 알 수가 없었다.

웨이드는 오쿠보의 입에서 '영국이 조정에 나서주기 바란다'는 한 마디가 듣고 싶었다. 그렇지 않으면 웨이드로서는 움직일 수 없었으므로 이 날은 그 한 마디를 듣기 위해 찾아왔다.

그러나 그렇게 되지 않았다.

두 사람 사이에 주고 받은 말이 기록되었다. 그것을 쉬운 말로 고치면 다음과 같다.

우선 웨이드는 전날 질문한 내용을 이 날도 되풀이했다.

"귀국은 대만에 군대를 진주시켰는데 그 군대는 오래 주둔시킬 생각이신지 아니면 사정에 따라서는 철병하실 생각인지? 만약 오래 주둔케 할 뜻이라면 귀국과 청국 사이에 싸움이 벌어질지도 모르는데, 그러한 경우 공사인 나로서는 체류중인 영국인의 생명과 재산을 지키기 위해 준비를 서둘러야겠으니 그것을 알고 싶다."

웨이드로서는 영국인의 생명과 재산을 지킨다는 것을 내세워 오쿠보의 본심을 끌어내 보고 싶었던 것이다.

이에 대한 오쿠보의 대답은 지극히 간단했다.

"결코 철병하지 않겠다는 것은 아니오. 모두 청국 정부와의 교섭 여하에 달린 일이오. 그러므로 지금은 명확하게 대답할 수 없소."

웨이드는 오쿠보가 이렇게 말했음에도 불구하고 다시 말했다.

"만일에……"

일단 가정하고 말을 잇는다.

"일본 정부가 철병을 결정한다면 나는 일본 정부의 뜻을 헤아려 청국 정부에 여러 가지를 설득해 보려고 생각하는데."

그는 조정 역할로 나설 뜻이 있다고 넌지시 비친 것이다.

그러나 오쿠보는 전과 같이 미소를 지으며 말했다.

"고마우신 뜻은 참으로 황송하오."

그리고 다시 말을 계속했다.

"이미 말했듯이 이 건에 대해서는 곧 청일 양국 정부 사이에서 결정하려고 생각하고 있소. 그러므로 되도록이면 그대에게 걱정을 끼칠 일이 없기를 나는 바라고 있소."

그러면서 거절하고 말았다.

웨이드는 오쿠보가 용건에 대한 문을 닫아버렸기 때문에 당황했다. 다음에는 무엇을 들고 나가면 오쿠보가 다시 용건에 대한 화제에 응해 줄 것인지 잠시 잡담을 꺼내면서 생각했다.

이윽고 오쿠보가 논거로 삼는 국제공법의 해석에 대해 찔러보려고 했다.

그 전에 웨이드는 노골적인 말을 했다.

"나는 청나라에서 오래 근무했소. 종래 내가 보아온 바로는 대만은 청국에 속한 것으로 알고 있소. 그러나 일본은 청국의 속지가 아니라고 하는데 그것은 어떠한 근거에 의한 것입니까?"

아마 이것이 문제의 핵심이리라.

보통이라면 여기서 논의가 벌어질 일이었다. 그러나 오쿠보는 막부 말기 이후로 논의를 벌일 때 뱃속을 훤히 들여다보이는 일을 피해온 사람이다. 그는 재빨리 대답했으나 질문에는 대답하지 않았다.

"그 일에 대해서는 머지않아 청일 두 나라 사이에서 해결하겠소. 그런 다음에 알려 드리지요."

제4차 담판은 10월 5일 종전과 마찬가지로 총리아문에서 열렸다. 제1차 담판이 9월 14일에 있었음을 생각하면 오쿠보는 북경에서 달을 넘긴 셈이 된다.

오쿠보가 이날보다 며칠 전에 산조 태정대신에게 보낸 편지의 문장을 빌리면 이런 감상이 나타나 있다. 뜻밖에 시일이 지나고 말았다.

'소신이 도착한 뒤로 뜻밖에 시일을 보냈으므로 몹시 염려하고 계실 것으로 생각되어 송구하게 생각하고 있습니다.'

그러나 오쿠보라는 사람은 날카롭고 매서워 이 담판에서 조금도 이면 공작이나 흥정 따위의 수법을 쓰지 않았다는 사실이다. 마치 프랑스 혁명기의 의원들처럼 어디까지나 변론을 믿고, 어디까지나 일을 담판하는 자리에서 결판을 내려고 했다. 오쿠보가 담판이라는 교섭에서 이론만 무기로 삼았다는 것은 과장해서 말한다면 일본 정치사에서 그 예를 볼 수 없는 일이라고 하겠다.

이제까지 동양 정치에는 보통 표면적인 변론은 믿지 않고 일을 뒷공작으

북경의 나날 129

로 결정짓는다는 풍습이 있었다. 이를테면 세키가하라(關原) 전날 밤에 모든 영주가 결론을 정한 것도 공식적인 자리에서 당당한 논의를 한 것이 아니라 대부분이 뒷공작으로 결정되었다.

중국에서도 그러했다. 특히 청조 말기에 그런 경향이 강해진다. 청국은 이 회담에서도 당연히 그것을 예상했고 기대도 했을 것이다. 양쪽에서 지위가 낮은 위원들이 끊임없이 접촉하며 쉴새없이 주연을 베풀고 서로 이야기를 나누며 때로는 기생에게 시중들게 하여 밀담을 나누는 일이 있어도 이상할 것은 없다.

더욱이 뒤에 러시아와 청나라의 교섭이 있었을 때 러시아가 청국 대표인 이홍장에게 막대한 금전을 뇌물로 바침으로써 형세를 일변시켜 청나라측의 의기를 꺾어 놓은 뒤 러시아에 압도적으로 유리한 결과를 얻은 일이 있었다. 그렇듯이, 이 무렵 청나라 정치 사정 속에서도 그런 수단이 있을 수 있는 일이다.

그러나 오쿠보는 일체 그런 일을 하지 않았다.

오쿠보에게 그렇게 할 능력이 없었던 것이 아니다. 막부 말기에 그가 담당했던 혁명 정략은 거의 그런 방법이었다고 해도 과언이 아니다. 사이고가 전면 공작을 담당했고 오쿠보는 이면 공작을 담당했다. 무슨 일이고 변혁이라는 것을 싫어하는 보수주의자 시마즈 히사미쓰(島津久光)를 어르고 달래어 막번(幕藩)을 폐지하게 하였다. 더욱이 막부 말기의 마지막 단계에 상경하여 이와쿠라 도모미(岩倉具視)와 짜고 친왕과 대신들에게 막후 공작을 했을 때에는 번의 돈을 무척 많이 뿌린 흔적이 있다.

이와쿠라가 메이지 이후 문득 잡담하는 자리에서 이렇게 말한 적이 있다.

"그 무렵 나와 오쿠보가 한 일은 둘 다 죽어도 말할 수 없는 일이 많다."

이것은 그 이면 공작이 처절했음을 암시하는 말이라고 하겠다.

그러나 북경에서의 오쿠보는 변론만 믿는 사람이었다. 이런 점은 막부 말기에서 유신을 헤쳐나온 지사 기질이라 해도 무방하며, 이때의 오쿠보의 임무를 소에지마 다네오미나 에토 신페이가 맡았다 하더라도 더욱 그러했을 것이다. 앞서 산조에게 보낸 편지의 문장을 계속해서 알기 쉽게 풀어보면 이렇다.

'이와 같이 담판이 길어지는 것은 평화와 전쟁 그 어느쪽이든 명분을 뚜렷하게 하고 싶기 때문이오.'

오쿠보는 이 문장에서 자기의 심정을 잘 나타내고 있다.

이 제4차 담판이 열린 10월 5일은 쾌청한 날씨였다. 오쿠보가 총리아문 회의실 의자에 앉아 있는데 청국 대표가 앉아 있는 등뒤의 창문이 하늘을 네모나게 도려내고 있었다. 햇빛이 가득한 그 푸르름은 비현실적일 정도로 강렬하여 만약 그가 시적 정서가 강한 남자였다면, 이 북경의 더없이 좋은 가을 날씨 속에서 끝날줄 모르고 되풀이되는 논의를 그만두고 싶었을 것이다.

그러나 오쿠보는 시인이 아니었다. 이상할 만큼 점착력이 강한 실무자였다.

청국측 자리에서 보면 창문의 바깥 햇살이 오쿠보의 용모를 송진 빛깔의 유채(油彩)로 그린듯 떠올리고 있었다. 오쿠보 쪽에서 보면 주욱 늘어앉은 청국 대표들은 역광선을 등지고 있어 표정이 모두들 어두웠다.

특히 수석인 공친왕은 이날 감기 기운으로 열이 있어선지 얼굴빛이 좋지 않아 물고기 등처럼 푸르딩딩했다.

"오늘은 감기 기운이 있어서……."

공친왕은 처음에 오쿠보에게 미리 말했다. 몸을 쉴새없이 움직이고 있는 것을 보면 아마도 앉아 있기가 괴로운 모양이었다.

이날 양쪽의 태도나 말은 수식어에 대해 마음 쓸 여유가 없을 정도로 날카로워져 있었다.

응답의 초점은 오쿠보의 질문서에 대한 청국측 회답이 애매한 데로 집중되었다. 청국은 국제공법이라는 오쿠보가 만들어놓은 씨름판에 들어오려 하지 않았고, 질문의 초점에서 모두 빗나가 있었다.

오쿠보는 그들의 분명하지 못함을 공격했다.

"좀더 선명하고 분명하게 하시오."

이렇게 따지자 모든 청국측이 이런 종류의 일을 되풀이하는 데 넌더리가 났는지 그야말로 귀찮다는 듯한 태도였다.

"회답이 선명하고 분명하지 못하다고 하지만 회답은 회답이니. 어쩔 수 없는 일이오. 귀하는 본디……."

오쿠보를 가리키며 말했다.

"총리아문의 말을 믿지 않는 것 같소."

"그렇소. 믿을 수 없소."

속기록에 의하면 오쿠보는 이렇게 말했다.

그것에 대해 청국측 대답은 이미 담판을 포기한 것 같았다.

"이 건에 대해 이 이상 몇 번을 반복해도 귀하는 믿지 않을 것이오."

공친왕은 계속해서 말했다.

"나는 지금 몸이 불편하오. 같은 말을 중언부언하기가 고통스럽소."

공기는 험악해져 있었다.

이때 오쿠보는 미국 공사로부터 빌려온 문서를 참고자료로 제출했다. 지난 해 미국의 아모이 주재 영사가 복건성(福建省) 총독으로부터 받은 견해서였다. 대만은 청나라의 판도에 들어가지 않는다는 것으로 오쿠보로서는 중대한 문서라고 할 수 있었다. 그러나 청국측은 그것을 흘끔 보고는

"이 지방관은 이에 대해 알지 못하며 태만하기 때문에 그를 처벌했소. 이 일개 지방관의 견해는 총리아문의 견해가 아니며 또한 사실과 다르오."

이렇게 말할 뿐이었다.

회담은 처음부터 양쪽이 서로 평행선을 달리고 있었으나 이 4차 담판에서는 오쿠보 쪽도 논할 자료가 다해서 이 이상 평행선조차 그릴 수 없을 만큼 막혀버리고 말았다.

그래도 오쿠보는 주장했다.

지난해 청일조약을 맺기 위해 소에지마 다네오미가 북경에 왔을 때 조선과 대만이 청국과 어떤 관계에 있는지 물었던 일이 있다. 오쿠보는 그 일을 들고 나왔다.

이 응답을 임시로 '소에지마 응답'이라고 하겠는데, 소에지마 자신이 한 것이 아니라 소에지마의 뜻을 받아 수행원인 야나기하라 사키미쓰가 질문하고, 그것을 나가사키 현의 사족(士族)인 1등 서기관 정영령이 통역했다. 응답상대는 총리아문의 대신들로 모창희(毛昶熙), 동순(董恂) 등이었다.

이때 야나기하라는 먼저 조선에 대해 질문했다. 일찍이 조선에 대해 미국 공사가 총리아문에 질의응답한 문서가 있다. 청국은 종래 조선을 청국의 속국이라고 했다. 그러나 조선의 내정과 법령에 대해서는 일체 청국이 관여한 일이 없다는 것이었는데, 야나기하라는 그 문서를 내보이며 그것에 다시 확인하려고 했다.

총리아문의 대답은 이런 것이었다.

"조선을 속국이라고 일컬어온 것은 두 나라의 관계에서 옛 관례가 계속되고 있기 때문이오. 다시 말해서 조선왕은 중국의 책봉을 받습니다. 그리고 중국에 대해 공물을 바칩니다. 청국 황제는 그것을 받고 있소. 그와 같은 관계가 있으므로 그런 점에서만 속국이라고 일컬을 뿐이오."

다시 말하면 서양에서 말하는 속국과는 다르다는 말이 될 것이다.

야나기하라는 나아가서 질문했다.

"그렇다면 청국은 조선의 평화와 전쟁에 대한 권리에 간섭한 일이 없다는 말입니까?"

청국은 대답했다.

"그렇소."

일본측은 이것을 문서로 만들었다.

이어서 야나기하라는 대만에 대해 물었다. 이때의 청국 총리아문의 대답은 이런 것이었다.

"대만의 생번 땅은 청나라 왕조의 교화가 미치지 못한 곳이오."

오쿠보가 이 '소에지마 응답'을 들고 나와 따져 물었다.

"대만의 생번 땅은 교화가 미치지 않아 청국의 주권이 미치지 못하고 있소. 그러므로 일본은 군대를 파견하여 류큐인을 살해한 생번에 대해 직접 그들을 응징한 것이오. 이제 와서 생번 땅이 청국의 속국이라고 되풀이하는 것은 어찌된 일입니까?"

청국측은 이에 대해서도 슬쩍 공격의 화살을 피했다.

"그것은 단지 그 자리에서 오고간 좌담이 아닙니까? 만약 소에지마 대사가 그것을 중요하다고 여겼다면 그것에 대해 협의할 것을 제의했을 것이오. 그 자리에서 오고간 좌담을 가지고 증거로 삼는다는 것은 매우 번거로운 일이오."

이렇게 되자 오쿠보는 더 할 말이 없었다. 그는 표정에 분노를 나타내며, 이제 이런 형편으로는 더이상 담론을 거듭해도 소용없는 일이라고 말하고 마지막 수단을 내놓았다.

"그렇다면 곧 귀국할 수밖에 없소."

청국도 이에 응수하여, 양쪽은 회담이 결렬된 양상을 보이기 시작했다.

"귀하가 귀국하시겠다면 굳이 붙잡을 생각은 없소."

오쿠보가 결렬을 은연중 시사한 이 4차 담판은 결국 아무런 수확도 없었으며, 다음으로 넘길 만한 부차적인 문제도 나오지 않았으므로 오쿠보가 언제나 써온 질문서를 남겨놓고 돌아오는 방법도 취할 수가 없었다. 요컨대 양쪽 주장이 영원히 평행선이라는 것만 확인했을 뿐이었다.

오쿠보를 현관에서 배웅할 때 공친왕은 감기가 든 탓도 있었지만, 오후 1시부터 해질 무렵까지 계속된 이 다람쥐 쳇바퀴도는 듯한 회의 때문에 몹시 지쳐서, 그렇지 않아도 가늘고 긴 얼굴이 거의 막대기처럼 되어 있었다.

밖은 캄캄했다.

맨 앞 마차에 오쿠보가 타고 다음 마차에 야나기하라가 탔다. 마차에는 등불이 켜져 있었다. 이날 회담 경과를 기록한 가나이 유키야스의 문장에는 이렇게 씌어 있었다.

'때는 이미 캄캄하여 지척을 분간할 수 없었다.'

이것으로 이 무렵 북경의 밤이 얼마나 어두웠는가를 상상할 수 있다.

'불을 켜고 숙소로 돌아오다.'

마차 안에 앉아 있는 오쿠보는 과연 어찌할 바를 모르는 심정이었다. 그 자신이 쓴 이날의 일기를 직역하면 이렇다.

'드디어 귀국하겠다고 단언하고 돌아오다. 청국의 꼴을 보건대 타협될만한 데는 조금도 없다. 하는 수 없이 단호히 이렇게 말하고 말았다.'

문장으로 보아 오쿠보의 기세가 약해지기 시작한 것으로 여겨진다. 다음 다음날 일기에는 체념한 심정을 솔직하게 쓴 문장도 있다.

'진퇴유곡(進退維谷)이다.'

무리도 아닐 것이다. 남의 나라 영토인 섬에 남의 나라 국민을 응징하려고 그 나라 정부의 양해도 없이 갑자기 군대를 파견한 것이다. 그것을 그 나라 정부에 사과하러 간 것이 아니라 거꾸로 항의하러 가서 더욱이 이를 정벌하는데 쓴 돈을 배상하라고 한다는 것은 일종의 해적 행위였다. 정신이 돈 게 아닌가, 하는 것이 주일 영국 공사 퍼크스의 의견이었으며 동시에 주청 영국 공사 웨이드의 의견이기도 했다.

영국이 총리아문의 후원자가 되어 있는 이상 청국이 일본과 같은 작은 나라의 의견에 굽힐 리가 없었다.

오쿠보가 호텔로 돌아오자 보좌관 일동은 식사도 하지 않고 기다리고 있었다.

오쿠보와 일동은 함께 늦은 저녁 식탁을 에워쌌다. 오늘의 담판 경과에 대해서는 가나이 유키야스가 일동에게 자세히 이야기했다.

식사가 끝난 뒤 오쿠보는 일동을 방으로 불러 이제부터의 전망에 대해 의견을 물었다.

"영국 공사에게 중개 역할을 맡길까요?"

이런 의견은 아무도 말하지 않았으며, 공사 야나기하라 사키미쓰 등은 공경 출신이면서도 이렇게 된 이상 전쟁에 호소하는 수밖에 없다고 눈에 핏발을 세우고 말했다.

옛 막부의 외국 담당관이었던 다나베 다이치는 유들유들한 미소로 그것을 누르듯이 말했다.

"아직도 찾아보면 교섭의 여지는 있으니 지금은 오직 그 일만 생각하는 것이 중요하다."

그러나 교섭의 여지 따위가 있을리 없었다.

오쿠보가 이 시기에 산조에게 보낸 편지나 일기를 보면 그의 고민이 얼마나 심각했던가를 알 수 있다.

그러나 그는 끝까지 감정을 앞세우지 않고, 필사적으로 활로를 찾아내려 하고 있었다.

그의 괴로움은 대만에 있는 사이고 쓰구미치 이하 3천 명의 장병이, 마치 거대한 남비 속에 담겨 있는 것 같은 상황에 있다는 것이었다.

그들의 대부분이 학질을 앓고 있어 높은 열과 쇠약으로 죽어가는 사람이 많았다. 그 참혹한 상황에 대한 보고가, 과장해서 말한다면 거의 날마다 북경에 있는 오쿠보에게 전해지고 있었다. 남비 속에 있는 대만 주류(駐留) 부대는 날이 갈수록 불에 찜질을 당하는 형편이었고, 더구나 북경의 외교가 호전되지 않는 한 그 남비 밖으로 뛰쳐나갈 수도 없었다.

'우리 군대는 번지에 있은 지 이미 오래 되었다. 열병이 진중에 전염되어 장교 이하 병에 걸린 자가 열 명에 아홉이나 된다. 지난 달 이후로 그 보고가 날로 많아지고 있다.'

오쿠보의 일기에 이와 같이 씌어 있다.

더욱이 오쿠보는 각국 공사의 의향에 대해서는 사람을 접촉하게 해서 되도록 많은 정보를 모으고 있었다. 오쿠보는 막부를 쓰러뜨릴 때 열심히 정보를 수집하여 그에 따라 정세 판단을 해온 사람인 만큼, 외교관으로서는 비전문가였지만 정보 감각에 있어서는 일본의 그뒤 어떠한 외교관보다 뛰어났다고 해도 좋을 것이다.

영국과 미국 공사가 접촉하는 일은 영국 국적을 가진 피트만에게 시켰다.

'피트만 씨, 영국 공사를 방문하여 사정을 자세히 알리다.'

오쿠보의 일기에 이와 같이 씌어 있는 것을 보더라도 그 활동상을 거의 상상할 수 있다.

산조에게 보낸 오쿠보의 편지에 미국과 영국 공사의 속셈은 '영국과 미국 공사의 말투로 짐작하건대 어떻게든 무사히 수습하고 싶어한다'고 오쿠보는 예상하고 있었다.

전쟁에 대해서는, 오쿠보가 전쟁을 할 생각인지 어떤지 보좌관들도 그의 속셈을 알아내지 못하고 있었다. 그러나 그가 산조에게 보낸 편지를 보면 이와 같이 전쟁을 벌일 뜻은 오쿠보에게 전혀 없었다.

'비록 일을 서두른다해도——대만에 주재한 장병들이 병에 걸려 쇠약하다는 현재 상황으로 보아——다시 말해서 전쟁을 시작하겠다고 말할 수는 없다. 매우 어려운 일이라 고심하고 있으니 헤아려주기 바란다.'

청국측에도 전쟁 뜻이 없다고 보고 있었다. 이에 대해 산조에게 보낸 편지를 쉽게 풀이하면 이렇게 되어 있다.

'이곳 현지에서 자세히 사정을 살피건대 청국측에서 갑자기 전쟁을 시작할 듯한 기미는 보이지 않는다. 또한 설사 우리가 담판이 결렬되어 북경을 떠난다 해도 대만에 있는 청국군이 우리 주류 부대를 공격하는 일도 있을 수 없다고 나는 보고 있다.'

그리고 또 오쿠보는 말한다.

"만일 청국이 공격해오는 일은 있을지언정 우리 쪽에서는 결코 먼저 덤비지 않을 것이다. 설사 담판이 결렬되더라도 그들이 덤벼오기를 기다릴 수밖에 없다."

이와 같이 거듭 말했으며, 이것으로도 오쿠보가 정치적으로 큰소리 치는 것과는 달리 본심은 전혀 전쟁할 뜻이 없었고, 어디까지나 외교로 결판을 내려고 했음을 알 수 있다. 그런 만큼 고심도 컸다. 외교에 의해 철병(撤兵)의 명분과 명예가 서지 못하면 대만에 있는 3천 명의 장병은 마침내 허공에 뜬 채 일본으로 돌아갈 수도 없는 것이다.

담판은 결렬되려 하고 있었다.

예를 들어 말한다면 일본측은 큰 바람 속에서 혼자 큰소리를 지르며 연설하고 있을 뿐으로, 입 속에 들어오는 것은 바람밖에 없는 우스꽝스러운 모습이 상상되기도 한다. 게다가 지껄일 내용조차 바닥이 나서 바람마저 입속에 들어오지 않는 꼴이었다.

오쿠보는 이때에 담판을 유리하게 이끌어간다는 최종 목적보다도 우선 담판을 계속할 말을 궁리하는 것을 주요지침으로 삼아야한다고 여겼다. 이날의 오쿠보가 한 발언과 모순될지도 모른다.

"귀국해야겠다."

오쿠보는 청국측에 대해 언명했고 상대로부터 좋으실대로 하라는 쌀쌀맞은 대답을 듣고 숙소로 돌아온 뒤, 담판을 계속할 일에 대해 고심하고 있던 것이다.

담판을 계속하기 위해 오쿠보는 매번 새로운 수단을 강구해왔다. 매번 담판이 끝나면 질문서를 써놓고 온 것이 바로 그것이었다. 이제와선 그런 질문서도 자료가 동이 나서 이번에는 남기지 못했다. 그것을 남기지 않고 스스로 귀국한다고 단언하고 자리에서 일어선 이상 상황은 이른바 결렬에 가깝다. 더 이상 무슨 할 말이 있을 것인가?

그러나 오쿠보는 한 번 더 이 담판을 부상(浮上)시켜야만 했다. 그는 젊었을 때부터 몇 번이나 모든 방책이 막힌 궁지에 자신이 몰렸던 절박한 체험을 겪어왔다. 그때는 숨을 죽이고 잠자코 있거나, 아니면 목숨을 내던지듯 최후 수단으로 나가면 자기를 에워싼 상황의 한 모퉁이가 허물어지고 어딘가 길이 트인다는 것을 알게 되었다. 이번에는 뒤의 경우를 취하려고 했다.

뭐든지 좋다.

한번 더 문서를 쓰는 것이다. 내용은 극단적인 것이라면 아무 것이나 좋았다. 극히 격조 높은 문장을 만들어 상대의 마음을 움직이게 하는 일이었다. 상대의 마음이 조금이라도 움직이면 거기에 금같은 틈이라도 생길 것이다. 그 틈 사이를 비집고 활로를 넓힐 방법이 나올지도 모른다.

오쿠보는 막료들에게 말했다.

"조회문을 쓰기로 합시다. 내용은 뭐라도 좋소. 이노우에 씨에게 초안을 부탁하겠소. 다나베 씨가 거기에 의견을 덧붙이도록 하오. 다 되거든 모두 돌려가며 읽어보고, 각자의 의견을 듣기로 하겠소. 다만……."

그러더니 약 10분 동안 잠자코 있었다.

일동은 오쿠보의 침묵을 견디었다. 그 침묵 끝에 오쿠보가 작은 소리로 중얼거리듯이 한 말은 맥이 빠질 정도로 평범했다.

"기초는 2, 3일 토의한 뒤에."

모두 의견을 내놓아 그 결론에 의해 문장으로 만든다는 것은 당연한 일이었다.

이노우에와 다나베를 기초위원으로 선택한 것은 마땅한 일이었다. 히고(肥後) 사람인 이노우에 고와시(井上毅) 정도의 한문 재주는 북경의 고관도 갖고 있지 못할 것이다. 특히 격문이나 공격하기 위한 한문에서는 이 시대에 으뜸가는 재능이라 해도 좋을 것이다. 다만 이노우에의 문장은 지나치게 교만하고 과격한 데가 있어 그것을 다나베 다이치의 국제 상식과 옛 막신다운 유연한 감각으로 다듬어내면 틀림없이 출중한 것이 만들어질 것이므로, 오쿠보의 이와같은 선출은 정묘하다고 해야 할 것이다.

이튿날 6일, 내용을 검토하기 위한 회의를 오쿠보의 방에서 열었다.

주된 사람은 이노우에 고와시, 다나베 다이치, 그리고 사쓰마 번 출신 고마키 마사나리였다.

고마키는 이해 31살이었다. 그는 안세이(安政) 4년(1857) 번의 명령으로 에도에 유학하여 시모노야 도인(塩谷宕陰) 밑에서 공부했다. 이후 막부 말기에 서양학이 유행했음에도 마음에 두지 않고 한학에 전념했던 것은 모두 번의 명령에 의한 것이었다. 번교(藩校)인 조시칸(造士館)의 선생이 되었고, 메이지 2년에는 태정관의 명령으로 청국에 유학했다.

북경에 1년 동안 머문 뒤, 개척사 등을 역임하여 학문보다 관료의 길로 나간 것도 사쓰마 파벌이라는 배경에 의한 것이다. 오쿠보는 청나라로 건너갈 때 같은 번의 고마키를 문서 비서의 한 사람으로 차출했다. 그러나 학문은 별문제로 치고 문장가로서의 능력은 지사 출신인 조슈 사람 가나이 유키야스가 뛰어났고, 또한 그보다도 이노우에 고와시가 우수했으므로 북경의 현지에서 고마키는 별로 활약하지 않았다.

이 오쿠보의 방에서 열린 회의는 뭐라고 해도 보아소나드가 중심이었다. 사람들은 자꾸만 보아소나드에게 국제법이나 외교상의 선례에 관한 질문을 했다.

"나는 여기가 좋습니다."

보아소나드는 방 한쪽 구석에 책상을 놓고는 그 책상 위에 책을 수북이 쌓아놓은 채 모든 사람에게 등을 돌리고 앉아 있었다. 사람들이 질문하면 그냥 대답하는 일도 있지만 때로는 소박한 무쇠테 돋보기 안경을 쓰고 필요한 책장을 넘긴 뒤 가까스로 대답하는 일도 있었다.

오후에 야나기하라 공사가 와서 이 좌담에 끼었다. 야나기하라는 벌써 담판에 가망이 없다고 단념하고 있었다. 그는 열을 올리며 전쟁 외에는 수단이 없다고 말했다.

오쿠보는 그런 격렬한 소리에 대해서도 입을 다물고 있었다.

7일도 마찬가지로 좌담형식의 이 회의가 아침부터 내내 열리고 있었다. 이날 이노우에 고와시가 기초하고 다나베 다이치가 그것을 수정한 조회문이 완성되어 사람들에게 보여주었다. 문장 내용에 대해 갑론을박(甲論乙駁)하여 가부가 결정되지 않았으며 때로는, 이미 조회문 따위는 아무 쓸모도 없지 않은가, 필요한 것은 총뿐이다, 라는 의견이 나오기도 했다.

이 동안 오쿠보는 처음부터 끝까지 말이 없었다. 그 자신 자기가 잠자코 있었던 일에 대해 이날 일기에 간결하게 언급하고 있다.

'여러 사람 의견을 듣고 아직도 가부를 말하지 않았다.'

이날 일기에는 '극히 곤란하다'느니, '따라서 여러 번 충분히 생각하다'느니 하는 고통에 찬 표현이 많았다.

'진퇴가 궁하더라도 이제는 오직 도리를 다하여 결정하겠다.'

나아가서는 추상적이지만 자신의 방침을 남모르게 결정하고 있었다.

이날 오쿠보를 에워싼 사람들의 논의가 밤이 이슥할 때까지 들끓어 거의 의견이 두 종류로 나뉘어지게 되었다.

주전론자는 야나기하라 공사를 필두로 원래부터 강경한 기질의 논객인 이노우에 고와시, 일본의 옛 시가(詩歌)에 밝은 다카사키 마사카제, 그리고 군인 후쿠시마 규세이, 가바야마 스게노리였다.

반전론자는 옛 막신으로 프랑스통인 다나베 다이치, 외무성 1등 서기관으로 중국통인 정영령, 그리고 도사 번 출신이면서 오쿠보의 사랑을 받았던 이와무라 다카토시(岩村高後) 등이다.

오쿠보 자신은 그 어느 것에 대해서도 침묵을 지켰으므로 막료들은 그의 속마음을 알지 못했다.

9일 이노우에 고와시와 다나베 다이치가 기초한 조회문이 완성되어 10일

이것을 총리아문에 발송했다.

조회문이란 말뿐으로 사실상의 최후 통첩이라 해도 좋았다.

청국측은 이 문서를 접수하고 그 문장이 매우 흥분되어 있음에 놀라서 전쟁인가 하는 데까지 상상했을 것이다. 당연히 영국 공사 웨이드에게 연락했다.

그리고 오쿠보를 달래려고 사람을 보내, 관청 행사가 있으므로 즉석에서 대답할 수는 없으니 시간을 조금 주었으면 한다, 그 사이 청국측에서도 양국의 화친을 위해 노력하겠다는 뜻을 전해왔다.

이 사태에 누구보다 긴장한 것은 영국 공사 웨이드였다. 오쿠보도 사실 웨이드를 중요시했다. 그는 겉으로는 웨이드를 무시하는 것처럼 보이면서 그 뱃속을 알아보고 싶어했다. 이런 의도를 맡아서 활약한 외국인 고용인은 영국 사람 피트만이었다.

11일, 피트만은 영국 공사를 만나 같은 나라 사람끼리인 만큼 뱃속을 털어놓고 밀담을 한 모양이었다. 그 내용이 같은 날 밤, 피트만으로부터 오쿠보와 야나기하라에게 전해졌다.

웨이드가 이야기하는 바로는 앞서의 최후 통첩에 의해 청국 정부는 크게 당황하여 어찌할 바를 모르고 있다고 한다. 그들을 당황하게 만들어 쩔쩔 매게 하는 것이 목적이기도 했다.

웨이드는 피트만에게 다음과 같이 말했다.

"나는 청일 양국의 중재에 나서고 싶다. 그런 다음 전쟁을 피하도록 하고 싶다."

중재란 청국이 일본에 대해 보상금을 내는 일이라고 웨이드는 처음으로 그의 의사를 구체적으로 나타냈다. 보상금이라는 말이 비록 무대 뒤에서 한 은밀한 밀담이긴 했으나 그것이 나오게 된 것은 이것이 처음이었다. 그러나 웨이드는 말했다.

"나는 난처한 입장에 있다."

중재에 나서려면 오쿠보로부터 '부탁한다'는 한 마디를 얻어내야 한다. 그런 부탁없이 자신은 움직일 수 없다고 피트만에게 말한 것이다.

오쿠보의 완고함은 대단해 이때까지도 부탁한다는 말은 하지 않았다. 그는 그 의사를 명백히 하기 위해 피트만에게 말했다.

"나는 지금으로선 영국 공사에게 중재를 부탁할 생각이 없소."

피트만의 표정에 실망하는 빛이 떠올랐다.

그리고 피트만은 웨이드의 부탁을 받았다면서 다음과 같은 질문을 했다.

‘일본의 속셈은 보상금으로 좋다는 것인가, 아니면 무슨 일이 있더라도 전쟁으로 이끌어가겠다는 것인가’

오쿠보는 그 말에 직접 대답하지 않고 말했다.

“우리 일본의 국내 여론은 청국을 치라는 것으로 치닫고 있어 참으로 위급한 상황이라 해도 좋으며, 정부는 그 들끓는 인심을 누를 수가 없소. 오늘도 본국으로부터 통신이 있었는데, 그것에 의하면 담판이 자꾸만 뒤로 미루어져 매우 곤란한 정세에 있고 정부도 인심을 누를 수 없기 때문에 담판이 제대로 의견을 모을 수 없다면 일찌감치 돌아오라는 것이었소.”

대만 일로 특별히 인심이 들끓고 있는 것은 아니었지만 오쿠보는 이렇게 말했다. 그날 오쿠보는 일기에 이와 같이 썼다.

‘깊이 생각하는 바가 있었기 때문이다.’

흥정의 교묘함에 있어서는 청국 정부나 웨이드도 오쿠보에 미치지 못했을 것이다.

이 시기에 영국 공사 웨이드가 한 발언에는 여담이었지만 진행중인 청일 회담과는 직접적인 관계가 없으면서도 중요한 대목이 있다.

“조선을 취하라.”

웨이드는 이렇게 일본측에 권한 것이다. 대만에 손을 대면 영국의 이익에 관계된다, 그보다는 조선으로 돌려라, 조선에 손을 대겠다면 영국은 오히려 지원하겠다는 것이었다.

조선은 아직도 쇄국정책을 사용하고 있었다. 이 화제의 도마 위에 올라앉은 조선으로서는 못 견딜 일이다. 뒤집어 말하자면 웨이드의 말에서 이 시대의 열강국들의 외교라는 것이 어떤 것이었는가 하는 것을 알 수 있을 것이다.

영국 공사 웨이드의 이러한 말을 전해준 사람은 일본측이 고용하고 있는 영국인 피트만이었다. 그 말은 오쿠보의 10월 11일자 일기에 씌어 있다. 원문은 웨이드의 말이라 하여 이와 같이 되어 있다.

‘또 말하기를 중국 정부는 실로 가련한 형편이므로 반드시 이번에 화해토록 하고 그것이 끝나면 일본은 앞으로 조선에 손을 대도록 하라, 그러면 영국이 맨먼저 도와줄 것이니 그 편이 일본을 위해서는 상책이다, 운운.’

웨이드가 말하기를 ‘청국 정부가 불쌍하다. 그러니 이번 일은 타협을 짓고 앞으로 일본은 조선에 손을 대라, 그렇다면 영국은 맨먼저 조력할 것이며 또 그렇게 하는 것이 일본에 있어서도 상책일 것'이라는 얘기였다.

그리고 웨이드는 같은 내용의 말을 하트라는 영국 사람을 통해 재차 이야기했다. 하트는 청국 정부의 외교 고문으로 이 청일 회담에서는 청국측 이면에서 일하고 있었으므로, 이른바 일본측으로는 적의 군사(軍師)였다.

웨이드 공사는 차라리 청국측 하트와 일본측 피트만을 서로 만나게 해서 두 사람이 무릎을 맞대고 청일 양국의 입장을 숨김 없이 털어놓게 함으로써 암초에 부딪친 청일 회담을 타개할 수 있으리라고 생각했던 것이리라.

이런 점은 웨이드 공사의 외교 수단이 상당한 것임을 엿볼 수 있으며, 또 견해를 바꾸어 말한다면 당시 1874년의 아시아에서는 청국이나 일본이나 서로 서양인을 사이에 두지 않으면 서로 외교 교섭도 할 수 없었다는 것을 알 수 있다. 웨이드 공사는 그 같은 사람끼리 이야기할 자리를 마련하려고 한 것이다.

물론 그 일에 대해서 웨이드는 오쿠보에게 양해를 구했다. 오쿠보도 이의는 없었다.

이 두 사람이 이야기를 나누었을 때 청국측인 하트가 일본은 조선에 손을 대는 편이 좋다, 영국 공사도 그렇게 말하더라, 고 피트만에게 이야기했다. 그 하트의 담화는 오쿠보의 10월 13일자 일기에 씌어 있다.

'하트씨도 일본은 조선에 손을 대는 편이 이롭다고 함.'

그것은 영국의 극동아시아 정책으로 보아 진정한 말이었을 것이다.

영국 입장에서 보면 그들의 상품 시장을 구한다는 욕구는 청국만으로 충분했다. 청국에 찰싹 붙어서 그 단물을 계속 빨아먹는 한 영국은 그 이상 더 말할 나위가 없었으나, 다만 두려워한 것은 다른 나라가 사이에 끼어들어 청국에 손을 대는 일이었다.

일본이 대만에 착안한 것에 대해 영국은 일본이 끼어들었다고 생각하지는 않았다. 영국은 일본이 끼어들 만한 자본주의적 능력이 있다고는 생각하지 않았으며, 설사 일본이 대만의 일부를 홍콩처럼 빌려 통치하는 일이 있더라도 일본 상품이 청국에 범람하는 일은 없을 것이었다. 일본에는 근대 산업이 전혀 존재하지 않았기 때문이다.

'일본 사람은 어린애가 아닌가?'

웨이드는 아마도 뱃속으로는 이렇게 우스꽝스럽게 생각하는 바가 있었으리라. 열강의 흉내를 내어 대만에서의 권익을 구하려고——오쿠보에게는 그런 속셈은 없었다. 그러나 사이고 쓰구미치에게는 있었다——출병했으나, 어떤 상품을 청국에 팔 생각이란 말인가. 그런 실력도 없고 구상도 없으며, 다만 충동적으로 제국주의 열강국의 흉내를 내본 것이 이번의 알 수 없는 사건이 아니겠는가.

'그러나 완력은 있다.'

웨이드는 이와 같이 생각했으리라.

3백만 명 실업인 사족 중에서 병졸로 쓸 수 있는 것은 30만 명이라고 한다. 그런 어마어마한 숫자를 일본인 정치가는 과시하고 싶어한다. 유럽의 어떠한 강국도 극동에 30만 명 군사를 집결시킬 수 있는 나라는 한 나라도 없으며, 이 점에 한해서 일본은 영국에 위협적인 존재라 할 수 있었다.

유럽에 한 나라도 없다고 했지만 단 한 나라 예외는 있었다. 이상한 예외였다. 바로 러시아 제국이다.

러시아는 자본주의 후진국으로서 일본과 마찬가지로 다른 나라에 팔아먹을 만한 상품은 없었지만, 일본과 똑같은 욕망을 가지고 있었다. 땅을 차지하고 싶어한다는 것이었다. 이미 시베리아에서 캄차카까지 차지하고 사할린(樺太)으로 남하하여 일본에 외교상의 충격을 주었다. 이어서 러시아는 만주(東北地方)를 손에 넣으려는 의도를 보여 청국 정부에 갖가지 압박과 공작을 거듭하고 있다.

러시아가 조선을 노린다는 설도 있으므로 그대로 내버려두면 언젠가는 러시아가 만주와 조선을 손에 넣고 사실상 영국의 반 보호를 받고 있는 청국에 중대한 압박을 가하게 될 것이다.

이것은 북경에 있는 외교관의 상식이며 특히 영국 공사 웨이드의 골칫거리였다.

'차라리 일본을 조선으로 향하게 하고 그렇게 함으로써 러시아와 충돌하게 함이 좋겠다. 막상 충돌할 경우 영국은 일본에 무기를 원조한다.'

이러한 구상은 웨이드의 유능함이 아니더라도 어느 영국 외교관이든 생각하게 되는 바였다.

영국 공사 웨이드의 언동에서 여러가지 역사적 감상을 끌어낼 수 있다.

"일본이여, 대만에서 손을 떼고 차라리 나아가서 조선을 취하라."

이것이 웨이드의 러시아를 대비한 정책에서 나온 것이라면——사실 그렇지만——훗날 러일 전쟁의 외교 상황이 이미 이때 싹텄다고 할 수 있다.

러일 전쟁은 일본이 조선을 자기 나라의 보호 밑에 두려고 했기 때문에 러시아의 끝없는 남하 정책과 충돌하고, 결국은 영국 지원 아래 싸우게 되었던 것이다. 영국으로 보면 청나라에서 자국의 권익을 러시아로부터 지키기 위해 일본 청년들의 피로 러시아의 남하를 막은 것이라고 할 수 있다.

이에 대하여 프랑스와 독일은 러시아를 지원했다. 러시아가 극동에서 영국의 기득권을 교란함으로써 독일과 프랑스는 거기에 편승할 가능성이 있었기 때문이다.

이 메이지 7년의 대만 문제에 있어서도 프랑스와 독일은 비슷한 태도를 취했다. 프랑스와 독일의 적은 청나라의 권익을 독점하고 있는 영국이었고, 이 상태를 일본이 그나마 아무렇게나 교란해 줌으로써 편승할 수 있었다. 구체적으로 말하면 일본이 청국과 전쟁을 벌임으로써 대만에서 통치권을 얻어낸다면 프랑스와 독일도 이에 편승하여 청나라에 으름장을 놓을 것이다.

"한 나라에만 이익을 주어서는 안된다."

똑같이 대만에서 통치할 땅을 얻어내서 그곳을 영국의 홍콩처럼 만드는 것이다. 그러면 프랑스와 독일 상품이 청나라에서 영국 상품과 경쟁하게 된다.

북경에 있는 오쿠보의 정치 감각에 의하면 프랑스 공사는 일본에 동정적이었고, 한편 도쿄에서는 주일 독일 공사가 이 시기에 외무성에 대해서 도리어 전쟁을 부추겨왔다.

"청나라와 전쟁한다면 우리나라는 일본을 응원하겠소."

그리고 독일 의견에 대해서는 이와쿠라 도모미가 북경의 오쿠보에게 편지로 알렸다.

영국 공사 웨이드는 일본을 자본주의의 경쟁 상대로 두려워한 것이 아니라 일본이 청나라에서 일을 벌임으로써 그 혼란에 편승하게 될 독일과 프랑스를 두려워했던 것이다. 따라서 부지런히 오쿠보에게 접근하여 그를 무마하려 한 것이다.

"차라리 조선에 손을 대라."

이 조언도 처절한 느낌이 있다. 그것에 의해 일본과 러시아를 맞싸우게 하려 한 것이다.

이를테면 이 당시의 역사적 상황에 한정해볼 때, 사이고의 정한론은 타당한 것이라고 하겠다. 적어도 극동을 둘러싼 제국주의 국가들의 이해관계와 마찰을 비교적 적게 하려는 일본의 확장정책이었다고 할 수 있지만, 오쿠보의 현실주의는 그것과 차원이 달랐다. 그는 대만을 바라지 않았고 통치할 땅을 얻어낼 생각을 한 적도 없으며 하물며 조선을 어쩌겠다는 속셈은 전혀 없었다. 요컨대 국내의 불평 사족들의 혈기를 가라앉히기 위해 생번을 정벌하고 그 뒷처리로써 국가의 명예를 지키면서 군대를 철수시키고 싶었을 뿐이다.

10월 14일 오쿠보는 처음 북경의 영국 공사관으로 웨이드를 방문했다.
웨이드는 온 몸으로 환대하는 뜻을 나타내면서 오쿠보를 맞이했다. 웨이드는 자기의 겉모습을 연기로 가장하고 자기 내면을 남에게 숨기려는 타입의 외교관이 아니라, 솔직한 인품이며 학구적이라는 느낌을 주었다.
웨이드는 이날 오쿠보를 보기 전에 이미 오쿠보의 본뜻을 알아채고 자기가 조정 역할로 나설 가능성이 있다는 데서 기뻐하고 있었다. 오쿠보의 본뜻을 알게 된 것은 전날 13일 피트만의 말을 통해서였다. 피트만은 13일 오전, 영국 공사를 찾아가 담판 경과를 상세히 이야기했다.
피트만을 영국 공사에게 보낸 것은 오쿠보의 뜻이었다. 오쿠보가 피트만에게 이야기하게 한 것은 담판의 경과뿐이었으나, 그래도 오쿠보의 일기에 씌어 있듯이 영국 공사 웨이드는 그것만으로 흡족했다.
'영국 공사, 대단히 기뻐하다.'
오쿠보의 명령으로 피트만이 왔다는 것을 짐작하고──오쿠보는 피트만이 자발적으로 영국 공사를 만나는 형식을 취하라고 다짐을 두었으나 웨이드는 그 정도의 속과 겉을 내다보고 있었다. 피트만이 왔다는 것은 오쿠보가 자기에게 접근해 준 것이라고 보았다──이미 영국으로서는 조정 역할에 나서도 좋다고 꿰뚫어보았다.
'이렇게 되었으니 부탁한다는 말을 하지 않아도 된다.'
오쿠보가 이렇게 일기에 썼다는 것은 웨이드의 속셈을 짐작했기 때문이다.
'오쿠보가 직접 부탁한다는 말은 하지 않았으나, 그래도 말한 것과 같으며 이것으로 영국도 움직일 수 있다.'
웨이드는 이렇게 생각한다고, 정확하게 말하면 생각했을 거라는 뜻으로 오쿠보는 일기에 썼다. 오쿠보는 웨이드가 그렇게 생각하도록 손을 쓴 것이었다.

참고로 오쿠보가 이렇게까지 부탁한다는 말을 하지 않은 것은 일본의 독립성과 관계되기 때문이라고 다른 장소에서 이야기한 적이 있다.

또한 전날 13일, 오쿠보는 피트만으로 하여금, 일본측이 단호히 북경에서 떠나겠다는 강경한 결의를 웨이드에게 전달하게 했다. 웨이드는 일단 놀라기는 했으나 일본측이 자기에게 암암리에 화투장의 안쪽을 보여준 걸로 짐작하고 그 놀람으로 실망하지는 않았다.

14일에 있었던 오쿠보의 영국 공사관 방문은 웨이드로서는 그런 일이 있었던 이튿날인 만큼 그가 온 몸으로 오쿠보를 기쁘게 맞은 것은 아주 당연한 일이었다.

오쿠보가 방문한 목적은, 전에 웨이드가 호텔로 자기를 방문했을 때 여러 가지 질문을 했지만 오쿠보가 그 질문에 거의 대답하지 못하고 훗날 다시 대답하겠노라고 했는데, 그 대답을 하려고 온 것이며, 정치적 뜻이 있는 방문이 아니라고 미리 양해를 구해 두었다. 오쿠보의 용의주도한 성격이 잘 나타나 있다.

웨이드는 오쿠보를 응접실로 맞아들이고 홍차를 가져오게 했다. 웨이드가 물었다.

"레몬이 좋을까요, 아니면 밀크로 하실까요?"

오쿠보는 나직이 레몬이라고 대답했다. 레몬이든 밀크든 홍차를 좋아하지 않는 오쿠보는 어느쪽이나 마찬가지였다.

웨이드는 긴 속눈썹을 치뜨고 곧 본래 주제로 들어가도 좋은지를 물었다. 오쿠보도 물론 잡담할 수 있는 성미도 아니었으므로 그러자고 대답했다.

"지난 번에 제르만 호텔로 각하를 방문했을 때 철병에 대한 화제가 나왔습니다. 내가 사정에 따라서는 철병하시겠느냐고 질문하자, 각하는 사정에 따라서는 철병할 수도 있다, 그러나 그 사정이 어떤 내용을 가리키느냐에 대해서는 지금 말할 수 없다,고 대답했습니다. 오늘은 그 대답을 들을 수 있겠습니까?"

웨이드가 말했다.

이에 오쿠보는 다음과 같이 대답했다.

"이번에 대만의 생번을 정벌한 것은 우리나라의 의로운 거사였소. 번인들을 응징하고 또한 그들을 개화시켜 우리나라 국민을 비롯한 세계각국 항해자의 안녕을 지키고 장래의 우환을 없애려는 것이 그 참뜻이오."

그렇게 말하고 속기록 문장을 그대로 빌려온 말을 덧붙였다.

"구태여 땅이 탐나서 한 일이 아니오."

영토에 대한 야심은 없다고 오쿠보는 잘라 말한 셈이다. 오쿠보의 참뜻이었다. 또한 거기에 덧붙여 말했다.

"국가의 명예를 지킬 수 있다면 철수하겠소."

국가의 명예 운운한 것은 당연한 일이므로 웨이드로서는 오쿠보의 말을 들을 필요도 없었다.

"그것은 당연한 일입니다."

그는 고개를 끄덕이며 다소 초초한 듯이 물었다.

"내가 묻고 싶은 것은 사정에 따라서는 철병하겠다는 그 사정에 대해서입니다. 그 사정을 밝혀 주시기 바랍니다. 무엇을 바라시는 겁니까?"

웨이드는 다가앉았다. 웨이드로서는 오쿠보가 걸핏하면 다 아는 추상적 말을 많이 사용하며 연막을 치기 때문에 조급증이 났으리라. 노골적으로 말해서 웨이드는 이렇게 묻고 싶었다.

"배상금을 준다면 철수하겠습니까? 그렇다면 얼마나 바라십니까?"

웨이드의 입장으로서는 그 말만 들으면 조정 역할에 나설 수 있었다.

그러나 오쿠보의 입장에서는 그 말을 해버리면 속이 다 드러나버리고 만다. 국가의 명예니 의거니 하고 큰소리를 치고 결국은 출병에 든 경비를 받고 싶다는 속셈을 보여준다면 그로서도 부끄러운 일일뿐더러, 일본국의 재정과 사상의 허약함을 드러내고 마는 것이리라.

그러나 웨이드로서는 반드시 말하게 하지 않으면 안되었다.

하지만 오쿠보는 바라는 것이 돈이라는 속셈은 말하지 않았다. 다만 짐작하라는 듯이 그 표현을 했다.

"아는 바와 같이 이번 거사(대만정벌)는 우리 정부가 국민에 대한 의무로서 한 것이오. 그런데 우리 장병들은 그곳에서 모진 기후에 시달려 사상자가 많이 생겼소. 경비도 막대하게 들었고 따라서 대만에 있는 군대를 철수하는 가부 문제는 우리 정부로서 만족할 만한 이치와 국민에 대해 설명할 수 있는 조리가 서지 않고선 어쩔 수 없소."

영국 공사 웨이드는 오쿠보의 이 표현에 의해 요컨대 청나라가 배상금을 준다면 철수하겠다는 본뜻을 알아차렸다. '지당한 말씀입니다' 하고 웨이드는 고개를 크게 끄덕이고 나서 본론에 들어갔다.

"어떻게 하면 만족할 수 있겠습니까?"

이것은 속기록에 의한 웨이드의 질문이다. 오쿠보는 대답하였다.

"그것은 청나라 정부에서 생각하여 정할 일이오."

그것은 청나라 정부 스스로 생각하고 스스로 대답할 일이라고 오쿠보는 말했다.

오쿠보의 외교는 멋지다고 할 수 있으나 한편으로는 불량배의 언질과 다름 없었다. 더욱이 이 당시의 국제법이라는 것은 제국주의를 인정한 법사상도 그랬거니와 제국주의적 외교 자체가 불량배 이론이었다.

일본도 막부 말기에 4개국 함대에 조슈 번의 시모노세키(下關) 연안을 포격당해 포대가 파괴되고 배상금까지 물게 되었다. 그 지불 처리는 막부가 떠맡았기 때문에 막부의 외채를 이어받은 메이지 정부는 그것을 짊어지고 허덕이고 있는 것이다. 또한 사쓰마 번이 저지른 나마무기 사건의 배상금도 막부가 떠맡아 메이지 정권이 그것을 이어받았다. 이번 대만 정벌도 그것과 같다고 오쿠보는 말하는 것이다. 때문에 청국 정부는 배상금을 지불해야 한다는 이론이었다.

영국 공사 웨이드는 오쿠보의 말에 찬동하고, 그렇다면 다짐을 두었다.

"청나라 정부에 맡길 생각이십니까?"

"그렇소."

속기록에 오쿠보는 그렇게 대답하고 있다.

오쿠보는 이번에는 프랑스 공사관도 방문하여 드 기프로이 공사를 만났다. 오쿠보는 미리 손을 써서 이 공사에게도 경과를 전해 두었으므로 대화는 곧 긴요한 주제로 들어갔다. 공사는 질문했다.

"귀국은 이번 대만 정벌에 경비를 얼마나 썼습니까?"

배상금 액수를 산정하는 기초 재료의 하나라고 할 수 있다.

"막대한 경비가 들었소."

그러나 오쿠보는 이 말만 했을 뿐, 거래상의 당연한 예의인데도 그 내용을 말하기를 피했다.

드 기프로이 공사는 건강이 나빠져서 곧 귀국한다고 오쿠보에게 말했다. 오쿠보는 30분쯤 머물다가 물러나왔다.

50만 냥

오쿠보가 철수하겠다고 한 것은 혀 끝으로만 한 말은 아니었다. 그는 귀국하겠다고 청국측에 선언한 10월 5일 그 다음날에 나가사키로 전보를 쳐 귀국하기 위해 탈 겐무마루(玄武丸)를 청국까지 회항하도록 명령했다.

겐무마루는 10월 10일 천진에 입항하여 그 후 지부에 정박하면서 북경에서 오쿠보가 오기를 기다렸다.

그러나 오쿠보는 여전히 북경에 머물고 있었다.

영국 및 프랑스 공사와의 왕래도 있었고 게다가 10월 10일 총리아문에 넘긴 조회문의 회답도 기다리고 있었던 것이다.

객관적으로 보면 오쿠보의 끈끈한 힘이 비범하다고 볼 수 있지만, 그러나 전쟁에 의해 외교의 새로운 국면을 개척하려고 한 호전파——사이고 다카모리를 정점으로 하는——로서는 오쿠보의 이 태도가 나라의 수치와 같은 미적지근한 것이라고 할 수 있다.

이 오쿠보의 방법이나 오쿠보를 둘러싼 정세에 대해 가고시마에 있는 사이고는 도쿄의 동지로부터 서신에 의해 비교적 사정을 잘 파악하고 있었다. 그러나 사이고는 이 시기에 노골적일 정도로 대외전쟁을 바라는 사람이 되었고, 그런 뜻에서 오쿠보의 교섭 태도 자체를 미온적이라고 말했다.

이 무렵 도쿄에 가 있던 시노하라 구니모토(篠原國幹)에게 보낸 편지에서 오쿠보의 외교에 대한 비판을 상세히 언급한 끝에 이렇게 썼다.

'평화를 좋아하는 녀석이 어찌 싸울 시기를 알겠는가?'

평화를 좋아하는 녀석이란 오쿠보를 가리킨다. 사이고는 원래 감정이 격하기 쉬운 성격이라고 하지만 '녀석'이란 말은 너무 가혹했다.

이 감정적인 한 마디만큼 사이고 다카모리의 메이지 초기에 있어서의 정치사상을 잘 나타낸 것은 없으리라.

싸울 시기라는 것은 지금 청나라를 밀어 붙이면 이긴다는 뜻이다. 이 일에 대해서는 실지 배경이 있다.

예를 들어 해군 차관 가와무라 스미요시(川村純義) 같은 사람은 북경의 오쿠보에게 편지를 보냈다.

'10월 15일쯤 함대작전 준비가 끝납니다. 해군 사기는 왕성합니다.'

사실 해군의 권위자인 참의 겸 해군장관 가쓰 가이슈만은 내각회의에서 시종 자중론을 취하고 해군은 준비되어 있지 않다는 주장을 되풀이했다.

요컨대 가고시마에 있는 사이고는 오쿠보가 북경에서 끝까지 평화를 지키려고 하는 것에 몹시 불만이었다.

여담이지만 제국주의라든가 침략주의라는 이름으로 불릴만한 분위기가 유신과 동시에 갑자기 성립된 것은 무슨 까닭일까.

같은 동아시아에서도 중국의 청조(淸朝)는 바다 건너에서 온 근대사상을 진보로 보지 않고 중국의 전통문화와 대립되는 것으로 보았으며, 고관들은 되도록 물러나서 망설이며 움츠러 있으려고 했다.

조선은 마치 깊은 잠에 빠져 있다고 할 수 있었다. 이미 조선 국경을 위협하는 세력으로 러시아의 남하 움직임이 있었지만, 조선은 이에 대해 둔감한 정도가 아니라 아예 무감각했다고 보아도 좋았다. 조선은 신라가 당나라의 힘을 빌려 반도를 통일한 후부터, 중국이라는 대국에 따르는 사대주의를 국시로 해왔다.

중국 체제를 옮겨와서 중국보다 더 중국적인 국가제도를 만들었을 뿐만 아니라, 중국이라는 존재를 분명히 착각하고, 온 천하와 같은 정도의 거대한 것으로 믿었다. 중국을 따르는 것이 조선의 평화를 지키는 길이라는 분명한 방침을 적어도 조선 4백 몇십 년간 지켜왔고 더욱이 그것을 수정해야 할 사태가 한 번도 일어나지 않았다. 조선으로서는 청나라가 큰 변모를 하지 않는한, 자기 나라 독자적으로 근대화한다는 것은 생각해 보지도 않았으리라.

일본은 중국이나 조선과는 전혀 다른 해외 감각의 전통을 지니고 있었다.

이를테면 무로마치(室町) 시대부터 전국 시대에 이르기까지 해적과 무역업자가 떼지어 중국 연안과 접촉하고 더욱 남하하여 대만과 베트남, 필리핀에 이르렀다. 특히 베트남과 필리핀 등지에서는 제법 규모가 큰 일본인 거리를 만들어 네덜란드와 대항하며 강렬한 상권을 확립하고 있었다. 중국에서이른바 남방 화교가 나타나기 전의 일이다.

이것이 에도 시대의 쇄국정권에 의해서 끝나고 눈이 해외로부터 가려지게되었지만, 그러나 해외에 대한 호기심이라는 의식까지 소멸하지는 않았다. 에도 초기부터 금지를 무릅쓰고 난학(蘭學)에 대한 관심과 중국 산물을 좋아하는 계보가 계속되었고, 에도 말기에는 막부의 탄압에도 불구하고 해방론(海防論)이 대두한다.

해방론이란 일본이 제국주의 나라에 포위되었다는 의식에서 나온 것으로막부 말기에 들어서면 이 해방론적 우국의식이 변형되어 양이론(攘夷論)으로 전환되고, 나아가 이 양이론이 혁명 에너지가 되어 메이지 유신에 이르게된다. 에도 시대의 쇄국정권에 억눌려서 바다로 뛰쳐나가려던 기분이 해방론이나 양이론에의해 분출한 것으로 볼 수 있다. 결국 유신 후 사족들의 불평이나 우국 분위기에 그런 기분이 계승되어, 당시 열강들의 방침이 경쟁적으로 아시아를 침략하는 데 있었던 대세와 함께 세계적 기운에 편승하려 했던 것이다.

사이고도 그런 기분속에 있었다고 하겠다.

오쿠보의 수행원 속에 있었던 사쓰마 인 가바야바 스케노리(樺山資紀)도그런 기분의 한 사람이었다.

그는 이 당시 육군 소령으로, 훗날 세이난 전쟁 때는 구마모토 진대(鎭臺 : 사단)의 참모장으로서 치열한 사쓰마 군의 공격을 잘 견뎌냈다. 그후육군에서 해군으로 적을 옮기고 메이지 27년과 28년의 청일 전쟁때는 해군군령부장을 맡아, 군령부장의 몸이면서도 기선을 타고 전투중의 바다를 쫓아다녔다.

그 기상은 천성적이라고 할 만큼 전투적이고 용모도 사나운 개를 닮아, 과연 군인 냄새가 짙었다. 다만 목소리가 아름다웠고 문장이 뛰어났으며 그것도 화려한 문체가 아니라 글 뜻의 표현력이 뛰어났다는 점에서 특별한 인물이었다.

그는 사쓰마 계통의 군인이면서도 사이고의 하야(下野)에 가담하지 않았다. 그러나 정한론적 기분에서는 기리노 도시아키와 다름없었으며 일본 군인의 전통이었던 침략주의 조상 중 한 사람이었다고 볼 수 있다.

"오쿠보는 틀려 먹었어."

그는 늘 말하며 오쿠보의 평화적 해결주의를 탐탁하게 생각하지 않았다.

가바야마의 표현으로 말하면 오쿠보의 방법은 '치밀하고 질서를 지키는 필봉론(筆鋒論)'이라고 했다.

다른 표현을 빌린다면 이렇다.

'청국측은 메기와 같다. 미끌미끌 빠져 도망치고만 있다. 그것을 오쿠보는 표주박으로 잡으려고 한다. 우유부단도 너무 지나치다. 왜 단칼에 자를 결단을 내리지 않는가?'

가바야마는 9월 24일부로 다카사키 마사카제에게 이와 같이 편지를 보냈다.

이 가바야마 스케노리는 북경에서 오쿠보에게 주전론을 주장하는 한편, 천진에서 북경 부근을 자주 걸으면서 산하(山河)와 민정을 순전히 군사적으로 관찰했다. 이를테면 북경 근방의 풍경을 보고 일기에 적고 있다.

'요즘은 수수, 참깨, 콩의 수확기로 전쟁하기에 알맞은 때다.'

수수가 우거진 때라면 적병이 그 속에 숨는 경우 어쩔 수 없지만 베어 들인 뒤라면 총포 사격에 효과적이다. 때는 이때라고 하는 감각은 사이고 다카모리가 말한 '평화를 좋아하는 녀석들이 느낄 수 없는 감각'이었을지도 모른다.

가바야마는 다시 그 일기에 청국군의 모습을 쓰고 있다. 쉽게 풀이하면 이렇다.

'북경의 우량 병사들은 16만이다. 이홍장이 쥐고 있는 천진의 군대는 2만이다. 다만 북경의 군대는 구식 장비이고 강한 군사라고 볼 수 없다. 그러나 인내력이 풍부하여 업신여길 수는 없다.'

가바야마와 비슷한 호전적 기분이 일본 국내의 불평 사족들 사이에 들끓기 시작했다. 예를들면 고치 현(縣)에서는 정부나 육군과는 관계없이 지원병을 모집하는 운동이 벌어졌는데, 그것은 일례에 지나지 않으며 전국에 전쟁 분위기가 넘치기 시작했다. 따라서 정부는 요코하마나 나가사키에 머무는 청국인을 보호하지 않을 수 없게 되었고 일부러 그들에게 이런 뜻의 포고문을 냈다.

'만약 전쟁이 벌어져도 재일 청국인에게는 죄가 없다. 정부는 그들의 생명과 재산을 지킨다.'

그때의 분위기를 거의 짐작할 수 있으리라.

청국측은 오쿠보가 내놓은 질의서에 이끌려 담판을 다시 열지 않을 수 없었다.

10월 18일 심계분(沈桂芬) 등 대신 4명이 오쿠보의 호텔까지 찾아갔다.

"오늘은 결말을 짓고 싶소. 그 권한이 귀관들에게 있습니까?"

오쿠보가 말했다. 그 얼굴들 중에는 공친왕이 없었으므로 그들에게 모든 결론을 내릴 권한이 없었다. 이날 공친왕은 감기 때문에 병상에 누워 있었다.

이날 담판의 취지는 달라진다.

왜냐하면 오쿠보가 낸 질의서 속에 '양쪽의 변법(辨法)'이라는 말이 사용되고 있다.

그 뜻은 두 나라에 편리한 해결법이라는 뜻이고, 바꾸어 말하면 '양국에게 편리하고 또한 여태까지의 발상과는 다른 해결법'이라는 것이리라.

'일본으로서는 국제법 입장에서 주장할 것을 지겹도록 주장해 왔다. 그러나 청국은 그것에 걸맞는 대답을 하지 않았다. 이렇게 되면 언제까지나 평행선을 가게 된다. 그러면 양국의 평화가 깨어진다. 만일 귀왕(공친왕) 귀대신들에게 양국의 우의를 지키려는 의사가 있다면 여기까지 이끌어온 교섭 방법과 그 생각을 틀림없이 바꾸려 할 것이다⋯⋯'

이렇게 질의문에 설명하고 재차 다짐해 두었다.

"별도로 양쪽의 변법이 있을 것이다."

귀국에 다른 생각이 있을 것이 아닌가, 하는 조회문은 '배상금'에 대해 암암리에 언급하고 있는 것 같은데, 사실 '양쪽의 변법'을 배상금으로 해석하는 것은 청국에서 받아들이는 태도에 달려 있었다.

그러나 이미 영국 공사 웨이드가 청국에 그 말을 해둔 이상, 이날 호텔에 찾아온 4명의 대신은 그 뜻을 충분히 알고 있을 터였다.

그러나 청국측에서는 먼저 입을 열지 않았다.

청국의 심계분(沈桂芬)은 논객이었다. 먼저 '양쪽의 변법'이라는 이상한 어휘의 해석을 물었다. 중국어도 일본어도 아니다. 그렇다고 한문 용어로 익숙한 말도 아니었다.

이윽고 어구 해석에서는 쌍방이 일치되었으나 청국측이 본론으로 들어가지 않기 때문에 오쿠보가 말하지 않을 수 없었다.

오쿠보는 장황하게 이야기했다.

그의 주장을 속기록으로 보면 법률적 논리를 구사한 것이 마치 일류 법률가 같은 느낌을 준다. 요컨대 일본이 대만의 번민(藩民)을 응징하기 위해 쓴 경비는 막대하여 청국이 이것을 배상할 의무가 있다는 것이다.

청국은 이것을 원칙적으로 받아들였다. 사태가 바뀌어 여기까지 이른 것은 웨이드가 알선한 이면 공작의 효과라고 보아야 한다.

제르만(日耳曼) 호텔에 이은 이번 제5회 담판에서 청국은 그들의 논리상에 큰 혼란을 보여주고 있다.

청국은 이 담판이 있기 전에 야나기하라 공사에 대해 서면상으로, 대만에서 철수하라, 구체적인 것은 그후에 결정하자,고 말한 적이 있었다. 그 자리에서 오쿠보는 그 문서를 꺼내보이며 물었다.

"이것은 어떤 뜻이오? 귀정부는 일본국 공사에게 명령하는 것이오?"

청국측은 몹시 당황했다. 5명 대신이 저마다 한 말은 이런 것이었다.

"천만의 말씀이오. 우리 정부는 일본국 공사에게 명령할 권리가 없습니다. 그 글의 뜻은 야나기하라 공사가 '파병한 것은 청일 양국의 우호를 위한 것'이라고 한 말에 대하여, 우리측으로서는 청나라의 관할 안(대만)에 외국병을 진주시켜서는 우호에 대한 이야기를 나누기 어렵다고 말한 것뿐입니다."

청나라의 이 말에는 모순이 있다. 대만이 정말 청국령이라면 청나라로서는 무조건 일본국의 철수를 요구했어야 한다. 청나라 스스로 대만이 자기네 속령이라는 것을 논리적으로 애매하게 언급한 까닭은, 중국 관료의 전통적 사고법 속에 서양식 법률 논리가 결핍되어 있기 때문이었을 것이다. 이런 점에 대해서 일본의 에도 봉건 시대에 이미 그것과 흡사한 사고법의 발달과정을 보아왔기 때문에 오쿠보는 상대의 모순을 간단하게 찌를 수 있었다.

또한 덧붙여 청국측은 말했다.

"우리나라는 귀국의 생번 토벌 취지에 대해 전부터 그것이 좋지 않은 일이라고 말한 적은 없소."

그 취지는 좋다는 뜻이다. 이것은 대만이 청국의 속령이라는 청국 주장을 청국 스스로 모호하게 만든 셈이 된다.

그러나 오쿠보는 여태까지의 담판처럼 이 문제에는 깊이 추궁하지 않고 발언했다.

"더 이상 속령이냐 아니냐의 논의는 오늘 할 필요가 없소. 해결 방법만을 생각하기로 합시다."

논의보다도 의제를 배상금에 집중하고 싶었다.

하지만 청국은 적극적으로 피했다. 청국측은, 돈을 낼 의사가 있기는했으나 협박에 못이겨 돈을 내주었다는 인상을 남기고 싶지 않았다. 청국의 방향은 그 한 점에 집약되어 있었다.

속기록을 보면 청국 발언은 이렇게 되어 있다.

'일단 생번을 조사하는 순서를 거치지 않으면 우리의 체면을 잃는다.'

일본으로 하여금 군대를 철수하게 한다, 그후에 생번 사건에 대해 실지 조사를 한다, 그 연후에 류큐 조난자에 대한 배상금을 고려해 보겠다, 그렇지 않고서는 정부로서 체면을 잃는다는 것이었다.

오쿠보는 그 말에 넘어갈 수 없었다.

담판이 결렬되기까지 청국측에서 고집한 것은 그들이 제시한 4개 조건이었다.

제1조는 이렇다.

'청나라는 일본이 대만의 번경(蕃境)에 군대를 진입시킨 것을 그릇된 일이라고 하지 않는다. 왜냐하면 일본은 대만이 청국령임을 몰랐기 때문이다.'

제2조는 이것을 되풀이하듯 했다.

'앞으로도 청나라는 일본의 파병을 문제시하지 않는다.'

오쿠보는 이 2개 조항에 대해서 별로 이의가 없었다.

문제는 제3, 제4조항이었다. 제3조에서는 이렇게 말하고 있다.

'이 문제가 일어난 것은 대만의 생번이 표류자를 살상했기 때문인데 귀국이 철병한 후에 청나라는 잘 조사하고 싶다.'

제3조의 뜻은 일본이 먼저 철병하라, 그 뒤 청나라는 사건을 조사한다. 구체적 해결법은 그 이후에 정하겠다는 것이다.

이에 대하여 오쿠보는 해결법이 나올 때까지 철병하지 않겠다, 먼저 해결법에 대해 청국측 안을 제출하라고 정면으로 대립하고 양보하지 않았다. 청국도 국가의 체면상 이것만은 양보할 수 없다고 말했다.

제4조는 문장이 애매하지만 표류민으로서 패해를 입은 사람들에 대해서는 청국 대황제로부터 위문금이 하사된다는 뜻이다.

'귀국민으로서 생번의 피해를 입은 사람들에 대해서는 앞으로 조사하여 사실을 밝혀낸 후 청국 대황제의 특별 배려로 위로하며 물질을 도와준다.'

여기서 중국의 전통적 사상이 처음으로 등장했다. 본디 중국 황제는 세계의 황제이며 세계의 백성을 돌보아준다는 사상이 있다. 청국은 이것을 오쿠보에게 알리기 위해 일부러 '대황제'라고 했으리라. 전통적 중화사상으로서는 일본 천황 같은 것도 대황제의 밑에 속한다. 대황제이므로 어느 나라의 누구라도 돌봐줌이 마땅하고, 따라서 조난자에 대해서는 '무휼한다(어루만져/도와준다)'는 것이다.

그런데 조난된 사람들은 류큐 인으로, 류큐는 일본과 청나라 어느 쪽에 소속되는 것인지 공식적으로 확인되어 있지 않았다. 일본 정부는 당연히 일본 국민이라는 바탕 위에 이 교섭을 하고 있었다. 이런 점에서 청국은 어리석었다. 이런 기초의 타당성 가부에 대해 논의하려 하지 않고 일본측이 말하는 대로 일본 국민이라는 것을 묵인했다. 이 한 마디로 류큐도 역시 일본의 속령이라는 것이 명백해졌다.

'대황제'라는 표현이 나오게 된 것은 대황제라면 상대가 어느 나라 국민이든 개의할 것이 아니라는 뜻이리라.

오쿠보는 1, 2, 4조는 아무래도 좋았지만 제3조에 얽매여 청국이 양보하지 않기 때문에 결국 결렬되고 말았다.

오쿠보는 야나기하라 공사와 자기의 수하 사람들에게 북경에서 철수한다는 뜻을 분명히 나타냈다.

결렬로서 철수한다는 것은 중대 사태, 이를테면 전쟁에 돌입할지도 모른다는 것을 뜻한다.

오쿠보 도시미치는 진심이었을까?

돌이켜 보면 10월 23일 제7회 담판이 결국 최종 담판이 되어버렸지만, 양자가 합의점을 찾지 못하고 절망에 빠진 이 회담의 막이 내릴 때 오쿠보는 청국 대표에게 '우린 북경에서 철수하겠다'고 말하지 않고 평상시대로 인사를 하고 물러났다.

제르만 호텔에 돌아온 후 일동에게 의견을 제출시키고 일동의 의견제출이 끝났을 때 늘 그렇지만 오쿠보는 거의 평상시의 목소리로 말했다.

"철수합시다."

철수하는 날은 사흘 후인 26일로 정했다. 오쿠보는 이 날을 결정하면서 일동에게 물었다.

"아무쪼록 각국 공사의 신세를 졌으니 한 바퀴 돌아 인사를 끝낸 뒤로 합시다. 어떻겠소?"

아무도 이의가 없었다. 그래서 며칠 늦춘 것이다.

"이노우에 씨에게 다시금 수고를 부탁하겠소."

더욱이 오쿠보의 주도면밀한 점은 이노우에 고와시에게 귀국에 즈음한 문장을 기초하라고 명령한 것이다.

기초할 문장은 협상결렬——아직 청국측에는 결렬 의사를 통고하지 않았으나——에 따른 일본측의 생각을 진술한 것이다. 이노우에 고와시는 이날 밤을 새면서 초안을 작성했다. 그의 생애를 통하여 걸작이라고 할만한 것이었다.

그런데 여전히 격식은 격렬했고 문귀는 온건하지 않았다.

이튿날 오쿠보는 한 번 읽어본 뒤 좋다고 말했다. 단, 이번에는, 모든 외교상의 일이 온건해야한다고 하는 다나베 다이치에게는 보여주지 않았다. 요컨대 싸우고 난 뒤에 내뱉는 말이었기 때문이다. 이런 경우 내뱉는 말은 격렬한 편이 좋다.

내용도 격렬했다.

'대만 정벌 사건은 일본으로서는 인의(仁義)의 거사로 한 일이나 북경측에서는 해적 행위와 같이 해석했소. 그렇다면 일본은 어디까지나 인의를 관철하기 위해 대만의 생번 땅을 개척하고 항복하는 자를 구제하여 키움으로써 우리의 일을 마치려 하는 바이오.'

영토적 야심은 없으며 다만 번족인에게 서비스를 하겠다는 것이었다.

이것을 총리아문에게 보냈을 뿐 아니라 각국 공사에게도 사본을 보냈다. 이 결렬에 즈음하여 일본의 취지에 앞으로 오해가 생기지 않게 하기 위한 조치였는데, 오쿠보의 용의주도함은 경탄할 만하다.

담판은 대체로 객관적인 입장에서 보면 오쿠보에게 무리함이 많았다.

"우리 대황제의 보살핌이라는 명목으로 피해자에게 약간의 돈을 주겠다. 그것도 일본이 철수한 뒤에 현지 조사를 한 연후에 하겠다."

국가 체면상 그렇게 하는 것이 마땅하리라.

그런데 오쿠보도 역시 국가 체면을 고집했다.

국가 체면 운운한 것은 구체적으로 말하면, 일본이나 청국 양 정부가 똑같이 민족주의적 재야 여론이 과열되어 있었고 이 교섭으로 국가 체면에 손상이 가면 정권 자체가 무너질 가능성이 있었기 때문이다. 이 체면이란 쌍방 대표에게는 형이상적인 것이 아니다. 그 배후에 형이하적인 사정이 생선알처럼 밀집되어 있다고 할 수 있다.

사실 쌍방의 사정은 그 질이 다르다. 청나라는 이미 거의 쇠약한 왕조였고, 더욱이 청나라 조정의 대외문제 실패에 반발하는 한족(漢族)의 민족주의운동이 높아져 있었으므로, 만주 왕조 자체가 오랑캐인 이민족이 아니냐——만주 왕조는 퉁구스 민족이 한족을 제압하고 세운 왕조이다——는 기분을 강렬하게 품기 시작했다. 심지어, 만주 왕조는 이른바 중국 대륙이 다른 민족의 땅이기 때문에 태연히 그것을 외국에 팔고 있다, 는 설까지 퍼지고 있었다.

한편, 일본의 태정관(太政官) 정권은 청조와는 달리 혁명 정권이라고 할지언정 재야의 과격 분위기로 보아 그것을 그렇게는 보지 않고, 이른바 대외적인 겁장이 정권에 불과하다고 했으며 국내에 충만된 모든 불만이 이 한 가지에 집약되고 있었다.

그러므로 양측 대표로서는 체면을 필사적으로 지키지 않을 수 없었다.

'대황제의 보살핌'

이 명목에 대해서는 23년의 제7차 담판에서 오쿠보는 양보했다. 단, 오쿠보는 그것을 요청했다.

"서면으로 제출해 주기 바라오. 금액도 명시해 주시오."

그러나 청국은 완강히 양보하지 않고 마침내 결렬로 헤어지게 되었다.

"이것은 대황제의 뜻이므로 서면으로 낼 수는 없소. 금액도 명시할 수 없소."

이 담판 석상에서 양쪽이 똑같이 할 말을 끝냈을 때 청국의 논객인 심계분이 갑자기 정색을 지으며 오쿠보에게 물었다.

"당신은 당연한 요구라고 진심으로 생각하는 것입니까?"

뼈아픈 빈정거림이라고 할 수 있다. 이 심계분의 말은 속기록에 다소 글 뜻이 분명치 않은 문장으로 기록되어 있으나 여기에 옮겨놓는다.

"이번에는 다른 일을 묻겠소. 귀 대신(오쿠보)은 번민처분에 대해 청나라 가 당연한 일로 받아들이는 것으로 생각합니까? 아니면 받아들이지 못할 것을 받아들이는 것으로 생각합니까?"

이 통렬한 말에 대해서 오쿠보는 가볍게 받아넘겼다.

"생번 땅이 속령이니 속령이 아니니 하는 논의는 이미 끝났습니다. 지금은 그 해결법을 논의하고 있는 것이오."

오쿠보는 이 장기간에 걸친 외교 교섭 중에 야나기하라 공사를 잠깐 썼을 뿐, 쌍방 사무관끼리의 사전 교섭 방법은 쓰지 않았다.

그는 자신이 교섭 현장에 가서 스스로 교섭했다. 그런 점에서는 상대편의 본영과 자기 본영의 정면 충돌을 되풀이하는, 가혹하다고 할 수 있는 방법을 취했다.

뜻밖의 일로선 오쿠보의 한문 해독력이 높았다는 점을 들 수 있다.

오쿠보는 무학(無學)이라는 말을 흔히 들었다. 그 자신도 그렇게 말했고 적어도 이토 히로부미의 영어나 야마가타 아리토모의 국학처럼 스스로 자랑 할 만한 것이 그에게는 없었다. 오쿠보는 한시(漢詩)를 곧잘 지었다. 그의 시는 운이 딱딱했고 이른바 한학학교의 습작 중에서 잘 쓴 작품 정도의 수준 이었다.

그런데 오쿠보가 이 담판 석상에서 청국측이 제시한 한문을 보고 마음대 로 즉시 답변했다는 것을 볼 때, 그 해독력은 상당히 높은 소양을 지닌 것으 로 짐작된다. 그런데도 늘 '나는 무학자여서' 하고 종종 말했던 것은 지나친 겸양이었는지도 모른다.

돌이켜 생각해 보면 오쿠보라는 인물은 본디 자기를 자랑하는 데가 전혀 없었다는 점에서 드문 사람이 아니었을까?

사무관의 하급 교섭 방법을 쓰지 않았다고 말했는데 단 한 가지 예외가 있 다. 제6차 교섭이 끝난 뒤 청국측이 통역을 하는 일본의 일등 서기관 정영령 에게 접근해 와서 요청했다.

"내일은 당신하고만 이야기하고 싶소."

정영령은 나가사키 현의 사족이며 명나라 말기 망명자의 자손이었다.

그는 이튿날 10월 21일 총리아문에 가서 문답을 했다. 이 비공식적인 자리는 청국측에서 일본 대표가 어느 정도의 요구액을 생각하고 있는가를 탐지하기 위해 마련했다. 정영령의 대답은, 요구액에 대한 언급이 아니었고 일본이 대만 정벌에 사용한 비용내역이었다.

"5백만 달러입니다. 그 내역은 군함 기계류의 구입비 2백만달러, 번지에서의 비용이 3백만 달러입니다."

요컨대 5백만 달러였다. 이 엄청난 액수에 청국측은 놀랐다.

왜냐하면 대만 현지에서 사이고 쓰구미치가 실비는 5, 60만 달러를 썼다고 청국 관리에게 말했다는 보고가 총리아문에 와 있었다. 그러나 이것은 청국측의 잘못이라 하겠고, 사이고 쓰구미치가 반위와의 회담에서 든 숫자는 210여만 달러였다.

어쨌든 이 흥정은 담판 결렬에 의해 이미 과거의 일이 되어버렸다.

귀국

오쿠보는 진심으로 귀국할 생각이었던 모양이다.

결렬은 곧 전쟁이라는 견해가 북경의 외교관계자들의 일반적 관측이었다. 과연 일본이 대청제국을 상대로 전쟁을 일으킬 만한 능력을 지녔을까, 하는 의문이 있었지만, 그런 승패론과는 달리 극동에 전쟁의 불길이 일어나기를 기대하는 경향이 없지도 않았다.

이를테면 25일, 오쿠보가 독일 공사관에 가서 내일 26일, 북경을 떠난다는 뜻을 말하고 인사를 했을 때 독일 공사는 말했던 것이다.

"결렬이야말로 일본의 이익이 될 것입니다. 동시에 서양 각국의 이익도 됩니다."

독일 공사의 속셈으로는, 청국의 대외적인 어리석음과 그것을 파고든 영국의 독점에 가까운 대청나라 무역체제라는 것을 타파하는 것이 전쟁이다. 전쟁에 의해 이와 같은 현행 질서가 깨어지기를 독일로서는 기대할 수밖에 없다는 것이었으리라. 일본이 지든 어떻게 되든 전쟁에 의해 현행 체제의 어딘가에 금이 생길 것이 분명하다.

사실 북경에 있는 독일 공사의 활동 따위는 실제로 거의 없는 것과 다름없었다. 단독으로 자기 나라의 이익을 위해 청나라와 교섭을 하려 해도 청국에서 상대해 주지 않았고, 다만 손가락을 입에 물고 영국의 이익 활동을 방관하고 있을 수밖에 없었다. 여기서 청일 전쟁이 일어나면 군함이나 총포를 청일 양국에 팔아먹을 수 있고 그것에 의한 이익은 막대할 것이라고 생각했음이 틀림없다.

이에 대해 오쿠보는 미소로 대답했을 뿐이다.

이 날 오후, 오쿠보가 호텔에 돌아와 잠시 쉬고 있는데 영국 공사 웨이드가 찾아왔다.

통역인 다다 스케마사가 응대하자, 오쿠보 각하를 꼭 만나고 싶다는 것이었다. 다다는 그뜻을 오쿠보에게 알렸다.

'영국이 당황하고 있구나.'

오쿠보는 이렇게 생각했을 것이다. 영국은 독일과는 달리 극동에서 쓸데없는 싸움이 일어나는 것을 바라지 않는다. 그것을 오쿠보는 느낌으로 알고 있었다.

시각은 오후 5시였다.

식사 시간이 가까워 오고 있었다. 그러나 오쿠보는 식사 준비를 지시하지 않았다. 영국 공사쪽에서도 그것을 기대하고 찾아온 것은 아니었다.

'이런 시각에 오다니 꽤 절박한 일임에 틀림없다.'

오쿠보는 생각했다. 웨이드가 조정을 위해 총리아문과 교섭하고 있는 모양이다. 그것에 대해 뭔가 사태 수습안을 얻었는가 하고 생각했다.

영국 공사 웨이드는 도저히 권모술수의 외교에는 적합하지 않는 체질로, 성실하고 정직하며 마음이 약했다. 그는 오쿠보를 만나자 의자에서 엉거주춤하면서 말했다.

"오늘 나는 총리아문에 가서 오랜 시간 이야기를 주고 받았습니다. 그 결과 각하께 전해 달라는 말을 부탁받았습니다. 오해가 없도록 되풀이합니다 다만 총리아문 쪽에서 나한테 부탁한 것은 아닙니다. 내가 내 뜻으로 총리아문에 가서 이야기를 한 것이니까."

오쿠보는 알겠노라고 고개를 끄덕였다.

"나는 총리아문의 대신들에게 왜 일본 대표가 희망하는 대로 배상금건에 대해 문서화하지 않느냐고 공박했습니다. 대신들은 그 말에 대답하지 않고 나에게 말했습니다. 공사께서는 일본 주장을 너무 도와주고 있습니다,

왜 청국의 주장을 돕지 않습니까, 하고요. 그것에 대해서 나로서는 청일 양국의 화의를 바랄 뿐이오 라고 대답한 뒤 오랫동안 협의했습니다. 그 결과 다음과 같은 결론을 얻었습니다."

결론이란 청국 정부에서 50만 냥(약 78만 엔)을 내겠다는 것이었다. 그 금액의 명목은 10만 냥이 류큐만의 조난에 대한 지급액이고, 나머지 40만 냥이 일본 정부에서 지출한 경비에 대한 지급액이 된다. 그 금액에 대한 서류도 제출하겠다는 것이었다.

금액이 너무나 적었다. 일본측이 이번 사태에서 실비 3백만 달러를 썼다는 것에 대해 50만 냥은 너무나 적은 것이지만, 오쿠보가 끈질기게 주장한 서류 제출을 수락하는 데까지 청국측은 양보했다.

배상금의 인도 방법은 10만 냥을 한꺼번에 지불하고 나머지 40만 냥은 철병 후에 지불하겠다는 것이다.

"각하의 의향은 어떻습니까?"

웨이드는 오쿠보의 눈을 살피듯이 바라보았다.

오쿠보는 언제나 즉답하는 사람이 아니다. 머리를 약간 숙이고 웨이드의 노고에 대하여 감사의 뜻을 표하고 나서 질문에 대해서는 이렇게 대답했다.

"잘 생각한 뒤에 귀하에게 찾아가 대답해드리겠소."

웨이드는 분명히 초조해 하고 있었다.

"언제 기다리고 있으면 될까요? 오늘 저녁 7시에 식사 준비를 해놓고 기다리려고 하는데 찬성해 주시겠습니까?"

"오후 7시라면 지장이 있습니다. 내 사정입니다만 오후 8시에 찾아뵈면 어떻겠소?"

"그럼 오후 8시, 공사관에서 기다리고 있겠습니다."

그렇게 말한 뒤 웨이드는 떠났다.

결국 이 10월 25일 오후 8시부터 시작된 영국 공사관에서의 자리에서 사태는 급변하여 해결된다.

사실 영국 공사 웨이드는 이 회합이 시작되기 전까지 불안이 컸다. 오쿠보의 속셈을 알 수가 없었다.

'대체 화해를 어느 정도 바라고 있는 것일까?'

웨이드는 이렇게 생각하기도 했다. 게다가 배상금 건에 대해 일본이 암시한 액수와 청국의 안은 차이가 너무 컸다. 오쿠보가 그것에 대해 트집을 늘어놓는 것이 아닐까 하는 염려도 있었다. 때문에 오쿠보가 본론을 언급하려고 했을 때 웨이드는 몹시 조급하게 가로막고, 그 전에 말씀드릴 것이 있다고 말했다.

"청국측에는 나름대로 어쩔 수 없는 사정이 있습니다. 그것을 참작해 주기 바랍니다. 그 사정이란 청국인이 흔히 말하는 체면입니다. 일본이 실제로 소비했다고 하는 3백만 달러는 청국측으로서는 금액 자체보다는 체면에 관계됩니다. 3백만 달러를 만일 청국측에서 지불한다면 청국 정부가 국민들에게 아무리 강경히 변명하더라도 액수의 크기로 보아 군사상의 배상금으로 보게 됩니다. 청국 정부가 가장 두려워하는 것은 그것입니다. 그 점을 잘 고려해 주십시오."

'본국 대신은 이것을 수락하다.'

일본측의 기록자는 오쿠보의 말을 이렇게 표현했다.

이윽고 오쿠보는 말했다.

"일본 정부는 배상금 액수에 대해 그 크고 적음을 논의하라고 나에게 명령하지는 않았소. 50만 냥으로 좋습니다."

이렇게 말했을 때 웨이드의 표정에는 말할 수 없는 안도의 빛이 흘렀다. 그는 영국이 손해 입을 전쟁은 이것으로 피할 수 있게됐다고 생각했다. 웨이드의 북경 주재 기간을 통하여 이것이 가장 큰 공적이었으리라.

그러나 오쿠보는 어디까지나 명분을 세우고 싶다고 말했다. 대만 정벌 건은 일본의 의거라는 것을 조약서에 분명히 기록하는 것만은 양보할 수 없다고 말했다.

웨이드는 놀라며 대꾸했다.

"그것은 중대한 일입니다. 일본이 대만에 군대를 파견한 것을 일본의 의로운 일이라고 한다면, 대만은 청국령이 아니라는 뜻도 됩니다."

오쿠보는 만일 이것에 대해 이의가 있다면 결렬되는 수밖에 없다고 하여 이야기는 다시 백지로 돌아갈 뻔했다.

그러나 협의한 끝에 이런 표현이 되고 말았다.

'일본국에 대해서 이번에 논의한 바, 의거에 대해서는 중국측이 그것을 가리켜 부당하다고 하지 않기로 한다.'

그뒤, 배상금 인도 절차에 대한 세부 사항을 결정하고 나서 한밤중에 오쿠보는 호텔로 돌아갔다.

모든 것이 한꺼번에 결정되었다.

조약에 담을 내용에 대한 초안은 오쿠보가 그때 영국 공사관에 있을 때 기초자에 의해서 만들어졌다. 한문으로 되어 있었다. 기초자는 조세관인 요시하라 시게토시(吉原重俊)와 영국 공사관의 메이얼 서기관이었다.

27일 오후 3시, 총리아문에서 위 안에 대해 동의한다고 오쿠보 앞으로 회답이 왔다. 오쿠보가 주장한 '의거'라는 문귀를 넣는 것도 청국측에서 승낙했다.

나머지는 쌍방 사무 담당자에게 일임하게 되었다.

영국 공사 웨이드는 이 일이 완전히 결말 맺어진 후, 본국의 구비 외무대신에게 보고서를 보냈다.

그 경과를 상세히 쓰는 가운데, 일본의 이번 대(對)대만 군사 행동에 따르는 외교 문제에 대하여, 북경 주재 각국 공사들이 일본에 공감하고 청국에 대해서는 동정적이 아니었다고 쓴 것은 주목할 만한 일이다.

그 이유로는 먼저 기본적으로 청국이 다른 나라의 동정을 살 수 없을 정도로 대국(大國)이었다는 것을 들 수 있다. 중국은 '잠자는 사자'라는 말을 들어왔는데, 이 시기에 언제 부르짖고 일어날지 모르는 사자라는 인상이 구미 제국에는 강하게 느껴지고 있었다. 그것과는 달리 일본은 보잘것없는 작은 나라로서 자연히 약자에 대한 동정의 감정도 있었음이 분명하다.

그렇지 않고서는 '대만은 주인 없는 땅이다' 하고 이를테면 궤변을 내세워 멋대로 군사 행동을 일으키고 더욱이 북경에서 그 배상금까지 받으려고 한 일본의 억지 외교가, 각국의 동정을 얻기란 곤란했을 것이 틀림없다.

지금까지 청나라는 노대국(老大國)이라는 태도로 각국 공사와 응대하며 그들의 감정을 해친 일이 많았다.

무엇보다 조약을 이행할 성의가 없이 종종 그를 파기하여 각국 공사의 울분을 사고 있었다. 청국을 응징해야 한다는 감정이 영국 공사에게도 있었다.

웨이드의 보고서는 그것을 강조하고 있다.

'사건의 내용이 어떻든 중국은 외국인의 동정을 얻지 못하고 있음을 다시 한번 말하지 않을 수 없다. 그 까닭은 중국이 조약을 지키지 않기 때문이다. 또한 일본은 진보적 경향인데 비해 중국은 그때그때 반동적이고 그 반동성이 외국인과의 의견대립에서 불리한 입장에 서게 한다.'

이 경우, 진보적이란 국가 체제와 그 사고법이 서구화됐다는 정도의 뜻이 며 그 이상의 의미는 없다. 그러나 영국 외교관으로서는 극동아시아가 진보화되기를 바랐던 것이 당연하리라.

영국 외교인들은 본디 아시아 국가군으로서는 초청하지 않은 손님이었다. 그들은 산업혁명 후의 기세를 몰아 아시아에 시장을 구하러 온 것에 불과하며, 산업혁명을 같이 체험하지 못했던 아시아 국가군으로서는 서양 제국의 발상이나 수법, 국가적 욕망과 그 법칙, 국가적 욕망을 서로 충족시키는 방법 등을 이해할 리가 없었다. 청국이나 옛 막부, 일본의 입장에서 보면 그들은 국가적 욕망만 내세운 오랑캐에 지나지 않으며 본디 연고 관계도 없는 존재였다. 아시아 국가군은, 청나라 역시 오랫동안 해금(海禁)을 지켜 왔고 옛 막부 일본과 조선도 각기 쇄국을 하며 국내적인 자급자족만으로 살아 왔다. 서양 각국이 밀어닥친 것은 모두 그들의 욕망에 의한 것이지 아시아가 바랐던 일은 아니다.

청나라는 이 시기에 있어서도 기본적으로 그런 태도를 버리지 않았다. 서양 세력과 싸우다 패하면 그때마다 양보했고 마침내 각국과 조약을 체결하고 북경에 공관을 두는 것도 허락하게 되었다. 그러나 좋아서 조약을 맺고 좋아서 공관을 허락한 것은 아니라는 태도를 어디까지나 고수했다.

'이 청일 담판에 대해 북경의 자국인들은 청국을 동정하지 않았다. 왜냐하면 청국이 전부터 조약을 지키지 않아왔기 때문이다.'

이런 뜻의 편지를 영국 공사 웨이드가 본국 외무대신에게 보냈다는 것은 청국 정부의 고루한 태도——단순히 서양식이 아니라는 것——에 대해 각국 외교관들이 얼마나 못마땅하게 여기고 있는가를 알 수 있다.

웨이드는 사실 법리적으로 보아 오쿠보의 주장에 논리가 약한 데가 있다고 생각했다.

"외국인은 누구나 대만이 청국령이라고 말하고 있소. 청국령이 아니라는 주장은 귀하(오쿠보)에게서 처음 들었습니다. 바꾸어 말한다면 대만이 청국령이 아니라면 청나라가 일본에 배상금을 지불할 이유가 없지 않습니까?"

웨이드가 25일 밤에 오쿠보와 회담할 때 이런 발언을 했고 일본측도 그것을 분명히 기록했다. 웨이드는 이치가 청국측에 맞는다고 생각하면서도 일본측에 유리한 해결을 했고, 그 이유의 하나로써 청나라의 대외적 태도가 인기를 얻지 못하고 있다는 것을 들고 있다.

사실 웨이드 개인의 감정으로도 청국 정부를 탐탁하게 여기지 않았고 이 기회에 일본의 강경한 담판을 좋은 구실로 이런 기분이 작용했던 것이 틀림 없다.

'이번 기회에 청나라가 호된 경험을 하게 하여 정신을 차리게 하자.'

이런 외교단 전체의 기분이 오쿠보를 유리하게 만들어 주었던 것이 분명하다.

외교단이 지니고 있었던 반감은 일본에 있어서도 중국과 마찬가지였다.

막부 말기 일본 주재 외교관들은 하나같이 막부가 낡은 관습을 버리지 못하고 당장의 편안함만을 구하는데 화가 났으며, 어떤 일을 협의하려고 해도 대부분 거부하거나 기다리게 하고, 아니면 마음속과는 거의 반대되는 대답을 하여 결국 속이곤 하는데에 신물나 있었다.

성미가 급해 아시아 인에 대해서는 그다지 존경심을 갖지 않았던 영국 공사 퍼크스는 이러한 옛 막부 고관들과 접촉한 뒤부터 부임하자마자 일본인을 저주했다. 그는 막부 말기에 군함으로 도사 번을 방문하여 번의 참정(參政)인 고토 쇼지로를 만나보고 비로소 그 사람에게서 총명하고 솔직한 일본인을 발견했다고 말했는데, 아마도 그런 인물을 만나기가 꽤 어려웠던 모양이다.

고토라는 인물이 과연 솔직한 면이 있었는지는 모르나 실제로는 허풍장이였다. 이 퍼스크의 이야기는 고토의 인물평에 참고가 되기보다는 오히려 외교관으로서 그의 불만이 얼마나 컸던가를 잘 나타내고 있다.

퍼크스는 태정관 정부의 고관들에 대해서도 똑같이 불만이었다. 전에 옛 막부는 국내에 양이 세력이라는 여론을 거느리고 있었기 때문에, 논리적이고 개화적인 태도를 그다지 취하지 않고 늘 외교 문제를 미루어 둔 채 시간을 늦추지 않을 수 없었다(^{이런 점은 청국 정부의 사정과도 다름없다}).

그런데 태정관(^{메이지 초기 정권}) 정부도 역시 국내의 양이적 분위기에 대한 배려를 하지 않을 수 없었다. 유신 이후에 아직 7년밖에 지나지 않은 오늘에도 개화된 것은 정부뿐으로, 그 정부 안에서도 정부가 외국에 대해 너무 저자세라고 반발하는 무리들이 가득차 있다. 그런 분위기에서 상징적 존재로 보수적 색채가 짙은 편이 시마즈 히사미쓰(島津久光)였고 진보적 색채가 짙은 편이 사이고 다카모리였다.

퍼크스는 당연한 일이지만 그런 분위기를 생리적으로 싫어했다. 그는 유신 초기에 교토의 지온인(知恩院) 앞에서 도쓰가와(十津川)의 낭인들에게 습격받은 경험을 가지고 있다.

오쿠보가 앞장서서 벌인 이번의 대만 정벌에 대해 그는 반대할 정도를 넘어 몹시 증오하고 싫어했다. 그는 일본 국내에 충만된 사족들의 불만을 막부 말기의 양이 분위기가 변형된 것으로 보았고, 대만 정벌이 그 에너지를 가라앉히기 위한 것임을 잘 알고 있었다. 청나라 정부에 대해서 북경의 웨이드 공사가 언제나 불만인 것과 비슷한 이유로 도쿄의 퍼크스도 일본 정부에 늘 불만이었다.

따라서 오쿠보가 북경 담판을 유리하게 해결했을 때 퍼크스는 북경에 있는 친구 로버트슨에게 편지를 보냈다.

'행복은 그것을 받을 가치조차 없는 일본인에게 주어졌다. 나는 청국이라는 노대국이 정당한 주장을 가지고 있으면서도 젊은 일본에게 양보했다는 것을 한심스럽게 생각하지 않을 수 없다.'

그 글귀에는 퍼크스의 일본 정부에 대한 증오가 담겨 있는 느낌이 든다.

아울러 퍼크스가 이 시기에 품었던 감상에 대해서 조금 더 언급하겠다.

편지 수취인은 이미 말했듯이 북경에 있는 그의 친구 로버트슨이다.

그는 '사무라이(武士)'라고 하는, 그로서는 증오에 찬 말을 쓰고 있다. 일본이 대만에 군대를 보낸 것은 훌륭한 이유가 될 수 없다. 그것은 사무라이들을 위로하기 위한 편의주의에 지나지 않는다고 퍼크스는 말했다. 퍼크스의 이 문장으로 짐작해보면 사이고 다카모리는 그가 말한 사무라이들의 대표라고 할 수 있다.

'전쟁이 붙으면 그들(청나라)은 일본을 쉽게 무찌를 것이다.'

퍼크스는 이렇게 썼다. 분명히 이 시기에 청일 양국의 국력과 동원수로 보아 순전히 군사적으로 말한다면 일본은 승산이 적었다. 오쿠보는 적어도 그런 것을 냉정한 눈으로 보고 알고 있었을 것이 틀림없다.

사무라이들이 조선으로 가고 싶어한다고 퍼크스는 썼다.

'아무도 그들(사무라이)이 조선에 가는 것을 막을 자가 없다. 그들 자신을 제외하고는.'

퍼크스는 하야한 사이고와 그의 영향 밑에 있는 정한론적 분위기가 떠들썩하게 일어남을 정부조차 막을 수 없다고 단정한 모양이다. 이 관측은 중대하다고 할 수 있다. 영국 공사라는 비교적 냉정하고 게다가 공평하게 일본 국내의 정치 정세를 관찰할 수 있는 입장에서 보면, 정부의 힘이 재야 세력의 힘보다 훨씬 가볍게 보였다. 시세의 밑바닥에서 울리는 땅울림 같은 것을 퍼크스는 계산했으리라.

"그들(^{사무}_{라이})은 조선을 위협하려고 한다. 그러나 그들은 조선에 가면 결국 채이고 말 것이 틀림없다."

퍼크스는 조선의 승리를 예언했다. 사실 그랬을지도 모른다. 영국과 같은 강대한 해군력을 가진 나라조차 청국이나 일본을 자기 것으로 차지하려 하지 않는데, 쪽배 정도의 배밖에 없는 일본이 조선을 차지하려는 것은 퍼크스로서는 우스꽝스러운 정도를 넘어 증오의 감정밖에 나지 않았을 것이다.

사무라이들이 해군도 없이 조선에 상륙하면 그후에는 조선 안에서 무기나 군량을 보충하지 않을 수 없고, 결국은 군대 자체가 무너져서 1천만 조선인에게 포위되어 궤멸당하지 않을 수 없다는 것이 냉정한 군사 감각이었으리라.

"일본에서도 외국인들은 일본 정부에 대해 불만을 가지고 있다. 북경도 마찬가지일 것이다. 북경의 외국인들은 청국 정부에 불만을 가지고 있기 때문에 일본인에게 동정했을 따름이다."

퍼크스의 이런 견해는 통렬한 것이며 적중했다고 하지 않을 수 없다.

오쿠보가 크게 성공한 것은 마치 마술사의 재주로 느껴질 만큼 믿기 어려운 것이었다.

오쿠보가 파견한 일본의 대만 정벌 부대는 3000명에 불과할 뿐만 아니라 그 과반수는 말라리아 때문에 다 죽어가고 있었다. 이에 비해 청국은 1만 900명의 군대를 대만에 상륙시켰을 뿐만 아니라 대만과 복주(福州) 사이에 전신선도 설치했다. 청국이 단호한 결정만 내렸더라면 일본의 파견부대를 무찌르기란 식은죽 먹기였을 것이다.

그러나 청국은 국가적 질서가 흩어져 있는 형세여서 전쟁을 위한 국민적 결속을 바랄 수 없는 정치 상황이었을 뿐만 아니라 섣불리 외국과 전쟁을 하면 국내에 혁명적 소란이 일어날 위험성까지 안고 있었다.

결국 청국은 굽혔다. 청국 대표인 공친왕이 황제에게 올린 상주문에 의하면, 이 교섭에서 청국이 굽힌 이유로서, 영국공사 웨이드가 조정에 나선 것을 들고 있다.

게다가 일본 사절 오쿠보가 한치도 양보하지 않고 계속 주장한 일에 대해서는 다음과 같이 쓰고 있다.

'그 동안 참으로 말씀드리기 어려운 내부 사정이 있었기 때문'

말하기 어려운 내부 사정에 대해서는 오쿠보도 공갈할 목적으로 청국측에 털어놓은 내용이었다. 따라서 상주문에는 이렇게 씌어 있다.

'일본 사절은 늘 군대를 복종시키기 어렵다고 합니다.'

군대라는 것은 대량으로 자리에서 물러난 근위장교들과 하사관들을 가리키는 것이리라. 아직도 현직인 육군 대장으로 가고시마에 돌아가서 사학교 학생을 거느리고 있는 사이고 다카모리를 가리키고, 또한 전국 300만 사족의 불평까지 포함한 말임에 틀림없다.

'그런 사정 등을 참작하여 양보했습니다.'

이런 뜻이 상주문에 씌어 있다. 그러나 배상금에 대해서는 청국이 소망한 범위 안에서 끝냈다는 것도 말하고, 이것을 청국측이 교섭에서 성공한 것이라고 자화자찬했다.

다만 상주문 끝에 이와 같이 쓰는 것은 진심이었으리라.

'우리나라가 스스로 강해질 계책을 하루라도 소홀히 해서는 안되겠습니다.'

청나라의 무력을 강화하지 않으면 어쩔 도리가 없다. 이번 일은 그 교훈이라는 뜻이 은연중에 담겨 있었다.

그러나 중국은 이 시기에 이르러서도 중대한 것을 깨닫지 못했다. 지금까지 청일 양국의 소속이었던 류큐에 대해 그 귀속 문제를 논의하지도 않았다. 일본 정부가 '우리 류큐인을 대만의 생번이 살상했다'고 항의한 데 대하여, 청국 정부는 배상금을 지불했다. 지불함으로써 청국 정부는 류큐가 일본 영토라는 것을 공공연히 인정한 셈이 되었다. 한 나라의 정부라고 보기 어려울 정도의 태만이라고 하겠다.

오쿠보가 북경을 떠난 것은 11월 1일이다. 조인은 그 전날에 끝냈다.

'추위가 심하다.'

이 계절에 수행원 다카사키 마사카제의 일기에 이렇게 씌어 있다. 가을철인 9월 10일 북경에 들어간 후로 오쿠보는 끈질기게 들러붙어 50일간이라는 오랜 시일을 보내고 북경의 하늘은 벌써 겨울을 맞이하고 있었다. 오쿠보도 감개무량했으리라. 그날 그의 일기에서 그 감회를 이와같이 썼다.

'체류 50여 일. 실로 무겁고 어려운 소임을 맡아 그 어려움은 말로 다할 수 없었다. 일이 요행히 성사되어 북경을 떠나며 마음속으로 기쁨을 느낀다.'

스스로 마음속에 기쁨을 느낀다는 감회는 에도 시대부터 이어져 온 인생에 대한 미의식과 연관이 있다. 예를 들어 남자의 소망이 이루어진다는 말로 상징되었던 것과 같다고 보겠다. 오쿠보의 문장은 그 뒤를 이어 그 소망에 무척 흥분했는지 매우 노골적으로 자화자찬하고 있다.

'아아, 이러한 큰 일을 해내다니! 고금에 드문 일로 평생에 다시 없는 일이다.'

자화자찬은 이것뿐이었다. 그 뒤에는 이날의 날씨가 좋다는 것과 하늘이 맑게 개었고 대륙의 풍경이 멀리까지 넓은 바다처럼 보인다는 것 등을 적고 있다. 원문을 인용해 보면 이렇게 되어 있다.

'이날 날씨는 평온하고 가을 하늘이 드높다. 사방의 풍경은 넓디넓어 바다와 같다.'

오쿠보의 일기 문장은 이 시대의 누구보다 늠름하고 힘찼으며 간결했다.

그 뒤에 계속해서 막부 말기 혁명 운동에 투신하여 사이고와 함께 사쓰마 번을 그 주도 세력으로 이끈 일이며, 그 사쓰마 세력이 이미 분열되어 장차 중대한 환란을 일으킬 것같다는 생각 등을 했던 모양이다. 그것에 대해서는 한 줄로 심정을 나타냈다.

'지난 일을 회상하고 장차 닥칠 일을 생각하니, 조용히 마음속에 다짐하는 바 있다.'

조용히 마음속에 다짐하는 바 있다고 한 것은 어쩌면 국내에서 들끓는 재야 세력에 대한 적대 생각이 아니라 새 국가 건설에 대한 것이었을까. 오쿠보는 본디 건설 의욕이 왕성한 사람인 만큼 아마 다짐하는 바란 그 일이었을지도 모른다.

제르만 호텔을 떠난 것은 오전 8시, 그보다 조금 전에 영국 공사 웨이드가 전송하기 위해 호텔에 왔다. 총리아문에서는 대신인 가위(賈衛)와 하총(夏惣)이 대표로 전송하러 왔다.

오쿠보는 그후에 일본 공사관에 가서 야나기하라 사키미쓰 공사 이하 그들의 노고를 치하하고 작별한 뒤 공사관 앞에서 가마를 탔다. 수행원도 각기 가마를 탔다.

이 행렬이 통주(通州)에 도착한 것이 오후 2시. 통주에서 배를 타고 3일에는 천진(天津)에 도착했다.

천진에서, 올 때와 똑같이 미국 영사관에 투숙했다. 이 천진에서는 꼭 이홍장을 방문하지 않으면 안된다.

이미 말했듯이 오쿠보는 북경에 들어갈 때, 이 청나라에서 첫째가는 유일한 실력자를 일부러 피하고 방문하지 않았다. 오는 길에 천진에서 숙박하면서도 그것을 무시한 것은 이홍장의 심증을 몹시 상하게 했다.

오쿠보가 이홍장을 무시했다는 것은 대청나라 외교의 상식을 깨뜨리는 일이었으며 북경의 각국 공사들도 그 일에 놀랐던 모양이다.

이 일은 총리아문의 공친왕이나 여러 대신들도 몹시 염려하여 10월 31일 조인 때도 희망했다.

"각하, 천진에 들르면 꼭 이홍장을 방문해 주시기 바랍니다."

오쿠보도 그럴 생각이었다. 올 때는 전술상, 또는 감정상 이홍장을 무시했다. 그러나 일이 성사된 이상 오쿠보는 청국에서 희망하지 않더라도 방문할 작정이었다.

3일, 이홍장을 그의 사무실로 찾아가자 문앞에서 관리들이 마중했고 문에 들어서자 이홍장이 층계 앞까지 나와서 맞아들였다. 이홍장은 메이지 혁명 지도자를 보는 것에 매우 흥분했던 모양이었다. 오쿠보로서도 동양의 대표적 정치가와 만나는 일에 무척이나 지나친 의식을 느꼈던 모양인지 이홍장과의 문답을 상세하게 일기에 적었다.

이홍장은 오쿠보의 북경에서의 성공을 칭찬했다.

'각하의 그릇이 크기 때문이오. 다테(伊達)공과 소에지마(副島)공께서 예전에 베푼 친절은 고맙게 생각하고 있소. 소에지마는 재능도 있고 기량도 있습니다. 그러나 각하의 수완이 훨씬 높다고 하겠소.'

이와 같이 일본 정치가에 대해 비평을 하고 오쿠보를 칭찬한 것을 어떻게 해석해야 할 것인지. 그 찬사를 버젓이 일기에 적은 오쿠보의 마음은 다소 일본인과 다른 데가 있다고 보겠다. 당연히 자기 일기를 후세의 사람들이 읽을 것임을 오쿠보는 의식하고 있었다.

아래에 이홍장의 말을 쉽게 옮겨 본다.

'귀국(일본)과 우리나라는 입술과 이빨같은 사이입니다. 절대로 떨어져서는 안되오. 귀국은 착안하는 바가 신속하고 모든 개혁이 잘 되었소. 그런 점에서 우리나라는 오래된 나라이므로 옛 폐습이 완고하여 개혁하기가 어렵소. 귀국에 구리(銅) 광산이 있습니까?'

이것은 질문이다. 오쿠보가 많이 있다고 대답하자, 이홍장은 우리나라에는 구리 광산이 없어서 몹시 곤란하다, 고 했다. 오쿠보가 융통해 드리겠다고 하자, 이홍장은 크게 다행스러운 일이오, 필요할 때 부탁하겠소 라고 말하기도 했다.

장사(壯士)

구마모토 현(熊本縣) 사족 미야자키 하치로(宮崎八郎)는 지원병으로 대만에 있었다. 낭당산(瑯瑭山)에 급조한 병영에서 다른 대원들과 함께 날마다 뒹굴고 있었다.

그들 부대는 주력을 이루는 진대(鎭臺)의 정규군과 구별하기 위해 '징집대'라고 불렀다.

이 징집대 중에 압도적으로 많은 것이 가고시마 사족들이다. 정한론의 패배로 우울하게 지내고 있는 사쓰마 인의 혈기를 무마하기 위해 오쿠보와 사이고 쓰구미치가 사이고 다카모리의 승낙을 얻어 징집한 것이기 때문에 가고시마 사족이 많은 것은 당연하다고 하겠고, 다른 표현으로 말하면 대만 징벌은 그들 때문에 한 일이라고 하겠다.

전투란 고작 소규모 연습 정도의 것으로 싱겁게 끝났다. 그뒤엔 말라리아와 아메바성 이질과의 싸움이라고 할 수 있었다. 대부분이 병에 걸렸고 병으로 죽는 자가 속출했다. 서서 움직이는 사람도 살이 빠져 마치 귀신같은 몰골이었다. 전사자 12명에 비해 병사자 561명——총 인원의 7분의 1——이라는 숫자가 이 참상을 여실히 말해 주고 있다.

하치로도 아메바성 이질에 걸려 한때 병원에 입원했다. 병원이라고 하지만 오두막집에 지나지 않는다. 가고시마에서 영국 의사 윌리스의 제자인 젊은 의사 몇 명이 종군했지만, 아메바성 이질이나 말라리아 치료에는 익숙치 못했으므로 처음에는 어리둥절할 뿐 그다지 도움이 되지 못했다.

그러다가 군의들의 당혹함도 이윽고 해소되었다.

정부에서 도쿄에 있는 독일인 의사를 고용해서 파견했기 때문이다. 센베르겔이라는 사람으로 메이지 7년 5월 20일부로 계약하고 봉급은 1개월 5백 달러, 그밖에 번지(藩地)에서의 수당 150달러로서 비싼 것이었다. 정부는 그에게 현지 일본인 의사에 대한 지휘권을 주었다.

미야자키 하치로는 얼마 후에 회복되어서 징집대의 본영에서 근무하게 되었다. 그는 구마모토 부대의 간부 몇 명 중 한 사람이었다. 그런데 근무다운 일이 없었다.

날마다 대원들과 빙 둘러앉아 술을 마실 뿐이었다.

"오쿠보는 대체 북경에서 뭘하고 있을까?"

이런 말이 날마다 누군가의 입에서 나왔다. 오쿠보에 대해 모두의 정해진 감상은, 그가 저자세이고 겁쟁이이며 오로지 전쟁 확대를 두려워하고 있다는 것이었다.

장사(壯士)들은 전쟁 확대를 바라고 있었다.

낭당산에 주둔하고 있는 일본군의 모양은 얼핏 보면 그들이 고사족(高砂族)이 아닌가 착각할 정도였다.

병참은 오쿠라 기하치로라는 업자가 그 청부를 맡았다고 이미 말했다. 오쿠라의 수하 일꾼들은 군인도 군속도 아니었고, 또한 국가가 책임지고 징용한 신분도 아니었다. 오쿠라 조의 일꾼에 지나지 않는다. 그들이 오두막집을 짓고 더위와 비를 피하고 있는 모습은 취사장의 모습과 다름없어, 알몸뚱이로 장난치며 걸어다니고 있었는데 꼭 고사족과 비슷했다. 그러나 고사족에게는 기품이 있었지만 이와는 달리 그들은 야비해 보였다.

진대 정규군은 그래도 규율이 있었지만 사족대(징집대)는 무질서하며 거칠고 교만하여 집단으로서의 규율이 거의 없었다. 그러면서도 진대 정규군을 깔보고 이를테면 징집대원이 '진대' 하고 말할 때는 심한 모멸감으로 내뱉었다.

징집대도 진대 대원과 같은 군복을 입고 있었으므로 얼핏 보아서는 구별할 수 없었다. 또한 익숙하지 못한 양복이 갑갑했기 때문에 알몸으로 있을 때가 많았다. 발가벗고 있는 사람은 징집대 대원으로 보면 거의 틀림없었다.

이 일은 이 부근에 거주하는 청국인들에게 나쁜 인상을 주었다. 청국인은 일상시에 아주 하층 노동자가 아닌 이상 절대로 알몸을 보이지 않는다. 그들이 처음 본 일본인에게 혐오를 느낀 것은 이치야 어떻든 이런 점에도 한 원인이 있었다.

'그들은 용감하다. 그러나 일정한 규율 속에 가두어 둘 수 없는 사람들이다.'

뉴욕 헤럴드의 특파원인 하우스가 이렇게 썼다. 미국인 하우스는 일본인이나 이들의 이번 대만 정벌에 대해서 호의적이었다. 그런데도 이렇게 쓰지 않을 수 없었다. 하우스는 그 원인을 일본군이 부분적으로 서양식을 도입했기 때문에 생긴 결점이라고 보았다. 하우스는 옛 막부시대 무사들의 예의바름을 알고 있었고 옛 일본식 군대가 훨씬 질서정연했다고 보았으며, 그런 좋았던 것이 서양식을 부분으로 도입함으로써 모두 상실된 것이 아닌가 하고 보았다.

징집대가 그다지 규율적이 아니었음에도 일단 상부의 감독에는 복종했고 그다지 문란하지 않았다는 점에서 하우스는 흥미로운 관찰을 했다.

"그것은 장군(사이고 쓰구미치)의 감화에 의한 것이다."

사쓰마 사투리로 말하는 '선배' 때문이라고 했다. 선배의 말에는 두말없이 복종한다는 사쓰마의 전통적 무사 풍습이 군대 규율의 대용물로 살아 있었던 것이다.

이 시기에 낭당산 병영에서 미야자키 하치로가 만든 시가 있다.

그 시는 대만 정벌에 대해서 읊고 있다. 그 전투와 승리가 싸움하는 장사(壯士)로서 미야자키 하치로의 평상시 울분을 크게 풀어 주었다는 뜻인 것 같다.

　　탄환은 비와 같이 바야흐로 산을 찢으려 한다
　　이때 장사의 마음 통쾌하기 더할 바 없구나
　　껄껄 웃으며 하늘을 우러러 느닷없이 지르는 소리
　　허리에 찬 칼을 물들였도다, 오랑캐의 피로.
　　彈丸如雨將裂山

壯士此時心快絶
大笑仰天忽一聲
腰刀染得妖夷血

하치로로서는 시심보다 장사의 마음이 더 지나친 작품이라 하겠고, 더욱이 그 장사의 마음도 지적인 면에서 유치하다.

'탄환은 비와 같이 바야흐로 산을 찢으려 한다'는 것을 실제 전투에서 보면 의심스러운 과장인데, 한시적 기분이라는 것은 대부분의 경우 이런 것이리라. '이때 장사의 마음 통쾌하기 더할 바 없구나' 하는 감정은 막부 말기부터 계속되어 온 오랑캐를 배척한 기분이라는 전통적 울분을 배경으로 이해해야 할 것인지도 모른다. 이런 공통된 울분이 막부 말기에 막부를 흔들어놓고 싸움을 일으켜 마침내 메이지 유신의 주된 원인이 되었다.

그러나 세상이 바뀌고 일부 지사들이 도쿄에서 고관이 되었으나 그들은 일찍 개화된 재야에 가득차 있던 울분을 못 본 체했다. 그 씻지 못한 재야의 울분이 가득 넘쳐 지금은 그 에너지의 하나가 반정부 운동이 되었는데, 하치로의 이 시는 재야에 공통된 정신 상황의 일면이 정직할 만큼 노골적으로 나타났다고 하겠다. 그러나 근대 혁명운동에 따르기 마련인 큰 이념은 이 시에서 볼 수가 없다.

'허리에 찬 칼을 물들였도다, 오랑캐의 피로.'

이 오랑캐는 고사족을 가리킨다. 막부 말기의 우국적 지식인이 자주 입에 담은 오랑캐란 서양 선진국을 가리킨다. 그들을 오랑캐라고 부른 의미는 첫째 미토학(水戶學)과 일본학에서 생긴 일본 성지(聖地) 사상으로 보아, 통상을 강요하는 그들을 신성한 나라를 더럽히는 자들이라고 보았기 때문이다.

또한 강대한 산업기술의 문명과 그 소산인 군대를 가진 서양인에 대해 이길 수는 없으나 칼로써 대항하려는 비장한 감정에서 나온 미학적 표현이었으리라. 그러나 대만의 고사족을 가리켜 오랑캐라고 한 것은 다소 우스꽝스런 느낌이 든다고 아니할 수 없다.

하지만 하치로는 유머로 이 시를 지은 것이 아니라 매우 진지했다. 더욱이 하치로로 대표되는 많은 장사들도 이 시로써 상징되는 기분으로 이 병이 들끓는 땅의 병영에서 기거하고 있었다.

미야자키 하치로는 나중에 열렬한 루소 신봉자가 되지만, 이 무렵 그는 젊은 객기에 넘친 침략주의자라고도 할 수 있었다.

　그러나 당사자인 하치로로서도 그것이 큰 잘못이라고 말할 것이다. 그렇지만 단순한 침략주의와 어디가 다르다고 할 만큼 명쾌한 사상이나 논리는 갖고 있지 않았다. 하치로뿐만 아니라 일본의 메이지유신 자체에 있어서도 인류로서 함께 지녀야 할 보편적인 사상을 근거로 그 주의가 성립된 것이 아니었다.

　유신이 성립된 것은 외부의 압력에 의한 것이다. 사면이 바다인 일본은 마치 사막 한가운데 있는 도시국가와 비슷했다. 그것을 적이 포위했다. 서양 세력이라는 거대한 적이 바짝 성벽 밖을 에워쌌을 때, 시민들에게 방위상의 대 긴장인 양이운동이 일어났고, 이에 의해 방위 담당능력이 없는 막부가 쓰러졌다. 그 대신 태정관 정부가 성립되었다.

　요컨대 이 혁명은 외부 압력을 물리치려고 한 매우 무력적인 에너지에 의해 성립된 것이었다. 한편 혁명 분자 속에는 그것만이 아닌 온갖 사상의 소유자들도 있었다. 그러나 옛 국가를 무너뜨린 에너지 자체는 다분히 무력적 요소가 강했다고 할 수 있다.

　이를테면 막부 말기의 지사들이 좋아했던 미토(水戶)의 후지다 도코(藤田東湖)가 쓴 시가, 이 시대 양이 분위기의 상징적인 것이었다고 할 수 있으리라. 도코는 중후한 학식으로 세상 사람들의 존경받고 있는 자신을 충분히 계산하고 화려한 선동을 했다. 그의 수많은 양이시(攘夷詩)는 무지개처럼 화려한 선동시이다.

　참고로 막부 말기에 한때 막부를 짊어졌던 중신 아베 마사히로(阿部正弘)는 신중한 개화주의자였으나 후지다 도코를 싫어하여, 도코가 그를 만나러 왔을 때는 도코가 의견을 말하기도 전에 그 콧대를 꺾어 놓듯이 말해서 도코를 화나게 만들었다.

　"그대같이 현명한 사람이 실행하지도 못할 말을 왜 떠벌리는가?"

　분명히 도코의 시에는 '보검을 물들이기 어렵도다, 서양 오랑캐의 피'라든가 '백만 오랑캐를 한 칼에 찌르다'라든가, '3척의 용천(龍泉 : 일본도를 가리킴) 빛이 길게 번쩍이니──어찌 서양 오랑캐의 노략질을 그대로 둘손가'라는 따위의 싯귀에서 볼 수 있듯이 일본도를 뽑으면 서양 오랑캐를 벨 수 있다는 객기 넘친 것들이 많았다.

이런 기분을 개화한 새 정부가 이어받지 않았다는 점에서 새 정부는 재야 세력의 미움을 샀다. 하치로는 고사족을 현실적으로 오랑캐라고 생각한 것이 아니라 도코와 같은 서양오랑캐 배척 기분을 고사족에게 임시로 비유 사용했을 뿐이고, 달리 말하면 그의 해외 신장적 기분도 현실적인 침략주의와는 그 뉘앙스가 다르며 다분히 시적인 기분뿐이었을 것이다.

미야자키 하치로가 이 시기만큼 사쓰마 인과 짙게 접촉한 적은 없었을 것이다. 솔직히 말해서 교양면에서는 일반적으로 시라카와 현(白川縣) 사족이 훨씬 높았고 가고시마 현 사족은 촌스러운 편이었다.

술을 마실 때면 하치로를 비롯한 히고(肥後 : 시라카와 현) 사람들은 이론을 앞세우는 자신들의 기질을 싫어하면서도 이러한 이론을 안주로 삼지 않고서는 술맛을 느끼지 못했다. 그러나 사쓰마 사람들은 기분 좋게 취하고 적어도 술자리에서는 이론을 따지는 이야기를 하지 않았다.

이론 대신 사람의 이름을 들먹였다. 문제를 논의할 때도 그 문제를 사람의 이름으로 상징했다.

"오쿠보는 좋지 않다."

그들은 종종 이런 말을 했다. 왜 좋지 않은지 그 까닭은 일체 말하지 않고 정부가 하는 모든 일이 '오쿠보'라는 사람이름으로 표현되었다.

이것과는 반대로 반정부적인 모든 문제는 사이고라는 이름으로 상징되었고, 좋은 세상에 대한 기대나 소망도 모두 사이고라는 이름에 집약되었다. 하치로로서는 이런 점이 재미있었고 한편 사이고라는, 아직 안면이 없는 사람이 우스꽝스럽게 느껴지기도 했다.

아무튼 징집대의 젊은 사쓰마 사람들의 큰 특징은 오쿠보를 함부로 부르고 들먹이는 일이었다.

이 점에 의심을 품은 하치로가 징집대의 젊은 간부 한 사람에게 물은 적이 있다.

"사쓰마 사람들은 노유(老幼)의 질서를 존중한다는 말을 들어 왔는데 왜 오쿠보 참의에게는 존칭을 붙이지 않고 함부로 이름을 부릅니까?"

그 대답은 기묘한 것이었다.

"어른과 어린아이 질서를 존중하기 때문이오."

왜냐고 다그쳐 물었다.

"도쿄의 근위장교들과 하사관들이 벼슬을 버리고 귀향했소. 우리는 그 분들을 선배로 존경하고 있습니다. 그분들이 오쿠보 참의를 오쿠보라고 함부로 부르고 있기 때문에 우리도 그렇게 부르는 겁니다. 이를테면 장유(長幼)의 질서를 존중하기 때문이지요."

사이고에 대해서 그들은 단순히 '선생'이라고 부른다.

왜 징집대에 참가해서 대만에 왔느냐고 묻자 자기자신의 이유나 기분은 말하지 않고 다만 '선생님'이 가라고 하셨기 때문이라고 했다.

히고 사람으로서는 생각할 수 없는 현상이었다. 그렇다고 해서 사쓰마 사람에게 각자 개인으로서의 의견이 없느냐 하면 그렇지도 않았다. 그러나 오로지 그들은 자기 의견을 내세우기보다도 사이고라는, 보기 드문 탁월한 인물을 추대하고 사심없이 그것에 따르는 편이 인간으로서 더 숭고한 행동에 참가할 수 있음을 믿어 의심치 않는다. 분명히 그들은 사이고에 대해 거의 신앙에 가까운 기분을 지니고 있었다. 그런데 그 이전에 탁월한 인물을 따른다는 기분은 그들의 전통적 풍토로써 가지고 있었고, 우연히 그 기분과 가장 그럴 듯한 인물로서 사이고를 얻게 된 것이라고 할 수 있었으리라.

하치로는 이렇게 관찰했지만 그 자신은 이상할 정도로 사이고에게 관심이 없었다.

그만큼 사쓰마 사람이 존경하는 인물이라면 자기도 만나보고 싶다고 생각하는 것이 청년다운 호기심이라고 할 수 있는데, 하치로는 남보다 호기심이 강했지만 도리어 사쓰마 사람들이 사이고를 우러러 칭송하면 할수록 사이고를 비웃고 싶은 마음을 금할 수가 없었다.

'이미 낡은 인물이 아닌가.'

그는 마음속으로 비웃고 싶었다.

이 무렵 하치로는 정한론 추종자였고 다분히 시적 기분이라고는 하더라도 해외 확장론자였으며 그 의견은 사이고와 다름없었다. 그렇지만 일부러 사이고 앞에 달려가 그 앞에 엎드리고 그의 의견을 경청하기보다, 도리어 사이고에게 자기 의견을 들려주고 싶은 기분을 가진 사람이었다. 요컨대 하치로는 사쓰마 사람처럼 한 인물에 추종할 생각은 전혀 없었다.

징집대에서 미야자키 하치로의 대우는 하사관이었다.

일본과 청나라 사이에 전쟁이 일어날 것이라고 하치로는 생각했다.

이 추측에는 별로 중요한 자료는 없다. 다만 북경에서 오쿠보의 담판이 몹시 어려움을 겪고 있다는 보고가 전해져 왔기 때문에 하치로는 필연코 전쟁이 일어난다고 보았다. 그보다도 일본은 전쟁을 하지 않으면 안된다고 생각했다. 꼭 어느 나라와 상대해야 한다는 것도 없었다. 이런 생각은 막연한 것으로 징집대에 참가한 가고시마 현 사족들도, 하치로와 같은 구마모토 사람들도 모두 그런 막연한 생각에 들떠 있었다.

이것이 막부 말기 이후 서양 배척 열기의 변형일 것이라는 점은 이미 언급했지만 이 시기 하치로들의 막연한 정열을 이해하려면 그의 역사적 환경을 보지 않을 수 없다.

하치로도 그의 동료들도 전쟁을 문명이라고 믿어 의심치 않았다. 극단적으로 말하면 전쟁 외에 문명이 있다는 것을 몰랐다고도 할 수 있으리라.

그들은 서양의 국가 현상을 문명으로 보았고 그들 국가군을 강대국으로 보았다. 그런 견해에서 보면 문명과 강국은 같은 것이었다. 더욱이 왜 유럽이 흥성해졌는가의 이유를 말한다면, 옛날부터 서로 공격하고 정벌했기 때문에 자연히 강해졌고 그 세력을 아시아로 뻗어 수탈함으로써 더욱 더 강해져서 마침내 그 세력을 극동으로 뻗어 일본에까지 온 것이다.

문명이란 힘이고 위협적인 압력이며, 때로는 무기이고, 때로는 전쟁 그 자체라는 강렬한 인상을 가에이(嘉永) 6년에, 에도 만(江戸灣)에서 페리 함대를 본 이후부터 느꼈던 것이다. 그후 서양에 대해 알게 되자 더욱 그 감수성이 깊어졌다.

미야자키 하치로는 원래 사상적 체질의 소유자였으나 문명이란 이른바 인류 공통의 사상이라는 것을 이 시기에는 조금도 생각한 적이 없다. 세계에 그런 것이 존재한다는 것도 접촉한 적이 없었기 때문에 몰랐고 그런 사고방식이 존재한다는 것도 몰랐다.

요컨대 문명이란 전쟁이라는 강렬한 생각이 이 혈기 왕성한 반정부주의자의 사상에 주요 성분이 되어 있었다.

"사이고 도독에게 건의서를 내지 않겠소?"

하치로가 동료인 구마모토 사람과 친한 가고시마 사람들에게 제의하자 모두들 찬성했다.

그 취지는, 이런 곳에서 헛되이 시간을 보내는 것이 견딜 수 없는 일이다, 머지않아 청나라와 전쟁이 벌어진다는 예상 아래 청국 연안을 정찰해 두자,

는 것이었다.

연안 정찰이란 대만에서 본토에 건너가려면 어디로 상륙하는 것이 전략 전술로 보아 가장 적당한가를 살피는 일이었다.

닻을 내릴 장소도 봐 두어야 하고, 앞으로 전개를 위한 기지로써 적당한지 아니한지를 봐두어야 하며, 나아가서 어디에 청국군 병영이 있으며 어느 근방에서 싸움을 벌이면 유리한가를 봐 두지 않으면 안된다.

하치로는 그 필요성을 쓴 건의서를 사이고 도독에게 제출했다. 서명에는 같은 현의 히라카와 다다이치(平川惟一)와 연명으로 했다. 히라카와도 하치로와 마찬가지로 하사관이었지만, 두 사람 모두 일개 하사관이 육군 중장에게 건의한다는 것에 대해 아무런 어색함도 느끼지 않았다.

그 당시의 히고 출신 운동가의 감각으로 보면 육군 중장이며 도독인 사이고 쓰구미치가 특별히 훌륭한 인물이라고는 여겨지지 않았다. 자기와 뜻이 같으면 동지이고 뜻이 다르면 길가의 타인이거나 아니면 적으로서 증오할 존재에 지나지 않았다.

사이고 쓰구미치에 대한 평판은 이 대만에 와 있는 사쓰마 인들 사이에서는 미묘했다. 오쿠보에게 달라붙어 관직에 미련을 가지고 매달려 있는 사람이라고 평판이 좋지 않았지만, 그렇다고 해서 형인 사이고 다카모리로부터 어떤 언질을 받고 있지 않나 하는 점에서 사이고 다카모리의 분신으로 보는 경향도 있었다.

하치로에게는 어느 쪽이라도 상관없었다.

사이고 다카모리는 사쓰마 인에게만 통용되는, 지방의 이익을 대표하는 자에 불과하다고 애초부터 생각하고 있었기 때문에, 그의 동생이며 게다가 오쿠보에 의해 중요한 자리에 쓰이고 있다는 것은 오쿠보와 한패로서 적에 지나지 않는다.

건의서를 낸 이튿날 아침에 쓰구미치의 본영에서 호출이 왔다.

하치로는 히라카와 다다이치와 함께 갔다. 쓰구미치의 본영은 상당한 집세로 청국인의 농가를 빌려쓰고 있었는데 돌담이 둘러져 있고 볼품은 없었으나 흑단나무의 문도 있었다.

그 방은 반이 마루였고 봉당이었다. 그 봉당에 의자와 테이블이 놓여 있었다.

쓰구미치는 그 의자에 군복 차림으로 앉아 있었다.

사이고 쓰구미치는 언제나 곁의 막료들을 멀리하고 늘 혼자 있었다.

그것을 보고 하치로는 뜻밖이라는 느낌을 받았다.

'작은 사이고는 이야기를 나눌 수 있는 사람인 것 같다.'

히고 사람들은 사쓰마 사람들에게 전통적으로 가벼운 악의를 느끼고 있었다. 하치로에게도 그런 느낌이 있었는데 그것은 히고 사람으로서의 선입관인지도 모른다.

"오늘은 무덥군."

쓰구미치가 입을 뗀 첫말은 이러한 중얼거림이었다. 그는 중얼거리며 웃옷을 벗었다.

미야자키 하치로와 히라카와 다다이치에게도 웃옷을 벗으라고 했다. 육군 중장이며 대만 번지 사무도독을 겸한 이 사람에게는 그와 같은 위엄을 느낄 수가 없었다. 마치 이웃 사람이 자기 집을 방문한 듯이 대했다. 이윽고 건의서를 읽었노라고 말했다.

그 뒤 의견을 말하라는 것이었다. 하치로는 마음껏 설명했다. 그는 해외 정세에 대해 논하고, 머지않아 전쟁은 청국에서 당연히 걸어올 것이다, 이렇게 헛되이 날짜를 보내기보다는 청국땅을 조사해 두어야 한다. 그 임무는 부디 자기들에게 명령해 달라고 말했다. 하치로는 능변가는 아니었지만 말뜻은 조리가 있었다.

하치로가 생각하기에, 쓰구미치란 사람은 의견을 나눠 보기에 비교적 말을 붙이기 쉬운 사람이었다. 이해한다는 표시로 요점요점에서 정확히 고개를 끄덕이고, 게다가 비단이라도 만지는 듯한 느낌을 주는 표정으로 정말 사람을 대하는 데 부드러움을 느끼게 하는 사람이었다.

더욱이 상대가 강조하려는 점에 박차를 가하듯 때때로 기지가 풍부한 농담을 상대에게 던지기도 했다. 사쓰마 인에게는 특유한 유머가 있었는데 쓰구미치나 그의 형 다카모리에게도 남달리 풍부한 그런 감각이 있었다.

하치로는 말이 거의 끝날 무렵 이런 느낌이 들었다.

'아무래도 이상한 녀석을 상대로 말하고 있구나.'

이 상대는 하치로가 마음만 먹으면 하루 종일 그의 얘기를 들어줄 것도 같았다. 하치로는 말하면서도 뭐라 표현할 수 없는 쾌감을 느끼긴 했으나, 그렇다고 뚜렷한 응답을 하는 것도 아니어서 뭔가 솜으로 만든 산을 밟았다가 튀어오르는 듯한 느낌도 없지 않았다.

끝에 가서 쓰구미치는 말했다.

"잘 생각해 보겠네."

그것이 대답이었다. 며칠이 지났다.

하치로는 대답을 기다리고 있었다. 참다 못해 쓰구미치의 참모를 통해 의향을 물으니 이런 회답이었다.

"전날에는 대단히 도움이 되었다. 건의서에 대해서는 현재 검토중에 있다."

하치로의 의견을 그 자리에서 짓밟는 것도 아니고 그렇다고 확실한 대답도 하지 않았다. 혹 영원히 대답하지 않는 것이 아닌가 하고 하치로는 생각하게 되었다.

오쿠보를 태운 기선(우편선 머번 호)은 천진에서 상해로 기항하고, 다음은 상해에서 대만을 향하고 있었다.

사실 오쿠보는 천진에서 이홍장을 만난 뒤 그대로 도쿄에 돌아가도 상관없었다.

대만의 사이고 쓰구미치에게 담판 결과를 전달하는 것은 사자를 파견하여 설명할 수도 있었다. 그런 뒤에 철병 명령——오쿠보가 맡은 권한 중에는 군사권도 포함되어 있다. 따라서 사이고 쓰구미치에 대한 명령권 소유자는 오쿠보였다——을 간결하게 전달하면 그만이었다. 요컨대 상식으로서는 오쿠보 자신이 현지에 가지 않아도 되었다.

그러나 이런 경우 오쿠보는 직접 가는 버릇이 있었다. 마치 친구였던 사이고 다카모리가 그랬듯이.

이번의 대만 정벌 건은 오쿠보와 사이고 쓰구미치가 간접적으로 사이고 다카모리를 위로하고 무마한다는 내밀한 진의로 연출한 것이었다. 따라서 무리가 많았고 모든 일에서 차질과 곤란을 겪었다. 그래서 이제 외교적으로 결말을 지었으니 오쿠보 자신의 입으로 사이고 쓰구미치에게 그 사실을 전하고 또한 철수 명령을 자기 입으로 내리고 싶었던 것이다.

사이고 쓰구미치에 대한 동지로서의 기분——사이고 다카모리에 대한 고민을 같이 나누고 있다는 뜻——에서 그렇게 하려 한 것만은 아니었다.

즉 오쿠보는 집요한 성격이었다.

'쓰구미치가 정말 철병할까?'

설마하고는 생각하지만 철병 명령을 듣지 않고 대만에서 새로운 군사 행동을 일으키는 것은 아닐까? 오쿠보는 그것을 의심하고 있었다. 물론 그는 쓰구미치라는 사람이 이해력이 좋다는 것을 잘 알고 있었으므로 쓰구미치 개인에 대해서는 불안이 없었다.

문제는 쓰구미치 수하의 장사들, 즉 징집대였다.

그들이 쓰구미치를 업고 오쿠보의 명령을 듣지 않고 대만 정벌에 나서는 것이 아닐까?

그런 불안이 컸다.

일본인은 예부터 일단 군사권을 잡으면 자신이 쥔 병마권으로 온갖 정치적 망상을 시작하여 군대가 독주해 버리는 버릇을 가지고 있다. 특히 장사들이 많이 참가하고 있는 쓰구미치의 군대는 그 위험성이 컸다.

장사들에 대한 불안은, 쓰구미치가 지금까지 느껴온 기본적 불안 중의 하나였다.

장사(壯士)란 대체 어떤 것일까. 돌이켜 보면 태정관의 고관들 대부분이 옛 막부 시대의 장사였다. 태정관 정권에는 사쓰마·조슈·도사·사가 번의 관료가 많이 참가하고 있었는데 그 분위기는 장사정권 같은 성격이 있었다.

더욱이 군인들 중에 그런 면이 짙었다.

예를 들면 오쿠보의 수행원으로 그와 동향인 육군 중령 가마야마 스케노리 같은 사람이 그랬다. 그가 북경 담판이 한창 진행중일 때 쓴 일기를 보면, 담판이 막힌 것을 못마땅하게 여겼으며 일본의 대만 정벌에 대한 명분이 청국측에 바르게 통하지 않는 것을 개탄하여 이렇게 썼다.

'차라리 3000만의 목숨을 걸고서라도 대의 명분을 밝혀 전쟁을 벌이는 것보다 못하다.'

이 문장을 보더라도 가바야마는 충실한 군사기술자라기보다 세계를 전국책(戰國策)의 세상처럼 인식하고 있는 방만하고 조잡한 장사 타입의 인상에서 벗어날 수가 없다.

첫째, 도독 겸 육군 중장인 사이고 쓰구미치 자신이 그랬다. 열강의 외교 관계면에서 뜻밖의 정황이 떠오르자 정부가 놀라서 대만 정벌을 중지하려 했을 때 그는 그것을 뿌리치고 나가사키에서 출항하고 말았었다.

당시 도쿄일일신문에 다음과 같은 시가 게재되었다.

해질녘
저 멀리 옥과 같은 해변(나가사키)을 바라본다
그대와의 약속을 뒤로한 채
돛단배가 떠난다
병사가 눈물을 흘린다
병사의 외침
명장은 존재하지 않는 것일까?

요컨대 쓰구미치조차 장사적(壯士的) 행동을 취했다는 것은 자기가 거느린 장사들에게 업힌 경험이 있다는 것을 말한다. 이것은 일본 육군이 성립된 초기부터의 체질이라고 할 수 있다. 러일전쟁 시기에는 그런 경향이 없어진 것 같았으나 다이쇼(大正) 연대의 시베리아 출병 후부터 참모본부의 장사적 독주가 시작되어 쇼와(昭和) 연대에 들어가서는 그 유전 체질이 팽창된 셈이다.

대만으로 가고 있는 오쿠보는 이런 점을 염려했다.

배 안에서 오쿠보의 머리 속은 대만 주둔군의 신속한 철수로 꽉차있었다.

이에 대해 그가 도쿄의 구로다 기요타카(黑田淸隆)에게 보낸 편지 문장을 인용하면 이렇다.

'병사들의 앞날에 뜻밖의 차질이 생길지도 모르는데, 만일 그같은 일이 일어난다면 나는 무슨 면목으로 하늘과 땅 사이에 설 수 있겠는가?'

이 표현의 심각함을 보면 그가 장사적 군대의 독주를 얼마나 두려워했는지 알 수 있다.

그는 철병에 대한 장치를 2중 3중으로 해두었다.

먼저 사이고 쓰구미치에게 칙사를 보냈다. 이 일에 대해서 오쿠보는 천진에서 도쿄로 돌아가는 수행원에게 구로다 기요타카 앞으로 보내는 긴 편지를 보내어, 칙사를 보내 달라고 용의주도하게 부탁했다. 구로다는 궁내성을 지키면서 그 준비를 갖추었다. 칙사로는 시종장인 히가시쿠제 미치토미(東久世通禧)가 떠나게 되었고 칙지(勅旨)도 마련되었다. 칙사는 11월 13일 요코하마 항을 출발했다.

오쿠보는 구로다에게 보내는 편지에 칙명이 필요하다는 사연을 말했다.

'장병들도 감명을 느끼고 개선할 것이고, 그러면 귀국길에 그들을 통솔하기에도 어려움이 없을 것이다.'

이 문장의 끝 부분은 이 시대의 장사적 군대의 기분을 엿볼 수 있는 중요한 대목이다. 오쿠보는 그들이 가령 무사히 개선하더라도 일본 국내에서 소란을 피울 것을 두려워했다. 그래서 '칙명에 의해 철병했다'는 입장이 정부 쪽에 있으면 그들을 통솔하기가 훨씬 쉽다고 본 것이다.

구로다에게 보낸 편지에서 오쿠보는 철병에 만일 차질이 생긴다면 어떻게 될 것인가 하는 걱정을 누누이 설명했다. 가령 그렇게 된다면 청국 정부에 대한 신의가 서지 않고, 또한 각국에 '우리의 의거'였음을 애써 인식시킨 일이 물거품처럼 되어버린다는 것을 말했다.

나아가서 오쿠보의 용의주도함은, 스스로 대만에 건너가 사이고 쓰구미치를 만났을 뿐만 아니라 철병 명령에 대하여 문서에 의한 내용 증명서를 만든 일이었다.

'사청취지서(使淸趣旨書)'라는 긴 글인데 '변리대신 사이고 도독에게 수교한다'는 부제가 붙어 있다. 그것을 쓰구미치에게 건네주려고 했다.

그래도 여전히 쓰구미치가 장사들에게 업혀서 명령에 순종치 않는 사태가 일어나면 '단호한 처분을 하겠다'는 뜻을 11월 16일 그의 일기에 써 놓았다. 오쿠보가 장사적 기분을 얼마나 두려워했는지를 알 수 있다.

11월 16일 아침, 오쿠보가 탄 배가 대만에 가까워졌다. 하얀 구름이 몇 조각 떠 있을 뿐 더없이 푸른 하늘이 눈앞에 펼쳐져 있었다. 바다가 맞닿는 곳에 길다란 하얀 선이 가로 놓여 있고 산이 불쑥 바다를 향해 튀어 나와 있었다. 서양의 항해자가 표적으로 삼는 에이프 산(Ape-Hill)이었다.

"타카오〔打狗 : 가오슝(Gaoxiong)〕입니다."

누군가가 오쿠보에게 알린 모양이다. 이 타카오라는 기묘한 청국어는 에이프 산에 처음 붙여진 것인데 그것이 이 항구와 거리이름이 되었다.

타카오 항의 지형은 가느다란 띠 같은 모래톱이 팔처럼 항구를 감싸 안은 모양으로 천연의 좋은 항구를 이루고 있다. 하지만 항구 안에 얕은 여울이 있고 암초가 바둑알을 뿌려 놓은 듯 불규칙하게 흩어져 있어서 큰 배가 들어가기는 곤란했다. 때문에 오쿠보의 배도 항구 밖의 앞바다에 정박했다.

오쿠보는 여기서 수행원 가운데 후쿠시마 영사에게 통역관을 붙여 배에서 내려보냈다. 타카오 주재 청국 관헌과 연락을 취하기 위해서였다.

배는 연료와 물을 싣기 위해 얼마 동안 정박하고 오후 3시 타카오 항 밖으로 나가 한 시간 가량 항해한 뒤 사이고 쓰구미치가 본영을 두고 있는 낭당산에 닿았다.

낭당산은 지명이 정확하게 정해져 있지 않았다. 낭교(瑯嶠)라고도 한다. 본디 고사족의 말에 한자를 끼워맞춘 모양인데 나중에는 항춘(恒春)이라고도 불렀다. 배를 댈 만한 만이 몇 개 있었고 이 시기부터 몇 년 전 남쪽 만에 표착한 미국 배의 선원이 청국인이 말하는 이른바 '생번'에게 피살되었다. 뒤이어 일본에서 말하는 '류큐 번'의 배가 다른 만에 표착했다가 역시 생번에게 54명이 피살되었다.

배에서 보트가 내려지고 가바야마들이 먼저 상륙해서 쓰구미치의 본영에 연락했다.

쓰구미치가 해변까지 마중 나오자 오쿠보가 배에서 내려 상륙했다.

오쿠보와 쓰구미치는 미소만으로 인사를 나누고 별로 이야기를 하지 않았다. 사쓰마의 옛 습관이라고 하겠다.

사이고 쓰구미치는 육군 소장 다니 다테키(谷千城) 이하 여러 명을 거느리고 오쿠보에게 인사를 했다.

오쿠보는 선 채 오랫동안 북경 담판 경위를 설명하고 나서 이윽고 철병에 대해 언급했다.

"곧 도쿄에서 칙사가 내려올 것이오. 그러나 본인은 변리대신으로서 군을 통솔할 책임을 지고 있소. 오늘부터 철군 준비를 하기 바라오."

미야자키 하치로는 징집대의 본영 소속이었으므로 오쿠보를 볼 수 있었다. 하치로는 사이고 쓰구미치의 본영 밖을 경비하고 있었는데, 오쿠보와 그의 수행원 일행이 쓰구미치의 안내를 받고 온 것이다.

'저 사람이 나쁜 정부의 우두머리인가?'

그는 악의에 차서 볼 수밖에 없었다.

오쿠보는 이 더운 땅에서 검은 플록코트를 입고 하얀 칼라로 목을 조인 채 중산모자를 쓰고 있었다. 하치로는 그것을 보고 비웃고 싶은 충동이 일어났다. 하치로는 문명 개화를 싫어하는 구마모토(熊本)의 경신당(敬神黨)도 아니었고 또한 개화를 경제 사상의 관점에서 적극적으로 받아들이려 하는 구마모토의 실학당도 아니었으나, 이 경우 오쿠보에 대한 막연한 반발은 경신당과 비슷한 감정에서 온 것이었다. 서양 흉내도 좋지만 추위와 더위의 구별쯤은 알고 있으면 어떻겠느냐고 외치고 싶었다.

이날 밤 북경 담판의 결과에 대한 소문이 병영 안에 퍼졌다. 오쿠보가 멋지게 성공했다는 것이었다.

"성공한 것이 아니야."

하치로는 성공이라고 말한 사람에게 낮은 소리로 말했다. 보상금 액수는 현지에서 사이고 쓰구미치가 청국 관헌에게 출병 비용으로 210여만 달러를 제시했다. 그 일은 소문으로 하치로 측근들이 들은 바였다.

그러나 오쿠보가 북경에서 받은 것은 겨우 50만냥이다. 하치로가 말했다.

"액수를 문제 삼는 것이 아니라. 청국 정부에 우롱당하고 있어."

하치로 등이 병영에서 그런 이야기를 하고 있을 때 오쿠보도 사이고 쓰구미치를 상대로 그때까지 담판 경위를 이야기하고 있었다. 오쿠보로서는 사이고 쓰구미치와 그의 막료들에게 철병을 기분 좋게 진행시키기 위해 상대방이 충분히 납득하도록 담판의 시비곡절을 상세히 전해 주지 않으면 안된다고 생각했다.

"청국측도, 북경에 있는 영국 공사 외 기타 외국 사절들도, 일본의 대만정벌건을 의거로 인정했소. 이것으로 명분은 충분히 세운 것이오. 배상금의 크고 적음은 논할 일이 못되오."

오쿠보는 희미한 석유 램프 밑에서 나무 조각처럼 단단한 광대뼈를 빛내면서 말했다.

본영에서는 늦게 식사를 하게 되었다. 술이 돌아가기 시작했으나 오쿠보가 윗자리에 앉아 있어서 사담을 나누거나 담소하는 사람이 없었다. 오쿠보 앞에서 술주정을 할 수 있는 사람은 태정관 정부 요인 중에는 드물다는 말이 있었다.

게다가 오쿠보는 모두에게 술이 돌아가고 있는데도 수행원에게 명령해서 차례차례 설명을 시키거나 서류를 회람(回覽)케 하였다.

"이것은 세부적인 이야기이지만 배상금 지불에 대해서는……."

오쿠보는 쓰구미치와 그의 부하 장교들의 지식을 굳혀 두려고 생각했는지 스스로 말했다.

"청국 정부는 50만 냥 중에서 10만 냥은 즉시 지불하고 나머지 40만 냥은 철병과 동시에 지불한다고 했소. 단, 이제부터 하는 말은 사담인데 본인 혼자의 중얼거림이라고 생각해 주기 바라오."

실은 나머지 돈인 40만 냥은 그것을 인수한 뒤에 다시 청국측에 돌려 주려고 하는데 의견이 있다면 듣고 싶다고 말했다.

일동은 다소 어리둥절한 표정을 지었으나, 사이고 쓰구미치만은 이런 류의 날카로운 정치적 센스가 깃든 오쿠보의 참뜻을 금방 깨닫고 고개를 크게 끄덕였다.

오쿠보가 설명했다.

"배상금을 받은 것은 대만 정벌이 정의에 입각한 전쟁이라는 일본의 명분을 세우기 위한 것이었소. 일본으로서는 조금도 돈이 탐난 것이 아니며, 청국은 정의를 위한 투쟁 대해 인정하고 싶진 않았으나 드디어 50만 냥을 내고 말았소. 이것에 의해 일본의 뜻은 충분히 관철된 것이오. 명분이 선 이상 배상금의 크고 적음을 논한다는 것은 쓸데없는 일이오. 50만 냥 중에서 즉시 지불하기로 된 10만 냥은 청국 황제가 우리 조난민에 대해 베푸는 위로금이오. 이것은 받아야 하겠지만 40만 냥은 우리의 출병에 따른 잡비라는 명목으로 되어 있소. 이것을 되돌려 주는 것이 우리나라의 의거를 의거답게 할 수 있고, 다른 여러 나라에 잘 이해시키는 일도 되거니와 또한 청국에 대한 신의를 두텁게 하는 일이기도 할 것이오."

오쿠보는 이와 똑같은 취지를 도쿄의 구로다 기요타카에게 보낸 편지에도 썼다. 요컨대 이 생각이 노린 것은, 오쿠보가 목청을 높여 말한 것도 당연한 일이지만, 앞으로 국내의 장사적(壯士的) 여론이 배상금의 많고 적음에 시비를 걸어 정부의 실정을 따지려 할 수도 있다는 사정과 관계가 있었으리라.

오쿠보 도시미치는 11월 27일 요코하마에 입항한 뒤 기차를 타고 도쿄로 돌아왔다.

그 이틀 후 요코하마에 가서 영국 공사 퍼크스를 방문했다. 북경에서 청국 주재 영국 공사 웨이드에게 호의를 입었음을 사례하기 위해서였다.

오쿠보의 방문은 미리 퍼크스에게 전해 두었다. 퍼크스는 태정관 요인 중 오쿠마 시게노부와 이토 히로부미, 데라지마 무네노리 등과는 종종 만났으나 오쿠보와 무릎을 맞대고 만난 적은 없었다.

퍼크스는 성깔이 있는 사람이었다. 속으로는 일본인을 조롱하면서 때로는 얼굴을 맞대고 욕지거리를 퍼붓기도 하는 사람이었다. 이번 대만 정벌 사건에 대해서도 일본 정부의 방법을 통렬히 비난하고, 오쿠보의 북경 담판이 성공리에 끝났음에도 도리어 그것을 뜻밖의 일이라고 하면서 이런 글을 친구에게 보냈을 정도였다.

'애초에 일본에는 배상금 청구권이 없다. 나는 청나라가 그것을 지불한 것에 대해 통탄을 금할 수 없다. 다만 그로 인해 전쟁이 일어나지 않았음을 기뻐할 뿐이다.'

"일본에는 배상금을 청구할 권리가 없다."

이 의견은 퍼크스뿐만 아니라 오쿠보의 정적 사이고 다카모리도 비슷한 뜻을 가져서 시노하라 구니모토에게 보낸 편지 속에도 이런 뜻의 말을 썼다.

'오쿠보는 배상금을 요구했으나 그런 돈은 받을 수 없다.'

여기서 사이고가 말한 뜻은 청구권 문제가 아니라, 청국과 크게 붙어 싸울 결심이라면 돈을 받을 수 있다. 이를테면 청국에 2, 3개 대대를 보내면 돈은 해결된다는 뜻이었다.

그러나 오쿠보의 계책은 퍼크스가 말한 무대보의 '청구권'도 아니었고 사이고가 말한 '2, 3개 대대'를 상륙시킨 것도 아니었으며, 다만 총리아문에서 평화적으로 교섭을 거듭하면서 논의를 정밀하게 끌고 나갔고 때로는 기략을 써서 결국 그가 의도한 방향으로 유인하여 일을 해결했던 것이다.

퍼크스는 오쿠보를 맞아들여 술자리를 마련하고 환대했다.

"어떻게 교섭하셨습니까?"

그는 오쿠보로부터 담판 경위를 상세히 알아내려고 했다. 아무튼 퍼크스의 기쁨은 영국의 극동 외교로 보아 전쟁에 이르지 않은 일이었다. 게다가 일본이 대만에서 군대를 철수시킨 일도 영국으로서는 무엇보다 다행한 일이었다. 대만이 홍콩과 가까웠기 때문에 이곳을 일본이 점령한다면 영국의 극동 무역에 중대한 방해가 될 것이었다. 이번 해결을 퍼크스가 기뻐한 것도 무리는 아니었다.

대만의 낭당산 현지에서는 오쿠보가 돌아간 뒤 사이고 쓰구미치와 그의 부하들이 철군 준비를 시작했다.

먼저 조난당한 류큐인 54명의 무덤을 만들었다.

그 비석에 이번 대만 정벌에 대해 적어 둠으로써 대만에 있는 청국인에게도 이 대만 정벌이 '정의'에서 나온 것임을 알리려고 했다.

중국에는 장군이 외국을 정벌하여 이겼을 경우 그곳에 전승비(戰勝碑)를 세우는 습관이 예부터 있었다. 일본에는 그런 습관이 없었으나 누군가가 쓰구미치에게 권했던 모양이다.

비문을 직역하면

'메이지 4년(1871) 11월, 우리 류큐 번민이 태풍을 만나 이곳에 표착한 뒤 목단사(牧丹社) 적의 소굴에 잘못 들어가게 되어, 흉도들에게 54명이 피살된 바 있다. 메이지 5년 류큐 번왕이 그 사정을 여쭙자 천황은 심히 노하고 신하 쓰구미치에게 명하여 그곳에 가서 죄를 묻게 하였다. 메이지 7년 4월에 선발대가 도착하고 군대가 이어 상륙하니 번민들은 음식을 들고 와서 환영하였다. 오로지 목단자 흉도들만 항복하지 않았다. 이해 5월에는 흉도들을 석문(石門)에서 무찌르고 추장 아록(阿碌) 부자와 그 이하 30여 명을 죽였다.'

요컨대 적 30여 명을 죽이고 일을 평정했다는 것이 대만 정벌이라는 대규모적인 국가 사업의 실태였다.

그런데 류큐 인이 피살되었을 때 그곳에 사는 청국인 유천보(劉天保)라는 사람이 그들의 슬픈 운명을 불쌍히 여겨 그 시체를 모아 쌍계구(雙溪口)라는 곳에 묻어 주었다. 지금 그것을 옮겨 다시금 여기에 매장한다는 뜻의 글도 씌어 있었다. 친절한 청국인 유천보에 대해서는 비문에서 청국인으로 하지 않고 '광동(廣東) 유민, 유천보'라고 했다.

유민이라는 것은 본국에서 망명해 온 사람이라는 뜻인데, 하필이면 유민이라고 한 것은 '대만은 청국의 주권이 미치는 땅이 아니다'라는 국제법상의 해석을 취한 오쿠보의 논리와 일치시키기 위한 것이리라.

묘비에는 큰 돌을 썼다. 그 옆에 큰 글자를 새겼다.

'대일본 류큐 번민 54위의 묘.'

이것은 원칙적으로는 물의를 일으킬 일이었다.

류큐제도는 예부터 왜인이 사는 곳이었는데, 외교상 일본이나 중국에도 공물을 바치고 양쪽에 속하는 관계에 있었다. 일본은 메이지 5년에 새로 류큐 번을 설치하고, 류큐왕 쇼타이(尚泰)를 번왕으로 봉하여 화족(華族)으로 대우했다. 이것에 대해 청국은 항의하지 않았다. 그리고 지금 '대일본 류큐 번민'이라는 큰 글자를 새긴 비석을 청국령인 대만의 한 곳에 세웠다. 이에 대해서도 청국은 이의를 제기하지 않았다. 국제법적으로 말하자면 청국은 류큐가 일본국의 일부라는 것을 묵인했다고 할 수 있다.

이 이야기를 맺기 위해 여기에 에피소드를 한 가지 들겠다.

사이고 쓰구미치가 이 '대일본 류큐 번민 54위의 묘'의 뒷면에 대만 정벌의 경위와 결과를 글로 새겼던 바, 대만 현지에서 이 사건 처리를 담당했던 청국의 선정대신(船政大臣)인 심보정(沈葆楨)도 이 사실을 후세에 남기기 위해 돌에 글을 새겼다.

장소는 봉산성(鳳山城)이었다. 봉산성은 타카오의 동쪽에 있으며 성벽을 둘러쳐 현성(縣城) 모양을 만든 청나라의 관아도 있다. 사이고가 비석을 세운 곳에서 북동쪽으로 70킬로의 거리였으니 두 곳 사이는 멀지 않다.

심보정은 봉산성의 동쪽 문 밖에 그 비를 세웠다. 실제로 세운 것은 광서(光緖) 3년(메이지 10년) 8월인데, 그 글뜻은 사이고의 것과는 다르고 또 사실과도 다르다.

'일본은 번민이 조난민을 죽였다고 하여 광서 갑술년 봄에 대남(台南)에 침범하였다. 칙명에 의해 심 공(심보정)이 이 사태를 담당하고 군대의 지원을 요청했던 바 복건(福建) 제독당(唐) 공이 회군(淮軍) 만 명을 이끌고 왔다. 그 군대야말로 사기 왕성하고 명령에 투철하여 참으로 당당하였으므로 일본은 대적하지 못하고 평화를 간청하고 물러갔다.'

이렇게 되어 있다. '일본은 대적하지 못하고 평화를 간청하고 물러갔다'는 것은 심보정이 일부러 거짓말을 기록했다기보다, 한문이란 당나라 이후 문장을 구상할 때 격식을 차리는 관습에 따라온 때문인지도 모른다.

어쨌든 이 대만 문제는 동아시아 두 나라가 서양인의 감시하에 외교상의 싸움을 한 최초의 사건이었다. 그 일의 중대성을 심보정은 생각지 않고 여전히 예부터의 작문 격식만으로 자기 공적을 기록했다는 것은 청나라 말기 각료들의 측면을 나타낸 것으로 흥미로운 일이다.

어서 사이고 쓰구미치는 철수할 즈음에 그것과는 따로 글을 남겼다. 이 부근의 고사족 추장들에게 준 글이다.

'대일본 육군 중장 사이고 쓰구미치는 각 생번에게 알리는 바이다.'

그 글은 이와 같이 시작하여 대만 정벌의 경위와 결과를 간단히 말한 뒤 교훈적인 말을 했다.

'그대들은 청나라의 교화를 공손히 받들어 감히 삼척(三尺)을 범하지 말

라. 특별히 깨우쳐 타이르노라.'

'삼척'이란 법령을 가리킨다. 청나라의 교화를 공손히 지키라는 것은 오쿠보가 북경에서 전개한 논의와 호응한다.

오쿠보는 한 나라의 영토에 대해서 '한 나라의 통치가 미치는 곳'이라는 정의를 방패로 내세우고 대만의 생번에는 청나라의 통치가 미치지 못했다고 총리아문을 공격했는데, 강화가 끝난 뒤 사이고 쓰구미치가 이 오쿠보의 이론을 이어받아 일부러 생번에 대해 위와 같이 '깨우쳐 타이른' 것이다. 오쿠보와 사이고 쓰구미치는 그 주장을 시종일관했다고 할 수 있다.

미야자키 하치로 등 징집대 장사들은 오쿠보에 대해 불만이었다.

오쿠보가 대만의 낭당산을 떠나기 전날인 11월 18일에 연락이 징집대 본영에 전달되었다.

"내일 아침 오쿠보 경이 이곳을 떠나신다."

이 때 그 내용이 연락자의 잘못으로 미야자키 등 징집대가 의장병으로서 해변까지 전송한다는 말로 전해졌다.

"누가 아첨쟁이 노릇을 한단 말인가?"

히라카와 다다이치 등은 분개하고 그런 바보 같은 짓은 할 수 없으므로 갈 수 없다고 말했다. 히라카와는 의장병을 아첨쟁이로 보고 있었다.

의장병은 그들 나름대로 훈련받은 병사들이며 미야자키 히라카와 같은 장사 출신의 임시 사병들로서 할 수 있는 일이 아니었고, 또 웃사람도 그렇게 명령할 리가 없었다. 당연히 수정되어 전달되었다.

"징집대는 내일 아침 7시, 병영 앞으로 나와 정렬하라. 해변까지 전송하는 의장대는 진대에서 나간다."

이런 내용이었다.

"아첨쟁이 노릇은 농사꾼 출신 사병들에게 시켜라."

누가 소리를 질렀다.

그날 예정대로 일이 진행되었다.

오쿠보가 쓰구미치의 본영을 나오자 의장병들은 일제히 받들어 총의 경례를 했다. 오쿠보가 서양식 군대로부터 이런 종류의 경례를 받는 것은 이번이 첫 경험으로 보인다. 그는 일부러 그 일을 일기에 적어 놓았다. 본영 앞에서 이 경례를 받고 또 해변에서 보트를 탈 때 이 경례를 받았다고 한다.

사이고 쓰구미치는 해변까지 오쿠보를 배웅했다.

그 뒤 미야자키 하치로 등은 본영 안팎에서 휴식했다.

하치로는 청나라에 건너가야 한다고 생각하고 있었다. 전에 사이고 쓰구미치에게 건의하여 중국 본토에 정찰로 보내달라고 부탁했다가 거절 당해시 한 수를 지은 것이 있었다.

그 원고를 이날 사물함 속에서 꺼내 두세 자를 첨삭했다. 이 시는 오쿠보가 떠난 날의 감상을 적은 것이다. 모든 것은 끝났다. 그들은 국가 대계를 그르쳤다고 해야 하지 않을까?

국가 대계는 자칫하면 기회를 놓치노니
천하의 누구를 보고 시비를 논할소냐
만 리 파도를 타고 원정 온 나그네
헛되이 지금 어둔 눈물을 군복에 떨구노라.

이 하치로의 생각은 가고시마 인과 구마모토 인이 주축인 징집대 모두의 생각이라고 해도 좋다. 그들은 본디 정한론의 추종자였고, 나아가서는 훗날 그 대부분이 세이난 전쟁의 사이고 군에 참가한다.

미야자키 하치로의 실망은 오쿠보의 수행원인 육군 무관 가바야마 스케노리의 실망이기도 했다. 가바야마는 11월 16일 일기에 이렇게 쓰고 있다.

'평화 극복은 이루어졌으나, 군대로서는 실망했다.'

12월 중순, 수송선이 차례차례 낭당산 만에 들어왔다.

미야자키 하치로 일행의 배는 나가사키까지 그들을 수송하기로 되어 있었으나 그는 도쿄의 정세를 보고 싶었다.

"고향 사람들에겐 자네 입을 통해 보고해 주지 않겠나?"

그는 히라카와 다다이치에게 부탁했다.

"대만 정벌의 실정과, 오쿠보와 사이고 쓰구미치라는 정부요인이 얼마나 겁쟁이인가 하는 것을 울분 속에 불평으로 가득차 있는 구마모토 현의 사족들에게 전하라, 그것이 나의 의무이다."

미야자키 하치로는 고향의 늙은 아버지에게 대만 정벌에 대한 보고를 하고 싶었으나, 지금은 귀향을 늦추고 이곳에서 도쿄로 가는 배를 타고 도쿄 반정부당의 반응을 알아보고 싶었다.

"괜찮을까?"

히라카와 다다이치는 걱정했다.

하치로는 전에 이와쿠라 도모미가 습격받은 후부터 경시청의 범인 수사망에 걸려들 뻔한 적이 있었다. 하치로는 직접 가해자는 아니었으나 우범분자로 지목되었다. 도쿄 부는 다른 부현(府縣)과는 달라서 가와지 도시나가(川路利良)의 경시청 힘이 엄청나게 강했다. 하치로가 걸려들지 않을까 하고 히라카와는 걱정했다.

"뭘, 지금은 전과 달라 적어도 육군 중사라는 관록 신분이야."

경시청에서도 낭인 취급은 하지 않을 것이라고 했다. 사실 징집대는 이른바 예비역 취급으로 해산과 동시에 중사라는 신분도 없어진다. 그러나 극단적으로 관존민비(官尊民卑)인 경시청에서 보면 전 징집대 중사라는 정도라도 관록이 없는 것보다는 대우에 있어 고려를 할 것이다.

하치로는 손을 써서 도쿄마루(東京丸)에 타게 되었다. 배를 탈 때 히라카와 다다이치도 나가사키까지 동행하게 되었다.

도쿄마루에는 사이고 쓰구미치와 그 사령부가 탔다. 하치로는 그 틈에 끼어든 것이다.

배 안에서 하치로는 때때로 윗갑판을 묵묵히 걷고 있던 다니 다테키(谷干城)와 잠깐이나마 이야기를 나눈 일이 잊혀지지 않는 기억으로 남아있다.

그는 사쓰마·조슈에 독점된 듯한 육군 내에서 몇 안되는 도사 번 출신이었다. 그때 대만에서의 직책은 참군(參軍 : 참모)이었는데 실제로는 구마모토 진대의 사령관으로 귀국 후 그 자리에 복직하기로 되어 있었다.

햇볕에 타서 얼굴이 쇠붙이 같이 되었고 작고 날카로운 두 눈이 하얗게 반짝이고 있었다.

하치로는 다른 병사들과 함께 배 밑바닥에서 기거하고 있었는데 숨이 갑갑해지면 윗갑판에 나와서 거닐었다.

어느 날 아침 윗갑판에서 저쪽으로부터 걸어오는 다니 다테키를 보았다.

그는 막부 말기에 다니 모리베(谷守部)라고도 불렸다.

원래 유학자 집안 출신으로 그도 막부 말기에 번(藩)의 명령으로 에도 유학을 가게 될 정도였으니 학문을 못한 편은 아니었으리라.

그러나 기질은 그것에 적합했는지 어떤지 모르겠다. 젊었을 때 나라 일로 우울해지면 만사가 손에 잡히지 않는 체질이었는데 그렇다고 적극적으로 그런 종류의 운동자들 틈에 투신하지도 않았다. 다만 분큐(文久) 2년, 같은 번의 다케치 한페이타(武市半平太)를 알게 됨으로써 활동적인 것은 아니었으나 근왕파에 속하게 된다. 보수적인 도사 번에서 근왕파에 속한다는 것은 대단한 각오없이는 할 수 없는 일이었다.

육군 소장 다니 다테키는 평소에 말이 적은 사람으로 자기가 먼저 남에게 말을 거는 일이 거의 없었는데, 이날 아침에는 기분이 퍽 좋았는지 미야자키 하치로가 먼저 인사를 하자 말을 걸었다.

"뱃멀미는 하지 않나?"

그보다는 미야자키 하치로의 훤칠한 체격과 그의 특징인 검고 큰 눈에 불쑥 말을 걸어보고 싶은 충동을 느꼈는지도 모른다. 왜냐하면 그뒤에 이런 말을 했던 것이다.

"자네인가? 시를 쓴다는 하사관이…….."

다테키는 틀림없이 이 젊은이라고 생각했다. 하치로는 대만 전쟁터에서 시를 몇 편 지었다. 그 시를 친구들이 서로 다투어 가며 베꼈는데 어떻게 된 것인지 사령부까지 가게 되어 다테키도 그것을 보았던 것이다.

"시라카와 현의 미야자키 하치로라고 합니다."

하치로가 이름을 댄 것은 '시를 쓰는 하사관'이라는 연약한 놈으로 자기를 인식시키는 것이 자존심에 관계되는 일이었기 때문이다.

근처에 하얀 페인트로 몇 겹을 칠한 벤치가 놓여 있었다. 다테키는 그 끝에 앉았다.

"어떤 학문을 했나?"

다테키가 질문을 한 것은 드문 일이라고 하지 않을 수 없었다.

다테키는 젊었을 때 에도의 유학자 야스이 솟켄(安井息軒)의 문하에 들어가 그의 수제자라고 일컬어질 만큼 대우를 받았고, 봉급으로는 거의 대부분 책을 샀을 정도로 한서(漢書) 장서가 많았으나 남에게 한학에 대해 말하는 일은 드물었다.

하치로는 자기의 학업 이력을 짤막하게 이야기했다. 향사 신분이면서도 번교(藩校)인 시습관(時習館)에서 배웠다고 하자, 다테키는 구마모토의 사정을 알고 있었으므로 그것은 다행한 일이라고 말했다. 향사 신분인 자가 시습관에 들어갈 만큼 학력을 인정받았다는 추측도 할 수 있었다.

    그후 메이지 3년 일이지만 번의 명령으로 도쿄 유학을 가게 되어 하나와 게이타로(塙敬太郎) 사숙에서 국학을 배우고 아울러 다른 학당에서 서양학도 배웠다고 하자, 다테키는 잘한 일이라고 말하며 고개를 끄덕였다.

"군대에 남을 생각인가?"

다테키가 이렇게 말했던 것은, 군대에 남는다면 사관이 되는 길을 열어주려는 생각이었을까?

그러나 하치로는 냉담하게 말했다.

"군대에 남지는 않겠습니다. 군대에서 구구한 군사교육을 배워보아야 별수 없다고 생각합니다."

"구구한 군사교육이라……."

다니 다테키가 중얼거렸다.

다테키로서는 유망하게 보이는 하사관이라고 생각하고 사관으로 승진할 수 있는 길을 가르쳐 주려고 생각했는데, 이 일개 하사관이 사관양성교육을 가리켜 하찮은 군사교육이라며 그런 것은 배워도 소용없다고하니 어안이 벙벙한 느낌이었다.

'이렇게 함부로 큰소리를 치는 젊은이가 많아졌다. 사이고 당(黨)의 영향이 아닌가.'

이와 같이 생각했으나, 다테키의 재미있는 성격은 누구에 대해서나 정직한 점이었으며 그는 갑자기 자기 자신을 돌아보듯이 진지한 표정으로 말했다.

"나도 구구한 군사교육에 대해서는 모른다네."

다테키는 장군의 자질을 지닌 인물이긴 하였으나, 서양식 군사교육 등을 한번도 받아 본 적이 없다.

그의 막부 말기 지사 활동은, 초기에는 다케치 한페이타의 뒤를 쫓아다녔고 그뒤에 같은 번 출신인 사카모토 료마와 친해졌으며, 료마가 암살되었을 때 교토 번저(藩邸)에서 맨 먼저 현장에 뛰어갔다는 것이 사람들의 인상에 남아 있을 정도였다.

그리고 번의 상급무사 출신인 이타가키 다이스케(板垣退助)와 기맥이 통하여 그로부터 사람됨을 가장 신뢰받았다는 것이 큰 도움이 되었다.

막부 말기 끝 고비에 이타가키는 번의 육군을 장악하고 고치현에 있었다. 그보다 먼저 이타가키는 사쓰마의 사이고와 고마쓰 다테와키(小松帶刀)로부터 그들이 교토에서 도쿠가와 가문에 대한 쿠데타(결과로서는 도바·후시미의 싸움)를 계획하고 있다는 비밀 내용을 들었다. 그때 이타가키는 도사 번도 참가하겠다고 밀약했는데 이 밀약의 자리에는 다니 다테키도 있었다. 이타가키는 고치(高知)에 돌아갈 때 다테키에게 말했다.

"만일 교토에서 사쓰마·조슈가 거사한다면 우리 번의 번론 여하를 불문하고, 나는 고치에서 번군을 이끌고 상경을 강행하겠네. 그러니 자네는 불길이 오르면 곧 고치로 알려 주기 바라네."

그 말대로 되었다. 다니 다테키는 곧 시코쿠(四國)에 건너가 말을 몇 번이나 바꿔 타고 시코쿠 산맥을 넘어 고치 성밑 거리에 들어가 이 크나큰 변을 알렸다.

그후부터 그는 이타가키 밑에서 번군 간부가 되어 멀리 오슈(奧州)까지 옮겨가며 싸웠다. 이런 인연으로 해서 메이지 육군에 들어갔고 갑자기 육군 대령이 되었으며 곧 이어 소장이 되었던 것이다. 군대에 대한 학문도 기술도 이를테면 독학이었다.

"지금의 장성이나 영관급들은 나와 거의 비슷하지만 정통적인 군사학은 후진의 노력을 기다릴 수밖에 없네. 그것을 자네처럼 구구한 군대 교육이라고 경시한다면 어떻게 되겠나?"

다니 다테키는 후진들에게 설교 따위는 하지 않았다. 그는 우연히 관직을 얻어 육군 소장이 되었으나 아직 40세도 되지 않았고 설교를 좋아할 나이도 아니었다. 게다가 그 자신이 대단한 독서가로서 서생 기분을 잃지 않고 있었다.

"시를 좋아하나?"

다테키가 물었다.

하치로는 경서보다 시를 좋아했다. 그렇다고 문인묵객(文人墨客)을 자처하는 면은 전혀 없었다. 마음의 울적함을 시로 표현할 뿐이라고 말하자 다테키는 고개를 끄덕이고 말했다.

"나는 시를 좋아하지 않네."

그 말대로 다테키는 한서를 읽었고 경서의 정치논집을 읽었지만 시는 짓지 않았다. 시인의 재질이 없다기보다 시에 대해서는 은근히 편견을 지니고 있었다. 시는 젊음의 뜻을 읊는 것이라고 하는데, 결국은 그 뜻을 방출하는 것에 불과하며 그것에 의해 뜻이 충전되는 일이 없다고 생각하는 모양이었다.

"젊었을 때의 시는 객기를 읊는 것에 지나지 않고 몹시 하찮은 느낌이 들어. 이것은 나의 편견인데 자네에게 강요하는 말은 아닐세."

그는 군복을 벗은 후에 무슨 일을 하겠느냐고 물었다.

하치로는 곧 말했다.

"가능하다면 정부를……."

다테키의 반응을 들여다보듯 은근한 미소를 지었다.

"더 이상은 말씀드리기 어렵습니다."

그러자 다테키는 물었다.

"말해 보게. 나를 육군 소장으로 생각하지 않아도 좋아. 같은 학문길의 선배로서 말해 보게. 정부를 어떻게 하려는 것인가?"

"전복시키고 싶다면 선생님은 어떻게 하시겠습니까?"

감히 선생님이라고 부른 것은 다테키의 말대로 그를 육군 소장으로 보지 않고 같은 배움의 선배로 본다는 뜻이다. 그러나 상관인 다니 다테키로서는 일개 육군 중사인 그가 정부를 전복시키겠다고 자기에게 말한 것은, 아무리 군의 규율이 아직 충분히 법제화되지 않은 당시라 할지라도 폭탄을 던진 것과 같았다.

"왜?"

"그 이유는 막부를 쓰러뜨리기 위해 분주히 다니신 선생 쪽에서 더 잘 알고 계십니다. 지금의 정부는 옛 막부와 조금도 다를 바가 없습니다."

"그렇지 않아."

다테키는 얼굴빛도 바꾸지 않고 말을 이었다.

"옛 막부는 변할 수 없는 정권이었지만 지금의 정권은 설령 모든 것이 좋지 않다 하더라도 변할 가능성이 있는 정권일세. 자네들이 바꿔가면 되는 것이고, 전복시킨다고 별 도리는 없어. 자네는 이를테면 시를 너무 많이 지었기 때문에 시 속에 파묻혀 있는 것이 아닌가?"

다니 다테키는 벤치에서 일어섰다. 그의 부관이 부르러 왔기 때문이다.

"실례하네."

다테키는 미야자키 하치로에게 말했다.

하치로는 가려고 했다.

그러자 다니 다테키가 불러 세웠다. 조금 전까지의 서생 선배라는 느낌이 아닌 위엄을 특별히 가장한 것도 아니었는데 육군 소장이라는 제복을 앞세우고 있는 느낌이 들었다.

"미야자키 중사. 군대의 강약은 규율에 있다. 규율의 표현은 예의이다. 미야자키 중사, 모범적인 예의를 지켜라."

다테키는 하치로에게 겨우 들릴 정도의 작은 소리로 말했다.

하치로는 정말 그렇다고 생각했다. 이런 말을 듣고 나자 조금 전까지의 다니 다테키의 태도는 이를테면 야스이 솟켄의 사숙에서 선배가 후배와 잡담하는 듯한 느낌이었다. 그것에 이끌려 하치로는 자기가 군대 안에 있다는 것을 잊고 머리만 약간 숙이고 떠나려 했던 것이다.

'다니 다테키도 역시 속물인가?'

하치로는 주의를 받은 불쾌감 때문에 상대편을 그렇게 보려고 했다.

그러나 경례를 해두는 것이 좋다.

그는 오른손을 들어 거의 흉내 같은 프랑스식 경례를 해보였다.

다니 다테키는 약간 끄덕이더니 하치로에게 말했다.

"서로 이것으로 군대에 되돌아 왔네."

이 한 마디는 어느 새 하치로에게 패배감을 느끼게 했다.

다니 다테키는 조금 분에 넘친 30분간의 두 사람의 관계를 이 한 마디 말로 청산했던 것이다. 이 같은 한 마디를 하기 위해 하치로를 일부러 불러 세워 프랑스식 경례를 시켜 본 것이리라.

하치로는 선창으로 돌아갔다.

거적 바닥 위에 누워 뒹굴면서 생각했다.

'다니 다테키는 어떤 사람일까?'

일종의 분노를 느끼며 그것을 주제로 마음을 가다듬어보려고 했다.

다니 다테키의 서양식 군대에서의 경력은 겨우 2, 3년이 아닌가. 육군 소장이라는 관직은 정권을 사유화한 사쓰마·조슈가 작은 파벌인 도사 벌(土佐閥)에 대한 배려로 그에게 쥐어 준 것에 불과하다.

과연 다니 다테키에게는 보신 전쟁 때의 전력이 있다고 할 수 있을까?

그러나 전력은 하치로에게도 있었다. 막부와 조슈 전쟁 때 막부군으로 동원된 히고 번의 번군에 속하여 고쿠라까지 출진한 일이 있다. 아버지 조베(長兵衞)를 따라 종군했는데 겨우 14세 소년병이었다고는하나 전쟁경력이라고 아니 할 수는 없다. 요컨대 도사 인은 시류를 탔고 히고 인은 시류를 타지 못했다. 그 정도의 차이가 지금 사회에서는 신분의 차이가 되어 있었다. 어리석은 이야기다.

히고 사람 미야자키 하치로는 당연한 일이지만 반정부주의자였다.

같은 현의 동지 히라카와 다다이치도 그랬다. 왜 반정부주의자인가 하고 묻는다면 얼마든지 논지를 들 수 있다.

그러나 이치는 그렇다 하더라도 이치의 밑바닥에 흐르는 감정으로 말하자면 아직 미숙했다.

'히고 인이기 때문에.'

이런 의식의 뿌리에서 아직 벗어나지 못했다. 사쓰마·조슈·도사·사가의 네 번이 그들의 번 출신으로 정권을 독점한 것이 미웠던 것이다.

그렇다고 하치로 등 히고의 동지들이 관직에 들어앉지 못한 것을 원망하여 반정부주의자가 된 것도 아니었다. 이를테면 하치로의 경우, 훗날 낮은 지위이지만 관직의 권유를 받은 일이 있었으나 두말 없이 거절했다. 만일 지금 참의나 경(卿 : 장관)이 되라고 한다해도, 설사 그런 일은 없겠지만, 고려해 볼 것도 없이 거절할 것이 틀림없다.

히고 인이라 해도 관직에 들어앉은 사람은 많다. 현(縣)의 인사는 옛 번 시절에 불우했던 실학당(實學黨 : 요코이 쇼난의 학파, 개화파였다.)이 차지하고 있었다.

히고는 본디 당쟁이 있었던 번이었다. 옛 막부 때는 번교인 시습관 출신자가 번의 정치를 좌우했고 사상의 경향은 친막이었다. 때문에 유신 후에 이 '학교당(學校黨)'이라고 불린 당파는 힘은 잃었지만 인재가 많았다.

하치로는 시습관 출신이다. 마땅히 학교당에 속하지만 따로 동료들을 모아 과격파를 만들었다.

시세에 늦은 학교당은 당연히 불평 사족들이 주력이었으나 정부에서 유인하면 편승하는 패들도 많았다.

하치로패들은 그들과는 기분이 달랐다. 어디까지나 '기분'이었다. 아직 이론화되지 않았고 운동 방침도 없었다. 그러나 어쨌든 새 정부를 근본부터 부정하는 기분이었고, 그렇다고 해서 어떤 정부를 어떤 수단으로 바꾸어 세운다 하는 데까지는 성숙하지 못했다.

이런 기분을 히라카와 다다이치와 같이 나누고 있었다. 히라카와는 누워서 뒹굴고 있는 하치로 옆에 앉았다.

"어줍잖은 일은 그만두게."

히라카와가 말했다. 그는 하치로가 윗갑판에서 다니 다테키와 뭔가 이야기를 나눈 것을 알고 있었다. 다니는 관리가 아닌가, 하고 히라카와가 말했다.

히라카와는 육군 하사관이다. 하사관은 관리가 아니며 소장이 관리라는 감각은 히라카와가 자연스럽게 느끼고 있는 일이다. 얼핏 보기에 관리에게 아첨을 떠는 일이라고 히라카와는 말했다.

"아냐, 다니 다테키라는 인물은 아무래도 재미있는 사람 같았어."

하치로가 일어나서 말했다. 입으로 말할 만큼 재미있다고는 생각지 않았지만 히라카와 다다이치로부터 어줍잖다는 말을 들은 참이었으므로 변명하기 위한 말이라고 할 수 있다.

"학문도 있어."

다니 다테키는 옛 번 시절에 번사로서는 신분이 낮았지만 국학 경향이 짙은 도사 유학자의 종주(宗主)라고 불리며 지추(谷時中)의 5대 후손이라고 하치로는 말했다.

"다니가 그런 것을 자랑했나?"

히라카와는 다니 다테키의 사람됨을 본 듯한 표정을 지었다. 하치로는 고개를 가로저었다.

"물론 다니가 그런 말을 할 사람은 아니야. 전에 누구한테서 들었어."

"학문의 깊이나 얕음이 무슨 소용인가?"

히라카와는 같은 히고 출신인 이노우에 고와시의 이름을 들어 말했다.

"이노우에의 재능과 학식은 젊은 나이이지만 당대에 뛰어났네. 그러나 그는 재능과 학식을 쏟아 오쿠보에게 바치고 있어. 오쿠보가 구상하는 일에 피와 살을 주고 국가의 앞날을 위태롭게 하고 있네. 듣는 바에 의하면 북경에서 오쿠보를 위해 여러 가지로 책략을 꾸며 주고 글을 기초하였다고 하지 않나. 여보게, 오쿠보를 옳다고 보나, 그르다고 보나?"

"그르다고 보네."

하치로도 기세를 타고 말했다.

"그렇다면 이노우에 고와시는 옳은건가, 그른건가?"

"물론 글러 먹었지."

"그렇다면 육군 소장이며 구마모토 진대 사령관 다니 다테키는 어떤가?"

"그르단 말이지?"

하치로는 이렇게 말하고 나서 쓴웃음을 지으며 말했다.

"히라카와, 이젠 그만두세."

다니와 이야기를 나누었다는 것만으로 조롱당해서는 안될 일이다.

또한 야(野)에 뜻을 세울 입장이라면 오쿠보를 간사한 인물이며 악당이라고 할 수 밖에 없다. 그러지 않고선 야당의 기분은 성립되기 어려우며, 반정부주의는 미야자키처럼 아직 이론화되지 않고 '기분'의 단계에 있는 이상 단순하고 격렬한 정사론(正邪論)으로 나갈 수밖에 없다. 이 정사론 분위기는 훗날에 가고시마 사학교(私學校) 학생이 가고시마 고쓰키 강(甲突川) 옆에 있는, 오쿠보의 선조때부터 내려온 작은 주택을 때려 부수기에 이르게 된다.

나아가서 이 시기부터 4년 뒤 오쿠보가 암살당할 때, 하수인인 이시카와 현(石川縣)의 사족 시마다 이치로(島田一郎)의 '참간장(斬姦狀)'에도 그 기분이 관철되어 있다.

'대만 사태는 대체 무엇 때문에 일으켰단 말인가. 헛되이 군대를 모독하고 사병들을 살상시키고 나라의 재물을 소비하고 결국은 중국에 농락당했다. 도로 수선비라는 명목으로 얼마 안되는 돈을 받고서도 도리어 국내에 공포하기를 상금이라고 했다. 국민을 기만하기를 바로 이렇게 하였도다.'

하치로나 히라카와도 이 시기에 이같은 감정을 가지고 있었다.

도쿄마루를 비롯한 배들이 나가사키 항에 입항했다.

외항에 들어서자 예포가 계속 울렸다. 포대에서 쏘아대고 있었다. 포대는 옛 막부 때 축조된 것으로 대포는 옛 사가 번이 영국에서 사들이기도 하고 자기 번에서 주조하기도 한, 아주 구식의 것이었다. 항내가 산으로 둘러싸여 있었으므로 그 소리가 여기저기 산봉우리에 메아리쳐 웅장하게 들렸다.

안벽에는 현의 고관들이 마중나와 있었다. 구마모토 진대에 남아 있던 참모장이며 연대장들이 나와 의장병이 3백 명쯤 정렬하고 있었다.

배가 나가사키 항에 들어가기 전에 명령이 선창에 있는 사람들에게 전달되었다.

"징집대원들은 나가사키에서 내려라."

미야자키 하치로는 이건 말이 안되는 일이라고 사관에게 항의했다.

그는 도쿄에 가고 싶었기 때문에 다른 수송선에 탈 것을 일부러 손을 써 이 사령부 수송선인 도쿄마루에 탔다. 그런데 다른 수송선의 사람들과 마찬가지로 나가사키에서 내리라는 것이었다.

"나가사키에서 내려야 한다."

그 사관은 되풀이하여 말했다.

단지 사령부만은 사이고 쓰구미치 이하 모두 도쿄로 간다. 그러나 쓰구미치 휘하의 군대는 쓰구미치와 헤어져 구마모토에 돌아간다는 것이다. 본디 이 대만 정벌군은 도쿄에서 편성된 것이 아니라 구마모토 진대가 주력이 되었고 지원병인 징집대도 구마모토 진대에서 모집한 것이다. 따라서 구마모토 성으로 돌아가야 한다고 사관은 설명했다.

'도쿄의 상황을 살피려고 했는데.'

하치로는 단념하지 않을 수 없었다.

배가 동중국해에 들어섰을 때 그는 한밤중에 잠이 깨었다. 이가 덜덜 떨리는 오한이 세 시간 정도 계속되다가 새벽녘에 높은 열이 났다.

"미야자키, 걸렸구나."

히라카와 다다이치가 말했다. 종군했던 많은 사병들과 인부들의 목숨을 앗아간 그 열병에 하치로도 뒤늦게 걸린 모양이었다. 하치로는 현지에서 한때 이와 비슷한 병에 걸린 적이 있었는데, 그뒤에 아무 일도 없었기 때문에 어쩌면 그것을 모면한 것으로 생각했다.

현지에서 이 병에 대해 군의관들은 대만 학질이 심한 것이라고 말할 뿐 치료법을 발견하지 못했으며 나중에 파견된 독일 의사도 치료할 방도를 몰랐다.

배가 나가사키 항에 들어갈 무렵에는 거짓말처럼 열이 내려 하치로는 도쿄에 갈 생각이었다.

그러나 지금으로서는 사관이 명령하는 대로 얌전하게 집으로 돌아가는 편이 현명할지도 모른다.

나가사키에 도착, 그리고 배에서 내린 뒤 하치로는 그후 자기가 어떻게 됐는지 기억이 희미했다.

항만의 안벽에서 다시 그 사지의 뼈가 울리는 듯한 오한이 들었던 것이다.

나가사키에는 막부 말기에 막부가 초빙한 의사 폼페의 지도에 의해 만들어진 서양식 병원이 있었는데 하치로는 그 시설에 수용되었다.

그러나 거의 치료다운 치료도 받지 못하고 온몸이 춥고 떨리거나 땀이 나는 증상을 하루 건너 되풀이하며 그저 누워만 있을 뿐이었다.

20일쯤 지나서 히라카와 다다이치가 찾아왔다. 히라카와는 이젠 군복도 입지 않고 일본옷을 입고 있었다. 그는 구마모토에서 하치로의 것까지 포함하여 제대 수속을 끝내고 나가사키에 돌아왔던 것이다.

그는 군복을 입은 채 누워 있는 하치로를 위해 잠옷까지 가지고 왔다. 그리고 퇴원 후의 옷도 하치로의 집에서 부탁받아 가지고 왔다.

"군복은 상부에 반납하라고 하더군."

히라카와가 말했다.

별로 상부에 화를 내고 말하는 것이 아니라 당연하다고 말하는 것 같았고 하치로는 그것을 이상하게 생각하지 않았다.

이 시대는 그런 것이었다. 옛 막부 시대에 상부에서 아랫사람을 돌봐주는 일은 일반적으로 없었던 일이고, 가령 무사라도 하치로가 번의 명령으로 소년병이 되어 오구라에 종군했을 때 역시 옷은 자기 부담이었다. 이번 대만에 갈 때 군대에서 무료로 준 옷을 받고 뭔가 이상하고 간지러운 느낌을 받았다. 그것을 지금 반납하라는 것이다. 물론 당연하다고 하치로와 히라카와는 생각하고 있다. 그런 나라에 두 사람은 살고 있는 것이다.

다만 하치로는 이 병원에서의 치료비가 걱정되었다.

히라카와는 병원 의사에게 물어 보았다. 의사는 정확한 대답을 못하고 말할 뿐이었다.

"진대에서 아무런 시달도 없었다."

히라카와는 하치로의 군복을 보자기에 싼 뒤 구마모토로 돌아가버렸다.

며칠 후에 하치로의 증세는 가벼워졌다. 하치로는 치료비가 걱정되었다. 진대 소속 징집대의 사병이라면 군대에서 형편을 봐 줄 것이지만 제대한 이상 자기가 지불하지 않으면 안된다고 생각했다.

'차라리 치료비를 떼먹고 도망쳐야지.'

하치로서는 그 방법밖에 없었다. 다행히 증상은 가벼워졌다. 다만 화장실에 갈 때 팔다리가 후들후들 떨렸으나 그래도 구마모토까지 걸어서 돌아갈 수는 있겠지……

어느날 하치로는 결심하고 아무렇지도 않은 표정으로 병원 문을 나가 그대로 도망쳤다.

그러나 10리도 못가서 몸이 움직여지지 않았다.

도중에 친절한 농가에 묵기로 하고 때로는 며칠씩 간호를 받기도 하면서 고향 아리오 마을(荒尾村)에 도착했을 때는 볼의 살이 푹 패이고 눈만 반짝거려 마치 귀신같은 형상이었다. 하지만 마을 어귀까지 왔을 때, 발걸음만은 똑똑히 밟아야겠다고 자기 자신에게 타일렀다.

인간정의(人間定義)

히고의 다마나 군(玉名郡) 아라오(荒尾) 마을은 아리아케 바다(有明海)에 면하고 시마바라(島原) 반도의 운젠산(雲仙岳)을 바라보고 있었다.

히고(肥後)는 북쪽 끝에 있어서 구마모토 성 아래쪽보다는 북쪽의 지쿠고(筑後)로 해서 접근하는 편이 가깝다. 국경 근처의 세키가와라강을 사이에 두고, 지쿠고 미이케(三池)와 지쿠고 오무타(大牟田) 해변, 그리고 지쿠고의 들이 한 줄로 연결되어 있다.

아라오의 들은 잘 일구어져 있다는 것 외에는 굳이 내세울 것이 없다. 마을 동쪽, 높이 510미터의 쇼다이(小岱)산이 유일한 특징이다.

필자는 다마나시를 경유해서 아라오 마을로 들어갔는데, 기쿠치(菊池)강을 건넌지 얼마 되지 않아 구마모토에서부터 동행해 준, 미야자키 마사히데 씨(하치로의 조카)가 불쑥 오른손으로 앞을 가리키며 꽤나 중요한 정보라도 알려주듯 말했다.

"저기 보이는 게 쇼다이산입니다."

칠면봉이라고도 불리는 쇼다이산은, 구마모토에서는 이미 이름 없는 산이 되어버렸지만, 아라오 마을 출신자에겐 정신적 가치를 지닌다. 하치로의 막내 동생 도텐(滔天)의 저서 《33년의 꿈》에 다음과 같은 문장이 있다.

"다가올 내일, 쇼다이산 하치로유키히라의 성에서 칠면봉을 바라본다."

도텐은 쇼다이산 성주 쇼다이 하치로유키히라의 이름을 거론하고는 이후 아무런 설명도 하지 않았다. 장수 쇼다이 하치로유키히라 또한 아라오 출신 자만이 아는 위인인 듯하다.

하치로의 본명은 마사토인데 하치로가 자신이 직접 선택한 이름이라고 한다. 하치로라는 통칭은 그의 아버지 조베에가 지은 것이다. 장남임에도 불구하고 하치로라는 이름을 지은 것은 쇼다이 하치로를 닮으라는 뜻이 담겨있다고 한다.

미야자키 조베는 아내 사키와의 사이에 열한 명의 자식을 두었는데, 그 중 여덟 명이 아들이다.

일찍이 양자를 들이기도 했는데, 겐우에몬이라는 인물로, 조베는 양자를 적자로 삼아 집안의 대를 잇게 할 작정이었다. 여덟 명의 아들을 충분히 교육시켜 그들이 원하는 일을 자유롭게 하도록 해 주고 싶었던 것이다.

양자 겐우에몬이 조베의 뜻을 받아, 막부 말기에 번을 탈퇴하고 조슈 번에 합류하였다. 그리고 1864년 하마구리 고몬의 변에 참가하여 교토에서 전사했다.

조베도 양자를 탓할 수만은 없다. 그 자신도 막부 말기에 집안을 사키에게만 맡겨두고 무사수행을 구실로 전국을 떠도느라 오랫동안 집을 떠나있었다.

미야자키 조베가 자식들에 말했던 가르침은 단 하나였다.

"남자란, 하찮은 집안일에 매여서는 안 된다. 세상을 위해 뜻을 품고 산야에서 최후를 맞아야한다."

조베의 교육에 대해서는 막내아들 미야자키 도텐의 《33일의 꿈》에 자세히 나타나 있다. 어린 도텐의 머리를 쓰다듬으며 하루에도 몇 번씩 '호걸이 되어라', '장군이 되어라', '돈이란 천한 것이므로 손대지 마라'고 가르쳤다. 하치로도 그러한 교육을 받고 자랐다.

또한 조베는 도텐이 11살 되던 해에 사망했는데, 부창부수라 하여 어머니의 교육 또한 크게 다르지 않았다.

"항상 자식들에 훈계하시며, 방안에서 죽음을 맞이하는 것은 남자로서 최대의 치욕이라고 말씀하셨다.”

도텐이 알고 있는 하치로에 대한 지식은 그가 메이지 초기에 자유민권을 주창하며 전전하다가, 사이고의 난에 관여하여 죽음을 맞았다는 것 이외에는 없다. 그러나 마을 어른들이 모두 입에 침이 마르도록 하치로를 칭찬하며, 그와 같은 인물이 되라는 말을 끊임없이 들어왔다.

도텐은 ‘자유민권이 무언지도 모른 채 그저 좋은 것’이라 생각하며 성장하였다. 그의 문장을 조금 더 살펴보면 다음과 같은 내용이 있다.

“모든 관직의 자리에 있는 사람들은 도둑놈이나 다름없으므로, 진정한 영웅호걸은 모반을 일으켜야 한다고 생각하였다.”

미야자키 하치로가 말라리아 열로 쇠약해진 몸을 이끌고 아라오 마을의 자기 집에 돌아간 것은 메이지 8년(1875) 겨울로, 봉당에서 마루턱에 발을 올려 놓을 수도 없을 정도였다. 기듯이 겨우 올라가 아버지 조베(長兵衛)에게 두손을 짚고 돌아온 인사를 했다.

“죽을 것 같은 느낌이 드느냐?”

아버지는 인사를 받고 나서 하치로의 얼굴을 들여다보며 말했다. 아버지의 큰눈에 눈물이 글썽했다. 그는 하치로가 대만에 있었을 때 그의 안부를 걱정하며 근방의 신관(神官)에게 점을 쳐 보았을 정도였다. 점괘에는 무사하다고 나왔다.

하치로는 얼마 동안 생각하다가 말했다.

“열만 내리면 괜찮습니다. 틀림없이 나을 겁니다.”

아버지는 그러냐고 큰소리로 말하고 자기 자신이 그렇게 느낀다면 틀림없다며 밝은 표정으로 돌아갔다.

어머니 사키(佐喜)가 햇빛이 잘 드는 뒤곁 방에 잠자리를 깔아 주었다.

그곳이 하치로의 병실이 되었다.

며칠이 지나 하치로의 아버지가 병실에 찾아와 머리맡에 앉아 나직한 소리로 말했다.

“도모조(伴藏)가 죽었다.”

도모조란 하치로의 바로 아랫동생이다.

도쿄에 유학하고 있었는데 결핵을 앓다가 바로 하치로가 집에 돌아온 날 숨을 거두었다고 한다. 그때 나이 19살이었다.

아라오 마을의 미야자키 집안에는 아들이 많았다.

도라조(寅藏)가 가장 어렸다. 도라조 위에 게이오(慶應) 3년생인 야조(彌藏), 게이오 원년생인 다미조(民藏)가 있다. 모두 근방의 한학서당에 다니며 초등교육을 받고 있었다.

하치로를 빼놓고는 모두 조(藏) 자가 붙어 있다. 이 무렵 아버지 조베도 나가조(長藏)라는 이름으로 개명하고 있었다. 그런 포고가 이 당시 태정관에 나와 있었다. 무슨 베(兵衛)니 하는 것을 일반인이 이름으로 쓰는 것은 공과 사를 문란케 하는 일이라고 했다.

태정관이라는 권력은 이 시기에 있어 문화혁명의 원천이었다. 철도를 부설하고 법률제도를 갖추는 면에서는 이른바 문명 개화를 추진하고 다른 일면에서는 극단적인 복고주의를 실시했다. 조베가 호적상 나가조로 되어버린 것은 태정관의 복고주의 탓이라고 할 수 있다.

나가조는 자기가 '조'라는 이름을 썼기 때문에 자식들의 이름에도 그 자를 붙였다.

다미조, 야조, 도라조는 훗날 미야자키 가문의 '3조'라고 불렸는데, 각각 개성이 풍부한 생애를 보냈다.

공통된 사상은 막내 동생인 도라조, 즉 도텐(滔天 : ^{훗날 바꾼}_{이름})이 만년에 쓴 것처럼 '모름지기 관직에 앉는 인간은 도둑이나 악인의 종류이며……'라는 기분이었다.

사실 도텐의 복잡한 면은 그것을 자랑스럽게 쓴 것이 아니라 체액속에 뭐라 표현할 수 없는 쓴 맛이 배어 있었던 것이고, 그가 쓴 책 《33년의 꿈》은 당당한 문학이 되었다.

"돌이켜 보건대 내가 중국인도 아닌 형 야조에게서 중국 혁명주의의 세례를 받은 것은 30년 전, 17세 소년으로 와세다 전문학교에 재학중이던 옛날의 일이었다."

도텐이 이렇게 말했듯이 야조는 도텐의 스승이었고 평생 도텐을 도와 손문(孫文)으로 하여금 이런 말을 하게할 정도로 열심히 후원자가 되어주었다.

"혁명에 게으르지 않았던 사람은 미야자키 형제다."

다미조(民藏)는 별난 사람이었다.

그는 지주의 집안에 태어났으면서도, 토지 사유제에 의문을 품고 마침내 그것을 부정하더니 그 사상을 충족시키기 위한 목적만으로 미국에 건너가,

평생 동안 그가 주장한 '토지 복권 운동'을 계속했다.

그는 미야자키 집안 사람들 모두에게 공통된 천부적 인권주의자였고 농민이 토지를 소유하는 것은 '인류의 큰 권리'라고 주장했다. 평생을 소박하게 살면서 사회의 근본을 뒤엎는 일을 위해 일생을 바쳤다.

그런 형제의 맏형이 하치로이고 둘째 형이 도모조(伴藏)였다.

잠시 여담이지만 필자가 구마모토 시에 거주하는 미야자키 마사히데 씨 댁을 방문하였을 때, 우에무라 기미오(上村希美雄) 씨가 동행해 주었다.

그는 잡지 〈구라고(暗河)〉의 동인으로 활동하며, 그만의 중후한 문학적 필치로 히고의 사상가들을 다루고 있었다. 히고는 일본에서는 드물게 사상적 풍토가 짙은 지역이다.

운 좋게도 미야자키 마사히데 씨 댁에서 무기타 시즈오(麥田靜雄) 씨를 만나게 되었다. 무기타 씨는 직장을 다니면서 아라오 마을의 역사를 정리하고 있는데, 특히 미야자키 형제의 사상과 행도를 꼼꼼히 조사하고 있었다. 현재는 토지복권론을 펼친 다미조(民藏)의 생애를 조사하는 중이었다. 그날도 마사히데 씨 댁에 있는 편지를 보기 위해 방문했던 것이다.

우에무라 씨도 무기타 씨도 과묵하고 가식이 없는 사람이었다.

나는 두 사람을 만난 것이 행운이라고 생각하고, 하치로에 대해 물었다.

그런데 하치로가 언제 어떤 계기로 루소의 《민약론(民約論)》을 읽은 것일까. 정한론에서 대만 종군에 이르기까지의 하치로는 다분히 문학적 기분에서의 영토 확장론자처럼 보였는데, 아리오 마을로 돌아가서 얼마되지 않아 격렬한 자유민권 운동자가 된다.

이 일보다 앞서 에토 신페이가 사가의 난(亂)에서 오쿠보 도시미치가 직접 이끈 정부군에 의해 싱겁게 패배했다는 소식을 들었을 때 하치로는 동지들을 격려했다는 이야기가 있다.

"애석해할 것 없다. 아직 사쓰마에는 사이고가 있다."

이 시기에 그의 정열은 단순히 모반에만 있었다. 사쓰마·조슈의 관원들에 의해 독점되어 있는 태정관 정부를 쓰러뜨린다는 데에 쏠려 있었고 사상적 뒷받침이 결핍되어 있었다. 사상가로서 하치로의 지난 발자취를 더듬을 때 대만 행은 위와 같은 기분의 연장선상에 있었으나 귀국 후 거의 탈바꿈하듯이 별안간 바뀐다. 하치로가 처음으로 자기 정열의 대상을 얻은 것은 자유민권 사상을 앎으로써 이루어진다.

하치로가 루소의 《민약론》을 읽고 정신이 크게 드높아져 뜻을 읊은 시가 있다. 그 시는 아깝게도 언제 만들어진 것인지 모르며, 《민약론》은 집에 돌아온 후 곧 그것을 읽을 기회를 얻었는지 아니면 1, 2년 후에 읽었는지 알 수 없다.

'민약론을 읽고.'

이것은 그 시의 표제로, 보편성이 높은 사상에 감수성이 예민한 영혼이 처음으로 접촉한 그 감동은 마치 번갯불을 맞은 듯한 격렬함과 흡사했으리라. 그런 감동을 읊은 시는 예부터 그리 흔치 않을 것이다.

천하는 몽롱하여 모두 꿈과 같은데
홀로 된 참된 말은 하늘과 땅을 꿰뚫으려 하누나
누가 아나, 싸늘한 달과 찬 바람 아래
울면서 읽도다, 루소의 민약론을.
天下朦朧皆夢魂
危言獨慾貫乾坤
誰知凄月悲風底
泣讀盧騷民約論

이 루소의 《민약론 : 사회계약론》이란 것은 프랑스에서 귀국한 나카에 조민(中江兆民)이 한문번역한 것이었던 모양이다.

루소의 《민약론》을 소개한 것은 조민이 처음이었다고 한다. 다만 조민의 소개에 전후한 시기인 메이지 10년(1877)에 핫토리 메구무(服部德)라는 사람이 네 권으로 번역, 간행했으나 세평으로는 묵살된 것이나 다름없었다.

하치로가 '울면서 읽었다'는 것은 어느 것이었을까? 그런데 조민이 그 완역본을 세상에 내놓은 것이 메이지 15년(1882)이었으니, 그때는 이미 하치로가 이 세상을 떠난 뒤였다.

그때까지 조민이 초역 비슷한 것을 썼던 것은 확실하고 도사 사람들이 메이지 10년(1877)에 그것을 열심히 베꼈다는 이야기가 남아 있다.

이런 여러 가지 시간 관계와 하치로의 시간을 아울러 생각해보더라도 그 두 가지의 접촉점을 파악하기가 어렵다.

하치로가 민권 운동가가 되는 귀국 초기의 시기는 메이지 7년 말에서 8년 정월에 걸쳐서이다.

그 외의 시점은 모두 상상일 뿐이다.

만일 하치로가 집에 돌아온 초기에 루소의 《민약론》을 읽었다면, 도쿄에서 바로 아랫동생인 도모조가 아버지인 조베 앞으로 보내온 것일까?

도모조는 하치로가 대만에 가려고 나가사키에 체재중이었을 때 아버지 앞으로 근황을 알리는 편지를 보냈다. 전부터 그는 러시아 어를 배우기 위해 니콜라이 성당의 러시아 신부 밑에 있었는데, '좀 불편한 일이 있어서' 이 시기에 자리를 바꿔 도쿄 외국어 학교에 입학했음을 알렸다.

여담을 계속한다.

나카에 조민이 프랑스에 체재중에 루소의 《민약론》에 관심을 가지고 귀국한 메이지 7년 10월까지 그 번역 원고의 일부가 만들어졌다는 설이 있는데, 만일 그것이 사실이라면 도쿄에서 하치로의 동생 미야자키 도모조와 조민이 서로 접촉하고 그것을 보았다는 이야기가 성립될 수 있다.

그런데 조민은 훗날 이 번역을 본격적으로 하려 했을 때 원래 소양이 깊었던 한서(漢書)를 다시 한 번 공부했다. 그 까닭은 프랑스 어를 옮길 때 그는 예부터 일본의 전통적 교양에 주축이 되어 왔던 한서를 다시 인식하여, 그 용어를 새로 만들지 않고 한서 중에서 채취하려고 했던 것이다. 만일 메이지 7년에 《민약론》의 초고가 있었다면 그 초고는 위와 같은 큰 결의를 품고 번역을 시작하기 이전의 것이었으리라.

조민은 귀국하여 도쿄에 올라가자 곧 학당을 개설했다. '프랑스 학사(學舍)'라고 했다. 메이지 7년의 일이다.

메이지 7년 미야자키 도모조가 아버지에게 보낸 편지를 보면 이 프랑스 학사에는 들어가지 않았다. 그해 그는 니콜라이 성당에서 러시아 어를 배우던 생활을 그만두고 도쿄 외국어 학교에 들어갔다는 것만 확실하다.

도쿄 외국어 학교는 그 전 해인 메이지 6년에 정부가 설립했다. 과목은 영·독·불·러·청(淸)의 5과목이었다. 도모조는 지금까지의 관심으로 보아 아마 러시아 어과에 들어간 것으로 생각된다.

그런데 도모조와 조민의 관계를 생각하는 데 있어서 몹시 까다로운 점은, 조민이 29세이면서 메이지 8년 2월에 정부의 명령으로 도쿄 외국어 학교 교장에 취임했다는 일이다. ——사실 그는 3개월 동안 있다가 그만두었다——

또한 메이지 8년에는 미야자키 도모조가 세상을 떠났다.

도모조는 젊어서 죽었기 때문에 미야자키 집안을 아는 사람들에게는 애석하게 여겨져

"미야자키 형제 중에서는 도모조가 가장 똑똑하지 않았을까."

하는 말들을 했다.

감히 호랑이라도 잡으려드는 그런 기질의 형 하치로와는 달리 도모조는 얌전한 성격의 청년이었다. 이 시대에 아무도 거들떠보지 않는 러시아 어를 배우려 했던 것은 뭔가 심상치 않은 뜻을 품은 것 같지만 그 일에 대해서는 남겨진 편지에 아무런 말도 없다.

필자는 독자들에게는 번거롭기만 한 탐색을 해온 것 같은데, 돌이켜 생각하면 미야자키 하치로의 영혼을 전율시킨 루소의 《민약론》이 어떻게 전해졌는지는 그리 중요하지 않다.

다만 일본의 메이지 유신은 세계의 큰 사상군(思想群)과 접촉함이 없이 성립되었다.

루소의 《민약론》이 막부 말기에 도입되었더라면 이 대변동의 색채는 상당히 다채로웠을 테지만 현실적으로는 그렇게 되지 않았다.

늦게나마 이 혁명에 사상성을 주입하려는 운동이 일어나긴 하지만, 이미 혁명을 완수하고 권력을 잡은 태정관 정부로서는 늦게 찾아온 사상 따위는 방해물이나 적에 지나지 않았다. 이러한 움직임에 필자의 관심이 있어 지나친 탐색을 한 것 같다.

미야자키 하치로는 나중에 나카에 조민과 굳은 우의를 맺게 되지만, 아마이 귀국 초기에는 조민의 《민약론》 번역 초고에서 영향을 받을 만한 우연의 혜택은 입지 않았을 것이다.

그러나 그 언동으로 미루어 보아 이 시기에 자유민권 획득에 대한 행동을 일으킨 것은 분명하다.

보통 생각할 수 있는 일은 메이지 7년, 정월에 도쿄에서 명성을 떨친 이타가키 다이스케 등 사직한 참의 몇몇에 의한 민선의원(民選議院) 운동일 것이다.

그러나 명성을 떨친 운동이었다고는 하지만, 이 시기에 이타가키 등이 펼친 활동은 '신하'로서 정부에 의견서를 제출한 것과 그것을 당시의 유력잡지인 일신진사지(日新眞事誌)에 발표한 정도였고 민중까지는 동원하지 않았

다. 이를테면 한 장의 종이조각에 지나지 않았다.

하지만 이 민선의원 건의서는 하치로가 대만에서 돌아왔을 당시 여러 가지 찬반의 반응과 함께 구마모토의 유지들 손에 들어갔을 것이 틀림없다.

건의서는 긴 문장으로 되어 있었다.

그 취지의 요점은

'국민으로서 조세 의무를 가진 자는 정부가 하는 일을 알 권리가 있고 또한 그 가부를 논할 권리가 있다. 이것은 세계의 일반이론이다.'

라는 것이다.

이 건의서의 내용으로 보면 점진론은 안된다. 곧 민선의회를 열어야 한다는 것이었다. 점진론의 근거는 우리 국민이 아직 어리석어 진보된 구미의 국민과는 다르기 때문이라 하겠지만, 그것은 잘못이라고 했다. 왜냐하면 민선의회가 열림으로써 국민이 그 권리를 가지고 계발되고 진보하는 것이다, 점진론 따위는 마치 황하(黃河)의 물이 맑아지기를 백 년이나 기다리는 것과 같다는 것이었다. 그 비유로써

'아마 사람들은 말할지도 모른다, 서양 의회는 하루 아침에 만들어진 것이 아니므로 일본이 갑자기 그것을 모방할 수는 없다고. 그렇다면 학문과 기술, 기계도 마찬가지 아닌가. 만일 우리가 증기 기계를 사용하려한다면 그 증기 기관의 이치를 발명한 연후가 아니면 안된다고 하는 이론과 마찬가지다.'

라고 주장했다.

이 초고는 이타가키 다이스케의 부탁을 받아 후루자와 시게루(古澤滋)가 썼다. 후루자와는 옛 막부 시대에 근왕운동을 일으키고 투옥되었다가 메이지 3년, 관의 명령으로 영국에 유학하고 메이지 6년에 귀국했다.

그는 영국에서 스펜서와 밀에게 관심을 가졌으며 이 초고는 거의 밀의 이론에 근거를 두고 종종 밀의 논리를 인용했다.

하치로는 병상에 누워 있었다.

구마모토의 동지들이 계속 찾아왔다. 그들은 하치로에게 도쿄의 정치 정세며 사상 정세에 대해 이야기했을 것이 분명하다.

이쯤에서 여담이지만 히고(구마모토^현)의 사상에 대해 언급해 두고 싶다.

히고(肥後)가 일본에서는 드물게 사상적 풍토가 짙다는 것은 이전에도 말

한 바 있지만, 히고인은 사상을 즐기는 것 뿐 아니라, 서로의 작은 차이도 그냥 넘어가지 않고 적극적으로 토론을 벌인다. 그 결과 당파가 발생하고 당파별로 대립하게 되는 것이다.

어째서 유독 히고만이 그러한 특징을 지니게 되었는지 그 이유는 잘 모르겠다.

에도시대 중기, 히고의 번주(藩主) 호소카와 시게카타(細川重賢)는 봉건기로서는 드물게 선정을 베풀었다. 모든 번을 통틀어 모범적인 번교(藩校 : 번무사의 자제를 교육시키기 위한 학교)로 유명했던 시습관(時習館)을 창설한 것도 바로 그였다.

시게카타는 유학자 아키야마 교쿠잔(秋山玉山 : 1702~1763)을 깊이 경모하여, 교쿠잔에 번교를 일임하였는데, 시습관에서 어떤 학문을 가르칠 지에 대해서만은 궁금해 했다.

"고학이 좋을 듯합니다."

교쿠잔이 대답하였다.

그즈음 막부의 관학은 주자학이었다. 고학은 일부에서 퍼져나가고 있던 학문으로, 교토의 이토 진사이(伊藤仁齊)와 에도의 오규 소라이(荻生徂徠)가 창시자이다. 주자학(송학)과의 기본적 차이는 주자학 특유의 추상적 논의를 배제하고 주체적, 실증적인 방법과 정신을 존중한 점이며, 그것에서 교쿠잔의 독특한 멋을 발견할 수 있다.

교쿠잔의 전공은 주자학이었다. 그가 에도로 상경하여 공부한 곳은 막부의 관설학교인 쇼헤이코(昌平黌)였기 때문이다. 단, 개인적으로 오규 소라이의 제자 하토리 난카쿠(服部南郭)에게서도 가르침을 받았다. 교쿠잔이 난카쿠에게 배운 것은 주로 시문(詩文)이었다고 하는데, 소라이가 주창한 고학(고문사학)의 학풍이 짙은 것임에 틀림없다.

교쿠잔은 자신이 전공하지 않은 학문으로 시습관을 교육하려는 취지에 대해 시게카타에게 다음과 같이 말했다고 전해진다.

"원래부터 토론을 좋아하는 히고인들에게 송학까지 가르치면 어떻게 되겠습니까?"

아키야마 교쿠잔이 사망한 후, 시습관은 주자학이 자리를 잡게 되는데 그야 어쨌든, 위의 에피소드는 에도시대 중기에도 이미 토론을 즐겨하던 히고인의 특징을 여실히 드러내주고 있다.

히고 또한 전국시대에 소당이 난립하여, 끝내 통일 다이묘는 탄생하지 못했다. 도요토미 정권 수립 전후에는 '난국'이라 평가되었다. 도요토미 히데요시가 임명한 최초의 다이묘인 사사 나리마사(佐佐成政)는 유력 지주들의 봉기로 히고 통치에 실패하고, 가토 기요마사(加藤淸正)의 등용으로 가까스로 진압에 성공한다.

난국이었던 히고가 가토 기요마사에 의해 가까스로 진정된 것은 히고의 미묘한 기질을 말해주는 일면이기도 하다.

기요마사의 부임 초기에는 폭동이 끊이질 않았다. 오와리(尾張) 출신자인 기요마사는 지역감정을 배제하여, 히고인을 우대하고 지주를 대거 등용하였다. 그럼에도 저항하는 세력에 대해서는 토벌을 감행하였다. 기요마사는 직접 창을 들고 진두에 서서 싸웠다.

기요마사의 웅대한 체격과 뛰어난 무사의 용맹은 무용을 높이 사는 히고인에게 큰 영향을 끼쳤을 것이다. 히고는 작은 차이로 당파가 발생하는 특징을 지니고 있으면서도, '빼어난 능력에 약한' 공통점 또한 지니고 있었다.

게다가 기요마사는 당시의 다이묘로서는 드물게 농업토목에 관한 지식과 관심이 높아 뛰어난 농업행정 실적을 올렸다.

'다이묘라는 것은 단지 연공만을 징수해 가는 것이라 생각했건만!'

기요마사의 업적은, 풍경과 수확량을 통해 눈으로 확인할 수 있는 것이었으므로, 히고인들은 위와 같은 경이와 감동을 느꼈음에 틀림없다.

기요마사 사망 후 가토 가(家)는 몰락한다. 그러나 히고인의 기요마사를 향한 숭배는 식을 줄 모르고, 호소카와 가(細川家)가 입성한 후에도 점점 뜨거워진다. 에도시대 내내 히고인들에게는 '기요마사 공'이라 불리며 신성시되었다.

호소카와 집안의 선조는 호소카와 유사이(幽齋 : 본명 藤考)로, 아시카가(足利) 장군의 혈통을 이어받은 명문가로 오다(織田)·도요토미(豊臣)를 섬겼던 유사이 시절부터 따져 봐도, 전체 다이묘 중 가장 높은 관직에 오른 집안이다. 히데요시의 잡무를 보며 출세한 기요마사 따위는 호소카와 집안에 비교하면 비천하기 짝이 없다. 그러나 가토의 뒤를 이어 히고의 통치를 맡게 된 이상, 기요마사의 존재를 무시할 수는 없었다.

호소카와 가가 히고에 부임한 때는, 유사이의 손자 다다토시(忠利)가 대를 잇고 있었다. 다다토시가 부젠(豊前)의 고쿠라(小倉)에서 히고의 구마모토까지 이동하는 모습이 두루마기 그림으로 전해지고 있는데, 행렬의 선두에는 기요마사 공의 위패가 있다.

또한 다다토시가 쿠마모토 성에 들어서자마자, 성 아래에 있는 기요마사의 보리사(菩提寺)를 향해 무릎 꿇고 절을 하며 큰소리로 말했다고 한다.

"당신의 성을 제가 맡게 되었습니다."

기요마사에 대한 존경심보다는 기요마사를 숭배하는 히고인의 환심을 사기 위한 행동이었다. 뒤집어 말하면, 통치자에게 히고라는 지방은 그만큼 다루기 힘든 곳이었다는 것을 시사하고 있다.

막부 말기의 소란은 가에이(嘉永) 6년 미국의 페리가 내항하여 개국을 요구하면서 시작되는데 이 시기부터 메이지 8년 미야자키 하치로의 귀국에 이르기까지 히고에는 당파가 다섯 개 있었다.

학교당(學校黨)과 실학당(實學黨), 경신당(敬神黨), 근왕당(勤王黨), 민권당(民權黨)이었다.

학교당은 번교(藩校)인 시습관 출신자들의 결사였으나 시습관 출신자 중에는 다른 당에 소속된 경우도 있었으므로 이를테면 번의 관료당이라고 할 수 있었다. 시습관은 번의 관료 양성기관이었기 때문이다.

이 당은 막부 말기에는 친막부파였으며 외교 문제에 대해서는 막부와 마찬가지로 조건부 개국주의였다.

당수라고 할 사람은 없었으나 이케베 기치주로(池邊吉十郎)가 중후한 인격과 함께 기략의 재능을 지녔기 때문에 수령격으로 추대되어 있었다. 이게베는 막부 말기 끝고비에 교토 주재관으로 있었는데 아이즈 번이나 신센 조(新選組)와 함께 책동하여 막부의 지지로 군사를 일으키려고 한 일이 있었다. 그 보수주의자인 이케베와 학교당 유지들은 세이난 전쟁 때 사이고 군에 가담한다. 그는 막부 말기에 사쓰마·조슈의 쿠데타를 무찌르는 데 실패했지만 에이지 10년에는 사이고의 힘에 의해 이루지 못했던 무엇인가를 이뤄보려고 했다. 사상적으로는 시마즈 히사미쓰와 비슷하다고 보겠다.

이 학교당에 대항한 세력이 실학당이었다.

실학당은 시습관의 학문이 자질구레한 어구의 해석으로 뒤떨어지는데 반대하여 일어난 학파였다. 막부 말기에 번의 중신이었던 나가오카 겐모쓰(長岡監物)와 요코이 쇼난(橫井小楠)이 현실적인 정치와 행정을 주창한 것이다.

특히 쇼난의 문하생으로는 향사와 부농 계급의 사람들이 많았고 그들이 지향하는 것은 식산흥업(殖産興業)이었으며, 이런 점에서 부국강병을 지향한 태정관 정권의 방침과 일치하고 있었다.

이 5개의 당 중에서 새 정부에 많은 인재를 공급한 것은 이 실학당뿐이었다.

또한 메이지 3년 번정(藩政) 개혁이 실행될 때 번의 실권을 쥐고 새 정부 이상으로 급격한 개혁을 하였고 당쟁 때문에 학교당을 현(縣)에서 모두 추방해버렸다.

히고 번이 얼마나 사상적인 풍토였나 하는 것은 하야시 오엔(林櫻園)과 그의 강렬한 문하생들을 배출한 것으로도 짐작할 수 있다.

오엔의 초상화는 아직도 남아 있다.

두 눈이 반짝이며 코가 이상하게 크고 아랫입술이 턱을 가릴 만큼 처져 있어서 보기 드물게 기이한 얼굴이었다.

그의 학문은 우주의 모든 것을 연구했다고 할 만큼 넓고 깊었으며 국학과 한학 서적을 비롯하여 서양 병서까지 읽었다고 하는데 그 본바탕은 국학이었다.

그 국학도 가모노 마부치(賀茂眞淵)나 모토오리 노리나가(本居宣長)와 같이 훗날의 인문과학과 가까운 태도를 가진 것이 아니라 진정한 옛 도(道)를 실천하려는 데에 오엔의 강렬함이 있었다.

이를테면 우주에는 신계(神界)와 인계(人界)의 두 세계가 있다고 한다. 우주의 신비적 구조를 몇 단계로 나누어 설명하려 했던 것은 오엔이 즐겨 읽었다고 하는 도교의 영향인지도 모른다. 인계에는 삶과 죽음이 있으나 신계에는 영원한 삶이 있을 뿐이며 육체가 죽고 난 뒤 불생불멸의 삶을 얻기 위해서는 살아 있을 때 신명(神明)의 길에 맞게 행동하지 않으면 안된다고 했다.

오엔은 육체가 죽고 신이 되는 것을 '승천'이라고 표현했다.

그는 가에이 6년 페리가 내항(來航)하여 천하가 시끄러웠을 때도 그의 사상을 실행하며 여러 방면의 신사(神社)를 순방하고 열심히 무엇인가를 기도했다.

보신 전쟁이 끝난 뒤 태정관 정부가 천하의 인재를 모으는 데 열을 올린 시기가 있었다.

산조 사네토미는 오엔의 이름을 듣고 그를 새 정부의 요인으로 앉히려고 도쿄로 불렀다. 오엔은 산조를 만나 대면하여 몇 마디 말해보고는 그대로 히고로 돌아갔다. 산조는 오엔의 용모 자체가 괴상하게 생긴 것에 기가 질려 오엔이 무슨 말을 했는지 잘 알아듣지도 못했다. 오엔은 그 이듬해인 메이지 3년에 죽었다.

이들이 경신당이다.

그 밖에 근왕당이 있다.

히고의 근왕당은 대부분 국학에서 출발했다는 점에서 경신당과 비슷하다.

조슈의 요시다 쇼인 등은 히고 근왕당 사람들의 소박한 성격을 존경하여 깊이 교제했는데 쇼인이 죽은 후 정세가 악화되어감에 따라 히고 근왕당 사람들은 대부분 친막부파인 자기 번보다 조슈 번에 의지하여, 유력한 인물들은 막부 말기의 싸움터에서 피살되거나 전사하거나 사형되었다.

때문에 메이지 연대에 들어간 후 그들의 세력은 거의 없어졌다.

히고의 민권당은 이 시기에 미야자키 하치로 등 10명 안팎의 동지에 의해 발족된 것이다.

훗날 메이지 10년 세이난 전쟁 때는 그들이 협동대라는 부대를 조직하여 사이고 군에 합류한다. 그러나 미야자키 하치로가 대만에서 돌아온 이 시기에는 아직 미미한 존재에 지나지 않았다.

자유민권 운동에서 앞선 곳은 뭐니뭐니해도 도사라고 하지 않을 수 없다. 하치로 등이 도사의 영향을 얼마나 받았을까.

구마모토는 유신이 늦었다. 실제로 유신한 것은 메이지 3년 실학당이 현정(縣政)을 장악한 뒤라고 하는데 그 실학당의 정치는 식산흥업에 치우쳐 국민에게 자각을 가져다 줄 새로운 이상을 내세우기에는 빈약한 데가 있었다.

메이지 3년이라면 폐번치현을 실시하기 전 해인데 일본은 도쿄의 태정관 관장하에 옛 막부 때부터 번제도가 그대로 계속되고 있었다. 다만 그 번정의 실권을 유신 지사나 그에 준하는 사람들이 장악한 것에 지나지 않는다.

도사 번에는 메이지 3년 번정 담당자가 대참사(大參事)인 이타가키 다이스케였고 권대참사(權大參事)가 '5개조 서약문'을 기초한 후쿠오카 다카치카

(福岡孝第)였다.

이 두 사람이 주축이 되어 메이지 3년 12월에 사농공상에 대해 선언문을 발표했다.

그 문장의 첫머리에

'모름지기 인간은 천지 사이의 활동물 중에서 가장 귀한 것으로써 특히 영묘한 천성을 구비하고 지식과 기능을 겸비하여 이른바 만물의 영장이라 일컫는다. 그러므로 본디 사농공상의 차이도 없고 상하귀천의 계급에 따르지 않는다.'

라고 인간에 대한 정의부터 설명하고 있다.

봉건 세상이 방금 끝난 이 시대에 번청의 정신 선언으로 이런 종류의 글이 나온 것은 도사뿐이리라. 번청의 선언인 이상 발표자는 번주가 된다.

봉건 세상이 방금 끝난 이 시기에 도리어 도쿄의 태정관이 인간 사상에 있어서 더 후진적이었다고 할 수 있을지 모르겠다. 태정관은 천황을 받들면서 산조와 이와쿠라를 대신으로 하고 있었다. 이와쿠라의 사상은 부국강병이라고는 하지만 국민에 대한 사상은 거의 없는 것과 다름없었고 이와쿠라의 국민이란 관념은 천황 숭배를 강요하는 대상으로밖에 생각하지 않은 듯하다.

도리어 '번'이 새 시대에 대해 경쾌하게 약동했고 특히 도사 번에서 더욱 그랬으며 그 선언문 중에는

'인간은 계급에 따르지 않고 귀한 영물임을 알아야 하며 사람들에게는 자유의 권리를 주고…… 황국으로 하여금…… 부강의 대업을 일으키려면…… 국민 평등의 제도를 창립하는 수밖에 없다.'

이런 식으로 주장했다. 혁명을 일으킨 도쿄의 태정관에서는 이런 종류의 선언은 끝내 나오지 않았다.

자유민권 운동에 선진 그룹이었던 도사파에 대해 더욱 살펴보겠다.

메이지 6년 10월 사이고 다카모리가 하야하고 그에 따라 사쓰마계의 근위병들이 큰 동요를 일으켜 한꺼번에 사직했을 때 도사 계통의 근위사관들도 몇몇이 사직했다.

사관들만으로 오사야 시게노부(大佐谷重喜) 이하 7명이다. 여기에 외무성을 사직한 하야시 유조가 가담하여 그해 11월 5일에 결사를 만들었다.

'해남의사(海南義社)'

라는 것이었다. 결당 장소는 도사가 아니라 도쿄였다. 도쿄의 시나가와(品川)에 있는 옛 번주 야마노우치 요도(山內容堂)의 무덤 앞에 집합하여 맹약했다하니 군인인 만큼 봉건적 향당 의식이 다소 남아 있었는지도 모른다.

이 '해남의사'와 거의 같은 시기에, 참의를 사직한 이타가키 다이스케 등을 중심으로 초당적 단체인 '행복안전사(幸福安全社)'가 설립되어 사무소를 긴자(銀座) 3가에 두었다. 곧 이 해가 지나고 메이지 7년 1월 12일 이 결사는 '애국공당(愛國公黨)'으로 바꿨다. 일본 최초의 정당이라고 할 수 있다.

그 선언문은

'하늘이 백성을 낳으니 그들에게 움직일 수 없는 뜻과 권리를 준다.'

라는 문장 시작되고 있다.

민권론이 한 단체의 선언으로써 제창된 최초의 일이었으리라.

이 무렵 미야자키 하치로는 도쿄에 있었으므로 신문으로 이 정보를 알고 있었다. 이런 종류의 기사가 종종 게재된 것은 '일신진사지'였고 뒤이은 것이 '보지신문(報知新聞)'이었다.

이타가키는 도쿄에서 이 새로운 운동 발족을 제창하기는 했으나 지방에서 뿌리가 내리지 않으면 아무것도 안된다고 보고 메이지 7년 3월 고치로 돌아갔다. 미야자키 하치로도 그 무렵 도쿄를 떠나 구마모토에 돌아가 있었다.

그 무렵 에토 신페이가 일으켰던 사가의 난은 관군에 의해 패배하고 에토는 패장이 되어 붙잡혀 사형되었다.

이타가키 등은 고치에서 자유민권 운동의 주체가 될 '입지사(立志社)'를 일으켰다.

"우리의 뜻은 인권을 신장하고 생명을 지키며 직업을 주고 복지를 기하는 데 있다."

이타가키는 사람들에게 주장했다.

나아가서 운동을 추진할 중핵적 기관으로써 학교를 설립했다. '입지학사(立志學舍)'가 그것이며 교사로는 고치에 있는 옛 번의 개성관(開成館) 건물을 썼다.

돌아온 하치로가 곧 동지들과 함께 히고에서 민권당 활동을 시작한 것은 위와같은 도사에서의 활동 영향과 관계가 없다고는 할 수 없다.

귀국 후 미야자키 하치로가 병상에 있는 동안 동지들과 학교를 설립하려고 했던 것은 이를테면 도사의 입지학사 같은 것을 만들고 싶었던 것이리라.

'민권 운동의 발판으로써.'

라는 취지가 애초부터 있었다. 단순한 교육기관으로서의 학교가 아니라 운동 모체로서의 학교라는 성격에서 입지학사와 비슷했다.

그 학교를 세울 장소로는 우에키(植木)라는 땅을 골랐다. 우에키는 구마모토의 옛 성밑 거리에서 북쪽으로 10킬로나 떨어져 있어서, 하치로가 권력악의 소굴이라고 본 현청(縣廳)의 제약을 그만큼 덜 받게 되어 있었다.

게다가 우에키는 사방으로 길이 통하는 곳이기 때문에 만일 봉기할 경우 학교가 그대로 전투 지휘소가 될 수 있다.

설립 동지는 히라카와 다다이치, 아리마 겐나이(有馬源內) 등이었다. 학교는 정부에서 새로 제정한 신학제에 의해 사립 중학교로 결정했기 때문에 어찌되었든 관허를 얻는 일부터 준비를 시작하지 않으면 안되었다.

이 무렵 도쿄에서 하치로의 시습관 선배인 마쓰야마 모리요시(松山守善)도 구마모토에 돌아와 역시 반정부 운동을 위한 학교를 세우려고 했다니 시세의 유행이었다고도 할 수 있겠다.

마쓰야마 모리요시는 하치로의 병실로 찾아가 그 포부를 말했다.

그때 마쓰야마는 말했다.

"가고시마의 사학교(私學校)를 보러가고 싶네."

라고 말했다. 마쓰야마의 구상으로는 가고시마의 사학교를 그의 모델로 생각했던 모양이다.

하치로는 마음이 조급했다.

'그런 것을 보아서 무슨 소용이 있겠는가.'

하고 생각했다.

하치로가 보건대 가고시마의 사학교는 사쓰마적인 봉건의식의 거점에 불과했다. 사학교는 전국시대 이래로 사쓰마의 무사 기풍을 재단련시키려는 것이다. 나아가서 사학교는 서양식 군사 교육을 목적으로 하고 또 사학교 자체가 하나의 군사조직이며 또 한 가지면에서는 현의 정치도 맡아보는 군정(軍政) 조직이기도 했다.

"사학교에 대해서는 내가 알고 있습니다. 가도 도움이 되지 않습니다."

라는 뜻의 말을 한 하치로는, 그러니 자기들의 우에키 학교 설립에 대해 협력해 달라고 했다.

이렇게 주고받은 말로도 하치로의 생각을 알 수 있다. 우에키 학교와 가고시마의 사학교는 전혀 다른 성격의 것이라는 뜻이다.

다만 비슷한 점이 하나 있었다. 나중에 하치로는 신문에 글을 발표할 때 '우에키 학교 학생, 미야자키 하치로'라고 했다. 가고시마 사학교에서도 간부가 '학생'이었는데, 이런 점에서는 하치로도 사립학교의 방침을 참고로 했던 모양이다.

"권령(權令)이 완고하여 우에키 학교를 허가하지 않는다."

병상에 있는 하치로에게 모인 정보는 이런 점에서 똑같았다.

현령(縣令) 또는 관리로서 약간 등급이 낮은 권령은 모두 관의 명령에 의해 현을 통치하는 관직을 가리킨다. 나중에 지사라는 직명으로 바뀐다.

유신 후에 지방 행정제도는 몇 번인가 바뀌었다. 처음에는 옛 막부 그대로 번주가 통치하고 있었다. 다만 막부 직할령에 한해서는 중앙에서 관리가 파견되었다.

메이지 2년 판적봉환(版籍奉還) 후에는 번지사(藩知事)가 있었다. 번지사 자리에는 옛 번주가 임명되었으므로 옛 막부 시대와 별로 다를 것이 없었다. 번지사를 보좌하여 행정 실무를 본 것은 참사였으나 참사에는 옛 번의 중신과 가신이 임명되었다.

이윽고 중앙의 오쿠보 도시미치가 내무성을 정비하고 지방행정을 모두 장악하여 현의 장관 인사 일체를 내무성에서 다루게 되었다.

오쿠보는 사쓰마를 내리누르기 위해 구마모토를 특별히 중요시했다.

이 현의 권령으로 야스오카 료스케, 구마모토 진대 사령관에는 육군 소장 다니 다테키라는 식으로 두 사람 모두 도사 인을 임명한 것은 우연이 아닐 것이다.

사쓰마 인을 쓰면 사쓰마와 내통해버릴 우려가 있었고, 조슈 인은 전에 막부·조슈 전쟁 때 히고 번의 적이었기 때문에 히고 인의 반발을 살 위험성이 있어 적당하지 않았다.

오쿠보에 의해 뽑힌 야스오카 료스케는 도사의 향사 출신으로 도사 근왕당에 있었으면서도 기질적으로 우연히 국권적(國權的) 경향이 강한 점이 오쿠보의 마음에 들었던 모양이다.

따라서 유신 후에 다른 현 사람으로서 첫 번째 권령이 된 야스오카 료스케에 대해 히고 사람은 아무 것도 아는 바가 없었다.

두려워하는 사람에게나 미워하는 사람에게나 '관(官)'이라는 무거운 느낌만이 야스오카 료스케에 대한 인상의 전부였다.

야스오카 료스케는 도사의 서쪽 하타군(幡多郡) 나카무라(中村)의 향사이며 막부 말기의 활동보다 보신 전쟁 때 간토(關東)에 옮겨가 싸우던 중 신센 조의 곤도 이사미(近藤勇)를 체포하고 ——실지로 체포한 사람은 사쓰마인 아리마 도타였다——그를 재판하여 참수형에 처한 것으로 유명하다.

곤도를 이타바시(板橋)의 본영에 끌고 가 심문했을 때 야스오카 이외의 심문관으로 다니 다테키도 있었다.

사쓰마측은 곤도를 일군(一軍)의 대장으로 보고 그의 목을 치는 것을 반대했으나 다니와 야스오카는 격론한 후에 목을 벨 것을 끝내 주장했다. 그 까닭은 복수였다고 할 수 있다. 다니는 같은 번의 사카모토 료마와 친했는데 사카모토를 암살한 것은 곤도라고 믿었고, 곤도는 자기들이 한 일이 아니라고 부정했으나 믿지 않았다. 야스오카는 그러한 다니의 편을 들어 마침내 곤도의 목을 베었다.

유신 뒤에 야스오카는 다소 그러한 무단적(武斷的) 성격과 무관하다고 할 수 없는 건지 아무튼 관원의 비리를 탄핵하는 감찰청의 관원이 되었다가 사무관으로 진급하고 그뒤 두세 군데 직책을 옮긴 끝에 지방관이 되었다.

메이지 4년 고즈케(上野)의 다카사키 현 대참사가 되었고 이어 이세의 와타라이 현(渡會縣) 참사가 되어 분규를 일으킨 민정을 가라앉히는 데 공이 있었는지 메이지 9년 5월 단숨에 시라카와 현(군마(群馬))의 권령으로 발탁되었던 것이다.

"히고(肥後)는 몹시 어려운 모양이니까."

오쿠보는 말했다.

첫째로는 유신의 물결을 탄 히고의 실학당이 현정(縣政)을 마음대로 휘두르고 있었기 때문에 반감이 높아져 언제 폭발할지도 모른다는 정보가 도쿄에 들려 오고 있었기 때문이다.

"그 중에서도 경신당(敬神党)이 몹시 떠드는 모양이야."

이런 소문을 야스오카(安岡)는 듣고 있었던 모양이다.

이것 때문에 야스오카는 취임하자 곧 경신당을 달랠 방침을 세웠다. 물론 모든 불평분자와 반정부운동을 감시하는 일을 게을리하지 않았다.

권령(權令 : ^{현의 최고}_{행정관}) 야스오카 요시아키(安岡良亮)가 구마모토(熊本)에 부임했을 때, 무사 차림의 사나이가 묵묵히 신사를 예배하고 돌아다니는 모습이 이상하게 보였다.

"저 사람이 하야시 사쿠라노소노(林櫻園) 선생이 남긴 제자입니다."

현의 관리가 경신당이라는 존재에 대해 설명했다. 경신당 사람들은 서구화가 진행되고 있는 시대의 흐름을 미친 짓으로 보고 그런 시대의 세력을 '요운(妖雲)'이라고 말했다.

경신당에서 보면 개화주의의 실학당은 모두 '간사한 관리'에 지나지 않았다. 게다가 구마모토에도 그들이 말하는 '이적(異賊)'이 들어와 있었다. 실학당이 번(藩)의 정치를 휘어잡고 있을 무렵, 메이지 3년(1870)에 양학소(洋學所)가 설치되었고 메이지 4년(1871)에는 그 교사로서 미국으로부터 예비역 대위가 초대되었다. 그 미국 대위는 나가사키 항으로부터 구마모토에 올 때 번후(藩侯)로부터 말과 가마까지 하사받았을 정도였는데, 경신당의 입장에서 보면 이것은 아주 미친 짓이라고 하지 않을 수 없었다.

경신당으로서는 서양식 군대인 구마모토의 진다이(鎭台 : ^{메이지 초기에 각지에}_{두었던 육군의 군단}) 설립과 마찬가지로 그것들은 모두 요사스런 구름의 탓이었으며 언젠가는 목숨을 내걸고 물리치지 않을 수 없는 것들이었다.

권령 야스오카 요시아키는 이 경신당을 회유하기 위해 그 주동자들을 신직(神職)으로 채용했다. 은혜를 베푼 셈이었지만 경신당으로서는 별로 고마워하는 빛도 없었다.

메이지 9년(1876) 10월 가미카제렌(神風連 : 경신당)의 170여 명이 일제히 봉기했을 때, 현령(縣令 : ^{메이지 8년 말에}_{권령에서 승격했음}) 야스오카는 그들의 희생 제물이 되었다.

야스오카가 부임한 메이지 6년(1873) 여름은 때마침 현에 온통 가뭄이 들어 있었다. 그가 치정으로 첫번째 한 일은 기우제를 드리라는 명령이었다.

포고령을 내려 남녀를 불문하고 기타오카 신사(北岡神社)와 후지자키 신사(藤崎神社)를 참배하여 비가 내리도록 기도하라고 명령했다. 실학적인 개화주의와는 매우 색깔이 다른 명령이었는데, 야스오카는 그 정도의 사나이었는지 아니면 경신당에 영합하려는 정책이었는지는 알 수 없다.

이 포고령에 의해 시에서도 현에서도 온통 잔칫날과 같은 소동이 벌어졌다.

시에서는 기우제에 쓰는 큰 북과 징을 마구 쳐대는 행렬이 날마다 큰길과 골목을 누비며 다녔고, 농촌에서는 여러가지로 꾸민 가장행렬이 돌아다녔으며, 마을마다 북과 징을 치며 하늘의 응답을 기다렸다.

미야자키 하치로의 아라오(忘尾) 마을에서도 달 그림에 참억새를 장식한 수레와 이나다히메(稻田姬 : 신화에 나오는 여신)의 인형을 장식한 수레를 끌고 나와 북적거렸는데, 태정관에서 파견한 첫번째 권령인 야스오카가 베푼 새로운 정치란 예상 외의 이 정도로서 눈에 띄는 업적이었다.

하치로는 다소 몸이 회복되어 아라오 해변에서 배를 타고 구마모토의 옛 성밑 거리에 들어갔다.

거기서 친구들의 집을 여기저기 찾아다녔다. 용건은 말할 것도 없이 학교 설립건으로 어떻게든지 현청(縣廳)을 움직여보려는 것이었다. 벌써 하치로의 부탁으로 마쓰야마 모리요시가 친한 관리에게 교섭해 보았으나 현에서는 민권 운동을 두려워하는 공기가 강하여 되도록 묵살하고 싶은 모양이었다.

"차라리 야스오카 권령을 만나보자."

하치로가 동지인 아리마 겐나이에게 말하자 겐나이도 찬성했다. 신청했더니 뜻밖에도 대답이 있어 관사에 오라는 것이었다.

하치로는 전에 징집대에 참가하여 대만에 종군하고 싶다는 지원서를 냈을 때 야스오카를 직접 만나 담판한 일이 있었다.

야스오카 쪽에서도 잘 기억하고 있었으므로 몹시 친절하게 물었다.

"대만은 어떻던가?"

뿐만 아니라 야스오카는 주안상까지 내오게 하여 연신 술을 권하며 좌중의 분위기를 부드럽게 이끌었다.

야스오카는 이 시기에 애를 먹고 있는 모양이었다. 권령으로서 구마모토를 다스리고 있는 이상 사족들을 넷으로(근왕당은 빼놓고) 나누고 있는 네 당파에 대해 초연할 수는 없었다.

메이지 정부의 체질이 실학당과 조금 가깝다고는 하지만, 야스오카가 취임한 것은 전에 번의 정치를 장악하고 있던 실학당의 이른바 과격한 개화주의라고 할 수 있는 방법이 친막부파의 체질을 가진 학교당이나 신국주의(神

國主義)인 경신당으로부터 큰 반발을 받은 뒤였던 만큼, 실학당을 등에 업고 다른 당을 무마할 수도 없는 상황이었다.

문제는 치안이었다.

야스오카로서는 지금 여기서 멋지고 새로운 현정을 펴 보겠다는 여유같은 것은 전혀 없었다. 취임한 이듬해에 사가의 난이 일어나고 구마모토의 사족들 일부분도 호응하려는 움직임을 보였던 것이다. 야스오카로서는 그 탐색과 진정책 때문에 전전긍긍하지 않을 수 없었고, 그후에도 언제 폭발할지 모르는 불평 사족의 대책에 대해서 늘 신경을 쓰고 있었다.

야스오카는 구마모토의 네 당파 중 개인적인 생각으로는 민권당을 약간 동정하고 있었다. 그 자신 오쿠보의 눈에 든 사람인 만큼 국권색이 강했으나, 향당의 총수인 이타가키 다이스케가 시작한 민권 운동에 반감을 가질 수는 없었다.

다만 곤란한 것은 하치로 등이 사가의 난에 호응했다는 풍문이 떠도는 일이었다.

'어떻게 달랠 수가 없을까?'

하는 마음이 있었다는 것은 하치로 등을 관사에 일부러 불러 주안상까지 내놓았다는 것과 관계가 있음직하다.

야스오카 권령은 나이가 50에 가까웠다.

하치로는 이를테면 아들 정도의 나이였다. 야스오카는 그들의 젊음을 칭찬해 주고 싶은 마음이 없는 것도 아니었다.

막부 말기에 친막부적 색채가 강한 도사 번이 근왕 운동에 투신했다는 것은 결코 상식적인 행동이 아니었다.

"그 누구는 근왕파인 모양이야."

라고 하는 말은 방화범이나 강도에 대한 말과 느낌이 비슷했다. 말하자면 그 뒤의 민권 운동과 비슷한 것이었다. 야스오카는 그런 것도 알고 있었다.

다만 야스오카는 지난 날의 방화범이나 강도가 아니었고 권력에 붙어 지위도 안정돼 있었다. 민권 운동도 좋지만 되도록 질서를 파괴하지 않을 정도로 해주기 바란다는 바람이었으리라.

하치로는 야스오카의 그러한 신분과 나이에서 오는 교활함을 꿰뚫어 보았다. 때문에 우에키 학교의 성격을 설명하며 말했다.

"구마모토에도 게이오 의숙(慶應義塾)과 같은 학교를 개설하고 싶습니다."

게이오 의숙 같으면 태정관 정부는 충분히 허용할 수 있다. 후쿠자와 유키치(福澤諭吉)는 대담한 개화주의자이자, 일본에 자본주의와 그 정신을 일으킨다는 것에 중점을 두고 있으면서도, 태정관 정부의 본질 그 자체를 부정하려고는 하지 않았던 것이다.

하치로는 이어서 이렇게 말하기도 했다.

"히고는 아시다시피 고루합니다. 문명이 무엇인지를 히고 사람들에게 알리려면 학교를 일으키는 수밖에 없습니다."

라고 말하기도 했다.

이 정도의 설명이라면 권령인 야스오카 료스케에게는 자신의 시정 방침 그대로이고 오히려 그가 솔선해서 하지 않으면 안될 사업이었다.

"그것은 좋은 일일세."

하고 야스오카는 무릎을 치며 말했는데, 애송이인 하치로에게 넘어간 것은 아니었다. 야스오카는 이 하치로를 자기 울안에 가두어 넣어 독을 빼고 약으로 써 보겠다는 계산이었다.

야스오카는 이 자리에서 학교를 허가해 주겠다고 앉은 자리에서 대답했다. 뿐만 아니라 이런 약속도 했다.

"현에서도 크게 힘을 빌려 주겠네."

회계 보조를 해주겠다는 것이었다. 그러나 하치로는 조건을 제시했다.

"힘을 빌려 주신다니 고맙게 받겠습니다. 하지만 정부의 어용이 되는 것은 사양하겠습니다."

야스오카는 껄껄 웃으며 고개를 끄덕이고 그런 걱정은 필요없다고 말했다.

훗날 야스오카는 사람을 시켜 하치로에게 현의 관리가 되지 않겠느냐고 권했지만 하치로도 한 번 껄껄 웃고 나서 거절했다.

국토의 주인

여담이지만 미야자키 하치로 등이 일으킨 우에키 학교는 지금 흔적이 없고 우에키 초등학교 교정의 한 구석에 기념비가 서 있을 뿐이다.

교정에 서면 근방이 주위보다 높고 평평한 땅이어서 사방의 전망이 좋아 지형으로서는 요지임을 알 수 있다.

기념비 옆에 설명판이 붙어 있고, 우에키 학교가 메이지 8년 4월 미야자키 하치로, 마쓰야마 모리요시 등의 손으로 개교되었다는 것, 나카에 조민의 가르침을 받들어 루소의 《민약론》 등을 교육 규범으로 하였고, 자유민권 운동을 고취하였다는 것, 한문으로 번역한 만국공법(국제법) 등도 가르쳤다는 것이 씌어 있다.

우에키 학교는 《일본정기(日本政記)》 《십팔사략》 등의 초등 한문도 가르쳤고 세계사도 가르쳤다.

선생은 원칙적으로 다른 데서 초빙하지 않았다. 모두 하치로 등의 동지들이 가르쳤다.

그러나 하치로 같은 젊은 선생들만 있으면 세상에서 존경하지 않았으므로 히고 번 출신의 한학자이며 막부의 관학관 '쇼헤이코(昌平)'의 교수였던 오카마쓰 오코쿠(岡松甕谷)를 불러 왔다.

오카마쓰는 단순히 한학뿐 아니라 네덜란드어와 영어에도 능통했고 그 방면의 번역도 했으나 정신적 기둥은 어디까지나 유학자여서 자유민권 운동에 동조할 사람이라고는 할 수 없었다.

오카마쓰 오코쿠는 자기보다 훨씬 연하인 나카에 조민과 접촉이 있었다. 조민은 한학을 잘했는데 한문 문장을 더욱 다듬기 위해 오코쿠의 첨삭지도를 받은 일이 있다.

"조민이라면 알고 있네."

오카마쓰 오코쿠에게 교섭하러 간 하치로에게 말했을지도 모르며 하치로는 그 말에 감격했으리라. 하치로서는 아직 읽지는 못했지만 루소가 공자와 같이 여겨졌고 조민은 맹자처럼 느껴졌으므로 오카마쓰 오코쿠에게 조민에 대해 샅샅이 물어 보았을지도 모른다.

"별난 사람이지."

오카마쓰는 그 정도로 대답했을 것으로 본다.

오카마쓰는 에도가 도쿄로 변모해 가는 몇 해 동안 '쇼헤이코'의 교수실에 있었다. 태정관 정부에 대해서는 대체로 불만이었으나 그다지 행동가가 아니었으므로 아무런 행동도 하지 않았다. 이 시기에는 고향에 돌아가 있었는데 나중에 도쿄에 나가 사립학교를 개설하기도 하고 신설 중학교나 여학교의 교사가 되기도 했다. 그런데 고향에서 쉬고 있을 이 시기에 하치로패들의 청을 받아들여 우에키 학교에 출강하기로 한 것이다.

단, 보수는 받지 않는다. 일주일에 한 번 강의하고 그때 왕복 차비 정도면 좋다고 했다. 아무튼 이 시기에 한문의 문장력에 있어서는 일본에서 첫째로 꼽혔던 오카마쓰 오코쿠가 출강함으로써 우에키 학교도 빛이 나게 되었다.

모집하자마자 50여 명의 학생들이 모였다.

가르치는 사람도 수강하는 사람도 한 덩어리가 되어 뛰어다니는 학교가 되었고, 하치로 등은 학문만 가르친다면 학생들의 기개가 약해진다고 해서 유신지사의 시를 열심히 낭송시켰다.

이런 점에서는 유신에 뒤쳐진 히고 사람의 강한 성격을 나타낸 것이다.

적어도 같은 시기에 사쓰마에서 가르치고 있었던 사학교의 교육에는 기개를 높이기 위해 정규과목으로 유신지사의 시를 낭송시키는 일은 없었다. 사쓰마에서는 3백 년 동안의 향중(鄕中)교육이라는 무사기풍 교육의 전통이 있었고, 사립학교는 그것을 이어받았기 때문에 이를테면 그런 점에 숙달되어 있었고 다른 진기한 방법을 취할 필요가 없었다.

게다가 사쓰마에서는 젊은 사람의 기개를 북돋기 위해 시 낭송으로써 개인적인 낭만주의에 호소하는 방법은 도리어 좋아하지 않았다. 그런 것보다 각자의 명예심에 호소하는 교육을 했다. 용기를 숭상하고 비겁함을 멸시하며 약한 자를 학대하는 것을 수치로 생각하는 독특한 윤리 교육을 철저하게 한다는 식이었으며, 목적은 조직적인 사쓰마 무사단의 재편성에 있었고 히고 사람같이 개인적인 지사를 양성하려는 뜻은 없었다.

하치로와 그 동료들의 우에키 학교에서는 새로운 사상 교육이 주목적이었다.

다만 검술을 열심히 시켰다. 매일 저녁 전원에게 그것을 과목으로 가르쳤다. 검술을 가르친 것은 정신 교육이라는 면보다 전투하는 사람으로서 실제로 강하게 만들고 싶다는 실제적 목적을 위해서였다. 학교 자체의 목적은 반정부 운동의 근거가 되는 것에 있었으며, 그들은 우에키 학교의 학생들이 반정부 전쟁을 하는 경우 군인이 될수있도록 키울 생각이었다.

때문에 총알 속에서 사상자를 후방까지 이송하는 운반 방법까지 가르쳤다. 이 학교에 경제적 원조를 약속한 야스오카 권령 등이 이 연습을 보면 아마 간담이 서늘해졌을 것이 틀림없다.

우에키 학교의 하치로에 대해 아라오 마을에 전해 내려오는 일화가 있다. 어느 날 하치로가 낮잠을 자고 있었다.

그 곁에 히토쓰기 세이타로(一木脊太郎)라는 학생이 살그머니 다가가 손바닥으로 하치로를 힘껏 때렸다.

전부터 하치로가 '나한테는 빈틈이 없다. 만일 빈틈이 있으면 무슨 짓을 해도 좋다.'고 말했으므로 히토쓰기는 그 말대로 한 것이었다.

하치로는 몹시 화가 나서 히토쓰기를 쫓아갔다. 히토쓰기도 겁이 나서 달아나 10킬로나 달렸다. 마침내 구마모토 성밑 거리에 이르자 숨이 턱에 찼다. 쫓던 하치로도 마찬가지였다. 그래서 둘은 가락국수 집에 들러 가락국수를 먹고 말없이 우에키로 돌아왔다고 한다.

하치로는 '우에키 학교를 게이오 의숙처럼 만들고 싶다'고 야스오카 권령에게 말했는데 물론 그럴 생각은 없었다.

게이오 의숙의 후쿠자와 유키치는 그 교육과 저작활동을 통해 자본주의 사회로 가는 방향을 가르쳤고 계몽 효과를 크게 올렸으나 그 당시의 사상적 분류로 나누어 보면 다분히 국권론적(國權論的) 사상의 입장이었다고 할 수 있다.

하치로의 사상은 아직 이 시기에는 충분히 성숙되지 않았지만 심정적으로는 어디까지나 천부적인 인권설에 의한 인권주의였고 후쿠자와와는 전혀 달랐다. 때문에 우에키 학교를 순수한 교육의 터전이라기보다 정치 결사의 양성소로 생각했는데, 하치로로서 당혹스러운 것은 어떻게 운동을 전개할 것인지 그 방법을 발견하지 못한 일이었다.

규슈에서는 새 정부의 지세(地稅) 개정과 그 밖의 개혁 정책에 의한 반발로 농민 폭동이 자주 일어났다.

'차라리 농민 폭동이라도 일으킬까?'

하고 생각했으나 막상 농민들을 선동할 구실이 없는 데다 우에키 학교의 난폭한 교육이 그 고장 농촌에서 호의를 얻지 못하고 있는 사정도 있어서, 폭동을 일으키려 해도 불이 붙을 것 같지 않았다.

어느 날 하치로패들은 학교에서 술자리를 나눈 일이 있다. 그 석상에서

"날마다 책만 읽어서는 아무 소용 없습니다. 학교의 이상을 우리 땅에 실현하는 일이 중요하지 않겠습니까?"

하고 제의하자 모두 찬성했다.

하치로가 여러 사람의 존경을 받은 것은 어떤 일을 기획하는 데 재능이 있었기 때문이었다.

"우리 고장에 민회(民會)를 일으켜야 합니다."

그는 말해보았는데, 아무도 '민회'라는 말을 몰랐다. 마을의 정치를 국민의 손으로 의논하는 일이라고 설명하자 모두 이의가 없었다. 하치로는 제안을 더 밀고 나가 그 첫 단계로 말했다.

"먼저 호장(戶長)을 민선(民選)하는 일부터 시작합시다."

모든 사람이 그 한 마디로 이해했다.

옛 막부 시대에 행정 말단 기구로써 농촌을 장악한 존재로 대촌장(大村長)과 소촌장 제도가 있었다. 이것이 메이지 4년(1871)에 호장으로 바뀌었다.

정부에서 임명한 만큼 호장이라고 거들먹거리며 뽐내는 자가 많았는데 하치로의 제안을 들은 사람은 모두 악질 호장의 실례를 알고 있었다. 하치로는 그들을 몰아내고 일반 백성들이 호장을 선출하자고 말한 것이다.

우에키 학교의 호장 정벌은 이 학교의 존재를 온 현 안에 알리게 되었다.

'호장을 민선하라.'

이런 격문을 내걸자 뜻밖에도 호장 스스로 찬성하며 관선 호장인 직책을 그만두는 사람이 속출했다.

호장들 중에 적극적으로 민권론에 찬성하여 그만둔 사람도 있었으나, 그 중에는 본디 그 직무를 귀찮게 생각하고 있던 차에 이것을 기회로 그만둔 사람도 있었다.

호장이란 명칭은 바뀌었지만 옛 번 시대의 촌장이 그대로 호장직을 맡아 한 경우도 많았다. 대부분 호농이나 부농들이어서 얼마 안되는 봉급을 받고 마을에서 책임이 무거운 이런 일을 하는 것을 좋아하지 않았던 것이다.

대뜸 10여 명의 관선 호장이 사직했다.

굳이 사임하지 않는 관선 호장에 대해서는 하치로패 등이 그 마을 행정을 철저히 조사하고 백성들 세금이 개인 일에 사용되지 않았는지, 지세 개정에 따른 사무비에 부정이 없는지 등을 추궁했다.

그런 호장에 대해서는 우에키 학교의 학생들이 사무실에 밀어닥쳐 서류를 압수하고 부정을 발견하면 그 면전에서 따지며 때로는 그 자리에서 사표를 쓰게 하였다.

마침내 관선 호장의 사표가 현 전체에 파급되었을 때 하치로는

"이 기세를 밀고 나가 현청(縣廳)과 담판하여 현회(縣會)를 열자."

고 밀고 나갔다.

그래서 사직한 호장들을 설득한 뒤 그들의 공동 서명을 얻어 현회의 개설원을 내기로 했다.

하치로 등이 이 건의서를 들고 시라카와 현청을 찾아가니 관리들은 당황했다. 우에키 학교가 야소오카 권령의 허가와 현의 비용에 의한 원조로 만들어진 이상 어느 정도 관(官)의 성격도 있었다. 관의 성격이 있는 이상 현의 관리는 그것을 함부로 거절할 수 없었다.

그 무렵 권령인 야스오카 료스케가 전국 지방관 회의로 상경 중이었기 때문에 현의 관리는 그것을 이유로 들어 건의서는 맡아 두겠다며 하치로 등을 돌려 보냈다.

하치로는 현의 관리 입에서 전국 지방관 회의가 도쿄에서 열린다는 말을 듣고 오히려 기뻐했다. 하치로 자신도 상경하여 야스오카를 만나고, 어쩌면 민권 운동에 반감을 가지고 있지 않다는 기도 다카요시를 만난 다음 일거에

건의서의 취지를 실현시키려고 결심했다.

메이지 8년(1875) 5월 28일 하치로는 우에키 학교를 다른 사람에게 맡기고 나가사키에서 도쿄행 급행선을 타게 된다. 과연 이 무렵 하치로의 행동은 소박한 운동가치고는 너무나 눈부셨다. 그의 생애가 그랬지만 그 날카로운 기획의 재능에 자기 스스로가 떠밀려 가는 듯한 느낌이었다.

나카에 조민이라는 이름은 그가 메이지 7년 5월에 프랑스에서 귀국한 뒤 겨우 세상의 일부에 알려지게 된다.

"나카에라는 사람이 루소의 《민약론》을 가지고 돌아온 모양입니다."

대만에서 돌아와 얼마 되지 않아 우에키 학교를 세운 하치로 등도, 조민에 대해서는 그런 풍문을 들었을 정도일 뿐이었다. 명문가이며 한학에 조예가 깊고, 비상한 프랑스 학자라는 말도 당연히 듣고 있었다. 그리고 도쿄에서 프랑스 학당을 열 때 도쿄 일일신문(日日新聞)에 학생모집 광고를 냈다는 것도 구마모토에까지 알려졌을 것이 분명하다.

"조민을 만나고 싶다."

이것이 하치로의 갑작스런 상경의 진짜 이유였으면서도 그는 친구들에게 그것을 말하지 않았다. 애써 일으킨 지 얼마 안된 우에키 학교를 두고 가는 길이었고, 하치로가 불을 질러 한창 불길이 일고 있는 호장 정벌도 다른 사람에게 맡긴 채 구마모토를 떠난 것이다. 따라서 표면상의 이유로는

"도쿄에서 야스오카 권령을 만나 현회의를 열도록 담판을 짓겠다."

이렇게 말하지 않을 수 없었으리라.

이 기민한 젊은이는 몹시 초조한 것 같았다.

히고에서 자유민권 운동의 첫 횃불을 올리기는 했으나 하치로로서 뜻밖의 일은 벌써 전국 각지에서 똑같은 불길이 일고 있다는 것이었다. 히고가 먼저 주장한 명예를 가진 것도 아니었다.

이 무렵 하치로의 기묘한 초조감은 하치로 한 개인의 것이 아니어서, 그 당시의 히고 사람의 기분을 이해하지 않고서는 알 수 없다.

히고 사람들은 경신당과 같은 정신주의자들은 차치하고라도 개화주의의 실학당을 비롯하여 옛 친막파인 학교당마저도 유신을 사쓰마·조슈·도사·사가에게 빼앗긴 일에 통분을 느끼고 있었다. 히고 인은 누구나 54만 석 규모라는 웅번(雄藩) 의식을 가지고 있었다. 평균 교양 수준이 다른 번보다 높다는 자부심을 가졌으면서도, 막부 말기 시대에 앞장을 서지 못했기 때문에

사쓰마·조슈 번벌정부의 지배를 달게 받지 않을 수 없는 분함을 모두 느끼고 있었다.

하치로는 초조했다.

하루 속히 나카에 조민을 찾아가 이타가키 다이스케 등의 영국식의 정치적 민권론보다 앞선 프랑스식의 철학적 인권을 도입하고 싶었던 것이다.

여담으로 나카에 조민에 대해 얘기하고자 한다.

그는 이와사키 소도(岩崎徂堂)의 《나카에 조민 기행담(奇行談)》으로 알려진 바와 같이 기인(奇人)으로서 인상을 세상에 남겼다. 다만 조민의 기행은 기이한 일을 좋아했기 때문만은 아니었고 오로지 허식을 싫어하고 자기의 합리주의 사상에 철저했기 때문에 자연히 나타난 생활 표현이며, 그런 면에서 재미있다고 말할 것은 못된다. 사실 이 조민의 기행이 위험한 사상가인 그를 정부 탄압의 손길에서 구해냈다고 할 수도 있다.

도사 번 졸개의 아들로 태어난 그는 일찍이 아버지를 여의고 어머니 손에서 자라났다.

어머니 오야나기(柳)는 종종 남들에게 말했던 모양이다.

"어릴 때부터 저렇지는 않았어요."

조민이 사랑한 제자이면서 같은 고향 출신인 고토쿠 슈스이(幸德秋水)가 오야나기로부터 들은 이야기라 하면서 이와 같이 쓰고 있다.

'그의 어머님이 종종 우리에게 말씀하시기를, 조민은 어릴 땐 온순하고 조심스러워 마치 계집아이 같았고 책읽기를 퍽 좋아해서 향당에서는 칭찬을 받았지.'

조민은 옛 막부의 분큐 2년, 도사 인이 자주 탈번하여 여러 곳으로 뛰어다니던 때 이미 16세였다. 그러나 이런 세상의 유행에 자극받는 일이 적었는지 그는 어머니의 말처럼 독서와 학습에 진념하고 있었다. 게이오(慶應) 2년 19세로 번의 유학생이 되어 나가사키에서 영어와 불어를 배웠다.

이 무렵 사카모토 료마를 만났다. 어떤 사상을 가진 사람인가 하는 것은 깊이 몰랐으나 '뭔지 모르게 훌륭한 사람'이라는 인상을 받았고 따라서 평생 사카모토를 존경했다. 사상을 받아들이는 그릇을 기질이라고 한다면 아마 기질적으로 자기에게 맞는 사람으로 느꼈던 모양이다. 이 무렵 사카모토가 조민에게 말을 걸었다.

"나카에 군, 담배를 사다 주면 좋겠구나."

이런 내용뿐이었으나 조민은 평생 이 말을 잊지 않았다.

게이오(慶應) 2년에 번의 비용으로 에도에 유학했으며 마쓰시로 번(松代藩)의 무라카미 에이슌(村上英俊)에게서 프랑스어를 배웠다. 그리고 요코하마에 가서 프랑스 신부로부터 회화를 배워 프랑스어에 대해서는 메이지 연간에 첫째 간다고 할 만한 실력을 익혔다.

막부 말기에 프랑스 공사 레온 로시는 철두철미하게 막부를 지지했는데 조민은 한때 로시의 통역을 했다. 이런 점은 다른 도사계(土佐系)의 지사들과 퍽 다른 분야에 있었다고 할 수 있다.

나카에 조민은 같은 시대의 사람으로서 사이고 다카모리에 대해 거의 관심을 나타내지 않았다. 적어도 자기 사상에 의하면 사이고는 타인이라고 생각하고 있었던 증거가 세이난 전쟁 직전의 삽화에 나와 있다. 다만 오쿠보 도시미치와는 인연이 있었다.

메이지 4년, 이와쿠라 도모미나 오쿠보 도시미치 등 새 정부의 요인들이 구미를 시찰하게 되었을 때 유학생들도 같이 가게 되었다. 유학생은 50여 명 선발되었는데 나카에 조민은 그 선발에 끼지 않았다.

그는 이 시대에 관직에 들어가기 쉬웠던 도사 인이었으면서도 그럴 생각은 전혀 없었고 후쿠치 겐이치로(福地源一郎)의 학당이나 대학남교(大學南校)에서 프랑스어를 가르치면서 신분이 애매한 서생 생활을 보내고 있었다. 나이 25세였다. 일본에는 이미 배울만한 스승이 없었고 읽을 책이 없었다, 고 코토쿠 슈스이는 자기 스승이었던 그 당시의 나카에 조민의 학문에 대해 말했다.

조민은 오쿠보 등이 유학생을 데리고 간다는 이야기를 듣고 자기도 프랑스에 유학하려고 결심했다.

이 경위에 대해 고토쿠 슈스이는 《조민 선생》에서 쓰고 있는데 조민은 아무런 소개장도 없이 무턱대고 오쿠보의 집 대문을 두드렸다.

조민은 언제나 옷차림에 관심이 없었다. 훗날에도 계절에 관계없이 남루한 홑옷을 입고 다닌 사람이었으니 이때도 아마 그런 차림새였을 것이다. 오쿠보 집의 문지기가 당연히 의심하고 오쿠보에게 전달하지 않았다. 조민은 일곱 번 명함을 놓고 갔으며 일곱 번 모두 거절당했다.

마침내 이른 아침 오쿠보가 출근하는 것을 집 가까이의 길 옆에서 기다렸다. 이윽고 마차가 문에서 나오자 조민은 그 뒤를 쫓아가면서 큰소리로 자기 이름을 외쳤다. 미리 마부에게 부탁해 두었다는 이야기도 있다.

그래서 그런지 마부가 마차를 세워 주었다.

조민은 마차 옆에 가서 자기를 프랑스에 유학보내 달라는 것, 지금까지 일곱 번이나 방문했으나 그때마다 문지기에게 거절당했다는 것 등을 이야기했다. 오쿠보는 조민이 과연 가난한 서생 차림이었으나 대강 그의 인물을 짐작했던 모양이다.

그 증거로 조민을 일부러 마차 속에 들어오게 하여 자기 앞에 앉힌 것으로도 알 수 있다. 그리고 조민이 하고 싶은 말을 충분히 이야기하도록 했다. 이윽고 오쿠보는

"자네는 어느 번 사람인가?"

하고 물었다.

"도사입니다."

조민이 말하자, 오쿠보가 다시 물었다.

"왜 동향인 이타가키나 고토(後藤)에게 의논하지 않는가?"

이 질문 자체에 그 시대의 일면을 엿볼 수 있다.

나카에 조민이라고 하는 25세의 청년이 오쿠보의 질문에 대해 이런 뜻을 밝혔다.

"저는 같은 번의 정실에 의지하는 것은 떳떳한 일로 생각하지 않습니다." 라는 뜻을 밝혔다. 그것이 곧 대답이었다. 분명히 조민은 같은 번의 고토 쇼지로 등과는 옛 막부 때부터 친한 친구였으나, 그의 생애를 통해 도사계의 고관들을 동향 출신이라는 점에서 이용한 적이 없었다.

"일단 고토와 이타가키에게 의논해 보겠네."

오쿠보는 다 듣고난 뒤 이와 같이 말하고 조민을 마차에서 내려 놓았다.

오쿠보가 앞에 말한 도사계의 요인들과 의논하자 그들은 나카에가 뛰어난 사람이라는 것을 보증했으므로 곧 유학 절차를 행정화하였다. 조민의 신분을 사법성 관원으로 만들어 프랑스 유학을 명령했던 것이다.

조민이 특별히 오쿠보를 선택해서 부탁한 것은, 오쿠보가 인사 발탁에 있어서 인재의 경중(經重)을 기준으로 삼으며 출신 번에 비중을 두지 않는다는 소문을 들었기 때문이었다.

"사실이 그랬지."

후년까지 조민은 오쿠보의 그런 점을 칭찬했다.

조민이 프랑스에 머문 것은 1년 7개월간이다.

당시에 프랑스는 파리 코뮌이 무너진 뒤의 제3공화국 성립기로서 정치 사상으로서는 왕당파가 존재했으나 급진적 자유주의가 가장 화려했던 시대였다.

'선생님은 프랑스에 있는 동안 민주공화주의를 깊이 신봉하고 계급을 마치 뱀이나 전갈을 보듯 싫어하였으며 귀족을 원수처럼 미워하였다.'

고토쿠 슈스이가 쓴 것처럼 조민은 루소의 사상에 깊이 매료되었던 모양이다.

조민은 사법성의 유학생으로서 법률을 배워야 했는데 철학에 깊은 관심을 가졌고, 자유주의에 심취해 있는 사이온지 긴모치(西園寺公望)와 친하게 사귀었으며, 또한 조민 자신이 썼듯이 방탕하고 방자한 날을 보냈다.

'나의 천성은 버릇이 없다는 것이다. 프랑스에서 주로 하류층의 직공들과 교제하고 게다가 술을 마시니 반항하는 성질과 행실이 점점 심해졌다.'

조민은 귀국하자마자 자기를 유학시켜 준 오쿠보를 방문하여 그의 객실에서 귀국보고를 했다. 그는 프랑스가 성대해진 것은 자유와 민권에 의한 것이라고 노골적으로 말했을 것이 분명하다.

그가 말하는 동안 오쿠보는 눈을 감은 채 듣고 있었다. 그것을 본 조민은 졸고 있는 것으로 알고 목소리를 높여 오쿠보에게 따졌다.

"저는 국가를 위해 다소 배운 바를 각하께 보고하고 있습니다. 그런데 졸고 계시다니 참으로 유감입니다."

그러자 오쿠보는 눈을 뜨고 미소를 조금 머금은 채 말했다.

"내가 눈을 뜨고 있으면 자네가 말하기 어려워할거라고 생각했기 때문이네. 자네가 기탄없이 말할 수 있도록 눈을 감은 걸세."

이런 점은 과연 오쿠보답다.

미야자키 하치로(宮崎八郎)가 상경하여 접촉하려고 한 나카에 조민(中江兆良)에 대해서 감상적으로만 설명하겠다.

이 시기(메이지 8년)부터 7년 뒤의 일인 것 같은데, 후쿠시마 현(福島縣) 미하루(三春)의 자유당원이었던 야마구치 모리타(山口守太)가 고향의 동지에게 보낸 편지가《메이지 문화 전집·자유민권편》중에 수록되어 있다.

편지에는 조민이 개설한 프랑스 학숙(佛學塾)에 대해서 설명하고 있다.

'도쿄에 있는 6만이나 되는 서생(書生)들은 모두 경박하고 쓸 만한 사람이

없다. 그러나 프랑스 학숙과 메이지 의숙(明治義塾)의 서생만이 3——글
자 분명치 않음—— 나중에 믿을 만한 바가 있었다. 일전에 프랑스 학숙
에서 '천황 폐위'에 관해 토론했던 바 찬동하지 않는 자가 적었다.'

조민은 프랑스 학숙을 운영하고 있었다. 그의 사상적 영향 아래 있는 이
학당의 분위기를 이것으로 짐작할 수 있다.

조민은 귀국한 뒤 그가 죽을 때까지 그 사상의 기본을 바꾼 일이 없었다.
천황의 존재에 대해서는 '군민공치'론을 주장하면서도 다분히 수사적으로 그
것을 이용했으며, 군왕이 있더라도 그는 정치상의 책임이나 권력을 갖는 것
을 인정하지 않았고 정치체제로는 공화제 이외의 것은 인정하지 않았으며
(가령 군왕이 있더라도) 국토의 주인은 어디까지나 일반 국민들이라고 주장
했다.

그렇다고 해서 조민이 행동으로써 천황 폐위를 감행하려는 운동가인 것은
아니었다. 그는 영국이 입헌군주제이면서도 그 민권은 당당한 회복민권(回
復民權 : 고유하게 갖고 있는 권리를 인민이 아래로부터 취득한 것이라는 뜻)이라고 찬양하였다.

그러나 한편으로는 영국 귀족의 횡포나 재산불평등을 몹시 지적하는 데에
서는 조민의 운동사상이 있는 것 같았다.

그는 '귀족 횡포와 재산불평등, 다수 압제, 중앙집권' 그리고 '약소국 탐
식'을 영국 체제의 나쁜 특징으로 들었다. 또 영국 정치의 폐단은 '하늘의
뜻과는 어긋나고 자유와도 어긋난다'고 하였다.

이 한 가지 예로서도 조민의 사상을 짐작할 수 있다.

조민은 광신적 성격이 아니었으며, 본질이 온화하고 상냥스럽고 욕심이
없었고, 허식을 싫어하고 정의감이 강했다. 말하자면 그의 사상과 일상생활
이 서로 떨어져 있는 일이 그에게는 없었고 우연히 그의 사상이 루소와 프랑
스 사회의 현실에의해서 촉발된 것이라고는 하지만 아마도 그의 천성에서
온 것이라는 점이 자연스러운 해석이 될 수 있겠다.

이런 조민을 프랑스로 보낸 사람도 오쿠보이며, 귀국한 뒤 그의 주장을 청
취한 사람도 오쿠보였으며, 나아가서는 원로원에서 그의 《사회계약론》의 첫
번역이 출간된 것도 오쿠보의 알선이 있었음에 틀림없다. 이 번역의 출판에
는 큰 지장이 생겼지만 아무튼 조민과 오쿠보의 관계는 이 시대의 혼돈스런
양상 와중의 한 에피소드임에는 틀림없다.

울면서 읽다

　미야자키 하치로가 상경한 메이지 8년(1875) 여름. 도쿄는 그와 같이 체질적으로 사상적 감수성이 강한 사람에게는 시세의 폭포가 울려 퍼지는 듯한 격동의 움직임이 느껴지는 곳이었다.

　"프랑스 혁명 전야에도 이렇게 소란하지는 않았을 것이다."

　이렇게 말한 것은 권력을 탈취한 뒤 극단적인 왕권주의자가 된 이와쿠라 도모미였는데, 이 말을 한 해가 언제였는지 분명치 않으나, 메이지 8년, 소용돌이가 끊이지 않던 도쿄와 전국에 알맞은 말이었다. 전 해(메이지 7년 1월)에 구이치가이 문(喰違門) 밖에서 고치 현(高知縣)의 습격을 받아 못에 떨어져 물귀신이 될 뻔하다가 겨우 죽음을 면한 이와쿠라는 혁명전야를 실감했음이 틀림없다.

　다케치 일파들은 이와쿠라와 오쿠보 등의 전제적(專制的) 개화주의를 타도하고 사이고가 제창한 정한론 추진의 길을 열자고 하였다. 그들은 가와지 대경시(大警視)가 지휘하는 경시청의 수사망에 의해 체포되어 다케치 이하 9명이 사형당했다. 이 사건을 전후하여 이타가키 다이스케 등에 의한 민선의원 설립 의견서가 제출되었는데, 시국의 새로운 움직임의 양면을 여실히 보여 주고 있었다.

돌이켜 보면 미야자키 하치로가 번의 비용으로 유학을 하게 되어 상경했던 메이지 3년 봄의 도쿄는 거짓말처럼 평온했다.

하치로는 고향에 계신 아버지 나가베에게 도쿄 검술도장의 성쇠를 일일이 보고했다. 아버지의 관심사가 치국과 검술이라는 것을 아는 아들의 배려인 것이다. 나가베가 검객이었다는 것과 젊은 시절 두 번에 걸쳐 무사수행을 위해 전국을 떠돌아다녔다는 이야기는 앞서도 소개한 바 있다.

막부 말기, 에도 명물의 하나는 검술도장이었다. 특히 지바(千葉), 모모노이(桃井), 사이토(濟藤)의 삼대도장은 일본검술사상 공전의 대성황을 이루고 있었다.

하치로는 아버지에게 보내는 편지에 다음과 같이 썼다.

"지바는 지금 대성황을 이루고 있습니다. 재작년 동란(무진전쟁) 때 모모이(桃井)는 후시미(伏見)에서 탈주하여 도사(土佐)에 있었다고 하는 소문 (실제는 오사카 교외에 잠복하고 있었음)이 돌고 있습니다. 사이토에 대해서는 자세히 알지 못하지만, 아무래도 도쿄에 있었던 것 같습니다."

메이지 4년 1월, 하치로는 막부 말기의 근왕사상의 근원이 된 미토(水戶)를 방문하여 가이라쿠(偕樂) 공원에서 매화를 보며 다음과 같은 시를 지었다.

"천하의 충혼 앞서 나가다"

메이지 8년에 다시 도쿄를 찾은 하치로는, 이미 천부인권론 지지자가 되어 있었다. 뒤늦게 눈을 뜬 근왕가도 아니었으며, 정한론 지지자도 아니었다.

메이지 3년에 러시아에 이어 미국에 관비로 유학을 떠났다가 돌아온 청년이 있었다. 훗날 도쿄 제국대학 총장이 되는 아이즈 인(會津人) 야마카와 겐지로(山川健次郎)인데, 그의 눈으로 본 도쿄는 출발할 때와 별로 바뀌지 않았던 모양이다.

"5년 만에 돌아왔지만, 떠날 때와 그다지 달라진 것이 없는 것같이 느껴졌다."

《에도는 지나가다》의 편자 고노 도코쿠(河野棟谷)에게 말했다. 하치로처럼 국내에서 반정부운동 편에 서서 그 운동의 주축이 될 사상을 모색하고 있었던 사람에게는 메이지 3년과 메이지 8년의 비교는 엄청난 격변으로 보였을 것이다. 그러나 도쿄를 떠나 미국에 있었던 야마카와 겐지로의 눈으로 보면 에도 때와 그다지 달라진 점이 없지 않은가 하는 실망이 앞섰을 것이다.

"뭐야, 조금도 달라지지 않았군."

다만 달라졌다거나 달라지지 않았다거나 하는 것은 야마카와의 경우 양옥이나 철도시설이 많아졌다거나, 도로가 새로 생겼다거나, 마차의 왕래가 빈번하다거나, 양복을 입은 사람이 많아졌다거나 하는 도시의 외적인 것이었으리라.

사실 야마카와는 사상가라고 할 수는 없다.

그는 훗날 남작(男爵) 직위를 받은 것에서도 알 수 있듯이, 평생 국권주의적 정부에 동조하는 입장을 취하며 그의 생애를 관학(官學)의 육성, 특히 이과(理科) 교육을 위해 바쳤다. 그는 평생, 유신이라는 혁명의 제물이 된 아이즈 인으로서의 강한 감상(感傷) 의식을 가졌으나, 국가에 대한 기본적 의문도 정부에 대한 극단적인 불만도 가지지 않았다. 야마카와 겐지로의 자질로 보면 메이지 8년 도쿄의 변화를 깨달을 수도 없었을 것이다.

이를테면 메이지 8년 6월에 정부는 '참방률(讒謗律)'이라는 법령을 공포했다. 반정부적 언론에 대한 탄압법이다. 지난 메이지 6년 10월에 정부는 신문의 반정부적 성향을 누르기 위해 '신문 발행 조례(條例)'를 공포했는데, 이 법률만으로는 따라가지 못할 만큼 세상의 반정부 공격은 떠들썩해졌고 따라서 참방률을 제정하게 되었다. 이 법률에서는 사람(실제로는 정치가)을 공중 앞에서 공공연히 헐뜯는 것을 금지하고 또 그 헐뜯음이 사실에 근거하거나 그렇지 않거나 모두 범죄라고 규정했다. 그렇게 말하지 않을 수 없을 만큼 반정부 사상과 언론이 들끓기 시작한 것이 이 메이지 8년이었다.

"다만 폐도령(廢刀令)이 공포되어 모두 칼을 차지 않은 것이 이상하게 생각되었다."

이렇게 도쿄 거리의 감상을 말하고 있다. 사실 폐도령은 그 다음 해에 시행된 것인데 시간의 차이는 야마카와의 착각이겠지만, 메이지 8년 무렵에는 이미 자유의사대로 칼을 차지 않는 자가 많아졌고 야마카와는 그런 광경을 본 것이리라.

메이지 8년 여름에 미야자키 하치로가 도쿄에 갔다는 사실에 대해서는 그가 어디를 다녔으며 어디서 자고 무엇을 먹었느냐 하는 소설적 리얼리즘이 본래는 필요하다.

그러나 잘 생각해 보면 필요 없을지도 모른다.

이 경우 하치로로 하여금 도쿄에 가게 한 것은 다름아닌, 정말 단순하고 강력한 그의 사상성이었다. 원래 그런 점에서 예민한 감수성을 가진 그는, 이 해에 가장 과민하게 도쿄를 사상적 상황의 도시로 보았다. 이 시기의 도쿄의 사상적 상황을 떠받들고 있었던 한 기둥으로서 '메이로쿠 사(明六社)'가 있었다.

이것은 모리 아리노리(森有禮)가 주동이 되어 발족한 계몽사상 운동의 결사로, 메이지 6년에 시작했다 하여 '메이로쿠 사'라는 이름이 붙었다.

모리 아리노리는 사쓰마 번사인데 게이오(慶應) 원년(1865), 번에서 영국 유학을 명령받고 일본을 떠나 버렸으므로 유신을 체험하지 않았다.

그는 영국에 갔다가 다시 러시아에 갔고 그 다음 미국에 간 것은 게이오 3년이다. 메이지 원년에 일단 귀국했다가 메이지 3년에 외교관으로서 다시 미국에 건너갔고 메이지 6년에 귀국했다. 모리처럼 막부 말기와 유신이라는 혁명기를 구미에서 지낸 사람들은 총탄 속의 유신을 체험하지 못했다. 때문에 도리어 유신을 혁명으로서 과대 인식하는 면이 있었다.

그는 구태의연한 메이지 초년의 태정관 정부와 그 정세를 보고 절망적인 후진성을 느끼지 않을 수 없었다.

'이것으로 유신을 달성했다는 것인가?'

그는 이런 생각을 했음에 틀림없다.

메이지 유신은 세계의 대사상과 접촉하지 않고 성립된 혁명이기 때문에 특이하다면 특이했고, 모리처럼 구미를 보았던 사람의 눈으로 관찰하면 울퉁불퉁한 권력의 거친 모양이 그곳에 버티고 있을 뿐인 기묘한 것이었다.

모리는 늦게나마 세계성이 있는 사상을 불어넣으려고 했다. 모리가 국수주의를 부정하는 급진적 유럽화주의로 인식되어 훗날(메이지 22년) 암살을 당하게 되는 원인은 이때부터 시작되었다고 보아도 무방하다.

그는 그런 이유로 메이로쿠 사를 일으켰고 양학자(洋學者)에 의한 계몽운동을 시작했다. 처음에는 결사 동인이 열 명이었다.

후쿠자와 유키치(福澤諭吉), 니시 아마네(西周), 가토 히로유키(加藤弘之), 나카무라 게이우(中村敬宇), 스기 고지(杉亨二), 미쓰쿠리 슈헤이(箕作秋坪), 미쓰쿠리 린쇼(箕作麟祥), 쓰다 마미치(津田眞道), 니시무라 시게키(西村茂樹)이다.

그들은 대부분 옛 막부의 양학파 출신이었다. 옛 막신(幕臣)들이 영국식

공리주의의 윤리를 내세우고 부르주아 자본주의를 제창하며 새 권력으로서만 존재하는 혁명상(革命像)에 대해 늦게나마 사상성을 주입하려 한 것은 거의 기관(奇觀)에 가까웠다.

메이로쿠 사가 펼친 계몽운동은 이 결사가 간행한 '메이로쿠 잡지'를 통해 이루어졌다. 또한, 연설회를 통해 세상에 끼친 영향도 빼놓을 수 없다.

'메이로쿠 잡지'는 창간된 메이지 7년 3월부터 매달 2회 또는 3회 발행되었는데 첫해는 매호마다 평균 3205부가 팔렸다고 한다. 메이지 초기의 독서 인구로 보면 놀라운 판매고라 할 수 있다.

그러나 미야자키 하치로가 상경한 메이지 8년 여름에는 이 잡지도 이미 위기에 놓여 있었다.

"6월에 정부에서 공포한 참방률 및 신문 조례에 저촉되지 않는가?"

이런 비난이 일어, 후쿠자와 유키치가 폐간을 제의했다. 후쿠자와의 의견은 정부로부터 탄압을 받고 굴종하기보다 폐간하는 편이 낫다는 것으로 결국 이 해 연말에 폐간되었고 동시에 활발했던 연설회 활동도 불이 꺼지듯 사라졌다. 결사대원의 대부분이 후쿠자와처럼 지명인사였거나 정부의 관리였던 것이 이러한 결과를 초래했다.

하지만 메이로쿠 사의 잡지와 연설회가 시대의 정신을 계발하고 고무한 업적은 헤아릴 수 없이 크다.

예를 들면 결사원 중, 나카무라 게이우는 그의 저서 《미국지서(志序)》에서, 각국의 나라 이름을 폐지하고 세계 정부를 세우는 것이 인간 사회의 이상이며 그것은 가능성이 없는 것도 아니라고 주장했다. 그는 잡지에 종종 기고하고 또한 연설회의 강사로서도 자주 강단에 섰다.

옛 막신인 나카무라 게이우는 옛 막부의 유학자 출신으로 막부에 의해 선발되어 게이오 2년 영국에서 유학하고 메이지 원년(1868)에 돌아왔다. 메이지 4년 《자유의 뜻》을 출판하여 크게 명성을 얻었을 때는 옛 막신으로서 여전히 시즈오카에 있었다.

그의 세계정부론은 전쟁이 없는 합리적 평화 사회를 이상으로 하고 있다. 일본이 3백 제번(諸藩)을 해소하고 한 국가가 된 것을 생각하면 국가의 폐지와 세계정부의 수립도 꿈이 아니라는 것으로, 옛 막부 출신의 개화주의자가 느낀 유신의 일단을 엿볼 수 있다.

더욱이 메이지 8년 후쿠자와 유키치는 미타(三田)에 연설관을 열고 일반인에게 청강을 허용했다. 이 계몽 활동도 사쓰마·조슈에 독점된 유신 권력을 다시 생각해 보려는 인사들에게는 대단히 유익했을 것이 틀림없다. 예를 들면, 도사의 자유민권 사상가인 우에키 에모리(植木枝盛)의 젊은 시절의 일기를 보면 자주 메이로쿠 사와 미타의 연설회를 청강했던 것을 알 수 있다. 바로 하치로가 상경한 메이지 8년의 일이다.

메이지 8년은 태정관 정부로서도 그 전제적 본질이 조금은 변화의 빛을 보인 해라고 할 수 있다.

변화라고는 하지만 다분히 겉모양뿐이었다. 고작 헌정(憲政)에 첫발을 내딛는 시늉만 보였다.

1년 전인 메이지 7년, 오쿠보는 거의 독재자나 다름없었다. 독재는 그의 이상이었으리라. 그는 유럽에 갔을 때 프로이센 제국의 독재적 재상 비스마르크를 보고 자기의 이상을 발견한 듯했고, 또한 청나라에서 북경 담판을 끝낸 후 천진에서 이홍장을 접했을 때 이홍장은 오쿠보를 가리켜 아시아의 유일한 정우(政友)라며 친밀감을 담아 말했다.

"귀국의 일은 각하가 맡아 하는 것이 좋겠소."

일본의 일은 각하가 혼자 다 하라는 뜻이다.

"폐방(弊邦 : 청국)의 일은 내가 맡아 하겠소. 적어도 일을 이루려면 한 사람이 맡아 하지 않고선 관철할 수가 없소."

이홍장은 우쭐대며 말했다.

이홍장은 오쿠보나 비스마르크와는 달리 사사로운 욕심이 강했고 그런 점에서 독재적 재상으로서의 자격이 모자랐다. 그러나 청나라에 서양식 기술을 도입하려는 '양무운동(洋務運動)'의 추진자로서 충분한 자부심이 있었다.

유럽의 후진국가인 프로이센, 그리고 아시아에 산적해 있는 신구(新舊) 간의 갈등 문제가 청국과 일본 같은 후진국가에서는, 위로는 국민적 합의에 의한 절대 권위(황제 또는 천황)를 받들고 그 옆에 영웅적 재상 단 한 사람이 지키며, 만사를 독재로서 국가의 대본(大本)을 정해 나가는 형태가 아니면 안 된다는 것을 오쿠보는 뼛속 깊이 느끼고 있었다.

이홍장의 말에, 오쿠보는 자신도 그렇게 생각하고 있다는 동의의 뜻을 담아 깊이 고개를 끄덕였던 모양이다.

그러나 현실의 태정관 정권은 사쓰마·조슈·도사·사가의 거두(공신)들의 합의로 출발했다. 그러다가 사이고가 하야하고 잇따라 이타가키가 떠나고 그 뒤 기도 다카요시가 오쿠보의 대만 정벌을 반대하고 하야해 버리자, 오쿠보는 혼자가 되었다. 어수선한 국내를 통치하는데, 오쿠보 혼자서는 도저히 천하의, 인망을 얻지 못할 뿐만 아니라, 오히려 반란을 유도하는 원인이 될 것 같은 위기의식이 정부에 있었다.

그래서 메이지 8년(1875년) 1월, 이토 히로부미와 그의 무리들의 노력으로 오사카 회의가 열렸다. 조정에 있는 오쿠보와, 재야의 기도, 이타가키 등이 오사카 기타하마(北浜)의 가가이로(花外樓)에서 회합하여, 기도와 이타가키가 오쿠보에게 중대한 조건을 붙여 재입각하게 된 것이다.

이 해, '관'에서조차 새로운 사상적 상황이 펼쳐지고 있었다. '오사카 회의'라는 것은 오쿠보가 당시 조슈로 돌아가 은퇴하려고 하는 기도 다카요시를 붙잡기 위해 큰 연극을 했다고 보아도 좋다. 오쿠보가 줄거리를 쓰고, 배우를 동원하고, 나아가서 연출까지 도맡아 기도와 함께 이타가키까지 내각으로 데리고 온 것이다.

기도는 원래 오쿠보의 높은 정치적 품격을 인정하면서도 그 전제주의에 항상 울분을 삼키며 감정이 시커멓게 타버리는 지경까지 와 있었다.

오쿠보는 사방으로 손을 써서 기도를 회담 장소인 오사카까지 끌어내려고 했다. 그리고 기어코 기도를 시모노세키(下關)에서 배편으로 고베(神戶)까지 오게 했다. 그때까지도 기도는 교토의 가모 강(鴨川)가에서 여생을 보내려는 뜻을 사람들에게나 편지에도 내비치고 있었다. 그러나 오쿠보는 고베에서 기다리고 있었다.

"이미 오쿠보가 대기하고 있다는 소식이 있다."

기도는 난처했다. 고베에서 기다리고 있는 오쿠보와 만나게 된 심경에 대해서도 조슈의 친구에게 이렇게 말하며 몹시 당혹해 했다.

"나를 기다리던 오쿠보가 마침내 들이닥쳤을 때는 정말 난처했다. ⋯⋯끈질기게 달라 붙어서⋯⋯"

그 뒤 오쿠보는 기도를 떼어 놓지 않고 따라붙듯 하여 마침내 회의에 참석시켰다.

그러나 기도의 연설은 여전히 호소가 담긴 말투였으며, 구체적인 말을 명쾌하게 하지 않고 원망이나 한탄을 끈질기게 늘어놓았다. 오쿠보는 참을성 있게 들을 뿐이었다. 그리고 오쿠보는 되풀이했다.

"당신이 우두머리가 되고 나는 당신을 따라가기만 하겠소."

그러나 기도는 그것도 물리치고 완강히 거부했다.

"숨어서 살고 싶소. 입각(入閣)은 아예 사양하겠소."

오쿠보는 마침내 도쿄에서 이토 히로부미를 불렀다.

이토는 곧 고베로 내려왔는데, 그는 기도의 평소의 뜻이 점진적 민권론이라고 꿰뚫어 보고 있었으므로 오쿠보를 위해 새로운 제안을 마련했다.

그것은 조잡하긴 했으나 삼권 분립의 사상을 담은 신체제안이었다.

신체제란 상원과 하원을 설치하여 입법부로 하고 사법권 대심원(大審院)을 설치하여 대표 기관으로 삼고, 내각을 행정부로 한다. 단 공신들은 내각에 앉아 큰 방침만 의결하고 행정 실무는 보지 않으며 행정 실무를 담당하는 각 성의 경(卿 : 長官)에는 2류급의 인물을 배치한다는 것이었다. 이것으로 전제의 폐단은 한꺼번에 없어질 것이었다.

오쿠보는 속으로는 이것에 반대했을 테지만 우선 기도를 낚아 들이기 위한 미끼로 하였다. 기도는 승낙했다.

1841년 9월 태생인 이토 히로부미는 메이지 8년 정월로 만 33세가 되었다.

전 해에 오쿠보가 북경에 가 있던 기간 중에 오쿠보 대신 내무경을 맡아 보았다. 11월 27일 오쿠보를 요코하마에서 맞이하고 이튿날 내무경직을 오쿠보에게 돌려주었다.

'기도를 내각에 다시 불러들이지 않으면 천하가 위태롭다.'

이 위기감에 있어서는 오쿠보나 이토나 다를 바가 없었다. 사이고에 이어서 기도까지 고향에 들어앉아 있다가는 불평 사족들이 대장을 얻었다고 좋아하며 기도를 옹립하여 반란을 일으킬지도 모른다.

오쿠보는 이토라는 전인격(全人格), 즉 그 기량에 대해서 어느 정도로 평가하고 있었는지 알 수 없다. 다소 가볍다고 생각하기도 했으리라. 그러나 그의 정치적 재질에 대해서는 높이 평가하고 그것을 소중히 했으며 때로는 의지하기도 했다. 더욱이 기도를 도쿄에 불러 올리기 위해서는 조슈 인 이토의 수완을 기대하지 않을 수 없었다.

이번에 이토가 기도를 불러내기 위해 마련한, 이른바 미끼로서 눈 깜짝할 사이에 오쿠보에게 먹혀 버린 소박한 삼권 분립안은 혼잡한 틈을 타서 탄생된 민주체제라고 할 수 있다.

이토는 국권적인 정부 고관중에서는 민권에 대해 가장 동정적이었다. 메이지 4년에 유럽에 건너갔을 때 그는 한 시기에는 진지하게 공화제를 생각한 사람이었다는 것을 아울러 생각하지 않으면 안 된다.

다만 이토의 민권론은 다분히 누린내가 나고 있었다. 그가 민권에 동정한 것은 기략(機略)으로서 나온 것이었다.

'온 일본에 팽배한 도쿄 정권에 대한 불만은 민권 체제를 취함으로써 흡수하지 않으면 안 된다.'

사실 그는 훗날 그가 기초하고 그의 손으로 공포하기까지 일을 진행시킨 '제국 헌법(帝國憲法)'에 의해 자유민권 운동의 큰 물결을 한꺼번에 흡수하고 그 힘을 빼앗고 만다.

이 헌법은 군주가 친히 제정한 것이었다. 즉 천황이 정한 것이었다.

나카에 조민이 말한 국민 고유의 권리를 회복한 것이 아니라 은사(恩賜)였다. 조민은 제국 헌법의 초안을 보았을 때 한 번 읽고 쓴웃음을 짓더니 아무 말도 하지 않았다고 한다.

아무튼 훗날 이토는 그것을 실천하게 된다.

이 시기(메이지 8년 정월)의 이토의 정략은 훌륭했다고 할 수밖에 없다. '삼권분립안'을 기도에 대한 미끼로 하여 경황이 없는 틈을 타서 오쿠보에게 안겨버렸는데 기략이라고는 하지만 이토의 재능에서 나온 것이라고 하겠다.

'원로원.'

이 명칭은 입안자인 이토 히로부미가 붙였다. 이토 히로부미는 이 기관에 상원적(上院的)인 성격을 부여하려 했지만 얼마 지나지 않아 뼈대가 빠진 쓸모없는 것이 되고 만다.

입안 단계에는 어떠했을까? 입안자인 이토에게는 참신한 포부가 있었을 것이다. 아울러 이토의 생애에서 정치적 행동과 정치 사상을 살펴볼 때 그는 국권적 입장으로 교묘하게 가장된 공화주의자가 아니었나 하는 냄새가 풍기기도 한다.

이토의 입안은 기도를 기쁘게 했다. 기도의 점진적 민권주의라는 입장에서 보면 그의 기쁨은 당연하다고 할 수 있다.

'그러나 오쿠보가 승낙할까?'

기도는 오히려 불안하게 생각하고 있었다. 이토는 기도를 속이고 있었다.

이 안은 이미 오쿠보의 양해를 얻은 것이었다.

그러나 이토는 연극을 꾸몄다.

"오쿠보 씨에게는 어떻게 부딪치든 승낙을 얻도록 해보겠습니다."

이런 식으로 기도에게 말했다. 기도는 입안에 대해서는 이토와 동지인 셈이었다. 이토의 교묘함이라고 하겠다. 기도는 꼭 부탁한다고 말했다.

"오쿠보는 결코 찬성하지 않을 걸세. 그러나 만일 오쿠보가 이 안을 받아들인다면 이와쿠라와 오쿠보의 전제는 이젠 끝이 나는 거고, 나도 도쿄에 다시 한 번 나가도 좋겠지."

참의이든 뭣이든 되겠다고 기도는 말했다. 이토는 기도가 이 한 마디를 하도록 꾀었던 것이다.

이토는 마음속에 공화주의에 가까운 사상을 간직하고 있었지만, 그의 본질은 역시 정략가였고 민권주의자들이 목숨을 걸고 쟁취하려는 민권제까지 기략의 도구로 사용했다. 이런 점이 속인 이토와 속아 넘어간 기도의 차이였으리라. 이토의 본질이 정략 조정가인데 비해 기도의 본질은 우직한 혁명가였다고 하지 않을 수 없다.

한편 이 안건에 대한 오쿠보의 평가는 부정적이라고 보아야 하겠다.

그는 이토를 통해 기도를 속였다. 이 시기의 오쿠보의 정치사상은 어디까지나 비스마르크적인 천재적 재상에 의한 전제였으며 삼권 분립은 시기상조라고 말하고 싶었을 것이 분명하다.

그러나 기도를 잃고 싶지 않았다. 기도를 잃으면 메이지 유신 자체를 잃는다는 위기감이 오쿠보의 생각 속에 있었다. 그 이유는 오쿠보를 추방하려고 하는 초보수파의 시마즈 히사미쓰의 집요한 운동과 관계가 있는데 여기서는 언급하지 않겠다.

어쨌든 원로원이라는 것은 이 시기의 정치 상황 속에서 신기루처럼 갑자기 튀어 나온 것이라고 하지 않을 수 없다.

그러나 당당한 관제(官制)로 출발했다. 메이지 8년 1월에 오쿠보가 기도 다카요시를 고베에서 기다렸다가 그 후에 오사카(大阪) 회의를 열고 2월 초에는 기도가 내각에 참여할 것을 승낙하고, 그 달 24일 상경한 뒤 겨우 2개월이 지난 4월 25일에 이 제도가 발족했다. 놀랄 만큼 신속했다.

놀랄 만큼 신속할 수 있었던 것은, 그것이 정략에 의해 만들어졌기 때문이다. 구미처럼 밑으로부터 쌓아 올려 설립된 것이 아니라 기도의 입각(入閣) 조건으로 이른바 기도를 끌어들이는 도구로서 만들어진 제도인 것이다. 오쿠보는 태정관의 권력을 재건하기 위해 기도가 필요했고, 따라서 이 도구를 용인했다. 기도도 역시 이와쿠라와 오쿠보의 견제를 제어하기 위한 제어장치로써 이 도구를 들고 들어갔다.

"그 당시의 원로원은 꽤 진보된 것이었다."

나카에 조민은 이렇게 말했다.

조민은 1년 전(메이지 7년)에 귀국하여 사숙인 프랑스 학숙을 개설하는 한편 태정관의 명으로 메이지 8년 2월 24일 도쿄 외국어 학교의 교장이 되었다. 그러나 3개월도 지나지 않아 마음에 들지 않는다며 5월 14일에 사직했다. 정부는 그래도 조민을 버리지 않고 5월 24일 방금 신설한 원로원에 봉직토록 명령했다. 관직은 서기관이었다.

"진보된 것이었다."

조민이 말했듯이 그의 동료로서는 옛 막부 가신이며 평생토록 자유민권주의자로 일관한 누마 모리카즈(沼間守一)도 있었고, 또 옛 막부의 양학 교수 기관인 가이세이쇼(開成所) 출신이며 메이지 초기에 프랑스 혁명에 바탕을 둔 급진적 자유민권 운동의 열렬한 운동가였던 오이 겐타로(大井憲太郎) 등도 있었다.

다만 조민이 진보적이었다고 한 것은 조민의 루소 《민약론》의 첫 번역본이 원로원판의 이름으로 관에서 출판했음을 가리킨다.

그런데 이 번역본은 태정관의 보수파에서 불만의 목소리가 나와 겨우 몇 부가 세상에 나왔거나, 아니면 그 몇 부도 관의 손으로 압수되거나 했는데 확실하지는 않다.

아무튼 조민을 감동시켰던 '그 무렵의 원로원'은 주로 진보적인 사항에 대해서는 이토 히로부미가 입안했고 기도가 그것에 다소 손질을 가한 모양이었다.

그러나 원로원의 진보적 성격에 통렬한 타격을 가한 것은 이와쿠라 도모미와 시마즈 히사미쓰였다.

메이지 8년(1875)의 일본은 아직 근대 국가의 체제를 갖추지 못하고 있었다.

'원로원은 의법관(議法官)으로서 신법을 설립하고 구법의 개정을 의정하며 기타 여러 건백서(建白書)를 수납하는 곳이다.'

원로원의 성격은 규정 제1조에 이렇게 명기되었으면서도 제7조에는, 그 입법안은 천황으로부터 부여된다고 되어 있다. 가령 원로원에서 기안하는 경우에도 그것을 천황에게 상신할 필요가 있고 원로원이 직접 회의에 부칠 수 없는 것으로 되어 있었다. 요컨대 입법부로서는 뼈대가 빠진 것이라고 할 수 있다.

권리 이행능력의 서열도 낮았다.

천황을 맨 윗자리에 두고, 그를 보좌하는 내각^(태정대신, 좌우대신, 참의)이 그 다음에 있고 그 밑에 '삼권'이 나란히 놓여 있었다.

즉 입법부로서 상원인 원로원, 하원인 지방관 회의, 사법부로서 대심원, 행정부로서는 각 성의 순서였다.

이 안의 실제 입안자는 이토였다. 점진주의자인 기도는 그것을 승낙했다. 기도와 함께 참의가 된 이타가키 다이스케는 몹시 불만스러웠으나 그에게는 그 불만을 정략화할 만한 정치력이 없었다. 결국은 그대로 시행되었다.

원로원 의장 인선이 난항을 거듭했다.

실은 원로원의 성립으로 이와쿠라는 자기의 국가관에 위기를 느꼈다. 극단적인 왕정주의자(王政主義者)인 이와쿠라는 원로원이 장차 반(反) 천황제의 도당 소굴이 될 것을 두려워한 나머지 이와쿠라 이상으로 보수주의자^{(옷도 역법(曆法)도 모두 에도 시대로 되돌리자고 하였다)}인 시마즈 히사미쓰를 원로원 의자에 앉히려고 하였다.

시마즈 히사미쓰는 작년에 좌대신이 되었으므로 좌대신 스스로 원로원 의장을 맡는 것은 이토의 입안 취지에 어긋나는 일이었지만 이와쿠라는 그렇게 생각하지 않았다.

이윽고 이와쿠라에 대한 배려도 있고 해서 옛 화족(華族) 중의 몇 사람을 원로원 의관(議官)으로 넣었다. 이에 따라 시마즈 히사미쓰도 의장직에 크게 마음이 쏠렸으나 주요 원로원 의관들은 이렇게 떠들며 반대했다.

"시마즈와 같은 완고한 보수주의자 밑에서는 직분을 맡을 수 없다."

이 때문에 결국 히사미쓰는 좌대신직에 머물게 되었다. 히사미쓰는 이것저것 불만을 느끼게 되어 그 해 연말에 좌대신도 사직하고 이듬해인 메이지 9년 4월에 가고시마로 돌아가게 된다. 비(非) 가고시마 인의 입장에서 보면 사이고와 히사미쓰는 반정부를 외치는 거물이라는 인상을 주었다.

이런 정세 속에 미야자키 하치로는 상경했던 것이다.

하치로의 눈과 귀에는 도쿄가 시끄럽고 어수선하여 마치 혁명 전야처럼 느껴졌는데, 이런 실감은 고지마치(麴町)에 있는 나카에 조민을 찾아갔을 때도 변함이 없었다.

현관에 들어서자 안에서는 문하생들이 몇 십 명이나 있는 듯 떠들썩했다. 하치로는 자기 실명을 마사토(眞鄕)라고 부르고 있었는데 명함에는 이렇게 쓰고 있었다.

'우에키 학교 학생, 미야자키 하치로.'

그는 구마모토에 있을 때부터 위의 직함과 통칭으로 도쿄의 평생신문에 기고하고 있었다. 어쩌면 그 글을 조민이 읽었을지 모른다고 기대했다.

"나카에 군에게 용무가 있습니까?"

전갈을 맡은 문하생의 말에 하치로는 깜짝 놀랐다. 나중에 안 일이지만 조민은 철저한 평등주의자로 문하생들에게 자기에 대해 '군'이라든가 '당신'이라고 부르게 하고 있었다.

그런데 조민은 유학(儒學)도 존중했다. 그가 귀국하자마자 명령받은 도쿄 외국어 학교의 교장직을 곧 사직한 까닭은 그의 교육 방침을 문부성(文部省)에서 받아들이지 않았기 때문이었다.

그는 학교 교육에 필요한 것은 덕성(德性) 함양이라고 보았고 아무리 외국어를 가르쳐도 인격이 높지 않으면 교육이라고 할 수 없다, 서양에서는 기독교를 덕성 교육의 근본으로 하고 있다, 일본에서는 공맹(孔孟)의 가르침을 교육시켜야 한다고 문부성에 요구했다.

조민의 제자인 고도쿠 슈스이의 '고 조민 선생 추도회' 기록에 의하면 당시의 문부성 관리에는 후쿠자와파(福澤派)의 사람이 많았고 공리주의와 실학주의(實學主義)가 지배적이었으므로 조민이 내놓은 윤리주의는 받아들여지지 않았다.

"관립학교에서는 종교를 가르칠 수 없다. 유교도 일종의 종교다."

문부성의 생각은 이러했으리라. 슈스이는 문부성의 후쿠자와파 관리로 다나카 후지마로(田中不二麿呂), 구키 다카카즈(九鬼隆一) 등을 들었다.

윤리주의자의 일면을 가진 조민은 그의 기초 교양을 이루는 유학을 평생 버리지 않았으나, 그것과 문하생들에게 자기를 '군'이라고 부르도록 시킨 평등 사상과는 윤리적으로 보아 조민의 인격속에서 모순되지는 않았던 모양이다.

하치로가 조민이 있는 방에 들어가자 조민은 남루한 유카타(浴衣 : 목욕 후나 여름에 입는 홑옷)를 입고 누워 있었다.

조민은 일어나 하치로와 인사를 나누자 곧 베개를 가지고 와서 하치로에게도 권했다.

손님과 누워서 이야기를 나누는 것은 도사에서 볼 수 있는 한여름의 습관이다. 조민은 루소의 철학과 공맹의 가르침, 게다가 도사의 풍습까지 크게 모순을 느끼지 않고 한 몸 속에 융합하고 있는 것 같았다.

미야자키 하치로는 나카에 조민의 사숙이라고도 양산박(梁山泊)이라고도 할 수 없는 프랑스 학숙(學塾)의 떠들썩한 분위기 속에서 루소의《민약론(民約論 : 사회계약론)》의 세례를 받게 된다.

하치로는 그때까지 루소의 사상에 대해 상세히 알지 못했으나 그것이 프랑스 혁명과 미국 독립에 준 영향이 심각했다는 것은 알고 있었다.

참고로 막부 말기에 동분서주한 지사들은, 막연한 동경이지만 미국의 독립 혁명이나 프랑스 혁명에 강한 공감을 가지고 있었다. 다만 이 2대 혁명에 대한 그들의 지식은 얕았고 혁명을 상징하는 인물을 존경함으로써 그 혁명상을 상상한 것에 지나지 않았다. ……예를 들어 막부 말기의 전형적 혁명사상가인 요시다 쇼인조차 다른 지사들과 마찬가지로 프랑스 혁명은 나폴레옹이 일으킨 것이라고 상상한 흔적이 있다. 쇼인이 젊었을 때 벽에 부딪힌 정세의 타개법에 괴로워 하다가 이와같이 썼던 것은 그 한 가지 예일 것이다.

'나폴레옹처럼 자유를 부르짖지 않으면 마음의 번민을 치유하기 어렵다.'

또한 사이고가 워싱턴을 미국의 독립 혁명을 달성시킨 사람으로서 막부 말기부터 평생 존경해 온 것도 그 한 가지 예라고 할 수 있다.

그러나 인류가 지닌 2대 혁명의 이론과 사상의 근거가 스위스 태생의 프랑스인 장 자크 루소에게 있었음은 몰랐다.

나아가서 루소의 책이 성경과 함께 구미 세계를 가장 크게 움직였다는 것을 막부 말기에 죽은 지사들도 알지 못했다.

막부 말기의 지사들은 평등을 바라는 사상을 자기 자신의 사상에서 끄집어냈다. 그 사상적 근거로서 국학적 교양이 있는 사람도, 송학(宋學 : 주자학, 양명학)적 교양이 있는 사람도 모두 평등을 천황에게서 얻고자 했다. 천황이라는 다분히 비현실적이고 막부와 번을 초월하는 존재를 절대시함으로써 당면의 적인 막부의 존재를 업신여기고 논리적으로 비합법화하여 이윽고 쓰러뜨린 것이다. 만일 막부 말기에 루소의 사상이 들어와 있더라면 그 혁명상은 더욱 명쾌한 것이 되었을 것이 틀림없다. 나카에 조민이라는 존재가 15년 전에 나왔더라면 메이지 유신이라는 혁명에 적어도 세계에 공통된 보편성이 부여되었을 것이 분명했다. 어쨌든 조민에 의해 막부 말기의 지사들이 그토록 동경했던 프랑스 혁명과 미국 독립 혁명의 이론적 근거가 파리에서 발견되었던 것이다.

나카에 조민은 이 시기에 원로원에서 출판될 《민약론》 원고를 쓰고 있었다. 사실 그 초고에 대해 그는 이렇게 말했다.

"민약론을 번역했으나 정부에서 계속 시비를 걸기에 코를 푸는데 써 버렸다."

이것은 사실이었을까? 이때의 번역 원고는, 후에 조민이 용어 선택에 신중을 기하여 번역한 '민약론'과는 다르다.

조민으로서는 초벌 번역에 지나지 않았을 터이지만 영향력에 있어서는 훗날의 번역본과 다름이 없다.

왜냐하면 조민은 프랑스 학숙에서 주로 '민약론' 강의를 하고 있었기 때문이다. 강의는 그의 번역 원고를 토대로 이루어졌을 것이며, 그 원고는 원로원에서 출판되기 전에 서생들에 의해 필사되고 있었다.

하치로는 그의 강의도 들었다.

또한 조민하고 이야기도 나누었다.

"인간은 원시시대에는 자유롭고 평등했다."

루소의 이 거대한 전제를 조민은 되풀이하여 이야기했다. 루소는 그의 '인간 불평등 기원론'에서 자유로운 상태를 자연상태라고 했다. 인간은 거기서 사회상태로 들어가 자유를 잃고 평등을 잃는다. 토지의 사유화에 따라 더욱더 불평등이 확대되고 인간은 사회적 해악 속에서 신음하게 된다.

인간 고유의 권리를 회복하는 것이 '민약론'의 본뜻이다, 라고 루소와 조민은 주장했다.

루소도 조민도 국민을 국가의 마땅한 주권자라고 하였다. 국민이 왕권에 복종하지 않으면 안 된다는 복종 계약설도 전에는 동서양에 존재했으나, 그것은 인간의 인권이 천부적인 것이라는 전제 앞에서는 헛말에 지나지 않는다.

루소와 조민에 의하면 사회는 계약에 의해 성립되어 있다. 그 계약은 주권자인 국민이 개별적으로 사회적 결합을 계약한 것이다. 사회적 결합이라는 것은 이른바 루소나 조민이 말하는 국가이며, 따라서 국민이 동시에 국가의 구성원이고 구성원인 국민은 국가에 절대권을 준다는 것이다. 루소도 조민도 이런 의미에서 입법(立法)을 중요시했다. 입법은 국민에 의해 이루어지며 거기서 성립된 법률이 국가를 운영한다.

'조민은 루소의 주장에 찬동하였고 동지들 사이에 민약론을 제창하였다. 메이지 10년 전후의 과격한 민권설은 조민이 동지들 사이에 고취한 바가 적지 않았다.'

이런 글이 조민의 죽음(메이지 34년)을 보도한 국민신문의 기사 속에 있다. 국민신문에서는 조민의 사상을 '과격'하다고 했으나 조민의 사상과 사상적 성격에 대해 당연한 말을 한 것이다.

미야자키 하치로는 조민의 《민약론》 번역 원고뿐만 아니라 조민 자신의 입을 통해 좌담 형식으로 루소의 인간과 사상을 풍부하게 들었다.

루소가 어느 때 사람이냐고 하치로가 묻자 조민은 대답했다.

"에도 중기의 사람일 것이오."

그리고 그는 손가락을 꼽아 루소의 출생년도부터 세어 보더니 160년쯤 전이라고 말했다. 루소가 태어난 것은 1712년이었다.

일본사 연표와 비교해 보면 루소의 청소년 시절, 일본에서는 최초의 인문과학적 사고를 한 인물이라고 볼 수 있는 오규 소라이(荻生徂徠)가 활약하고 있었다. 또한 난학자 아오키 곤요(靑木昆陽)의 활약기이기도 하며, 한의학의 해부도에 합리주의적 의문을 느끼고 최초로 인체 해부를 실시한 교토의 야마와키 도요(山脇東洋)도 이 시기의 사람이다. 도요가 인체 해부를 실험한 호레키(寶曆) 시기는 일본에 있어서 합리적 사고의 개화기라고 할 수 있다.

동북지방의 한 구석에서 안도 쇼에키(安藤昌益)가 국가나 계급을 부당하다고 한 독자적 철학을, 루소는 인류 역사에 있어서 인간이 아직 '자연상태'에 있었던 원시 단계에서는 인간이 모두 자유롭고 평등하고 평화스러웠다고 했으나, 안도 쇼에키도 그것을 집요하게 논했다. 루소의 용어로 '사회상태'에 들어간 인간이 해악 속에 둘러싸이게 되었다고 한 것은 쇼에키나 루소나 다름 없다. 같은 시대에 지리적으로 멀리 떨어진 곳에서 같은 사고가 생겨났다는 것은 인간 역사에서 때때로 있는 일이다. 특별한 우연이나 기적이 아니라 인간 세상의 진보가 그런 엇비슷한 필연성을 낳게 하는 모양이다.

쇼에키와 루소는 발상에 있어서 서로 비슷하다.

그러나——루소의 용어로 통일시켜 표현하자면——쇼에키가 '사회상태를 폐지하고 자연상태로 돌아가라'고 한 것에 반해, 루소는 사회상태를 근본적으로 고치면 된다, 고치려면 자연상태의 자유와 평등을 기본적으로 되찾고 그것을 중심으로 사회 자체를 조화시키면 된다고 하였다. 쇼에키가 다분히 공상적이었던 것에 비해 루소는 실행 가능한 사상과 이론을 구성하고 있다.

물론 안도 쇼에키의 존재가 세상에 알려지게 되는 것은 쇼와(昭和) 시기였기 때문에 메이지 초기에 루소의 활약 연대가 백 년 전이라는 말을 들은 하치로는 이 무렵의 다른 사람들과 마찬가지로 일본의 뒤늦음을 뼈저리게 느꼈을 뿐이다.

참고로 말하자면 하치로가 메이지 8년(1875) 여름, 조민과《민약론》을 접함으로써 마치 번갯불을 맞은 듯이 감동해서 이런 말을 했다.

"울면서 읽도다, 루소의 민약론을!"

그러나 이 시기에 일본 방방곡곡에는 이러한 예가 무수히 많았다. 시대상을 엿보기 위해 한 예를 들면 동북지방의 자유민권 운동의 지도자가 된 고노 히로나카(河野廣中)의 경우는 루소가 아니라 영국인 존 스튜어트 밀의《자유론》에 영향을 받았다.

앞서 말했듯이 옛 막신(幕臣) 나카무라 게이우가 이것을 번역하여《자유의 이치》라고 했다.

막부가 무너진 뒤 도쿠가와 가문은 시즈오카 현(靜岡縣)으로 옮겨 한낱 번주(藩主)가 되었으나, 옛 막부 시대에 영국으로 관비 유학을 했던 나카무라 게이우는 시즈오카에서 도쿠가와 번의 학문소(學問所) 교수가 되었다. 이 시기에 그는 이것을 번역하여 메이지 4년에 출판했다.

나카무라 게이우의 한문 문장력은 당시 청국인으로부터 '진한문(眞漢文)'이라고 불렸을 정도였는데 그는《자유론》을 번역하는 데 되도록 생소한 조어(造語)를 피하고 그의 풍부한 한문 지식 중에서 적당한 말을 골라내어 번역어로 썼다. 이 책이 메이지 초기 지식인들의 마음을 크게 뒤흔들어 놓았던 것은 첫째 번역문이 좋았기 때문이라고 하겠다.

고노 히로나카는 오슈 미하루(奧州三春) 사람이다. 부유한 상인 집안으로 향사 신분도 가지고 있었다.

보신 전쟁에서 관군이 아이즈(會津)를 공격할 때 고노가 번의 여론을 움직여 동지를 이끌고 협력했다고 하니, 그도 역시 초야의 지사였다고 할 수 있다.

메이지 6년, 25세 때 이와사키(磐前縣)라는 마을의 부호장(副戶長 : ᵇᵘˢ호장)이 되었다. 미하루 지청(支廳)에 용무가 있어서 갔는데 이 고을에 사는 친구가 《자유의 이치》를 가지고 있었다. 그것을 사서 돌아가는 길에 흔들리는 말등 위에서 읽었다.

"정말 나의 생애에 지대한 영향을 가져왔다."

고노 히로나카는 자신의 추억담에서 이렇게 말했다.

"나의 교양은 한학과 국학이었으므로 걸핏하면 종래의 양이(攘夷)를 부르짖었다. 그 사상이 하루아침에 대혁명을 일으켜 인간의 자유, 인간의 권리를 존중해야 한다는 것을 알고 가슴 속 깊이 자유민권의 신조를 그리게 되었다. 메이지 6년 3월의 일이다."

미야자키 하치로도 이 책을 읽었으나 그를 감동시킨 건 《민약론》이었다. 고노보다 하치로가 인간과 사회의 근원을 심각하게 생각하려는 자질이 깊었기 때문이다.

도쿄에 올라온 하치로는 동향 사람인 이케마쓰 호키(池松豊記)라는 청년이 빌려 쓰는 집에 기숙하고 있었다.

이케마쓰는 신문기자였다.

당시의 신문은 재야인사의 것으로서 새로운 사상가나 정치 운동가에게는 전제 정부를 공격하기 위한 유일한 공격포(攻擊砲)라고 할 수 있었다.

신문기자들은 옛 막부의 가신 또는 유신에 뒤쳐진 번의 출신자가 많았다.

본디 혁명을 일으킨 태정관 정부가 지니고 있었어야 하는 자유민권이라는 구미의 이념은, 유신보다 늦게 일본에 들어왔기 때문에 신문 기자들의 주된 이념이 되었다.

그들은 태정관 정부를 혁명 정부로 인정하지 않고 오히려 세계 사상에 훨씬 뒤쳐진 반동 정권이라고 보았고 '관'이라는 것은 단순히 사쓰마·조슈 인의 이권을 위해서만 존재한다고 했다.

그 중에서 가장 과격한 존재가 평론신문으로, 이케마쓰 호키는 그 신문사에 있었다. 하치로는 대만에서 귀국한 뒤 이케마쓰를 통해 원고를 보낸 적도 있었다.

"집사사(集思社)는 건재한가?"

하치로는 이케마쓰의 방에 거처를 잡게 되자 이렇게 물었다. 이전에 하치로가 도쿄에서 체재중일 때, 집사사에 드나들었다는 것은 앞서 말한 바 있다.

"건재고 뭐고 집사사라는 결사가 평론신문을 내고 있네. 그것보다 집사사의 건재를 말해주는 증거는 없겠지."

"집사사는 오래 전에 사직한 군인이 드나들기도 하고, 옛 막부의 양학(洋學) 담당관이었던 사람들이 차를 마시며 이야기를 나누러 오는 곳이었는데 지금은 어떤가?"

오래 전이라고 했지만 먼 옛날은 아니다. 겨우 2년도 안 되는 메이지 7년 (1874) 1월의 일이었다.

그 무렵 하치로는 집사사에 드나들었는데 세상에서나 집사사에서나 자유민권이라는 말은 듣지 못했다. 2년간 일본의 재야 사상의 변화가 얼마나 심했는지 알 수 있다.

"지금은 혁명당일세."

이케마쓰 호키는 분명히 말했다.

"정부가 하는 것을 모두 악으로 보고 다시금 유신을 하여 자유민권 세상을 일으킨다는 것을 사시(社是)로 하고 있네."

"그 사시의 문장을 알고 싶군."

"아니, 문장은 없어. 사장인 에비하라 보쿠씨가 그렇게 제창하고 동지를 모았지."

"에비하라 씨가 자유민권을?"

하치로는 자기가 알고 있는 에비하라 보쿠를 생각해 보았다. 이와쿠라와 오쿠보의 전제를 미워한다는 것 외에는 도량이 큰 사쓰마 인으로 별로 이론을 내세울 만한 인물은 아니었다.

그런 에비하라가 2년 후에는 자유민권 사상을 크게 부르짖고 있다는 것이다.

평론신문의 사옥은 나중에 여기저기 옮겨 다니게 되지만 이 무렵에는 아사쿠사(淺草)의 구로부네초(黑船町)에 있었다.

하치로는 이케마쓰 호키의 권유로 이 신문사에 입사하기로 했다.

그 이야기가 이케마쓰의 방에서 나왔을 때 이케마쓰는 걱정하며 물었다.

"우에키 학교는 어떻게 할 건가?"

하치로는 우에키 학교를 일으키자 그대로 내버려 두었고 호장 정벌과 호장 민선운동도 중도에 버려둔 채 상경했다. 그대로 도쿄에서 신문기자가 되어버리는 것은 지나친 변덕이 아닌가 하고 이케마쓰는 생각했던 것이다.

"미야자키, 괜찮아?"

"우에키 학교 말인가?"

"아니, 자네의 지조 말일세."

이케마쓰는 실천가는 아니었지만, 하치로와 동반자임을 자처하고 있었다. 때문에 하치로의 지조가 염려되었다.

'이 사나이는 대체 어떻게 하려는 것일까?'

이케마쓰는 이렇게 생각하지 않을 수 없었다.

하치로가 메이지 7년에 도쿄에서 바람처럼 떠난 것은 에토 신페이의 사가의 난(亂)에 합류하기 위해서였다. 구마모토에서 동지를 모으고 있는 동안 사가의 난은 진압되고 말았고 하치로는 기회를 놓쳤다. 그러다가 정부에서 대만에 군대를 보낸다고 하기에 지원병으로 종군했다가 귀국 후에는 우에키 학교를 개설하였고 그것도 동지에게 맡긴 채 상경했다. 겨우 2년도 못되는 사이에 하치로는 마치 참새가 겨를 쪼아 흩뜨리듯 바쁘게 행동했다. 사실 이번 상경은 지방관 회의에 참석하고 있는 야스오카 권령을 만나 민선 호장 건에 대한 실정을 말하기 위해서였다.

그러나 마땅히 하기는 할 터이지만 지금은 신문기자가 되겠다고 한다. 구마모토에 있는 동지들이 어떻게 생각하겠는가?

"지조 말인가?"

하치로는 팔짱을 끼고 젖은 듯한 큰 눈을 뜨고 지조 말인가, 하고 다시 한번 중얼거렸다.

"변명하는 것 같지만, 최근 2년 동안 나의 머리와 영혼에 유럽의 백 년이 한꺼번에 들어왔네. 불사르듯 내 영혼을 연신 태우고 있어. 대만 정벌에 가담했을 때 나는 영국의 제국주의를 바랐네. 귀국하여 자유와 권리를 알게 되고 영국의 밀에게 마음을 기울였어. 이윽고 루소의 존재를 알게 되었고 게다가 이번 상경으로 나카에 조민을 알게 됨으로써 루소의 신봉자가 되었네. 말하자면 계속 갈구하던 것을 얻은 셈이고 이젠 변하지 않을 거네. 지금 신문기자가 되려는 것은 중앙의 정치 정세, 언론 정세를 알아내어 구마모토의 동지들에게 알려 주려는 것이지 지조가 바뀐 것은 아닐세. 지조는 하나뿐이야.”

“어떻게 하나라는 건가?”

“정부를 전복시키는 일이지.”

하치로는 눈도 깜짝하지 않고 말했다.

하치로의 본심은 사상 탐구에 있었던 것도 아니었다. 또한 우에키 학교를 일으킨 목적도 후쿠자와 유키치가 미타에 사숙을 개설하고 있는 뜻과도 달랐다.

혁명에 있었다.

그것도 과거에 도바 후시미 전투를 일으킨 사이고나 오쿠보의 옛 지혜를 믿고 철저한 폭력혁명 이외의 방식은 생각하지 않았다.

우에키 학교에서 전투 훈련을 시켰던 것도 그 때문이었고 구마모토 현에서의 호장 정벌도 이를테면 천하의 지배 세력을 넘어뜨리기 위한 작은 예행연습에 지나지 않았다.

때문에 하치로로서는 겉에서 보면 자기가 하는 일을 자꾸만 바꾸고 있는 것처럼 보이겠지만 내면에서는 일관되어 있다고 생각했다.

평론신문에 들어가려고 하는 것도 그것이었다.

“평론신문을 내고 있는 모체인 집사사는 뚜렷한 혁명당일세.”

이케마쓰 호키가 이렇게 하치로에게 말했을 때 하치로의 마음은 크게 움직였다.

“이것은 비밀이지만······”

이케마쓰가 이런 말로 속삭인 것이 하치로의 입사 의욕을 굳히게 만들었다.

이케마쓰의 말에 따르면 평론신문사는 모두 사이고 다카모리의 첩보기관이라는 것이었다.

그것은 놀라운 비밀이라고 해도 좋았다.

“사이고 다카모리의 의도로 그렇게 된 것인가?”

하치로는 낮은 소리로 이케마쓰 호키에게 다그치듯 물었다.

"육군 대장 사이고 다카모리와 그를 따르는 사쓰마계 근위장교들은 한꺼번에 가고시마로 돌아갔네. 따라서 도쿄의 정세에 어두워지게 돼. 그래서 평론신문은 사이고 이하 가고시마 사학교를 위해 모든 정보를 제공하고 있어. 그것을 위한 기관일세."

이케마쓰가 말했다.

'그렇군, 이제야 알았어.'

하치로가 생각한 것은 평론신문의 자금에 대한 것이었다.

평론신문은 한 달에 몇 권 나오는 조그만 책자에 지나지 않았다. 그것도 사람의 귀를 놀래게 하거나 즐겁게 하는 뉴스는 거의 게재하지 않고 모두 논설이었다. 아무리 이 시대의 일부 인사가 논설을 좋아한다고 해도 평론신문은 너무 극단적이었다.

하치로는 아마 조금밖에 팔리지 않을거라 생각했고 그런 셈치고는 기자의 수가 많다는 것에 의심을 느끼고 있었다.

'평론신문이 그런 곳이라면 들어가도 좋다.'

이런 생각을 한 것은 그 까닭이다.

혁명과 밀접하게 결부된 신문이 아닌가.

하치로의 입사에 대해서는 이케마쓰 호키가 도움을 주었다.

어느 날 둘이서 갔다.

"에비하라 씨가 좋아하더군."

길을 가면서 이케마쓰가 말했다. 에비하라 보쿠는 하치로의 이름을 듣자 만족스런 미소를 지으며 말하더라고 했다.

"반갑군."

그리고 또 이렇게 말했다는 것이다.

"미야자키 씨는 시도 잘 짓고 문장도 좋지. 평론신문에는 많은 재사들이 있지만 백만의 원군(援軍)을 얻은 것 같은 기분이 드는군."

하치로는 그런 것쯤은 아무래도 좋았다. 평론신문의 주인 에비하라 보쿠가 정말 사이고의 도쿄 첩보기관 역할을 하고 있느냐 하는 것이 중요했다. 그것을 이케마쓰에게 되풀이하여 물었다.

"사실이지?"

이케마쓰가 대답했다. 그리고 덧붙여 말했다.

"생각해 보게. 사쓰마 인은 무(武)를 좋아하네. 도쿄에 있는 모든 신문의 사상이나 주필을 보게. 모두 옛 막신(幕臣)이거나 사쓰마·조슈 번 이외의 출신자들이 하고 있어. 사쓰마 인으로서 신문을 만드는 사람은 에비하라 보쿠 한 사람뿐인데 이것만으로도 이상하게 보이지 않나?"

"과연 그렇군."

하치로는 자기도 모르게 웃어 버렸다. 사쓰마 인으로서 신문을 만든다는 것, 단지 그 기묘한 짜임새만으로도 가슴 속에서 웃음이 절로 솟구치는 것을 느꼈다.

사쓰마 인들은 소년시절부터 '의를 논하지 말라'는 교육을 엄격하게 받고 자란다. 그들은 용맹과 청렴을 번의 교육이념으로 삼아 왔다. 지금까지도 모든 사학교에서 전통적인 사쓰마 교육을 계승해 나가고 있다. 그러한 취지와 '의를 논하는' 신문이 부합될 리 없었다.

에비하라의 평론신문에서는 그 혼자 사쓰마 인이었고 기자들은 모두 주고쿠(中國) 계통의 옛 번사들이거나 동북지방 출신자들이었다.

"사이고가 에비하라에게 위탁했나?"

"아니, 그렇지는 않을 거야. 에비하라 씨가 자진해서 하는걸세. 에비하라 씨가 자발적으로 사학교에 도쿄의 정세를 상세히 적어 보내고 있네. 사이고가 알고 있는지 어떤지는 모르겠네만."

"사이고가 일어난단 말이지?"

하치로는 갑자기 큰 소리를 지르고 말았다.

아사쿠사의 구로부네초의 그 모퉁이는 이 이케마쓰 호키가 말했듯이 아이들이 꽤나 시끄러운 곳으로, 공동주택이 많은 서민가였다.

사흘 전에 내린 비가 아직 빠지지 않고 여기저기 물웅덩이를 남기고 있었다.

그것을 이쪽 저쪽 피하면서 하치로와 이케마쓰의 등뒤를 한 사나이가 따라가고 있었다.

"저 자는 혹시……"

하치로가 이렇게 말하자, 이케마쓰는 큰소리로 말했다.

"어지간히 무신경하군. 이제 알았나?"

그는 노골적으로 뒤돌아보면서 말했다.

"밀정이야."

하치로는 놀랐다. 그도 작년에 구이치가이 문밖의 사건이 있었던 전후에 밀정에게 쫓겨 다닌 경험이 있지만 이렇게 노골적이지는 않았다.

물어보니 이케마쓰를 항상 미행하고 있는 사나이라고 했다.

"자네, 뭔가 사건에 관여했나?"

하치로는 목소리를 낮추어 물었다. 그러나 이케마쓰는 말했다.

"그런 일은 없어. 평론신문의 사원은 모두 미행당하고 있다고 봐도 좋아. 모반인들의 소굴이니까."

"하지만……"

하치로는 고개를 저었다. 이케마쓰를 모반인이라고 할 수는 없다. 눈에 띄는 운동가도 아닌, 성격도 지극히 소박한 이런 사람까지 미행한다는 것은, 메이지 6년 이전과 비교할 때 경시청이 비약적으로 확충되었다는 증거라고 하겠다.

"가와지 대경시가 총지휘자인가?"

"그 사람, 무척 음험한 사내인 모양이야. 자기 딴엔 파리에서 공부한 티를 낸답시고, 나폴레옹의 경찰경(警察卿)을 지냈던 조제프 푸셰를 흉내내는 모양인데 나는 푸셰가 어떤 인물인지 몰라. 가와지는 내가 보기엔 이이 나오스케(井伊直弼)의 부하였던 나가노 슈젠(長野主膳) 같은 녀석이야."

"평론신문이 그렇게 주목을 받고 있나?"

하치로가 물었다.

이케마쓰는 싱겁다는 표정으로 대꾸했다.

"평론신문이라고 해 봐야 보잘것없는 작은 책자에 지나지 않아. 그런 작은 책자를 성채로 삼고 모인 동지들이라고 해보았자 10여 명에 불과해. 그것을 어엿한 일국의 정부가 눈엣가시로 생각하다니 우스운 일이지."

평론신문 현관 앞에 큰 물웅덩이가 있어서 둘은 그 앞에서 배에 힘을 모아 숨을 크게 들이쉰 후 뛰어넘지 않을 수 없었다.

현관은 격자문이었다.

이 근방에 무슨 전당포가 있는데 그집 주인의 살림집으로 지은 것이라고 한다.

단층집으로 다섯 칸 정도가 된다. 바깥 쪽의 방 두 개는 미닫이를 떼어 내고 홀처럼 쓰고 있다. 그곳에 낡은 책상 다섯 개를 놓고 기자들이 책을 읽거나 글을 쓰고 있었다.

에비하라는 외출에서 아직 돌아오지 않았다. 하치로는 안쪽 방에서 기다렸다. 방에는 미닫이가 있었다.

얼마 뒤 여자의 목소리가 들리더니 미닫이가 조금 열렸다. 차 대접이라고 생각하고 하치로는 바로 앉았다.

차를 날라 온 것은 젊은 처녀였다. 하치로는 놀랐다.

지에(千繪)였다.

그녀가 바닥에 손을 짚고 오랜만에 만나뵙는다고 인사를 하는데 하치로는 얼굴이 빨개져서 물끄러미 그녀의 어깨를 보고 있었다.

이윽고 그녀는 무릎걸음으로 하치로에게 다가와 하얀 팔을 뻗어 차를 놓았다. 하치로는 인사를 하고 뭔가 말하려 했으나 입안이 말라붙어 말이 나오지 않았다.

그녀는 침착했다. 차 쟁반에서 손을 떼었을 때 잠깐 하치로를 올려다 보는 듯한 자세로 말했다.

"대만에 계셨다고요?"

눈이 여전히 시원스러웠고 눈동자가 파랗게 흐려진 듯한 빛이었다.

하치로는 가까스로 대답했다.

"네, 대만입니다."

"몸이 편찮으셨다지요?"

자세히도 알고 있다. 하치로가 그런 일을 누구에게서 들었느냐고 묻자 지에는 웃기만 하고 대답하지 않았다. 그 뒤 학교를 시작했다고 들었습니다만, 하고 우에키 학교에 대한 일까지 알고 있었다.

"이케마쓰가 그러던가요?"

"아니에요. 이케마쓰님은 아무 말씀도 하시지 않았어요."

나중에 안 일이지만 지에는 평론신문사에 속해 있어 각 현의 반정부 운동에 관한 상황을 여러 가지 경로를 통해 알아보고 있었다. 히고의 움직임을 조사하면 당연히 하치로의 이름이 나오는 것이다.

"학교를 시작하시다니……"

지에는 바보같은 짓이라는 듯 까르르 웃은 뒤 웃음소리만을 남긴 채 미닫이 저편으로 사라져 버렸다.

'비웃었겠다……'

하치로는 입을 다물었다. 지에는 하치로가 변명할 틈도 주지 않고 미닫이를 닫아버렸는데 그녀가 비웃은 뜻을 어렴풋이나마 알 것 같았다.

하치로와 그의 동료들이 세운 우에키 학교를 후쿠자와 유키치의 게이오 의숙처럼 생각하는 모양이었다. 실제로 하치로와 동료들은 야스오카 권령의 허가를 받으려 했을 때 '게이오 의숙 같은'이라는 표현으로 설명하여 야스오카의 찬동을 얻은 것이다. 그때 야스오카는 예로부터 히고에는 고루한 사람이 많아서 사서오경(四書五經)이 아닌 문명개화가 무엇인가를 현민들에게 가르칠 필요가 있다고 말했다.

　게이오 의숙(慶應義塾)이 갖고 있는 이미지는 새 정부의 일면이기도 한 개화적 성격과 잘 맞았다. 후쿠자와 유키치는 정부에 얽매이지 않아, 때로는 정부와는 별개로 우뚝 서 있는 문명적인 존재처럼 보이면서도 국권을 크게 용인하고 있다는 점에서 정부의 적이라곤 할 수 없었다.

　지에는 하치로가 우에키 학교를 세웠다는 것을 게이오 의숙과 비슷하게 생각했기 때문에 비웃었을 것이다.

　하치로는 그렇게 생각했다. 지에가 그런 뜻으로 하치로를 비웃는 이상 그녀의 정념(情念)은 어디까지나 정부 자체를 부정하는 것에 그칠 것이다.

　"여자가 뭘 알아!"

　하치로는 닫힌 미닫이를 향해 크게 고함치고 싶은 분노를 느꼈다.

　지에의 오해였다. 실제로 우에키 학교는 혁명전사를 양성하는 기관으로 사상 공부만이 목적은 아니었다. 우에키 학교에서는 부상자를 구조하는 훈련이 정규과목에 들어 있다. 어찌 게이오 의숙과 같을 수 있겠는가.

　메이지 8년(1875)이 되자 정부는 갑자기 독일학을 왕성하게 가르칠 방침을 도입하기 시작했다. 옛 막부의 양학 계통 출신인 다지마 이즈시(但馬出石)의 옛 번사 가토 히로유키(加藤弘之)는 메이로쿠 사(明六社)의 동인이었으나, 이 시대의 몇 명 되지 않는 독일학파이며, 그 사상은 독일식 국권주의였다. 가토의 의견이 주축이 되어 관립학교에 독일어 학습을 채택하는 방침을 정부는 취하려고 했다.

　정부의 적은 프랑스학이었다. 프랑스에서 수입된 급진 민권사상이 젊은 불평 사족의 마음을 매혹시키는 것을 독일학으로 막아 보려는 것이었다.

　하치로의 우에키 학교는 프랑스학 계열에 속할 것이다. 더구나 학교를 시작하는 목적은 무(武)로서 정부를 쓰러뜨리는 데 있었다.

　잠시 후 에비하라가 돌아오자 방안이 떠들썩해졌다.

에비하라는 하치로를 위해 동인들을 모아 주연을 베풀어 주었다.

그 자리에는 고마쓰바라 에이타로(小松原英太郎), 세키 신고, 나카무라 다케오, 나카지마 가쓰요시, 스기타 데이이치 등 쟁쟁한 사람들이 있었다.

고마쓰바라 에이타로(小松原英太郎)는 이 무렵 편집주임을 맡아보고 있었다. 오카야마 번 출신으로 18살에 번교(藩校)의 구두(句讀) 교사 일을 보았으며, 뒤에 게이오 의숙에 들어가 1년쯤 다니다가 그만두고 평론신문에 들어갔다. 훗날 오사카 매일신문사 사장이 되는데, 이때보다 조금 뒤 '압제정부(壓制政府) 전복론'을 써서 참방율(讒謗律:언론단속법)에 의해 체포되어 2년 반 동안 옥살이를 했다.

그 외에 이카리야마 야스쿠니(碇山安邦), 도리이 세이코(島居正功) 등의 기자도 있었다. 이 두 사람은 가와지 도시나가(川路利良)가 평론신문에 들여보낸 밀정이라는 소문이 있었으며, 사실 또한 그런 모양인데 에비하라는 아랑곳하지 않고 태연히 동인으로 대하고 있었다.

"나나 그대들에게 덕(德)이 있다면 언젠가는 달라질 것이다."

에비하라의 도량은 대단한 것이어서 회계도 공개적으로 하였다. 급료를 지불한 뒤 남은 돈이 있으면 그 돈을 평등하게 분배했고 모자랄 때는 사재(私財)를 털어 지불했다.

에비하라 자신이 글을 쓰는 일은 없었지만 사내의 어떤 문사나 논객도 이 사람을 공경하고 복종했으며, 진심으로 형님처럼 대해 온 것은 그의 넓은 도량과 담박(淡泊)한 성품에 의한 것인 듯하다.

'에비하라는 대단한 사람이 되었다.'

하치로는 생각했다.

과거 에비하라를 볼 때는 어리석고 거친 사내라고만 생각했지만, 그건 아무래도 하치로의 오해였던 것 같다. 사쓰마 출신 중에는 책임자가 되면서 광채를 발하는 사내가 많았는데, 에비하라 또한 그러한 사내였던 것이다.

기자는 아니지만 에비하라 밑에서 일하는 사람 중에 요시이 쓰네야(吉井常也)라는 사쓰마 출신자가 있다. 요시이는 이전에 와카야마현의 경부장(警部長)을 맡고 있었는데, 사이고의 하야 소식을 듣고 사퇴하였다. 그 후, 상경하여 에비하라를 찾아왔고, 가고시마 사학교와의 연락책으로 고용되었다.

지에는 말석에 앉아 있었다. 그녀는 요코하마에서 영어를 배운 적이 있어 통역업무를 맡고 있었다.

연회의 분위기가 무르익음에 따라, 하치로는 에비하라가 2년 전과는 사뭇 다르다는 것을 재차 실감할 수 있었다. 그렇다고 에비하라가 수다스러웠다는 뜻은 아니다.

"아무래도 제가 에비하라 씨를 잘못 판단했던 것 같습니다."

하치로의 말에 에비하라는 두터운 턱을 벌려 미소를 지으며 짧게 대답하였다.

"그렇습니까?"

그는 이 신문사의 자본주였으나 동인들을 진심으로 존경하고 있었고, 누가 의견을 얘기하면 결코 소홀한 태도를 취하지 않고 글자 그대로 귀를 기울이는 자세로 들었다.

'이는 타고난 장자(長者)다.'

하치로는 이렇게 생각했으나, 동시에 사쓰마 사람은 사이고도 그러하듯이 크건 작건 이런 성품을 지녔는가 하고 생각하기도 했다.

하치로는 에비하라의 입을 열기 위해 빌미가 될 만한 주제로 말을 건넸다.

"2년 전 제가 본 에비하라씨는, 단순히 오쿠보에 대한 증오 때문에 사이고를 따르는 것쯤으로 생각했었습니다. 오쿠보를 증오한 나머지 시마즈 히사미쓰(島津久光)공의 고지식함은 물론, 그의 뜻에 복종할 수 있는 인물이라고. 하지만, 지금은 제 자신이 어리석게 느껴집니다."

"저도 사쓰마 출신이니, 제대로 보신 겁니다. 오쿠보를 증오합니다. 반대로, 사이고 선생님을 위해서라면 목숨도 아깝지 않습니다. 이건 노력한다고 되는 것이 아니라 사쓰마 출신자만이 느낄 수 있는 감정입니다. 단, 그것에 그친다면 단순한 애증에 불과하겠죠. 미야자키 군이 말한 것처럼 2년 전의 제가 그랬습니다. 그러나 동인들을 알고 지내면서부터 크게 깨달은 바가 있습니다. 언어들은 풍월이긴 합니다만, 인간 고유의 권리와 자유를 알게 되고, 이와쿠라 우대신, 오쿠보 참의는 그것을 억압하기 위해 악덕정부를 유지하고 있다는 것도 알게 됐습니다. 그 계기가 된 것이 바로 2년 전에 품고 있던 애증이라 할 수 있습니다."

하치로는 에비하라의 솔직함에 감동을 받았다. 2년 전의 에비하라를 변변치 못한 사내라고 비웃을 수만은 없었다. 2년 전의 하치로 또한 사쓰마와 조슈의 정권농단을 증오하여 정한론을 지지한 젊은이에 지나지 않았기 때문이다.

제2의 혁신

평론신문사 사옥은 아사쿠사(淺草)에 있다.

마찬가지로 아사쿠사에 교토의 히가시 혼간사(東本願寺)의 별원(別院)이 있는데 보통 아사쿠사 혼간사라고 불리고 있었다.

지방관 회의가 거기서 열린다.

미야자키 하치로는 만나는 사람들에게 번번이 말했다.

"이번에 상경한 목적 중의 하나는 지방관 회의에 참석하는 우리 현(縣)의 지사 야스오카 료스케(安岡良亮)를 찾아가 민선에 의한 구회(區會)와 현회(縣會)의 개설을 진정하는 데 있습니다."

이것이 과연 하치로의 본심인지.

하치로는 무장봉기 외에는 정부를 전복시킬 방법은 없다는 신념을 가지고 있었으며 겨우 사정을 진술하는 정도로는 일이 된다고 생각하지 않았다.

무장봉기라지만 불평사족이 각처에서 산발적으로 일을 일으켜 보았자 결국 아무것도 안 된다. 지난번에 전 참의인 에토 신페이(江藤新平)가 우두머리로 추대되었던 사가의 난(亂)을 보아도 그것은 자명한 일이라고 하치로는 생각하고 있었다. 농사꾼 출신의 진대(鎭臺 : 사단)에 사가의 사족군이 굴복하지 않았던가.

하치로는 역시 사쓰마에 은거하고 있는 사이고가 나서지 않으면 안 된다고 생각했다.

남쪽 사쓰마 지방에는 1만 명의 젊은이들이 아직 무장을 풀지 않고 사이고의 호령이 떨어지기를 기다리고 있었다. 그들은 전국 시대 이래 일본 최강의 무사단이었고 에도 시대에는 도쿠가와 막부를 떨게 하였으며, 막부 말기에 와서는 막부를 쓰러뜨리는 주력이 되었다. 또한 보신 전쟁(武辰戰爭) 때에는 관군 최강의 군대로 유신 정권을 성립시켰다.

그들이 사이고와 오쿠보를 권좌에 올려 앉혔다. 그런데 그들은 썰물이 빠지듯이 오쿠보를 도쿄에 남겨 놓고 사이고의 하야와 더불어 사쓰마로 돌아가버렸다.

이 사쓰마 군이 일어설 때야말로 정부는 전복된다고 하치로는 생각하고 있었다. 그때는 기회를 놓치는 일 없이 행동하지 않으면 안 된다.

'사이고가 일어섰다고 하면 즉각 도쿄에서 호응하고 센소사(淺草寺)와 시바(芝)의 조조 사(增上寺)에 불을 질러 사이고군을 맞이해야 한다.'

하치로의 생각은 그러했고 그것을 동향인인 평론신문사 기자 이케마쓰 호키와, 하치로보다 조금 뒤늦게 상경한 우에키 학교의 학생 아소 나오하루(麻生直溫)에게도 말해 두었다.

그러한 사람이 지방관 회의에 참석하고 있는 야스오카 지사에게 단순히 민선 운운을 진정하는 것으로 일이 되리라고는 생각할 리 없었다.

그런 진정은 하치로에게는 정세 탐색의 한 방편에 지나지 않았다.

지방관 회의는 메이지 5년 이래 소집되고 있었으나 권한 같은 것은 거의 없었다.

메이지 8년(1875)에 열린 지방관 회의는 이른바 오사카 회의에서 기도 다카요시가 오쿠보 도시미치의 약속을 받아 냈던 것으로, 장차 민선회의로 발전시켜 나간다는 전제를 가진 것이었다.

이 시대는 조칙(詔勅)시대라고도 할 수 있을 정도로 걸핏하면 조칙이 나왔다. 이 새로운 지방관 회의가 열리는 데도 조칙이 나왔다. 조칙에는 이 회의가 서양의 입법부 형태로 이행(移行)해 간다는 성격이 분명하게 제시되어 있었다.

'짐은 천황의 자리를 이어 받았을 때 하늘에 맹세한 깊은 뜻에 따라 점차 이를 확충하고 온 나라 국민의 대의원을 소집하여 공평하게 의논하여 여론으로서 율법을 정하고…… (중략)'

이것은 이 회의가 장차 그와 같은 형태로 발전하리라는 것을 분명하게 밝히고 있다. 그러나 실제로는 그렇게 되지 않았으니 그런 뜻에서 이 조칙은 속임수라 해도 좋다.

지방관 회의의 규칙을 보면 그야말로 입법부인 듯한 조항도 있었으나 자세히 보면 입법권은 거의 없고 이를테면 정부의 자문기관일 뿐, 입법권은 3권의 하나인 행정부가 여전히 대부분을 장악하고 있었다.

여기서 이와쿠라와 오쿠보의 의도를 볼 수 있는데, 한편 추진자인 기도 다카요시 자신도 그가 민권주의자이기는 하지만 그 민권사상은 지극히 온화하고 점진주의적이기 때문에 지금 시기에는 이 정도면 된다고 하는 마음이었다. 기도로서는 관료 전제 정부가 하루 아침에 이와 같은 기관을 가졌다는 것만으로도 어쨌든 대성공이라고 생각했다.

기도 다카요시 자신이 메이지 8년 6월 2일부로 태정관(太政官)으로부터 사령장을 받았다.

'지방관 회의의 의장으로 명하노라.'

가에이(嘉永) 시기 이래의 최고참 혁명가가 의장이라는 직함을 받고 크게 감동했다고 하니, 그의 혁명가로서의 자질을 이로써 미루어 알 수 있다.

그의 이 날 일기에는 이렇게 씌어 있다.

'점차 민선의원을 구성한다. 내 평생의 소신이므로 이 명을 받잡고 사퇴하지 못하였다.'

그는 회의 장소인 아사쿠사 혼간사에도 자주 들렀다. 예컨대 17일자 일기에는 이처럼 씌어 있다.

'3시부터 아사쿠사 혼간사에 가서 의사당 시설을 둘러보고……'

지방관 회의는 그 내용의 부실성이야 어찌 됐든 조칙이 나오고, 신문들이 다투어 회의에 대해 기사를 쓰고 방청객이 각 부현(府縣)에서 상경하였으므로 정부가 예상한 이상의 성과를 거두었다.

태정관이 회의장으로 지정한 아사쿠사 혼간사는 참배인이 많은 센소사와는 달리 평소 한적하기 이를 데 없는 절이었는데 이 시기에는 관원들의 출입으로 번잡했다.

본디 이 절은 교토 혼간사가 여러 영주들의 에도 번저(藩邸)와 비슷한 기능을 하도록 유지해 온 탓으로 순수한 신앙을 위한 시설이라고는 할 수 없었다. 히가시 혼간사는 아사쿠사지만 니시 혼간사(西本願寺) 쓰키지(築地)에 같은 종류의 것을 가지고 있다.

히가시 혼간사의 '근대 연표(近代年表)'에 의하면 메이지 8년 7월 28일 대목에 이와 같이 씌어 있다.

'도쿄 아사쿠사 혼간사를 지방장관 회의소로 씀에 있어 수당금 5백 엔이 하사되다.'

아무리 물가가 싼 시기라고는 하지만 6월부터 7월에 걸쳐 한 달 가까이 정부가 빌려 쓰고 5백 엔이라니 말도 안 된다.

히가시 혼간사는 새 정부에 심리적인 빚이 있었다.

막부 말기에 니시 혼간사는 근왕파에 속하여 때로는 아이즈 번(會津藩) 및 신센조(新選組)의 눈총을 받곤 하였으나, 히가시 혼간사는 도쿠가와 이에야스(德川家康)의 정치적 의도로 세워진 것인 만큼 어디까지나 친막부파로 일관하였다.

그리하여 유신이 성립되자 거꾸로 니시 혼간사 쪽이 새 정부, 특히 조슈파의 우대를 받고, 히가시 혼간사는 역경에 처하게 되었다. 이 역경을 헤쳐나가기 위해 히가시 혼간사는 새 정부에 계속 기부를 했다.

위의 '근대 연표'에 의하면 도바 후시미(鳥羽伏見)에 포성이 울려 퍼진 메이지 원년(1869) 1월 3일, 조정에 1천 냥을 기부했다.

1주일이 지난 10일에 다시 천 냥을 바치고 그 달 25일에 5천 냥, 3월에 들어서 금액 불명의 액수를 네 번째로 기부하고 4월이 되자, 5천 냥, 이어서 1천 냥이라는 어마어마한 거액을 계속 궁성 담장 안에 바치고 있었던 것이다.

이 때문에 새 정부의 태도가 누그러졌으나 그렇다고 하여 니시 혼간사 같은 우대는 받지 못했다. 니시 혼간사는 유신과 더불어 본산(本山)의 주요 직책을 조슈 출신의 승려로 바꿀 정도로 주도 면밀하게 움직였다.

태정관이 지방관 회의소로 쓰키지의 혼간사가 아닌 아사쿠사의 혼간사를 빌리게 된 것은 역시 히가시 혼간사(東本願寺)가 친막부파였다는 지난날의 잘못 때문이라고 말할 수 있으리라.

회의장은 아사쿠사 혼간사의 큰 서원(書院)이었다.

다다미가 깔려 있었으나 그 위에 책상과 의자를 배치했다.

회의장 배치는 고용 외국인이나 영국 공사관 등에 문의하여 서양의 하원의회와 같은 배치를 참고로 하였다.

의장 기도 다카요시의 좌석이 정면에 놓였고 그 앞에 간사와 서기관석이 있었다. 다시 그 앞에 답변좌석.

그것과 마주 대하고 의원석이 쭉 늘어섰다. 그 배후가 방청석이 되었다.

회기는 20일간 개최될 예정이었다. 개회식은 6월 20일, 그러나 개회 초, 아직 미야자키 하치로는 상경하지 않았다.

개회식은 그 절차도 영국식을 참고로 거행되었다.

식에는 천황이 임행(臨幸)하였다.

의장 이하 간사까지는 정식 예복을 입었고 의원은 약식 예복을 입었다.

이 밖에 개회식에는 태정대신 산조 사네토미, 참의 오쿠보 도시미치, 이타가키 다이스케, 이토 히로부미 등이 출석하였다.

의사(議事)는 이틀 후인 22일부터 시작되었다.

이 회의 기간을 통하여 논의할 의제는 세 가지였다.

첫째, 부·현의 경찰제도에 관하여

둘째, 부·현의 토목(제방·도로·교량)에 관한 법안

셋째, 국민이 가장 관심을 가지고 있는 지방민회에 관한 일이었다. 즉 부·현회를 민선으로 할 것인가 관선으로 할 것인가 하는 일이었다.

이 세 번째 의제가 상정되는 것은 기간의 후반이 될 터였는데 회의가 시작되자 각 지방관의 색채가 드러나기 시작했다.

그들 지방관 거의가 현정(縣政)을 '관'의 전제 아래에 두는 것에 반대한다는 점이 명백하게 드러났다.

"국민으로부터 나오는 의회보다 더 좋은 것은 없습니다."

이렇게 당당하게 민선론을 주장하는 지사도 있었다. 도사(土佐)출신 나카지마 노부유키(中島信行 : 가나가와 현 지사), 이와무라 다카토시(岩村高俊 : 에히메 현 지사) 등이었다.

한편 관선(官選)된 구장이나 호장(戶長 : 촌장)중에서 의원을 뽑자는 절충적 관선론자도 많았다.

출석한 59명의 지방관 중, 민회를 연다는 점에서는 거의 이론이 없었다.

단 한 사람 예외가 있었다.

"민회는 반대합니다."

전국에서 오직 하나뿐인 이를테면 봉건주의적 지방관인 가고시마(鹿兒島) 현 지사였다.

의석에 앉아 있는 지방관들은 갖가지 경력을 가지고 있었다.

그 가운데 민선론의 선두에 나선 것이 가나가와 지사인 나카지마 노부유키라는 것은 이미 말했다.

나카지마는 도사의 향사(鄕士) 출신이다.

막부 말기에 사카모토 료마(坂本龍馬)의 해원대(海援隊)에 들어가 사카모토의 총애를 받고 그의 사상 속에서 자랐다. 해원대에는 무쓰 무네미쓰(陸奧宗光)도 있었는데 무쓰와 매우 가까워 그의 누이동생을 아내로 맞이했다. 그러나 아내가 일찍 죽었기 때문에 뒤에 기시다 도시코(岸田俊子)와 결혼했다. 기시다 도시코가 바로 여권신장 운동가인 나카지마 쇼엔(中島湘煙)이며 그들 부부는 평생토록 그 사상을 관철했다.

민선론 이론가로서는 효고 현(兵庫縣) 지사인 간다 다카히라(神田孝平)가 가장 우수했다.

간다는 옛 막신(幕臣) 출신이다. 양학과 수학에 능하고 막부의 학문소 교수였다. 우에노 사변 당시, 옛 막부의 양학자 동지가 발행하던 '중외신문(中外新聞)'이라는 목판 인쇄 회람신문이 있었는데, 간다는 여기에 의회 개설이 얼마나 시급한가 하는 논문을 발표했다. 관군과 창의대(彰義隊)가 서로 싸우고 있었던 시기인 만큼 그의 의견이 얼마나 시세를 앞질러 가고 있었는가를 알 수 있으리라.

그는 훗날 인류학자가 되어 일본에도 석기 시대가 존재하였다는 것을 그의 저서《일본 석기고(石器考)》에서 밝힌 바 있는데, 연구자로서의 자질은 뛰어났으나 정치가로서는 자칫 터무니없는 발언을 해 버리는 경향이 있었다.

지방관 회의는 호선으로 간사를 선출했다. 간다가 간사장으로 뽑혔다.

간다는 개회식 날, 즉 의사 일정에 들어 있지 않은 시기에 의장인 기도 다카요시에게 말했다.

"이렇게 권한이 없는 지방관 회의가 어디 있단 말입니까? 권한을 확충해야 합니다."

그는 덤벼들듯 하며 익숙치 않은 의장 기도를 당황하게 만들었다. 기도는 간다와 이야기를 나누고 그의 강경론을 무마시킨 흔적이 있다. 그리하여 회의장에서 간다의 의견은 매우 부드러워졌고 기도와 비슷한 경향을 띠게 되었다.

의원보다 오히려 방청객 쪽에서 민선을 요구하는 의견이 강했다.

방청객은 각 부현에서 세 사람씩 뽑혔는데 그 자격은 구장 또는 호장이었다. 그 중 13현의 방청객 30여 명이 회기 중에 기도 의장에게 서면을 제출하여 다음과 같은 뜻을 전했다.

"이번 지방관 회의는 민회개설 안건이 가장 큰 의제입니다. 만약 이 안건이 불문에 붙여진다면 우리들의 실망은 헤아릴 수 없이 클 것입니다."

의장 기도 다카요시는 이 정도의 움직임에도 압력을 느끼고 크게 동요했다. 기도의 점진적 민선론이라는 것이 퍽 미온적이었다는 것을 이 일을 통해서도 알 수 있다.

의석에 늘어앉은 지방관 중에서 가장 뛰어난 인물은 가고시마 지사 오야마 쓰나요시(大山綱良)였을 것이다.

"가고시마의 오야마가 와 있다."

사람들은 이 말을 듣기만 하여도 기대에 부풀었다.

지방관 회의를 개최하면서 오쿠보 이하 사쓰마계 고관들이 은근히 걱정한 것은 이것이었다.

"오야마가 올 것인가?"

사쓰마는 이미 독립적인 형태를 취하고 있었다.

그 이유는 여러 가지가 있었다. 먼저 새 정부가 봉건제를 붕괴시켰기 때문에 사족의 경제가 엉망이 되었다. 이에 대하여 가고시마 현만은 여러 정령(政令)을 묵살하고 현의 경계를 국경으로 삼는 한편 독자적인 방식을 취하고 있었다.

이 독립 정권의 기분을 현실적으로 가능하게 한 것은, 도막(倒幕) 유신은 사쓰마 번이 해냈다는 천하공인의 사실과 자부심이고, 나아가 그 공을 기리기는커녕 오히려 다이묘와 사족의 특권을 박탈당한 것에 대한 격분이었다.

분노의 대표자가 옛 번주의 아버지 시마즈 히사미쓰였다. 새 정부는 히사미쓰의 극단적인 고집을 밉게 보면서도 그 존재를 두려워하여 마침내 그를 새 정부에 끌어들여 좌대신(左大臣)으로 모셨다. 물론 히사미쓰 자신은 유럽화주의 정부의 좌대신 자리를 반겨하지 않았고 기회만 있으면 도쿄를 떠나 고향으로 돌아가리라는 마음가짐이었다.

히사미쓰는 사쓰마 사족의 주인격이었다. 하지만 번주가 아니라는 약점이 있어, 모든 사족이 반드시 히사미쓰에게 심복하지는 않았다.

심복이라면, 사족들의 사이고 다카모리에 대한 심복을 빼놓을 수 없었다. 히사미쓰는 막부 말기부터 사이고를 가장 싫어하였는데, 번주의 명령권이나 영향력을 인기로 빼앗아간 사람으로밖에 보지 않았다. 그러나 이 시기에 히사미쓰의 사이고에 대한 감정이 약간이나마 누그러진 것은 사이고도 도쿄 정부에 반대하고 있다는 그 한 가지 사실 때문이었다.

요컨대 가고시마가 법적으로는 한낱 현에 불과하지만 사실상 독립정권 체제를 취할 수 있었던 것은, 좌대신 시마즈 히사미쓰와 일본에서 오직 하나인 육군 대장 사이고 다카모리가 가고시마를 은연중 지배하고 있었기 때문이다.

현 지사 오야마 쓰나요시는 가고시마 독립 정권의 사실상의 집정자였다. 오야마가 시마즈 히사미쓰의 대리자라는 사실을 정부 요인은 충분히 알고 있었고, 또 오야마가 사실상, 사이고 다카모리가 세운 가고시마 사학교의 회계주임을 맡아보고 있다는 것도 잘 알고 있었다.

평범한 지사는 아니었다.

가고시마 지사 오야마 쓰나요시는 상경 후에도 시마즈 히사미쓰를 배알했을 뿐 소관성인 내무성에는 얼굴도 내밀지 않고 비서를 보내는 정도로 일을 보고 있었다.

그로서는 오쿠보는 옛 동료에 지나지 않았고 그 밖에 이토 히로부미 따위의 신참은 그의 눈으로 보면 햇병아리였다.

오야마 쓰나요시는 보신 전쟁에서 사쓰마 군의 고급 사령관으로서 영웅적인 전공을 세웠고 유신 후의 상전록(賞典祿)도 8백 석이라는 엄청난 것이었다. 그가 원한다면 참의도 육군 중장도 될 수 있었으리라.

하지만 그의 행동은 시마즈 히사미쓰에 의해 제어되었다. 그는 가록 36석이라는 말단직 출신으로 막부 말기에는 항시 히사미쓰의 곁에 있으면서 그 뜻을 받들고 보신 전쟁에서는 사이고에 버금가는 군직에 있었다. 모두 히사미쓰가 이끌어 준 덕분이었다.

히사미쓰는 유신 후에도 사쓰마, 휴가(日向), 오쿠마(大隅)의 77만 석은 8백 년 전부터 이어 온 시마즈 가문의 사령(私領)이라고 하여 그것을 흔쾌히 내놓으려고 하지 않았다. 히사미쓰는 점차 사령의 색채가 사라져 가는 가고시마 현에 대하여 강한 불안과 분노를 품고 일찌감치 오야마 쓰나요시로 하여금 행정을 맡게 하였다. 히사미쓰에게 쓰나요시는 시마즈 가문의 집사 정도의 존재였을 것이다.

쓰나요시도 얼핏 보아 그것을 감수하고 있는 듯도 하였으나 막상 자기의 동료나 후배가 도쿄에 나가 새 정부의 고관이 되는 것을 보고 서글픈 생각이 들었을지도 모른다.

한 마디로 사쓰마 인이라지만 도쿄에서 출세한 것은 사이고를 수령으로 하는 혁명파와 거기에 관련된 자들로, 시마즈 히사미쓰의 측근은 별반 중용되지 않았다.

가령 가에다 노부요시(海江田信義), 나라하라 시게루(奈良原繁), 이치기 시로(市來四郎), 이지치 사나카(伊地知眞馨) 등의 이름을 들 수 있다. 그들은 저마다 작은 히사미쓰라고 할 수 있을 정도로 고루하기는 하였으나 사이고파의 영화와 비교하면 너무 빛을 못 보았다고 할 수 있다.

히사미쓰의 측근 중에서 가장 유능하고 성격도 활발했던 자가 오야마 쓰나요시다. 히사미쓰가 측근 가운데서 그를 뽑아 사령(私領)의 지배인으로 만든 것도 당연한 일이라고 하겠다.

이 사이 판적봉환(版籍奉還), 폐번치현(廢藩置縣), 내무성 설립 등 내정의 격변이 뒤를 이었으나 오야마가 가고시마 현을 다스리는 것은 변함이 없었다.

가고시마 현 지사 오야마 쓰나요시로서는 도쿄의 권력 따위는 결코 절대적인 것이 아니었다.

"오쿠보 놈."

그는 참의 오쿠보 도시미치를 그렇게 불렀다. 오야마의 눈으로 보면 오쿠보 놈은 천황을 업고 번주를 저버린 불충자이고, 사쓰마 번군(藩軍)을 이용하여 막부를 쓰러뜨렸으면서도 그 은인인 번의 사족을 배신하고 사족의 특권을 빼앗은 자다. 또한 사민평등(四民平等)이라는 거짓말 같은 세상을 만들고 있는 사기꾼이며, 나아가서는 자신에게 저항하는 각지의 사족들에 대하여 도쿄 정권을 수호한다는 구실로 농민에게 군복을 입혀 군대를 만들어

내고 있는 악당이었다.

다음 이야기는 메이지 9년 가을에 있었던 일이다. 오야마가 부하직원을 데리고 상경하여 오쿠보를 만나게 되었다.

오쿠보는 독립국의 실질을 다져가고 있는 가고시마 현에 아무런 힘을 발휘하지 못하고 있었다. 다른 부현에서는 상상할 수도 없는 무법 상황에 대해 일본의 전제자(專制者)라 불리는 오쿠보조차도 손을 대지 못하고 있었던 것이다.

가고시마 현의 실질적인 지배자는 사학교이며, 그곳의 간부들이 행정권을 쥐고 있었는데, 지사 오야마는 그들의 지시를 따르는 것에 만족하고 있었다.

오쿠보는 완곡한 표현으로 자신의 뜻을 밝혔다. 가고시마 현은 사학교 간부를 현의 경비로 고용하고 있어, 그로 인한 인원과잉이 눈에 거슬린다. 그들을 해고하여 인원수를 다른 부현과 동등하게 하라는 말을 오야마에게 했다. 오쿠보의 입장에서 보면 당연한 요구라 할 수 있다.

그러나, 오쿠보의 말에 오야마는 다음과 같이 분노를 표현한다.

"오쿠보, 무슨 말을 하는 거요? 현의 간부를 해고해야겠다면, 직접 하시오. 내무경을 사직하고 가고시마 현 지사가 돼서, 간부를 해고하란 말이오. 만일 내무경의 후임이 없어 곤란하다면, 내가 그 자리를 맡아 주겠소. 직책을 나와 바꿉시다. 당신이 가고시마 현 지사가 되고 나서 해고든 뭐든 알아서 하시오."

그의 분노에는 곤란한 일을 남에게 시키지 말라는 뜻도 섞여 있었을 것이다. 오야마는 사상적으로는 그들에게 동조하면서도 한편으로는 완전히 따르지 못하는 부분도 있어, 그 두 가지 분노가 오쿠보를 상대로 폭발하고 만 것이다. 오쿠보는 수줍은 처녀처럼 한마디도 하지 않았다고 한다.

아사쿠사 혼간사에서 열린 지방관 회의는, 당시 회의장에 있었던 아오모리 현(青森縣) 참사 시오노야 료칸(鹽谷良翰)의 회고록에 의하면 크게 진지한 분위기였다고는 할 수 없었다.

시오노야는 회기 중, 하루도 결석하지 않았는데 회의장 사람들의 거동을 보고 말하고 있다.

"대단히 괴이한 느낌이 들었다."

"대부분이 경멸과 멸시의 태도를 드러내었으며, 회의 중에 조는 자가 있는

가 하면 코를 고는 자도 있고 하품하는 자도 있었다."

각자가 진지한 태도를 보인 것은 처음의 하루나 이틀 뿐이었던 모양이다. 그 뒤 열성적으로 임한 자는 간사로 뽑힌 사람들과 서너 명뿐이었다고 한다.

이 상황은 어쩌면 일본인이 서양식 회의라는 것에 익숙하지 않았기 때문이었을지도 모른다.

또 습관과도 관계가 있어, 장시간의 회의에 견뎌 낼 만한 체력이 없었다는 점도 있었을 것이다.

그러나 무엇보다도 회의에서 무언가를 결정짓는다는 것 자체에 대한 강한 모멸감을 대부분의 참석자가 품고 있었던 것이 아닐까.

이와 같은 분위기 속에서 가고시마 현 지사 오야마 쓰나요시의 태도는 지극히 불손하여 졸기도 하고 하품도 하는가 하면 의장이 찬반을 물었을 때도 손을 들지 않았다.

의장인 기도 다카요시가 견디다 못하여 물었다.

"귀하 한 분만이 거수의 습관에 따르지 않는 것 같군요. 무슨 까닭입니까?"

오야마는 일어서지도 않고 오만하게 말했다.

"나는 말씀입니다. 이와 같은 정부 시설(지방관회의)에 대해 전적으로 반대합니다. 따라서 찬반같은 것은 생각지도 않습니다."

기도는 찌푸린 얼굴로 듣고 있다가 이윽고 말했다.

"규칙은 지켜 주십시오."

그뒤 오야마는 코를 드렁드렁 골면서 잠들어 버렸다. 다시 의장이 찬반의 거수를 청했을 때 옆자리의 의원이 오야마에게 주의를 주었다. 오야마는 당황하여 두 손을 들었다.

"두 손은 곤란합니다. 찬반 어느 쪽입니까?"

기도가 물으니 오야마는

"아무 쪽이나 상관없습니다."

그는 이렇게 대답하고 빙글빙글 웃었다. 이 시기의 정권에 대한 가고시마인의 기분을 오야마는 온몸으로 나타냈다고 해도 좋으리라.

미야자키 하치로는 지방관 회의의 회기 중간쯤에 상경하였다.

그는 나카에 조민(中江兆民)을 방문하기도 하고 평론신문사에 들르기도

하는 등 분주했는데, 그동안 가고시마 지사 오야마 쓰나요시의 언동을 듣고 크게 실망했다.

'사쓰마란 그런 것이었던가?'

진작에 짐작은 하고 있었으나 시대에 뒤떨어진 고루함에는 어안이 벙벙해질 뿐이었다.

하치로가 주위들은 오야마 쓰나요시의 민선의회에 대한 의견은 참으로 격렬한 것이었다. 요컨대 가차 없이 정면으로 반대하고 나섰다.

"민회는 아직 시기상조입니다. 만약 지금 민회를 연다면 아마 민주정치의 폐해를 입을 것은 물론이고 국민 모두가 민주정치를 주장하게 될 것입니다."

오야마의 주장은 현재의 가고시마 체제로는 당연했으리라. 사학교의 지배 아래 있는 가고시마 현은 사족 정치로 일관하고 있어, 사족의 지도성과 농민에 대한 강렬한 차별로 이루어져 있었다. 민회라는 것이 농민의 현정(縣政) 참여를 허락하는 제도인 이상 가고시마 체제에서는 받아들일 수가 없었던 것이다.

본디 사쓰마 번은 일본의 다른 지방과는 달리 부농, 중농은 존재하지 않았다. 다른 번이나 천령(天領 : 도쿠가와 가문의 직할 영지)에서는 에도 중기 무렵부터 많은 부농이 성립되어 그들이 마침내 농촌에 있어서의 치자의식(治者意識)을 가지고 독자계급이 되어 감에 따라 막부 말기 우국여론의 중요한 부분을 형성했다. 히고(肥後)의 부농 미야자키 집안 등은 그런 많은 예 중의 하나에 지나지 않는다. 그런데 사쓰마 번에 한해서는 부농 자체가 성립되지 않을 만큼 번이 농민을 지속적으로 착취했다. 농민은 일하는 기계로밖에 대우받지 못했고 농사를 지어 잉여작물을 소유한다는 조건도 가져보지 못했다.

생활에 여유가 없었기 때문에 농민은 책을 읽는 일이 없었고 번도 그것을 권장하지 않았다. 이리하여 사쓰마 농민의 사고는 세금이나 노역에서 약간이나마 풀려나고 싶다는 정도에 머물러, 말하자면 일반적으로 노예적 자세가 몸에 배어 사족들로부터 한층 더 업신여김을 받았다.

오야마의 사상과 사학교의 사상도 그러한 전통 위에 성립되고 있었다.

요컨대 사쓰마에 있어서는 농민을 정치에 참여시킨다는 것은 무릇 비현실적이고 우스꽝스러운 일이다. 이러한 생각은 사이고라 할지라도 마찬가지였다. 농민은 어디까지 잘 돌봐 줘야 할 자이고 사족의 이상상은 농민의 생활을 좋게 만들어 주기 위한 좋은 통치자라는 데에 있었다.

회의장인 아사쿠사 혼간사를 중심으로 사람의 움직임이 분주했다.

"진정한 메이지 유신은 아사쿠사 혼간사에서 시작된다."

휴식시간에 복도에서 큰 소리로 떠드는 방청객이 있었는데, 이 말은 의원이라기보다 방청객 전체의 기분과 희망을 대표하고 있었으리라. 회의장보다도 방청객 쪽에 열기가 더 뜨거웠다.

그러나 이 열기도 마침내 전체 의석이 저조해지자 실망으로 변해 버린다.

가령 아와 도쿠시마(阿波德島)의 옛 번사 고무로 노부오(小室信夫)는 영국식 민권론자인데 그는 각 부현의 방청객을 옛 번주 하치스가(蜂須賀) 저택에 모아 놓고 민권론이란 무엇인가 하는 것을 영국의 예를 들어 강의식으로 설명했다.

그러나 그 일은,

"고무로(小室)가 방청객을 모아 놓고 선동한다."

이런 식으로 경찰당국에 전해지고 그 정보가 경시총감 가와지 도시나가의 입을 거쳐 정부 요인의 귀에 들어갔다. 경시청 역할의 태반이 정부옹호를 위한 정치경찰 활동에 있다고 하는 신념은 프랑스 경시청을 모범으로 삼고 있는 가와지의 뜻이었다. 그의 것이라기보다 그의 이념으로 만들어 낸 경시청 제도는 그의 종교와도 같은 것이었다.

고무로는 순수한 아와 인은 아니다.

그는 단바(丹瀧 : 교토부) 요사군 이와타키(岩瀧)의 생사(生絲) 도매상의 아들로 태어나 장성하여 교토의 가게를 맡아 경영했다. 막부 말기에 상인 신분으로 존왕양이 운동에 참가하여 동지들과 더불어 유명한 아시카가(足利) 장군 목상(木像) 사건을 일으켜 막부 관원에 체포되었다.

막부는 그의 신병을 아와 번에 넘겼다. 그는 아와 번과는 아무런 연고도 없었고 아와 번으로서는 성가신 일이었다. 그는 5년간 옥살이를 하였다.

그런데 도바 후시미 전쟁에서 사쓰마·조슈가 이기자 아와 번은 당황했다. 본디 아와 번에는 이렇다 할 근왕운동가가 없었기 때문에 교토에서 성립된 새 정부에 줄을 댈 수가 없어 결국 고무로를 출옥시켜 아와 번사로 만들었다. 고무로는 메이지 원년 이와바나 현 지사가 되었는데, 메이지 5년부터 6년에 걸쳐 옛 번주의 수행원으로 영국에 가서 입헌제도를 연구했다.

귀국 후, 마찬가지로 영국 유학에서 돌아온 도사의 후쿠자와와 더불어 이타가키 다이스케 등에게 민선의원 설립 운동의 방향을 제시한 것이 바로 고무로였다. 고무로는 히라타(平田) 국학(國學)을 공부하였으나, 영국에 1년 간 머무르는 동안에 영국식 민권주의자가 되었다. 본래 히라타 국학이 막부 말기에 호농이나 부상(富商) 계급의 유행 학문이었던 것을 생각하면 그가 부르주아 민주주의자가 된 것은 우연이 아니다.

　미야자키 하치로는 시라카와 현(白川縣) 지사 야스오카 료스케를 만나려고 했다.
　그런데 회의장인 아사쿠사 혼간사의 문을 경찰관이 지키고 있어서 자격이 없는 자는 들어가지 못했다.
　어느 날 저녁 무렵, 하치로는 문앞에서 기다렸다.
　회의가 끝나자 각 부현의 지사가 문에서 나왔다. 말을 탄 사람이 많았다.
　간혹 걸어가는 사람도 있었다. 대부분 서생이나 하인을 거느리고 있었으며 그 모습은 복장이야 다르지만 옛 막부 시대의 직속무사가 등성할 때의 모습과 다를 바 없었다.
　'거드름을 피우는군.'
　루소 추앙자인 하치로의 눈에는 그것이 정말 우스꽝스러운 풍경으로 비쳤다. 국가의 주권은 국민에게 있다. 지방관 회의가 내무성 관리인 부현의 지사로 구성되어 있다고는 하지만 지방관 회의가 장차 의원(議院)으로 발전된다는 것이 조칙으로 명시되어 있는 이상, 의원(지방관)은 국민의 대표라야만 한다. 옛 막부 시대의 영주나 직속무사는 아닌 것이다.
　야스오카가 나왔다. 그는 말도 타지 않았고 종자도 거느리지 않았다.
　"야스오카 선생님!"
　미야자키는 큰소리로 불렀다.
　스승도 아닌데 선생님이라고 하는 것은 이상하지만, 당시 고급관리에 대하여 서생이 부르는 경칭으로 '선생님'이라는 것이 유행하고 있었다. 아마도 막부 말기의 잔재이리라. 막부 말기에 서생은 유명한 지사를 선생님이라고 불렀다. 사이고 다카모리도 기도 다카요시도 막부 말기에 젊은이들에게서 선생님으로 불렸다. 그와 같은 지사들이 유신 후 크고 작은 관리가 되었기 때문에 그러한 경칭으로 불리게 된 것일까.

"미야자키 군 아닌가?"

야스오카가 발길을 멈췄다.

"선생님은 어디 유숙하십니까?"

"세이코사(淸光寺)야."

세이코사라면 말이 필요하지 않다. 이 문앞에서 조금 동쪽으로 가서 북쪽으로 꺾어들면 바로 그곳이다.

"찾아 뵈어도 됩니까?"

"무슨 일인가?"

야스오카는 몸집이 작다. 조금 허세를 부리듯 가슴을 젖혔다.

"오늘은 좀 피곤하군."

"어디 편찮으시기라도?"

하치로는 한 발 앞으로 다가섰다. 야스오카는 조심스럽게 주춤 뒤로 물러섰다. 서생이 언제 자객으로 변할지 모르는 세상이었다.

"아니, 공무(公務)로 인해 조금 지쳤을 뿐이야."

"공무요?"

"지방관 회의 말일세. 하지만 뭐 괜찮겠지. 따라오게."

야스오카 료스케는 숙소인 세이코사에 하치로를 데리고 갔다.

저녁밥상이 나왔다. 야스오카는 술을 좋아한다. 하치로에게도 술을 권했다.

야스오카는 그 지방에서 지난날의 영주와 맞먹는 권세를 누리는 이 시대의 지사로서는 그래도 나은 편이었다. 그는 회유책이기는 하지만 하치로와 같은 서생도 만났고 구마모토(熊本)의 지방민을 새 정부와 친숙하게 만들려는 노력도 그 나름대로 하고 있었다.

이날은 하치로 쪽이 공격적이었다. 왜냐하면 야스오카가 지방관 회의에서 민선의원은 시기상조라는 발언을 했다는 말을 들었기 때문이었다.

하치로는 놀리듯이 말했다.

"아까 하신 말씀인데요……"

조금 전에 길에서 야스오카가 하치로의 방문을 번거롭게 생각하고, 공무로 인해 피곤하다고 했다.

하치로는 그때 반문했다.

"공무요?"

"지방관 회의 말일세."

야스오카가 이렇게 대답한 것을 하치로는 지금 새삼스럽게 야스오카로 하여금 상기하게 하고 그것을 꼬투리로 따지고 들었던 것이다.

"공무의 공은 무슨 뜻입니까?"

"태정관의 공무이지."

하치로는 야스오카의 말이 조칙(詔勅)에 어긋난다고 공격했다.

하치로는 기억력이 좋았다. 지방관 회의가 열릴 때 조칙이 나왔다. 그 조칙에는 "태정관 발 제58호 별책으로 발포(發布)되었습니다"라고 써 있었다고 하치로는 말했다.

야스오카는 거기까지 기억하고 있지 않았으므로 언짢은 얼굴로 듣고만 있었다.

조칙에는 지방관 회의를 장차 민선의원으로 한다는 것이 명시되어 있었던 것이다.

"점차 이를 확충하여 온 나라 국민의 대의원을 소집하여, 라고 되어 있지 않습니까?"

"그건……."

야스오카가 중간에서 말을 끊었다.

'경망한 태정관 관리가 쓴 것이야.'

이와 같이 말하고 싶었다. 참의 이토 히로부미가 지휘봉을 휘둘러 이러한 문장을 쓰게 한 것인데 야스오카는 퍽 조급한 조칙을 다 보겠다고 생각하고 있었다.

"그거야 먼 장래의 일이지."

야스오카가 말하자 하치로는 조칙의 후반 부분을 암송했다. 장래라고 하지만 조칙에는 이렇게 되어 있다.

'우선 지방장관을 소집하여 국민을 대신해서 협동하여 공평히 논의하도록.'

따라서 지방장관은 이미 국민의 대표자다.

"회의는 태정관의 공무가 아니라 국민의 일이라고 해야 하지 않을까요?"

하치로는 따져 물었다.

하치로는 아무튼 구마모토에서 국민투표에 의한 현회(縣會)를 열어야 한다고 주장했다.

"생각해 보겠네."

야스오카는 이렇게 말할 뿐 하치로에게 계속 술만 권했다.

"지사 각하."

하치로는 목청을 돋우어 말했다.

"각하께서는 도사 인이 아닙니까?"

"그것이 어찌되었다는 건가?"

"도사에서는 이타가키 다이스케 씨가 유신의 공신이면서도 일찍이 하야해서 자유민권을 외치고 계시지 않습니까?"

"조금 다르지."

야스오카가 말했다.

"이타가키 선생은 진작에 하야하셨지. 그러나 지금 다시 관에 들어가 참의직을 맡고 계시네."

그 일은 하치로도 물론 알고 있었으며 이타가키가 야인을 관철하지 않는다는 점에서 철저하지 못한 사람이라고도 생각하고 있었다. 그러나 이타가키의 영향을 받아 도사는 지금 자유민권 운동의 불꽃이 그 어느 지방보다 치열하게 타오르고 있었다. 하치로는 그것을 말한 것이다.

야스오카는 손을 들어 제지했다.

"태정관에서는 다 생각하고 계시다네. 이타가키 선생이 참의로 들어가신 것도 바로 그것 때문일세. 점차 국가의 통치 형태를 민권으로 돌리고자 하는 깊은 배려가 있기 때문이지. 다만, 시간이 필요해. 아암, 시간이 필요하고말고. 마침내 미야자키 군이 주장하는 형태로 태정관에서 바꿔가려고 하시는 걸세."

"……"

하치로는 노골적으로 비웃었다.

야스오카는 일일이 태정관에 대하여 말할 때는 경어를 썼다. 이것이 그 시대의 관(官)의 버릇으로 필경 옛 막부 시대에 지방관(地方官)이 막부의 의사에 대해 말할 때 경어를 썼던 것과 같은 것이다.

"민권은 태정관에서 내려 주시는 것이다."

이러한 뜻을 담고 있는 야스오카의 말에 하치로는 냉소를 띤 뒤 맹렬히 공박했다.

"이타가키 씨의 민권이라면 그것으로 좋겠지요. 하지만 진정한 민권은 다릅니다."

하치로는 같은 도사 인인 나카에에게서 들은 '회복된 민권'에 대해 논했다.

"민권은 인간이 천부적으로 지니고 있는 것으로 다만 빼앗기고 있을 뿐입니다. 그것을 회복시키는 것은 국민입니다. 각하께서 말씀하시는 태정관은 아닙니다."

'은사(恩賜)의 민권'은 아무 소용 없다는 것이 나카에 조민의 주장이었다. 위에서 하사된 민권이라면 위의 사정에 따라 분량이 결정되어 있다. 그런데도 하사해 주신 것이므로 국민으로서는 감사하게 생각지 않을 수 없지만 그와 대조적으로 밑에서 자진해서 획득한 민권이라면 천부의 권리를 모조리 얻을 수 있다. 하치로는 야스오카 지사에게 이렇게 주장했다.

"당신은 조칙에 써 있듯이 국민의 대표다. 태정관에게서 민권을 얻어 내는 것이 아니라 당신 스스로가 국민의 대표로서 민권을 쟁취해야 한다."

시라카와현(白川縣 : 구마모토현(熊本縣))의 권령 야스오카 요시아키의 평가는 까다롭다.

그는 결국, 메이지 9년(1876) 10월 24일 구마모토의 옛 성아래거리에서 봉기한 신푸렌(神風連)에게 잠든 사이 피습되어 비명(非命)에 죽었다. 그때 나이 52세였다.

비명횡사로 인한 이미지 때문에 야스오카가 단순히 전제적 국권주의자처럼 보여지기도 했지만 반드시 그렇지도 않으며 민권(民權)에 대한 강한 동정심을 지니고 있었다는 견해도 구마모토에서는 가지고 있다. 그러나 그의 사상을 짐작할 수 있는 글이나 일기가 남아 있지 않기 때문에 충분한 증거는 없다.

그는 도사(土佐) 서부(西部)의 나카무라(中村) 마을 출신이다. 똑같이 도사 서부의 사족(士族) 출신인 이와무라 미치도시(岩村通俊), 이와무라 다카도시(高俊) 형제와 고향이 같고 경력도 비슷하다는 점이 야스오카의 이미지를 단순한 색깔로 만들어 버린다. 또한 막부 말엽에 지사(志士) 활동을 했다는 점도 비슷하며, 게다가 세 사람 모두 오쿠보의 마음에 들어 오쿠보의 방침을 가장 충실하게 집행할 것이라는 기대를 안고 다스리기 어려운 현의 지방관이 되었다는 점에서도 흡사하다.

도사 출신에게는 흑백논리로 사물을 판단하는 성벽이 있다. 이것이 국권주의적 관료에게서 나타나게 될 경우, 반란이나 불평에 대하여 서릿발과 같은 준엄한 법관적 태도로 임하는 경우가 많다.

오쿠보가 이와무라 형제를 주목한 것도 그것 때문일 것이다.

오쿠보는 사가(佐賀)의 사족들에게 불온한 형세가 있다는 것을 발견하자 형 이와무라 미치도시를 메이지 6년(1873)에 사가 현 권령으로 등용하고 난이 일어나기 직전인 메이지 7년 1월, 동생 다카도시와 교체하였으며 난의 진압은 둘 모두에게 맡겼다.

"이와무라 같이 엄격한 녀석을 왜 사가 현 권령으로 등용한 거야?"

이런 불평이 당시 조슈 사람들 사이에 강하게 나타났다. 출신지를 도발하는 형국이 아닌가, 하면서 투덜댄 것이다.

원래 사람에 대한 평가란 어려운 것이다. 동생 다카도시는 지방관 회의 시절에는 에히메 현의 권령을 맡고 있었는데, 에히메에서 권령이 나서서 민권 사상을 고취했다고, 당시 마쓰야마에서 소년 시절을 보낸 마사오카 시키(正岡子規)가 감상문을 남긴 바 있다.

야스오카도 비슷했다. 다스리기 어려운 현의 하나인 시라카와 현의 권령으로서는 불평 사족들의 폭발에 대해서는 온 힘을 기울여 그것을 막으려 했지만, 다른 한편에서는 그것이 폭발하지 않도록 불평 사족들의 주장을 되도록 들어주려는 자세를 취했다.

그러나 숙사(宿舍)인 세이코 사(淸光寺)에 있어서의 미야자키 하치로의 격렬한 논의는 중대한 불안을 안고 있었다.

이야기를 몇 개월 후로 옮긴다.

권령 야스오카 료스케가 현으로 돌아가서 우에키학교의 폐쇄를 결심한 것은 아사쿠사(淺草) 혼간사(本願寺) 옆의 숙사 세이코사에서 미야자키 하치로로부터 협박받은 일과 관련성이 있다.

'우에키학교를 폐쇄할 것인가?'

이런 결심은 이때 생겨난 것임에 틀림없다.

야스오카는 하치로의 논리가 지닌 큰 줄거리에는 공감했다. 야스오카의 입장에서는 그 논리의 주인인 하치로에게 문제가 있었다. 하치로의 논리는 말을 할 때마다 빨갛게 달아오른 쇳가루가 날아다니는 것 같았다. 때때로 야스오카는 그 쇳가루를 피해서 눈을 가리고 싶어지고, 때로는 쇳가루가 타는 냄새를 참을 수 없었다.

야스오카는 불평 사족들을 이해한다고는 하지만, 일단 성립된 태정관 정권을 지키고 싶다는, 이러지도 저러지도 못할 심리상태였다. 그 때문에 하치로의 말에서 흩날리는 빨갛게 단 쇳가루 냄새를 위험하게 느끼는 것이었다.

'이 사나이의 본심은 민선(民選)에 의한 구회(區會)나 현회(縣會)를 개최하라는 것이 아니었다. 그것을 발판으로 해서 정부를 무너뜨리려 하고 있다. 무턱대고 정부를 타도하려는 것이었다.'

야스오카에게는 무너질까 보냐 하는 배짱과 입장이 있었다. 야스오카는 당연한 일이지만 타고난 관료는 아니었다. 8, 9년 전까지는 풀이 무성하게 자란 나카무라(中村) 출신의 하급 사족이었으며 시세의 물결을 타고 막부 타도의 운동에 참가하여 유신(維新) 관료가 되었다. 하치로와의 차이는 시간 차밖에 없다. 그러나 야스오카와 하치로의 경우 시간 차만큼 큰 것은 없었다. 야스오카는 그 차이를 지키려 했고, 하치로는 그 차이를 무너뜨리려고 했다.

야스오카는 현으로 돌아온 뒤, 한편에서는 구회(區會)와 현회를 민선제로 바꾸려는 매우 참신한 개혁——그 정도의 개혁도 구마모토 현은 전국을 앞서는 선구적인 것이었다.——을 하는 한편 우에키학교의 보조금은 거절했다.

본디 우에키학교는 부상자에 대한 구조 방법을 훈련하는 것 등을 교육내용으로 하고 있어, 동지(同志) 마쓰야마 모리요시 자신이 '기괴한 학교'라 하고 자인하고 있었으며 학부형이나 지방민의 평판이 좋지 않았다. 그런데다가 중심적 존재였던 하치로가 학교를 버려둔 채 도쿄에 올라가 있었기 때문에 퇴교자가 이어졌고 입교자도 줄어 무너지기 직전에 있었다. 거기에 현으로부터 보조금이 중단되어서는 폐교하는 도리밖에 없다.

학교의 동지로부터 하치로 앞에 현으로 돌아오라는 편지가 왔다. 그러나 하치로는 현으로 돌아갈 생각이 전혀 없었다.

무더위 속에서 지방관 회의는 끝났다. 회장인 아사쿠사 혼간사에서 폐회식이 거행되었다.

이 무렵에 미야자키 하치로는 문을 경비하는 경찰관과 친해졌다. 덕분에 경내에 들어갈 수 있었다. 다만 경내에 들어간다 해도 신문기자석이 있을 턱이 없었으니 그 언저리를 돌아다니든가 아미타불 당 옆의 은행나무 그늘에서 땀을 식힐 수밖에 없었다.

그는 회기 중, 야스오카 지사 외에 몇 명의 지사와 얘기를 주고 받을 수 있었다.

이 시대에 태정관이 임명한 지사 가운데 그다지 질이 나쁜 자는 없었다. 하지만 그 빛깔은 잡다하여 대단한 교양인이 있는가 하면 막부 말기의 지사 기분을 지닌 이상주의자 풍의 호걸도 있었다. 그들의 평균적 사상은 요코이 쇼난(横井小楠)의 실학주의 아니면 후쿠자와 유키치(福澤諭吉)의 개화주의와 비슷한 것이었다고 할 수 있다.

유독 조슈계는 중앙의 고관과 지난날 친구 관계였기 때문에 거만스럽게 팔짱을 끼고 있었다. 가장 대표적인 존재가 교토 부의 마키무라 마사나오(槇村正直)였으리라.

막부 말기에 마키무라는 조슈 번의 기록관이었는데, 이미 사십 고개를 넘어, 나이로는 이토 히로부미보다 훨씬 선배였다.

기도 다카요시도 마키무라를 퍽 존중하였다. 기도는 수도가 도쿄로 옮겨진 뒤, 교토의 쇠퇴와 민심의 부란을 걱정하여 마키무라에게 당신은 중앙관서에 나가지 말고 부디 교토에 남아 있어 달라고 청원하였다.

이리하여 마키무라는 메이지 원년에 교토 부 근무를 맡은 이래 권변사(權辨事), 권대참사(權大參事), 대참사, 권지사 등등으로 관청의 변화는 있었으나 일관하여 교토 부의 정사를 담당했다.

그는 이른바 오노 조(小野組) 사건으로 메이지 6년에 구금되기도 하였으나 그 시정 실적은 전국 부현에 비교하여 탁월했다. 이를테면 메이지 2년에 전국 최초의 소학교를 창설했을 뿐만 아니라 도서관, 매독 치료소, 외국어 학교, 여학교, 측후소(기상대), 미술학교, 박물관, 정신병원, 궁민수산소(窮民授産所), 화학 연구소 등 문명개화에 수반하는 시설은 언제나 교토 부가 앞장서서 했다.

여담이지만 메이지 초 이래, 적어도 반세기 동안 교토 부의 행정은 마키무라가 해 놓은 사업에서 더 전진하지 못했다. 마키무라는 이른바 지사 기질을 갖추고 있었지만, 지방관 회의에서는 민선부회(民選府會)에 대하여 지극히 냉담한 태도를 취했다.

"국민의 지능이 도저히 거기까지 미치지 못한다."

이렇게 말하면서 탁월한 정치가에 의한 독재가 바람직하다고 하는 점에서는 정치사상의 차이는 있을망정 가고시마 지사 오야마 쓰나요시와 다를 바 없었다.

하치로는 틈만 나면 이 거리 저 거리를 돌아다녔다. 그로서는 후일의 시가전을 위한 지형 정찰이었다.

"사이고가 궐기하면 나는 때를 놓치지 않고 시바의 조조사, 센소사에 불을 질러 도쿄를 교란시키고 사이고를 맞이한다."

그가 평소에 동지에게 귀띔한 이 말은 진심이었다. 그러기 위해서는 도쿄의 지리를 익혀두지 않으면 안 되었다.

도쿄의 도시 풍경은 아직도 9할 9푼까지 에도의 옛 자취 그대로였다.

다만 마루노우치(丸內) 일대의 옛 번저(藩邸) 거리에는 정부 관계의 관청이 많았고 조금씩 서양식 건물로 바뀌어가고 있었으며, 그 밖에는 신바시(新橋)역, 쓰키지(築地)의 외국인 전용 호텔, 해군 설비 등이 새로운 풍경이라고 할 수 있었다.

지난날 도쿄의 도시적 경관의 골격을 이루고 있었던 영주나 직속무사의 저택 중 신주쿠(新宿), 센다가야(千駄谷) 등의 지역은 뽕밭이 되어 버리기도 했다. 도심에는 사쓰마, 조슈계, 그 밖의 고관들이 살면서 새로운 고급주택 계급을 만들기 시작하고 있었다.

그와 같이 경관은 조금씩 바뀌어 가고 있었으나 거리의 장사꾼, 성밑 거리에 사는 서민생활은 에도 시절과 다름이 없었다.

하치로가 도쿄의 거리를 돌아다니면서 놀란 것은 엿장수가 많다는 것이다.

'엿장수로 위장하면 재미있겠는데.'

거의 진심으로 그렇게 생각했을 정도로 그들은 갖가지로 분장하기도 하고 재간을 부리기도 했다.

'여우 엿장수'라는 것도 있었다. 여우가죽을 뒤집어쓰고 꼬리를 붙이고 얼굴만 내놓은 채 엿을 담은 목판 주위를 깡충깡충 뛰어 다니면서 캥캥 우는 시늉을 냈다.

그 밖에 요즘 거리에 나오기 시작한 장사꾼으로는 '요카요카 (好고 좋아) 엿'이라는 엿장수가 있었다. 남자가 머리에 엿 목판을 이고 가슴에 북을 매달아 노래소리와 더불어 북을 치면, 그 뒤에서 여자가 샤미센(三味線)을 뜯으며 가락을 맞추었다.

"요카요카 엿장수는 누가누가 된다지. 일본에서 제일 가는 바람둥이지. 또 그 마누라는 누가 된다지. 일본에서 제일가는 말괄량이지."

얼핏 바람기를 느끼게 하는 말이었다. 하치로는 문득 이런 생각을 하기도 했다.

'요카요카란 사쓰마 방언의 영향일까?'

많은 사쓰마 인이 정부의 요직을 차지하고 또 직접 서민과 접촉하는 기관인 경시청은 중견 간부 이상이 거의 사쓰마 인이어서 하급자는 사쓰마 사투리를 흉내내기도 한다. '요카요카'라든가 '코라코라 (이봐)'라는 말은 서민층에까지 널리 퍼져 있었다.

한여름, 도쿄에 있는 하치로에게 구마모토로부터 가끔 편지가 왔다. 우에키 학교의 동지인 마쓰야마 모리요시의 편지도 몇 통 있었다.

그 어느 편지에나 하치로와 마찬가지로 혁명을 바라는 열기가 넘치고 있었다.

'천지간의 대세는 여전하다 할지라도……'

예를 들면 이렇게 지구상의 형세에서부터 써 내려가기 시작했다. 그 형세는 여전히 변함이 없으나, 라는 뜻인데 이처럼 별다른 뜻이 없고 그냥 웅장하기만 한 표현은 이 시대의 청장년 특유의 버릇이었다. 그 뒤에 정부의 형세를 논했다. 정부의 콧김은 오사카 회의(大阪會議) 전후에 비해 많이 바뀌었다. 즉 정부의 콧김이 세어졌다고 했다.

오사카 회의는 이 해의 1월과 2월에 걸쳐서 열렸다. 그 무렵 도쿄 정부는 사이고, 기도, 이타가키가 떠난 뒤 어깨가 처진 듯한 느낌이 있었고, 오쿠보는 어떻든 간에 기도를 입각시켜야만 한다고 오사카에 내려갔다가 급히 시모노세키로 올라와 기도를 만났다. 이토 히로부미가 주선하여 기도는 점진적 민선제도를 내세웠는데 오쿠보도 기도를 입각시키고 싶은 나머지 그것을 받아들였다.

같은 시기에 오사카에서 이타가키의 주선에 의한 전국 민권가의 모임이 있었다. 마쓰야마가 말하는 오사카 회의란 이것도 포함하고 있었다. 확실히 그 시기의 정부는——대표격은 오쿠보——처음에는 자세를 낮추고 굽실거리는 느낌이었으나 마쓰야마의 인상으로는 여름에 들어서부터는 벌써 콧김이 세어지고 있었다.

또 편지에서는 이렇게 말하고 있다.

'전국 동란의 기회는 바야흐로 머지 않았네.'

그러므로 민회, 민회하고 외쳐대는 지금의 방향을 잠시 보류하고 과격한 말을 쓰고 있다.

'때를 보고 변란에 대처한다는 계책이 없을 수 없네.'

마쓰야마의 애매모호함이 말 끝에 이어진다.

'오늘 쾌사(快事)를 일시에 얻어 혁혁한 허명(虛名)을 파는 것은 서서히 참고 견디어 실제적인 공을 세우는 것보다 못하네.'

마쓰야마는 본디 하치로 같은 불굴의 운동가는 아니고 심약한 면을 가지고 있었으며 그러면서도 강경파들과 어울리기를 좋아했다. 그런 관계로 제법 호기로운 말을 하는가 하면 또 금방 겁을 먹고 움츠러들기도 했다.

마쓰야마는 그다지 하치로와 같은 사상을 갖고 있지 않았다. 대부분의 민권주의자가 그렇듯이 불평불만을 안고 있었다. 그것은 이 편지에도 잘 나타나 있다.

"우리가 민권을 주장함은 물론 하루 이틀의 일이 아니지만 너무나 조급히 주장하지 않을 수 없는 것은 천하의 대세에 뒤지는 것을 두려워하기 때문일세."

구마모토 사람은 유신에 뒤늦었으니 두 번 다시 늦어서는 안 되겠다는 것이 우리의 민권운동이다, 라는 뜻이었다. 무지하기도 하고 솔직하기도 하다고 보아야 할 것인지.

마쓰야마의 편지는 계속된다.

금년 2월, 이타가키 다이스케가 전국의 민권주의자를 오사카에 모아 놓고 기세를 올렸을 때 관헌은 속수무책이었다고 마쓰야마는 말했다. 그것은 같은 시기에 오사카에 내려와 있는 오쿠보가 기도를 내각에 끌어들이기 위하여 이른바 '오사카 회의'를 열었던 일과 관련이 있다. 그런데 마쓰야마는 정부의 유연성의 이유를 거기서는 찾지 않고 이렇게 말했다.

"남쪽의 거동이 은연중에 뒤에서 밀어 주었기 때문일세."

남쪽이란 사이고와 사쓰마를 가리킨다. 도쿄 정부에 대항할 만한 무력을 소유하고 또한 도쿄 정부와는 판이한 국가의 이상상을 가진 이 '남쪽'이 은근히 사기를 앙양시키고 있다.

오사카에서는 민권주의자가 기세를 올리고 관헌이 손발도 내밀지 못했던 것은 배후에 사쓰마의 무력이 있었기 때문이라고 판단한 마쓰야마의 생각은 틀리지 않는다. 정부가 재야당(在野黨)의 활동에 대하여 어딘가 겁을 먹은 듯한 얼굴로 있는 것은 사쓰마를 염려했기 때문임이 분명하다.

"하지만……"

마쓰야마는 말한다. 오사카에서 기세를 올린 지 아직 반 년도 되지 않았는데 그 당시의 민권주의자들은 정부의 회유책에 말려들고 있다는 뜻의 말을 쓴 뒤, 가고시마 현 지사 오야마 쓰나요시가 뜻밖에도 지방관 회의에서 '민선 같은 것은 필요 없다'는 뜻의 의견을 내놓았다는 데 대해서 충격을 받았다고 했다.

"오야마의 의견은 은연중 완고하고 어리석은 관리의 의견과 부합되네."

마쓰야마는 가고시마 현의 사상이 민권과 통하는 것이 있을 줄 기대하고 있었는데 크게 기대에 어긋났다는 놀라움을 말하고 있는 것이다. 또한 현지사 오야마 쓰나요시의 사상이 사이고와 마찬가지라는 것을 믿고 있었고, 이 오야마의 발언은 필경 사이고의 사상이라고 상상하고 있었으므로 실망이 컸던 것이다. 그 다음의 문장을 의역하면 이렇다.

'오야마가 그런 형편이라면 가고시마 현이 천하 대권을 장악했을 때, 민권주의자의 속셈을 알고 있는 만큼 그 지식을 가지고 민권주의자를 휘어잡는 수단으로 쓰지 않을까?'

이것은 지사 기분에 흥분한 상상이라고 하겠다. 마쓰야마는 사쓰마에 크게 기대를 걸고 사쓰마의 성공을 확신하고 있으면서도 한편 불안감도 안고 있다. 그러나 자진해서 일을 할 생각은 없었고 '남쪽의 거동'이라는 것에 편승하여 '천하의 대세에 뒤질 것을 두려워하고' 있었던 것이다. 이 시대의 불평가 대부분의 기분을 대표하고 있다고 할 수 있겠다.

그 마쓰야마 모리요시(松山守善)가 상경했다.

그날 저녁 무렵 하치로가 외출중에 아소 나오하루(麻生直溫)의 집에 들르니 마쓰야마가 아소와 같이 술을 마시고 있었다.

마쓰야마는 장지문을 열고 들어온 하치로를 술잔 너머로 쳐다보았으나 아무 말도 하지 않았다. 하치로에게 불평하기 위해 상경한 것이다. 용건의 내용이 마쓰야마의 표정을 시무룩하게 만들었다.

하치로는 술병을 끌어당겨 과연 오랜만이라는 듯이 냄새를 맡았다. 마쓰야마가 한 되들이 병을 들고 왔던 것이다.

집 주인인 아소 나오하루는 시종 잠자코 있었다. 그는 하치로보다 두세 살

손위인데 막부 말기의 조슈 정벌 때 히고 번이 막부의 명령을 받고 고쿠라 (小倉)까지 출병했을 때 하치로 등과 더불어 소년의 몸으로 종군했다. 그는 무예에는 뛰어났으나 학문은 대단치 않아서, 학문에 우수한 하치로를 고쿠라 출병 당시부터 존경해 왔다.

마쓰야마가 입을 열었다.

"학교를 더 이상 유지할 수 없네. 그리고 강연회를 열어도 시작도 하기 전에 경찰관이 쳐들어 와서 해산시킬 정도로 관의 콧김이 세어졌어. 자네가 귀향하지 않으면 안 되겠네."

"내가 현에 돌아간대도 그걸 어떻게 할 도리는 없네. 그보다도 도쿄에 있고 싶어. 도쿄에 있으면서 정세를 보고 다른 현 동지들과 유대를 다지면서 거병(擧兵) 시기를 그르치지 않도록 하겠네. 정부가 무너질 때가 이미 눈 앞에 다가왔네."

"뭘 가지고 그렇게 판단하나?"

"사쓰마일세."

하치로가 말했다.

사쓰마 외에는 정부를 쓰러뜨릴 세력이 없다는 것이 하치로의 견해였다.

"사쓰마의 움직임은 고향에 가서 그 내정을 살피기보다 오히려 도쿄에 있는 편이 더 확실히 알 수 있네."

"도쿄에 있는 사쓰마 인이란 문관과 무관, 그리고 경시청 패들뿐 아닌가. 모두 관료들인데 그들을 가지고 사쓰마의 움직임을 알 수 있다는 말인가?"

마쓰야마가 이렇게 말하자 하치로는 평론신문사에 대해 자세하게 설명했다.

"우두머리인 에비하라는 사쓰마 인일세. 그는 오쿠보를 저주하고 사이고에게 모든 희망을 걸고 자진해서 사이고를 위한 도쿄 출장기관을 만들고 있다네."

이야기가 자료 형식으로 되어 가지만, 미야자키 하치로(宮崎八郎)가 사쓰마의 사이고 다카모리의 봉기를 얼마나 기대하고 있었는가에 대해선 흡사한 이야기가 두 가지 남아 있다.

하나는 마쓰야마 모리요시(松山守善), 또 하나는 나카에 조민과 관계되는 것이다.

마쓰야마 모리요시가 하치로에게 질문했다.

"자네는 사이고, 사이고 하지만, 사이고는 무단주의자(武斷主義者)이니 우리의 이상과는 맞지 않네. 이 점을 자네는 어떻게 생각하나?"

이 경우의 무단주의는 제국주의, 침략주의라는 뜻이며 마쓰야마의 질문은, 사이고 자신은 어떻든 간에 세상이 '사이고'라는 사상(思想)을 어떻게 받아들이고 있느냐를 알아보는 데도 흥미로운 것이었다.

또한 영국식의 민권주의자가 제국주의 문제에 대해 애매함을 지니고 있거나 아니면 그 신도(信徒)였던 것과는 달리, 프랑스식 민권주의자는 그와는 다른 기분을 느끼고 있었다는 것을 마쓰야마의 질문으로 잘 알 수 있다.

마쓰야마도 하치로도 프랑스어는 몰랐으나 나카에 조민을 통하여 루소의 사상에 관해 그 개략을 알게 된 이상, 근대 국가에는 제국주의라는 병적인 성격이 존재한다는 것을 알고 있었다.

사실 하치로나 마쓰야마도 제국주의에 적극적으로 반대할 만큼 그 방면의 사상이 성숙되어 있지는 않았다. 다만 하치로가 몇 개월 전까지는 막부 말엽의 양이(攘夷)사상의 연장으로서 이른바 소박한 제국주의적 청년이었던 것을 문제의 흥미거리로서 기억해 두지 않으면 안 된다. 그것은 당시 그의 행동이나 시문(詩文)으로 짐작할 수 있다.

당시에 하치로 같은 '소박한 제국주의적 청년'은 무수히 많았다. 막부 말엽에 열강이 아시아에 대하여 제국주의적 신장을 강요했다. 그것에 큰 반발을 한 것이 양이론이었다. 온 나라에 팽배했던 양이 에너지가 메이지 유신을 성립시켰는데, 여기서 사쓰마와 조슈 번이 그것을 대표하며 정권을 독점해 버렸다. 동시에 정권은 양이론을 버렸다. 양이 에너지는 벌판에 버려졌다. 그리고 버려진 에너지 속에서 정한론(征韓論)이 생기고 이것이 변질되어 자유민권운동이 생겼다. 자유민권운동 중에는 당연한 일로서 '소박한 제국주의적 청년'이 많이 있었다.

하치로도 그 중의 한 사람이었는데 그 시기에 재빠르게 탈출한 것이다. 시대의 흐름은 분류처럼 빨랐고 변화의 첨단에 선 청년 하치로의 모습을 마쓰야마의 질문 중에서 생생하게 짐작할 수 있다.

마쓰야마의 '사이고는 제국주의자야'라고 한 질문에 대하여 미야자키 하치로는 대답했다.

"맞아."

사이고 다카모리가 제국주의자라는 것을 인정했다. 하치로뿐만 아니라 그 당시 일반적으로 사이고에 대한 정보나 지식도 극히 적었고 사이고가 어떤 생김새의 인물인지도 모르고 있었다.

사이고는 글 한 자라도 공적으로 간행한 저작물이 없었기 때문에 하치로는 사이고의 사상을 문장으로 알 수가 없었다. 모두 풍문에 의한 것이었다. 그것도 확실한 풍문의 출처는 기리노 도시아키(桐野利秋)였다. 번이 쇄국정책을 폈을 때와 마찬가지로 여전히 가고시마에 출입하는 외부인들은 많지 않았는데, 그 적은 수의 외부인을 응대하는 역할을 맡은 사람이 기리노 도시아키였다. 기리노의 말이나 그가 가지고 있는 사상이 사이고의 것이라는 소문이 전해졌다. 그 소문에 의해 미야자키 하치로 같은 사람조차 사이고 상(像)을 만들고 있었다. 그것에 의하면 사이고는 제국주의자였다.

"그러나"

하치로는 말을 계속한다.

"사이고를 통해서가 아니라면 정부를 타도할 길이 없다. 우리는 먼저 사이고의 힘을 빌려 정부를 쓰러뜨리고 그런 연후에 사이고와 싸워야 한다."

이것에 대하여 마쓰야마 모리요시는 훗날 말했다.

"크게 감탄할 것도 없었다. 미야자키는 그런 말을 하는 사내였다."

미야자키는 그런 말을 하는 사내라는 뜻은, 아마도 하치로는 서생(書生)의 처지로 혁명을 상정(想定)할 때 권위주의적 발상을 한다는 뜻임에 틀림없다. 하치로는 언제나 피가 끓어 오르는 것을 바라는 시적(詩的) 혁명가였기 때문에, 가령 학교를 경영하는 착실한 정도(正道)를 가기보다는 성급한 권위의 길을 사랑했다.

권위적 발상이란 하치로의 경우, 천하의 2대 세력을 손바닥 위에 놓고, 상상에 의해 싸우게 하여, 승리하여 남은 쪽마저 죽이는 것인데, 시의 기승전결처럼 명확하다. '그런 말을 하는 사내'란 아마도 같은 맥락일 것이다.

위와 비슷한 상황은 앞서 말했듯이 나카에 조민과의 사이에서도 벌어진 바 있다. 훗날 세이난 전쟁(西南戰爭)이 발발하려고 하자 하치로는 사이고 군(軍)에 호응했다. 조민은 이 말을 듣고 구마모토까지 가서 하치로에게 뜻을 바꿀 것을 권유했다. 그때 조민도 말했다. '사이고는 제국주의야' 그것에 대한 하치로의 대답은 마쓰야마의 질문의 경우와 같았다.

반기

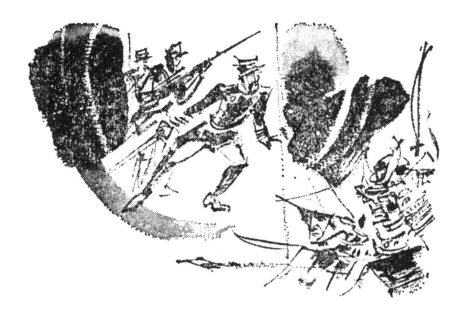

이야기는 바뀐다. 사쓰마의 시마즈 히사미쓰가 거의 강제로 '좌대신' 자리에 앉게 된 것은 메이지 7년(1874) 4월 27일의 일이다.

이 임명은 사이고가 도쿄를 등진 지 6개월 뒤의 일로 도쿄 정권의 초조함을 엿볼 수 있다. 사이고의 하야와 그에 수반하는 근위장교의 대거 사직으로 말미암아 사쓰마가 정부에 맞서는 하나의 적국으로 부상하게 되었다. 태정관은 낭패하여 당시 가고시마에 있던 시마즈 히사미쓰를 도쿄로 끌어 올리려고 좌대신으로 임명했다. 히사미쓰까지 가고시마에 웅크리고 있어서는 반정부적 사조가 사이고와 히사미쓰라는 두 핵을 향해 눈깜짝할 사이에 크게 결합할지도 모르는 일이니, 그것을 미연에 방지하려면 그나마 히사미쓰만이라도 도쿄에 끌어다 놓지 않으면 안 되었다.

그래서 히사미쓰를 끌어내기 위하여 칙사까지 보냈다.

"지금의 세상을 옳다고 보지 않습니다. 그래도 상관없다고 하시는 겁니까?"

히사미쓰가 말했으나 칙사 마데노코지 히로후사(萬里小路博房)는 몸 둘 바를 몰라 하며, 아무튼 천황께서 부르십니다, 만 되풀이한 끝에 도쿄로 불러들였다.

'좌대신'

히사미쓰에게 주어진 이 예스런 직책은 역사의 아득한 과거에 이미 실체를 잃어버린 것이었다.

유신 정부의 일면에는 극단적인 복고적(復古的) 성향이 있었다. 나라(奈良) 시대의 대보령(大寶令)이라는 관제를 부활시켜 행정기관을 '태정관'이라 하고 가장 높은 대신을 태정대신, 그 아래 관직명을 우대신이라 하여 산조 사네토미와 이와쿠라 도모미가 각각 임명되었지만 좌대신은 폐관(廢官)되어 있었다.

메이지 7년, 시마즈 히사미쓰를 기용하기 위하여 그 직명을 부활시켰던 것이다.

예부터 순위는 좌대신이 우대신보다 위였다. 제대로 하자면 히사미쓰가 입각함에 즈음하여 우대신 이와쿠라 도모미가 승격하여 좌대신이 되고 신임인 히사미쓰가 우대신이 되어야 하는 것인데 이와쿠라를 건너 뛰어 좌대신이 되었다.

이와쿠라 스스로 그렇게 만든 것이다. 이와쿠라의 사쓰마에 대한 양보였다고도 하며, 나아가서는 이 정치 정세 속에서 언제 전국의 불평 사족에게 옹립될지도 모를 히사미쓰를 정부에 들여앉히기 위한 마지막 술책이기도 했다. 히사미쓰에게 명예를 주고 정부는 실리를 얻으려고 했다.

시미즈 히사미쓰의 생애는 본인이 당사자인지 방관자인지, 이 세상에서 어떻게 존재해야 하는지, 무언가 분명치 못한 데가 있었다.

그것에 대해서는 당연히 히사미쓰 자신이 너무나 잘 알고 있었고, 그의 개인적인 불우함의 뿌리였을 것이 틀림없다.

그는 막부 말기의 시마즈 가문에서 소동의 불씨가 되었던 오유라(由良)의 아들로, 서자라고는 하나 그를 옹립하여 번주로 모시려는 당파가 존재하여 하마터면 그렇게 되었을지도 모른다.

하지만 상속은 법통대로 이루어져 적자인 형 나리아키라가 번주가 되었다. 이윽고 나리아키라의 아들들이 모조리 요절했다. 이 일은 히사미쓰의 옹립을 단념하지 않고 있었던 오유라파의 독살에 의한 것이라는 소문이 있었는데 적어도 사이고 다카모리 등은 끝끝내 그렇게 믿고 있었다.

그 나리아키라마저 안세이(安政) 5년(1858)에 급사했다. 이 죽음에 대해서도 오유라파에 의한 독살이라는 뜬소문이 있었다. 오유라를 끔찍하게 미워한 사이고는 이 독살설을 믿고 있었다.

나리아키라의 유언에 따라 다음 번주는 히사미쓰의 아들 다다요시(忠義)가 되었다. 히사미쓰는 나리아키라의 유언에 의하여 그의 후견인이 되었다.

번주가 아닌, 후견인의 입장에서도 히사미쓰는 막부 말기에 교토와 에도에서 번주와 맞먹는 위엄을 떨치고, 그 위엄으로 공작을 펼쳤다. 도카이도(東海道 : 에도에서 교토에 이르는 동해안의 길)를 오르내리는 행렬 등에서 히사미쓰는 완전히 사쓰마 번주처럼 행동하고 있었지만, 당시 교토의 공경들은 히사미쓰를 그냥 '사부로(三郞)'라고 부르고 있었다.

사부로는 히사미쓰의 통칭으로 관명이 없는 그를 공식 장소에서 '사부로'라고 부를 수 밖에 없었던 것이다.

그러나 사부로라고 불리는 것이 탐탁치 않아 사쓰마 번의 공경들에게 마침내 좌근위 권소장(左近衞權少將), 이어 권중장(權中將)을 거쳐 다음과 같은 호칭을 얻게 되었다.

'시마즈 중장(島津中將)'

그러나 사쓰마 번주가 아닌 자에게 이와 같은 관명은 곤란하다는 반대 주장이 당시의 조정 안에서 오갔다.

막부 말기도 막바지에 이르러 히사미쓰는 신병으로 가고시마에 돌아가 요양생활을 하였다. 이 사이에 도바 후시미 전투가 벌어지고 보신 전쟁의 불길이 일어난 뒤 이윽고 수도가 도쿄로 옮겨 가 태정관 시대가 시작된다. 모든 일에 보수적인 히사미쓰로서는 사이고와 오쿠보가 멋대로 번의 힘을 낭비하여 뜻밖의 세상으로 만들어 버렸다는 노여움만이 남았다.

그랬던 히사미쓰가 태정관의 둘째 자리인 좌대신이 된 것이다.

시마즈 히사미쓰는 메이지 초기 국가에 있어서 상당히 기묘한 존재라고 할 수 있다.

우선 긴 일본 역사를 통하여 국가로부터 그만큼 우대받은 인물은 없었다. 정부는 그를 위해 흠잡을 데 없는 후한 대접을 하였다.

그런데 그만큼 업적이 없는, 아마 거의 없었다고 할 수 있는 사람도 없을 것이다. 거꾸로 국가 쪽에서 보면 온 국가의 힘을 모아 그가 업적을 만들지 못하게 하였을 정도였다. 만약 히사미쓰의 정책이나 헌책(獻策)을 국가가 받아들인다고 하면 메이지 국가는 순식간에 붕괴할 것이라는 위기 의식을 모든 고관들이 가지고 있었으므로 그런 의미에서는 어마어마한 위험 인물이었든가 아니면 엄청난 정치적 바보였다.

그 엄청난 존재를 정부로서는 야(野)에 두면 위험성이 크다는 것을 염려하여 차라리 정부 안에 들여앉히려고 하였다. 요컨대 좌대신이라고 하는 정부 수뇌의 둘째 벼슬에 올려 모셨던 것인데 실제로는 감방이나 다름이 없었다. 누구나 히사미쓰를 존경하며 머리를 조아렸지만, 아무도 그의 말을 들어 주지는 않았다.

그에 대한 메이지 국가의 우대는 유별스러운 것으로, 가령 메이지 17년 화족령(華族令)이 제정되자, 옛 사쓰마 번주 집안은 공작(公爵)이 되었고 동시에 히사미쓰에 대해서는 별도로 공작(公爵) 시마즈 집안을 창설하게 하였을 정도였다.

아무튼 히사미쓰는 두려운 존재였다.

히사미쓰를 두려워하게 된 이유는 말할 것도 없이 그 배경에 사쓰마 세력이 있기 때문이었다.

그뿐만이 아니었을지도 모른다. 그는 시세(時勢)를 조금도 두려워하지 않았고 그것을 묵살해 버릴 만한 용맹심을 가지고 있었으므로, 그의 수구적(守舊的) 사상이 나름대로는 산더미 같은 무게를 지니고 있었다고 할 수 있으리라.

그 개인적 무게의 배경에는 한학(漢學)과 국학의 교양이 있었다. 그것은 이 시대의 공경 출신자나 벼락치기 고관들은 발치에도 미치지 못할 정도로 대단한 것이었다. 공경 계통의 사람들도 사쓰마 계통의 고관도 그것을 잘 알고 있었기 때문에 그 점 또한 두려움의 요인으로 작용하고 있었다.

또한 그에게 개인적 무게를 준 또 하나의 요소는, 불굴의 정신이라고 할 수 있다. 그는 명예와 이권 앞에서도 동요하지 않았고 좌대신을 고맙다고 하지도 않았으며, 오직 봉건시대로 되돌리려는 기치를 높이 쳐들고 회유책에 말려들지 않고 타협을 배격하며 그 기치를 한 치도 내리려 하지 않았다.

히사미쓰는 시국 속에서 하나의 거대한 박력이었다고 할 수도 있으리라.

시마즈 히사미쓰의 사상은 과거를 통해 유일한 가치를 찾아내는 데에 있었다.

그가 개인 사업으로서 역사 편찬에 평생을 바친 것도 바로 그 때문이라 할 수 있다.

독서가인 그는 중국 사서에 통달해 있었다. 《춘추좌씨전(春秋左氏傳)》, 《자치통감(資治通鑑)》, 《사기(史記)》, 《십팔사략(十八史略)》 등은 거의 암송할 정도의 경지에 이르러 있었다. 사이고 다카모리는 히사미쓰 정도의 학식을 갖추지는 못했으나, 둘의 독서 범위가 퍽 닮았다.

"나는 굳이 양서(洋書)를 읽을 필요는 없다고 생각한다. 춘추좌씨전을 잘 읽으면 국가 흥망의 섭리를 저절로 깨닫게 된다."

사이고가 평소에 이런 뜻의 말을 했는데 히사마쓰도 어쩌면 이와 비슷한 생각이 아니었을지.

다만 양자간에는 중요한 차이가 있다. 사이고는 사서 속 국가의 흥망을 볼 때 다분히 현실적인 통찰안을 잃어버리지 않고 때로는 섬뜩할 정도의 광채로 꿰뚫어 보았는데, 그와는 반대로 히사마쓰의 경우는 너무나도 학식에만 치우쳤고, 교양주의적이었으며 옛것을 숭상하는 의식 속에 머무는 경향이 있었다고 하겠다.

히사미쓰의 학문은 한학(漢學) 중에서도 이데올로기적 성향이 강한 주자학(朱子學)이었다. 거기에 야마자키 안사이(山崎闇齋)의 스이카 신도(垂加神道) 사상이 다분히 포함되어 있었으므로 일본 주자학 중에서도 강경파에 속해 있었다.

게다가 그는 일본사에 관심이 많았다. 그것도 일본에서는 최초의 이데올로기 사관(史觀)을 갖고 있는 미토학(水戶學: 미토의 도쿠가와(德川) 가문의 역사편찬국인 쇼코칸(彰考館)에 대대로 전승되어온 유교와 사학(史學)을 기반으로 국학(國學)·신도(神道)까지 포괄하여 19세기 전반에 성립된 학파) 식으로 생각했다. 미토학 사관에 대해서는 《대일본사》 58권을 손수 베낄 정도로 열심이었다. 그 밖에 본조황윤소운록(本朝皇胤紹運錄), 황조통기(皇朝通紀), 황조사략(皇朝史略), 역대초총(歷代草叢), 역사통람(歷史通覽), 신황정통기(神皇正統紀) 등의 일본사서를 애독했다.

어느 것이나 사서로서는 현실적인 인간 감각은 미흡했으며 '정적(正嫡)'의 황통(皇通)을 예찬하는 데 열중할뿐이고 이른바 송학사관(宋學史觀) 특유의 공허한 저서들뿐이었는데, 히사미쓰 같은 교양주의자는 도리어 공허한 것일수록 높이 사는 경향이 있었다.

히사미쓰는 독서가로 머물지 않고 역사 편수까지 했다. 막부 말엽의 소란 속에서 히사미쓰는 번(藩)의 유학자 시게노 야스쓰구(重野安繹)에게 명하여 《대일본사》가 기전체(紀傳體)인 것을 편년체(編年體)로 새로 고쳐 쓰도록 했다. 이것은 수고와 다름없는 사업이라고 하겠다.

《황조세감(皇朝世鑑)》

이것은 시마스 히사미쓰의 감독 하에 편찬된 한문 일본사 책이다. 진무 (神武)로부터 고코마쓰(後小松)까지의 역대 천황에 관한 역사서이다. 이미 말했듯이 대본은 미토의 《대일본사》이며 그것을 편년체로 다시 써서 간략화 한 것인데, 아무튼 히사미쓰가 하는 일처럼 독창성이 없다.

비슷한 책으로 미토의 번사(藩士) 아오야마 노부유키(靑山延干)의 《황조 사략(皇朝史略)》이 있다. 이미 세상에 《황조사략》이 나와 있는데 히사미쓰 가 왜 《황조세감》을 편찬했는지 그 까닭을 알 수 없다. 굳이 이유를 따지자 면, 히사미쓰의 (예를 들면, 사쓰마[薩摩]에서는 사쓰마의 방식이 통한다는 식의) 기질 때문이라 하겠다.

가치가 희박한 그의 사서 편찬은 가고시마의 조사관(造士館)의 한 방에서 이루어졌다. 그 방은 '사국(史局)'이라는 이름이 붙여졌다. 소요기간은 겐지 (元治) 원년(1864)부터 이듬해인 게이오(慶應) 원년(1865)까지의 15개월간 이며, 막부 말엽의 백열기(白熱期)였다.

편찬 주임인 시게노 야스쓰구는 역사가로서의 자질이 히사미쓰와는 다르 다. 히사미쓰의 관념주의에 대립하여 훗날 실증주의적 학풍을 세웠다. 그는 히사미쓰 밑에서 역사를 편찬하는 일이 아마도 고통스러운 일이었을 것이 다. 시게노는 이름이 고노스케(厚之丞)이고 전통적인 사쓰마 번사였다.

그는 훗날 도쿄대학 문과대학 교수가 되었고 이윽고는 국사학과를 창설하 고 나아가 사학회 초대 회장이 되었다.

시게노는 히사미쓰가 죽은(메이지 20년) 뒤 그의 죽음을 기다렸다는 듯, 메이지 23년(1890)에 《국사안(國史眼)》을 발표하고 남조(南朝)의 충신인 고지마 다카노리(兒島高德)의 사적(事跡)을 의심하여, 다카노리는 실재 인 물이 아니라고 주장했으며, 구스노키 마사시게(楠本正成)·마사유키(正行) 부자(父子)의 이른바 '사쿠라이 역(浚井驛)의 이별'에 대해서도 역사적 사실 이 아니라고 논증했다.

송학적(宋學的) 사관의 특징은 그 왕조가 정통이냐 정통이 아니냐의 상정하(想定下)에서 정의와 비정의(非正義)의 시시비비를 가리는 데 있으며, 미토학은 그러한 견해를 수입한 것이다. 히사미쓰의 사관도 그것을 따르고 있을 뿐만 아니라 더욱 좁혀서 역사를 권선징악의 교재로 보고 있었다.

시게노 야스쓰구는 어쩔 수 없이 히사미쓰의 사관을 따를 수 밖에 없었는데, 히사미쓰가 죽은 뒤 봇물을 터뜨리듯, 고증주의를 바탕으로 한 새로운 학설을 내세워 《대일본사》나 《일본외사(日本外史)》의 사실(史實)과 인물을 연이어 말살했다. 그 때문에 세상에서 '말살 박사'라고 불리기도 했다.

시마즈 히사미쓰의 역사관은 위에서 말한 바와 같이 자기 관념으로서 모든 것을 규정하려는 태도를 취했다. 그리고 그 범위내에서 고증 버릇도 엿볼 수 있다.

그가 시게노 야스쓰구(重野安繹) 등에게 명하여 편찬한 통사(通史) 《황조세감(皇朝世鑑)》은 앞에서도 말했듯이 게이오 원년(1865) 12월에 완성됐다. 히사미쓰는 곧 그것을 검열하여 주필(朱筆)을 들어 오류(誤謬)를 정정하고 또한 초고에서 역대의 천황에 대해 〈제(帝)〉라고 기재한 것을 모두 삭제하고 〈천황(天皇)〉이라고 고쳤다.

히사미쓰의 교양으로 보면 일본에서 〈미카도〉라고 불린 역대의 고쇼(御所:천황의 주거지인 궁정)의 주인은 〈천황〉이었지, 〈제(帝)〉나 〈황제〉는 아니었다.

히사미쓰의 생각은 해설식으로 말하면, 황제라는 것은 중국 황제에 한해서 말한다. 중국 황제는 중국 사상에서 말하면 천명(天命)을 받은 존재이며 화이(華夷)를 멀리하고 지상의 모든 나라들이나 민족들을 똑같이 무육(撫育)해야 할 유일한 사람이다. 그런 점에서 일본은 변방의 번국(蕃國)에 지나지 않으며 일본국의 주인은 〈국왕〉이라고 해야 하며, 예로부터 대(對) 중국 외교에서는 거의 그런 칭호를 썼다. 다만 국내에서는 〈천황〉이라고 존칭했다.

그런데 이것을 제라든가 황제라고 말하는 것은 본질을 그르치는 일이며, 더 심한 말로 하면 참칭(僭稱)이라 하겠다. 그런데 막부 말엽부터 이것이 시세의 분위기와 밀접하게 관련되는데 한학·양학의 학자 사이에서 일본의 천황을 제나 황제로 부르는 것이 유행되고, 히사미쓰는 이것을 그의 사상의 기본에 저촉되는 문제인 것처럼 분노하고 한탄했다.

그는 초고에서 〈제(帝)〉를 삭제하여 〈천황(天皇)〉으로 고친 일에 대해서

책머리에 주필로 썼다.

'황제는 우리 조정 고유의 존칭이 아니다. 일본기(日本紀), 고사기(古事紀) 등을 잘 보기 바란다. 한양학(漢洋學)에 심취한 사람들 모두 이와 같으니 웃을 일이며, 한탄할 일이며 증오할 일이로다'

원문(原文)은 한문이다. 웃을 일이며, 한탄할 일이며, 증오할 일이라고 히사미쓰가 감정을 격발시킨 것은 이 문제가 이미 고증의 단계를 넘어서 시세라는 커다란 상대를 저주하고 있는 것이리라.

황제가 아닌 존재를 황제라고 부른 풍조는 그의 질서 의식에 의하면 적이고 그의 선례(先例) 존중주의에 있어서도 해적이라고 보아야 한다. 실은 메이지 이후 일본국 천황을 외교 문서에서는 〈일본국 황제〉로 표기하였다. 이에 대한 히사미쓰의 저항은 《황조세감》의 주필로만 남아 있다.

'모든 것을 봉건 세상으로 되돌려라.'

이렇게 주장해 온 시마즈 히사미쓰의 사상은 그 강렬함에 있어서는 사상이라기보다는 도리어 종교라고 하는 편이 적절한 것으로 생각된다.

히사미쓰는 비정상이라 할 만큼 변함이 없는 사람이었다. 그는 막부 말엽의 이른바 회천운동(回天運動)의 정점에 있어서도 공무합체를 주장했고, 그 후에도 변함이 없다. 나아가 폐번치현(廢藩置縣)에 의해 번 자체를 빼앗긴 것이 새 정부에 대한 증오심의 원인이었고, 폐번치현 후에는 자기 가문의 부하였던 사이고나 오쿠보에 대해서도 그 증오가 더욱 강해졌다.

히사미쓰가 변함이 없는 사람이라는 것은 그의 개성을 감상적 입장에서 보면 훌륭한 사람이라고 할 수밖에 없다.

그의 굳은 지조와 품행의 정결함은 표리일체를 이루고 있다. 이른바 메이지 시대의 공신 중에는 비천한 처지에서 벼락출세하여 부귀를 얻었기 때문에 소행이 의심스러운 패거리들도 많았으며, 또한 옛 다이묘(大名)를 보더라도 마찬가지였다. 폐번치현 후에 번의 통치자로서의 책임에서 해방되자 일제히 도쿄에서의 안일한 생활을 하기 시작한 것이, 그들의 소행을 문란하게 만든 커다란 원인이 되었다. 그러나 히사미쓰의 경우는 달랐다. 그의 평소 궤범은 무장처럼 단호했고, 살아 있는 봉건적 절도 그 자체였다.

사쓰마의 관리들이, 가령 히사미쓰에게 통렬한 비판을 하는 사람들조차 히사미쓰의 존재를 가볍게 취급할 수 없었던 것은, 그가 옛 번주인 것 이외에 히사미쓰의 고적적인 교양과 드물게 보는 무사적 기품과 관련이 있다.

히사미쓰는 좌대신이 되었다.

그때까지의 정치적 칭호는 종2품 내각고문이었다. 고문이든 좌대신이든간에 정부가 그를 새장 속의 새처럼 가두어 두기 위한 조롱에 불과하다는 것을 깨닫고 있었겠지만 그래도 좌대신이라는 막중한 직책은 부수상(副首相)이라고 할 수 있다. 가마쿠라(鎌倉) 이후 600년 동안 시마쓰 가문은 서남의 다이묘였는데 그 자손이 일본 정치의 수뇌가 된 것은 처음 있는 일이었다.

히사미쓰가 좌대신 취임을 아주 중히 생각했다는 증거는, 가마쿠라에 있는 시마즈 가문의 시조(始祖) 다다히사(忠久)의 무덤에 참배한 일이다.

그때 히사미쓰는 '먼 조상의 묘소를 참배하며'라는 제목으로 '100년이나 계속되어 온 말세를 한탄하니 조상님 생각이 절로 납니다'라고 지금의 정부를 철두철미하게 부정하는 시를 읊었다.

시마즈 히사미쓰는 좌대신에 취임한 다음 달에 산조 사네토미(三條實美)의 저택에서 이와쿠라(岩倉) 우대신과 함께 다음과 같은 내용의 25개 항목을 제언했다.

"복장을 선왕의 시대로 되돌려야 한다."

"태양력을 태음력으로 되돌려야 한다."

"서양식 병제를 우리 것으로 되돌려 한다."

산조도 이와쿠라도 난처하여 참의들의 중의(衆議)에 붙이는 것으로써 히사미쓰를 일단 양해시키고 훗날 서면으로 회답했다. 그 회답은 모두 히사미쓰의 뜻과는 반대의 것이었다.

히사미쓰는 취임하여 한 달만에 현정부에 실망하고 사직할 뜻을 굳혔다. 그는 회답을 받은 뒤 병이라는 명목으로 그 이후에는 정치에 나서지 않았다.

산조와 이와쿠라는 깜짝 놀랐다. 히사미쓰를 노하게 하는 일 자체가 정부 궤멸의 위험성과 연관되어 있기 때문이다. 두 사람은 곧 천황을 움직여 그의 명령에 의해 히사미쓰의 입궐을 권유했다. 히사미쓰는 할 수 없이 한 번만 입궐하고는 다시 병을 핑계삼아 하마마치(浜町)의 저택에 들어앉아 나오지 않았다.

산조와 이와쿠라는 백방으로 히사미쓰를 달래려고 했다. 그러나 불가능한 일이었다.

히사미쓰는 등청하지는 않고 서면으로 헌책(獻策)했다. 헌책이라기보다 탄핵에 가까웠다.

봉건시대로 환원시키라는 것만이 아니라 인사(人事)에까지 이의를 제기했다.

히사미쓰는 메이지 4년(1871)부터 지금까지 줄곧 요구해 왔다.

"사이고와 오쿠보를 사직시키라."

그런데 메이지 6년 말, 사이고는 정한론 때문에 직책에서 물러났다. 히사미쓰는 남아 있는 오쿠보도 사직시키라고 구두와 서면으로 계속 요구했다.

메이지 7년 5월 23일의 건백서는 그가 늘 노래처럼 부르고 있었던 취지의 것으로 이런 조목인데, 그 끝에 이상한 대목이 있다.

'예복을 옛것으로 환원시키고, 병제(兵制)도 환원시키시오.'

'위의 건에 대해 오쿠보가 이의를 제기할 때는 그를 면직시키시오.'

오쿠보는 개화 방침을 취하는 정부의 기관차와 같은 존재인 만큼 당연히 이의를 제기할 것이다. 그것을 이유로 삼아 면직시키라는 것이다.

이어서 히사미쓰는 오쿠마 시게노부도 쫓아내라고 산조와 이와쿠라에게 요구했다.

다시 메이지 7년 5월 당시, 외무대신이었던 사쓰마 출신의 데라지마 무네노리에 대해서도 '몰아내든지 차관으로 격하시키라'고 했으나 같은 시기에 가고시마로 귀향한 사이고 다카모리에 대해서는 뜻밖에 히사미쓰의 평가가 바뀌어 이렇게 요구했다.

'쉽지는 않겠지만 그를 복직시키라.'

오쿠보보다 사이고 쪽이 보수적이어서 좋다고 생각한 모양이지만 그의 헌책들은 하나같이 빛을 보지 못했다.

시마즈 히사미쓰는 정부 안에 있으면서 정부에 대한 탄핵자로 존재하고 있었다.

메이지 8년 3월 18일에도 그는 전과 같은 내용의 문서를 산조와 이와쿠라에게 발송하여 따졌다.

'나의 의견을 채택할 것인지 그렇지 않을 것인지 문서로 확실하게 답변해 주기 바란다.'

산조와 이와쿠라는 어쩔 줄 몰라서 아무튼 시간을 좀 달라며 달랬으나 히사미쓰는 응하지 않고 다시 사람을 보내어 '5일 안에 회신이 있기를' 하고 싸움과 다름없는 태도를 취했다.

'두 분은 함께 어전(御前)에 나가 대결합시다.'

또 다시 시비를 걸어왔다.

태정관 제도에서 세 대신은 천황을 보필하는 최고기관으로 히사미쓰의 제의처럼 천황 자신에게 일을 판단하게 하는 것은 정치체제에 위배된다. 더욱이 히사미쓰의 제안이라는 것은 메이지 유신을 부정하며 조속히 과거의 봉건시대로 돌아가자는 것이니만큼 천황 한 사람이 그 응답을 해낼 수 있을 리가 없다.

산조와 이와쿠라는 부득이 천황을 배알하고 자기들의 어려운 처지를 호소했다.

그 결과, 대결은 피하고 아무튼 천황이 혼자 히사미쓰를 만나보기로 했다. 이 때, 히사미쓰를 타이를 내용을 산조와 이와쿠라가 미리 천황에게 제시해 주었다.

히사미쓰가 대궐에 나갔다.

"그대의 제안을 원로원의 회의에 부치도록 하겠소."

천황은 답변했다. 법제상 그 길밖에 없었고 구실로서도 타당한 것이었다.

단, 히사미쓰가 주장하는, 옷차림을 옛날로 환원시키라는 조항만은 원로원에 부치지 않을 것이며 무조건 안 된다고 하였다.

그러자 히사미쓰는 화가 나서 이렇게 말했다.

"복제야말로 첫째 가는 문제이옵니다. 복제가 정치의 모든 기본이 되는 것입니다. 다시 한 번 깊이 고려해 주십시오."

그리고 물러나온 뒤로 다시금 병을 핑계삼아 등청하지 않았다.

이 히사미쓰의 칩거를 무마하기 위해 5월 6일 야나기하라 사키미쓰(柳原前光)가 칙사(勅使)로 히사미쓰의 사저를 방문하여 여러 말로 부가 설명을 했다. 하지만 히사미쓰는 천황의 말을 일축해 버렸다.

"복제가 첫째 문제입니다. 이 건을 채택해 주지 않으신다면 임금의 뜻이라도 받들지 못하겠소."

다시 히사미쓰는 가고시마로 돌아가고 싶다고 알렸다. 이유는 요양이었으나 천황 이하 산조와 이와쿠라는 당황하였다. 히사미쓰가 돌아가버리면 가고시마는 마침내 반정부를 위한 강대한 화약고가 되고 말 것이리라.

이 건은 천황이 히사미쓰를 불러 직접 무마함으로써 일시적이나마 마음을 돌리게 했다.

사상가로서의 히사미쓰는 그다지 독창성은 없다.

그러나 사상가가 나오기 힘든 일본에 있어서 뜻밖에 드문 일이라고 할 만한 사상가적 체질을 그는 갖추고 있었을지도 모른다. 이를테면 그의 사상은 사상의 범위 안에서 완벽하다고 해도 좋을 논리성을 지니고 있었던 것이다.

그의 기질이 사상가로 불리기에 충분하고도 남을 자격을 갖추고 있었다는 것은, 그가 어떠한 현실을 보더라도 자기의 사상을 동요시키지 않는 일이었다. 보통 현실주의자에 있어서는 현실과 접함으로써 사상이 후퇴하고 변형되어 모순이 생기게 마련인데 히사미쓰는 아무리 자기의 사상에 어긋나는 현실과 맞닥뜨려도 조금도 흔들리지 않았다.

히사미쓰로서는 현실과 접하여 자신의 사상을 수정하는 것이 아니라, 오히려 대성질타(大聲叱咤)하여 현실을 수정하려고 했다. 이를테면 그는 자신의 사상에 있어서 하늘은 검은 빛깔이라고 믿으면 검은 빛깔이어야 한다고 주장했다. 그런데 하늘 빛은 푸르렀다가 은빛이었다가 잿빛이 되기도 하고 때로는 빨갛게도 된다.

사상가적 기질의 히사미쓰로서는 현실이야말로 잘못이고 밑바닥부터 틀렸으니 그것을 자신의 사상에 맞추어 검은색으로 고치라고 공격한다. 그리고 고치지 않는 자를 부정(不正)이라고 규정하며 구할 길 없는 악이라고 단정하고는 이윽고 그 싸움에서 지게 되면 스스로 자기 껍질 속에 들어가 숨어버렸다.

이런 종류의 이른바 선천적인 뜻에서의 사상가적 체질은 유럽이나 중국 또는 일본의 이웃나라인 한국 등에는 배출될 토양이 있을 것 같지만, 가령 기독교의 전통이 없는 일본에서는 그런 조건이 희박하다고 할 수 있으리라. 히사미쓰는 그렇게 희귀한 사람이었다.

그런데 히사미쓰의 사상적 존재에 감응하는 무리가 있었다. 전국의 많은 불평 사족들이 그 불평을 통하여 사상적으로 감응하고 있었든데, 사상보다도 현실적으로 감응하고 지지하는 무리로는 '화족'이라는 새 칭호를 받은 옛 공경, 옛 영주들이었다. 그 중에서 14명이 서명(連署)하여 산조와 이와쿠라에게 문서를 제출했다.

"시마즈 좌대신의 의견을 받아들이시오."

그들은 새 시대의 도래와 더불어 자신들의 봉건적 권위가 악화되는 것을 두려워했던 것이다.

그 문서와 이름이 남아 있다.

즉, 좌대신 시마즈 히사미쓰의 '봉건시대로 환원시키라'는 의견에 찬동하여 산조와 이와쿠라 앞으로 좌대신의 의견을 채택하라는 문서를 띄운 14명의 화족을 하나하나 살펴보면 화족이 아닌 단순히 팔자 좋은 부자도 섞여 있다.

그러나 막부 말기에 '사현후(四賢侯)'라 불리며 지사들이 크게 기대를 걸었던 인물들도 있었다.

다만 보신 전쟁의 큰 물결 속에서 그 번이 비교적 일찍 관군으로 탈바꿈을 한 것에 지나지 않고, 그런 의미에서 유신 정부는 자기들이 만든 정부라고 인식 내지는 착각을 하고 있었다. 그리하여 정부의 비리를 논란할 자격이 있다는 것이었다.

그들 중에는 옛 공경인 오하라 시게노리(大原重德), 오하라 시게사네(重實)가 있다. 시게노리는 막부 말기에 활약한 전투적 양이주의자로 에도에 내려가 막부 요인을 질타한 일도 있어 지사들로부터 존경을 받았다.

또 옛 공경인 사가 사네나루(嵯峨實愛)의 이름도 있다. 사네나루는 막부 말기의 오기마치(正親町)의 산조 씨라고 칭한 반막 경향이 강한 공경으로 오쿠보가 그를 도막의 도구로 이용한 일도 있다.

옛 돗토리(鳥取)의 번주 이케다 요시노리(地田慶德)의 이름도 있다.

요시노리는 개인으로서도 학문에 재능이 있었다. 미토(水戶)의 열공(烈公)으로 일컬어진 도쿠가와 나리아키(德川齊昭)의 아들로 미토 사상이 강하고 막부 말기에는 강한 정치 자세는 아니었을지라도 한결같이 존왕양이를 고수하였다.

공경 나카야마 다다야스(中山忠能)의 이름이 들어 있다는 사실이 산조와 이와쿠라에게는 뼈아프게 느껴졌을 것이다. 다다야스는 막부 말기의 완고한 양이주의자로 더욱이 메이지 천황 생모의 아버지였는데, 막부 말기에는 천황이 소년의 몸으로 즉위하자 그 보좌역을 맡았기 때문에 당시 이와쿠라와 오쿠보가 도막을 위한 소칙(詔勅) 공작을 할 때 나카야마 다다야스가 중간에 나섰다. 다다야스로서는 막부를 쓰러뜨린 결과로 생긴 개화적인 태정관 정권에 도리어 속아 넘어갔다는 느낌이 강했으리라.

또한 옛 우와지마(宇和島) 번주 다테 무네나리(伊達宗城)와 옛 후쿠이(福井) 번주 마쓰다이라 요시나가(松平慶永)는 막부 말기에 현명한 영주로 일컬어진 개화적 인물이었다.

다테 무네나리나 마쓰다이라 요시나가조차 시마즈 히사미쓰에게 가담했다는 것은, 화족들 사이에서 자기의 봉건적 권위와 이익을 새 정부에 의해 탈취당했다는 실감이 꽤나 강했다는 증거라고 할 수 있다.

가을이 되었다.

히사미쓰는 사쿠라다에 있는 관사 저택에서 살지 않고 쭉 하마마치에서 살고 있었다. 저택 옆을 흐르는 스미다 강(隅田川)에 가을빛이 짙어지자 이런 시를 읊었다.

'외로운 나그네 스미다 강을 떠나지 못하네. 가을 하늘이 높고 밤이슬은 화폭을 적시도다……'

시의 풍경에 울적한 정이 깃드는 것을 막을 길이 없었다.

이 해 10월, 히사미쓰는 마침내 태정대신 산조 사네토미를 탄핵하는 상소문을 쓰기로 결심했다.

산조는 정치가로서 갖추어야 할 결단력도 없었고 정치적 포부도 엉성했으며 실무자로서의 재능도 거의 없었다.

그러나 그는 막부 말기의 풍운기에 조슈계 과격파 공경의 우두머리로 끝까지 남아 있었다. 그러다가 조정과 막부의 미움을 받아 규슈(九州)의 다자이후(太宰府)에 구금되었을 정도였지만 절개를 굽힌 일은 한 번도 없다.

유신 뒤, 여러 세력의 상징적 조정자로서 그가 정권의 상좌에 앉게 된 것은 그와 같은 경력 때문이기도 하고 또 공경의 명사로서 사람들의 존경을 받은 사정도 있었을 것이다.

사실 산조가 무능하기는 하지만 사쓰마와 조슈의 양대 세력은 그를 모셔다가 정점에 두지 않으면 서로 싸울지도 모른다는 위험성을 느끼고 있었다. 산조라는 존재가 그러한 정치적 효능을 가지고 있는 이상 아무도 그를 공공연하게 공격할 수 없었다.

하지만 히사미쓰는 감히 그것을 해냈다. 더욱이 천황 앞에 직접 상소하는 형식을 취했다.

'좌대신 종2품 시마즈 히사미쓰, 황공하오나 삼가 아뢰옵니다. 모름지기 정치의 요체는 묘의(廟議)가 하나로 합쳐 만백성을 편안히 다스리는 데 있사옵니다.'

이런 문장으로 시작하여 갑자기 극단적인 언사를 써서 더없는 악질 정치가인 것처럼 매도했다.

'하오나 태정대신 산조 사네토미는 백관을 통솔하는 능력이 부족하고 사무를 행함에 있어 너무 졸속적이거나 느리고, 정실에 집착하여 애증(愛憎)을 나타내며 불신을 나라 안에 퍼뜨리고, 세금을 가혹히 징수하여 인심은 의심과 원망을 품게 되었으니 이미 무너질 징조가 일고 있습니다.'

예부터 재상으로서 동료 각료로부터 이처럼, 그것도 상소문에서 매도된 사람도 없었을 것이다.

상소문은 길었다. 이를테면 산조가 태정대신 자리에 있는 한 '황국은 예기치 못한 화를 입고' '황운(皇運)'을 만회할 길이 없음'에도 불구하고 산조는 조금도 반성하는 빛이 없이 더욱 '외국의 콧김'을 쐬려고 전전긍긍하니 어찌할 도리가 없으므로 조속히 파직시키라고 히사미쓰는 말했다. 만약 산조를 파직시키지 않으면 '황국이 마침내 서양 각국의 노예가 됨은 불을 보듯 뻔한 일이다'고 말했다.

히사미쓰의 상소문은 산조를 탄핵하면서 그 같은 사람을 태정대신으로 두어서는 나라가 망한다, 빨리 몰아내라고 천황을 협박하는 것 같았다.

한 나라의 재상을 동료인 각료가 이토록 극단적으로 매도한 예는 되풀이하여 말하지만 그리 흔치 않을 것이다.

그것을 상소문으로 낸 것은 히사미쓰의 과격한 개성이라고 할 수도 있겠으나 사쓰마인 다운 자신감이라고도 할 수 있다.

천황을 당당한 명문으로 협박한 히사미쓰의 상주(上奏)의 배후에는 자기번이 천황과 태정관 정권을 만들어냈다고 하는 든든한 자신감이 있었기 때문이다. 나아가서는 지금도 가고시마 현에는 태정관 정부를 언제든지 뒤엎어 버릴 만한 무력이 존속하고 있었다. 그와 같은 자신감도 바닥에 깔려 있었다.

히사미쓰의 성품으로는 '맘에 안 들면 무슨 짓을 저지를지 모른다'는 식의 품위 없는 협박은 하지 못했을 것이다. 히사미쓰는 어디까지나 자신의 사상과 언론을 믿고 있었고 이 상소문을 통해 천황의 반성을 촉구하려고 했다.

천황은 몹시 놀라 상소문을 산조에게 건네주었다. 산조는 이와쿠라와 같이 읽고 다시 그 사본을 오쿠보와 기도 등에게도 넘겨주었다.

기도 다카요시의 일기에 의하면 '참의들은 모두 경악했다'고 씌어 있으나 상소문을 읽은 감상으로는 모두 다음과 같은 뜻의 말을 씁쓰레한 투로 적어 놓았다.

'말의 뜻이 막연할 뿐더러 열거하고 있는 일도 사실과는 달라 읽기가 심히 거북했다.'

당연히 이와쿠라와 오쿠보는 회동(會同)하여 천황이 히사미쓰에게 대답할 내용을 협의했다.

이윽고 22일, 천황은 히사미쓰를 불러 구두로 이와 같이 짧게 말하고 히사미쓰의 상소문을 그대로 히사미쓰에게 돌려 주었다.

"산조 사네토미는 유신 이래 공로가 있는 사람이오. 따라서 경이 진언한 바를 채택하기 어렵소."

히사미쓰는 대뜸 사직할 뜻을 아뢰자 천황이 그것을 만류했으나 히사미쓰는 듣지 않고 얼굴에 노기를 띠고 물러 나왔다.

이 히사미쓰의 상소문을 각하했다는 것은 사쓰마 세력에게는 중대한 일이었다. 한 번은 사이고의 정한론이 각하되고 두 번째로 히사미쓰의 상소문이 각하되었다. 두 번이나 각하되었다는 것은 모두 오쿠보의 짓이라는 인상을 사쓰마 세력에게 주었는데, 이것은 당연한 일이었고 또 사실이 그렇기도 했다.

조금 평론식으로 말해 볼까 한다.

시마즈 히사미쓰가 산조 태정대신을 지목하여 통렬한 탄핵 상소문을 내기는 했으나 물론 히사미쓰도 산조가 탄핵할 가치가 있을 만큼 유능한 정치가라고는 생각하지 않았다.

산조가 태정관 정부의 장식물에 지나지 않는다는 것은 히사미쓰도 잘 알고 있었다.

산조는 이를테면 꼭두각시 인형처럼 입이나 손발이 움직이고 있을 뿐인 존재로 그를 조종하고 있는 것은 우대신 이와쿠라 도모미였다. 그는 다분히 정치를 혼자 연출할 능력을 가진 인물이었으나 그가 막부 말기에 사쓰마 번과 관계를 맺은 뒤부터 자기 자신의 판단으로 사물을 처리하는 일을 되도록 피하고 오쿠보가 자기를 조종하는 대로 움직이는 습관을 길러 왔다.

"나와 오쿠보와 주고 받은 이야기의 내용은 도저히 남에게 털어놓을 것이
못 된다."

이와쿠라는 오쿠보와의 유대가 견고하다는 것을 이야기하기 위해 만년에
이와 같은 말을 흘린 적이 있었는데, 이 두 사람의 권모가 밀실에서 어떤
말을 주고 받았는지는 확실히 수수께끼였다. 그 아리송함이 이와쿠라라고
하는 정치가의 인상을 어둡게 만들어 주었고, 따라서 그 어두운 그늘이 온갖
의혹을 사람들에게 안겨 주었다. 막부 말기에 별안간 병사한 고메이 천황의
사인은 독살이 아니었을까, 만약 독살이라면 하수인은 이와쿠라가 아니었을
까, 하는 상당히 야릇한 의혹이 이 시기부터 일어나 지금도 사라지지 않고
있다.

막부 말기에 고메이 천황의 죽음을 전후하여 '도저히 남에게 말하지 못할
성질'의 비밀모의의 상대가 된 것은 오쿠보였고, 오쿠보는 공경 이와쿠라를
조종함으로써 막부 말기 유신을 꾀하던 시기에 시세를 뒤바꾸는 축(軸)이
되어 있었던 황실(皇室)을 조종했다.

즉, 친막파인 고메이 천황이 급사하고 소년 천황이 도막파로서 별안간 등
장했다는 사실은 고메이 천황의 죽음이 자연사였다 할지라도 지극히 갑작스
런 일이다. 이 돌연성을 만들어낸 작가와 연기자는 이와쿠라와 그 배후의 검
은 그림자처럼 웅크리고 있었던 오쿠보밖에 없다.

요컨대 히사미쓰는 탄핵 상대로 산조의 이름을 쳐들면서 실제로는 그 화
살로 이와쿠라 우대신과 오쿠보 참의를 쏘아 죽이려고 했다. 이러한 참뜻은
내각 안의 누구나 알고 있었다.

실은 히사미쓰의 탄핵 상소보다 이레 전인 10월 12일, 내각에서의 유일한
민권파 대표인 이타가키 다이스케도 산조를 탄핵하는 상소문을 올렸었다.

시마즈 히사미쓰보다 1주일 먼저 산조를 탄핵 상소한 이타가키 다이스케
의 경우는 히사미쓰만큼 사람들을 놀라게 하지는 못했다.

그것으로도 이타가키의 정치적 지위를 알 수 있다.

"민권주의자인 척하는 이타가키?"

이 정도의 반응에 그쳤다.

이타가키는 전국에서 팽배하게 일어나고 있는 자유 민권열기의 대표로 간

주되고 있었으나 수령이라고 할 정도는 아니었다.

이타가키의 정치가적 자질은 큰 세력을 휘어잡은 우두머리라기보다는 너무나 백면서생(白面書生)다운, 다소는 군인 냄새를 풍기는 그런 면모를 지니고 있다. 더욱이 사쓰마·조슈·도사·사가 중의 옛 도사 번을 이끈 사람으로 되어 있었으나 도사의 기풍으로서 1인 1당의 기풍이 세어 대동단결하여 한 사람의 수령의 명령에 순종하는 법이 없었기 때문에 세력이라고 할 수도 없었다. 사쓰마의 사이고와 같이 이타가키의 명령 아래 1만의 도사 남자들이 사지(死地)에 뛰어 들었다면 이타가키 또한 남이 우러러보는 존재가 되었으리라.

한데 그렇지가 않았다.

그의 탄핵 상소는 정치적으로는 거의 묵살된 것이나 다름 없었다.

이타가키의 탄핵상소는 10월 12일에 이루어졌다. 무슨 일이나 열심히 적어 두는 오쿠보 도시미치의 일기에는 그날도, 그 이튿날도, 또 어느 날의 글을 보아도 한 자도 기록되어 있지 않다. 오쿠보가 대수롭지 않게 생각했다는 것은 그의 일기로도 알 수 있다.

이타가키는 사이고와 더불어 하야하였으면서도 봄에 오사카 회의 끝에 입각했다.

오쿠보는 조슈의 기도가 은퇴한 것을 두려워하여 오사카 회의에서 전력을 기울여 기도를 끌어내는 작전을 편 끝에 마침내 성공하였고, 기도는 3월 8일부로 참의로 재입각했다. 그때 기도는 입각 조건으로 "이타가키도" 하고 오쿠보에게 청했다.

오쿠보는 조금의 망설임도 없이 승낙했다. 오쿠보로서는 이타가키가 들어오건 말건 머리 위에 올라앉은 파리 정도로도 생각지 않았던 모양이다.

이타가키가 10월에 사직을 각오하고 탄핵 상소를 올렸는데 오쿠보로서는 이 또한 마찬가지로 아무런 감흥도 느끼지 않았다.

도사계가 그만큼 세력을 잃었다는 뜻이며 나아가 이타가키 개인에 대한 평가도 오쿠보에게는 지극히 가벼운 것이었다. 오쿠보가 보는 바, 이타가키 혼자서는 일을 이루지 못하고 지난번에는 사이고를 따라 하야했고 이어서 기도의 옷자락을 붙잡고 재입각했으며, 이번에는 히사미쓰와 한통속이 되어 산조를 공격했다.

오쿠보는 개인적인 기호로 보아서도 이타가키와 같은 타입을 싫어했다.

산조 태정대신에 대한 탄핵 상소를 올린 것은 시마즈 히사미쓰와 이타가키 다이스케뿐만이 아니었다.

황족(皇族)인 아리스가와노미야 다루히토(有栖川官熾仁)도 했다.

날짜대로 하면 10월 12일에 이타가키, 10월 19일에 시마즈, 10월 21일에 아리스가와노미야가 했다. 황족의 정치세력은 미약했지만, 아리스가와노미야에 한해서는 시대의 명사로서 발언권이 없지도 않았다.

그는 보신 전쟁 때, 동정(東征) 대총독이 되어 도카이도(東海道)로 내려가 에도를 함락시켰다. 그때 대참모 사이고 다카모리가 실질상의 총사령관이었지만, 어떻든 형태는 아리스가와노미야가 대총독이었다.

이 점, 시마즈 히사미쓰와 마찬가지로 혁명 전쟁의 공로자로서 그 전쟁 결과로 탄생한 혁명 정권에 대하여 말발을 세울 자격이 있다고 하여도 무관하다.

나아가 그에겐 황족을 대표할 만한 자격도 있었다. 이미 옛 공경, 옛 영주 등의 화족계급 유지들이 시마즈 히사미쓰를 지지한다는 연서(連署)를 제출하였다. 아리스가와노미야마저 상소문을 내면 유신 뒤 허울 좋게 귀족의 자리에 모셔 올려진 황족, 공경, 영주들은 단결하여 산조, 이와쿠라, 오쿠보의 정권에 반대한다는 인상을 주게 된다.

산조, 이와쿠라, 오쿠보라고 하지만 실제로 권력을 가진 자는 오쿠보 하나라고 해도 좋다.

귀족 대표인 아리스가와노미야, 보수파 대표인 시마즈 히사미쓰, 또 재야 민권주의자의 대표인 이타가키 셋 모두 극단적인 형태로 오쿠보를 기피하고 있었던 것이다.

고립무원(孤立無援)이라고도 할 수 있다.

그런데 오쿠보의 일기를 보면 고립된 비장감 같은 것은 전혀 없었다. 그는 정확하게 대목대목을 찔러 이 세 개의 상소문을 모두 정치적으로 무효화시켜 버렸다. 천황이 그것을 채택하지 못하도록 만든 것이다.

일본의 각층이 산조와 이와쿠라 그리고 오쿠보를 싫어했으므로 재야 신문인들의 눈으로 볼 때는 당장 쓰러질 것만 같았다.

스스로 사이고의 정보 수집원을 자처한 평론 신문사 주간 에비하라가 기뻐 날뛴 것은 이 시기였다.

오쿠보 도시미치는 분명히 고립무원이었을 것이다.

평론 신문사의 에비하라 등이 가고시마 현에 편지를 계속 띄운 것도 무리가 아니었다.

'당장 내일이라도 오쿠보는 쓰러진다.'

에비하라식으로 말하면, 오쿠보와 그의 정권은 새로운 세제(稅制)나 징병령으로 국민의 원성을 사고 있었고 또한 봉건제를 차례로 없앤 일로 인해 옛 지배계급에 몰매를 맞게 되어 있었다. 이러한 정권은 조그만 바람에도 넘어가는 좀먹은 나무처럼 쓰러지지 않을 리가 없었다.

그러나 오쿠보 자신은 그의 일기로 보나 서한으로 보나 자신들의 정권이 여론 때문에 쓰러진다는 위기감은 전혀 갖고 있지 않았다.

그는 말하자면 고립된 성채 안에 들어앉아 있는 사람이었는데 그 고립된 성채가 바로 관(官)이었다. 귀족이나 국민이 아래 위에서 아무리 자기를 짓밟으려고 해도 관이라는 요새가 있는 한, 태정관 정권은 끄떡도 없는 것이라고 믿고 있었다.

그 관을 사쓰마 인의 대부분은 지지하지 않지만 조슈 인의 9할 9푼은 지지하고 있었다.

이 시대에는 관이라는 요새 안에 영화와 명예와 금전과 권력이 가득 들어 있었다. 그것들은 모두 관이 독점하고 있었다. 관을 위해 일한다는 것은, 많고 적고를 불문하고 손에 넣는 일이기 때문에, 조슈 인은 관을 지키며 관의 기능을 유연하게 하고 나아가 조슈계의 젊은 후진을 관에 수용하는 일에 혈안이 되어 있었다.

사쓰마에서는 사이고가 내각에 있었을 무렵 그를 '고구마 덩굴'이라고 불렀다. 사쓰마 인이 대량으로 관에 들어가 다시 고구마 덩굴처럼 향당 후진을 관에 끌어들이는 풍조가 만연하여 비(非) 사쓰마 인들의 분노를 샀다. 오쿠보 또한 사쓰마 파벌의 대표로 태정관이 된 사람이지만, 오히려 자기는 관의 총수라는 자의식을 갖고 번벌(藩閥)에 구애됨이 없이 인재를 등용했다. 이 점도 그가 사쓰마 인에게 미움을 받게 된 원인이라 할 수 있으리라. 사실 기도 다카요시는 사이고 시대에 사쓰마 인이 관을 독점할 기세라는 피해 의식을 가지고 이에 대항하여 조슈 파벌의 인사 권익을 지키고자 하였다.

어쨌든 오쿠보가 일본국 상하의 여론에 동요하지 않았던 것은 관의 위력을 믿었기 때문이었다. 또한 관에 정통성을 부여하기 위해 천황을 붙잡아 두어야 한다는 것을 이 험난한 사태 속에서 잠시도 잊지 않고 있었다.

봉건부활의 사자

그해 10월 22일, 좌대신 시마즈 히사미쓰는 사표를 제출했다.

같은 날, 참의 이타가키 다이스케도 사표를 제출했다. 이타가키와 행동을 같이 하던 도사 출신 고노 도가마(河野敏鎌)도 사표를 던졌다.

'이타가키 다이스케, 고노 도가마 등은 민권주의자이면서 봉건주의자와 합세했다.'

기도 다카요시가 이튿날 일기에 쓴 내용이다. 민권주의자와 봉건주의자가 손을 잡았다고 하는 기도의 표현에는 노여움이 깃들어 있다. 민권이니 봉건이니 하는 것 모두 단순히 불평불만의 한 표현에 지나지 않는 것이 아닌가, 하는 것이 기도의 중용주의(中庸主義)의 입장에서 본 노여움인 것 같다.

기도의 일기에 씌어 있는 고노 도가마는 막부 말기에 다케치 한페이타(武市半平太)가 조직한 도사 근왕당의 일원이었다.

분큐(文久) 2년(1862), 번론(藩論)이 친막(親幕)으로 급선회했을 때 하옥되어 6년간 옥살이를 했다. 유신과 함께 석방되어 오사카에 나와 고토 쇼지로(後藤象二郎)에게 의지했다. 고토는 유신 초기에 오사카 부지사 직을 맡고 있었다.

이때 고토는 도쿄에 나가고 싶으면 에토 신페이를 의탁하는 것이 좋다고 하며 소개장을 써 주었다. 에토는 사가 번 출신으로 그의 뛰어난 재주는 도쿄의 사쓰마·조슈·도사, 세 번 출신의 정부 관료들을 압도했다.

고노는 에토의 식객이 되어 허송세월을 보내다가 에토의 추천으로 메이지 2년, 대조국(待詔局 : 민원국)이라는 관청에 봉직하게 되었다. 고노는 뒤에 메이지 15년 오쿠마(大隈) 내각의 부총리가 되는데, 메이지 21년 이후 각 성(省)의 대신을 두루 역임하게 되는 그의 반생의 첫 관계 진출이었다.

고노는 만성적인 불평가였으나 동시에 영달을 위한 미끼에는 약한 성격을 가지고 있었다고 할 수 있다.

메이지 7년, 에토 신페이가 사가의 난에 실패하여 법의 심판을 받게 되었을 때 오쿠보는 현지에 직접 가서 총지휘를 했다. 오쿠보는 뒤에 북경(北京)에 갔을 때도 개전(開戰) 결정권까지 포함한 전권을 요구하여 그 뜻을 이루었던 것처럼 사가 때도 전투의 최고 지휘권에서 평정 뒤의 사법권까지 요구하여 그 임무를 맡고 갔다.

사법권을 맡았다는 것은 오쿠보가 전 참의 에토 신페이를 죽일 심산이었기 때문이다. 죽일 뿐 아니라 목을 베어 높은 곳에 매달 작정이었다. 오쿠보는 사가의 난을 통한 재판에서 사쓰마의 불평 사족들에게 본보기를 보여 줄 심산이었다.

다만 그 정도 혹독한 짓을 해낼 만한 재판관의 인선(人選)이 적잖이 힘들었는데 오쿠보는 도사계의 고노 도가마를 지목하고 그에게 맡기기로 했다. 고노는 오쿠보의 지시를 기꺼이 받아들여 그 의도대로 준엄하게 에토를 재판했다. 에토가 임시 법정에서 고노의 배은망덕함을 면전에서 매도한 것도 당연한 일이었다. 에토의 처형에 대해 비판적이었던 기도 다카요시 등도 고노를 미워했다.

그랬던 고노가 이 사표 사태 때는 원로원 의관(議官)의 직책에 있었고 민권주의자 되어 있었다.

기도는 고노 도가마 같은 민권주의자를 미워하고 있었다.

기도의 심중을 노골적으로 말하면 이렇다.

"고노는 본디 에토 신페이의 식객이었고 에토의 추천으로 관계에 들어왔는데도 에토가 체포되자 오쿠보에 의해 법관이 되어 그 뜻을 받아 준엄하게 재판한 뒤 에토의 목을 베고 게다가 높은 곳에 매다는, 옛 막부의 역모인을 다루는 극형에 처했다. 그 이후, 오쿠보의 권력의 하수인으로 계속 있었으면 모르되 동향 출신 이타가키가 민권을 주장하자 늦을세라 거기 달라 붙었는데, 이번에는 봉건주의자인 시마즈 히사미쓰의 사직과 더불어 이타가키도 사직을 하자 자신도 이타가키와 같은 노래를 부르듯이 사직 어쩌고 하면서 떠들고 있다. 대체 고노 도가마란 어떤 놈인가?"

기도의 감정은 시마즈와 이타가키 그리고 고노 도가마가 사표를 제출한 다음 날 기도의 일기에 잘 나타나 있다.

기도는 정한당(征韓黨), 봉건당(封建黨), 그리고 민권당에 대해서는, 사실 모조리 쓸데없는 불평가들이라고 말했다. 기도의 글에서는 이렇게 되어 있다.

'그들의 성질이야 빙탄(氷炭)의 차이는 있겠지만 그들이 합세한다는 것은 (3당이 합류할 기색이 있는 것을 가리킨다) 오로지 불평에서 나왔다.'

또 이런 표현이 있다.

'중인(中人) 이상의 무리들은……'

'중인'이란 중간 계급의 관리라는 의미인 듯하다. 즉, 중 이상의 관직에 있는 자라고 하면 기도의 머리에는 일기의 전후관계로 미루어보아 고노 도가마를 떠올리고 있는 것 같다. 기도의 문장에서는 이 주어에 이어 다음과 같이 말을 이었다.

'……그 지설(持說)을 반 년간 유지하는 자가 아주 드물다.'

고노 도가마가 좋은 예다. 이 시대에 이를테면 독재적 국권주의라고 할 수 있는 오쿠보 도시미치가 지난 사가의 난 때 고노를 택하여 앞잡이로 만들었다. 고노는 다소곳이 받아들여 에토 신페이를 재판하는 법관이 되었다. 고노가 다분히 민권 지향적인 에토 신페이의 목을 치고 다시 이를 효수한 것은 지난 해의 일이다.

바로 그 고노가 금년에는 벌써 민권주의자가 되어 이타가키와 함께 사표를 낸 것이다. 지난 날 기도는 에토의 참형에 대하여 오쿠보를 증오했던 만큼 고노에게도 특별한 감정이 있었다.

'불평불만 때문에 조석으로 변절하니 그 품위가 실로 비열하다. 이 나라의 장래를 생각할 때 참으로 개탄을 금치 못한다.'

사직한 뒤 시마즈 히사미쓰는 하마마치 저택에서 소일했다.

'권력에서 물러나니 병이 갑자기 나아 하늘의 구름이 걷힌 듯하다.'

이런 야유조의 편지를 써서 이와쿠라 우대신의 저택에 보낸 것은 사직에 대한 히사미쓰의 공식적 감상이라고 해도 좋겠다.

'정부에서도 나와 같은 완고한 훼방자가 없어졌으니 이제는 영민한 공경님들께서 크게 힘을 합하여 문명개화의 훌륭한 정치를 하실 것으로 생각되어 소생도 즐겁기 그지없는 바이오.'

편지에 이렇게 비꼰 것은 시세와 정부 수뇌에 대한 히사미쓰의 분노의 표시라고 할 수 있으리라.

그러나 일단 포부를 안고 좌대신으로 취임했다가 그것을 내놓고 물러난 히사미쓰의 마음은 사직을 함으로써 가라앉은 것이 아니었다. 화가 치밀어 올라 어떤 형태로든 정치행동을 일으키지 않고서는 견디기 어려울 것 같은 심정이었다.

'가장 간악한 것은 오쿠보 도시미치'

이 견해는 히사미쓰와 그 측근의 일치된 생각이었다.

히사미쓰는 태정대신인 공경 산조 사네토미를 먼저 탄핵했다. 그러나 공경인 산조나 이와쿠라에게 아무런 포부와 신념이 있을 까닭이 없었고, 도시미치가 그들을 조종하고 있다는 것은 너무나 잘 알고 있었다.

그런데 도시미치는 산조나 이와쿠라, 또는 천황의 그늘로만 돌면서 히사미쓰의 화살 앞에 나타나지 않았기 때문에 그를 쏘아 넘어뜨릴 수가 없었다.

이보다 앞서 히사미쓰는 참의 오쿠마 시게노부도 탄핵했다. 이 경우 오쿠마가 도시미치의 부하이기 때문에 먼저 주구(走拘)에게 화살을 겨누어 쓰러뜨리려 했던 것인데, 이때도 도시미치는 정면에 나서지 않고 그러면서도 화살을 맞은 오쿠마를 뒤에서 교묘하게 매만져 끝내 파직을 면하게 해 주고 결국 히사미쓰의 탄핵을 패배시켰다. 이를테면 옛 주군에게 창피를 안겨 준 것이다. 이런 저런 일로 도시미치를 향한 히사미쓰의 분노는 쌓이고만 있었다.

'좌대신(히사미쓰) 당(黨)'

이렇게 은근히 사쓰마 인들이 부르고 있는 히사미쓰의 측근으로는 집사 나라하라 시게루(奈良原繁), 가에다 노부요시(海江田信義) 등이 있었다. 이들도 입을 모아 히사미쓰에게 도시미치의 흉을 일러바친 흔적이 있다.

이 시기의 오쿠보는 사쓰마 인의 양대 당파인 히사미쓰 당과 사이고 당으로부터 지독한 미움을 받고 있었다. 요컨대 오쿠보는 사쓰마 세력이라고 하는 도당의 힘을 빌려 어엿한 단독 정치가로 존재하고 있었다.

도시미치에게 쏠린 사쓰마 인의 증오는 솔직히 말해서 그가 단독으로 존재하고 있다는 사실에 있지 않았을까.

시마즈 히사미쓰의 측근에 관해 언급해 두고자 한다.

막부 말기에는 호리 지로(堀次郎)가 있었다. 호리는 국학 소양이 깊어 히사미쓰가 그를 깊이 신뢰하였다. 막부 말기의 한 시기에는 다른 번에 대한 사쓰마 번의 대표격으로서 막대한 세력을 지녔다. 물론 배후에 히사미쓰가 존재했기 때문이지만 호리의 자질에도 그 원인이 있었다.

그러한 호리 지로가 유신 뒤, 사쓰마 번이 천하를 휘어잡았음에도 불구하고 도쿄 정계에는 그의 존재가 전혀 나타나지 않았다.

유신 뒤, 그는 이지치 사다카(伊地知貞馨)로 이름을 바꿨다. 화폐국에 근무하기도 하고 류큐(琉球 : 오키나와)에 있기도 하였으나 뒤에 수사(修史) 편찬에 참여하며 이 직에 가장 오래 있었다. 어쨌든 막부 말기의 번 외교에서 그만큼 다른 번에 이름을 떨쳤으면서도 유신 뒤에 위와 같은 관직에 머문 사쓰마 인도 드물다.

사이고의 미움을 샀기 때문이다. 그것도 극단적인 증오였다. 사이고의 미움을 받으면서도 막부 말기에서는 히사미쓰의 도움으로 게이오 2년(1866)부터 유신까지 교토에서 번을 대표하여 뛸 수 있었으나, 유신 뒤는 관에 등용되는 인사를 주로 사이고가 쥐고 있었기 때문에 호리는 빛을 보지 못하게 되었다. 이로써 유신 뒤에는 히사미쓰의 위엄이 쇠퇴하고 사이고의 명성이 압도적이었다는 것을 호리 지로의 인사를 보아서도 증명된다고 할 수 있겠다.

막부 말기의 한 시기에 조슈 번 상층부의 번론(藩論)이 나가이 우타(長井雅樂)에 의하여 요구된 일이 있었다. 나가이 우타는 국내 정세를 단번에 종합하는 국책안으로 유명한 '항해원략책(航海遠略策)'을 세우고 그것으로 막부와 교토의 공경단(公卿團) 양쪽을 조화시키려고 했다. 기본적으로는 친막파이기는 하나 나가이의 '항해원략'은 역사적인 명론(名論)이라고 하여도 좋으리라. 그러나 혁명을 일으키는 측에서 보면 막부까지 그 궁핍에서 구출해 낸다는 안은 명론이면 명론일수록 처치곤란한 일이다.

사이고는 이것에 반대했다. 이유는 조슈에 명예와 이권을 안겨 준다는 것도 사이고의 사쓰마를 아끼는 감정에서는 달갑지 않았으리라.

그런데 호리가 까닭도 없이 나가이의 설에 심취해 버리고 말았다. 아니 그 것보다 친막적인 히사미쓰가 나가이의 설을 반긴 흔적이 있다.

분큐 3년(1863) 3월, 후시미의 사쓰마 번저에서 사이고는 호리와 만나 숱 한 사람 앞에서 면박을 주었을 뿐만 아니라 옆의 무라타 신파치(村田新八) 등을 돌아보며 이런 말까지 했다.

"여기서 분명하게 말해 두겠네. 앞으로 만약 호리가 나가이와 동조할 때는 그대들이 호리를 베어 버리게."

이리하여 호리는 사이고를 원망하고 히사미쓰에 호소했다. 결국 사이고는 히사미쓰 때문에 재차 귀양을 가게 되었다. 유신 뒤 사이고는 당연히 호리에 대해 너그럽지 못했다.

호리는 유신 후, 히사미쓰의 측근에서 떠나기는 했으나 몰래 찾아가는 관 계를 지속하고 있었다. 히사미쓰 당의 한 사람이었다고 할 수 있겠다.

이 시기에 히사미쓰와 가장 밀접했던 사람은 마땅히 집사인 가에다 노부 요시와 나라하라 시게루였다.

두 사람의 성격에는 공통점이 있었다. 젊은 시절의 이력을 보면 우선 일에 임하여 용맹하고, 나라하라는 이른바 '나마무기(生麥) 사건'에서 히사미쓰의 행렬 앞을 가로지른 외국인을 베고 분큐 2년의 데라다야(寺田屋) 사건 때는 히사미쓰의 명령을 받고 같은 번의 과격지사를 베었다. 주군의 명이라면 무 엇이든 해치웠다 하여도 좋을 이력인데 히사미쓰에 대한 충성이 열렬했다기 보다는 성격의 심층부에 있는 어두운 면과 결부되어 있는 듯한 인상이 있다.

이 밖에 구신(舊臣)인 우치다 마사카제(內田正風)라는 자가 히사미쓰의 측근에 있었다.

우치다 마사카제도 가에다, 나라하라 이후 시즈마 가문의 집사가 된다.

집사라고 하면, 이 시기의 시마즈 가문에 있어서는 태정관 정부와 시마즈 가문 사이에 공사(公私)의 구별이 별로 없었으므로, 위의 세 사람을 모두 정부 관직에 있던 것을 집사로 불러들였으며 또 그 뒤 집사직을 다른 사람에 게 넘겨주고 다시 관도(官途)로 나가게 된다. 이런 형편으로 보아 이 시기 의 일부 사쓰마 인의 의식으로는 태정관이란 시마즈 가문의 정원에 있는 정 자 정도로 생각하지 않았나 하는 점이 있다. 우치다 마사카제도 막부 말기에 는 동분서주하였다.

그러나 그것은 자주적으로 자기의 사상과 정열로 그 길을 택했다기보다는 히사미쓰 측근의 유능한 관료로서의 활약이라고 볼 수 있는 것이고 그런 점에서 사이고나 사이고파 사람들과 약간 빛깔을 달리하고 있다.

　사쓰마 번사 아리마 도다(有馬藤太)의 회고담을 속기한 '유신사의 편린(片鱗)'에 의하면 메이지 4년(1871) 8월 사이고가 우치다 마사카제를 불러 명령조로 말했다.

　"가나자와 현 대참사로 가게."

　우치다 마사카제는 사이고라는 존재를 자기와 동격이거나 그 이하라고는 생각했어도 그 이상이라고 생각한 적은 없었던 모양으로 사이고의 명령조에 분개하여 그 자리에서 거절했다. 거절했을 때의 말투를 아리마가 흉내내어 다음과 같이 말했다.

　"뭐라고? 그거 참, 아니 뭣이라고? 나는 거절하겠네."

　그 뒤 설득하러 온 아리마 도다에게 그는 이렇게 대꾸했다.

　"정말 사람을 어떻게 보고 하는 소리야. 사이고란 작자는 참 어이가 없군. 나를 명령으로 움직이려 하다니 원, 이건 배알이 꼴려서."

　우치다 마사카제의 언동으로 미루어 보더라도 옛 번의 질서감각을 지닌 자가 볼 때 사이고란 이 정도의 대접밖에 못 받는 존재이기도 했던 모양이다.

　그러나 결국 우치다 마사카제는 가나자와 현의 현정(縣政) 책임자로 부임하여 상당한 치적을 올린 뒤 이 시기에는 도쿄에 돌아와 있었다.

　사직 후, 히사미쓰는 자신이 취할 방도를 생각하고 있었다.
　이 사직에 따른 그의 시가 있다.

數歲罹痾臥舊園
豈圖召命下衡門
承恩朝上三台貴
議政日交八座尊
聒聒群言遂難破
亭亭孤立奈無援
一封奏上雖辭職
平昔何忘報國魂

요약하면

'몇 년이나 병으로 고향 집에 드러누워 있었는데 뜻밖에도 이 은신처에 대명이 내리게 되었으니. 존귀한 대신의 자리에 올라 날마다 정치를 논의하였다. 그러나 악마굴이 끓듯 하는 여러 소리를 끝내 깨뜨리기가 어려웠다. 의지할 데 없는 고립 상태에서 도와주는 이도 없으니 어찌 할 바를 모르겠다. 따라서 내 생각을 글로 써서 상주하고 직에서 물러났으나 나라에 이바지하려는 넋은 결코 잊을 수 없다.'

대강 이런 것이다. 히사미쓰는 그야말로 고집스러운 영주의 늠름한 풍모와 세상을 개탄하는 울분을 가진, 그리고 시구(詩句)에도 능한 사람인 줄 알았는데 이 심정을 토로한 시를 보니 시인으로서 정신의 예리한 굴절이 상당히 부족한 듯이 생각된다. 필경은 자타의 인생에 통렬한 책임을 느끼는 일이 적은 영주에 불과하지 않았나, 하고 생각되기도 한다.

'앞으로 어떻게 할 것인가?'

히사미쓰 자신도 거기에 대해 생각했으나 나라하라나 가에다 등의 집사들에게도 생각하게 했다.

어떻게 할 것인가 하고 생각은 했지만 그렇다고 히사미쓰 자신이 골똘하게 생각하는 면은 본디 없었다.

나라하라도 가에다도 그런 점에서 히사미쓰에게 부담이 안 되는 방법을 모색하고 있었다.

지향하는 바는 오쿠보를 쓰러뜨리는 일이었다.

히사미쓰에게는 그가 한낱 옛 가신에 지나지 않았으나 오쿠보는 조신(朝臣)이라는 위치를 최대한으로 이용하여 히사미쓰가 쏘아대는 화살을 보기 좋게 피했다. 옛 주인 히사미쓰의 힘으로도 오쿠보를 쓰러뜨리지 못했으니 이제는 오쿠보가 어려워하고 또 무서워하고 있는 오직 하나의 인물을 기용하여 그를 사주할 수밖에 없지 않겠는가.

사이고 다카모리를 기용하는 일이었다.

사이고를 가고시마에서 불러 올려 히사미쓰와 교체하듯이 입각시켜, 산조와 이와쿠라의 나약함을 밟아 버리고 오쿠보를 몰아내게 하여 히사미쓰의 사상을 정치에 반영시키는 일이었다.

원래 히사미쓰는 사이고를 몹시 미워했다. 히사미쓰와 사이고의 관계는 그들이 서로 뱉은 격렬한 말이 상징하고 있다.

막부 말기의 어느 시기에 사이고가 심취한 옛 주군 시마즈 나리아키라가 병이 났을 때, 나리아키라(島津齊彬)의 병은 오유라(서자 히사미쓰의 생모)파가 무당을 시켜 주살(誅殺)하려고 했기 때문이라는 소문이 온 집안에 떠돌았다. 본디 감정의 진폭이 큰 사이고는 에도의 메구로 부동명왕(不動明王) 사당에서 목욕재계하고 나리아키라의 치유를 기원했는데 이때 친구에게 보낸 편지의 한 구절에 이렇게 씌어 있다.

'그 간사한 여자를 없애는 것밖에 길은 없네.'

히사미쓰의 생모를 간사한 여자로 규정짓고 있는 것이다. 사이고의 말은 뒤에 당연히 히사미쓰의 귀에 들어갔을 것이다.

막부 말기도 막바지에 이르렀을 무렵 사이고를 유배지에서 불러올려 활동하게 해야 한다는 소리가 높아져 히사미쓰의 측근인 다카사키 마사카제마저 히사미쓰에게 그런 방향으로 진언했다. 히사미쓰는 고개를 저으며 말했다.

"사이고는 필경 반신(叛臣)일 뿐이다."

다시 마사카제가 거듭 권하니 히사미쓰는 이런 말까지 했다.

"그는 대담무쌍하고 간악한 자로 안중에 군신(君臣)이 없는 녀석이다. 다시금 그에 대해 거론하는 자는 베어버릴 테다."

마사카제가 더욱 성심껏 권하자 히사미쓰도 마침내 '사이고를 섬에서 나오게 하라'고 명령했다. 이때 히사미쓰는 마침 은꼭지 담뱃대를 물고 있었는데, 자신의 감정을 억누르고 사이고를 사면해야 한다는 일이 분했던 나머지 은으로 된 담뱃대 꼭지를 꼭 깨물어 이빨 자국이 났다고 한다.

그 뒤, 히사미쓰는 사이고를 불러 자기가 상경하여 정국의 혼란을 수습해야겠다고 하니 사이고는 당장에 얼굴이 일그러졌다. 사이고는 일본국의 혼란 수습 같은 큰 일은 옛 주군 나리아키라나 해낼 일이며, 히사미쓰 정도의 인물로는 사쓰마의 강대함을 배경으로 해도 해낼 수가 없다고 생각했다. 분수도 모르고 우쭐대는 인간을 촌뜨기라고 한다. 사이고가 히사미쓰를 보는 눈은 바로 그것이었다. 이때 사이고가 고개를 모로 저으며 중얼거렸다.

"촌뜨기 같은 녀석."

물론 이 말은 히사미쓰의 귀에 들어갔다.

막부 말기에 히사미쓰는 오쿠보 쪽을 좋게 생각했다.

유신 후에는 오쿠보조차도 미워했다. 그런데 메이지 6년(1873) 말, 사이고가 하야한 뒤로 히사미쓰는 사이고를 다른 감정으로 보게 되었다. 저 사나이는 자기와 비슷한 사상을 갖고 있는 것이 아닐까 하는 생각이었다.

결국 우치다 마사카제가 사자(使者)로 뽑히게 되었다.

히사미쓰는 영주 집안 태생이라 스스로 인선 같은 것은 하지 않는다. 나라하라, 가에다, 우치다의 세 사람을 불러 놓고 이렇게 말했을 뿐이다.

"자네들 셋 중에 누구든 사이고에게 사자로 가 주지 않겠나?"

그 뒤, 셋이 의논했다.

나라하라는 히사미쓰의 측근으로서 경력이 가장 오래됐다. 그러나 분별이 적은 데다가 술에 취하면 물불을 가리지 못하여 불안스럽기 짝이 없었다.

가에다 노부요시, 즉 전의 이름 아리무라는 사이고와 교제가 가장 오래됐지만 사이고는 아리무라를 사랑하기는 해도 중하게 여기지는 않았다. 사자로서는 적당하지 않았다.

역시 우치다 마사카제가 좋았다. 우치다는 학식도 있고 인간성도 명예와 이권에 대해 그런대로 초연해서 말하자면 무난한 사람이었다. 우치다는 도바 후시미 싸움 때 사쓰마의 병참을 맡아 보았는데 총지휘관인 사이고, 황실에 대한 공작을 담당한 오쿠보, 이 두 사람과 호흡을 맞추어 조금도 흠잡을 데가 없었던 인물이다.

우치다는 히사미쓰와 미리 기초적인 의논을 했다. 그런 뒤에 사이고에게 들고 갈 편지의 초고를 써서 히사미쓰에게 보였다.

"그걸로 됐네."

편지라지만 히사미쓰의 편지는 아니었다. 히사미쓰는 옛 시대의 질서 감각 속에 살고 있었다. 영주가 자신의 가신에게 편지를 보내는 것은 있을 수 없는 일에 속한다. 측근인 우치다가 대신 편지를 쓴다.

'히사미쓰 공은 이러이러한 생각이시다.'

단, 히사미쓰에게는 책임이 없고 어디까지나 자기의 편지로써 서명을 넣고 또한 자기 자신이 들고 가는 것이다. 막부 말기에 공경이 천황의 뜻이라고 하여 자신이 문장을 쓰고 그것을 '칙지(勅旨)'라고 한 형식과 비슷하다. 군주에게는 책임이 없다는 일본의 전통적인 정치 습관이라고나 할까.

'히사미쓰 공께서는 묘의(廟議)가 인순(因循 : 구습을 지키고 버리지 않음)하고 백폐(百弊)가 여전하므로 심사숙고하여 마침내 좌대신을 사직하기에 이르러……'

편지는 이렇게 시작된다. '인순'이라든가 '백폐'라는 말은 막부 말기의 유행어로 주로 막부나 막부 정치가를 공격할 때 사용된 말이었다.

우치다 마사카제의 문장은 편지라기보다 수서(手書)라고 해야 할 성질의 것인지도 모른다.

히사미쓰의 기분을 간결하게 잘 나타내고 있다.

다음에 정부의 악폐(惡弊)로 지적한 것을 조목별로 열거하면 이렇다.

1. 외교에 일정한 방침이 없다.
1. 안에서는 학정을 자행하고 있다.
1. 불환(不換) 지폐의 남발, 국채의 증가, 이는 해외에 신용을 잃고 국가를 누란의 위기로 몰아넣고 있다.
1. 교육의 중점을 덕의(德義)에 두지 않는다. 이로 인해 염치예양(廉恥禮讓)이 날로 쇠퇴하고 있다.
1. 서양 문명의 겉껍데기에 현혹되고 있다. 또한 함부로 외국 제품을 수입하고 있다. 부질없이 강국의 눈치를 살피는가 하면 약소국을 위협하는 등, 불신 불의는 이루 말할 수 없을 정도다.

'히사미쓰 공께서는 이를 심히 우려하여……'

이와 같이 씌어 있다. 사이고에 대해서는 '각하'라는 경칭을 쓰고 있다.

'각하께서 상경하여 힘을 다해 주신다면 국가의 큰 불행은 더 이상 없을 것이다.'

히사미쓰가 사이고의 상경을 절실하게 바라고 있다는 것이다.

분명코 히사미쓰는 간절히 바라고 있었다. 히사미쓰는 지난날 사이고를 몹시 미워했으나 지금은 확실하게 사이고와 손을 잡으려고 했다.

히사미쓰 및 측근이 보았을 때 사이고 다카모리는 히사미쓰의 정치관과 거의 다름이 없다는 것이었으리라.

이런 점에서 사이고로서는 '자기의 사상은 히사미쓰의 사상과는 다른 것'이라고 귀찮게 여겼는지, 아니면 전에는 히사미쓰의 사상과 동떨어져 있었으나, 세월이 흘러 같은 울적함으로 한숨을 짓다 보니 결국 흡사해졌다고 생각했는지, 그건 알 수 없다.

사이고의 말은 대부분 추상적이므로 이 점은 석연치 않다. 다만 세상이 본 바로는, 특히 자유민권 운동가로서는 다음과 같은 인상을 받게 된다.

"사이고의 주의는 봉건 부활이다."

오히려 사이고를 사족당(士族黨)이라고 해야 할는지도 모른다. 사족, 더욱이 사쓰마 사족의 전통적 정신을 국가의 기조(基調)로 한다는 것으로 봉건 부활은 아니었다. 지난 날 하야할 때 이타가키 다이스케에게서 자유민권 운동에 관한 이야기를 간략하게 듣고 말했다.

"그것은 존귀한 사고방식이오."

이것만 보아도 사이고는 히사미쓰와 유사하지는 않다. 그러나 히사미쓰 쪽에서 접근해 감으로써 사이고는 일반에게 동일시되게 되었다.

이윽고 정월로 접어들었다.

우치다 마사카제는 가고시마로 향해 떠날 준비를 충분히 마쳤다. 또한 평론 신문사의 에비하라도 만났다.

"이제 도쿄는 무너집니다. 옷자락이 펄럭펄럭 날리는 정도의 바람에도 이 나라는 쓰러집니다."

에비하라는 여전히 오쿠보 정부가 무너질 가능성에 대해서는 낙관적이었다.

쓰러질 것 같다고 하는 주장을 뒷바침 하는 자료에 대해서 에비하라는 여유가 만만했다. 정보원이라고도 할 수 있는 그의 수하 기자들이 모아 온 전부 그런 종류의 것이었다. 본디 현정권에 증오를 품은 자가 기자라는 직업을 택한 터이고, 또한 에비하라의 방침은 정권 타도에 있었으므로 그런 것과 다른 견해나 정보는 에비하라의 손에 들어오지 않았다.

그런 점에서 에비하라는 정보 수집이라고 하는 이 무시무시한 세계에 뛰어들기에는 부적합한 사람이었다고 하겠다.

"정말 도시미치의 정부가 쓰러지는 데는 옷자락을 펄럭 뒤집는 정도의 바람으로 충분할까요? 그렇다며 사이고가 도쿄에 올라오면 어느 정도의 바람이 일 것으로 봅니까?"

"집도 날아가고 사람도 날아갑니다."

에비하라는 말을 이었다.

"전국의 불평 사족이 도쿄를 향해 달려온 것이므로 한 순간에 대군을 얻을 수 있습니다. 육군은 조슈가 장악하고 경찰은 도시미치가 잡고 있다고는 하지만 해군은 사이고의 명령을 기다릴 것이고 황족이나 화족들도 히사미쓰 공에게 크게 기대를 걸고 있기 때문에 궁정은 일거에 사이고 판이 될 것이오. 국민은 두 말할 나위도 없지요. 그들은 정부를 원망하고 있어요.

폭동으로 번질 것이 틀림없습니다."

우치다 마사카제가 도쿄를 출발한 것은 그 긴박한 임무로 보아 뒤늦은 편이었다.

메이지 9년 2월 16일, 우치다 마사카제는 신바시(新橋)에서 요코하마 행 기차를 타고 요코하마에서 배를 기다리느라고 일박했다.

고베(神戸)까지 배를 타고 가서 고베에 상륙하여 일박하고 다시 사이고쿠(西國)의 각 항구에 기항하는 선편을 기다렸다.

이튿날 배를 얻어 세토 내해(瀬戸内海)를 거쳐 하카타(博多), 나가사키(長崎)를 돌아 가고시마에 당도한 것은 24일이다. 가고시마까지는 경우에 따라서 사나흘이면 되는데 이때 우치다는 여드레가 걸렸다.

상륙하자 즉시 사이고 집으로 직행했다. 길 위에서 돌 층계를 몇 계단 올라가니 허술한 현관이 있었다. 사이고는 집에 없었다.

히사미쓰의 사자 우치다 마사카제가 사이고의 집을 방문한 2월 24일, 사이고는 며칠 전에 사냥을 떠나고 없었다.

"언제 돌아오실 예정입니까?"

우치다가 물었다.

집안 사람들은 아무도 사이고가 어디 있는지조차 모르고 언제 돌아오는지도 모르고 있었다.

"말도 안 돼."

우치다는 웃음을 터뜨렸다. 우치다는 다시 기치노스케(시이고 다카모리)가 돌아오면 알려 달라고 부탁했다. 그의 부탁은 사이고의 식구들로서는 귀찮은 일이었다. 가령 사이고가 집에 돌아오더라도 만나줄지 어떨지 모르는 일이었다.

우치다는 그 눈치를 알고 자기는 사적인 볼일로 온 것이 아니라 히사미쓰 공의 사자로 왔다고 말했다.

그 말에 사이고 집안 사람들은 난감하여 옷을 매만지기도 하고 우치다를 안으로 모시려 하기도 했으나 우치다는 거절하고 돌아섰다.

우치다는 성밑 거리의 시미즈바바(清水馬場)에 있는 자기집에서 기다렸다. 나흘을 기다렸다. 28일 아침, 사이고 집에서 심부름꾼이 뛰어와 사이고가 방금 사냥에서 돌아왔다고 알려 왔다. 우치다는 점심을 먹은 뒤 가겠다고 전했다.

그런데 점심을 먹고 사이고의 집에 가니 사이고가 나가고 없었다.

"이거야 원."

우치다는 불쾌했다.

"기치노스케가 좀 우쭐해졌나 보군. 난 도쿄에서 온 사람이야."

사이고 집안 사람들은 난처하여 사정을 늘어놓았다.

사이고는 우치다 마사카제의 방문을 반기지는 않았다. 그러나 히사미쓰의 사자라고 하여 기다리고 있었다.

그런데 오야마 히코하치(大山彦八)의 집에서 급사가 들이닥쳐 히코하치의 용태가 급변했으니 어서 와 달라고 했다. 오야먀 히코하치는 작년부터 자리에 누워 있는 중환자인데 오늘 아침부터 병세가 급격히 악화되었다는 것이다. 사이고 집안의 사람들은 '오야마'라고만 불렀다.

우치다 마사카제는 처음에는 현령(縣令 : 지사)인 오야마 쓰나요시인 줄 알았는데 다른 오야마였다.

오야마 히코하치는 사이고가 애지중지하던 오야마 이와오(大山巖)의 맏형이다. 히코하치와 이와오 형제의 아버지는 사이고의 숙부가 된다. 그리고 히코하치의 아내는 사이고의 누이동생이니 4촌끼리 결혼한 셈이었다.

"히코하치님의 용태가 위독합니다."

이날 사이고는 심부름꾼이 들이닥치자 곧 집을 나섰다. 임종을 지켜보고 싶어서 걸음을 재촉했다.

크고 튼튼한 게타(下駄 : 일본 나막신의 일종)를 신고 있었는데 그 게타는 가와노타로(川野太郎)라는 동네 사람이 만들어 준 것이었다.

이 옛 성 아랫거리에서는 사이고를 알아보는 사람은 없지만, 사족들 대부분은 이 '덩치 큰 사나이'를 알고 있었다.

사이고가 보기 드물게 급히 가는 모습을 보고 대부분의 사람은 생각했다.

'오야마씨가 몹시 아픈 모양인가?'

사이고와 오야마 집안이 가까운 인척이라는 말은 앞에서 했다.

오야마 집안의 주인 히코하치(彦八)는 사이고의 사촌동생으로 8살 아래였다.

막부 말엽에 히코하치는 비교적 이른 시기부터 활약했으며, 만엔(万延)

원년(1860) 3월, 에도의 사쿠라다몬(桜田門)밖에서 다이로(大老 : 도쿠가와 쇼군 밑에서는 최고의 벼슬) 이이 나오스케(井伊直弼)가 미토(水戸)의 낭인단(浪人團 : 그 중의 한 사람은 사쓰마 번사임)에 의해 습격받아 살해되었을 때 오야마 히코하치는 후시미(伏見)에 있었다. 후시미의 사쓰마 번 저택에 근무했는데 이 사건과 관련되었다는 의심을 받아 막부 관리에게 체포되어 교토(京都)의 록카쿠(六角) 감옥에 갇혀 있었다. 옥중에 1년가량 있었다.

후에 사면되어 교토에서 사쓰마 번의 섭외관으로서 여러 번의 인사들과 교류하였다. 그는 인품이 온후하고 성실함이 언제나 표면에 나타나 보이는 사나이였다. 특별한 재능이 있는 것도 아니었으며 그의 일은 대부분 사이고의 보조역이었다.

유신 후에는 교토의 대참사(大參事), 다음은 사이타마(埼玉)현의 대참사를 맡았다.

이윽고 정한론(征韓論)이 제기되었고 사이고가 하야(下野)하자 오야마 히코하치도 관직을 버리고 가고시마로 돌아갔다. 히코하치에게 마코토노스케(誠之助)라는 막내 동생이 있었는데, 그는 일찍 도쿄에 올라가 근위(近衞) 소위로 임관했으나 형 히코하치의 사임과 귀국을 본받아 고향으로 돌아왔다.

히코하치의 동생 야스케(弥助)는 사이고가 그의 재간을 가장 높이 평가하고 있었는데, 그는 메이지 4년 이후 스위스·프랑스 등지로 유학하였다.

메이지 7년에 산조와 이와쿠라의 연명(連名)으로 귀국하라는 명령을 받았다. 태정관으로서는 하야한 사이고를 회유(懷柔)할 수 있는 사람은 오야마 야스케밖에 없다고 본 모양이었다.

야스케는 메이지 7년(1874) 5월에 귀국하여 사이고를 방문하고 이야기를 나누었으나 사이고의 뜻은 변함이 없었다. 그러나 야스케는 역시 하야하지 않았다. 그 뒤 야스케는 도쿄로 돌아가 육군 소장으로 복직했으며 육군성 제1국장의 직책을 맡았고, 많은 사쓰마 계통 군인과는 다른 길을 택했다.

참고로 오야마 야스케에 대해서 설명해 두겠다. 야스케가 메이지 7년 5월, 어쩔 수 없이 프랑스 유학을 중단하고 사이고를 설득하기 위해 가고시마로 돌아왔을 때, 곧 사이고의 집을 방문하여 오랜 시간 그와 이야기를 나누었다.

그러나 그 때의 대담 내용은 일체 전해지지 않았다. 두 사람 다 입이 무거웠고 단지 두 사람 사이에서 오고 간 그 이야기…… 내용을 남에게 누설하는 습관을 그들은 갖고 있지 않았기 때문이다.

그러나 사이고의 집안 사람들이 분위기로 짐작해서 한 말에 의하면, 사이고도 쾌활하게 이야기를 했고 오야마로부터 유럽의 사정 등을 들어 보고 몹시 즐거워 했다는 것이다. 사이고는 친동생 신고(정식 이름은 쓰구미치〔徒道〕)보다는 사촌동생 야스케를 훨씬 마음에 들어 했다.

야스케도 신고도 겉인상으로는 사이고와 흡사한 성격을 갖고 있었지만, 야스케 편이 실무에 뛰어난 점이 달랐다.

사이고는 야스케가 화포(火砲)의 권위자라는 것도 알고 있었고, 메이지 2년 6월 아직 옛 번 시절에 야스케가 사쓰마군의 화포 두 종류를 개조했던 일도 알고 있었다.

그 중의 하나가 네덜란드식 구포(舊砲)로 포신을 길게 하고 가늠자를 개량하여 사정거리를 증대시킨 것인데 두 종류 모두 그 성능을 인정받았다.

그 뒤, 그는 유럽으로 건너가 군사학을 공부했는데 사이고의 하야 때문에 유학 도중에 귀국하게 된 일은 야스케로서는 개운치 않은 일이었다. 사촌동생인 쓰구미치(從道)가 군인이면서도 이미 정치가적 존재가 되어 있었던 것과는 달리, 야스케로서는 실무 기술자가 되고 싶었던 것 같다.

귀국해 보니 사이고만이 아니라 근위 장교들이 대거 사직했고, 게다가 큰형인 오야마 히코하치도 사이타마 현의 대참사를 사직하고 고향에 돌아갔으며, 그의 막내동생인 마코도노스케(誠之助)도 육군 소위직을 버리고 귀향하였다.

오야마 야스케는 당년 33살(메이지 7년)로 기리노 도시아키(桐野利秋)와 마찬가지로 육군 소장이었다. 그는 사직할 생각은 추호도 갖고 있지 않았다.

사이고도 사직시킬 생각은 물론 없었고 야스케의 재능을 아껴 꼭 육군에서 공부하라고 했다. 비슷한 예로 해군에 관한 공부를 하고 있는 야마모토 곤베에(山本權兵衞)에게도 그렇게 말한 모양이라니까 이 상상은 빗나가지 않은 것으로 생각된다.

그 후, 메이지 9년까지의 사이고와 야스케의 편지 왕래를 보더라도 두 사람은 매우 절친했다. 단지 편지에는 정치 문제에 대해 거의 언급하지 않았고, 오야마가 개의 목걸이를 보내자 사이고는 기뻐하며 회신을 보낼 정도였다.

오야마 집안은 시모카지야마치(下加治屋町)에 있다.

북에서 흘러내리는 고쓰키 강(甲突川)이 약간 동쪽으로 꺾어지는 둔덕 아래에 하급 사족들의 거리가 펼쳐져 있다. 사쓰마에서는 성밑 거리의 한 구획을 '호기리(方限)'라고 한다.

'호기리'의 전체 호수(戶數)는 70여 호였다.

사족들의 거리는 전역이 1만 평 정도인데 이른바 번이 단지(團地) 식으로 설계하여 만든 것으로 이 지역에 네 줄기의 도로가 우물정(井) 자 형으로 달리고 있었다.

70여 호 가운데 오쿠보 도시미치의 생가도 있었다. 오쿠보의 호가 '고토(甲東)'인 것은 그의 집이 고쓰키 강 동안(東岸) 둑 아래에 있었기 때문이다.

그 무렵 영국에 유학중이던 도고 헤이하치로(東鄕平八郎)의 생가가 있고 또 육군에 들어간 구로키 다메토모(黑木爲楨)의 집도 있다.

도고는 소년 시절, 사이고의 집에 다니면서 다카모리의 아우 고헤(小兵衛)에게서 초등 한문을 배웠다. 깜박 빠뜨렸지만 사이고 집안 대대의 저택도 이 '호기리' 지역 안에 있다. 오야마 이와오는 도고와 마찬가지로 사이고 댁에 다니면서 초등 학문을 익혔다. 그때의 선생은 고헤가 아니라 사이고 자신이었다.

참고로 막부 말기에 사이고의 수족이 되어 활약한 젊은이는 거의 이 70여 호의 시모카지야마치의 '호기리'에서 나왔다. 아우 신고, 사촌 오야마 히코하치와 이와오 등이 유명한데 유명하지 않은 사람까지 넣으면 그 수가 엄청나다.

유신 뒤, 육해군에 들어간 사람으로서는 오야마, 도고, 구로키 외에 해군의 이지치, 모리 이치베(毛利市兵衛) 등이 있다.

시모카지야마치의 '호기리' 출신자는 사이고 초기의 직속무사라고 할 수 있겠으나 그들의 공통점은 사이고 신고나 오야마 이와오가 그랬듯이 사이고에게 무한한 존경심을 품으면서도 사이고의 하야를 뒤따르지 않고 세이난 전쟁때는 관군(官軍)에 속했다는 점이다.

또 그들에게 공통된 것은 그들 자신이 공공연히 입밖에 내는 일은 드물었으나, 사이고의 후기의 직속무사라고 할 수 있는 기리노 도시아키에 대한 경멸과 반감이었다.

"사이고님은 기리노에게 속고 있는 거야."

이것이 사이고의 하야 전후로부터 세이난 전쟁에 이르기까지 그들의 견해였다.

참고로 말하면 사이고는 이즈음 다케(武)에 집을 갖고 있었지만 옛집은 그냥 놓아두고 있었다. 옛 집에는 아우 고혜(小兵衛)가 살고 있었다.

오야마 히코하치의 집에는 사이고의 아우 고혜가 날마다 꼭 붙어 앉아 간호하고 있었다.

고혜라고 하는 사람은 다카모리나 신고처럼 세상에 나가 일을 하는 데는 그 자질이 적합하지 못했다. 그러나 남의 불행을 보고 그냥 넘기지 못하는 성격으로 사이고 일족에 공통되는 풍부한 감정을 고혜 또한 이어받은 것이리라. 고혜는 이 다음해 세이난 전쟁에서 전사한다. 향년 31세.

이날 오후, 오야마 히코하치의 용태가 더욱 수상하여 고혜는 의사를 부르러 갔다.

의사는 가미무라 고조(上村剛浩)라고 하였다.

"오야마 히코하치의 용태가 나빠졌습니다. 곧 왕진해 주셨으면 합니다."

고혜는 가미무라의 집 현관에 들어서자마자 이렇게 말했다는 것을, 가미무라 의사의 현관지기 겸 대진을 맡아하는 마에다 모리야(前田盛也)라는 젊은이가 기억하고 있다.

참고로 의사 마에다 모리야는 이 다음해에 사이고 군(軍)의 군의로 종군한다. 만년에 이부스키 군(揖宿郡) 기이레 마을(喜入村)에 살면서 이날 일을 곧잘 사람들에게 이야기했다.

가미무라 의사는 마에다를 데리고 곧 집을 나섰다.

그러나 그들이 시모카지야마치의 오야마의 집에 당도했을 때 히코하치는 이미 운명한 뒤였다.

그때의 광경을 마에다 모리야는 평생토록 애깃거리로 삼았다.

사이고가 망인의 머리맡에 팔장을 끼고 앉아 있었다.

그 뒤에 망인의 아내(사이고의 누이동생)가 얼굴을 수그리고 앉아 있었다. 눈물을 흘리는 듯 어깨가 약간 들먹이고 있을 뿐이었다. '결코 소리는 내지 않았다'고 마에다 모리야는 말했다.

의사는 결국 할 일도 없어서 그냥 돌아가려고 했다.

"그럼 이만……"

가미무라가 일어서고 마에다가 따라 일어서니 고혜는 방 안에서 인사했다.

“고맙습니다.”

사이고는 방에서 툇마루로 나와 그곳에 꿇어앉아 인사했다. 고헤도 형을 따라 툇마루로 나와 거기서 다시 한번 “고맙습니다” 하고 인사했다.

마에다 모리야는 사이고가 언제나 몸가짐이 정중했다는 예로 이 이야기를 꺼낸 것이다.

그런데 이날 히사미쓰의 사자 우치다 마사카제가 다케에 있는 사이고의 집을 방문했다가 서로 길이 엇갈렸던 것이다.

28일, 오야마 히코하치가 죽었기 때문에 우치다 마사카제는 사이고를 만나지 못했는데 사이고 집안의 하인에게 쪽지를 건네주고 물러갔다.

“내일 오전 9시에 다시 들르겠으니 그때는 부디 계셔 주시기를 부탁하오.”

이날 밤, 사이고는 오야마의 집에서 밤샘을 하고 집에 돌아오지 않았다.

밤새도록 사이고는 눈도 붙이지 않고 망인의 머리맡에 앉아 있었다.

밤이 되니 추워졌다. 그러나 망인이 있기 때문에 장지문을 조금 열어 놓고 있었다. 문틈으로 마당의 어둠이 보였다.

마당이라지만 생울타리 바깥에는 수목이 거의 심어져 있지 않았다.

“오야마네 마당에는 나무가 없다.”

흔히들 말했다.

‘호기리’ 일대의 하급무사의 집은 부지가 거의 비슷했는데 오야마네만 조금 넓었다. 이 때문에 ‘호기리’의 소년들이 마당을 빌려 씨름대회를 열기도 했었다. 씨름대회는 사쓰마 사족 소년들의 행사로서는 중요한 것 중의 하나였다. 오야마 집에서는 소년들에게 씨름마당으로 빌려 주기 위해 나무를 심지 않았던 것이다.

옛 사쓰마 번에는 ‘향중(鄕中)’이라고 하는 청소년 단체가 있었다. 무사들이 사는 동네마다 이 자치 조직이 있었다. 소년을 치고(稚兒 : 6, 7세부터 14, 15세까지)라고 하고 청년을 니세(二歲 : 열 너덧 살에서 성년식을 올리는데, 성년식 연령부터 스물 서넛까지)라고 한다. ‘향중’은 소년과 청년 조직이다.

그들 중에서 덕망이 있는 자가 반드시 나이에 상관없이 향중의 우두머리가 된다. 향중의 우두머리는 어른도 함부로 하지 못할 정도로 위세가 당당했다.

사이고의 경우, 열 너덧 살에 향중 우두머리로 추천되어 스물 서너 살 때까지 계속 맡아 보았다.

소년이나 청년들은 향중 우두머리에 대해서는 절대적으로 복종 하고 있었다. 가령 오야마네 마당에서 씨름대회를 할 경우, 향중 우두머리가 우승자에게 상품을 주는 행사가 있었는데, 소년이나 청년들도 사이고의 손을 통해서 직접 상품을 받는 것을 진심으로 기뻐했다. 막부 말기의 사이고는 향중 청년들을 막료(幕僚)로 하여 풍운 속을 뛰어다녔다고 할 수 있다.

지금 망인이 되어 누워 있는 오야마 히코하치도 사이고가 향중 우두머리였을 당시 거느렸던 소년이었으며 이윽고 청년이 되었다. 사이고는 막부 말기의 교토에서 히코하치를 늘 손발처럼 부려먹었다.

그러므로 이 죽은 사람에 대한 추억이 한없이 많았던 것이다.

돌이켜 생각하건대 사이고는 자기가 향중 우두머리였던 시대의 사람들을 쓰고, 이윽고 그 수하들을 사쓰마 번 전역에 미치게 하였는데 사쓰마 밖으로 나가는 일은 없었다.

사이고는 사람을 잘 쓰는 묘수였다고는 하나 생판 모르는 사람은 꺼려 했던 모양이다. 첫 부하들이 시모카지야마치의 향중 출신이었다는 것을 생각하면 여간 기맥이 통하지 않고서는 사람을 쓸 마음이 들지 않는, 극히 자연적인 향당의식(鄕黨意識)의 소유자였다고 할 수 있겠다.

사이고는 사쓰마 번 전체에 동족(同族) 의식을 안고 있었는데 이 점에서도 오쿠보와 다른 바가 있었다.

오쿠보는 사이고와 같은 시모카지야마치의 향중에서 자랐으나 향중 우두머리로 추천된 일도 없었고, 소년이나 청년들 쪽에서도 각별히 오쿠보를 따른 일도 없었다.

오쿠보는 어려서부터 '향중' 안에서 초연했다. 냉정했다고 하는 편이 옳을지 모르겠다.

'향중'은 같은 체온을 공유하는 자리였는데 사이고는 그 체온의 공유를 존중했고 오쿠보는 그것에 냉담했다.

태정관 정부의 실력자가 된 뒤 오쿠보에게 사이고에게서 볼 수 있는 사쓰마 인에 대한 편애 경향이 없었던 것도 원래 어려서부터 그런 성격의 소유자였기 때문이라고 할 수 있다. 오쿠보가 지금의 태정관이 되어 조슈계나 사가계의 고관으로부터 우두머리로 떠받들리고 있는 것도 그렇다. 이 시대의 사쓰마 인의 눈으로 보아 다른 번 사람을 존중하는 오쿠보의 심정은 이유야 어떻든 기괴하다고밖에 여겨지지 않았으리라.

이날 사이고의 밤샘은 '향중'과 함께 하고 있었다. 그가 향중 우두머리였을 때의 소년과 청년들이 몰려와 같이 밤샘을 하는 그들은 사이고에게 있어서 가장 믿을 만한 동료였으리라.

거기에 사이고 댁에서 심부름꾼이 와서 말했다.

"내일 아침 9시에 우치다 마사카제 씨가 오신답니다."

사이고로서는 우치다는 같은 사쓰마 도당이지만 히사미쓰파였기 때문에 마음이 서로 통하기 힘든 상대였다. 사이고는 귀찮은 듯이 알았다고 대답했다.

날이 새자 사이고는 시모가지 야마치의 오야마 댁을 나왔다.

집으로 돌아가 우물가에서 양치질을 하고 손발을 씻고 있는데 우치다 마사카제가 문 안으로 들어섰다.

사이고는 우치다를 방으로 안내하고 상좌에 앉게 한 다음 오랜만의 인사를 서로 나누었다.

"편지는?"

읽었느냐고 우치다가 물었다.

사이고는 머리를 숙이며 삼가 읽었노라고 대답했다. 편지는 우치다가 썼다고 하지만 히사미쓰의 의향을 적은 것인 만큼 사이고는 정중하게 대하지 않을 수 없었다.

우치다는 편지의 내용을 풀이하기 시작했다.

편지에 현정권(오쿠보 정권이라도 좋다)의 본질에 대하여 이런 의미의 말이 씌어 있었다.

'서양 문명의 겉껍데기에 현혹되어 함부로 외국 제품을 사들이고 공연히 강국에 굽신거리면서 약소국을 위협한다.'

우치다는 이 대목을 갖가지 예를 들어 설명했다.

"참으로 한심스런 나라가 돼 버렸소."

우치다는 눈물을 흘리며 사이고에게 호소하고, 또한 백성을 착취하여 그들의 힘을 소모시키고 있다고 말했다.

"교육의 중점을 덕의(德義)에 두지 않아 사족과 서민이 똑같이 예양(禮讓)의 마음이 날로 땅에 떨어져 가고 있소."

요컨대 상경하라는 것이었다. 히사미쓰 공은 절실하게 그것을 요망하고 있다고 했다. 구체적으로 말하면 오쿠보와 산조, 이와쿠라를 쫓아내고 사이고가 정권을 잡으라는 것이다.

우치다 마사카제가 할 말을 모두 한 뒤에 사이고는 느릿한 어조로 자기가 생각하는 바를 털어놓았다.

사이고의 언어적 특징은 논지나 사고를 명쾌하게 서술한다는 데 있다. 그는 어려서부터 말을 흐리거나 애매하게 어물거린 일이 한 번도 없었다. 그것은 그가 정치가라기보다는 혁명가라는 것을 증명하고 있다.

이 경우에도 처음부터 자신의 의사를 분명하게 밝혔다.

"나는 상경할 수가 없소."

그의 논지는 해석이나 시비가 끼어들 수 없을 정도로 명확하여, 히사미쓰의 사자로 멀리서부터 찾아온 우치다 마사카제 쪽이 손을 들지 않을 수 없을 정도였다.

"기치노스케 따위가 간다 해도 소용 없습니다. 공연한 혼란만 초래할 뿐, 지금의 정부는 어쩔 도리가 없어요. 기치노스케는 가지 않겠습니다."

사이고는 이렇게 말했다.

사이고가 이때 말한 거절의 언사는 우치다 마사카제가 돌아가서 히사미쓰 공에게 알려야 하므로 부탁의 말을 했다.

"그것을 편지로 적어 주지 않겠습니까?"

이와 같이 청했기 때문에 그 대강이 알려져 있다.

"재작년, 에토 신페이가 거병했을 때 히사미쓰 공이 가고시마에 돌아오셔서 이 기치노스케를 설득하셨소."

히사미쓰는 그때 정부의 청탁으로 사이고를 무마했던 것이다. 정부는 사이고가 에토와 더불어 들고 일어나지나 않을까 하고 의심하여 히사미쓰에게 무마해 줄 것을 부탁했던 것인데 물론 사이고에게는 에토가 군사를 일으키는 것에 흔들려 일어설 마음은 털끝만큼도 없었다.

"기치노스케의 마음은 그때 히사미쓰 공에게 삼가 말씀드린 바와 조금도 다름이 없소."

사이고는 말했다.

우치다 마사카제는 그런 마음이라는 것을 자세하게 적어 주기 바란다고 재차 말했다.

사이고는 자신의 마음에 대해 간략하게 말하고 구체적인 것은 밝히지 않았다. 사이고의 말은 마사카제의 메모에 의하면 '즉 오직 일본인으로서의 길을 밟으며 국난에 즈음하여 목숨을 버릴 뿐'이라는 것이다.

국난이란 현정부의 어리석은 상태를 가리키는 것인지 아니면 외세의 침략을 받았을 경우의 군사적 사태를 말하는 것인지 사이고는 명시하지 않았다.

사이고가 명시하는 바는 '목숨을 버릴 뿐'이라고 스스로 결사의 각오를 말할 뿐이었다. 정치가로서 내국의 위기를 바로 눈앞에 두고 정치적 해결책을 말하지 않고 바로 죽음을 운운하는 것은 온당치 못한 듯도 하지만 사이고로서는 정치적 해결이란 역시 말로써 할 수 없는 것이었음이 틀림없다.

때를 보아 자기의 시체를 내던진다는 것이 사이고의 해결책이었다. 나아가 자기의 시체를 내던질 기회를 계속 엿보는 것이 그의 정치 상황의 모색이라고 할 수 있을 것이다.

"당신이 죽는다고 무슨 수가 생기겠소?"

우치다 마사카제도 반문하지는 않았다. 우치다도 이런 점에서는 사쓰마인이었다. 그도 사이고가 이렇게 단언하고 나오니 모든 일이 선자리에서 뚜렷해진 것 같은 기분이 들었다.

"이미 히사미쓰 공이 국사에 진력하셨소. 그런데도 실효를 거두지 못한 실정이라면 이 기치노스케가 나가 본들 무슨 소용이 있겠소?"

이어서 이런 뜻의 말을 했다.

"나는 지난 6년 10월에 도쿄를 떠나면서, 오늘 날의 폐혜가 생긴다는 것을 예견한 바 있소. 새삼스럽게 놀랄 것도 없고 또 한탄할 것도 없어요."

이튿날 아침, 우치다 마사카제는 사이고가 편지를 가지고 찾아오기를 기다렸다.

우치다의 집은 크지 않았다.

그렇지만 기와를 올린 대문이었다. 대문 양옆으로 사쓰마 특유의 푸른 석벽(石壁)이 둘러쳐지고 석벽에는 생울타리가 둘러져 있었다. 나무들은 잘 손질되어 있었다.

아침 8시쯤, 그 대문으로 한 거한이 들어섰다. 남의 집을 방문하기 위해서, 평소에는 좀처럼 입지 않던 하카마를 입고 있었다. 대문을 들어서니 현관까지 디딤돌이 한 줄로 배치되어 있었다. 사이고가 그것을 밟을 때마다 게타(일본 나막신) 소리가 났다.

그 소리가 집안까지 들렸다.

우치다의 노모가 현관 앞까지 나왔다. 우치다의 어머니는 사이고를 모른다. 그러나 사쓰마의 씨름꾼인 진마쿠(陣幕)라는 사나이보다 크다는 말은 듣고 있었다. 보신 전쟁 때 관군의 지휘관이었다는 얘기도 들었고 그뒤 육군 대장이 되었다는 말도 들었다. 육군 대장이라고 하는 일본 유일의 관직에 대한 그녀의 인식은 당시의 대부분의 사람들이 갖고 있던 것과 다름이 없었다. 헤이안(平安) 시대의 정이대장군(征夷大將軍)과 흡사한 거겠지 하는 것이었다.

그 자리에서 물러나 지금은 향리에 돌아와 있다는 말도 알고 있었다.

'사학교'

옛날의 향중 조직을 크게 벌린 것 같은 이 조직의 총수라고도 한다.

이윽고 사이고가 현관문 앞에 서서 주인을 찾았다.

장지문이 열리더니 노모가 두 손을 모으고 머리를 숙인 뒤 물었다. 사이고는 정중하게 머리를 수그리고 대답했다.

"다케의 사이고 기치노스케입니다. 우치다 씨 집에 계십니까?"

우치다의 어머니는 사이고를 올라오게 하려 했으나 사이고는 어쩐지 수줍음 타는 소년같은 표정을 지으며 '그건 좀' 하고 응하지 않았다.

할 수 없이 우치다가 나와서 현관에 꿇어 앉았다.

사이고는 선 채였다.

"편지를 여기……"

사이고는 봉서를 우치다에게 건네주었다.

우치다는 봉서를 손에 들고 일단 눈 위로 쳐들었다가 개봉했다.

읽어보니 요컨대 도쿄에는 올라가지 않겠다, 관에는 나아가지 않겠다, 라는 어제 한 이야기 그대로였다.

우치다는 다시 말아서 봉투에 간수하고 절을 했다.

"고맙소."

"누추하지만 잠깐 올라오시지 않겠소?"

그렇게 권했으나 사이고는 정중하게 물리치고 돌아서서 나갔다.

사이고가 나간 뒤, 우치다의 노모는 크게 한 숨을 내쉬며 말했다.

"나는 깜짝 놀랐다."

사이고가 우치다 집의 현관에 서 있었던 시간은 고작 15분 정도밖에 안된다. 노모도 우치다도 사이고와 주고 받은 말은 두어 마디에 지나지 않았으나 뭔가 거대한 물체가 가버렸다는 느낌이 들었고, 그뒤에 허탈까지는 아니더라도 집안에 몹시 허망한 바람이 한 차례 불고 지나간 듯한 느낌이 드는 것 같았다.

그러한 뜻에서 노모는 사이고라는 인물을 불가사의한 인간인 듯이 생각했다.

"이제껏 그런 사람은 본 적이 없다."

노모가 아들 마사카제에게 했다.

"그런 사람이라니, 어떤 사람입니까?"

"글쎄 뭐랄까……"

몸이 자그마한 노모의 얼굴에서 미소가 사라지고 생각에 잠긴 듯했다. 이 현관에 잠시 서 있었다는 것만으로도 묵직한 충만감이 거기에 있었다는 느낌이 들었다.

"너는 세상을 널리 나돌아다녀 보지 않았느냐. 세상에는 저런 사람이 많이 있더냐?"

"그렇게 물으시면 좀 곤란합니다만……"

"왜냐?"

"이제까지 그런 건 생각한 적이 없었기 때문이지요. 기치노스케라는 사람은 원래부터 그런 사람이라고 생각하고 있었을 뿐, 그를 다른 사람과 비교한 일은 없었으니까요."

우치다 마사카제는 문벌이 사이고보다 높고 학문면에서도 히사미쓰를 상대 할 정도이므로 사이고보다 자기가 위라고 생각하고 있었다. 게다가 우치다 마사카제는 무슨 일에나 능숙했다. 도바 후시미 싸움 때 사이고는 총수였다. 우치다가 보는 바 사이고는 싸움에 있어서도 상세하게 지시하는 법이 없었고 다만 전선에서 원병을 보내 달라고 사자가 뛰어왔을 때 사이고는 소리를 높여 이렇게 호통쳤을 뿐이었다.

"원병 같은 것은 없다. 모두 죽을 각오로 싸워라."

그 한 마디가 사쓰마 군의 사기를 분발시킨 것은 확실하지만 단지 그것뿐이었다.

우치다는 그 싸움에서 병참관계 일체를 담당하였는데 조금도 실수가 없었다. 일을 하면 남에게 뒤지지 않는다고 생각했으며 승부욕(勝癖)도 있었다. 이렇게 남에게 지지 않는다는 기분으로 사이고라는 인물을 보아 왔기 때문에 어쩌면 사이고의 중대한 무언가를 보지 못했을지도 모른다.

'흐음, 과연 어머니가 느낄 정도니.'

어쩌면 사이고는 범상하지 않은 인물일지 모른다고 생각하기도 했다.

우치다 마사카제는 그 뒤 툇마루에 담배함을 내놓고 앉아 멍하니 사이고에 대해 생각했다.

'기리노 등이 따르는 것도 당연한가?'

이렇게 생각하기도 했다. 요컨대 자기에게는 사이고라는 사람을 파악할 만한 감수성이 없는지도 모른다고도 생각했다.

그렇더라도 우치다는 후회도 하지 않고 수치라고도 생각지 않았다.

'불교도가 아미타불을 고맙게 생각하는 것과 같은 거겠지. 신도도 아닌 내가 고맙게 생각하지 않아도 하는 수 없는 일이 아닌가.'

동시에 우치다는 사이고의 신자를 짐짓 경멸하고 있었고 또 경계도 하고 있었다. 기리노 등은 우치다의 눈으로 보면 한낱 몸집이 건장한 사나이에 불과했고 사이고가 어째서 기리노 따위를 높이 사고 있는지 그 점에서도 사이고를 수상쩍게 생각했다.

'사이고는 시마즈 가문에서 빠져나가 공명(功名)을 좇은 사나이다.'

우치다는 이렇게 생각하고 있었다. 물론 이 감정은 아니꼬움을 내포하고 있다.

기리노는 원래 영주를 직접 배알할 자격이 없는 향사 신분이었다. 그것을 사이고가 특별히 추천하여 희한하게도 그 자격을 주었고 보신 전쟁 뒤, 번군의 대대장으로 임명하는 이례적인 발탁을 감행했다. 엄밀히 따지자면 사이고가 한 일은 번주가 해야 할 일이었다.

기리노 등 발탁된 자들은 모두 사이고를 은인으로 우러렀다. 사이고는 사사로운 은혜를 판다는 견해도, 히사미쓰의 측근인 우치다 마사카제 쪽에서 보면 틀린 말도 아니다.

번과 별도로 태정관이라는 질서가 태어나고 있었다. 히사미쓰는 그것을 단순히 '조정(朝廷)'으로밖에 보지 않았지만, 오쿠보 도시미치는 태정관을 국가로 보고 있는 것이다. 히사미쓰의 측근인 우치다 마사카제는 히사미쓰처럼 극단적이지는 않지만 태정관을 국가라고 생각하기는 어려웠다. 사이고의 생각은 어땠을까?

사이고의 심중을 우치다 마사카제가 헤아리기는 어렵지만, 사이고는 기리노 등 자기의 주요 부하들을 번제(藩制)에서 빼내어 태정관의 육군 소장으로 만들어 버렸다. 이러한 것이 우치다의 말에 따르면 인사(人事)처리였다.

사실 사이고는 태정관을 반드시 국가라고는 인정하지 않고 단순히 옛 시대의 조정 정도로밖에 생각하지 않은 모양인지 육군 대장이라는 현직에 있으면서도 미련 없이 옛 번으로 돌아와 버렸다.

기리노 등도 마찬가지였다. 이러한 점 때문에 우치다는 히사미쓰와 마찬가지로 사이고를 겨우 인정하고 있는 것이다.

사이고는 우치다 마사카제의 집에서 나오자 시모카지야마치(下加治屋町)로 향했다. 오늘은 오야마의 집에서 히코하치의 장례식을 치른다. 사이고도 참례하지 않으면 안 된다.

걸으면서 생각했다.

'히사미쓰 공은 여전히 사물을 꿰뚫어 보지 못한다.'

히사미쓰는 사이고더러 상경하라고 했다. 사이고가 상경하면 그것만으로도 일본의 온 천지에 내란이 일어난다. 사이고가 상경한다면 기리노 이하 사학교 학생들에게 불을 지르는 결과가 되는 것이다. 그들은 일제히 일어나 우리도 따르겠다고 말 할 것이리라. 이 궐기에 대하여 사이고는 다른 장소에서도 자주 말했지만 자기의 힘으로는 말릴 수 없다고 했다.

이와 같이 사쓰마 사족 수천 명이 궐기하여 무기를 잡고 사이고를 따라 상경한다면 다른 규슈의 사족과, 연도의 산요(山陽), 도카이도의 사족도 보고만 있지는 않을 것이다. 반드시 서로 격문을 띄워 어느 한 곳에 모여 사이고가 도쿄에 당도할 즈음에는 5만, 10만의 인원수가 되어 있을 가능성이 짙다.

'히사미쓰 공은 그것을 모른다.'

사이고는 당혹스러운 마음으로 그 일을 생각하고 있었다.

이 일에 대하여 가장 깊이 이해하고 있는 것은 오쿠보 도시미치라고 사이고는 생각했고 사실이 그랬다.

오쿠보는 다른 장소에서, 사이고가 가고시마를 떠나지 않는 것은 청년들을 억제하고 있기 때문이라고 말했다.

오쿠보는 물론 태정관의 실질적 독재자로서 정견이 다른 사이고가 정권에 참여하는 것을 당연히 원하지 않았으며, 그 점에 대해서는 충분한 대비책을 마련해 왔다. 그러나 오쿠보는 사이고가 함부로 상경한다고는 생각지 않고 있었다.

이 점에서 오쿠보가 사이고를 보는 눈은 누구보다 정확하고 견고했으며 정적(政敵)이면서도 오랜 맹우에 대한 신뢰감은 강했다. 오쿠보는 사이고가 그 자신이 만든 태정관 정권을 일거에 뒤엎어 버리려는 속셈은 없을 것이라고 단정짓고 있었다. 이 점에서 사이고는 상경하지 않는다고 생각하고 있었다.

오쿠보는 사이고가 세이난(西南) 땅에 있으면서 인심의 폭발을 한 몸으로 막고 있다는 것은 가쓰 가이슈(勝海丹)와도 이야기한 일이 있었을 것임에 틀림없다. 가이슈는 세이난 전쟁 뒤에 이런 노래를 읊었다.

'뒤집어 쓴 누명을 벗으려고도 하지 않고 아이들이 하는 대로 떠나간 그대여!'

이것은 가이슈가 그 동안의 속사정을 속속들이 알고 있었다는 것을 말해 준다.

어쨌든, 히사미쓰가 사이고의 상경을 종용한 것은 그 속사정에 둔감했다고 할 수 있겠다.

우치다 마사카제는 서둘러 가고시마를 떠났다.

그리고 귀경하자 곧 히사미쓰에게 보고했다. 사이고의 편지를 보여 주고 다시 사이고가 구두로 말한 것도 전했다.

히사미쓰는 생각에 잠겼다. 생각하기 시작하면 남이 있다는 것도 잊어 버리는 성격으로 30분 가량 말없이 있었다.

히사미쓰는 사이고에 대한 증오가 가라앉는 것을 느꼈다. 오히려 자기와 같은 근심을 지닌 사나이라고 하는 친근감이 강하게 솟아 올랐다.

사이고도 또 히사미쓰에 대해 다음과 같은 말로써 상경을 거절했다.

"히사미쓰 공이 도쿄에 있으면서 해내지 못한 일을 내가 해낼 리가 없소."

이것은 다분히 표면적인 이유이겠으나 히사미쓰로서는 반갑지 않은 말은 아니었다. 히사미쓰가 사이고의 사상을 이해한 것은 아니지만, 이 편지로 사이고는 히사미쓰에 대하여 사상적 동반자라는 것을 제시해 주고 있는 것이다.

우치다는 가고시마에 돌아간 전 근위 출신 사족들이 언제 폭발할지 모른다는 뜻의 말도 했다. 히사미쓰는 막부 말기 이래 언제나 무력에 의한 반정부 행동에는 반대했다. 히사미쓰는 막부 말기에 막각(幕閣)에 반대하면서도 막번(幕藩) 체제 자체에 대해서는 강한 보수성을 지녀 메이지 9년인 오늘날, 태정관 체제에 강렬하게 반발을 하면서도 태정관 정부를 무력으로 흔들어 놓을 심산은 없었다. 이런 점은 그야말로 히사미쓰다운 면모인데, 요컨대 그는 가고시마의 사족들이 폭발할까봐 걱정하고 있었다.

"사이고는 어떻든가?"

폭발 위험성을 앞에 놓고 사이고는 어떤 태도로 있는냐고 물었다. 사이고가 그 위험성을 억누르고 있다고 우치다는 말했다.

히사미쓰는 이 점에서도 사이고에게 만족했다.

"기리노는 어떻던가?"

"그도 청년들을 누르고 있습니다."

사이고는 언제나 사냥하러 나가 있고 가고시마에는 거의 돌아오지 않으며 기리노 또한 일부러 가고시마를 떠나 시골에서 농사를 짓고 있었다.

이 두 사람의 일상 생활로 미루어 보아 교사자(敎唆者)일 까닭이 없으므로 히사미쓰도 그것을 이해할 수 있었다.

"나도 가고시마로 돌아가겠다. 사이고가 오지 않는 도쿄에 있어서 뭐하겠나."

이것이 히사미쓰가 생각한 나머지 결론이었다. 태정관이 또 난감해 하겠지만 그런 일에 얽매일 수는 없다고 히사미쓰는 결의를 굳혔다.

이 무렵 오쿠보 도시미치는 저택 부지에 새로 서양식 주택을 짓고 거기로 옮겼다.

"도시미치가 궁전 같은 양옥을 새로 지었다."

평론신문사에서 흘러나온 이 소문이 사쓰마까지 퍼져 오쿠보에 대한 사람들의 증오를 결정적으로 만든 것이 그 새 양옥이었다.

"사치가 거기까지 이르렀는가?"

시마즈 히사미쓰도 증오의 뜻을 비쳤다.

히사미쓰로서는 막부 말기의 어느 시기까지는 오쿠보 도시미치 따위는 시야에 들어오지도 않았을 정도로 낮은 신분이었는데, 점차 올라가 막부 말기에는 측근(側近)이라는 중직에 앉았다. 그것이 태정관의 세상이 되자 영주나 화족도 미치지 못할 정도의 양옥을 신축하는 신분이 되었다는 것에, 히사미쓰가 예전의 도시미치를 너무나 잘 알고 있는 만큼 괘씸한 마음이 드는 것이었다.

사이고도 고향에서 이 소문을 들었다. 소문에는 다소간 의도적인 과장이 있기는 했다. 사이고는 정치를 하는 자는 청빈해야 한다고 생각하고 있는 인물이며 또 집이라는 것은 무릎을 들이밀 정도면 된다고 생각하고 있는 만큼 이 소문을 듣고 귀를 씻어 버리고 싶을 정도의 불쾌감을 맛보았다.

그러나 아무런 감상도 나타내지 않았다.

사이고의 속마음은 이러했을 것이다.

'녀석이 서툰 짓을 하는군.'

전국 사족들의 감정을 건드려 일대 반발을 일으킬 뿐이라고 생각했을 것이 틀림없다. 전국의 사족들은 몰락과 실의에 빠져 우울한 나날을 보내고 있다. 사이고에게는 사족이란 모두 한 계급이라는 의식이 있기 때문에 영주도 상인도 아닌 오쿠보가 그토록 영화를 누리는 것에서, 글자 그대로 간물(奸物)이라는 인상을 받고 정체 모를 수상쩍은 놈이라고 혀를 찼다 해도 무리는 아니었다.

사이고의 관점에서 보면 오쿠보가 양옥을 신축한 것은 이러한 사족들의 공통 감정에 대한 대담한 도전이 아니었을까.

오쿠보가 메이지 2년 이래 이제껏 도쿄에서 살던 곳은 고지마치 3가였다. 이 부지는 옛 니혼마쓰 번(二本松藩)의 저택과 옛 직속무사 사노(佐野)씨 저택의 부지를 합친 것으로 다른 태정관 관료의 주거와 마찬가지로 얼마 안 되는 돈으로 태정관에서 사는 형식을 취했다. 부지는 2천 5백 평 쯤 된다.

새 양옥은 그곳에 지어졌다.

목조 2층 건물로 극히 실용 본위의 건물인데 물론 금전옥루(金殿玉樓)같은 것은 아니었다.

새 양옥의 건축은 메이지 8년(1875)에 시작하여 같은 해 2월에 대략 완성되었다.

오쿠보에게는 건축비가 없었다. 태정관의 고관이 저택을 중수하거나 신축할 경우 하사금이 나오기로 되어 있었다. 오쿠보는 하사금으로 지을 작정으로 공사를 진척시키고 있었는데 예산이 초과됐다.

그리하여 오쿠보는 동향 출신으로 사카이(堺) 현령(縣令)인 사이쇼 아쓰시(稅所篤)에게서 3천 엔을 빌려쓰기로 했다. 사이쇼에게 웬일로 그만한 돈이 있었는지는 잘 모른다. 어쩌면 사카이 현의 공금이 아니었을지.

사이쇼와 오쿠보가 젊었을 때 그들의 운동이 아직 번내 활동에 머물고 있었던 초기부터 이미 사이쇼 아쓰시와는 동지였다. 사이쇼와 '골육 못지 않았다'라는 것은 오쿠보뿐만 아니라 사이고에게도 마찬가지였다.

오쿠보는 일찍부터 사이고와는 사고 방식이 다소 달라서 천하를 움직이려면 번을 잡지 않으면 안 된다, 번을 잡으려면 사이고 등이 좋게 생각하지 않는 시마즈 히사미쓰의 품에 뛰어들지 않으면 안 된다고 말했다.

비천한 하급무사인 오쿠보가 히사미쓰와 접촉할 수 있었던 것은 당시 히사미쓰에게 우대받고 있던 승려 신카이(眞海)의 소개에 의한다. 신카이는 사이쇼 아쓰시의 형이었다. 이로 인해 오쿠보가 히사미쓰의 비호을 받게 되었던 만큼 그 동안의 책모에 있어서 사이쇼와 오쿠보는 한 통속이었다.

당시의 사이고는 이 일을 깊이 이해하고 성원하여 그 경위를 낱낱이 알고 있었다. 사이고가 안세이(安政) 5년(1858) 11월, 승려 겟쇼(月照)와 더불어 가고시마 만에 몸을 던졌을 때 끌어올리니 희미하게 숨만 붙어 있었다. 이때 사이쇼가 불철주야 간병했다는 것은 향당 사이에 널리 알려진 사실이다.

막부 말기도 막바지에 이르러 사이쇼는 오사카 번저의 '재정관'으로 번저의 돈과 곡식을 장악하고 있었다. 이 무렵 오쿠보와 사이고의 활동비를 대준 것이 사이쇼인데 그는 평소에 이렇게 말했다.

"자네들은 나라를 위해 마음껏 일을 하게. 돈과 곡식은 내가 맡겠네."

도바 후시미 싸움 직전에 사이쇼는 오사카 번저를 불태우고 돈 3만 냥을 움켜쥔 채 교토로 달려갔다. 그리고 그것을 사이고에게 군자금으로 주었다.

이와 같은 경위가 있었으므로 오쿠보는 월부로 갚는다는 약속 아래 사이쇼에게서 돈을 빌려 썼던 것이다. 오쿠보는 이로부터 2년 뒤에 죽는다. 돈은 다 갚지 못했다.

여담이지만, 메이지 초기 태정관 시대의 관리의 가옥에 대해서는 오키 다카토(大木喬任)의 회고담이 있다.

메이지 2년, 도쿄에 "와아" 하고 몰려든 태정관 관료라고 하는 자들은 거

의 사쓰마·조슈·도사·사가 사람이었기 때문에 주택을 갖고 있는 자가 없었
다.

그런데 막부가 무너짐으로써 영주와 직속무사의 저택이 허다하게 빈집이
되었다는 것은 앞에서 이미 언급했다.

처음에는 대장성이 빈집을 대량으로 사들여 무료로 관료들에게 빌려 주었
다. 이에 따른 빈집의 매입에서부터 수리, 나아가 대여에 이르기까지의 사무
를 사가 번 출신인 시마 요시타케(島義勇)가 담당하고 있었다. 시마 요시타
케는 사가의 난(亂)에서 에토 신페이와 더불어 사형당한 인물이다.

"빈집을 수선하는 데 몇십만 엔의 비용이 들었다는 말을 시마 요시타케에
게서 들었다."

오키 다카토는 말했다. 몇십만 엔은 아마도 가옥 하나에 대해서가 아니라
이 무렵 소관 가옥 전부에 대한 것이었으리라. 그래도 거액이다.

그런데 관리들이 각자의 저택에 들어가서는 비가 샌다든가 바람에 담장이
무너졌다든가 하며 집주인인 대장상에 진정해 왔다. 그때마다 대장성이 보
수해야 하기 때문에 퍽 많은 돈이 들었다.

사가 출신인 오쿠마 시게노부가 대장 대신이 되었을 때 이 엉뚱한 지출을
알고 모두 각자에게 주어 버리자고 생각했다.

그 일을 같은 번 출신인 오키 다카토에게 의논했다. 이 무렵 오키는 태정
관의 다른 직책과 겸임으로 도쿄부 대참사가 되어 있었다.

"그런 소리 마시오. 각자에게 그냥 줄바에는 차라리 도쿄부가 맡겠소. 그
렇게 되면 도쿄부의 재산이 되니까."

오키는 그렇게 말하고 모두 이양받았다.

그러나 도쿄부에서 그 전부를 유지할 수가 없었으므로 부의 사업에 필요
한 가옥과 부지를 남기고 모두 살고 있는 사람에게 팔았다. 오쿠보의 고지마
치의 저택도 이때 넘겨받은 것이다.

그 가격이 부지 천 평에 대하여 25엔이었다. 이 당시에도 거저 얻은 것이
나 마찬가지라고들 말했다. 관리들도 토지와 가옥을 사들이는 일이 불가능
하지는 않았으나 그렇게 하는 자는 거의 없었다.

사실 오키는 불상사가 일어나지 않도록 도쿄부의 관리에 대해 '부의 관리
는 가옥과 대지를 한 평도 사서는 안 된다'는 명령을 내렸다.

"정말 당시의 관리들은 깨끗했다."

오키는 말하고 있다.

오쿠보가 양옥을 건축하면서 사카이 현령 사이쇼 아쓰시에게서 빌려 쓴 돈은 3천 엔이었다.

메이지 8년 3월 23일자 사이쇼의 편지에 '돈 3천 엔. 조속히 우편으로 보내 주어서 잘 받았습니다'라고 씌어 있었다. 달마다 갚는 액수는 50엔으로 정했다.

물론 오쿠보가 메이지 11년, 이시카와 현(石川縣) 사족인 시마다 이치로 (島田一郎)에게 암살되었을 때도 이 변제는 끝나지 않았다. 오쿠보가 죽은 뒤 그 재산 정리를 담당한 자가 집에는 남은 재산이 없고 부채뿐이었다고 한 것은 빚에 쪼들렸기 때문이다.

'그 탐욕이 위를 모멸하고 아래를 학대하여……'

시마다 이치로의 참간장(斬奸狀)이 오쿠보를 이렇게 말했는데 여기서 탐욕이라는 말은 맞지 않는다.

오쿠보는 신축 양옥의 목적에 대해서 외국인 접대용으로 쓰기 위해서라고 말했다. 오쿠보는 외국인 법률가와 무릎을 맞대고 그때 그때의 문제를 논하지 않으면 안 될 때가 많았다. 그 때문에 목조 양옥을 신축했다지만 그 당시 전국 사족의 눈에 그것이 어떻게 비쳐질 것인가를 고려해야 하지 않았을까?

오쿠보는 그런 종류의 배려가 전혀 없었던 것이다.

메이지 9년 2월에 대강 낙성되자 4월에 천황의 왕림이 있었다. 천황은 이미 산조와 이와쿠라의 집에 행차한 적이 있었다. 사실상의 수상인 오쿠보의 집에 행차하는 것은 그런 점에서 본다면 조금도 이상한 일이 아닌데 반정부 기운이 가득한 세상의 눈으로 보면 신축 양옥의 과시로 보일 수도 있다.

4월 19일 오전 11시 30분에 천황은 새 저택에 들어섰다. 수행원은 아리스가와노미야, 산조, 이와쿠라 등이었다. 천황이 들어갈 때 해군 군악대가 무슨 곡인가를 연주했다. 해군 군악대는 옛 사쓰마 해군에서 출발한 것으로 가고시마 현 사람이 많았다.

이 무렵, 도쿄의 가장 큰 건물은 쓰키지의 호텔을 제외하면 인쇄국이 가장 컸다.

오쿠보를 미워하는 자가 인쇄국 건물을 사진으로 찍어 사이고에게 보내며 보고했다.

"교만 방자한 도시미치는 이와 같은 양관(洋館)을 신축하여 살고 있습니다."

사쓰마 인의 특성은 일반적으로 이런 종류의 거짓말로 남을 기만하지 않는 것이라고 하는데, 반면 오쿠보에 관해서는 어떤 흉을 보아도 상관없다는 기분이 이미 향당 사쓰마 인 속에 움트고 있었다. 사이고는 물론 그 사진을 믿었다.

오쿠보의 양관에 천황이 행차하기 조금 앞서 시마즈 히사미쓰가 도쿄를 떠났다. 4월 4일이다.

히사미쓰가 가고시마로 돌아가는 것에 대해 태정관 안에 다소의 동요가 일었다.

"괜찮을까?"

이런 불안감을 품지 않은 자가 하나도 없었다. 가고시마에는 이미 사이고가 돌아가 있고 이제 또 시마즈 히사미쓰가 돌아간다면 그렇찮아도 독립권으로 보이고 있는 사쓰마가 중앙에 대해 더욱 더 강경해지지 않을까 하는 위구심이었다.

그러나 히사미쓰를 붙잡을 명분이 없었다.

이 시대에는 폐번치현 이래로 옛 번주는 모두 도쿄에서 의무적으로 살고 있었다. 폐번치현 때, 여러 번의 사족이 그 번주를 옹립하여 반란을 일으키는 것을 미리 막기 위한, 이를테면 태정관의 볼모인 셈이었다. 그 명령은 이 시기에도 적용되고 있었으므로 옛 번주가 자기 향리로 돌아가는 것은 통상적으로 허용되지 않았다.

그러나 히사미쓰는 시마즈 가문을 대표하는 존재지만 번주는 아니었다. 번주는 히사미쓰의 아들인 다다요시였다. 다다요시가 도쿄에 있는 한 히사미쓰의 행동은 자유로웠다.

히사미쓰가 도쿄를 출발하는 4월 4일, 오쿠보 도시미치는 하마마치의 저택에 인사차 갔다. 시간은 오전 6시 반이었다.

'오늘 6시 반부터 하마마치를 방문.'

오쿠보의 일기에 이렇게 씌어 있다.

히사미쓰는 오쿠보를 원흉으로 보고 있었다. 그리고 지금도 가신으로 여기고 있었고 그것도 배신한 가신으로 보고 있었다.

오쿠보는 자기가 미움을 사고 있다는 것을 당연히 알고 있었고, 나아가 막부 말기 이래 번주나 다름없는 히사미쓰가 유신을 방해했다는 사실도 충분히 알고 있었다. 그럼에도 불구하고 옛 사쓰마 번사로서는 히사미쓰를 유신의 최고 공로자로 받들어야 한다는 것도 알고 있었다.

이날 아침 오쿠보는 시마즈 가문의 신하로서 히사미쓰 공에게 인사하러 간 것이다.

'현으로 돌아가시는 것에 대해 인사를 드리러 가다.'

일기에 이렇게 씌어 있다. 옛 가신으로서의 의리였다. 옛 가신인지, 아니면 아직도 가신인지, 이 점이 이 시대에는 법령적으로 분명하지 않았다. 적어도 예의상으로는 유신 전과 마찬가지로 옛 번주에게 예를 다하지 않으면 안 되는 것은 당연한 일이었다. 오쿠보도 그래서 방문했던 것이다.

'만나뵙지 못하고……'

일기는 이어지고 있다. 히사미쓰가 일본국 수상이라고 할 수 있는 오쿠보를, 말하자면 문앞에서 쫓아버린 셈이다.

이날 오쿠보는 정오부터 이와쿠라의 집을 찾아갔다. 천황이 이와쿠라의 집에 임행하는 날이었다. 이와쿠라의 집에서 오쿠보는 천황의 수라에 배석하여 술잔도 받았다.

'손수 술을 따라 주시어 감격, 감읍 몸 둘 바를 몰랐다.'

일기에 이렇게 씌어 있다. 오쿠보가 천황의 신하라는 것은 한 치의 어김없는 사실이었다.

밀정

인물이 시대의 흐름에서 한 기간의 시국을 상징하는 경우가 있다.

'마에바라 잇세이(前原一誠)'

그도 그렇다.

조슈 인 마에바라 잇세이의 이력을 간추려서 말하면 무엇보다도 쇼카 촌숙(松下村塾)의 문하생이었다고 하는 것이 마에바라의 생애를 결정하는 한 요소가 되어 있다.

보신 전쟁에서는 호쿠에쓰(北越)에 종군했다. 진압된 뒤에 점령지인 에치고 부(越後府)의 판사가 되었다. 이 기간은 지극히 짧았으나 마에바라의 후배인 오쿠다이라 겐스케(奧平謙輔)와 함께 열심히 선정을 베풀어 그 고장 사람들이 흠모하기도 했다. 이런 점에서 혁명가다운 이상주의적 기질을 느끼게 한다.

"나는 지방관이 성미에 맞는다."

평소에 스스로 말했던 것처럼 본디 세계 인식이 부족했던 그는 중앙의 요직에 종사하기보다 자기의 성실성을 고루 펴 보일 수 있는 지방 장관직이 어울린다고 할 수 있겠다.

그런데 태정관이 그를 소환하여 '참의' 자리를 주었다. 참의라는 직책은 폐번치현 전 체제의 참의로 이후의 참의와는 약간 성격이 다르지만 태정관의 높은 직책임에는 틀림없었다.

"참의 따윈 싫다. 향리에 돌아가 부모님과 함께 살고 싶다."

메이지 2년 7월 19일에 아버지에게 부친 편지에도 그런 말이 씌어 있다.

'소자는 종4품 참의를 제수받았습니다. 참으로 뜻밖의 일로 몇 번이나 사퇴의 뜻을 밝혔으나 허락해 주지 않습니다.'

그리고 문장 끝에 이와 같이 씌어 있다.

'정말 소생은 조정 관리가 되는 것은 싫습니다.'

공연한 말이 아니라 마에바라의 언행으로 보아 어느 정도 솔직한 고백이었다.

이 당시 종4품 참의는 날마다 조정에 나가 천황을 배알했다. 복장은 오사모(烏紗帽)에 히타타레(直垂 : 무사의 예복)라고 하는 고전적인 차림새였다. 얼마 뒤에 이토 히로부미 등의 주선으로 이것이 양복으로 바뀌지만 마에바라가 이 복장으로 사진을 찍어 고향의 늙은 아버지에게 보낸 것을 보면 조금은 기뻤던 모양이다. 같은 조슈의 기도 다카요시도 이 시기에 이와 같은 복장을 하고 마에바라와 나란히 앉아 있었다.

기도는 사진찍기를 즐기는 편이었는데 그래도 이 복장으로 찍은 사진이 없는 것을 보면 우스꽝스러운 느낌이 들어 싫었는지도 모른다. 당시 모두가 막부 말기에 활약한 서생 출신인 만큼 이 복장에는 난색을 표했다.

참의를 다섯 달 맡아 본 뒤에, 병부대보(兵部大輔 : 병부 차관)인 오무라 마스지로(大村益次郎)가 수구파의 손에 횡사하고 마에바라는 그 후임이 되었다. 메이지 2년 2월의 일이다.

마에바라 잇세는 사람이 선량하고 명예나 이권에도 담담했다. 같은 조슈인이라도 마에바라의 후배격인 이토 히로부미나 야마가타 아리토모 등이 재간 하나를 무기로 삼아 약삭빠르게 살아간 것과 비교하면 어딘가 장자(長者)의 풍모가 있다고 하겠다.

그런데 그의 편지나 일기로 보아 이 정도의 인물이 참의나 병부 차관이 된 것은 조슈 인, 특히 그 중에서도 위세가 당당했던 쇼카 촌숙계의 고참(메이지 원년에 만 34세가 된다)이라는 조건이 있었기 때문이다. 마에바라 정도의 인재라면 옛 막부에도 친막계의 벗에도 쓸어버릴 만큼 많이 있었을 것이다.

그의 스승이었던 요시다 쇼인은 문하생을 골라서 가르쳤던 것은 아니다. 쇼카 촌숙은 당시의 사숙으로서는 하급 번사의 자제를 가르치는 역할을 하고 있어 근처 생선가게 자식까지 다니고 있었던 것이다.

그 당시 쇼인은 20대였으나 그는 모여든 문하생을 모두 평범한 인물로 대했다. 그는 문하생들의 장점을 지적하기 좋아하고 일일이 그들에 대해 인물평을 썼다. 쇼인이 그와 같은 문장을 쓰는 태도는 무명 소년들을 모아다가 마치 공자의 제자나 삼국지의 영웅 호걸이기나 한 것처럼 다루고 있어 이러한 대우를 받아 본 적이 없는 소년들로서는 대단한 격려가 되었을 것이다.

마에바라는 처음에 사세 야소오(佐世八十郎)라는 이름으로 불렸다.

'야소오는……'

쇼인은 이리에 스기조(入江杉藏)에게 보낸 편지에 이렇게 쓰고 있다.

'용기가 있고 지력이 있으며 남보다 퍽 성실하다. 어떤 귀한 곳이나 천한 곳에 갖다 놓아도 적합하지 않은 데가 없다.'

마에바라는 대단한 실무가라고 했다. 그런데 쇼인은 그 동학(쇼인은 소년들을 문하생
이라든가 제자라는 호칭
으로 부르지 않았다) 중에서도 가장 뛰어났던 구사카(久坂)와 다카스기(高杉)라고 하는 두 사람과 비교했다.

"그 재능은 구사카에 미치지 못하고 그 이론은 다카스기에 따라가지 못한다."

수재도 천재도 아니라고 했다. 그러면서도 끝에 가서 쇼인은 그 인물을 매우 칭찬했다.

"그러나 그의 완전함에는 두 사람 모두 야소오에 아득히 미치지 못한다."

마에바라 잇세이의 사상은 존왕양이였으며, 국내 통일에는 필요했으나 세계성을 전혀 갖지 못한 단계에 머물고 있었다.

마에바라는 기도 다카요시와 지난 날의 동지이기도 하고 친척이기도 했지만, 그가 세계 감각에 대한 수용성이 높은 기도 다카요시를 가증스런 존재로 의식하게끔 된 것은 사이고와 오쿠보의 관계와 같다고 할 수도 있으리라.

메이지 2년, 병부차관 오무라 마스지로가 횡사했을 때 태정관은 그 후임에 적임자가 없어 애를 먹었다.

조슈 인 오무라는 원래 농민 신분이었다. 막부 말기에 오사카에서 양의학을 배우고 한때 출생지인 야마구치에서 개업한 적도 있다. 뒤에 서양 병학의 번역가가 되고 이어 병술가가 되어 조슈 번에 채용되었다.

막부·조슈 전쟁에서는 실전 지휘관으로서도 능력을 발휘하고 보신 전쟁에서는 모든 관군(官軍)의 최고 지휘권을 장악했다. 오무라 자신은 철저한 민족주의자로서 평생토록 일본옷 외의 옷은 입지 않았지만 감상적인 면이 적은 성품과 합리주의적인 성격으로 인해 군대를 서양식으로 개조하는 일을 추진했다.

그는 처음부터 사농공상(士農工商)의 계급을 철폐하고 징병제로 한다는 방침을 세워 그 아래 병부성(兵部省)을 만들었다. 수구파의 과격 분자가 군인에게 구두를 신게 한다고 해서 오무라를 암살했다는 말이 그 당시에 있었지만 그보다도 수구파의 반발을 산 것은 징병제였다고 해도 무방하다.

한때 그의 후계자로 사쓰마의 오야마 쓰나요시를 추천한 자가 있었다. 오야마 쓰나요시는 시마즈 히사미쓰파의 유력한 인물중 하나였다고 할 수 있다.

사이고는 은근히 오야마 안(案)에 반대한 모양이었다.

그가 오야마를 좋아하지 않은 까닭도 있었지만 그 밖의 이유도 있다. 시마즈 히사미쓰가 징병도 서양식 군대도 반대하고 있었는데 그의 앞잡이인 오야마 쓰나요시가 병부 차관직을 맡을 수 있을 리가 없었고, 만약 오야마가 병부 차관이 되면 개화주의자가 많은 조슈계와의 마찰이 격화될 것이 틀림없었다.

사이고는 이 당시 아직 육군 대장이 되기 전이었고 제도도 없었던 시기였다. 사이고의 머리로는 병부성(^{뒤의}_{육해군성})과 같은 군정기관은, 이를테면 사무(事務)로 생각하는 경향이 있어 조슈 인에게 맡겨두면 된다는 기분이었다. 그는 오야마보다 조슈 인으로 적임자가 없을까 하고 생각했다.

요시이 도모자네(吉井友實)는 사이고와 초기부터의 동지였다. 그는 보신 전쟁 때 호쿠에쓰 전투에서 마에바라와 알게 되었는데 평소부터 마에바라의 사람됨을 칭송하고 있었다. 요시이가 마에바라는 어떤가 하고 사이고가 천거했을 때 사이고가 과연 마에바라를 알고 있었는지 모르고 있었는지 그건 모른다.

그러나 사이고가 이 안에 적극 찬성하여 마에바라는 병부 차관이 되었다.

마에바라 밑에 조슈 인 야마가타 아리토모가 있었다. 실무는 어차피 야마가타가 하게 된다.

마에바라는 거듭 사의를 표명하다가 다음해인 9월에 끝내 사직하고 말았다. 그는 같은 조슈 인이면서 기도 및 그 일파와 더불어 태정관 정부에 있는 것이 심히 불쾌했던 모양이다.

마에바라 잇세이의 특징 중 하나는 이 시기의 조슈 인에게서 흔히 볼 수 있는 출세욕이 거의 없었다는 점이다.

그 이유는 어쩌면 그의 성격 때문인지도 모른다. 굳이 말하자면 쇼카 촌숙계의 거의가 번사라고도 하기 힘든 비천한 신분에서 출세한 것과는 달리 마에바라는 다카스기 신사쿠와 마찬가지로 예외에 속했다. 그의 생가는 '오오조(大組)'라고 하는 상급무사의 집안이었다.

아버지 히코시치에 대해서는 사진 한 장이 남아 있다.

마술가(馬術家)였던 아버지는 그에 걸맞는 체격이었으며 성격도 밝았다. 남아 있는 그 사진은 의자에 앉은 무사 모습이고, 가문의 문장을 새긴 옷을 입고 승마용 하카마(袴 : 치마 비슷한 일본식 바지)를 입었고 두 다리를 벌리고 오른손에는 지팡이 대신 채찍을 짚고 길쭉한 얼굴에 부드러운 미소를 띠고 있었다. 그 시대의 사진으로서는 미소 띤 얼굴이란 드문 일이다.

히코시치는 정치와 관련되는 일을 별로 좋아하지 않았던 모양이다. 그는 평생 번의 관리로서 끝냈다. 정치와 관련되는 직책을 맡지 않았고 민정(民政)에 관한 일도 그의 경력에는 없다. 어가(御駕)담당관, 오사카(大坂)검역관, 어마(御馬) 담당관 따위의 역할뿐이고 그런 일을 착실히 했다.

이러한 히코시치의 아들 잇세이(一誠)가 쇼카 촌숙(松下村塾)에 드나들면서 5살 위인 요시다 쇼인(吉田松陰)의 영향을 받아서 혁명가로서의 정열을 지녔다는 점에서는 다카스기(高杉)집안의 부자 관계와 비슷하다.

다카스기 집안의 경우는 외아들 신사쿠(晉作)의 할아버지나 아버지가 '아무쪼록 신사쿠가 도리에 어긋난 일을 하지 않도록' 늘 기도하는 마음으로 있었다고 하는데, 히코시치의 경우에는 신사쿠의 할아버지나 아버지처럼 심약하지 않았다. 신사쿠의 집안에서는 신사쿠가 쇼카 촌숙에 다니는 것을 금지하였다. 이로 인해 신사쿠는 몰래 다니고 있었으나 히코시치는 거기까지는 간섭하지는 않았다.

히코시치는 아들이 숭배하는 쇼인에 대해서도 한마디했다.

"도라지로(寅次郎 : 쇼인)는 확실히 훌륭한 사람이야. 그러나 너는 도라지로의 훌륭함에 끌려 다녀서는 안 된다."

아버지는 잇세이에게 자기자신의 세계관 같은 것을 계속 가르쳤다. 게다가 쇼인을 따르다가 되돌아온 제자들에 대해서도 일일이 비판을 했다.

잇세이는 옛 무사의 면모를 지닌 아버지가 좋았으며 스승인 쇼인을 제외하고는 아버지를 이 세상에서 가장 존경할 만한 인물이라 생각하고 있었다. 잇세이는 쇼인에게 이끌려 가면서도 히코시치의 가르침에 충실한 젊은이였다.

마에바라 잇세이의 효행(孝行)에 대해서는 스승인 요시다 쇼인도 어쩔 수 없었던 모양이다. 쇼인의 글 중에는 이런 것이 있다.

80(잇세이)되는 부모를 섬겨 효행이 지극하다. 나는 아직도 책망하기를 나랏일보다 더 중히 여겨서는 안 된다고 말한다.

쇼인은 사상가인 동시에 사상 그대로를 행동화하려는 격렬한 인물이며, 그가 말하는 '동학(同學 : 문인)'들에 대해서도 그래야만 한다고 가르쳐 왔다. 나랏일을 위해서는 마땅히 부모님이 갖고 있는 생각이나 염려, 불안과는 단절하지 않으면 안 되는 경우가 있으며 이 일은 중국식 유교의 중심을 이루는 효(孝)와는 어긋나는 데가 있다. 쇼인은 유학(儒學)을 연구하고 있었다. 그러나 그의 사상은 당시의 일반 무사도(武士道)와 마찬가지로 다분히 유교적인 것은 아니었다. 특히 쇼인의 경우는 유교적인 효보다는 나라에 대한 충을 뚜렷이 앞세운 야마가 소코(山鹿素行 : 요시다 가문은 조슈번에서는 야마가 유파의 종가(宗家)였다)의 영향이 컸으며, 요컨대 쇼인에 있어서는 충효의 모순이 윤리상으로 해결이 되었다.

그러나 잇세이는 성격상으로 해결이 나 있지 않았다. 게다가 잇세이의 인격이 중후하고 독실하다는 것을 쇼인은 알고 있었기 때문에 쇼인의 입장에서는 잇세이에 대하여

"그것은 나랏일이 아니냐?"

면서 음성을 높여 과격한 행동을 강요할 수는 없었다. '책망하기를 나랏일보다 더 중히 여겨서는 안 된다'고 말할 수 없었던 쇼인의 잇세이에 대한 감상(感想)으로도 알 수 있다.

예를 들면 안세이(安政) 5년(1858) 12월, 조슈 번은 막부가 무서워서 쇼인을 번의 감옥에 가두었다. 이듬해 쇼인은 에도에 보내져 막부에 의해 형살(刑殺)되었는데, 그 동안 번의 감옥에 갇힌 쇼인을 구출하려고 문인들이 운

동을 일으켰다. 시나가와 야지로(品川弥二郎) 등이 광분했다. 마에바라 잇세이도 당연히 그 중에 섞여 있었다.

"요시다 도라지로에게 무슨 죄가 있단 말이냐?"

이것은 번 당국을 문책하는 운동이 있었다. 그러나 시나가와 등은 하급무사 집안 출신인 관계로 번 당국에 항의할 자격을 갖고 있지 않았다. 잇세이만은 서생 입장이지만 아버지 히코시치를 통하여 그것을 할 자격이 있었다. 잇세이는 스승 쇼인에 대해서는 아버지 히코시치를 설득하여 반드시 스승을 구출하겠다고 말하면서도 실제로는 아버지 히코시치에게 설득되었다. 히코시치는 말했다.

"도라지로의 투옥은 어쩔 수 없는 거야."

아버지는 잇세이가 뭐라 하든지 양보하지 않았다. 잇세이는 진퇴양난에 처해 한때는 할복하여 죽을 생각을 가졌을 정도였다.

쇼인에 대해서 이 일에 대한 양해의 글을 쓴 잇세이의 긴 편지가 남아 있다. 그중에 이런 글이 씌어져 있다.

"아버님의 말씀도 아들을 염려하는 자비심에서 나온 것이므로……"

잇세이가 혁명가라 하더라도 그의 생애는 아버지 히코시치가 '아들을 염려하는 자비심'의 범위 안에 머물러 있었다고 하겠다.

마에바라 잇세이의 막부 말기의 이력을 보면 다른 지사들처럼 집과 고향을 버리고 동분서주한 일은 거의 없었다.

잇세이는 드물게 보는 전형적인 유교도(儒敎徒)라 할 수 있을지 모르지만, 유교의 성격상 효(孝)의 실천윤리로서 부모가 늙었을 경우는 자식된 자는 먼길을 떠나지 않는다는 것이 있다. 그것을 공언(公言)한 적은 없으나 잇세이의 행동력을 보면 어쩌면 그러지 않았나 생각되기도 한다.

그러나, 그가 아버지 곁을 떠난 적도 몇 번인가 있었다. 그 최초는 젊어서 나가사키에 유학한 일이다. 해군이나 서양 병술을 배울 생각이었으나 원래 기술을 익히는 일에 그다지 의욕을 느끼지 못하는 성격이었던지 겨우 두 달만 체류하고 귀향했다.

이런 점에서 후년에 그는 2대 병부 차관이 되었을 때, 초대인 오무라 마스지로가 조슈의 농민 출신이면서 양의학을 배우고 항상 과학적으로 생각하며 또 서양 병학이라고 하는 기술을 독학하여 번역과 저술을 열심히 하는 한편,

용병의 실무를 다루는 등 온 정력을 쏟은 기술인이었던 것과는 취향을 달리하고 있다.

분큐(文久) 2년(1862) 4월부터 이듬해 3년 8월까지 1년 남짓하게 교토 등 기타 지방에서 활약했는데 이 사이에 그의 아버지 히코시치(彦七)도 직책상 교토에 있었다. 그뒤 다시 조슈에 돌아가 번의 직무를 보기도 하고 번 내의 친막파와 투쟁에 참가하기도 했다.

그 뒤, 무진 전쟁에 종군하여 1년간 고향을 떠나 있었고 다시 도쿄에 돌아오자마자 그는 귀향할 생각으로 향리의 아버지에게 감정어린 표현으로 귀향할 뜻을 비친 편지를 보냈다.

'만사 여의치 못하여 우울할 뿐입니다. 도저히 오래 머물 수 없을 것 같습니다.'

무엇이 마에바라에게 '우울한 일'이었는지 구체적으로는 알 수 없지만 어쩌면 태정관 정부에 대해 사이고와 비슷한 불만을 품고 있었는지도 모른다.

그러나 태정관은 그를 놓치기가 싫었던지 계속 직책을 주었다.

그러다가 야마구치 현(山口縣)의 군대에서 반란이 일어났다. 조슈 번은 막부 말기에서 보신 전쟁에 걸쳐 기병대(騎兵隊), 기타의 징모군을 실컷 부려먹었으면서도 새정부는 이에 대해 충분한 신분보장이나 포상 등을 하지 않았다.

메이지 2년, 군대가 반란을 일으킨 시기와 마에바라의 귀향이 우연히 일치했기 때문에 태정관은 일단 허가했던 마에바라의 귀향을 중지시켰다.

마에바라가 귀향하면 그들 군대가 마에바라를 옹립하고 일어선다는 두려움이 태정관의 조슈 인 사이에 있었기 때문이라는 상상도 성립된다. 군대 반란은 기도 다카요시가 직접 야마구치에 나가서 진압했다.

조슈 벌(閥)의 총수가 기도 다카요시라는 것은 대략 세상이 인정하고 있었다.

그러나 이런 면에서 조슈 인의 일반적 기질은 사쓰마 인과는 다르다. 사쓰마 인이 일단 어떤 사람을 존경하면 '선생'으로 떠받들고 그의 명령을 꿇어 앉아 듣는 자세를 취하는 것과는 달리, 조슈 인에게는 그러한 경향이 없어 기도라고 해도 동지 가운데 선배라는 정도의 대우밖에는 못 받는다(도사 인의 경우 동격의식이 강해 이타가키 등도 선배정도의 경의조차 후진들에게서 받지 못하고 있다).

기도는 젊어서부터 뜻을 같이 하는 후진들에게 고작 형님 정도로밖에 행동하지 못했는데 그것이 기도의 장점으로 느껴지는 경우도 있었다.

그런데 유신 후, 태정관이 생긴 뒤의 기도는 조슈 인에 대해 결코 거만한 태도를 보이지는 않았지만 때로는 난감할 정도의 질투를 노골적으로 표시하기도 했다. 전에 기도를 형님으로 받들던 이토 히로부미가 정치가로서 오쿠보의 늠름한 자세에 탄복하여 오쿠보 밑에서 일하게 된 것을 기뻐했을 때 기도의 질투에 대해서는 앞서 기술한 바 있다.

"조슈 출신 참의 히로사와 사네오미(廣澤眞臣)가 암살(메이지 4년)된 사건에는 기도가 끼어 있다."

이런 소문이 사건 당시에 떠돌았다. 터무니없는 말이었으나 그 소문의 근거로 지적되고 있는 것은 기도의 질투심이었다. 정치 정세의 불안이 엮어 낸 풍문이라고는 하지만 굳이 말하자면 기도의 부덕(不德)한 소치라고 말할 수 있다.

또 다른 풍문이 있었다.

"기도는 마에바라 잇세이의 높은 명성(마에바라가 그토록 명성이 높은 것도 아니지만)을 시기하고 있다"는 것이었다. 이 풍문은 뿌리가 깊다.

마에바라는 메이지 2년에 참의가 되었는데 기도가 훼방하여 병부 차관으로 만들었다. 실제의 사정은 이미 말한 바와 같이 풍문과는 다르지만 그뒤 여러 가지로 모함하여 이윽고 마에바라가 귀향하자 기도가 나서서 난을 일으키도록 유도하여 끝내 사형시켰다는 것이다. 이 풍문은 오래도록 지속되어 다이쇼(大正)기에 야마구치 현 사람이 쓴 전기에도 상당히 감정적인 필치로 그 분위기가 그려져 있다.

그러나 그런 식의 견해는 기담(奇譚)에 속한다고나 할까, 기도는 그 정도의 사나이는 아니었던 것 같다.

쉽게 말해서 두 영웅이 함께 양립하지 못한다는 것과 같이 기도 다카요시와 마에바라 잇세이의 불화(不和)를 그렇게 해석할 수 있을지 모르겠다.

하지만 기도의 자존심으로는 마에바라와 나란히 선다는 말조차 불쾌하지 않았을까.

기도 쪽에서 보면 마에바라는 한낱 어리석은 남자에 지나지 않는다.

그 한 가지 예로 보신 전쟁이 아직도 한참일 때 마에바라는 새로 진압한

에치고 지방의 민정을 담당하고 있었다.

이 무렵, 시나노 강(信濃川)에 홍수가 일어나 마에바라는 하천의 근본적인 치수를 마음먹고 물을 분류시킬 계획을 세웠다. 그러기 위해서는 백 60만 냥이 필요했다.

마에바라는 새 정부와 교섭하여 억지로라도 그 액수를 얻어내려고 했다. 물론 이 당시, 폐번치현 이전의 일로 새 정부에는 재정적 기초라고 할 만한 것이 없었다. 게다가 고료가쿠(五稜郭)와의 전투로 돈과 곡식이 유출되고 있는 때이기도 해서 시나노 강의 분류 공사 따위를 할 여유가 없었다.

그런데도 마에바라는 성격상 넓은 시야로 사물을 생각하는 바가 적었고 그보다는 정의감이 앞섰다. 마에바라가 제출한 난제에 대해 중앙을 담당한 히로사와 사네오미가 설득했으나 마에바라는 쉽게 듣지 않았다. 마에바라가 에치고의 지방관을 그만두고 중앙의 참의로 승격된 것은 이와 같은 사정도 있었다.

이 시기에 기도는 마에바라의 단순성이 꽤나 불쾌했던 모양인지 이토 히로부미에게 푸념에 가까운 편지를 썼다. 기도는 직접적으로 마에바라와 충돌한 것은 아니고 히로사와에게서 자세한 경위를 듣고 난 후의 푸념인 듯하다.

'마에(前) 씨는……'

마에바라(前原)를 뜻한다. 편지의 내용을 의역하면 다음과 같다.

'마에 씨에 대한 히로사와 씨의 말을 들으니 예의 그 식으로……'

예의 그 식이란, 정의감이 발동하면 물불을 가리지 못하며 무조건 자기가 옳고 남은 그르다고 생각하는 마에바라의 성격을 가리킨다.

'에치고에서 그는 치수 공사를 독단적으로 해 버렸소. 이 때문에 백만 냥의 돈이 든다고 하는데……'

게다가 백만 냥의 돈을 쓰고서도 공사가 완성될 지 어떨지 거기까지의 기초조사도 되어 있지 않아 실패는 뻔한 일이라는 것이 암시되어 있다.

'결말이 어떻게 될지 본인은 심히 걱정이오.'

물론 이 결말은 마에바라의 참의 취임으로 공사가 중지됨으로써 기도와 히로사와의 걱정은 기우(杞憂)로 끝났다. 시나노 강 치수 공사는 메이지 42년(1909)에 재착수되어 15년 뒤인 다이쇼 13년(1924)에 끝났다. 이런 면으로만 보면 마에바라는 선각자라고 할 수 있고 기도와 히도자와는 속리(俗吏)에 불과한 셈이 된다.

조슈 인이 야마구치 현을 통틀어 태정관을 예찬하고 있는 것이 아님은 마에바라 잇세이를 보더라도 이해할 수 있다.

야마구치 현에 대한 조슈 인의 불만은 옛 기병대나 옛 징집대의 반란이 진압된 뒤 잠재화되었다.

'양이(攘夷)'

이 말 자체에서 보아도 강렬한 배타적 민족주의에 의해 막부는 쓰러지고 태정관 정권이 수립되었으나, 순수한 배타적 민족주의자로서는 새 정부와 옛 막부는 서로 비슷하다고 볼 수 있다.

"우리는 이용당한 것에 지나지 않는다."

이런 마음이 강했다.

옛 막부는 열강의 위협을 받고 통상조약이라는 굴욕적인 형태로 개국을 하였다. 그것을 반대한 전국 양이주의자가 궐기하여 통상조약 파기를 강요하고 이윽고 사쓰마·조슈라는 두 웅번(雄藩)이 시대적 기운의 대표가 되었다.

사쓰마와 조슈가 각기 외국과 무력전(사쓰마·영국 전쟁과 조슈의 시모노세키 해협 전쟁)을 벌여 외국 무력의 우수성을 알고 은근히 체질을 바꾸었다. 두 번은 대대적으로 외국 기술을 도입하고, 서양식 군대의 강화와 병행하여 산업국가를 지향하고자 했으나 태정관을 만든 이상, 페리에 굴복한 옛 막부의 모습을 벗어날 수 없다. 왕년의 양이가 변하여, 외국에 항거할 수 없다는 굴복감의 옛 양이주의자(마에바라 잇세이 같은)와 결별하고 태정관식의 세계 인식을 새로 만들어냈다고 할 수 있을 것이다.

태정관파와 재야 양이파의 어느 쪽이 혁명가로서 정통성이 있는가, 하는 논의는 그만 두고라도 적어도 재야 양이주의자는 자기 쪽이 정통이라고 하는 정의(正義)와, 그 정의가 태정관에 의하여 억압되고 있다는 노여움을 품고 있었다.

마에바라는 조슈 사족들 중의 재야 양이파의 상징이 되어 가고 있다고 해도 좋을 것이다.

야마구치 현에는 옛 기병대, 옛 징집대 등의 잔당들도 있었다. 그들은 옛 막부 때 번의 양이 방침에 감동하여 졸개나 서민의 몸이면서도 지원병에 참가해, '에도(繪堂) 전쟁'이라고 일컬어지는 번내에서의 혁명전과 보신 전쟁을 치러 온 도당들인데 태정관 수립과 동시에 태반이 실직하게 되었다.

그 밖에 옛 조슈 번에서 친막파였던 자들도 당연히 태정관에 불만을 가지고 있었다. 그런 감정들이 하나로 뭉칠 가능성이 있었으므로 기도 다카요시 등은 그것을 가장 두려워했다. 만약 마에바라가 귀향하면 그들의 불만이 하나가 되어 불을 뿜지나 않을까 염려되었다.

메이지 3년(1870) 10월, 마에바라 잇세이는 마침내 소망이 이루어져 귀향했다.

메이지 6년, 정한론에 패배하고 사이고가 하야했을 때 야마구치 현의 사족들도 동요했다. 다음 해 사가에서 에토 신페이의 난이 일어났을 때도 야마구치 현 사족의 일부가 이에 동조하려는 조짐이 있어 동요는 더욱 더 커졌다. 마에바라 잇세이는 원래가 반정부주의자이면서도 기묘할 정도로 냉정했다. 그는 에토 등과 동조하여 난을 일으킬 마음은 없었다. 이런 점에서 사이고가 사쓰마에 냉정했던 것과 비슷하다.

다만 세계관이나 시국관, 나아가서 인간 세상은 어떤 것이어야 하느냐, 하는 사상에 있어서 마에바라는 사이고와 비할 바가 못 된다.

그것은 사가의 변란이 일어났을 때 마에바라가 야마구치 현 권령 나카노 고이치(中野梧一)의 청탁으로 현내의 진정을 요청한 그의 격문에 잘 나타나 있다.

'규슈 지방의 소란은 그 형세가 점차 커져가고 있다.'

이런 문장으로 시작되는 격문은 문장 속에 에토 신페이라고 하는 동시대인에 대한 이해와 분석은 없고 다만 관념적으로 그를 적(賊)으로만 볼 뿐, 마에바라 잇세이라는 명성은 이른바 역사의 변동기가 낳은 허명에 불과하지 않나 하고 여겨진다. 그는 격문에서 에토 등을 단순히 '간웅(奸雄)'이라 부르고 그 반란 동기에 대해서도 다음과 같이 말할 뿐 마에바라 자신의 안식(眼識)은 어디서도 찾아 볼 수 없다.

"그 명분의 소재를 아직 확인하지 못했으나 정한(征韓)이라 주장하기도 하고 혹은 사사로운 원한의 보복이라고도 한다."

다시 사가의 난의 범위가 확대되어 야마구치 현에까지 미칠 것을 우려하여 이와 같이 쓰고 있다.

'독을 머금은 불꽃이 미치는 곳, 사방의 이웃이 집을 잃고 현의 관리는 일자리를 지키지 못하고 그 기세, 바야흐로 우리 현에 파급되려고 한다.'

마에바라가 이만저만한 관념주의자가 아니라는 것은, 에토 신페이를 단순히 간웅이라고 부를 뿐더러 사가의 난에 대해서는 한낱 독을 머금은 불꽃으로 인식하고 있는 데 불과하다는 것으로도 알 수 있다.

이 격문으로 이해할 수 있듯이 마에바라라는 인물은 태정관에 대해서는 양이주의자로서의 불만이 있다고는 하나, 그 태정관을 만들어낸 것은 조슈 인이라고 하는 강한 긍지가 그의 자세를 떠받들고 있었다.

에토 등 사가 인이 막부 말기에는 도막(倒幕)을 위해 한 방울의 피도 흘리지 않고 보신 전쟁에 참가했기 때문에 태정관의 요직 태반을 차지했다. 그런 주제에 오히려 반란을 일으키다니 이 무슨 일인가, 라는 불쾌감이 노골적으로 나타나 있는 것이다.

야마구치 현에 돌아가 있던 마에바라 잇세이는 그 뒤 한 번 상경했다.

귀향 중에 기도 다카요시는 기도다운 집요한 성격으로 몇 번이나 설득했다.

"중앙에 나와 관직에 앉으시오. 중앙 관서가 싫다면 현령(縣令)직은 어떻겠소?"

사람을 보내 설득하기도 하고 편지로도 설득하고 마침내 직접 면담했다.

메이지 7년 7월부터 메이지 8년초에 걸쳐 기도가 야마구치 현에 돌아가 있을 때 쌍방이 서로 방문하여 담론했다. 기도도 또한 불평가라고는 하지만 태정관의 현 체제를 수호하고자 하는 점에서는 강한 신념을 가지고 있었다. 이 때문에 마에바라를 야마구치 현에 내버려두는 것을 대단히 우려했다. 야마구치 현의 불평가들이 마에바라를 옹립하여 대폭발을 일으킬거라는 것은 그 누구의 눈에도 분명했던 것이다.

"이곳에 머물지 마시오."

기도는 말과 술책을 다해 마에바라를 설득하려고 했다.

마에바라의 태도는 애매했다.

결단력이 부족했다기보다도 결단하기 위한 사상이 마에바라에게는 없었는지도 모른다. 이 무렵 마에바라의 어느 문장을 보아도 마에바라가 어떤 사상을 가지고 시세를 어떻게 보고 있었는가 하는 생각이 분명치가 않다.

따라서 기도가 설득하면 이런 식이었다.

"그도 그렇겠지."

한편 고향 장정들과 접하면 장정들의 기분도 이해한다는 식이었다.

이 시기에 마에바라의 행동을 묶어 둔 것은 어머니 오스에(메이지 33년 92세 사망)의 병환과 아버지 히코시치의 완고함 때문이었다고 할 수 있다. 아버지 히코시치의 완고함은 조슈 인 사이에서도 유명했다. 히코시치는 대단한 기질의 보수주의자로 옛 막부 시절에는 친막파였고 유신 뒤에는 개화 반대론자였다. 또한 잇세이를 사랑하여 잇세이와 함께 살기를 원했고 잇세이가 도쿄에 가는 것을 싫어했다.

그렇다고 해서 잇세이에게 난을 일으키라고 히코시치가 말하지는 않았고, 잇세이도 반란의 의도 같은 것은 없었다. 원래 마에바라 잇세이에게는 반란을 일으킬 만큼 선명한 사상성이나 구상력이 없었다고 보아야 할 것이다.

이를테면 마에바라 잇세이는 떠도는 상태에 놓여 있었던 것에 지나지 않았다.

메이지 8년 7월에 한때 상경했던 것도, 기도 다카요시나 이토 히로부미 등이 빈번하게 그것을 종용했기 때문에 마지못해 갔던 것이다. 물론 고향의 사족들은 마에바라의 상경을 강력하게 반대했다. 상경하면 마에바라가 벼슬길에 나가 태정관의 포로가 된다고 보았던 것이다.

그런 반대를 물리치고 마에바라는 상경했다. 그 점에서는 기도 등의 체면을 세워 주었다고 해도 좋다. 그러나 상경은 했으나 관에 봉직할 마음은 전혀 없었다는 점에서는 현의 사족들의 의향대로였다고 할 수 있다.

조슈의 마에바라 잇세이와 사쓰마의 사이고 다카모리가 각자의 현에서 비슷한 상황에 놓여 있던 것은 확실하다.

그러나 마에바라의 경우, 사이고와 비교해 보면 정략 감각의 치졸함을 숨길 수가 없다. 마에바라는 메이지 8년 7월에 심심풀이로 한때 상경했다. 상경했다는 그 자체가 중대한 정치적 파란을 낳는다. 그것을 마에바라는 인식하지 못하고 있었던 것 같다.

올라가면 도쿄에서 혁명을 갈망하고 있는 반정부 운동가들이 마치 마에바라라고 하는 자석에 빨려 드는 철편(鐵片)처럼 달라붙을 것이리라.

물론 반정부 운동 지도자 중의 몇 명은 마에바라 보다 훨씬 뛰어난 세계관을 가지고, 인간으로서의 매력이나 역량이 풍부한 자도 있어, 반드시 마에바라를 존경하여 모여드는 것은 아니었지만, 그들은 마에바라가 동원할 수 있는 반란 병력(^{야마구치}_{현 사족})을 충분히 평가하고 있었다.

마에바라가 상경하면 반드시 반정부 운동의 무대 뒤가 활발하게 돌아갈 것이다. 이에 대해 마에바라는 둔감했다.

또한 정부 옹호를 위한 탐정 기관을 자처하고 있는 대경시(大警視) 가와지 도시나가의 경시청도 마에바라의 신변 탐사를 위해 부지런히 움직일 것이다. 양자가 움직이게 되면 당연히 수면(水面) 밑에 분류가 생겨나고 뜻밖의 사태가 일어날 수도 있다.

이 점을 생각하면 사이고는 마에바라와 너무나도 다르다. 사이고는 상경하지 않을 뿐더러 자택이 있는 가고시마의 옛 성밑 거리에는 상주하지 않고 날마다 사냥만 하고 있었다. 자취를 감추듯이 사쓰마 반도나 오스미(大隅) 반도의 산야를 돌아다닌다는 것은 사이고의 중대한 정치 감각이 깃들어 있다고 해도 좋다.

사이고는 자기가 약간이나마 움직이면 그로 인해 계산 밖의 사태가 일어난다는 것을 알고 있었고, 또 여간 조심하지 않으면 사족들의 꾐에 빠져 자신의 계산 밖의 시기에, 계산 밖의 사태를 야기시킨다는 것도 알고 있었다.

마에바라는 그런 점에서 감수성이 둔했다.

그는 도쿄에 당도한 메이지 8년 7월 22일에 친구를 방문했다.

'나가오카, 자리에 있었다.'

마에바라는 일기에 이렇게 쓰고 있다. 이 당시, 가장 날카롭고 예민하다는 나가오카 히사시게가 자진하여 마에바라에게 접근했던 모양이다.

말이 난 김에 아이즈 번사 나가오카 히사시게에 대해 언급하지 않으면 안되겠다.

이 시대에 나가오카만큼 심각하게 태정관 정권을 뒤엎으려고 한 사람은 없다. 그는 태정관의 본질을 근대국가 형성의 모체라고도, 핵심이라고도 보지 않았다. 단순히 사쓰마·조슈가 권세욕을 가지고 옛 막부 대신 들어 앉았다고밖에 보지 않았으며 이런 점에서 나가오카의 눈은 거의 정확했다.

옛 아이즈 번의 사람들은 모두 사쓰마·조슈를 증오하고 있다.

보신(戊辰)전쟁은 그 나름대로 혁명전이었기 때문에 목을 쳐 높이 매달고 혁명의 제물로 삼을 목표물을 찾고 있었다. 당초에 사이고도 오쿠보도 그 제물의 대상으로 전 장군 도쿠가와 요시노부를 겨냥했다. 요시노부의 목을 베어 천하에 보여 주는 일이야말로 새 시대의 도래를 3천만 서민에게 알리는 길이라고 생각했다.

그런데 당사자인 요시노부가 도망치는 듯한 태도로 사쓰마·조슈의 화살을 피하고 끝내는 머리를 숙이고 순종으로 일관했기 때문에 사쓰마·조슈로서는 이를 칠 수가 없게 되었다. 말하자면 목표를 잃어버린 셈이다. 그 대리 목표로 아이즈 번이 선택된 느낌이 있었던 것이다.

아이즈 번에 대한 증오는 사쓰마보다도 조슈쪽이 더 심했다. 막부 말기에 조슈 인이 교토의 신센 조의 활동을 포함하여 아이즈 번에 참담한 꼴을 당했기 때문이다. 그에 대한 보복도 겸해서 아이즈의 와카마쓰 성(若松城)을 공격하여 패배시켰을 뿐만 아니라 그 뒤 아이즈 번을 아오모리 현(靑森縣)에 있는 불모지로 쫓아냈다. 따라서 아이즈 인은 글자 그대로 도탄의 고통을 겪었던 것이다.

나가오카 히사시게는 한때 전후의 번(藩) 재건에 몸을 바쳐 일하고 있었으나 이윽고 태정관을 전복시킬 목적으로 도쿄에 올라와 널리 교제를 넓히고 반정부 운동가로서 이름을 날리고 있었다. 나가오카의 탁월한 교양과 활달한 인품이 사람들에게 호감을 주었던 모양이다.

오쿠보의 정권을 쓰러뜨리려 하는 사쓰마 인 에비하라가 반정부 운동의 요새로 평론신문사를 만들었는데, 이 창설에 나가오카도 참가하여 에비라하에 버금가는 유력한 동인이 되었다.

나가오카는 다시 도사계의 민권 운동 지도자들(이타가키 다이스케,
하야시 유조 등)에게 접근하여 신뢰를 얻고 또한 시마즈 히사미쓰에게도 접근했다.

"마에바라 잇세이가 상경했다."

이 소식을 듣고 나가오카가 즉시 접근한 것은 당연한 일이라고 하겠다. 마에바라는 나가오카와 만난 그날 술집에 같이 가서 술을 실컷 마신 뒤 짧은 체경(滯京) 중에 빈번하게 접촉할 정도로 친밀한 관계를 맺었다.

마에바라 잇세이의 짧은 도쿄 체류 중, 그는 조슈 인의 어느 저택도 숙소로 쓰지 않았다.

그는 고비키초(木挽町)의 사쿠라 옥(佐倉屋)이라는 극히 평범한 여관에 유숙하고 있었다.

동향 출신 고관의 저택에 기숙하지 않은 것은 그의 태정관에 대한 혐오증 때문이었다.

"특히 밤은 위험하다."

이토 히로부미 등이 충고한 모양이지만 마에바라는 묵살했다.

분명 이 당시의 도쿄는 무시무시했다.

이 당시는 경시청의 경찰 3천 명이 밤낮으로 순시하고 있었으므로 치안은 메이지 초기만큼은 나쁘지 않았다.

사가(佐賀)의 오키 다카토의 말에 따르면 메이지 2, 3년 경의 치안은 형편없었던 모양이다. 정체 모를 지방의 사족, 부랑자, 밤도둑 등이 흘러들어와 대낮에도 노상강도가 날뛰었다. 모든 고관들이 자기 집 안에 동향의 젊은 이들 5명, 10명씩 경비원으로 두고 외출시에도 그들을 거느리고 다녔다.

메이지 6년부터 경시청이 정비되면서 치안은 좋아졌으나 그렇다 해도 세이난 전쟁 이후의 치안 같지는 않았다.

마에바라는 그 점에는 개의치 않았다. 그의 말을 빌리면 이런 것이었다.

"나는 태정관 고관이 아니니까 공연히 겁먹을 필요 없다."

경시청이 강화되어 전보다 치안은 확실히 좋아져 있었다. 그러나 그 강화에 비례하여 밀정이 활개를 치게 되었다. 대경시 가와지 도시나가가 나폴레옹의 경찰 장관이었으며 프랑스 수도 경찰의 원형을 만든 조제프 푸셰의 신봉자라는 것은 이미 언급했다. 푸셰는 동료 장관들의 사생활까지 조사하며 철저한 밀정 정치를 한 사람이지만, 가와지는 그렇게까지는 하지 않았고 조금이나마 반정부 운동 기미가 보이는 인물에게는 여러 명의 밀정을 붙여 미행시켰다.

당연히 마에바라 잇세이는 경시청으로서는 큰 목표중 한 사람이었다.

"자네, 조심해. 자네 주위에는 밀정투성이야."

이때 나가오카 히사시게가 마에바라에게 충고했는데, 그 나가오카에게도 여러 명의 밀정이 늘 따라붙고 있었다. 나가오카는 마에바라의 숙소인 고비키초의 사쿠라 옥에 아예 틀어박혀 있었다. 나가오카를 담당한 밀정과 함께 마에바라를 담당한 밀정들이 사쿠라 옥 주위를 에워싸다시피 하고 있었다.

'마에바라는 대체 뭘 생각하고 있을까. 밀정에 에워싸여 그의 말과 행동이 샅샅이 정부에 고해 바쳐지는 상황에서 무슨 일을 하겠다는 걸까?'

마에바라에 대한 이러한 평이 하기(萩)의 난(亂) 이전에 평론신문에 게재된 일이 있었다. 정확한 지적이었다.

마에바라 잇세이가 도쿄에 머문 것은 겨우 한 달 안팎에 지나지 않는다.

이 사이에 반정부당의 명사, 책사, 지사들이 꼬리를 물고 마에바라를 찾았다.

"마에바라야말로."

그에게 기대하는 마음이 무릇 반정부적 책모를 꾸미려는 사람들 모두에게 있었다.

사쓰마의 사이고, 조슈의 마에바라, 하고 나란히 이름이 오르내리게 된 것은 이 짧은 체류 중의 일이었다. 마에바라가 자진하여 사람들을 찾는 일이 없었는데도 모두 그쪽에서 찾아왔다.

마에바라는 메이지 8년 여름 이전에는 정부에 대해 무장 봉기를 하려고는 꿈에도 생각지 않았을 것이다. 그것은 지난 해 사가의 난과 에토 신페이에 대하여 냉담했던 것으로도 알 수 있다. 그때 야마구치 현의 사족들에게 띄운 사가의 난에 대한 격문을 되풀이하는 것 같지만 마에바라 잇세이라고 하는, 시대가 낳은 명사의 면모가 그 글에 여실히 나타나 있다. 그는 정치나 인간이라는 넓은 과제에 대해 어처구니 없을 정도로 둔감한, 혹은 우둔한 인물이 아니었을까. 마에바라 자신은 거짓말을 하지 못하는 진실한 성격의 사람이었으나 시류가 마에바라의 그림자를 실체보다 훨씬 크게 만들어 주고 있었다.

"사쓰마와 조슈가 반란을 일으키면 그들이 만들어 낸 태정관 정권은 발붙일 곳이 없어 당장에 무너진다."

아이즈의 나가오카 히사시게 등은 그렇게 생각하였고, 그렇기 때문에 나가오카는 마에바라가 도쿄에 있는 동안 거의 붙어 앉아 선동했다. 나가오카 히사시게의 식견이라면 마에바라의 실체를 대강 추측하고 있었을 것이 틀림없다. 나가오카로서는 마에바라의 역량이 크고 작은 것 따위는 아무래도 상관 없었다. 나가오카는 특별히 마에바라를 대장으로 추대하고 그 지휘를 받고자 한 것이 아니라 혁명에 대한 마에바라의 전략적 가치의 중요성만 사고 있었던 것이다. 만약에 마에바라와 야마구치 현 사족이 봉기하면 천하의 반정부 지사를 전격적으로 지지하는 일이 되리라.

"조슈조차 태정관을 무너뜨리려고 일어섰다."

이런 새로운 사태는 천하의 기운을 반정부로 기울게 하는 데 절대적인 힘이 될 것이라고 나가오카는 생각하고 있었다.

"기운이 조성되었을 때 자네와 내가 함께 호응하여 일어서자."

도쿄 체제 중에 마에바라는 나가오카에게 약속을 해 버렸던 것이다.

나가오카는 책사이기도 했으나 옛 아이즈 번의 중진으로서 사족을 동원시킬 힘이 있었다. 아마도 순식간에 천 명의 아이즈 사족이 모여들지 않을까.

마에바라 잇세이의 도쿄 체재는 마에바라에게 있어서 속성이기는 하지만 반정부 운동가가 되기 위한 자가 교육의 기간이었던 것처럼 생각된다.

그에게 반란을 기대하고 그의 의견을 듣고자 내방한 사람들 가운데 그 이듬해 현실적으로 반란을 일으킨 자가 많다.

먼저 이듬해에 구마모토(熊本)에서 신푸렌(神風連)의 난(亂)을 일으킨 구마모토, 경신당(敬神堂)의 아베 가게키(阿部景器), 도미나가 모리쿠니(富永守國)라고 하는 두 국학도(國學徒)를 들 수 있다. 아베는 옛 히고 번사로 그 이듬해 10월, 신푸렌 궐기에 참가하여 구마모토 진수부를 습격하고 패배 후 집에 돌아가 아내 이키와 더불어 자결했다. 도미나가는 히고의 신관(神官)으로 아베와 마찬가지로 신푸렌 간부로서 싸움에 진 뒤 산에 올라가 아우 요시쿠니와 함께 자결했다.

이 두 사람은 태정관의 서양화주의에 대한 종교적 반대자였기 때문에, 그 맹렬한 기백에 마에바라는 그때까지 만난 그 어느 반정부주의자보다도 압도되는 것을 느꼈다.

또 옛 히고 번사 이케베 기치주로(池邊吉十郎)도 찾아왔다. 이케베는 세이난 전쟁 때 구마모토의 학교당(學校黨)을 이끌고 사이고 군(軍)에 참가한 사람이다. 이케베의 사상은 보수적이기는 하지만 경신당과 같은 신도적 요소는 없었고 오히려 시마즈 히사미쓰의 사상에 가깝다. 그런 까닭에 히사미쓰의 측근인 우치다 마사카제 등과도 교류했다.

이 밖에 옛 후쿠오카 번(福岡藩)의 불평 사족들도 도쿄에 체류 중인 마에바라를 찾아왔다. 하코다 로쿠스케(箱田六輔), 신도 기헤이타(進藤喜平太), 그리고 도야마 미쓰루(頭山滿) 등이다. 후쿠오카 번의 구로다(黑田) 가문은 막부 말기에는 그다지 시세에 민감하지 않았다. 유신 이후에도 여전했는데 정한론 소동 무렵부터 점차 그것에 동조하는 당파가 나타났다. 이 세 사람은 후쿠오카의 정한파로 이 중에서 도야마 미쓰루는 뒤에 현양사(玄洋社)를 결성한다. 당시 도야마는 20세를 갓 넘었을 뿐이었다.

이 기간에 마에바라는 이타가키 다이스케와도 만났다고 하는데, 이 사실은 마에바라의 일기에 없었으므로 조금 의심스럽다.

마에바라의 거동에 대해서는 기도 다카요시나 이토 히로부미 등 조슈계의 고관이 초조한 마음으로 주목하고 있었다. 체류 중 마에바라는 기도나 이토와는 몇 번 접촉을 가졌을 뿐, 쟁쟁한 반정부 운동가들만 만났으며, 또 이타가키 다이스케까지 만났다고 하면 기도나 이토의 의심은 더욱 깊어지지 않을 수 없다. 마에바라가 반정부주의자라고까지는 할 수 없더라도 조슈 인으로서는 딱 잘라서 조슈 벌(閥)과 절연할 자세를 취하고 있는 것만은 분명했다.

"이타가키 쪽에서 마에바라를 만나러 왔다. 마에바라는 민권론에 찬성했다."

이것이 그 정보인데, 이것은 후쿠지 겐이치로(福地源一郎)가 얻어내어 상경중인 전 야마구치 현령 나카노 고이치에게 귀띔해 주었다. 나카노가 '후쿠지의 탐정에 의한 것이다'라는 표현으로 이토 히로부미에게 알리고 이토가 기도에게 편지로 급히 보고했다. 그러나 사실 여부 그 자체는 의심스럽다.

마에바라의 도쿄체류는 정세 정찰의 목적이 짙었으리라.

그리고 꼬리를 물고 찾아드는 반정부 운동가의 열기에 접하고 현 정권의 대붕괴가 임박했다고 보았을 것이 틀림없다.

그의 체류 중의 감상은 야마구치 현에 있는 막내동생 사세 가즈키요(佐世一淸)에게 보낸 편지에 잘 나타나 있다. 편지의 발송 시기는 아사쿠사 혼간사(本願寺)에서의 지방관회의가 끝났을 무렵으로, 이 책의 등장 인물로 보면 미야자키 하치로가 평론 신문사에 입사한 때와 같은 시기이다.

마에바라는 소박한 민족주의라고 할 수 있는 막부 말기 태동기의 양이주의를 거의 청교도적인 순수성으로 지키고 있었다. 이 때문에 그의 울분의 중심은 태정관의 서양제국에 대한 취약성에 있었다. 역사적 정세 속에 마에바라의 관찰과 정세 판단, 그리고 결론도 모두 여기서 나왔다. 서양에 대한 태정관의 취약성은 지극히 사소한 시세의 흔적에 지나지 않았는데도 마에바라는 그 흔적의 자리에서 전체 정세를 보려고 했다. 당연히 그 결론은 편협한 것이었고 과격으로 치달을 수밖에 없었다.

마에바라는 막내아우에게 보낸 편지 속에서 사할린(樺太)을 에워싼, 러시아에 대한 정부의 연약성을 한탄하는 한편, 재정이 궁핍한데도 정부는 못까지 서양에서 사들이고 있다(못이란 무슨 못인지, 어떤 사실을 가리키는 것인지 알 수 없다)는 따위의 울분을 터뜨렸다.

또 일본 정부의 일부에선 지폐의 남발로 재정난을 타개하려는 생각이 있었는데 이 점에서는 고용 외국인이 반대하기도 하고 영국 공사 퍼크스가 충고했다는 사실이 있다. 마에바라는 아마도 이런 일들을 누군가에게서 들었을 것이리라.

그는 '외국인이 참견했다'는 것으로 이 사태를 보고 있었으며 원문에서는 이렇게 말했다.

'지폐를 마음대로 찍어 내는 것도 외국이 간섭하여 더 이상 허락하지 않는 모양……'

또 다시 이렇게 나가다가는 '일본은 반주국(半主國 : 반독립국)이 된다'고 썼다.

또한 서양물이 든 태정관 관리는 만일의 사태가 일어나면^(혁명이나 전쟁이 일어나면) '대개 서양이나 미국 오랑캐 땅으로 도망갈 것이 틀림없다'고 마에바라는 쓰고 있다.

마에바라의 문장은 오쿠보나 기도의 문장과는 달리 명석치 못한 것이 특징인데, 이 편지의 끄트머리에 정부의 관리는 '이제는 일본 국적을 포기하고 외국 국적을 취득할 모양'이라고 쓰고 있다. 예컨대 기도나 이토 등이 영국 국적이나 미국 국적을 취득한다는 의미일까?

그동안에 마에바라는 시마즈 히사미쓰와 접촉하고 있었다.

당연한 일이지만 마에바라 쪽에서 하마마치의 저택을 방문했다. 히사미쓰 측의 규율로 말하면 마에바라는 히사미쓰를 배알했다고 하는 편이 옳겠다.

아마도 히사미쓰의 측근인 가에다 노부요시가 히사미쓰에게 마에바라를 만나 볼 것을 권했을 것이리라.

가에다에게는 아이즈 인 나가오카 히사시게가 권했을 것이 틀림없다. 이 시대에 태정관을 전복하려는 구상에 대해 나가오카만큼 치밀한 계획과 결의를 가진 자는 없었다. 나가오카는 큰 계획을 가졌을 뿐만이 아니라 사상의 좌우를 불문하고 모든 반정부 운동가를 규합하고자 했고 그 방면에서의 발도 넓었다. 당연한 일로 나가오카는 가에다나 우치다와 같은 시마즈 히사미쓰의 측근과도 연결되어 있었다.

나가오카가 가에다를 붙잡고 부디 마에바라를 하마마치에 있는 저택으로 데리고 가라고 권했다는 것은 쉽게 상상할 수 있다. 이런 점에서 능숙한 행동의 사나이 나가오카의 발자취를 볼 수가 있다. 나가오카의 사상과 행동의 밑바탕은 다른 반정부 운동가들의 다분히 관념적인 것과는 달리 사쓰마·조슈에 대한 아이즈 인의 증오를 사명감으로서 대표하고 있었던 만큼 칼 쓰는 솜씨가 다른 것 같다.

히사미쓰는 마에바라가 크게 마음에 들었던 모양이다.

마에바라 또한 히사미쓰를 존경했다. 존경하는 것 이상으로 생각했다.

'이 사람이 일어서면 그것만으로 태정관은 허물어질 것이 아닌가?'

옛 사쓰마 번의 지휘권을 가졌던 히사미쓰가 그 권위와 잠재 세력을 가지고 폭력적으로 일어난다면 일은 간단하게 끝나지 않을까, 하는 생각은 누구나 하고 있었다. 그러나 현실적으로는 히사미쓰의 위령 따위는 태정관 정부의 사쓰마 인에게도, 사이고를 추대하는 사쓰마 인에게도 통용되지 않는다는 것을 아는 사람은 다 알고 있다.

마에바라는 그것을 히사미쓰에게 권했다.

"비상 사태를 일으키시기 바랍니다."

이런 진언을 했다는 것은 마에바라가 동향인 사사키 오토야(佐佐木男也)에 보낸 편지로 알 수 있다. 그런데 히사미쓰는 꿈쩍도 하지 않았다. 히사미쓰는 가슴에 가득 불만을 안고 있었지만 귀족다운 질서주의자였기 때문이다.

'좌대신(히사미쓰)은 대단히 조리있는 분.'

마에바라가 이렇게 쓰고 있는데 그것은 '순서를 밟아 어디까지나 말로써 자기의 의견을 편다'는, 즉 질서 감각의 소유자라는 의미인 듯하다.

기도나 이토 등 태정관의 조슈 인은 도쿄에 체재 중인 마에바라 잇세이의 동정을 끊임없이 주목하고 있었다.

주안점은 마에바라를 귀향하지 못하게 하는 일이었다. 마에바라가 돌아가면 반드시 난리가 일어난다는 것을 기도 등은 잘 알고 있었다. 사가 출신 에토 신페이가 그랬다. 1년 전인 메이지 7년에 이토는 사람들의 만류를 뿌리치고 사가에 돌아가, 예상했던 대로 난의 거두로 떠받들어지고 말았다.

모든 옛 번이 가마솥의 기름이 끓어 넘치는 형국이었다. 에토의 경우는 자기가 불을 짊어지고 있다는 인식이 희박했는데 결국 가마솥의 기름은 에토의 불로 인하여 별안간 대화재가 되고 말았다.

"마에바라도 그렇다. 마에바라의 귀향은 즉 반란이라고 보아도 좋다."

이런 긴장된 인식이, 대경시 가와지 도시나가를 지휘자로 하고 있는 경시청에 있었기 때문에 마에바라에게 밀정을 붙이고 있었다.

그러나 경시청의 사쓰마계로서의 가와지는 지금 오쿠보의 부하 이상의 동지적 존재가 되어 있었다. 오쿠보도 가와지도 마에바라가 조슈의 전 고관이라는 점때문에 행동을 삼가하고 있었다. 마에바라보다는 기도 다카요시나 이토 히로부미에 대한 배려였다.

"되도록이면 마에바라의 진퇴가 조슈인 사이에서 해결되기를 바란다."

일종의 이런 암시가 있었던 것같이 생각된다.

이리하여 기도가 마에바라에 대해 정보를 수집하려고 했고, 이토 히로부미와 같은 사람조차 이 시기에 탐색자의 역할을 했다는 것은 사쓰마 벌(閥)과의 관계가 있었기 때문임이 틀림없다.

그런데 체류 중의 마에바라는 기도를 되도록 멀리하려 했고 이토에 대해서도 물론 적극적으로는 접촉하지 않았다. 오히려 이토 쪽에서 열심히 접근하려고 했다. 이토는 관직에 들어올 것을 권했지만 마에바라는 그것을 묵살했다.

"되도록이면 도쿄에 있어 주십시오."

이들 태정관파의 소원도 마에바라는 묵살했는데 짐작하건대 조슈 인의 누군가가 손을 써서 시마즈 히사미쓰에게 부탁했을 것이다. 히사미쓰가 측근인 가에다 노부요시를 시켜 마에바라에게 도쿄에 머물러 있는 것이 어떠냐고 설득하기도 했다. 히사미쓰가 반정부 사상을 가지면서도 폭발을 싫어한다는 마음이 이런 면에서도 여실히 나타나 있다.

이 무렵의 마에바라의 일기에 이와 같이 씌어 있다.

'가에다가 찾아 오다, 나를 억류하고자 한다. 시마즈 공의 명령이다.'

그러나 마에바라는 도쿄에 머물 마음은 없었다.

마에바라 잇세이가 배를 타고 도쿄를 떠난 것은 8월 14일이다.

갑작스러운 일이었다. 도쿄에 머물고 있는 조슈 인 그 누구에게도 알리지 않았다. 기도 다카요시에 대해서는 승선한 뒤에 조카인 구니시 센키치(國司仙吉)를 보내어 알렸다.

기도는 몹시 불쾌하게 여겨 이 날의 일기에 이와 같이 적고 있다.

'구니시 센키치, 마에바라 잇세이의 귀향을 보고해 오다. 그의 진퇴는 몹시 조리에 어긋나다.'

기도의 분노는 기도 나름대로 마에바라에 대한 배려——마에바라와는 맞지 않더라도 그로 하여금 반란의 위험을 밟지 않게 하려는——가 있었기 때문에 더욱 깊었는지도 모른다.

그러나 마에바라로서는 그의 문장에도 있듯이, 기도는 일본인을 그만두고 영국이나 미국 국적을 취득하고자 하는 사람이므로 얼굴을 보는 것도 싫었을 것이다.

그의 문장(막내동생 사세 가즈
키요에게 부친 편지)에는 상경하여 기도를 만난 소감으로 그를 비웃고 있다.

'기도와 그의 동료들은 안색을 살펴보건대 꽤 잘난 체하는 빛이 있어……'

잘난 체한다는 것은 기도와 주변 인물들이 태정관 고관이 되어 만족스러워하고 있는 것, 그리고 자신들의 서양화 정책에 대한 자신감 등을 포함한 것이리라.

그러나 마에바라는 거기서 망국의 위기를 느꼈다. 일본이 패망한다기보다도 먼저 태정관이 망하고 말리라는 관측도 상경 결과 자신 있게 굳혔다. 그러한 마에바라의 눈으로 볼 때 기도나 이토 등이 장차 패망할 줄은 모르고 '자못 잘난 체하는 빛'을 보이고 있는 것이 가련하게만 비쳤던 것이다.

마에바라는 그 문장 가운데서 그들을 '가마솥에 들어간 생선인 줄도 모르니 가엾다 할 것인지……'라고 쓰고 있다. 마침내 가마솥 안에서 삶아진다는 것을 모르고 있다고 비웃은 것이었다. 그러나 마에바라 자신이 오히려 '가마솥의 생선'이 되어 버리지만 일국의 정권을 전복시키고자 하는 계획자로서의 마에바라의 현실분석 감각은 빈틈이 많다는 느낌이 든다.

이토 히로부미는 더욱 끈질겼다. 마침 오사카에 체류중인 나카노 고이치에게 전보를 쳐서 마에바라를 찾아 내려고 했다. 그 목적은 어디까지나 야마구치 현(山口縣)으로 돌려보내지 않는 것이었다.

나카노는 마에바라가 탔다는 도쿄마루(東京丸)의 선실을 수색했으나 결국 찾아내지 못했는데 당사자인 마에바라는 고베에서 운카마루(運貨丸)라는 배를 갈아타고 귀향했다.

마에바라의 가슴 속 그 무엇이 그렇게 시켰던 것인지, 이때의 귀향은 몹시 갑작스럽고 어수선했다.

마에바라가 고베에서 갈아탄 배가 운카마루였다는 것은 이미 말했다.

미타지리 항(三田尻港)은 옛 막부 시절에 조슈 번 해군국이 있었을 정도였으며, 메이지 초기에도 야마구치 현 중부의 현관으로서 정기선의 기항지가 되었다.

수심 관계상 기선은 항구 중간쯤에서 기관을 끈다. 배에서 내릴 사람은 부두에서 맞으러 오는 거룻배을 타게 되는데 길을 재촉하고 있던 마에바라는 첫 번째 거룻배를 탔다.

상륙하자 곧장 가게에 들러 인력거를 세내었다.

도쿄에서 발명되어 유행한 이 기묘한 수레는 미타지리 같은 항구에서도 이미 벌이가 되고 있는 모양이었다.

"인력거꾼 둘을 부탁하네."

마에바라는 말했다.

가게 주인은 행선지를 물었다. 마에바라는 질문에는 대답하지 않고 약간 멀다고 했다.

인력거꾼이 앞에 하나, 뒤에 하나 붙었다. 뒤에서는 민다. 마에바라는 올라타자 인력거꾼에게 일렀다.

"하기(萩)……."

두 사람 모두 놀란 모양이었다. 세토 내해 해안의 미타지리에서 동해안의 하기 옛 성밑 거리까지는 80킬로미터도 넘는다.

도중에 현청(縣廳)이 있는 야마구치 현이 있다. 여기에 마에바라의 친척과 사사키 오토야 같은 동지가 많이 있다.

그러나 마에바라는 바람같이 야마구치를 지나쳐 갔다.

도쿄의 기도는 그 뒤 귀향 후 마에바라의 동정을 그야말로 밀정처럼 그 지방의 지인에게 조회했는데 야마구치에 사는 기나시 노부카즈(木梨信一)의 회신에 이런 표현을 썼다.

'마에바라 선생, 갑자기 귀향.'

미타지리에서 두 사람이 끌고 미는 인력거로 달렸기에 이렇게 보고했다.

"야마구치는 소리도 없이 통과했고 아무도 아는 사람이 없었습니다."

마에바라의 이 조급한 행동은 도쿄의 태정관 관리들에게 붙잡혀서는 안 된다는 것과 야마구치라 할지라도 현청 소재지니 만큼 도쿄에서 지령이 내려와 있어 자기를 만류할 것이 틀림없다고 생각했기 때문이리라.

하기의 옛 성밑 거리는 옛 큰 번의 고을 중에서도 가장 조용한 마을이라고 할 수 있을지 모른다.

대개 옛 큰 번의 성밑 거리는 상업의 중심지인 경우가 많은데, 하기라는 곳은 그렇지 않고 이 옛 번의 상업 중심지는 시모노세키(下關)였다.

동해에 면한, 외진 지역이 사업의 중심지가 될 까닭이 없다. 이 열악한 조건은 물론 모리 가문에서 일부러 선택한 것은 아니다. 세키가하라(關原) 전쟁에서 패배한 뒤 모리 가문의 영지가 대폭적으로 줄어들었을 때 막부에서 그렇게 지시했던 것이다.

막부 말기에 이르러 조슈 번의 활동이 활발해짐에 따라 하기는 너무나 불편했다. 결국 성이 있는 하기에서 번청을 야마구치까지 남하시켜 메이지 이후 그것이 현청이 되었다. 본디 상업 도시적 성격이 희박한 하기는 그 이후로 현청의 중심지 구실도 못하게 되었다.

성곽과 성관 정원의 높고 낮은 무사들의 저택, 거기에 수많은 졸개들의 공동주택이 에도 시대 모습 그대로 하기에 남아 있었으므로 그 고요함은 한여름의 오후 같기도 하고 때로는 마치 물속과도 같았다.

그런데 요즘에 와서는 반드시 그렇지만은 않았다.

규슈 각지에서 사족들이 숨어드는가 하면 현 안의 이 마을 저 마을에서 징모대(徵募隊)의 생존자들이 흘러들어와, 옛 시대의 칼을 차고 돌아다니며 고성방가하고 소란을 피웠다. 또 술을 마시고 젊은이가 있는 집에 몰려가 선동하기도 하고 여기저기 흩어져 있는 학문소(學問所)에 쳐들어가 교사에게 욕지거리를 퍼붓기도 했다.

그런 자들이 모두 외쳐대는 것이었다.

"마에바라 선생이 일어선다."

막부 말기에 친막파였던 상급무사들도 번의 졸개 출신들이 만든 태정관을 경멸하고 있었으며 상급무사가 아니더라도 무사의 경제적 기반이나 특권을 빼앗긴 사람들이 그 원흉을 태정관이라고 지목한 것은 당연한 일이었다.

마에바라가 태정관파의 제지를 뿌리치고 그와 같은 거리에 돌아왔다는 것은 이미 결의가 섰다고 보아도 좋았다.

사족들은 마에바라가 일시 상경한다고 했을 때도 반대했다.

마에바라가 돌아왔다고 환호하며 기뻐한 것도 무리가 아니었다.

하기는 사족들 전원이 마에바라에게 복종하고 있었던 것은 아니고 따로 일파가 있었다. 이사하야 사쿠지로(諫早作次郎)라고 하는, 실상은 정부와 내통하고 있는 정한론자를 숭배하는 그룹인데 이에 대해서는 그냥 넘어 가기로 한다.

마에바라 잇세이의 사상은 히사미쓰와 닮은 부분이 있기는 하지만 히사미쓰와 비교할 때 치밀성이 있다고는 볼 수 없다.

유신으로 모든 것이 일변하자, 태정관파가 괴로워 한 것은 국가란 무엇인가 하는 문제였다.

근대국가의 개념은 메이지 4년에 오쿠보나 기도 등의 고관들이 구미의 여러 국가를 견학하고 감각적이기는 하지만 대략 알게 되었다. 적어도 과거의 일본사에 그 견본이 없다는 것만은 이해할 수 있었다. 즉 다이라노 기요모리(平淸盛)가 천하를 휘어잡았을 때의 일본은, 근대적인 의미에서의 '국가'라고는 말하기 어려웠다. 또 도쿠가와 이에야스가 정이대장군이 되었을 때의 일본은 '국가'의 견본이라고 할 수 없다는 것을 알았다는 정도였다.

고관들의 국가관 견학에 발맞추어 유학생의 유럽에서의 연구, 나아가서는 고용된 외국인에 대한 자문 등으로 인하여 태정관(太政官) 정부 요인들(특히 감각이 가장 예민했던 것은 주로 오쿠보, 기도, 이토)의 근대국가에 대한 개념이 점차 성장해 갔다.

그러나 그들의 감각이나 정보 또는 지식에는 다른 사람들과는 단층(斷層)이 존재했다. 특히 마에바라와 같은 기질의 인물은 기도나 이토를 보고, 그들은 지금 일본인에서 벗어나 영국 국적을 취득하려고 한다고밖에 이해하지 못했다. 아니 이해하려 들지 않았다.

그것이 마에바라와 쇼카 촌숙(松下村塾)의 동문이었던 태정관파의 시나가와 야지로(品川彌次郞) 등의 눈에 실로 위험천만하게 비쳐졌다.

마에바라가 수구파(守舊派)로 있으면 불평 사족의 손에 놀아나게 되므로, 마에바라의 머리를 일변시키지 않으면 안 된다고 생각하여 《국법범론(國法汎論 : J.C. 블룬츨리 저. 메이지 5년 문부성 간)》이라는 책을 보냈다. 블룬츨리(1808~1881)는 이 시대의 독일 국가학자(國家學者)로 사회계약론과는 거리가 먼 보수적 국가론을 펴고 있었다.

그와 같은 보수적인 국가론조차도 마에바라는 한 번 읽고 나서 간이 뒤집힌 것 같은 감상문을 썼다.

'이것을 읽었더니 과연 정치의 기본은 국토국민제(國土國民制)라고 되어 있다. 나는 이것에 반대하며 만일 우리 정부가 이것을 좇는다면 우리의 2천 년래의 왕토왕민(王土王民)의 기초를 바꾸지 않을 수 없으니……'

즉, 서양의 국가는 국가와 국민과 국토로 이루어지고 있지만 일본이 만약 이를 좇으려고 하면 2천 년래의 국가개념인 '왕토와 왕민'이라는 사상은 기초에서부터 없어져 버린다는 것이었다.

　마에바라의 사상에 대해 계속한다.

　그는 국가라고 하는 것이 국민에 의해 성립된다는 평이한 서양의 국가관을 이해하지 못했다기보다 적대시하고 있었다.

　그의 문장에 의하면 태정관은 '왕토'라는 관념을 부정하고 '국토'라는 관념을 기본 개념으로 삼으려 한다는 것이다.

　"왕토를 파기(부정)하고 국토라고 한다. 이것을 존왕이라고 할 수 있겠는가. 나는 단연코 이것을 국적(國賊)이라고 본다."

　같은 쇼카 촌숙의 동문이라도 이토 히로부미나 시나가와 야지로 등이 왕토거나 국토거나 무슨 상관이냐는 감각을 지니고 있는 것에 반하여, 마에바라 잇세이는 관념에 격분하고 죽기도 하는 조슈인 특유의 공통된 성벽(性癖)을 농후하게 지니고 있었다. 일본국의 땅을 '국토'라고 부르는 태정관 정부의 사람들은 역적이라는 것이다. 역적이라는 것은 막부 말기에 성행한 존왕사관(尊王史觀)에서는 다른 것을 통제할 경우에 이용되는 최악의 분류라고 할 수 있다.

　이런 형편없는 세상을 만들 것이라면 자기는 천하 만민의 앞장을 서서 유신을 주창하고 한마지로(汗馬之勞 : _{말이 땀을 흘릴} _{정도의 노역(勞役)})를 다하지는 않았을 것이라고 마에바라는 말했다. 마에바라의 문장에서는 도막(倒幕) 운동에 참가한 것을 후회하고 있다고 말하고 있다.

　'처음에 나로 하여금 이러한 세계를 만든다는 것을 알려 주었더라면 어찌 천하 만민에 앞장서서 유신을 주창하고 한마지로를 다했겠는가?'

　다시 말하지만 마에바라는 사족주의자(士族主義者)이다. '국민'이 아니라 '왕민'이어야 한다는 주장과 모순되고 있다. 막부 말기에 왕민의식의 앙양은 '일군만민(一君萬民)'이라는 평등주의를 내포하고 있었다. 그런데 유신에 의해 그 '왕민'이 성립되었다. '왕민'의 성립에 잇따라 메이지 2, 3년 경의 도사 번에서는 사민평등(四民平等)이라는 사상이 생겨나 번의 이름으로 선포되었는데, 마에바라의 입장에서 보면, 모처럼 혁명사상이었던 '왕민'에 계급이 존재한다는 말이 된다. 마에바라가 '국민'이라는 관념을 혐오한 것은 사민평등의 증오와 연결될지도 모르는 일인데, 그런 점이 마에바라로서는 어떻게 된 일인지 그의 어떠한 문장에도 명쾌하게 나타나 있지 않다.

'사족(士族)이 지녀온 직책을 없애고 녹권(祿券 : 녹봉 대신 발행한 공채증서)을 만듦에 즈음하여, 각의(閣議)에서는 만약에 불평을 말하고 폭거를 일으키는 자가 있으면 이를 토멸함에 있어 병력으로 할 것이라고 한다. 참으로 우리 백만 사족에게 무슨 죄가 있단 말인가. 정부가 과연 이런 마음으로 사족을 통제하고 몰아내려 한다면 필경 천하에 대란을 빚으리라.'

마에바라의 외교정책에 대해서 살펴보겠다.

그는 메이지 6년의 정한론 소동 때는 정한론을 주장한 흔적이 없고 또 반대한 자취도 증거로는 남아 있지 않다.

그러나 뒤늦은 감은 있지만 메이지 8년, 도쿄에서 돌아와 하기에서 동지들과 의논한 끝에 정한론으로 결정지었다. 날짜로 말하면 10월 6일, 하기의 명륜관에 동지들이 모였을 때다.

마에바라 자신의 글에 의하면 그의 정한론은 소박하여 사이고와 같은 사상성도 없고 세계관이라고 할 만한 것도 찾아 볼 수 없다.

'진구(神功) 황후께서 삼한(三韓 : 신라, 백제, 고구려)을 정복하시고 도요토미 히데요시 공 또한 이 일을 계승했으니 모두 조선 조정의 잘못을 꾸짖음에 있었다. 이에 명분없는 전쟁이라 함은 조선 스스로의 주장일 뿐이다. 그러나 우리 조정이 은혜를 입혀, 만약 조선으로 하여금 독립국으로 만드는 날에는 즉 청나라가 이를 병탄(倂呑)하고자 할 것이고 러시아는 이를 겁탈하려고 할 것이다.'

진구 황후 운운은 전설에 불과하고 히데요시의 조선 출병 사실에 대해서도《일본외사》정도의 지식밖에 없었던 것은 당시 일반적인 경향으로 무리도 아니다. 그러나 조선국의 국제법상의 위치, 즉 가령 청국에 종주권이 있느냐 없느냐라든가 조선을 에워싼 청국과 러시아의 관계에 대해서는 전 외무대신 소에지마 다네오미(副島種臣)가 충분히 검토했다. 마에바라는 소에지마와도 교제가 있었던 이상 전직 참의 자격에 어울리는 국제적 상식을 근거로 한 문장을 썼어야 했다. 이 점에서도 마에바라의 문장은 거칠고 빈틈이 많았던 것 같다.

아래에 마에바라의 문장을 쉬운 말로 옮긴다.

'러시아와 청국이 조선을 공략하고——조잡한 상정이지만——우리나라에 와서 쓰시마(對馬島)라든가 이키(壹岐)를 빌려 달라고 하면 우리나라의 곤란은 지대한 것이 된다. 그리고 마침내 이 두 나라가 성공하면 조선은 이 양국의 후원을 얻어 날개가 돋히게 된다. 어쨌든 조선은 항시 불안한 국정이기 때문에 물론 옛 은혜를 잊어버리고 우리를 원수로 볼 것은 두 말할 필요도 없다. 즉, 하나의 속국을 잃고 세 적국(조선, 청국, 러시아)을 얻는 격이 된다. 지금이야말로 우리 임금의 군대는 죄를 문책하는 군을 일으켜 조선을 치고 조선을 우리 판도(版圖)에 복귀시켜야 한다.'

마에바라에 의하면 조선은 일본의 속국이라고 한다. 이 기묘한 인식에 대해 마에바라 자신은 이상스럽게 생각하지 않은 모양으로, 한 마디도 논증하지 않았다. 조선을 쳐서 우리 판도에 복귀시키라고 하는 이상 마에바라는 조선을 일본 영토로 생각하고 있는 모양이지만 이것은 마에바라의 신앙에 불과하며, 이 시대의 조선통이었던 전 참의 가쓰 가이슈도 물론 이와 같이 생각하지는 않았다. 더욱이 태정관의 정부 요인 중 그렇게 생각하는 사람은 아무도 없었던 것 같다.

어쨌든 메이지 8년 가을, 마에바라의 이 같은 글을 읽으면 도저히 한 나라의 각료였던 인물의 사고라고는 생각하기 힘들며 메이지 유신이 서생(書生)들의 혁명이었다는 것의 일면을 잘 나타내고 있다.

그러나 돌이켜 볼 때 마에바라 잇세이라는 존재의 측면을 생각하면 근대국가의 성립을 현실로 포착하려고 하는 기도 다카요시나 이토 히로부미에게 어떻게도 할 수 없는 심연(深淵) 같은 것이 있다.

조슈 인에게는 위의 두 사람이나 야마가타 아리토모 등과 같은 인물만으로는 대표할 수 없는 별도의 흐름이 있다. 가령 하기 교외의 마쓰모토 마을(松本村)에 사는 다마키 분노신(玉木文進) 등이 대표적일 것이다.

다마키 분노신은 요시다 쇼인의 숙부다. 숙부인 동시에 쇼인을 소년기에 가르친 스승이다. 쇼인의 기초교양은 모두 다마키 분노신에 의해 주어졌다고 해도 과언이 아니다. 다시 말해 분노신의 기질이나 사상은 쇼인의 본래의 성질에 가장 많은 영향을 끼쳤다고 할 수 있으며 극단적인 말이 허용된다면, 만약 소년기의 쇼인에게 꼭 붙어다녔던 가마키 분노신이라고 하는 가정교사가 없었더라면 쇼인은 지금과는 다른 인물이 되었을지도 모른다.

다마키 분노신은 직업적인 교육자는 아니었으나 지극히 순수한 의미에서의 교육자였으며, 하나라도 더 무사다운 무사를 만들어내는 것을 자기의 사명이라고 믿고 있었다. 분노신은 누구의 청탁을 받은 것도 아니었지만, 근방의 하급무사의 자제나 농사꾼 또는 장사꾼의 자제를 위한 학숙으로 쇼카 촌숙을 열고 있었다. 쇼인이 한 때 이 학숙을 다마키에게서 빌려 쓰고 있었기 때문에 쇼카 촌숙이 쇼인이 창설한 것인 것처럼 때때로 잘못 인식되기도 했지만 본디 분노신의 것이었다. 메이지 이후 분노신은 다시금 쇼카 촌숙이라는 이름으로 학숙을 열었다.

분노신의 사상은 관리로서의 무사도(武士道)란 어떤 것인가 하는 것이었는데 주제가 간단한 만큼 지극히 쉽게 터득할 수가 있었다.

분노신이 아직 소년기의 쇼인을 가르치고 있었을 무렵, 쇼인을 논둑길에 앉히고 책을 낭독하게 했다. 한 이랑이나 두 이랑을 매고 쇼인에게로 돌아가 모르는 것을 묻게 하고 가르쳐 주는 것이다. 어느 날, 쇼인의 뺨에 파리가 앉아서 쇼인은 긁었다. 그러자 분노신은 쇼인을 때리고 논두렁 아래로 밀어 버렸다.

분노신으로서는

'공(公)에 대하여 어떻게 해야 하는가를 공부하고 있다. 가렵다는 것은 사적인 마음이고 긁는다는 것은 사적인 일이다. 그것은 사소한 일이지만 이것을 내버려두면 뒷날에 '공'에 태연하게 '사(私)'를 섞는 인간이 될 것이다. 그러므로 몸에서 '사'를 빼버리기 위해 때린 것이다.'

이러한 이치였던 모양이다.

다마키 분노신은 쇼카 촌숙의 주인이었기 때문에 마에바라 잇세이에게는 스승이었고 분노신도 그렇게 생각하고 있었다. 이 분노신이 마에바라에게 힘을 실어 준 듯한 기색이 있다.

요컨대 다마키 분노신의 사상의 중심은 '공'이다. '공'을 위하여 '사'는 몸을 돌보지 않고 일해야 한다는 것이고 공이란 요컨대 군주와 민중이 뒤섞인 개념이었다. '사'는 그 자체로서는 존재하지 않고 '공'을 위해 힘쓸 때만 존재할 수 있다.

분노신은 쇼인에게 혁명가가 되라고 권한 일은 한 번도 없었고 다만 관리의 길을, 그것이 구체화되기까지 가르쳤다고 하겠다.

그러나 분노신과 같이 극단적인 '사'를 내세울 경우 그의 가르침을 받은 자는 관리 따위에 머물지 못하고 혁명가가 되지 않을 수 없으리라.

분노신의 집안은 봉록이 40석 정도였다. 그러나 40석이라도 '오구미(大

組)'에 속하고 있어서 높은 가문이라고 할 수 있다. 다만 살림살이는 가난하여 하기 이외의 다른 많은 조슈 번사와 마찬가지로 농사를 짓지 않으면 생계를 꾸려나갈 수가 없었다.

뒤에 원님 등의 요직을 맡기도 했지만 농사를 지어 생계를 유지하는 생활 방식을 조금도 허물어뜨리지 않았다. 봉록이 남는 일이 있으면 전부 도로 수선이나 치수(治水)를 위해 썼다.

유신 후에 죽은 쇼인의 문하에서 많은 태정관 고관이 나왔고 분노신도 벼슬길에 나갈 권유를 받았으나 이를 거절하고 물러가 마쓰모토 마을의 자택에서 은거하며 다시 사숙을 열었다.

마에바라 잇세이는 분노신을 선생님이라고 부르면서 죽은 쇼인이나 마찬가지로 존경하고 있었다. 마에바라 이외의 사람들도 분노신의 옛 무사다운 근엄성을 두려워하며 오직 존경했을 뿐 분노신을 굳이 벼슬길에 끌어내리려고는 하지 않았다.

분노신도 태정관이 '서학(西學 : 서양 학문)'을 중시하는 기풍을 반기지 않고 이대로 가면 일본국은 소멸하고 만다고 생각했으며 마에바라에게도 그것을 몇 번이나 말했을 것이 틀림없다.

분노신은 쇼인의 친가인 스기(杉) 집안에서 양자로 들어온 사람인데 자식이 없었다. 그래서 다마키 집안의 종가인 노기(乃木) 집안에서 마사요시(正誼)를 양자로 들였다. 마사요시는 노기마레스케(乃木希典)의 아우다. 노기 마레스케도 또한 소년 시절에 다마키 집안에서 기거하며 분노신의 훈도를 받았다. 쇼인과 마레스케는 다마키 분노신의 제자로서 동문인 셈이다.

마에바라는 다마키 분노신을 따랐기 때문에 노기 마레스케와도 친했다. 노기 마레스케는 이 시기에 육군에 봉직하며 육군 소령의 계급을 달고 있었다. 마에바라는 전에 상경했을 때 정부 요직의 인물과 쉽사리 접하려고 하지 않았으나 아직도 젊은 노기 마레스케에게는 마에바라가 직접 찾아가서 만났다. 그해 8월 10일자의 일기에 이렇게 씌어 있다.

'비가 몹시 오다. 노기를 방문하다.'

그가 노기와 그토록 친했던 것은 노기에게 마에바라와 비슷한 자질이 있었기 때문이기도 했으나 어쩌면 다마키 분노신의 전갈이라도 있었던 것이 아닐까. 그 정도로 마에바라는 분노신과 가까운 사이였다.

이야기의 앞뒤가 뒤바뀌지만 마에바라 잇세이를 정치적으로 성립시키고 있는 중요한 요소의 하나로써 다마키 분노신(고유명사인 동시에 다마키 분노신 같은 정신)에 대해 조금 더 언급해 둘 필요가 있다. 다마키 분노신이라는 일종의 결정체를 이룬 정신과 그 최후를 보는 것은, 이 시대의 한 저류(底流)를 아는데 중요할 것이고 나아가 사쓰마의 사이고를 아는 한 시점(視點)이 될지도 모른다.

다마키는 유교적 교양인이지만 유학자는 아니었다. 스스로 그렇게 생각하고 있었다. 자신을 어디까지나 무사(武士)로 규정짓고 있었다. 이런 점에서 다마키와 만난 적도 없는 사쓰마의 사이고에 대해서도 같은 말을 할 수 있다.

평론식으로 말하면 두 사람에겐 몇 가지 공통점이 있다.

두 사람 다 그렇지만 상당한 지식인이면서도 자신을 지식인이라고 생각하지 않았다는 것, 자기가 무사라고 하는 점에 유일한 가치를 부여하고 있었다는 것, 무사라고 하는 오직 그 하나의 가치에 모든 교양이 용해되어 있었다는 것, 또 두 사람이 규정짓고 있는 무사란 전국 시대의 무사상(武士像)은 아니라는 것, 즉 에도 시대, 2백 수십 년의 교양 시대라고 하는 거대한 요소를 빼고서는 다마키 및 사이고의 무사상은 성립되지 않는다는 일, 그 2백 수십 년의 교양시대의 역사적인 누적이 증류되고 그 증류수의 물방울로 다마키나 사이고를 포착하는 편이 수월하다는 것.

또한 그들의 정치 논의는 어떤 사상(事象)에 대해서도, 무사라고 하는 윤리적 가치를 핵심에 놓고 논하기 때문에 그 주장만은 보수와 진보라는 분류로 구분하기 힘들다는 것.

대강 이렇게 되지 않을까?

사이고에 대해서는 잠시 접어 둔다.

다마키 분노신의 눈으로 보면 태정관 정부의 조슈 인들이 높은 벼슬을 탐내고 높은 녹봉을 받고 또 이노우에 가오루처럼 '미쓰이(三井)의 점원'이라고 불릴 정도로 정상배와 밀착하고 있다는 것만으로도 침을 뱉을 정권이었다.

사이고는 혁명가가 되고 유신 후의 한 시기에는 육군 대장도 되었다. 그러나 다마키 분노신은 그의 분신이라고도 할 수 있는 조카 요시다 쇼인이 안세이 대옥(安政大獄) 때 형살(刑殺)당했으면서도 그 자신은 행동가가 되지 않았으며 유신 뒤에도 태정관 정부에 나가려 하지 않았다.

그러나 태정관에 대해서는 비행동적이나마 통렬한 비판자였다. 전국에 다마키 분노신 같은 사람이 무수히 있었을 것이다. 단 그는 그런 면을 대표하는 전형(典型)이 될 수 있는 존재였다.

다마키 분노신은 위와 같은 시대의 한 전형으로서 하기(萩)의 교외에 살고 있었다.

마에바라 잇세이는 이 은사(恩師)를 유신 후 몇 번이나 방문했을 것이 틀림없고 은사의 입을 통해 태정관에의 격렬한 욕설도 들었을 것이 틀림없다.

다마키 분노신에게 있어 태정관은 추상적인 존재도 아니고 또 구름 위의 존재도 아니었다.

"도라지로(寅次郎 : 요시다
쇼인)의 제자들이 쥐고 있다."

이런 구체적인 존재였다.

다마키 분노신의 입에서 그 이름이 나올 때 기도 다카요시는 단순히 고고로(小五郎 : 기도 다카요시의
전 이름)이고, 이토 히로부미는 슌스케, 시나가와 야지로는 야지였을 것이다.

"도라지로가 저승에서 울고 있겠지. 저 작자들은 도라지로의 영혼에 뒷발질로 모래를 끼얹고 있으면서 도라지로의 이름과 쇼카 촌숙의 이름을 명리의 도구로 이용하고 있을 거야."

그와 같이 마에바라에게 말했을 것이 틀림없고, 쇼인의 사상의 일면을 고정화시켜 신봉하고 있는 마에바라는 원래 완고하고 감정이 풍부하였기 때문에 다마키 분노신의 분노를 마치 쇼인이 되살아났나 하고 들었을 것이 틀림없다.

다마키 분노신은 한때 번의 민정관 직을 맡았던 것 외에는 전혀 행동주의자는 아니었으나 마에바라의 마음을 반란으로 몰아 세우는——다마키 분노신은 아마 마에바라를 부추겨 하기의 난을 일으키게 하자는 의도는 없었던 모양임——그 일로 인하여 결과적으로는 행동주의자가 되어 버렸다.

오랜 세월을 분노신이 훈도해 온 양자인 다마키 마사요시가 마에바라를 따라 죽었다는 것을 보더라도 다마키 분노신은 결과적으로는 행동주의자였다고 할 수 있다.

다만 다마키 분노신은 모반을 두려워했다. 이것은 전형적인 무사적 사상 가였던 다마키 분노신의 한계라고 할 수 있는 것이었고, 본디 무사적 사상이 윤리 사상이기도 한 이상, 정치 사상으로 변하기 어렵다는 것을 잘 나타내고 있다. 왕의 신하인 이상 왕에게 모반할 수는 없다는 것으로, 이런 점은 자기의 무사상(武士像)을 정치 사상에 조화시켜 가던 사이고와는 다르다.

마에바라의 난에 자신의 양자와 문하생 몇 명이 참가하여 죽었을 때 다마키 분노신은 크게 충격을 받았던 모양이다.

'이는 평소의 교육이 올바르지 못했던 소치다. 무슨 면목으로 부형을 대하고 또 자제를 가르치랴.'

이렇게 한탄했다는 것이 《다마키 마사카네(玉木正韞 : 다마키분노신) 선생전》에 기록되어 있다. 다마키 분노신은 이 말을 남기고 조상 묘소에 가서 자결했다.

마에바라 잇세이가 다마키 분노신을 대한 태도로 미루어 다마키는 마에바라의 사상적 지주였던 것 같다. 분노신에 대하여 더욱 언급해 둔다.

이야기는 후일담이 되지만, 마에바라가 난을 일으키기는 했으나 거의 자멸 상태에서 포박된 것은 다음 해(메이지 9년) 11월 5일, 시마네 현(島根縣)에서였다.

이튿날 6일, 정부군은 하기의 옛 성밑 거리에 들어가 마에바라 군(軍)을 괴멸시켰다.

다마키 분노신은 그들이 괴멸했다고 들은 이 날에 자살한다. 그렇다면 쇼인의 조카인 요시다 구라조(吉田庫三)가 쓴 《다마키 마사카네 선생전》에 있는 분노신의 후회의 말 '이는 평소의 교육이 올바르지 못한 소치다'라는 것은 그의 진의였을까?

그것이 진의라면 마에바라가 반란을 일으켰을 때 자살하는 것이 도리이고 괴멸된 날에 이 말을 술회하고 자살하는 것은 조금 타당하지 않다고도 생각된다. 어쩌면 다마키 분노신은 진심으로 마에바라의 반란을 지지하고 그 성공을 믿고 있었던 것은 아닐까.

사실 다마키 분노신이라는 인간은 적어도 계략을 써서 공명을 얻는 것을 싫어한 인물이었다는 뜻의 말이 요시다 쇼인 어록에 남아 있다.

'나의 숙부는 사물에 통달하고 생각은 노숙하여 기묘한 수단을 써서 일을 성공시키려 하지 않고 일이 자연적으로 이루어지는 것을 숭상한다.'

바꾸어 말하면 혁명이나 반란에 끼어들 인품이 아니라는 말도 된다. 다음에 이 문장을 옮기면 이렇다.

'무엇보다도 명예를 탐내는 자를 싫어하고 세상 사람과 함부로 교류하지 않았다. 고을 관원들의 탐욕을 몹시 미워했으나——원님으로 있을 때——
—오로지 홀로 청렴을 지키고 자연적으로 탐욕의 부끄러움을 깨닫도록 교
훈할 뿐이었다.'

과연 쇼인답게 명석하고 뜻을 잘 나타낸 문장으로 분노신의 인품을 잘 그
려내고 있다. 이 문장에서 보는 한 분노신이 혁명가나 반란가일 수 없다는
것을 알게 된다.

그러나 분노신이 마에바라가 일으킨 난(亂)의 사상적 뒷받침이었다는 것
은 분노신 자신이 알아 차리고 있었을 것이 틀림없다.

분노신은 쇼인이 안세이 대옥으로 형살되었을 때도 죽지 않았다. 쇼인이
형살된 것을 의아하게 생각하며 평생토록 쇼인을 찬양했다. 그런데 분노신
자신이 쇼인의 제자인 마에바라의 반란 때는 자결하는 것이다.

요시다 쇼인의 누이동생 지요(千代)는 후에 고다마 하쓰노신(兒玉初之進)
에게 출가하여 다이쇼 13년 93세의 나이로 죽었다. 지요는 출가하여 요시
(芳)라고 이름을 고쳤다. 그녀가 숙부 다마키 분노신에 대하여 술회한 추억
담(다이쇼 2년의 이야기.
(요시다 쇼인 정사) 소재)이 남아 있다.

'다마키의 숙부님은 꿋꿋한 분이었다. 오라버니(쇼인)를 친부모 못지 않게
걱정했지만 나라를 위해 큰일을 했으니 본인도 만족스럽겠지, 라고 하면
서 우리에게 사나이는 도라지로(寅次郎) 같아야 한다고 말씀하셨다. 노기
마레스케님도 숙부님의 훈도를 받았다.'

다시

'메이지 9년, 하기의 난이 일어났을 때는 몇 명의 제자가 여기 참가해서
죽고 부상당했기 때문에 면목이 없다, 면목이 없다고 되풀이하여 말씀하
셨다.'

이것을 보더라도 분노신은 마에바라의 모반에 있어서는 적극적인 행동가
가 아니었다는 것을 알 수 있다.

'그해 11월 6일에 나(요시)를 불러서 자기는 면목이 없으므로 조상의 묘소
에 가서 할복할테니 가이샤쿠(介錯 : 할복할 때 뒤에서
목을 쳐주는 일)를 부탁한다고 말씀하셨다.'

부녀자의 가이샤쿠는 드문 일이다. 분노신이 남자에게 가이샤쿠를 부탁하
지 않고 조카딸에게 시켰다는 것은 가이샤쿠를 한 자에게 후환이 있을 것을
염려했기 때문일 것이다.

'나도 일찍부터 숙부님의 기상을 알고 있었으므로 말리지도 않고 약속대로 오후 3시쯤 산위의 선영으로 올라갔다. 나는 그때 갓 마흔이었다.'

가이샤쿠에 대해서는 요시의 말은 간결하여 쓸데없는 묘사 따위는 없다.

'짚신을 신고 옷자락을 걷어 올리고.'

자기의 동작을 설명한다.

'뒤로 돌아가 가이샤쿠를 해 드렸다.'

그뿐이다. 분노신의 목이 떨어졌던 모양이다. 67세였다.

'너무 엄청난 일이어서 서로 눈물도 흘리지 않았다. 가이샤쿠를 끝내니 꿈결 같았다. 이제 와서 생각해 보니 숙부님의 마음은 참으로 훌륭했던 것 같다.'

다마키 분노신은 마에바라가 '반역자'가 됨으로써 정부 사직에서 자기를 추궁하리라는 것을 미리 알고 있었다. 물론 조슈계 요인들은 스승인 쇼인의 또한 스승인 다마키 분노신에게 포승줄을 걸고 싶지 않아 정치적으로 무마시키려 했을 것이지만, 분노신의 기상으로 보아 그것 또한 참지 못했을 것이다.

또한 사직은 사쓰마계가 장악하고 있었기 때문에 가차 없이 자기를 심문할지도 모른다. 그것에도 물론 견뎌내기 어렵다. 이 때문에 자결했다고 생각되지만 어쨌든 마에바라의 난은 마에바라 장본인보다도 오히려 다마키 분노신의 생사에서 그 본질을 엿볼 수 있을 것 같다.

이야기는 다시 앞으로 돌아간다.

마에바라 잇세이가 야마구치 현 하기의 옛 성밑 거리에 돌아오자 중앙의 조슈계 요인들은 온갖 짓을 다하여 마에바라의 동정을 탐색하려고 했다.

기도 다카요시가 그 대표라고 할 수 있다.

기도에게 통보하는 사람은 많았다.

가령 야마구치 현에서 마에바라 못지않게 재야당(在野黨)의 한 우두머리로 활약하고 있던 이사하야 사쿠지로는 마에바라와 그의 일당을 미워한 나머지 기도에게 계속 편지를 띄워 밀정 노릇을 했다.

또 야마구치 현청도 태정관의 명령을 받고 있었다. 이 점이 현이라기보다 독립할 만한 한 국가체제를 이루고 있는 가고시마 현과의 차이라고나 할까. 가고시마 현령 오야마 쓰나요시는 시마즈 히사미쓰 당(黨)이고 현청 자체가 사학교의 병참본부 같은 느낌이 들어 중앙의 명령이 도무지 미치지 못했다.

기도는 야마구치 현청의 요인들에게 마에바라에 대한 보고를 하도록 지시해 참사 요시다(吉田)나 관원인 미우라(三浦) 등이 빈번하게 그것을 보고했다.

하기(萩)에는 경찰이라고 할 만한 것이 없었다. 그리하여 이사하야의 보고서의 표현을 빌리면 마에바라의 도당이 '불필요한 장검'을 허리에 차고 시중을 돌아다니면서, 다리의 난간을 치고 현의 게시판을 쓰러뜨리고 집회장에 쳐들어가기도 한다는 것이었다.

이사하야 사쿠지로의 보고서가 마에바라와 그 도당의 움직임에 대해 가장 악의를 품고 있었으므로 하기의 상황 하나만을 가지고 말했다.

"피해가 여간 크지 않다. 이러한 형편이니 기회만 잡았다 하면 칼을 휘둘러 피를 흘리게 될 것이다."

이를테면 불필요한 관측까지 하고 있다. 담이 작은 기도의 성격을 꿰뚫어 본 처사로 마에바라와 그 일당을 몹시 미워한 이사하야는, 정부의 힘을 빌려 마에바라를 짓밟아버리려고 했으며 정부는 그러한 이사하야를 중히 여겨 글자 그대로 앞잡이로 이용한 듯한 흔적도 남아 있다.

한편 도쿄에서는 당초의 분위기는 다음과 같았다.

"하기와 마에바라 잇세이는 기도를 필두로 하여 조슈 인에게 맡긴다."

그런데 그 정도로는 도저히 휘어잡지는 못하겠다고 기도가 판단했는지 아니면 그 일을 오쿠보에게 의논했던 모양인지 어쨌든 사쓰마계가 움직이게끔 된다.

구체적으로 말하자면, 대경시 가와지 도시나가가 나섰다. 가와지 자신이 오쿠보에게 가서 그 허가를 얻었는지 아니면 독단으로 결정했는지 알 수 없으나 경찰기관을 이용하지 않으면 도저히 안 될 계획을 세웠다.

그것은 마에바라를 자극하여 난을 일으키게 하는 것이다. 그것도 사이고보다 먼저 일으키게 해야 한다. 장차 양자가 협력하여 난을 일으키게 되면 진압하기 힘들기 때문이다.

즉, 마에바라가 먼저 난을 일으키게 하고, 정부는 그것을 놓칠세라 때려잡아 야마구치 현만 우선 평정한다는 것이 가와지의 기본방침이었다. 증거는 없으나 아래의 실례로 그것을 짐작할 수 있다.

메이지 9년 1월 12일의 하기는 아침부터 눈이 오락가락하였다.

하기의 옛 성밑 거리는 아부 강(阿武川)이 두 갈래로 나뉘어져 동해로 들어가는 삼각주 위에 위치하고 있었다. 모래톱이기 때문에 지대는 낮았다. 다만 호피(虎皮)의 머리 부분처럼 바다 쪽으로 약간 내민 듯한 고지가 있는데 그곳을 성곽으로 쌓아 성이 솟아 있다.

하기의 성 밑 거리는 동쪽으로 갈수록 성에서 멀어져 동쪽의 경계인 마쓰모토 강(아부 강의 동쪽 지류)에 도달한다. 마쓰모토 강에서 다리를 건너 동쪽으로 더 들어가면 요시다 쇼인이 태어난 마쓰모토 마을이 나오는데, 마에바라 잇세이의 생가는 다리를 건너기 전, 마쓰모토 강의 서쪽 기슭에 자리하고 있다.

서쪽 기슭 일대는 무가 가옥이 들어서 있다. 에도시대 초기 축성 당시에는 동남지역은 모두 물웅덩이라 불릴 정도로 갈대가 무성하여 논조차 없는 곳이었다. 그곳을 메워 무가 가옥을 지었으니, 배수가 원활하지 않았고 비가 내렸다 하면 날씨가 개어도 물웅덩이가 며칠씩 마르지 않았다.

그런 곳에 중급 번사의 가옥이 늘어서 있었고, 마에바라 잇세이의 생가인 사세(佐世)가(家)도 그곳에 있었다.

마에바라는 후에 북쪽으로 조금 떨어진 곳으로 집을 옮겼다. 새로 옮아간 곳은 과거 후쿠마 도네리(福間舍人)라는 번사의 집으로 부지가 꽤 넓었으며 동쪽으로는 마쓰모토 강이 흘렀다. 밀물 때는 바다 냄새가 바람에 실려 오기도 했다.

이날 오후, 눈이 멎고 바람이 세졌다. 그 바람을 타고 왔는지 두 사람의 청년이 마에바라 집의 문앞에 섰다.

집지기가 나가보니 둘 다 몸은 작지만 팔다리가 탄탄해 보였다. 상투는 잘라 버렸으나 칼을 찼으니 사족임을 알 수 있었다.

'타국인'

이 말이 이 시기 하기의 옛 성 밑 거리에서 자주 들려오고 있었다. 지난 날에는 다른 번 사람은 구경할 수 없었던 이 조용한 성 밑 거리에 다른 번의 지사들이 흘러들어와, 이 고장의 미우라 요시스케라는 자가 도쿄의 기도 다카요시에게 써 보낸 편지의 문장을 인용하면 '하기의 정황도 계속 소란스러워'지는 형편이었다.

갑작스런 내방자들은 생김새, 움직임, 그리고 말투 모두가 하기 사람과는 달랐다.

"가고시마에서 왔습니다."

두 사람 중 하나가 말했다. 이름은 내민 종이에 적혀 있었다. 이부스키 다쓰지(指宿辰次), 고바야시 히로시(小林寬)라고 적혀 있었다. 고바야시는 그렇다 치고 이부스키라는 성은 사쓰마에 밖에 없다.

"마에바라 선생님은 계시는지요?"

정중한 언동 속에 어딘지 모르게 섬뜩한 느낌이 있었다. 집지기는 예삿일이 아니라는 느낌이 들어 돌아서서 들어갔다.

두 사람의 내방객은 그냥 가고시마 현 사족이라고만 할 뿐, 소개장도 갖고 있지 않았고 또 마에바라의 친구가 동행하고 온 것도 아니었다.

마에바라는 안에서 잠시 생각했다.

'만나지 말자.'

당연한 생각이었다. 찾아오는 지사들을 일일이 다 만날 수는 없는 노릇이고 더욱이 상대방의 정체도 모르는 이상, 만에 하나 무슨 일이 일어날지 모른다. 자객이라면 어떻게 할 것인가. 막부 말기에도 대낮에 방문객을 가장하고 쳐들어오는 자객이 많았다.

"용건을 물어 보아라."

마에바라는 집지기에게 이렇게 이르는 한편 심부름꾼을 보내 동지들을 불렀다. 설령 어김없는 내방자일지라도 혼자서 만난다는 것은 여러 가지로 위험이 따른다. 그 자리에서 주고받은 대화를 다른 곳에 잘못 전하거나 할 경우, 그 사실 여부에 대한 증인이 없으면 참으로 곤란한 일이 된다. 에도 시대를 통해 일본의 무사 사회의 습관으로서 중요한 이야기는 반드시 입회인을 두는 것이 상식이었다. 물론 상대가 자객일 경우, 이쪽이 여럿이면 더 좋다.

집지기가 다시금 맞이하러 나갔다. 무슨 용무냐고 물으니 이부스키 다쓰지라고 하는 사뭇 세파에 찌든 것 같은 사나이가 갑자기 웃음을 거두고 목소리를 가라앉히면서 말했다.

"사쓰마의 사이고 선생님의 밀사요."

집지기가 놀라서 고쳐 물었다.

"사이고 선생님의 존함은 익히 들어 알고 있습니다만 때가 때인지라 다시 여쭙겠습니다, 사이고 선생님이란 사이고 대장 말씀입니까?"

이부스키라고 하는 사나이가 고개를 끄덕이며 말했다.

"육군 대장 사이고 다카모리요."

안에서 이것을 들은 마에바라 잇세이는 그 이름을 듣는 순간 무슨 까닭인지 모든 의혹이 사라져버렸다. 마에바라는 지난 날 짧은 기간이지만 병부 차관직을 맡은 적이 있었다. 그 자리에 자기를 추천한 것이 사이고였다는 말도 들었다. 그러나 사이고와의 개인적인 접촉은 깊지 못했고 사이고의 명성을 물론 알고 있었으나 인물과 사상도 모두 잘 알고 있다고 할 정도는 아니었다.

"사이고가 사자를 보냈다."

이러한 감격이 마에바라로 하여금, 과장하여 말하면 앞뒤를 헤아리지 못할 정도로 들뜨게 한 모양이었다. 마에바라의 이러한 경솔함은 거꾸로 말하면 사이고의 명성이 너무 컸다는 것이 죄라고 할 수 밖에 없었다.

실은 이부스키 다쓰지와 고바야시 히로시는 정치밀정이었다.

'마에바라가 정말 뜻밖의 바보라는 데 놀랐습니다.'

뒤에 이 사실을 알게 된 기도파 조슈 인 스기 마고시치로가 기도에게 써 보낸 편지의 한 구절이다. 스기에게 있어서 마에바라는 가벼운 의미의 정적(政敵)이지만 이 문장에는 차라리 옛 벗의 경솔함에 대한 안타까움이 배어 나와 있다.

"사이고의 사자."

이렇게 자칭하는 정부밀정을 마에바라 잇세이가 정말로 받아들인 심리적 이유는 그 밖에도 몇 가지 생각할 수 있다.

마에바라에게는 물론 반란의 욕구, 반란의 이론적 근거, 또 반란의 동지적 유대, 그리고 반란에 대한 정의감은 충분히 있었다. 그러면서도 반란을 일으킬 용기가 없었다. 아니, 그보다는 시대에 앞서 반란을 일으킬 만한 인물이 아니었고 다시 말해 주도적으로 일을 해 낼 인물이 못 되었다.

'혹시 누가 난을 일으키면 그것에 호응하며 따라 일으킨다.'

이런 생각을 마에바라는 별로 의심 하는 마음도 없이 가지고 있었다. 그는 젊어서부터 자신과 동문인 다카스기 신사쿠나 구사카 겐즈이처럼 자진해서 일을 해낼 수 있는 능력이 없었다. 그와 같은 성격이었다기보다 다분히 서생적이어서 한 무리의 우두머리가 될 만한 기량이 부족했고 자타를 판단하는 정략이나 전략적인 재능이 부족했다는 점도 있었을 것이다.

그리하여 마에바라는 사이고와 사쓰마 세력의 동정을 항상 염두에 두었다. 이 세력이 일어나면 따라 일어선다는 속셈이 있었으므로 이 점에서도 마에바라는 무력적으로 우세한 사쓰마를 주도세력으로 하여 조슈는 뒤따라 간다는 사고방식에서 탈피하지 못했다.

마에바라는 이 시기보다 두어 달 전에 규슈에 사람을 파견하여 정세를 탐지하게 했다. 그 탐색자 중에 그의 동생 사세 가즈키요도 있었다. 가즈키요는 두 사람의 사가 사족과 함께 규슈에 들어갔으나 가고시마까지 갔는지의 여부는 거의 알려져 있지 않고 있다. 어쩌면 들어가지 않은 것 같기도 하고 설령 들어갔다 해도 사이고는 만나지 않았다.

그런데 어디서 입수했는지 사이고의 필적을 가지고 돌아와 형에게 건네주었다. 사이고의 필적을 가지고 돌아왔다고 해서 어떻게 되는 것도 아니다.

그것은 사이고가 쓴 것임에는 틀림없었다. 사이고의 자작시가 적혀 있었다. 사이고의 시 가운데서도 사람들 입에 가장 많이 오르는 것으로 사이고는 사람들이 청하면 흔쾌히 이것을 써 주고 있었다.

여러 차례 쓰라린 일을 겪어야만 비로소 뜻이 굳어진다.
대장부는 옥으로 부숴질 망정 기왓장으로 온전히 있는 것을 부끄러워한다.
한 집안의 남긴 일을 사람은 아는가.
자손을 위해 좋은 논밭을 사지 않는다.

幾歷辛酸志始堅
丈夫玉碎愧甎全
一家遺事人知否
不爲兒孫買美田

물론 마에바라로서는 처음 보는 필적이었다.

'대장부는 옥으로 부숴질 망정 기왓장으로 온전히 있는 것을 부끄러워한다'고 하는 둘째 구절은 지금의 마에바라에게는 선동적인 것이었는데 그의 마음에는 어떻게 비쳤을 것인지. 그러나 이것은 사이고의 글일 뿐이며 사이고 자신이 관여할 바는 아니었다.

아무튼 마에바라 잇세이의 아우 가즈키요가 마에바라의 명령을 받고——그렇게 생각됨——규슈 지방으로 한 달간의 탐색 여행을 했던 것이다. 이

밖에도 이토 다이조(伊藤退三)라고 하는 자가 자발적으로 가고시마를 탐색하고 왔다고 마에바라에게 보고했다.

두 사람 모두 작년 12월에 돌아왔다. 이토 다이조라는 이름은 12월 7일자의 마에바라 잇세이의 일기에 나와 있다. 직역하면 이렇게 되어 있다.

'7일, 눈. 이토 다이조, 가고시마에서 돌아오다. 사쓰마의 근황을 듣는다. 사이고는 여전히 토끼 사냥을 하는 모양이다. 기리노는 토끼 사냥도 하고 개척도 한단다. 다이조, 사쓰마 인과 솔직하게 교류하여 크게 환심을 샀다고 한다. 과연 사기가 높고 현청의 관리도 사족들도 모두 한 마음이라고 한다.'

사이고는 여전히 토끼 사냥을 하는 모양이라는 문장은, 사이고의 근황을 진작부터 마에바라는 알고 있었음을 나타내고 있다. 다이조가 '솔직하게 사쓰마 인과 교류하여 크게 환심을 샀다'고 자기의 외교 수완을 자랑하듯이 말하고 있는데, 이 사쓰마 인이 누구인지는 모른다. 사이고나 기리노가 아니라는 것은 확실하고 또 이 일기의 문장으로 미루어 다이조가 사이고나 기리노를 만나지 않았다는 것도 확실하다.

이토 다이조는 조슈 인이 아니다.

그는 에치고(越後)의 기타칸바라 군(北蒲原郡) 사람으로 조그만 장사꾼 집안 출신이었으나 막부 말기에 지사가 되어 아리스가와노미야(有栖川官) 가문에 들어가 가신이 되었다. 다시 보신 전쟁 때 조슈군 부대에 속하여 마에바라와 함께 에치고 전투에 참가했다.

그때 이토는 탐정으로 활약한 뒤 메이지 이후 경시청에 들어갔다. 총경이 되었으나 무슨 까닭인지 퇴직하고 마에바라의 도쿄 체류중에 자주 접촉했다. 마에바라도 그를 믿었다. 이토가 아무래도 밀정이었던 것 같다는 설도 있고, 이 보고를 마에바라에게 제출한 뒤 야마구치 현을 떠나 다시는 마에바라와 접촉한 일이 없었다.

다만 다이조가 마에바라에게 보고한 사쓰마 사정은 퍽 개괄적이기는 하지만 틀린 점은 없다. 다시 말해 이 일기의 문장에 관한 한, 마에바라를 도발할 만한 의도는 보이지 않는다.

이와 같이 마에바라를 위한 탐색자가 계속 규슈에서 돌아오고 있었던 것이다.

새해로 접어든 정월 12일에 '사이고의 밀사'라고 자칭하는 두 사람이 마에바라의 집에 나타났다고 해도 마에바라로서는 심리적으로 그다지 당돌하다는 느낌은 들지 않았을지도 모른다. 게다가 마에바라는 사이고와의 제휴를 바라던 중이었다. 그런 중의 인물이 사자를 파견해 왔다는 것은 마에바라의 주관으로서는 부자연스럽지는 않았을 것이다.

마에바라는 그를 안으로 들어오게 하였다.

어쨌든 잇세이는 두 사람을 만났다.

시국을 근심하며 태정관을 매도하는 그들의 말투는 통렬하고 심각하여 마에바라도 동감하는 바가 많아서 감흥이 이는 듯한 쾌감도 있었다.

'이런 격렬한 의견은 들은 적이 없다.'

마에바라는 앞서 상경했을 때도, 하기에 돌아와서도 지사들의 의견을 수없이 들어 왔다. 그것들 모두가 마에바라로서는 어딘가 흡족하지 않았다. 마에바라는 두 사람과 대면한 뒤의 심정을 시나가와 야지로에게 보낸 편지에 이렇게 쓰고 있다.

직역하면 이렇다.

'나는 어둡고 고루한 데다가 실지 상황에 대해서는 잘 모른다. 여러 현의 유지라고 일컫는 자들을 접촉했으나 도무지 미흡한 자들 뿐이었다.'

편지는 계속된다.

'그런데 사쓰마의 이부스키라는 자가 사이고와 기리노의 밀명으로 왔노라고 자칭하고 내방했다. 만나보니 그 주장이 장렬하고⋯⋯'

그 자리에는 이미 몇 명의 마에바라 당인(黨人)이 와 있어 함께 두 사람의 의견을 듣고 있었다.

오쿠다이라 겐스케(奧平謙輔)가 있었다. 이미 삼십 고개도 절반을 넘긴 사람이었다. 보신 전쟁 때에 동북지방에 종군하고 뒤에 에치고의 감찰관이 되었는데, 특히 사도(佐渡)를 담당하여 그의 공평한 치정이 고장 사람들의 환영을 받았다.

그러나 얼마 뒤에 사직하고 귀향했다. 오쿠다이라의 성격은 하기의 젊은 이들도 '도깨비'라고 놀려댈 만큼 엉뚱한 데가 있어 놀라 자빠질 만한 생각을 해내기도 했지만, 그의 언동은 얼른 보아 충동적이어서 동지로서 마음 놓고 그를 대할 수는 없었다. 마에바라도 오쿠다이라의 기재(奇才)를 인정하면서도 기피하는 면이 있었다.

그 외에 요코야마 도시히코(橫山俊彦), 사토 야스스케(佐藤保介)등이 있다. 요코야마도 오래전부터 규슈 방면을 다니며 사쓰마의 형편을 더듬고 왔다는 인물이다. 그러나 지금 웅변을 토하고 있는 '사이고, 기리노의 밀사'라고 자칭하는 두 사람의 정체를 꿰뚫어 보지는 못했다.

마에바라의 편지는 계속된다. 마에바라는 이 두 사람의 주장에 감격하여 '이제까지 만나 본 여러 현의 유지라고 하는 자들에게서 미처 들어 보지 못한 주장이었다'고 했다.

마에바라가 전에 만나 본 '여러 현의 유지' 중에서는 아이즈 출신인 나가오카 히사시게가 반정부 운동가로서는 가장 빼어난 편인데 마에바라가 어느 정도로 평가하고 있었는지 알 수 없다. 나가오카는 현실적인 구상을 지닌 실질적인 운동가였다.

실천주의자인 만큼 장렬하고 기세 좋은 주장은 할 수 없었다. 마에바라로서는 어쩌면 그것이 불만이었을지도 모른다. 그러나 이 두 사람의 가짜 사쓰마 밀사의 말은 격렬하고 또 장쾌하여 마에바라의 편지에 나타난 표현을 빌리면 '미처 들어 본 적이 없는 바'였다는 것이다.

이부스키, 고바야시가 주장한 바는 단순히 말만 격렬했던 것이 아니다. 마에바라 등이 깜짝 놀랐을 만큼 구체적이었다.

두 사람은 사이고와 기리노가 왜 움직이지 않느냐는 것에 대해 언급하였다.

'사이고와 기리노는 명분을 중시하기 때문에 결코 움직이지 않는다.'

위와 같은 두 사람의 말은 마에바라가 시나가와에게 보낸 편지 속에 있다. 물론 마에바라 자신의 글이다. 사이고와 기리노의 참뜻을 바꾸어 말하면 일어설 명분이 있으면 일어선다는 뜻이기도 하다.

그 명분이란 무엇인가. 두 사람은 사이고와 기리노를 대변하였다.

"임금을 위해, 창생(蒼生)을 위해 목숨을 버리고 의로운 일을 하려는 것이다. 이보다 더 클 수는 없다."

게다가 만일 마에바라가 일어선다면 소총과 대포를 제공하겠다고도 말했다. '사이고와 기리노'는 무기 제공을 약속함으로써 마에바라의 결의를 촉구했다고 해도 좋다.

물론 거짓말이다.

그 거짓말을 마에바라와 동지들이 꿰뚫어 보았을 것인가.

마에바라는 시나가와에게 보낸 편지 속에서 사뭇 마에바라 자신이 냉정했던 것 같이 쓰고 있다.

'자기는 깊이 믿지는 않고 사이고와 기리노의 속셈을 일단 알아볼 작정으로 듣고 있었다.'

그러나 이 편지는 마에바라가 뒷날 그 두 사람이 밀정이었다는 것을 알고 시나가와 야지로에게 변명하기 위해 쓴 것으로 스스로를 감싸려는 것이 목적이었다.

실제로 마에바라는 밀정들 앞에서 가련할 정도로 흥분하여 자기들의 속사정을 전부 털어놓고 말았던 모양이다. 상대가 격론을 토로하는 이상, 마에바라도 격렬한 말을 하지 않을 수 없었으며 당연히 지금 당장 반란이 일어나기나 하는 것처럼 말했던 모양이다.

하기의 사족 가운데 혼마 다다미로(本間忠麿)라는 자가 있는데 마에바라 잇세이의 젊은 동지였다. 이 혼마의 담화가 남아 있다. 그에 의하면 마에바라는 '사이고의 밀서'를 읽고 나자 감동이 하늘을 찌를 듯하여, 자리를 박차고 일어나 집안 대대로 내려오는 보도(寶刀)를 거머쥐고 몸을 날려 허공을 치고 또 치고, 외치고 또 외치니 두 '밀정'이 오히려 얼빠진 듯한 표정을 지었다고 한다.

마에바라는 밀정에 의해 완전히 도발당하고 말았다. 사이고의 가짜 편지에 의하면 이렇게 써 있었던 모양이다.

'나는 모월 모일을 기하여 대거 가고시마를 탈출하여 먼저 오사카의 진대(鎭臺 : 사단)를 짓밟고 도카이도(東海道)로 공격해 올라가고자 한다. 귀하도 군사를 인솔하고 참가하라.'

이 가짜 편지의 내용이 실제로 그런 것이었는지 어떤지는 남아 있지 않기 때문에 잘 모르겠지만, 어쨌든 마에바라가 밀정의 말 끝에 놀아난 것만은 확실했다.

대경시 가와지 도시나가의 밀정 정치가 메이지 초기의 역사를 음산한 것으로 만들었다는 것은 어떤 변호 재료로서도 부인할 길이 없다.

한편으로 보면 태정관 정권은 밀정 정치로 지켜지고 있는 것 같은 양상이 있는데, 구체적으로 개인의 이름을 든다면 가와지 도시나가가 태정관 권력의 유일한 경호원이었다고 할 수 있다.

일본에 있어서 밀정의 역사는 도쿠가와 이전에는 주목할 만한 것은 없고, 도쿠가와 시대에 발달했다.

도쿠가와 시대에 가령 에도 시내의 경찰 행정을 들면 시정(市政)과 경찰 담당자인 포교 포리의 일손이 부족했기 때문에 임시 방편으로 기범자(旣犯 者)에게 짓테(十手 : 도둑을 잡는 세 가닥 난 단검 비슷한 무기)를 주어 사적인 앞잡이로 썼다. 메아카시 (目明), 고요키키(御用聞)라고 불린 자들이 그것이다. 메아카시들이 다시 밀정을 썼다. 전부터 정상을 참작해 주고 있는 불량배들을 써서 범죄를 맡겼 다. 이들 불량배에 의한 경찰 행위에는 당연히 폐해가 많아서 에도 시대를 통하여 몇 번이나 막각(幕閣)에서 그 폐지안이 제출되곤 했으나 끝내 폐지 시키지 못하고 막부 자체가 무너져 버렸다.

아무튼 옛 막부가 가지고 있었던 밀정장치의 능력은 상당한 것이었던 모 양이다. 가와지 도시나가는 인재면에서나 방식면에서나 옛 막부의 그것을 답습한 기색이 짙다.

또한 가와지는 이미 몇 번인가 말한 바와 같이 나폴레옹 1세의 경찰장관 으로서, 정치적 밀정조직을 전에 없는 규모와 짜임새로 만들어낸 조제프 푸 세의 신봉자였으며, 그 방식을 답습하고 있는 파리 경시청에서 직접 교육을 받고 온 사나이라는 것을 지금 상기하지 않으면 안 된다. 거듭 말하지만 가 와지는 밀정에 의해 반란을 미연에 방지하는 것이야말로 문명을 일으키는 지렛대가 된다고 믿고 있는 사람이었다.

두 사람의 밀정을 파견한 것은 대경시 가와지 도시나가임은 의심할 여지 도 없다.

마에바라 잇세이로 하여금 고무시키고 흥분시키며 비밀로 해야 할 반란의 의도를 정직하게 토로하게 한 밀정의 본명은 끝내 알려지지 않았다.

가와지는 밀정을 파견함에 밀정으로서의 정의(正義)와 신앙(信仰)과 같은 것을 철저하게 불어넣었으리라는 것은 평소의 그로 보아서 가히 짐작할 수 있다. 그는 언제나 경찰관에 대해 문서나 말로서 열광적이라고 할 만큼 사명 감을 고취하고 마음가짐을 교육해 왔다.

"오랜 세월 동안 향사(鄕士)라 불리우며 차별대우를 받아 온 일을 잊지 마라."

또 그가 뒷날 사쓰마에 있는 사이고의 신변에 대하여 탐정을 파견할 때도 이렇게 옛 사쓰마 번의 계급의식을 일깨워 줌으로써 그들의 투지를 부채질했다는 것으로도 상상할 수 있다.

마에바라 잇세이에게 이부스키 다쓰지와 고바야시 히로시를 보낼 때도 가와지는 온갖 말로, 그들이 취하려고 하는 행동이 정의(正義) 중의 정의라는 것을 충분히 가르쳤을 것이 틀림없다. 가와지는 이러한 점에서 소홀히 할 사람은 아니었고 또 남에게 맡길 사람도 아니었다.

또한 가와지가 마에바라에게 밀정을 보낸 의도도 마에바라의 반란 의도가 있는지를 염탐한다는 따위의 단순한 성질의 것은 아니었던 것으로 짐작된다.

이부스키와 고바야시의 언동으로 미루어 보더라도, 또 그것에 놀아나 춤을 추고 나아가서는 이것을 계기로 반란을 일으킨 마에바라와 그 도당의 뒷일로 보아 가와지가 맡긴 임무는 염탐이 아니라 도발이었으리라.

이런 점에서 가와지의 전략은 칼날 같다고 할 수 있다.

그는 머잖아 가고시마 현이 큰 반란을 일으킨다고 보고 있었다. 다만 그때 다른 현과 연합세력으로 나오면 태정관에 승산이 없다고 보았다. 이런 점은 오쿠보의 감각과 일치하고 있다.

오쿠보는 전에 에토 신페이가 사가에서 난을 일으키자 재빨리 현지에 가서 군사, 사법, 행정의 3권을 장악하고 일거에 난을 진압해 버렸다. 사태 처리의 신속성은 가고시마 현과 연대관계를 맺지 않도록 하기 위해서였다.

가와지의 전략은 마에바라로 하여금 되도록 빨리 난을 일으키게 하는 데 있던 것으로 짐작된다.

일찍 일으키게 하고 신속하게 무찔러 가고시마 현과 연대관계를 맺을 여유를 주지 않으려는 것이었다. 두 사람의 밀정에게 '사이고의 밀사'를 사칭하여 '서둘러 봉기 하라'고 마에바라를 부추기게 한 의도는 이 전략에서 나왔다고 해도 좋으리라.

환영

마에바라 잇세이와 그의 동지들이 '사이고의 밀사'는 새빨간 거짓말이었다는 것을 알게 된 것은 45일 정도 지나서였다.

비참하다고나 할까.

두 밀사가 찾아온 1월 12일 이후는 마에바라에게는 강한 흥분의 나날이었다고 해도 좋다.

"사쓰마의 사이고가 궐기한다는군. 나에게도 일어서야 한다는 소식이 왔네."

마에바라는 젊은 동지들에게 크나큰 비밀을 밝히듯이 말했을 것이 틀림없고, 이 때문에 하기의 옛 성밑 거리의 마에바라 당(黨) 동지들 사이에는 강한 결속이 생겨났다.

사이고가 일어서면 태정관은 당장 무너진다는 관측은 이 무렵의 사족 사이에서는 신앙처럼 되어 있었다. 조슈의 사족도 여기에 추종하면 태정관을 반드시 이길 수 있다.

마에바라는 즉시 사이고에게 밀사를 보냈어야 했다. 그러나 조금 게으름을 피웠다.

달이 바뀌어 2월 1일이 되어서야 마에바라는 젊은 동지인 요코야마 도시히코를 사쓰마에 보내기로 했던 것이다.

요코야마 집안은 녹이 84석의 번사로 도시히코는 소년 시절에 아주 잠깐이지만 쇼인에게서 배웠다. 쇼인 자신은 그에 대해 이렇다 할 인상이 남아 있지 않은 듯하나 도시히코 쪽은 쇼인을 보수적 양이주의자로서 보고 신처럼 숭모하고 있었다. 도시히코는 이 해 27세였다.

"제가 사이고를 만나고 오겠습니다."

도시히코가 말하자 마에바라는 승낙했다. 반란에 대한 의논이 있어야 한다는 것을 마에바라는 그제서야 겨우 알아차렸던 모양인데, 이토록이나 중대한 일의 연락자로 요코야마 도시히코를 파견했다는 것은 소홀한 처사라고 하지 않을 수 없다.

메이지 9년 2월 1일의 마에바라의 일기에 내일(2일) 요코야마를 가고시마에 보낸다는 뜻의 문장이 있다.

'돈 25엔을 대여하다.'

이렇게 씌어 있다. 여비인 듯하다. 주는 것이 아니라 꿔준 것이다. 마에바라의 검약한 성격이 나타나 있어 도저히 명예로운 모반을 꾀할 만한 성격은 아닌 것 같다.

요코야마는 사쓰마에 들어갔다.

그러나 사이고는 사냥을 나가고 없었으므로 만나지 못했고, 기리노도 만나지 못했던 모양이다. 그래서 다른 사쓰마 인을 만났다.

그때 이부스키와 고바야시라는 자가 사이고와는 한 번 만난 일조차 없는 인물이라는 것을 알아낸 동시에 사이고가 마에바라에게 밀사를 보낸 사실도 없고, 더우기 편지 같은 것을 쓸 까닭이 없다는 것을 알았다.

요코야마 도시히코는 급히 하기에 돌아와 이 사실을 보고했다. 마에바라의 놀라움은 당연히 컸다. 이 날이 2월 27일이다.

마에바라 잇세이 등은 45일 동안이나 사이고의 환영을 껴안고 있었다는 말이 된다.

요코야마 도시히코의 보고는 그 환영을 짓부수어버렸다.

그 이상으로 중대한 것은, 이부스키 다쓰지와 고바야시 히로시가 정부의 밀정이었다는 사실이었다. 그뿐만이 아니었다.

그 밀정을 상대로 마에바라는 자기의 숨은 모책을 모두 말해 버린 일이었다. 실토를 한 지가 이미 45일이나 지났다. 밀정은 벌써 도쿄에 돌아가 요로에 보고했을 것이다. 태정관은 마에바라가 아직 반란을 일으키지도 않았는데 사전에 반란죄의 증거를 잡고 말았다. 이 시대의 형법 감각으로 볼 때 마에바라는 이미 죄인이고, 태정관은 그럴 마음만 있다면 언제라도 마에바라를 체포할 수 있었다.

마에바라의 낭패는 시나가와 야지로에게 보낸 편지에도 나타나 있다. 마에바라와 쇼카 촌숙의 동문인 시나가와는 태정관 정부에 봉직하고 있는 조슈 인 중에서도 유일한 친구였고 자기를 이해한다고 생각하고 있었으며 실제로도 그와 같은 인정의 소유자이기도 했다.

'나는 기만당했다. 나는 상대방을 믿었는데 마침내 그가 나를 팔아 먹었다는 것을 알았다.'

이런 비통함을 담은 편지를 썼다. 시나가와에게 이해시킴으로써 궁지에서 빠져나갈 방도를 강구해 주지나 않을까 하는 기대가 있었던 것이리라.

이후부터 마에바라와 주위 사람들은 거의 이상하게 되어 버렸다.

"차라리 정부의 오랏줄을 받기보다는 뛰어들어 결판을 내고 죽자."

그러한 의논이 되풀이되었다. 그런데 어디를 향해 뛰어들 것인가, 어떻게 결판을 내야 할 것인가, 이러한 의논만 오가다가 그만 흐지부지 되어 버렸다.

이 분위기를 야마구치 현청(縣廳)에서 알아차렸다.

도쿄의 기도에게서 하기의 사정에 관한 내사를 지시받고 있었던 야마구치 현 참사 기나시 신이치(木梨信一)가 3월 15일자로 기도에게 부친 편지에는, 마에바라를 에워싸고 있는 내정이 정말 상세하게 보고되어 있었다.

기나시는 마에바라와 동지들 사이의 분위기를 다음과 같이 표현했다.

'사정이 이만저만 절박하지 않은 모양……'

그리고 지난 번에 마에바라를 방문한 '사이고의 밀사'가 실은 정부의 밀정이었다는 것도 말했다. 그리하여 마에바라가 궁지에 몰린 상황을 기술하며 이와 같이 표현했다.

'몸을 둘 자리가 없어……'

다만 기나시는 조슈 출신의 현의 관리로서 같은 조슈 인인 마에바라가 중앙의 태정관 사직(司直)의 손에 걸리는 일은 되도록 피했으면 하는 심정이었다. 그 뜻을 이토 히로부미에게 비치기도 했다.

대경시 가와지 도시나가는 마에바라 잇세이가 그의 밀정에게 도발 일체를 밝힌 것을 알면서도 경찰권을 발동시키지 않았다. 또한 세인이 보는 인상으로는 경시청 전체가 침묵을 지키고 있는 듯한 느낌이었다.

마에바라에 관한 보고는 당연히 내무대신에게 보고됐다. 내무대신은 오쿠보 도시미치였다. 오쿠보는 이에 대해서 어떻게 해야 하는가 하는 판단을 내무대신이 아닌, 사쓰마 인으로서 내렸다.

"조슈는 조슈 인에게 잠시 맡겨 두자."

오쿠보가 가와지에게 이렇게 말했을 터였다. 경시청에는 사쓰마 인이 많았으므로 만약 야마구치 현의 문제에 대해 경시청이 경망하게 움직이면 정부 내 조슈 인의 감정을 자극하게 된다. 오쿠보는 그것을 피하고 싶었다.

태정관 정부의 관료인 사쓰마·조슈인은 서로 세력다툼을 하고 있었으면서도 그런 대로 암암리에 결속의식이 있었다. 즉 정부가 사쓰마·조슈의 두 갈래로 나누어지면 정부 자체를 잃어버리게 된다는 것을 그들은 알고 있었다.

"어차피 기도 씨도 알게 될 테니까."

오쿠보는 이런 말을 했을 것이 틀림없다. 이 때문에 경시청이 포착한 마에바라에 관한 중대 기밀에 대해서는 오쿠보도 가와지도 조슈파에 대하여 침묵을 지키고 있었다. 그리고 '중대 범인'인 마에바라에 대해서도 그대로 방치하고 있었다.

'야마구치 현으로부터 보고가 있었음.'

3월 23일자의 기도 다카요시의 일기에 그 일이 기록되어 있다.

기도는 이날 오후 5시에 집을 나와 같은 조슈 인인 미우라 고로(三浦梧樓)를 방문했다.

미우라 고로는 조슈 기병대(騎兵隊)의 창설 대원 출신으로 용감하고 재치가 있었다. 즉 고집스럽고 정의감이 강하며, 기론(奇論)을 펴거나 다른 조슈 인처럼 중론을 믿고 부화뇌동하는 적이 없었다. 새로 육군제도가 생겼을 때 전격적으로 육군 소장에 발탁되었으나 오쿠보의 대만 토벌을 반대하여 관에서 물러났다. 그뒤 기도가 강력 추천하여 미우라를 원로원 의관(議官)이 되게 함으로써 어쨌든 태정관 관원이 되었다. 조바심이 많은 기도로서는 지난날의 고관이 실직하고 야에 있으면 불평사족이 이를 둘러엎을 우려가 있다고 생각했던 것이다.

미우라는 쉽게 사람을 따르는 성격이 아니었으나 어느 조슈 인보다도 기도의 장점을 인정하고 있었으므로 상호간에 형제처럼 지내고 있었다. 또한 미우라는 마에바라 잇세이와 크게 싸운 일이 있었기 때문에 마에바라에 대해서는 다소간의 우정을 느끼고 있으면서도, 그 언동에는 비판적이었기에 기도로서는 이날 누구보다도 미우라와 의논하고 싶었을 것이 틀림없다.

미우라 고로가 지난 날에 마에바라 잇세이와 크게 다툰 일이 있었다는 이야기는 일소에 부치려면 못 부칠 것도 없다. 그러나 태정관 초창기의 정부 요인이라는 그의 뿌리를 들춰보면 고작 서생(書生)에 불과하다는 일면을 지니고 있으니, 둘의 싸움을 짚고 넘어가는 것은 다소 의의가 있을 것이다.

메이지 3년(1870)의 일이다.

그 해 봄, 천황이 사쓰마에 행차하였다. 미우라도 수행하여 가고시마에서 처음으로 사이고 다카모리를 보았다. 도바·후시미의 싸움과 보신전쟁에 투신한 역전의 투사 미우라조차도 그때까지 사이고를 볼 기회가 없었던 모양이다.

도쿄에 돌아가니 당시 병부국장인 야마가타 아리토모가 서양에서 돌아와 있었다. 지난 날의 기병대 동료로서 오랜만에 만났기 때문에 식사를 같이 하기로 했다. 미우라의 기억으로는 11월 경이었던 모양이다.

장소는 료고쿠(兩國)의 나카무라 루(中村樓)였다. 나카무라 루는 이 당시 방이 2, 3개 정도밖에 없는 작은 요정이었다.

미우라가 출석하니 병부차관직을 갓 물러난 마에바라 잇세이도 출석해 있었다. 마에바라 옆에 그와 친한 사사키 오토야(佐佐木男也)도 있었다.

마에바라는 미우라의 얼굴을 보자마자 얼굴을 왼쪽으로 돌리고 인사조차도 받지 않았다. 이윽고 한마디 했다.

"미우라가 마음에 안 들어."

마에바라는 지난 번 관직을 버리고 귀향하려고 했을 때, 미우라가 이에 반대하고 산조 태정대신을 움직여 마에바라를 귀향하지 못하게 한 일이 있었기 때문에 마에바라는 그것을 아니꼽게 생각하고 있었다. 마에바라로서는 후배인 주제에 건방지다는 것인데 바로 그 '건방지다'는 말을 이 자리에서 내뱉은 것이다.

그 당시 야마가타는 외유중이었으므로 사정을 알지 못하고 어쨌든 마에바라를 달래려고 했다.

"미우라가 만류했던 것은 당연하다."

그 무렵 징모부대의 탈대병(脫隊兵)이 야마구치 현에 횡행하고 있었으므로 마에바라의 귀향은 매우 위험한 일이었다. 야마가타는 그런 말도 했다.

그런데 마에바라의 성격은 상대가 자기에게 호의적인가 아닌가로 적과 우군을 결정짓는 버릇이 있었다. 야마가타가 이 경우에는 미우라 쪽을 두둔했기 때문에——야마가타는 사이가 그다지 좋은 것도 아니었는데——마에바라는 야마가타에게 화를 내고 뭐라고 욕을 했다.

야마가타는 일어나 술잔 씻는 물을 마에바라의 이마에 끼얹었다. 마에바라는 야마가타에게 덤벼들었다. 사사키 오토야도 마에바라의 편을 들어 야마가타에게 덤볐기 때문에 미우라는 야마가타의 편을 들었다.

촛대가 부러지고 요리상이 엎어졌다.

귀가길, 길거리에서 다시금 두 패로 나뉘어 싸움을 벌였다. 마침 공사장 옆이어서 대패밥이 산더미처럼 쌓여 있었다. 등롱이 날아가 거기에 불이 붙으니 다시 대패밥에 옮겨 붙어 마구 불타기 시작했다. 때문에 주위 사람들이 물을 들고 뛰어와 그 주변에 끼얹었으므로, 네 명의 조슈계 고관도 더 이상 치고받고 할 수가 없어 각기 일어나 어색하게 헤어졌다.

마에바라와의 싸움에서 미우라 고로는 형편상 야마가타 아리토모와 한패가 되었다.

싸움 자체는 개싸움과 비슷했다. 대패밥에 불이 옮겨 붙었기 때문에 네 사람 모두 허둥지둥 흩어져버렸으나 미우라는 도중까지 야마가타와 어깨를 나란히 하고 걸었다. 그런데 미우라는 싸울 때 한패였던 야마가타에 대해서도 까닭 모를 화가 치밀어 올라 함께 걷는 일이 견딜 수 없이 싫었다. 야마가타의 얼굴 자체가 어쩐지 아첨꾼같이 보였다.

"우리 여기서 헤어지세."

미우라는 다른 길로 접어들었다. 야마가타는 미우라의 성격을 잘 알고 있었기 때문에 상관하지 않고 그래, 라고 했을 뿐이었다. 야마가타가 알고 있는 미우라의 성격은 기분에 따라 무슨 말을 할지 모른다는 것이었는데, 미우라로서는 별반 자기가 이상한 주장이나 버릇을 가지고 있다고는 생각지 않았다.

미우라 고로(三浦梧樓)는 나중에 간슈(觀樹)라고 개명하였다. 사람들이 '간슈 장군'이라는 애칭으로 불렀던 것은 그의 담박함이나 싸우기를 좋아하는 성격을 사랑했기 때문이다.

《간슈 장군 회고록》이라는 책이 다이쇼(大正) 14년(1925), 고쿠부 세이가이(國分靑厓)나 고지마 가즈오(古島一碓)에 의해 간행되었다. 다이쇼 15년에 81세의 나이로 죽은 미우라는 군인으로서도 정치가로서도 실무적 실적은 거의 없었다. 그러나 메이지 시대의 요인으로는 야담에 등장하는 오쿠보 히코자에몽(大久保彦左衛門 : 에도시대 초기의 무사) 같은 존재였다. 그것이 고쿠부 세이가쿠나 고지마 가즈오 같은 비슷한 성격의 사나이로부터 존경받는 이유인 것 같다.

미우라의 회고록에 이런 글이 남아 있다.

'내가 평생 야마가타에 대해서 불쾌한 감정을 갖게 된 것은 전적으로 이 일이 원인이며'

조슈의 기병대 시절에 미우라도 대원이었는데 사병과 같은 액수의 급료를 받고 있었다. 그런데 출장을 가면 한 달치 급료의 열 배 정도의 수당이 나온다는 것을 알고 간부가 부대의 회계를 남용하고 있다는 사실을 알게 되었다.

군감(軍監)인 야마가타가 가장 심했는데 미우라의 표현을 빌자면, 청나라 군벌의 두목과 다름없어 사병들이 가엾고 안타깝다 여겨지고 야마가타는 냉혹하고 인간에 대한 연민의 정이 없었다고까지 극언했다.

조슈 기병대 간부가 돈을 좋아한다는 공통적인 성격은 그들이 메이지 육군의 간부가 되고 나서도 없어지지 않고, 결국 야마가타 등이 야마시로야(山城屋) 사건과 같은 오직(汚職) 사건을 일으켜 당시 기리노 도시아키 등 사쓰마계 근위장교의 반발을 사기에 이르렀다.

이와 같은 성격의 미우라 고로는 오히려 마에바라 잇세이의 성격, 즉 인간 사회에 어딘가 부적합하고 그러면서도 거꾸로 세상에 대하여 격렬하게 반발하는 일종의 변칙적인 정치성에 대해 오히려 동정적이기까지 했다.

이에 대하여 미우라 고로는 지극히 담담하게 말했다.

"마에바라는 정직한 사람이기는 하지만 조금 우둔한 편이었다. 일신을 그르친 원인은 바로 그 점에 있었다."

거기에는 미우라가 야마가타에 대해 말하는 것 같은 통렬한 인격 비판은 없고 고작 마에바라는 통솔력이 부족하다는 정도의 것이었다.

마에바라의 문제에 대해 기도 다카요시가 미우라 고로를 최초의 의논 상대로 택한 것은 타당성 있는 일이라고 하겠다.

왜냐하면 같은 조슈 인이라도 야마가타 아리토모의 경우는 관에 지나치게 치우친 생각을 가졌기 때문에 마에바라 잇세이라고 하는, 야마구치 현 안에서 반란 기운의 핵같은 존재가 되어 있는 그에게는 덮어놓고 부정적이었다. 또한 야마가타는 기도의 눈으로 볼 때 오쿠보에게 지나치게 기울어져 있었는데, 바꾸어 말하면 오쿠보적 국가건설 그룹에 깊숙이 빠져들고 있어——이토 히로부미도 마찬가지지만——조슈의 지방문제에 미우라 고로만큼은 정서감각이 없는 것 같았다.

기도가 미우라 고로를 찾아간 날, 저녁부터 밤 10시를 넘기도록 둘은 이야기했다.

그 사흘 후에도 미우라의 집에서 의논했다. 이때 이노우에 가오루도 동석했다.

이 사이, 조슈계 요인이 서로 내왕하면서 의견을 모으고 있었다. 기도 외의 주요한 사람은 이토 히로부미, 이노우에 가오루, 미우라 고로, 야마다 아키요시, 시시도 다마키(穴戸璣) 등으로 야마가타는 참여하지 않았다. 이 의논 그룹에 독일에서 갓 돌아온 시나가와 야지로(品川弥二郎)도 끼어들어 결국 시나가와가 자청하여 이렇게 말했다.

"내가 귀향했으니 마에바라와 이야기해 보겠소."

모두 그것에 찬성했다. 시나가와는 마에바라와 쇼카 촌숙의 동문으로 남달리 절친했고 또 우정에 돈독한 인품이기도 했다. 또한 성격이 명랑하고 사고방식이 지나치다 싶을 정도로 활달한 면도 있었으나 사태가 사태인 만큼 오히려 적격이 아닐까 하는 것이었으리라.

한편 야마가타 아리토모 등은 이 시기에 시나가와와 같은 인정 많은 사람을 파견하는 것에 반대했던 모양으로 '모든 일을 엄정하게 처리해야 한다'는 뜻의 글을 뒤미처 기도에게 써 보냈다.

그러나 기도가 시나가와를 파견하기로 한 결정은 정서적이거나 무단적인 것이 아니고 기도다운 정치 감각에서 나온 것인 듯 여겨진다. 기도는 국가권력으로 움직이는 것을 시나가와를 파견한 동안이나마 지연시키려고 한 것이 아닐까. 적어도 시나가와가 귀경할 때까지 태정관은 표면에 나서지 않고 조슈 인끼리의 사적 조정에 맡기는 듯한 형태를 취하고 있었다.

시나가와 야지로가 하기에 도착한 것은 4월 11일이다.
시나가와는 곧바로 마에바라를 찾지 않고 마에바라와 자신의 은사인 다마키 분노신 노인을 방문했다. 그야말로 시나가와다운 행동이었다. 다마키 노인의 인도하에 마에바라를 만나려고 한 것은 마에바라의 경계심을 누그러뜨리기 위한 배려에서였으리라.
다마키 노인은 시나가와를 사랑하고 있었다. 시나가와는 쇼카 촌숙 시절에 어린 소년으로서 학문에 능한 편은 아니었으나 천진하고 밝았으므로 스승 쇼인도 사랑하고 있었다.
"개인 자격으로 왔습니다."
시나가와는 다마키에게 말했다.
시나가와는 귀국 후 내무성 감찰관이 되어 있었다. 내무성 감찰관이라고 하면 반정부적 분자와 직접 관계가 있는 관직인 만큼 사정에 따라서는 마에바라를 위해 변명해 줄 수 있는 입장이기도 했다.
다마키는 마에바라에게 연락했다. 마에바라로서는 정부의 다른 사람이라면 만나고 싶지 않지만 '야지로'라면 기꺼이 만나겠다는 태도를 취했다.
14일, 마에바라의 집에서 만났다.
시나가와는 쇼인 문하생 중에서도 특히 쇼인의 사상이라기보다 인품을 그지없이 숭상했는데 이 회견의 서두는 주로 쇼인의 추억담으로 꽃을 피웠다. 자신들의 은사를 추모함으로써 상대방의 마음을 부드럽게 만들려는 의도가 있었던 것은 당연하다.
마에바라는 밀정에게 속아 넘어간 건을 누누이 늘어놓았다. 모반을 기도한 적은 없다고도 했다. 깜빡 속아서 이런저런 말을 했으나 '관련자 같은 건 없다'고 했다.
시나가와는 소심한 마에바라가 무엇을 염려하는지 잘 알고 있었다. 충분히 마에바라의 해명을 들은 뒤에 시나가와는
"밀정 건은 이 야지로가 목숨을 걸고서라도 지워버리겠소."
잘라 말했다.
시나가와는 그럴 심산이었다. 시나가와는 마에바라가 반란을 원하는 불평

사족들의 선동을 받고 있다는 것은 알고 있었으나 동시에 마에바라에게 그만한 결단력도 능력도 없다는 것을 잘 알고 있었다. 그러한 마에바라가 밀정에 의해 모반이 탄로되었기 때문에 될 대로 되라는 배짱으로 일어서게 되는 것을 시나가와는 두려워하고 있었다. 그리하여 '내가 무마시켜버리겠으니 그 일은 더는 염려하지 말라'고 한 것이다.

이 일은 마에바라로서는 여간 고맙지 않았던 모양으로 그 이틀 후 시나가와의 숙소에 편지를 전하여 고마움을 표했다.

'노형은 다행히 옛정을 버리지 않고 이 아우를 사지에서 구출해 주었소. 재생의 은혜를 말로 다하지 못하는 바이오.'

모반을 꾀하는 우두머리로서 마에바라는 너무나 가련하다고 하겠다.

시나가와 야지로는 마에바라와 대담 중에 마에바라의 간담을 서늘케 하는 어떤 구체적인 일에 대해 반문했다.

"실은 이러한 풍문이 있는데…… 당신과 그 도당이 야마구치 파견대를 습격한다는 말이 있지 않았소? 그건 어디서 나온 풍문이오?"

마에바라는 놀랐다. 실은 계획이라고까지는 할 수 없었으나 마에바라 주변의 사족들이 그런 말을 들먹이고 있었던 것은 사실이었다.

이 정보는 히로시마 진대가 포착했고 그 사령부에서 도쿄의 육군성에 보고한 것이었다. 이 히로시마 진대의 보고를 야마가타 아리토모 등은 진실이라고 믿고 있었다.

"마에바라는 밀정에 의하여 일이 탄로난 것을 두려워하고 있습니다. 공포심에서 일을 일으키는 사례는 얼마든지 있습니다."

이것이 야마가타의 견해였다.

마에바라는 절대로 그런 일은 없다고 단언했다. 다시, 설사 그것을 꾀하는 자가 있어도 자기가 그것을 못하게 하겠다고도 했다.

마에바라는 17일에도 시나가와를 만났다. 이날은 시나가와의 충분한 설득에 대답하여 어떤 일이 있어도 반란 같은 것은 일으키지 않겠다고 확약했다.

시나가와는 진심으로 안심했다. 그는 이로써 마에바라가 앞으로 일을 일으키는 일은 절대로 없으리라는 자신을 얻었다. 이제는 이 일을 하루 빨리 도쿄에 보고하여 내무성이나 경시청을 진정시키지 않으면 안 된다고 생각했다. 시나가와는 19일에 하기를 떠나 시모노세키에서 기선을 탔다.

도중, 시나가와는 경과를 조금이나마 빨리 알리기 위해 도쿄의 이토 히로부미에게 장문의 전보를 쳤다.

이토는 22일에 시나가와의 전보를 받고 기도 다카요시에게 편지를 보냈다.

이토의 편지로 상황을 대략 알 수 있다. 이토의 표현에 의하면 이렇게 씌어 있었다.

'마에바라는 전적으로 시나가와에게 몸을 의탁했다. 이야말로 항복이 아니겠는가?'

사실이 그랬다. 그에 덧붙여 이제까지 도쿄에 전해지고 있던 모반이나 폭거의 풍문에 대해서도 언급하고 있다.

'공포심에서 일어난 것인 듯……'

마에바라의 소심증에 대해서는 이토뿐만 아니라 조슈 인 모두가 잘 알고 있었으니 시나가와의 보고를 이토도 당연히 믿었다.

시나가와는 29일에 귀경했다. 그 이튿날, 기도의 집을 찾아가 보고했다.

'마에바라도 몹시 뉘우치고 있었다. 머리를 조아려 시나가와에게 사죄하고 앞으로 근신하겠다고 했다. 식언하지 않을 것을 확약했다.'

그러나 기도는 마에바라에 대한 의문을 남기고 있었다. 마에바라가 이미 동지들과 약속했다면 그 심약성으로 미루어 앞일이 미심쩍었다. 동지들이 약속 이행을 강요할 경우, 시나가와와의 약속을 파기하는 것이 아닐까하는 것이었다.

히고(肥後)인 마야자키 하치로가 출입하고 있는 평론신문사는 이 무렵 사옥을 옮겨 오와리초(尾張町)에 있었다.

처음에는 한 달에 5회밖에 간행되지 않았던 것이, 이 무렵에는 거의 격일 간행이라는 성황으로 도쿄에서 가장 활발한 언론기관의 하나가 되었다.

그 논조는 전면적으로 반정부, 반태정관으로 일관하고 있었다.

이 시기를 전후해 신문이 많이 발행되었는데 거의가 반정부 언론이었고 언론계는 태정관 정부의 야당이라는 극히 자연스러운 형태가 성립되어 있었다.

사이고와 정한론파의 여러 참의가 하야한 뒤, 태정관 정권은 그 기구 속에서 비판세력이 없어져 한편으로는 고립, 한편으로는 독주 권력이 되어버린 것이, 극히 자연스럽게 신문이라고 하는 비판세력을 성립시켰다고 할 수 있을지도 모른다.

이 시기의 신문이 반태정관적이라기보다도 반사쓰마·조슈적이었다는 것의 전통적 뿌리는 이미 우에노의 창의대 공격이 이루어지기 이전에 존재한다. 즉 당시의 이른바 '관군'이 에도에 진주하기가 바쁘게 역사 신문이라고 할 만한 것이 간행되어 나왔는데, 그 논리가 철저하게 반 관군적이었다. 그 뿌리가 '관군'에 의하여 성립된 태정관 정부에 대해서도 계속 살아 있었다고 보아도 좋다.

"평론신문은 사이고의 여당."

이것은 이 신문의 존재를 아는 자들 사이에서는 이미 상식이 되어 있었다. 사이고 스스로가 평론신문의 발행에 관여한 흔적은 조금도 찾아 볼 수 없으나 사이고의 뜻에 강렬하게 공감하는 사쓰마 인 에비하라가 신문사 사장이라는 것도 널리 알려진 바이고 소식통은 이 신문의 자금원까지 파악하고 있었다. 에비하라라는 사람은 지난날에 사쓰마 번의 재정을 관리하던 즈쇼 쇼자에몬(調所笑左衞門)의 재산 상속자였다.

곁들여 말하지만 에도 시대에 있어서 여러 번에서 재정을 마련하는 경우, 그 담당자는 아마 청부제였던 듯이——확실한 증거는 없으나——생각된다. 새로운 재원을 창설하여 번에 이익을 줄 경우 그 이익의 몇 할은 담당자의 행동비로 환원되는 제도였던 것일까. 이런 관계로 즈쇼는 거액의 재산을 남겼다.

이 또한 여담이지만 즈쇼는 만년에 오유라파였으므로 젊은 시절의 사이고에게는 번내의 정적(政敵)이었으나 즈쇼가 남긴 개인 재산이 에비하라에 의해 사이고를 위한 일에 탕진되는 것은 운명의 장난이라고 해도 좋을 듯하다.

이 평론신문이 마에바라 잇세이의 언동에 대하여 비판했다.

평론신문은 마에바라 잇세이에 대하여 몇 번 다룬 적이 있는데 특히 마에바라가 비밀의 누설에 대하여 조심성이 없다는 것을 지적하고 논란했다. 그보다 먼저, 태정관이 마에바라에게 오는 우편물까지 개봉하고 있는 것이 아닌가 하는 기사가 있었다.

그 문장을 인용하면 이런 식이었다.

'지난 1월 사쓰마 인 아무개가 조슈의 마에바라 잇세이에게 보낸 편지에는 어떤 사연이 있었는지 역체료(驛遞寮 : 우편국)에서 이를 압수하고 사쓰마·

조슈가 연합할 기미가 있음을 알아내고 보고한 바, 정부에서도 크게 주시하며 탐색조를 파견하여 마에바라 군의 동정을 엄밀히 살폈으므로 마에바라 군은 요즘 진퇴의 자유를 조금도 얻지 못하고 있다는 소문이다.'

이 기사는 이 무렵의 신문기사 취재법대로 풍설에 따르고 있었으리라는 것은 대충 짐작이 된다.

다만 정부가 마에바라에게 오는 우편물이나 마에바라가 보내는 우편물을 일일이 뜯어 보고 점검했다고 하는 것은 사실에 가까운 소문일 것으로 짐작된다.

참고로 우편제도는 태정관 정부가 시행한 '문명제도' 중에서도 가장 초기에 가장 신속하게 확립한 것으로 옛 막부 가신인 초대 우체국장 마에지마 히소카(前島密)가 중심이 되어 그것을 수행했다. 각 고을의 재산가에게 3등 우편국(특정우편국)의 업무를 위촉하는 독자적인 구상으로 이루어진 것으로 단기간에 제도가 틀이 잡혀 메이지 5년에 '우편규칙'이 공포되었을 당시에는 그 조직망이 전국 방방곡곡에 파급되어 있었다.

다만 서신의 비밀을 존중한다는 외래(外來) 사상은 뒷날 헌법 공포에 의해 정착되지만 이 시기에는 희박하여 태정관 관리가 마에바라와 관계되는 우편물을 몰래 뜯어 보는 것은 충분히 있을 수 있는 일이었다.

평론신문에 대해 계속한다.

이 신문 제89호에 도리이 세이코(鳥井正功)라는 필명의 기자가 글을 쓰고 있다. 도리이는 하기에 있는 마에바라 잇세이의 경솔함을 거의 통박하다시피 했다. 마에바라가 '사이고의 사자'를 사칭하는 정부밀정에 속아 넘어가 자기의 속셈을 전부 털어놓고 더욱이 사이고에게 무기와 탄약을 보내 달라고 청했다는 풍문은 이미 도쿄에서 유명한 이야기가 되어 버린 모양이었다. 도리이는 그 풍문——사실이지만——을 포착하고 쓴다.

'그 정도의 것으로 정부를 쓰러뜨린다느니 하는 어마어마한 짓은 도저히 불가능하다.'

이런 의미의 논설이다.

'실로 진정한 호걸, 진정한 영웅이 대사를 도모할 때 이를 발설하지 않음은 물론, 깊숙이 감추어 타인은 결코 그 흔적을 엿볼 수가 없다.'

이런 식의 문장으로 시작된다. 이하 직역한다.

'진정한 영웅호걸이란 대사를 꾀하고자 할 때 그것을 깊이 숨겨 타인의 눈으로는 도저히 짐작하지도 못하게 한다. 그러나 일단 이를 결행하면 귀신도 그 틈을 타지 못하고 벼락도 그 틈을 노리지 못한다. 이것이야말로 영웅이 세상을 떨게 하고 후세에 떨치는 위업을 이룩하는 연유이며 평범한 자는 이에 미치지 못한다. 만약 어떤 사람이 대사를 도모하는 일이 있어도 그 계획을 깊이 숨겨 두지 못하고 쉽사리 세인에게 그 정황을 누설해서는 아무 일도 되지 않는다. 결국은 대사를 결행하지 못할 뿐더러 사전에 정부 당국이 알게 되어 마침내 참수형에 처해지거나 자결하여 자멸하는 결과를 부를 뿐이다.'

여기까지는 마에바라의 이름을 들먹이지 않고 있다. 다음에는 마에바라의 이름이 노골적으로 나온다.

'지금 마에바라 군 등이 과연 대사를 꾀하고 있는지 어떤지 그 사실 여부는 나로서는 잘 모르지만 만약 마에바라 군이 대사를 도모한다고 할지라도 이렇게까지 자신들의 계획을 세상에 노출시키고, 그로 인하여 탐색조가 그를 에워싸 꼼짝도 못하는 상태가 되어 버리면 그는 무엇을 할 수 있을 것인가. 실로 중도좌절하여 스스로 치졸성을 드러낼 뿐이다.'

이하는 마에바라와 비교하여 사이고를 극찬하고 있다.

사이고는 자기 계획을 끝까지 숨기고 '풍월을 읊고 산과 들에 사냥을 다니면서' 쉽게 본심을 드러내 놓지 않는다. '이것이 진정한 영웅, 진정한 호걸'이라고 절찬하고 있는데, 반란할 가능성이 있는 인물의 우열을 연극평이나 미술평론처럼 대낮에 당당하게 도쿄에서 하고 있었다는 것도 이 무렵 시국의 성격을 잘 나타내고 있다. 그와 동시에 마에바라는 반란을 일으키기 전에 친(親) 마에바라 세력인 평론신문사의 실망을 사 버렸다는 것은 비극적이라고도 뭐라고도 표현할 길이 없다.

마에바라는 옴짝달싹할 수 없었다.

도쿄에서 아득히 먼 옛 번 성 밑 거리에서 사는 그가 무슨 생각을 하고 어떤 심경으로 있는가 하는 것이 온 도쿄 천지에 알려져 버린 것이다.

야마구치 현청의 기나시 신이치가 도쿄의 이토 히로부미에게 써 보낸 편지 속의 표현을 빌리면 이러했다.

'마에바라는 자기의 계획이 정치밀정에 의해 누설되어 버린 이상, 언제 포박당할지도 모르는 형편이니 바람소리 새소리에도 마음을 졸이면서 전전 긍긍 몸을 저미는 것보다는 차라리 배를 가르든가…… 오늘날 실로 몸 둘 곳도 없어……'

이렇게 되어 있는데, 이러한 모습의 마에바라가 온 도쿄 시내를 이리저리 끌려다니기 시작했다고 해도 좋으리라.

마에바라가 이와 같은 무참한 꼴이 되어 버린 것은 그가 정치라고 하는 가혹한 세계에 발을 들여놓기에는 지나치게 소박하고 지나치게 선량했기 때문이기도 하다. 나아가 그는 이렇다 할 자질도 갖추지 못했는데 시류가 그의 실상(實像)을 왜곡시켰다. 실상에서 동떨어진 커다란 허상을 세상에서는 마에바라라 믿으며, 불평사족들이 '요시다 쇼인의 애제자, 전 병부차관, 참의'라고 하는 허상을 받들어 모시게 되었다. 그가 허상에서 아무리 빠져나가려고 해도 그의 주위에 몰려든 사람들이 허락하지 않았다는 사정도 있다.

마에바라의 실상에는 선량한 효자였다고 하는 측면이 있었다. 그의 아버지는 완고하고 충직한 조슈 번사라는 의미에서 전형적 존재였다. 주군과 번에 대해 관리로서 오직 충직선량하였고, 그의 의식은 보신 대변혁에 의해서도 바뀌는 일 없이 이 메이지 9년(1876)이라는 시대에 살고 있었다. 그에 의하면 기도 다카요시 등 태정관 정권 안의 인간은 주군에 대한 반역자이고 번의 땅을 횡령한 자들이며 태정관 정부는 그러한 악당들의 소굴이었다. 이러한 까닭으로 관에 나가 있는 아들을 불러들였다.

이 시대에는 고관이 관직을 버리고 옛 번으로 돌아가는 것 자체만으로도 모반인이 되는 일이었다. 이 아버지는 거기까지는 알지 못했다. 그는 아들이 도리어 반역자로 몰릴 것 같은 상황에 놀라고 당황하여 시나가와 야지로가하기에 와서 잇세이를 만난 뒤, 일부러 야지로에게 하루 시간을 얻어 내어 아들을 위해 구차한 변명을 한 흔적이 시나가와의 편지에 남아 있다.

어쨌든 마에바라가 본 적도 없는 정치밀정을 동지로 생각하고 사이고의 밀사인 줄 알고 가슴속의 비밀을 서슴지 않고 토로했다는 정보는, 따지자면 대경시 가와지 도시나가의 지휘하에 엄중하게 관리되어야 할 성질의 것이었다.

가와지는 물론 이 중대 정보를 직속상사인 내무대신에게는 보고했을 것이다. 내무대신은 물론 오쿠보 도시미치였다.

오쿠보는 당연히 여러 참의에게 보고했다. 동시에 내무성의 야마구치 현의 출장기관인 야마구치 현청에 알렸다. 하나의 정보가 다수의 손에서 옮겨질 때 당연히 새지 않을 수 없다. 조슈 인이 비밀을 지키지 못한다는 공통된 성격을 가지고 있다는 것은 막부 말기에 다카스기 신사쿠가 '그 점이 다른 번사(藩士)와 크게 다른 점이다'라고 한탄했던 터인데, 이 누설은 조슈계 고관들의 책임인지, 아니면 대경시 가와지 도시나가가 의식적으로 흘렸는지, 아마도 그 양쪽일 것이다.

가와지의 최종 목적은 전국적으로 만성화되어 있는 사족들의 반란 기운의 최대 거점인 사쓰마의 사학교를 박멸하는 것에 있었다. 그 전략으로서 마에바라를 우두머리로 하는 조슈 인 집단을 맨 먼저 짓밟아 버리지 않으면 안 된다. 그러려면 그들을 부추겨 초조하게 만들고 이어 궁둥이에 불을 붙여 몰아낸다. 그리하여 '관(官)'이 입수한, 말하자면 국가적 기밀의 누설이라는 형식을 취하여 공개해 버리는 것이 좋다고 생각했던 것일까.

'그 바보가!'

이런 식으로 얄잡아 보는 마음이 있었다. 기도는 특히 더했다. 마에바라는 무슨 까닭인지——어쩌면 쇼인 이래의 자기의 전력을 생각하고——자기와 기도는 동격이라고 생각하고 있었다. 이것이 기도로서는 가소로웠다. 그 뿐만이 아니라 마에바라는 태정관을 악의 소굴이라고 하고 그 흉악한 기관의 정점에 있는 기도를 간사한 인물이라며 사사건건 비난하고, 마침내 태정관에서 물러나 고향으로 돌아갔다. 모든 일에 풍파가 이는 것을 두려워하는 기도는 마에바라에 대해 여러모로 손을 써서 귀향을 제지하려고 했으나 마에바라는 가고 말았다. 당연히 반란이 일어나리라. 그 반란의 수령이 되는 마에바라는 세상에 과대하게 인상지어질 것이다.

이 때문에 마에바라가 얼마나 어리석은 자라는 것을 백일하에 폭로할 생각으로 마에바라와 밀정 건을 세상에 흘려버렸는지도 모른다. 기도가 하지 않았다면 다른 조슈 인이 그렇게 했을까? 그러지 않고서야 평론신문의 기자 도리이 세이코가 그렇게도 정확하게 '사실'을 쓸 수 있을 까닭이 없었다고 생각된다.

옛 아이즈(會津) 번사 나가오카 히사시게(永岡久茂)는 도쿄에서 대반란을 일으킬 기회를 엿보고 있었다.

나가오카의 정념을 지극히 단순하게 정리해 보면 옛 아이즈의 무사 가족

2만 명의 원한을, 사실상의 사쓰마·조슈 정권인 태정관을 전복시켜 버림으로써 앙갚음하려는 데에 있었다.

사실 나가오카에게는 강한 정치 의식이 있었으므로 보복이나 앙갚음 따위의 것은 아니었다. 앞서 말한 바와 같이 옛 아이즈 번을 아이즈의 와카마쓰 성을 개성한 뒤 태정관으로부터 가혹한 처분을 받았다. 태정관은 옛 아이즈 번을 아오모리 현 도나미(斗南)라고 하는 불모의 황무지로 쫓아 버렸다. 이 때 도나미는 5만 석으로 공표되었는데, 설령 5만 석이 있다 하더라도 30 수만 석의 세대를 그리로 옮기는 것은 모두 굶어 죽어 버리라는 말과 다름이 없었다. 게다가 도나미 땅은 5만 석이 나는 것이 아니라 글자 그대로 불모지였다.

당초 나가오카 히사시게는 도나미 번의 참사로서 아이즈 사족단을 궁핍에서 구출하기 위한 직책을 맡고 있었다. 나가오카는 이를 위해 백방으로 힘을 썼다.

그는 그 무렵 조슈의 마에바라 잇세이가 에치고(越後)의 지방관으로서 백성을 애호하는 일에 힘을 다하고 있다는 것을 알았다. 마에바라는 자신의 세계관을 남과 겨룰 만한 인물은 되지 못했으나, 한 지방의 행정관으로서는 강한 정의감과 너그러운 애정으로 일을 처리할 수 있었기 때문에 에치고와 같이 시대의 패배자와 다름없는, 지역에 대한 민정가(民政家)로서는 적격이었을지도 모른다.

나가오카는 도나미 현 참사로 있을 때 이 마에바라를 눈여겨 보았다. 동료인 아키즈키 다네나가(秋月胤永)와 연명(連名)으로 도나미 번의 궁핍상을 호소하고 시를 읊어 보냈다.

'이들의 구제를 누구에게 청할거나. 2만의 목숨이 실로 굶주림에 우노라.'

나가오카가 도쿄에 나온 것은 도나미에 대해서는 어떤 구상도 그려낼 수가 없으며 필경 태정관 정부의 전복 외에는 방법이 없다고 판단했기 때문이었는데, 그는 도쿄에 있으면서도 언제나 도나미 2만의 생령(生靈)이 굶주림에 울고 있다는 상황을 줄곧 듣고 있었다. 이 곤경에서 2만 명을 한 번에 구출해 내려면 목숨을 버리고 자신이 반란을 일으키는 수밖에 없다고 생각했다. 반란에 대하여 이 시기에 나가오카만큼 치열하고 절박한 심정을 가졌던 자는 전국 어디에도 없었을 것이다.

　나가오카 히사시게는 아는 사람과 벗이 많았다. 물론 그것은 조직이라고 할 만한 것은 아니었다.

　이 시대 일본 사회에는 '관' 외의 조직이라는 것은 옛 번밖에 없었는데 그 옛 번도 와해된 뒤, 인간에 대한 구속력을 잃어버렸다. 구속력을 가진 조직이라고 하면 일본에서 오직 하나, 옛 사쓰마 번을 재조직한 가고시마 사학교뿐이었다.

　나가오카 히사시게는 그가 가진 목적 의식의 명쾌성에 있어서 순수한 혁명가라고 할 수 있었다. 그러나 혁명가에게 필요한 조직은 갖지 못했다.

　"여차하면 아이즈 사족들이 도쿄에 몰려든다."

　나가오카는 선동할 만한 상대에 대해 이렇게 말하긴 했으나 현실성은 없었다. 옛 아이즈 번사는 새 정부에 대한 불만이 강했기 때문에 거기서 결사의 인사를 몇 백 몇 천을 얻을 수는 있지만, 아오모리 현 끝에서 도쿄로 이동하는 것 자체가 불가능했다. 나올 구멍이 아무 데도 없는 막대한 여비도 필요하고, 도중의 통과지에 대해 정치적인 거래도 가질 필요가 있는데 그것은 요술이라도 부리지 않는 한 불가능했다. 결국 나가오카에게는 아무런 조직도 없다는 말이 된다.

　조직이라는 감각도 이 시대에는 없었다. 나가오카의 조직이라고 하면 그 개인적인 매력과 정열로 유대를 맺고 있었던 다른 번 출신의 활약가들뿐이었다. 도사의 하야시 유조(林有造)나 평론신문사의 에비하라 등은 글자 그대로 간담상조의 사이였지만 조직이라고는 할 수 없었다.

　결국 나가오카의 조직이란 그의 주위에 있는 식객이나 서생, 또는 그의 친구인 사족 등으로 나가오카가 평소 그의 하숙방의 낡아빠진 다다미 위에서 기염을 토하고 있을 때, 옆에서 술을 홀짝거리고 있던 작자들이었다.

　이런 사람들과 더불어 혁명을 한다는 것은 그것이 조직이 아닌 만큼 불가능한 일이고 기껏해야 소규모 폭동사태 정도밖에 일으키지 못한다. 나가오카는 그것을 잘 알고 있었으나 일어서지 않을 수 없었고, 그렇다면 궐기하기 위한 전략은 아무래도 남의 삽바를 빌리는 식의 수법을 써야 하지 않았을까.

　그러나, 술친구가 상대인 만큼 밀정이 끼어들기 쉽다는 허점이 있었다.

나가오카 히사시게가 평소에 가장 믿고, 외출할 때도 데리고 다니며 반정부 운동가를 만날 때도 옆에 두는 서생이 있었다.

네즈 지카아쓰(根津親德), 히라야마 나오이치(平山直一)라는 자였다.

"이 두 사람은 괜찮은 사나이들이다."

나가오카는 사람들에게 그렇게 자랑했다. 이 두 사람이 경시청의 밀정이었다.

네즈는 쓰루오카(鶴岡) 사카이(酒井) 가문의 구신(舊臣)의 서자라고 하는데, 보신 전쟁 때의 쓰루오카의 상황도 잘 알고 있었으므로 그 점은 진짜였을 것이 틀림없다. 다만 어느 사이엔가 경시청에 봉직하여 정치밀정이 되었다. 히라야마 나오이치도 비슷한 경력이 아닐까. 그런데 이 두 사람의 이름이 본명인지 가명인지 그 점은 확실하지 않다.

이 두 사람에 대해서는 대경시 가와지 도시나가가 다른 '탐색꾼'에 대해서도 하고 있는 것처럼 무서운 정열로 개인교수를 했을 것이 틀림없다.

가와지가 쓴《경찰 요체》에서 그가 하는 개인교수의 내용을 상상해 보면 먼저 경찰관은 '개화'의 추진자라는 것이 가와지의 신념인데 그것도 가와지에 의하면 그냥 추진자가 아니라고 한다.

'입으로 개화를 외치고 몸으로 개화를 행하지 않는 것'

이것은 쓸모 없는 것이라 하여 마치 개화가 경찰의 종교이기나 한 것처럼 개화를 중요하게 생각하고 있었다. 뒤집어서 말하면 이 시기의 태정관 전반의 정신이라는 것이 가와지의 경찰론에 가장 선명하게 그려져 있다고 할 수 있으리라.

"관리란 원래 백성의 고혈로 사는 물건과 같다."

이것은 가와지의 공복론(公僕論)이다.

이 시대는 물론 관존민비의 세상이었고 관리는 에도 시대의 영주나 직속 무사와 같이 거들먹거렸다. 이 전통은 일본의 관료 속에 오래도록 남지만 '개화' 신자인 가와지는 개화란 그런 것은 절대로 아니라고 생각하고 있었다. 관리란 원래 민중이 자신의 피와 땀으로 산 물건과 같다고 하는 공복론보다 더 철저한 것이 아닐까.

또한 탐색에 대해 가와지는 말했다.

"탐색을 심각하게 하라. 선인이라 할지라도 용서가 있어서는 안 되며 선인을 탐색하는 데 있어서도 흉도(兇徒)에 대한 탐색과 마찬가지로 하라."

"탐색의 길이 미묘한 경지에 이르면 소리가 나지 않아도 듣고 형체가 없어도 보는 것과 같이 무성무형(無聲無形)에 대해서도 알아내고 느낄 수 있는 법이다."

이런 말도 했다. 가와지가 쓴 탐색 요령은 세밀하기 그지 없었다. 네즈와 히라야마 두 사람이 밀정으로서 나가오카를 계속 속이고 있었던 것에, 거의 아무런 양심의 가책도 받지 않을 만큼 가와지로부터 정의(正義) 교육을 받았을 것임이 틀림없다.

대경시 가와지 도시가나는 이 무렵 나가오카 히사시게에게 붙여 놓은 네즈, 히라야마 두 밀정으로부터 은밀하게 보고를 받고 있었다.

그것에 의하면 하기의 마에바라 잇세이는 나가오카 히사시게와 밀접한 관계를 가지고 무엇인가를 꾸미고 있는 모양이었다.

'이건 내버려 둘 수 없다.'

가와지는 이렇게 생각했다.

그 이유는 순수한 경찰의 입장에서 보면 나가오카라는 사람은 태정관 정권의 가장 큰 요주의 인물로서 그를 미행하면 모반꾼의 동정을 잘 알 수 있다고 할 정도의 존재였다.

나가오카의 책략가로서 능력이나 수완도 알고 있었고 나아가 나가오카의 자금이 고갈되었다는 것도 알고 있었다. 나가오카는 갈수록 양식도 모자라는 형편인 도나미 사족단 출신인 만큼 옛 번에서 자금이 나올 수는 없었다. 나가오카는 궁색한 처지에 있었다. 경시청 일부에서는 나가오카가 자금 고갈이라는 점에서 일찍 거사할 것이 아닐까 하는 견해도 있었다.

정보에 의하면 마에바라는 나가오카와 결부되어 있었다. 즉 마에바라의 거사는 확실한 것이 아닌가 하는 것이 순수한 경찰의 견해라고 해도 좋았다.

가와지도 그렇게 생각하고 있었다. 가와지로서는 마에바라가 조기에 거병(擧兵)해 주었으면 싶었다. 그래야 난이 크게 벌어지기 전에 토벌하여 마에바라를 포박함으로써 사쓰마의 사이고와 연락할지도 모른다는 가능성을 미리 끊어놓을 수 있는 것이었다. 이것은 태정관의 구상이라기보다 가와지 자신의 구상이며, 이와 같은 구상을 할 수 있다는 점에서 가와지가 만든 경시청은 작은 국가 기관이라고 보아도 무방하다.

다만 난처한 것은 조슈 벌(閥)이었다.

"마에바라의 일은 조슈의 문제이므로 조슈 인의 손으로 어떻게든 한다."

이것은 태정관의 조슈계 고관들이 사쓰마계에 요청한 것이었고 이에 대하여 사쓰마계의 오쿠보 내무대신도 가와지 대경시도 어쩌지를 못했다. 이 점에서는 오쿠보가 조슈 인인 기도 다카요시에게 양보하는 바가 많았다. 기도는 진작에 가고시마 현이 행정, 군사 양면에서 태정관 정권에서 떨어져 독립되어 있음을 분개하여, 이 점에 대해 오쿠보를 집요하게 공격했다. 만약 마에바라의 문제로 오쿠보와 가와지가 국가 권력을 다른 부현과 마찬가지로 야마구치 현에 개입시키게 되면 기도는 그것을 사쓰마의 횡포로 해석하고 대단히 화를 낼지도 모른다.

그러나 가와지는 결심했다.

극히 소극적이나마 야마구치 현에 경찰권을 투입하고자 마음먹었다.

경찰청에 이시이 구니미치(石井邦猷)라는 관원이 있었다.

다이쇼(大正) 시대의 대표적 외교관이었던 이시이 기쿠지로(石井菊次郎)의 아버지로 분고(豊後) 출신이다.

막부 말기에 지사 활동을 하고 있었을 때 조슈 인과의 교제가 깊었으므로 이런 경우에 사자의 자격으로서는 퍽 적합했다.

가와지는 아시이를 오쿠보의 집으로 불러 사정을 털어놓았다.

"마찰이 일어나지 않도록 당신 입으로 조슈의 누군가에게 이렇게 말해 줄 수 없겠는가?"

이렇게 라는 내용은 내무성에서 경찰청의 담당관을 야마구치 현에 파견한다는 것이었다. 다시 말하면 경찰청이 야마구치 현청(縣廳)을 지휘하여 탐색한다는 일이다.

이시이 구니미치는 그 지시를 받고 이토 히로부미를 찾아갔다.

"그거야 하는 수 없지."

이토는 지극히 담담하게 승낙하고, 그 뜻을 자기가 기도 씨에게 전하겠다고 말했다. 이토는 철저한 개화주의였고 나이도 젊었으며 또 마에바라는 촌숙의 동문이라고는 하지만 뒤에 이토 자신이 말했듯이 쇼인에 대하여 아무런 애틋함도 없었고 오히려 비판적이었다.

"나는 글방으로 그 사숙을 선택했을 뿐 요시다 쇼인이라는 사람의 제자라고는 할 수 없다."

따라서 마에바라에 대해서도 감정이 없으며 나아가서는 조슈, 조슈, 하고 떠드는 동향인의 애향성 자체가 무사 출신이 아닌 그로서는 이해하기 힘들었다.

이토는 즉시 기도에게 편지를 썼다. 4월 22일이다.

기도도 편지를 받아 보고 그 내용에 이의가 없었다. 조슈에 대한 기도의 걱정거리는 오직 하나뿐이었다. 자기가 믿고 서 있는 야마구치 현에서 사족의 대반란이 일어난다면 설자리가 없어진다는 것이었고, 그 한 가지만은 무슨 짓을 해서라도 막고 싶다는 것이었는데 극단적으로 말하면 마에바라가 어떻게 되건 상관이 없다는 심경이었던 것이다. 그것은 기도의 4월 30일자 일기에 냉담한 문장이 적혀 있는 것으로도 짐작할 수 있다.

'사나이로서 뜻을 자주 바꾼다는 것은 정말 부끄러운 일이다.'

마에바라는 지난번에 조바심이 많은 기도의 설득에 '자네 말대로 하겠네'라고 그 자리에서 말했다. 그런데 두 번이나 그 말을 어기고 태도를 바꾸었다고 기도는 말하는 것이다.

이 일은 기도와 마에바라의 태정관 정권이라는 존재에 대한 긍정과 부정이라는 태도의 차이에 원인이 있는데, 기도는 그것을 도덕 문제로 바꾸어 마에바라를 소인으로 보고 말았다. 이러한 태도가 있는 이상, 기도로서도 내무성의 경찰권 개입은 한도를 넘지 않으면 된다는 기분이었다.

야마구치 현(山口縣)의 마에바라 잇세이의 주변에는 처음부터 동지가 몇 사람 있었지만 조금 심상치 않았던 것은 배신자가 속출한 일이었다. 그런 점이 사쓰마의 사이고와 다르다.

마에바라에게 처음부터 동조하고 있었던 사사키 오토(在夕木男也)는 도쿄로 떠나 버렸다.

사사키는 막부 말엽에 화려한 존재였다. 번에서의 문벌도 높았으며, 분큐 연간(文久年間)에는 교토에 주재하면서 교섭 담당이었고 번으로 돌아가서는 정무역(政務役) 견습으로 임명되었다. 즉, 번의 대신 보좌관이라고 해도 좋다. 바쿠초 전쟁(幕長戰爭) 때는 지원병 부대인 남원대(南園隊)를 이끌고 총독이 되었다. 유신 후에는 중앙의 대관(大官)으로 임명되지 않았던 것이 사사키의 불만이었다고 생각되는데, 아무튼 마에바라에게 동조하여 그의 동반자가 되었다.

그런데 5월 이후 아마도 기도의 심부름꾼이 그와 접촉한 모양인지 마에바라의 주변에서 그는 꺼지듯이 사라졌다. 사사키는 나중에 조슈 벌(長州閥)의 권유가 있었는지 실업계로 나가 제 110 국립은행 지배인을 맡았고, 전근하여 일본 우편선의 지배인이 되기도 했다.

이토 다이조(伊藤退三)라는 사람이 있다.

그는 본디 조슈(長州)인이 아니라 에치고 기타우라하라 군(北蒲原郡) 미즈하라(水原)의 출신으로, 무사가 아니라 잡화상 아들이었다.

막부 말엽에 지사(志士)로 교토에 올라가 보신(戊辰) 전쟁 때는 조슈군(長州軍)에 속했고 그 뒤 조슈에 귀화하여 얼마 동안 하기(萩)에 살았고, 마에바라와 접촉하여 그의 측근이 되었다. 나이는 45세쯤 되었다. 지난해(메이지 8년) 말에 사쓰마에 가서 가고시마(鹿兒島)사정을 탐색하여 마에바라에게 보고한 것은 이 사람이었다.

그 뒤 어느 새 야마구치 현에서 사라져 다시 경시청에 들어갔는데, 직원 기록에 의하면 경감이 되어 있었는데 그는 처음부터 밀정이었던 것인지도 모른다.

구바 쇼기치(久芳昌吉)라는 사람이 있다.

그는 마에바라를 적극적으로 부추겨 온 하기의 장사(壯士) 중 한 사람이었는데, 마에바라는 구바 등이 귀찮게 떠들어 댔기 때문에 태정관과 결별했다고 한다.

구바는 관리가 되었다. 그것도 마에바라 문제에 대한 현장 정부 기관인 야마구치 현청에 근무하는 정식 관리가 되었다. 그는 반대로 마에바라의 신변을 조사하여 그 자료를 현청이나 도쿄에 보고했다. 쓰노 히사쓰나라는 장사도 마찬가지였다. 모두 기도의 조슈계 대관들이 공작하여 관직을 주고 배신자로 만든 것이다.

이러한 내부의 탈락이나 배신도 마에바라를 막다른 곳까지 몰아넣어 성산(成算)이 불확실한 반란을 일으키도록 한 것이 아닐까 생각된다. 이 일은 마에바라의 인망(人望)과 관계가 있는 것일까.

여야 논쟁

메이지 9년(1876)의 봄도 거의 끝날 무렵, 사이고와 사쓰마의 동향에 관한 기사가 잇따라 도쿄 '아케보노(曙)' 신문에 실렸다.

이 신문은 신문잡지라는 명칭으로 메이지 4년에 창간되어 메이지 7년까지 그 명칭이 계속되었다. 신문잡지 시절에는 당초부터 기도 다카요시가 이것을 후원했기 때문에 태정관의 성격인 개화주의와 절대주의가 반영되었는데 기도의 성격까지 영향을 미쳤던지 진지하고 우수한 논문이 많았다.

메이지 7년 말 경에는 기도의 영향이 엷어지고 스에히로 뎃초(末廣鐵腸)가 주필로 입사하자 명칭도 '아케보노' 신문으로 바뀌고 주장도 일변했다.

스에히로 뎃초는 이요(伊豫) 우와지마(宇和島)의 옛 번사로 한학을 익혀왔다. 메이지 초기에 대장성 관원이 되어 몇 년간 근무하다 이 신문사로 옮겼다. 그의 사상은 자유민권론으로 치열하게 정부공격의 논진을 폈다.

일본 전국에 퍼지고 있는 반정부적 기운에 공통된 것은 사이고를 향한 학수고대였다. 사이고가 일어서기만 하면 태정관이 괴멸되고 개혁이 가능하다고 보는 기운이 가득 넘쳤는데 당연히 반정부론의 한 거점인 도쿄 '아케보노' 신문도 이 기운을 가지고 있었다.

그 5월 8일 자의 지면에는 사쓰마에 있는 사이고에 대한 소식이 보도되었다.

'사이고 다카모리 선생께서는 여전히 강건하시고……'

정중한 경어법을 쓰고 있다.

'개척업에 뜻을 두시어 매일 산야에 나가시며 시간이 있으면 시중을 거닐고 계시는 모양으로.'

이와 같이 이어진다.

'머리칼은 헝클어진 채이고 모자도 쓰시지 않고 또한 게타(下駄)를 신으시고 무명 하오리(허벅지까지 내려오는 일본 전통의상)를 입으신 채 두세 마리의 개를 데리고 다니신다고 한다.'

다소 개념적이기는 하지만 사이고의 일상생활은 이런 모양이었다. 필자는 태정관 정부 고관들의 호사스러운 생활상과 비교하여 태정관을 성립시킨 최대의 공로자로서 당연히 태정관 수반 자리에 올라야 할 인물이 이토록 검소한 생활 속에 묻혀 있다는 것에 감동하여 이 기사를 썼던 모양이다.

이로부터 나흘 뒤, 사이고의 추천으로 정부 고관이 된, 같은 사쓰마 출신의 구로다 기요타카(黑田淸隆)가 저택을 신축했다는 기사가 나왔다.

'양옥은 아니다.'

비아냥조로 단서를 붙이고 있지만 새 저택의 정원을 위해 오쿠보가 세 아름이나 되는 감탕 나무를 선사했다. 거목이어서 운반하는 데도 하루에 7마장밖에 가지 못했다.

'당도하기까지 며칠이 걸릴지.'

이렇게 꼬집고 있는데 이와 같은 경우, 기자의 이상적 정치가상으로서 사이고가 떠올랐던 모양이다.

도쿄 아케보노 신문의 5월 15일자에는 심상치 않은 기사가 났다.

사쓰마 인이 백 수십 명, 여객선으로 시나가와 앞바다에 선착하여 도쿄에 들어갔다고 한다.

그들은 배 안에서는 일본옷을 입고 있었는데 상륙할 때 일제히 양복으로 갈아입었다. 칼은 전부 짚거적에 싸서 시나가와 주막의 어떤 자에게 맡기고 도쿄 부내 여기저기로 흩어져 갔다고 한다.

'그들이 무슨 까닭으로 왔을까요?'

이 신문(또는 당시의 요미우리 신문이나 도쿄 일일신문)의 잡보란에 독특한 구어체로 이렇게 씌어 있다.

인원수는 대략 20명 정도이며, 이 풍설로 인하여 경시청에서는 고관들의 저택을 밤낮으로 순시하게 되었다고 한다. 이 기사에서, 지난 달 25, 26일 무렵이라고 했으나 당시의 신문은 소문을 그대로 옮겨 쓰는 일이 많아서 사실 여부는 확인되지 않았다.

잘못된 풍문이었겠지만 소문이라 하여도 정말인지 모른다는 기분이 당시의 관청과 민간에 있었던 것만은 확실하다.

한편 신문의 정부 공격이 이 무렵부터 맹렬해졌는데 정부측도 언론단속령인 '참방률(讒謗律)'을 가차 없이 발동하여 본격적으로 탄압하기 시작했다.

5월에 들어서서 죄를 범한 신문인의 일람표가 '호해(湖海)'라는 신문에 실렸다.

'구류 및 벌금 일람표 제1호. 상세한 것은 추후에 발표함.'

그 발표에는 40여 명의 이름이 나와 있다. 도쿄 '아케보노' 신문 편집장 스에히로 뎃초의 이름이 있고 구류 2개월, 벌금 20엔이라고 되어 있다.

'조야(朝野)' 신문 편집장 나루시마 류호쿠(成島柳北) 구류 5일 등 평론신문사의 관계자가 가장 많았는데 스기다 사다이치(杉田定一)는 금고형 6개월에 벌금 30엔이었다. 스기다는 후쿠이 현 출신으로 폭넓은 교양을 지니고 있었다. 젊은 시절, 한학, 이화학(理化學)의 기초교양을 갖추고 있었고, 메이지 3년에 영어를 배우기 위해 요코하마로 가서는 독일어까지 배우고 돌아왔다. 그 어학실력을 바탕으로 하여 정치학을 독학하고 자유민권 운동가가 되었다.

평론신문에서는 기자들이 구슬을 꿰듯이 줄줄이 감방에 끌려갔다.

가장 엄중한 처벌을 받은 것은 편집장 자리에 있었던 고마쓰하라 에이타로(小松原英太郎 : 뒷날 오사카 매일 신문 사장)로 2년 징역에 처해졌다.

'압제 정부 전복론.'

이것은 그가 쓴 논설로서 제호 그대로 과격한 내용의 것이었다.

독일인 에르빈 벨츠는 도쿄 의학교의 정교수로 초빙되었는데 요코하마에 상륙한 것은 그의 나이 27세 때인 메이지 9년 6월 9일이었다.

그는 메이지 9년 당시의 일본을 본 외국인으로서는 가장 풍부한 감상과 관찰이 담긴 문장을 남기고 있다. 그의 《벨츠 일기》를 보면 '나는 지극히 흥미있는 실험의 입회인이라는 행운을 잡았다'라며 문명관찰자로서의 자신의 행운을 기뻐하고 있다.

벨츠에 의하면 일본은 바로 얼마 전까지도 유럽의 중세 기사시대(騎士時代)와 같았다. 그러나

'500년도 넘는 세월을 건너뛰어 19세기의 모든 성과(成果)를 즉석에서, 그리고 일시에 자기 것으로 만들고자 하고 있다.'

벨츠는 그것을 '대도약'이라고 표현했다.

'이것은 참으로 엄청나고 어마어마한 문화 '혁명'이다. 무엇보다 밑바탕부터의 변혁인 이상 '발전'이라고는 할 수 없고……'

다시 그 대도약에 대해 벨츠는 일본인이 그것에 성공할지 어떨지는 위태롭게 여기면서 차라리 이것을 '죽음의 도약'이라고 하였다.

또 '그럴 즈음에 일본 국민이 목을 부러뜨리지 않으면 무엇보다 다행이겠지만'이라고 쓰고 있다.

벨츠의 사회사상은 일반적인 독일인의 사상으로 이를테면 보수적이어서 미국식 의회제도나 프랑스식 자유나 민권에는 그다지 관심도 동정도 갖고 있지 않았다.

그리하여 메이지 9년에 수많은 신문인이 태정관의 새 법률인 '참방률'에 걸려 감옥으로 끌려간 것을 보고도 벨츠는 그다지 동정하지 않았다.

벨츠는 일본국의 많은 청년들이 구미를 방문하여 그곳의 정치기구, 특히 출판계를 돌아보고 '그들의 자유에 감격했다'고 했다.

벨츠는 얼마전에 태정관이 아사쿠사 혼간 사(本願寺)에서 개최한 '지방관 회의'에서 '입법회의'를 열 것을 국민에게 약속했음에도 불구하고 정작 선거를 하지 않자, 이에 대해 신문이 그 약속 불이행을 공격하고, 나아가서는 그것을 청원한다는 형태에서 협박으로 탈바꿈했다고 말했다.

신문은 '미국의 자유와 완전히 같은 제도를 가지겠다는 것이다. 성질 급한 자들은 한 술 더 떠서 공화체제를 꿈꾸고 있다!'고 벨츠는 말했다.

'그러고보니 정부는 약 반 년 전에 독일과 같은 출판법을 공포했던 것이다.'

참방률은 궁극적으로 독일을 흉내낸 것이었다.

그러나 신문인의 의기가 이로 인하여 주저앉는 일은 결코 없었다. 그들은 의연하게 정부 공격의 필봉을 늦추지 않았다. 그런 관계로 얼마 안 가서 옥에 간힌 편집자는 언제나 10명을 넘는 형편이 되었다. 한편 신문은 그동안

민심을 움켜잡고 있었다. 국민은 흥미를 가지고 신문을 읽었다. 그리고 편집자의 분격은 국민의 공감을 불러 일으켰다.

태정관의 참방률에 의한 신문기자 탄압에 대하여 벨츠가 어처구니없다는 듯한 감상을 술회하고 있듯이, 신문측은 그 논조에 있어서 굽힐 기색이 조금도 없었다.

이 시대에 의회는 없었으나 일본의 정부와 사회를 둘러싼 의식으로는 '조야(朝野)'라고 하는 명확한 이원(二元) 구조로 포착되고 있었다.

'조'는 물론 태정관이다. '야'는 민간이라는 뜻인데 정치의식으로 다루어질 경우에는 재야당이라는 의미를 많이 포함하고 있었던 것은 틀림없다. 의회제가 없는데 야당이 제도상 존재하고 있을 까닭이 없으나 현실적으로는 존재하고 있었다.

사쓰마에 있어서의 사이고와 사학교가 최대의 재야당으로, 사상단체일 뿐만이 아니라 정부를 압도할지도 모르는 잠재 무력까지도 가지고 있었다.

히고 구마모토에 있어서의 3파(學校黨, 民權黨, 神風連)는 행동력에 있어서 가고시마의 사학교에 버금가는 것이리라.

또한 행동력에 있어서는 조금 처지지만 사상적 영향력이라는 점에서는 이타가키 다이스케(板垣退助)를 수령으로 하는 도사의 입지사(立志社)가 사상성이 높은 야당으로서는 큰 근원을 이루고 있다고 하겠다.

작은 야당으로서는 조슈 하기의 마에하라 잇세이 당이 있고 또 규슈 아키즈키(秋月)에도 행동적인 사족단체가 있었다.

이상의 야당에는 봉건당도 있었고 민권당도 있었다. 또 히고의 학교당과 같은 국권당(國權黨)이 있는가 하면 마찬가지로 히고의 신푸렌과 같은 국수당(國粹黨)도 있다. 이들의 배후에는 봉건적 특권을 박탈당한 사족의 불만이 전국 각현 각군에 충만해 있었다.

도쿄에 있어서 신문의 고조된 반정부 열기는 첫째 위와 같은 '야당'을 배후세력으로 하고 있기 때문이었으며, 그들 신문기자들은 태정관의 권위 따위는 코웃음치고 있었고 그 압력이 가해져도 능히 버티거나 반발할 기력을 지니고 있었다.

6월 30일, 도쿄 센소 사(淺草寺) 본당에서 신문 기자 대회라고 하는 것이 열렸다. 표면적인 목적은 신문기사에 오른 고인(故人)들의 명복을 비는 모임이라는 것이었으나 실제로는 정부에 대한 시위운동이었다.

이날, 구리모토 조운(栗本鋤雲), 후쿠지 오치(福地櫻痴), 나루시마 류호쿠를 비롯하여 유명무명의 신문기자가 다수 참집하여 독경에서 시작하여 각사 대표가 차례대로 제문을 읽었다. 이것을 구경하기 위해 사람이 몰려들어 본당도 경내도 빈틈이 없었다는 것을 보면 일반의 반정부열이 얼마나 높았는지 알 수 있다.

그 동안 평론신문은 가고시마의 정세를 자주 게재했다.

'가고시마 현에서 사이고 공, 기리노, 시노하라, 후치베, 무라타의 제군, 회석을 마련하여 담론으로 시간을 보냈다고 한다.'

76호에는 이와 같이 간략한 내용만이 게재되었기 때문에 태정관으로서는 트집을 잡을 수도 없어서 내버려 두었는데 불평분자의 눈으로 보면 간략한 만큼 적이 의미가 있는 것 같아 이런 소문이 파문처럼 퍼졌다.

"사이고가 머지않아 일어나는 것이 아닌가?"

또 평론신문 89호에는 이렇게 씌어 있다.

'도쿄에서 시마즈 히사미쓰 공의 귀향이 결정된 뒤 가고시마에 있는 사이고 다카모리는 갑자기 성밑 거리를 떠나 124개 외성(外城) 중 어느 곳에서 수렵하시는지 그 종적을 알 길이 없다는 풍설이다.'

이 기사도 오직 이뿐이지만 소식통의 반정부 분자의 눈으로 보면 자연적으로 의미가 잡히리라. 시마즈 히사미쓰와 사이고가 서로 사이가 좋지 않다고 하는 과거의 경위를 잘 알고 있는 자는 그렇게 볼 것이고, 그렇지 않고 요즘은 히사미쓰가 반정부 세력의 상징으로서의 사이고를 믿게 되어 오히려 사이고의 결의를 촉구할지도 모르며 사이고는 그 번거로움을 피하여 다시금 수렵하려 떠났다고도 볼 수 있다.

이와 같은 세간의 공기 속에서 조선에 대한 외교문제가 평화리에 일단락 지어진 일이 오히려 태정관의 국내정책을 강화시키지 않을까 하는 핵심을 찌른 견해도 나왔다.

메이지 8년 9월, 강화도 사건이라는 것이 일어났다. 일본 군함 운요(雲揚) 호가 조선의 강화도 부근에서 측량 중 포격당하고 이에 응전했다는 사건인데, 그 뒤 전권대사 구로다 기요타카에 의한 외교교섭이 있어 메이지 8년 2월, 쌍방이 타결했다. 조선으로서는 불평등 조약이었으나 아무튼 조선이 각국에 대하여 문호를 개방하는 실마리는 되었다.

태정관 정부로서는 이로서 재야의 정한론 열기를 전쟁 수단에 의하지 않고 해결한 셈이 되는데, 한편 조선에 대비하여 갖춘 병력을 국내 문제의 해결에 사용할 수 있는 여유를 얻게도 되었다.

"이로써 정부는 가고시마 토벌을 단행하는 것이 아닐까?"

이런 관측이 요코하마 언저리의 외국인들 사이에 오가고 영자신문 '요코하마 헤럴드' 등은 그와 같은 관측기사를 쓰기도 하여 온갖 낭설을 낳았다.

태정관은 권력에 의한 문명 개화의 제조기관인 듯한 느낌이 있어, 메이지 9년의 '개화'사업만도 일일이 헤아리자면 끝이 없을 정도다.

1월에는 사도 광산에서 금과 동의 벽돌 용광로가 가동하기 시작했고 4월에는 공부성(工部省) 시나가와(品川)에 유리 제조소를 만들었다. 여기에 필요한 내화(耐火)벽돌을 만들어 내기 위해 도쿄 가스국(gas局)이 그 구내에 내화벽돌 제조소를 만들었다. 또 대장성 지폐국이 석판인쇄술에 의한 지폐를 만들 준비를 하기 시작한 것도 이 해 2월이다.

7월에는 혼고의 옛 가가(加賀) 번저(藩邸)에 있는 도쿄 의학교가 제1회 졸업생을 내고 8월에는 미국인 클라크 박사를 주임교수로 하는 삿포로 농업학교가 문을 열었다. 일본 최초의 관립 공예 미술학교가 개설된 것도 이해 11월이었다. 공예 미술학교가 공부성 공학국(工學局)의 부속기관으로 설치된 것을 보더라도 서양식 회화나 조각이 예술이라기보다 과학기술의 부속적 존재로 여겨지고 있었다는 것을 알 수 있다.

초대 교장에는 옛 막신(幕臣)인 오토리 게이스케(大鳥圭介)가 취임했다. 오토리는 본디 양의(洋醫)였는데, 옛 막부의 서양식 군대 지도자가 되었다. 막부가 무너진 뒤에 에노모토 다케아키(榎本武揚)와 더불어 하코다테의 고료가쿠(五稜郭)를 근거지로 하여 관군과 싸웠다. 그 후, 에노모토와 더불어 용서받고 두 사람 모두 새 정부에서 일하게 된 것도 그의 서양식 교양을 평가 받았기 때문임이 틀림없다.

홋카이도(北海道) 개척관리가 관비로 삿포로에 맥주 제조소를 만든 것도 국민에게 맥주를 마시는 습관을 들여줌으로써 개화의 기분을 널리 보급시키려는 의도에서였던 모양이다.

군사 방면에서는 도쿄 이타바시(板橋)에 육군 화약제조소가 들어앉아 검은 빛의 화약을 만들어 냈다. 이것은 태정관 정권의 전력을 비약시키는 데 있어서 중대한 역할을 했다고 해야 할 것이다. 또 육해군의 사관 사회에서는 각각 같은 번끼리 결속하는 경향이 농후하여 폐단을 다소나마 줄이기 위해 서양식 클럽 제도를 채택하기로 했다. 육군은 사관 클럽으로 '가이코샤(偕行社)' 설립을 준비하고 해군은 시바(芝)에 '스이코샤(水交社)' 라고 하는 사교 클럽 건물을 지었다. 이들 '개화적 사업'도 사관들 상호간의 융화라는 점에서 태정관의 전력 증대가 될 수 있었으리라.

이해 7월, 교토와 오사카 사이에 철도가 개통되었다. 이 때문에 에도 시대 2백 수십 년간에 걸쳐 번창했던 교토와 오사카간을 오가던 요도 강(淀川)의 객선(客船)은 자연히 이용객의 발길이 끊어져 후시미(伏見)와 덴만(天滿)의 선창가 주막거리는 줄줄이 폐업하는 형편이 되었다.

태정관의 '개화 사업'은 기관차가 박진하는 기세로 진척되는 동시에 위의 선창가 주막거리 같은 낡은 문화를 우렁차게 회전하는 무쇠바퀴로 짓밟아 버렸다.

사족 계급은 태정관이 주도하는 변혁과 개화사업에 신분은 물론 경제적 기반을 빼앗겼는데 결정적으로 그들의 심리에 충격을 준 것은 메이지 9년 3월 28일에 공포된 폐도령(廢刀令)이라고 할 수 있다.

사족들 중에서 개화의 중심인 도쿄 거주자는 그렇다 치고 지방으로 가면 갈수록 칼을 차는 것에 대한 집착이 강했다. 세상이 변했다고는 하지만 그나마 칼을 허리에 차고 있다는 것만으로도 농민이나 상인과 자신을 구별할 수 있었는데, 그것을 법률로 금지한다고 한다.

사족 가운데서도 특히 보수적 기질을 가진 무리들은 자기들의 긍지와 신분을 증명하는 최후의 것까지 태정관이 권력으로 수탈하는가, 하는 후세인으로서는 믿기지 않을 정도의 분노와 불만을 느끼고 충격을 받았다. 동시에 후세인이 보면 이것 또한 믿기 어려운 일이지만 심리적 타격이 극도로 국수적인 불평사족의 무리, 즉 구마모토의 신푸렌(神風連)을 궐기하게 한 결정적인 계기가 되었고 나아가 하기의 마에바라 잇세이도 신푸렌의 궐기에 휘말려 들었다고 해도 무방하다.

폐도령에 관해서는 막부 말기에 극히 좁은 지역에 한정된 일이기는 하나 에치고 나가오카 번(長岡藩)의 총독 가와이 쓰구노스케(河井繼之助)가 칼을 차는 것은 쓸데없는 일이라 하여 그와 같은 포고를 낸 바 있었다.

메이지 2년에는 사쓰마 출신인 모리 아리노리(森有禮)가 그 말을 비쳤다가 큰 반발을 산 일이 있었다.

메이지 4년 8월, 태정관은 '단발·폐도는 자의에 맡긴다'고 시달했다. '자의로 하라'는 점에 대다수의 반발을 두려워하는 태정관의 용의주도한 배려가 있었다고나 할까. 이 때문에 도쿄, 교토, 오사카 등의 도회지에서는 칼을 차지 않는 풍습이 많아졌다.

메이지 9년 3월, 태정관은 도쿄 부의 풍습을 보고 자신감을 얻어 폐도령으로 도약했던 것이다.

이어서 폐도령(廢刀令)에 관한 사족들의 반응을 에피소드식으로 들어 보겠다.

도쿄의 신문들은 반정부적이긴 했지만 태정관이 내놓은 폐도령을 공격할 만큼 수구적(守舊的)인 입장은 아니었다. 반정부 논조의 대부분이 자유민권 사상을 기준으로 삼고 있는데도 그 원인은 있었다. 그러나 사족출신이 많은 신문기자 자체가 폐도령 이전부터 상투도 자르고 칼도 차고 다니지 않았던 것이다.

예를 들면 아사노 신문(朝野新聞)은 옛 막부의 기병 대장, 외국 통상·무역 감독관 등을 맡아보았던 나루시마 류호쿠(成島柳北)를 사장으로 삼았고, 나중에 나루시마가 스에히로 뎃쵸(末広鐵腸)를 주필로 맞아들였다. 기자로서는 바바 다쓰이(馬場辰猪) 등이 적을 둔 적이 있는 신문으로, 정부에 대한 신랄한 논설을 싣는 것으로 유명했다. 그러나 폐도령을 따르지 않는 사족들에게는 야유하고 공격했다.

폐도령 후에 도쿄의 아카사카(赤坂) 근방을 배회하는 나이 50세쯤 되는 사족이 있었는데, 그의 옷차림은 감색 삼베를 덧붙인 하카마(袴)에 삼베 붓사키 하오리(羽織 : 칼을 차기에 편리하도록 승마·여행용으로 만든 웃옷)를 입고 긴칼을 등에 메고 상투를 틀어 올렸다. 그 사람을 순경이 강제로 끌고가 심문했다는 기사이다. 그 문장이 전통적 풍속을 고수하는 사람에 대한 악의에 차 있으며, 그 상투를 올린 모습을 가리켜 이렇게 썼다.

'분뇨를 운반하는 배를 다루는 상투를 올린 녀석'

마지막에는 이렇게 쓰고 있다.

'아주 미친 사람이 틀림없으며 어쨌든 그런 녀석이 때때로 나타난다는 것은 참으로 곤란한 일이다.'

그 인물은 시즈오카 현(靜岡縣) 사족이라고 하니 옛 막부의 신하이며 요즘은 가나가와 현(神奈川縣)에 기숙(寄宿)하고 있다고 하는 것으로 보아 시골에서 올라 온 사람임에 틀림없다. 기사에 따르면 도쿄에서는 '그런 종류'의 사람이 이따금 발견된다고 하였다. 지방과 비교하면 적었다는 것을 알 수 있다.

지방에서는 나무칼을 허리에 꽂고 다니는 사람도 있고, 칼을 꽂고 다니는 것이 안 된다면 손에 들고 다니는 것은 괜찮을 거라고 고집을 부리는 경우가 종종 있었다. 〈아사노 신문〉에 의하면 '조슈 이세사키(上州伊勢崎)'에 살고 있는 고토 가즈오(後藤一確)씨는 하는 수 없이 총을 들고 걸어다닌다'고 했는데, 폐도령의 충격이 가장 컸던 고장은 역시 구마모토(熊本)의 신푸렌(神風連)들이었다고 하는 것이 옳다. 폐도령이 내렸을 때 그들은 말했다.

"우리는 죽을 때가 왔다."

신푸렌(神風連)

히고(肥後 : ^{구마모토 현})라는 고장은 일본에서는 드물게 사상(思想)을 유달리 좋아하는 풍토가 있다. 이것에 대해서는 앞에서도 언급했다.

실학당(實學黨)은 메이지 2년에 암살된 요코이 쇼난(橫井小楠)을 사상상의 교주로 하고 있었다. 막부 말기에 쇼난은 당시 최대의 사상가라고 할 수 있었으나 그의 정치사상은 몇 번이나 바뀌었다. 막부 말기에 쇼난을 따르던 어떤 자가 쇼난의 사상이 너무나 자주 바뀌어 따라가지 못하게 되자 비난조로 말했다.

"선생님은 지난 번에 말씀하신 것과 전혀 다르게 말씀하시는 것 같습니다만……"

"나의 견해가 달라진 것이 아니다. 진보된 것이다."

쇼난이 이렇게 말했다는 이야기가 있다.

쇼난은 사물에 대해 유연한 지적 감수성을 지니고 있었다. 그의 교양은 한학뿐이었으나 가쓰 가이슈와 같은 양학적 교양자와 사귀며 그들의 입에서 나오는 몇 마디 말을 주워 모아 스스로 취사선택한 뒤 자기 자신의 견해에 적용시킴으로써 독자적인 큰 세계상을 만들어냈다. 그는 일본적인 국가학자이고 정치사상가였는데 동시에 지사이기도 했기 때문에 일본이 나아가야 할 방향을 깊이 생각한 끝에 정치체제는 미합중국을 모범으로 삼게 되었다. 또한 그는 유학자였기 때문에 개국의 성인(聖人)을 필요로 하는 사고벽이 있었다. 성인이란 그리스도교의 성인이 아니라 중국식의 그것이다. 정치사상의 이상적 세계를 구체적인 인물로 나타내는 사고방식으로, 유교에서는 요(堯)와 순(舜), 주공(周公) 및 공자가 그것에 해당한다.

쇼난은 특히 요순을 높이 떠받들었다. 근대 세계에 있어서의 요순은 누군가하고 생각했을 때 미합중국을 만든 워싱턴이야말로 그에 합당한 인물이라고 쇼난은 생각했다.

쇼난의 벗인 가쓰 가이슈는 쇼난을 회고하며 말했다. 쇼난은 전에 가쓰에게 미국의 정체(正體)는 어떤 것인가 하고 질문했다. 가쓰는 주(州)와 합중국의 선거를 설명하자 쇼난은 즉석에서 가쓰를 놀라게 했다.

"그거야말로 요순의 세상 아닙니까?"

가쓰는 쇼난의 뛰어난 이해력에 대해 말할 때마다 항상 이 일화를 예로 들었다. 한편 이 일화는 쇼난의 빠른 이해력이라는 사실 외에 쇼난이 얼마나 요순의 세계를 이상으로 삼고 그것에 가까운 정체를 모색하고 있었던가를 알 수 있다. 쇼난에게서 가장 큰 영향을 받은 사람은, 직접적인 제자는 아니었지만 도사의 사카모토 료마와 사쓰마의 사이고 다카모리였다. 사카모토의 사상은 보다 현실적이었으나, 사이고는 요순 사상을 정치의 이상향으로 하는 점에서 쇼난과 비슷하고 또한 워싱턴을 숭배한 점에서도 쇼난과 비슷했다.

'신푸렌(神風連)'은 또 다른 명칭으로 '경신당(敬神黨)'이라고도 했다. 이 사상단체에 관해서는 이미 몇 번이나 언급했지만 다시 여기서 다소 평론조로 몇 마디 해 두고자 한다.

사쓰마의 사이고는 사이고 자체가 거대한 사상적 존재로 위치하고 있었다. 사이고에게는 편지 이외의 저작물은 없었지만 그에게 사숙하는 가고시마 사족들에게는 그의 인격적인 존재 자체가 사상으로서 받아들여지고 있었다. 사이고가 히고의 요코이 쇼난에게서 사상적 영향을 받았다는 것은 이미 말했다.

그렇다고 하여 요코이 쇼난을 사상상의 교주로 하는 구마모토의 실학당과 사이고는 같은 사상이 아니라 서로 완전히 다른 것이다. 사이고는 요코이 쇼난이나 가쓰 가이슈의 지식을 자기의 사상 형성에 빌려 쓰기는 했다. 가령 워싱턴에 대한 평가의 크기는 쇼난이나 사이고나 서로 비슷했다. 사이고는 쇼난과 마찬가지로 워싱턴을 요순으로 보았는데, 그보다 더 사이고를 매료시킨 것은 워싱턴이 독립전쟁을 지도하여 지금까지 영국 식민지였던 미국을 독립국가로 만든 일이었다.

사이고 역시 일본이 구미의 식민지가 될 뻔한 것을 막부를 쓰러뜨림으로써 회피했다는 자부심이 있었고, 그런 점에서 워싱턴의 사상이나 업적을 남의 일로만 생각지 않는 바가 있었던 것으로 생각된다.

또한 워싱턴이 독립혁명을 성취한 뒤, 영화를 버리고 마운트 바논에 은퇴하여 농부가 된 것과 자신이 사쓰마에 은퇴하여 전원생활을 하는 것이 꼭 비슷하기 때문에 같다고 생각했는지도 모른다. 또 하나 덧붙인다면 워싱턴이 농원에서 4년간 은퇴 생활을 한 뒤에 사람들의 청을 받아들여 초대 대통령이 된 것과 자신의 전도를 사이고가 견주어 생각했는지도 모른다.

어쨌든 사이고는 워싱턴을 숭배하고 있었는데 일본의 정체나 문화를 미합중국 비슷하게 만들려고 생각하고 있었는지는 알 수 없다. 사이고에게는 그와 같은 명확한 청사진은 없었을 것이다.

한편 히고의 실학당은 쇼난의 사상이 미국 경향임을 솔직하게 표현하려고 했다. 유신 후, 어느 한 시기에 실학당이 현의 실권을 잡았을 때 현 자체를 미국화할 것 같은 기세로 양학교(洋學校) 등의 시설을 만들었는데 보수파 (학교당/경신당)의 통렬한 비난과 반발을 사게 되었다. 사이고로서는 쇼난의 사상을 자신의 사상을 만드는 자재로 사용했을 뿐, 구마모토의 실학당과는 그런 점에서 서로 다르다.

히고의 사상단체 가운데 실학당을 국적(國賊)으로 몰아 증오하고 하늘 아래 같이 있는 일조차 부끄럽게 생각하며 저주한 단체는 말할 것도 없이 신푸렌인데, 신푸렌의 눈으로 보면 태정관도 역시 실학적(實學的) 논재라고 해도 좋으리라.

신푸렌은 폐도령(廢刀令)을 계기로 일어섰는데 이때의 격문은 태정관 정부의 문무(文武) 관리를 공격하는 내용이었다.

'서양 오랑캐에 아부하며 우리 나라 고유의 도검(刀劍)을 금지하고 몰래 사교(邪敎)의 전도를 종용하여 마침내 신황(神皇)의 국토를 그네들에게 팔아넘겨 우리나라 안에 그들을 여기저기 살게 할 뿐더러 황공하옵게도 천황을 외국에 옮겨 모실 음모를 꾸민다고 들었다. 그 대역무도함은 신인공노(神人共怒)할 바 국적임은 두말할 나위도 없다.'

"몰래 사교의 전도를……."

이것은 태정관이 기독교의 보급을 획책하고 있다는 뜻이다. 기독교를 '사교'로 규정지은 것은 도쿠가와 막부의 자가 보전을 위한 정의(定義)인데, 신푸렌이 그 정책을 상속할 의리는 없는 것이지만 이것은 보수(保守)야말로 신성하다는 맹목적인 관념에서 나온 것이리라.

신푸렌이 사교의 만연이라 지적한 현상은 지난 날 현정(縣政)의 실권을 잡았던 실학당의 서양화 정책이 그 근본적 바탕이 되어 있다.

이를테면 실학당의 정책으로 구마모토 성내에 새로 지은 구마모토 양학교 (메이지 4년 설립)의 시설은 의자와 테이블에서 수업을 받고, 기숙사에는 침대가 놓였으며 식사는 쇠고기와 빵을 주식으로 하는 양식이었다. 교사는 미국인 L.L.제인스라는 포병 대위로 그는 자기의 모교인 웨스트포인트 육군 사관학교의 규율과 영국 럭비 중학의 인격 교육을 모델로 하여 교육과 경영을 가르쳤다.

이 양학교에서는 제인스에 의하여 성경 강의도 이루어지고 주일 예배와 기도회가 의무로 되어 있었다. 신푸렌이 말하는 사교 운운은 사교를 신봉하는 일본인의 행위를 실제로 이 구마모토의 거리에서 또렷이 목격했기 때문이다.

이들 양학교의 학생은 마침내 세례를 받기에 이르렀다. 그해(메이지 9년) 1월 30일의 일로 학생 35명이 구마모토 교외의 하나오카 산(花岡山)에 올라가 '입교(入敎) 취지서'를 쓰고 서로 맹세했다. 이 중에 요코이 쇼난의 아들 도키오(時雄 : 뒤의 同志社 社長)와 에비나 단조(海老名彈正 : 뒤의 同志社 大學 총장), 도쿠토미 소호(德富蘇峰 : 작가)가 들어 있었다.

그들이 하나오카 산에 올라가 입교를 서약한 일은 그리스도교를 사교로 보는 기분이 아직도 농후한 때인 만큼 구마모토의 옛 성밑 거리에 심각한 충격을 안겨 주었다. 더욱이 신푸렌이 이 현상을 보고 일본국의 붕괴를 느낀 것은 그들의 사상으로서는 당연하다고 하겠으며, 태정관을 가리켜 이들 현상의 원흉으로 몰아붙인 것도 당연하다고 하겠다.

신푸렌이 교주로 모신 것이 하야시 오엔(林櫻園)이라는 것은 앞에서도 말했다.

이 막부 말기의 신비주의적 국학자는 유신을 본 뒤 죽었다. 그러나 유신을 반드시 반기지는 않았다. 메이지 3년 11월, 그는 자신의 죽음이 다가왔음을 알자 신카이 마을(新開村)의 신사(神社)에서 기거하며 날마다 제신(祭神)인 아마테라스 오미카미(天照大神)에게 꿇어 엎드려 빌다가 그대로 죽었다. 양화주의(洋化主義)의 태정관을 증오하면서 세상을 하직하는 말을 남겼다.

"얼마나 오늘의 이별이 아쉬운가 떨어지지 않는 꽃이 피는 이 세상이."

오엔의 기이한 점은 신을 믿고 신을 숭배하며 신의 뜻이 인간에 감응한다는 것을 굳게 믿은, 이를테면 기인이면서도 지적 활동력이 왕성하여 그 독서량이 요코이 쇼난을 능가할 정도였고 새로운 것(양학)에 대한 호기심도 강했다. 나아가서는 그때의 추세나 인간에 대한 통찰력이 이론만 파고드는 학자라고는 생각할 수 없을 정도로 뛰어났다는 점이다.

가에이(嘉永) 6년(1853) 페리와 그의 함대가 우라가(浦賀)에 와서 막부에게 개국할 것을 요구했을 때, 오엔은 서재를 떠나지 않는 선비이면서 앞으로 천하가 번거로워질 것을 예언했다. 이때 막부는 페리의 접대역으로서 유관(儒官)의 우두머리인 하야시 다이가쿠노가미(林大學頭)를 임명했다는 말을 듣고 '큰일은 그르쳤도다' 하고 몹시 실망하고 '이런 때에는 무라코시 모스케(村越茂助)' 같은 사람에게 접대역을 맡기는 것이 좋다'고 말했다.

무라코시 모스케는 도쿠가와 이에야스가 사랑한 전형적인 미카와 무사(三河武士)로서 학문도 없는데다가 자기 멋대로의 책략도 없는 대신, 소박하고 강직하며 일단 말을 꺼내면 한 발짝도 뒤로 물러서지 않는다는 점에서 이상야릇한 이야기가 많았다. 오엔과 같은 탁월한 교양인이 교양주의를 취하지 않고 도리어 강직한 사람의 값어치와 외교상의 사용법을 알고 있었다는 것은 오엔의 중후함을 깨닫기 위한 중요한 사례라고 하겠다.

가에이(嘉永 : 1848~1854), 안세이(安正 : 1854~1859) 무렵은 미토학(水戶學)의 전성기여서 반막(反幕)사상을 가진 사람은 모두 미토를 동경했다. 미토 번(水戶藩)의 대표적 사상가는 후지다 도코(藤田東湖)였으며, 사이고도 도코를 만나 그를 평생 존경한 것 같지만 오엔은 도코를 포함하여 미토학에 심취된 군소 사상가들을 모두가 혓바닥만 놀리는 족속이라고 묵살했다.

오엔은 안세이 1년 봄에 미토에 가서 2개월 동안 미토 성 아랫거리에 체재하면서 미토 사상을 상세히 검토한 바가 있다. 막부 말엽에 이르기까지 막부를 반대하는 사상가로서 미토학을 부정할 수 있었던 사람은 오엔뿐이었던 것 같은데, 그의 내부에 어떤 것이 미토학을 업신여기게 됐는지는 그가 상세히 말해 주지 않았으므로 잘 알 수 없다.

신푸렌의 교주인 하야시 오엔에 대해 좀더 자세히 살펴보자.

이 통렬한 부정주의자(否定主義者)는 막부 말기에 다음과 같은 말을 문하생들에게 했다.

"요즘 사람들이 말하는 지사라는 사람은 마땅히 굳게 결심하고 시세에 반대해야 한다. 반대하고 또 반대하면 스스로 신선(神仙)의 도(道)와 합해진다."

무슨 일에건 반대하라, 철저히 반대하라, 반대하고 또 반대하는 피안(彼岸)에는 자연적으로 신선의 도와 합쳐지는 무엇인가가 나타날 것이라고 했다. 뒷날 신푸렌의 공리나 타산에서 벗어난 에너지는 이 한 마디에 깃들어 있다고 하겠다.

막부 말기에 그의 문하에서 많은 근왕지사(勤王志士)가 배출되었다. 그러나 그는 지사들의 처신을 철저하게 부정했다. 오엔의 문하생인 기무라 호슈(木村邦舟)가 쓴 오엔 언행록의 그 대목을 옮겨 보면 다음과 같다.

'지사들이라지만 하는 일을 보면 권모술수뿐이니 참으로 한심스럽다. 존왕양이를 부르짖는가 하면 어느 사이에 토막론(討幕論)으로 탈바꿈하고 있다.'

막부 말기의 사쓰마·조슈의 혁명 전략을 가리키는 말이다. 이 혁명 전략을 바꾸어 놓는 데 주도적 역할을 한 것은 사쓰마의 사이고와 오쿠보, 조슈의 가쓰라 고고로, 기도 다카요시였다. 오엔의 정치적 지사들에 대한 불신(不信)은 후년의 신푸렌으로 기맥이 이어졌다. 신푸렌은 궐기에 즈음하여 사이고라는 존재를 존중하지 않고 오히려 시마즈 히사미쓰와 동맹하려고 한 것으로도 알 수 있다. 오엔의 지사 부정론은 더욱 이어진다.

'세상에서 지사라고 자칭하는 자들의 대부분이 공명과 사욕을 탐하고 부귀를 바라는 도배(徒輩)뿐이다.'

오엔의 예언은 적중했다. 살아남은 지사의 대부분이 태정관 정부의 고관이 되었다.

"그들은 자신의 공명이나 이익을 추구한 나머지 나라 일은 마음에도 두지 않는다. 즉 자기 한 몸을 위해 나라를 이용하려는 도배이다. 그들이 하는 일이 성공한다 해도 하나의 막부를 넘어뜨리고 다른 하나의 막부를 만들 어내는 것뿐이다."

이 예언은 태정관의 출현과 연관된다고도 볼 수 있다. 그는 문하생들이 이른바 지사가 되는 것을 원하지 않았다.

"진실로 나라를 걱정하는 자는 모름지기 조용히 대세를 관망하고 힘을 쏟 을 자리를 골라야 한다."

오엔은 철저한 양이주의자로 양이 그 자체를 진리라고 했으며 양이 이후에 어떤 나라를 만들 것인가를 생각지 않았고 그것을 생각하는 일은 공리적이라 하여 배격했다. 그의 양이론은 기무라 호슈에 의하면 철두철미한 양이론이며 거국적으로 게릴라전을 벌인다는 데 있었는데, 게릴라 전의 결과에 대해서는 생각하지 않고 게릴라 전 자체에 의의를 부여했다. 오엔은 외국의 침략자가 아니라 어디까지나 수동적인 전투를 예찬하는 사상을 가지고 있었다.

"군인은 분노와 같다."

오엔은 늘 말했다. 외국이 쳐들어오면 싸우고 또 싸운다.

"백패(百敗)에 굽히지 않고 방어에 힘을 다하면 나라가 통째로 서양 오랑 캐에 먹힐 일은 절대로 없다. 그들은 멀리 바다를 건너온 지리에 어두운 객병(客兵)이다."

원정(遠征)에는 막대한 군자금이 필요할 것이다. 침략국은 그것을 이겨 내지 못하고 마침내 그쪽에서 화의를 청해 온다고 오엔은 말했다.

하야시 오엔의 사상이 반드시 너그럽지 못하다고는 할 수 없지만 단순히 진보를 두려워하는 보수적 히스테리는 아닌 것 같다.

질문자에 대해서 일일이 대답한 내용을 기록한 것으로 〈오엔 답서고(櫻園 答書稿)〉라는 글이 있는데 거기에 이런 대답이 있다.

'나는 유교를 싫어하는 사람이 아니며, 유교를 믿는 사람이다.'

또 유교에서 성인(聖人)으로 받드는 요(堯)와 순(舜)에 대해 오엔은 요가 사람을 알고 순은 민생을 편안하게 함에 있어 범려(凡慮)가 따르지 못한다 고 인정하면서도 요순이 행한 일은 현사(현세에서의 일, 가령 정치와 같은)에 지나지 않는다, 신사

(神事)는 아니다' 라고 했다.

오엔에 의하면 인간에 있어서는 신사가 근본이며 현사(現事)는 말단이라는 말이 된다. '이 차이를 모르면 신도(神道)를 논할 수 없다'는 것이 그의 기본 사상의 하나이다. 그렇다면 유교는 하찮은 현사에 불과하므로 근본인 신도와 모순되지 않는다는 말이 된다. 다시 오엔은 말했다.

"5대주는 넓다. 교도(敎道)가 어찌 유교에 한정될 것인가."

그리하여 양학은 말단이므로 그것을 계속해서 섭취하면 된다고 했다. 참고로 이 오엔의 사상을 교의로 받든 신푸렌이 태정관을 혐오한 것은 태정관이 신도(神道)를 근본으로 하지 않고 양학(洋學)을 근본으로 삼았기 때문이다.

과연 태정관은 복고적 성격도 짙었다. 나라(奈良) 시대에는 신사(神事)를 관장하는 관청으로 '신기관(神祇官)'이라는 것이 있었다. 이 관청은 정치를 관장하는 태정관과 같은 자격으로 나란히 놓여 있었다.

메이지 원년(1868년), 이 제도를 복고하고 신기관을 부활시켰다. 그러나 메이지의 정치제도는 상대(上代)의 율령(律令) 시대와는 달리 신기관을 태정관 밑에 두었다. 얼마 후에는 신기관을 태정관 밖에 두어 독립시키기도 했다. 그런데 메이지 4년이 되어 신기관은 폐지되고 말았다. 한낱 교부성(敎部省 : 종교관련 업무를 맡아보던 관청)이라는 것이 되었는데 오엔의 가치관에서 보면 격하되어 '현사(現事)'가 기본이 되고 '신사(神事)'가 말단이 되어 버렸다. 신푸렌이 새 정부에 불만을 품게 된 이유의 하나는 이런 면에도 있었다.

이야기를 오엔과 양학으로 돌린다.

오엔은 양학에서 병학(兵學)만은 배울 점이 많다고 하여 제자들에게도 권장했다. 제자 중에서 사이토 규사부로(齋藤求三郎), 이도 지호코(井戶千矛), 우에노 겐고(上野堅吾)가 네덜란드어를 배웠는데 물론 이 세 사람도 그것을 배우면서도 신도(神道)가 근본임을 잊지 않았고 구미(歐美)를 존경하지도 않았다. 오엔과 신푸렌의 세계관에서는 '우리 나라는 세계에서 가장 우수한 나라이고 만국의 조국(祖國)'이라고 했으며 양학은 어디까지나 수단에 불과했다.

하야시 오엔의 사상은 철학적 요소가 주라고는 하지만 결국은 종교인 듯하다.

오엔과 신푸렌은 곧잘 이렇게 말했다.

'우케히(宇氣比)'

고대 일본인은 신의 뜻을 묻고 행동했다. 먼저 신에게 자기가 묻고자 하는 것을 물은 뒤, 그 지시에 따라 자신의 거취를 결정하는 것을 '우케히'라고 한다. 일종의 점이라고 생각하면 된다. 오엔의 종교가 지닌 요소는 바로 '우케히'이며 이에 대해《우케히 고(考)》를 저술했다. 또한 죽은 뒤의 일에 대해서도 설명했다.

"신을 숭상하는 자는 하늘에 오른다."

오엔은 말했으며 신의 길을 터득하면 반드시 하늘에 올라가 낙원에서 영생한다고 했다.

또 그 사상이 이뤄진 것은 막부 말기였는데 정치론의 주안점은 당연히 양이론이었다. 양이론은 결국엔 군사론이 된다. 그의 군사론에 대해서는 이미 언급했다. 나라를 앞세워 게릴라전을 하는 것이었다. 그 게릴라전에 있어서의 무기에 대해 그는 말했다.

"서양 오랑캐는 화기(火器)를 잘 쓴다. 이를 상대로 싸우려면 물을 이용하면 된다."

그의 병기론이다. 양이전은 게릴라전이라고 규정하고 있었으므로 지금까지의 무기로 족하다고 생각하고 있었는데, 불에 물이라는 말만은 그의 제자들을 어리둥절하게 만들었다. 물이라고 하시는데 어떻게 받아들여야 합니까, 라고 한 명이 앞으로 나와 물으니 오엔은 대답했다.

"물은 물이다."

물을 끼얹어 적의 화기에 위력을 끈다는 것인지 아니면 철학적으로 말하는 것인지, 아마도 후자일 것이리라. 물의 음(陰)으로 불의 양(陽)을 비켜나간다는 사고방식은 음양설에서 발상한 것임이 틀림없다.

오엔이 죽은 뒤에도 그의 사숙은 존속되었다. 강사는 선배 중의 한 사람인 사이토 규사부로가 맡았다. 사이토는 날마다 강의가 끝나면 반드시 일동으로 하여금 토론하게 하였다. 그 주제는 사이토가 내놓았다.

"막상 양이라는 사태가 벌어질 것을 대비해서 각자에게 묻는다."

어느 날 이렇게 말하고 양이전을 벌였을 경우, 적이 항복해 올 때도 있겠고 적을 생포하는 일도 있을 것이다. 그러한 자에 대해 어떤 조치를 취해야 할까, 라는 느긋한 주제였다. 갖가지 의견이 나왔는데 이윽고 의견이 구성되었다.

"살려서 유용하게 써야 한다."

과연 이치가 닿는 결론이지만 메이지 초기에 구마모토의 옛 성 밑 거리에서 날마다 이와 같은 강의와 토론이 계속되고 있었다는 것은 역시 히고의 풍토에 그 뿌리가 있다고 하지 않을 수 없다.

메이지 3년에 하야시 오엔이 죽자 오타구로 도모오(大田黑伴雄)가 신푸렌의 중심 인물이 되었다.

강의는 주로 사이토 규사부로가 맡아 했다. 매일의 일과는 현 안에 있는 신사(神社)를 순례하는 것이었다.

신푸렌은 서구화된 정부에 대해 늘 불온한 감정을 품고 있었다. 메이지 5년경에도 한 번 조직의 하부로부터 상부에 대한 궐기를 촉구하는 목소리가 높게 일어났으나 오타구로 도모오 등 선배들이 이를 누르고 오직 신을 섬기는 일을 권장했다.

"오엔 선생님 말씀이 신사(神事)는 근본이고 인사(人事)는 말단이라고 하셨다. 제군들은 오로지 마음을 그 근본(神事)에 두어 밤낮으로 신을 경배하라."

메이지 7년에 사가의 난이 일어났을 때도 아랫사람들이 크게 동요하여 오타구로 등에게 궐기할 것을 간청했다. 오타구로는 하는 수 없이 동지를 이끌고 신사(神社)에 참배하여 '우케히'를 거행했다. 그때의 신의 뜻은 이런 것이었다.

"아직 시기가 아니다."

야스오카 현령이 부임하여 그들을 각 신사의 신관에 임명함으로써 무마하려고 했다. 여기에는 그들도 승복했다. 이리하여 메이지 7년 여름부터 8년 여름에 걸쳐 현 내의 주요 신사의 신관은 거의 신푸렌이 차지하게 되었다. 오타구로 도모오는 신카이 대신궁(新開大神宮)의 신관이 되었다.

메이지 8년 여름, 태정관은 러시아의 강압에 굴복하여 사할린(樺太)과 지시마(千島)를 교환했다. 이 소식은 온 일본 안의 재야 유지를 격앙시켰다. 원래 사할린도 지시마도 일본령으로 되어 있었다. 그런데 지시마를 일본령으로 하고 사할린을 러시아에 주다니 이 무슨 짓이냐는 것이었다. 신푸렌은 당연히 들끓었다.

"이렇게 되면 러시아 오랑캐에게 침략당한 거나 마찬가지가 아닌가?"

그들은 오타구로에게 궐기를 간청했다.

오타구로도 이때만은 그들의 궐기를 막아내지 못하고 당원들을 신카이 대신궁에 모아놓고 자신이 예복을 차려 입고 신전에 나아가 '우케히'를 거행했다. 오타구로는 세가지 안(案)을 종이에 적어 신전에 놓고 빌었다.

제1안은 '정부에 건의하여 그릇된 정치를 개혁하게 할 것인가', 제2안은 '자객이 되어 정부의 간신을 찌를 것인가', 제3안은 '의병을 일으켜 정부 타도를 꾀할 것인가'라는 것이었는데, 무슨 까닭인지 신의 뜻은 그 세 가지 안을 모두 허락하지 않았다.

일동은 망연자실했으나 모든 행동을 단념하고 우선 결사(結社)를 만들기로 했다. 결사란 각기 신전에 서약서를 올리고 동맹의 맹세를 굳게 다지는 일이었다.

구마모토의 성 밑 거리에서 신푸렌의 특이한 광경은 그들이 칼을 찬 모습이었다.

이미 메이지 4년에 태정관은 사족의 대도(帶刀)와 탈도(脫刀)는 각자의 뜻에 맡긴다는 법령을 발표했기 때문에 이 보수적인 거리에서도 머리를 자르고 칼을 차지 않은 자가 많이 있었다.

그런데 신푸렌은 칼을 차는 것을 극단적으로 중요시했다. 도검이 일본의 상징이고 양이 정신인 동시에 하야시 오엔 방식의 양이전(攘夷戰)에 주요 무기라 하였으므로 그들이 칼을 벗는다는 것은 자신의 사상과, 정신과, 심지(心志)의 모든 것을 잃어버리는 것이 되었다.

메이지 9년 3월, 태정관이 발표한 폐도령은 그들의 입장으로서는 자기들과 그들 자신이 파악하고 있는 일본국에 대한 도전이라고 해도 좋았다. 폐도령은 구마모토 현의 현령 야스오카 료스케(安岡良亮)를 통하여 온 현에 알렸다.

폐도령은 엄연한 금령(禁令)이며 칼을 차면 안 된다는 명령이었다. 칼을 차는 자는 법을 어긴 범죄인이 된다. 신푸렌이 이를 무시하고 종래의 풍습을 고수한다면 자동적으로 범죄자가 되지 않을 수 없다. 그들은 법률에 의해 쫓기는 몸이 된다.

그런데 태정관의 폐도령에는 예외가 있었다. 군인과 경찰관으로서 제복을 착용한 자와 문관으로서 서양식 예복을 착용한 자는 칼을 차도 된다는 것인데 신푸렌의 말을 빌리면, 군인의 복장이나 문관의 예복이 모두 추악한 서양 오랑캐의 제도다. 서양 오랑캐의 제도에 승복하는 군인, 경찰관, 예복을 입은 문관에게만 칼을 차게 하고 옛부터의 일본식 복제에 따르려는 사족에게는 칼 차기를 허락하지 않는다면, 진작부터 신푸렌이 태정관을 가리켜 일본국을 서양 오랑캐에 팔아넘기는 자로 규정해 온 논리가 그대로 '정론(正論)'이 된다.

이 점에서도 신푸렌의 감정을 격발시켰다. 흥분이나 논의 이전에 이미 말한 바와 같이 그들은 법률에 의해 쫓기는 신세가 되었다. 사상을 버리든가 아니면 정부를 부인하기 위해 일어서는 한 가지 길밖에 없었다. 정부를 부인하지 않으면 신푸렌은 자동적으로 범죄자가 되는 것이다. 예로부터 무사의 최대의 수치는 오랏줄을 받는 것이었다.

먼저 젊은층이 들끓었다. 그들은 당의 선배이며 지휘자인 오타구로 도모오에게로 몰려갔다. 오타구로는 자신이 신관을 맡아보고 있는 대신궁 경내의 조그만 사옥에 있었다. 오타구로 앞에서 울던 그들 가운데 대표 하나가 일어서서 말했다.

"선생님은 언제 우리를 죽게 해 주시겠습니까?"

그들은 오타구로의 신중성을 따지러 온 것도 아니고 불시의 궐기를 강청하러 온 것도 아니며 자기들을 언제 죽게 해 주겠느냐고 물으러 온 것이다. 신푸렌은 신의 뜻에 절대 복종한다는 의미에서 수동적인 사상이었다. 이 말에 그들 사상의 자세가 잘 나타나 있다.

오타구로 도모오는 이때 신푸렌에 가득찬 노기(怒氣)를 보고 이제는 일어서는 길밖에 없다는 결의를 가슴속에서 굳혔을 것이다. 적어도 궐기에 대한 '우케히'를 알아볼 것을 몰래 결심했을 것으로 짐작된다.

그러나 그는 극히 자연스럽게 통솔하는 재주를 갖추고 있었다.

가령 도사의 민권주의자인 하야시 유조(林有造)가 사가의 난에서 에토에게 기대를 걸면서도 그 행동의 경솔함에 한탄하며 이런 의미의 말을 했다.

"거병이란 예삿일이 아닌데 에토는 통솔하는 법을 몰랐습니다. 밑에서 노기충천하여 거병할 것을 다그치면 통솔자는 그것을 누르고 또 누르다가 마침내 더 이상 누를 수 없게 되었을 때 누르고 있던 손을 떼는 겁니다. 그때 솟구치는 힘은 대단한 것이어서 아무도 당할 수 없습니다. 이런 이치를 터득하고 있는 사람은 어쩌면 사쓰마의 사이고라고나 할까요."

또 평론신문이 조슈 하기(萩)의 마에바라 잇세이를 혹평한 것도 같은 취지의 것으로 위와 같은 이치를 마에바라는 모른다는 것이었다.

오타구로 도모오는 신푸렌이라는 일종의 기이한 사상단체의 주도자이면서 그것을 터득하고 있었다.

"과연 자네들의 말 그대로다."

기운이 뻗칠대로 뻗친 당원들에게 이렇게 말한 오타구로의 거동은 제법 그다운 정중한 태도였다. 자네들과 같은 의견이라고 오타구로는 말했다. 이때 오타구로는 다음과 같은 말을 했다.

"신주 육침(神州陸沈)의 때."

이제 일본국은 침몰해 간다. 지금이 그 중대한 때라는 뜻이다. 총수 오타구로의 동의를 얻은 일동의 기분은 다소 진정되었다. 그러나, 하고 오타구로는 말을 이었다.

"잠시 참기로 하자. 취함에는 법이 있고 행함에는 길이 있네. 나는 지금 그것을 생각하고 있어. 취해야 할 방법에 관한 문제는 우리에게 맡겨 주지 않겠나?"

"그때까지 칼을 차는 것을 어떻게 하느냐는 문제가 있는데, 이번에 발표한 법령은 칼을 차지 말라는 것이고 차지 않는 것이 좋다는 말도 되네. 그러므로 주머니에 넣어 손에 들고 다녀도 되겠고 또는 단도를 가슴에 품고 다니는 것도 한 가지 방법이겠지. 단도의 길이가 비록 아홉 치 닷 푼이라고 하지만 나라를 지키기에는 짧지 않네."

일동은 오타구로의 말에 승복하고 이윽고 몇몇 간부의 집을 찾았다. 그 어느 간부도 말이 없었으나 그들의 표정에 비상한 결의가 감돌고 있다는 것을 알고 일동은 더욱 더 마음을 다졌다.

신푸렌의 부수령격인 가야 하루카타(加屋霽堅)는 이 시기에 붓을 들어 폐도령에 반대하는 건백서(建白書)를 태정관에 제출할 심산으로 야스오카 현령에게 주선해 줄 것을 요청했다. 야스오카는 그를 되돌려 보내며 말했다.

"서식이 틀렸네. 틀린 서식의 문서를 소개할 수는 없네."

퇴짜를 맞았다는 것은 가야로서는 현청과의 연결이 끊겼다는 말이 된다.

오타구로 도모오는 이름을 몇 번이나 바꾸었다.

메이지 이전에는 일반인의 수명이 짧았다. 그는 히고 구마모토 번의 낮은 무사 신분인 이다(飯田)라는 집에서 태어났는데, 아버지가 일찍 세상을 떠나 어머니와 함께 외가에서 자랐다.

　같은 집안의 하급사족으로 오노(大野)라는 집안이 있었는데 아들이 없어서 12세에 그 집에 양자로 들어갔다. 그 뒤부터 오노 뎃페이(大野鐵兵衛)라고 불리었다. 그런데 그 뒤 오노 집안에 아들이 태어났으므로 그는 그 집에서 나왔고 동시에 번에서의 직분을 잃었다. 그러다가 신카이 대신궁의 신관인 오타구로 집안에서 양자로 삼겠다는 이야기가 있어서, 비로소 오타구로라는 성을 얻고 이름도 도모오로 고쳤다. 오노 뎃페이 시대가 그의 막부 말기의 활동기였다.

　히고의 구마모토 번(肥後熊本藩)인 호소카와(細川) 집안은 본디 도자마(外樣 : 쇼군의 직계 아닌 방계 다이묘)였으나 막부가 집권한 전후에 이에야스로부터 받은 은혜가 컸고 그것을 특별히 자기번의 보전을 위해 강조해 온 전통도 있었다. 이른바 철두철미한 좌막파(佐幕 : 막부 말엽에 막부를 편들고 협조한 당파) 집안이다. 초기에 그때까지 구마모토 성주였던 가토(加藤)집안을 멸한 다음 그뒤에 호소카와 집안을 봉(封)하고는 54만 석이라는 큰 녹봉을 주었다.

　물론 사쓰마(薩摩)를 누르기 위해서였다. 막부는 그 초기부터 사쓰마 번의 시마즈 집안이 언젠가는 도쿠가와 집안의 원수가 될 것으로 보고 있었다. 호소카와 집안이 기요마사(淸正 : 加藤淸正)가 쌓은 구마모토 성이라는 난공불락의 성과 많은 사람들을 먹여 살릴 많은 녹봉을 받게 된 것은 사쓰마가 막부의 가상적(假想敵)이었기 때문이며, 호소카와 집안은 자기들에게 주어진 전략적 임무에 충실했다. 그런 막부 편들기는 호소카와 집안의 존립 자체와 깊은 관계가 있다고 하겠다.

　이 때문에 구마모토 번에서는 막부 말엽에 이른 바 근왕(勤王)운동가를 많이 배출하지 못했다.

　막부 말기의 유명했던 히고의 근왕 운동가는 미야베 데이조(宮部鼎藏), 도도로키 다케베(轟武兵衛), 나가토리 산페이(永鳥三平), 마쓰무라 다이세이(松村大成) 등인데 오노 뎃페이 시절의 오타구로는 이들 연장자에 섞여 활동하고 있었으니 이른 시기였다고 할 수 있다. 하지만 주로 에도 저택에 봉직할 무렵이어서 에도가 중심이었기 때문에 이름이 드러나는 일이 적었다. 이름이 드러나지 않은 것은 그의 성격이 과묵하고 독실하여 앞에 나서기를 꺼린 때문이기도 하다. 또는 막부 말기 후반에 하야시 오엔의 문하에서 신도(神道)에 몰입한 까닭도 있겠다.

막부 말엽의 최대 선동가는 우젠(羽前 : 야마가타 현) 출신의 기요카와 하치로(清川八郎)였다. 분큐(文久 : 1861~1864)연대의 초기에 규슈(九州)로 유세하고 다니면서 여러 번사(藩士)들에게 탈번하여 에도로 올라갈 것을 권유했다. 기요카와의 유세 이후에 에도가 소란해진 것을 보더라도 이 선동의 효과는 컸으나 오타구로 도모오(太田黒伴雄)는 그것에 따르지 않고 도리어 기요카와의 경솔함을 싫어하여 "저런 사람의 선동에 따라서는 안 된다. 로시(浪士 : 섬기는 영주 없이 봉록을 받지 못하는 무사)가 아무리 모여도 막부를 토벌할 수는 없다"고 하였고, 그것보다는 사쓰마와 조슈에 의지해야 한다고 했던 것은 그의 현실적인 전략의 눈이 확실했다는 것을 잘 나타내고 있다.

정작 자기자신은 오엔의 감화를 받아 '모두 신명(神明)님의 명복을 빌어야 한다'고 하면서 운동을 중단하고 기도에 기도를 거듭하는 생활에 들어갔다고 한다.

오타구로 도모오는 메이지 9년(1876)에 만 43세가 된다.

신푸렌의 부수령격인 가야 하루카타(加屋霽堅)는 오타구로보다 두 살 아래인데 두 사람은 젊어서부터 서로 믿고 일했으며 대략 비슷한 경력을 가지고 있었다.

신푸렌 결사(結社)가 강했던 점은 이 두 사람 외에도 능히 수령이 될 만한 인물이 몇이나 있었고 하부의 존경을 받고 있었으며 그들은 스스로 당파를 가르는 일이 없었다. 또 오타구로를 오엔 사후의 수령으로서 진심으로 섬긴 데에 있었다.

국학 교양이 깊은 것으로 알려진 우에노 겐고, 양학의 지식 또한 갖춘 사이토 규사부로, 근왕 운동가로서 경력이 오랜 도미나가 모리쿠니, 양명학(陽明學)에서 돌아서서 오엔의 문하생이 된 이시하라 운시로(石原運四郎), 인품이 고매하여 사람들의 존경을 받은 아베 가게키 등을 열거해 가면 오엔학(學)이라는 기묘한 형이상학에 몰입해 버린 이데올로기의 도당들은 어쩌면 인재의 집단으로 보아 학교당이나 실학당보다 더 두께가 두터웠던 것이 아닐까 하고 생각된다.

그러나 에도 시대에 성립된 일본적 합리주의라고 하는 점에서 보면 당시 일본의 교양인들은 대부분 신명에게 빌면 일이 성취된다고는 믿지 않았다. 어쨌든 일본의 무신론 전통은 오랜 것이다. 그런데 히고의 한 모퉁이에서 신명의 힘을 열심히 믿고 기원하는 것을 생활의 중심으로 삼아 의심하지 않는 집단이 발생한 것은 무슨 까닭에서였을까. 히고에는 사상이 없으면 살기가 힘든 풍토와 전통이 있다는 것은 거듭 말했다. 신푸렌의 존재는 이와 같이 막연하게 생각할 수 밖에 없을 것 같다.

아무튼 오타구로 도모오는 떼지어 궐기를 촉구해 온 조직의 젊은이들에게 '칼을 찰 수 없다면 손에 들고 다니면 되지 않느냐' '단도라도 상관없지 않은가' 따위의 말로 자중할 것을 타일렀으나, 그 자신은 은근히 궐기할 것을 결심했다.

그것은 즉시 가야 하루카타와 의논하고 10명 내외의 간부를 대신궁에 모이게 한 것으로도 알 수 있다.

고인이 된 오엔에 의하면 의논한다는 것은 말단의 일이고 신의 뜻을 물어 그것에 따르는 일이 기본이 된다. 오타구로는 신전에 엎드려 기원한 뒤 궐기할 것인지 아닌지 제비를 뽑아 신의 뜻을 물었다. 궐기하라는 신의 뜻이 나왔다. 이리하여 일동은 서약서를 썼다.

'맹세코 저들 국적(國賊)과는 같이 살지 않겠다.'

이런 문장이다. 국적이란 태정관을 말한다. 일동은 신의 보살핌에서 얻은 그 서약서를 신전에서 불에 태워 재로 만든 다음 그 재를 나누어 삼켰다.

"신의 뜻을 얻은 이상 우리는 이미 신군(神軍)이다."

그들은 회의 장소를 오타구로의 집으로 옮겨 궐기에 대해 그 방책을 협의했다.

신푸렌(神風連)의 우두머리 오타구로 도모오(太田黑伴雄)는 자신들이 순수하게 자멸적인 싸움만을 한다고 생각하지는 않았다.

물론 신의 뜻으로 싸움이 결정된 이상 성공이나 실패는 묻지 않는다. 가능하면 싸움의 고립화를 피하고 보수적 분자와의 동맹을 널리 얻으려고 했다. 오타구로는 예전의 근왕운동(勤王運動)이라는 반막(反幕)운동을 했던 사람인 만큼 의외로 전략적이었다고 하겠다.

전략적이라고 하지만 비전략적인 절대적 요소가 그 중심에 있었다. 신의 뜻을 받들어 성공과 실패를 불문하고 궐기한다는 것, 설사 동맹을 맺은 다른 세력이 없더라도 궐기한다는 것, 또한 여러 방면에 동맹 단체가 생기더라도 신푸렌은 전멸할 것을 각오하고, 다른 단체보다 먼저 궐기하여 이미 불붙기 직전에 놓인 사족(士族)반란의 도화선에 앞장서서 불을 붙인다는 점에서 이 것은 절대적인 것이었다. 그 본질이 여기에 있는 이상 신푸렌은 정치단체도 혁명단체도 아니라, 어디까지나 자살에 의해 자기들의 사상을 보여 주고 또한 태정관의 사상을 거부하려고 하는 사상단체라고 할 수 있었다.

때문에 신푸렌의 입장에서 보면 이웃인 사쓰마를 논하는 경우, 사이고와 그의 사설학교는 정치 결사로 보고 낮게 평가했고, 도리어 시마즈 히사미쓰(島津久光)를 존경했으며 그의 사상성을 높이 평가하고 있었다. 다만 히사미쓰는 강력한 권위이긴 했으나 어디까지나 개인이며 정치결사를 이루지 않았기 때문에 동맹을 맺을 수도 없었다.

도리어 조슈(長州)의 마에바라 잇세이(前原一誠)가 신푸렌에게는 매력적으로 여겨졌다.

신푸렌 사람들이 마에바라 잇세이의 사람됨이나 사상을 잘 알고 있었던 것은 아니다.

오타구로 등이 신카이(新開)의 다이진구(太神宮 : 아마테라스 오미카미(天照大神)를 모신 신사)의 신(神) 앞에서 서약한 뒤 얼마 지나지 않아서 옛 아키즈키 번(秋月藩)의 불평 사족 단체에서 사자(使者)가 왔다. 아키즈키 번은 지쿠젠(築前) 구로타 번(黑田藩)의 지번(支藩)인데 사족들의 수도 적었다. 그곳에 단체 하나가 생긴 것은 유신 후에 조슈(長州)의 기헤이타이(騎兵隊 : 長州藩에서 조직한 정규병 이외의 군대)를 모방하여 반공반사(半公半私)식의 사족대(士族隊)를 만듦으로써 생겨난 것이다.

이 사족대는 메이지 4년의 폐번치현(廢藩置縣)에 의해 해산되었다. 그러나 그 뒤에도 사적(私的)인 결사로서 남았다. 그들에게는 신푸렌 같은 사상성은 없었다. 그들의 주장은 어디까지나 해외확장에 있으며 그것을 지렛대 삼아 태정관을 비방했다. 태정관의 외교를 겁쟁이 외교라 칭하며 그 때문에 타도해야 한다고 했다. 그 후 이른바 일본의 우익은 아키즈키 타입과 신푸렌 타입의 두 가지로 나뉘게 된다.

아키즈키에서 온 우두머리 미야자키 구루마노스케(宮崎車之助)가 오타구로 등과 만나 말했다.

"조슈의 하기(萩)에 전 참의인 마에바라 잇세이가 있다. 그 사람은 조슈의 범속에서 벗어난 인물로 그 뜻이 매우 좋다."

이러면서 그에게 연락할 사람을 보낼 것을 권유했다. 신푸렌은 모임을 가지고 사자를 보내기로 했다.

신푸렌이 거사한다 하더라도 총 인원수는 백 수십 명 정도다.

더우기 그 사상은 철학적이고 종교적인 것으로 정치를 어디까지나 '말사(末事)'로 보고 있었다. 본디 활발치 못했던 결사였으나 일단 궐기할 단안을 내리자 전국의 어느 반정부적인 결사보다 외부의 작용이 활발했다. 화려했다고도 할 수 있다.

가령 미야자키 하치로와 같이 루소에 공명하는 과격 민권파는 아직 전국적으로 말하면 도사에 소수, 히고에 소수가 있었을 정도였고 일어선다면 다른 세력의 추녀 밑을 빌려 한 부대를 만들 정도의 것이어서 그 다른 세력이 움직이지 않는 이상 언론 활동이나 하고 있을 수 밖에 없었다.

도사의 이타가키 다이스케(板垣退助)를 정점으로 하는 온건 민권파는 도쿄를 비롯하여 각지 신문의 거의가 민권파이기도 하고 전국의 불평 유지의 과반수를 흡수할 정도로 팽창하여 인원수 자체는 불어나고 있었으나 쉽사리 무장봉기가 성립될 만큼 가연적(可燃的)인 사상은 아니었다. 또한 도사파가 단독으로 정부를 무너뜨릴 만한 무력은 없었고 또 이타가키 다이스케 자신에게도 그럴 의사가 전혀 없었다. 요컨대 도사파의 거의가 언론과 교육의 힘을 믿고 진정이나 출판물을 통하여 정부의 잘못을 바르게 고칠 수 있다고 믿고 있었다. 옛번 때 24만 석이라는 어중간한 세력에 불과했던 도사파로서는 무력보다 언론에 의지하는 방향이 자연스러웠으리라고 생각된다.

그런 점에서 막부 시대에 70여만 석으로 일본 제2의 큰 번이었던 사쓰마는 현청에 인계된 재산도 컸고 사족수도 압도적으로 많았으며 총기도 많았다. 또한 그들은 에도 시대를 통하여 일본 최강의 무사집단임을 자타가 인정하고 있었던 만큼 만약 폭발하면 태정관은 이에 압도될지도 모른다. 그리하여 전국 불평 사족은 사쓰마의 사이고와 사학교가 일어설 것을 고대하며 사이고와 사학교가 일어서기만 하면 자기들은 각기 그 지방에서 봉기하리라고 벼르고 있었다.

그러한, 말하자면 반정부 세계의 풍조에서 볼 때 사이고와 사학교가 일어선다는 것에 기대와 관심을 거의 갖지 않았던 것은 구마모토의 신푸렌 정도가 아니었던가 생각된다.

어쨌든 신푸렌은 각지의 반정부 분자와 공동전선을 펴는 것을 활발하게 추진했다.

거사를 향한 마음가짐에 있어서 신푸렌을 따를 결사는 없었다. 이 시기는 다른 결사는 응당 이기고 지고를 계산하며 주저하고 있을 때였다. 그와 같은, 볕이 쨍쨍한 날의 골짜기의 안개와도 같은 망설임을 신푸렌이 특유의 풍압으로 쓸어버리는 결과를 가져왔다.

신푸렌은 메이지 9년과 10년에 걸쳐 소란의 불씨가 된다.

그들의 대부분은 구마모토의 옛 성 밑 거리를 떠났다. 각처에 사자로 파견되었던 것이다. 사자들의 특성은 죽음을 결심하고 있다는 점인데 일의 성패는 논하지 않고 이렇게 말할 뿐이었다.

"우리가 먼저 죽습니다. 당신들은 뒤를 따라 주십시오."

그들이 각지의 반정부적 결사와 일일이 접촉하여 궐기로 발돋움하게 한 박력도 거기에 있었다고 할 수 있겠다.

본디 신푸렌은 다른 반정부 결사들에 대해서는 비사교적이어서 어디에 어떤 인물과 단체가 있는가 하는 것에는 밝지 못했다.

신푸렌에 그것을 가르쳐준 것은 지쿠젠 아키즈키의 미야자키 구루마노스케 등이다.

신푸렌의 간부 10여 명은 오가타 고타로(緖方小太郞)의 집에 모여 아키즈키의 대표 미야자키 구루마노스케와 단합하여 결맹(結盟)을 맺었다.

이 자리에서 미야자키 구루마노스케는 세상사에 어두운 신푸렌을 위해 자신들이 반정부 운동 세계의 안내 역할을 하겠다는 뜻을 밝혔다.

"우선 아키즈키에 오십시오."

미야자키는 권했다.

그리하여 신푸렌은 도미나가 모리쿠니, 아베 가게키 두 사람을 정식 사자로 선정했다. 둘 다 사자로서의 임무를 충분히 해낼 만한 사나이였다.

두 사람은 미야자키의 안내로 아키즈키에 갔다.

아키즈키는 산중에 있다.

"구마모토와는 달리 깊은 산골입니다."

구루마노스케가 뒤돌아보며 말한 것은 야나가(彌永) 고개 근방에서였다.

"이 고개 막바지에 아키즈키 마을이 있다는 것을 여행객들은 꿈에도 생각지 못할 겁니다."

과연 고개 막바지의 아키즈키에 들어가니 성 밑 거리라는 말을 들었으나 여기저기 크고 작은 마을이 흩어져 있는 정도의 촌락이었다.

"고모리쿠(隱國)의 하쓰세(初瀨)처럼 고색이 창연한 고장이군요."

도미나가는 국학자답게 야마토(大和)의 산간 지형에 비유하여 말했다.

미야자키 구루마노스케는 아키즈키 번의 중신의 아들이다. 그의 집에서 하룻밤 묵고 이튿날 많은 아키즈키 유지들과 만났다.

"이것을 기회로 삼아 발을 뻗쳐 조슈 하기의 마에바라 잇세이님을 찾아가 맹약을 체결하시오."

구루마노스케가 권했다. 도미나가와 아베도 물론 그럴 생각이었다.

미야자키는 아키즈키 당(黨)에서도 조슈행 대표를 둘 뽑았다. 마스다 시즈카타(益田靜方), 시라네 신타로(白根新太郎), 두 사람이다.

마스다 시즈카타는 작년(메이지 8년) 마에바라 잇세이가 도쿄에 있었을 때 고비키초(木挽町)의 숙소를 찾아가 면담한 이래로 잇세이를 사숙(私淑)했다. 그뒤, 도쿄를 떠나 서쪽으로 돌아가는 도중 하기에 들러 마에바라의 집에서 며칠 묵었다. 마에바라와의 관계로 보아 마스다의 안내역은 적절한 인선이라고 할 수 있겠다.

그들 네 사람이 하기의 옛 성 밑 거리에 당도했을 때는 이미 한여름이었다. 네 사람은 하기의 마쓰모토 강(松本川)에서 세수하고 옛것의 체취를 털듯 몸을 닦았다.

강변의 마에바라의 집을 찾으니 마에바라는 구면인 아키즈키 사족 마스다 시즈카타가 끼어 있기도 하여 안으로 들어오게 했다.

마에바라는 전에 밀정에게 속았고 또 구면 친지도 함부로 믿을 상태가 아니었으므로 병이라고 핑계대고 사람을 만나지 않고 있었다.

하기는 전적으로 꾀병은 아니었고 건강이 약간 안 좋은 상태였다. 꼭 집어 어디가 나쁘다는 것도 아닌데 지난 달(6월) 5일에 몸무게를 달았던 바 전보다 거의 두 관이나 줄어들었던 것이다.

마음의 피로라고 밖에 할 수가 없었다. 뒷날 마에바라가 일기에 자신의 증상을 기록하고 있다.

'앉으면 머리가 뜨는 것 같고 걸으면 땅이 뒤흔들리는 것 같다.'

또는

'전신 진동, 머리는 들뜨고 또 뛰는 듯하며 안색 또한 심히 붉다.'

마에바라가 태정관 정부의 괴수(魁首)로 지목하고 증오하는 기도 다카요시도 도쿄에서 불면과 불쾌에 시달리고 있었는데 마에바라도 심한 노이로제 상태가 된 모양인듯.

아무튼 마에바라는 그 사람들을 맞았다. 7월 20일의 일로 그들은 잠시 마주 앉았다.

그 날짜의 마에바라의 일기에는 이렇게 씌어 있다.

'히고 사람 두 명과 시라네(白根)가 찾아와 의거를 약속하다.'

내방한 신푸렌 간부인 도미나가 모리쿠니에게서도 아베 가게키에게서도 마에바라로서는 별다른 인상을 받지 못했던지, 아니면 신푸렌의 사상을 이해할 만한 국학적 교양이 없었기 때문인지 이름도 적어 놓지 않았다.

"시라네가 찾아오다."

아키즈키 인은 시라네 신타로뿐만이 아니라 마스다 시즈카타도 있었다. 마스다는 도쿄에서도 마에바라를 만난 일이 있었고 전에 마에바라의 집에 유숙한 적도 있었으므로, 아키즈키에 돌아가서는 마에바라 잇세이라는 인물을 극구 찬양하여 아키즈키에 있어서 마에바라의 대리인 같은 형국이 되어 있었다. 그러한 마스다의 이름도 적어 놓지 않은 것은 마에바라의 심경에 자극이 없었고 뭔가 번거로움을 꺼리는 것 같은 기분이 있었음을 상상하게 한다.

그러나 네 사람이 이때 마에바라에게서 들은 이야기는 중요했다. 네 사람이 아키즈키 및 구마모토에 가지고 돌아간 마에바라의 담화라는 것은 분명코 맹약을 말한 것이었다.

"나는 오늘 비로소 진정한 동지를 얻어 실로 통쾌합니다. 반드시 함께 손을 잡고 궐기합시다."

마에바라는 이렇게 말했다.

신푸렌의 두 사람과 아키즈키의 대표가 기억하고 있는 마에바라의 담화는 조금 더 길다.

먼저 구마모토 학교당의 우두머리인 이케베 기치주로(池辺吉十郎)가 하기

(萩)에 들려 마에바라 잇세이를 방문한 후여서 마에바라는 그 일에 대해서 말했다.

"앞서 당신 고장의 이케베 기치주로씨가 일부러 우리 집을 방문하여 시사 문제에 관해서 논의하고 갔습니다."

마에바라가 의도적으로 한 것은 아니지만 학교당의 특색이라고 할 만큼 논의를 좋아한다는 것이 이 짧은 말 속에 잘 나타나 있다.

"그러나, 아직 나에게 참뜻을 전하지 못하고 보람 없이 헤어졌습니다."

마에바라는 말했다. 이케베도 논의를 거듭하면서 마에바라의 속셈을 찾으려 했을 것이다. 마에바라 역시 이케베에 대하여 악의는 느끼지 않았지만 그런 식으로 속셈을 알아보려는 사람은 막부 말엽 이후 싫증날 정도로 보아 왔다.

마에바라는 전에 사이고의 밀사라고 하는 사쓰마인 두 사람——실은 경시청의 밀정——으로부터 무기와 탄약을 제공하겠다는 말에 섣불리 넘어가 속셈을 드러내 버렸다. 그때 구체적으로 무기와 탄약 제공이라는 말이 있었고 그 구체적인 제안에 마에바라는 마음이 움직였던 것이다.

마에바라도 본디 토론하기를 싫어하는 사람은 아니었지만, 전부터 다카스기 신사쿠 등과 번내의 혁명을 했고 바쿠쵸 전쟁(幕長戰爭)을 뚫고 나온 사나이로서 일은 구체적인 것으로부터 작용하게 된다는 것을 알고 있었다. 이케베에게도 토론을 좋아하는 폐단이 다소 있었을 것이다. 아무튼 그는 막부 말엽에 좌막론(佐幕論)의 논객으로서 알려진 사람이다. 마에바라의 입장에서는 이케베의 반정부론을 듣더라도 '기분은 이해하지만, 어쩐지 종잡을 수 없는 사람이다'라는 느낌을 씻어 버릴 수 없었다.

그러나 이케베의 용기, 총명함., 무사다운 과단성에 있어서는 마에바라가 그 이름을 기억할 만한 인물이었으며, 그런 점에서 신푸렌의 도미나가(富永)나 아베(阿部)와는 달랐는지 모른다.

어쨌든 마에바라는 먼저 찾아 온 이케베의 이름을 밝히며 서로 참뜻을 알리지 못하고 허무하게 헤어졌다고 말한 뒤, 여러분들하고는 다릅니다, 나는 진짜 동지를 얻었습니다, 라고 말한 것은 확실하다. 신푸렌의 대표가 갖고 온 이야기는 이론도 논의도 아니며 용건이었다. 그것도 다름아닌 자기들은 궐기하겠습니다, 라고 하는 강렬하고 구체적인 내용이었던 점이 마에바라를 움직이게 했다.

다만 마에바라는 말했다.

"그러나 조슈(長州)는 막부 말엽에 번내에서의 싸움이 많았고 또한 전에 다이라쿠 겐타로(大樂源太郎) 등이 거병에 실패한 일도 있어서 사기는 꺾이어 힘이 약합니다. 먼저 당신의 현부터 먼저 궐기하십시오."

그 뒤 우리 현도 궐기하겠소, 결코 망설이진 않겠소, 라고 덧붙여 말했다. 마에바라로서는 이것이 본심이었으나 적어도 신푸렌 대표의 결사적인 얼굴을 보고선 이렇게 말하지 않을 수 없었을 것이다.

궐기할 것을 각오한 뒤의 오타구로 도모오는 거동조차 총수다운 풍모로 변한 것 같았다.

그가 신관으로 지키고 있는 신사는 히고 사람들이 '이세 신카이(伊勢新開)'라고 부르는 신사(神社)로 구마모토 옛 성 밑 거리에서 남으로 3리 떨어진 우치다 마을에 있다. 무로마치(室町) 시대 중기에 이세에서 신을 모셔 온 신사로, 에도 시대 호소카와(細川) 가문이 히고에 들어온 뒤로도 대대의 번주가 숭앙해 온 신사였다.

오타구로에 대해서는 하야시 오엔 문하의 오가타 고타로가 쓴 것처럼 사람들이 오엔 문하에서 가장 으뜸가는 인물로 인정하고 있었다. 오가타는 이런 글을 남겼다.

'우리 오엔 선생의 제자로서 신도(神道)에 깊이 뜻을 두고 선생의 마음을 제일 많이 이어받은 제자는 여러 사람 중에 오직 한 사람, 학형(學兄)인 오타구로 도모오 뿐이다.'

이 문장은 모두 오타구로의 사람됨을 대변한 것이라고 해도 좋다.

'무릇 천하의 큰일은 사람의 힘으로 쉽게 해낼 수 없다.'

신에게 기원해야 한다고, 오타구로는 얼핏 보아 광신적이라고도 할 수 있는 말을 평소에 했으면서도 그가 결의를 굳힌 이 시기에 보인, 전략과 통솔과 지도는 하기의 마에바라 잇세이 등이 도저히 미치지 못할 정도로 뛰어난 것이었다. 거사를 결의한 뒤의 태도 또한 여유가 있어 마에바라와 같은 신경 증상 따위는 조금도 나타나지 않았다.

아마도 9, 10월 무렵이었을까, 그가 지은 시가 있다.

밤(夜)은 더욱 추워지고, 당의(唐衣)를
마련하기 위해 다듬이질하는 마음 급하기만 하구나

밤이 추운 계절이 되자 겨울 채비로 당의를 마련해야 한다. 자연히 다듬잇
방망이를 두드리는 손도 조급해진다, 는 뜻만으로도 이 시의 멋은 뛰어나다.
그러나, 오타구로의 시는 다른 뜻도 담고 있다. 한자 夜의 발음은 세상을 뜻
하는 世와 발음이 같다. 다시말해, 밤은 세상을 뜻한다. 당의는 서양화한 패
거리들을 가리킨다. 다듬이질은 칼로 싸우는 것을 뜻한다. 마음이 급하다고
하면서도 오타구로는 정확하고 적극적으로, 그것도 조심스럽게 각지의 불평
분자와의 맹약을 굳히고 있었다.
마에바라 잇세이나 아키즈키의 미야자키 구루마노스케 이외에 맹약한 각
지의 불평분자의 대표는 다음과 같다.
치쿠고 야나가와(筑後柳川), 나가마쓰 쇼지로(永松祥次郎), 요시노 구로
(由布九郎), 치쿠고 구루메(筑後久留米), 오가와 겐노조(小河源之允), 이케
지리 시게에몬(池尻茂右衛門), 치쿠젠 후쿠오카(筑前福岡), 요코마쿠라 가
쿠스케(橫枕覺助), 붕고 다케다(豊後竹田), 아카자 야타로(赤座彌太郎), 야
노 간자부로(失野勘三郎), 붕고 쓰루사키(豊後鶴崎), 모리 구우소(毛利空
桑), 히젠 시마바라(肥前島原), 쓰보다 카주로(壺田嘉十郎), 오카노 히라우
마(岡野平馬), 히젠 사가(肥田佐賀) 기하라 기시로(木原義四郎), 히젠 도요
쓰(肥前豊津), 스기노 주로(杉野十郎), 소야노 한베(征失野半彌).

오타구로 도모오(太田黑伴雄)하의 격렬한 태도는 동맹의 상대로서 사쓰마
를 선택하지 않았기에 가능한 것이었다.
전국의 반정부분자 모두가 사이고와 사쓰마 사족단에게 넘칠 듯한 기대를
걸면 사이고와 사쓰마 사족단은 이끌려 일어설 것이다. 그렇게 되면 태정관
은 당장에 전복된다고 생각하고 있었다. 그와 같은 만천하의 기대가 커지면
커질수록 사이고라는 실상(實像)은 허상으로 바뀔 정도로 거대하게 팽창되
어 가던 시기였다.
구마모토 현에 있어서 가고시마 현은 현경(縣境)을 사이에 두고 이웃하고
있다. 만약 사쓰마와 동맹을 맺으면 군사 지리적으로도 반란 효과는 헤아릴
수 없을 정도라고 해도 좋으리라.

그러나 오타구로 도모오는 그것을 묵살했다.

"사쓰마 인은 믿을 수 없다."

사쓰마 인이란 사이고를 포함하고 있으며 감정적으로는 사이고를 드러내 놓고 가리키고 싶은 마음도 있었다. 반정부분자 가운데 사이고를 '믿을 수 없는 사람'으로 규정 지은 인물은 오타구로와 그 동지들 뿐이었을 것이다.

막부 말기의 히고 번에는 근왕가가 그리 많지 않았는데, 그 대표가 교토의 산조 이케다야(池田屋)에서 아이즈 번 직속인 신센 조의 습격을 받아 분전 끝에 자결한 미야베 데이조이다.

미야베 데이조는 조슈의 요시다 쇼인과 가장 깊이 사귀었다. 쇼인이 죽은 뒤에는 조슈의 과격파와 친분을 쌓으며 조슈 번이 혁명 주체가 될 것을 기대하면서 행동했다. 분큐(文久) 3년, 교토의 조슈 번 세력은 당장이라도 혁명을 일으킬 수 있을 정도로 번성했으나 하룻밤에 와해되었다. 본디 혁명적으로 보여졌던 사쓰마 번이 막부파인 아이즈 번과 비밀리에 손을 잡고 조슈파와 그 동반자인 과격파의 공경(현 태정대신 산조 사네토미 등 7명)들을 교토에서 쫓아내고 말았다.

오타구로는 막부 말기에 활발한 활동을 하며 선배인 미야베 데이조의 사랑을 받았다. 데이조는 나이 어린 오타구로의 신중함과 굳은 지조를 깊이 인정했으며, 따라서 오타구로도 데이조를 깊이 존경했다.

교토에서 조슈 번의 세력이 약해지자 낭사(浪士)들에 의한 폭동 외에는 방법이 없다고 생각한 미야베가 도사와 그 밖의 번의 낭사들과 더불어 이케다야에서 협의하고 있는 현장을 신센조가 습격했던 것이다.

미야베 데이조는 분큐 2년의 데라다야(寺田屋) 소동 때 시마즈 히사미쓰의 정략 때문에 낭사들의 폭동이 와해된 일을 거론하며 사쓰마는 믿을 수 없다고 오타구로에게 말했었다. 이어 사쓰마의 변절——이라기보다 정략——로 인해 조슈 번이 교토에서 쫓겨나고 결국은 미야베 데이조 자신이 죽음을 맞이한 결과를 가져왔다. 막부 말기의 사쓰마 번과 사이고의 정략은 다른 번 사람의 눈으로 볼 때 마치 고양이의 눈처럼 변덕스러웠다.

너무나 정략적이고 권모적이어서 오타구로는 이번 거사에서도 사쓰마에는 손을 뻗치려 하지 않았다.

신푸렌이 사쓰마를 대하는 방침이 극히 근소하게나마 변한 것은 구루메(久留米)의 오가와 겐노조(小河源之允)가 구마모토에 온 뒤부터다.

구루메의 오가와 겐노초는 이전에 신푸렌의 부탁으로 후루타 주로(古田十

郎)에게 사자로 찾아와 서로 결맹을 맺는 단계에 있었다.

오가와는 후루타의 집을 찾아갔다.

"나는 사쓰마로 가는 도중이오."

오가와가 말했다.

오가와는 구루메의 불평분자의 대표격이었으나 옛 구루메 번 사람은 사상적 또는 정치적 결속력이 약해서 그의 배경에는 세력이라고 할 만한 것이 없었다. 그런 까닭도 있었으므로 오가와 겐노조는 공연한 언설이 많았고 그의 언설은 주로 전략담이었다. 그는 중국 전국 시대의 책사를 자처하는 경향이 없지도 않았다.

"사이고와 결맹해야 하오."

오가와는 말했다.

후루타 주로는 반대했다.

잠시 다른 이야기를 할까 한다. 하야시 오엔 문하에는 막부 말기에 '살인자 겐사이'라 불린 가와카미 겐사이(河上彦齋)가 있었다. 겐사이는 오엔 문하생 중에서 뛰어난 제자였다. 겐사이는 전에 사쿠마 쇼잔(佐久門象山)을 죽인 후부터 사람 죽이기를 그만두었으나, 아무튼 사상 때문에 미치광이가 되어 자기의 사상과 맞지 않는 인간은 악마로 보고 결국 그 악마를 죽임으로써 마성의 사상을 거부한다는 기질이었다.

겐사이는 막부 시대에도 테러리스트였는데 그도 지사의 한 사람이었다. 그러나 생사의 고비를 헤맨 끝에 수립된 태정관 역시 서양화주의라고 하는 막부 이상의 사상적 마성을 띤 정부였기 때문에, 그는 반란 운동을 일으키고 결국은 지난날의 동지인 태정관 관리에 체포되어 메이지 4년에 사형당했다.

기도 다카요시 등은 가와카미를 몹시 꺼렸던 모양이다. 기도뿐만 아니라 막부 말기에 가와카미와 함께 활약한 다른 번 출신자들도 태연하게 사람을 죽이는 사람과는 우정을 유지하지 않았다.

그 가와카미 겐사이를 위대한 인물로 받아들인 것은 오엔의 문하생들뿐이었다. 후루타 주로 등은 가와카미를 동문 선배로 무척 존경했으며 기질도 가와카미와 비슷했다. 그의 사고방식은 가와카미와 가장 가까웠으며, 또한 그들은 신푸렌 중에서도 '후루타(古田)파'로 불리는 일파를 형성하고 있었을 정도다.

"사이고는 서양의 문물을 허용하는 사나이가 아닌가."

후루타는 구루메 사람 오가와의 말에 반대했다. 사이고는 서양식 군대에 반대하지 않았고 또 태정관의 참의였다. 그 한 가지만으로도 사이고를 믿을 수 없으며 사이고를 용서할 수 없다고 후루타는 말했다.

"하지만 그 세력이 큽니다. 그 큰 세력을 이용하지 않을 수는 없습니다. 아무튼 중의(衆議)에 부쳐 주기 바라오. 나는 지금 곧 가고시마로 가겠습니다. 누가 나와 동행하지 않겠습니까 ? 태도 결정은 그 뒤에 해도 상관없지 않겠소 ?"

오가와 겐노조가 말했다.

"사쓰마에 사자를 보낼 것인가, 말 것인가 ?"

이에 대해 오타구로 도모오는 간부회의에 부쳤다.

하지만 결국은 총수인 오타구로에게 일임되었다. 오타구로는 먼저 자신의 의견을 말했다.

"사쓰마는 원래 사쓰마 자체밖에 생각하지 않아."

이것이 그가 사쓰마를 보는 첫째 조항이었다.

분명히 그랬다. 사쓰마는 전국 시대 이래로, 에도 시대의 막번(幕藩) 체제에서도 가능한 한 독립성을 보전해 왔다. 정략적으로는 막부에 대해 유연하게 대처하면서도 독자적인 행정관급, 독자적인 사족문화를 유지하면서 막번 체제가 흔들리자 먼저 경제의 독립성을 발휘할 심산으로 밀무역(密貿易)을 시작하여 번의 수익을 늘리고, 그것을 밑천으로 나리 아키라 시대 때는 서양식 산업국가를 만들고자 노력했다. 히사미쓰 시대에는 그것을 막부를 쓰러뜨리는 자금으로 썼다.

사쓰마 체제의 본성이라고 할 수 있는 높은 수준의 독립 의식은 막부 말기에 막부 타도 전선의 한 세력권을 구성하면서도 다른 세력에 매달려 그것을 해보자는 발상은 일체 하지 않았다. 사쓰마·조슈 동맹에 있어서도 조슈가 사쓰마를 따르는 방향에서 성립시켰다. 이상은 사쓰마 세력이 가지는 기본적인 성격이라고 할 수 있는 것으로 그들의 정략은 이 범위를 벗어나서는 나오지 않는다.

"사쓰마가 주가 되고 다른 번 사람들이 수족처럼 일한다면 사쓰마 인은 다른 어떤 번 사람보다도 너그러워질 것이다."

오타구로가 말했다. 하지만 그와 같은 일은 오엔학(學)의 문도들의 긍지가 허락지 않았다.

"사쓰마는 어디까지나 사쓰마가 주가 되어 천하를 주무르고자 하기 때문에 그 정략은 항상 권모술수적이다. 어제의 잘못을 오늘은 옳다고 하는 손바닥 뒤집기 같은 일이 막부 말기에 몇 번이나 있었다. 막부 말기의 조슈인이 사쓰마를 원수처럼 미워한 것은 그 때문이다. 지금도 그렇지 않은가?"

오타구로는 다시 말했다.

"태정관에 대해 가고시마 현은 하나의 독립국을 이루고 있으며 천하는 언제 가고시마 현이 대반란을 일으킬까 하고 숨을 죽이고 주시하고 있네. 그런데도 사이고는 다른 어떤 현과도 동맹을 맺지 않아. 맺고자 멀리 찾아온 자에 대해서는 적당히 응대하여 돌려보낼 뿐일세."

오타구로가 한 말은 모름지기 사쓰마라고 하는 세력의 본질의 일면을 파헤쳤다고 하겠다.

"영원히 동지로 사귀고 싶다."

예컨대 사이고는 정한론의 동지였던 도사의 이타가키 다이스케가 청원한 것조차 거절했던 것이다. 반란을 일으킬 때는 사쓰마의 자력으로 한다는 뜻이 사이고의 말 속에 담겨 있었다. 이타가키는 평생 그런 점에서 사이고를 불쾌하게 여겼는데 그것은 사이고뿐만이 아니라 사쓰마의 전통적인 사고방식이라고 해도 좋다.

그런데 신푸렌에서 사자를 보낼 것인가, 하는 문제에서 오타구로는 오히려 망설이는 여유를 부리고 있었다. 그러나 결국 오타구로는 사쓰마에 사자를 보낸다는 쪽으로 결단을 내렸다.

다만 기대하지 않는다는 각오를 가지고 사자만 보내는 것이다. 사자의 역할은 정찰임무에 중점을 두었다.

"보고 오면 된다."

오타구로는 말했다.

그러기 위해서는 사자로서 출중한 자를 고르지 않으면 안 된다. 거기 가서 사쓰마 인을 만나 사쓰마 인에게 매료되고 사쓰마 인의 술수에 넘어가 빼도 박도 못할 약속을 하고 오는 그런 경망한 자를 보내는 것은 고려해 볼 일이었다.

"노구치 미쓰오(野口滿雄)가 좋겠다."

오타구로는 망설이지 않고 사람을 뽑았다.

노구치 미쓰오는 형 도모오(知雄)와 더불어 오엔 문하에서 함께 이 일당에 가입했다.

나이는 23살밖에 되지 않았으나 그의 깊은 사려와 예리한 관찰안에 오타구로도 자주 탄복하고 있는 터였다.

여담이지만 뒷날, 궐기 직전에 신카이 신사에서 젊은이들만의 회식이 있었다. 모두 죽음을 앞에 두고 마음껏 먹었던 것인데 어쩐 일인지 노구치 미쓰오는 음식을 조금밖에 먹지 않았다. 동지들이 노구치가 겁을 먹었다며 웃으려 하자 오타구로는 가로 막으며 말했다.

"노구치는 모든 행동절차에 대해 이 자리에서도 골똘하게 생각하고 있네. 식욕이 없는 건 그 때문일 뿐 겁이 나서 그러는 건 아닐세."

이것도 후일담이지만 노구치 미쓰오는 습격 목표인 구마모토 진대(鎭臺 : 사단)의 내부 형편을 살피기 위해 구루메에서 흘러들어 온 장사꾼으로 변장하여 몇 번이나 숨어들어가 상세히 탐지했다. 오타구로는 호언장담을 하는 작자들보다 노구치 미쓰오의 이러한 능력과 담력에 기대하는 바가 컸을 것이고 평소에도 그러했다. 평소 오타구로는 노구치 미쓰오와 조카뻘 되는 이다 와헤이(飯田和平) 두 사람을 비서로 신변에 두고 간부회의에도 서기로 출석시키고 있었다.

오타구로는 위와 같이 결정하자 내방중인 구루메 사람 오가와 겐노조에게 말했다.

"그러면 이 노구치 미쓰오를⋯⋯"

그는 등뒤에 서 있는 노구치를 소개하고 미흡한 자이지만 사쓰마까지 데리고 가 주지 않겠느냐고 했다.

오가와 겐노조는 불만이었다. 오가와는 사이고와 사쓰마를 크게 평가하고 있었기 때문에 오타구로와 신푸렌 자체에 실망을 느꼈다.

'이 따위 애송이를 대표로 뽑다니!'

이 정도 대외 인식을 가지고 과연 천하를 뒤엎는 대사를 해낼 수 있을까, 하는 의문이 솟아올랐으나 어쩔 수 없었다.

노구치는 자못 깨끗한 젊은이다. 예의 바르게 오가와에게 인사하며 말했다.

"잘 부탁드립니다."

가고시마

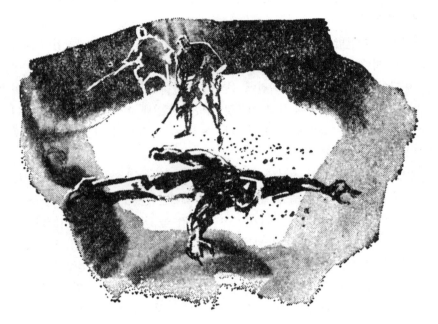

두 사람은 가고시마를 향해 떠났다.

"사이고 대장을 꼭 만나야 하는데."

안내인인 오가와 겐노조가 말했다. 오가와는 사쓰마 인이 흔히 쓰는 선생님을 붙이지 않고 언제나 '대장'이라는 직명을 경칭 대신 썼다.

신푸렌의 노구치 미쓰오는 말수가 적은 청년이었다. 도중 내내 오가와 혼자 떠벌리는 셈이었다.

어쩌다 노구치 미쓰오도 입을 열었다.

"대장이라…… 어색하군요."

도대체 대장이란 어디다 붙이는 명칭이냐는 것이다. 옛 직명으로는 근위부(近衛府)에 좌우 둘이 있었는데, 헤이안(平安) 시대 초기에 좌근위와 우근위에 각기 한 명씩 대장을 두었다. 좌근위 대장은 후지와라 우치마로(藤原內麻呂)였다. 사이고는 좌근위인가 우근위인가, 하고 노구치는 오가와에게 물었다.

물론 오가와는 그와 같은 야릇한 지식 같은 것은 없다. 오가와가 잠자코 있자 노구치는 스스로 대답했다.

"옛 제도에 따른 것은 아니겠죠. 좌근위나 우근위 대장이라면 사이고가 오랑캐의 옷을 입을 까닭이 없고 옛 제도에 따른 의관을 하고 있어야 합니다. 이를테면 사이고 대장은 오랑캐의 제도에 의한 대장이겠지요. 사이고의 미심쩍은 점은 태연히 오랑캐의 제도를 따르는 대장이 되었다는 점입니다. 오가와님은 그런 사이고를 어떻게 생각하십니까?"

오가와는 대답할 말이 없었다. 다만 이렇게 생각했을 것이 틀림없다.

'골치아픈 놈하고 동행하게 되었군.'

도중 오가와는 '경신당(敬神黨)'이니 '신푸렌(神風連)'이니 하는 호칭은 당원 스스로가 지어 부르는 것이냐고 물었다.

이 물음에 대해 노구치는 '당원'이라는 말에 구애되어 말했다.

"그들은 붕당도 아니고 도당도 아닙니다. 신을 섬기고 신의 뜻에 따라 행동하는 것이 사람의 도리이므로 진실한 사람이라면 모두 우리의 친구입니다."

"그러면 자칭(自稱)인가?"

"자칭은 아니고 세상 사람들이 멋대로 그렇게 부르는 겁니다. 경신당, 신푸렌, 이런 현란한 호칭을 오타구로 선배는 물론이고 우리들 아무도 좋아하지 않습니다."

하야시 오엔이 세상을 떠난 뒤, 남은 제자들은 오타구로 도모오의 인솔 아래 밤낮으로 신사를 참배하고 있었다. 이 때문에 세상 사람들은 일종의 조롱을 섞어 경신당이라고 불렀다.

오엔의 문도에 야스오카 현령이 신관직을 주어 달래려고 했을 때 일단 시험을 치르게 했다. 그때 그들은 시험관 앞에서 이구동성으로 말했다.

"황도(皇道)는 신의 길입니다. 황도가 훌륭하면 아무리 서양 오랑캐가 쳐들어와도 원구(元寇: 원나라와 고려 연합군의 일본 침공) 때와 마찬가지로 신풍(神風)이 불어닥쳐 10만의 오랑캐 군과 군함이 바다에 잠기고 맙니다."

이 일이 있은 뒤로 세상 사람들은 다분히 모멸을 섞어 '신푸렌(神風連)'이라고 불렀던 것이다.

노구치 미쓰오(野口滿雄)는 단순히 말이 적고 머리 회전이 빠르기만 한 젊은이가 아니라 사람을 죽인 경력도 있다.

그것도 메이지 이후의 일이다. 미토(水戶)현 관리인 야마노우치 노리우지

(山內憲氏)를 구마모토 시내에서 암살했다. 야마노우치를 암살한 하수인이 노구치라는 것은 신푸렌의 수령 오타구로 도모오 외 간부 몇몇 밖에 알지 못한다.

야마노우치 노리우지는 막부 말기에 미토를 탈번한 자였다. 막부 말기에 미토 출신 지사는 의지할 곳이 없어 도사의 낭사들과 행동을 같이 한 자가 많았는데 야마노우치 노리우지도 그중 한 사람이리라. 미토 출신인 만큼 이른바 미토 학(水戶學)의 영향은 받았겠지만 다소 히라타(平田) 국학의 소양이 있다는 것 외에 특출난 면이 없는 사람이었던 모양이다. 성격이 과격하여 흥분하면 다루기 힘든 면도 있었다. 막부 말기에 막부가 '떠돌이'라고 불렀던 지사 가운데 흔히 볼 수 있었던 타입이다. 유신 뒤에는 사이타마 현에서 신관을 지내고 있었다.

유신의 일면은 강렬한 복고적 성격을 지니고 있는데 그것은 막부 말기에 히라타 국학계 지사가 작으나마 도막 세력을 이루고 그것이 유신 정부에 들어가 신기관(神祇官)을 구성했다는 일에도 연유한다고 하겠다. 그들은 불교도 외래종교라 하여 도바 후시미 전투가 끝난 두 달 뒤에 정부의 명령을 표방하여 폐불(廢佛)을 추진했다. 각지에서 절을 허무는 관제 운동이 일어나 불교 신앙이 두터운 민중을 어리둥절케 하였다.

막부 말기에 근왕 운동이 활발했던 야마토(大和)의 도쓰가와(十津川) 고을 등지에서는 대부분의 절이 파괴되고 불상은 강물에 던져졌으며 고을 사람 거의가 신도(神道)로 종지(宗旨)를 바꾸었다. 나라(奈良)에서는 고후쿠사(興福寺)의 사탑이 파괴되고 오중탑을 5엔이나 10엔에 내놓아도 사는 사람이 없었다.

도사 번 안에는 615개의 사원이 있었는데 그 중 439개의 절이 폐사되었다.

동시에 신사의 독립이 추진되었다. 중세 이후로 일본의 특수한 종교 현상으로서 신불혼합(神佛混合) 사상이 일반화되고 신사도 '사승(社僧)'이라 일컫는 중이 있어 불교 경전을 외우고 또 불상이 신상(神像)인 경우도 많았다. 신의 이름도 또한 신불혼합적이어서 신의 이름을 묘진(明神)이니 곤겐(權現)이니 하고 부른 것은 그 사상의 표현이라고 해도 좋다. 그것을 '새 정부'는 신불 분리 정책으로 불교색을 일소했다.

신불 분리는 권력에 의해 이루어졌으나 구마모토에는 뒤늦게 왔다. 그것을 담당한 것이 현에 소속된 야마노우치 노리우지였다. 야마노우치는 도사 출신의 현령(縣令)인 야스오카 료스케의 부름에 따라 현에 부임했다. 실상은 막부 말기에 얼굴을 익힌 야스오카 료스케를 의지하여 취업활동을 하러 왔던 것이리라. 그는 원래 과격한 성격이어서 사람들의 눈으로 볼 때 허세를 부리는 관원으로는 전형적인 사람이었다.

현령 야스오카가 구마모토에 부임한 것은 메이지 6년 5월이다. 그가 옛 동지인 야마노우치 노리우지를 관원으로 현에 들어앉힌 것은 메이지 7년 (1874) 초이다.

야마노우치가 관원으로 부임하자마자 시작한 것이 태정관 포고에 의한 신불 분리의 실시였다. 구체적으로 말하면 현내의 신사를 일일이 검사하여 거기에 불상이나 불구(佛具) 등의 불교관련 물건이 있으면 그것을 없애는 일이었다. 그는 이 검사를 상관인 이와나미와 같이 했는데 이와나미는 온순한 사람이어서 문제는 일어나지 않았다.

야마노우치는 이 일을 적극적으로 해 나갔다. 신전에 들어가 불상을 발견하면 그것을 끌어내어 오물처럼 버렸다. 특히 민중이 깊이 믿고 있던 석가원(釋迦院) 소마 관음(相馬觀音) 등의 사당에서는, 불상을 사당 밖으로 내던지는 야마노우치를 보고 그 고장 신자들이 울부짖으면서 그만둘 것을 애원했다.

"그게 미신이라는 게야."

야마노우치는 불상의 팔다리를 비틀어 꺾고 발로 마구 짓밟았다. 이런 사태는 어떤 나라의 혁명이나 문화혁명에서도 수반한다. 그것을 수행하는 관원 중에는 자기 개인의 신조와는 관계 없이 그렇게 함으로써 자기가 혁명에 앞장서는 것 같은 격앙된 착각을 하는 자가 흔히 있는데 야마노우치가 그랬다.

신푸렌은 그러한 야마노우치를 보고 처음에는 불교를 부정하고 신도를 세운다는 그의 행동을 호의적으로 해석했는데 점차 야마노우치의 행동이 심상치 않게 되었다. 야마노우치는 비불교적인 신체(神體)에까지 손을 대게 되었던 것이다. 양복을 입고 신전에 쳐들어가 물었다.

"이게 신이야?"

그는 그것이 구리 거울일 경우에는 녹이 슬었다고 코를 푼 휴지로 경면을 비비기도 하고 신체가 화살촉일 경우에는 손톱으로 퉁기면서 웃곤 했다.

"잘 울리는데."

이것이 신푸렌의 노여움을 샀다. 처음에 야마노우치가 양복에 구두 바람으로 신전에 들어가는 것에 신푸렌은 크게 노하여 일부 간부가 모여서 '우케히(제비를 뽑아 신탁을 얻는 행위)'를 거행했다. 점괘는 죽이라고 나왔다.

그 자객의 임무를 맡게 된 것이 당시 20살 남짓의 노구치 미쓰오와 26살의 도미나가 쓰구오오(富永喜雄) 두 사람이었다.

원래 하야시 오엔 문하에서는 막부 말기의 테러 분자 가와카미 겐사이를 배출한 바 있다. 겐사이는 유신 뒤 다카다 겐베(高田源兵衞)로 이름을 고치고 그 뒤 사형되었다. 그런 의미에서 말하면 신푸렌이라는 타협을 모르는 사상결사는 자기 사상의 적에 대해 언론으로 대결하기보다 테러리즘으로 배제한다는 사고의 전통이 있었다는 것을 알 수 있다. 야마노우치는 메이지 7년 6월 말 한밤중에 성 밑 거리의 니노세이다마루(二勢屯)에서 참살당했다. 하수인은 신푸렌의 난으로 노구치가 죽을 때까지 세상에 알려지지 않았다.

이 두 사람은 사쓰마에 들어 갈 때 야시로(八代)에서 미나마타(水保)로 가는 길을 택했다. 미나마타에서는 오른쪽으로 야시로 바다(八代海)가 가끔 보이기는 하지만 산길이었다. 길은 험하고 게다가 외길밖에 없었다.

'히고 사쓰마의 경계'

보통 이렇게 불리며 전국 시대 때부터 에도 시대가 끝나기까지 이 도로는 특별한 의미를 지니고 있었다.

도요토미 시대에는 도요토미 정권이 사쓰마를 누르기 위해 히고에 가토 기요마사(加藤淸正)를 두었고 에도 막부는 같은 목적으로 호소카와(細川)를 두었다.

'히고의 가토가 온다고 하면'

이 노래가 도요토미 시대의 사쓰마 청소년들 사이에서 흔히 불렸는데, 사쓰마로서는 히고와의 변경(藩境) 수비에 이 산길이 가장 중요했다.

옛 막부 시대, 막부의 밀정이 사쓰마 땅에 잠입하고자 해도 쉽사리 뜻을 이루지 못한 것은 사쓰마 번이 이 산길을 엄중히 경계했기 때문이다.

사쓰마 경계에 들어서면 산이 셋 있다. 흔히 이것을 '산타로(三太郞) 고개'라고 했다. 산타로 고개는 길이 험하여 젊은 노구치 미쓰오도 숨이 턱에 닿아 가끔 발길을 멈추지 않을 수 없을 정도였다.

산타로 고개를 다 넘으면 사쓰마의 이즈미(出水) 고을이다. 사쓰마 번은 전국 시대부터 이 이즈미 고을에 특별히 막강한 향사단을 두었다. 에도 시대에도 이즈미 향사들은 '히고와의 경계를 수비하는 우리들은 언제나 전쟁터에 있는 것과 다름없다'는 의식이 있었다. 이른바 사쓰마의 하야토(隼人 : _{사쓰마
사람의 통칭})라는 미칭(美稱)으로 불리는 사쓰마의 사족 중에서도 이즈미 향사에 한해서는 유달리 '이즈미 헤코(兵兒)'로 불렸으며, 그 강직함과 사나움은 타 지방의 두려움을 사는 존재였다.

"10년 전이라면 살아서 이 산타로 고개를 못 넘지."

오가와 겐노조가 말했다. 신푸렌의 젊은 사자 노구치 미쓰오도 이즈미 고을을 통과할 때는 적지를 밟는 것 같은 긴장을 느꼈다. 이즈미 고을에서는 오랜 전통 때문인지 얼핏 타국인으로 보이는 두 사람에 대해 길에서 마주치는 자마다 반드시 경계의 빛을 보였다. 지나쳐서 돌아다보면 저쪽도 서서 이쪽을 보는 경우가 자주 있었다. 돌아보는 시선을 상대방은 결코 놓아주지 않은 채 묵묵히 서 있는 것이었다.

그때마다 오가와 겐노조는 당황하여 일부러 그 고장 사투리로 발음하면서 "가고시마의 사이고 대장을 찾아뵈러 가는 길"이라고 상대가 묻지도 않은 말을 하곤 했다. 노구치 미쓰오는 옆에서 그와 같은 거동을 보고 어처구니없는 마음이 들기도 하여 오가와라는 자는 대단한 사람은 아니라는 생각을 했다.

노구치의 선입감은 수령 오타구로 도모오에게서 받은 것이다. 사쓰마 인은 기회주의자이고 믿을 수 없는 자들이라고 생각하고 있었기 때문에 두려움보다 적의가 앞섰다.

노구치 미쓰오는 가고시마의 옛 성 밑 거리는 대략 구마모토와 비슷할 것이라고 상상하고 있었다.

그런데 구마모토의 흙이 먹처럼 검은 화산재이기 때문인지 풍경이 어딘지 모르게 어두운데 반하여 가고시마의 옛 성 밑 거리는 너무나 밝은 데 놀랐다. 햇살도 강렬하고 산과 바다도 밝게 빛났으며 무사의 집 돌담도 푸르고 전체적으로 구마모토와 같은 남부 규슈(九州) 지방이라고는 생각되지 않았다.

그러나 그것에 감탄하기보다 사물을 강한 관념으로밖에 보지 않는 노구치로서는 이토록 무한정 밝은 풍토에서 과연 사물을 생각하는 인간이 태어날 수 있을지가 미심쩍었다.

다케에 있는 사이고의 집을 찾아갔다.

"안 계십니다."

살갗이 검은 중년부인이 무뚝뚝하게 대답했다. 언제 돌아오십니까, 하고 오가와 겐노조가 물었으나 모른다고 한다. 두 번 다시 말을 붙일 수 없는 느낌을 주었다.

오가와는 발길을 돌리면서 변명 비슷하게 말했다.

"기리노의 집에 가보세. 사이고는 사냥 나갔네. 처음부터 못 만날 줄 알았어. 특히 타지방 사람은 피하고 있지."

기리노는 요시노 마을이라는, 물이 귀한 지대에서 농사를 짓고 있다고 한다. 다케에서 요시노 마을까지는 가고시마 거리를 서쪽에서 동쪽으로 가로질러 가지 않으면 안 된다.

도중에 현청 앞을 지나갔다.

그 옆에 사학교 교사가 있었다. 다른 무사 저택과 마찬가지로 푸른 돌로 돌담을 둘러쳐서 안은 들여다 보이지 않았다.

"시노하라나 무라타라도 만났으면……"

오가와는 노구치 미쓰오를 길가에 세워 두고 자기 혼자 문 안으로 들어갔다.

그러나 잠시 뒤 나왔다.

"부재 중이라는군."

오가와의 목소리는 한결 작아졌다. 이 구루메 인은 사쓰마 통이 그의 간판이었는데 지금까지 겨눈 상대가 모조리 부재 중이라니 의기소침할 수밖에……

워글 노구치 미쓰오는 시노하라나 무라타는 만날 생각이 없었다. 그도 히고의 신푸렌을 대표하여 온 이상 사이고가 부재 중이라면 그나마 기리노라도 만나보고 돌아가지 않으면, 체면도 서지 않고 사자로서의 임무도 다하지 못하는 것이 된다.

"기리노님은 있겠죠?"

오가와에게 다짐하니 오가와는 자신의 몸이 오그라드는 것 같은 불쾌감과 아울러 기리노 소장은 꼭 있을 것이라고 대답했다.

　요시노 마을을 향해 올라갈 때는 이미 해가 저물고 있었다.
　'한심한 동네로군.'
　노구치 미쓰오는 저녁 햇빛을 받으며 생각했다. 해가 기울어 잡목 숲은 어둑어둑해지고 군데군데 일궈 놓은 감자밭은 알아볼 수 있었지만 마을이 어디 있는지 인기척도 없었다.
　오가와 겐노조의 발걸음이 빨라졌다. 그는 몇 번이나 사쓰마에 들러 개간지 움막 같은 기리노의 집에 머문 적도 있었다.
　이윽고 기리노의 집 앞에 섰다.
　마치 오두막집 같았다. 지붕은 널로 덮고 벽은 흙벽이나 널막도 아닌 삼나무 껍질로 둘러쳤을 뿐이었다. 일본에 몇 안 되는 육군 소장의 집으로는 생각되지 않았다.
　'기리노가 적어도 농사꾼이 됐다는 것만은 사실이군.'
　노구치는 생각했다.
　오가와는 밖에서 큰소리로 이름을 알리고 뒤이어 인사까지 했다.
　그런데 집 뒤에서 대꾸가 들리더니 작업복 차림의 기리노가 나왔다.
　"아직 식사 전이겠지요?"
　사쓰마 억양으로 질문한 것이 기리노의 첫마디였다. 석양빛이 아련히 기리노의 모습을 비쳐주고 있었다. 노구치는 한 번 보고 마음이 씻기는 듯한 시원함을 느꼈다. 이런 종류의 사나이는 구마모토에는 단 한 명도 없다고 해도 좋으리라.
　그러나 노구치는 기리노에게 매료되어서는 오타구로를 위시하여 신푸렌 선배들에게 미안하다는 마음이 강하게 들었다. 기리노는 무학(無學)이고 무학을 내세우는 사나이라는 것을 상기하려고 했다. 결국은 한낱 풍운아에 불과하지 않은가 하고도 생각했다.
　그런데 어느 사이엔가 화롯불을 에워싸고 앉아 기리노의 하인이 끓여 온 된장국을 훌훌 마시면서 기리노의 담론을 경청하고 있는 자신을 발견했다.
　술은 나오지 않았다.
　그러나 기리노는 알맞게 취한 것처럼 쾌활하게 떠들고 있었다. 쾌활하다는 것이 이다지도 인간의 미덕인가 하는 것을 노구치 미쓰오는 처음으로 안 것 같은 느낌이 들었다.

오가와 겐노조는 노구치를 위하여 구마모토의 신푸렌이란 어떤 것인가를 설명했다. 하야시 오엔의 사상도 간단하게 설명했다. 하지만 기리노는 전혀 관심을 보이지 않았다. 그것을 깨닫고 노구치는 비로소 기리노 예찬의 꿈에서 깨는 듯한 마음이 들었다. 이 사나이는 아무것도 모르고 있다고도 생각했다. 기리노는 영국, 미국, 러시아 등등의 국명을 계속 꺼내면서 세계의 형세에 대하여 이야기했다. 그러나 노구치의 사상에서는 세계의 추세가 어떻게 되어 가고 있든지 상관이 없는 것이다.

기리노는 거처가 따로 있는 모양이었다.

그는 밤이 이슥하도록 이야기를 나눈 뒤 교토 말을 쓰는 하인 고키치(幸吉)에게 두 사람의 시중을 분부하고 오두막을 떠났다.

아침에 노구치가 눈을 떠 보니 토방에서 고키치가 식사 준비를 하고 있었다.

기리노는 새벽에 오두막에 들러 고키치에게 이런 말을 남긴 모양이었다.

"나는 어디 좀 다녀오겠다. 며칠 걸리겠으니 손님에게 말씀 잘 전하도록."

오가와 겐노조와 노구치 미쓰오의 가고시마에서 사명은 이렇게 어이없이 끝났다. 그러나 간밤에 기리노의 의견을 충분히 들었다.

"나는 돌아가겠습니다."

노구치가 말했다.

오가와는 무라타나 시노하라도 만나보는 것이 어떻겠느냐고 했지만 노구치는 이제 충분하다는 표정으로 고개를 저었다.

"어젯밤 기리노의 이야기를 들었지만 사실 상상한 대로였습니다. 가고시마는 지나치게 자존심이 세더군요. 우리가 그들 밑에서 일해 줄 까닭도 없고 또 그들과는 생각도 크게 다릅니다. 더 이상 머물 필요가 없다고 생각합니다. 내가 분부받은 심부름의 취지는 가고시마의 생각 내지는 목소리를 확인하고 오라는 것이었어요. 이로써 충분히 알았다고 생각합니다."

오가와는 남아 있겠다고 했다.

노구치는 그렇다면 혼자 돌아가겠다 하고 요시노 마을의 기리노의 오두막집을 물러 나왔다.

다시 이즈미로 나와 산타로 고개를 넘었다.

'가고시마 사학교와는 행동을 같이 할 수 없다.'

이것이 노구치의 생각이었다.

기리노의 말 속에는 국수 배외 사상이 전혀 없었다. 서양의 무기나 제도가 좋다면 그것을 도입해도 좋지 않은가, 일본국의 사명은 러시아의 남하를 제지하고 국위를 흑룡강 연안까지 넓혀 아시아의 운명을 결정짓는 데 있다, 이 일에는 사이고 대장도 같은 의견이다, 라는 것이었다.

다시 노구치가 '태정관은 쓰러뜨려야 한다'고 하니 그 점에서는 기리노도 찬성했다. 그러나 언제 일어설 것이냐고 물으니 기리노는 때가 있는 법이라고 할 뿐 다른 말은 하지 않았다.

만약 신풍렌이 궐기하면 가고시마는 어떻게 하겠느냐고 노구치가 가정이라고 하면서 질문했으나 기리노는 대답하지 않았다. 기리노의 입장으로서는, 한다면 가고시마가 주체가 되어 하라는 뜻이었으며 그것은 말하지 않아도 느낄 수 있었다. 메이지 7년 사가의 난 때도 가고시마는 움직이지 않았던 것처럼 기리노는 '때가 있는 법'이라고 반대하며 여전히 움직일 눈치가 없었다.

노구치는 그 뜻을 알았으니 충분하다고 생각했다. 노구치의 말을 빌리면 신푸렌은 가고시마를 의지하고 행동하려는 것은 아니었다.

봉기

　노구치 미쓰오는 구마모토의 옛 성 밑 거리로 돌아오자 자택에는 들르지도 않고 곧바로 신카이 대신궁의 오타구로 도모오의 사택으로 달려갔다.

　곧장 방으로 들어가지 않고 여행차림으로, 봉당에 서서 맞이하는 오타구로에게 귀환 인사를 했다. 여행 중에 묻은 먼지를 털지 않고 인사한 것은 경우에 따라서 오타구로가 다시 한 번 가라고 할지도 모른다는 생각에서였다.

　"올라오게."

　오타구로가 말했다.

　노구치는 허리를 굽히고 봉당 구석에 있는 짚신을 빌려서 신었다. 그런 뒤에 뒤꼍 우물가에서 헌 짚신을 버리고 물을 떠서 발을 깨끗이 씻었다.

　그 모습을 오타구로가 바라보고 있었다.

　'과연 노구치 미쓰오로군.'

　노구치는 스물 셋밖에 되지 않았지만 태도가 차분하고 매사에 소홀함이 없었다. 노구치는 발을 다 씻자 품속에서 수건을 꺼내 옷의 먼지를 공들여 턴 뒤에 발을 닦았다.

　저녁식사 시간이었으므로 오타구로는 손수 노구치의 밥상을 날라왔다. 노구치 외에 조카 이다 와헤이가 오타구로의 신변에서 비서 일을 맡아보고 있다는 것은 이미 말했다. 그는 노구치가 돌아오자 즉시 오타구로의 분부로 간부를 소집하기 위해 사방으로 뛰어다니고 있었다.

밤이 되자 사람들이 모여들었다.

모두 상투를 틀고 누구나 대도를 주머니에 넣은 채 들고 있었다. 7,8년 전까지는 흔히 보는 무사 풍속이었으나, 지금은 기이한 인상을 면할 수는 없다. 일본은 서양화되어서는 안 된다, 제도도 옷차림도 모두 이렇게 해야 한다고 주장하고 있는 사상집단은 전국에서 이 히고 구마모토의 신푸렌 외에는 없었다. 개인적으로 그와 같은 사상의 일상적인 실천자는 있었다. 이를테면 사쓰마의 시마즈 히사미쓰였다.

오타구로는 그 사상이 그러하듯이 형식을 중시했다. 그리하여 모두 모이기 전에 노구치와 대좌하고 있으면서도 노구치의 보고를 들으려고 하지 않았다.

"일동이 다 모일 때까지."

간부 일동이 자네를 파견했으니 간부들과 함께 듣기로 한다, 그때까지는 사쓰마에 진좌하시는 신(神)들의 이야기를 듣자고 했다. 지나는 길에 참배한 신사의 이야기를 하라는 것이었다.

이 사상집단과 인연이 없는 자가 들으면 이렇게 어처구니 없고 어쩌면 우스꽝스럽기조차 한 화제는 없을지도 모른다.

사쓰마 이즈미(出水)의 어떤 신사(神社)는 제신(祭神)이 무슨무슨 미코토(命: 신의존칭)이다. 무슨무슨 신사는 누문(樓門)이 있는데 절간 냄새가 나고 그것은 도리이(鳥井: 신사 앞에 세우는 문)로 되어 있어야 옳다, 이런 따위의 이야기다. 오타구로에게는 가고시마 사학교의 동향보다 그 방향의 화제에 관심이 더 깊은 듯이 보였다.

노구치 미쓰오는 가고시마에서 돌아오는 도중에 기리노에게서 받은 인상이나 들은 이야기의 내용을 이리저리 생각하여 그로서는 충분히 정리가 되어 있었다. 한 마디로 말하면 자기들의 사상에 비추어 기리노는 기괴망측한 물건이라는 것이다. 그가 간부들에게 보고한 이야기는 그 뒤 동지들 사이에 널리 퍼져 오랫동안 기억되었다.

신푸렌 간부 중에 니시오카 신궁(西岡神宮)의 신관으로 이시하라 운시로(石原運四郎)라는 자가 있다. 변란 뒤에 아베 가게키와 함께 자결했는데 그

때 그의 아들 이시하라 시코오(石原醜男)는 세 살이었다. 시코오는 18세기가 되면서부터 신푸렌 유아단(遺兒團)을 조직하여 생존한 동지들을 찾아다니면서 당시의 사실을 밝혀 내려고 했다. 그 후 40년 이상 걸려 조사한 끝에 《신푸렌 혈루사(血淚史)》를 펴냈다. 그것에 따르면 노구치 미쓰오의 이 자리에서의 보고가 그 구변이나 표현이 참으로 당시의 기분을 잘 나타내고 있다고 생각되므로 잠시 인용한다.

'나는 기리노를 만나 시국에 대한 의견을 토론했습니다. 그가 말하기를……'

노구치가 말했다. 아래는 기리노의 말이다.

"오늘에 대처하는 길은 하늘에 일어날 것인지, 땅에 일어날 것인지, 사람에게 일어날 것인지, 어느 하나에서 나오는 것이 아니다."

무슨 말인지 도무지 알 수 없으나 지구를 송두리째 삼켜버리고야 말겠다는 기리노의 격앙된 심정이 잘 나타나 있다. 기리노는 이 시기를 난세로 규정하고 있었다. 풍운을 휘어잡아 통일하는 힘은 한편으로는 하늘이라는 역사적 필연이 작용할 경우가 있다.

'하늘에 일어날지'라고 기리노가 말한 것은 평소의 그로 미루어 보아 이 같은 뜻이리라.

땅에 일어날지라는 것은 가령 오닌(應仁)의 난처럼 땅위가 어지러워진다는 뜻일지도 모른다. 무로마치(室町) 시대와 같이 정치적 이완(弛緩)이나 상품 경제의 반응으로 구질서가 흔들리고, 또 서민이 무기를 들어 집단을 이루면 힘을 얻는다는 것을 자각하고 그것이 졸개나 농민 폭동의 형태를 취하여 여러 권력을 위협했다. 기리노의 '땅에 일어날지'란 그것을 뜻하는 것일까.

사람에게 일어날지라는 말에 대해서는 기리노가 분명히 사이고를 염두에 두고 한 것이다. 그것은 다음의 기리노의 말에 나타나 있다.

"나폴레옹이나 워싱턴은 이를테면 바로 사람에게 일어난 것이다. 우리도……"

여기서 '우리'는 사쓰마 인을 가리킨다.

"우리도 오늘 바야흐로 사람에게 일어나고자 하는 것이다."

기리노의 말에는 사이고 다카모리라는 고유명사는 일체 나오지 않았지만 그 내용은 '우리는 사이고라고 하는 불세출의 영웅을 추대하고 움직이려고 한다'는 것이었고, 사이고를 나폴레옹이나 워싱턴에 비유하고 있다. 요컨대 기리노에게는 사상도 시세 분석도 없고 오직 영웅주의일 뿐이었다. 다시 그 엉뚱한 사상은 사이고를 신봉하는 것을 유일한 행동원리로 생각하며 그 이외의 사상, 가령 신푸렌의 사상 같은 생각지도 않는다는 식의, 타인에 대한 거부까지 내포하고 있었다.

오타구로 도모오는 여느 때와 다름없는 표정으로 노구치의 보고를 듣고 있었다.

처음부터 오타구로는 사쓰마에게 조그만 기대도 걸지 않았을 뿐더러 오히려 막부 말기 사쓰마 번의 혁명 외교가 오타구로와 같은 사상적 인물의 눈으로 볼 때, 이해하기 힘들 정도로 사상도 없고 절조도 없으며 원칙도 없는, 이른바 권력을 빼앗고 싶은 저의밖에 없으며 그런 저의에서 혁명 외교의 모든 것이 나왔다고 보고 있다. 즉 사쓰마의 체질이란 스스로를 소중하게 하고 타인에 대해서는 권모술수의 외교로 휘두르는 것이라고 보고 있다. 막부 말기에 조슈 번이 이로 인해 휘둘렸다. 그래서, 이를테면 기도 다카요시 등은 지금도 그들을 미워하며 사쓰마 인을 몹시 경계하고 있다.

오타구로는 노구치 미쓰오를 사쓰마에 파견할 때 마음이 내키지 않았다. 제휴한다고 해도 멋대로 배신하고 나오리라고 생각하고 있었고 또 그가 존경하는 자기 번의 미야베 데이조의 예가 있었다. 미야베는 막부 말기에 사쓰마의 권모술수로 다른 낭사들과 더불어 고립화되고 마침내 비명에 죽어간 인물로 이 미야베를 에워싼 원한이 오타구로로서는 지워지지 않았다. 게다가 오타구로는 원래 히고 인이었다.

히고 인은 예로부터 사쓰마 인의 무용(武勇)을 두려워하는 마음이 컸으며 동시에 사쓰마 인의 무식함을 얕보는 마음도 강했다.

지금 노구치의 입을 통해 기리노의 말을 들으면서 오타구로는 '대체 무엇을 말하고 있는 것인지' 하며 우스꽝스러움을 느꼈으리라. 오타구로뿐만 아니라 신푸렌 간부는 한학과 국학에 소양이 깊은 자가 많았다. 그 사상이나 교양을 통하여 기리노의 말을 들으면 에도 시대라는 교양 시대를 거치지 않은 난세의 풍운아 같은 인간이 사쓰마의 한 구석에 있구나, 하는 느낌이었을 것이다.

지난날 사이고 다카모리가 기리노를 평하며 이렇게 말했다지만 사이고가 기리노를 대한 융숭한 처우를 보면 이 평은 사이고의 본심이라 보아도 좋다.

"그로 하여금 학문의 조예를 갖추게 한다면 도저히 내가 미치는 바가 아니리라."

그러나 이 영웅적 인물은 사상적 입장을 취하는 신푸렌으로서는 인연이 없는 존재였다.

노구치 미쓰오는 그 보고를 마무리지으며 말했다.

"궁극적으로 기리노는 성품이 활달하여 일세의 호걸임에 틀림없다고 소생은 보았습니다. 그러나 과연 그가 진정으로 국가를 근심하는 인사인지 아닌지는 미심쩍으며 또 기리노의 말을 종합하여 판단할 때 그는 우리와 더불어 손잡고 일어설지도 의심스럽습니다. 아마도 제휴하고 일어서는 일은 생각지도 않고 있으리라고 봅니다."

이렇게 노구치가 말을 맺자 상좌에 앉은 오타구로가 '허허' 하고 웃었다. 관계자들은 뒷날까지 말하고 있다. 허허 웃기만 하고 오타구로는 아무런 감상도 펴지 않은 채 사쓰마와의 제휴에 관한 과제를 이 한 번의 웃음으로 매듭지었던 것이다.

10월에 들어서니 가을빛이 짙어졌다.

신푸렌의 움직임이 활발해지고 있었다. 회합을 갖는가 하면 누구누구는 여장을 갖추고 구마모토를 빠져나갔다. 그런가 하면 나그네 행색으로 돌아오는 자도 있었다.

당연히 현청이 알아차렸다. 현 경찰이 비밀리에 조사하기 시작했다. 들리는 말에 의하면 신푸렌이 은밀히 구마모토 진대를 습격하려 한다는 음모를 현의 경찰이 알아냈다는 설도 있다. 그들은 설마 하면서도 조사는 계속했다. 그런데 현의 경찰은 이 정보가 불확실하다고는 하지만 그것을 일체 구마모토 진대에 통고하려고 하지 않았다. 진대와 경찰의 불화는 거의 상식이 되어 있었으며 군인과 순경 사이에 충돌 사건이 자주 일어났는데 마치 견원지간과도 같았다. 대부분의 경찰관은 사족(士族) 출신이었으나 진대 사람들은 거의 농민 출신이었다. 그런 의미에서 병정(兵丁)이라는 약간의 멸시가 섞인 말로 불린 군인은 사민 평등 정책의 상징적 존재라고도 할 수 있었으나, 거꾸로 경찰관은 사족이라는 옛 특권계급이 그 특권성을 잃어버린 이 시세에서도 오히려 계속하여 특권을 가질 수 있는 이례적인 존재라고도 할 수 있었다.

군인과 경관이 거리에서 싸울 때 경관은 사족으로서 농군인 병정을 함부로 다루고, 병정은 병영에서 배운 대로 자기들이야말로 국가를 지키는 자랑스러운 남아라고 거들먹거렸다. 신푸렌으로서는 둘 다 양복을 입은 부정한 자들로 보였지만 신구(新舊) 계급의 감정대립은 신푸렌이 농사꾼을 대하는 것과는 비교도 안 될 만큼 심했다. 때문에 경찰이 이 정보를 진대에 알려 주지 않았다는 설이 있다.

어쨌든 오타구로 도모오의 귀에까지 자기들의 계획이 누설되었다는 말이 들어왔다. 오타구로는 거병을 서두르고자 다시금 각지의 반정부 세력에 사자를 보냈다.

"구마모토가 먼저 거사를 하겠소. 앞으로 한 달은 나오지 않기를 바라오."

조슈 하기의 마에바라 잇세이에 대해서는 이러한 통보를 오가타 고타로를 시켜 보냈다.

다시 오타구로는 각 신사의 신관직을 맡고 있는 동지들에게 지시했다.

"지금부터 17일 사이에 재계하고 신께 거사 성취를 기원하라."

그 지시는 충실하게 지켜졌다. 오타구로의 속셈으로 궐기는 10월 하순으로 결정하고 있었으므로 남은 일은 구체적인 일시를 신의 뜻에 묻는 것 뿐이다.

오타구로는 참모의회를 자주 열었다.

목적은 진대 사령부가 있는 구마모토 성(城)을 탈취하는 것이었다. 동시에 진대 사령장관 다네다 마사아키(種田政明) 이하의 간부와 현령 야스오카 료스케 이하의 현청 간부를 베는 것이었다. 무기는 예나 지금이나 칼과 창을 쓰고 군장(軍裝) 또한 예로부터 투구와 갑옷을 쓰기로 했기 때문에 별다른 준비도 필요없었다.

그들에게 있어서 가장 중요한 것은 신을 섬기는 것과 신의 뜻이었다.

나머지 과제는 결행 일시와 전투조직의 각 지휘자의 인선이었는데 참모회의는 그것을 수령인 오타구로 도모오에게 일임했다. 오타구로는 승낙하고 목욕 재계에 들어갔다.

"그 일은 신의 뜻에 묻겠네."

이윽고 오타구로는 대신궁 신전에서 '우케히'를 거행했다. 오타구로 자신이 쓴 안을 신전에 바치고 제비를 뽑아 가부를 묻는 것이다. 지휘자 인선에 있어서도 그가 제비 비슷한 것을 만들어 바치고 신전에서 그 자신이 뽑는다. 그 결과 궐기의 일시가 신의 뜻에 의해 결정되었다.

'9월 8일 밤'

정부는 이미 태양력을 시행하고 있었으나 신푸렌에서는 음력을 고집하고 있었다. 9월 8일은 양력으로 10월 24일이었다.

시간도 서양식 시계를 기준으로 하는 것을 그들은 싫어했다.

'초승달이 산에 걸릴 때'

조각달이 산 끝에 걸리면 각 부서가 일제히 습격을 개시하는 것이다.

이 일시의 결정, 즉 그들에 의하면 '우케히'에 의한 신칙(神勅)이 내린 날, 조슈 하기의 마에바라 잇세이에 대하여 세번째 사자가 나는 듯이 구마모토에서 떠났다. 히로오카 이쓰키(廣岡齋)라는 사람이었다.

마에바라 잇세이에 대한 그들의 정성으로 보아 그들이 잇세이에게 얼마나 기대를 걸었는가를 알 수 있다.

급사 히로오카가 하기의 마에바라의 집에 당도한 것은 결행 사흘 전인 10월 21일이었다.

그러나 마에바라는 만나지 못했다. 이 시기의 마에바라의 신경증상은 상당히 위중하여 '온 몸이 떨리고 머리는 들뜨고, 뛰는 것 같다'고 그 자신이 일기에 쓴 상태 그대로였다. 다음날인 22일에 마에바라는 겨우 히로오카를 만났다.

마에바라는 이때 떠밀리는 듯한 기분으로 반란에, 그것도 구체적으로 가담할 것을 결의한 모양이다. 그는 히로오카의 청을 받아들여 그 결의를 편지 형식으로 만들었다.

'10월 26일에 일거(一擧)에 일어나겠소.'

신푸렌의 봉기보다 이틀 늦추었는데 그 이유는 잘 모른다. 어쨌든 결과적으로 마에바라 잇세이는 약속대로 10월 26일에 결행했다.

신푸렌은 행동의 결행을 언제나 제비뽑기로 했다. 그들은 이것을 '우케히'라고 하여 신성시하지만 요컨대 제비뽑기임에는 틀림없다. 신관이 안건을 세 종류쯤 써서 번호를 붙이고 신전에 나가 나무통을 흔들어 반대쪽에서 튀어나온 가느다란 대막대기의 번호를 보고 안건 번호와 맞춘 다음 그것을 신의 뜻이라 하여 신의 절대적 명령으로 받드는 것이다. 물론 죽으라고 나오면 그들은 모두 죽는다. 믿기지 않을 정도로 간소한 원리에 따라 그들은 살고 죽는다.

인류가 가지고 있는 보편적인 상식과 인류가 지구상의 각 지역에서 경험해 온 무수한 실례가 있지만 일본의 이 역사적인 시기의 신푸렌과 같은 존재는 찾아 볼 수 없다.

신푸렌은 궐기에 즈음하여 정략적 판단은 일체 하지 않았다. 그럴 뿐더러 그것을 불결하다고 보았다. 막부 말기의 사쓰마 인의 움직임이 너무나 정략적이었다는 이유로 수령 오타구로는 가고시마 사학교를 불신하여 구루메 인의 권유로 사자를 보내게 되었을 때, 일부러 나이 어린 노구치 미쓰오를 선택했다. 노구치에 부여한 역할도 사쓰마의 의향을 탐색하는 것이 주안점이고 제휴하자는 따위의 말은 하게 하지 않았다. 정략만이 아니라 전략도 없고 전술도 없었다. 행동의 주안점은 살인뿐이었다. 경우에 따라 자살도 있을 수 있다. 그것만이 주안점인 이상 전략도 전술도 필요하지 않았다. 신푸렌의 기묘함은 자기도 남도 죽이는 폭력 그 자체가 신성하다는 데 있다. 그것이 그들의 정치활동이고 그러면서도 정략을 불순한 것으로 보는 모순을 안고 있었다. 말하자면 순수하게 폭력 그 자체이고자 했다. 이런 불가사의한 사상단체가 발생하는 것은 민족적 성격과 민족문화에 기인하는 건지도 모른다.

폭력을 순수하게 신앙시하는 기묘한 사상은 비록 민족적 성격 안에 기인한다 할지라도 역사적 사례로 중세(中世)에는 거의 찾아 볼 수 없다. 나라 시대, 헤이안 시대의 얼마 안 되는 사례에도 없었고 난세인 무로마치나 전국시대에도 폭력 그 자체에 가치가 있다고 한 사례는 전혀 없었다고 할 수 있다.

아마도 이 문화가 성립된 것은, 에도 시대라고 하는 세계에 유례가 없는 폭력 부정 체제가 270년이나 지속된 것과 무관하지는 않을 것이다. 에도 시대는 세계사에서도 드문 교양시대로 한학이 성했기 때문에 형이상학적 사고를 하는 훈련이 쌓이고 다시 그 토양에서 국학도 싹텄다. 그리하여 미처 사상을 가져 보지 못한 민족이 에도 말기에 이르러 사상이라는 것을 매혹적인 것으로 느끼기에 이른다. 말하자면 감동적인 기분 속에서 폭력 자체를 순수하게 숭고시하는 불가사의한 사상이 출현한 것으로 생각된다.

신푸렌은, 신의 뜻이라 하여 이를테면 불도에서 수행(修行)하는 것처럼 사람을 죽인다. 죽이는 상대는 현령 야스오카 료스케 외에 구마모토 진대의 사령장관 다네다 마사아키였다. 또한 다네다 휘하의 연대장급 이하도 죽인다. 그들이 개별적으로 어떤 자이든 신푸렌은 묻지 않는다. 신푸렌은 사상적 관점에서만 세계를 보고 있어 진대의 간부는 모두 서양화 사상의 추진자이고 천황과 국가를 서양에 팔아넘기는 음모단에 속하고 있다고 하였다.

부수령격인 가야 하루카타(加屋霽堅)는 이 당에서 첫째 가는 문장가로 나이 41세였다. 그가 격문을 썼는데 그것에 의하면 태정관의 문무 관리를 이렇게 규정하고 규탄했다.

'몰래 사교(기독교)의 전파를 촉구하고 신황(神皇)의 국토를 모두 저들(서양)에게 팔아 넘겨 국내에 잡거(雜居)시키려 할 뿐 아니라, 황공하옵게도 성상(聖上)을 외국에 천행(遷行)시키려 한다는 말을 들었다. 그 대역무도함은 천인공노할 일이로다.'

기독교를 사교라고 한 것은 도쿠가와 막부가 자가보전을 위해 그렇게 규정한 것인데, 신푸렌도 그것에 대한 사실 인식은 하지 않고 사교라는 견해와 그 말만을 답습하고 있다. 또한 신푸렌은 신도(神道)의 무리인 이상 불교조차 외래종교라 하여 배격했다.

기독교도 불교도 다같이 외래의 것이므로 배격했다고 한다면 그것으로 납득한다 치고, 신도 그 자체는 어떤 것일까. 그 제사 절차는 외래의 것이 틀림없는 유교 예식에 대부분 의거하고 있다. 또 '우케히'라 하여 제비를 뽑는 것도 고유의 신도에는 없었다. 나라, 헤이안 시대의 음양설을 매개로 하여 중국 도교(道敎)의 영향을 짙게 받은 것이라 하겠는데, 그러한 사실 인식도 신푸렌으로서는 아무래도 상관없었다.

격문에서는 외국인의 국내 거주를 거론했다. 이것만은 사실이다. 그러나 그로 인하여 '국토를 모두 그네들에게 팔아 넘긴다'는 비약이 일어나는 것은 사상 특유의 자체 운동이라고 할 수 있다.

'성상을 외국에 천행'

이것은 천황의 외유를 가리킨다. 이 당시 유포된 헛소문으로 사실이 아니다. 일련종(日蓮宗)의 한 승려가 퍼뜨렸다고 하는데 그것이 사실인지 아닌지 가야 정도의 교양인이 확인하려고도 하지 않고 덮어 놓고 믿었다.

요컨대 신푸렌의 난은 일본의 사상현상 가운데서 사상이 폭발했다는 점에서는 메이지 이후 최초였다. 일본인의 정신 속에 사상이 격렬하게 성립될 경우 사실인식 등은 아무래도 좋으며 다만 악(惡)으로 규정하고 마는 좋은 예라고 할 수 있는데, 가야 정도의 교양인은 구마모토의 옛 성하에서도 찾아보기 힘들었던 만큼 이 격문은 일본인이 가진 정신의 병리성의 일면을 여실히 보여 주고 있다.

신푸렌의 행동성은 단적이다.

이런 점에서, 이 시대의 히고 인이 거의 절망적인 마음으로 자기들의 결함으로 인정하고 있는 말이 많은 점을 벗어나 있었다.

대동소이라는 말이 있는데 보통 서로 닮았다는 의미로 쓴다. '대동(大同)'에 역점이 두어진 말이다. 그러나 히고 인은 모두 '소이(小異)'를 즐기고 또거기에 구애된다. 이것은 히고 인이 사상을 좋아하는 것과 물론 관계가 없지는 않다. 흔히 히고의 공론(空論)이라고 하는데 행동보다 공론으로 시종한다. 이것은 이 시대의 히고인 스스로 비웃어야 할 정도로 깊은 공통성격이었으나 신푸렌의 경우는 달랐다.

그들은 공론하지 않고 조직에 맡겼다.

다시 말하자면 비(非) 히고적 현상은 그들의 사상이 농후하게 종교적이었다는 것과 연관될 것이다. 종교인 이상 죽음이라는 과제가 있다. 극히 일반적인 에도 시대의 유교적 무사도에도 물론 죽음이라는 문제는 있다. 그러나그것은 어디까지나 윤리적 과제일 뿐 종교적 대상은 아니었다. 신푸렌에는다른 무사도에 없는 사후 세계도 있었다. 그곳에 올라가는 것을 오히려 기뻐하는 신앙적 분위기도 있었다.

그리고 또 그들은 하야시 오엔이라고 하는 이미 세상에 없는 오직 하나의교주를 가지고 있었다. 고도로 지적이고 그 반면 두려울 정도로 신비적인 오엔의 언동과 문장이 그들의 교전(教典)이었고 그들은 그 교전 안에서 살고있었다.

그들은 오엔의 대행자가 오타구로 도모오라고 믿고 추대했다. 그들이 히고 인답지 않게 행동적인 것은 당연한 일이리라. 오타구로는 중의(衆意)로써 그를 수령으로 추대한 데 대하여 여러 번 사양했다.

"우리들은 동지다. 누가 장수가 되고 누가 사병이 되어서는 안 된다."

그러나 사실상 그가 수령이 되었다. 그러면서도 오히려 오타구로는 자기가 수령이라는 사실을 부끄러워하는 듯이 "그렇다면 내가 신령(神靈)을 짊어지고 가겠다"고 했다.

느닷없는 이야기지만 일본 역사에 중국이나 서양과 같은 영웅이 나오지 않았다는 것과 이것은 어딘가 인연이 없지는 않다. 무엇인가를 업거나 받들어 그 보조자로서 권세를 부릴 경우에만 영웅과 유사한 행동을 할 수 있다.

그들의 행동이 단적이었던 한 예를 말하면 진대를 습격할 때 최후의 집합 장소로서 진대 뒤쪽의 집을 선택한 것으로도 알 수 있다.

"가자."

전원이 일어서면 그대로 진대를 습격할 수 있는 것이다.

이 집합 장소는 일당의 선배 중 한 사람인 아이쿄 마사모토(愛敬正元)의 저택이었다.

아이쿄는 통칭 가메스케(龜助)라고도 불렸다. 호소카와 가문의 직속신하는 아니고 일문인 나가오카 다이젠(長岡大膳)의 중신격이었던 인물로 봉록도 많아 백 석지기였다. 따라서 저택도 넓었다. 저택은 후지사키 하치만구(藤岐八幡宮) 뒤에 있었는데 구마모토 진대가 있는 구마모토 성과 접하고 있었다. 아이쿄는 17세의 요시타로(吉太郞)와 더불어 신푸렌에 참가하고 있었으며 부자가 같이 습격에 가담하기로 되어 있었다.

다만 다른 가족에게는 이 거사에 대해 밝히지 않았다. 그는 며칠 전에 아홉 살 되는 딸 오노부를 맏딸의 시가에 놀러 가게 했고 아내 오히로는 친정에 가서 자고 오라고 보냈다. 그리하여 궐기 당일에는 아이쿄 부자만 집에 남아 있었다.

10월 24일의 밤도 깊어 인적이 끊겼을 무렵, 사람들은 투구와 갑옷을 걸치기도 하고 창을 들거나 칼을 찬 모습 그대로 아이쿄의 저택에 모여들었다. 모두 170여 명이었다. 이 정도의 인원수가 한 채의 집에 모이는 기이한 사태를 현청은 조금도 눈치채지 못하고 있었다. 현의 경찰은 현령의 지휘하에 있었다. 현령 야스오카 료스케는 도쿄 경시청이나 야마구치 현청과 같은 밀정정치를 하지 않았다는 증거라고 할 수 있다.

야스오카는 몇 시간 뒤 신푸렌의 칼에 죽게 되지만 그는 당시의 현령으로서는 거의 일급이라고 할 수 있는 좋은 처신을 하고 있었다. 난치(難治)로 알려진 구마모토 현에 부임한 그는 결코 권위적인 자세를 취하지 않고 사족들의 긴장을 풀어 주고자 열심히 애썼고, 농민들에게도 현의 비용이 허락하는 한도 내의 돈을 써서 그 불만을 달래려고 했다.

그는 대체로 구마모토 실학당과 비슷한 식산(殖產)·양화(洋化)주의자였으나, 그런 내색을 하지 않고 실학당의 전제(專制) 하에 놓여 있던 현청을 크게 개혁하여 실학당을 하야시켰다. 또 학교당과 그의 미야자키 하치로 등의 민권당에 대해서는 우에키 학교에 돈을 대 주고 신푸렌에 대해서는 그들을 현대 신사의 신관직을 주어 신분과 생활을 보장했다.

밀정정치와 같은 음습한 방법을 일체 취하지 않은 것은 야스오카의 높은 정치자세를 보여 주는 것이라고 해도 좋다. 그러나 그 야스오카 현령 덕분에 170여 명의 무장한 자들이 아이쿄의 집에 무사히 집합할 수 있었다고도 할 수 있다. 정치에 있어서의 작용과 반작용의 이치가 미묘하게 교차된 예라고 할 수 있으리라.

그들 170여 명은 아이쿄의 집에 집합했다.

군장(軍裝)은 멋대로 하라고 했다. 평상복에 칼, 흰 머리띠에 어깨 띠를 한 자가 가장 많았으며 개중에는 대대로 내려오는 갑옷 투구로 중무장한 자도 있었다.

혼전이 될 경우, 적과 우군의 식별이 가능하도록 각자가 오른쪽 어깨에 '승(勝)'이라는 글자를 먹으로 쓴 흰 헝겊을 붙였다.

총은 지니지 않았다. 화승총도 없었다. 이것은 기존 방침으로 어디까지나 일본 고대의 칼과 창으로 일관한다는 것이었다. 무기에 대해서는 지난날 참모회의가 있었을 때 일당의 원로격인 우에노 겐고(上野堅吾)가 가벼운 동의(動議)를 제안했다.

"조헤이(長兵)는 어떨까?"

'조헤이'란 장거리에 위력이 있는 병기라는 뜻으로써 장총을 뜻한다. 그러나 일동은 두말할 나위도 없이 부정했다. 그 까닭은 교의(教義) 때문이었으리라.

화승총이라 하더라도 서양 오랑캐의 것이라는 이유도 있었겠으나 요컨대 그들은 칼을 신성시하고 또 폐도령을 계기로 궐기했다. 당연히 큰칼이나 창 또는 왜장도로 싸워야 한다는 것이었다. 또 오타구로가 '우리는 신의 명령을 따르는 신병(神兵)이다'라고 주장한 것으로 미루어 보더라도 신병 자체가 위력이니 인공적인 위력 병기는 필요 없다는 의미도 있었을지 모른다.

참고로 말하면, 전국 시대 이래의 일본 군제에서는 총은 졸개가 갖는 무기로 되어 있었고 총 자체가 비천한 신분을 상징하는 것이었을 뿐 이제껏 무사의 긍지의 상징이 된 적은 없었다. 신푸렌의 사상이나 성격으로 미루어 생각할 때 '조헤이'는 마땅히 부정할 이유가 다분히 있었고 긍정할 이유는 거의 없었다.

이 밖에 불화살을 준비한 자가 있었다. 다만 이것은 방화용일 뿐 무기라고 할 수 없다.

오타구로는 전원을 3대로 나누었다.

제1대는 30여 명으로 다섯 반으로 나누어 높은 관리들을 습격한다.

제2대는 70여 명으로 포병 제6대대를 습격한다.

제3대는 70여 명으로 보병 제13연대를 습격한다.

그들이 아이쿄의 집을 나선 것은 밤 11시로 미리 의논했던 대로 달이 질 무렵이었다.

참고로 구마모토 성을 점령했을 경우의 전략에 대해서는 아무런 준비도 없었다. 그것을 제의한 자도 있었으나 총과 마찬가지로 전원이 일소에 붙였다. '적의 양식을 빼앗으면 된다'는 것으로 끝났다. 봉기하는 것 외에는 아무런 계획도 없었다는 것도 이 기이한 반정부 폭동의 특징이었다.

이 시기의 구마모토 진대의 사령관은 육군 소장 다네다 마사아키(種田政明)였다.

'사몬(左門)'

이것이 그의 지난날의 통칭이었다. 사쓰마 인이었다.

다네다는 지난 날 사이고가 사쓰마 땅에서 발탁하여 느닷없이 육군 소장에 올려앉힌 사람으로, 이전에는 전혀 알려진 바가 없고 또 이렇다 할 경력도 없었다.

이야기가 조금 뒤로 돌아간다. 메이지 4년(1871)초, 폐번치현을 결의한 새 정부 수뇌는 이른바 메이지 유신 이상으로 혁명적인 정령(政令)을 실현시키기 위해 도쿄 자체의 병력을 가지려고 하였다. 이리하여 사쓰마·조슈·도사의 세 번에서 친위대라 칭하는 병력을 당시의 용어로 말하면 헌상(獻上)하게 하였다.

당시 사이고는 이 헌상부대의 편성을 위해 귀향했는데, 이때의 인선은 사이고 자신이 했다. 이윽고 총원 3044명이 뽑혀 3월에 도쿄에 도착, 이치가야(市谷)의 옛 오와리 번저(尾張藩邸)에 들어갔다.

이어서 직제가 편성되고 이때의 대대장급이 육군 소장이 되었다. 기리노 도시아키, 시노하라 구니모토도 그렇지만 다네다 마사아키도 그렇다.

사이고가 육군의 우두머리를 고르는 데 있어서는 조슈나 도사의 경우와 약간 달랐다. 조슈는 야마가타 아리토모나 야마다 아키요시와 같이 군사에 숙달된 기능을 가진 자를 골랐고, 도사는 옛 번의 신분이 미천하지 않은 자를 골랐다. 사이고가 사쓰마에서 골라 뽑은 것은 전국 시대의 무장과 같은 자들이었다. 사이고는 원래부터 군인이라는 것은 기상이 거칠고 난폭한 자들이라고 규정하고 있었던 모양인지 그런 자들을 능히 통솔하고 능히 위엄을 떨칠 수 있는 사람은 말이 없어도 자연적인 위엄을 느끼게 하는 사람이 아니면 안 된다고 생각했다. 그런 점에서는 기리노, 시노하라, 다네다가 안성맞춤이라고 하겠다.

시노하라는 성격이 강직하고 늘 말이 없는 사나이였으나 기리노와 다네다는 야담에 등장할 듯한 전국 시대의 무장타입이었는데, 다네다는 갑자기 지위가 높아지자 유흥가에서 호탕하게 놀았다. 기리노도 유흥가에서 실컷 놀았으나 다네다의 유흥에는 미치지 못했던 모양이다.

"꽃의 사몬 나으리!"

유흥가에서는 이런 별명으로 불렀다는 것을 보더라도 그의 호기로운 놀이 솜씨를 짐작할 수 있다.

조슈 인은 돈을 탐하고 사쓰마 인은 여자를 탐한다는 것은 가쓰 가이슈가 당시의 높은 벼슬아치들을 보고 술회한 말인데, 다네다는 그 방면에 있어서 전형적인 사나이였다.

메이지 6년, 정한론으로 사이고가 하야했을 때 기리노, 시노하라 이하의 근위장교도 대거 사직했으나 다네다는 그만두지 않고 정부측에 붙었다. 그 이유는 그가 문서나 다른 것을 남겨 놓지 않았기 때문에 분명치 않으나 역시 지위와 봉급에 매력이 있었을 것이다.

그가 구마모토에 부임했을 때도 야나기바시(柳橋)의 기녀 오카쓰(小勝)를 기생적(籍)에서 빼내어 데리고 갔고, 그것만으로는 부족하여 구마모토 거리의 호테이 도쿠주(布袋德酒)라는 자의 딸로 미인이라고 평판이 높았던 오야스에게 눈독을 들이다가 잔시중꾼이라는 명분으로 데려와 결국 두 명의 첩과 동거하고 있었다.

다네다 마사아키(種田政明)는 전직이 도쿄 진대의 사령관이었다. 그것이 특별히 구마모토로 돌려진 것은 상당히 신중한 인선 결과라고 생각된다.

구마모토 진대는 주로 가고시마 진압을 임무로 했는데, 다네다가 부임한 이 시기는, 사이고와 사학교가 언제 폭발할 것인가 하는 소문이 자자하여 정부로서는 그에 대처한 인사로서 특별히 다네다를 선택한 것 같다. 다네다는 짐작컨대 '관(官)'이라는 의식이 왕성한 사람으로 관에 대항하는 자는 사이고나 향당(鄕黨)이라 할지라도 적(賊)으로 치는, 분명한 태정관당(太政官黨)의 인물이었던 모양이다. 모양이다, 라는 표현으로 단정을 피한 것은 다네다가 자기의 사상을 나타내는 아무런 문장도 남기지 않았기 때문이다.

다네다가 역사에 남긴 것은 그가 습격받고 참살되었을 때 동침하던 오카쓰가 겁에 질려 도쿄의 아버지에게 친 전보의 전문뿐이었다.

'나으리는 잘못되셨고, 나는 어쩌지도 못하고……'

이런 것으로, 이 전문은 대뜸 도쿄의 신문에 실려 당시에 소문이 자자했다. 다네다는 육군 건설에 있어서도 아무런 이력도 없다. 그리하여 그의 모든 인격을 인상짓게 하는 것으로는 '꽃의 사몬 나으리'와 이 전문밖에 없으며 그런 뜻에서는 이 시대 태정관의 벼락치기 출세꾼의 한 측면을 상징하고 있는 듯한 느낌을 준다.

다네다는 부임하자마자 성 밑 거리 주택지의 으리으리한 무사 저택을 세 내어 살았다. 이 저택은 널빤지 울타리가 높직하게 둘러쳐져 있었는데 일부는 생울타리로 되어 있었다. 그 생울타리가 몹시 낮아서 울 너머로 안이 들여다보이는 허술한 점이 있는 집이었다. 이러한 집에서 산다는 것도 다네다가 무인답지 않게 소홀한 성격이었다고 할 수 있을지도 모른다. 아니, 그보다도 구마모토 현의 불평 사족을 얕보고 있었다고 할 수 있으리라.

다른 예로서는, 똑같이 피해자가 된 현령 야스오카는 부임할 때부터 충분히 구마모토 현의 반정부적 정치정세를 연구하고 은근히 각오한 바가 있었으므로 가족을 도쿄에 남겨 두었다. 물론 야스오카는 첩도 없었다. 다네다가 첩을 둘씩이나 이 저택에 살게 한 것과 비교해 볼 때 다네다라는 사나이의 조잡한 사회 인식이 잘 나타난다.

신푸렌에서는 다네다를 습격하는 부대를 제1대가 맡았다. 제1대의 지휘자는 참모 다카쓰 운키(高津運記)였다. 다카쓰는 죽은 하야시 오엔의 동문인 가와카미 겐사이의 숭배자로 양이와 요인을 죽이는 일에 일종의 종교적 정열을 가지고 있었다. 다카쓰는 이날, 다네다의 저택 생울타리 부근을 오락가락하면서 다네다가 마루에서 손님과 바둑을 두고 있는 것을 보고 집에 있음을 확인했다. 이때 다네다의 옆 얼굴을 울 너머로 보고 나중에 "다네다는 내 것이로구나 하고 생각하니까 어찌나 좋은지 가슴이 마구 뛰었다."며 동지 오가타 고타로에게 말했다고 한다.

다카쓰 등 대여섯 명이 다네다 소장 집의 문앞에 선 것은 밤 11시 50분 경이었다.

울타리를 짓밟고 쳐들어가는 방법도 있었으나 그들은 대문으로 들어가려 했다. 대문 옆에 사다리를 세워 한 명이 딛고 올라가서 안으로 뛰어내려 대문을 열었다. 한 패는 저택 뒤로 돌아갔다. 도망치는 자를 치기 위해서였다.

나머지는 현관으로 밀고 들어가 안방에 쳐들어가니 다네다는 첩 오카쓰를 껴안고 잠들어 있었다.

"국적(國賊), 일어나라!"

그는 크게 소리 지를 때까지 알지 못했다.

다네다는 벌떡 일어나자 머리맡의 칼을 집어 들고 왼손으로 모리시타 데루요시(森下照義)라는 젊은이의 하카마를 움켜잡았다. 다카쓰는 등뒤에서 허리를 찔렀다. 다네다는 쓰러지고 난도질을 당한 끝에 목이 떨어졌다.

누군가가 다네다의 목을 보자기에 싸려고 하자 사쿠라이 나오시게(櫻井直成)라는 자가 소리쳤다.

"내버려 둬!"

사쿠라이가 소장 정도의 모가지는 도쿄에 쳐들어가면 수두룩하다, 내버려 둬, 라고 말한 것으로 미루어 생각하면 신푸렌은 구마모토 거사만으로 일을 끝낼 생각은 없었고 도쿄에 진격할 심산이었던 모양이었다. 물론 그에 대한 전략도 계획도 세우지는 않았다.

첩 오카쓰는 혼비백산하여 아무나 붙잡고 애걸했다. 귀찮게 여긴 누군가가 가볍게 칼로 치자 정신을 잃고 쓰러졌다. 오카쓰는 뒤에 야쓰시로(八代) 남쪽의 히나구(日奈久) 온천에서 요양했다.

또 한 명의 첩 오야스는 집안 다른 장소에서 참살되었다. 19세였다. 마부도 피살되었다. 집 밖으로 도망쳐 나간 서생 하나도 마침 뒤늦게 달려온 무라시마 이치타(村島一太)라는 자와 맞닥뜨려 거리에서 참살되었다. 이 모두가 쓸모없는 살생이었지만 어쩌면 진대에 통보되는 일을 막아보자는 속셈이었는지도 모른다.

별동대가 맡은 참모장 다카시마 시게노리(高島茂德) 중령은 옛 막신(幕臣)이다. 나가사키 포술가(砲術家) 다카시마 슈한(高島秋帆)의 문하생으로 그 양자가 되었다. 포술전문가 자격으로 메이지 5년 육군에 들어가 곧 소령이 되었다.

다카시마의 집은 다네다의 집에서 반 마장도 떨어져 있지 않았다. 다네다의 집에서 몰려 나온 한 패가 다카시마의 집을 습격하는 부대와 길거리에서 정면으로 마주쳤다. 함께 생울타리를 헤집고 난입했다.

다카시마는 책을 읽고 있었다.

정원으로 빠져나갔으나 연못에 떨어졌다. 그들은 연못에 뛰어들어 물 속에서 그를 찔러 죽였다. 여기서도 여자들이 피살되었는데 지휘자인 이시하라 운시로(石原運四郞)가 일단 말렸던 모양이다.

구마모토 진대에 공병과(工兵科) 전문인 참모 오시마 구니히데(大島邦秀)라는 중령이 있었다. 나가사키 현의 사족이었다.

그는 자택에 있었는데 진대에 불길이 오르는 것을 보고 놀라 말을 끌어내어 혼자 밤거리를 달렸다. 게바(下馬) 고개에서 남쪽을 향해 달리던 도중 신푸렌 세 명과 마주치자 말에서 뛰어내려 접전했다. 그는 상당히 분전했으나 때마침 달려온 신푸렌의 수령, 오타구로 도모오가 뛰어들어 가슴을 찔렀기 때문에 목숨을 잃었다.

진대를 향해 달려오던 도중에 찔려 죽은 장교가 몇 명이나 있었다. 후쿠오카 현 사족으로 도요다 료사쿠(豊田良作)라는 대위도 죽었다. 게바 다리에서 말을 버리려 하던 참에 신푸렌의 칼에 맞았다.

다네다와 다카시마의 습격을 마친 두 부대는 진대에 진격하고 있는 본대와 합류하고자 밤거리를 뛰어가고 있었다. 야스미 다리(安巳橋)까지 왔을 때 병영으로 달려가는 한 장교와 마주쳐 그를 참살했다. 스이도 다리에서도 같은 상황의 장교를 만났다. 이자도 베어 버리고 다시 오이마와시다바타(追廻田畑)에서 만난 장교도 베어 버렸다.

진대의 간부들이 한 시간도 채 안 되는 사이에 거의 피살된 가운데 요쿠라 도모자네(與倉知實)라는 중령은 무사했다.

진대에는 2개 보병연대가 있었다. 그 중 제14연대(연대장은 노기 마레스케)는 고쿠라 병영에 상주했으며 성내에는 제13연대가 주둔하고 있었다. 중령 요쿠라는 그 연대장이었다. 그는 사쓰마 인으로 뒤에 구마모토 농성전(籠城戰) 지휘자로 활약했는데 총상을 입고 구마모토 진대 병원에서 죽었다.

요쿠라의 집은 성 밑 거리 교마치(京町)의 야나가와초(柳川丁)에 있었다. 그의 집에는 연대기(聯隊旗)가 보관되어 있었으므로 5명의 사병이 군기 위병으로 당직하고 있었다. 거기에 나카가키 가게스미(中垣景澄) 등 8, 9명의 신푸렌이 앞문과 뒷문으로 난입했다. 군기 위병은 하사관이 책임자이다. 그들은 난입자를 보고 깜짝 놀라 모두 울타리 밖으로 도망쳐 버렸다. 농사꾼 부대라고 불린 진대 군의 허약함이 후에 소문으로 떠돌게 되었다.

이 소동 중에 핫피(法被 : 짧은 두루마기 비슷한 겉옷)를 걸친 마부가 혼자 뒷문으로 들어왔다. 뒷문에는 신푸렌이 몇 명 있었다. 마부는 허리를 굽혀 정중하게 말했다.

"제발 살려주십시오. 하찮은 목숨입니다."

그가 보병 제13연대장 요쿠라 도모자네인 줄은 아무도 알아차리지 못했다. 요쿠라는 배짱 좋은 사나이였다. 신푸렌의 하나가 겁을 주기 위해 가볍게 칼로 치자 꽥 하고 소리 지르며 나가떨어졌다. 그러나 곧 일어나 도망쳤다. 요쿠라는 곧장 성 안에 들어가 때마침 지휘관을 잃고 대혼란에 빠져 있는 사병들을 불러모아 소총부대를 지휘하고 밀리는 기세를 만회하여 결국은 신푸렌을 쫓아 버렸다.

그의 경우, 신푸렌이 쳐들어 오자 아내 쓰루코(鶴子)가 먼저 잠이 깨어 요쿠라를 깨운 것이 천만다행이었다. 요쿠라는 얼른 마부로 변장했다. 쓰루코도 소리를 지르지 않았으므로 죽음을 면했다. 뒤에 세이난 전쟁에서 요쿠라가 전사한 날에 쓰루코가 여자 아이를 분만하는 운명적인 일도 있었으나 이 무렵은 아직 신혼초였다.

현령 야스오카 료스케의 저택은 성 밑 거리의 야마사키초(山崎町)에 있었다. 그는 이 시각에 자지 않고 있었다. 잠들기는 커녕 자택에서 신푸렌에 관한 회의를 열고 있었다. 방에 4명의 현 관리들이 있었다.

한 명은 참사 오제키 다카나오(小關敬直)였다. 오제키는 옛 고쿠라(小倉)

번사로 막부 시대에 그의 번은 막부파였다. 그는 메이지 6년에 구마모토에 부임했으므로 현내 사정을 대략 알고 있었다.

1등 경부(警部) 니오 고레시게(仁尾惟茂)도 있었다. 니오는 현의 경찰 지휘자였다. 그리고 6등 경부 무라카미 신쿠로(村上新九郎), 1등 순경 사카구치 시즈키(坂口靜樹)도 모두 구마모토 현 사족이었다. 이 시대의 각 현 경찰관으로는 일반적으로 무술을 익힌 자가 많았는데 이들은 특히 무예가 뛰어났다. 이날 밤, 무라카미 6등 경부가 신푸렌에 관한 중대한 정보를 입수했다 하여 밤중인데도 야스오카를 방문하여 그 보고를 하는 한편 대책을 논의하고 있었던 것이다.

그 자리에 질풍처럼 신푸렌이 들이닥쳤다. 요시오카 이하 예닐곱 명이었다.

촛대가 쓰러지고 방안은 캄캄해졌다.

오제키는 야스오카를 감싸고 맨손으로 싸웠다. 야스오카는 눈깜짝할 사이에 중상을 입고 뒤꼍 논밭으로 도망쳤다. 오제키는 그대로 방안에 쓰러졌다. 하지만 오제키는 그 자리에서는 죽지 않고 다음해 3월 병원에서 죽었다.

니오 1등 경부만이 큰칼을 지니고 있었다. 그가 재빨리 칼을 뽑아 분전했기 때문에 오히려 신푸렌 쪽이 고전했다.

사카구치 1등 순경은 신푸렌의 요시오카(吉岡)의 칼을 빼앗으려고 엎치락뒤치락 하다가 끝내 요시오카를 깔아 눕혔다. 그러나 칼이 없었기 때문에 죽이지 못하고 그러는 동안에 신푸렌 몇 명이 등뒤에서 사카구치 1등 순경을 난도질하여 죽이고 말았다. 요시오카는 그 시체 밑에서 기어나왔다.

무라카미 6등 경부는 맨손으로 아이쿄 모토요시(愛敬元吉)와 맞붙어 그를 쓰러뜨렸으나 무기가 없었기 때문에 다른 자의 칼을 맞았는데 그래도 굴하지 않고 아이쿄의 두 눈을 손가락으로 후벼 팠다. 그렇지만 그는 끝내 죽고 말았다.

이윽고 집안이 조용해졌다.

야스오카의 저택에는 그가 가족을 도쿄에 두고 왔고 또 하인을 거의 부리지 않았기 때문에 아무도 없었다. 요시오카가 촛불을 들고 각 방을 살펴 보았으나 야스오카가 보이지 않았다. 할 수 없이 일동은 철수했다.

야스오카는 집 뒤꼍의 논에 있었다. 이변을 알고 달려온 이웃의 기무라(木村)라고 하는 관원이 야스오카를 업어 진대 병원으로 옮겼다. 그러나 출혈이 심하여 사흘 뒤에 죽었다.

야스오카는 메이지 초에 이른바 사카이(堺) 사건으로 할복형을 받았는데 천행으로 사면되었다. 그는 그 일을 꺼내며 가느다란 목소리로 말했다.

"그때 죽었어야 하는 건데 살아났어. 이제 죽어도 후회는 없다. 다만 마음에 걸리는 것은 오제키와 니오야."

그리고 자신의 부주의에 대해서도 마지막 말을 남겼다.

"나는 신푸렌이 대도(帶刀)를 고집하는 것은 그들이 칼밖에 의지할 데가 없는 겁쟁이들이기 때문이라고 생각했지. 이를테면 만만히 보고 경계를 게을리 했어. 칼을 차는 것이 그들의 신념에 의한 것이었던가."

야릇한 미소를 지으면서 이윽고 숨을 거두었다.

수령 오타구로는 제2대와 함께 있었다. 제2대가 본대라고 할 수 있었다. 이 부대와 제3대가 구마모토 성을 협공했다.

그들은 전술도 아무것도 없이 무조건 돌격을 감행했다. 뜻밖에 난입하기 쉬웠던 것과 병영의 대혼란, 그리고 당시 구마모토 성 밑 거리에서 아이들까지 '촌뜨기 병정'이라고 업신여긴, 징병에 의한 군대의 취약성이 사건 후 충격적인 정보가 되어 규슈 일원의 불평 사족들의 입에 오르내리게 되었다.

확실히 신푸렌 궐기가 거의 직접적 원인의 하나라고 할 수 있을 정도의 힘으로 세이난 전쟁을 유발하는 결과가 되었다. 또한 그 이상으로 신푸렌의 성내 난입의 성공과 포병 병영이나 보병 병영의 진대 사병들의 무력성이 세이난 전쟁에서 사이고 군의 전략을 결정하는 중요한 사고(思考) 요소가 되었다고 보아도 좋다. 사이고 군은 곧바로 도쿄를 향하지 않고 사이고 군의 대전략에 있어서 큰 비중을 차지하지 않는 구마모토 성을 향하고 말았다. 그들 사이고 군은 신푸렌이 죽음으로 실험하고 천하에 폭로한 구마모토 진대의 취약성을 그대로 믿어 버렸다.

뒷날 기리노 도시아키가 군을 이끌고 구마모토 성에 다다랐을 때 그의 손에 지휘용의 파란 대나무가 들려 있었다. 기리노는 그 파란 대나무를 들고 땅바닥을 치면서 외쳤다.

"구마모토 성 따위는 이 대나무 하나로 충분하다."

기리노의 머릿속에는 겨우 백 수십 명의 신푸렌의 습격을 받고 대혼란에 빠졌던 실례를 생각하고 있었으리라. 사이고 군은 구마모토 성을 피했어야 한다는 것이 전략상의 통례로써 비판되었다. 그러나 신푸렌의 성공이 사이고 군으로 하여금 스스로 함정에 빠져 들게 했다고 해도 틀린 말은 아니다.

"신푸렌도 해낸 일을."

이것이 군사적 자신에 넘친 사쓰마 인들의 판단을 좌우했으리라는 것을 생각하면, 신푸렌의 성공은 반정부 세력에 결과적으로는 중대한 마이너스가 되었다고 할 수 있겠다.

제2대는 70여 명이었다. 그들은 아이쿄의 저택에서 출발하자 게이타쿠(慶宅) 고개에서 두 패로 나뉘어 한 패는 포병 병영의 동쪽문을, 다른 한 패는 마찬가지로 포병 병영의 북쪽문을 향했다.

동쪽문에서는 세 명이 목책을 넘어 들어가 거기 있던 보초를 죽이고 문을 열었다. 문은 옛 성문이 아닌 병영에 부속된 허술한 문이었다. 또 북쪽문을 담당한 부대도 쉽게 목책을 넘어 들어가 보초를 죽였다.

병사(兵舍) 안의 모든 사람은 곤히 잠들어 있었다.

제2대 70여 명은 그 속으로 쳐들어갔다.

영내는 떠들썩하니 야단법석이었다.

사병들은 누구 하나 싸우려는 자도 없이 칼날에 쫓겨 우왕좌왕했다. 70여 명의 신푸렌들은 비로 쓸듯이 마구 베었다. 피비린내가 코를 찔렀다. 신푸렌의 눈으로 볼 때 이 사병들이야말로 오랑캐의 귀신이며 죽여도 마땅한 자들이었다.

신푸렌의 간부 중에는 그래도 동료들의 무차별한 살육을 의아하게 여기는 자가 있어 이렇게 외치기도 했다.

"도망치는 자는 베지 마라. 대항하는 자만 쳐라."

그러나 양화주의(洋化主義) 정부에 속하는 악마의 권속인 이 병정들에 대한 증오는 그들을 벨 때마다 더하여지는 모양으로 도망치는 자를 대여섯 명이 쫓아가 베고 쓰러지면 다시 난도질을 했다. 칼을 맞은 자에 대한 연민도 아무것도 없었고 애당초, 상대를 인간이라고 생각하지도 않았던 모양이다. 법률로 모집한 농민병은 정치상의 죄가 있을 까닭이 없었으나 신푸렌들은 그와 같은 정상 참작을 아랑곳하지 않았다. 사상적 정의(正義)에 사로잡힌 자의 눈에는 타인이 전부 악마로 보이는 모양이었다.

이 시절의 진대 병영은 뒷날 사단제(師團制)로 바뀐 뒤의 병영과 마찬가지로 밤에 영내에 있는 것은 하사관과 병졸뿐으로 장교는 주번사관만이 대대본부에서 밤샘을 했다. 그날 밤 이 포병병영의 주번사관은 사카타니 게이이치(坂谷敬一)라는 젊은 포병 소위였다. 그는 본부 2층에 드러누워 자고 있었다. 그 밖에 이 혼란을 수습할 책임자는 아무도 없었다.

2층에서 일어나 뛰어 내려가려고 했을 때 아래층에 있던 신푸렌의 칼날을 받았다. 사카타니는 2층으로 되돌아가 상처에 붕대를 감고 다시 병영 뜰로 뛰어나가 우왕좌왕 헤매는 사병들을 모으려고 했다. 거기에 신푸렌의 선배 중 한 사람인 사이토 규사부로가 창을 들이밀었다. 사이토는 바지 비슷한 하카마를 입고 있었다. 사카타니는 가슴에 창을 맞고 그 자리에서 즉사했다.

그러는 동안 병영이 타오르기 시작했다. 대부분의 사병이 피살되고 운이 좋은 자만이 어둠을 타고 도망쳤다.

"진대의 병정이란 이토록 약한 건가?"

오니마루(鬼丸)라는 자가 껄껄 웃었다지만 확실히 병정들은 누구 하나 대항하지 못한 채 칼을 받았고 신푸렌들은 상처 하나 없었다.

제3대 70여 명이 습격한 보병 병영도 비슷한 상황이었다. 불화살과 석유로 병사에 불을 지르고 불 속에서 칼을 휘둘렀다. 주번사관인 후쿠하라 도요스케(福原豊助)라는 보병 대위가 사병들을 수습하려 했으나 여지없이 칼날을 맞고 쓰러졌다.

참살이 계속되었다. 칼을 맞은 사병들은 대개 셔츠 바람이었고 더러는 알몸인 자도 있었다. 다만 포병과는 달리 보병은 인원수도 많았고 백병전 훈련도 어느 정도 쌓고 있었으므로 혼란 중에서도 지휘자를 찾아내려는 움직임이 다소 있었다.

이 상황에 구마모토(熊本) 진대 사령부에서 살아남은 참모가 있다.

조슈 인 고다마 겐타로(兒玉源太郎)였다. 그는 조슈 지번(支藩)인 도쿠야마(德山)의 모리(毛利) 가문 가신으로 성년식(成年式 : 나라시대 이후, 11세에서 16세 사이에 이루어지는 남자 아이들의 의식)을 올리기 전부터 시동으로 번주의 시중을 들었고, 열대여섯 살의 어린 나이에 보신 전쟁에 참가하여 아키타(秋田), 하코다테(函館) 등지를 옮겨다니며 싸웠다.

유신초에 오무라 마스지로가 오사카 다마즈쿠리(玉造)에 창설한 병학교(兵學校)에 들어가 하사관 교육을 받고 메이지 3년에 중사가 되었다. 그가 평생에 받은 정규 교육은 도쿠야마의 번교(藩校) 흥양관(興讓館)에서 초등 한문교육을 받은 것과 이 오사카 다마즈쿠리에서 1년 가량 하사관 양성교육을 받은 것뿐이다.

메이지 4년, 육군 소위가 되었으나 그 무렵 조슈 인으로 노기 마레스케(乃木希典)가 메이지 5년에 갑자기 육군 소령이 된 일이나 같은 해에 야마가타 아리토모가 육군 중장이 된 일을 생각할 때 고다마가 그 출발에 조슈 벌(閥)의 은혜를 입지 못했다는 것을 알 수 있다. 다만 그가 일단 근무하기 시작하자 이 작달만한 사나이에게 천부적인 전술 재능이 있다는 것을 주위에서 깨닫고 해마다 승진시켰다.

그는 사가의 난에 대위로 출정하여 부상을 입고 메이지 8년 구마모토 진대 준참모로 부임하였다가 소령이 되면서 정참모로 보직되었다.

신푸렌 궐기의 해(메이지 9년)에 그의 나이 겨우 24세였다. 그는 구마모토 성 밑 거리에서 결혼한 지 1년밖에 안 되는 아내 마쓰코(松子)와 함께 셋방살이를 하고 있었다. 집주인은 오치아이(落合)라는 사람이었다.

이날 밤, 고다마는 이미 잠들어 있었는데 집주인 오치아이가 문을 두드려 이변을 알렸다. 고다마가 당장 뛰쳐나가려고 하자 오치아이는 위험하니 가지 말라고 말렸다.

이웃에 사카야(酒谷)라고 하는 포병 소위가 살고 있었는데 사카야는 이날 진대에 있었다. 그 마부도 영내에 있었는데 마부 혼자 도망쳐 돌아와서 고다마에게 병영이 이미 불탔다는 것, 길가에는 살해된 사관들의 시체가 수없이 널려 있다는 것 등을 알렸다.

밖에 나가니 불길이 병영뿐만 아니라 다른 두 군데에서도 치솟기 시작했다. 하나는 야마사키초 방면으로 야스오카 현령이 사는 근방이고, 또 다른 불길은 혼조(本莊) 방면에서 오르고 있었다.

고다마는 전술가답게 상황을 살펴보고 나서 거리로 뛰어나갔다. 고다마는 목소리가 크고 발음이 분명한 사람이었으나 키가 아주 작았다. 그는 칠삭동이로 작달만한 것은 그 때문인지도 모른다.

우선 사령관 다네다 소장 집을 찾아 들어가니 집안은 수라장이었고 다네다는 이미 시체가 되어 있었는데 머리가 없었다.

첩 오카쓰가 나와서 고다마에게 매달렸다. 오카쓰는 왼쪽 허벅다리와 오른팔에 칼을 맞고 온몸이 피투성이였다. 오카쓰는 고다마에게 자초지종을 다 호소하고 그 자리에 쓰러져 정신을 잃어 버렸다. 고다마는 얼른 그녀의 상처를 간호했다. 고다마는 이 참상이 누구에 의해 저질러진 것인지 전혀 짐작이 가지 않았다. 그는 신푸렌이라는 이름도 존재도 알지 못했다. '사족의 난이 일어났는가'라고 막연히 생각했다.

구마모토 진대가 대혼란에서 깨어나 그 밤 안으로 신푸렌을 몰아내게 된 것은 24세의 참모 고다마 겐타로의 힘이 컸다고 할 수 있다.

그는 사령관 다네다의 머리통 없는 시체 곁을 최초의 지휘소로 삼았다. 우선 시체에 이불을 덮어 병자로 가장했다. 만약 다네다가 죽었다는 것이 알려지면 진대의 사병들이 더욱 공포에 떨 것을 우려했던 것이다.

그는 몇 채 건너 저쪽에 있는 다카시마 참모장의 집으로 달려갔다. 거기도 문짝이 모두 떨어져 나가고 온 방이 피바다가 되어 있었다. 고다마는 자기가 전 진대를 지휘할 수밖에 없다고 각오했다.

그러나 지휘할 사병이 없었다.

고다마가 다시 다네다의 집에 돌아오니 사령부 서기인 가와시마(河島)라는 자가 울타리 옆에 와 있었다. 고다마는 가와시마 서기를 집안에 불러들여 말했다.

"전령이 되어라. 그 군복을 벗어."

서기는 하사관복을 입고 있었다. 가와시마는 되는 대로 옷을 꺼내 입어 서민 차림으로 둔갑했다. 고다마는 수첩을 찢어 명령을 썼다.

1. 오늘 밤 병영을 습격한 적을 토벌하라.
2. 사령관 다네다 소장은 건재하다.
3. 이 명령을 접수한 부대는 즉시 이곳에 호위병을 보낼 것.

"이 명령을 어느 부대에 전할까요?"

가와시마가 물었으나 고다마로서도 성 안의 상황을 잘 몰랐다. 어쨌든 처음 만난 부대에 전해 주라고 명령했다. 가와시마는 뛰었다.

성곽의 동남 쪽 해자 밖에 '꽃밭'이라고 불리는 한 지역이 있었다. 거기에 보병 제13연대 휘하의 제3대대가 있었다. 이 대대의 병사만은 성 밖에 있어서 습격을 모면했다. 가와시마는 어둠을 무릅쓰고 이 행운의 대대에 접근하여 고다마의 명령서를 오가와(小川) 대대장에게 주었다.

오가와는 즉각 호위병 한 소대를 보내 왔다.

고다마는 이 소대를 이끌고 성 안에 들어갔다.

성 안에서는 죽음을 모면한 몇몇 장교가 여기저기서 패잔병을 불러 모아 개별적으로 신푸렌에 대항하며 사격을 가하고 있었는데, 신푸렌이 번쩍이는 칼날을 휘두르며 돌격해 오면 사병들은 아우성 치며 달아났다. 다라오(多羅尾) 소위보가 주위 모은 사병들도 다라오의 명령을 듣지 않고 내뺐다. 다라오는 혼자 남아 칼로 싸웠으나 참살되었다.

영 밖에서 달려온 장교 중에 다키가와(瀧川)라는 대위가 있었는데 그가 도망치는 병사들을 붙잡아 한 부대를 조직하고 있을 때, 전에 마부 행색으로 성 안에 들어갔던 제13연대장 요쿠라 도모자네를 만났다. 연대장이 살아 있다는 보고가 전해지자 사기가 그나마 오르기 시작했다.

거기에 고다마가 사병들을 이끌고 들어와 총으로 사격전을 전개했다. 칼과 창만이 무기인 신푸렌이 무너지기 시작한 것은 이때부터였다. 대부분이 총상을 입고 사상자가 나오기 시작했다.

이 사건은 날이 새기 전에 도쿄의 태정관에 전보로 보고되었다.

"구마모토 진대가 괴멸되었다."

육군성은 문의 전보를 보냈다.

"고다마 소령은 무사한가?"

전보는 육군 대신 야마가타 아리토모가 쳤다는 설도 있고 사쓰마 출신인 육군 소장 노즈 시즈오(野津鎭雄)가 쳤다고도 하고, 그것이 아니라 야마가타를 보좌하고 있던 조슈 출신 대령 후쿠하라 가즈카쓰(福原和勝)가 쳤다는 얘기도 있다. 어쨌거나 고다마는 겨우 24세의 소령 참모이면서 그 능력을 꽤 인정받고 있었음을 짐작할 수 있다.

사건이 있은 지 두 달 뒤인 12월 2일, 후쿠하라가 같은 조슈의 육군 소령 노기 마레스케에게 띄운 편지이다.

'나는 구마모토의 경보(警報)를 들은 뒤부터 날마다 육군 대신을 찾아가 그곳 상황 및 관군 병비(兵備)의 위치를 알아보고 있네.'

문장은 이렇게 시작되었다.

'그러다가 어느 날 고다마 소령의 활약을 소상하게 듣기에 이르러 나도 모르게 무릎을 쳤네. 자네도 아는 바와 같이 가장 믿을 만한 장교들이 허다하게 죽어 없어졌으나 그래도 굴하지 않고 고다마 소령이 남은 사병들을 불러모아 지쿠고(筑後) 등지에 적의 토벌을 위한 원병을 청하지도 않고 소수의 병력임에도 불구하고 그들을 보내 신속하게 몰아붙여 토벌하고 공을 올렸으니, 그 책임을 다했음은 더 말할 나위가 없네. 뿐만 아니라 병비(兵備)와 전술이 훌륭했음은 옛 명장도 부끄러워할 정도였다고 과찬하지 않을 수 없네.'

대령 후쿠하라는 앞에서 말한 바와 같이 세이난 전쟁 때 전사하지만 조슈 출신 군사 관료 중에서 출중한 인재로 일컬어지고 있다.

그가 조슈 의식이 얼마나 강한 인물이었던가는 이 편지를 보아도 알 수 있다. 조슈계 군인은 육군 군정면에 다수 진출하고 있었으나 전장에서의 용기나 장령(將領)으로서의 능력 따위는 사쓰마계 군인에 뒤진다는 것이 정평이었고, 조슈 인 자신도 은근히 자인하는 바였던 모양이다.

후쿠하라는 평소에 그것을 분하게 여겨 노기 소령에게도 이 화제에 관해 이야기한 일이 종종 있었던 모양이다. 후쿠하라는 그런 점에서 고다마와 노기에게 기대를 걸고 있었다. 그 고다마가 구마모토의 병란에서 크게 기량을 발휘한 것을 후쿠하라는 몹시 기뻐하여 노기에게 위와 같은, 약간 흥분조의 편지를 써 보낸 것이다. 이 시대의 사쓰마를 염두에 둔 조슈 인의 감정이 잘 나타나 있다.

후쿠하라의 편지에 씌어진 고다마의 활약은 편지의 내용과 거의 일치했다. 덧붙여 말하면 후쿠하라, 노기와 고다마는 그 이듬해에 사이고 군과 싸워 서로 다른 운명에 봉착하게 되는데, 그런 뜻에서 이 편지가 미래를 암시하고 있었다고 할 수 있겠다.

진대의 소총부대가 차츰 정리되어 갔다. 그들은 타오르는 불길에 환하게 드러난 신푸렌을 쏘아 쓰러뜨리기 시작했다. 진격 당초에는 신푸렌 측이 일방적으로 사병들을 도륙했다고 할 수 있을 정도로 진대 사병들이 약했으나, 일단 태세가 바로잡히자 그것이 거꾸로 되었다.

신푸렌은 이쪽 저쪽의 나무를 방패삼기도 하고 돌벽에 몸을 사리고 총탄을 피하기도 했으나, 총을 갖고 있지 않았기 때문에 조금 전과는 달리 일방적으로 도살당하는 상황이 되었다. 간부는 거의 쓰러졌다.

큰칼을 오른손에 작은 칼을 왼손에 들고 싸우던 부수령 가야 하루카타가

소리도 없이 쓰러지고 대선배인 우에노 겐고도 빈사의 중상을 입었다.

총수 오타구로는 총탄 앞에 위축되어 있는 우군을 격려하며 스스로 큰칼을 휘둘러 돌격했으나 따르던 자는 거의 쓰러졌다. 이윽고 오타구로 자신도 총탄에 가슴이 뚫렸다. 생존자가 그를 업고 홋케(法華) 고개를 내려 온 뒤 민가에 들어가 뉘었다. 오타구로는 명령했다.

"내 목을 베어라."

모두들 겁에 질렸다. 오타구로는 다시 명령했다. 따라온 자들이 마지막 명령을 청했다.

"그렇다면 우리는 어떻게 해야 합니까?"

"성을 베개 삼아 싸우다가 죽어라."

오타구로가 명령했다. 하나가 일어서서 오타구로의 목을 쳐 떨어뜨렸다.

패잔병들은 최후의 돌격을 시도했으나 총탄 세례를 받고 다시금 물러났다. 그들은 몇 명씩 떼를 지어 산에 들어가기도 했으나 더러는 제비뽑기를 만들어 '자수하라'는 제비를 뽑은 자는 나와서 자수를 하기도 했다. 이윽고 재판이 이루어져 자수하고 나온 자 중, 요인을 습격하여 참살한 자는 살인범으로서 사형에 처해졌다. 병영 습격자는 전투 행위라고 해석이 내려져 사형된 자는 없고 1년 또는 2년의 징역형을 받았다. 기타 백 일 또는 수십 일 정도의 금고형으로 그친 자도 있고 방면된 자도 있었다.

170여 명의 일당 중에 전사, 자결뿐만 아니라 사형 또는 옥중에서의 병사 등을 합치면 사망자는 123명이었다.

그 밖에 대부분은 자수하여 각기 형을 받았는데, 몇 명 안 되지만 도망쳐 잠복했다가 다음해 세이난 전쟁이 일어나자 사이고 군에 속하여 싸운 자도 있다.

자수하여 참수형을 받은 다카쓰 운키가 조서에서 자신들의 사상을 펼쳐 우연히 뜻을 같이 한 사람으로 시마즈 히사미쓰의 이름을 들었다. 물론 이 거사에 히사미쓰가 관계했다는 것은 아니고, 새 정부가 히사미쓰의 의견조차 채택하지 않았다고 설파하고, 자기들과 같은 비천한 사족으로서는 거병할 밖에 도리가 없었으며 '반드시 이 의거에 응하는 자가 있을 것'이라고 말을 맺었다.

신푸렌 소동은 전국의 여러 사족들의 감정을 크게 자극했다. 사족으로서 신푸렌을 흉악한 도당이라고 증오한 자는 아마 하나도 없었으리라.

사족이 볼 때 유신 이후, 폐번치현, 폐도령의 시행 등 태정관이 국가와 사회의 본질을 바꾸려고 취한 정책에서 얻은 것은 하나도 없고 이를테면 모든 권리와 권위를 잃어버린 셈이 됐다.

태정관은 사족의 적이었고 태정관 역시 사족에게 적의를 노골적으로 보이고 있었다. 가령 메이지 5년 11월 28일에 발표된 징병령에 관한 태정관 발표는 한 나라 정부의 대내적 공식 발언으로서는 지나친 것이었다. 사족이란 무엇인가에 대한 태정관 발표문에는 이렇게 기술되어 있다.

'쌍도(雙刀)를 차고 무사라고 칭하며 거만한 얼굴로 무위도식하고 심한 경우에는 사람을 죽여도 관이 그 죄를 묻지 않으니……'

태정관은 마치 전 사족을 죄인으로 간주하는 듯한 폭언을 함부로 했으며 더욱이 메이지 9년의 폐도령으로 사족이 지닌 최후의 권위마저 탈취했다. 신푸렌의 반발은, 그들처럼 궐기할 용기는 갖지 못했으나 감정을 같이 하는 모든 사족에게 쾌감을 안겨 준 일이었다고 할 수 있다. 정부가 신푸렌의 뒷처리에서 생존자에 대한 사법상의 조치를 극단적이라고 할 수 있을 만큼 관대하게 취한 것은 전국 사족들의 감정을 배려했기 때문일 것이다.

또 신푸렌 소동이 진대 부대의 실태를 실험하는 결과가 되었다는 점도 크다. 그들은 상상 외로 허약했고 그런 점이 오히려 애처로울 정도였다.

유신은 사족만이 아니고 '서민'으로 불리는 농민계급에서도 많은 불만을 샀는데 그 가운데서도 가장 큰 불만은 징병이었다.

에도 시대, 농민에게는 '스케고(助鄉 : 에도시대 역참에 인마가 부족할 때 그것을 보충하기 위해 주변 마을에 과해진 부역)' 기타의 노역(勞役)이 과해졌는데 그 부담이 과중하면 농민 폭동이 일어나기도 했다.

20세의 농촌 일손을 2년간 군대에 빼앗긴다는 것은 농촌의 감각으로는 스케고보다 훨씬 지독하여 그 한 가지만으로 옛 막부를 그리워하는 자가 많았다.

그런데다 징병은 장정들의 생피를 짜내어 담요에 물을 들이기 위해 만든 것이라는 헛소문이 전국에 유포되었다. 그 오해의 원인은 징병에 관한 태정관 발표에 있었다.

'무릇 천지간에 세금이 없는 곳은 하나도 없다. 그것으로 국가 비용에 충당한다. 그러므로 사람된 자는 모두 심력을 다하여 나라에 이바지해야 한다. 서인(西人 : 서양
사람)은 이를 혈세(血稅)라고 한다. 그 생혈(生血)로 국가에 보답한다는 뜻이다.'

생피를 뽑혀서야 되겠느냐는 뜻에서 메이지 6년, 각지에서 혈세를 반대하는 폭동이 일어났다. 아키타 현, 교토 부, 고치 현, 와타라이 현(미에
현), 오이타 현, 호조 현(오카야마
현), 돗토리 현, 시마네 현, 나토 현(가가와
현), 시라카와 현(구마모토
현) 등지에서의 소요가 컸다. 이와 같은 소동을 배경으로 마지못해 끌려나온 진대 병정이니 그들이 약한 것은 당연한 일이었다.

신푸렌(神風連) 사건이 끝난 뒤, 구마모토 진대(鎭台)의 인사 관계와 그밖의 일들을 설명하겠다.

인사 문제에는 비상 사태――사쓰마에서 사설학교가 봉기했을 경우――에 대한 고려가 다분히 포함되어 있다.

진대제(制)는 메이지 4년(1871) 폐번치현과 함께 시작되었으며, 4개 진대(도쿄·오사카·진제이(鎭西 : 구마모토)·도호쿠(東北))가 설치되었다. 그 총병력은 보명 19대 소대로 2000명 미만이었다.

이 4개 진대가 메이지 6년에 6개 진대(도쿄·센다이·나고야·오사카·히로시마·구마모토)로 증가했다. 그 총병력은 1만2천450명으로 2년 전보다 많아졌다. 부대 단위도 바뀌었다. 4개 진대 시절에는 소대가 최대 단위였으나 대대제가 실시되자 대대가 최대 단위가 되었다. 그 뒤 얼마 지나지 않아서 연대제가 되고, 연대가 최대단위가 되었고, 메이지 9년 구마모토 진대가 신푸렌의 공격을 받았을 때는 이미 연대제가 되어 있었다. 그러나 구마모토 진대의 규모는 2000명 넘는 정도였고 이것으로써 이듬해의 세이난 전쟁(西南戰爭)을 맞았던 것이다.

세이난 전쟁에 있어서는 기리노 도시아키가 사쓰마군의 용맹함의 상징이었는데, 기리노는 이전 진대 개설 때 육군 소장의 신분으로 구마모토 진대의 초대 사령장관이 되었다.

메이지 6년 4월, 도사 출신 다니 다테키(谷千城) 소장이 기리노(桐野)와 교체되었다. 얼마 뒤에 다니(谷)가 타이완(臺灣) 정벌 참전군으로 종군했기 때문에 노즈 시즈오(野津鎭雄)가 그 뒤를 이었다. 노즈는 도바 후시미(鳥羽伏見)의 전투 때 최초의 한발을 발포한 당시의 사쓰마군 포병대장이었다. 노즈의 후임으로 메이지 9년 6월, 다네타 마사아키(種田政明)로 교체되었다. 다네다 마사아키는 부임하여 4개월 후에 해임되었다.

그 뒤 도쿄의 태정관과 육군성은 인선에 신경을 쓴 모양이다. 당시 장관급 인원이 적은 데다가 전쟁이 일어났을 경우에 장병들을 이끌고 통솔할 사람은 조금밖에 없었다. 노즈에게는 기량이 충분했다. 그러나 노즈는 확실한 증거는 없지만 거절한 것 같은 흔적이 남아 있다. 구마모토 진대의 가상적이 누구냐를 생각하면 그 이유는 분명하다.

결국 도사 출신 다테키(谷干城)가 다시 기용되었다. 다니가 비(非)사쓰마 출신인 동시에 그 성격이 깨끗하고 완고하며 수세(守勢)에 강하다는 것도 고려했을 것이다. 다니에게는 자식이 없었다. 부인을 동반하고 부임했다. 부인 역시 전쟁이 났을 경우의 각오가 되어 있었다고 한다.

덧붙여 말하지만, 참모인 고타마 겐타로(兒玉源太郎) 소령은 고급참모로 승진했다. 그는 사건이 끝난 뒤 보고를 위해 도쿄로 올라갔을 때 부인을 오사카의 친정에 맡겼다. 전쟁을 각오한 처사였음을 훗날 그의 회고록에 밝히고 있다.

살해된 참모장 다카시마 중령 대신으로 사쓰마 출신 가바야마 스케노리(樺山資紀)중령이 부임했다. 가바야마는 사쓰마 출신인 데다가 사이고의 은혜를 많이 입었으므로 오쿠보의 대외적 비(非) 무단주의(武斷主義)를 싫어했고 사이고를 존경하는 마음이 두터웠다. 그러면서도 가바야마는 기리노 등과는 마음이 맞지 않았고 정한론 때도 하야(下野)하지 않았다. 게다가 오쿠보파의 사이고 쓰구미치(西鄕從道)와는 형제처럼 친밀했다니까 쓰구미치의 설득에 의한 것으로 보인다.

소동이 끝난 뒤 구마모토 진대에 새로 부임한 가바야마 스케노리는 구마모토 시민들이 진대의 군인들을 얼마나 바보 취급했는지에 대해 회고하고 있다.

"농민이나 장사치의 아들들이 입영한 것이니 옛 무사의 눈으로 보면 그런 군인이 무슨 도움이 되겠느냐는 생각을 했을 것이다. 내가 하숙집에서 말을 타고 병영으로 출근하는 도중 거리의 어린이들이 따라오면서 대나무 막대기로 말 궁둥이를 탁탁 치면서 '똥진, 똥진' 하고 놀려댔다. 똥진이란 '똥진대'라는 뜻이다. 또는 진대의 사환이 밤에 '진대(鎭臺)'라는 글이 박힌 등잔을 들고 외출하면 젊은이들이 그에게 몹시 장난질을 쳤다."

진대의 군인들도 신푸렌 사건 뒤 공포심이 많아졌다. 밤에 보초를 서는 사병이 숲에서 개가 부스럭거리면 사족(士族)들이 습격해 온 것으로 생각하고 미친 듯이 총을 발포했다.

가바야마는 이렇게 말하고 있다.

"진대의 장병들은 전전긍긍하고 있었으며 정말 칠칠맞지 못한 꼴이었다."

이 말을 한 가바야마 스케노리는 이미 설명했듯이 사쓰마 출신인데다가 좋든 나쁘든 전형적인 사쓰마 사족이며, 사이고의 은혜도 입고 또한 정한론자였다. 그러나 징병령에 찬성한 것 같지는 않다. 사상적으로는 기리노 도시아키 등과 조금도 변함이 없고 그가 사이고와 함께 사직하지 않았던 이유를 발견하기 곤란할 정도다.

가바야마는 특유의 호방함과 배짱으로 사람들의 인상에 남아 있다. 그러나 의외로 처세술에 능했고, 그의 논리는 격렬한 것처럼 보여도 본인 자신은 약삭빠르고 센스가 빠른 점이 있었다.

아무튼 가바야마 자신은 육군에 적(籍)을 두면서도 농민군의 장교라는 것을 난처하게 여겼고 회고담에도 그런 느낌이 있다.

진대의 참모장 가바야마 밑에 조슈 출신인 고타마 겐타로가 있었다.

"어쨌든 농민병에 지나지 않으니."

가바야마가 말하면 고타마는 위로하듯 이렇게 대답하기도 했다.

"그렇다고 사족병(士族兵)이 강한 것은 아닙니다."

막부 말엽의 조슈는 사족병으로 조직된 선봉대(選鋒隊)가 가장 약했고 기병대(寄兵隊)등 하급무사나 장사치, 농민 출신으로 조직된 부대편이 훨씬 강했다.

가바야마도 고타마도 보신(戊辰)전쟁의 종군자이며 이른바 관군(官軍)중에서도 사쓰마·조슈의 병사들이 가장 강했다는 것을 잘 알고 있다.

그 중에서도 호쿠에쓰(北越)전쟁이나 아이즈(會津)전쟁에서 조슈(長州)의 병사들이 진군하면 종종 상대방이 퇴각했는데 그 이유는 다음과 같다.

'농민군과 호각(互角)으로 싸우는 것은 당해 내기 힘겹기 때문에 도망간 것이다'

이 말은 에쓰고의 나가오카(長岡)와 아이즈(會津)에 전해 오고 있다. 사족과 농민간의 문제는 이미 보신전쟁 때부터 시작되었다고 할 수 있다.

충격

신푸렌의 거사는 각지의 불평사족에게 충격을 주었다. 특히 신푸렌의 외침으로 동맹관계에 있던 도쿄의 나가오카 히사시게(永岡久茂), 조슈 하기(萩)의 마에바라 잇세이, 후쿠오카 현의 산 속 작은 번이었던 아키즈키(秋月)의 미야자키 구루마노스케 등이 일어섰다.

신푸렌의 구마모토 진대에 대한 습격은 10월 24일에 시작되어 25일 새벽에 끝이 났다. 이에 호응하여 27일 아키즈키의 사족 2백 수십명이 군사를 일으켰다. 그러나 한 주일 가량 버티다 각지에서 패해 가라앉고 말았다.

'신국(神國)의 원기를 다시 찾자.'

아키즈키의 경우 그 반란의 표어는 이런 추상적인 것으로 신푸렌처럼 사상성이 있는 것도 아니었다.

아키즈키의 경우, 전에 후쿠오카 번의 지번(支藩)이었다는 것이 불평 사족들의 생각을 늘 규제하고 있었다. 막부 말기의 후쿠오카 번에 좌막의 색채가 강했던 것에 반해 이 작은 지번에는 도막파가 많았다. 그러나 본번(本藩)이 움직이지 않기 때문에 행동할 수가 없었고, 이로 인해 사쓰마·조슈에게 새 정부를 만들도록 양보한 결과를 불렀다. 그 분한 마음이 하나의 원동력으로 축적되었다.

그것이 새 정부의 폐번치현과 사족의 특권폐지 등으로 불만이 쌓였던 것이다. 그러나 그 방향은 시마즈 히사미쓰나 신푸렌처럼 보수적인 방향으로 향하지 않고, 오히려 극단적인 국권론(國權論)의 방향으로 돌려졌다. 결국은 새 정부의 외교에 불만을 집중시켰다. 정부는 열강에 대해 전 막부 이상으로 저자세로 일관하였다. 예를 들면 러시아의 위협에 굴복하여 사할린을 포기하고 만 것인데, 그에 분개하며 대외적으로 강력한 정부를 만들겠다는 것이, 유신에 참가할 기회를 놓쳐 버린 안타까움이 강한 미야자키 등의 바람이었다. 아키즈키 당의 원동력은 쇼와(昭和) 시대에 궤멸되는 일본의 전략주의의 한 근원을 이루고 있다고 할 수도 있으리라.

그러나 그 반란은 그저 반란을 일으킨 것일 뿐, 전략적 목적을 발견하지 못하고 오로지 산 속을 돌아다니는 것만으로 끝났다. 산골이었으므로 습격할 만한 정부기관도 없었고, 고작 아키즈키의 구장(區長)을 죽인 정도였는데, 이윽고 후쿠오카에서 온 경관대와 고쿠라(小倉)를 본영으로 하는 보병 제14연대에 제압되었다.

그들로서는 뜻밖이었을 것이다. 아키즈키는 규슈의 북쪽 산골에 있기는 하지만 그들이 일어나면 규슈의 불평사족들이 덩달아 호응할 것으로 믿고 있었다. 그러나 사전에 손잡고 있던 도요쓰(豊津)의 사족단으로부터도 배반을 당하여, 거꾸로 그들 사족은 정부군과 경관의 길 안내를 하는 꼴이었다.

"사쓰마가 일어나지 않기 때문이다."

미야자키는 에가와타니(江川谷)라는 곳에서 자살하기 전 그렇게 한탄했다고 한다. 그에게는 후쿠오카의 옛 성 밑 거리에도 많은 동지가 있었다. 그러나 후쿠오카 사람들은 '사이고가 일어서지 않으면 소용없다' 하여 거사는 경솔한 짓이라며 일어서지 않았다. 반정부 세력의 최대 존재인 사이고와 가고시마 현의 사족이 일어나지 않는 한, 각지에서 군소당파가 궐기해도 각각 격파되고 만다는 것을 후쿠오카 패들은 알고 있었다. 결국 그대로 되었다.

이 시대의 진대(鎭臺 : 일정 지역을 지키기 위해 주둔하는 군대)는 그 이름이 표현하듯 대외적인 성격은 거의 갖지 않았으며, 다분히 국내 치안을 위해 존재했다.

규슈 전체의 치안은 얼마 안 되는 경찰력 외에 주로 구마모토 진대가 담당했다. 그 수는 하찮은 것이었다.

진대 사령부가 있는 구마모토에 2000명 남짓한 병력이 있는 것에 불과했다. 이 밖에 분영(分營) 비슷한 것이 후쿠오카와 가고시마에 있었는데 양쪽 모두 그 병력은 몇 개 소대에 지나지 않았다.

구마모토 외에 또 1개 연대가 고쿠라(小倉)에 있었는데 구마모토 진대에 속해 있었다. 고쿠라의 연대가 보병 제14연대였다. 그 수는 1천 수백 명으로 위에 말한 진대의 전 병력을 합쳐도 규슈 전체의 사족 수에 비하면 하찮은 것이었다. 사족들이 진대를 가리켜 '똥진'이라 부르며 업신여기고 있었던 것은 단순히 농민들의 모임이란 것만이 아니고, 그 수에 있어서도 사족이 압도적으로 우세했다는 것이리라.

군대는 아이들 세계와 같다. 병력이 적으면 위엄을 떨칠 수가 없고, 위엄을 떨치지 못하면 업신여김을 당한다. 아무튼 규슈는 불평사족으로 가득 차 있었다. 그 불평의 큰 바다 같은 속에서, 구마모토 진대가 도쿄 정부의 위력을 대표하기에는 병력이 너무도 적었다.

고쿠라의 보병 제14연대는, 연대장 대리로서 28세의 노기 마레스케 소령이 지휘하고 있었다. 그가 아키즈키의 난을 진압했다. 난이 일어나자 곧 고쿠라 성을 경비하고, 또 한 대를 이끌고 도요쓰로 들어가, 본래 아키즈키와 손잡고 있던 도요쓰 사족단을 거꾸로 정부 쪽으로 끌어들임으로써, 사건 처리가 반드시 신속한 것은 아니었지만, 어쨌든 일주일 만에 진압했다.

일처리가 신속하지 못했던 점을 도쿄의 육군성에서는 나쁘게 평가했다. 육군성의 악평을 대표하여 노기의 비호자인 동향 출신의 후쿠하라 가즈카쓰(福原和勝) 대령이 메이지 9년(1876) 12월 2일자로 노기에게 보낸 편지 속에서 고다마(兒玉)를 칭찬하며 노기를 꾸짖고 있다.

'앞서 자네의 처사에 대해 갖가지 좋지 못한 소리가 들려, 다소 조슈 인의 면목에도 관계가 없지 않네. 곧 회답을 보내 내 의심을 풀게 해 주면 다행이겠네.'

이런 것이었는데, '갖가지 좋지 못한 소리'란 것은 이 경우 노기에게는 안타까운 것이었을지도 모른다. 오히려 아키즈키의 난이 사방으로 번지지 않았다는 점에서, 노기의 공로가 있었다고 생각하는 편이 옳을지도 모른다.

노기는 이에 대한 편지 가운데서 신푸렌을 가리켜 '히고 적(肥後賊)'이라고 부르고 아키즈키에서 궐기한 사족들을 '아키즈키 적(秋月賊)'이라고 불렀다. 편지 속에 자기가 취한 조치와 전쟁의 결심에 대해 구체적으로 쓰고 자신에 대한 악평은 부당하다고 했다. 아무튼 북 규슈 일대는 노기가 담당하고 있었다. 아키즈키에서 난이 일어났을 때, 야나가와(柳川), 사가, 부젠(豊前) 지방에도 일어날 가능성이 있으므로 얼마 안 되는 병력을 어떻게 배치시킬까를 고심했으며, 그 조치는 대체로 타당했다고 할 수 있다.

고쿠라의 보병 제14연대는, 작년(메이지 8년)까지는 육군 소령 야마다 에이타로(山田頴太郞)가 연대장이었다.

야마다는 조슈 인이다. 뿐만 아니라 전 참의 마에바라 잇세이의 친동생으로, 형과 똑같은 사상과 울분을 품고 있었으므로 늘 형과 연락을 취하면서, 형이 반란을 일으키는 것에 대해서는 형 이상의 열의를 가지고 추진했었다.

육군성은 야마다를 위험시했다. 야마다를 연대장으로 놓아두면 연대를 이끌고 폭발할 위험성이 높았다. 이로 인해 작년 12월에 갑자기 면직시켰고, 야마다는 하기로 돌아갔다.

"후임은 누가 좋을까?"

이것이 육군 대신인 야마가타 아리토모가 고심하는 바였다. 제14연대장 자리는 조슈계가 육군을 장악하고 있는 이상 조슈 인이 바람직하다. 그리고 당연한 것이지만 불평사족의 사상에 휩쓸리지 않는 사람이 좋다. 결국 정치적 관심이 적고 직무를 중심으로 사고하는 사람이 좋다. 그리고 나서 중령과 소령 계급에서 뽑기로 결정되자 노기 마레스케 밖에 없었다.

"노기는 아무 문제가 없을까?"

야마가타를 중심으로 후쿠하라 가즈카쓰 대령 등 조슈계의 육군성 고급 군인들은 그에 대해 고심을 거듭했다. 노기는 이 시대의 사쓰마·조슈의 영관급 이상 인물 가운데서는 드물게 보신 전쟁을 체험하지 않은 사람이어서, 싸움터에서의 능력이 어느 정도인지 판단할 수 없었다.

노기는 보신 전쟁 때 20세였는데 하기의 번교인 명륜관(明倫館)에서 한학을 공부하고 있었다. 조슈의 젊은 사족이 대부분 군대에 나가 각처로 옮겨다니며 싸우고 있었는데 노기만이 그렇지 않은 것은, 노기 자신을 포함한 신변의 그 누구도 그에게 군인의 자질이 있다고 생각지 않았던 때문인 것도 같다. 원래는 씨름을 하다가 왼쪽 다리를 삐었기 때문이기도 했다. 노기가 이에 관해 쓴 글이 있다.

'하기에 유학 중 왼쪽 다리를 삐었는데 메이지 원년(1868) 5월에 이르러 조금 나았다. 번의 보국대(報國隊)가 에치고로 출전하는 데 가담하려 했으나 번에서 이를 허락지 않으므로 도망쳐서 시모노세키에 이르러 배에 타려 했을 때 체포되었다.'

이런 글을 일부러 쓴 걸 보면, 그로서는 종군하지 않은 것이 무척 마음에 걸렸던 모양이다. 메이지 2년 번의 보국대가 돌아왔을 때, 노기는 엉뚱하게도 번의 명령에 의해 그 보국대의 독서담당이 되었다. 학생들은 역전의 무사들뿐이어서 수업 중에 노기를 자주 놀렸다. 마침내 학생들이 떠들기 시작했다.

"전쟁에도 나가지 않은 사람이 전쟁에 나간 사람에게 학문을 가르치는 것은 말이 안 된다."

마침내 노기도 싫증이 나서 그만두고 말았다. 그런데 노기의 사촌형으로 미호리 고스케(御堀耕助)라는 사람이 있었다. 막부 말기에 활약한 사람으로 곧 병으로 죽게 되지만 새 정부의 고관들과 잘 통했다. 노기는 미호리의 추천으로 육군에 들어갔다. 후시미 병영에서 한 달 훈련을 받았을 뿐인데 메이지 4년 23세로 느닷없이 육군 소령이 되었다. 그뒤 메이지 7년에 넉 달 동안 휴직한 것도 그가 군인에 적합하지 않다는 것이 이유였던 모양이다.

어찌 됐거나 노기는 메이지 8년(1875) 12월 4일자로 구마모토 진대 소속의 보병 제14연대장 대리로 임명되었다.

이에 앞서 1년 동안, 노기는 육군 대신 야마가타의 전령사(傳令使)로 있었다. 전령사는 뒷날의 부관과 비슷한 직책이다. 늘 야마가타의 신변에서 문서를 정리하고 잡무를 맡아 보았다. 야마가타로서는 이 조슈의 청년을 어떻게든 고급군인으로 만들려고 일종의 교육을 시킨 모양이다.

야마가타로서는 노기를 고쿠라로 보내는 것은 사변발발의 경우를 생각하면 약간 불안했을 것이다. 그러나 그 점은 조슈계의 후쿠하라 대령이 '내가 도쿄에서 지도하고 독려하겠다'는 전제로 결정되었을 것이다. 이 동안 야마가타와 후쿠하라 사이에 그런 의논이 있었던 것은 신푸렌과 아키즈키의 난이 발발한 뒤에 후쿠하라가 몹시 교육적인 질책을 하는 편지를 보낸 것으로도 짐작이 간다.

그런데 노기는 고쿠라에 부임한 뒤로 정보활동을 참으로 능란하게 해냈다.

그는 신푸렌의 난과 마에바라 잇세이의 난, 또 아키즈키의 난이 반드시 일어나리라는 것을 예언하고 몇 차례에 걸쳐 구마모토 진대 사령관 다네다 마사아키와 도쿄의 야마가타 육군 대신에게 경계하라는 내용의 편지를 보냈다.

그에 대한 노기 자신의 글이 있다. 자기의 의사를 충분히 표현한 글이라고 할 수 있다.

'마에바라 잇세이 무리들이 규슈 각 고을의 사족들과 오가며 반역을 꾀하려 하는 것을 내 돈을 써 가며 탐지했으며, 히고의 신푸렌 폭동 때는, 미리 다네다 소장에게 보고했는데도 믿어 주지 않아 끝내 그 변을 가져오게 했다.'

정보수집 활동이란 것은, 그 당시의 군대나 군인으로서는 전혀 생각할 수 없는 기능과 감각이었다고 할 수 있으며, 노기는 자기 돈을 써서 그런 활동을 했다는 것이다. 진대는 국내 치안을 위한 군대였지만 주된 임무는 전투였고 치안 정보활동은 없었다. 치안에 관한 정보는 내무성 관할 아래 있는 경찰이 담당하고 있었으므로 연대장의 직분에는 그 책임이 없었다. 그러나 노기는 사재를 들여 비밀 탐지를 했다는 것이다.

노기는 군인으로서의 경험이 부족했으므로 연대장의 직책을 어쩌면 오해하고 있었는지도 모른다. 그가 말했듯이 그는 신푸렌의 궐기를 예언했고, 직속상관인 다네다 소장에게 미리 보고했다. 이것은 놀라운 일이었는데 다네다는 이를 묵살했다가 결국 신푸렌에 살해되었다. 그러나 다네다로서는 할 말이 있었을 것이다.

그는 경찰에서 통보받은 정보라면 모르되, 자기 부하인 연대장이 임무가 아닌 일로 그것을 알려 온 경우에는 그 정보를 확실한 것으로 생각하지 않았을지도 모른다. 그러나 노기는 취미로 하고 있었던 것은 아니었다. 노기의 친동생이 마에바라 당의 간부였던 것이다.

노기는 동생에게서 정보를 얻었다. 이처럼 신빙성이 높은 정보는 없었을 것이다.

노기 마레스케(乃木希典)의 동생은 다마키 마사요시(玉木正誼)이다. 그는 집을 나와 하기(萩)의 다마키 분노신(玉本文之進)의 권유로 그의 양자가 되었다. 족보 관계를 들추는 것은 약간 번거러운 일이지만 노기 가문은 조슈의 지번(支藩)이다. 그 본번(本藩)은 하기의 다마키 가문이다. 다마키 가문의 주인이 다마키 분노신(玉本文之進)이다. 분노신은 스기(杉) 가문 (요시다 쇼인(吉田松陰)의 본가)에서 떨어져 나와 다마키 가문에 입양된 사람이니까 분노신 자신은 노기 마레스케 형제와는 직접적인 관계는 없다. 그러나 가문이라는 견지에서는 종지(宗支)의 관계가 있다. 이 인연으로 해서 노기 마레스케는 어린 시절 하기(萩)의 성바깥거리인 마쓰모토무라(松本村)에 사는 분노신의 훈육을 받도록 맡겨졌다. 노기의 한학(漢學) 소양은 분노신에게서 사사한 것이다. 이와 마찬가지로 노기의 뒤를 따라 동생 마사요시(正誼)도 한학 소양을 받았다. 분노신의 아들이 죽었기 때문에 마사요시를 양자로 삼았다.

다마키 분노신이 자기가 태어난 집인 스기 가문의 둘째아들인 쇼인(松陰) 요시타 도라지로(吉田寅之郎)에게 기초적인 학문을 가르쳤다는 말은 이미 했다. 다마키는 마쓰시타 촌숙(松下村塾)이라는 서당을 열고 있었는데 쇼인이 감옥에 금고형으로 갇혀 있는 동안 쇼인 자신이 이 촌숙을 인계받았기 때문에 훗날 그 촌숙의 이름이 입을 통해 퍼졌다.

이 촌숙의 출신자가 막부 말엽부터 이 시기에 걸쳐 활동했는데, 그곳 촌숙의 손님으로 접대받던 기도 다카요시(木戸孝允), 잠시 동안 이 촌숙에 다닌 것만으로 가장 열성적으로 촌숙의 이름을 선전한 야마가타 아리토모(山縣宥朋), 서당 이상의 의미를 두지 않았다는 이토 히로부미(伊藤博文) 등이 자연히 조슈벌(長州閥) 중에서도 특히 마쓰시타 촌숙파(松下村塾閥 : 쇼카 손주쿠벌 이라고도 한다)를 형성했다. 기도나 이토에게는 촌숙파(派)라는 의식이 없었으나 야마가타에게는 짙게 깔려 있었다.

노기는 쇼인이 이 촌숙에서 가르칠 무렵에는 어렸기 때문에 관계가 없다. 그러나 그 뒤 다마키 분노신의 가르침을 받았으므로 야마가타의 눈으로 보면 촌숙의 지류에는 들어간다고 하겠다. 노기가 보신전쟁에 종군하지 않았는데도 갑자기 소령이 된 것은 다분히 야마가타의 덕택이라 하겠다.

그러나 마에바라 잇세이 쪽이 쇼인의 제자로서는 야마가타보다는 훨씬 정통이라 할 수 있다.

마에바라가 하기로 돌아가 반정부적 존재가 된 것은 촌숙파의 분열 탓이라 할 수 있다. 마에바라는 쇼인을 격렬한 보수적 양이론자(攘夷論者)로 보았고, 그점에서는 다마키 분노신도 마찬가지였다.

마에바라가 다마키 분노신과 그의 양자 다마키 마사요시(그의 아내는 쇼인의 형 민지(民治)의 맏딸이었다)와 함께 이른바 정통적인 촌숙파로서 하기 마을에 들어박혀 있었다.

그 다마키 마사요시(玉本正誼)가 고쿠라(小倉)에 있는, 연대장이며 형인 노기 마레스케에게 종종 찾아와서 반란을 일으킬 것을 권한 것은 메이지 9년 첫무렵부터였다.

고쿠라에 종종 찾아와 모반할 것을 권유하는 동생에게는 연대장인 노기도 몹시 난처했던 모양이다.

"수양아버님(다마키 분노신)도 찬성하십니다."

동생인 다마키 마사요시는 이 말을 되풀이하여 설득하려 했다. 노기에게는 다마키 분노신이 스승이었으므로 이 말은 마음에 충격을 주었을 것임에 틀림없다.

다마키 마사요시는 노기의 부하 장교들도 설득했다.

"지금의 정부가 옳다고 생각하나?"

특히 정부의 대외적인 저자세를 들면서 눈물을 흘리며 설득하자, 어느 누구도 태정관이야말로 일본에게 발전을 가져다 줄 것으로는 여겨지지 않았다. 더욱이 대대장인 아오야마 호가라(靑山朗) 등이 감상적인 인물이었던 만큼 상당히 동요되었던 모양이다. 그러나 아오야마는 그 말에 따르지 않았다.

노기 자신은 조금도 동요되지 않았다. 정치 논의를 할 줄 몰랐던 그는 동생과 토론을 하지 않았고 굳은 태도로 대했다. 그러나 동생이 누설한 동지들의 움직임을 도쿄의 육군성이나 직속상관인 구마모토 진대 사령관인 다네다 마사아키에게 보고하고 있었다.

노기가 훗날 아키즈키(秋月)의 난(亂) 때 겁장이라든가 적과 통정하고 있다는 따위의 악평이 있었을 때 도쿄의 후쿠하라 가즈가쓰 대령 앞으로 써 보낸 편지 속에서 다음과 같은 내용을 썼다.

"나는 동생에 대해 혈육의 정까지 끊었습니다."

이런 뜻으로 아래와 같은 격렬한 글을 썼다.

"이미 귀하도 알고 계신 바와 같이 마레스케는 지난 해 이 직책(고쿠라의 연대장)을 맡아 침식 중에도 마음을 쏟으며 마침내는 혈육의 정까지 끊고 저를 인정해 주시는 분을 위해 보고를 하게 되었습니다."

이 문장의 어딜 보더라도 만년에 노기가 좋아한 천황에의 충성심에 관한 글은 찾을 수 없다. 그의 이 문장에 관한 한 동생과 의절하게 된 것(난이 일어 나기 직전)은 국가에 대한 충성심이 아니라 '자기를 인정해 주시는 분을 위해 보고를 하게 되었음'이라고 적고 있다. 자기를 인정해 주시는 분이란 자기를 추천해 준 육군대신 야마가타 아리토모임은 틀림없다. 덧붙여 말하면, 국가에 대한 충성심은 반역도측이 더 강력했는지도 모르며, 이 경우 그의 글은 타당한 말이 아니었을지 모른다. 요컨대 자기에게 육군 대령과 연대장직을 준 야마가타 및 태정관에게 보답하기 위한 극히 사적인 동기에 의해 자신의 성실함을 도출한 것으로 보겠다.

노기의 이 글 만큼 이 시대의 태정관과 그 반대세력과의 관계를 미묘하게 암시하고 있는 것은 없다. 바꾸어 말하면 '국가'는 아직 성립되지 않았고 태정관과 반대세력은 마지막 한계까지 같은 수준으로 있었고, 태정관에 속하는 관료들도 일종의 사당(私黨) 냄새를 풍기고 있었음을 알 수 있다. 노기는 '공(公)'을 닮은 일종의 사당인 태정관과 육군의 총수인 야마가타 개인에 대한 충성심을 위해 형제의 의리까지 끊었다고 보겠다.

바꾸어 말하면, 사쓰마의 경우 태정관에 남은 군인들도 노기와 비슷한 심경이었음에 틀림없다.

메이지 9년, 정부파와 반정부파의 관계는 노기 소령과 그의 친동생 마사요시와의 관계에서 다소 엿볼 수 있다.

마에바라 잇세이와 그 당파가 하기(萩)의 난을 일으키기 위해 하기의 도코사(東光寺)에 집결한 것은 10월 26일이다. 그동안 다마키 마사요시는 규슈의 정세를 탐색 중이어서 10월 10일 노기의 집을 찾아갔다.

이날은 북 규슈(北九州) 일대에 가랑비가 내리고 있었다. 마침 노기는 집에 없었다. 마사요시는 친형의 집 부엌도 잘 알고 있었고 마부들도 낯이 익어 있었으므로, 부엌으로 올라가 뭔가 먹을 것이 없는가 하고 마부에게 가벼운 식사 준비를 시켰다.

그때 노기가 돌아왔다. 현관으로 들어오자 부엌 쪽에서 인기척이 났다. 들여다보니 동생이 있었다. 노기는 그 당시는 벌써 신푸렌이 10월 24일쯤 궐기할지도 모른다는 정보도 얻고 있었고, 관내인 아키즈키에 불온한 냄새가 풍긴다는 것도 알고 있었다. 또 동생인 마사요시가 그런 패들과 하기의 마에바라 잇세이를 결탁시키며 돌아다니고 있는 반정부파의 거물이란 것도 물론 알고 있었다. 그런 사람을 집에 끌어들이고 있다는 소문이 나면, 도쿄의 육군성으로부터 어떤 의심을 받을 것인지 잘 알고 있었다.

마침 집에 들어온 카스텔라가 있었다. 노기는 그것을 신문지에 싸서 마사요시에게 건네주고, 부엌문을 가리키며 소리는 내지 않고 나가라는 시늉을 해 보였다. 말은 한 마디도 하지 않았다. 마사요시는 나갔다. 아마 성난 얼굴이었을 것이다. 그뒤 노기는 평복으로 빗속을 뒤쫓았다.

고쿠라에서 잠자코 나룻배에 올랐다.

맞은편의 시모노세키(下關)에 상륙하여 요정인 진카이 루(鎭海樓)로 올라갔다. 시모노세키라면 고쿠라의 연대 사람들 눈에는 뜨이지 않는다는 생각이었을 것이다.

노기가 그곳에서 술잔을 서로 주고 받은 것은 동생과의 이별을 위해서였음이 틀림없다. 동생이 이윽고 마에바라와 함께 거사하고, 다음은 싸움터에서 마주보아야 한다는 것은, 그 당시 자명한 일이 되어 있었다. 마사요시는 의기가 당당했다. 그는 반란의 봉화가 한 번 오르면 그것이 전국으로 번져 정부는 고립할거라 보았고, 반란측이 지리라는 것은 꿈에도 생각지 않았다. 아마 노기 자신도 정부파가 이길거라고 확신하지는 않았을 것이다.

노기의 친동생인 다마키 마사요시는 마에바라 당의 정보계로서 참으로 훌륭하게 활동했다.

그는 시모노세키에서 노기와 헤어지자 다시 고쿠라로 건너갔다. 고쿠라에서 동지들로부터 정보를 모아, 신푸렌이 24일에 거사했다는 소리를 듣자, 곧 시모노세키로 되돌아온 다음 밤낮을 가리지 않고 달려 일본해 연안의 하기의 옛 성 밑 거리로 돌아갔다.

다마키가 하기에 도착해서 마에바라에게 이 사실을 알리는 한편 당장 거사할 것을 진언한 것은 26일이다. 신푸렌이 하룻밤에 궤멸했다는 소식은 전해지지 않았다.

마에바라는 결단을 내리지 못하는 성격이었지만 신푸렌이 거사했다는 이한 가지 사실에 들뜨듯이 결심했다.

"곧 군사회의를 열자."

장소를 하기의 교외에 있는 도코사로 옮기고 동지 중의 간부 십여 명을 모았다. 군략은 정해졌다. 급히 현청이 있는 야마구치(山口)를 치고 들어가 그곳을 점령하고, 그 뒤 한꺼번에 동쪽으로 올라가 간악한 정부 관리들을 제거한다는 것이었다. 그러나 마에바라 당의 서투름은 이 궐기를 결정한 간부회의 당시에도 군대라고는 한 명도 준비되어 있지 않았던 것에 있다.

"군대는 전 사족들 중에서 모집한다."

이런 것을 새삼스럽게 결정한 것이다. 설사 모은다 해도 훈련은 되어 있지 않았고, 군대조직도 뒤늦게 대책을 강구해야 할 형편이었다. 마에바라가 전 병부차관이었고 그 친동생인 야마다 에이타로가 육군 소령이었던 것에 비해 군대 일을 너무 소홀히 다뤘다.

조슈 사람들은 막부 말기 이후로 격문을 쓰는 데 능했고 또 다분히 좋아하기도 했다. 먼저 격문을 쓰는 일에 많은 시간을 허비했다.

기초(起草)는 오쿠다이라 겐스케(奧平謙輔)가 맡았다.

그 격문 가운데 당연히 적이 누군가 하는 것이 밝혀져 있다. 적은 정부였지만 특히 한 사람의 이름이 나와 있었다. 기도 다카요시였다. 가고시마 사학교에서 오쿠보 도시미치가 구체적인 적이었던 것과 똑같았다.

'선군(先君 : 전 藩主인 毛利敬親)의 업(業)을 가로채 자기의 공으로 삼고, 감히 그 생각을 멋대로 하여, 조종(祖宗)의 땅을 몽땅 들어 바쳤다.'

기도에 대해서는 이렇게 말했다. 기도가 옛 번의 영지를 새 국가의 영지로 만들어 버린 것을 공격한 것이다. 이 점에서 마에바라는 판적봉환과 폐번치현에 반대하는, 이른바 시마즈 히사미쓰와 같은 사상이었음을 알 수 있다.

또 마에바라들은 신푸렌의 거사 결과를 모르고 있었는데, 신푸렌이 크게 성공하여 지금 온 규슈가 거기에 휩쓸리고 있다고 썼다.

"한 번의 싸움으로 진대를 전멸시켰다. 그 위력이 미치어 온 규슈가 바람에 휩쓸리고 있다. 참으로 세상에 보기 드문 일이다."

그들이 기고만장한 것을 보면, 신푸렌의 충격이 컸음을 알 수 있다.

마에바라와 그 당파들이 도쿄 사에서 간부회의가 열린 이튿날인 27일, 하기의 전 번교였던 명륜관으로 본거지를 옮기고 그 문에 '순국군(殉國軍)'이라는 큰 문패를 걸었다. 이 점도 한 가지 행동을 일으킬 때마다 이름 짓기에 열을 올리는 조슈의 기풍이라고 할 수 있을지 모른다. 구마모토의 신푸렌도 스스로 명칭을 붙이지 않았고 뒷날 가고시마 사학교도 명칭에 있어서 과대하고 비장한 글자를 고르는 일이 없었으므로 행동을 일으킴에 있어서 솔직 담백했다고 말할 수 있다.

하기의 대구장(大區長)인 요코야마 도시히코(橫山俊彦)는 마에바라와 마찬가지로 죽은 요시다 쇼인의 문인으로 마에바라의 손발처럼 일하고 있었다. 마에바라는 요코야마 대구장을 시켜 각 구장에게 행정명령을 내리게 했다. 사족들을 징모(徵募)하게 한다.

한편 오키하라(沖原)에 있는 정부 소유의 병기제조소를 접수하고, 그곳에 있는 서양식 총과 탄약을 명륜관으로 옮겼다.

이런 손을 썼는데도 명륜관에 모여든 사족은 100명이 조금 넘을 정도였다.

"이뿐인가?"

마에바라는 몹시 낙담했던 모양이다. 아무튼 100명 정도의 군사로는 연안에 있는 정부군을 쳐부수고 도쿄로 치고 올라갈 수는 없었다. 마에바라는 원래가 장수 재목이 아니었다. 모병이 뜻대로 이루어지지 않자 작전을 대폭적으로 바꾸었다.

어쨌든 이 정도의 군사로는 아무것도 안 된다. 그는 크게 모병할 생각으로 다음과 같은 선전을 하게 했다.

"사쓰마의 사이고로부터 지원이 있다."

군대는 기세다. 인심은 기세가 큰 쪽으로 휩쓸린다. 사이고가 만일 거사하면 정부가 무너지게 된다는 소문이 상당히 떠돌고 있었으므로, 사이고의 이름을 내거는 것은 효과가 있다고 생각했을 것이다.

그러나 사이고가 지원한다는 증거가 없으면 안 된다. 이 때문에 그것을 세상이 믿을 수 있게 하는 공문서를 만들었다. 하기의 대구장인 요코하마가 그 문서에 '대구장'이라는 직인을 찍었다.

'소총 3천 자루, 단 탄약도 함께 따라옴. 야전포 8문, 역시 탄약과 함께. 위와 같이 가고시마 사이고 다카모리가 지원하여 우선 오쓰(大津)에 배가 와 닿았으나, 풍파로 인해 하기로 돌아가기 어려우므로……'

문서란 이런 것이었는데, 이 정도의 문서가 어느 정도 모병에 효과가 있었는지는 잘 알 수 없다.

야마구치 현령 세키구치 다카요시(關口隆吉)는 당연히 마에바라의 적이 된다. 세키구치는 이것을 보고 반란자인 마에바라에 대해, 너무 꼴사나운 짓을 하지 말라는 내용의 편지를 보냈다. 말이 좀 거칠었다.

"대장부가 큰일을 하면서 겨우 사이고의 이름을 빌려 어린아이를 겁주듯 하고 있다. 겁을 주지 못하고 거짓이 탄로되어 속셈이 드러났다. 이 얼마나 꼴사나운 일인가?"

조슈인 미우라 고로(三浦梧樓)는 만년에 호를 간주(觀樹)라고 했다. 간주 장군(觀樹將軍) 등으로 불렸으며 도리에 맞지 않는다고 생각되면 당장 벼슬을 그만두고 마는 그 강직성과, 괴상할 정도로 이론을 따지기 좋아하는 것으로 사람들의 사랑을 받았다.

그는 기병대(騎兵隊) 출신의 무인으로, 유신 후 병부성의 국장급을 지냈다. 그런데 오쿠보가 정한론을 누르기 위한 정략으로 대만 정벌(臺灣征伐)을 일으켰을 때 바로 벼슬에서 물러났다.

"사쓰마의 집안 사정으로 나라의 군대를 움직이는 사도(邪道)를 써도 좋다는 말인가."

고향으로 돌아가려 하자 기도와 이토 히로부미가 황급히 막았다. 정부의 고관이 고향으로 돌아가면 반란군의 대장으로 떠받들리게 되는 것이 상례였기 때문이다. 그는 억지로 원로원(元老院) 의관(議官)에 임명되었다. 미우라는 기도의 의회주의로 옮겨간다는 이론에 심취해 있었기 때문에 그의 정치론은 오쿠보보다 진보적이었을지도 모르며, 그가 의회제도를 연구하는 원로원에 있는 것은 그리 부적절하지는 않았다.

그런데 신푸렌의 난이 일어나자 덮어놓고 구마모토로 가라는 명령을 받았다. 그가 탈 배는 가스가마루(春日丸)였다. 이 배는 막부 말기에 사쓰마 해군의 신예함이었는데 유신 후 정부에 바치게 되었다. 가스가마루는 그 당시로서는 고속선이었으므로 급할 경우 사람을 나르는 데 자주 이용되었다.

미우라가 고쿠라에 도착하자 정부에서 온 전보가 기다리고 있었다. 그의 고향인 하기에서 마에바라 잇세이가 난을 일으켰으니 곧 야마구치로 가라는 전보였다.

《간주 장군 회고록》이라는 미우라의 회고담 속기록이 있다. 그것에 의하면 미우라는 말했다.

'……사정은 일체 모른다. 모른다고 해서 꾸물대고 있을 처지는 아니다. 그래서 시미즈(淸水)라는 서기관을 데리고 작은 배에 뛰어올라, 8개의 노로 곧장 미타지리(三田尻)로 간 뒤 거기서 야마구치 현청으로 향했다.'

그런데 미우라 자신은 원로원 의관이라는 문관이었다. 이때 도쿄에서 '히로시마 사단 사령관에 임명한다'는 전보가 왔다.

미우라는 갑자기 육군 소장이 되었다. 그는 히로시마 진대에 전보로 명령을 내려, 군대를 어디어디로 보내라고 부서를 정하고, 다시 오사카 진대에 청하여 군대를 파견해 달라고 했다. 오사카에는 기선편이 있기 때문에 히로시마 군대보다 먼저 야마구치에 닿았다. 미우라는 오사카 군대로 하여금 직접 토벌을 하게 하고 히로시마 군대는 이즈모(出雲)로 급히 보내 마에바라의 퇴로를 막았다.

갑자기 육군 소장이 된 미우라가 야마구치 현청으로 들어갔을 때는, 하기에서 얼마간의 전투가 있었던 뒤였다.

야마구치에는 히로시마 진대의 야마구치 병영의 군대가 적은 수이나마 주둔해 있었다. 이 1개 대대의 군대를 현령 세키구치와 육군 대위 스와 요시카즈(諏訪好和)가 이끌고 가, 하기 부근에서 마에바라 군과 시가전을 한 것이 10월 31일이다. 마에바라 군은 4백으로 늘어나 있었으므로 지방군은 이기지 못하고, 그 뒤 작은 전투를 되풀이했다.

이 뒤 미우라가 야마구치에 들어왔다. 11월 4일 미우라는 일찍이 동지였고 막부 타도전 때의 전우였던 마에바라 잇세이에게 편지를 보냈다. 그런데 미우라의 글에는 옛 정을 그리는 정감은 전혀 없이 무섭게 마에바라를 꾸짖었다.

'마에바라 잇세이 귀하.'

이런 따위의 경칭마저 쓰지 않았다.

'서로 만나지 못한 지가 6, 7년은 되는군. 갑자기 오늘의 사태가 일어났네. 자네의 글을 보았네. 자네는 일찍이 중직에 천거되어 높은 벼슬에 있었던 과분한 몸이었네. 그러니 초야에 물러나 있더라도 정부의 처사가 마음에 들지 않으면 극언(極言)으로 비판하는 것이 마땅하지 않은가?'

왜 말로 하지 않느냐는 것이다.

'무엇이 부족한 것이 있어서 자진해서 반란의 적도가 되는가?'

적도란 말은 마에바라 쪽도 상대편에게 쓰고 있는 것을 보면, 서로가 적(賊)이라고 불렀으니 그 목소리가 큰 쪽과 군사의 위세가 왕성한 쪽이 이긴다고 할 수 있다.

'무뢰한 같은 흉악한 무리들을 이끌고 독(毒)을 고을에 끼치니 살아 있는 백성들에게 무슨 죄가 있단 말인가? 지나가는 곳마다 참혹한 일을 저지르고 불을 지르고 도둑질을 하고.'

이것은, 마에바라 군이 전술상 자주 민가를 불태운 일과 하기의 구(區) 사무소에서 공금 700엔을 빼앗아 군자금으로 쓴 것을 말한다. 다음에 미우라는 자기는 진대의 군대를 거느리고 '흉악한 도둑인 자네 같은 사람을 무찌르려 한다'고 선언했다.

단순한 전투 실무자여야 할 진대 사령관이 이런 선언을 한다는 것은 이상하다면 이상한 일이다. 그러나 정부 대 마에바라의 정치적 긴장에서 온, 말하자면 동격(同格)의 싸움인 이상 미우라로서는 정치적 선언을 하고 나서 싸우려는 마음이 있었을 것이다.

그러나 정부 쪽의 한 관료가 이토록 자기의 정의감에 자신감을 가진 태도로 불평사족의 대장을 규탄한 글도 보기 드물다. 일반적으로 정부 쪽은 재야사족들에 대해 자신의 영달을 어딘지 모르게 꺼림칙하게 생각하고 있었는데 미우라에게는 그것이 없었다. 자신의 관직에 대해서는 솔직했으며 그에게는 개인의 사상으로서 의회주의란 것이 있었고, 오쿠보가 그것을 받아들이기를 아직 망설이고 있는 점에 대해 불만을 느끼고 있었지만, 정부 자체에 대한 사상적 기대는 잃지 않았다. 이런 입장에서 시대에 역행하려는 마에바라에 대해 미우라는 자기자신의 정의(正義)의 적이라는 명쾌한 생각을 가지고 있었다.

마에바라는 원래 사람됨이 성실한 서생이었지만, 반란의 총대장이 될 인물은 아니었다.

'자네는 일찍이 중직에 천거되어'

미우라가 마에바라를 공격하는 편지 속에 이런 대목이 있듯이, 유신의 변동(變動)이 마에바라의 운명을 뒤흔들어 원래 서생이었던 그를 일약 병부차관이라는 큰 벼슬아치로 만들어 버렸다. 곧 사직했지만 여전히 전직 관료라는 무게를 가지고 세상은 그를 바라보고 있었다. 그가 하기의 불평사족에게 떠받들려 아키즈키와 신푸렌 사람들로부터 큰 기대를 받고 있는 것도 그가 일찍이 정부의 육해군을 통솔하는 중진이었다는 평가 때문이었다.

그러나 반란을 일으킨 뒤로, 마에바라는 원래 서생에 불과했던 자신으로 그치고 말았다.

10월 27일, 그는 하기의 명륜관에 모여든 백 수십 명을 거느리고 있었으나 그 정도의 반응밖에 없는 것에 실망하여, 30일에는 부대를 이끌고 하기를 떠나, 직접 스사(須佐)로 가서 스사의 사족들을 모았다.

즉 30일, 하기는 텅 비어 있었다. 그가 없는 동안 야마구치 진대의 1개 대대가 하기에 들어왔다.

마에바라는 31일 다시 부대를 이끌고 하기의 고시가하마(越濱)에 상륙하여 진대군과 격전을 벌였다. 이 전투에서 노기 마레스케의 친동생 다마키 마사요시는 전사하고, 마에바라의 친동생으로 전투 지휘 능력이 있었던 야마다 에이타로는 가슴에 총을 맞아 다시는 일어나지 못하게 되었다.

이날 싸움은 결코 마에바라의 순국군이 불리하지는 않았다. 그러나 마에바라는 간부 몇 사람과 함께 어선을 세내어 이튿날인 11월 1일 하기를 탈출했다. 하기에 순국군을 내버린 채였다.

장수를 잃은 순국군은 그래도 잘 싸웠다. 11월 5일에 진대군 측의 병력이 증강되어 총공격으로 나왔으므로 6일에는 무너지고 난은 끝났다.

마에바라 등 간부는 바다 위에 있었다. 마에바라가 왜 자기가 모집한 군대를 버린 채 달아났는지는 알 수 없는데 니가타(新潟)에서 다시 일어나기 위해서라느니 도쿄로 쳐들어 가기 위해서라느니 하지만, 아무튼 강한 의지와 깊은 생각에서 분명한 목적이 있어 결정된 것은 아니었다. 그의 일기에는 그동안의 이유나 목적에 대해서는 말하지 않고 이렇게 정직하게 쓰고 있다.

'11월 1일 밤, 꿈속처럼 집을 나와 고시가하마(越濱)에서 배를 빌려……'

마치 꿈속을 헤매듯 자기 군대와 싸움터를 버렸던 것이리라.

배는 곧 앞바다에서 풍랑을 만나, 2일에 이와미(石見)의 쓰노우라(都野浦)로 피해 들어갔다가 다시 바다로 나와 3일에 이즈모의 히노미사키((日御기) 옆에 있는 우류우라(宇龍浦)로 들어갔다.

떠나온 뒤부터 바다는 계속 거칠었다.

배는 낚싯배보다 약간 나은 정도의 어선에 지나지 않았지만 뜸으로 지붕을 덮은 선창이 있었다. 눕든가 허리를 구부리고 앉아야 할 정도로 옹색했다. 돛을 올리고 달리는 동안 거센 파도가 사정없이 선창으로 쏟아져 내렸다. 모두 옷이 흠뻑 젖어, 마에바라 자신의 문장으로 말하면 '뼛 속까지 젖었다'는 것이다.

배가 이즈모의 우류우라(宇龍浦)로 들어간 것은 사공의 판단에 따른 것으로, 풍랑에 의해 배가 뒤집힐 것만 같았기 때문이었다.

우류우라는 히노미사키 동쪽에 있는 포구로 옛날에는 명(明)나라 무역선이 들어오는 상항(商港)이었지만 지금은 한적한 어항이 되어 있었다. 포구 동서로 두 개의 곶이 팔처럼 뻗어 이 항구를 바깥바다의 풍랑으로부터 막아주고 있었고, 또 포구로 들어오는 들머리에 작은 섬이 있었다.

마에바라 일행이 탄 배가 이 작은 섬 뒤에 닻을 내렸다. 때는 11월 3일 해질 무렵이었다.

"이상한 배가 있다."

이들을 본 것은 이 포구의 물길을 안내하는 오쿠니 요시사부로(大國慶三郎)라는 사람이었다. 그는 치안 책임을 맡고 있는 것이 아니었으므로 못본 척해도 그만인데, 그것을 조장(組長)인 야스다 이치로베(安田市郎兵衛)라는 사람에게 알렸다. 에도 시대의 5인조(五人組) 제도가 아직 살아 있었다고 할 수 있다. 에도의 막번제(幕藩制)에서의 5인조 기능이란 상호 감찰에 의한 탐색과 고발이었다. 특히 그 대상을 기독교도와 범죄자의 발견에 두었고, 다른 지방 사람의 입국에 대해서도 그들의 기능 자체가 갖는 본능처럼 과민했다.

오쿠보의 내무성 중심의 국가 구상은 끝내는 정부 지도에 의한 프로이센식의 지방자치라는 것을 이상으로 삼고 있었던 모양이나, 그 당시의 실태는 그렇지는 않았다. 오히려 이미 있던 5인조의 기능을 살려 치안의 일부를 담당시키려는 경향이 있었다.

"수상하다고?"

두 사람은 달리기 시작했다. 그들은 하기에 난이 일어난 것을 현청의 포고를 통해 알고 있었을 것이다. 그들은 우류(宇龍) 전체의 호장(戶長)인 나가오카 고로에몬(永岡五郎右衛門)이 대기하고 있는 구회소 사무실에 이 사실을 보고했다. 그들은 사람을 보내 그 괴상한 배를 신문하게 했다. 괴상한 배에 탄 손님은 옷차람도 말쑥하고 게다가 신문하는 사람을 거만하게 꾸짖었으므로 부호장(副戶長)인 다카키 기스케(高木儀助)는 만만찮은 상대인 것을 알고 파발을 보내 기즈키(杵築)의 경찰서에 보고했다.

기즈키는 이즈모 신사의 문앞 고을이다. 에도 시대에 신사의 사령(社領) 5000석을 관할하던 곳이기도 했다.

메이지 이후에 이곳에 경찰서가 설치되었다. 여기에 오카다 도오루(岡田透)라는 경감이 대기하고 있었는데, 11월 3일 밤, 우류우라로부터 급보를 받았을 때 그는 그 괴선이 하기의 난과 관계가 있는 것으로 짐작했다. 그러나 괴선 속에 있는 사람의 수는 알 수 없었다.

오카다는 밤길을 달렸다. 그가 거느리고 있는 사람은 4명이었다. 그 가운데 고자사(小笹)와 미야케(三宅)라는 순경 둘이 있었는데, 모두 시마네(島

根) 현청이 현안에 있는 사족들 중에서 무예가 뛰어난 사람을 뽑아 채용했던 사람들이다. 다른 두 사람은 평민이었다. 유신 전에 앞잡이 노릇을 하고 있었는데 경찰의 손이 모자랐으므로 계속 쓰고 있었다.

각 부현은 경찰관을 모두 사족으로 구성하고, 앞잡이가 경찰로 채용되지 않은 것도 태정관 정부의 한 특징이라 할 수 있다.

오카다 경감 이하 다섯 사람이 우류우라에 도착하자, 우류의 어촌에서 자위단을 조직했다. 오카다는 각 조장을 자기 지배하에 두고 마을 젊은이를 소집하게 했다. 이름은 자위단이지만 관에서 만든 것이라고 할 수 있다.

3일 밤은 이렇게 해서 깊어 갔다. 자위단은 바닷가를 경계했다. 그러나 그 괴상한 배에 올라가 신문을 하거나 체포할 만한 실력도 용기도 없었다.

배 안에 있는 마에바라와 일행은 마실 물이 한 방울도 없어 괴로워하고 있었다.

'배에 한 모금의 물도 없이……'

마에바라 자신이 그렇게 쓰고 있다.

'……뱃사람을 시켜 물을 구해 오게 했더니, 뜻밖에도 순라꾼에게 잡혀 일이 탄로 나게 되었다.'

바로 그대로였다.

4일 아침이 되어도 비바람은 그치지 않았으므로 닻을 올려 바깥바다로 나갈 수가 없었다. 차라리 누군가가 뭍으로 올라가 어촌에서 물을 구해오게 했다. 배를 매려고 섬을 떠나 진노스케(仁之助)라는 사람의 집 앞 바닷가에 배를 붙였다.

한편 고자사 순경은 배가 움직이는 것을 보고 누군가가 상륙할 것으로 짐작하고 그 자를 잡기 위해 준비했다. 고자사와 미야케 두 사람은 관복을 벗고 어부 차림으로 바닷가로 나갔다. 배에서 내려온 것은 하기의 대구장으로 마에바라 당(黨) 간부인 요코야마 도시히코와 그의 수행원 시라이 린조(白井林歲) 두 사람이었다.

"물을 얻고 싶다."

요코야마가 변장한 두 순경에게 부탁했다. 두 순경은 구회소가 있는 후쿠쇼사(福性寺)의 방으로 안내했다. 순경 미야케는 화로를 꺼내오는 시늉을 하다가 그것을 느닷없이 요코야마의 눈썹 사이에 내던졌다. 그 뒤 장지문 뒤에 숨어 있던 앞잡이들이 몰려나와 몽둥이로 요코야마와 시라이를 마구 두들겨 패고 잡아 묶었다.

시마네 현청은 마쓰에(松江)의 도노마치(殿町)에 있었다.

관할 구역이 넓어서 이즈모 외에 이와미와 돗토리 현(島取縣)까지 아울러 다스리고 있었다.

현청은 전 조슈의 번사였던 사토 노부히로(佐藤信寬)였다. 사토는 그 해 5월에 부임해 왔는데, 온후한 인품에 권위를 내세우는 일이 전혀 없었고, 언 뜻 시골 선비 같았다.

그는 기즈키 경찰서로부터 급보를 받고 놀랐다. 첫 보고가 들어왔을 때 현청 안이 동조하며 허둥대기 시작했다. 마에바라가 바닷길로 군대를 이끌고 쳐들어 온 것으로 알아들은 것이다. 그 당시 히로시마 진대의 부대는 아직 마쓰에에 도착하지 않았으므로 마쓰에는 군사적으로 공백지대였다. 이것이 무서워 허둥대게 되었다.

사토는 청 안의 공포상태를 가라앉히는 데 고심했다. 동시에 습격당할 것을 각오하고 청 안의 금고에 있는 미쓰이 은행의 지폐 6만 엔을 뜸으로 덮은 배로 옮기고, 현청 뒤 수문(水門)에 매두었다. 또 마에바라의 수군이 마쓰에의 큰 다리 밑으로 들어올 것을 예상하고 교각에 많은 통나무를 붙들어 매어 배를 막도록 했다.

4일 오후에야 우류우라에 배 한 척이 와 있을 뿐이란 것을 알았다. 다시 4일 밤에 요코야마와 시라이가 짐승처럼 밧줄에 묶여 들것에 매달려 마쓰에 경찰서로 운반되어 온 것을 알았다. 그들은 오카다 경찰들의 고문을 받고 반쯤 죽은 상태에 있었다.

사토 현령은 이 보고를 받고 같은 고향 사람으로서 비통한 생각이 들었던 모양이다.

'경찰에 맡겨 둘 수는 없다.'

그는 몸이 달았다. 사토는 요코야마가 요시다 쇼인의 나이 어린 제자였던 것도 알고 있었다. 또 마에바라에 대해서는 그의 정치사상에 동조하지는 않았지만, 충분한 경의를 가지고 있었다. 그것 이상으로 같은 번사로서 짐승 같은 대우를 받고 있는 것이 견딜 수가 없었다. 그는 현령으로서보다도 조슈인으로서 이 사건을 생각했다.

그는 자기 부하인 조슈 인에게 이 처리를 맡기려 했다. 그러나 사토로서 안타까웠던 일은 현의 경찰 안에 조슈 인이 없다는 점이었다.

학무 관계를 담당하는 하급관리에 조슈 인이 있었다.

시미즈 세이타로(清水清太郎)라고 했다.

전 조슈 번의 중신이었던 집안의 젊은 주인이다. 시미즈 집안은 다카마쓰(高松) 성주였던 시미즈 무네하루(清水宗治)의 후손으로 무네하루가 적의 공격을 받았을 때 배를 갈라 모리(毛利) 집안의 위기를 구해 준 뒤로 모리 집안은 이 시미즈 집을 소중히 여겨왔다.

한편 시미즈 세이타로라는 동명이인이 조슈 번의 역사에 등장한다.

그는 중신의 몸으로 조슈 근왕당의 한 사람이었는데, 하마구리 문의 변 당시 조슈 군이 대거 교토로 올라왔을 때, 이를 진정시키려고 무던히 애를 썼으나 결국 변란을 보게 되었으며 조슈 군은 패했다. 시미즈는 중신으로서 그것을 저지하지 못한 데 대한 책임을 느끼고 조신하면서 처벌을 기다렸다. 이윽고 번은 막부를 의식하여 그에게 할복을 명했다. 번의 명령에 따라 깨끗하게 배를 가른 그는 그의 선조인 시미즈 무네하루를 연상하게 하는 바가 있었다고 한다. 그때 그의 나이 22살이었다.

메이지 9년 시마네 현청에서 일하고 있던 시미즈 세이타로는 그의 뒤를 이은 아들로 성격은 앞의 세이타로를 닮아 독실하고 의협심이 있었다. 이 의협심은 시미즈 집안의 전통적인 윤리감각이라고 할 수 있을지도 모른다.

시미즈는 달아나던 마에바라가 시마네 현의 어촌에 나타난 것을 곤혹스럽게 여기고 있었다. 그는 일찍이 마에바라에게 한학 강의를 받은 일이 있었으므로 말하자면 스승이었다.

현령인 사토 노부히로는 시미즈를 골라내어 그를 우류우라 현장으로 보냈다. 사토는 마에바라의 명예를 생각하여 가능한 한 경찰을 멀리해 가며 자수하게 하는 방법이 없을까 하고 고심하고 있었다. 그러기 위해서는 사토가 마에바라에게 보내는 서신을 시미즈에게 들려 현장의 경찰을 제지해 가며 마에바라를 설득하는 것이 가장 좋다고 생각했다.

"현령으로서가 아니고 조슈 인으로서 그렇게 하고 싶네. 부탁을 들어 주게."

그러나 시미즈는 한마디로 거절했다. 시미즈는 현령 밑의 하급관리에 불과했지만 옛 번의 신분은 중신으로서 사토보다 훨씬 위였다. 조슈 인으로서라면 사토의 청을 듣지 않아도 무방했다.

시미즈는 말했다.

"내 직책은 학무입니다. 경찰이 아닙니다. 설사 경찰이라 하더라도 이 일은 맡을 수 없습니다. 왜냐하면 마에바라 선생은 나의 스승입니다. 스승을 체포할 수는 없습니다. 양해해 주십시오."

이에 대해 사토는 자기 고충을 털어놓았다.

"마에바라는 유신의 공로자야. 또 나 개인의 입장으로 말하면 같은 현의 친구로서 무척 괴롭다네. 그런데 내버려 두면 경찰이 어떤 모욕을 그에게 더 가할지 몰라. 현재 요코야마 도시히코가 돼지라도 당하기 힘든 모습으로 마쓰에로 압송되어 왔어."

그리고 다시 말했다.

"시마네 현청에 있는 조슈 인이라면 현령인 나와 현 참사인 사카이 지로, (境二郞) 그리고 당신 세 사람이 있을 뿐이야. 그 중에 사카이는 돗토리의 진압을 위해 나가 있고, 나는 현령이므로 움직일 수가 없잖은가. 당신밖에는 갈 사람이 없어. 부탁하네."

시미즈는 그제야 사토의 의도를 이해하고 가기로 했다.

시미즈 세이타로는 마쓰에에서 두 사람이 끌고 미는 인력거를 사용했다. 아무튼 급히 달리게 했다.

마에바라와 그 일행을 만난다면서 시미즈는 칼도 차지 않고 지팡이도 짚지 않은 채, 지금부터 춤이라도 출 듯이 문복(紋服)을 입고 흰 부채를 하카마 위에 놓고 있을 뿐이었다.

시미즈는 몸집이 작지만 조슈에 흔히 있는 길쭉한 얼굴에 청아한 용모를 지닌 젊은이로, 어디까지나 옛 번의 중신이라는 자연스럽고 침착한 면이 있었다. 시마에 현의 학무를 담당하고 있는 그는 지금 현 안의 소학교를 정비하는 일을 하고 있지만, 그 전에는 옛 번의 실무를 맡은 적이 없었다. 더구나 모반인인 마에바라를 마쓰에로 데리고 오는 따위의 거친 일은 전혀 경험하지 못했다.

그러나 어릴 때부터 중신이 되기 위해 양육된 그의 생각에서는 일이란 것은 언제나 단순했다. 일이 있을 때는 언제나 한 번의 희생으로 배를 가르면 그만이다. 양아버지도 그랬고, 먼 조상인 무네하루도 그랬다. 지금의 경우

세이타로도 그럴 생각으로 있었다.

또 한 대의 인력거가 앞을 지나가고 있었다. 현령인 사토가 시미즈를 위해 딸려 보내는 부사(副使)로 현의 청송과(聽訟課) 과원인 시다치 덴하치로(志立傳八郎)였다. 그는 전 마쓰에 번사로 조용한 실무가였다.

기즈키의 문전 거리로 들어갔다. 이윽고 경찰서 앞에 인력거를 세우고 먼저 시다치가 들어갔다.

다행히 오카다 경장이 있었다. 오카다는 현장과 긴밀히 연락하면서 온갖 수배에 전념하고 있었다.

"사토 현령의 대리인 시미즈 세이타로 나리께서 오십니다."

그의 관리로서의 신분은 오카다보다 약간 높았다. 거기에 시미즈가 들어왔다. 오카다는 황송해 하며 시미즈에게 자기 의자를 권하고 대신 다른 의자를 끌어당겨 앉았다.

그런 다음 오카다는 시다치를 향해 현재의 상황을 보고했다. 마에바라가 잠복해 있다는 어선은 여전히 바닷가에 머물러 있었다. 바닷가에는 자위단 사람들이 경계를 하고 있었고, 나아가서는 도망칠 것을 염려한 나머지 배를 몇 척이나 준비하고 있었다.

겁나는 것은 마에바라의 군사력이었다. 먼저 잡힌 요코야마는 마에바라가 도망치기 쉽도록 거짓 자백을 했다. 배 밑바닥에는 군자금 2만 엔과 권총 10자루, 그리고 칼이 20자루가 간직되어 있다고 그는 말했다.

오카다는 이를 무서워하며, 차라리 마에바라가 타고 있는 배 자체를 가라앉혀 버릴까 생각하고 있었다. 그러기 위해서는 총을 쏘아 구멍을 뚫으면 된다. 다행히 막부 말기에 마쓰에 번이 농병대를 만들어 저마다 총을 갖게 한 일이있었다. 그것을 근처 호장이 보관하고 있는데, 지금 그것을 모으고 있는 중이라고 했다.

오카다 경감이 보고를 마쳤으나 시미즈는 잠자코 있었다. 약간 창백해져 있는 것은 분노를 참고 있기 때문이었다. 이윽고 입을 열었다.

이때 시미즈가 한 말은 글로 치면 명문이라고 할 수 있는 것으로, 시마네 현청에 길이 전해졌다.

"우리 조슈의 무사는 약하고 둔하다해도 여지껏 한 사람도 짐승 취급을 받은 사람은 없습니다."

시미즈의 말에는 경찰관에 대한 분노와 마에바라의 나약함에 대한 안타까움이 섞여 있었다. 마에바라는 해변 모래톱 가까이에 어선을 멈춘 채 뜸집 밑에 숨어 모습도 내놓지 않았다. 그 꼴사나운 태도가 딱하기도 하고, 또 같은 조슈 무사로서 안타깝기도 했다. 무사다움이란 결국 행동의 명쾌함에 있는 것인데, 시미즈가 마에바라에게 바라는 것은 그것이었다. 그러나 그보다 더 화가 나는 것은, 자랑스런 조슈 인을 짐승처럼 다루려 하는 경찰의 태도였다. 시미즈는 오카다 등이 요코야마에게 가한 포학과 고문만으로도 적(敵)은 경찰이라는 생각이 들었다.

"더구나 상대는 다른 사람이 아니오. 조정의 공신인 전 병부차관 마에바라 잇세이요. 나는 현령의 대리로서 당신에게 명령하겠소. 당신은 총을 쏘아 배를 가라앉힌다고 하는데 공연한 짓이오. 나 혼자서 배로 다가가겠소. 그리고 현령의 명령을 마에바라에게 전하고 그를 달래겠소. 만일 불안하다면 내 뒤를 따르시오. 그러나 내가 살해되지 않는 한 마에바라에게 함부로 손을 대지는 마시오."

마에바라를 사람답게 대우하라고 시미즈는 같은 내용의 말을 되풀이했다.

오카다는 승낙하지 않을 수 없었다.

시미즈는 그런 오카다에게 정중히 고맙다는 말을 하고 함께 우류우라로 갔다.

바닷가에는 자위단 사람들이 화톳불을 놓고 대기하고 있었다. 시미즈는 시다치를 시켜 현령과 자기의 편지를 배 안에 전달했다.

사토 현령의 편지는 동향 사람으로서의 의리에 차 있었다.

'일본의 정기(精氣)를 돌이키기 위해 그대는 궁궐 아래 나아가 죽음으로 말하려고 일단 일을 일으켜 서쪽 여러 고을을 시끄럽게 만들었소. 이렇게 뜻을 이루지 못하고 겨우 수십 명의 죽음으로 말하려 하는 것인가.'

사토는 마에바라가 군대를 일으킨 의도와 행동과 실패에 대해 간결하게 언급하고 다음에 도망치는 것은 공연한 짓임을 설명했다.

'과연 그러하나 이번 일은 구석진 변두리의 세 살 먹은 아이까지 알고 있소. 현 밖으로 한 발도 나갈 수 없을 것이오. 금방 잡혀 갇히는 치욕을 맛보게 되리라. 하늘과 땅 사이에 참으로 몸을 둘 곳이 없소.'

그러고 나서 말을 덧붙였다.

'다행히 그대는 이 사토의 관내로 들어 왔소. 포리를 시켜 잡을 수는 있지만, 옛날 사귀던 정의와 전 번공(藩公)의 슬픔을 생각하면 차마 그대를 일반 죄수처럼 다룰 수는 없소. 만일 한 몸을 이 사토에게 맡겨 주면 반드시 그대들을 온전하게 도쿄로 호송하도록 힘쓰겠소.'

마에바라 잇세이에게 현령 사토와 현 관리 시미즈의 알뜰한 마음이 마에바라에게 충분히 통한 모양이었다.

그는 배에서 나왔다.

시미즈는 바닷가에서 자위단을 물러나게 하고 물가에서 몸소 맞이하여, 옆에 있는 후지무라 진노스케(藤村仁之助)의 집을 빌려 그곳으로 맞아들였다. 죄인 취급은 하지 않았다.

이 5일 밤 마에바라 일행은 후지무라의 집에서 묵었다. 술과 안주의 대접이 있었다.

이튿날 아침 마에바라 등은 비바람 속에 가마를 타고 마쓰에까지 호송됐다. 마쓰에의 숙소는 옥사였다. 그 뒤부터 마에바라와 그 일행의 신분은 죄수 이외에 그 아무 것도 아니었다. 마에바라의 희망은 도쿄로 보내지는 것과, 도쿄 법정에서 자기가 일으킨 거사의 참뜻을 마음껏 진술하는 것이었다.

지난 날 스승 요시다 쇼인도 에도로 호송되어 막부의 취조관에게 국가의 위기와 자기가 의도한 것을 크게 외쳤다. 쇼인의 말과 행동을 그대로 이어받고 싶었던 마에바라인 만큼, 자기도 그렇게 할 수 있기를 바라고 있었다. 시마네 현령인 사토도 그렇게 할 것을 편지로 마에바라에게 약속했다.

그 때문에 사건이 발생한 야마구치 현의 현령인 세키구치가 마에바라 등을 넘겨 달라며 요청해 왔을 때도 사토는 응하지 않았다.

그런데 도쿄의 정부에서는 그럴 생각이 전혀 없었다. 메이지 7년 사가의 난 때는 난이 일어난 뒤, 사가의 현장에서 임시법정을 열어 단숨에 판결을 내리고 에토 신페이 등 수괴의 머리를 베고 말았다. 그때 에토는 지금의 마에바라와 마찬가지로 도쿄로 호송될 것을 바라고 또 바랐다. 에토는 도쿄의 법정에서 크게 변론을 벌임으로써 오쿠보의 전제를 실컷 비난할 생각이었다. 그렇게 되면 여론을 일으켜 자신의 반란과 죽음이 헛되지 않을 것으로 생각한 것이다. 그러나 오쿠보는 그렇게 되도록 하지 않았다. 에토는 고치현에서 체포된 뒤 거꾸로 사가로 되돌아가, 그 곳에서 자기 주장도 변호도 허락되지 않은 채 일방적으로 판결이 내려져 효수에 처해졌다.

이번 마에바라의 경우, 적(敵)은 기도였다. 사상이나 성격에 서로 차이가 있다고는 하지만 현 정부 체제를 지키려는 점에 있어서는 굳게 일치해 있었다.

당연히 에토를 재판했을 때의 선례를 따랐다. 마에바라를 도쿄로 데려 가는 것은 도쿄 안팎을 시끄럽게 할 뿐 정부에 불리할 것은 뻔한 이치였다. 그보다는 마에바라와 그 일당을 지방에서 아무렇게나 해치우는 것이 나았다.

현령인 사토는 이에 따를 수밖에 없었다.

마에바라 등은 바닷길을 통해 하기로 호송되어 겨우 한 주일 안에 심리를 끝냈다. 사형은 마에바라 이하 8명이었고, 종신징역이 64명이었다. 12월 3일에 형이 집행되었다. 마에바라는 참패했다.

아이즈 사람 나가오카 히사시게는 하기의 마에바라와 아키즈키 구마모토의 궐기와 함께 간토(關東)에서 일어날 준비를 하고 있다.

"나가오카처럼 좋은 사람은 없다."

그를 아는 대부분의 사람들이 말하는 것으로, 생각도 교양도 있었다. 나이는 37세로 젊지는 않았다. 그리고 아이즈 번의 중역이었는데, 보신전쟁에서 패하여 아오모리 현(靑森縣) 도나미(斗南)로 옮겨진 다음, 어려움에서 구하기 위한 관의 배려로 특별히 채용되어 부지사가 되었다. 아무튼 가벼운 성격의 사람은 아니다.

나가오카는 부지사 시절, 시모키타 반도(下北半島)의 도나미라고 하는 거칠고 추운 땅에 번(藩)이 옮겨진 환경에서 그의 시(詩)에서 말하는 '2만의 자녀'의 생명을 어떻게든지 살리려고 고된 싸움을 했다. 그러나 도중에 절망하고 말았다. 그보다도 사쓰마·조슈에 의해 움직여지고 있는 정부를 타도하는 것 외에 방법이 없다고 생각하고, 도쿄로 나와 들끓고 있는 반정부열을 부채질하여 무장봉기를 꾀했다.

나가오카의 보조자로서 같은 아이즈 인인 나카네 요네시치(中根米七)와 다케무라 도시히데(竹村俊秀), 나카하라 시게요시(中原重義) 등이 있었다. 나카네는 나이가 58세로 옛 막부 때 봉록은 3백 석이었다. 나카네 같은 사람이 태정관 정부를 전복시키는 일에 뛰어들었다는 것에, 전 아이즈 사족의 반정부 운동의 특수성이 있다고 할 수 있다.

그들은 태정관 정부를 뒤집지 않으면 도나미 자녀들의 굶주림도 끝나지 않는다는 비통한 현실문제 위에 서 있었다. 나카하라 시게요시는 창의 명수였다. 나이는 49세였다. 다케무라 도시히데는 32세로 2백 석을 받는 유학자의 집에 태어나 어릴 때부터 재능과 학식에 대한 평판이 높았다.

그들의 우두머리가 나가오카다. 나가오카는 사이고파인 사쓰마 인 에비하라 보쿠(海老原穆)와 가장 가까워서, 평론신문사의 부사장 격이 되어 있었다. 에비하라가 사이고의 궐기를 계속 기대하고 있듯이, 나가오카도 에비하라 이상의 절실함으로 사이고가 들고 일어나기를 계속 바라고 있었다.

그러나 사이고는 거사할 것 같지 않았다.

사이고가 거사하기도 전에 신푸렌, 아키즈키, 하기의 마에바라 잇세이와 같은 작은 단체들이 서로 일어나는 상황이 되었다. 신푸렌을 제외한 그들은 원래 나가오카가 부채질하며 전략을 불어넣어, 말하자면 폭발을 일으키도록 길러 내고 있었다.

'사쓰마의 사이고'

나가오카의 전략에는 이 큰 요소가 늘 존재했다. 그런데 사쓰마의 사이고가 일어나지 않는 사이에 사태가 긴박해졌다. 특히 신푸렌이라는 무계획한 행동자들이 폭발해 버림으로써, 그 폭발에 따라 연이어 폭죽이 터지듯이 아키즈키와 하기가 폭발했다.

나가오카의 전략이 뒤틀어졌다. 그러나 나가오카는 마에바라와 계속 연락을 하고 있었으므로 일어나지 않을 수가 없었다. 특히 마에바라로부터 23일에 나가오카에게 암호전보가 도착하여 궐기를 결심한 것을 알려 온 일도 있고 해서, 나가오카는 졸속이나 계획의 미비를 생각할 여유가 없게 되었다.

나가오카는 뛰어 나갔다.

뛰어 나갔다고밖에 형언할 방법이 없을 정도로 난폭하게 치고 나갔다.

나가오카는 그의 전력으로 보더라도 결코 경거망동할 사람은 아니었다. 그는 도쿄 시내에 사는 반정부 운동가 가운데 한 사람으로 마치 하나의 정부를 이루고 있는 듯한 인상을 주는 사람이었다. 일찍이 기도 다카요시가

"아이즈의 나가오카를 야(野)에 있게 버려두는 것은 정부에 위험하다."

며 그가 정부에 나와 벼슬을 하도록 애쓸 정도로 덕망과 기략이 있는 사람이었다. 이보다 전해인 메이지 8년, 오사카 회의가 열린 뒤의 일로, 기도의 뜻을 받아 나가오카의 하숙을 찾아간 것은 이토 히로부미와 이노우에 가오루였다. 나가오카를 외무성에 들어오도록 끈질기게 설득했다.

그 당시 재야의 반정부 분자는 각각 유력한 우두머리를 받들어 당을 만들

고 있었다. '관'으로 불리는 정부는 그들 우두머리에 대해 관록을 미끼로 정부에 끌어들임으로써 정치의 안정을 꾀하려 했는데, 기도의 나가오카에 대한 공작도 그 일례라고 할 수 있다. 이것으로 보더라도 불평의 바다 속에 외딴 섬처럼 떠 있는 정부는, 그 당시 국가기관이라기보다 재야 세력이 보면 국가 기관을 사칭(私稱)하는 한 당이었다고도 할 수 있다.

나가오카는 거절했다.

그러나 이토와 이노우에는 그 정도로 물러서지 않고 말했다.

"그럼 지금 재무성 관할에 있는 아이즈의 구사쿠라(草倉) 광산의 경영을 당신에게 맡기고 싶은데 어떻습니까?"

나가오카는 그것도 거절했다. 나가오카는 전 아이즈 번사 수만 명의 궁핍을, 정부를 뒤엎음으로써 단숨에 해결하려고 도쿄에 나와 있는 것이다. 그것을 위해 에비하라와 깊이 사귀며 평론을 중심으로 반정부 정보를 모으고 있었고, 또 전국 재야에 있는 유력자들과 친교를 맺으며, 사이고의 궐기를 마지막 수단으로 삼아, 자신의 반정부 운동의 승리를 확신하고 있었다. 그런 사람이 정부로 돌아앉을 리가 없다. 당연히 광산이라는 미끼도 거절하게 되었다.

그런데 사이고는 거사할 것 같지도 않았다.

나가오카는 그로 인해 다소는 조바심이 나 있었을 것이다. 메이지 9년에 접어들자 나가오카는 사이고를 대신할 사람으로 조슈의 마에바라 잇세이를 일어서게 하는 데 성공했다. 그러나 마에바라는 사이고의 대용이 도저히 될 수 없다는 것을 나가오카는 어느 정도나 알고 있었던 것일까?

어찌 됐거나 10월 23일 하기의 마에바라로부터 거사한다는 내용의 전보가 도쿄의 나가오카의 손에 들어왔다. 나가오카는 미리 마에바라와 약속한 암호로 회신을 보냈다.

'니시키(錦) 지점(支店)을 오늘 연다.'

나가오카의 거사가 지리적으로 가장 곤란했다.

그는 도쿄에 있었다. 도쿄에서는 가와지 대경시가 파리에서 배워 온 치안경찰 사상으로 훈련한 경시청 경관 3천 명이 밤낮으로 순찰을 돌고 있기 때문에 행동을 할 수가 없었다.

나가오카는 이웃 현인 지바 현(千葉縣)에 눈을 돌렸다. 지바 현청을 습격해서 군자금을 빼앗고 지바 현 사쿠라(佐倉)에 주둔해 있는 정부군의 마음을 휘어잡아 그들을 끌어들이고자 했다.

'다음은 어떻게 되겠지.'

나가오카는 쉽게 생각했다. 나가오카가 지바에서 봉화를 올렸다고 하면 간토(關東), 에치고(越後) 도호쿠(東北)의 불평사족들이 일어난다는 것이 나가오카의 속셈이었다.

계획은 그 정도 뿐이었다. 엉성했다면 이보다 더 엉성했던 반란 계획은 없었을 것이다.

나가오카가 거느리고 있는 병력이래야 그의 서생 10명뿐이었다.

계획의 기초는 20여 명으로 지바 현청을 습격하는 것이었다. 목적은 군자금을 뺏는 것 뿐이었으므로, 불가능하지는 않았을지도 모른다. 굳이 지바 현청을 고른 것은 그곳 경찰에 전 아이즈 번사 출신의 경관이 몇 명 있기 때문이었다. 이 경관들은 아이즈 인 동지 나카네 요네시치(中根米七)가 일찍이 천거해서 채용되었다. 당연히 그들은 나카네에게 은의를 느끼고, 나가오카와 나카네 등이 현청을 습격할 때 편의를 봐 주리라는 생각을 갖고 있었다.

사쿠라의 주둔병을 어떻게 할 것인가에 대해서는 동지의 한 사람인 마쓰모토 마사나오(松本正直)가 "나는 사쿠라의 대대장을 알고 있다"고 말하는 것으로 계획이 성립되었다.

마쓰모토는 과거에 육군 대위를 지냈으며, 사이고가 하야한 뒤 얼마 안 되어 그만두었다. 마쓰모토가 육군에 있었을 때 현재 사쿠라에서 대대장으로 근무하고 있는 육군 소령 나가타 히데조(永田秀藏)와 친하게 지냈다. 그러므로 나가타를 설득하면 그 병력을 고스란히 이쪽으로 돌릴 수 있으리라는 것이, 계획이라기보다 희망이었다.

마쓰모토는 이 일에 실패하고 동지 몇 사람과 함께 니가타 현 나가오카(長岡)로 도망쳤다가 그곳에서 잡혔다. 니가타 현청에 신병이 인도되어 그곳에서 심문을 받았다. 취조하는 사람이 먼저 물었다.

"무엇 때문에 니가타로 왔는가?"

그는 아주 간결하게 대답했다.

"천하를 뒤엎기 위해서."

"그래서 어떻게 할 작정이었나?"

"니가타 현은 부유하다. 먼저 현청을 점령하여 돈과 곡식을 빼앗을 생각이었다."

계획과 목적이 다같이 단순하고 소박하다고 할 수밖에 없었다. 그러나 그는 그 일로 7년 징역을 산 뒤 어느 현의 경찰간부, 나가사키 현 형무소장이 되기도 했고, 규슈 철도의 중역이 되기도 한 것을 생각하면 좀처럼 정체를 알 수 없는 사람이기도 했다. 나가오카는 거사 계획에 있어서, 이 마쓰모토에게 끌려다녔다 해도 과언은 아니다.

나가오카는 경시청에 의해 조종되고 있었던 것일까?

"아이즈 인 나가오카야 말로 각 지방의 불평사족의 매듭이다."

경시총감 가와지는 이렇게 알고 있었던 것이 틀림없다. 이 당시 가와지는 밀정을 대량으로 고용하고 있었을 뿐만 아니라, 경시청의 밀정 수법도 그가 혼자서 고안해 낸 것이라고 할 수 있을 정도였다.

평론 신문사에도 밀정이 있었을 뿐 아니라 나가오카가 믿고 한 집에 묵게 한 서생들 가운데도 있었다. 네즈 지카노리(根津親德)와 히라야마 나오이치(平山直一)가 그렇다는 것은 훗날 반쯤 공표된 사실이다. 네즈와 히라야마는 언제나 과격한 말을 해서 나가오카도 어이가 없어할 정도였다고 한다.

"선생님은 어째서 거사하시지 않는 겁니까?"

네즈는 나가오카에게 이렇게 호통칠 정도였다고 한다. 그리고 나가오카의 동정에 대해서 낱낱이 가와지에게 보고하고 있었다. 마에바라 잇세이와의 연결도 가와지는 알고 있었고, 오히려 나가오카의 신변에 있는 두 밀정을 통해, 나가오카로 하여금 마에바라를 부추기게 하여 그들이 성급하게 들고 일어나는 상황을 만들어 가고 있었던 것이 아닐까.

물론 마에바라와 아키즈키의 유지, 나가오카 등이 성급하게 거사한 것은, 구마모토의 신푸렌의 궐기에 의한 충동이었다고 할 수 있고, 마에바라와 나가오카 등의 정략적인 감각도, 신푸렌의 궐기가 전국의 불평사족에게 미친 충격의 이용이란 점에 있었다. 그러나 그 충격을 이용한 것은 마에바라와 나가오카뿐만은 아니었다. 가와지도 거꾸로 그 충격을 이용했다. 가와지가 밀정을 통해 마에바라와 나가오카를 서둘러 거사하게 했다는 것은 위에 말한 두 밀정의 이름 외에 직접적인 증거는 없다. 그러나 나가오카는 거사의 성공에 대한 확신이 너무도 강했고, 그에 비해 계획이 어린애 속임수처럼 너무 허술했다는 것이, 상황적으로 그런 냄새를 풍기게 했다.

'나가오카 일파의 실패는 대개 여기서 왔다.'

《서남기전(西南紀傳)》의 기자가 이렇게 쓴 표현은 옳다고 생각된다.

나가오카가 모이는 날을 10월 29일로 잡고, 모이는 곳을 니토미초(新富町)의 극장 찻집인 가와시마 옥(川島屋)으로 정한 것도 가와지에게 정보가 들어가 있었을 것이다.

"어디까지나 연극을 보는 척하고."

나가오카는 동지들에게 다짐을 해 두었다. 동시에 이날 나가오카는 하기의 마에바라에게 앞에서 말한 내용의 암호전보를 쳤다.

같은 날 니토미초의 가와시마에 모인 사람은 18명이었다. 뒤에 밀정이라고 밝혀진 네즈와 히라야마 두 사람은 끝내 얼굴을 보이지 않았다.

니토미초(新富町) 일대는 메이지 4년에 새로 개간한 땅으로 예전에 이곳에는 이이(井伊)가문의 창고가 있었고 혼다(本多) 어선(御膳)담당관의 저택이 있었던 곳이다. 이 시기에는 그 옛터에 니지마하라(新島原)라는 이름의 유곽(遊廓)이 생겼다. 또한 그 뒤에 극장이 생겼고 이전의 오토미초(大富町)라는 거리 이름을 폐지하고 그 시기에는 니토미초라 불리고 있었다.

나가오카 일파가 극장 찻집 가와시마 옥을 나온 것은 해가 진 뒤였다.

남이 눈치채지 못하도록 두세 명씩 패를 짜서 나왔다.

그보다 앞서 나가오카는 이날 아침, 서생인 이구치 신사부로(井口愼三郎)를, 니혼바시 고아미초(小網町) 1가의 선박 사무소로 보내 지바 현으로 갈 배를 준비시켰다.

이구치가 찾아간 사무소는 낚싯배도 아니고 놀잇배도 아닌 중간 정도의 거리를 오가는 여객선을 가진 업자로서 회사조직으로 되어 있었다. 유자와 겐시치로(湯澤源七郎)란 자가 사무소 책임자였다.

이구치가 그 사무소에 찾아간 것은 그날 아침 9시 경이었다.

'어쩐지 수상하다'

이런 느낌을 유자와는 가졌던 모양이다. 이구치는 관자놀이에 칼자국이 있어 아무래도 사족 냄새가 풍겼고 게다가 아이즈 사투리를 쓰고 있었다. 유자와의 느낌에는 이유가 있다. 이 근처 일대의 선박사무소에 미리 경시청 사람이 찾아와서 이렇게 이르며 돌아다녔다.

"수상한 사람이 배를 내달라고 하거든 반드시 경찰에 신고하라."

"타시는 것은 몇 시입니까?"

"오후 6시야."

이렇게 말한 뒤 이구치는 갔다.

유자와는 경찰에 신고하지 않았다. 이 정도로 신고하는 것은 좀 호들갑스럽게 느껴졌기 때문일 것이다.

오후 6시경 나이가 각각 다른 몸집이 건장한 사람들이 사무소로 찾아오더니 금방 10여 명이 되었다.

유자와가 낸 배에 각각 나눠 탔다.

"배를 출발시키지 않는가?"

배 안의 한 사람이 말했을 때 유자와는 불안한 생각이 들었다. 아쉬운 대로 이름이라도 알아둘 생각으로 이렇게 말했다.

"정부에서 시달이 와 있습니다. 손님의 이름을 꼭꼭 적어 두라고 합니다."

그러자 배 안에서 이런 소리가 들렸다.

"이름 같은 건 말할 필요 없어."

거짓 이름이라도 대면 좋았을 테지만, 누구나가 천하에 올바른 도리를 펼 생각이었고, 어느 한 사람도 범죄의식을 갖고 있지 않았으므로 거짓 이름을 대는 쑥스런 짓은 할 생각이 나지 않았던 것이리라.

유자와는 수상하다고 생각하고, 배에 있는 사람에게도 사공을 데리고 오겠다고 말한 뒤 직접 가까운 파출소로 급히 달려가 알렸다.

경시청 경위 데라모토 요시히사(寺本義久)는 나이 30세로 미에 현(三重縣)의 사족이다.

메이지 4년에 상경해서 순경이 되어 경시청 단속반에 속해 있었다. 기개가 있었으므로 경사로 뽑히게 되었고, 메이지 7년에 승진하여 경위가 되었다. 이 당시 경시청에 검객이 많았는데 데라모토의 검술은 대단치 못했다.

이날 각 파출소를 순찰하던 중 시안바시(思案橋) 파출소에 들렀을 때, 마침 선박 사무소의 유자와가 "아무래도 수상합니다"라고 말하며 달려 들어오는 것을 보았다.

사람의 수는 13명이라고 했다. 행선지는 지바 현인데 성명을 가르쳐 달라고 해도 그럴 필요 없다고 하면서 대답도 하지 않고, 모두들 거동도 수상하며, 전원이 지팡이와 양산을 들었는데 혹시 칼이 들어 있는 것이 아닐까 의심된다고 했다.

데라모토 경위는 일찍부터 도쿄 안에 불온한 분위기가 감돈다고 듣고 있었기 때문에, 혹시 그것이 아닐까 하고 니혼바시에 있는 본서에 알리도록 순경 하나를 딸려 보냈다.

파출소에 남은 순경은 가와이 요시나오(河合好直), 기무라 세이조(木村清三), 구로노 미노스케(黑野巳之助) 등 셋이었다.

이런 경우 막부 시대의 나졸들이라면 상대편보다 사람 수가 훨씬 많다는 조건이 생긴 뒤라야 치고 들어가는 것이었지만, 이 시기의 도쿄 경시청의 기풍은 유신 전쟁에 종군한 사람이 많았던 만큼 기상이 거칠었다. 게다가 데라모토는 평소에 '옳은 일을 위해서는 이해와 생사를 돌보지 않는 남자가 되라'고 순경들을 훈계해 온 일도 있고 하므로, 세 사람에게 초롱불을 밝히게 한 다음 앞장서서 달리기 시작했다.

"본서의 응원을 기다릴 것 없이, 먼저 이 사람들로 치고 들어가자."

고아미초 1가의 시안바시에 가까운 선박 사무소 앞에는 강으로 튀어 나온 작은 선창이 있었다. 뜸으로 이은 4척의 배가 거기에 매어져 있었다. 그 배 안에서 흥얼거리는 소리가 들렸는데 누군가가 시를 읊는 모양이었다.

데라모토가 선창에 서서 초롱불을 비추자 읊는 소리가 그치며 데라모토를 꾸짖는 소리로 변했다.

"저기 몰려오는 것은 순경들이 아닌가?"

이윽고 배 안에서 수군거리며 의논하더니, 다시 데라모토에게 소리를 지르며 말했다.

"아무튼 선창으로 올라가자."

서너 명이 배에서 기어나와 선창에 올랐다.

먼저 오른 것은 이구치 신사부로였다. 나이 24세로, 그들 중에서는 가장 젊고 보신 전쟁 때는 백호대(白虎隊)에 속해 와카마쓰 성(若松城)에서 분전했다. 백호대에서 살아남은 만큼 '관(官)'에 대한 원한이 가장 깊었다. 그는 들고 있던 양산 끝에서 칼을 뽑아들고, 거의 손도 보이지 않을 만큼 재빨리 정복을 입은 데라모토를 정면으로 베었다. 데라모토는 몸을 껑충 뛰듯이 하며 넘어졌다. 즉사한 것이다.

주위는 캄캄해서 적과 나가오카편을 구별하기 힘들었다.

나가오카도 큰 칼을 뽑았다. 나가오카 쪽은 옛날에는 무예로 알려진 사람이 많았고, 게다가 보신 전쟁 때 역전의 경험이 있는 만큼 금방 순경들을 압도했다. 가와이와 기무라는 칼에 맞아 움직이지 못했다. 그러나 구로노는 목과 팔에 상처를 입고도 간신히 현장을 벗어나, 고아미초의 소방소 망루로 뛰어 올라가 경종을 마구 두드렸다. 이런 대목은 정말 옛날 에도에서의 반란 풍경 같다.

이 경종을 치는 풍경에 대해서는 '우편보지(郵便報知)' 신문이 다음과 같이 보도하고 있다.

'어제 오전 1시 지나, 어디서부터 치기 시작했는지 경종을 치는 소리가 요란하게 들려왔다. 혼조(本所)와 후카가와(深川)를 비롯한 변두리의 경종 소리가 마구 울리자, 가까운 곳에 불이 난 줄 알고 어느 곳 할 것 없이 소란을 피웠으나 불길은 보이지 않고……'

구로노 순경이 고아미초에서 울린 경종이, 이윽고 변두리 일대의 소방서의 망루란 망루는 모조리 경종을 두들겨대는 꼴이 되었을 것이다.

〈우편보지〉 신문사는 아침에 탐보자(探報者)를 사방으로 보내 상황을 알아보았던 바, 시안바시 사건의 정보를 입수했다고 한다. 기자는 위 글에 이어 탐보자의 보고라 하여 시안바시 사건의 대략을 보도하고 있다. 글 가운데 나가오카 일파는 적(賊)으로 나온다. 그러나 그들의 성명과 목적 등은 씌어 있지 않다. 〈도쿄 일일신문〉 기사는 〈우편보지〉보다 자세하지만 적도(賊徒)의 이름도 모르고 있다. 이 신문의 사건기사 맨 끝에는 이렇게 되어 있다.

'심상치않은 적도가 뭔가 부당한 생각을 품고 지바(千葉)로 건너가려 했으나 끝내는 발각 되어 잡히고 말았다는 소문이 세상에 떠돌고 있습니다. 그것은 함부로 믿기 어려우므로 사실이 밝혀지는 즉시 다음 신문에 내겠습니다.'

두 신문은 다같이 10월 31일자 지면에 사건 관련 기사를 실었다. 11월 1일자의 〈우편보지〉의 논설란에는 다음과 같이 씌어 있다.

'그저께 우리 시민의 잠을 방해한 흉도(凶徒) 몇 명이 이미 잡혔는데, 혹

자는 조슈의 마에바라와 결합한 적도라고 하나 이 역시 억측일 뿐이다.'

〈우편보지〉는 전 막신인 구리모토 조운(栗本金助雲)이 주필로 있는데 민권주의 색채가 강하지만, 그렇다고 평론 신문처럼 과격한 반정부색은 띠고 있지 않았다. 위 문장의 앞뒤에는 무장반란은 좋지 않다는 내용이 실려 있어, 나가오카 일파에 대해 동정적인 것은 아니다.

나가오카도 넘어졌다.

그는 이구치 옆에서 칼을 뽑아 들고 칼싸움을 지휘하고 있었는데, 주위가 어둡기도 해서, 이구치가 나가오카의 움직이는 그림자를 보고 적인 줄 알고 칼을 들어 수령의 허리를 내리쳤다.

"이구치, 당황할 것 없다."

나가오카는 얼떨결에 말했으나 꽤 중상이었다. 다들 놀라 그를 업고 배에 실은 뒤 이구치가 서툴게 노를 저어 배를 강물로 밀었다.

이 무렵 니혼바시 서장은 순경 다수를 동원하여 시안바시로 찾아왔으나, 이미 나가오카 일파는 보이지 않았고, 데라모토 경위의 시체와 겨우 숨을 쉬고 있는 두 순경을 발견했을 뿐이었다.

곧 각 다리마다 경계하는 사람을 배치하는 한편, 부근 선박 사무소에 배를 내게 하여 순경을 태우고 물위를 수색했다.

이 무렵 가와지 총감은 니혼바시 서로 찾아와 총지휘를 하고 있었다. 경시청에서 비번 순경까지 불러내어 강과 외진 강어귀를 경계하게 했다.

나가오카 등은 에이큐 다리(永久橋) 아래까지 왔을 때, 배를 타고 수색 중이던 경찰에게 붙들려 항복했다. 타고 있던 사람은 나가오카 외에 이구치, 오하치, 노미, 나카하라, 야마모토였는데, 야마모토를 제외하고는 전부 옛 아이즈 번의 번사였다.

동지들 중 아이즈 번이 아닌 패들은 다른 배로 도망쳤다. 도망칠 때도 같은 패끼리 뭉쳐 있었다 하니, 이 시대의 번벌(藩閥)에 대한 의식이 어떤 것이었는지 상상할 수 있다. 센다이보리(仙臺堀)에서 관에 항복한 사람은 옛 막신 한 사람과 평민 둘이었는데, 이 중 도쿄의 평민인 다카하시 야사부로(高橋彌三)는 나가오카 일행이 아지트로 사용했던 연극 찻집의 주인이었다.

다른 패들도 육로로 도망쳤다가 이윽고 잡혔다.

뒤에 나가오카는 옥중에서 죽었다.

다케무라 도시히데는 나가오카와 함께 수령급이었는데 니가타의 동지 오하시 기요타케(大橋淸贇)와의 연락을 위해 이동 중이라 시안바시의 현장에는 없었다. 이튿날인 30일에 도쿄로 돌아와 아사쿠사의 아는 사람 집에 있다가 잡혔다. 그는 참형(斬刑)에 처해졌다.

"사쓰마와 조슈가 막부를 쓰러뜨린 것은 좋다."

다케무라는 평소에 이런 말을 했으므로 막부주의자는 아니었다.

"그러나 그뒤 사쓰마와 조슈가 정권을 독차지하고 나라를 통째로 파괴하려 하고 있다. 나는 사쓰마·조슈를 쓰러뜨리기 전에는 누워서 편히 잘 수 없고, 먹어도 맛을 느낄 수가 없다."

그는 이렇게 말했다.

다케무라 외에 이구치와 나카하라도 수령급이라 하여 참형에 처해졌다. 나머지는 종신형 또는 징역 5년에 처해졌다.

달아난 사람도 있다. 가장 나이가 많은, 옛 아이즈 번사 나카네 요네시치가 그 중 한 사람이었다.

그는 막부 때 아이즈 번주가 교토 수호직을 명령받았을 때 번주를 따라 교토로 올라와, 공경(公卿)인 니조(二條)의 저택경비를 명령받았다. 막부파인 니조는 자객의 습격을 받을 위험이 컸기 때문이었는데, 경비 근무를 통해 그의 이른바 근왕(勤王) 혐오증이 거의 신앙에 가까워진 모양이다. 키가 작고 눈빛이 날카로웠다. 번에서 검술지도를 맡고 있었다고 하니, 아이즈에서도 대표적인 검객이었다고 할 수 있다.

도바 후시미 싸움에서는 퇴각전의 후위를 맡아 부상자를 수용하면서 싸웠으며, 오사카로 철수한 뒤에도 계속 싸울 것을 강력히 주장했다.

아이즈 번이 태정관 세력에 의해 뒤엎히고 난 뒤부터 한결같이 태정관을 적으로 삼고 있었다.

이로 인해 나가오카와 함께 도쿄로 나와 태정관 전복을 꾀했다. '최소한 대신과 참의를 모조리 암살하고 싶다'는 것이 나카네의 바람이었다.

그는 도쿄에 있는 동안 도성 안의 도장을 돌아다니며 검술을 가르쳤는데, 메이지 9년에 폐도령(廢刀令)이 시행되면서 검술도장은 갑자기 쇠퇴했다. 이 시기는 칼을 차고 다니는 것은 그만두고 '격검(擊劍) 공부를 하는 사람은 국사범 혐의자로 인정한다'고 하는 교토 부지사의 포고가 있을 정도였다. 도쿄 부의 경우 그런 포고는 없었지만 검술도장에 대해 경시청의 탐색이 엄격했기 때문에, 사실상 교토 부의 부령(府令)과 같은 결과를 가져왔다. 도장 주인이나 공부하는 사람이나 메이지 9년을 고비로 검술과 하직하게 되었다.

나카네가 볼 때, 아이즈 사람은 정부에 의해 영지와 생활을 빼앗겼고, 그의 경우는 그가 의지하고 서 있던 칼과 칼의 공부마저 아울러 빼앗기고 말았다. 정력이 넘치는 사람인 만큼, 미칠지경이 되어 반란 속으로 몸을 던지게 된 것은 당연하다고 할 수 있을 것이다.

그는 능숙한 사람인 만큼 기민하게 현장을 헤치고 빠져나갔다. 날이 밝기 전에 평론신문 사장인 에비하라의 집으로 찾아들어가 잠시 잠복했다.

그 뒤 도쿄를 탈출해서 아이즈의 산 속에 숨어 있다가 세이난 전쟁이 일어나자 멀리 가고시마로 달려가 사이고 군에 가담했다.

그때도 여전히 죽지 않고, 전후에 탈출해서 다시 아이즈로 돌아와 산속에 숨어 살고 있었는데, 형사들이 냄새를 맡기 시작한 것을 알고, 메이지 11년 8월 23일, 산에서 내려와 그의 아버지 무덤 앞에서 배를 가르고 죽었다. 그때 나이 59세였다.

그의 죽음을 도와준 것은 이시카와 도라쓰구(石川寅次)라는 소년이었다. 나카네는 죽음에 다다라 이 소년을 돌아보며 말했다.

"나는 정부를 전복시키려 했다. 또 몇 차례에 걸쳐 대신과 참의를 암살하려 했다. 그러나 모조리 실패했다. 내게 남은 길은 이제 죽음밖에 없다."

아이즈(會津) 출신인 나가오카 히사시게(永崗久茂) 등이 일으킨 봉기는 지난 시대의 눈으로 보면 너무 소홀했던 것 같다.

그러나 전국에서 일어난 징병 반대나 지세(地稅) 반대의 농민 봉기는 갑작스러웠지만 많은 사람을 동원시켰다. 세태는 흔들리고 있었으며 한 마리 개가 짖으면 금세 만 마리의 개가 합세하여 짖어 대듯이 민심의 불안과 동요가 세상을 휩쓸고 있었다. 나가오카 일파는 그 한마리의 개가 됨으로써 충분히 성공할 것으로 생각한 모양이다.

예를 들면 그 후로 2개월 뒤, 미에현(三重縣)에서 1만 6000명이 참가한 농민 봉기가 일어났다.

지도자는 모리타 겐노스케(森田源之助)라는 무명의 인물이며, 미에현 사람들은 그를 의인으로 받들고 그의 지시를 따랐다. 아노군(安濃郡) 구모쓰고(薦津鄕)리의 6개 마을에서 농민 수천 명이 토지세 개정을 반대하여 봉기한 것이 계기가 되었다.

한편 이세 신궁(伊勢神宮)의 신관(神官)들이 신도(神道)의 불교색을 없애려는 새 정부의 방침에 의해 폐직(廢職)되었는데, 그것에 불만을 품은 신관들도 이 농민봉기에 합류했다. 여기에 구모쓰의 사족도 가담하고 나아가 이가(伊賀)지방에서 나바리(名張)·이가 두 군의 농민들도 참가했다. 도합 1만 6000명이 현 안에서 들고 일어나 관아에 불을 지르는 등, 큰 세력을 얻어 현령(縣令)이와무라 사다타카(岩村定高) 이하 현청의 직원들을 허둥지둥 당황하게 만들었다. 현청에서는 이것을 진압하기 위해 현 내에 있는 사족 200명을 모집했고, 나아가 나고야(名古屋)진대에 응원을 청하고 가까스로 진압했다.

요컨대 미에현에는 농민봉기가 성립될 지반이 있었고, 나가오카는 지바현청을 습격함으로써 그런 일반적 기운을 반란으로 유발시키려 했던 것이다.

현실적으로 나가오카(永岡)의 계획으로는 그가 지바현에서 병력을 일으키면 동시에 니가타현(新潟縣)에서 대규모의 농민 봉기가 일어나기로 되어 있었다.

니가타현에서는 미나미칸바라군(南蒲原郡)시모토리(下鳥)마을의 부농 오하시 세인(大橋清賛)이 나가오카와 연계되어 있었다. 단, 이 일은 나가오카를 감시하는 밀정을 통하여 가와지(川路)도 알고 있었다.

가와지는 이 냄새를 맡자 기선을 제압하려고 경위 미마 마사히로(三間正弘)에게 200여 명의 경찰을 붙여서 니가타현으로 급히 보냈다. 그 까닭은 마에바라(前原)가 니가타에 상륙한다는 예보가 있었기 때문이었는데, 아무튼 도쿄에서 이만한 대부대를 파견한 것은 대규모 농민봉기가 일어날 것을 가와지는 예측했던 모양이다.

오하시(大橋)에는 늙은 부모가 있었다. 그는 그들이 슬퍼할 것을 예상하고 포리(捕吏)들이 마을에 가까이 왔을 때 근처의 다른 집으로 몸을 옮겨 그곳에서 포승에 묶였다. 그 뒤 그는 무기 징역에 처해졌다.

그러나 그는 4년 뒤 출소했다. 오하시는 사할린의 소유권 회복을 염원했던 국권 신장론자였는데 다른 일면에서는 다소 민권논적인 경향도 갖고 있었다. 그는 메이지 22년(1889)의 헌법 반포로 그것이 이루어졌다고 보고 2월 11일 반포 축전을 보기 위해 상경했다. 그런데 가지바시(鍛治橋) 바깥에서 구경꾼 무리에 눌려 압사하였다.

이 동안 정부의 방위는 거의 대경시(大警視) 가와지 도시나가가 하고 있었다. 그는 메이지 9년 5월 10일 자로 프랑스 인 강베 그로스를 경시청의 외국인 고문으로 정했다. 그로스는 법학학사로서 본국의 사법성과 경찰성에서 근무했으므로 경찰 실무에 밝았다. 특히 그의 정치사상은 나폴레옹 3세를 지지하여 공화당을 싫어하였으므로, 민권 세력의 팽창으로 고민하는 일본 경시청에 행정 이론을 도입하는 데 적합했다.

가와지(川路)는 그로스를 존경하고 있었다. 그는 원래 프랑스 경시청의 모방자였는데, 이에 대해 이토 히로부미는 '우리 경시청은 전적으로 프랑스식이야'라는 내용의 편지를 오쿠보에게 보낸 적이 있다.

그는 그로스에 의해 경시청을 더욱 문명화하려는 생각으로, 신푸렌의 봉기, 하기의 난(亂) 또는 시안바시(思案橋)사건 등이 계속 일어나는 메이지 9년 10월, 그로스를 강사로 경찰론 강의를 경찰청 안에서 개강했다.

수강자는 경찰관들이었다. 가와지는 사족의 반란에 대응하면서도 마치 달리면서 문명의 옷을 입듯이 프랑스식 경찰 강좌를 연 것이다. 강의에는 물론 통역이 붙여졌다. 통역된 내용을 후에 교과서로 만들기 위해 속기자 두 사람도 붙여졌다.

가와지는 외국물을 먹은 관리답게 문명에 대한 의식이 왕성했다. 그는 이 강의 목적의 하나로서 사납고 거만한 경찰관의 수사태도를 바로잡고 민중의 인권과 자유를 보호하지 않으면 안 된다는 것을 강조했다. 가와지는 태정관의 치안 담당자로서는 무서울 정도로 전투적이었으나 결과적으로는 태정관이라는 사당(私堂)을 지키기 위한 것이었다. 그러나 근본적으로는 '문명'의 육성과 경찰부 안에서의 문명의 보급에 있었다.

가와지도 역시 강베 그로스의 강의를 듣는 청강자였다. 그는 강의를 들으면서 하기의 난이나 시안바시 사건에 대처했다.

한편 가와지는 경찰대를 니가타 현으로 보내는 데 있어서도 물론 오쿠보의 승인을 받았다. 또 중간보고도 면밀하게 이루어졌다. 그 긴밀한 모습을 오쿠보의 편지에서 엿볼 수 있는데, 결국 두 사람은 정부의 치안문제에 대해서는 둘도 없는 동지였다고 할 수 있다.

와룡

가고시마 현의 사족인 노무라 닌스케(野村忍介)에게는 '코'라는 별명이 있었다. 얼굴에 난 칼자국은, 보는 사람에게 코끝이 옆으로 비스듬히 갈라진 듯한 인상을 주었기 때문이다. 그는 칼의 명수로서 막부 말기에 교토에서 칼싸움을 한 적도 있었다. 그러나 그 상처는 그때 입은 것이 아니고, 메이지로 들어와 미친 사람의 칼에 맞았기 때문이었다.

교양도 좀 있었고 특히 와카(和歌 : 일본 고유의 시)에 뛰어났다. 그러나 그보다도 그의 특기는 대담하게 적 속으로 숨어 들어가 적의 상황을 기민하게 알아내는 데 있었다. 보신전쟁 때는 장교의 정찰병으로서 남다른 공을 세웠고 메이지에 접어들자 근위 육군 대위가 되었는데, 얼마 뒤 이요(伊豫) 오스 현(大洲縣)의 판사가 되었다.

그 뒤 사이고의 하야와 함께 가고시마로 돌아왔는데, 사학교가 현의 정치를 좌우하는 것과 함께 그의 특기가 알려지게 되어, 현의 3등 경감이 되었다가 가고시마 경찰서장이 되었다. 현의 경찰관은 현령의 임명에 의한 것으로 내무성 인사와는 무관하다. 현령 오야마 쓰나요시는 사학교의 지배인 같은 존재였기 때문에 닌스케는 사학교 당원이자 경찰서장이라 할 수 있다.

구마모토에서 신푸렌의 난이 일어나자 물론 그 충격은 사쓰마에도 전해졌다. 그 소문은 먼저 구마모토와 가고시마의 경계에 있는 이즈미(出水) 고을로 들려왔다. 이즈미 청년들이 정신없이 달려가 가고시마 경찰서에 알렸다.

닌스케는 즉시 정보를 수집하여 그것이 사실임을 확인하고 급히 밖으로 달려 나갔다.

사이고에게 알리기 위해서였다. 사이고는 여전히 산과 들을 돌아다니며 사냥을 하고 있었으므로 그 행방을 알 수 없었다.

"어쩌면 히나타 산(日當山)에……."

그러나 사이고의 하인 말만 믿고 사쿠라 섬 오른쪽을 바라보면서 긴코 만(錦江灣)을 따라 달리기 시작했다. 다노우라(田浦), 오사키(大崎)의 코끝, 시게토미(重富)를 지나 가지키(加治木)에서 하룻밤을 묵었다.

히나타 산은 고쿠부(國分) 북쪽에 있다. 온천수가 나오기 때문에 농민들의 온천장이 있다. 사이고는 거기에 머무르고 있었다.

사이고는 이때 개 두 마리를 데리고 토끼사냥을 하고 있었다. 산 전체를 돌아다녀도 잡히지 않는 날도 있었다. 사이고는 개를 부를 때는 굵은 두 손가락을 입에 넣어 휘파람을 불었다. 그는 휘파람을 잘 불었으므로 이 근처 나무꾼 사이에서는 씨름꾼처럼 덩치 큰 사람이 산등성이에서 휘파람을 부는 모습을 보았다는 이야기가 전해진다.

온천장으로 돌아오면 탕에 몸을 담그는 것이 낙이었다. 이 고장 농민인 나오타로(直太郎)와 유노스케(勇之助)란 사람이 사이고가 가지고 있는 서양 손수건으로 등을 밀어주는 일도 있었다. 사이고의 서양 손수건이란 것은 길이가 한 발이나 되었다고 한다.

사이고가 목에 대나무 새끼줄을 걸치고 산과 들을 사냥하며 돌아다닐 때는 영락없는 사냥꾼이었다. 그는 총을 쓰는 일은 거의 없었고, 전문 사냥꾼이 하는 것처럼 토끼사냥에는 덫을 놓아 잡았다.

숙소에서는 마을 사냥꾼들로부터 사냥 이야기 듣는 것을 무엇보다 좋아했다. 마을 사람들에게는 '가고시마의 기치노스케(吉之助)'라고만 이름을 밝히고 있었으므로 그가 사이고란 것을 거의 모르고 있었다. 이 고장 사족들과의 왕래도 드물었고, 오히려 사족들을 싫어하는 듯이 보였다.

혁명가로서 사이고의 결함은, 그의 스승이요 옛 주인인 시마즈 나리아키라만큼 근대 산업에 대한 이해가 미치지 못한 것에 있을 것이다. 그러나 농정과 농민의 생활에 대해서는 아마 유신의 어느 혁명가보다도 몸소 체험하여 아는 점이 많아서, 그가 청년기에 힘차게 일으킨 정의감도 거기에 뿌리를 내리고 있었다. 그의 일생을 통한 정의감도 거기에 있었을지도 모른다.

옛 사쓰마 번은, 다른 번으로서는 믿기 어려운 일이지만 인구의 4할이 무사였다. 그들을 나머지 6할이 먹여 살려야 했다. 나아가서는 교토를 중심으로 한 선진 지역과는 달리 농민들을 여전히 옛날의 농노처럼 보며 가혹하게 수탈했다.

'이 나라(사쓰마 번)처럼 농정이 어지러운 곳은 결코 없을 것이다. 어떻게 해야 농민들을 편히 살게 할 수 있을 것인가……'

사이고가 옛 번 시절에 이렇게 시작되는 격렬한 글을 쓴 것도 사이고의 농민에 대한 생각과 농본주의적 생각을 잘 나타낸 것 중의 하나이다.

사이고는 18세부터 27세까지 고을의 하급 관리직을 맡아 보며, 농민들의 생활과 수탈자로서의 번의 현실을 자세히 지켜보았다.

그가 즐겨 사람들에게 읊은 시가 있다.

벌레야 벌레야, 다섯 마디 풀뿌리를 끊지 마라.
끊으면 너도 함께 마르고 만다.

벌레는 번의 관료들을 말하고, 다섯 마디 풀은 벼를 말하는 것으로 곧 농민을 가리킨다. 이 시는 사이고가 좋아했기 때문에 사이고가 젊었을 때 지은 것으로 사람들은 믿는 모양인데, 사이고가 고을에서 일하고 있을 무렵 사코타 도시스미(迫田利濟)라는 고을 군수가 지은 것이다.

흉년이 든 해, 번은 고을 군수에게 평년작과 같은 양의 곡식을 바치라고 명령했다. 이에 분개한 군수가 마침 묵고 있던 여관 벽에 써 두었던 것인데, 이 일은 젊은 사이고의 마음을 크게 뒤흔들었을 것이 틀림없다.

사이고는 전국 사족들의 불평을 총대표하는 것처럼 여겨지고 있었는데, 이 당시 그의 일상생활은 농부와 사냥꾼 속에 몸을 완전히 묻고 있는 듯한 인상을 주었다.

히나타 산의 온천 여관에 신푸렌의 변을 알리려고 노무라 닌스케가 찾아온 것도 그러한 생활 속의 사이고를 만나기 위해서였다.

사이고는 아침상을 받고 있었다.

히나타 산 근처의 전설로는 가고시마에서 온 이 사람이 먹는 한 끼의 식사량이 꽤 많았다고 한다.

사이고는 돼지고기 국을 좋아했다. 사쓰마에서는 그 특유의 돼지요리를 돈코츠라고 불렀는데 뼈가 붙은 채로 요리한다. 사이고는 뼈를 뜯어먹기를 좋아했다. 또 날달걀을 좋아했다. 저녁에는 한 개를 깨어 밥에 얹어 먹었는데, 다만 부모의 제삿날에는 먹지 않았다. 또 젊었을 때의 동지로 함께 긴코만에 투신자살한 겟쇼(月照)의 제삿날에도 먹지 않았다. 이유는 남에게 말한 적이 없다. 사이고는 자신에 대한 설명을 거의 하지 않는 사람이었지만, 이런 사소한 일에는 더욱 그러했다. 다만 밥상에 달걀이 그대로 남아 있을 뿐이다.

노무라가 달려온 이날 아침에는 돼지뼈도 달걀도 밥상에 없었고, 아마 된장국을 몇 그릇이나 먹었을 것이다.

"구마모토 성 밑 거리에서 진대군이 습격을 당했다고 합니다."

닌스케가 화로 맞은쪽에 무릎을 꿇고 말했다.

사이고는 식사를 마칠 때까지 그의 이야기를 잠자코 듣고 있었다. 식사를 마치자 품속에서 손수건을 꺼내 입을 닦았다. 손님이 찾아왔다 하여 여관 사람들은 말하지 않아도 자리를 비켜 주었다. 이 시대의 예의라고 할 수 있다.

사이고가 소리를 치자 이윽고 소녀가 나와 상을 치웠다.

소녀의 발소리가 멀어지고 난 다음 사이고가 천천히 입을 열었다.

"구마모토의 난은 오노 뎃페이(大野鐵平) 일파가 일으킨 게 틀림없어."

닌스케의 정보 내용은 구마모토에서 소란이 벌어졌다는 것뿐으로, 신푸렌이라는 말도 아직 전해지지 않았고, 우두머리들의 이름도 전해지지 않았다.

닌스케는 구마모토 사족의 특징으로서 서로 사상이 같은 부분에서 협조하는 일이 없고, 다른 부분을 격렬한 감정으로 크게 보는 기풍이 있음을 알고 있었다. 또 그로 인해 당파가 많고 당파간의 교섭이 적다는 것도 알고 있었다. 그 중에 어느 당파가 진대군을 습격했는지는 지금으로서는 알지 못했다.

사이고에게는 대충 짐작이 갔다.

오노 뎃페이는 신푸렌의 수령인 오타구로 도모오의 막부 말기의 이름으로, 그 무렵 사이고가 교토에 있을 때 몇 차례 만난 일이 있었고, 그의 사상도 잘 알고 있었으며, 오타구로들의 결사에 대해서도 알고 있었다.

이어 사이고가 물었다.

"가고시마 거리는 조용한가?"

"지금은 조용합니다."

닌스케가 대답하였다.

"절대로 따라 움직여서는 안 된다."

사이고가 한 말은 이것뿐이었다. 닌스케는 사이고가 난을 좋아하지 않는다는 것을 새삼 알게 되었다.

사쓰마 사람들은 '봇케몬(木强者)'을 좋아한다.

나가야마 규지(永山休二)가 그 전형이었다고 할 수 있다. '봇케몬'이란 학문은 별로 없더라도 용감하고 완고하고 소박하여, 평소에 필요 이상으로 죽음을 가볍게 여기는 사람을 말하는데, 전국 시대 이래로 시마즈 가문에서는 가풍으로서 이런 사람을 사쓰마 무사의 전형으로 삼았다. 사이고도 사쓰마 무사의 자랑은 '봇케몬'에 있다고 하며 그런 사람을 사랑했다. 사이고가 메이지 4년에 가고시마에서 근위병을 편성했을 때 크고 작은 간부에 '봇케몬'을 채용했다. 기리노 도시아키, 시노하라 구니모토, 무라타 신파치, 나가야마 야이치로(永山彌一郎)와 가와지 도시나가 등 큰 간부로 발탁된 사람은 모두 사쓰마가 좋아하는 '봇케몬'의 성격을 바탕으로 하고, 그 위에 또 다른 재주를 지닌 사람들로, 그들은 사이고의 인솔로 도쿄에 올라가, 근위장교가 되어 장관과 영관에 참여했다.

특별한 재주를 가지지 못한 '봇케몬'은 위관이 되었다.

나가야마 야이치로의 동생인 나가야마 규지는 그 시기에 위관이 된 '봇케몬'이다. 근위 포병대위가 되었다.

"규지가 대위야?"

때로 이렇게 놀라는 경향도 있었으나, 능력보다도 오히려 보신전쟁 때의 용맹 때문이라고 보는 사람도 있었다.

그러나 장교로 있으려면 다소의 학식이 필요했다. 더구나 포병과이기 때문에 수학 학습이 있었는데 규지에게는 무리였다. 그래서 중위로 내려달라고 부탁했다. 그래도 힘이 들어 소위가 되었다.

"어디까지 내려갈 건가?"

친구가 놀려도, 자기는 계급 같은 것은 아무래도 좋다면서 진심으로 그렇게 생각하고 있는 것 같았다. 사이고가 규지를 사랑한 것은 그런 점이었던 것 같다.

형 야이치로는 노무라 닌스케와 친했다. 이 때문에 규지도 닌스케의 근무처인 가고시마 경찰서로 자주 찾아갔다.

신푸렌이 거사했다는 소식이 들렸을 때, 닌스케는 사이고에게 보고를 하기 위해 달려갔다. 규지도 나중에 듣고 닌스케의 뒤를 쫓았다.

히나타 산에서 사이고를 만났을 때, 벌써 닌스케는 돌아간 뒤였다. 사이고는 사냥을 떠나려고 밭둑길을 걸어가고 있었다. 규지가 뒤쫓아 다가가서 말했다.

"선생님, 좋은 때가 왔습니다. 가고시마도 일어나야 합니다."

그러자 사이고는 닌스케에게 한 것과 비슷한 질문을 했다. 가고시마 성 밑 거리에서 장년들이 떠들어 대고 있느냐 하는 것이었다. 장년이란 이 경우 30대 사람이란 뜻이었을 것이다.

"장년들은 아직 움직이지 않고 있습니다."

"규지 너는……?"

규지의 대답에 사이고는 우습다는 듯이 미소를 지었다. 너는 몇 살이냐, 라는 말을 생략한 것이었는데 규지는 알아들었다. 그는 37살이었다. 이 시대의 나이 감각으로는 노년의 초기에 접어든 것이다. 규지는 그만 부끄러운 생각이 들어 더 말을 못하고 가버렸다.

며칠이 지나자 사방의 번개가 하늘에서 호응하듯 하기에서 병란이 일어났다. 마에바라 잇세이와 그 무리들이 일어났다는 것이다. 이 정보는 앞서 말한 것처럼 가고시마 경찰서장 닌스케에게서 들어왔다.

"나이를 먹었으면서 무슨 짓인가?"

히나타 산의 사이고에게 그렇게 꾸중을 들은 나가야마 규지는, 그래도 정신을 못 차린 채 신푸렌의 소식을 들은 뒤로 매일 경찰서에 들러 닌스케로부터 정보를 얻고 있었다. 마에바라의 난에 대한 소식을 들었을 때는 기뻐 날뛰었다.

"늙은이라 하더라도 일어서야 한다."

이런 내용의 말을 서장인 닌스케에게 했다. 닌스케도 좀 경솔한 면은 있었지만 나가야마 규지처럼 들썩이지는 않았다.

한편 닌스케는 후에 벌어진 세이난 전쟁에서는 최후까지 싸웠는데, 다른 사람들처럼 자살하지 않고 사쓰마 군 간부로서는 보기 드물게 관군에 투항했다. 10년 징역을 받았으나 특사로 4년 만에 나왔고, 그 뒤 가고시마 신문을 창간하고 운수회사를 차리기도 했다.

일찍이 보신전쟁에서 뛰어난 정보수집 능력을 보였듯이, 성격상으로 정보를 좋아하는 데가 있었고, 그것을 정리하고 자세히 생각하여 판단을 내리기를 좋아했다. 그는 바깥 정보만이 아니고 안의 정보를 판단하기도 좋아했고, 판단할 수 있는 사람이었던 것으로 생각된다.

이때 닌스케는 나가야마 규지처럼 기뻐 날뛰지도 않았고, 마에바라가 일어난 이상 사이고도 일어날 것이라는 성급한 판단도 내리지 않았다. 사실 사이고는 일어나지 않는다는 말은 규지에게는 하지 않았다. 말하면 규지가 너무 흥분해서 칼을 빼고 대들지도 몰랐다. 규지뿐만 아니고 사학교 전체에 신중론자를 미워하는 분위기가 감돌고 있었다.

"우돈다니(宇都谷)에 가서 물어 보아라."

히나타 산에는 가지 말고 기리노 도시아키에게 가서 상의하라는 식으로 닌스케는 규지에게 방향을 일러 주었다.

나가야마 규지는 달리기 시작했다. 그는 철저한 호전가였다. 적은 오쿠보이며, 오쿠보가 이끄는 진대군이다. 칼을 뽑아 들고 총탄과 포탄이 터지는 속에서 정부라는 큰 성벽을 무너뜨리는 쾌감이 온몸의 피를 들끓게 만들었다. 싸움을 즐기는 것이야말로 사쓰마 인의 참다운 면이란 것을 규지는 의심치 않았다.

그는 사이고로부터 나이 값을 하라고 꾸중을 들었지만, 사이고를 종교적인 감정으로 숭배하고 있는 그는, 사이고로부터 꾸중을 들은 것도 기쁨이라, 그것을 남에게 자랑하기도 했다.

지금 세상은 시끄럽게 돌아가고 있었다. 구마모토, 아키즈키, 하기에 포연이 올랐다. 사쓰마가 터지지 않으면 세상의 웃음거리가 된다고 규지는 생각했다. 요시노 고을로 달려가는 규지는 사쓰마라는 화약고 속에 불을 물고 돌아다니는 쥐와도 같았다. 사쓰마가 터지기 위해서는 자기 같은 사람이 필요하다고 그는 믿고 있었다.

기리노는 그의 생가 요시노 고을 사네카타(實方)에서 50리 안쪽에 있는 요시다(吉田)의 우돈다니란 곳에 살고 있었다.

우돈다니는 온통 화산재로 덮인 땅이었는데, 농민들을 가혹하게 수탈했던 옛 번 시대에도, 벌판으로 버려진 채로 있었다. 지금은 개간사업이 상당히 진척되어 꽤 넓은 밭벼의 전답이 되어 가고 있었다.

기리노는 요시노 마을에서 요시다 마을에 이르는 땅을 개척하는 데 전념하고 있었다.

그에게는 현금수입이 거의 없었다. 그는 정부가 사이고 육군대장과 마찬가지로 그의 사직을 인정하지 않고 있었기 때문에 여전히 육군 소장 그대로였다. 급료도 나오고 있었다. 그러나 사이고와 기리노 및 사직한 장교는 모두 급료를 받지 않았으므로 육군성이 이를 다달이 보관하고 있었다.

그러나 농부가 되어 자신이 괭이를 들고 개척한 논밭에서 나오는 것으로 충분히 먹고 살 수 있었다. 그는 농촌 생활 속에서 철학마저 몸에 익히기 시작했다. 몸소 밭을 갈아 먹고 산다는 것에 정신적 안정감이 있었고, 남에게 돈을 바라거나 굶주림에 시달리면서 천하 국가를 생각하는 것은 틀린 일이란 것을 찾아오는 사람에게 말하곤 했다.

확실히 기리노는 정신의 안정을 농사에서 찾았다. 기리노의 생활은, 농사를 국가의 기초로 삼는 사이고의 사상에 영향을 받은 것이 틀림없었다.

사이고도 다케의 자택에 있을 때는 아버지 대부터 이어오던 교외의 경지에서 손수 밭갈이를 했다. 나아가서는 메이지 8년(1875) 4월에 사이고가 출발시킨 요시노 개간사(吉野開墾社)의 실적이 어떤지 염려하기도 했다. 사이고에게는 이대로 농부로 일생을 마쳐도 좋다는 생각이 있었다.

기리노의 경우는 그렇지 않았다. 그는 개간을 하면서도 한편으로 때를 기다린다는 정신적 긴장을 늦춘 적이 없었다. 다만 농사를 짓고 있으면 조바심하는 일이 없이 마음을 가라앉히고 그 때를 기다릴 수 있다고 생각했다. 때를 기다리기 위해 농사를 짓는다는 것이고, 남들에게도 흔히 그런 말을 했다.

나가야마 규지가 기리노를 만나기 위해 우돈다니의 오두막집으로 찾아갔을 때는 잠시 기다려야 했다. 이윽고 기리노가 작업복 차림으로 돌아왔다.

규지는 마에바라가 거사했다는 것을 알렸다.

"사쓰마도 일어나야 합니다. 당신이 평소에 때, 때, 하며 기다리던 그 때가 지금 찾아 온 게 아닙니까?"

기리노는 이상하게 평소처럼 웅변을 토하지 않았다. 규지는 종잡을 수가 없어서 돌아갔다. 나가야마 규지가 기리노와 하직하고 10리쯤 오자, 들길 맞은쪽에서 사람이 왔다. 가까이 가니 헨미 주로타(邊見十郞太)와 고노 슈이치로(河野主一郞) 두 사람이었다. 행선지를 물으니 기리노에게 간다고 했다. 용건은 규지와 같은 것이었다. 조슈가 일어났는데 우리가 한가하게 있을 수는 없다는 것이었다. 규지도 함께 되돌아가기로 했다.

다시 찾아가자 기리노는 옷을 갈아입고 마루에 앉아 어린 감나무를 바라보고 있었다. 금년에 처음 열매를 맺은 감이 벌써 익고 있었다. 기리노는 나가야마로부터 마에바라 잇세이의 거사 소식을 듣고, 무조건 그를 쫓아 보내기는 했으나, 실은 속마음이 흔들리며 이제 사이고를 일어나게 해야 할 때가 온 것이 아닐까 하고 생각했다.

일찍이 사이고는 정치에 있어서 적절한 시기를 판단하는데 명수였다. 막부 말기의 사이고는 때를 놓치는 일이 없는 절묘한 안식(眼識)으로 그것을 손에 잡고 사태를 선회시켰다. 메이지 이후의 사이고는 시세의 흐름에서 때를 보려 하지 않고, 역사 속에서 때를 보려 하는 경향이 있었다. 보는 거리가 길어졌다.

'사이고님은 너무 태평스런 것이 아닐까?'

기리노는 이렇게 생각했다. 시기처럼 중대한 것은 없다고 하는 정략 감각을 기리노는 사이고에게서 배웠다. 그러나 정작 사이고는, 막부 말기의 큰일을 마치고 그 정략 감각도 정치철학으로 너무 변한 것이 아닐까 하는 생각이 들었다.

어찌 됐거나 기리노는 태정관이 형세를 잃어가고 있다고 생각했다. 도쿄의 평론신문사로부터 정부는 완전히 부패해서 도시와 농촌에 원망의 소리가 가득 차 있으며, 내일이라도 스스로 쓰러지지 않을까 하는 내용을 써 보내왔다. 신푸렌이 일어나고 마에바라가 일어났다. 다음 사쓰마라는 최대의 재야 세력이 일어나면 정부는 쓰러지는 것이 아닐까.

그러나 한편으로 기리노는 아직 이르지 않나 하고 생각하기도 했다. 메이지 7년 에토 신페이를 떠받든 사가의 난 때도, 사가 쪽에서 손잡자는 청이 있었다. 그때는 기리노 자신이 때가 아니라고 말하고 돌려보냈다. 사태가 더 무르익어 갈 것으로 기리노는 생각하고 있었다. 완전히 곪아 터져 일본이 시체나 다름없이 되었을 때, 온 천하는 사이고가 도쿄로 들어올 것을 기대하게 된다. 그때야말로 내가 사이고의 앞장을 서서 도쿄로 들어갈 것이다. 지금은 때가 이른 것이 아닐까.

그러나 한편으로는 그렇게 생각하지 않았다.

'지금 벌써 온 천하가 사이고를 목마르게 우러러보고 있는 것은 아닐까?'

그때 헨미와 고노가 들어와서 마루에 앉았다.

헨미는 수호전에 나오는 호걸 같은 사나이로 눈빛이 표범 같다는 평을 듣고 있었다. 머리털도 수염도 빨갛고 곱슬곱슬해서 일종의 살기를 띠고 있었다. 싸움을 좋아하는 것은 규지 이상이었다. 그런 그가 고노와 함께 설득을 거듭했다.

기리노는 계속 입을 다물고 있었다.

"기리노님, 기리노님!"

그는 외치듯이 말했다. 고노는 막부 말기에는 교토에 주둔하며, 조후쿠사라는 절에 머물고 있었다. 사쓰마 번은 고향에서 사졸들을 잇따라 교토로 보내왔기 때문에 니시키코지(錦小路)의 번저와 그 밖의 병영에 다 수용할 수가 없어서 고노를 조후쿠사에 묵게 했던 것이다.

이 조후쿠사에 묵고 있는 패들이 흉포할 정도로 성질이 거칠어서, 시중에서 자주 다른 번 사람이나 신센 조들과 칼싸움을 벌였다. 이 때문에 조후쿠사당이라고 부르며 번저에서 몇 번인가 해산을 명령했고, 끝내는 각 조에 분산시키고 말았을 정도로 골치를 앓았는데, 고노는 그 조후쿠 사당의 우두머리였다.

그 무렵의 기리노는, 사이고가 오쿠보에게 보낸 편지 속에서 '폭객'이라 표현할 정도로, 그 방면에서 고노에 비할 바가 아니었다. 한편 헨미는 28세의 젊은 나이인 만큼 왕년의 기리노나 고노 이상으로, 말하자면 지금 한창 '봇케몬' 기질이 왕성하다고 할 수 있었다. 거기에 나가야마 규지까지 함께 있었다. 이 세 사람이 부추기자 기리노의 타고난 피도 들끓지 않을 수 없었다. 마침내 그들을 타이르는 것을 포기하고 동조하고 말았다.

"나도 같은 생각을 하고 있어 그러나 사이고 나리가 승낙하지 않을걸세."

사이고의 속마음은 기리노가 가장 잘 알고 있었다. 기리노는 사이고가 아무래도 승낙하지 않을 것이라 생각했다. 차라리 이들 세 사람을 사이고와 직접 만나게 하여 사이고의 속마음을 떠보는 게 좋을 것 같았다.

"사이고 나리를 만나게."

기리노가 말했을 때, 헨미도 고노도 기뻐하였다. 원래 기리노는 사이고의 신변을 조용히 해 두기 위해, 말하자면 사이고의 대리로서 다른 현 사람이나 사학교 사람들을 대해 왔다. 헨미나 고노가 생각할 때, 기리노가 사이고를 만나라고 한 것은, 기리노 자신이 일어서는 것을 반승낙한 것이나 다름없었다.

두 사람은 기리노에게 다짐을 두었다.

"당신 자신은 어떻소. 일어날 생각이 있습니까?"

그러나 기리노는 여전히 이런 뜻의 말을 했다.

"시기를 잡는 것이 어렵네. 그러나 사이고님이 일어난다면 시기 문제는 논할 필요가 없어. 사이고님이 좋다고 하면 그것이 곧 시기일세."

두 사람은 히나타 산으로 향했다. 사이고는 공중 목욕탕에 들어가 있었다. 이윽고 그가 나오는 것을 두 사람이 붙들고, 마에바라 잇세이가 거사한 것을 알리고, 이 기회를 타서 우리도 군사를 일으켜야 한다고 얘기했다. 사이고는 인기척 없는 숲으로 두 사람을 데리고 가서, 두 사람을 쓰러진 나무에 앉도록 하고, 자기도 베어낸 나무 등걸에 앉았다. 사이고는 마에바라가 틀렸다고 단정했다. 고노는 오래 살았으므로, 이때의 사이고의 말을 후세 사람들에게 전했다. 사이고는 이때 목소리를 가다듬어 반란 자체를 부정했다고 한다.

"마에바라 때문에 농민들이 전화(戰禍)의 고통을 받게 되네. 반란은 국가 최대의 불상사일세"

이 말을 듣고 두 사람은 어쩔 줄 몰랐다고 한다.

이 동안 노무라 닌스케(野村忍介)는, 보신전쟁 이후 정보수집의 명수로 알려진 만큼 일을 많이 했다. 그는 사방에서 정보를 수집했다.

한편 닌스케는 가고시마 경찰서장이면서도 제복은 입지 않았다. 그는 현의 관리라기보다 어디까지나 사학교의 학생이라고 생각하고 있었다. 나아가서는 사이고 대장과 기리노 소장이 정부에 사표를 냈다고는 하지만, 정부에서 사표를 수리하지 않았기 때문에 그 신분이나 계급은 옛날 그대로였다. 그런 그들이 관의 제복을 입지 않는데 자기가 그것을 입을 수는 없다고 생각하고 있었다. 그러나 부하들에게는 일찍이 현에서 제정한 구식 모직 옷을 입게 했다.

닌스케는 엷은 색의 무늬가 있는 일본 옷에 짧은 바지를 입은 소탈한 차림을 하고 있었다. 칼은 차지 않았다. 칼을 차지 않은 것은 정부의 폐도령 때문은 아니었다. 폐도령 자체는 원래 정부의 명이 미치기 어려운 가고시마 현에서는 현 경계에 머물러 있는 정도였다.

한편 사쓰마 인은 문화면에서 구마모토처럼 보수성은 별로 강하지 않았다. 오히려 대부분이 서구적인 멋을 동경하는 데가 있어서, 서양 문물로서 편리한 것이면 저항 없이 받아들였다. 사이고도 기리노도 그러했고 다른 사람도 마찬가지였다. 그들은 양복도 구두도 좋아했다.

칼을 차는 것도, 신푸렌처럼 칼 자체를 사상화하는 것은 사쓰마에서 볼 수 없었다. 사실 사쓰마 사족들은 대부분이 백병전에 능했다. 그러나 칼은 어디까지나 싸우는 도구라고 생각할 뿐, 그것을 사상의 상징으로는 생각지 않았다. 이로 인해 폐도령 이전부터 칼을 차지 않고 다니는 사족이 많았다.

사쓰마에서 여전히 칼차기를 고집하는 사람은 사상적으로 그런 것이 아니고, 시골 자작농으로 향사 신분을 가진 사람이 일반 농민들과 자신을 구별하기 위한 순진한 동기에서였다. 가고시마 옛 성 밑 거리에는 그런 사람마저 적었고, 특히 지난 날 신분이 높았던 사람일수록 칼을 차지 않았다.

노무라 닌스케의 경우는 그 어느 쪽도 아니었다. 그는 이치를 따지는 사람은 아니었지만 원래 사물을 보는 눈이 평범하고 분명했으므로 그것이 전술가인 그의 생각의 바탕이 되어 있었다. 칼을 차지 않아야 가볍게 산과 들을 돌아다닐 수 있기 때문이었다.

하기의 마에바라 잇세이의 정보를 얻었을 때, 노무라 닌스케는 그 첫 보고를 자기가 직접 사이고나 기리노에게 보내지 않았다. 나가야마 규지가 간다고 하여 그에게 맡겼던 것이다.

다만 자세한 정보를 얻은 뒤에 알리려 했다. 그는 누구보다도 사이고의 속마음을 알고 있다고 자처했다.

'사이고는 신푸렌이 일어나건 마에바라가 일어나건 절대로 일어나지 않는다.'

일어날 생각이 있었으면 메이지 7년 사가의 난 때 에토 신페이와 손을 잡았거나 도와주었을 터였다. 그때 사이고에게는 자주 공작이 들어 왔었다. 그러나 사이고는 거기에 말려들지 않고 냉정히 그 바깥에 서 있었고, 에토가 오쿠보에 의해 처형되었을 때도 아무런 감상도 남에게 보이지 않았다.

그런데 사이고는 이렇게 말한 적이 있다.

"오쿠보는 사쓰마 사람답지 않게 겁쟁이다."

이 경우의 겁쟁이란 말은 오쿠보의 대외적인 저자세를 가리킨다. 겁쟁이니 비겁하다느니 하는 것은 사쓰마 인에 대한 가장 심한 욕설로, 오쿠보는 자기가 그렇지 않다는 것을 보여 주기 위해 대만으로 출병했다고도 할 수 있다.

사이고는 오쿠보에 대해 그 같은 말을 하기는 했지만, 경륜가로서 오쿠보가 사심이 없다는 것과 생각의 테두리가 크다는 것, 그리고 순수하다는 것을 말했다. 오쿠보의 실력을 사이고처럼 높이 평가한 사람은 없다. 사이고가 하야했을 때도 사카이의 현령으로 같은 고향 출신 사이쇼 아쓰시(稅所篤)에게 "오쿠보가 정부에 있는 한 문제없네"라고 말한 것은 사이고의 진심이었다고 할 수 있다.

사이고는 에토 따위는 오쿠보는 비교도 할 수 없다고 생각했고, 더구나 그런 에토가 정한론을 내세워 오쿠보를 쓰러뜨리려는 일에 가담할 생각은 나지 않았다.

사이고는 에토의 반란 때도 못 본 척 내버려 두었다. 더구나 신푸렌이나 마에바라가 소동을 벌였다고 해서 일어날 리가 없다. 노무라는 남에게 말은 하지 않았어도 사이고에 대해 그 같은 생각을 품고 있었다.

그러나 사이고가 무엇을 기다리며 도시를 피해 산과 들을 돌아다니고 있는지에 대해서는 그도 잘 알지 못했다.

어찌 됐든 닌스케는 정보를 모으고 있었는데, 터무니없는 정보가 그를 거치지 않고 사학교로 직접 들어갔다.

"정부가 사쓰마 토벌을 계획하고 있다."

그날 닌스케는 아침부터 반나절을 사학교에서 보냈다.

'정부가 사쓰마를 친다는 소문은 어디서 들어왔는가?'

소문의 경로를 알아보기 위해서였다.

소문은 벌써 퍼져 있었다. 젊은 패들 가운데는 닌스케를 붙들고 흥분하는 사람도 있었다.

"어째서 당신들은 한가로이 앉아 있습니까. 사쓰마를 칠 준비를 진행하고 있다지 않습니까? 앉아서 죽을 작정입니까?"

"누구에게 들었는가?"

이렇게 닌스케는 전파된 경로를 더듬어 나갔다. 그러자 마지막에는 연기처럼 정체를 알 수가 없었다.

'현 밖에서 들어온 자가 그런 소문을 퍼뜨리고 있는 것인가?'

이렇게 의심해 보기도 했다. 정부 계통에서 사쓰마 인을 도발하기 위해 그런 소문을 뿌리는 경우가 있었다.

혹은 평론신문사의 에비하라가 기리노에게 편지를 보내며 정부의 내정을 이것저것 쓸 경우 그런 것을 썼을지도 모르는 일이며, 그것이 퍼져 나간 것으로 생각할 수도 있다. 닌스케는 기리노 등 간부급 사람들을 차례로 찾아갔다. 누구나 똑같은 말을 했다.

"짐작되는 곳이 있다면 모든 사람이 그렇다."

평론신문사에서 오는 편지는 언젠가 '정부는 썩을 대로 썩고 국민의 원망은 날로 높아가고 있다. 정부는 자체의 악정은 고치려 들지 않고, 거꾸로 신문 단속령을 강화해서 탄압으로 나오고 있다. 그뿐 아니라 경시청의 경관을 크게 증원했다. 이것은 뒷날 사쓰마를 치기 위한 것인 것 같다'는 따위의 내용이 많았고, 소문은 그런 데서 나온 것이 아니겠느냐고 그들은 말했다.

"혹 지장이 없다면 그 편지를 보여 주지 않겠는가?"

닌스케는 말했다. 아무튼 정보란 것에 대해서는, 닌스케는 모으는 일에도 열심이었고, 비교 검토하여 정밀도가 높은 것으로 만드는 데도 열심이었다.

"에비하라의 편지도 그렇지만, 근원은 평론신문 자체가 아닌가?"

이렇게 말하는 사람도 있었다.

확실히 그럴지도 모른다. 가고시마에는 쾌속정이 도착할 때마다 도쿄의 신문과 잡지가 도착하는데, 사학교 학생들이 다투어 읽는 것은 역시 평론신문이었다.

"세이난 전쟁을 일으킨 가장 큰 힘은 평론신문이다."

뒷날 그렇게 말한 사람도 있다. 사이고의 전 막부 시대의 맹우로, 유신 뒤에는 주로 궁내성에서 일했으며, 사상적으로는 오쿠보에 가까웠던 요시이 도모자네(吉井友實)였다.

요시이의 말인즉, 평론신문은 도쿄에 있는 사학교의 앞잡이 기관으로, 그 논조는 사학교를 자극하는 데 가장 큰 힘이 되었다고 할 수 있다는 것이다.

평론신문은 메이지 9년(1876)이 되자, 정부 공격의 논조가 더욱더 과격해졌다. 한 예를 들면, 이토 고지(伊東考二)라는 사람이 기고한 '압제정부 전복을 위한 논(論)'이라는 처절한 제목의 논문이 실린 적이 있었다. 편집주임은 고마쓰하라 에이타로(小松原英太郎)였다. 그는 이 때문에 금고 2년에 처해졌다.

이 논문의 사상은, 당시 유행하기 시작한 천부인권설에 의한 것이었다.

'하늘이 백성을 낳을 때, 억조 만민에게 한결같이 움직일 수 없는 권리와 자유를 부여하였다.'

이 논문 첫머리에 있는 글이 그것이다. 사람이 세상을 살아가는 목적은 '자연의 자유를 온전히 하여 더없는 행복에 도달하는 데 있다' 하고 논문은 말한다.

그런데 세상에는 흉악하고 사나운 도적이 있다. 그들은 때로 사람의 자유를 압박하여, 사람들로 하여금 '자연의 자유를 온전히 할 수 없는' 상태에 둔다. 이것을 배제하는 것이 정부이다.

'곧 세상에 정부가 서게 된 까닭이다. 정부는 그 때문에 있다.'

그러니까 정부의 가장 중요한 의무는 '사람들을 보호하여 그 자연의 자유를 얻게 하고, 그로서 더없는 행복을 누리게 하는 데 있다.'는 것이다.

기이한 사실은, 이 사상은 가와지가 프랑스에서 도입한 경찰사상이기도 하다는 것이다. 적어도 가와지 자신만은 경찰의 목적은 위에 말한 것과 같은 취지에 있다고 했다.

그러나 가와지는 그 다음부터 달라진다. 정부를 전복하려는 의도와 세력을 사전에 없애버리거나, 사후에 탄압하거나 둘 중의 하나였다.

이 평론신문의 논문은 정부가 난폭 정부의 길을 가면 그것을 전복하는 것이 국민의 의무라고 했다.

논문에서 말하는 난폭한 정부란 '함부로 위엄과 군세를 부리려 하며, 정령(政令)을 번거롭게 하고, 법금을 세밀하게 하여, 동작과 언어에 이르기까지 국민의 자유를 하나하나 속박하므로, 그 행복 위에서 가혹한 화독(禍毒)을 흘리는 정부'라고 규정하고, 은근히 이것이 현재의 정부라고 암시하고 있다.

논문에서는 이런 정부가 나타났을 경우에는 '그 밑에 선 국민들은 모든 저항력을 발휘하여, 그로서 자연의 자유를 회복해야만 한다…… 부득이한 사태에 이르면, 전부터 내려오던 난폭한 정부를 전복하거나 다시 자유의 새 정부를 세울 수도 있다'고 하고, 미국 독립의 '격문'과 프랑스 혁명의 '격문'을 이용하여, 난폭한 정부를 전복하는 것은 국민의 의무라는 것이다.

또 난폭한 정부에서 한두 명의 관리가 난폭한 짓을 저지르고 있으면 '천벌로 죽이는 것이 곧 좋은 방법이다' 하고 폭력 행위를 옹호하는 것이었다. 한두 관리라는 것은 물론 오쿠보를 가리킨 것이다. 정부를 뒤엎든가 오쿠보를 죽이든가 어느 쪽이든 좋다는 얘기이다. 이런 내용을 읽고 흥분하지 않는 사학교 학생은 없을 것이다.

노무라 닌스케는 차라리 교토·오사카 지방까지 가서 정부의 사쓰마 토벌에 대한 소문 등 모든 풍문의 진위를 확인해 볼 생각이었다.

가고시마(鹿兒島) 경찰서장인 닌스케는, 관리로서 현령에 속해 있었으므로 현 밖으로 출장하는 데는 현령의 허가가 필요했다. 그런데 현령인 오야마는 이때 내무대신에 오쿠보의 부름을 받아 도쿄로 가고 있는 중이었다.

한편 오야마가 도쿄로 간 것에 대해 언급하지 않을 수 없다.

현령인 오야마는 히사미쓰 당이었다. 사이고에 대해서는 막부 시대부터 좋은 사이라고는 할 수 없었고 사이고 또한 무슨 탓인지 "오야마에게는 장사꾼 냄새가 풍긴다"면서 대수롭지 않게 보았다. 그런 관계에 있으면서도 오야마는 사이고와 근위장교들이 돌아온 뒤로, 속은 어떻든 이들과 잘 어울렸다. 예를 들면 사학교를 현정의 중심에 두고, 자신을 마치 사학교의 사무국장과 같은 위치에 두어, 가고시마 현을 옛 번과 똑같은 독립상태로 유지하고 있었다.

오쿠보는 오야마도 다루기 힘들었다. 그런데도 그가 오야마에게 가고시마를 떠나 도쿄로 오라고 명령을 내린 것은, 그로서는 상당한 각오를 했다는 증거라고도 말할 수 있다. "오쿠보가 무슨 소리를 하는 건가?" 일소에 붙인 다음, 핑계를 만들어 가지 않았을 것이다.

그러나 세상이 시끄러운 때였으므로, 만일 그가 이를 거절하면 정부는 갖은 구실을 만들어 결국 사쓰마를 치게 될 것이 아닌가.

그런 염려가 그에게 있었다. 오야마는 보수적이고 거만하긴 하지만, 성격적으로 난을 즐길 만큼 과격한 데는 없었다. 또 그의 배후에 있는 히사미쓰 자체가 정부에 대해 앞장서서 불평을 하면서도 난을 일으킬 생각은 전혀 없었으므로 오야마도 난을 일으킬 생각이 없었다고 할 수 있다.

오야마는 떠날 때 이렇게 말했을 것이다.

"내가 상경하지 않으면 정부는 사쓰마를 칠 구실로 그것을 이용할 것이다."

이 말이 돌고 돌아서, 사학교 학생들을 흥분하게 만든 사쓰마 토벌의 소문이 되었는지도 모를 일이었다.

오야마는 현의 4등 관리인 미노다 조키(蓑田長僖)라는 히사미쓰파 사쓰마인을 동행시켰다.

도쿄에서 오쿠보와 만났을 때, 오쿠보는 현의 관리들을 도태시키라고 강요했다. 그의 참뜻은 현의 관리로 있는 많은 사학교 학생들을 그만두게 하라는 것이었다. 오야마는 이를 일축해 버리고 말했다.

"여보게, 현의 관리를 도태시키고 싶으면 나 대신 자네가 현령이 되게. 그때문에 내무대신의 후임을 맡을 사람이 없다면 내가 내무대신이 되지."

이 이야기는 이미 했다. 오야마에게 가고시마의 현황은 그토록 다스리기가 힘이 들어 그로서도 벅차다는 것을 암시한 것임에 틀림없다.

현령인 오야마가 상경하고 없기 때문에 노무라 닌스케는 현령을 대신해서 현청을 맡고 있는 대서기관 다하타 쓰네아키(田畑常秋)에게 면회를 청했다.

한편 각 부현의 중요한 자리를 그 현의 옛 번 사람들이 차지하고 있는 일은 이 당시에는 없었다. 그러나 가고시마 현만은 옛 번 사람들이 독점하고 있었다.

대서기관 다하타는 옛 번 시대에 번의 수석 서기라고 하는, 뒷날 현청의 대서기관 같은 직책에 있었던 관계로, 계속해서 현의 행정 실무를 쥐고 있었다. 그는 세이난 전쟁 때는 현청을 지휘하며 사쓰마 군의 병참본부 같은 역할을 하다가 그 뒤 자살했다.

다하타는 사무에 능한 관리에게 흔히 볼 수 있는 조용한 성격이었다. 그의 사상은 잘 모른다. 아마 사상이 있는 사람을 유능한 관리라고 하지 않듯이 그는 어느 당에도 속해 있지 않았을 것이다.

다만 실무 경험과 능력을 발휘하여 현의 행정실무를 처리했던 인물로 생각된다.

후에 벌어질 일이지만 세이난 전쟁의 뒷단계에서 사쓰마 군은 병력과 탄약과 군비의 고통을 겪었다. 초기 단계에서는 다하타가 그런 보급들을 전부맡고 있었는데 이윽고 전선의 형편을 보자 불안한 마음이 되었다.

전선에서 헨미 주로타가 군비 조달을 위해 돌아와 다하타에게 교섭을 했으나 그는 말을 이랬다저랬다 하며 응하지 않았다. 그는 사쓰마 군의 기세가 약해진 것을 보자 자기가 하는 일이 무서워졌던 것이다.

적어도 헨미(辺見)의 눈에는 그렇게 보였다. 이때 다하타는 서양식 의자에 앉아 있었다. 거친 행동을 오히려 자랑으로 알고 있는 헨미는 흥분한 나머지 발로 의자를 차서 다하타를 넘어뜨리고 말았다.

다하타는 화를 내며, 또 헨미에게 힘이 미치지 못하는 것을 부끄러워하여 그대로 집에 돌아가 배를 가르고 말았다.

자살한 이유는 결국 정부가 죄를 묻게 되리라는 점도 있었을 것이다.

죽기 전에 남긴 시가 있다.

'죽으러 떠나는 산길을 앞서 가련다'라는 평범한 구절 위에 다음과 같은 내용을 적고 있다.

'무슨 일에나 늦기 쉬운 나이지만'

행정가이긴 하지만 정치엔 서투른, 도량이 좁은 인품을 상상케 한다.

노무라는 다하타에게 부탁했다.

"아무튼 우리 현은 서남쪽 끝에 있기 때문에 한 번 뜬소문이 퍼지기 시작하면 그 진위를 확인할 길이 없습니다. 내가 직접 교토·오사카 지방으로 가서 모든 것을 확인하고 올까 합니다."

다하타는 쾌히 승낙했다. 다하타는 노무라가 과격한 성격이 아닌 것을 알고 있었고, 또 그 자신 현 안의 뜬소문을 없애고 민심을 가라앉히려면 사실을 밝혀내는 길밖에 없다고 생각하고 있었던 것이다.

노무라 닌스케는 교토·오사카 지방을 향해 떠났다.

이 무렵에는 고베까지 정기선이 있었기 때문에 사쓰마는 교통에 있어서 벽지는 아니었다. 가고시마를 떠나 고베까지는 나가사키와 하카타(博多)를 돌아 각 항구에서 손님을 싣고 내리면서 편리하게도 나흘 만에 고베에 도착하였다.

닌스케는 1등 순경 시부야 세이치(澁谷精一)를 동행하게 하였다. 시부야는 근위군 때 중사였다. 나이는 26세. 정한론이 들끓고 있을 때 고향 중사 4

명과 의논해서 부대 안에서 크게 정한론을 지지했는데, 그 패를 5인 중사라고 불렀다. 이윽고 다른 장교들과 함께 그만두고 귀향한 뒤, 5인 중사의 대표로 사이고를 설득시켜 사학교의 창설에 힘썼고, 창립 후에도 사학교의 유력한 일원으로서 조직 강화에 공을 세웠다. 메이지 8년 사학교 학생이 대량으로 현의 관리로 채용되었을 때 가고시마 현 1등 순경이 되었다. 육군에서의 중사는 경찰의 1등 순경에 해당한다. 또 대위는 노무라 닌스케의 경우가 그렇듯이 경감에 해당한다.

두 사람은 제복을 입지 않고 사복 차림으로 배에 탔다.

고베에서 배를 내리자, 지방경찰이 항구에 나와 승객들의 명부와 배표, 여행증과 얼굴을 대조하여 수상한 사람에게는 가차 없이 캐묻고 있었다. 주로 사쓰마 인, 히고 인, 조슈 인에 대해 엄격했다. 그들은 노무라와 시부야의 여행증을 보더니 금방 몇 명의 경찰관이 두 사람을 둘러쌌다.

"당신들은 가고시마 현의 사족이오?"

닌스케가 "여행증을 잘 보게. 우리는 가고시마 현 경찰관이야"라고 했으나, 상대는 별로 당황하지 않았다. 같은 경찰관이라도 가고시마 현만은 다른 현과 별개라는 것을 알고 있는 모양이었다.

닌스케는 구마모토의 신푸렌의 난과 하기의 난에 대해 자세한 것을 알기 위해 나왔던 것인데, 자신이 의심을 받고 있으므로 경찰관들에게 물을 수도 없었다.

"오사카까지 가자."

닌스케는 시부야를 재촉하여 기차를 탔다. 벌써 2년 전인 메이지 7년에 고베와 오사카 사이에 철도가 개통되었다.

도중에 열차가 니시노미야(西宮)에 서자, 또 경찰관이 올라와 승객들에게 여행증을 보자고 요구했다. 니시노미야는 고베에 본서를 둔 경찰서의 관할지로, 이 해 5월에 니시노미야 출장소가 설치되었다.

닌스케는 검문이 귀찮게 많은 것으로 보아, 정부가 조슈와 히고와 사쓰마에 무척 신경과민이 되어 있는 것을 알았다.

"오사카에 가려면 차라리 경찰서로 가자."

닌스케는 시부야에게 말했다. 막연히 정보를 얻으려는 것보다 차라리 경계하는 총본부로 뛰어들어 가르쳐 달라고 하는 것이 가장 좋을 거라고 생각했다.

오사카 시의 지역은 막부의 직할지로 옛날에는 성주 대리와 함께 시 지역의 행정과 경찰을 맡은 관리가 모두 에도에서 부임했다.

유신 이후 몇 해 사이에 오사카 부의 경찰제도는 몇 번이나 바뀌었다. 메이지 7년, 오쿠보가 내무성을 만들어 부와 현을 중앙에서 통제함과 동시에 오사카 부를 포함한 각 부현의 지방 경찰제도도 나름대로 정돈되어 갔다.

지방경찰은 각 부현이 다 그렇듯이 오사카 부에도 부청이 관장하고 있었다.

메이지 7년 7월에 새 청사가 지어졌는데, 조폐국과 함께 오사카 최초의 서양 건축이라 하여 유명했다. 어찌 된 까닭인지 이곳 사람들은 이를 부청이라 부르지 않고 '정부'라고 불렀다.

이 부청은 건축비가 5만 엔이 조금 더 들었는데, 그 중에서 3만 엔은 민간인의 기부였다. 2층 석조 건물로 중앙이 돔(dome) 형태로 되어 있었다.

닌스케와 시부야가 거물 안으로 들어갔으나 별로 저지하는 사람이 없었다.

경찰과는 2층에 있었다.

현관 접수계에 명함을 주고 부탁했다.

"경찰 본서장을 만나고 싶다."

경찰 본서장이란 명칭은 뒷날 경찰 본부장에 해당한다. 경찰과장을 겸하며, 부 안의 각 경찰서를 통괄하는 직책이다.

이때의 경찰과장은 오히나타 세슈(大日向淸緝)라는 사람으로 1등 경감이었다.

후쿠하라 모토스케(福原元資)라는 경감이 그를 보좌하고 있었다.

닌스케는 아주 쉽게 이 두 사람을 만날 수 있었다. 두 사람은 그들이 가고시마 사람이라고 해서 경계하는 빛은 전혀 없었다.

전전긍긍 하기보다 행동하는 것이 낫다는 말은 바로 이 경우에 해당한다고 닌스케는 생각했다.

"우리 현은 변두리에 있으므로 세상일에 어둡습니다. 조슈 하기에서 난이 일어난 것과, 이웃 현인 구마모토에서 진대가 습격을 받은 일도 자세히 전해지지 않고, 뜬소문만 많아서 민심의 동요가 심합니다. 그러니 우리 현의 대서기관 다하타 쓰네아키가 사정을 알아보라고 저를 오사카로 출장 보낸 겁니다."

"당연히 그러시겠지요."

오히나타의 태도는 어디까지나 동정적이었다. 그는 자기가 들어서 알고 있는 하기의 난과 구마모토 신푸렌의 난을 대충 이야기하고, 부하에게 명령하여 그들 소란에 관한 내무성과 야마구치 현으로부터의 서류와 전보 일체를 가져오게 해서, 닌스케 앞에 늘어놓고 보였다. 뿐만 아니라 친절하게 이렇게까지 말했다.

"베껴 가십시오."

이 호의는 어찌 된 일일까?

고베와 니시노미야에서 경찰이 사쓰마 인과 조슈 인들이 오가는 것에 신경과민인 것은, 단순히 도쿄 내무성에서 그렇게 명령한 것을 그들이 충실하게 실천하고 있는 것 뿐이었고, 오사카 부의 경찰과라고 하는 큰 기관 속에 들어와보니 생각 외로 가고시마 사람에 대해 관대하다기보다 경계하는 빛이 없었다. 아니면 오히나타는 부현이 다를망정 같은 지방 경찰관인 닌스케에게 같은 직책으로서의 친밀감을 느끼고 있는 것일까. 적어도 그는 닌스케와 시부야가 가고시마 현의 특수정당인 사학교의 유력한 조직원이란 것을 몰랐을 것이다.

닌스케와 시부야는 고베로 돌아왔다. 항구 안에 들어와 있는 '미쿠니마루(三邦丸)'에 타려고 했을 때, 머지않아 천황이 교토로 오는데 오쿠보가 수행한다는 말을 얼핏 들었다.

'이건 그냥 들어 넘길 수 없는 말이다.'

닌스케는 생각했다. 그 행차야말로 사쓰마를 칠 조짐이 아닐까 하는 추측을 하기도 하고, 적어도 사쓰마를 친다는 뜬소문이 나도는 원인이 아닐까 하고 생각하기도 했다.

보고는 시부야에게 맡기고 그 길로 헤어져 교토로 갔다.

교토에서의 소문을 종합하니 교토 행차 예정은 아마 정말인 것 같았다.

'무엇 때문에 하는 행차일까?'

닌스케는 불안했다. 오쿠보가 천황을 떠받들고 사쓰마를 칠 생각인가 하는 생각도 했다. 그러나 어찌됐든 사실만 알면 그만이다 싶어, 서둘러 고베로 돌아왔다. 닌스케가 교토에서 들은 행차는 이듬해인 메이지 10년 2월에 사실로 나타났다. 그 목적은 교토와 고베 사이의 철도 개통에 임석하기 위해서라는 것이었다.

노무라 닌스케는 고베로 돌아왔다.

오노하마(小野濱) 가까운 곳에 신문을 열람할 수 있는 작은 가게가 있었는데 봉당 구석에서 소녀가 지키고 있었다. 안으로 들어가자 두세 명이 의자에 앉아 신문을 읽고 있었다. 도쿄의 신문도 몇 종류 있었다. 닌스케는 최근 몇 달 동안의 신문이 보고 싶어서 소녀에게 시험 삼아 물어 보았다.

"평론신문 있나?"

사학교에 대한 도쿄의 선전기관이라고도 할 수 있는 평론신문은 도쿄뿐만 아니라 전국의 유지들이 읽고 있어 그 영향이 미치는 바가 크다고 했다. 그것이 가고시마 내에서의 평판이다. 그러나 소녀는 그 신문의 이름조차 몰랐다.

"그래?"

'실정이란 그런 것이다'라고 생각하며 닌스케는 별로 낙심하지 않았다. 그리고 고베는 메이지 이후에 만들어진 일본 도시로서 독특한 면이 있었다. 성밑 거리에 발달한 많은 도시에서는 불평사족의 문제를 안고 있었지만 고베 거리에는 그런 문제가 없었다.

도시들은 성 아랫거리나 절 또는 신사(神社)의 문앞거리에서 발전이 이루어졌는데 고베(神戶)는 왕정복고(王政復古)의 전 전날인 게이오(慶應) 3년(1867) 12월 7일에 개항되었고, 그 뒤 항구와 외국인 거주지를 중심으로 거리가 발전하고 있었다.

닌스케(忍介)는 사쓰마 번 시대와 거의 다를 바 없는 가고시마 옛 성 아랫거리에 있는 분위기에 몹시 위화감을 느꼈다.

이 작은 가게에서 신문을 열람하고 있는 사람 가운데, 한 사람은 서양 사람으로 외국 배가 가져다 준 듯한 몇 종류의 헌 신문을 읽고 있었다.

"히사미쓰 나리가 보시면 털구멍에서 피를 내뿜듯이 화를 내시겠지."

닌스케는 웃음이 나왔다. 그는 히사미쓰의 사상에는 전혀 동조할 수 없었다. 그렇다고 사이고의 막료라 자처하는 기리노의 만담같은 해외 침략론도 어떨까 싶었다.

사이고의 막료들 가운데서는 무라타 신파치와 시노하라 구니모토를 믿을 수 있을 것처럼 여겨졌지만, 그들은 모두 말이 적었고 일본이 어떻게 해야 좋을 것인가 하는 점에 대해 거의 이야기하는 일이 없었다.

덧붙여 말하면, 그 해(메이지 9년) 6월에 독일의 내과 의사 E.베르츠가 도쿄의학교 생리학 교수로 왔다. 베르츠가 쓴 10월 25일의 일기에는 베르츠가 묘사한 것으로서 일본어로 다음과 같은 일본관(觀)이 씌어져 있다.

현대의 일본 사람은 자기자신의 과거에 대해서는 아무것도 알고 싶어하지 않습니다. 도리어 교양 있는 사람들은 그것을 부끄럽게 생각합니다. '그래요, 이것저것 다 야만스런 것이었어요' 하고 나에게 말한 사람이 있는가 하면, 또 어떤 사람은 내가 일본 역사에 대해서 질문했을 때 뚜렷하게 '우리에게는 역사가 없습니다. 우리의 역사는 지금부터 겨우 시작되는 겁니다'라고 단언했다.

(베르츠 엮음, 스가누마류타로(菅沼龍太郎) 역 《베르츠의 일기》에서)

노무라 닌스케는 여러 신문을 펼치면서 주로 사쓰마와 관계가 있는 기사를 베꼈다.

그 가운데 이런 내용이 있었다.

'사쓰마에서 오랫동안 불법(佛法)이 금지되고 있었던 것이 풀려, 9월 5일자로 '앞으로 신앙은 국민에게 맡기는 것을 포고한다'고 발표되었다.'

닌스케는 쓴웃음을 지었다.

첫째는 기사가 잘못됐기 때문이다. 기사에 따르면 일찍이 사쓰마 번에선 모든 불교가 금지되어 있는 것처럼 되어 있는데, 사실은 염불종만 금지되어 있었다. 염불종 가운데서도 정토종(淨土宗)은 상관이 없었다.

사쓰마 번에서는 이것을 이렇게 부르고 있었다.

'염불 정지'

그 금지의 엄중함은 도쿠가와 막부가 기독교를 금한 것과 다를 바 없었다.

어찌 되었든 간에 시마즈(島津) 가문에서는 옛 전국시대의 덴몬연간(千文年間 : 1522~1555년)부터 금지시켰던 모양이다. 시마즈 가문이 그것을 싫어한 이유는 잇코종(一向宗)이 강(講)이라는 횡적인 조직을 꾸며서 주종(主從)의 상하 관계를 무너뜨릴 위험성이 있었던 것과, 신도들이 주군(主君)보다 아미타여래라는 유일한 존재를 숭상하는 일에 불쾌감을 느꼈기 때문이었다. 특히 전국시대의 잇코종(一向宗)은 여러 나라의 마을마다 조직으로 절을 중심으로 하는 촌락 자위(自衛) 형태를 이루는 경우가 많았다. 이런 것이 시마즈령(領 : 사쓰마·오스미·히우가의 세 주)에 침투하면 시마즈의 3주 통일 사업이 실패로 돌아간다고 생각했기 때문이다.

그런데도 역시 지하에 숨어 신앙활동을 계속하는 자들이 있었으니, 그들을 '숨은 염불'이라고 불렀다. 에도 시기에 번(藩)은 이것을 색출하기 위해 간첩을 보냈다. 관리들이 예정도 없이 갑자기 가택수색을 하기도 했다. 그것이 탄로나면 가혹한 고문을 가하여 동지들의 이름을 고백하도록 했다.

고문에는 태형, 주릿대, 화형, 물고문 따위가 있었다. 그래도 신앙은 숨은 채 끊어지지 않고 메이지 시대까지 이어졌다.

다른 번에 염불을 금지시킨 예는 없었고 사쓰마 번만의 일이었다.

유신 후에도 탄압은 계속되었다. 뭐니뭐니해도 탄압의 전통이 300년이나 되기 때문에 비(非) 염불자인 사쓰마 사람들에게 숨은 사람의 탈을 쓴 악마로 보였던 모양이며 유신 후에도 이런 생각은 압도적이었다.

'혼간사(本願寺) 염불은 사쓰마와 상극이다. 그것을 자유롭게 허락하면 어떤 불상사가 일어날지 모른다. 천부당만부당한 일이다.'

혼간사의 종지(宗旨)는 동서의 본산을 합쳐 전국에 말사 2만개 사 이상이나 되고, 그 문도(門徒)는 일본 전인구의 1할 이상이라고 한다. 그것을 시마쓰씨가 계속 금지시켰다는 것은 이례적인 일이며, 메이지 이후 기독교가 자유롭게 된 것에 비해 혼간사 염불이 메이지 9년까지 금지되었다는 것은 예삿일이 아니었다.

이 '염불 금지' 하나만 보아도 사쓰마 번이 다른 번과 얼마나 다른 취지를 지닌 번이었던가를 알 수 있다.

메이지 유신은 태정관이 문명 개화를 고취한다는 뜻에서 문화 대혁명의 측면을 갖고 있었다. 사쓰마에서도 염불 해금(解禁)의 주장이 있었다는 것은 당연하다고 하겠다.

그러나 반대의 목소리는 여전히 강했다.

'염불은 죽음을 두려워하는 겁쟁이의 종지(宗旨)이다. 사쓰마의 사족이라

면 죽음을 당연한 것으로 여겨야 할 터인데, 그 훌륭한 정신을 염불이 망쳐놓는다.'

이렇게 말하는 사람들이 많았다. 죽어서 아미타여래에게 매달리는 것은 여자같이 나약한 짓이라고 했다.

압도적인 반대론――그것은 메이지 초기 정권의 성격이기도 하다. 일면에서는 문명 개화를 고취하면서 다른 한편에서는 극단적인 복고성(復古性)을 지니고 있었다는 점이다. 그 원류로 막부 말엽의 민족주의를 앙양하는 에너지 속에는 국학열이 담겨 있었고, 이것이 유신 정권에게 신기관(神祇官: _{신사의 일이나 제사를 관장하는 관청})을 만들게 한 근원이 되었다. 신도(神道)를 존중하고 불교도 외래의 문화로 보았다. 그것이 문화혁명의 모양을 취해 폐불훼석(廢佛毀釋)이 한때 국시(國是)로 인식되었으며, 각 지역에서는 절을 파괴하고 불상과 경전(經典)을 폐기했다. 이 비정상적인 새 시대 운동은 메이지 2년(1869)을 전후로 하여 가고시마 현에서도 선풍처럼 일어났다.

그런 배경도 있었기 때문에 불교의 일파인 혼간사(本願寺)의 종지(宗旨) 탄압을 이제 와서 새삼스럽게 해금(解禁)하는 일은 없을 거라는 분위기가 현 전체에 강력하게 존재하고 있었다.

그런데 문제가 일어났다.

미야키 현(휴가)은 옛 번(藩)시대에 그 일부가 옛 사쓰마령(領)이었으며, 다른 번(오비번(飫肥藩), 다카나베번(高鍋藩), 노베오카번(延岡藩))도 이 지역에 포함되어 있었다. 메이지 6년에 그 모두를 통틀어 미야자키현이 성립되었다. 그러나 메이지 9년에는 가고시마현에 합병(메이지 16년까지)되었다.

미야자키현의 비(非) 시마쓰령(領)에서는 당연히 전부터 혼간사 염불이 허락되어 있었다. 그런데 그것이 하나의 현(縣)으로 통합될 경우, 가고시마현에서 실시하고 있는 '염불 금지'를 새로운 현역(縣域: _{미야자키 현})에 적용하느냐 하는 것이 문제였다. 그것을 적용하면 새로운 현역에 들게 되는 몇백이나 되는 혼간사 말사(末寺)를 파괴하고 신도들에게 개종을 강요하고, 개종하지 않는 사람은 사형으로 처벌(處罰)하지 않을 수 없게 된다.

가고시마 경찰서장인 노무라 닌스케는 고민하지 않을 수 없었다. 탄압을 하면 경찰관의 수를 백배, 천배나 증원해야 할 뿐 아니라 미증유의 폭정으로 중세(中世) 말기의 잇코(一向)봉기와 같은 반란이 미야자키에서 일어나 가고시마의 사립학교 체제도 그 무엇도 봉기의 큰 파도에 무너질지 모른다.

노무라 닌스케가 가고시마 경찰서장 시절 가장 난처했던 것은 이 때였다.

덧붙여 말하지만 태정관이라는 메이지 초기 정권의 고민은 종교 문제이기도 했다.

여담으로 기독교에 대해 설명하겠다.

유신정부는 게이오 4년(메이지 1년) 1월, 도바(鳥羽)·후시미(伏見) 가도(街道)에서의 사쓰마·조슈의 전승(戰勝)으로 수립된 것인데, 새 시대에 대한 큰 방침은 그때까지 무력했던 천황을 옹립하는 것 이외에는 별다른 내용을 갖고 있지 못했다. 전승 후 10여 일 경과된 1월 17일 교토와 오사카의 공시(公示) 게시판에 옛 막부의 공시를 버리고 5개조로 이루어진 태정관의 공시를 내붙였다. 그 제 3조에

'기리시탄(切支丹 : 가톨릭교) 종문(宗門)의 의식은 엄히 금지한다' 이렇게 씌어 있었다. 옛 막부가 금지한 제도를 그대로 이어받은 것이며, 사실 이어받을 만한 고정관념을 태정관의 구성원들은 지니고 있었다. 지사(志士) 출신인 정치가 중에서 개명(開明)한 편인 기도 다카요시조차도 두 말 없이 기리시탄은 악이라 믿고 있었으며, 그를 뒷바침하는 증거도 많다.

유신 직후 어느 이른 봄, 나가사키에 이른바 우라카미 사건이 일어났다. 옛 막부에 의해 그토록 가혹한 탄압을 받았으면서도 나가사키 부근에는 숨은 기독교 신자가 많았는데, 그들이 유신과 함께 신앙을 노골화하기 시작했던 것이다.

당시 나가사키에 태정관의 하부기관으로 규슈 진무부(鎭撫府)가 생긴 직후에는, 공경을 총독으로 하고 조슈의 이노우에 가오루와 도사의 사사키 산시로(佐佐木三四郎) 등이 보좌관으로 있었다. 그들은 태정관의 권위를 가지고 기독교도에게 개종을 강요했다. 그러나 그들이 완강히 거부하자 마침내 태정관의 문제가 되었다.

태정관은 기도 다카요시에게 맡겼다.

"교도들의 수령을 나가사키의 많은 사람이 보는 곳에서 엄형에 처하고, 나머지 3000명은 각 번에 분산시켜 맡긴다."

기도의 의견은 이런 것이었는데, 그 동안 영국 공사를 비롯한 각국 공사로

부터 '신앙의 자유'를 내세우는 항의와 방해가 되풀이되고 있었다. 그러나 기도는 나가사키로 가서 방침대로 일을 끝냈다.

그 뒤 태정관의 태도는 누그러졌다.

메이지 5년경에는 암묵리에 해금된 것이나 다름이 없었다. 그러나 지방에서는 여전히 투옥되는 예가 많았다. 당시 일본에 주재하고 있던 전도사 베르베크의 《우에무라 마사히사(植村正久)와 그 시대》에 의하면 메이지 5년 신앙으로 인해 투옥된 사람을 꺼내 주기 위해, 오쿠마 시게노부를 찾아가 교섭하여 성공했다고 한다. 그때 그가 설득한 방법은 실리에 따른 것이었다.

"이와쿠라 씨 일행이 아무리 구미 각국으로 간다 해도, 일본이 아직도 기독교도를 박해하는 미개한 야만국이라는 평을 면하지 못한다면, 모처럼의 목적도 수포로 돌아갈지 모른다."

그 당시에 신앙의 자유니 하는 이론을 받아들일 수 있는 사람은 태정관 안에는 거의 없었다고 할 정도였다.

가고시마 경찰서장 노무라 닌스케는 고민 끝에 말했다.

'신앙의 자유는 정부가 금할 수 없다.'

이 외래사상을 누가 그에게 넣어 주었는지는 알 수 없다. 원래 새로 나온 책을 읽기 좋아하는 그는 어쩌면 민권적인 신문에서 얻었는지도 모른다.

이 말을 가지고 그는 현의 상급 관리들을 설득하며 돌아다녔다. 그러나 다들 망설였다.

"잇코종은 사교가 아닌가?"

이렇게 말하는 사람까지 있었다. 지배자가 한 가지 거짓을 민중에게 강요할 경우 30년을 계속하면 충분히 진실인 것처럼 믿게 된다고 한다.

사쓰마 인들은 옛날부터 그렇게 계속 생각해 왔다. 실제로 기독교와 혼간사(本願寺)의 염불을 믿는 것은 어떤 죄악보다 더 큰 죄악으로 인정되어 가혹한 형벌을 받아 온 만큼, 그런 말이 무심코 나오는 것도 무리는 아니었다.

닌스케는 사이고의 의견을 묻기도 했다.

이때 사이고는 다케의 자택에 있었다.

"사이조(齋藏)올시다."

닌스케는 자기 옛 이름을 말하고 현관에 섰다. 닌스케는 이름을 자주 갈았다. 처음은 가메지로(龜次郎)니 주로타(十郎太)니 하고 부른 적도 있었고,

사이조라고 부를 무렵에 사이고를 알게 되었기 때문에 사이고는 늘 그 이름을 부르고 있었다.

사이고는 우물가에서 발을 씻고 있었다. 닌스케가 그리로 가서 찾아 온 용건을 말했다.

사이고는 닌스케가 맥이 빠질 만큼 간결한 말로 그의 의견에 동의했다.

닌스케는 뒤에 말했다.

"뭐라고 할까, 정말 예스러운 간결한 말을 쓰는 분이었는데 그때도 그랬다."

너무 예스러운 간결한 말이어서 닌스케는 얼떨떨했다. 닌스케로서는, 사이고가 승낙했다고 하면 현령인 오야마도 승낙할 것으로 생각하고 찾아 온 것이었는데, 사이고의 말이 이러면 오야마가 믿지 않을지도 몰랐다. 그래서 이렇게 부탁했다.

"어떻게 글로 써 주실 수 없겠습니까?"

사이고는 승낙하고 방으로 올라가 곧 붓을 들었다. 그 글은 전해지지 않았지만 닌스케의 기억으로는 이런 말이었던 것 같다.

'신앙의 자유는 빼앗을 수 없다. 마땅히 금령을 풀어야 할 것이다.'

닌스케는 곧 현청으로 가서 오야마 현령 이하 사람들을 만나 사이고가 자필로 쓴 글을 보이고, 다시 자기 의견을 말했다.

오야마는 즉시 결정했다.

오야마로서는 사쓰마의 금령을 새로 편입된 미야자키 현(宮崎縣)에 강요함으로써 일어날 소란을 피하고 싶었다. 그러나 해금하면 가고시마 사족들이 어떻게 나올까를 한편으로는 걱정하고 있던 터였다.

"이렇게 하면 되겠군."

현 해금 이후의 게시판에 해금을 고하는 방을 붙이기로 했다.

결국 해금 이후, 미야자키 현과 구마모토 현의 진종 사원에서 포교승을 파견하였고, 가고시마 현은 규슈 안에서도 가장 열렬한 잇코종 고장이 되었다.

노무라 닌스케는 중외평론을 보았다. 탄압을 받은 평론신문이 잠시 이름을 바꾸어 간행한 것이다.

이 신문의 메이지 9년 8월 31일자에, 오쿠보의 기사에 '이것은 길거리의 풍설'이라는 제목이 실려 있었다.

요즘 고관 모씨가 오쿠보 참의에게 다음과 같은 말을 했다.

'요즘의 경기를 자세히 보면, 국고는 점점 더 피폐해 가고 민심은 더욱 더 이탈하여 나라 안팎에 큰 일이 많아지고 있으며, 정부의 조치는 날로 어려워지는 것 같소. 지금 이를 유지하는 방책이 없으면 외람된 말이오나 정부도 영속할 수 없을지도 모르겠소.'

오쿠보는 다음과 같이 대답했다.

'어쩌면 그럴지도 모릅니다. 나도 이것을 모르는 것은 아니오. 그러나 지금의 형편으로는 어쩔 도리가 없소. 다만 정부와 함께 쓰러질 뿐이오.'

같은 달의 강호신보에도 오쿠보의 소식이 나왔었다.

오쿠보는 원래 밀실에서 한 사람을 상대로 비밀 의논을 하지는 않는다는 것이다. 강호신문의 기사에도 이렇게 실렸다.

'오쿠보 참의는 평소에 남과 의논하거나 이야기하는 동안엔, 공명정대를 근본으로 하여 일찍이 남이 보고 듣는 것을 돌아본 일이 없고, 아무리 미덥고 친한 사람일지라도 좌우를 물리치고 모의한 일이 없다고 한다.'

확실히 오쿠보는 그러했다.

'그런데 오직 나라하라(奈良原)씨를 응접할 때만은 남의 이목을 무척 꺼려 일찍이 사람들로 하여금 그 모의하는 곳을 엿보아 알게 한 일이 없다고 한다. 이것은 길거리의 풍설이다.'

평론신문사에는 사쓰마통이 있는 만큼 이 기사는 아주 깊은 사실을 파헤치고 있다.

예를 들면 기도 다카요시까지도 유신 후 오쿠보와 사이고가, 다른 일반 정치와 가고시마의 행정과 조처에 대해 구별하여, 다른 부현은 정부의 방침에 따르게 하고, 가고시마만은 예외로 하여 특수성을 남기려는 좋지 못한 경향이 있는 것을 이해하지 못했다. 기도는 그 이유가 오쿠보와 사이고가 사쓰마 지상주의에서 생겨난 거만함에 있다고 했다. 기도는 특히 사이고에 대해 그렇게 생각했다.

그러나 이 두 사람이, 옛 주군이나 다름없는 시마즈 히사미쓰로부터 반역자 취급을 계속 받아오며, 그들이 펴는 시책에 늘 발목을 잡고 있다는 것을 기도는 눈치 채지 못했다. 세이난 전쟁이 한창 진행되는 가운데, 기도는 사쓰마 내부의 이 같은 사정을 알고 어이가 없어 깊은 한숨을 내쉬었다고 한다.

나라하라 시게루는 늘 시마즈 히사미쓰의 의사를 대변하는 사람이었던 것이다. 나라하라가 오쿠보를 찾아올 때는 새 정부에 대한 생트집을 잡기 위해서였으므로, 오쿠보에게는 역병(疫病) 같은 존재였다.

그러나 오쿠보도 사이고도 이에 대한 고충을 남에게 말한 일이 없었고, 외부에 알려지는 것을 사쓰마 인의 수치로 생각했다. 수치일 뿐 아니라 봉건도덕의 입장에서 그것을 남에게 말하는 것은 옛 주인 히사미쓰에 대해 실례라고 생각하고 있었으므로, 어찌됐거나 이 기사에 나타나 있듯이 오쿠보는 나라하라가 찾아왔을 때만은 사람을 물리치고 이야기를 들었던 것이다.

강호신보는 강호신문과는 다르다. 강호신문은 메이지 원년(1868) 윤4월, 아직 도쿄가 에도라 불리고 있을 무렵, 옛 막신이었던 후쿠치 겐이치로(福地源一郎)가 만든 것으로, 사쓰마와 조슈를 통렬하게 공격하여 후쿠치 자신은 관군에 체포되고 신문도 폐간되고 말았다.

강호신보도 야당성이 강해서, 자유민권주의의 사상을 가지고 있으면서, 다분히 사쓰마의 사이고에 기대하는 점이 컸다.

메이지 9년 9월 30일자에, 가고시마 현에서 무기가 활발히 거래되고 있어 값이 오르고 있다고 씌어 있다.

무기 내용에 대해서는 씌어 있지 않지만 칼과 소총이었을 것이다.

유신 뒤, 특히 메이지 9년의 폐도령 이후로 칼의 값은 폭락했다. 그런데 가고시마 현에서는 값이 올랐다는 것이다.

'가고시마 현에서는 요즘 무사와 평민이 다같이 무기를 사랑하고 중하게 여기는 게 유행이라, 사람들이 다투어 이를 사들이기 때문에 갑자기 그 값이 올랐다고 한다.'

이 기사는 가고시마 현이 어떤 목적에서인지 무장을 갖춰가고 있다는 것을 암시하고 있다.

10월 12일자의 조야(朝野)신문에서는 '가고시마 현에서 돌아온 사람의 투서를 실어, 다음과 같은 실정을 보도하고 있다. 거의 사실에 가깝다.

'소학교는 활발하고 재판소는 한가하다. 기녀와 창녀는 한 사람도 없는데 현청에서 포고가 나와 다 폐지시킨 것이다. 오사카 근처의 지방에서도 차츰 시작되고 있다. 순경의 옷은 다른 사람의 옷과는 다르지만 아직 정식 제복은 입지 않았다. 자칫하면 석자 몽둥이로 사람을 때리는 일도 있다. 칼을 가는 장사도 번창하고 있다. 미야자키 현과 합병된 것을 모르는 사람이 많다.'

조야신문은 민권파 신문으로, 주필인 스에히로 데쓰조(末廣鐵腸)는 정부의 신문 단속령에 의해 가지바시(鍛冶橋) 감옥에 갇혀 있었다.
이런 종류의 사쓰마 기사는 독자의 주목을 꽤 끄는 모양으로 점진주의인 〈도쿄 일일신문〉조차 10월 14일자에 다음과 같이 게재하고 있다.

'▲오야마 현령과 다바타(田畑) 참사 모두 현 안에서는 우선 평판이 좋다. ▲학교는 차츰 문부성 교육법에 따라 현대식으로 바꾸어 글 읽는 소리가 거리에 넘치지만, 오로지 사이고 씨를 비롯한 여러 사람이 세운 사학교만은 취지를 달리하여, 학업 외에 군사와 농사일을 익히며 시노하라 구니모토가 이를 감독한다. ▲지세(地稅) 개정은 반쯤 착수하여 끝냈다. ▲지금까지 잇코종을 엄금하여, 이를 받드는 사람을 엄벌에 처하여 억울하게 죽게 하는 일도 있었으나 이번에 종교 자유의 영을 내려 자유롭게 신앙을 허락했다. ▲사이고 다카모리는 아침에 괭이와 삽을 들고 저녁에 소와 말을 끌며, 개간하기 힘든 지방을 개척하고 있다. ▲현청 관원들은 모두 공명정대한 것 같다.'

노무라 닌스케는 고베에서 기선을 탔다.
그의 이번 교토·오사카 지방 탐색은, 그 목적이 정부에서 사쓰마를 칠 뜻이 있다고 하는 소문이 사실인가를 알기 위해서였는데, 그것에 대해서는 잘 알아내지 못하고 끝났다. 그러나 수확은 많았다.
사이고와 사쓰마에 대해서는, 정부에 정면으로 맞서는 평론신문만이 아니다. 비교적 온건한 신문들까지 모두 호의적이라는 것을 확인할 수 있었다.
또 사쓰마 인에 대해 세상이 달리 보며 몸을 낮추어 협력하려는 자세를 취하는 것도 오사카부 경찰과에서 체험했다.
분명코 사이고가 한 번 들고 일어나기만 하면 온 세상이 그에게 휩쓸릴지도 모르는 가능성을 어느 정도 발견할 수 있었다.
그러나 그 반면, 정부가 추진하고 있는 사업, 예를 들어 경찰을 비롯한 관

료조직의 정비와 각급 학교의 설치, 기차와 전신 등의 시공 상황이 상상 이
상으로 진척되고 있다는 것도 알았다.

"사쓰마 청년들이 생각하고 있는 정도의 것이 아니었다."

노무라는 이 정부가 사이고의 호통 한 마디로 쓰러질 수 있을 것인가 하고
평소에 가지고 있던 의문이 검은 구름처럼 퍼져가는 것을 느끼지 않을 수 없
었다.

'나가야마 야이치로(永山彌一郞) 씨가 늘 말하고 있는 그대로일지도 모르
겠군.'

나가야마 야이치로는 규지(休二)의 형이다. 노무라 닌스케와는 보신(戊
辰)전쟁 때 사쓰마 군 4번대에 속해 함께 도호쿠(東地) 지방으로 옮겨 다니
며 싸웠다.

야이치로는 군사의 순찰을 감독했었다. 야이치로와 닌스케 무리들이 4번
대를 지휘하여 용감하게 싸웠다. 시라카와(白河) 성 한쪽 귀퉁이에 도착했
을 때, 적의 진지에 술통이 있었다. 야이치로는 총탄이 비오듯하는 속에서
지휘를 하며 닌스케를 뒤돌아보고 말했다.

"저 통에 술이 있는지 흔들어 보게"

통에는 술이 가득 차 있었다. 술을 좋아하는 야이치로는 그것을 그냥 지나
칠 수가 없어, 통을 기울여 입에 대고 마셨다. 그리고는 부하들에게 소리를
쳤다.

"잠시 싸움을 멈춰라."

그러고는 총탄이 땅바닥에 박히는데도 다같이 통을 둘러싸고 마시게 했던
사람이다. 야이치로는 사쓰마인이 가장 높이 여기는 고집을 지닌 사내지만,
한편으로는 사려 깊고, 시세를 냉정히 판단하는 안목을 갖추고 있었다.

야이치로는 그 뒤 육군 중령이 되었는데, 사이고가 평생을 통해 염려하고
있던 러시아의 동방진출에 대해 그도 신경이 과민했다. 자신이 러시아의 코
자크(Cossack)처럼 될 생각으로 육군을 그만 두고 개척사가 되어, 홋카이도
에서 평시에는 농사를 짓고 전시에는 전투병으로 동원되는 둔전병을 보살피
고 있었다.

메이지 6년, 사이고가 조정회의에서 패해 하야하고, 다른 사쓰마계의 문
무 관원들도 대거 사직을 했을 때도, 나가야마 야이치로는 그만두지 않았다.
그는 오히려 한 고향 사람들이 기리노의 무리에 부화뇌동하는 경향을 몹시

경계하고 있었다. 나가야마 야이치로가 그만둔 것은, 정부가 러시아를 겁내어 사할린을 버리고 지시마 열도(千島列島)와 교환했을 때였으며, 자신의 주장과 다르다 하여 메이지 8년 고향으로 돌아왔다. 그 뒤로 농사일을 했는데, 사학교에는 참가하지 않고 항상 "정부는 사쓰마의 시골 구석에서 알고 있는 것처럼 약하지 않다"고 말했다.

배 안에서 노무라 닌스케는 줄곧 나가야마 야이치로를 생각했다.

야이치로는 사이고를 존경하고 있었지만 벌써 정당이 되어 버린 사학교와는 관계를 갖고 있지 않았다.

'사쓰마 사람치고는 독특하다.'

닌스케는 이렇게 생각지 않을 수 없었다. 혼자 생각하고 혼자 행동하는 것은 무척 용기를 필요로 하는 것이지만, 사쓰마 인의 용기는 그것과는 달라서 대세에 순응하여 그 안에서 강렬한 무용을 나타내 보이는 것을 용기라 했다.

야이치로는 이와는 달랐다. 그런데도 기리노와 같은 생각을 품은 사학교 사람들이 야이치로를 헐뜯지 않는 것은, 야이치로가 사쓰마 인다운 '봇케몬'으로서 용기를 가지고 있는 외에도 그가 보신전쟁에서 보여 준 탁월한 지휘 능력을 인정하고 있기 때문일 것이다.

야이치로는 사학교 간부가 그를 찾아왔을 때 이렇게 말했다.

"자네들은 가와지를 욕하지만, 가와지가 하는 일을 알기나 하고 하는 말인가?"

이렇게 물은 다음, 가와지가 경시청을 만들고 있는 그의 굳은 의지와 노력이 어떤 것인가를 덧붙여 말했다.

"오쿠보의 경우나, 가와지의 경우나 그들이 하는 것을 보면 정말 보통이 아닐세. 그것을 안 뒤에 욕을 한다면 좋아. 모르면서 그들을 과소평가한다면 자네들은 터무니없는 실수를 하게 될 걸세."

노무라 닌스케는 이 말을 다른 사람에게서 들었다. 아무튼 사쓰마에서는 악과 나약함과 비겁함의 표본이 오쿠보로 되어 있었고 가와지의 경우는 거기에 배은망덕이 더 붙어 있었다. 이 두 사람의 이름을 드러내 놓고 공정하게 평가한다는 것은 사쓰마에서는 목숨을 내거는 일이었다.

나가야마 야이치로는 그것을 태연히 하는 사람이었다. 그리고 그것을 듣는 사람은 나가야마의 성실과 격한 말씨에 사로잡혀 숙연해지며, 그 자리에서 한 마디 반론도 못하고 그 뒤에도 나쁜 소리를 하지 않았다. 그것은 나가야마 야이치로의 인품에서 오는 것이라고밖에 말할 수 없지만, 어찌됐거나 지금의 사쓰마에서는 사이고 다음가는 사람은 나가야마 야이치로뿐일지도 모른다고 닌스케는 생각했다.

그러나 닌스케는 나가야마를 흉내 낼 수 없을 것 같았다.

'사쓰마로 돌아가면 교토·오사카 지방에서 느낀 것을 그대로, 기리노 앞에서 말할 수 있을까?'

닌스케는 자신이 없었다. 기리노가 패기에 넘치는 웅변을 전개하기 시작하면, 닌스케는 기가 눌려 잠자코 있을 수밖에 없는 자신을 이미 배 안에서 느끼고 있었다.

차라리 '정부에 사쓰마를 칠 생각이 있다'느니 하는 헛소문을 퍼뜨리며 사학교 학생들을 부추기는 편이 훨씬 인기를 얻는 길이기도 했다. 그러나 닌스케는 그런 일도 할 수 없었다.

배가 시모노세키(下關)에 들어갈 무렵부터 노무라는 심한 오한을 느꼈다.

하카타(博多) 항구에 들렀을 때는 고열에 시달렸다. 한 방에 있는 장사꾼으로 보이는 사내가 친절하게 보살펴 주었으나 열은 조금도 내리지 않았다.

"나가사키에서 내려 의사에게 가 보는 것이 좋겠습니다."

그 사람이 말해 주었다. 그 사람은 마침 나가사키가 목적지였으므로 닌스케를 한쪽 어깨에 업듯이 부축하며 내렸다. 닌스케는 열이 너무 높아서 그런 기억마저 희미해져 있었다.

그는 인력거를 태워 주었다. 거기서 그와 헤어졌다. 인력거꾼은 의사의 집으로 데려다 주었다.

의사는 양방의였다. 그러나 먹여 준 약은 한방 해열제였다.

"여관을 정하지 않았으면 우리 집에서 잠시 누워 있는 것이 좋겠습니다."

의사도 친절한 사람으로 닌스케를 2층에 눕게 해 주었다.

닌스케는 그대로 이틀 가량 거의 잠만 자면서, 식사 때만 일어나 앉았다.

사흘째에 열이 내리고 기분이 상쾌해졌다. 의사가 맥을 짚어 보고 말했다.

"이제 다 나았군요."

그러나 체력이 떨어져 변소에 가는 데도 다리가 휘청거렸다.

"여관으로 옮기고 싶습니다. 너무 폐가 될 테니까."

이렇게 말하자 상관없다고 했다. 그리고는 다시 말했다.

"나가사키에 네덜란드 의사 폼페가 막부 말기에 창설한 병원이 있는데, 거기서는 환자를 입원시켜 치료를 합니다. 그것이 새로운 방법이니 당신도 하루 이틀 그곳에 계십시오. 그런데."

의사는 이야기를 돌렸다.

"당신은 사쓰마 분이시군요."

의사는 자연스런 태도로 확인하고 나서 물었다.

"나가사키에서는 자주 풍문이 떠돌고 있습니다. 사쓰마에 내려와 있는 사이고 육군 대장이 만 명의 군사를 거느리고 구마모토를 거쳐 상경한다고 합니다. 이 소문이 사실입니까?"

닌스케는 병이고 뭐고 다 달아날 정도로 놀라고 말았다. 교토·오사카 지방으로 정보를 탐색하러 갔으나, 실은 나가사키에서 더 중요한 정보를 얻고 만 것이다. 그것도 바깥 세계의 정보가 아니고 자기가 없는 동안의 사쓰마의 움직임에 대해서였다.

'시작한 건가?'

그는 충격과 설마 하는 의심이 엇갈려 숨쉬는 것조차 거의 잊고 있었다.

"나는 모르는 일입니다. 그 점에 대해 아시거든 자세히 이야기를 해 주실 수 없겠습니까?"

"나는 그런 말만 들었을 뿐입니다."

노무라는 치료가 문제가 아니었다.

그는 당장 사쓰마로 돌아가야 한다고 말하고, 의사에게 약값과 치료비를 치렀다.

나가사키에는 옛 번에서 사용하던 파발역이 있었다. 그곳으로 가서 사쓰마에 관해 수소문하였더니 의사에게 들은 것과 같은 말을 했다.

마침 배편이 있어 닌스케는 급히 배에 올랐다. 배에 올랐을 때 일종의 전율 같은 것이 밀려와 잠시 이빨이 맞물리지 않았다. 열 때문만은 아니었다.

내무경의 구두소리

수필식으로 기도 다카요시(木戸孝允)와 오쿠보 도시미치(大久保利通)의 태도에 대해 언급해 두고 싶다.

"기도는 언제나 못가에 있고, 오쿠보는 언제나 뛰어들어 못 안에 있다."

그 당시 이렇게 평한 사람이 있다. 잉어를 잡아야 할 때 오쿠보는 직접 몸을 적시며 못의 잉어를 쫓는데, 기도는 젖는 것이 싫어서 못가에서 지시를 하기도 하고 나무라기도 한다는 말인 것 같다.

기도는 오쿠보에게 벅찬 상대였다. 오쿠보의 사심 없는 마음과 모든 가치를 계산해 내는 신중성, 그리고 그의 강력한 실천력은 누구에게도 뒤지지 않았다. 그러나, 기도는 오쿠보를 따르는 이토 히로부미보다 못하지 않았다. 그러나 그와 어깨를 나란히 하고 일할 마음은 없었다.

사이고가 떠난 뒤, 도쿄 정권의 거두는 기도와 오쿠보 밖에 없었다. 메이지 9년(1876) 두 사람의 나이는, 기도가 만 43세이고 오쿠보가 만 46세였다.

기도가 일찍이 고향 친구 도리오 고야타에게 보낸 편지 속에서도 오쿠보와 자기의 성격은 물과 기름처럼 다르다고 말했다.

'본디 물과 기름처럼 성격이 다른 것을 억지로 조화시키려 해 보았자 나라를 위해 아무런 도움이 안 된다.'

메이지 6년, 기도는 오쿠보와 손을 잡고 사이고의 정한론을 배척하여 마침내 사이고를 하야시켰다. 그러나 그 뒤 오쿠보가 외정(外征)에 열광하는 사쓰마 인의 비위를 맞추기 위해 갑자기 대만정벌을 시작했을 때 기도는 화가 나서 참의를 사직했다.

기도를 잃은 것은 오쿠보로서 원통한 일이었다.

도쿄의 정권이 사쓰마와 조슈의 두 기둥에 의해 서 있는 것을, 오쿠보만큼 뼈저리게 느끼는 사람은 많지 않았다. 이 점에 대해서는 기도도 같은 견해로, 사쓰마와 조슈의 협력이라는 점에서는 이의가 없었다.

이 두 사람은 사쓰마와 조슈의 이권으로 그런 생각을 하고 있었던 것은 아니었고, 순수하게 정권의 구조역학 면에서 그렇게 생각했다.

새 문명은 장래에는 어찌 됐든, 이 구조의 역학 관계를 유지함으로써 일어날 수 있다고 믿었다.

오쿠보가 기도를 정부로 되돌아오게 하려고 끈질지게 애쓴 것은 경탄할 만한 것이었는데, 마침내 메이지 8년(1875) 1월, 이른바 오사카 회의에서 기도의 승낙을 받아냈다.

기도는 점진적이기는 하지만 분명한 입헌주의자였다. 그러나 오쿠보는 문명을 펴기 위해서는 수십 년 동안, 전제정치에 의한 정부 주도방식을 펴지 않으면 안 된다고 굳게 믿고 있었다.

오사카 회의에서 오쿠보는 기도의 입헌주의를 받아들였고, 그 결과로 입헌제의 준비 기관인 원로원이 탄생했다. 루소 학파인 나카에 조민까지 원로원에 들어온다고 할 정도였는데, 오쿠보는 차츰 그것을 유명무실하게 만들었다. 기도는 다시 분개하여 메이지 9년 3월 28일자로 참의를 그만두었다.

'오사카 회의 전 해에 이미 귀가 솔깃하여, 다시 오사카에서의 달콤한 말에 속은 것은 내가 어리석은 탓이다.'

기도가 도리오에게 보낸 편지에서 이렇게 전후 사정을 밝히고 있다.

이 두 사람의 성격이 가장 잘 나타나 있는 것은, 메이지 8년의 지방장관 회의에서였다.

기도가 이 회의의 최고직인 의장이 되었다.

오쿠보는 이 회의에서는 내무경으로 회의에 출석했으므로 직책상 정부측의 한 참가자에 불과했다.

다음 이야기는 전 오무라(大村) 번사였던 와타나베 노보루(渡邊昇)의 이야기다.

그는 막부 말기에 기도와 한 도장에서 검술을 배운 일이 있었고, 유신 뒤에는 기도의 추천으로 정부에서 일했다. 지방장관 회의 때는 오사카 부 참사로 출석해 있었다.

와타나베의 이야기로는, 지방관은 거의가 지사 출신이었으므로, 기도가 의장석에 앉아도 온 방안의 수군거림이 가라앉지 않았고, 기도가 몇 번이나 조용히 하라고 했는데도 여전했다.

그런데 정부측 자리에는 오쿠보의 자리만이 빈자리로 남아 있었다. 오쿠보는 약간 늦게 왔다. 이윽고 오쿠보가 자리에 앉자 '온 회의장이 물을 끼얹은 듯 조용해졌다'는 것이다.

"공론을 좋아하는 의원들도 가능하면 오쿠보에게 말하는 것을 사양하고, 특히 말수가 적은 오쿠보가 간단한 설명이라도 하면, 잘 모르면서도 이해하 듯 하며 물러났다."

와타나베는 그렇게 말했다. 그는 기도의 친한 친구였고 기도를 은인으로 생각하는 사람이었으므로 그가 말한 인상인 만큼 다소의 차이가 있을 것이다. 오쿠보에게는 접근하기 어려운 위엄이 있었던 모양이다.

기도는 오쿠보가 싫었다.

오쿠보는 기도를 자상하게 배려했다. 태도도 솔직하고 은근했지만, 기도가 오쿠보에게 늘 말했던

"헌법을 제정해서 의회를 열어야 한다."

는 기도의 사상은 사실상 거의 묵살된 것이나 다름없었다.

이 때문에 앞서 말했듯이 기도는 메이지 9년 3월에 참의를 그만두었다. 그러나 사람들의 권고와 만류로 '내각고문'이라는, 말하자면 그에게 어울리는 평론가와 같은 직책에 앉아 있었다.

기도는 이 직책에 있으면서도 오쿠보를 끈질기게 비난하기 시작한 것이 이 가고시마 문제였다.

"어째서 가고시마 현만이 치외법권이 있는 것처럼 정부로부터 떨어져 있는 것인가?"

질책을 거듭했다.

다시 말해, 사이고와 사학교를 그대로 두어도 되느냐는 것이었다.

이 점이 정치가로서의 오쿠보에게는 아킬레스건이었다. 그는 언제나 공정함을 입버릇처럼 말하면서 자기 출신 현에 정부의 위엄과 명령이 미치지 못하는 것에 대해서는 입을 다물고 있었다.

착석과 동시에 지방관 회의를 조용하게 만든 오쿠보의 위엄을 가지고서도 자기의 옛 번만은 어쩔 수 없었던 것이다.

다시 오쿠보와 기도에 대해 언급한다.

"정부는 국민을 위한 정부이어야 한다."

이것이 점진적 입헌주의자인 기도의 입버릇이었다.

기도는 벌써 참의의 위치를 떠나, 내각고문이라는 비상근의 자리에 머물러 있었다. 그 해 10월 27일자 일기를 보면, 역시 다소의 방관자적 요소는 있지만 그가 품고 있는 정치론과 시국관이 어떤 것이었는지 상상이 간다.

이 일기를 쓴 날은, 구마모토의 신푸렌과 아키즈키의 사족이 거사했다는 보고가 기도의 귀에 들어온 날이었다. 자연 기도는 평소의 우울증이 다시 찾아왔다. 일기의 내용이 보통 때보다 길다.

'오늘의 형편과 정세를 곰곰이 살피건대, 농민이고 상인이고 사족이고 온 천하가 다 불평하는 사람으로 가득 차 있다. 조용하고 편해 보이는 사람일지라도 참으로 평화로운 마음으로 있는 것은 아니다. 불평이 넘치고 있을 뿐이다. 만족하고 있는 사람은 관원들뿐이다.'

만족하고 있는 사람은 관원들뿐이라고 말한 것에, 정부의 어느 누구보다도 사물의 정경을 정확히 보고 있다는 것을 알 수 있다. 모든 국민의 불만과 적의의 큰 바다 속에 정부가 외로운 섬처럼 떠 있는 것이다. 게다가 관원들은 그것을 반성하는 일 없이, 자기의 권세와 영화에 도취되어 있다.

'그러므로 민심은 절로 동란을 좋아하게 되며, 히고의 폭동도 며칠 안에 가라앉히지 못하면 반드시 여러 곳으로 파급되어 봉기하게 될 것은 뻔하다. 일단 폭동을 일으킨 이상 물론 법에 따라 그에 합당한 형벌에 처하는 것은 부득이한 일이다.

그러나 정부로서는 변경의 사정을 살피지 못하고, 수백 년의 관습을 돌아보지 않은 채 함부로 결단을 내리는 일이 적지 않다.'

그리고 다음에 기도는 평소의 입버릇대로 말한다.

'참으로 정부는 국민의 정부된 참뜻을 잃고 있는 것 같다. 내 평소에 깊이 걱정하는 바로써, 자주 정부의 관원들에게 항의했으나 내게 동의하는 사람이 매우 적었으며, 시세와 권세에 휩쓸리는 사람이 적지 않았다.

내 덕이 엷어 뜻대로 창생을 건질 수 없는 것은 참으로 평생의 큰 유감이다. 이미 얼마 전에도 대신들에게 시세의 흐름을 자세히 말했건만, 며칠 지나지 않아 히고의 폭동이 일어났다.'

오쿠보의 일기와 다른 점은, 오쿠보에게는 이런 종류의 평론 문장이 드물었고 과학자의 실험 기록 같은 문체로 일관되어 있다는 점인데, 어찌 됐거나 이상은 기도의 차원 높은 불평이라고 하지만 그의 시국관이 잘 나타나 있다.

'내무경의 구두소리'라는 제목을 붙인 대목은 시기적으로 메이지 9년 늦가을부터 연말에 걸친 이야기이다.

이 시기에서 약간 뒤인 메이지 10년 1월 18일 기도의 일기는 세이난 전쟁이 발발하게 된 이유를 아는 데 있어서 중요하다고 볼 수 있다.

이 날은 날씨가 좋았다.

기도는 아침에 일찍 일어났는데 오전 중에 4명의 손님이 찾아왔다. 오전 11시에서 오후 2시까지 태정관에 나갔고, 그 뒤 오쿠보의 집을 찾아갔다. 오쿠보의 집에 도착한 것은 오후 4시였다.

기도는 평소 자신의 지론을 꺼냈다.

"어째서 가고시마 현만이 정부의 위령에서 독립되어 치외법권을 가진 느낌을 주는 것인가? 어째서 당신은 그것을 뜯어고치려 하지 않는가? 게다가 가고시마 현은 일찍이 강번(强藩)으로서 남은 위력으로 조정을 누르고, 관원들도 그것을 무서워한 나머지 그들의 뜻에 복종하는 경향이 강하게 남아 있다. 각 부현은 공평하게 처우해야 한다. 어째서 공평하게 못하는 것인가?"

'오후 11시가 되어 하직했다. 서로 허비한 시간이 7시간이다.'

그의 일기에 씌어 있다.

기도는 그의 특징이라 할 수 있는 끈기를 가지고 7시간이나 오쿠보를 몰아 세웠던 것이다. 오쿠보도 피곤했을 것이다.

기도가 오만방자한 가고시마 현에 대해 오쿠보를 대할 때마다 계속 질책해 왔다는 것은, 이 일기의 내용으로도 알 수 있다.

'오쿠보도 내가 한 말은 이미 깨닫고 있었을 것이다.'

깨닫고 있는 정도가 아니라 오쿠보에게도 고뇌의 씨앗이었다.

조슈 인의 옛 번인 야마구치 현은 제도나 그 밖의 모든 것이 정부의 명령대로 움직이고 있었고, 현령도 조슈 인이 아닌 옛 막신 출신자여서, 현으로서 아무런 특권도 행사하지 않았다.

이와는 달리 가고시마 현은 현령 이하 모두 사쓰마 인으로 이루어져 있었고, 옛 관습은 고수하며, 사학교는 마치 군대와 같고 또한 정당이기도 한데, 그 당원이 현의 요직을 차지하고 있었다. 또 그것과는 다른 요소로서 시마즈 히사미쓰가 들어앉아 옛 관습을 그대로 지키고 있었다.

그에 대해 정부는 보고도 못 본 척 내버려 두고 있었다.

"무서워서 복종하고 있는 것과 같다."

기도는 이렇게 표현했다.

"국민의 불행이 커지는 까닭이다."

기도는 불공평이란 말로 이 문제점을 총괄하여 그가 좋아하는 위와 같은 말투로 오쿠보를 공격하고 있다.

오쿠보도 이 공격을 달게 받을 수밖에 없었던 것은 그 역시 같은 의견이었기 때문이다. 그러나 그의 힘으로는 이 현상을 어떻게 해 볼 수가 없었다.

기도는 오쿠보의 상처를 송곳으로 파헤치고 소금을 문지르는 듯한 태도로 7시간이나 물고 늘어졌을 것이 틀림없다.

오쿠보의 정치 생명의 생리기구는 당연히 사쓰마와 조슈 두 세력 위에 서 있게 되었다.

메이지 6년의 정한론 소동 때, 오쿠보를 태우고 있던 두 개의 죽마는 한쪽 다리를 잃어 사쓰마는 외정파(外征派)가 되고 조슈는 내치파(內治派)가 되었다. 오쿠보는 이때 조슈의 내치파로 옮겨 탔다.

말하자면 한쪽 다리로 그 위기를 벗어났던 것인데, 사쓰마라고 하는 다른 다리를 만족시키기 위해 대만을 치게 되었다. 조슈는 이 대만 정벌에 불만이 있었다.

이어 조슈는 가고시마 현의 치외법권적인 상태를 놓고 오쿠보를 뒤흔들었다. 가고시마 문제를 그대로 내버려 두면 오쿠보로서는 조슈까지 잃게 되는 것이다.

"가고시마 현을 다른 부현처럼 보통 부현으로 만들라."

기도의 이러한 통렬하고 집요한 요구는 올바른 주장이었지만 오쿠보로서는 할 수 없는 일이었다. 그러나 그것을 하지 않으면 오쿠보는 조슈를 잃고 정치 생명을 잃게 된다.

물론 오쿠보로서는 정치적 지반을 잃는 것보다, 경륜가로서 그가 늘 말하던 공평함이 가고시마 현의 '독자성'을 묵인함으로써 큰 거짓말이 되므로, 다른 모든 시책에 있어서도 단호한 태도를 취할 수 없게 된다.

메이지 9년(1876), 오쿠보는 기도를 대표로 하는 조슈의 정당한 주장 앞에 점점 몰리고 있었다고 할 수 있다.

기도는 늘 말했다.

"사쓰마와 조슈는 피를 흘림으로써 유신을 얻었다. 피는 특히 조슈가 많이 흘렸다. 그런데도 야마구치 현은 보통 현이 되었다. 한편 가고시마 현은 유신의 공을 내세우며 정부의 명령에 복종하지 않았다. 천하에는 공도란 것이 있다. 공도 앞에 이런 방자함이 용납되어도 좋은가?"

이에 대해 오쿠보는 한 마디도 못했다. 오쿠보가 자신의 상처이자, 정부의 큰 병처인 가고시마 현의 개혁에 손을 대야 했던 것은 기도의 공격 때문이었다.

그리고 메이지 9년에 있었던 오쿠보의 가고시마 현에 대한 개혁 착수가 결국은 화약고를 폭발시키는 결과를 불렀다.

오쿠보가 오야마 현령을 도쿄로 부른 것도 이 때문이었다. 오야마는 7월에 올라와서 12월까지 도쿄에 머물러 있었다.

오쿠보가 오야마에게 말했다.

"현의 필요 없는 관원을 정리하게."

오야마가 대답한 것도 이때였다.

"도저히 그럴 수 있는 형편이 아닐세. 오쿠보, 자네가 현령이 되어 그렇게 하게나."

세이난 전쟁이 한창 벌어지고 있을 때 칙사가 가고시마에 들어와, 가고시마 현령 오야마를 배에 태워 데리고 떠났다. 이윽고 나가사키에서 오야마는 당당한 태도로 목을 내밀고, "실수하지 말라"고 형리에게 말하고 참형을 받았다.

참형을 받기 전 형식만 갖춘 취조가 있었다. 그때 진술서를 만들었다. 그 진술서에도 이 시기의 오쿠보와의 회담에 언급하고 있다.

'메이지 9년 7월, 내무성으로부터 급히 상경하라는 통지가 있었다.'

오야마는 오쿠보로부터 현의 필요 없는 인원을 도태시킬 것을 끈질기게 강요받았으나 끝내 피하고 말았다.

오야마는 차라리 자기가 사직하겠다고 말했다. 그로서는 독립국 같은 가고시마 국가에서, 자신의 고달픈 입장이 한계에 와 있었던 것이리라.

오야마의 입장은 모순되어 있었다. 그는 히사미쓰로부터 보수성을 인정받아 현령을 해왔던 것인데, 현령의 신분은 내무성 관리이다. 내무성에 의해 임명되고 그 명령에 의해 현을 다스린다. 그런 점에서 오야마가 자기 개인의 배짱을 무기로 삼아 도쿄의 권력을 저지해 왔다. 출신지에서 그는 그와 의견이 일치하지도 않는 사학교와 조화를 이루어 오히려 적극적으로 영합해 왔다. 오야마라는 정치적 존재는 고독했다. 이 세 세력을 자기 한 개인의 인격 속에 그나마 정리하고는 있었지만, 이들 세 세력은 어느 쪽이나 오야마에게는 불만스러운 대상이었으므로, 언젠가는 그 균형이 무너질 수밖에 없었다.

'현령은 현령답게'

오쿠보로부터 끈질기게 국법을 가지고 추궁당할 뿐이니 비틀거릴 수밖에 없었다. 그 비틀거림을 발뒤꿈치로 버티는 데, 그는 오쿠보와 서로 너, 나, 하고 부르던 옛 친구였다는 것만을 의지하고 있었다. 때로는 오쿠보를 골목대장 같은 표정으로 어르기도 하고, 때로는 달래는 등, 온갖 재주를 다해 가며 저항했다.

오야마는 마침내 오쿠보에게 사직하겠다고 말했다. 그러나 곤란하다면서 오쿠보는 허락하지 않았다.

"아무튼 필요 없는 인원을 도태시키게."

오쿠보의 계속된 요구에도 오야마는 끝내 그것을 뿌리쳤다.

'현 안의 사정이 있으므로……'

진술서에서 오야마는 간결하게 이유를 말했다. 취조관도 그 이상 추궁하기를 피했을 것이다.

사정이란 것은 이 시대의 사쓰마계 관원이라면 누구나 상처로 여기고 있는 금기사항이었다. 시마즈 히사미쓰의 존재와 그의 의향이었다. 다음은 사이고를 종교적으로 숭앙하고 있는 사학교당의 사쓰마 지상주의였다. 이 두 가지는 천황도 가망이 없다고 단념한 것으로 오쿠보가 천황의 권위를 빌려서도 그것만은 깨뜨릴 수 없었다.

오쿠보의 건강은 여름에 한 차례 앓아누운 뒤로 그리 좋지 않았다. 이 해 여름, 그는 가고시마에서 오야마 현령을 불러 올라오게 해놓고도 금방 면회를 할 수 없을 정도로 병세가 좋지 않았다.

오쿠보의 하루는 이른 아침부터 시작해서 밤늦게 끝난다. 마지막 체력을 짜내어 그날 일기를 쓴 다음 잠자리에 드는데, 그 당시는 정말 일기를 쓸 기운마저 없었던 것 같다.

메이지 9년 9월 14일 가을의 일기에는 이런 대목이 있다.

'오늘부터 종기가 재발. 불참.'

다시 9월 23일에 간단한 기록을 한 다음, 그 뒤로 공백으로 되어 있다.

공백이 된 부분에는 이렇게 씌어 있다.

'12월 31일까지 괴로워서 적지 못함.'

이 일기의 공백기간 동안, 이듬해인 메이지 10년 2월에 터지는 세이난 전쟁의 원인 전부가 그 결과를 향해 발을 내딛는 것이다. 그 가까운 원인으로는, 결과적으로 오쿠보와 그 동료들이 도발한 형태의 것도 있지만, 폭발 직전의 분위기에 있었던 사학교의 젊은이들이, 폭발하기 위한 명분을 만들기 위해 일으킨 사건도 있었다. 그 모든 사건의 씨앗은 오쿠보 일기의 공백 동안에 뿌려졌다.

이 기간 건강이 좋지 않았다지만, 오쿠보는 매일 사람을 만나고, 가끔 내무성에도 나가며, 다른 사람들과 바쁘게 편지를 주고받았다. 오쿠보는 이 기간에 정말로 일기를 쓸 수 없었던 것일까.

사실은 썼는데 뒷날 이 기간의 것만 찢어서 태워버린 것일까. 지금으로서는 그것을 알 길이 없다. 이 기간은 오쿠보와 사쓰마의 관계에 있어서 과열기로 이미 발화점에까지 도달하려 하고 있었다.

　그 사이, 현령이며 또 뒤에 사쓰마 군의 병참을 맡고 있는 오야마가 계속 도쿄에 머물러 있었던 것도 이상하다. 오야마는 오쿠보와도 가끔 만났는데, 말하자면 오쿠보에게 약한 마음을 보였던 일면이 있었다.

　"사쓰마는 내 손에는 벅차네."

　오야마의 참뜻이 무엇이었는지는 도무지 알 수 없다. 오야마는 일찍이 메이지 7년 8월에도 도쿄에 머물렀던 일이 있다.

　그때 오쿠보는 전권대사로서 청나라에 가고 없었다. 오야마는 8월 5일자로, 가고시마의 시노하라 구니모토와 후치베 군페이(淵邊群平)를 선동하는 내용의 편지를 쓴 일이 있다.

　'오쿠보는 일본에 없다. 궐기할 때는 지금이다.'

　시노하라는 편지를 사이고에게 보였는데 두 사람 모두 오야마의 선동에 말려들지 않았다. 시마즈 히사미쓰의 심복으로도 불리는 오야마의 정체를 알 수 없었기 때문이다.

　도쿄에 머물고 있던 오야마는 내무경 오쿠보의 제안을 하나만 받아들였다.

　"도쿄에서 가고시마로 하야시 도모유키(林友幸)를 보낸다."

　하야시 도모유키는 내무성 국장이다.

　"자네 손으로는 현 개혁을 하기 힘들 테니까 하야시 도모유키에게 맡기게."

　결국 오쿠보의 생각으로는, 가고시마 인인 오야마는 현령이면서도 사학교 세력이 강하기 때문에 현의 인원 정리에 손을 댈 수 없을 테니까, 내무성에서 국장급 고관을 보내 그의 지휘와 명령 아래 현을 개혁하겠다는 것이다. 현령으로서의 오야마는 장식물에 지나지 않았으니, 오야마로서도 오쿠보와 사학교 사람들 사이에 끼어 있는 자기의 괴로운 처지에서 볼 때, 그러는 편이 낫다고 생각했던 것일까.

　아니면

　'하야시 도모유키가 국장이라고 잘난 체하며 내려와도, 현에서는 무시당하거나 사학교 학생들에게 죽을 것이다.'

이렇게 얕잡아 보고 있었던 것일까. 이 미묘한 사정은 알기 어려우므로 오야마의 성격으로 짐작해서 상상하는 수밖에 없다. 오야마는 원래 사상적으로도 정치적으로도 오쿠보 지지자였다. 그리고 으름장을 잘 놓는 그의 성격으로 보아 아마 얕잡아 보는 생각이 강했을 것이다.

하야시는 사쓰마 인이 아니다. 조슈 인이었다.

그는 막부 말기에는 그리 알려지지 않았지만 조슈 안에서는 근왕당의 한 사람으로 약간의 활동을 했고, 막부파 사이에서는 위험인물로 알려졌다.

젊을 때 창을 배워 일가를 이루었으며, 무인다웠다. 기습부대를 좋아하여 그 참모가 되었고, 겐지 원년(1864) 8월, 시모노세키에서의 양이전쟁 때는 지휘관으로 싸우다가 중상을 입었다.

한때 번의 정치가 막부파의 손에 들어갔을 때 하기 감옥에 투옥되었는데, 동지인 다카스기 신사쿠의 쿠데타가 성공하여 구출되었다.

보신전쟁에서는 각지를 전전하며 싸웠고, 그 뒤 군사계통으로 진출하지 않고 지방관을 지내기도 했으며 재무성과 내무성에서 일하기도 했다. 메이지 7년 내무부 사무관이 되었고 8년에 내무부 국장급 간부가 되었다. 이 무렵부터 오쿠보의 신임이 두터워 오쿠보의 일기에도 가장 자주 등장하는 사람이 되었다.

사쓰마 인은 도량이 크고, 조슈 인은 관리로서의 재주가 있다고들 한다. 오쿠보는 같은 고향인 사쓰마 인보다 조슈 인을 더 좋아했는데, 그것은 전부터 태정관 운영에 있어서 사무능력을 더 필요로 했기 때문일 것이다.

오쿠보는 협박에 가까운 기도의 요청도 있고 해서, 가고시마 현을 개혁하기 위해 몇 개의 화살을 쏘아 보았다. 그 화살 중 몇 갠가는 사학교 학생에 의해 그대로 되돌아오긴 했지만.

화살이라면 내무부 국장급 간부 하야시를 보낸 것도 마찬가지였는데, 다른 현 사람을 현청에 들여놓지 않는 가고시마 현이, 사학교가 원수처럼 미워하는 오쿠보의 특사라고도 할 수 있는 하야시를 받아들인 것이다.

"하야시는 어쩌면 가고시마에서 살해될지도 모른다."

내무성에서는 이렇게 관측했다. 오쿠보도 사쓰마 인이기에 충분히 그러리라 예상할 수 있었다. 아마도 하야시 자신이 오쿠보와 가고시마 문제를 상의하고 있을 때 "차라리 제가 할까요?" 하고 자청하고 나온 것임에 틀림없다.

오쿠보는 하야시의 신변 위험도 생각했겠지만, 그 효과도 생각했던 것이리라. 하야시가 가서 현정 개혁에 성공하면 다행이고, 설사 성공을 못하고 살해된다 해도, 정부가 그것을 계기로 범인 수사와 체포를 위해 경찰력을 가고시마에 투입시킬 수가 있다. 비록 하야시는 죽는다 해도 오쿠보가 구상하는 새 국가의 공로자가 될 수 있는 것이다.

그러나 하야시의 실체는, 오쿠보가 기대한 만큼 배짱이 있는 것도 아니었고, 문명에 대한 순교 정신이 있는 것도 아니었다. 유신 전후의 풍운을 뚫고 나온 사람들은, 용감성과 순교 정신을 갖춘 듯 행동하는 연기력이 자연히 몸에 배어 있게 마련이다.

하야시는 구마모토 현까지 갔다. 구마모토 현청에서 가고시마 현의 물정을 충분히 알아보려고 했다.

하야시가 구마모토 현에 들어간 것은 신푸렌의 변 직후였다. 그런 만큼 현청 사람들은 누구나 푸드득 하는 소리만 듣고도 깜짝 놀랄 정도로 신경 과민 상태에 있었다. 하야시가 가고시마 현의 사정을 묻기만 해도 놀라며 말했다.

"가고시마가 문제가 아니라, 우리 현이 더 위험합니다. 경신당은 이제 더이상 폭발하지는 않겠지만 민권당이 위험합니다."

그러면서 경찰관을 늘려 달라고 계속 진정하고 있으니 하야시에게도 거기에 협력해 달라고 사정하곤 했다.

이 점은 내무성도 인정하고 있어 나가사키 현에 지시하여 경찰관을 상당수 구마모토 현으로 출장시키라고 했으나, 나가사키 현은 거절했다.

"우리 쪽은 원래 경찰관이 소수의 인원밖에 없어서 이를 구마모토로 돌리면 나가사키 현이 위험해진다."

내무성은 후쿠오카 현에도 같은 지시를 내렸다. 후쿠오카 현령은 오쿠보 앞으로 11월 3일자로 알았다는 전보를 보내 왔다. 그 전문은 다음과 같다.

'순경을 구마모토로 돌리라는 지시, 알았음. 그런데 아키즈키(秋月)의 잔적, 어제 아침 산에서 나와 아키즈키를 습격하여 관원, 순경, 평민 등 14명 사망.'

내무 국장 하야시 도모유키가 가고시마에 간 것에 대해, 체재 중인 현령 오야마는 오쿠보부터 다음과 같은 말을 들었다고 진술했다.

'가고시마 현의 처리는 하야시 국장에게 모두 위임하여 근무를 명령했다.'

하야시는 분명 오쿠보 내무경의 대리인이라고 할 수 있었다. 그가 오쿠보가 말하는 '가고시마 처분'에 대해 전권을 가지고 있었던 것은 어김없는 사실이다.

12월 초, 구마모토의 하야시는 오쿠보에게 이렇게 전보를 쳤다.

'가고시마 현 평온하지 못함.'

이것은 하야시의 경솔함이었을 것이다. 12월 초에 가고시마에서 소동이 일어난 사실은 없다.

다만 구마모토 현 경계인 가고시마의 이즈미(出水) 지방에서, 젊은 사족 (사학교 학생)들이 바람결에 신푸렌의 난 소식을 듣고, 그것을 알리려고 가고시마 읍내로 달려갔다. 이즈미 향사들에게는 예부터 그런 의무와 관습이 있었다. 구마모토 방면에서 오는 정보를 얻으면 성 밑 거리에 알리는 것이다. 몇 사람인가 발소리도 요란스럽게 달린 모양이다. 그 보고를 받은 것이 가고시마 경찰 서장인 노무라 닌스케였다는 것은 앞에서 이미 말했다.

정보라는 것은 때로 공이 두 벽 사이를 튀듯이 정보가 또 다른 정보로 바뀌어 되돌아오는 수가 있다. 이즈미 향사들이 떼를 지어 가고시마 거리를 달리고 있다는 소식이, 신푸렌 소동의 본고장인 구마모토로 전해져서 그로 인해 구마모토 현청이 떠들썩해진 일이 있었다.

"가고시마도 호응하는 건가?"

하야시도 이것을 듣자 별로 확인도 하지 않고 오쿠보에게 전보를 쳤던 것이다. 오쿠보도 이 전보 때문에 무척 동요했던 모양이다.

오야마의 진술서에 따르면, 12월 7일 도쿄에 체류 중이던 오야마는 오쿠보에게 불려나가 이런 질문을 받았다.

"하야시에게서 이런 전보가 왔는데, 이 전보에서 말하는 가고시마의 소동을 당신은 알고 있는가?"

"나는 모른다."

이렇게 대답했다고 오야마는 진술서에서 말했다. 그렇지 않아도 오야마는 도쿄에 체재 중이라 현의 사정에 어두웠다. 증거 없는 정보를 보여 줘 봤자 모른다고 대답할 수밖에 없었을 것이다.

그 뒤에 오쿠보는 오야마에게 하야시와 함께 가고시마로 들어가도록 지시했다.

오야마는 12월 25일 나가사키에 도착했다.

하야시는 구마모토에서 나가사키로 와 있었다. 그곳에서 만나 12월 26일 배편으로 나가사키를 떠났다. 하야시와는 다른 목적으로 가고시마로 가는 지리료(地理寮)의 관원 세 명이 같은 배에 타고 있었지만, 임무를 처리함에 있어서는 하야시 혼자나 마찬가지였다. 단신으로 가고시마로 들어가려 한 하야시의 배짱은 기습부대에서 단련한 것이었는지도 모른다. 그러나 오야마에게는 하야시를 보호해야 할 의무가 있었다.

하야시 도모유키(林友幸)가 오야마에게 안기듯이 하여 가고시마 항의 선창에 내린 것은 12월 27일이었다.

오야마는 하야시에 대해 정중한 한편, 타고난 소탈함으로 그를 접대했다.

오야마는 피곤했지만 하야시를 위해 미리 마련해 둔 숙소까지 가서 술과 안주를 대접했다.

"내일은 꼭 현청을 구경시켜드리겠습니다."

이 말을 되풀이했다.

오야마는 히사미쓰파라고는 하지만 젊었을 때부터 사이고와 오쿠보에게 협조적이었다. 보신전쟁에서는 장수로서의 무공이 컸다. 그는 히사미쓰의 배후 조종에 의해 가고시마 현령의 지위에 머물러 있기는 했지만 유신의 공로라는 가치기준으로 보면, 오야마는 사이고, 오쿠보와 함께 충분히 사쓰마 번을 대표할 수 있는 공로자였다. 그가 한창 득세하고 있는 도쿄의 관원들에게 거만한 태도를 취해 온 것도 다분히 그 같은 자부심이 있었기 때문일 것이다.

그런 오야마가 조슈인 내무국장을 깍듯이 대했다는 것은 평소의 그의 모습과 거리가 멀었다. 오야마도 될 수 있는 한 내무성과 원만하게 조화되어 나가기를 바라고 있었다. 가고시마의 독자성을 가능하면 눈감아 주도록 하기 위해서 오야마는 가고시마 현의 독자성을 하야시를 구슬려서 감추려 했다.

"다른 현과 조금도 다를 게 없소."

이튿날 28일, 하야시는 오야마와 함께 현청으로 나갔다.

"어떻습니까, 다른 현과 다를 게 없지 않소?"

오야마는 현청 안을 보여 주었다.

오야마는 교묘했다. 다음날인 12월 29일은 현청이 쉰다. 그 뒤에는 설 휴가가 시작되었다.

하야시는 할 일이 없었다.

오야마는 섣달 그믐날 찾아와서 청했다.

"내일은 가지키(加治木) 고을로 갑시다."

그곳에는 새로 염전이 만들어져 있었다. 오야마는 일부러 설날을 염전 낙성식이라 하여 하야시를 귀빈으로 모셨다. 가지키에서 최대의 술잔치가 벌어졌다.

하야시는 사흘 동안 가지키에 있었다.

정월 4일 잠시 현청에 얼굴을 내밀었다가 9일부터 한 주일 가량 현청 안의 집무상태를 구경했다.

1월 16일, 하야시는 오야마와 현의 고관들에게 이렇게 선언하고 말았다.

"가고시마 현은 다른 현과 조금도 다른 데가 없습니다. 그러므로 현의 관리를 면직할 필요가 없으니 계속 봉직하기 바랍니다."

오쿠보의 의도는 하야시를 보내 인원을 대량으로 정리하는 데 있었다. 그러나 하야시는 오쿠보의 기대를 저버렸다. 오야마의 정치적 수완에 넘어간 점도 있었고 동시에 일을 거칠게 만들어 암살당하고 싶지 않았던 것이 틀림없다. 하야시가 현을 떠나자마자 세이난 전쟁의 발단이 되는 사학교의 소요 사건이 터졌다.

이 시기에 오쿠보가 내보냈다고 할 수 있는 정보 수집자 가운데 다카하시 신키치(高橋新吉)가 있었다.

다카하시는 물론 간첩은 아니다.

사이고와 어린 시절부터 동지였던 무라타 신파치의 사촌동생으로 신파치는 신키치를 동생 이상으로 살갑게 대했을 뿐 아니라 존경하기도 했다. 두 사람의 관계에 대해서는 이미 언급한 바 있다.

다카하시는 막부 시대에 사쓰마 번에서 가장 일찍 영어를 배운 사람으로, 메이지 3년 영국에 유학했다가 이듬해 귀국했다. 다카하시는 사이고에게도 오쿠보에게도 사랑을 받았다. 오쿠보는 일찍이 자신의 장남 히코구마(彦熊)와 차남 노부구마(伸熊)를 미국에서 교육받게 하려고 했다. 메이지 4년 당시, 다카하시가 미국에 체재 중이었으므로, 그에게 13살과 11살의 아들을 맡겼다. 그런 관계로 다카하시는 오쿠보에 대해 특별한 정을 가질 수밖에 없었다.

무라타 신파치도 메이지 4년부터 2,3년간 유럽에 머물러 있었다. 메이지 7년에 귀국해서 정한론 하야 소동을 알고, 다카하시, 신키치와 의논하여 말했다.

"나 혼자 고향에 돌아가 상황을 보고 오겠다. 너는 돌아가지 마라."

그러고는 혼자 가고시마로 돌아갔다.

그 뒤 신키치에게 편지를 보냈다.

'이번 일——사이고가 해야 할 일——은 참으로 두 장사의 씨름과 같은 것이니 우리로서는 어느 쪽 편도 들 수 없는 형편이다.'

이렇게 간단하게 사태의 본질을 알리고, 자신의 거취에 대해서는, 알다시피 사이고 선생에게 깊은 은의를 받아 떨어질 수 없는 정분이 있으므로, 자기는 이곳에 머물러 선생과 함께 행동할 결심이라고 써 보냈다.

무라타는 사이고보다 8살 아래였는데 소년 시절부터 사이고를 흠모했다. 막부 말기에 사이고의 손발이 되어 일했고, 사이고가 히사미쓰의 노염을 사서 귀양을 갔을 때 그도 함께 귀양을 갔다. 사이고와의 인연이 깊은 점에 대해서는 무라타 신파치를 앞설 사람이 없을 것이다.

무라타는 서양 문명을 현지에서 직접 체험하였다. 그에게는 그 나름의 세계관이 있어, 오쿠보의 방침에 찬성하고 싶은 부분도 있었을 것이다. 그러나 동시에 사이고가 늘 말하는 "러시아의 동진정책에 제재를 가해야 한다"는 외교론에도 무라타는 원칙적으로 찬성이었다고도 생각된다.

아무튼 다카하시 신키치는 가고시마로 가서 무라타 신파치에게 직접 가고시마의 정세를 들으려 했다. 물론 오쿠보의 권유가 있었을 것이다.

다카하시 신키치는 이 당시 재무성의 권소서기관 직에 있었다.

가고시마 현에 있는 사쓰마 인의 입장에서 보면 관에 있다는 것은 곧 악의 원흉인 오쿠보와의 연관을 뜻하는 것이므로, 그의 친족인 것처럼 취급을 받게 된다. 이 때문에 다카하시는 배가 가고시마에 닿자 가만히 배에서 내려 아무도 만나지 않고 곧장 무라타 신파치의 집으로 갔다.

무라타는 몸을 굽히면서 현관으로 나왔다. 6척 가까운 장신이기 때문에 집안에서는 언제나 몸을 굽히고 다녔다. 현관에 서 있는 다카하시의 얼굴을 보았을 때 그 더부룩한 얼굴에 활짝 핀 반가운 표정을 다카하시는 평생 잊을 수 없었다.

다카하시는 자기가 가고시마에 돌아온 목적을 감추지 않고 말했다. 자기 집에도 들르지 않고 오래 묵지도 않을 것이며 내일 배편으로 돌아갈 생각이니 하룻밤만 묵게 해 달라고 했다.

그날 밤 술상을 놓고 사람을 멀리 한 다음 이야기했다.

무라타가 이야기한 내용이 가고시마 현 안의 정세에 대해 누구의 관측보다 솔직했다.

"이젠 어쩔 도리가 없다."

사이고가 사학교 학생들의 폭발을 누르고 있고, 나도, 시노하라 구니모토, 기리노 도시아키들도 누르고 있다. 그러나 더 이상 누를 수가 없다고 했다.

시노하라와 기리노는 그들 자신의 기질과 사상에 폭발성이 많기 때문에 젊은 사람에 대한 억제력에 어느 정도 효과를 볼 수 있는지는 알 수 없었지만, 무라타는 진심으로 그 폭발에 반대했다. 그러나 만일 폭발하여 사이고가 젊은 사람들에게 몸을 맡기게 되면 자기도 함께 맡길 생각으로 있었다.

무라타는 지금의 가고시마 현의 정세에 대해 재미있는 비유를 했다.

"마치 네 말들이 통에 물을 담아 썩은 밧줄로 묶어 놓고 있는 것과 같다."

"그러므로 터지는 것은 필연적인 형세다."

"우리는 바로 그 썩은 밧줄이다. 언젠가는 끊어질 수밖에 없다."

"신키치, 도쿄로 돌아가거든 내가 한 말을 오쿠보 씨에게 전해 주게."

이튿날 다카하시는 전날 무라타와 얼굴을 마주쳤던 현관에서 안타까운 작별을 했다. 무라타는 죽게 될 것이므로 이것이 마지막 작별이 될 것이라고 생각했다.

다카하시는 도쿄로 돌아와 오쿠보에게 보고했다.

그가 가고시마로 들어간 것은 하야시 도모유키와 거의 같은 시기였다. 하야시가 가고시마 현은 평온하며 현의 행정도 기도가 시끄럽게 구는 것처럼 독립국의 성격은 없다고 오야마 이하에게 언명하고 간 것과는 크게 달랐다.

오쿠보의 주위에 있는 사쓰마 인 가운데 가장 노장으로——나이는 36세지만——관직도 높은 사람은 홋카이도 개척사의 총수인 구로다 기요타카였다.

'구로다는 늘 허리에 권총을 차고 있었다. 완력이 있어, 마음에 들지 않으면 금방 싸움을 거는 위험한 사람이었다. 그러나 대단히 친절한 사람이기도 해서……'

오쿠마 시게노부(大隈重信)는 그의 회고담에서 구로다의 성격을 정확하게 말하고 있다. 평소에는 누구에게나 친절한 사람이지만 술에 취하면 주정이 심해지는 것도 그의 감정이 풍부한 것과 다소 관계가 있을지도 모른다.

막부 말기부터 활동해 온 사람중 메이지 초기에 이르러 구로다처럼 세계관이 뚜렷하게 달라진 사람도 없다. 예를 들면 메이지 3년에 철도 부설을 외친 사람이 있었다. 재무성 차관이었던 오쿠마 시게노부와 국장이었던 이토 히로부미인데, 정부에 돈이 없으니 외국의 빚을 얻어와야 한다는 것이었다. 정부의 고관들은 거의가 서양을 배척한 지사 출신이었으므로 이에 반대했다. 구로다는 그 맨 앞에 섰다.

"오쿠마와 이토는 나라를 그르치는 역적이다."

구로다는 오쿠보 앞에서 욕을 하고, 그런 놈은 정부에서 당장 쫓아내라고 대든 일도 있었다. 그 직후 구로다가 야마가타 아리토모와 서양에 다녀왔다는 것은 앞에서 언급했다. 그런데 귀국하자 사상이 일변했다. 그는 오쿠마 앞에 허리를 굽혀 절을 하며 말했다.

"내가 나빴소. 철도란 국가의 큰 사업이니 나도 이를 실현하는데 미력이나마 힘쓰고 싶소."

실제로 그렇게 되었다. 일본에서 철도 부설이 외국공관 계통에서 예상한 것보다 빨리 이루어진 것은 구로다의 힘이 크게 작용했기 때문이다.

구로다에게는 정부야말로 문명과 개화를 추진시키는 유일한 장치라는 믿음이 있었다.

구로다가 정한론 소동 때 오쿠보에 붙어, 그의 손발이 되어 사이고의 정한론을 봉쇄하고 난 뒤로, 그는 사쓰마 천지에 가득 찬 반정부열을 국가의 적이라고 믿었다. 구로다 자신은 사이고를 숭배하는 점에서 남에게 뒤진다고 생각하지 않았지만, 자신이 구로다가 사할린 문제로 러시아에 대해 저자세였던 것을 사이고가 불쾌하게 여긴다는 것도 구로다의 귀에 들어가 있었다.

가고시마가 폭발 직전에 있다는 풍문이 도쿄의 각 관청을 시끄럽게 하고 있을 당시, 구로다는 스스로 확실한 정보를 파악하려 했다.

사쓰마계 관원으로 구로오카(黑岡)라는 사람이 있었는데 그를 귀향시켰다.

구로오카는 섣달그믐께 도쿄를 떠났는데, 사정이 있어 해가 바뀌어 메이지 10년(1877) 1월 10일이 되어서야 가고시마로 들어갔다.

구로오카가 가고시마에 체재한 것은 15,6일 정도다. 시기가 메이지 10년 1월 10일에서 25,6일 경이었다니까 폭발 직전이라고 할 수 있다.

구로오카는 자신이 보고 온 가고시마 정세를 증기선에 비유했다. 얼른 보기에 조용히 있는 것처럼 보이지만, 언제든지 떠날 수 있도록 기관의 김은 충분히 올라 있는데, 배는 아직 움직이지 않고 발선 명령도 없었고 닻은 내려져 있다.

"일단 닻을 올리면 반드시 폭발하게 될 겁니다."

구로오카의 말이다.

다음에 조목별로 쓴다.

사이고에 대해서는 '대선생'이라고만 쓰고 있다. 약간 비꼬는 듯하다.

"대선생은 현재 히나타 산 근처의 온천에 있다고 합니다. 한 곳에 3,4일 이상 묵는 일이 없다고 합니다."

정확하게 말했다.

기리노에 대해서도 말했다.

"기리노의 집에는 언제 폭발을 하느냐고 많은 사람이 번갈아 찾아들고 있습니다. 밤을 새는 일도 있다고 합니다."

헨미 주로타가 기리노의 오두막집에 자주 갔다. 헨미는 "언제 일어납니까?" 하고 묻는 것이 입버릇이었고, 입만 열면 폭발의 필요성을 외쳐댔다. 이 대목도 거의 정확했을 것이다.

"오쿠보 참의와 마쓰카타 참관, 가와지 대경시를 몹시 벼르고 있습니다."

사실 그대로였다고 할 수 있다.

"이야기 가운데 우연히 오야마 국장을 평하여, 오야마도 목숨을 사리게 되었는가하고 말했다고 합니다."

이 오야마는 현령인 오야마와는 다른 사람으로, 사이고의 사촌동생인 육군성의 육군 소장 오야마 이와오를 가리키는 것이다.

그는 프랑스에서 주로 포병(砲兵) 운용에 대해 배우고, 메이지 7년 10월에 귀국했다. 당시 오야마 이와오는 사이고를 찾아가 도쿄로 나오라고 설득했으나 목적을 이루지 못했다.

신푸렌의 난이 일어났을 때, 그는 육군성 제1국장이었는데, 구마모토 진대 사령관인 다네다가 살해되었기 때문에 임시로 후임에 임명되었다. 메이지 9년 11월 4일부터 11일까지 구마모토 성안에서 임시 사령관직을 맡았다. 이윽고 11일자로 다니 다데키(谷干城)가 사령관으로 임명되었다. 다니는 11월 26일에 부임했다. 그때 도쿄의 오쿠보가 이렇게 지시한 모양이다.

"가고시마를 시찰하는 것이 어떻겠나?"

오야마는 가지 않고, 27일에 구마모토를 떠나 구루메(久留米), 후쿠오카, 오쿠라, 히메지(姬路), 고베, 오사카 등의 진대의 본영과 분영, 그리고 창고와 포병창 등을 검열하면서 귀경했다.

"오야마도 목숨을 아끼게 되었다."

이것은 그가 구마모토까지 왔으면서 고향인 가고시마에 들르지 않았다는 것을 말하는 것인지, 아니면 단순히 관에 남아 있는 것을 얕보고 그렇게 말한 것인지 확실히 알 수 없다.

"폭발출경의 취지는 내정을 개혁하고 민권을 신장하겠다는 것입니다."

폭발하여 동쪽으로 올라가 도쿄를 제압한다는 것을 '폭발출경'이라는 간단한 말로 주고 받을 정도로, 사학교 학생들 사이에서는 일상적인 단어였던 모양이다. 그것이 민권을 신장시키기 위해서라는 것은 좀 이상하다. 민권론이란 결국 의회주의를 말하는데, 가고시마에서는 어수선한 민권론적 분위기가 감돌고는 있었지만, 그것을 깃발로 높이 쳐들 지경까지는 이르지 못했다.

이 구로오카의 보고서는 구로다 기요타카의 손을 거쳐 오쿠보에게 전해졌다.

오쿠보에게는 말이나 서면에 의한 이런 종류의 보고가 많이 모여 들었다. 그가 드러내 놓고 그것을 원한 것은 아니었겠지만, 그를 보좌하는 사쓰마 인들이 힘을 다해 그것을 모으고 있었다고 할 수 있다.

이 가고시마 문제만은, 오쿠보가 소중히 여기고 있는 오쿠마 시게노부나 이토 히로부미와 의논할 수 없었다.

오쿠보는 가고시마 문제에 대해서만은 마치 한 집안의 사사로운 싸움인 것처럼, 다른 번 출신자에게 의논하지 않았으며, 또 잡담에서도 언급한 적도 없었다.

그는 사쓰마계 사람들만 모아놓고 그들의 의견과 보고를 듣고 있었다.

물론 이 일에 있어서는 대경시인 가와지가 오쿠보와 긴밀한 관계에 있었다. 도쿄 경시청은 내무성 관할이기 때문에 명령 계통으로 보나 직책상으로 보나 당연한 것이었지만, 그 이상으로 가와지는 가고시마 사학교에 대해 강경한 생각을 가지고 있었다.

"사이고 선생만은 다르다."

태정관의 사쓰마 인들은 말했다. 사이고가 나쁜 것이 아니라 사학교의 젊은이들이 옳지 못하며, 그들을 부추기는 사람은 더욱 옳지 않다는 따위의 말을 했다.

이 점에 대해서는 오쿠보도 다를 바가 없었다. 오쿠보는 사학교의 폭발을 누르고 있는 사람은 사이고라는 생각을 하고 있었다. 사이고를 가장 잘 알고 있다는 점에서는 오쿠보 자신도 자부하고 있었고, 사이고 자신도 그렇게 생각하고 있었을 것이다. 사이고가 선동자라는 터무니없는 생각을 오쿠보가 했을 리는 없다.

그러나 가와지는 이 점에 냉담했다.

'사이고야말로 병의 뿌리가 아닌가?'

속으로 이렇게 생각했으리라는 확실한 증거는 없으나 간접적인 증거는 많이 있다.

가고시마 현이 정부에 일체 복종하려 하지 않는 것은, 일본 제일의 강번이라는 긍지와 유신에 있어서의 공적에 대한 자부, 또 정부가 도입한 문명을 함께 부정하는 시마즈 히사미쓰라는 존재, 나아가서는 일반적인 문제로 사족의 실권에 대한 정신적, 경제적 불만 등을 들 수 있지만, 만일 사이고가 존재하지 않았다면 고향에 있는 가고시마 사족들이 이렇게까지 교만해지지는 않았을 것이다.

그들이 사이고를 숭배하는 것은 흡사 종교적 신앙심과도 같았다. 한 번 사이고가 들고 일어나기만 하면 온 천하의 사족들이 그를 우러러보고 찾아갈 뿐만 아니라 진대의 군대도 싸우지 않고 휩쓸리게 될 것이므로, 도쿄 정부는 그것만으로도 무너질 것이라 믿고 있었다. 사학교 학생들에게 세계관이 있을 리 없었고 사이고 자체가 세계관이었으며, 전략 같은 것이 있을 리 없었다. 사이고를 떠받드는 것만으로 전략은 충분했다.

이 점은 기리노가 늘 말하는 것이었고, 가와지로서는 지금의 정세 아래에서 사이고를 보는 눈이 기리노의 주장과 같았다. 그러므로 사이고의 존재 자체가 악이라고 가와지는 생각한 것이다.

가와지 대경시는 어두운 밤에 혼자 생각했을 것이다.

'사이고 자체가 선이냐 악이냐 하는 문제가 아니다. 사이고는 덕이 있는 분이고 나도 사이고의 은혜를 입었다. 그러나 이런 정세에서 볼 때, 그의 존재는 악이다.'

가와지는 감정을 죽이고 이성적으로 여러 정세를 참작했을 때 이렇게 생각지 않을 수 없었을 것이다.

가와지는 사물을 생각하는 데 집요한 성격이었던 모양이다. 그는 사물의 밑바닥까지 생각한 끝에 그 파헤친 생각의 흙들을 정리하고 다시 끈질기게 논리화시켜, 자타를 납득시키려 하는 버릇이 있었다.

메이지 초기에 있어서 가와지는 에토 신페이와 맞먹는 논리가라고 할 수 있으리라.

가와지는 자기가 논리화한 것은 반드시 문장으로 만들어 보는 버릇이 있었다.

'대경시 수필'

이런 것이 남아 있다.

'6천 명이 넘는 경찰 인원을 처음 만드는 계획의 기초는, 기관장인 나를 비롯하여 사이고 씨의 생각에서 나온 것이다.

근래의 풍문으로는 그 허실을 알 수는 없지만 사이고 씨가 완력으로 밀고 온다고 한다.

일찍이 그의 은혜를 입었으므로, 모두 무기를 거꾸로 잡고 그를 맞이할 수도 있는 일이지만, 도리어 그를 죽임으로써 은혜를 갚고자 하는 정신은, 바로 그가 남겨준 것이며 그 또한 기뻐할 것이다. 개화의 힘에 따라 사람의 지혜도 스스로 진보되어 대의명분을 밝힐 수 있을 것이다.

경찰관 6천 명이 만약 사학교처럼 어리석게 사이고 씨를 굳게 지키고 있다면 국가를 위태롭게 할 것은 의심의 여지가 없다. 생각건대 개화의 힘에 의해 한결같이 국가의 광명을 보게 되기를 바란다.'

요지를 말하면 다음과 같을 것이다.

경시청은 사이고가 창설했다. 그런데 근래 풍문에 의하면 사이고는 무력으로 도쿄로 밀어닥치려 한다는 것이다. 우리는 일찍부터 사이고 씨에게 은혜를 입었기 때문에 무기를 놓고 그를 맞이해야 할지 모른다. 그러나 그렇게 하지 않고 거꾸로 '그를 죽여 은혜를 갚으려 하는' 경시청의 사상은, 원래 그가 우리에게 심어준 것이므로 그도 기뻐해 줄 것이다. 사학교의 어리석음은 다만 사이고 씨를 굳게 지키려 하고 있는 것뿐으로, 그가 가르친 개화에 따라 대의명분을 밝힐 줄을 모르고 있다. 경찰관 6천 명이 만일 사학교처럼 어리석어진다면 나라를 위태롭게 할 것이다.

'생각건대 개화의 힘에 의하여……'라는 마지막 대목은 문명개화라는 것은 국가의 영광을 가져오는 것으로서 선하고 아름다운 것이라는 가와지의 종교적인 신앙이 기초가 되어 있다.

그런데 여기서 곤란한 문제에 부딪치게 된다.

오쿠보와 가와지가 사이고를 암살하기 위해 경시청 직원을 가고시마로 보냈다는 말이 있다.

그런 말이 있었다는 정도가 아니라, 이 말이 사학교 측에 알려져 그들이 격분하게 되었고, 정부의 의도를 바로잡기 위해 군대를 일으킨다는 것이 되었다. 결국 전쟁의 도화선에 불이 붙은 것이다. 진상이 어떠했는지는 지금으로서는 알 수 없다. 모르는 그대로 다음의 경위를 더듬어 갈 수 밖에 없다.

다만 이 소문이 오쿠보로 하여금 그가 죽을 때까지 계속 고뇌하도록 만들었던 것만은 확실하다.

오쿠보는 난이 끝나고 나서, 어느 날 다카하시 신키치에게 이야기했다는 말이 있다.

"남자의 얼굴빛은 쇄락(灑落)하지 않으면 안 된다."

쇄락이란 시원스럽고 사물에 구애받지 않는 태도를 말한 것이리라. 오쿠보는 매일 아침 면도를 하기 위해 거울을 들여다보았다. 그런데 "조금도 쇄락한 데가 없다"고 말했다.

"이것은 어쩌면 내가 사이고를 암살하는 음험한 수단을 썼다는 모함을 받았기 때문일까. 돌이켜 보면 나는 젊은 시절부터 시세의 변천을 만나 무수한 어려움과 고초를 겪어 왔지만, 여태껏 상대에게 암살 같은 비열한 수단을 쓰려는 옳지 못한 생각을 한 적은 없다. 이것은 신명 앞에 맹세할 수 있다."

그가 막부 말기를 지내 온 경력을 더듬어 보더라도 거기에 나타나 있는 한 암살을 사주할 인물은 아니었던 것 같다.

원래 이와쿠라 도모미에게는 고메이(孝明) 천황을 암살했다는 의혹이 불거져 있다. 당시 공경이었던 이와쿠라와 사쓰마 번사였던 오쿠보는 함께 대궐 공작을 하는 데 일심동체였던 관계였으므로, 만일 이 의혹이 사실이라면 오쿠보는 절대로 쇄락할 수는 없다. 그러나 고메이 천황 운운 하는 일은 진상을 밝힐 도리가 없다. 이 일만 제외하면 오쿠보는 자신이 말한 대로 암살이란 점에서는 깨끗하다.

일류니 이류니 하는 말은 그 자체가 애매한 말이지만, 굳이 쓴다면 막부 말기에 일류였던 사람은 결코 사람을 죽이는 따위의 어리석은 행동은 하지 않았다. 그 점이 사람들의 신망을 모으는 바탕이 되기도 했다.

오쿠보 자신은 그렇게 살아왔다고 하지만, 메이지 10년에 이르러 일찍이 맹우였던 사이고를 암살하려 했다는 사학교 측의 고발은, 일이 끝난 뒤에도 그에게는 상당한 충격이었던 모양이다.

가고시마 현 문제에 대해 오쿠보는 가와지 등과 계속 의논하고 있었다.

오쿠보가 직접 어떤 일을 제안한 일은 드물었고 누군가가 안을 가지고 나오기를 기다렸다. 그런 다음 가부를 결정했다.

가와지는 가고시마 출신의 경관을 귀향시키자는 안을 내놓았다. 이 일은 대경시인 그의 직권 안의 일이었으므로, 원칙적으로는 내무경에게 보고할 필요는 없었다. 그러나 오쿠보와 가와지의 관계는, 가고시마 문제에 한해서는 관청의 상사와 부하의 관계가 아니고, 사쓰마 인의 표현을 빌자면 '태정관당'이라고 할 수 있는 사적인 관계에 가까운 당파에 서로가 속해 있었다.

오쿠보가 당의 총재라면 가와지는 당 집행기관의 간부라고 할 수 있는 존재였다.

표면적으로는 단순히 경관에게 휴가를 주어 귀향시킨다는 것이었지만, 가와지는 그 정치적 목적과 의미를 자세하게 오쿠보에게 알렸으리라는 것은 대강 짐작이 간다.

가와지가 오쿠보에게 어떻게 말했을까.

뒤에 사학교 측이 그렇게 확신하고 있었던 것처럼 가와지가 다음과 같은 말을 했던 것은 아닌지.

"문제는 사이고 한 사람에게 있습니다. 사이고 한 사람만 없애면 문제는 해결됩니다."

만일 그렇게 말했다면 이 두 사람은 사쓰마 인인만큼, 가고시마 현 문제에 대한 치안면의 본질을 참으로 정확하게 내다보았다고 해야 한다. 가고시마 현 사족에게 민권운동과 같은 신사회 건설의 이념이 있을 리 없었고, 또 신푸렌처럼 공상화된 이상(理想) 국가를 위해 목숨을 바치는 것과 같은 사상성이 있었던 것도 아니다.

그들은 사이고를 잡고 있었다.

사이고란 이름은 막부 말기에 각 번의 지사들만이 알고 있는 정도였지만, 유신이라고 하는 다분히 기적적인 성공을 세상이 보았을 때, 이 기적을 일으킨 사람들의 이름과 명성이 신비화되는 경향이 있었다. 그 신비화 대상이 거의 사이고 한 사람에게 집중되었다. 사이고의 영웅적인 풍채와 그 인품, 사실상 뛰어났던 혁명 정략의 능력들이 곱셈이 되었고, 나아가서는 세상 사람들이 새 정부에 대해 환멸을 느꼈으며 그 환멸의 크기가 점점 세상에서의 사이고 허상을 크게 만들었다.

혁명은 역사적 기운에 의해 일어난다.

"우리(가고시마 사족)는 사람에 의해 일어나려는 것이다."

그러나 기리노가 일찍이 신푸렌의 사자에게 말했듯이 가고시마 사족은 정략도 사상도 모두 사이고 한 사람에게로 돌리고, 사이고라는 구슬을 받들고 있는 그 자체가 모든 것을 가능하게 만드는 힘이라고 믿고 있었다. 가와지가 만일 오쿠보에게 그렇게 말했다면, 그 구슬만 깨면 그들의 환상이 없어지고 만다는 뜻이었을 것이다.

가와지가 경시청 경관을 가고시마로 귀향시키려는 목적과 이유를 어떻게 생각하고 있었는지에 대해서 언급한다면, 단순히 정보를 얻고 싶다는 것만은 아니었을 것이다.

정보는 벌써 각 방면으로부터 얻고 있었다. 또 가와지는 경시청의 가고시마 현 사족인 구나이 모리타카(宮內盛高) 등을 12월에 정찰꾼으로 귀향시켰다. 정보를 모으기 위한 것이라면 이 시기에 새삼 20여 명이나 되는 많은 경관들에게 사복을 입혀 귀향시킬 것까지는 없었을 것이다.

가와지는 천성적으로 능동적인 성격이었으므로, 20여 명이나 귀향시키는 데는 당연히 중대한 정략적 의의가 들어 있었고, 나아가서는 그 성공을 기대하기도 했다.

가와지가 감행한 20여 명의 대거 귀향이란 '정치행동'에 앞서, 위에 언급한 구나이 모리타카의 귀향에 대해 살펴보겠다.

구나이 등 몇 사람의 경시청 경관들은 가와지의 비밀명령을 받아 12월 27일 가고시마로 돌아왔다.

구나이는 먼저 기리노의 오두막으로 찾아갔다. 찾아간 날은 28일이다.

마침 집 앞에 사학교 학생 수십 명이 나무칼을 들고 세워 놓은 말뚝을 상대로 검술 공부를 하고 있었다.

구나이가 기리노에게 물었다.

"무엇 때문에 이렇게 무술을 연마하고 있습니까?"

기리노는 놀라운 말을 했다.

"도쿄로 나가 임금 옆에 있는 간신을 제거하기 위해서지. 그 일은 이미 결정된 일이라 여러 말 할 필요 없네. 내년에 거사하게 될거네. 내년 4월 스미다 강둑에서 벚꽃 구경을 할 작정일세."

이런 말을 했다는데 과연 사실이었을까. 구나이는 다음 달인 메이지 10년 1월 4일에 도쿄로 돌아와 가와지에게 직접 보고했다. 가와지는 이것을 글로 작성하여 각의에 보고했다. 정부가 본격적으로 가고시마 폭동 진압을 계획하게 된 것은 구나이의 보고 때문인 것 같다.

구나이는 기리노를 찾아간 다음 시노하라 구니모토(篠原國幹)도 찾았다. 시노하라에게, 기리노의 발언에 대해 그것이 사실이냐고 묻자, 정말이라고 대답했다.

구나이는 다시 후치베 군페이(淵邊群平)를 찾았다. 후치베는 육군 소령으로 젊어서부터 병학을 연구한 사람으로 알려져 있었다. 후치베에게 물었더니 이렇게 대답했다.

"우리 사학교 사람은 기리노나 시노하라가 말한 것과 같은 경거망동은 결코 하지 않네."

이 말도 구나이는 가와지에게 보고했다.

그러나 기리노나 시노하라가 경시청에 직을 가지고 있는 구나이를 만났을지 어떨지. 만났더라도 그 같은 말을 과연 했을지 어떨지. 혹은 만나서 도발을 위해 그렇게 말했던 것인지. 어쩌면 구나이가 두 사람은 만나지도 않고 떠도는 소문을 그들이 한 말이라며 보고한 것은 아닌지. 그 진위여부에 대해서는 알 길이 없지만, 구나이의 보고가 정부를 움직인 것만은 분명하다.

경시청의 경감 나카하라 히사오(中原尚雄)는 사쓰마의 향사 출신이다.

사쓰마에서는, 성 밑 거리의 무사와 시골의 향사 사이의 차별이란 어느 번에서도 그 예를 볼 수 없을 만큼 심했다.

그 차별 방법은 소박하다면 소박했다. 향사의 자제들이 시골에서 가고시마 성으로 오면 성 밑거리 무사 자제들이 둘러싸고 이유도 없이 쥐어박는 것이었다.

기리노도 뒤에 사이고의 주선에 따라 사족으로 승격되지만 본디 향사 신분이었다. 그가 애송이 시절 검술을 배우기 위해 가고시마 성으로 올라오자, 날마다 성 밑 거리의 무사 자제들에게 둘러싸여 다리에서 수없이 강으로 내던져졌다. 기리노는 아무런 저항도 않고 폭행을 당했다. 그러면서도 그는 태연히 웃고만 있었기 때문에 언제부터인가 성 밑 거리의 무사 자제들로부터 존경을 받게 되었다는 이야기가, 기리노의 굳센 의지와 용감성을 말해 주는 미담으로 전해지고 있다.

애송이 시절의 나카하라는 반대로 적개심을 품었다. 그는 성 밑 거리의 무사 자제만 보면 자기가 먼저 싸움을 걸었다. 그 때문에 나카하라라는 이름은 한때 성 밑 거리의 무사 자제들 사이에 악명이 높았던 모양이다. 가세다란 곳에서 시마즈 닛신(島津日新)의 제사가 해마다 올려지며 성 밑 거리의 무사들도 많이 참배하게 되는데, 이날은 애송이 나카하라로서는 성 밑 거리의 무사들을 놀려 주는 날이기도 했다.

메이지 4년, 사이고가 경시청을 구상했을 때, 상급무사들을 근위군 장교와 하사관으로 만들고, 향사들을 경찰관으로 꾸미게 한 것은, 이들 양쪽의 사이가 나쁘다는 것을 사이고도 잘 알고 있었기 때문에 이들을 한 곳에 두는 것은 위험하다는 생각에서 나온 것이었다.

향사 출신인 가와지가 대경시가 되고 나카하라가 고향에서 올라와 경감이 되었다.

그런데 나카하라는 메이지 6년 사이고가 정한론에서 패하고 하야했을 때 역시 사직하고 고향으로 돌아갔다. 그 동안의 나카하라의 경력은 약간 복잡하다. 정치적 심정도 그랬을까.

귀향 중에도 상급무사들과는 함께 행동하지 않았다. 메이지 7년에 오쿠보가 대만을 쳤을 때, 거기에 지원하여 소대장으로 종군했다.

대만정벌에 종군하는 동안에도 상급무사 출신들과 의견이 맞지 않아 티격태격했던 모양이다. 결국 나카하라가 미워한 것은 상급무사였다.

대만 종군 중에 학질에 걸려 고향으로 돌아와 80여 일 누워 있었다. 이 무렵 사학교의 기세가 왕성했다. 나카하라의 수기에 따르면, 친구가 다음과 같은 말을 했다고 한다.

"종군 중 네가 한 말에 대해 사학교 사람들이 분개하고 있어. 사과 편지를 내면 입교시켜 준다는 거야."

나카하라는 아직도 상급무사란 것이 사학교 조직을 통해 향사를 멸시하고 지배하는 일에 대해 참으로 이가 갈려 견딜 수 없다고 생각했던 모양이다.

그러한 경력 뒤에, 나카하라는 메이지 8년 9월에 상경하여 경시청에 복직했는데 이듬해 1월 4일 원래대로 경감이 되었다. 나카하라가 가와지의 반가운 대우를 받았다고 한다면 이 복직 때일 것이다.

가을에는 시마네 현에 파견되었다. 하기의 난이 시마네 현에 미치게 된다고 하여 경시청이 경찰을 파견했을 때 그 가운데 끼어 있었다. 난이 끝나고 도쿄에 돌아온 것은 12월 4일이다.

그러나 나카하라가 뒷날 사학교에 붙들렸을 때, 그의 말로는 강제로 지장을 찍었다는 '진술서'에 따르면 이렇게 되어 있다.

'메이지 9년 11월 말경, 날짜는 생각나지 않으나 대경시 가와지의 자택으로 가서……'

날짜는 잘 모르지만 아무튼 나카하라는 가와지의 집으로 찾아갔다. 가와지가 부른 것이리라. 가와지는 이미 한 가지 숨은 꾀를 간직하고 있었다. 누군가에게 이를 실행시켜야겠는데, 그 임무는 죽음을 각오해야만 할 정도로 위험한 것이었다. 그런 만큼 사람을 고르기가 어려웠다.

가고시마 현에 들어가는 이상, 당연히 가고시마 현 사족이라야 했다. 그리고 가고시마 현을, 구체적으로는 성 밑 거리의 상급무사들을 증오하고 있는 사람이 아니면 안 된다. 거기에는 나카하라가 가장 적임자였다. 증오심을 자격조건으로 해서 적임자로 택한다는 것은, 오쿠보가 말하는 "남자는 모름지기 쇄락해야 한다"는 경지와는 거리가 먼, 음험하기 짝이 없는 수법이다.

가와지가 뒷날 사이고를 죽이려고 나카하라를 자객으로 보냈다는 풍문이 있지만, 그 사실이야 어찌 되었든 나카하라라는 사람의 증오심을 이용하여 임명했다는 사실은 음침하다는 인상을 면하기 어렵다.

그러나, 나카하라 자신이 사건 뒤 도쿄에서 재판소에 제출한 전말서에서는 가와지로부터 부탁을 받은 것은 아니고 경시청 안에서 동지와 의논하여 자발적으로 가고시마로 들어갈 것을 결심했다는 식으로 씌어 있다. 그러나 각종 자료와 앞뒤 정황을 살펴볼 때 나카하라가 자발적으로 그런 결심을 했을 것이라고는 생각되지 않는다. 당연히 가와지가 나카하라에게 임무의 필요와 중요성을 거듭 강조했을 것이다.

나카하라가 직접 쓴 '전말서'에는, 경정 소노다 나가테루(園田長照), 경정 스가이 마코토미(菅井誠實), 경정 스에히로 나오카타(末廣直方) 등 같은 향사 출신 동지들과 의논한 끝에 상사인 총경을 통해 가와지에게 휴가를 달라고 말했다고 한다. 물론 사정은 그렇지가 않다.

암살단

대경시 가와지가 조직한 귀향단은 밀정과 같은 정보 수집만을 목적으로 한 것은 아니었다.

'아즈마(도쿄) 사자(獅子)'

후에 사학교 측은 그들을 이렇게 부르며, 오쿠보와 가와지의 비밀 명령을 띠고 사이고를 암살하기 위해 내려왔다고 했다.

한편 경시청 측에 남은 자료에는 그들의 귀향은 설득이 목적이었다고 되어 있다. 가와지는 가고시마 현 사족, 그 중에서도 향사 출신들을 가리켜 사학교 간부에 의해 놀아난 사람들이라 규정하고, 경시청에 있는 향사 출신들을 귀향시켜 고향에 있는 사람들을 일일이 대면한 다음 "사학교 간부의 정략은 무모한 것이며, 도쿄 정부에 대해 그들이 선전하고 있는 것은 모두 거짓이고, 도쿄 정부야말로 문명의 선포자다"라고 설득케 하고, 그 설득으로 여러 사족들을 사학교로부터 이탈시키려는 것이 목적이었다고 하는 자료들이 많이 남아 있다.

가와지에 의해 선발된 사람은 나카하라를 포함한 경감, 경정 등 9명과 그 밖의 순경 6명, 서생 등 모두 23명인데, 그 중에 사학교의 기관지라고 할 수 있는 평론신문의 기자였던 다나카 나오야(田中直哉)가 끼어 있었다는 것이 기이한 느낌을 준다.

다나카는 신문사에 있을 때부터 경시청의 밀정이라는 소문이 높았다. 메이지 9년 5월에 퇴사해서 잠시 귀향했는데 곧 상경하여 이 조직에 가담했다. 다나카의 존재는 줄곧 밀정을 쓴 그 시대의 치안행정의 구조를 상징하고 있다.

보통 밀정이란 것은 정치의 그늘에 있는 소모품 정도로 여겨진다. 확실히 이 23명의 '밀정'은 거의가 사학교 학생들의 '사자 사냥'에 의해 붙잡혀 밀정이라고 하는 윤리적으로 지탄받을 짓을 했다는 이유로, 인격을 유린당하는 감금과 고문을 받았다.

밀정을 사용한 정부측도, 보통 같으면 소모품 정도로 그들을 대하므로 뒷날 그 신분이 보장되는 일은 별로 없었을 것으로 생각되는데, 현실은 그와 달랐다. 그들 몇 사람은 뒷날 관리로서 나름대로 출세했던 것이다.

훨씬 훗날의 일이지만, 나카하라는 후쿠오카 현 경찰국장이 되었고, 스가이를 비롯한 여러 사람이 현지사가 되었으며, 안라쿠 가네미치(安樂兼道) 같은 사람은 네 번이나 경시총감을 지냈다.

그들 밀정의 훗날의 승진에 대해 사학교파에 동정적인 《세이난 기전(西南紀傳)》의 필자는 이해하기 어렵다고 말하고 있다. 《세이난 기전》에서 그 대목의 글을 뽑아 싣는다.

'만일 사이고 암살이 철두철미하게 정부의 뜻이 아니고, 나카하라 무리들의 행동이 정부의 명령에 완전히 위배되는 것이었다면, 정부는 어째서 메이지 10년 이후에 자객의 혐의를 받았던 나카하라 이하의 무리들을 배척하지 않고 임용했겠는가.'

'나카하라 이하의 무리들은 사실에 있어서 10년의 대란을 선동한 공로에 보답을 받은 것이 아닌가.'

'물론 자객의 혐의자 중에서도 쓸만한 인재가 적지 않았기 때문에 정부가 임용했다는 것은 절대적으로 부인할 수는 없는 일이지만, 그 뒤 거리낌 없이 자객 혐의자의 중심인물들을 임용했다는 것은 정부가 그들을 임용하지 않으면 안 될 어떤 특수한 내막이 있었음을 의심하지 않을 수 없다.'

그들 밀정의 임무가 설사 사학교 학생들이 말하는 것처럼 사이고 암살에 있던 것이 아니었다고 하더라도, 유세나 이간을 목적으로 하고 있다는 것은 정부도 후에 인정한 바 있다. 유세와 이간이 사학교 학생들의 도발을 부추겼고 그것이 세이난 전쟁의 직접적인 원인이 된 것은 확실하다. 정부가 그런 그들을 뒤에 임용한 것은 도발한 그들의 공로를 정부가 인정했다고 보아야 마땅하다고 《세이난 기전》의 필자는 논하고 있다. 바른 평론이라고 할 수 있을 것이다.

그들 23명의 인선을 가와지가 일일이 한 것 같지는 않다.

나카하라가 진술한 것을 종합하면 가와지는 우선 나카하라에게 자신의 의도를 털어놓고, 그 뒤 나카하라가 동지를 물색하여 찬동을 얻은 동지의 이름 하나하나를 가와지에게 고하고 그의 승인을 얻는 순서를 밟았던 것으로 생각된다.

가와지가 얼마나 철두철미하고 집요한 성격이었던가 하는 것은 이들 '귀향자'에 대해 그 임무의 목적과 의의를 분명하고 철저하게 설명했을 뿐 아니라, 그 임무에 기꺼이 목숨을 걸 각오를 하도록 철저하게 교육시킨 점이다.

그 교육에 대해 살펴보자.

가와지는 일동을 모아 놓고 자기 생각을 반복해서 말한 다음, 그들을 고무시키기 위해 상급 무사들이 수백 년 동안 향사를 멸시해 온 것을 말했다.

"여러분은 그에 대한 분노를 생각해야 한다. 나아가서는 여러분이 각자 고향으로 돌아가 친척과 친구들을 설득시킬 때도 그들에게 그 분노를 떠올리도록 만들어라."

그는 그 부분을 특히 강조했다. 시골의 졸개 신분이었던 가와지에게는 소년시절 상급무사에게 시달렸던 기억이 생생한 만큼 그의 말투는 절로 격렬해졌을 것이다.

가와지는 교사가 학생에게 강의하듯 자기 말을 모두에게 받아쓰게 했다.

'사람으로 태어나서 자주독립의 권리가 없이, 자기 평생의 이해를 남에게 맡겨 두고 끌려 다니는 것은 소와 말이나 다를 것이 없다.'

가와지의 이 말은 이들 23명에 대한 교육을 목적으로 한 것만이 아니고, 이들 23명이 귀향하여 그곳 향사들을 설득할 경우의 논법을 가르친 것이다. 가와지가 말하는 자주독립이란 것은 구미 문명을 성립하고 있는 기본적인 생각이며, 동시에 가와지 자신이 알고 있는 정부의 문명사상이기도 했다.

그 말 가운데 '남에게 맡기고'라고 한 남이란 상급무사들을 가리킨다. 향사들이 상급무사들에게 고삐를 내어 줌으로써 자기의 평생을 통한 이해까지 내맡기고 있는 것은 소와 말이나 다를 것이 없다는 것이다.

"그대들은 아직도 케케묵은 관습을 벗지 못하고, 전 상급무사들에게 속아 소와 말처럼 그들에게 천시를 받을 뿐만 아니라, 마침 천하의 큰 죄에 빠져들려 하고 있다. 우리는 이를 알고 차마 가만히 있을 수가 없다."

가와지는 같은 뜻의 말을 되풀이했다.

"아무리 식견이 없는 향사일지라도 오늘과 같은 시대에 독립할 생각이 없이 여전히 상급 무사에게 천시를 당하는 것보다 더 큰 죄가 있겠는가. 또 지난날 근위군 때의 일이 생각나지 않는가. 그런데 오늘날 또다시 속을 뿐만 아니라 그들과 함께 정부에 대해 역적의 이름을 들으려 하고 있다. 한심한 일이 아닌가."

가와지는 사학교 학생들이 저마다 외치고 있는 반란에 대한 내용을 밀정을 통해 충분히 알고 있었다.

23명의 귀향자들이 각각 고향에서 사람들을 설득할 경우, 사학교가 생각하고 있는 반란 계획이 성공할 리가 없다는 것을 가와지는 면밀하게 가르쳤다. 그 내용은 '가와지 대경시의 훈시 사항'이라 하여 일동이 필기했다.

1. 가고시마가 군대를 일으키면 과연 일본 전국을 칠 수 있을 것인가.
1. 가고시마가 세상에서 가장 강하다고 간주하여 과연 안심할 수 있을 것인가.
1. 만일 일본 전국을 무너뜨린다면 그 뒤 사학교 사람들 가운데 천하를 다스릴 만한 사람이 과연 있는가.

제3항의 인재에 대해서는 정부가 인재들을 거의 흡수하고 있기 때문에 사학교의 인재를 가지고는 통치할 수 없다는 것을 가와지는 말한 것이리라.

1. 군대를 일으켜 나오려 한다면 그만한 준비가 과연되어 있는가.
1. 군대를 일으켜 나온다면 당장 도쿄로 타고 올라올 배가 과연 있는가.
1. 육로로 온다면 구마모토를 과연 통과할 수 있는가.

1. 싸움에 있어서 부상병이 발생했을 때 과연 죽게 버려 두지 않고 치료할 수 있는가.

대목마다 과연, 과연, 하고 말하고 있는데 결국 가와지의 대답은 이런 것이었다.

"그런 가능성은 사학교에는 없다"

또 사학교 군이 도쿄로 올라오는 데 있어서, 사학교 측의 기대와 관측으로는 각지가 당장 호응하여 그 기세가 눈사람처럼 커지리라는 것인데, 가와지는 그 같은 일은 있을 수 없다는 것이었다.

이 점에 대해서 각지의 정세를 설명했다.

가와지는 사학교를 중심으로 모든 고향 사람들이 오쿠보와 자신을 미워하고 있다는 것을 잘 알고 있었다.

이것이 도무지 이해가 가지 않을 뿐만 아니라 고향 사람들에게 미움을 받는다는 것이 뼈에 사무칠 정도로 안타깝게 생각되었다.

'일찍기 미움을 받고 있는 오쿠보에게 무슨 죄가 있는가. 외국에 대한 공(功)은 사이고를 앞서고 있다. 그런데 무엇을 탓하려 하는가. 그 밖에 요로(要路)에 있는 누구를 탓하여 치겠다는 것인가. 저들 사학교당이 오늘날 사람을 미워하는 것은 모두 질투다. 정부를 비방하는 것은 자격지심 때문이다. 왜냐하면 미워할 만한 잘못은 전혀 없기 때문이다.'

나아가 가와지는 자신이 미움을 받고 있는 것에 대해서도 언급하고 있다.

'사학교가 대경시(가와지)를 미워하는 것은 무슨 죄가 있기에 그러는 것일까. 당시의 신문을 보라. 어느 날이고 대경시를 칭찬하지 않는 날이 없다. 그런데 사학교 혼자서 이를 미워한다는 것은 그 증오심이 옳지 못하다는 것을 대변하는 바이다.'

'혹은 사학교당은 말한다. 이번 일만은 다만 사력을 다해 간악한 관리를 칠 뿐, 절대로 정권을 빼앗으려는 것이 아니며, 백관은 마땅히 사람을 골라 써야 할 것이라고. 아아, 이 말이야말로 참으로 방자하다고 할 수 있다. 스스로 정권을 잡을 가망이 없고 또 스스로 다스릴 능력도 없이 다만 난을 일으키려 하니, 이를 뭐라고 할 수 있겠는가.

3천 5백만의 양민을 보호함에 있어, 만일 간악한 관리를 제거하려 한다면, 어디까지나 정부에 맡겨 두는 것이 옳은 일이다. 그런데 그 살육을 강행하려 함은 다른 뜻이 있는 게 아닌가. 결국 저들은 질투심으로 인한 사사로운 원한을 풀고자 하는 것이다. 천하에 누가 이 같은 역적을 편들 것인가.'

나카하라 등 귀향할 경찰관은 11월 하순부터 12월 말에 걸쳐 자주 모였다. 그 마지막 모임은 12월 26일 가와지의 옛날 집에서 있었다.

그 가운데 한 사람이었던 2등 순경 이타미 지카쓰네(伊丹親恒) 순경의 수기에 따르면 이것은 가와지 혼자만의 명령이 아니었다.

가와지의 상관인 내무대신 오쿠보의 비밀명령이었다고 한다.

'나는 가와지 대경시에 의해, 당시 경시청 경감이었던 다카사키 지카아키(高崎親章)를…… (중략)……통해 20명과 함께 오쿠보 내무대신의 소집으로 비밀지시를 받았다.'

그는 수기에서 말했다. 오쿠보의 비밀지시에 대해서는 '그 중요한 점에 대해 말하기를'이라는 표현을 사용하고 있다.

'가고시마 사학교당의 방자함이 점점 노골화되고 있어, 정부도 이제는 이에 대해 본격적인 대응을 생각하고 있지만……그대들은 부디 가서 이를 이해시키고 설득시키되, 어디까지나 대의명분으로서 하라.'

이 일에 오쿠보가 오히려 적극적으로 관여했음을 알 수 있다.

가지키 쓰네키(加治木常樹)는 가고시마 성 밑 거리에서 시를 짓는 청년이었다. 그는 뒤에 세이난 전쟁에 종군하여 전투 중 분대장과 소대장을 지냈고, 다바루자카(田原坂)와 기치지고에(吉次越)에서 싸우고, 엔타이지 산(圓臺寺山) 전투에서 부상당하여 후송되었다. 다시 다음 단계의 가고시마 부근의 전투에 참가했고, 시로야마(城山)의 함락과 함께 관군에 잡혀, 1년 간 복역하였다. 한때 후쿠오카 현의 경감을 지냈으나 곧 그만두고 도쿄로 나와 평생을 와카(和歌 : 일본 고유의 시)의 선생을 하며 보냈다.

가지키는 메이지 말기부터 자신이 참가한 세이난 전쟁을 사쓰마 군의 입장에서 집필하여, 《사쓰난 혈루사(薩南血淚史)》를 1812년에 간행했다. 이 전쟁에 대한, 사쓰마 측의 증언이 될 수 있는 저작 가운데 가장 정밀하고 분량이 많은 것이다.

그 가지키가 경시청의 귀향단 20여 명을 '흉도'라고 부르고 있다. 그는 훗날 지방경찰이기는 하나 경감까지 지낸 사람이므로, 말하자면 집권 측의 감각도 모르지 않았을 터지만 그런 가지키마저도 흉도(암살자)라고 불렀던 것이다. 가지키는 사변 후 30년 이상이나 지나 정부 측의 증언도 들었을 터인데, 그래도 여전히 이 귀향단이 암살자였다고 믿는 점에 깊은 의혹이 있다고 할 수 있다.

사쓰마 인으로 줄곧 관계(官界)에 있으면서 출세한 사이고의 옛 친구 요시이 도모자네(吉井友實)는 이렇게 말했다.

"세이난 전쟁에 불을 붙인 사람은 에비하라의 평론신문이다."

평론신문은 가와지가 경찰관을 귀향시키려고 결심한 초기단계에 냄새를 맡아 그것을 암살자로 보고, 가고시마 읍내의 유력자에게 알렸다.

'메이지 9년 11월 중에 유언비어가 있었는데, 정부가 비밀리에 가고시마로 자객을 보내 사이고 대장을 암살하려 한다는 것이다.'

가지키가 쓴 '유언비어'란 이 평론신문에서 나온 정보였는지도 모른다.

이 풍문에 사학교 생도들이 놀라서 나가야마 야이치로, 후치베 군페이, 헨미 주로타, 다카기 시치노조(高城七之丞), 고노 가즈이치로, 그리고 사이고의 동생인 고헤(小兵衛)가 모여 의논한 결과, 사이고에게 이를 알릴 필요가 있다고 판단하여 고헤를 통해 사이고의 귀에 들어가게 했다. 사이고는 "그래?"하며 그저 웃기만 했다고 한다.

가지키의 이 같은 기억이 틀림이 없다면 이 '풍문'이 가고시마에 들어온 것은 11월 중이다. 귀향단이 가고시마로 들어온 것은 1월 6일에서 15일 사이의 일로, 사학교에서는 벌써 '아즈마 사자'라는 말도 생겨서 만반의 준비를 갖추고 그들이 오기를 기다리고 있는 상황이 아니었을까.

"가와지 대경시가 오쿠보의 지시를 받은 것으로, 사이고를 암살하기 위한 자객 20여 명을 가고시마 현에 보내려 하고 있다."

이런 풍문을 사이고가 친동생인 고헤로부터 들은 것은 히나타 산 온천에서였다. 가지키의 글에 따르면 이때 사이고는 이렇게 말했다.

"얼마 전부터 이런 일이 있을 것을 미리 알았다. 과연 때가 온 것인가. 설사 내가 암살당한다 해도 무슨 상관이 있겠느냐?"

사이고라면 이 정도의 이야기는 당연히 했을 것이다.

막부 말기에 사이고는 암살에 대해서는 경계를 게을리 하지 않았다. 그는 교토에 있을 때 사쓰마 번저 외에 기거한 일이 없었고, 외출 때는 기리노 등 몇 사람의 검객들을 경호원으로 반드시 데리고 다녔다. 사이고는 소년시절 씨름을 하다가 팔을 다쳐 무술을 익히지 못했으므로, 자기 자신을 지킬 기술을 지니지 못했다. 그러나 위에서 말한 것처럼 위험을 피하려는 배려 그 자체가 일류의 무술가였다고 볼 수도 있다.

이때도 그 소식을 전해 듣자, 사이고는 하인과 사냥개 세 마리를 데리고 여관 사람에게 행방도 알리지 않고 히나타 산으로 떠나고 말았다.

배를 타고 사쿠라 섬을 돌아, 다시 가고시마 만을 남쪽으로 내려가서, 오스미 반도(大隅半島) 끝 쪽에 가까운 고네시메(小根占)란 해안 마을로 들어가 히라세 주스케(平瀬十助)라는 사람의 집에 투숙했다.

오스미의 고네시메라는 곳은 구석진 마을이다.

그러나 전국 시대 말기에는 지방 호족이 성과 무사단을 가지고 번창했고, 또 고네시메란 큰 강이 바다로 흐르고 있는데 그 하구는 큰 배가 닻을 내리기에 좋았으므로 옛날에는 중국배도 드나들었고, 중국인 집도 있었다고 한다.

가와지가 파견한 '귀향단' 가운데 앞서 말한 23명 외에 고네시메의 향사인 마쓰야마 신고(松山信吾)라는 사람이 있었다.

그의 담화 속기에 따르면, 그는 다른 동료들과 함께 1월 11일 기선을 타고 가고시마 읍내에 도착하여, 며칠 뒤 고네시메의 자기 집에 돌아왔다.

이 소식이 경찰서장 노무라 닌스케에게 들어갔다. 닌스케에게 알린 것은 닌스케의 친동생인 가세다 가게쿠니(加世田景國)였다. 고네시메의 사이고를 노리는 자객일 거라고 해서 닌스케는 동생에게 사냥꾼 옷을 입혀 사이고 모르게 그의 호위를 맡게 했다. 사이고가 알면 싫어할 것을 알고 있었기 때문이다.

오스미의 고네시메라는 해변의 벽촌이 갑자기 사학교의 정보기관(가고시마 경찰서)에 있어서 중요한 지명이 되었다. 고네시메에는 사이고가 있다. 그곳에 자객이 향했다는 정보는 예사로운 일이 아니다.

서장인 노무라는 불안했다. 당초 동생인 1등 순경 가세다 가게쿠니만을 사이고의 경호원으로서, 사이고가 눈치 채지 않도록 보내기로 했던 것인데, 그래도 마음이 놓이지 않아 따로 두 사람을 더 보냈다. 1등 순경 시부야 쇼이치와 2등 순경 사가라 겐이치(相良研一)다. 이 두 사람도 사냥꾼 차림을 하게 했다.

두 사람을 떠나보낸 것은 노무라의 자택에서였다. 마침 출발하려는데 부근의 사학교 학생들이 30명이나 노무라의 집으로 몰려왔다. 뭔가 정보가 있나 해서였다.

노무라는 두 사람이 변장하고 집에서 떠나는 것을 그들이 눈치 채지 않도록하느라 무척 고심했다고 한다.

이 사실로 두 가지 사정을 짐작할 수 있다.

고네시메에 사이고를 노리는 자객인 듯한 사람이 하나 잠입했다는 것을 만일 장정들이 알게 되면, 그들이 흥분해서 어떤 소동을 벌일지 모른다. 노무라가 사학교의 치안담당계로서 항상 현 안의 진정에 힘쓰며, 쓸데없이 그들을 선동하는 일을 피하고 있는 것을 상상할 수 있다.

또 하나는 노무라의 자택에 정보를 얻기 위해 30명이나 되는 장정들이 몰려오고 있다는 현상이다. 밤중에 장정들이 떼를 지어 돌아다니는 현상은 가고시마 읍내의 열기가 대단하다는 증거일 것이다.

가와지가 보낸 귀향단의 한 사람인 마쓰야마 신고가 고네시메로 돌아온 것은 사이고를 죽이기 위해서가 아니고, 그가 우연히 고네시메가 고향이었던 것에 지나지 않는 것 같다.

마쓰야마 신고가 고네시메에 있는 동안 사이고에 관한 소식을 파악했다.

'내가 집에 돌아간 지 1주일쯤 지났을 무렵, 사이고 씨가 하인 하나를 데리고 우리 고을에서 사냥을 하고 있었다.'

그는 이렇게 쓰고 있다.

사이고의 고네시메 체류는 사학교에서도 일부 간부들만이 알고 있는 사실이었는데, 경시청의 마쓰야마가 이처럼 자세히 알고 있는 것이다. 태정관 정부가 얼마나 무서운 존재였던가를 이 일로도 알 수 있다.

'뒤이어 헨미 주로타도 왔는데, 30일에 함께 다카스(高洲)를 향해 떠났다.'

이 말도 전해지고 있다. 30일이란 날짜가 정확한지 어떤지는 알 수 없지만, 아무튼 마쓰야마가 열심히 풍문을 모으고 있는 모습을 상상할 수 있다. 또 노무라 닌스케가 파견한 사이고의 호위자 가세다 가게쿠니가 고네시메에 온 것에 대해서도 민감하게 파악하고 있었다.

'당시 사이고보다 하루 늦게 가세다 외에 두 사람이 왔다.'

이 기록은 사실과의 관계에 있어서는 거의 틀림이 없는 것 같다.

아무튼 마쓰야마의 천척 중에 구키야마 소타(久木山早太)라는 향사가 있었는데 사학교에 들어가지 않았다. 구키야마는 사학교의 무리들을 조잡하다 하여 싫어했는데 마쓰야마에게 이렇게 말한 모양이다.

"사학교 패들은 툭하면 오쿠보를 간물(奸物)이라고 하는데, 그 이유에 대해선 말하지 않고, 무조건 그 때문에 죽여야 한다고 말한다. 후쿠자와 유키치도 간물이라고 한다. 왜냐하면 공화정치를 주장하기 때문에 죽여야 마땅하다고 한다."

사이고의 사상은 별개로 치고 사학교의 일부에서는 후쿠자와가 도쿄의 새 사상을 대표한다는 이유로 그를 죽여야 한다고 생각하는 듯하다.

결국 사학교의 사상이란 것은 사이고가 항상 이들과 떨어져 있고 따로 뛰어난 지도자가 없기 때문에 충분히 성숙하지 못하였으니, 막부 말기 이후로 공연히 왕성하기만 했던 지사 기분에 넘치고 있었던 것이리라.

고네시메에서 사이고가 히라세 주스케의 집에 머물러 있었다는 것은 앞에서 말했는데, 주스케는 덩치가 큰 사람으로 늘 산증(疝症)을 앓고 있었다. 뒤에 난이 일어났을 때 주스케가 사이고에게 종군을 원하자 사이고는 "그보다도 산증을 고치게"라며 단념시켰다고 한다.

이 히라세의 집에는 사이고가 일찍이 메이지 8년(1875) 3월과 9년 정월에 온 적이 있으므로 이번이 세 번째였다. 주스케의 딸 후네가 이때 14세였는데 그녀는 잘 기억하고 있어서 이런 말이 전해진다.

"약 10일쯤 묵었는데 시중을 들던 사람은 헨미 주로타와 야타로(하인)였습니다."

사이고의 생애에 있어서 이 고네시메에서의 사냥이 마지막이 되었다.

늙은 것이 사냥으로 여생을 위로하며
미친 듯이 바보처럼 구름을 밟고 다녔네
토끼를 잡아 개와 함께 한가히 쉬고 있으면
차가운 소나무가 푸르름을 자랑하고 저문 구름이 가로지르나니.

사이고의 이 시도 아마 고네시메에서 지은 것 같다.

그들은 과연 암살단일까.

아무튼 현으로 들어온 나카하라 등 경시청의 경관들은 각자 자기 향리를 근거지로 활약을 개시했다. 속은 알 수 없지만 표면의 목적은 일반 사족들과 사학교를 이간시키는 데 있었다.

그들은 친척과 옛 친구 등 연고가 있는 사람을 찾아다니면서 가와지의 훈시를 바탕으로 설득했다.

"사학교 따위에 들어가는 것은 사람다운 것을 버리고 소나 말이 되는 것이다. 소나 말이 되어 부림을 받고 싶은가."

열광적인 사학교당은 피하고 새로 사학교에 들어가려는 사람과 애매한 기분으로 학교를 다니는 사람에게 뜻을 바꾸라고 권했다. 소니 말이니 하는 것은 가와지가 지니고 있는 새 시대의 인권사상 냄새가 나지만, 그것만으로 이 시대의 시골 청년들을 설득하는 것은 무리였다.

여기에 덧붙여 재래의 존왕양이 사상을 가지고 설득하는 편이 옳고 그른 것이 분명하다고 하는 배려도 짙게 움직이고 있었다.

나카하라는 품속에 가와지가 말한 5개조의 주의 사항을 넣고 다녔다.

이 5개조는 나카하라가 고향 사람들을 설득하기 위한 원안이라기보다 가와지가 나카하라 자신을 분발시키기 위해 타이른 것으로, 나카하라는 그것을 수첩에 베껴 가지고 다녔다.

이 수첩은 뒤에 나카하라가 사학교에 체포되었을 때 압수되어 사학교의 대부분의 사람들이 이를 펴 보았다.

문면(文面)은 어딘가 처절한 기분이 들고 보기에 따라서는 섬뜩한 느낌마저 든다.

1. 관직에 있는 사람은 각각 그 직책을 위해 죽어야 한다.

1. 관직은 원래가 칙명이다. 칙명을 받들어 역적을 무찌르는 데 무엇을 의심할 것인가.

1. 칙명을 받들어 죽음을 바친다. 이보다 더한 영광이 또 어디 있겠는가.

1. 예부터 칙명을 지키고 역적이라 비난받은 사람은 없다.

1. 그러므로 말한다. 죽음으로써 직책을 다하는 사람은 항상 두려운 적이 없다. 왜냐하면 사방이 다 역적의 들판이 되고, 큰 적이 나를 에워싸더라도 왕명이라는 대의명분을 받들고 죽음으로써 이를 관철하는 것을 목적으로 하기 때문이다.

오쿠보의 정부는 문명개화를 이룩해 가는 권력조직인 동시에 한편으로는 사족들의 지지를 많이 얻지 못하고 있으므로 천황이라는 고대적인 권위를 짙게 내세울 수밖에 없었다. 그것을 내세움으로써 반정부주의자를 '역적'으로 보고, 천황을 떠받드는 자기 쪽이 '왕명'을 받들고 있다고 하는 메이지 국가의 기본적인 성격이 여기에도 나타나 있다고 할 수 있다.

그러나 '귀향 설득'이라는 조용한 임무를 띤 사람이 이토록 처절한 마음가짐을 할 필요가 있을까 하는 의문이 남는다.

사학교가 말하는 '아즈마 사자'들은 귀향해서 각지로 흩어진 즉시 사학교의 경계 대상이 되었다.

단순한 경계가 아니라 사이고를 암살하려는 흉도로 보고 있었다.

그에 대한 대책은 주로 다음 사람들이 모여 상의했다.

나가야마 야이치로

후치베 군페이

사이고 고헤

다카기 시치노조

고노 슈이치로

헨미 주로타

말하자면 이들은 대책위원회라고 할 수 있다. 이들 가운데 헨미와 같은 과격한 혈기를 지닌 사람이 섞여 있었던 것은 알맞은 구성인 것 같다. 그러나 나가야마처럼 장자(長者)의 인품을 지니고 사학교와는 동떨어진 사상을 고수하며, 나아가서는 헨미를 붙들고 사학교식의 단순하고 과격한 기풍을 타일러 온 인물이 들어 있었다는 것은 오히려 이상한 일이라 하겠다.

나가야마가 걱정이 되어 자진해서 위원장 역할을 하게 되었는지도 모른다. 사이고의 친동생 고헤도 온후한 성격이다. 그가 여기에 들어 있었던 것은, 형의 암살 운운하는 사태인 만큼 육친으로서 가담한 것이리라.

다카기도 경솔한 사람은 아니다. 그의 집안은 사쓰마에서도 이름 높은 집안으로 일찍이 1천 석이 넘는 집안이기도 했다.

다카기는 보신 전쟁에 종군했을 때 지금 문제가 된 나카하라를 부하로 데리고 있었던 적이 있다.

상급무사로 불리는 가고시마 읍내의 사족들은 시골 향사인 나카하라를 알지 못했다. 다카기가 그를 안다는 이유로 말하자면 집행위원 역할을 하게 된 것이다.

"나카하라는 굳센 사람이다."

이런 말을 다카기는 전부터 해 왔다.

가와지가 나카하라를 '아즈마 사자'의 우두머리 격으로 삼은 것은 지극히 당연한 것이라고 그는 생각했다.

아무튼 나카하라와 무리들이 자객인지 아닌지를 확인해야 했다.

확인하는 방법은 첩자에게 첩자를 보내는 것이었다.

다니구치 도타(谷口登太)가 등장한다.

그는 가고시마 읍내에서 서북쪽으로 12킬로 떨어진 산골 마을에 살며 대대로 졸개 신분이었다.

"나카하라에 첩자로서 접근시키는 데는 다니구치가 적격이다."

이런 결론이 내려졌다.

다니구치가 뒤에 규슈 임시재판소에서 진술했다는 속기록에는

'나는 특별히 동기도 없다. 농사일만 하고 있었는데……'

이렇게 말했듯이 얼마 안 되는 논밭을 가꾸며 가난하게 살고 있었다. 사학교에는 들어가지 않았는데, 사람들이 그 이유를 물으면 대답은 이랬다.

"우리 집에서 가고시마 읍내까지는 30리나 된다. 사학교에 다니려면 도시락도 필요한데 그것을 싸기 어려울 만큼 가난하다."

다른 뜻이 없는 정직한 이유였음이 분명하다.

다구니치는 1933년 2월 18일에 89세의 나이로 죽었는데, 메이지 10(1877)년 당시에는 33세였다. 그 무렵의 나이로 보면 결코 젊지 않았다.

그는 메이지 7년 대만 전쟁 때 지원병으로 종군했다가 돌아온 뒤로는 다시 농사꾼으로 돌아갔다.

그는 보신 전쟁 때는 '병기대'에 소속되어 종군했다. 병기대는 졸병만으로 편성된 부대로 그 안에 나카하라도 있었다. 말하자면 옛날 전우였다.

"첩자로는 다니구치가 좋겠지."

이런 말이 나온 것은 그 때문이다.

다만 상급무사들과 다니구치 사이에 교우관계가 없었기 때문에 다리 역할을 할 사람을 찾던 끝에 옛날 전우였던 두 사람이 눈에 띄어 그들로 하여금

다니구치를 설득하게 했다.

그가 이 첩자 일을 받아들인 것은 무엇 때문이었을까. 상급무사들의 명령이면 무조건 따르던 옛 관습에서였을까. 아니면 먹고 살기에 바빴던 그는 이것도 하나의 생활방편으로 삼고 있었던 것일까. 혹은 사이고의 위기를 구하는 것은 너의 분투와 노력에 달렸다는 식으로 설득을 당했기 때문일까.

아무튼 그와 또 한 사람 비슷한 경력을 지닌 고다마 군지(兒玉軍治)라는 사람이 사학교의 첩자가 되었다.

다니구치와 고다마는 히오키 군(日置郡)의 읍 소재지인 이주인(伊集院)으로 떠났다. 1월말의 일이다.

나카하라는 자기 집에서는 기거하지 않았다. 그에게는 동생이 있었는데 그가 열광적인 사학교 당이기 때문에 이주인의 한 장사꾼 집을 빌려 묵고 있었다. 두 사람은 그리로 찾아갔다.

오후 1시경의 일이다. 나카하라는 두 사람이 찾아온 것을 기뻐하며 소주를 대접했다.

모두 술꾼들이었으므로 실컷 마셨다.

다니구치는 이때의 면담 내용에 대해 뒤에 사학교에 보고서를 냈다.

나카하라의 태도에 대해서는 이렇게 쓰고 있다.

'전과 다름없이 차차 용건으로 들어가……'

다니구치가 준비한 용건은 나카하라에게 취직 알선을 부탁하는 것이었다. 사실 다니구치는 도쿄에 일자리라도 있으면 나가고 싶었지만 상경할 여비도 없는 상태였다.

나카하라는 속으로 꼭 안성맞춤인 녀석이 뛰어들었다고 생각했을 것이다. 그러나 그만 다니구치에게 속아 넘어가고 만 것이었다. 다니구치의 보고서에 따르면 나카하라는 이렇게 말했던 모양이다.

"경시청도 지금 마침 크게 확장할 계획으로 있으니까, 자네 일자리도 틀림없이 있을 걸세. 나도 힘이 되어 줄 테니 내가 도쿄로 돌아갈 때 같이 가세."

"그런데 사학교는 지금 어떤 상황인가?"

나카하라가 물었다.

"요즘 입교하는 사람이 수없이 많은데, 나처럼 입교하지 않는 사람은 이웃과의 상종에도 지장이 있으며 입교하지 않는다는 것만으로 온갖 혐의를 받기도 합니다."

다니구치가 대답했다. 이것도 사실이다. 이 당시는 사학교 측도 반 협박적으로 입교를 강요하게 되었다. 전쟁준비였던 것일까.

나카하라는 사학교가 대거 상경한다는 것에 대해 말했다.

"그것은 아마 벚꽃이 필 무렵이나 늦어도 5월이 될 테지. 참으로 사학교당은 돼먹지 않았어. 최근 정부의 육해군도 마침내 정비가 되었네. 사학교가 구마모토로 밀고 나온다 해도 진대의 병력을 쉽게 짓밟을 수는 없을 거야. 그러는 사이에 해군도 움직일 것이고, 가고시마 읍내의 마에노하마에 군함이 두세 척이 들어와 포격하면 사학교 같은 건 꼼짝도 못하네."

그리고 정부가 얼마나 강한가 다니구치에게 불어넣으며 그를 정부당으로 만들려고 애썼다.

나카하라는 원래 담박하고 호탕한 데가 있었다. 나아가서 그는 가와지를 완전히 믿고 있듯이 남을 잘 믿는 데가 있었다. 오래간만에 만난 다니구치를 완전히 믿어 버리고 마침내 자기의 비밀까지 털어놓고 말았다.

다니구치의 글을 직역하면 이렇다.

'서로가 사학교에 대해서는 남남이며, 모든 것이 다 한 뱃속이니까 이제는 숨겨 둘 필요도 없겠지. 다 말하겠다 하고……'

나카하라는 금방 얼굴빛을 바꾸고 자세를 바로 하더니 털어놓았다.

"나는 중대한 일을 명령받고 귀향했네."

세이난 전쟁의 직접적인 원인은 나카하라가 이렇게 자세를 바로 한데서 출발했다고 할 수 있을 것이다.

"기어코 사학교란 것을 무너뜨릴 방법을 시행하려는 것으로……."

나카하라는 말했다. 그는 또 덧붙였다.

"각 고을은 어떻게든 그것을 할 수 있어. 귀향한 경시청 사람들은 모두 향사로서 각 고을에서 활동하고 있네. 그러나 가고시마 읍내만은 어려워."

그래서 다니구치의 보고서에 따르면, 나카하라는 "사이고를 암살하겠네. 그러면 사학교는 깨지고 말지. 이어 기리노와 시노하라까지 죽이겠어. 그러면 나머지는 문제가 없어. 다행히 나는 사이고와는 면식이 있으므로 면회를 청해 찔러죽일 작정이야. 물론 사이고와 함께 죽으면 나로서는 후회는 없네"라고 했다는 것이다.

'무척 대담한 이야기였습니다.'

다니구치는 그 보고서에서 그렇게 말했다. 나카하라에 대한 이야기가 사실이라고 한다면 다니구치는 이야기를 들으면서 속으로 깜짝 놀랐을 것이 틀림없다.

다니구치의 보고서 속의 다니구치는 나카하라에게서 이 놀라운 '비책'을 들은 다음 말했다.

"이 같은 중대한 일을 내게 밝혀 주신 이상, 나도 당신과 함께 몸과 목숨을 바칠 수밖에 없습니다. 그러나 아무래도 일을 빨리 해치우지 않으면 때를 놓칩니다."

그리고 다니구치는 나카하라의 하숙을 하직했는데, 다시 되돌아와서 나카하라에게 다짐을 두었다.

"이렇게 된 이상 혹시 겁을 내는 것은 아니겠지요?"

나카하라는 대답했다.

"틀림없어. 안심하게."

다니구치는 다시 다짐을 두며 물었다.

"동지들이란 틀림이 없는 사람들인가요? 이건 큰일인 만큼 죽음을 결심한 사람들이 아니면 안 됩니다. 대체 누구누구입니까?"

다니구치의 동지다운 진지한 표정을 보고 나카하라는 더욱 안심했는지 한 사람의 이름만 들었다. 경정인 스에히로 나오카타란 이름이었다.

"언젠가 스에히로와 동지들을 소개해 주겠네."

이 말을 하며 나카하라는 다니구치를 물러가게 했다.

만일 사학교에 제출한 보고서를 다니구치가 지어낸 것이라고 한다면, 그는 아마도 놀라운 창작능력을 지닌 인물일 것이다. 그러나, 아무리 봐도 이렇다 할 교양도 갖추지 못한 농사꾼이 이런 상세한 내용을 과연 지어낼 수 있었을까?

사흘이 지나 나카하라의 편지가 다니구치의 집에 도착했다. 곧 와 달라는 내용이었다. 일부러 편지를 보낸 것이었다. 나카하라는 다니구치를 동지라고 완전히 믿은 것이리라.

다니구치가 나카하라의 하숙으로 가자 스에히로가 있었다. 그 밖에도 세 사람이 있었다.

그 자리에서는 별로 깊은 이야기는 없었다. 다니구치는 나카하라를 따라 나카하라의 본가에서 묵게 되었다. 나카하라의 집에서 다니구치는 귀향한 사람들의 이름이 적혀 있는 수첩을 찾을 수 있었다. 소노라, 안라쿠 등 열 네댓 명의 이름이 있었는데, 다니구치는 하나하나 이름을 정확하게 보고서에 기록했다.

다니구치는 세이난 전쟁에 종군했다가 막판에 관군에 붙잡혔다.

다니구치는 다음날 미야자키 재판소에서 신문을 받고, 그 뒤 가고시마, 나가사키로 보내졌다.

전범인 다니구치를 맡은 각 관청에서는 그를 학대하는 일이 없었고 오히려 후대한 모양이다. 정부는 사학교의 첩자인 다니구치가, 정부가 사이고 암살을 지시했는지에 대한 유력한 증언자임을 중요시하고 있었다.

다니구치는 마지막에 도쿄로 보내져 경시청 감방에 수용되었다. 여기서 세 번에 걸친 취조를 받았다. 이 당시는 사법권이 독립되어 있지 않고 경시청이 사법권을 다분히 겸하고 있었다.

다니구치는 여기서 문제의 '진술서'란 것을 쓰게 되었다. 내용은 한 가지만 제외하면, 사학교에 제출한 보고서 내용과 거의 같다. 그 한 가지라는 것은, 먼저 사이고와 담판을 해서 듣지 않으면 죽일 결심까지 했다는 것으로 암살이 목적은 아니었다는 것이다.

다니구치는 만년에 서로 다른 이 둘 가운데 어느 것이 진실인가에 대해 이런 말을 했다.

"사학교에 낸 그 보고서 쪽이 진실이다."

가지키가 메이지 말년에 그의 《사쓰난 혈루사》란 것을 쓸 때 다니구치를 찾아가 문답한 것을 실었는데, 이 문답이 글로 된 것을 다니구치가 읽고 나서 그 같은 말을 한 것이다.

이에 대한 사정도 얘기했다.

다니구치는 도쿄 경시청에서 세 번 재판관의 취조를 받았다. 첫 번째는 나카하라와 대질심문이었다. 거기서 다니구치는 끝까지 주장했다.

"당신은 분명히 사이고를 암살한다고 했다."

그러나 나카하라는 그런 사실이 없다고 우겨 2시간 가량 논쟁했다. 두 번째는 다니구치가 단독으로 취조를 받았다. 세 번째인 메이지 10년 12월 24

일에는 재판관이 "이것은 결론이 없는 것으로 하겠다"고 했다.

한편 다니구치는 세이난 전쟁이 진행되는 가운데 본영에서 일을 보며 군량을 조달하는 일을 담당했다. 이때 몇 차례 정부의 쌀을 약탈했다. 재판관은 이 일을 놓고 말했다.

"이 행위는 당연히 죄가 된다. 그러나 전쟁 중이므로 그럴 수도 있다고 할 수 있다. 그러므로 이 대목은 진술서에서 빼겠다."

이렇게 호의를 베풀고 나서, 어디까지나 그 대신이라는 듯이 다시 말했다.

"너의 조서는 쓸데없는 것들이 너무 길기 때문에 조금씩 깎아 짧게 만든다. 그 때문에 말한 것과 뜻이 달라지는 일이 있을지도 모른다. 그 점 미리 알아주기 바란다."

그래서 다니구치는 하는 수없이 재판관이 만든 진술서에 지장을 찍었다. 그러자 그 날로 석방이 되었다고 33년이 지난 뒤에야 가지키에게 말했던 것이다.

"다니구치 도타는 마지막에 관에 농락을 당해 먼저 한 말을 뒤집었다. 덕분에 경시청에서 좋은 옷을 얻었다고 한다."

세이난 전쟁에서 살아남은 간부의 한 사람인 고노 슈이치로는 후에 자주 이렇게 말하곤 했다. 다니구치는 세이난 전쟁이 터지는 데 직접적인 요인을 만들었으면서도 고향 사람들로부터 환대받는 존재는 아니었다.

다니구치가 경시청 안에서 협박을 받았다는 말도 있다. 다니구치는 처음에는 나카하라로부터 사이고 암살계획을 들었다고 완강히 주장했으나, 그러는 가운데 고향 사람인 경감이 조용히 찾아와서 타이르듯 말했다.

"고향 사람의 정으로 비밀리에 충고하지만 자네는 진술 여하에 따라 목숨이 사라질지도 모른다. 조심해서 잘 진술하는 것이 좋아."

이 말에 다니구치는 몹시 겁을 먹고 세 번째 진술을 하게 되었다고도 한다.

이야기를 처음으로 돌린다.

사학교의 첩자인 다니구치는 나카하라의 하숙으로 세 번째 찾아갔을 때, 다시 중대한 사실을 고했다.

뒤에서도 다루겠지만 이 전날 밤, 사학교 학생 20여 명이 소무다(草牟田)에 있는 화약고를 습격하여 탄약 600상자를 빼앗는 사건이 터졌다.

나카하라는 이 사건의 내용을 다니구치로부터 듣고 놀랐다. 다니구치는 진지한 표정으로서 물었다.

"사학교의 궐기가 머지 않았습니다. 당신은 사학교를 깨뜨리겠다며 나를 동지로 받아 주었지만 이젠 때가 늦었는지도 모릅니다. 아무튼 빨리 손을 쓰지 않으면 안 됩니다. 그러나 나는 유감스럽게도 소중한 동지들의 이름을 전부는 모릅니다. 이래서는 움직일 수가 없습니다. 가르쳐 주지 않겠습니까?"

나카하라는 마침내 가르쳐 주고 말았다. 다니구치는 하나하나 받아 적었다.

다시 나카하라는 '귀향단' 사이에서 함께 쓰고 있는 암호까지 가르쳐 주었다. 이 암호는 일종의 문학적——비평과 해학이 들어 있는——이란 점에서 통렬한 느낌을 준다. 만든 사람은 그 재능으로 보나 사학교에 대한 관점으로 보나 두 가지 측면에서 가와지가 아닌가 싶으나 상세한 것은 알 수 없다.

암호 중 '고래'는 해군을 가리키고, '설사'는 전신(電信)을 가리키며, 해군을 부르는 것을 '석탄을 때다'라고 하고, 사단에 출병을 청하는 것을 '농사를 시작하라'고 하는 것이 재미있다.

또 사이고를 '중'이라고 하고, 오야마 현령을 '지배인'이라고 하며, 사학교 학생들을 '멧돼지'라 하고, 시마즈 히사미쓰를 '흑사탕'이라고 했는데, 사이고는 머리를 박박 깎았기 때문일 것이고, 오야마는 현령이라기보다 사학교의 지배인으로 전락했다는 의미일 것이다. 또 시마즈 히사미쓰는 세련되지 못하다는 뜻에서 흑사탕이라고 했을 것이다.

다카기 시치노조는 가고시마 성 밑 거리의 우에노소노(上之園町)에 살고 있었다.

이 거리는 전에는 비교적 상급무사들의 집이 많았는데, 사쓰마 무사가옥 특유의 파란 돌담 길은 가랑비라도 오는 날은 가슴에 스며들 듯이 한적했다.

거리 동쪽을 고쓰키 강(甲突川)이 흐르고 있는데 다카기의 집은 이 강에 가까웠다. 또 고라이 다리(高麗橋)와도 가까웠다.

고라이 다리는 고쓰키 강에 놓인 돌다리로 우에노소노 거리에서 고라이 다리를 건너면 땅이 훨씬 낮아진다. 여기가 하급무사들이 사는 가지야 거리(鍛治屋町)이다. 이 거리에는 사이고와 오쿠보, 오야마 이와오, 도고 헤이하치로 등의 생가가 있다. 이 거리도 출신자가 정부파와 사학교파로 갈라져 있다. 포병의 운용에 대해 배우기 위해 프랑스에 유학했던 오야마는 귀국 후에도 벼슬에서 물러나지 않았으므로 정부파라고 할 수 있다. 도고는 영국 상선학교에서 해군을 배우기 위해 유학하고 있었으므로 정치 분쟁과는 관계가 없지만 집주인인 형은 사학교파였다. 사이고의 생가는 동생인 고헤가 집주인으로 되어 있었다.

다카기는 고헤와 나이도 비슷해서 사이가 좋았다. 고헤가 외출할 때 고라이 다리를 건너 우에노소노 거리로 들어갈 때는 가끔 다카기의 집에 들렀다.

다카기의 집이 가고시마 읍내에 사는 사학교 간부의 집회소처럼 되어 있었는데, 사학교 첩자인 다니구치가 나카하라로부터 '경시청 귀향단'의 이름과 숙소와 암호 등을 알아낸 날, 곧장 달리고 달려 저녁녘에 다카기의 집에 뛰어들었다.

다카기는 첩보 내용의 중대성에 깜짝 놀랐다. 사학교 간부들과 함께 다니구치의 보고를 듣기 위해 사람을 사방으로 급파했다.

모인 사람은 7, 8명 되었다. 한편 이날 아침에도 소무다 사건의 선후책을 강구하기 위해 이들은 다카기의 집에 모여 있었다.

시노하라 구니모토, 이케가미 시로(池上四郎) 등 사이고 다음으로 존경받는 사람들도 들어 있었고, 그 밖에 고노, 헨미, 후치베, 고헤도 부름을 받고 방으로 들어왔다.

사학교의 첩자인 다니구치로부터 최초의 보고를 받은 다카기 시치노조의 손자인 다카기 요시유키(高城義之)를 필자는 잘 안다.

그의 양해를 얻어 그가 나에게 보낸 편지의 한 대목을 소개한다.

'……사이고 옹의 한 마디를 믿고 나라를 위해 떨치고 일어나 규슈의 산과 들에 시체를 내던진 만 명의 젊은이들이, 단순히 거짓으로 꾸며진 사이고 암살미수 사건을 발화점으로 한 싸움에 쓰러졌다고 한다면 할아버지(시치노조)가 한 일은 보상할 길 없는 죄가 될 것입니다.'

이를 위해 그는 암살이냐 아니냐에 대해 일찍이 자료들을 조사해 보기도 하고, 소문을 들어서 아는 사람들을 두루 찾아다니기도 하며 가능한 한 조사를 했다고 한다. 그는 가와지가 암살을 지시했다는 확신을 가지고 있었다. 그러나 그러한 자기 확신을 남에게 강요하는 성품이 아니었다. 그는 필자에게 전화를 했을 때도 다만 이렇게 말했다.

"그날 밤 우에노소소노의 다카기 집 정경은 이러했습니다."

다카기 시치노조는 이때 31살로 아내는 젊었다. 이름을 데이라고 했다.

데이는 뒷날 남편이 전사했으므로 그에 대한 추억은 세이난 전쟁 전날 밤으로 농축되어 있어, 보고 들은 것은 자세히 기억하고 있었다. 그것들을 손자인 요시유키가 할머니로부터 자세히 들었다.

그날 밤 모임에서 데이는 사람들을 접대하기 위해 방을 드나들고 있었으므로 그 광경이 귀와 눈에 선했다.

방안에는 비장한 기운이 넘치고 있었다고 한다. 다같이 다니구치의 보고를 듣고 있었다. 특히 다니구치가 나카하라 경감과 말을 주고 받는 대목에 이르자 한 마디라도 거짓이 있으면 용서치 않는다는 분위기였는데, 개중에는 칼을 잡고 있는 사람도 있었다고 한다.

다른 자료에 의하면 그것은 후치베 군페이였던 것 같다.

요시유키의 할머니의 이야기에 따르면 "이케가미 시로 씨 같은 분까지 눈에 핏발을 세우고 있었다"고 했다.

이케가미는 사이고가 늘 장자방(장량) 같은 사람이라고 탄복할 정도로 생각이 깊은 사람으로 어떤 경우에도 냉정함을 잃지 않았다. 그런 이케가미까지 다니구치의 보고 내용에 충격을 받아 눈에 핏발이 섰다고 하니, 이날 밤의 분위기로 보아 날조와 같은 냄새가 풍기는 것은 아니었다.

이날 다카기의 집에 모였던 사람들은 '아즈마 사자'에 대해 대충 짐작은 하고 있었다. 그러나 다니구치의 보고 내용이 짐작을 훨씬 넘어설 만큼 처절했으므로 모두들 흥분했다.

"당장 베어버리자."

이렇게 외치는 사람도 있었다.

시노하라가 이를 제지했다.

"경솔한 짓을 해서는 안 된다. 우선 이 사실을 고네시메에 보고한 다음에 결정해도 늦지 않아."

고네시메에 보고한다는 것은 사이고의 의견을 듣고 그 명령을 기다린다는 뜻이다. 그것 자체가 보통 사태는 아니었다.

경시청이 사이고를 암살하려는 이상 사태는 결정적이므로, 이제 시노하라와 동지들이 마음대로 처리할 수 있는 일은 아니었다. 그러나 사이고의 명령을 기다린다는 것은 사이고로 하여금 최후의 결단을 내리도록 강요하는 일이 되는 것이다. 시노하라의 각오와 발언은 귀향단을 습격해서 죽이는 것 이상으로 무서운 것이었다.

고네시메에는 고헤가 가기로 했다. 그러나 시노하라의 의견만으로는 죽여 버리자는 측의 감정을 가라앉힐 수는 없었다.

"그들이 도망치면 어떻게 합니까?"

"도망치지 못하도록 사쓰마의 입구를 막으면 돼."

시노하라가 대답했다.

국경의 출입구를 막는 것은 3백 년 동안 사쓰마 번이 해 온 터라 손에 익숙한 일이었다.

이 시기에 귀향단이 사학교에 대해 불온한 목적을 가지고 사쓰마로 들어온 일에 대해 사학교가 현과 교섭하여 새로 순경 30명을 임시로 채용했다. 순경이라고 해야 모두 사학교 학생이었다.

그들을 각 현과의 출입구로 파견하여 큰길과 길목을 지키며 순찰하고 경계함으로써 귀향단이 현 밖으로 달아나는 것을 우선 막을 수 있었다. 이 모임은 그렇게 결론을 내리고 곧 현에 연락하여 그것을 명령하게 했다.

옛 사쓰마 번은 막부를 제외하면 사가 번과 함께 다른 번보다 훨씬 근대적인 병기와 탄약 보유량, 그리고 생산력을 자랑하고 있었다. 그 저장된 물건과 제조 설비는 그대로 새 국가에 귀속되어 육군성과 해군성에 이관되어 있었다.

병기제작소와 화약고가 가고시마 현 안에 일곱 군데 있었다.

기도 다카요시는 신푸렌의 난이 일어난 뒤 이런 주장을 자주했다.

"가고시마에 있는 병기, 탄약 제작제조소와 화약고를 오사카로 이전해야 하지 않겠는가."

각 지방에 있는 병기와 탄약을 오사카로 집중시켜야 한다는 것은, 세이난 전쟁을 예언한 오무라 마스지로의 유언이었는데, 기도는 오무라의 그 같은 구상을 생각해 내고 그렇게 주장한 것이다.

그러나 때는 이미 늦었다.

사이고가 육군 대장이라는 현직을 가진 채 귀향해 있었고, 근위장교를 중심으로 사학교당이 옛날 번을 능가하는 강대한 세력을 형성하고 있는 판국에 정부의 군사시설을 철거하게 되면 사학교의 감정을 자극시켜 도발하는 결과가 될 수 있었다.

기도가 이런 주장을 했을 때, 해군 차관 가와무라 스미요시(川村純義)는 극구 반대했다.

"마치 정부가 난을 꾸미는 것과 같은 일이다."

이 때문에 중지되고 말았다.

그런데 그것을 이번에 정부가 단행하게 되었다. 이런 결단은 오쿠보 자신이 했을 터이고, 또 나아가 나카하라 일행을 귀향시킨 일과 같은 시기의 조치였다.

모두 도발인 것에는 틀림이 없었다. 다시 말하면 이 도발은 결과적으로 그렇게 된 것이 아니고, 오쿠보가 처음부터 도발 요인이 된다는 것을 뻔히 알면서 단행한 것이다. 그것은 앞서 가와무라의 반대만 보더라도 충분히 알 수 있다.

정부는 1월 하순에 미쓰비시 회사로부터 빌린 기선 '세키류마루(赤龍丸)'를 파견하여 가고시마(鹿兒島)에 들여보냈다. 세키류마루에는 육군성 관리가 타고 지휘하고 있었다.

이 배의 선원이 각지에 산재해 있는 화약고와 병기고 문을 열고 배에 옮겨 싣기 시작한 것이다.

그 행동은 너무 비밀스러웠다. 밤에 많은 인부들이 소리 없이 움직여 해안으로 옮겼다.

화약 같은 위험물은 이 시대에도 대낮에만 운반하게 되어 있었다. 또 반출 반입 때는 현에 미리 알려 시간과 길을 지정해 두게 되어 있었다. 현청은 그에 따라 연도(沿道)의 주민에게 미리 알려 주의를 시키는 것이다. 또 화약을 운반하는 마차는 말 등에 사방 한 자의 빨간 기를 세우게 되어 있었다.

그러나 이번 정부에 의한 반출은 일체 그런 것을 하지 않았고, 현청도 이를 알지 못하게 깊은 밤에 작업을 계속했다.

이 일이 소문으로 퍼졌다. 당연히 사학교 학생의 격분을 샀다.

자객 문제로 가뜩이나 흥분해 있던 때이기도 했으므로 이를 방해하고 약탈하려고 젊은이들이 나서기도 했다.

후에 정부에 구금된 오야마 현령이 재판관에게 이렇게 말한 것은 당연하다고 할 수 있다.

"미쓰비시의 증기선이 화약을 싣지 않았으면 사학교당에게 화약을 빼앗기는 일은 없었을 것이오."

이런 상태에서의 도발은 이유가 무엇이던 간에, 그것이 정부에 의해 이루어졌을 경우에는 정치활동으로 보아야 할 것이다. 자객 문제이든 탄약 문제이든 세이난 전쟁의 도화선에 불을 붙인 것은 정부였다.

일은 1월 29일 밤에 벌어졌다.

가고시마 북쪽 교외에 소무다라는 마을이 있고 여기에 사학교의 분교가 있다. 이 분교의 생도가 가와미나 미쓰테루(汾陽光輝)라는 사람의 집에서 소주를 마시며 시국을 논하고 있었는데, 이윽고 정부의 화약 반출 이야기가 나왔다.

소무다에도 육군 화약고가 있었다. 마침 정부에 의한 사쓰마 토벌과 사이고를 암살한다는 소문이 쫙 퍼져 있을 때이기도 했다.

"정부가 벌써 그럴 생각으로 있다면 모름지기 기선을 잡아 이것을 우리 손에 넣어야 할 것이 아닌가?"

이리하여 자정을 기해 20여 명이 떼를 지어 화약고를 덮쳤다. 지키는 사람을 묶고 소총탄 6만 발을 빼앗았다. 그러나 사학교 간부들은 모르는 일이었다.

병기며 화약이 본디 사쓰마 번의 것이었으므로 사학교 학생들로서는 나라의 재산이라는 생각이 희박했다.

또 사학교에서는 각자가 서양식 총 한 자루와 탄약 얼마를 자기가 직접 사서 가지고 있도록 장려하고 있었다. 무사는 무기를 스스로 갖추는 것이 옛날부터의 관례였다. 그러나 이 무렵 서양식 총 한 자루는 30엔 정도였으므로 가난한 사족은 살 수 없었다. 또 탄약도 많이 사기가 쉽지 않았다.

그러나 일부 학생들의 머리에서는 이런 생각도 있었을 것이다.

'사지 않더라도 화약고에 얼마든지 있지 않은가.'

화약고를 습격한 분교 생도는 20여 명이라고도 하고 30여 명이라고도 한다. 탄약이 든 창고는 네 채가 있었다. 그 가운데 한 채를 열었다. 약탈한 탄약은 소무다 분교에 쌓아 두었다.

이날 밤 현 경찰에서는 사학교당인 아사에 나오노신(淺江直之進)이 숙직을 했다. 이른 새벽 화약고 감시원으로부터 보고를 받고 이 사태를 알았다.

아사에는 곧 상관인 나카지마 다케히코(中島健彦) 1등 경감에게 보고하는 한편 사학교 간부인 고노에게 급히 알렸다. 고노는 깜짝 놀랐다.

"그게 정말인가?"

그는 자기 무릎을 잡아 뜯듯이 꼬집었다고 하니, 이 새로운 사태가 무엇을 뜻하는지 알았을 것이다. 화약고 습격은 정부에 대한 공공연한 도전이며, 바꿔 말하면 정부에 사쓰마 토벌의 명분을 만들어 주는 것과 같았다.

이 소무다의 화약고 습격사건은 사학교 학생 20여 명이 소주에 취한 끝에 저지른 일이라고도 할 수 있지만 사학교 간부나 현 당국에 심각한 충격을 주었다.

30일 아침 이 보고를 받은 오야마 현령은 놀란 티를 내지 않았지만, 잠시 멍하니 말을 못했던 모양이다. 그는 손꼽히는 정치가인 만큼 그의 머리 속에는 전쟁이 벌어지는 장면이 떠올랐을 것이다.

오야마 현령은 곧 나카지마 경감에게 현장 조사를 명령했다. 감시원 입회 아래 현장을 검증한 그는 대충 범인을 알았다. 그러나 그는 범인을 체포하려 하지 않았다.

분노의 대상인 정부에 대해 그들이 실력으로 항의한 이상 그것을 범죄라고 할 수 없었던 것이다.

이 점은 현령도 마찬가지였다.

한편 이 일을 제일 먼저 안 고노는 곧 우에노소노에 있는 다카기에게 달려 갔다. 다카기도 심상치 않은 일이라 하여 앞에 말한 사람들에게 연락을 취했다.

그들은 곧 모였다. 1월 30일 아침이었다.

'이제 전쟁을 할 수 밖에 없다.'

모두들 이런 생각을 하였다. 이 사건을 계기로 정부가 탄압을 가해 온다. 적어도 범인을 잡아 넘기라고 요구해 올 것이다. 그것을 뿌리치려면 선수를 쓰는 수밖에 없다. 먼저 군사를 일으키려면 명분이 필요했다. 명분은 있다. 정부가 사이고를 암살하려고 자객을 보내왔다는 것이 분명해지기만 하면, 그것을 가지고 온 천하에 대해 정부의 잘못을 외칠 수 있다.

그 자리에는 과묵한 사람들만 다 모였다. 그러나 여러 말을 하지 않더라도 관측이나 의견은 일치했다.

'아즈마 사자'

"그들 전부의 이름과 묵고 있는 곳이 아직 분명치 않네. 다니구치에게 알아내도록 하세.”

이런 결론을 얻었다.

그리하여 다니구치의 보고를 듣는 저녁 모임이 다시 열리게 되었다. 두 사건의 전후관계는 이렇게 된 것이었다.

결국 이 ‘다카기 집의 모임’은 당초 소무다의 화약고 습격사건으로 인해 모이게 되었던 것이다.

옛 번에서 경영하던 조선소는 지금 해군성에 귀속되어 있었다. 함재포에 쓰이는 화약도 거기서 제조하고 있었다.

해군 조선소의 차장은 해군성에서 파견한 도사(土佐)인 스가노 가쿠베(管野覺兵衞) 소령이었다.

스가노 소령은 해군에서는 불운한 사람이었다. 그는 일찍부터 다케치 한페이타의 근왕당에 가담했고, 그 뒤 탈번해서 사카모토 료마의 해원대에 가담하여 해군에 종사했다. 료마의 사랑을 받고, 료마의 아내가 된 오료의 동생 오키미를 아내로 맞은 것만으로도 인연이 깊었다.

료마가 죽은 뒤 해원대는 힘을 잃었지만 스가노는 그래도 해군을 배우려고 유신 뒤 얼마 안 되어 미국에 유학했다가 5년 뒤에 귀국했다. 그는 해군에 대해 큰 포부를 가지고 있었다.

그러나 귀국해 보니 해군 인사는 사쓰마 인이 독점하고 있었고, 해군에 대해 아무 지식도 없는 패들이 고급사관의 간판을 얻어 해군성에서 거들먹거리고 있었다. 해군의 최고 직책인 해군 차관 가와무라 스미요시(川村純義)가 그러했다. 그는 육전(陸戰)의 지휘자이기는 했으나 배에 대해서는 아무것도 아는 것이 없으면서 메이지 2년 해군 국장이 되었다.

“자네, 해군이 되지 않겠나?”

그 당시 사이고가 권하는 바람에 그렇게 된 것이었는데, 사이고는 그의 지식의 유무보다도 그의 기량을 높이 샀을 것이다. 그러나 스가노로서는 어이없는 일이었다. 가와무라는 사이고의 친척이었다. 스가노가 보았을 때 그런 연줄로 인사가 이루어지고 있는 것으로밖에 생각되지 않았다. 사쓰마 인이라면 모두가 진저리가 났다.

‘뭐가 오쿠보이고 뭐가 사이고인가?’

스가노에게는 사학교의 주장도 너무 바보스러웠을 것이다.

스가노는 해원대 출신인 데다 미국에서 돌아왔는데도 40세가 다 된 몸으로 고작 소령에 불과했다. 군함 조종기술을 가지고 있으면서 함장도 되지 못하고, 가고시마 조선소의 차장으로 와 있었던 것이다.

거기에 소무다 화약고 사건이 터졌다. 스가노는 이것이 조선소에 파급될 것을 두려워했다. 이날 아침 현청으로 가서 오야마 현령을 만나 현에서 조선소를 보호해 달라고 부탁했다.

오야마의 대답은 분명하지 않았다.

스가노는 조선소로 돌아오자, 만일 사학교 생도들이 습격해 오면 화약을 물에 집어넣어 쓸 수 없게 만들 생각으로 그 준비를 했다. 스가노는 메이지 10년의 난이 끝난 뒤 곧 해군에서 나와 메이지 26년(1893)에 불운한 가운데 죽었다.

1월 29일 한밤중, 소무다에서 시작된 화약고 습격은 금세 다른 곳으로 번져갔다.

이튿날인 30일 자정, 사학교 학생들은 사카모토(阪元) 우에노하라(下之原)에 있는 육군 화약고를 습격했다. 사람의 수는 1천여 명이나 되었다.

그들은 네 곳의 땅속 창고를 부수고 대부분의 탄약을 꺼냈다. 운반에는 말과 마차를 쓰기도 하고 짐수레를 쓰기도 했다.

이른 아침 현령 오야마는 등청하던 도중에 이 운반 행렬과 마주쳤다.

"현청에 출두하다가 짐수레나 말로 대량의 탄약을 운반하는 것을 목격했는데 어느 곳으로 가는 것인지를 알 수 없었다."

그는 말했다.

31일 밤에는 더욱 확대되었다.

가고시마 교외에 있는 이소(磯)라는 곳에 집성관이라는 이름으로 근대병기를 만드는 공장이 있고 화약고도 있었다. 그것들은 지금은 해군성에 귀속되어 있었다.

여기에 31일 밤 수를 알 수 없는 한 무리가 각각 칼과 몽둥이를 들고 난입했다. 숙직하는 관원이 호통을 쳤으나 아랑곳하지 않고 창고에서 소총탄과 화약에 불을 붙일 때 쓰이는 뇌관 따위를 마구 빼앗아갔다.

스가노는 이 보고를 듣고 관원에게 명령하여 화약에 물을 부어 쓰지 못하게 만들었다.

2월 2일, 다시 이소의 해군 시설에 사학교 학생 1천여 명이 습격했다. 관원이 제지했으나 많은 사람들에 밀려났다. 그러는 가운데 그들은 화약이 벌써 물에 젖어 있는 것을 알았다.

그들은 화풀이겸 관원 사사키(佐佐木)를 물통에 집어넣고 고개를 쳐들면 누르고 또 누르고 했다. 어두운 밤이어서 사사키는 틈을 보아 도망쳐 가고시마 읍내로 들어갔다. 이때 사학교 학생들은 사학교를 싫어하는 사람의 집이나 관원들 집에 쳐들어가 심한 폭행을 하는 것이 보통이었으므로 아마 사사키를 죽이거나 반쯤 죽게 만들 생각이었을 것이다.

스가노 차장은 이런 내용을 도쿄의 해군 차관 가와무라에게 서면으로 보고하는 한편 현청으로 가서 오야마에게 말했다.

"구마모토 진대에 보호를 요청할 수밖에 없다."

오야마는 "그러면 큰 일이 벌어진다"며 스가노를 달랬다.

"아무튼 현청에서 어떻게든 조선소를 보호하도록 손을 쓰겠소."

이렇게 말하고 돌려보내기는 했으나, 그에게는 이미 손을 쓸 능력이 없었다.

반란 활력소

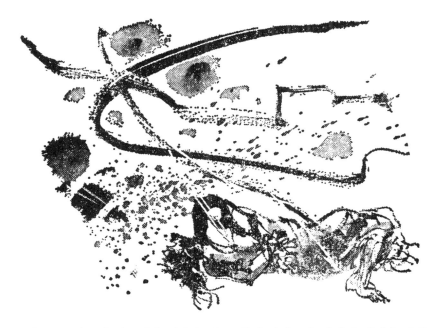

이 소동 때문에 산중에서 짐승을 쫓고 있던 사이고가 산에서 내려올 수밖에 없게 된다.

그 전에 기리노가 개간지에서 변을 듣고 작업복 차림으로 읍내로 내려왔다.

기리노에게 변을 알린 젊은 사람이 벌써 앞질러 시노하라에게 기리노가 온다는 것을 알렸다.

이날 31일, 가지키(加治木)의 구장으로 있는 기리노의 종제 벳푸 신스케(別府晋介)도 통지를 받고 가고시마로 급히 갔다. 벳푸는 먼저 시노하라의 집을 찾았다. 그 대문 앞에서 기리노와 마주쳤다.

시노하라의 집으로 들어가자 벌써 많은 사학교 간부들이 방에 꼭 차 있었으나, 주인인 시노하라가 말이 없는 사람이라 그런지 이야기가 열을 띠고 있는 것 같지 않았다.

기리노가 자리에 앉았다.

말석에 현의 1등 경감 나카지마와 서장 노무라가 있었다. 이 두 사람은 연달아 터지고 있는 사학교 학생들의 화약고 습격사건에 대한 자세한 보고를 하기 위해 와 있었다.

보고가 끝나도 시노하라는 여전히 잠자코 있었다.

기리노는 괴로운 표정이었다.

기리노는 매우 과격한 성격이었는데, 육군 소장이 된 뒤로는 왕성한 객기를 어디서도 찾아볼 수 없었다.

사이고의 대변자로서 사이고로부터 짊어진 짐이 너무 중대하므로 사건을 신중히 생각할 수밖에 없었을 것이다.

한편으로는 사학교 학생들의 혈기를 언제나 들끓게 만들어 놓으려고, 그들에게 호전적인 기풍을 불어넣고 있는가 하면, 그가 자랑하는 세계 정세를 논하고, 특히 러시아의 남하 정책을 강조하며 러시아에 의해 도쿄 정부가 압박을 받는 일이 발생하면 정부도 울며 매달려서 사쓰마의 힘을 빌게 되리라는 말을 하곤 했다.

결국 모든 정세를 논하는 기리노의 본뜻은 가만히 기다리자는 것이었다.

그러나 더 이상 가만히 기다릴 수 있겠는가.

'난처하게 되었다.'

기리노는 안타까워 견딜 수 없었을 것이다. 지금 거사한다는 것은 그가 말하는 세계 정세와는 아무 관계도 없는 갑작스런 행동인 것이다.

기리노는 그가 구상하고 있던 것이 눈앞에서 무너져 가는 것을 느꼈다. 그것은 그의 책임이었다.

그는 극단적인 호전성을 지닌 헨미 주로타 등을 앞에 놓고 혈기를 부채질해 왔다. 동시에 그는 세계 정세를 논하며 시기가 무르익을 때까지 기다려야 한다고 말해 왔다. 그러나 그것만은 그들의 귀에 남아 있지 않았다.

한편 기리노는 사쓰마를 한 나라로 보고, 사쓰마란 나라를 주축으로 세계에 대처한다는 시마즈 나리아키라 이래의 옛 정신이 살아 있었다. 그것은 사이고의 정신이기도 했고, 그 정신을 기리노가 이어 받았기 때문에 사이고는 기리노를 사랑했던 것이리라.

시마즈 나리아키라는 세계적으로도 보기 드문 지도자였다. 예를 들어 사학교 학생들이 습격한 조선소와 화약제조소와 발전소, 화학공장, 방적공장 등은 나리아키라가 세운 것이다.

나리아키라의 그와 같은 근대화 방침은 뒤를 이은 히사미쓰에 의해 정지되었다.

나리아키라의 정통을 이어받은 제자라 자처하는 사이고도 히사미쓰와 마찬가지로 산업혁명에 대해서는 둔감했다.

나리아키라의 산업혁명 계획은 오히려 오쿠보를 대표로 하는 정권이 국가적인 규모에서 계승했다. 사쓰마의 산업시설도 태정관 정권이 계승했다.

나리아키라의 산업 유산을 이번에 사학교 학생들이 빼앗은 것이다. 운영을 위해서가 아니고 탄약이라는 생산물만을 빼앗았다.

어찌됐거나 기리노는 이런 현실 위에 결단을 내릴 수밖에 없었다.

"큰일을 그르쳤다. 젊은 사람들이……."

항상 자신감에 넘치던 기리노가 그렇게 중얼거렸을 때의 표정은 마치 사람이 변한 것처럼 어두워 보였다.

기리노의 생각으론 이 사건을 내버려 두면 정부 측이 범인을 잡아 넘기라고 강경히 나올 것이었다.

"그냥 보고 있을 수 있겠는가?"

기리노는 말했다. 눈앞에서 젊은이들이 경관에게 끌려가는 것을 보고만 있을 수 있겠는가, 그렇다면 지금 칼을 들고 일어나 정부를 상대로 결전을 할 수밖에 없지 않느냐는 얘기였다.

'반항해도 죽게 되고 반항하지 않아도 죽게 된다. 차라리 크게 들고 일어나 선수를 치자.'

이 말은 뒤에 정부 측의 야나기와라 사키미쓰(柳原前光)가 가고시마에 들어가 사정을 조사한 뒤, 이와쿠라 도모미에게 보낸 편지 속에 있는 말이다. 사이고가 들고 일어난 사정을 적은 이 편지는 간략하면서도 정확하게 표현되어 있다. 기리노의 심정에도 이를 적용할 수 있을 것이다.

시노하라는 기리노의 결단에 찬성했다. 나머지도 모두 이에 따랐다. 기리노는 헨미 주로타와 나리오 쓰네노리(成尾常經)를 돌아보며 명령했다.

"곧, 눈 큰 분(사이고)에게."

사이고에게 이 상황을 보고하고 곧 가고시마로 돌아오라는 것이다.

헨미 등은 자리에서 일어났다.

이보다 먼저 사이고의 동생 고헤도 고네시메로 가려고 가고시마 해안으로 갔다. 경시청의 나카하라 일당이 암살자라는 확증을 사이고에게 전하기 위해서였다.

가고시마 해안에는 네시메야라는 선박 사무소가 있다. 여기서 고헤는 헨미와 그의 무리들과 만났다. 그들은 서두르기 위해 노를 여섯 개로 하여 달리게 했다.

고네시메에 도착한 것은 2월 1일이었다.

사이고는 다행히 고네시메의 히라세의 집에 있었다. 그들이 들어가 나카하라에 대해 보고했다.

사이고는 그 보고를 듣고 어이가 없어 말을 잃은 것 같았다. 이윽고 놀라움인지 노여움인지 분간하기 어려운 표정이 나타나며 몇 번이나 오쿠보의 이름이 입 밖으로 튀어나왔다.

"오쿠보가 무슨 짓을 하고 있지?"

그는 또 말했다.

"그 놈들을 밝혀내라. 잡히거든 내게 알려라. 나도 생각이 있다."

이 생각이 있다고 한 것은 오쿠보에 대해 증거를 쥐고 대결하겠다는 뜻이었을 것이다.

이날 고네시메에 있는 히라세의 집에는 미묘한 긴장감이 감돌고 있었다.

사이고의 경호원도 히라세의 집 봉당을 들락날락했다. 그들은 서장의 명령을 받은 두 사람으로 마을 안 다른 집에 나눠 묵으면서 사이고가 눈치 채지 못하게 신변을 지키고 있었다. 그러나 며칠 전 사이고가 알게 되는 바람에 드러내놓고 드나들고 있었다.

고헤의 보고에는 순서가 있었다. 맨 먼저 자객에 대한 이야기를 하고, 그 다음 소무다 사건을 이야기했다. 그때 사이고는 점심상을 받으려 하고 있었다. 식사 시중은 늘 히라세의 딸 오후네가 들고 있었다.

오후네는 이때 사이고의 처절한 표정 변화를 오래도록 기억하고 있었다. 그에 대해 훗날 그녀가 54세가 되었을 때 기록하는 사람에게 말했다.

"다 틀렸다!"

사이고는 맨 먼저 이렇게 중얼거린 모양이다. "이제는 다 끝장이다"라든가, "큰 기회는 영영 가버렸다"는 뜻일 것이다.

이어 헨미에게 화를 내며, 마치 헨미가 화약고를 습격한 장본인인 것처럼 호통을 쳤다.

"뭣에 쓰려고 탄약 따위를 훔치는 거냐!"

이때 14세였던 오후네의 회고담은 이렇다.

"평소에 너무 부드럽고 자상해서 가까이하기 쉬운 분이었는데, 그때의 무서웠던 얼굴은 지금도 잊을 수가 없어요. 그러나 잠시 시간이 지나자 도로 부드러운 표정이 되셨어요. 이튿날 태연하게 고네시메를 떠나 다카스(高須) 쪽으로 향했지요. 이때 아버지 쥬스케도 함께 가셨어요."

사이고의 충격은, 그의 가슴속의 계획과 구상이 이런 상황의 발생으로 달아났다는 뜻일 것이다. 그는 사학교라는 사족단을 러시아 남하에 대비해 사용하려고 했었다. 그런 큰 상황이 언젠가는 올 것으로 생각하고, 그때까지 사쓰마의 사기를 보존하려 했던 것인데, 학생들은 눈앞의 정부측 도발에 쉽게 말려들어 폭동화하고 말았다. 학생들이 폭동을 일으켜 정부의 범죄인이 된 이상, 사이고는 그냥 내버려 둘 수 없으므로 가고시마로 돌아갈 수밖에 없었다.

현장(現場) 운을 타고난 사람이 있다.

주일 영국공사관의 서기관인 어네스트 사토라는 젊은(33세) 외교관의 경우가 그럴 것이다.

그는 휴가차 영국에 돌아가 있었다.

1862년 그가 19세에 요코하마에 올라와 일본 주재 통역원이라는 직무를 맡은 뒤로 이번이 두 번째 휴가였다.

그는 막부 말기의 소란한 가운데, 규정에 의해 얻을 수 있는 휴가를 2년이나 연기하여 6년 반 근무를 계속한 후, 메이지 2년(1869)에 첫 휴가를 받았었다.

영국에서의 휴가 일정을 마칠 무렵 그는 도쿄에 있는 퍼크스 공사에게 편지를 부쳐, 귀임하는 도중 가고시마에 들르고 싶다고 말하고 허가를 받았다. 방문하는 목적은 그의 친구이며 현재 가고시마 의학교를 맡고 있는 의사 윌리엄 윌리스를 찾아보기 위해서였다. 그러나 일본의 정치적 현실에 깊은 관심을 가진 그로서는 가고시마의 현장을 보고 싶었을 것이며, 그 이상으로 막부 말기 때부터 늘 접촉해 온 사이고를 만나고 싶었던 것이 본심이었을 것이다.

이 시기에 가고시마에 가서 사학교 학생과 사이고를 만났던 어네스트 사토의 행적을 알게 된 것은 히로세 야스코(廣瀨靖子) 씨에 의해서였다.

사토의 일기는, 유신 이전에 대해서는 사카다 세이이치(坂田精一) 씨의 《외교관이 본 메이지 유신》에서 밝혀져 있지만, 히로세는 그 일기의 유신 이후의 내용에 흥미를 가지고 있었다. 그는 1967년부터 이듬해에 걸쳐 영국에 있으면서 열람을 허락받아, 그 뒤《세이난 전쟁 잡초(雜抄)》에서 일기 및 소견을 정리해 두었다.

1877년(메이지 10년) 1월 17일 사토는 상해에 도착했다. 그 이튿날 영사관에 가자 퍼크스에게서 답장이 와 있었다.

내용은 가고시마에 들르는 것을 찬성한다는 것이었다.

26일 미쓰비시 회사의 히로시마마루(廣島丸)로 출항하여 28일 나가사키에 도착했다. 이튿날 나가사키 교외에 있는 시게키 항(茂木港)에서 배를 타고 사쓰마의 아쿠네(阿久根)까지 갔다.

아쿠네에서 가고시마 읍내까지는 상당한 거리였는데 그는 걸어서 갔다. 안내인은 나가사키에서 고용한 일본인이었다.

읍내에 닿은 것은 2월 2일 해가 진 뒤였다.

읍내에서 병원과 의학교를 맡고 있는 영국인 의사 윌리스는 아담한 목조 양옥에 살고 있었는데, 그가 찾아갔을 때는 공교롭게도 미야자키에 출장 중이었다.

사토는 그가 없는데도 그날부터 숙박했다. 그는 벌써 읍내에서 일어난 사학교 학생들의 화약고 습격사건을 알고 있었다.

이튿날 사토는 저택 거리를 산책했다.

다시 뒷산으로 오르자 산속에서 사격연습을 하는 젊은 사족 한 패와 마주쳤다.

사토는 이들이 며칠 전 이소에 있는 해군조선소의 화약고를 습격했을 것으로 단정했는데 사실이 그랬을 것이다.

5일은 현청의 현령인 오야마를 방문했다. 사토가 본 오야마의 인상은 이런 정세 아래에서도 아주 태연자약해 보였다.

사토 자신도 퍽 한가해 보였다. 이튿날인 6일에는 나에시로 강(苗代川)의 사쓰마 도자기로 이름난 마을에 놀러가기도 했다. 8일에 미야자키에서 돌아온 윌리스를 만났다.

2일, 산에서 내려온 사이고는 다카스 해안으로 나왔으나 공교롭게 풍랑이 일고 있었다.

다카스에서 배를 타면 빠르지만 사이고는 뱃멀미를 하기 때문에 육로로 말을 타고 다루미(垂水)로 향했다.

다루미에 도착한 것은 저녁녘이었다. 이곳에 온천이 있다. 사이고는 민가에 투숙하여 어두워졌을 무렵 목욕탕에 들어갔다. 그 무렵에는 여기저기 들길에 초롱불이 움직이고 있는 것이 보였다. 근처의 젊은이들 중에는 벌써 사이고의 숙소를 경계하는 사람도 있었다.

사이고가 산에서 내려왔다는 소식은 벌써 오스미의 각 고을 젊은이에게 전해졌다. 그들은 가고시마 읍내까지 사이고를 모시고 따라갈 생각으로 산과 들을 달려 다루미로 모여들었다. 개중에는 총과 탄약을 메고 달려오는 사람도 있었다.

이런 장면은 전국 시대의 시마즈 집안의 가풍이 짙게 남아 있는 것이라고 할 수 있다.

이때 각 고을의 사학교 학생들에게 전해진 연락에는 구체적인 내용은 일체 없었다. 사이고 선생이 일어섰다 하는 것뿐이었다. 그들이 각각 무기를 들고 모여드는 모습은 전국 이래의 시마즈가 장려하던 무사의 관습 그대로였다.

이튿날인 3일 새벽, 사이고는 해안을 따라 북상했다. 그를 따르는 사람의 수가 점점 불어나, 한낮이 지나 가지키에 도착했을 때는 가지키의 사족단이 합류하여 상당한 행렬을 이루고 있었다.

가고시마 읍내에 들어간 것은 이 날 해가 진 뒤였다.

이 날 밤 사이고는 기리노 등 장령들의 마중을 받으며 그대로 옛 마구간 터였던 사학교 본부로 들어갔다가 다시 다케의 자택으로 돌아갔다.

다케의 자택 주위는 사학교의 분교 학생들이 밤새도록 호위했다. 자객이 기회를 노린다는 소문이 있었으므로 평소에는 이런 일이 없었다. 암살 소문이 갑자기 전시 기분을 일으켰다고 할 수 있다.

사학교 학생들이 말하는 '아즈마 사자'에 대한 사냥은 벌써 시작되었다.

체포는 현의 경찰이 하고 학생들은 이를 응원했다.

나카하라가 이주인(伊集院) 앞의 노상에서 체포된 것은 사이고가 가고시마 읍내로 돌아온 2월 3일이다.

이 날은 비가 왔다.

오후 4시경 나카하라는 병중에 있는 큰 아버지 집으로 병문안을 갔는데,

그때 "다니구치 도타의 심부름을 왔습니다" 하고 들어온 사람이 있었다.

"꼭 의논할 일이 있으니 오쓰야(乙八)의 집까지 같이 가 주셨으면 합니다."

나카하라는 승낙했다.

나카하라는 4년 뒤에 '전말서'라는 제목으로 이 당시의 일을 수기로 쓰면서 '처음부터 이상하게 생각하고……'라고 했으므로 의심을 가졌던 것이리라. 마침 병상에 있는 백부와 그 자리에 같이 있던 친형 나카하라 주로에몬(中原十郎右衛門) 등을 향해 말했다.

"어쩌면 나는 봉변을 당할지도 모릅니다. 그러나 각오는 되어 있습니다."

그는 일단 집으로 돌아가 아내에게도 말했다.

"오늘밤 내가 돌아오지 않더라도 기다리지 마라."

이윽고 오쓰야에 있는 집으로 가던 도중 누가 등 뒤에서 허리를 끌어 안았다. 그 사이에 20명 가량이 그를 둘러싸고, 칼을 뽑아 위협하는 사람, 쥐어박는 사람들이 있어, 마침내 결박당했다. 이윽고 가고시마로 끌려가 히로코지(廣小路)의 제1분서에 갇혔다.

잡힌 사람은 물론 나카하라만이 아니었다.

2월 3일부터 7일 사이에 귀향단 거의 전부가 체포되어 가고시마 경찰서에 갇혔다. 그 밖에 포교하러 들어와 있던 잇코종 승려 8명도 정부의 밀정 혐의로 체포되었다.

경시청의 나카하라에 대한 고문이 2월 3일 밤부터 형언할 수 없을 만큼 처참하게 자행되었다.

용의자를 고문에 의해 자백을 시키는 것은 도쿠가와 시대의 행형 관습에서 생겨났을 것이다. 그 이전의 일은 잘 모른다. 적어도 도쿠가와 체제에 의해 고문이 일반화되었고 그 방법도 정밀해졌다. 나카하라가 근무하는 경시청도 그것을 이어받고 있었다.

대경시 가와지는 자기가 쓴 '경찰 지침'이란 것을 모든 경찰에게 읽게 했는데 그 중 한 문장을 보면 다음과 같다.

'관원은 원래 공중(公衆)의 기름과 피(세금)를 가지고 산 물건과 같다.'

관권주의보다도 공복주의를 분명히 밝혔으나 용의자를 시민으로 취급하기에는 이르지 못했다.

가와지는 시민을 공중이라고 했다. 공중에는 두 종류가 있다고 그는 '경찰 지침' 첫머리에 규정하고 있다.

'모름지기 사람은 생계를 위해 일을 하지 않으면 안 된다. 이를 힘쓰는 사람은 양민(良民)이다. 일을 하지 않고 놀고 먹는 사람은 불량민이다. 그러므로 경찰관이 된 사람은 먼저 불량민을 늘 주의하고 경계해야 한다. 이것이 곧 흉을 막고 양을 보호하는 정신이다. 세상에게 흉악한 무리가 없을 수 없고, 사람에 흉악한 마음이 없을 수 없다. 다만 경찰의 손과 눈으로 이를 억제할 뿐이다.'

가와지의 사상은 선악을 고정된 것으로 보는 경향이 강하다. 흉악한 사람이 고정적인 이상 경찰은 그를 인간으로 보지 않고 사나운 짐승으로 보아야 하며, 그를 잡아왔을 경우 나쁜 행동을 토해 내도록 하는 고문도 당연한 수단이 되고 만다.

사학교 측도 마찬가지였다.

뒤에 나카하라 자신이 쓴 수기에 따르면 사학교 측의 취조 담당은 나카하라에게 '네가 입으로 자백하지 않으면 팔다리를 두들겨 팰 테다'라고 하며 몽둥이로 초죽음을 만들고, 졸도하면 물을 먹인 다음 다시 캐물었다.

나카하라는 다다미 석장 크기의 좁은 방에 갇혀 기둥에 묶여 있었다.

취조할 때는 손발이 묶인 채 취조실까지 끌려 나갔다.

취조관은 현의 1등 경감 나카지마였다.

"사이고 대장을 암살하기 위해 귀향했다고 하는데 그것이 사실이냐?"

질문은 그것뿐이었다.

나카하라의 수기에 따르면 대답은 이랬다.

'결코 그렇지 않다. 부모님이 병환 중이라 간호를 위해 돌아왔다.'

물론 거짓말이었다.

이 대답이 끝나기도 전에 매질이 시작되었다. 사학교 측은 다니구치에 의해 이미 확신을 갖고 있었으므로, 그가 자백을 하지 않는 한 고문은 되풀이될 수밖에 없었다.

그는 감금실에서 취조실까지 하루에도 몇 번이나 끌려 나왔다.

"너의 귀향은 가와지의 비밀명령에 의한 것이지?"

이런 질문이 되풀이 되었다. 나카하라는 계속 부인했다. 사학교 측은 증거로서 그가 하숙집에 놓아둔 수첩을 보여 주었다. 수첩에는 귀향단의 이름이 적혀 있었다. 그래도 여전히 부인했다. 그때마다 반죽음이 될 때까지 매질을 당했다.

나카하라는 사흘 동안 계속된 고문을 끝까지 견뎠다.

사학교 측은 그를 위협하는 방법을 쓰기 시작했다. 8일 아침 의사가 와서 나카하라의 상처를 치료했다. 그런 다음 함께 갇힌 스가이(管井)와 같이 끌어냈다.

"너희들의 목을 현장에서 베겠다."

사학교 측은 두 사람을 문 밖으로 끌어냈다. 현청에서 그리 멀지 않은 옛 번 시대의 처형장으로 끌고 갔다. 가는 도중 많은 사학교 학생들이 따라오며 두 사람을 둘러싸고 떠들어 댔다. 그들은 저마다 한마디씩 했다.

"간을 씹어 먹을 테다."

그러나 처형장으로 끌어낸 것은 나카하라에 대한 위협이었다. 나카하라가 그래도 암살을 자백하지 않자 다시 서로 돌아왔다.

사학교 측은 나카하라를 더 이상 어쩔 수가 없어 마침내 그의 진술서를 날조했다. 두 차례에 걸쳐서 만들었다.

첫 진술서는 8일 오후 히로코지 분서의 감금실 기둥에 묶여 있을 때 사학교 측이 찾아와서 그들이 작성한 글을 읽어 주었다. 나카하라의 수기에 따르면 '그 내용은 대개 앞에서 말한 바와 다를 바 없었다'는 것으로, 그러나 맨 끝에 이렇게 되어 있었다.

'가와지 경시총감으로부터 사학교를 이간시키는 방법에 대한 지시를 받아 ……'

나카하라의 임무는 분명 그대로였다. 그러나 나카하라의 수기에서는 이렇게 되어 있다.

'이것만은 시인할 수 없어 즉시 따지려 했으나, 몸이 자꾸 지치는 통에 더 이상 대항할 힘이 없어 억울함을 삼키면서……'

그 뒤에 억지로 지장을 찍고 말았다는 것이다.

그 뒤 나카하라는 감옥으로 들어갔다. 감옥에는 귀향단 19명이 들어와 있었다.

8일 저녁녘, 나카하라 외 19명은 모두 감방에서 문밖으로 끌려나갔다. 그 뒤 나카하라는 감방에서 정신없이 잠에 빠져 있었는데 이윽고 누군가가 깨웠다.

"다른 사람들이 사실을 모두 말했다. 그러나 너 혼자만 거짓 진술을 하고 있다. 이것이 너의 진짜 진술서다."

사학교의 취조담당이 이와 같이 말하며 서류를 한 번 내밀었다. 그러나 취조담당은 그것을 나카하라에게 보여 주지도 않고 억지로 손을 내밀게 한 다음, 손가락에 먹을 발라 강제로 누르고는 바쁘게 가 버렸다.

그 뒤 19명이 감방으로 되돌아왔다. 그들이 나카하라에게 말하기를 "그 진술서에는 '암살'이란 글귀가 있다"고 했다.

'몹시 놀라 근거 없는 거짓 진술로 억울한 죄명을 쓸 것을 생각하니, 걱정과 분한 생각에 가슴이 타고 원통하기 한이 없었지만 어쩔 도리가 없어 잠자코 있었다'고 그의 수기에 적혀 있다.

나카하라가 가와지로부터 명령받은 임무는 주로 '사학교 내부의 이간공작'이었을 것이다. 사이고를 암살하는 것이 첫 번째 임무가 아니었던 것은 앞뒤 경위로 보아 짐작할 수 있다.

그러나 사학교 측이 만든 나카하라의 진술서는 암살을 오히려 강조하고 있다.

"사이고 육군 대장이 현에 있다면 명분을 세우지 않고 거친 짓은 하지 않겠지만, 만일 그 같은 일을 하기에 이르면 사이고를 대면하여 마주 찌르는 수밖에 없다."

가와지에게 이런 지시를 받은 것으로 되어 있다.

물론 다른 19명도 나카하라와 같거나 그 이상의 고문을 받았다.

고문당한 가지키 향사로 경시청 2등 순경이었던 이타미 지카쓰네(伊丹親恒)의 뒷날 수기에 따르면, 취조관 외에 졸개 신분이었던 사람이 10명이나 있었고, 이 밖에 응원하는 사학교 학생들이 좁은 경찰서에 꽉 들어차 고문을 도왔다는 것이다.

'각자 칼과 창, 총기, 혹은 몽둥이 등 무기를 손에 들고……'

취조실 복판쯤에 폭 석 자 가량의 널빤지가 놓여 있었고, 용의자는 묶인 채 그 위에 앉아 있었다.

고문이 거기서 행해지기 때문에 이타미의 수기에 따르면 '붉은 피가 가득하고 피비린내가 코를 찌르는' 형편이었다. 얻어맞고 토해 낸 오물이 있는 그대로 다음 사람이 또 그 위에 앉았다.

취조가 끝나면 감방에 처넣게 되는데 가장 심한 것은 용의자들의 상태였다.

'다섯 손가락이 가죽과 살이 다 헤어져 달아나고 하얀 뼈만 남아 있고, 눕지도 일어나지도 못하고 겨우 숨이 붙어 있는 상태였다.'

모두가 사학교에서 만든 진술서를 받고 억지로 지장을 찍었다. 이타미는 지장 찍기를 거부했으므로 8명이 대들어 꼼짝 못하게 하고 지장을 찍게 했다.

나카하라 이외의 진술서도 나카하라의 그것과 거의 비슷했다. 더욱이 경시청 경정 소노다 나가테루 등 14명의 진술서는 똑같았다.

그 가운데 귀향목적에 대해서는 이와 같이 되어 있다.

'첫째 사학교의 인원에게 이간책을 써서 우리 쪽으로 사람들을 끌어들이며 사학교를 와해시키고 동요된 틈을 타서 사이고를 암살한 다음, 즉시 전보로 도쿄에 알려, 육해군이 함께 공격하여 사학교 사람들을 모조리 죽이기로 결정하고……'

이것이 자백한 그대로인지 어떤지는 지금으로서는 알 수 없지만 사학교 측이 완전히 거짓으로 꾸민 것은 아닐 것이다.

이타미의 수기에 따르면 사학교 측이 진술서를 다 읽었을 때 강제로 지장을 찍게 했다는 것이다.

'물론 아무도 이를 받아들일 리 없었고, 그것이 너무도 거짓됨을 단호히 따졌으나 폭력으로 한 명 한 명 진술서에 지장을……'

그러나 이것은 거짓으로 꾸몄다기보다, 사학교 측은 그것이 진실이라는 확신을 가지고 있었던 것이 틀림없다. '사학교를 이간시켜 어수선한 틈을 타서 사이고를 암살한다'는 데 있다고 미리 단정을 내리고, 그 확신적인 단정을 하나의 틀로 만든 다음, 그들의 진술을 하나하나 거기에 맞춰 넣었던 것이다.

그러나 그 틀이 진실과 거리가 먼가 하면, 뜻밖에도 그렇지가 않았다. 진실에 가까운 것임이 2월 9일 현청에 자수해 온 사람에 의해 밝혀지게 되었다.

여기에 노무라 쓰나(野村綱)란 사람이 나타난다. 그의 등장은 사학교 측을 놀라게 하고 이윽고 기쁘게 했다.

그도 가고시마 현의 사족이다. 미야자키 현청에 관원으로 근무하고 있었다. 메이지 9년 말, 미야자키 현이 가고시마 현에 병합되었을 때, 그는 일자리를 잃게 되었다. 그래서 일자리를 얻으려고 도쿄로 나갔다.

관계(官界)에 '사쓰마의 감자덩굴'이라는 악평이 나 있었다. 그들은 덩굴에 붙어 매달려 있는 감자처럼 갑자기 선배의 주선으로 벼슬을 얻기도 하고 출세하기도 한다는 것인데 사실이 그랬다. 노무라 쓰나도 그러했다. 그는 감자덩굴을 기대하고 내무대신 오쿠보에게 자기를 추천하는 편지를 써 보냈다. 일찍이 사이고는 감자덩굴적인 면이 강했다. 그러나 훌륭한 정부를 만들기를 염원하고 있었던 오쿠보는 원칙적으로 출신지에 구애되지 않고 공정하게 인재를 등용하는 방침을 취하고 있었다.

그가 사쓰마 인 사이에 인기가 없었던 이유가 대부분 여기에 있었다.

그러나 오쿠보가 뜻밖에도 노무라의 편지에 반응을 보였던 것이다. 오쿠보는 찾아오라는 답장을 했다.

노무라는 1월 3일에 오쿠보의 자택으로 찾아갔다.

'이 자를 첩자로 쓰자'

오쿠보에게 그런 의도가 다분했다. 왜냐하면 최근까지 미야자키 현에 근무했다는 노무라의 경력이 첩자로 보내기에 안성맞춤이었던 것이다.

들어오게 해서 만나보니, 사람이 명랑하고 글도 쓸 줄 알며, 사쓰마 인 치고는 보기 드물게 말도 잘하는 것이었다. 오쿠보가 "최근 가고시마의 형편은 어떤가?"하고 묻자, 노무라는 그에 대한 정세를 이야기했다. 그의 관점에는 사학교에 대한 비판과 증오가 담겨 있었다. 노무라는 약삭빠른 인물로 악평이 높았던 사람인 만큼, 자신의 감정을 드러내며 말하는 것이 오쿠보의 환심을 사기 쉽다고 생각했던 것이리라.

오쿠보 같은 사람이 단 한 번 만나보고 노무라를 완전히 믿었다는 것은 뜻밖이라고 할 수밖에 없다. 오쿠보에게는 고향인 가고시마 문제가 얼마나 어렵고, 얼마나 신경이 쓰였으며, 얼마나 거기에 사로잡혀 있었던가를 헤아려 볼 수 있다.

오쿠보는 그만 털어놓아서는 안 될 중대한 일을 털어놓고 말았다.

노무라가 뒤에 현청에 자수해 나왔을 때의 진술서에 의하면, 이때 오쿠보는 이와 같이 말했다.

'사학교는 정부에 있어서 큰 종기와 같네. 그래서 내 생각으로는 크고 훌륭한 학교를 세워 소년들에게 올바른 학문의 방향을 제시하고 사학교 사람들을 이간시키는 한편, 각 고을에도 마찬가지로 착수하여 점차로 종기를 작게 만들어 갈 작정이네.'

노무라 쓰나가 오쿠보를 찾아가 오쿠보의 신뢰를 얻은 것이 1월 3일이다.

노무라의 진술에 따르면, 1월 29일에 오쿠보로부터 만나자는 연락이 와서 노무라는 즉시 찾아갔다.

이때 오쿠보의 이야기를, 노무라의 진술에서 간추려 내어 다음에 직역한다.

'31일의 가고시마행 쾌속정으로 도쿄를 떠나도록.'

이것은 명령이었다.

'가고시마의 기풍은 빨리 뜨거워지고 빨리 식는다. 사학교가 폭발하는 것은 2월이나 3월경이 될 걸세.'

이것은 오쿠보의 관측이었다.

'벌써 육군성에서는 가고시마의 화약고에 있는 탄약을 다른 곳으로 옮길 준비가 되어 있네.'

이것은 사실 그대로였다.

다음은 첩자인 노무라가 도쿄로 연락하는 방법이다. 이것도 오쿠보는 지시했다.

"보통 상태라면 우편이나 전신으로 도쿄에 통신하기 바란다. 그러나 동요가 심한 정세에서는 우편도 정지되고 전신도 끊기게 될 것이다. 그때는 수고스럽지만 즉시 달려오기 바란다."

무엇을 알리는 것일까. 그것은 사학교의 거사를 말하는 것 같다. 사학교가 군대를 일으켜도 가고시마 현은 쇄국상태에 있기 때문에 도쿄 정부는 파악할 수가 없고, 이 때문에 진압하는 군대출동이 늦어질 수 있다. 오쿠보는 이것을 두려워하고 있었던 것이다. 나아가서는 정부의 군대 출동이 너무 빨라도 세상이 떠들어 댄다. 이 때문에 오쿠보로서는 확실한 소식을 빨리 알 필요가 있었고, 그것을 노무라에게 기대한 것이다.

노무라의 임무는 그뿐이었을까?

오쿠보는 경시청의 귀향단에 대해서 말했다.

"따로 경시청에서도 탐색꾼을 내보냈다. 모두 죽을 각오로 조금 전에 떠났다."

이어 말을 이었다.

"폭발했을 때는 자연 크고 작은 일들을 맡게 될 것이다."

이 대목에서 오쿠보의 이야기는 애매하게 표현되어 있다. "크고 작은 일을 하게 될 것이다"라고 했는데, 큰 건 어떤 것이고 작은 건 어떤 것인가.

"오쿠보는 내게 간곡하게 말했습니다. 그럼 크고 작다는 것은 결국……."

노무라는 짐작하고 있었다. 오쿠보의 함축성 있는 말을 노무라가 짐작하기를

"그 뜻은 결국 우두머리되는 사람(사이고)을 죽이든가, 화약고에 불을 지르는 일로, 충분히 해낼 수 있다고 짐작이 갔습니다."

하고 진술했다.

이 말을 한 다음 오쿠보는 당장 여비로 100엔을 주었다. 또 많은 사람의 이름을 적은 쪽지도 주었다. 그 이름은 나카하라 등 경시청 귀향단의 것이었다. 오쿠보가 가와지와 한 통속인 것을 이로써도 알 수 있고, 나아가서는 필요하면 사이고를 암살하라는 내용도 포함되어 있었음을 알 수 있다.

한편 노무라가 가고시마의 마에노하마(前之濱)에 도착해서 상륙하기까지에는 다소의 곤란과 긴장된 심리적 사정이 있었던 모양이다.

그가 고베에서 타고 온 기선은 게이요마루(迎陽丸)였다. 게이요마루가 마에노하마에 입항했을 때, 다카오마루(高雄丸)와 다이헤이마루(太平丸)라는 여객선도 잇따라 마에노하마에 닻을 내렸다. 2월 9일은 개어 있었으나 바람이 찼다.

가고시마 현이 쇄국상태에 있는 것은, 들어온 배가 즉시 현청에 보고 되는 것과, 부두에 사학교 패들이 떼지어 서서 승객을 바로 내리게 하지 않고 배 안으로 들어가 일일이 조사하는 것으로도 알 수 있었다.

"보증인의 인감이 있는 사람만 하선시킨다."

사학교 학생이 외치며 배 안을 돌아다녔다. 보증인은 물론 가고시마에 사는 사람이라야 한다. 보증인이 사학교에 충성심을 가진 사람이면 가장 무난하다.

노무라는 당황했다. 그가 겁을 먹은 것은 이 현이 상상한 이상으로 엄격한

사학교의 무단적인 통제 아래 놓여 있다는 사실이었을 것이다.

　배에는 사쓰마 인으로서 전 관원이었던 사람이 두 사람 타고 있었다. 도쿄부의 관원으로 감원에 의해 그만 두게 된 다네가시마 다다스케(種子島忠助)와 이와모토 하지메(岩本基)였다.

　다행히 사학교의 항구 감시병들 속에 다네가시마의 친척인 아사이 나오키치(淺井直吉)란 사람이 있었다. 이와모토도 운이 좋았다. 그의 친동생인 혜이하치(平八)가 사학교 학생으로서 승객을 조사하는 일을 맡고 있었다. 두 사람은 문제없이 내렸다.

　노무라는 하선을 허가받은 이와모토에게 부탁하였다.

　"내 친척 중에 가미무라 히사스케(上村久助)라는 사학교당이 있으니 그에게 연락을 해 주시오."

　이와모토는 승낙했다.

　이윽고 가미무라에게 연락이 닿았다. 가미무라는 항만 감시병인 히라타 무네타카(平田宗高)라는 사람에게 부탁하여 노무라를 하선하게 했다.

　그 동안 노무라는 몇 시간 배 안에 있으면서 사학교 감시병들로부터, 도쿄 경시청의 귀향단이 거의 체포된 것과 옥중에서 호되게 고문을 당한 일, 그리고 모두 사이고 암살의 목적을 자백했다는 말들을 들었다.

　노무라는 완전히 겁에 질려 하선하자마자 부두에 있는 현 경관에게 "자수하겠다"하고 항복을 하고 말았던 것이다.

　오쿠보에게서 받은 100엔의 돈도 그 경관에게 주었다. 경관은 이 이상야릇한 첩자의 출현에 깜짝 놀라 곧 오야마 현령에게 보고했다. 오야마는 경찰대를 보내 노무라를 체포하고, 제2분서 유치장에 집어넣었다. 노무라의 자백은 이런 싱거운 일에서 시작된다. 오쿠보 측에서 보면 참으로 어이없이 배반당한 꼴이라고 할 수 있다. 사이고 암살의 내명이 있었는지 여부를 확정짓기는 참으로 어렵다.

　귀향단의 일원으로 고문을 당한 경시청 다카사키 지카아키(高崎親章)가 남긴 말이 있다. 그는 이것을 사학교의 날조라고 부정했다.

　다카사키는 뒷날 이바라키(茨城), 나가노(長野), 오사카 등 각 현과 부의 지사를 지냈는데, 그가 이바라키 현 지사로 있을 때, 당시의 고등소학교에서 쓰고 있는 국정교과서 《국사》 제3권을 읽을 기회가 있었다. 그 제6편 '세이난의 난'이란 항목을 읽어 보니 그로서는 뜻밖의 사실이 씌어 있었다.

'구마모토, 아키즈키 등의 변란이 있자, 정부는 그 거동을 수상히 여겨 경감 나카하라 다카오, 소노타 나가테루 등을 보내, 귀향을 핑계로 내막을 탐색하게 했다. 도시아키, 구니모토 등이 이들을 체포하여 정부가 보낸 자객이라 했다.'

다카사키는 직접 당사자인 만큼 이것을 읽고 놀라 '이런 터무니없는 일이 있는가?' 하고 화를 냈던 모양이다. 곧 그 자리에 있는 용지를 끌어당겨 붓글씨로 짤막한 반론을 썼다. 어디에 발표할 생각이었는지, 혹은 덮어놓고 쓴 것인지는 모른다.

그때 쓴 그 글이 손자인 다카사키 지카요시(高崎親義)씨 집에 보관되어 있었다.

글 첫머리에 교과서의 내용을 소개하고 말했다.

'이른바 정부의 자객이라고 한 것은 기리노와 시노하라 등 반란 측 무리들이 일으킬 명분이 없으므로, 마침 스에히로와 스가이 등 동료들이 귀향한 것을 보고, 좋은 기회를 놓칠 수 없다 하여 거짓 자객으로 만들어, 잡아가고 형언할 수 없는 고문을 한 것을 의미하는 것이다. 사실이 또한 이와 같다.'

교과서에는 그 다음 아래와 같은 문장이 계속된다.

'사이고 다카모리는 처음에는 오로지 이를 진정시키려 했으나 도저히 제지할 수 없는 형세였다. 자객의 자백을 듣게 되자 몹시 화를 내어⋯⋯'

다카사키 지카노리는 이에 대해 이와 같이 썼다.

'사실과 전혀 다르다. 귀향한 동료는 한 사람도 자객 명령을 받은 일이 없다. 따라서 그들은 가혹한 고문을 받으면서도 자백하지 않았다. 어떻게 자객 진술이란 것이 있겠는가. 거짓도 너무나 지나치다고 하겠다.'

그의 손자인 지카요시는 도쿄에 살고 있다. 필자와는 전화로만 접촉했다. 그는 언젠가 말했다.

"할아버지에 대한 이야기는 할머니를 통해서 들었습니다. 할아버지는 사이고에 대한 자객으로 파견된 것은 아니라고 계속 말했다고 합니다. 이것은 아마도 진실이었을 거라고 생각합니다."

아마 그럴 것이다.

그렇다고 사이고 암살 운운하는 것은 사실무근이라고도 할 수 없고, 만일 그런 사실이 있다고 한다면 어쩌면 그 기밀은 가와지 대경시와 나카하라만

이 알고 있었던 것이 아닐까.

예를 들면 다카사키 지카노리의 경우 다른 귀향단과는 그 임무가 약간 다른 것이다.

그는 신푸렌의 난이 일어난 다음 가와지의 명령으로 구마모토로 파견되었다. 내무성에서 오쿠보의 직접명령으로 파견되어 있는 내무국장 하야시 도모유키(林友幸)를 보좌하기 위해서였다.

다만 구마모토에 있을 때 하야시의 명령으로, 가고시마 현의 정세를 탐색하기 위해 메이지 9년 12월초에 가고시마로 들어가서, 7일부터, 4일간 탐색을 하고 다시 구마모토로 돌아왔다.

그는 그 뒤 도쿄로 돌아와 가와지의 두 번째 명령으로 귀향단 속에 섞여 가고시마로 들어갔다.

이때 그의 아버지 지카히로(親廣)가 앞서와 마찬가지로 그에 협력했다.

지카히로는 그 뒤 사학교에 의해 체포되었다. 사쓰마 군의 패색이 짙어진 6월 26일, 그는 사쓰마 군 진무대에 끌려가 이주인(伊集院)의 오와타리 다리(大渡橋) 앞에서 처형되었다.

지카노리는 평생 고향에 돌아가지 않았다. 그의 직계 손자인 지카요시도 가고시마 현에는 발을 들여놓지 않는다고 한다. 앞서의 사변은 당사자의 자손에게까지 아직도 계속되고 있다고도 할 수 있다.

자객 문제에 대해서는 알 수 없다.

그러나 정부와 사쓰마의 공기가 폭발 직전까지 긴장되어 있는 상황에서 대경시 가와지가 자객을 보냈다는 소문이 나돌 경우, 사학교에서 결코 이것을 낭설로 보지 않고, 사실이라 믿는 기분상의 문제가 더 중요한 것일지도 모른다.

여기에 일화가 하나 있다.

당시 시노하라 구니모토의 집에서 묵고 있던 다나카 사이스케(田中才助)라는 의학을 전공하는 서생이 남긴 이야기다.

다나카 사이스케는 의사 가미무라(上村)의 제자였다. 가미무라는 뒤에 사이고 군 군의(軍醫)로서 전쟁에 종군한다.

앞에 말한 사학교 학생들이 탄약을 강탈했을 때, 기리노가 그 뜻하지 않은 사건에 놀라 급히 개간지에 내려와 시노하라를 찾았다.

기리노가 불쑥 들어오자마자 시노하라에게 한 말을 다나카는 기억하고 있다.

"자네가 탄약을 빼앗으라고 했는가?"

이에 대해 시노하라는 뜻밖이라는 듯이 대답했다.

"아니야. 나는 자네가 시켰나 하고 생각했네."

서로가 그 사건이 상대의 조종에 의한 것으로 생각했던 것이다. 그러나 그런 것이 아님을 알았을 때 다나카의 기억으로는 기리노가 길게 한숨을 내쉬었다.

"이제 이렇게 된 이상 도리가 없네."

궐기할 수밖에 없다는 것이다. 궐기하는 데는 명분이 필요하다. '자객'이라는 풍문이 나돌고 있는 귀향단을 잡아 자백을 받은 뒤, 그것으로 정부의 비행을 성토하자는 것이었을까. 결국 모든 것을 움직인 것은 이때의 심상치 않은 분위기였다.

사이고 자신은 어떠했을까?

그는 뒤에 군대를 일으켰을 때, 진중에서 나카하라 무리들의 진술서와 나카하라의 수첩을 늘 지니고 있었다고 한다. 사이고는 도쿄로 들어갔을 때 이것을 증거로 오쿠보 무리를 힐문하고 탄핵할 작정이었던 것으로 생각된다.

사이고는 다케의 자택에서 나카하라의 진술서를 보았다.

이렇다 할 감상은 말하지 않았다. 그 자신은 아직도 반신반의했을 것이다. 그런데 오쿠보에게서 직접 비밀명령을 받은 노무라 쓰나가 단독으로 자수해 왔고, 나아가서는 자진하여 진술서를 쓰는 사태가 일어나자, 사이고의 생각이 달라진 것만은 확실하다.

노무라 쓰나의 진술서는 2월 7일 이른 아침, 오야마 현령이 사이고의 자택으로 가지고 와서 그 전부를 보고했다.

사이고는 과연 충격을 받았던 모양이다. 뒷날 오야마 현령이 정부에 체포되어 진술한 진술서에도 이때의 사이고의 모습을 기술하고 있다.

"가와지의 비밀지시로 온 건가?"

사이고는 나카하라 일행이 자기를 죽이러 온 모양이란 것을 알았을 때도 그 배경을 가와지에 국한시키고, 가와지의 지나친 행동이 그렇게 만든 거라고 생각했을 뿐, 오쿠보까지 관여한 것이라고는 생각지 않았다. 사이고와 오쿠보는 정적(政敵)으로 서로 갈라섰다고는 하지만, 서로가 상대의 지조와 심기를 잘 알고 있었으므로 서로의 인격에 대한 존경심은 잃지 않고 있었다.

그런 만큼 노무라의 자백으로 사이고가 받은 충격은 적지 않았다. 노무라는 오쿠보에게서 직접 명령을 받고 온 사람인 것이다.

노무라의 자백에는 '결국 우두머리가 되는 사람을 죽이든가······'라는 구절이 있었지만, 사이고는 그 일은 언급하지 않고, 오히려 자백 가운데 가고시마의 육해군 화약고를 정부가 철거시키려 한 것이 오쿠보의 지시인 것을 알고 놀랐던 것이다.

"본래 화약을 취급하는 일은 내무대신의 직무 밖의 일이다. 그것을 오쿠보가 지시했다면 이번 자객 사건은 가와지뿐만 아니라, 오쿠보도 모든 것을 알고 있었던 것이 된다."

사이고가 이렇게 말했다고 오야마는 이야기하고 있다. 사이고가 무척 분개했던 것은 아마 노무라의 자백 때문인 것으로 생각된다.

오야마는 뒷날 진술서에, 나카하라 일행의 진술은 다분히 꾸민 것이지만 노무라의 진술서는 사실 그대로라면서 다음과 같이 말했다.

"나카하라의 진술은 가필한 것이지만, 노무라의 진술은 일체 가필한 데가 없다."

아마 사실일 것이다.

자객 문제는 그 진위를 밝히기보다 노무라의 자백에 의해 반란으로 치닫는 정치적 활력으로 변했다.

이인관(異人館)

가고시마 교외에 있는 이소(磯)란 곳은 산이 가까이 있으면서도 적게나마 평지가 긴코 만(錦江灣)에 펼쳐져 있다.

막부 말기에는 이곳에서 시마즈 나리아키라가 근대공업을 일으켰다.

도사(土佐) 출신의 이마이 사다키치(今井貞吉)가 안세이 6년(1859)에 이곳을 견학하고, 유신 뒤 나리아키라의 업적을 찬양하여 다음과 같은 글을 썼다.

'서양의 19세기 새 지식을 흡수하여 전신기, 사진술, 가스등, 수뢰, 반사로, 방적기와 같은 새 기계 사업을 시작한 것은 그의 선견지명이 당대에 탁월하고 천고에 보기 드문 위엄이라 말하지 않을 수 없다. 사쓰마가 유신 때 중흥의 우두머리가 된 것이 어찌 하루아침의 일이겠는가.'

나리아키라가 죽은 뒤, 히사미쓰가 번의 지도권을 장악한 뒤로 이들 사업은 시들해졌으나, 여기에 하나 더해진 것이 있다.

방적사업이다.

게이오 3년(1867), 이곳에 돌로 지은 방적공작이 세워지고, 번사인 고다이 사이스케(五代才助)가 번의 명령으로 영국에 밀항하여 사들인 기계를 들여놓았다. 기계 구입과 함께 7명의 영국인 기술자도 고용해 들여왔다. 모두 막부에는 비밀이었다.

이때 그들의 주택으로 방적공장 서쪽에 지어진 것이 이인관(異人館 : 外國人 住宅)이다.

이인관은 208평의 목조 2층 건물로 밝은 페인트칠을 한 양옥이다. 일본 번으로서는 가장 오랜 전통과 기풍을 가진 이곳에 하나의 색다른 경관이 자리하고 있었다.

그 7명의 영국인은 1년 후 일본을 떠났다. 그 뒤 방적공장은 사쓰마 인만으로 운영되었다.

메이지 4년의 폐번치현 이후, 이곳 이소 방적소(磯紡績所)의 경영과 감독은 시마즈 가문에서 현청으로 넘어갔다. 메이지 10년에도 여전히 수백 명의 직공이 계속 일하고 있었다.

그 옆에 있는 이인관은 이제 방적에 쓸모가 없게 되어, 현의 고용 의사인 윌리엄 윌리스의 사택이 되어 있었다.

이곳에 살면서 가고시마 의학교와 병원을 맡고 있었던 영국인 의사인 윌리엄 윌리스는 늘상 "나를 이해해 주는 것은 사쓰마다"라고 말했고, 도쿄의 새 정부에 대해 통렬한 증오를 품고 있었다.

윌리스가 일본으로 온 지 2년(1862)째인 분큐(文久) 2년에 사쓰마 번의 시마즈 히사미쓰 공의 행렬을 가로지른 영국인 4명이 시종무사의 칼을 맞는 나마무기 사건(生麥事件)이 일어났는데, 윌리스는 이때 말을 타고 현장에 달려가서 부상자를 치료했다.

분큐 3년의 살영전쟁(사쓰마·영국 전쟁)에도 종군했다.

사쓰마 번의 연안 포대와 영국 함대와의 이 싸움을 윌리스는 군함 '아거스'호의 갑판에서 바라보았다. 옆에 그의 친구인 통역관 어네스트 사토가 있었다.

싸움이 치열하여 사쓰마 군대의 승패는 반반이라고 할 형편이었다. 이 뒤 강화(講和)를 맺고 사쓰마 번과 영국은 막부에 대해 비밀동맹을 맺은 사이가 될 만큼 친밀해졌다. 사토와 윌리스도 이 전투와 강화를 통해 사쓰마 인에 대해 특별한 친근감을 갖게 되었다.

도바 후시미 싸움이 터졌을 때 윌리스는 효고 앞바다에 정박 중인 영국 군함에 있었다.

이때 사이고의 부탁과 영국공사 퍼크스의 명령으로 사쓰마 측 부상병을 치료해 준 것이 윌리스였다.

그 뒤 윌리스는 보신전쟁에 종군해서 다소 그의 과장도 섞여 있겠지만 900명의 관군 병사들을 치료했다.

이런 윌리스의 공적은 새 정부가 당연히 높이 평가해 주어야 했을 것이다.

메이지 2년, 새 정부가 도쿄에 의학교를 세울 때, 윌리스를 주임으로 앉히려 했다. 그러나 사가 번 의관들의 반대로 독일 의학을 받아들이게 되어 윌리스의 존재는 허공에 뜨고 말았다.

이것을 사이고가 맡았다.

사이고로서는 지난 날의 정으로 보아 윌리스를 차마 버릴 수가 없었다. 사이고가 그를 가고시마 현으로 맞아들였던 것인데 그의 급료는 월봉 900달러였다. 아마 근무의사로서는 세계 제일의 높은 급료였을 것이다. 이러한 인연들이 이인관에 사는 윌리스로 하여금 정부를 싫어하게 만들고 반면 열렬한 사쓰마의 친구가 되게 했다.

이인관의 어네스트 사토는 사이고가 다케의 자택으로 돌아온 2월 3일, 저택 거리를 산책한 다음 배를 세내어 사쿠라 섬으로 건너갔다. 화산에 오를 작정이었다.

4일은 아침부터 비가 왔다.

"아무래도 산에 오르는 것은 무리일 겁니다."

여관 사람이 말했다. 사토는 이인관에서 윌리스와 같이 묵고 있는, 현에서 고용한 네덜란드 인 두 사람, 독일인 한 사람과 동행했다. 사토는 이 일행과 섬 주위를 걸어 다니다가, 저녁녘이 되어서야 배를 빌려 파도가 약간 거친 긴코 만을 건너 가고시마로 돌아왔다. 거리는 찬비로 젖어 있었다.

'사이고는 무얼하고 있을까?'

이소로 향해 비 오는 거리를 가로지르면서, 사이고를 좋아하는 이 영국 외교관은 줄곧 생각했을 것이다.

3일에 집에 돌아온 사이고는 서재에 앉아 찾아오는 사람들을 계속 만나고 있었다.

"주인이 고네시메에서 돌아오자 기리노 씨와 시노하라 씨가 계속 찾아와, 이렇게 된 이상 군대를 이끌고 일어서는 수밖에 없다고 주인에게 여러 번

권고했으나, 주인은 완강한 태도로 응하지 않았습니다."

이것은 사이고의 부인 이토코(絲子)가 남긴 이야기다.

이토코가 남긴 이야기에는 의심의 여지가 많다. 어느 날 사이고가 생각에 잠겨 있을 때, 안 뜰에 무수한 뱀들이 쭉 열을 지어 지나갔다고 한다. 사이고는 이토코를 불러 "이것 좀 봐" 하고 뱀의 무리를 가리키며 말했다.

"이제 하는 수 없다."

얼마 후에는 기리노를 불러 "이제 결심했네"라고 말했다는 것이다.

이때는 2월 초라서 추위가 유난히 심했다. 겨울잠 중인 뱀이 떼를 지어 땅 위를 움직일 수 있다는 것은 상식으로는 생각할 수 없었다. 이토코의 말이라고는 하지만 그 진위는 알 수 없다. 그러나 사이고가 집에 돌아온 3일에서 4일에 걸쳐 생각에 잠겨 있었던 것만은 확실한 것 같다.

그는 사학교 생도가 화약고를 부수고 탄약을 약탈한 일로 인해 거병할 수밖에 없는 궁지에 놓여 있었고, 그 점은 충분히 알고 있었다. 그러나 본의는 아니었다. 그는 정부에 반대하기 위해 사학교를 만든 것이 아니라 외국의 침략에 대비해서 만들었던 것이다.

그러나 상황은 여의치 못했고, 지금은 칼날을 정부로 돌리지 않을 수 없게 되었다. 사이고가 고심한 것은 군대를 일으키는 명분이었다.

사이고가 거사를 결심한 것은 2월 5일은 아닌 것 같다.

자객 나카하라 일행의 진술서가 잇따라 작성되고 있던 시기로, 그것들은 곧 다케의 자택으로 들어왔다.

'따져 묻기 위해 도쿄로 간다. 그러면 되지 않겠는가.'

아마 사이고는 이렇게 생각했을 것이다. 그러나 이때도 아직 크게 군사를 거느리고 갈 것인지는 분명히 결정하지 않았던 것 같다.

사이고의 장남 기쿠지로(菊次郎)는 이때 17세로 다케의 자택에 있었다. 뒤에 사이고 군에 종군하여 전투 중에 병이 드는 바람에 전사는 면하고 대신 관군에 체포되었다. 뒷날 교토 시장을 지내기도 했다.

기쿠지로의 말에 따르면 사이고는 찾아온 손님에 대해 늘 불쾌한 표정으로 대했고, 화약고 사건에 대해서도 "무슨 짓들을 저지르고 있는가" 하며 보기 드물게 큰소리를 지르곤 했다는 것이다.

"그럼 내 몸을 바치지."

사이고가 사학교 간부들에게 자기의 결심을 나타내며 이렇게 말했다는 것이다. 기쿠지로는 이 말을 옆방에서 장지문 너머로 들었다고 하는데, 그것이 언제 누구에게 말한 것인지는 알 수 없다. 그러나 사이고가 결단을 내리는 마당에 자기 몸을 바친다는 말밖에 하지 않았다는 것은 사이고의 심정을 가장 잘 말해 주는 것으로 생각되며, 이 말은 널리 가고시마 사람들에게 전해 내려오고 있다.

막부 말기의 사이고는 여디까지나 승리를 목표로 하는 정략과 전략을 생각하는 인물이었다. 그렇다면 그는 여기서 반드시 이긴다는 정략과 전략을 생각했어야 하는데 조금도 그런 흔적은 보이지 않고 생각한 일이라고는 고작 명분을 찾는 것뿐이었다. 혁명가인 그로서는 지금까지 쌓아올린 마음속의 계획을 단숨에 무너뜨리고 말았다고 할 수 있다. 굳이 말한다면 패배를 결심했던가, 아니면 될대로 되라는 식으로 몸을 내맡긴 거라고 밖에 할 수 없다.

젊은 시절의 사이고는 반드시 승리라는 목표를 두고 정략이나 전략을 생각하는 인물은 아니었다. 그러나 자기 개인의 운명이 궁지에 빠졌을 때 모든 것을 내던지려는 충동을 몇 번인가 일으켰다. 한 번은 겟쇼(月照)와 투신자살하려던 일도 있었다. 또 히사미쓰의 미움을 받았을 때, 동지였던 오쿠보마저 절망적인 생각에 이르러 서로 상대방을 칼로 찔러 죽으려고 한 일도 있었다. 나아가서는 그 반평생을 숨어 살겠다는 발작적인 충동 때문에 동지였던 오쿠보를 자주 고민하게 만들기도 했다.

사이고는 상황 판단을 할 경우 자기 한 개인의 거취에 관한 일이라면 왠지 모르게 생각이 콱 막히고 마는 모양이었다. 정략이나 전략을 전혀 생각지 않고 몸을 보호할 생각도 일체 하지 않았다. 이때도 그의 병적인 버릇이라고 할 수 있는 자포자기의 충동 속에 운명을 내맡기고 말았다고 할 수밖에 없다.

2월 6일, 아침 일찍부터 어네스트 사토는 나가사키에서 고용한 일본인과 함께 이인관을 나왔다.

"옹기 가마 마을로 간다."

그는 말해 두었다.

그는 한시라도 빨리 사이고를 만나 그의 속마음을 알고 싶었지만, 그럴 기회를 얻지 못한 채 시간을 허비하고 있었다. 이주인(伊集院) 근처에 나에시로(苗代)라는 사쓰마 질그릇을 굽는 가마터가 줄지어 있는 마을이 있다. 그곳은 16세기 말에 조선에서 온 사람들이 도자기 만드는 기술과 습관을 조금씩 가르쳐 가면서 살고 있다고 듣고 있었다.

그들은 번에서 사족대우를 받았고, 혼인은 대개 마을 안에 있는 자기들끼리 하지만, 마을 밖의 사람들과 할 경우는 반드시 평민이 아닌 사족들과 했다.

3년 전까지는 조선식으로 머리 꼭대기에 상투를 단단하게 틀어 올렸다는 것도 사토는 듣고 있었다.

사토가 이 마을로 가는 데 동행한 안내인은 의사 윌리스가 고용하고 있는 노파였다. 그녀는 이 마을 출신으로 그녀가 마침 자기 집에 간다고 해서 그녀의 안내를 받게 된 것이다. 마을에 이르자 노파의 집에서 대접을 받았다.

그날은 비가 왔다. 그것도 억수 같이 내려 간신히 그녀의 집에 도착하기는 했으나 외출은 할 수 없었다.

사이고는 이날 아침 다케의 집에서 나왔다. 옛 마구간 터에 있는 사학교로 가기 위해서였다.

전 날인 5일도 그곳에 나갔다.

그날을 전후하여 사이고의 동정에 대한 전문이 이치키 시로(市來四郎)의 일기에 남아 있다.

이치키 시로는 나이 49세로 가고시마의 대표적 지식인이라고 할 수 있는 인물이었다. 그리고 사이고와 정부에 대한 냉정한 관점을 지니고 있어, 시세의 흐름에 몸을 맡기고 있는 쪽에서 보면 그의 눈빛은 일종의 무서운 빛을 지녔다고 할 수 있다.

그는 죽은 나리아키라의 사랑을 받아 포술을 배우고 공장시설을 관리했으며, 특히 총포의 주조와 제작에 뛰어났다. 보신전쟁에서는 하코다테 정벌군의 간부가 되었는데, 유신 뒤에는 현 안에 머물러 있으면서 '개물사(開物社)'를 일으켜 산업개발에 힘썼다. 나리아키라의 산업혁명 사상의 계승자로서는 사이고보다 오히려 이 이치키 시로가 더 적임자였을 것이다.

그러나 혁명 의식은 없었다. 옛 번의 의식을 강하게 지니고 있으며, 사이고에 대해 옛날 신분 그대로의 생각에서 거만하게 바라보고 있었을 뿐 아니라, 오쿠보에 대해서는 번을 도적질한 역적으로 보고 있었던 점 등은 히사미쓰와 다를 바가 없었다.

그의 일기에 이렇게 씌어있다.

'같은 날(2월 5일)에 사이고와 기리노가 전 마구간 터에 있는 사학교로 들어갔다. 정오 경에 집을 나왔는데, 칼을 차고 있었다. 당인 몇 명이 그들을 호위했다. 그 날부터 거리가 한층 시끄러워졌다. 총기와 탄약을 가지고 돌아다니는 사람이 많았고 마치 전시(戰時)나 다를 바 없이 인심이 흉흉해졌다.'

2월 6일 가고시마 거리에 비가 내렸다.

오전 9시부터 마구간 터의 사학교 본부는 큰 회의가 열리기로 되어 있어 이른 아침부터 사람들이 모여들었다.

이 회의 자체를 '모임'이라고 불렀다.

참가한 사람은 2백 수십 명이었다.

직위가 높은 간부 외에 18개나 되는 구의 구장과 137개나 되는 분교의 교장, 그리고 전 근위군 장교 등이다.

회의 장소는 대강당이었다.

그곳은 다다미가 150장이나 깔릴 정도로 넓었다.

정면 난간에는 사이고가 직접 쓴 사학교의 2대 강령 액자가 걸려 있었다. 액자 아래에는 길이가 3간이나 되는 칠판이 있었다. 칠판 앞에 교단이 가로 놓여 있고, 교단 앞에는 교탁이 놓여 있었다.

이날 아침 일찍 간부석이 만들어졌다. 사이고의 자리는 중앙 정면의 교탁 앞에 있는 의자였다. 그 좌우에 의자와 탁자가 마치 날개를 편 듯이 죽 놓여 있었다. 이 자리 외에도 다른 많은 사람들은 다다미 위에 앉게 된다.

이날 아침, 사이고는 동생 고헤를 데리고 다케의 자택을 나왔다. 옷은 늘 입고 있던 사냥 옷이 아니고 문복에 하카마였다.

허리에는 작은 칼을 차고 있었다. '칼을 차고 있었다'고 이치키가 일부러 쓴 것은 사이고의 옷차림을 정부의 폐도령을 무시한 것으로 보고, 여기서 사이고의 사상이나 결심을 나타내려고 한 것일까.

돌로 만든 고라이 다리(高麗橋)를 건너 다카기 시치노조의 문 앞을 지났다. 시치노조는 문 앞에서 기다리고 있었다. 그는 사이고에게 무한한 경의를 담아 목례를 올리고 고헤와 함께 나란히 따라갔다.

경비를 하는 모양인지 길 위 여기저기에 사학교 학생들이 서 있었다. 그들은 사이고가 지나가자 길을 안내했다.

사이고가 사학교에 들어가자 벌써 참가자들이 강당에 모여 있었다.

사이고는 교탁을 앞으로 하고 의자에 앉았다. 의자 밖으로 몸이 크게 솟아올라 있었다.

일동은 자리에 앉았다. 간부들이 앉은 순서는 다음과 같다.

한가운데 사이고를 중심으로 왼쪽으로 기리노 도시아키, 벳푸 신스케, 이케가미 시로, 후치베 군페이, 사이고 고혜, 헨미 주로타 이렇게 6명의 순서로 앉았다.

오른쪽으로는 시노하라 구니모토, 무라타 신파치, 나가야마 야이치로, 나카지마 다케히코, 노무라 닌스케 등 이렇게 5명의 순서로 앉아 있었다.

기리노의 자리는 약간 비스듬히 놓여 있었다. 이들 간부의 순서로 보더라도 기리노는 다른 사람들보다 중앙 바로 옆에 있어서 참모장 격이라는 느낌을 주었다.

괘종시계가 중앙 정면에서 왼쪽에 걸려 있었다. 그 시계가 오전 9시를 쳤을 때 기리노가 먼저 일어나

"이번 일은 아시는 바대로……."

이런 말로 입을 열었다. 이번 일이란 정부가 저지른 자객 문제와, 사학교 측이 저지른 탄약 약탈 사건을 가리키는 것이다. 취할 길은 둘밖에 없다고 기리노는 말했다. 정부가 먼저 싸움을 걸어오기를 가만히 기다리느냐, 아니면 선수를 쳐서 이쪽에서 먼저 싸움을 청하느냐, 오늘은 사이고 선생님이 계시는 앞에서 우리의 의견을 정하고 싶다고 기리노는 말했다.

기리노는 앉았다. 그러나 그의 눈길은 그대로 다다미 위에 앉아 있는 2백수십 명을 훑고 있었다. 일동은 이와 같은 대중 토의의 장소에 익숙지 않았으므로 잠자코 있었다.

잠시 침묵이 어어졌다.

참다 못해 주전파(主戰派)인 벳푸 신스케가 일어섰다. 기리노의 사촌동생으로 전에는 육군 소령이었다. 지금은 가지키 외에 4개 구역의 구장을 맡고 있었다.

그는 정부가 가고시마를 눈엣가시처럼 대해 온 일이 어제 오늘 시작된 것

이 아니다, 사가의 에토 신페이가 난을 일으켰을 때도 이곳에 탐정을 들여보냈고, 그 탐정의 수는 구마모토와 하기의 난이 일어나는 것과 함께 더욱 불어났으며, 마침내 사이고 선생을 암살하려는 사람들까지 보냈다고 말한 뒤

"이제 이렇게 된 이상 가만히 앉아서 기다릴 수는 없습니다. 정부에 선수를 쳐서 군대를 일으켜야 합니다. 우리는 반드시 이길 것입니다."

그는 목소리를 높여 말했다.

이어 헨미 주로타가 일어섰다. 하얀 살결에 혈색이 짙고, 뺨의 수염이 붉은 색을 띠고 있어서 보기에도 이지적인 모습이었다. 가는 눈이 승냥이처럼 반짝이고 있어 일종의 광기를 느끼게 한다.

"먼저 시작하는 쪽이 이깁니다. 망설이면 집니다. 지금에 와서도 망설이는 사람은 없을 것으로 압니다."

헨미와 같은 정신 상태로는 평상시 같으면 무사하게 세상을 살아갈 수 없을 것이다. 그는 줄곧 싸움터를 그리워 하고 있었고, 일찍부터 사학교의 젊은이들을 선동해 왔다. 지금 이 회의는 마무리를 짓는 단계인 만큼 거의 위협에 가까운 말투였다.

이어 현의 1등 경감으로 있는 나카지마 다케히코가 일어섰다. 그는 나카하라 이하의 취조 경과를 보고하고, 그들이 자객임이 틀림없다고 설명한 다음, 벳푸와 헨미의 의견에 찬성했다.

그동안 사이고는 커다란 등을 의자에 기댄 채 잠자코 있었다. 사이고가 군대를 일으켜야겠다고 결심한 것을 주전파인 기리노, 벳푸, 헨미 등은 이미 알고 있었다.

'기리노와 헨미 무리들이 마침내 사이고를 그르치는가?'

나가야마 야이치로는 아마도 이렇게 생각했을 것이 틀림없다. 사쓰마 인은 용맹을 좋아한다. 수백 년 동안 헨미처럼 병적으로 거친 행동을 일삼아 온 사람을 오히려 장부 중의 장부라 하여 대접해 왔고, 사이고도 헨미에 대해 예외는 아니었다.

헨미는 미친 듯 날뛰는 사람이다. 그러나 이런 미친 듯 날뛰는 사람을 미쳐 날뛴다고 나무라면 다른 평범한 병사들의 용기를 위축시킬지도 모른다. 그래서 사이고는 이를 미소와 관용으로 조심스럽게 대해 온 것인지도 모른다.

나가야마는 헨미와 같이 미친 듯 날뛰는 행동이 일당의 운명을 좌우한다

는 것에 대해서 전부터 비판적이었다.

그는 언제나 냉정한 발언을 해왔다. 다만 그가 젊었을 때 용감했다는 일반의 인식이 있어서 그의 냉정함이 통용되었을 것이다.

"출병한다고 해서 무슨 좋은 결과가 생기지는 않을 것이오."

이 같은 말을 이런 자리에서 한다는 것은 상당한 용기가 필요한 일이었다. 그러나 그는 쌍꺼풀진 큰 눈을 반쯤 내리감고 다시 말을 이었다.

"지금 정부에 있는 사람은 모두 내 친구들이오. 그들은 나처럼 가고시마에 숨어 살고 있는 사람과는 달리, 늘 시국과 접촉하며 일에 임하고 있기 때문에 그 지식이 날마다 진보하여 도저히 우리들이 따를 바가 못되오."

이 말은 듣기에 따라서는 사이고와 오쿠보, 혹은 기리노와 가와지를 비교하며 사쓰마파에 대해 통렬한 조소를 던지고 있는 것으로도 들릴 수 있었다.

기리노가 일에 기세를 올리고 있을 때에 나가야마는 이렇게 말한 적이 있다.

"가와지 도시나가의 굳은 의지와 실천력 또한 보통 사람이 따를 수 없는 것이오. 여러분이 방심하고 있으면 반드시 실패할 것이오."

"다시 말하거니와……."

나가야마는 말을 이었다.

"육해군은 국가를 지키는 기관으로서 오늘에야 마침내 정비 단계에 이르렀을 뿐이오. 이에 대해 군대를 일으켜 마주 싸우는 것이 관연 옳을지 어떨지. 이것은 깊이 생각할 일입니다. 내가 지금 하는 말은 뒷날 일본에 외국의 침략이 있을 경우 우리는 그 침략에 대비해야 할 것이 아니냐 하는 것이외다."

온 장내가 조용했다.

나가야마의 출병 반대론은 기리노와 헨미를 머쓱하게 만들었다.

"그럼 정부가 나쁘지 않다는 말씀이오?"

헨미가 따지고 들었다.

나가야마는 그렇게까지 말한 것은 아니었다. 정부가 지금까지 가고시마에 대해 해 온 일은 도발이며 참으로 부당하다. 그러므로 이를 크게 비난하고 정부의 잘못을 물어야 한다고 말하자 헨미가 다시 추궁했다.

"그럼 우리의 의견과 다르지 않소. 다만 힐문을 위한 출병이 좋지 않다는 것이오? 그렇다면 출병 이외에 다른 명안을 가지고 있는 겁니까?"

"그런 것은 아니오."

나가야마는 이렇게 말하고 곧 이어

"그 자객 문제나 탄약 문제나, 정부와 우리가 담판을 한다 해도 정부는 정부대로 할 말이 있을 것이고 우리는 우리대로 할 말이 있을 것이므로 결국은 입씨름으로 끝나고 말 것이 뻔합니다.

그러나 사이고 선생이 이 담판에 나가면 사정은 달라집니다. 사이고 선생이 직접 담판에 나서게 되면 오쿠보도 지게 될 것입니다. 더구나 가와지 같은 사람은 쥐새끼처럼 도망치고 말 것입니다. 그러니 여기서 사이고 선생께 도쿄로 나가 주시도록 청하고, 그 수행원도 기리노 씨와 시노하라 씨 무라타 씨 등 몇 분으로 한정시키는 것이 좋다고 생각합니다."

이 나가야마의 의견에 노무라 닌스케(野村忍介)와 고노, 야마다가 찬성했다.

평소에 나가야마를 존경하고 있는 사람이 많은 만큼, 주전파로서는 쉽지 않은 형세로 변했다.

여기서 이케가미 시로가 입을 열었다. 이케가미는 일찍이 사이고의 명령으로 변장을 하고 중국 동북 지방으로 잠입하여 정치정세와 민간정세를 시찰하고 온 사람으로 열렬한 정한론자였다. 평소 신중하기로 이름 높은 사람이었지만, 이번 출병에는 찬성하는 입장이었고, 이번 출병이 자신이 주장하는 정한책에 활로를 열어 줄 것으로 생각하고 있었다.

이케가미는 정중한 태도로 물었다.

"나가야마 씨, 어떻게 도쿄까지 갈 수 있을 거라 생각하십니까?"

사이고 일행이 도쿄로 올라가는 것을 정부가 방해하지 않겠느냐는 것이다. 이 질문에 나가야마는 말이 막혔다.

그러나 이윽고 나가야마가 힘없이

"거기까지는 생각하지 않았소. 그러나 아무리 정부라도 난폭한 짓이야 하지 않겠지요."

주전파인 후치베 군페이가 힘을 얻은 듯이 일어나 말했다.

"선생님을 살해하라고 이미 자객을 보낸 그런 정부입니다. 정부가 도중에 선생님을 죽이지는 않더라도 체포하지 않는다는 보장이 있을까요?"

주전론이 다시금 기세를 되찾았다.

나가야마는 입을 다물었다. 나가야마의 말을 빌리면 사이고 자신의 일이므로 사이고가 몸을 내던질 각오로 혼자 도쿄에 가겠다고 한다면 그것으로 결정될 일인 것이다.

그러나 사이고는 처음부터 끝까지 침묵을 지키고 있었다.

이 넓은 강당 정면 한복판에 우람한 몸을 턱 버티고 앉아 있는 사이고 다카모리를 한낱 어리석은 인물로 치부해 버릴 수도 있다.

그는 침묵을 지키고 있기는 했지만 나가야마 야이치로의 출병 반대론에 대하여 생각했을 것이다.

'무슨 쓸데없는 걱정을 한단 말인가?'

되풀이해서 말하는 것 같으나, 사이고는 무장봉기를 바라지는 않았다.

이것은 사이고가 귀향한 뒤 줄곧 밤낮으로 사냥하며 세월을 보내던 시기의 언동을 보더라도 알 수 있다. 또 도쿄의 정부 고관 중에 사이고를 알 만한 사람은 모두라고 해도 좋을 정도로, 이를테면 적대관계에 있는 오쿠보나 기도조차도 사이고가 거사하리라는 것은 생각지도 않았다. 도쿄에서는 가고시마 현의 소동을 젊은 사족들만의 것으로 보고 사이고가 그것을 누르거나, 누를 수 없으면 피할 것이라고 여기고 있었다. 세이난 전쟁이 터졌을 때도 설마 그들 속에 사이고가 끼어 있을 리는 없겠지, 하고 정부의 많은 사쓰마 사람들은 생각했다.

그런 이상 이 크고 작은 간부들이 출병이냐 아니냐를 토의하는 단계에서 사이고는 적어도 나가야마 야이치로의 말에 동조했어야 했다.

나가야마 야이치로가 만약 노골적으로 말을 할 수 있는 처지라면 사이고를 보고 "당신이 진짜 대장부라면 혼자 도쿄에 가야 할 것이며 또 그것이 마땅한 길이오."

하고 말했으리라는 것은 나가야마의 이 시기를 전후한 언동으로 짐작할 수 있다. 나가야마는 궐기하기로 결정된 뒤에도 출병을 반대하는 자신의 주장을 굽히지 않고 부화뇌동에 휩쓸리지 않았다.

자객이 어떻고 하는 말은 사이고 한 사람에게 국한된 문제이지, 가고시마 현 2만 명의 사족들이 정부와 전쟁할 수 있는 대의명분이 되지 않는다. 사이고가 만일 대장부라면 괴나리봇짐 하나로 표연히 도쿄로 가서, 오쿠보를 직접 힐문해야 할 것이 아닌가. 그 힐문에 만여 명의 무리를 이끌고 간다는 것은 이치가 맞지 않는다. 또한 대장부로서 그야말로 용기 없는 자라고 말한다

해도 틀린 말은 아니다. 나가야마는 그렇게 말하고 싶었는지도 모른다.

참고로 나가야마는 나중에 결국 기리노의 설득으로 대대를 이끌고 용감히 싸웠다. 그 뒤 사쓰마 군의 패전이 결정적이 되었을 때, 히고의 미후네(御船)전선에서 자결했는데 그 방법이 나가야마다웠다.

그는 그 지방 농가에 사는 노파에게 그 오두막집을 자기에게 팔라면서 많은 돈을 준 다음, 그 오두막집으로 들어가 안에서 불을 지르고 불속에서 자결했다. 어느 누구에게도 괴로움을 주지 않도록 자기의 시신을 태워 버리는 일까지 스스로 해 내고 죽었다. 이런 감각을 지닌 나가야마로서는 사이고에 대해 일반 사쓰마 사람들과는 다른 기대가 있었을 것이다.

출병을 반대한 것은 나가야마 야이치로만이 아니었다.

나가야마의 반대에 힘을 얻었는지, 무라타 산스케(村田三介), 노무라 닌스케 두 사람이 절충안이라고 할 만한 것을 제안했다.

무라타는 옛 번 시절에 시마즈 가문의 측근이었으므로 신분제가 까다롭던 이 고장에서도 혈통 있는 성 밑 거리 사족이었다. 옛 번 때부터 포병을 익혀 보신전쟁에서는 포병 본대장으로 종군했으며 근위부대에 있었을 때는 육군 소령을 지냈다. 그의 나이는 33세였다.

무라타 산스케는 노무라 닌스케와 함께 현실을 바로 보는 안목이 있어 사쓰마 땅에서 말하는 정부군이 허약하지만은 않다는 것을 알고 있었다.

그러나 이 분위기 속에서 정부군을 높이 평가한다는 것은 겁쟁이로 받아들여질 우려가 충분히 있으므로 산스케는 그것은 말하지 않고 다만 자신을 사이고의 대리로 가게 해 달라고 말했다. 나가야마 야이치로가 말하는 사이고의 단독 상경론이 좋지 않다고 한다면——도중에 정부군에 잡힐 거라는 설이 있었음——자신이 대리로 가겠다는 것이었다. 물론 자객으로 간주된 경시청 경감 나카하라 다카오 이하 10여 명을 이끌고 갈 것이며, 이를 위한 호위로서 병사 500명을 빌려 달라고 했다.

"그래도 만약 정부가 여전히 일을 옳게 처리하지 않고 전과 같은 태도로 나온다면 그때야말로 정정당당하게 정부를 문책하는 군사를 일으켜야 합니다."

그러나 이 안(案)의 결점은 500명의 무장 진정단이 육로에서 정부군에 의해 봉쇄된다면 어찌 될 것인가 하는 일이었다.

이에 대해 현의 경감 제복을 입은 노무라 닌스케가 다른 절충안을 내놓았다. 닌스케는 뒷날 무라타 산스케 이상의 전술 능력을 보인 남자인 만큼 그의 제안은 훌륭할 정도로 현실과 조화되어 있었다.

닌스케도 역시 병사 600명을 빌려서 간다.

다만 자격은 사이고의 대리가 아니라, 사이고 대장을 소환하라는 명령을 내려 달라고 진정하러 가는 것이다. 오쿠보가 정부를 쥐고 있는 이상, 진정할 상대로는 정부가 옹위하는 천황이었다. 천황은 이때 때마침 교토에 있었다. 닌스케 등의 제안에 의하면 교토에 간다는 얘기가 된다.

교토까지 가는 육로를 막을지도 모른다는 것에 대해서는 바닷길로 와카사 만(若狹灣)까지 가면 해결할 수 있다. 기선에 대해서는 다행히 사학교 학생이 탄약을 빼앗았을 때, 관선 세 척도 빼앗았다. 그 중 한 척을 써서 동해 항로를 잡으면 된다.

"어떻습니까?"

닌스케는 기리노 도시아키, 시노하라 구니모토 등의 간부석을 향해 말했다.

두 사람은 씁쓸한 얼굴로 말이 없었다.

장내도 물을 끼얹은 듯 조용한 채 반응이 없었다.

이 출병 반대론이나, 반대론으로 보아야 할 또 다른 절충안에 대해 시노하라 구니모토는 이 기회에 분쇄해버려야겠다고 생각한 모양이었다.

그는 고개를 무라타 산스케 쪽으로 돌렸다.

시노하라는 그 과묵함에 있어서도 전형적인 사쓰마 인이었다. 늘 말이 없으므로 고개를 무라타 산스케에게로 돌리는 동작만으로도 그 자리에 있는 모든 사람의 주목을 끌기에 충분했다.

시노하라는 한참 무라타를 지켜보더니

"오늘의 일은 오직 결단이라는 한 마디가 있을 뿐이오."

그리고 덧붙였다.

"정부는 어떻습니까? 이미 자객을 놓아 선생을 없애려 하고 있소. 지금 우리가 의병을 내어 그 잘못됨을 힐문하는데 무슨 무례함이 있다는 말입니까?"

그것뿐이었다. 한낱 협객의 말이며 그 이상의 내용은 아무것도 없었다.

시노하라는 사이고의 눈에 들어 육군 소장이 된 사람인 만큼 강렬한 인격적 통솔력은 없었다.

평소 근직하고 엄격한 사람인데다 인간적 정감이 두터워 사병들은 그를 따랐으며, 특히 그 과묵함이 싸움터에서 사병들의 신뢰를 얻었던 것이리라.

그가 얼마나 극단적으로 과묵한가에 대해서는 이 시기의 일화가 남아 있다. 구마모토의 학교당 수령 이케베 기치주로가 사쓰마의 거사가 가까워졌음을 느끼고 사사 도모후사(佐佐友房)를 데리고 가고시마로 들어갔다. 처음에 기리노를 찾아갔으나 집에 없었으므로 약간 망설이기도 했지만 시노하라의 집으로 찾아갔다.

서로 인사를 주고 받은 다음 시노하라는 잠자코 있었다.

이케베는 히고 사람답게 논객이었다. 이런저런 이야기를 열심히 했는데 시노하라는 입을 굳게 다문 채였다. 마침내 이케베도 입을 다물지 않을 수 없게 되어 침묵이 두 세 시간 계속되다가 이윽고 점심때가 되었다.

시노하라 부인이 점심상을 내왔다. 식사하는 동안에도 시노하라는 입을 다문 채 말이 없었고, 해가 지고 저녁을 먹을 때가 되었다. 그래도 여전히 시노하라의 침묵은 계속되었는데, 식후에 이케베가 물러나려고 말없이 절을 했을 때, 시노하라도 말없이 절했다. 이케베는 끝내 시노하라의 목소리를 듣지 못하고 말았다.

그런 시노하라가 아무튼 몇 마디 말을 한 것이다.

내용은 이론적으로는 어설펐으나 그 자리에 앉은 사람들에게 준 심리적 중량감은 확실히 천 근의 무게가 있었다.

마지막에 시노하라는 무라타 산스케의 급소를 찔러 꼼짝 못하게 만들었다.

"당신은 죽음이 두려워 지금 같은 의견을 낸 것이 아니오?"

사쓰마 사람에 대한 이 한 마디는 모든 논의를 쓸어버리는 힘이 있다. 시노하라는 경륜가도 아니었고 혁명가도 아니었으며 지적인 애국자도 아닌, 그저 강직하고 열렬한 협객이었음을 이것으로도 알 수 있다.

시노하라 구니모토의 한 마디로 출병 반대론은 절충안까지 아울러서 봉쇄되고 말았다.

"죽음을 두려워하는가?"

이 말을 듣는다면 출병론 이외의 의견이 나올 리가 없었고 장내는 그저 피곤함으로 웅성거리기 시작했다. 아침부터 시작된 회의는 점심조차 거르고 이미 오후 2시가 되어 있었다.

정면을 향해 왼쪽에 걸려 있는 큰 벽시계가 2시를 알렸을 때, 기리노 도시아키가 일어나 의견이 다 나온 것 같다고 전제하고 입을 열었다.

"나가야마 씨의 말씀도 지당한 말씀이나, 이제는 이미 어쩔 수 없는 단계에 이르렀습니다. 탄약을 탈취한 일로 정부는 이미 각 진대(사단)에 전쟁 준비를 명령하고 있소. 또 이쪽은 이쪽대로 현 안의 병사들이 계속 가고시마 거리에 모여들고 있소. 이런 상황인 이상 이제 와서 병사들을 막을 방법은 도저히 없소. 또한 대의명분이라는 것도 과연 소중하오. 그러나 경우가 경우인 만큼 거기에 구애되고 있을 수 없는 일인즉, 이제는 결단이란 한 마디만 남았을 뿐이오."

장내는 묘한 긴장이 감돌았다.

기리노는 막부 말기에는 한낱 검객에 지나지 않았지만, 정한론을 전후해서 단순하고도 통쾌한 세계 정세에 대한 강평이 그의 장기가 되어 선동가로서도 상당한 자질이 있음을 느끼게 했다. 결단이라는 이 한 마디만이 남았을 뿐이라고 말했다.

"조정을 깨끗이 하고 폐정을 일신하려면 선생님을 선두로 깃발을 들고 도쿄로 나가 가고시마 현이 일거에 출병하는 수밖에 다른 방도가 없소."

이런 뜻의 말을 기리노는 정중하면서도 단호한 사쓰마 말로 했다. 이런 때 애매한 말을 쓰지 않는 것이 통솔이라는 것을, 기리노는 나면서부터 그것을 잘 알고 있었다.

기리노의 말이 끝나자 장내는 소란해져서 저마다 찬성의 뜻을 부르짖었다.

기리노가 장내가 조용해지기를 기다렸다가 회장을 향해 말했다.

"그럼 사이고 선생님의 결단을 바랍니다."

사이고는 교탁 저쪽에서 몸을 움직여 천천히 일어났다.

사이고는 장내를 한바퀴 둘러본 뒤 이윽고 입을 열었다. 그가 한 말은

"나는 아무런 할 말이 없소. 모두가 그런 생각이라면 그것으로 그만이오. 내가 할 말은 이것뿐이니 뒷일은 좋도록 하시오."

이것뿐이었다.

말을 끝내자 우뢰와 같은 박수와 환호 소리가 일어났고, 사이고는 교단을

내려와 그 떠들썩한 회의장을 나갔다.

그 이튿날인 7일 아침, 사이고는 이른 아침부터 마구간 터인 사학교에 나와 있었다. 학교 문기둥의 문패는 이미 바뀌어서 걸려 있었다.

'사쓰마 군 본영'

이 문패만으로도 이미 전쟁준비에 들어갔음을 선언했다 할 수 있을 것이다.

아침에 사이고가 이 문패가 나붙은 '본영'으로 들어오더니 곧 현령인 오야마 쓰나요시를 부르게 했다. 오야마에게 가고시마 군이 총출병한다는 것을 알리기 위해서였다.

오야마는 나는 듯이 달려왔다. 사이고와 사학교당에 한결같이 표면적으로만 복종해 온 오야마로서는 마음속으로 자신의 인생도 결국은 사이고나 사학교와 함께 죽게 되는구나 하고 생각하며 죽음을 각오했을 것이다. 오야마는 배짱 좋은 사람이었지만, 가고시마 현 하나가 정부군을 상대하여 이길 수 있다고 믿을 만큼 낙천가는 아니었다.

이런 점에서 전략가로서의 사이고 다카모리는 태평꾼에 불과했다.

이를테면 오야마 쓰나요시가 출병에 임하여 전략을 알아 볼 양으로 우선 사이고에게 한 질문은 이런 것이었다.

"수많은 군사를 이끌고 가는 것은 무리가 아닐까요? 도리어 도쿄까지 무사히 갈 수 없는 곤경에 빠지지 않겠습니까?"

오야마 쓰나요시의 이 질문은 비전문가라면——오야마는 군사의 비전문가는 아니었다——누구나 의문으로 여길 일이다.

그러나 사이고는 이에 대한 대답으로 뜻밖의 말을 했다. 사이고가 한 대답의 내용은 훗날의 오야마 쓰나요시의 구술서에 씌어 있다.

'사이고가 이르되, 대장의 임무는 천황폐하께서 특별히 허락하신 일로서 다시 말해 전국의 병사를 인솔함도 대장의 권한 안에 있는 일이다. 시기에 따라 정부군까지 인솔하리라.'

사이고는 직을 물러나기는 했으나 정부가 여전히 봉급을 계속 보내오고 있었으므로 육군 대장임에는 변함이 없었다. 육해군을 갓 창설한 이 시대에 대장은 사이고 한 사람밖에 없었다. 해군은 중장에서 끝났다.

사이고의 말에서 육군 대장이라는 것에 대한 인식은 마치 일본 역사 속에서의 정이대장군과 흡사한 것이었다. 다시 말해 대장은 천황의 특허로——중장 이하에는 특허가 없음——일본국의 병마권을 쥐고 있다는 말이다. 놀라운 인식이었다.

사이고가 현직에 있었을 때는 어쩌면 위와 같은 인식이 적절한 것일지도 모른다. 그러나 사이고 자신은 직책에서 물러나 일본 육군의 근무와 구속의 현장에서 떠나 야인으로 돌아와 있다. 현재 그 직책을 맡고 있지 않은데도 마치 막부를 설치할 만큼 그 광대한 권한이 있다고 믿는 데에는 육군 대장이라는 직위가 아니라 신분이라는 봉건적 법제론이 사이고의 머리에 있었을 것이다.

그러한 '권한'을 쥐고 있는 이상 정부군도 이쪽을 따르게 된다는 것이 사이고 전략의 전부였던 셈이다.

이런 사이고의 대답에는 현령 오야마 쓰나요시도 내심 놀랐던 모양으로 '이거 큰일 나겠는걸' 하고 생각했을 것이다.

오야마 쓰나요시는 원래 사이고의 매력에 사로잡힌 적이 없었고 막부 말기에서 보신전쟁에 걸쳐서는 자신의 동료라고만 생각했을 뿐이며, 지금 가고시마에서의 파벌로 본다면 히사미쓰 당에 속했다. 히사미쓰 당이면서 사학교당의 편의를 봐 주고 있는 관계에 있었다. 사이고에 대해 냉철하게 판단한다면 이런 생각이었다.

'세상은 사이고에 대해 착각하고 있다. 결국은 사이고도 어리석은 인물이 아니었던가?'

실제로 오야마가 그렇게 생각하는 것도 당연한 일이리라. 이런 종류의 사이고의 자기비대는 일찍이 정한론이 결렬되었을 때 도사의 이타가키 다이스케가 그것을 느끼고, 사이고에 대한 우정과 평가에서 냉정해져 버린 선례가 있다.

사이고의 방에는 전과 같이 기리노 도시아키와 시노하라 구니모토가 수호신처럼 붙어 있었다. 사이고는 공적인 일로 다른 사람과 대면하는 경우 언제나 협객처럼 좌우에 사람을 거느리는 습관이 있었고, 혼자서 만나는 일은 드물었다고 한다. 덧붙여 말하지만 막부 말기에 사이고의 좌우에는 현재 관직에 나가 육군 중장 직에 있는 친동생 쓰구미치와 사촌인 육군 소장 오야마 이와오 두 사람이 있었다. 지금은 사이고 쓰구미치와 오야마 이와오가 은근히 경멸하고 전부터 성격이 맞지 않았던, 기리노 도시아키와 시노하라 구니모토가 그를 대신 지키고 서 있었다.

오야마 쓰네요시는 사이고에게 계속 질문했다.

"고쿠라(小倉)까지는 무사히 갈 수 있을지 모르지만 그 후는 어려울 것으로 여겨집니다."

오야마 쓰나요시는 경험이 없는 사람이 아니다. 보신전쟁 때 사쓰마 군을 이끌고 가고시마를 출발하여 산요도를 치고 올라갔다. 그 무렵엔 오야마 가쿠노스케(大山格之介)로 불렸는데 그에게 가장 영광스러운 시절이었을 것이다.

이 물음에 대해 사이고는 단순히 대답했다.

"내게도 생각이 있네."

그러나 생각 따위는 전혀 없었으며, 모두가 기세에 휩쓸려 사이고에게 호응해 올 것으로 여겼을 뿐이다.

시노하라가 사이고를 대신해서 엷은 웃음을 띠며 말했다.

"시모노세키 해협에는 배다리라도 놓도록 합시다."

바다에 배다리를 놓을 수 있을 리가 없다.

오야마 쓰나요시의 훗날 구술서에 의하면 '나를 우롱하는 듯한 거동이었으므로 그대로 헤어졌다.'고 한다.

2월 7일 오후, '사쓰마 군 본영'에서 작전회의가 열렸다.

구마모토 성(態本城)을 쳐부수고 나가자는 것이 사이고의 참모장격인 기리노 도시아키와 시노하라 구니모토의 생각이었고, 그 외에는 계책이고 뭐고 아무것도 없었다. 뒤에 벳푸 신스케가 구마모토 사람인 이케베 기치주로와 같은 뜻의 질문을 했을 때도 같은 말을 해서 이케베를 놀라게 했다.

"책략이고 뭐고 어디 있겠소. 구마모토의 진대 정부군을 짓밟아 버리러 가는 거요."

위와 같은 분위기가 이 작전회의 내내 가득 넘치고 있었다.

그것보다는 사이고라는 거인이 붙어 있다는 점에 무한대라고 해도 좋을 전략적 가치를 내다보고 있었던 기리노와 시노하라의 기분이기도 했다. 특히 시노하라는 호전가인데 비해서 싸움터에서는 정공법 이외에 아무것도 쓴 적이 없는 사람이었다. 그의 성격이나 자질로는 전술 같은 다분히 계략적인 발상은 하기 어렵다고 보는 편이 좋으며, 그런 의미에서 사이고의 참모장격이라는 중책이 이처럼 어울리지 않는 사람도 없었다.

그 자리에서 겨우 두 사람만이 작전다운 발언을 했다.

한 사람은 사이고의 동생 고혜였다. 고혜는 기선으로 가자고 했다.

고혜의 기선 사용안이 노린 점은, 이 싸움은 신속하게 공을 세우는 것이 좋다, 육로로 꾸물거리다가는 정부군에 준비할 시간을 주게 된다, 기선으로 도쿄까지 가는 것이 어떻겠느냐는 것이었다. 사용할 기선에 대해서는 앞서 사학교 학생이 가고시마 만에서 빼앗은 관선 세 척이 있다, 모두 작은 배여서 도저히 1만 수천 명의 군사를 실어 나를 수는 없지만, 그 관선으로 나가사키 항을 습격하면 배는 얼마든지 있지 않겠는가, 하고 고혜가 말했다.

이 고혜의 안은 사이고의 육군 수송선이 정부 해군의 습격을 받았을 경우에 대한 염려는 조금도 들어 있지 않았으며, 이른바 탁상공론이라 해도 지나친 말이 아니었다. 그러나 이 회의에서는 이것을 탁상공론이라 하는 의견조차도 나오지 않고 묵살되고 말았다.

노무라 닌스케는 고혜의 안을 현실적으로 만든 '삼도 분진론'을 제안했다.

나가사키 항을 습격하여 함선을 탈취한다는 것은 고혜와 다름없었다. 다만 군을 셋으로 나누어 그 중 한 부대만 습격을 한다. 다른 한 부대는 휴가에서 분고, 부젠으로 나가 거기서 기선을 빼앗고 그 기선으로 시코쿠(四國)로 건너가 도사로 들어간다. 그곳에서 도사의 동지들과 합류하여 사쓰마, 도사 양군으로 오사카를 친다. 나머지 한 부대는 육로로 구마모토 성을 공격하여 사가(佐賀)와 후쿠오카(福岡)의 동지들을 끌어넣으면서 규슈에서 세력을 잡는다는 것이었다.

이것도 기교가 너무 많아 사쓰마 사람의 기호에 맞지 않았으므로 채택되지 않았다. 그 밖에 이케가미 시로(池上四郎)가 구마모토 성에는 이를 누를 수 있는 한 부대만 두고 다른 모든 군사력을 모아 동쪽으로 쳐들어 올라간다는 안을 내놓았으나 이것도 받아들여지지 않았다.

"대거 구마모토 성으로 쳐들어간다."

작전회의는 결국 이것으로 결정되었다.

작전이나 전술은 결국 풍토성의 반영이라는 면이 있는데, 대거 구마모토 성으로 나가서 그것을 짓밟는 것이 사쓰마 사람의 기호에 맞는지도 모른다.

다만 전국 시대의 사쓰마 인은 단순히 날쌔고 용맹스럽기만 한 것이 아니라, 적을 유인해 내는 위계를 많이 썼는데 이 시기의 사쓰마 인에게는 그러한 감각도 없었거나, 아니면 그것을 말하기 어려운 분위기가 있었으리라.

구마모토 성은 천하가 다 아는 바와 같이 가토 기요마사(加藤淸正)가 사쓰마의 시마즈 집안을 가상적으로 삼고 이룩한 큰 성으로, 그 방어 구조가 얼마나 교묘하고 치밀한가는 세상이 평가하는 것 이상이었다. 사쓰마의 시마즈 가문도 예부터 세력 확장 때 구마모토 성을 큰 장애로 여겨 온 이상, 사쓰마 사족이라면 구마모토 성이 얼마나 튼튼한 요새지인 누구나 다 알고 있어야 했다.

그러나 가장 중요한 이 작전회의에서 그런 화제조차 나오지 않았으며, 기리노 도시아키가 "뭘 그까짓 것" 하고 일소에 부쳤을 뿐이었다.

기리노는 구마모토 성 안에 설치된 구마모토 진대의 초대사령관이었다. 성 안의 사정을 잘 알고 있는 기리노가 그것을 일소에 부치고 있는 한 염려 없겠지 하는 것이 모두의 작전 감각이었고 그 뿐이었다. 20세 이상 성인의 모임이라고 할 수 없을 정도로 유치함이 그 자리를 들뜨게 하고 있었고 엄밀하지 못한 이 이상야릇한 분위기는 사이고와 기리노, 그리고 시노하라의 일종의 기묘한 세 낙천가가 만들어 내고 있는 정신적 영향이라고 할 수밖에 없었다.

사이고, 기리노, 시노하라의 작전 감각은 모두 허공에 뜬 것 같은 전략을 거듭하는 것으로 성립되어 있었다.

사이고가 구마모토 성으로 접근하면 성 안에 있는 사쓰마 계열의 간부들은 그곳에서 탈주하여 이쪽에 투항할 것으로 보고 있었고, 남은 진대의 사병은 모두 농사꾼 출신이어서 겁쟁이들만 모였으므로 울며불며 도망칠 것이라고 보았다. 이런 관측으로 볼 때 구마모토 성의 방어력이니 하는 의제가 심각한 문제로 다루어질리 없었고, 만일 의견이 나왔다 해도 시노하라가 전날 무라타 산스케를 야단쳤듯이 "목숨이 아까운가"라는 호통으로 끝났을 것이다.

우두머리인 사이고 자신도 이 점에서 얼마나 낙천적이었는가 하는 것은 나중에 떠나는 날 오야마 현령에게 말한 내용으로도 알 수 있다.

"2월 말이나 내달 초에 오사카 성에 닿을 것일세."

15일 정도로 오사카에 쳐들어가겠다는 것이다. 적에 대해 이토록 안이하게 관측을 한 작전은 일찍이 들어본 적이 없다고 하겠다.

이 작전회의가 있었던 2월 7일, 어네스트 사토는 오후 3시 반쯤 나에시로 강(苗代川)의 도요지 마을을 떠났다. 가고시마의 숙사로 돌아가기 위해서였다.

이주인(伊集院) 마을을 지날 때 마을 양쪽 끝의 파수꾼 젊은이가 누구냐고 물어 왔다.

사토가 Y라고 부르는 안내원인 늙은 일본 사람——나가사키의 영국 영사관 고용인——이 말했다.

"이 분은 영국의 유명하신 외교관일세."

그러나 젊은이들은 어리둥절하여 짐작이 가지 않는다는 표정이었으나 통과시켜 주었다. 사쓰마는 막부 말기에 유행하던 양이사상의 한 중심지였으나, 살영전쟁을 치른 뒤로는 이방인에 대한 이해가 높아져 일본의 어느 부현보다 편견이 없어졌다고 해도 좋을 것이다.

'뭔가 중대한 일이 있었구나'

직감력이 빠른 사토는 이 엄중한 경계를 보고 이렇게 생각했다.

그가 가고시마 시내에 들어왔을 때는 날은 이미 어두워졌고 아무 일도 없었던 듯이 시내는 조용해져 있었다.

만일 사토가 7일 아침부터 정오를 전후해서 사학교 본영 앞을 지나갔다면 사태가 심각해진 것을 알아차렸을 것이다. 간판이 '사쓰마 군 본영'으로 바뀌어 있는 것도 알았을 것이고, 첫째 그 문 앞에 살기등등한 수많은 장정들이 모여 있는 것을 보고 놀랐을 것이다.

이 7일날 해가 질 무렵까지 '사쓰마 군 본영'은 웅성거림이 그치지 않았다.

현의 각 지방에서 모여든 장정들이 본영으로 와서 도착했다는 명함을 내놓으며, 출병에 대한 상황을 묻기도 하고 숙사를 할당해 줄 것을 요청하기도 했다.

이미 사쓰마식 동원법이——입에서 입으로 전달하는 방식——현 구석구석까지 빠짐없이 전해져 있었으므로, 누구나 그 소식을 듣자마자 예부터 해오던 대로 조금도 지체하지 않고 무구(武具)를 챙겨서 옛 성 밑 거리로 달려왔다.

무구로는 대부분의 사람들이 개인적으로 사 두었던 서양식 총을 가지고 있었다.

성 밑 거리 화약상점에는 탄약을 사러오는 장사들로 꽉 차서 한 발에 2전 (錢)씩 하던 것이 하루 사이에 5전까지 껑충 뛰었다. 나중에는 13전까지 올랐다고 한다.

현청에서는 지방에서 올라온 병사들을 위해 이날 오후부터 현청 안의 뜰에서 밥을 짓기 시작했을 뿐만 아니라, 시내의 각 분영(사학교 분교)에 관미를 나누어 주었다.

사토는 이날 나에시로 강에서 머물지 말고 시내에서 이 상황을 보았어야 했다.

'아무래도 계엄령이 내린 모양이군.'

이런 느낌은 있었다. 시내에 들어와서도 거리거리에 모닥불이 피워져 있었고 보초병이 서 있었다. 밤거리는 조용해지기는 했으나 전쟁이 시작될 것 같은 낌새가 어둠 속에서 풍겨 나오고 있었다.

사토는 이 사정을 정확하게 알고 싶었다.

이튿날인 8일 저녁, 미야자키에서 윌리엄 윌리스가 돌아왔다.

키가 2미터에 가까운 윌리스는 사토를 보고 무던히도 기뻐했다.

"곧 전쟁이 일어날 것 같소."

사토가 말하자, 윌리스도 요 며칠 그것이 걱정이었던지 서로 충분치 못한 정보를 교환했다.

"미타무라를 저녁 식사에 불렀소. 미타무라에게 물으면 모든 걸 다 알 수 있을 것이오."

윌리스가 말했다.

와카야마 현의 사족인 미타무라 도시유키(三田村敏行)는 기슈(紀州) 번의 (藩諊)의 집안에서 태어나 형 다다쿠니(忠國)와 함께 도쿄에서 의학을 공부했다.

그러다가 형제는 윌리스의 조수가 되었고, 가고시마의 학교에서 함께 교편을 잡으며 윌리스를 보좌하고 있었다.

이윽고 미타무라 도시유키가 찾아와 저녁식사가 시작되었다.

"이제 곧 전쟁이 시작될 겁니다."

미타무라는 아직 20대인데도 노인과도 같은 침착함을 지니고 있었으며, 표정 하나 변하지 않고 말했다.

"사이고가 대군을 이끌고 에도에 갑니다. 정부를 힐문하기 위해섭니다."

미타무라는 어제 7일에 일어났던 소식에 대해서도 훤히 알고 있었다.

어제 사이고는 기리노 등과 함께 현령 오야마 쓰나요시를 사학교로 불러다 그 뜻을 전했다고 한다.

동시에 사이고는 오야마에게 길가의 주민들이 동요하지 않도록 지나가는 각부 현에 대해 이 뜻을 통보하도록 요청했다는 것이다.

사토는 이 말을 듣고도 그다지 놀라지 않았다. 이미 소문으로 떠돌던 일이 분명해졌으므로 역시 그랬구나 하고 여겼을 뿐이다.

문제는 사쓰마 군이 언제 출발하느냐는 것이었다. 사쓰마 군이 내버리고 가게 될지도 모르는 윌리스로서는 특히 관심이 컸다. 그는 되도록이면 의사로서 종군하고 싶었다.

윌리스는 미타무라에게 부탁했다.

"종군하고 싶다는 내 뜻을 사이고 장군이나 오야마 현령에게 전해 줄 수 없겠나?"

미타무라는 저녁 식사를 끝내자 곧 현청으로 가서 오야마 현령에게 윌리스의 뜻을 전했다.

이튿날인 9일 아침 오야마 현령은 일부러 이인관으로 윌리스를 찾아와서 그때까지의 경과를 설명했다.

일일이 서류를 보여 주면서 설명해 주었으므로 오야마의 이와 같은 성의에 윌리스도 감격한 모양이었다.

다만 종군에 대해서는 실현되기가 어려울지 모른다고 말하고, 한편 사토에 대해서는 사토가 현 밖으로 떠나는 것은 며칠 동안 어려울 것이라고 했다. 사토는 사쓰마 군이 떠난 뒤, 그 뒤를 쫓듯이 떠나리라 생각하고 있었다.

지은이
시바 료타로(司馬遼太郎)

그린이
전성보(全聖輔)

옮긴이
박재희 창춘사도대학일문학전공 김문운 니혼대학일문학전공
김영수 와세다대학일문학전공 문호 게이오대학일문학전공
유정 조지대학일문학전공 추영현 서울대학교사회학전공
허문순 경남대학불교학전공 김인영 숙명여대미술학전공

대망 32 나는 듯이 3
지은이 시바 료타로/책임편집 박재희 추영현 김인영
1판 1쇄/1979. 12. 1
2판 1쇄/2005. 8. 8
2판 9쇄/2020. 7. 6
발행인 고정일/발행처 동서문화사
창업 1956. 12. 12. 등록 16-3799
서울 중구 마른내로 144(쌍림동)
☎ 546-0331~6 (FAX) 545-0331
www.dongsuhbook.com

사업자등록번호 211-87-75330
ISBN 978-89-497-0372-5 04830
ISBN 978-89-497-0364-0 (3세트)